전북대 개인기록 총서 14

금계일기 5

이정덕 · 소순열 · 남춘호 · 임경택 · 문만용 · 진명숙 · 박광성 · 곽노필
이성호 · 손현주 · 이태훈 · 김예찬 · 이정훈 · 박성훈 · 유승환 · 김형준

편저

지식과교양

이 책은 2014년도 정부(교육부)의 재원으로 한국연구재단의 지원을 받아 연구되었음 (NRF-2014S1A3A2044461).

서문

일기는 개인들의 일상적인 경험이 재구성되는 사적인 사유와 글쓰기의 내밀한 공간이다. 우리는 일기를 통해서 개인들의 일상성을 관찰할 수 있다. 일상성은 보통 사람들의 사소하면서도 지속적으로 반복되는 생활의 모습과 예측 불가능하고 뜻밖의 사건들이 등장하는 불확실한 생활의 모습이 겹쳐지는 평범한 인간 삶의 현상학적 속성을 의미한다. 개인의 실존적 바탕을 이해한다는 것은 일상성을 발견하고 추적함으로써 가능할 것이다. 또한 급격히 변화해가는 사회변동의 사회적 조건과 역사적 진보에 대한 이해도 일상성을 통해서 심화시킬 수 있다.

우리는 일기를 통해서 인간의 보편적 특성인 '만드는 인간 호모 파베르(homo faber)', '생각하는 인간 호모 사피엔스(homo sapiens)', '놀이하는 인간 호모 루덴스(homo ludens)', '경제적 인간 호모 에코노미쿠스(homo economicus)', '이중적인 인간 호모 듀플렉스(homo duplex)', '광기의 인간 호모 데멘스(homo demens)', '이야기하는 인간 호모 나랜스(homo narrans)', '이동하는 인간 호모 모벤스(homo movence)', '정치적 인간 호모 폴리티쿠스(homo politicus)' 등을 보게 된다.

어찌 되었건, 우리는 일기의 형식을 빌려 질투하는, 고뇌하는, 절망하는, 미워하는, 욕망하는, 억압하는, 협력하는, 사랑하는, 공존하는 인간의 구체적이고 숨겨진 인생사의 면모도 발견하게 된다. 인간의 존재방식은 사람과 사람의 상호작용이라는 사회적 관계 속에서, 그리고 세상과의 관계 속에서 이해될 수 있다. 우리는 일기에 나타난 보편적이고 구체적인 일상성을 통해서 인간의 과거-현재-미래를 이해할 수 있고 '어마어마한' 한 사람의 일생을 통찰할 수 있다. 인간과 세상의 손님인 인간의 실존적 조건에 대한 해석과 공감의 지평을 확장할 수 있는 리듬으로 정현종의 시 〈방문객〉이 있다.

사람이 온다는 건
실은 어마어마한 일이다.
그는
그의 과거와
현재와
그리고
그의 미래와 함께 오기 때문이다.

한 사람의 일생이 오기 때문이다.
부서지기 쉬운
그래서 부서지기도 했을
마음이 오는 것이다-그 갈피를
아마 바람은 더듬어볼 수 있을
마음,
내 마음이 그런 바람을 흉내 낸다면
필경 환대가 될 것이다.

『금계일기』는 평생을 교육자의 외길을 걸은 곽상영(郭尙榮)이 1937년부터 2000년까지 작성한 일상생활 기록이다. 그는 1921년 충북 청주시 흥덕구 옥산면 금계리에서 3남 2녀의 장남으로 태어났으며, 2000년 청주시에서 사망하였다. 곽상영은 5남5녀의 가장으로 모든 자녀들에게 고등교육을 시키고 평생을 '인자(仁者)의 삶'을 영유하였다. 또한 그는 교사 8년, 교감 8년, 교장 30년이라는 46년간 교직생활을 통하여 '사랑의 교육' 철학을 몸소 실천하였다. 그에게 '사랑의 교육'은 남의 아픔을 공감하고 배려하며 타자의 이득을 우선시하는 것이다.

곽상영은 타고난 기록광으로, 『금계일기』뿐만 아니라 〈가계부〉, 〈사도실천기〉, 〈교단수기〉, 〈학교 경영일지〉, 〈교무일지〉, 〈아침 방송일지〉 등을 통해 지속적인 글쓰기의 의지를 불태웠다. 그에게 글쓰기는 일종의 일상성의 기록에 대한 열정적인 사랑이었다. 그의 기록에 대한 열정은 '사랑의 교육' 철학과 만나게 됨으로써 일상성을 바탕으로 삶을 성찰하고 사유를 진전시키는 내적 소통이 가능한 생성적 양식으로 거듭나게 된다. 곽상영은 일기를 통하여 자신(자아)과 기록(대상)과의 관계에서 일상생활에서 잠시 벗어날 수 있는 휴식이자 낭만적 자기취미로 자리매김한다. 낭만은 원래 "이야기를 한다" 혹은 "중세의 이야기나 시의 문학성"을 의미한다고 한다. 그에게 일기는 자신만의 개인화되고 유일한 이야기가 기록에 대한 낭만적 열정으로 승화되는 길이었다. 우리는 『금계일기』를 통하여 저자의 서술적 자기고백의 목소리를 들을 수 있고, 저자의 '어마어마한' 과거-현재-미래를 상상할 수 있다.

『금계일기 3 · 4 · 5』는 전북대학교 「SSK 개인기록과압축근대 연구단」의 세 번째의 성과의 일부이다. 우리 연구단은 개인기록연구 총서 시리즈로 『창평일기 1 · 2』(2012, 지식과교양), 『창평일기 3 · 4』(2013, 지식과교양), 『아포일기 1 · 2』(2014, 전북대학교 출판문화원), 『아포일기 3 · 4 · 5』(2015, 전북대학교 출판문화원), 『금계일기 1 · 2』(2016, 지식과교양) 등을 입력 · 해제 · 출판하는 작업을 하였다. 『창평일기』는 전북 임실의 농민인 최내우가 1969-1994년까지 약

26년간 농촌지역 주민들의 삶을 구체적으로 기록한 것이다. 『아포일기』는 경북 김천의 농민인 권순덕이 1969-2000년까지 쓴 약 70여권의 원고를 엮어 낸 것이다. 『금계일기 1 · 2』는 1937년부터 1970년까지의 일기 내용을 반영한 것으로 저자 곽상영이 경험한 일제강점기, 해방, 한국전쟁, 4 · 19 등의 역사적 사건들과 학교생활이 고스란히 담겨져 있다. 이번에 출간되는 『금계일기 3 · 4 · 5』는 1971년부터 2000년까지 기간에 곽상영이 쓴 일기로 학교전체의 조직체를 책임지는 교육자이자 행정가로서의 학교장의 면모를 만날 수 있다.

그 외에도 주물기술자의 이야기인 『인천일기』(2017, 지식과교양), 조선족 이야기인 『연변일기』(2017, 지식과교양)가 개인기록연구총서 기획물로 출간될 계획이다. 우리 연구단은 일기 자료의 범위를 농촌에서 도시로, 남성 중심에서 여성으로, 국내에서 동아시아로 확대할 것이다. 그리하여 도시와 농촌, 남성과 여성, 한국과 동아시아에 대한 일상성을 비교함으로써 한국과 동아시아의 근대성을 비교하고자 한다. 또한 지역간, 성별간, 국가간의 비교를 통해서 전해지는 미묘한 차이점을 발견할 수 있을 것이다.

『금계일기』에 나타는 다양한 표현 양식과 내용은 옛날 고향의 골목길, 냇가 옆 방둑길에 심어져 있던 포플러의 흔들거림이나 아카시아 향기를 연상시킬 수도 있다. 일기에서 발현되는 공간은 떠나온 고향을, 허물어져가는 농촌 마을을, 재잘재잘 되던 초등학교 시절의 집합적 체험을 불러올 수도 있다. 추억의 대리물로서 일기가 제공하는 정서적인, 상징적인, 가치적인 양상들이 우리를 새로운 세계로 동참하도록 도와준 많은 분들이 계신다.

먼저, 〈한겨레신문〉의 곽노필 기자에게 감사의 말씀을 전한다. 그는 일기와 관련된 모든 자료를 제공하였다. 심지어 원고를 꼼꼼하게 검토하고 교정해 주셔서 일기의 흐름을 제대로 파악할 수 있도록 도와주었다. 또한 자료를 입력하고 교정하는데 시간을 아끼지 않고 투자한 연구단 소속의 이태훈, 김예찬, 박성훈, 유승환, 이정훈 보조연구원들에게 감사의 마음을 전한다. 일기는 단순히 입력만으로는 그 가치가 살아남지 않는다. 일기의 의미를 되살리고 독자들에게 큰 그림을 그릴 수 있도록 하는 것이 해제작업이다. 이러한 해제작업을 함께 한 연구단의 공동연구원들에게도 감사의 말씀을 드리고 싶다. 다양한 사람들과 함께 하는 연구와 작업은 학문의 전문적 지식, 관점, 기대가 부닥칠 수밖에 없다. 이러한 간극을 해결하고 새로운 학문적 지평을 열 수 있도록 실천적 지혜를 발휘한 책임연구원 이정덕 교수에게 감사의 마음을 전한다.

마지막으로 어려운 상황에서도 『금계일기』의 출판을 맡아주신 도서출판 「지식과교양」의 관계자들에게도 감사드린다.

2017년 6월
연구단을 대표하여 손현주 씀

목 / 차 /

『금계일기 5』

서문 / 3
일러두기 / 9

1990년 / 12
1991년 / 43
1992년 / 87
1993년 / 124
1994년 / 167
1995년 / 213
1996년 / 258
1997년 / 316
1998년 / 367
1999년 / 419
2000년 / 464

『금계일기 3』

서문 / 화보 / 일러두기

제1부 해제

Ⅰ. 이중언어적 상상력, 유교적 세계관, 그리고 미래이미지 - 손현주
1. 들어가는 말

2. 상상력
3. 이미지와 미래 이미지
4. 이중언어적 상상력과 낭만성의 결여
5. 유교적 세계관
6. 미래 이미지: 현재주의와 대동사회(大同社會)
7. 맺는말

Ⅱ. 압축근대화 시기의 문중, 장례, 제례-이정덕 · 임경택
1. 근대화와 친족관계의 변화
2. 부계친족과 종회
3. 장례와 제사

Ⅲ. 1970년대의 사회 변화와 초등학교의 역할 - 이성호 · 문만용
1. 마을 사회와 학교
2. 1970년대 국가 지배와 농촌학교
3. 경제개발과 학교

Ⅳ. 곽상영 아내(김유순)의 삶과 일상, 그리고 생애: 1인칭 재현-진명숙
1. 결혼하여 10여 년 후 분가(分家), 다시 20년여 년 후 합가(合家)하여, 시부모를 모시다
2. 나의 사명은 10남매를 굶기지 않고 키우는 것
3. 10남매는 저마다의 목표를 갖고 잘 자라주었다
4. 남편을 만나 60년을 해로하다
5. 77년, 생이 이울다

Ⅴ. 퇴직 후 노후 생활 - 소순열
1. 천지신명과 부처님
2. 금계리 고향밭 농장

3. 배드민턴과 독서
4. 함께하는 가족
5. 각종 모임과 교류
6. 아내와의 작별

제2부 금계일기(1971년~1978)

1971년
1972년
1973년
1974년
1975년
1976년
1977년
1978년

『금계일기 4』

서문 / 일러두기

1979년
1980년
1981년
1982년
1983년
1984년
1985년
1986년
1987년
1988년
1989년

일/러/두/기

1. 원문의 한글 및 한자 표기는 교정하지 않고 원문을 그대로 입력하는 것을 원칙으로 하였다.
2. 뜻풀이가 필요한 경우에는 [ ], 빠진 글자는 { } 표시를 하여 뜻풀이를 하거나 글자를 채워 넣되, 첫 출현지점에서 1회만 교정하였다.
3. 설명이 필요한 용어나 문장에는 각주를 달아 설명하였다.
4. 해독이 불가능한 글자는 □ 표시를 하였다.
5. 앞 글자와 동일한 글자는 반복 기호로 '〃'를 표시하였다. 원래 저자는 '々'이라는 형태의 반복 부호를 사용하였으나 입력 편의상 '〃'로 변경하였다.
6. 일기를 쓴 날짜와 날씨는 모두 〈 〉 안에 입력하되, 원문에 음력 날짜가 기입되어 있는 경우에는 〈 〉 밖에 입력하였다.
7. 날짜 표기 이외의 문장 안에서 ( ) 또는 〈 〉 표시가 나타나는 경우는 저자가 기입한 것으로, 이는 따로 바꾸지 않은 채 그대로 입력하였다.
8. 원문 안의 ( )는 저자가 기입한 것이다.
9. 저자는 음주습관을 나타내기 위하여 1968년부터 매일 자신의 음주량을 일기에 기록하였다. 음주량 표시 방식은 다음과 같다.
   1) 1989년 12월 31일 이전(예외- 1984년 4월 21일∅, 4월 22일∅, 4월 25일⊗, 4월 27일∅)
      ※: 만취
      ×: 술 많이 마심
      ○: 보통
      ⓒ: 술 적게 마심
      ◎: 술 마시지 않음
   2) 1990년 1월 1일 이후
      ※: 만취
      ×: 술 많이 마심
      ⊙: 술 적당히 마심
      ○: 술 마시지 않음
10. 자료에 거명된 개인에 관련된 정보는 학술적 목적 이외의 용도로 사용할 수 없다.

금계일기 5

금계일기
(1990년~2000년)

1990년

〈앞표지〉
檀紀 4323年 佛紀 2534年

西紀 1990年 孔夫子 2541年 庚午〈1990년 1월 1일 월요일 雪, 曇〉(12. 5.) (-3°, 3°)
長期間 陽曆過歲였는데 舊正(民俗의 날)을 '설'날로 政府에서 定하였기로 今般부터 옛으로 도라가 陰曆 正月 初一日에 설 茶禮하기로 집안에서도 確定.
日出 前後하여 눈 내려 3㎝ 程度 쌓였고.
內德洞 사는 三從兄님(大榮 氏) 危篤하대서 問病. 三從姪 魯學과 3日에 있을 小宗稧 相談도.

〈1990년 1월 2일 화요일 曇, 雪, 曇〉(12. 6.) (-3°, 1°)
첫 새벽 1時頃 사우디 五女 運한테서 來電~7個月 만의 消息[1]으로 極히 궁금했던 것 풀렸고. '解凍되는 대로 1時 歸國한다는 것. 꼬마 '元'이도 잘 큰 다고.'
三從兄 別世 기별 있어 今日은 終日토록 內德洞 우성A.P.T에서 해 보낸 편.

〈1990년 1월 3일 수요일 晴〉(12. 7.) (-6°, -1°5″)
喪家집(三從姪)에서 거의 날 보낸 셈. 혼백틀 손질. 밤에도 다녀오고.

〈1990년 1월 4일 목요일 晴〉(12. 8.) (-8°, 3°)
昨日과 同一. 虞祭 祝 等 썼고. 밤에 가선 明日 行事 相議했기도.
敬老優待條 시내버스 乘車券 3個月分치 36枚[2] 洞事務所 가서 받아왔고.

〈1990년 1월 5일 금요일 雪, 曇, 雨〉(12. 9.) (-5°, 2°)
三從兄(故 大榮 氏) 葬禮 行事에 終日 勞力~ 아침 上食, 發靷祭, 運柩, 曲水 葬地, 返魂, 初虞祭, 明日일의 相談 等. 宗孫은 恒信. 弼榮 弟는 鎭榮. 仝 姪은 魯亨.

〈1990년 1월 6일 토요일 晴〉(12. 10.) (-4°, 2°)
7時에 內德洞 가서 三從兄 再虞祭에 參席~祭禮 次順 指示.
받은 年賀狀 答禮狀 거의 終結.

〈1990년 1월 7일 일요일 晴〉(12. 11.) (-8°, 3°)
三從兄 三虞祭에 參席 祭禮 進行. 曲水 墓地까지 갔다 왔으니 誠意 다 한 것.

---

1) 원문에는 붉은색 색연필로 밑줄이 그어져 있다.

2) 원문에는 붉은색 색연필로 밑줄이 그어져 있다.

큰 애 忠南 某處 다녀왔고. 이른 夕食 後 上京. 松의 婚談 짙어가는 듯.

〈1990년 1월 8일 월요일 晴, 曇〉(12. 12.) (-6°, 3°)
井母用 包含 두 농협 通帳 確認에 17萬 원의 年末 利子.

〈1990년 1월 9일 화요일 曇, 雨〉(12. 13.) (0°, 7°)
金溪 가서 郭泰鍾 女婚, 郭漢政 女婚에 人事. 点心은 再堂姪 魯旭 집에서.

〈1990년 1월 10일 수요일 雨, 曇〉(12. 14.) (5°, 6°)
서울 가서 宗親 辛酉會에 參席[3]~宗榮兄이 有司. 4名 參集. 冠岳區 봉천동. 稧財 506,000원. 稧後 宗榮 兄嫂, 서울中央병원 가서 俊榮 兄嫂 問病하고 歸省하니 18時.

〈1990년 1월 12일 금요일 曇〉(12. 16.) (3°, 3°)
永樂會 七人組 會食에 夫婦 參席했고~문명食堂. 松 婚談 또 無散.[4]

〈1990년 1월 13일 토요일 晴〉(12. 17.) (-4°, 3°)
奉事公派 小宗稧에 參席.[5] 內德洞 三從姪 魯學 有司. 88食堂에서 点心. 9名 參席. 宗稧財 84萬 원. 前佐山直 梁承禹에 全額 貸與. 年 1割 5分 利子.
모처럼 동생 振榮 집(平和A.P.T) 다녀왔고.

〈1990년 1월 14일 일요일 晴〉(12. 18.) (-6°, 2°)
崔在崇 女婚에 서울 '한국의 집' 가봤고. 查頓 孫癸一 進甲宴[6]에도 招請 있어 牛耳洞까지 다녀온 것. 막내 弼이가 江南터미날까지 전송하여 밤에 잘 왔고.

〈1990년 1월 15일 월요일 晴〉(12. 19.) (-4°,)
元聖玉 校長 勸誘에 富谷溫泉 觀光[7]에 夫婦 잘 다녀온 셈. 경비 3萬 원 程度.

〈1990년 1월 16일 화요일 晴〉(12. 20.) (-5°5″, 1°)
俊兄, 李明世와 만나 情談하며 交盃. 四從弟 成榮 來淸에 漢斌 氏 宅에서 深夜토록 情談.

〈1990년 1월 18일 목요일 雨, 曇〉(12. 22.) (0°, 5°)
次男 紘이가 어제 차려놓은 콩나물 自動式 機具 井母와 함께 再確認해보았기도.
電擊的으로 槐山 다녀오기도…. 同情 藥品 購求 等. 밤엔 宗親會에 參席.

〈1990년 1월 20일 토요일 晴〉(12. 24.) (-4°, 0°)
13時부터 있는 淸友會에 參席. 場所는 '조선옥'. 總務 責任 다 했고.

〈1990년 1월 21일 일요일 晴〉(12. 25.) (-8°, 1°)
三派稧 있대서 參考로 參席[8]하여 發言했고~三派 會長과 本部 門長과의 關聯? 山 事件의

3) 원문에는 붉은색 색연필로 밑줄이 그어져 있다.
4) 원문에는 붉은색 색연필로 밑줄이 그어져 있다.
5) 원문에는 붉은색 색연필로 밑줄이 그어져 있다.
6) 원문에는 붉은색 색연필로 밑줄이 그어져 있다.
7) 원문에는 붉은색 색연필로 밑줄이 그어져 있다.
8) 원문에는 붉은색 색연필로 밑줄이 그어져 있다.

溫和的 마무리.

〈1990년 1월 22일 월요일 雪, 晴〉(12. 26.) (-5°,)
새벽에 내린 눈 6㎝.[9] 族叔 漢奎 氏 尋訪하여 昨日 있었던 三派稧 말했던 것.

〈1990년 1월 23일 화요일 晴〉(12. 27.)
淸原郡 三樂會[10]와 在淸同窓會에 參席~醉中 하고 싶은 말 했고. 오선 李 氏 다녀갔다고. ×

〈1990년 1월 24일 수요일 晴〉(12. 28.)
배드민턴 淸州 크럽 月例會議에 參席. ×

〈1990년 1월 27일 토요일 晴〉(1. 1.) (-15°, -10°)
昨年에 '설날' 陰 正月 1日로 復舊되어[11] 今年부턴 正式 설 茶禮 지내게 하여 各處 子孫 모두 集合케 하고 茶禮 올린 것. 어제부터 몸 괴로워 呻吟 臥病. 杏과 運한테서 來電.
아이들은 歲拜 後 故鄕 省墓까지 다녀왔고. 날씨는 昨今 最下 영하 15도[12].
夬心 때까지 子孫 모두 갔고. 다만 큰 애와 둘째들만 明朝 가기로.

〈1990년 1월 28일 일요일 晴, 曇〉(1. 2.) (-3°, 2°)
큰 妻男 金泰鎬 다녀갔고. '미네랄' 服用 着手.[13]

〈1990년 1월 29일 월요일 雨, 曇〉(1. 3.) (-2°, 4°)
엊저녁부터 食事 若干 하는 편. 가까스로 걸어서 沐浴과 理髮했고.

〈1990년 1월 30일 화요일 曇, 雪〉(1. 4.) (0°, 3°)
夬心부터 食事만은 正常. 모처럼 배드민턴場 나갔으나 實力 非正常~머리 무겁고 어지럽고 팔다리 若干 떨리는 편. 강아지 한 마리 '개소주' 만들기로 決定. 눈 나우 내리는 편.

〈1990년 1월 31일 수요일 雪, 曇〉(1. 5.) (0°, 1°)
10時 現在 昨今 내린 눈 25㎝ 積雪量.[14] 12時 현재도 내리는 中. 9年 以來 最高[15]라고.
朝食은 큰 妹夫 집에서 夫婦 잘 먹은 것. ○큰애 말…… '母親보다 먼저 作故 意, 저희들이 잘못 섬겨서인지?'[16]

〈1990년 2월 1일 목요일 曇〉(1. 6.) (-1°, 1°)
市內 가서 延丁善 老人 帶同코 宋영수, 安기수, 韓대석 집 訪問 病故慰安 人事한 것.
'개소주' 服用 着手[17]~朝夕 一包씩(1*dl* 정도) …總 49包, 25日分치.

〈1990년 2월 2일 금요일 晴〉(1. 7.) (-4°, 2°)
井母 무릎 關節炎 藥用으로 烏骨鷄와 소주 마련 服用토록 하니 마음 개운. 絃이 다녀가고.
눈(雪) 被害額 發表 全國 50億원(忠北 4億)… 家屋, 農비닐하우스, 家鴨, 空航과 交通마비

---

9) 원문에는 붉은색 색연필로 점선이 그어져 있다.
10) 정년퇴직한 교직자들의 모임. 전국 중앙조직으로 대한삼락회가 있고, 그 아래 각 지역별 삼락회가 있다.
11) 원문에는 붉은색 색연필로 밑줄이 그어져 있다.
12) 원문에는 붉은색 색연필로 점선이 그어져 있다.
13) 원문에는 붉은색 색연필로 밑줄이 그어져 있다.
14) 원문에는 붉은색 색연필로 밑줄이 그어져 있다.
15) 원문에는 붉은색 색연필로 점선이 그어져 있다.
16) 원문에는 붉은색 색연필로 밑줄이 그어져 있다.
17) 원문에는 붉은색 색연필로 밑줄이 그어져 있다.

等.[18)]

〈1990년 2월 3일 토요일 晴〉(1. 8.) (-4°, 2°)
金溪 郭유종 女婚에 人事次 江西교회 다녀왔고. 再從 公榮한테서 電話~爲先事業의 일.

〈1990년 2월 6일 화요일 晴〉(1. 11.) (-2°, 3°)
健康 正常~食事 平常, 早朝운동 繼續, 外部活動 圓滑.
井母 데고 朴世瑾 內科 가서 診察受藥~속쓰림.
洞으로부터 投票所(區) 選擧管理委員長(從事員) 委囑書類[19)] 手續해가기도.

〈1990년 2월 9일 금요일 晴〉(1. 14.) (2°, 9°)
오늘 날씨 봄날 같이 따뜻했고~故鄕 가서 省墓…先考, 祖考, 맏祖考, 伯父, 堂叔 墓에 參拜.
正初에 쌓인 눈 前佐山 一帶 아직 15㎝ 程度로 百世界.
'현동 石材' 가서 石物價 알아 보았고. 一組 80萬, 60萬, 碑는 60萬 원.

〈1990년 2월 11일 일요일 晴〉(1. 16.) (2°, 7°)
再從 公榮, 再堂姪 魯觀, 魯斗 來訪~제 祖考와 先考 墓 立石行事 相議次 온 것. 日暮頃에 함께 上京하여 文井洞 큰 애 집에서 夕食과 歡談 深夜토록 하는 것.

〈1990년 2월 13일 화요일 晴〉(1. 18.) (-3°, 6°)
故鄕 가서 再省墓 後 先祖考 墓碑文 移記~큰 祖考 墓碑文 草案 관계로.
어머님 忌故 밤 11時頃에 깨끗이 鄭重히 지냈고~事情 있어 서울 큰 애 못왔고.
濠洲 갔던 杏이 不遠 歸國한다는 消息 왔기도…今月 17日 13時 金浦空港 着 예정.

〈1990년 2월 15일 목요일 曇〉(1. 20.) (5°, 8°)
행(杏)한테서 來電~17日에 歸國한다고. 큰 從祖考 墓 碣文 草案 完成.

〈1990년 2월 16일 금요일 晴〉(1. 21.) (3°, 13°)
晝間은 봄날 같이 따뜻했고. 午後엔 族長 宗鉉氏 問病次 虎竹 다녀오기도.
17日에 歸國한다는 四女 杏은 事情上 좀 더 있다가 五月쯤으로 延期한다고 來電.

〈1990년 2월 17일 토요일 曇〉(1. 22.) (2°, 7°)
둘째 堂姪 魯錫 집에서 夫婦 함께 가서 朝食~從兄 生辰이라서. 從兄 年歲 74歲.

〈1990년 2월 18일 일요일 雨, 曇〉(1. 23.) (2°, 6°)
夫婦 함께 大田 가서 둘째 집에서 晝食 맛있게 잘 먹었고[20)]~모레가 둘째 絃 生日. 今日은 雄信 生日이라나. 빚진 貰집이지만 前보다 넉넉해서인지 生計 인상 좀 나아진 편 같아서 多幸이었던 것.

〈1990년 2월 20일 화요일 晴〉(1. 25.) (1°, 7°)
曾坪 三寶校 金圭會 校長 停年退任式에 參席. 歸路에 鄭奭基 應待. 感氣 기 있고.

18) 원문에는 붉은색 색연필로 밑줄이 그어져 있다.
19) 원문에는 붉은색 색연필로 밑줄이 그어져 있다.
20) 원문에는 붉은색 색연필로 밑줄 그어져 있다.

〈1990년 2월 21일 수요일 曇〉(1. 26.) (2°5″, 8°)
陰城郡 下唐國校 成平鏞 교장 停年退任式에 다녀왔고.
教員 學年末 定期異動에 參男 明이 教大附國으로 發令. 弟 振榮은 報恩郡으로.

〈1990년 2월 22일 목요일 雨〉(1. 27.) (3°, 8°)
거의 終日토록 부슬비, 가랑비. 12時부터 있는 淸原郡 三樂會에 參席 會食.
從兄 置塚[21]用 石棺 狀況 미평商會서 알아봤고. 昌信이 제 祖母 약 갖고 來淸.

〈1990년 2월 24일 토요일 曇〉(1. 29.) (4°, 8°)
從兄 來淸에 米坪商會 가서 置塚用 石棺 2틀 14萬 원에 購入 운반까지로 決定.

〈1990년 2월 25일 일요일 曇, 晴〉(2. 1.) (1°, 5°)
外從妹(곽노규) 女婚 있대서 鳥致院 '서울예식장' 다녀왔고.

〈1990년 2월 26일 월요일 晴〉(2. 2.) (-2°5″, 8°)
食 前에 나우 추었으나 낮엔 따셨고. 報恩中 尹基東 교장 停年式에 參席했고.
在淸同窓會에 夕食會에 參席.
夫婦와 松과 함께 參男 明의 집 가서 朝食 잘 했고~明의 生活 정도 보통…今日이 生日.

〈1990년 2월 27일 화요일 晴〉(2. 3.) (1°, 8°)
從兄 置塚用 石棺에 毛筆로 靈旌 썼고 – '淸州郭公 浩榮 之柩, 孺人 全州 李氏 之柩'. 李熙周 地官 만나 3月 1日 行事 相議했고. 1個月 만에 濁酒 2잔 먹었기도.

〈1990년 2월 28일 수요일 晴〉(2. 4.) (1°5″, 8°)
教大체육관 배드민턴 라인 긋기에 綠色페인트칠 11名 會員이 낮 2時間 勞力했고. 作業 마치고 沈 氏 宅 家屋 落成行事에 招待 있어 一同 가서 맛있는 잔치 많이 먹은 것.
午後에 서울서 큰 애 왔고~明日 큰집 行事에 參席하려고. 밤엔 明과 振榮 함께 와서 情談 나누었기도.

〈1990년 3월 1일 목요일 曇〉(2. 5.) (2°, 7°)
새벽 1時쯤 동생 振榮 집에 큰 혼란 急報에 놀랐기도~司倉洞 平和아파트 火災가 發生. 동생 振榮 家族 四名 窒息死 地境에 消防車 高架사다리로 救出[22]될 것. 大不幸 中 多幸. 마침 왔던 큰 애 乘用車 있어 病院, 아파트, 봉명동, 약방 等으로 잘 뛰게 되었던 것…열房 火災.
從兄님 幽宅地(置塚) 工事[23]로 새벽부터 정황 中에도 終日 뛴 셈 – 李熙周 地官 案內. 前佐山 山神祭. 接客, 伯祖父 墓도 加工事 一部. 끝마치고 日暮頃에 歸淸.

〈1990년 3월 2일 금요일 晴〉(2. 6.) (4°, 12°)
弟 振榮 집 食 前에 들러 엊새벽 일로 驚症이나 없는지 安否 알아봤고.
井母 老衰에 茸包含 漢 한제 30萬 원에 지은 것 찾아오기도~영신한의원.

21) 치총(置塚): 묏자리를 미리 잡아 표적을 묻은 뒤 임시로 만들어 놓는 무덤.

22) 원문에는 붉은색 색연필로 밑줄이 그어져 있다.
23) 원문에는 붉은색 색연필로 밑줄이 그어져 있다.

〈1990년 3월 3일 토요일 晴〉(2. 7.) (5°, 12°)
11時부터 있는 淸州鄕校 孔夫子 春期 釋尊大祭에 招請 있어 參席했고.
李晳均 子婚에 參席. 下午 2時에 故鄕 農場 가서 棗木[24] 附土된 것 解土에 勞力.

〈1990년 3월 4일 일요일 晴〉(2. 8.) (3°5″, 12°)
鄭德來 女婚과 淸州 크렵 鄭 氏 子婚에 興德예식장 가서 人事. 待接받기도.
福臺, 牛巖洞 會食 夕飯에 우연찮이 過經費와 對話에 圓滿치 못했고.

〈1990년 3월 6일 화요일 晴〉(2. 10.) (2°5″, 11°)
井母用 磁石담요 一式 13萬 원에 購求. 昨夜부터 使用에 氣分 快함은 彼此 同感.

〈1990년 3월 10일 토요일 晴〉(2. 14.) (3°, 13°)
어제의 過勞인지 고단함을 느끼고~농장 가서 곡초, 잡초 等 소각했던 것.
同窓會員 宋僨柱 女婚에 人事次 一行 8名 11時에 鳥致院 經由 溫陽예식장 다녀온 것.
下午 5時부터 있는 校長團 辛酉會員 元聖玉 校長 七旬잔치에 招待있어 參席.
濠洲 杏한네서 漢 補藥 1箱 小包로 보내와 잘 받았고.

〈1990년 3월 12일 월요일 雨, 晴〉(2. 16.) (4°, 9°)
昨今 내린 비 約 20㎜라고. 豊年 豫想되어 多幸한 느낌이기도. 中古자전車 3萬 원에 購入.
永樂會 會食엔 井母만 參席. 11時부터 있는 배드민턴 道聯合代議員 總會에 參席. 副會長 推戴에 억지 受諾. 次男 紘이 過飮 繼續이란 電話 왔고…. 전화로 訓戒.

〈1990년 3월 13일 화요일 晴〉(2. 17.) (0°, 12°5″)
自轉車로 故鄕 金溪밭까지 約 1時間(58分) 걸려 無事到着[25]. 約 4時間 作業.

〈1990년 3월 14일 수요일 雨〉(2. 18.) (5°, 11°)
延 老人과 함께 '리라病院' 가서 김영만 氏 子弟 問病했기도.

〈1990년 3월 16일 금요일 晴〉(2. 20.) (6°, 13°)
내일과 모레 일도 있고 하여 金溪 다녀왔고….
伯祖父墓 立石行事 件.

〈1990년 3월 18일 일요일 晴〉(2. 22.) (1°, 12°)
엊저녁 날씨 사납더니 終日토록 快晴. 伯祖父墓 碣碑包含 立石[26]을 午前 中에 마치고 一同은 안골 가서 큰 堂叔墓 立石行事 마치니 午後 6時 半. 大過 없이 마쳤으나 解散 무렵 서울 젊은 再堂姪 男妹들 言行 不順에 不安했던 것.
서울 큰 애도 다녀갔고.

〈1990년 3월 19일 월요일 晴〉(2. 29.) (−1°, 14°5″)
下午 3時頃부터 井母는 왼편다리 허벅지 痛症으로 極히 苦痛 겪은 것~양한설 정형외과 가서 應急治療 받기도…洗濯 等 過勞에 筋肉이 뭉쳐진 原因이라고…夜間에 溫찜질 數時間 勞力 看護한 것.

24) 조목(棗木): 대추나무

25) 원문에는 붉은색 색연필로 밑줄이 그어져 있다.
26) 원문에는 붉은색 색연필로 밑줄 그어져 있다.

〈1990년 3월 20일 화요일 晴〉(2. 24.) (4°5″, 12°)
淸友會 七名 全員 參席~水安堡 잘 다녀왔고…. 溫泉 入浴, 會食. ×

〈1990년 3월 21일 수요일 晴〉(2. 25.) (5°, 13°)
夫婦 金溪 가서 텃밭(둑너머밭) 손질에 約 3時間 勞力~고추대 뽑아 雜草와 함께 소각.

〈1990년 3월 22일 목요일 晴〉(2. 26.) (10°, 21°)
井母 要請으로 錦山 가서 人蔘 3채 사온 것…채當 10,000程度.
族弟 來榮 要請으로 各 謄本과 土地使用 승락서 等 作成해 주었고.

〈1990년 3월 23일 금요일 曇, 가랑비〉(2. 27.) (12°, 17°)
族叔 漢世 母親喪에 福臺洞 가서 俊兄과 함께 人事.

〈1990년 3월 24일 토요일 가랑비, 晴〉(2. 28.) (14°, 14°)
韓國배드민턴 中央연합會 90年度 定期代議員 總會[27]에 淸州 크럽 張상원 會長과 함께 다녀온 것~88體育館. 15시부터 18시.

〈1990년 3월 25일 일요일 晴〉(2. 29.) (3°, 13°)
井母와 함께 金溪 농장 가서 3時間 勞動~어제 갈은 밭 골라서 옥수수, 감자 놓은 것.

〈1990년 3월 26일 월요일 晴〉(2. 30.) (3°, 15°)
一農場 가서 棗木에 堆肥(藥 찍거기) 一次完了. 族弟 敏相집 밀례 行事에 人事.
18時부터 있는 同窓會에도 參席.

〈1990년 3월 29일 목요일 曇, 雨〉(3. 3.) (7°, 10°5″)
秀谷洞 가서 移舍짐 묶는 데 助力했던 것. 가랑비는 거의 終日토록 내렸고.

〈1990년 3월 30일 금요일 曇〉(3. 4.) (8°, 12°)
永雲洞 가서 移舍짐 整理에 助力했고. 農用 비닐과 果木 肥料 購入.

〈1990년 3월 31일 토요일 曇, 晴〉(3. 5.) (9°, 14°)
族長 時鍾 氏 子婚에 親友 李斌模와 함께 上黨 예식장에 다녀온 것.

〈1990년 4월 1일 일요일 曇, 晴〉(3. 6.) (7°, 15°)
크럽 行事 堤川 招請에 事情 있어 寸志 表示하고 不參. 一同은 7時에 梧根場 出發. 同派之親 族叔 漢逑 氏 子婚에 主禮 섰고. 妻族 金象鎬 子婚, 弟子 權彛福 女婚, 弟子 朴相龍 子婚에 參席 人事. 모처럼 弟子 몇 名 만나 歡談하였기도.

〈1990년 4월 2일 월요일 晴〉(3. 7.) (7°, 19°)
金溪 가서 2号 밭 두둑 5 만들기에 約 2時間 所要. 李炳億과 夕食을 會食.

〈1990년 4월 3일 화요일 曇, 雨〉(3. 8.) (10°, 11°)

〈1990년 4월 4일 수요일 曇, 晴〉(3. 9.) (4°, 9°)
비 끝이라서인지 終日 쌀쌀한 날씨. 消化不良, 腹痛 있어 朴世根 內科 다녀왔고.

27) 원문에는 붉은색 색연필로 밑줄 그어져 있다.

〈1990년 4월 5일 목요일 晴〉(3. 10.) (3°, 13°)
植木日. 맑으나 바람 세고 차고. 山城 다녀오기도. 어제 왔던 큰 애 10時에 歸京.

〈1990년 4월 6일 금요일 晴〉(3. 11.) (4°, 17°)
故鄕 가서 寒食 茶禮에 參席~高祖父, 맏曾祖父, 再從祖父~曲水 뒤와 金城. 큰 애 上京.

〈1990년 4월 7일 토요일 雨〉(3. 12.) (7°, 12°)
거의 終日토록 비 오락가락. 堂姪 移舍에 夫婦가 보았고. 동생 振榮 집도 잠간 들렸던 것.

〈1990년 4월 8일 일요일 晴〉(3. 13.) (5°, 12°)
族長 大鍾 氏 女婚 人事에 天安 아카데미 禮式場 다녀온 後 金溪 들러 炳鎭 先祖山 莎草하는데 둘러보고. 2農場에서 1時間 程度 勞動. 저녁엔 塔洞 가서 弟子 漢恂 女婚에 祝儀金 내기도.

〈1990년 4월 9일 월요일 晴〉(3. 14.) (6°, 19°)
배드민턴 道聯合會 幹部會議에 參席~場所 忠北大 食場, 12~16시. 4月29日 行事.

〈1990년 4월 10일 화요일 晴〉(3. 15.) (8°, 21°)
體重 50.5㎏이나 健康 正常. 永樂會員 七名 모두 夫婦 同伴하여 無心川 벗꽃 觀賞하고 홍덕 영양탕 집에서 点心했던 것.

〈1990년 4월 11일 수요일 晴〉(3. 16.) (10°, 22°)
京畿道 安 용화선원 가서 法寶齊 가서 祈禱行事에 參席.[28] 좀 늦게 갔으나 点心 食事 後 法寶殿 가서 靈架 安置席 確認하고 冥福祈禱 -向左 3間째 16段 中 下로부터 五段 右側으로 6,980 父母, 6,981 곽운영, 6,982 신의재.[29] 歸家하니 19時.

〈1990년 4월 12일 목요일 雨〉(3. 17.) (13°, 19°)
終日토록 비 오락가락. 俊兄 만나 一盃하면서 情談했던 것. 後 金相俊도 만났고.

〈1990년 4월 13일 금요일 曇〉(3. 18.) (10°, 11°)
沃川 가서 査頓 林在道 回甲宴에 參席 人事.

〈1990년 4월 14일 토요일 曇, 가랑비〉(3. 19.) (7°, 10°)

〈1990년 4월 15일 일요일 曇, 晴〉(3. 20.) (8°, 12°)
咸龍澤 文祥교장 子婚과 安기수(크럽) 女婚에 人事. 午後엔 2농장 다녀왔고.

〈1990년 4월 16일 월요일 曇〉(3. 21.) (8°, 13°)
金溪 2농장 가서 두둑 만들기 作業 1次的 計劃 完了하니 마음 개운.

〈1990년 4월 17일 화요일 曇, 晴〉(3. 22.) (9°, 16°)
夫婦 2농장 가서 約 2時間 半 作業했고~동부, 도라지 若干 播種.

〈1990년 4월 18일 수요일 晴〉(3. 23.) (9°, 18°)
2농장 1두둑 골 파고. 1농장 가서 特殊 堆肥 펴 널었던 것.

28) 원문에는 붉은색 색연필로 밑줄이 그어져 있다.

29) 원문에는 붉은색 색연필로 밑줄이 그어져 있다.

〈1990년 4월 19일 목요일 晴〉(3. 24.) (9°, 20°)
井母와 함께 金溪 2농장 가서 約 5時 勞動하고 無事 歸. 4.19 30주년 일.

〈1990년 4월 20일 금요일 雨, 曇〉(3. 25.) (10°, 18°)
새벽부터 내리는 비 어제 播種한 참깨, 옥수수에 甘雨. 淸友會에 參席~石山亭.

〈1990년 4월 21일 토요일 晴〉(3. 26.) (10°, 20°)
金溪 1농장 가서 除草作業. 1時間 程度 마치고 歸淸. 弟 振榮 교감 차출 受講人事.

〈1990년 4월 22일 일요일 曇, 雨〉(3. 27.) (12°, 14°)
낮 동안 人事 다니기에 바빴고~郭晩榮 回甲, 郭奉榮 子婚, 郭氏 宗親歡談, 安鍾烈 女婚, 尹成熙 子婚. 큰 딸 夫婦 잠간 다녀갔고…'사위, 手票 10萬 원 井母에'.

〈1990년 4월 23일 월요일 曇, 晴〉(3. 28.) (8°, 13°)
水落 兵使公 墓 가서 參拜後 墓碑 表字와 末尾 記錄 分 移記했고…博物館長 要求 關聯. 歸路에 望德山(曲水 뒤) 가서 高祖父 山所 찾아가 省墓하고 고사리 若干 꺾기도.

〈1990년 4월 24일 화요일 晴〉(3. 29.) (6°, 17°)
在淸同窓會 春季 逍風에 夫婦 參席~7時 發 버스. 扶餘[30]…博物館, 부소山, 軍倉址, 落花암, 고란사, 白馬江(泗子水), 乘船(규암까지), 鷄龍甲寺, 公州 武寧王陵. 19시 半 淸州 着.

〈1990년 4월 25일 수요일 晴, 曇〉(4. 1.) (7°, 17°)
金溪 1농장 가서 除草作業. 約 1.5時間. 영운동 가서 彼此 위로 心情 安定케.

〈1990년 4월 26일 목요일 曇, 晴〉(4. 2.) (12°, 18°)
金溪 가서 故 郭致謨 葬禮. 郭漢益 喪 葬禮式에 人事. 歸路에 고사리 꺾고. 농장 가서 勞動도.

〈1990년 4월 27일 금요일 曇〉(4. 3.) (8°, 18°)
1農場 가서 除草作業 約 1.5時間. 德村 鄭世模 母親喪에 人事.

〈1990년 4월 28일 토요일 雨, 曇〉(4. 4.) (9°, 15°)
17시부터 있는 友信親睦會에 參席. 場所 泰東館.

〈1990년 4월 29일 일요일 晴〉(4. 5.) (11°, 18°)
道연합회 社會人 배드민턴大會(忠州工高 강당)에 參席…男 老年部에서 銀메달 획득.[31]

〈1990년 4월 30일 월요일 晴〉(4. 6.) (13°, 27°)
낮 氣溫 27°까지. 先祖考 忌祭여서 큰집 갔으나 去 26日 不淨으로 參祀 못한 것.

〈1990년 5월 1일 화요일 曇, 雨〉(4. 7.) (12°, 19°)
早起하여 日出 前 前佐里 가서 고사리 若干 꺾었고. 1號 농장(대추밭 골) 트럭터로 갈았고.

30) 원문에는 붉은색 색연필로 밑줄이 그어져 있다.

31) 원문에는 붉은색 색연필로 밑줄이 그어져 있다.

〈1990년 5월 2일 수요일 가끔비〉(4. 8.) (10°, 15°)
어저부터 내린 비 20餘 ㎜. 초파일이어서 井母와 함께 舊 龍華寺 가서 부처님께 參拜.

〈1990년 5월 3일 목요일 雨, 曇〉(4. 9.) (10°, 14°)
李士榮 慘喪[32]에 内秀 葬地까지 다녀온 것. 大田 둘째 肉類 多量 갖고 다녀갔다는 것.

〈1990년 5월 4일 금요일 가랑비〉(4. 10.) (12°, 16°)
김홍기 정형외과 찾아가 問病(再從兄嫂, 徐秉圭 夫人 入院). 終日토록 가랑비 오락가락.

〈1990년 5월 5일 토요일 晴〉(4. 11.) (11°, 19°)
서울서 큰 애 内外 아침결에 왔고. 四人 一同 1농장 가서 作業 2時間. 도라지 播種. 除草. 作業後 큰 애와 함께 曲水 뒷山 가서 高祖父 山所 周圍에 돋은 고사리 좀 살펴 꺾어 오기도.
午後 6時부터 있는 李殷稙 七旬 招待에 辛酉生 一同 參席. '한국식당'에서 一盃와 會食.

〈1990년 5월 6일 일요일 晴〉(4. 12.) (11°, 23°)
朝食頃에 大田 둘째 다녀가기도. 夫婦 2호 농장 가서 2.5時間 作業.
어제 왔던 큰 애 夫婦, 막내 夫婦 11時頃 上京.

〈1990년 5월 7일 월요일 가끔비〉(4. 13.) (16°, 17°)
1농장 除草作業 約 2時間~비 오기에 우산 받고 勞動. 大田 둘째 다녀가고.

32) 참상(慘喪): 부모보다 자손이 먼저 죽은 상사(喪事).

〈1990년 5월 8일 화요일 曇, 晴〉(4. 14.) (15°, 20°)
어버이날이라고~夫婦 꽃 달리고. 炅心은 셋째 主管으로 '별장회집'에서 아구탕으로 應待.
一농장 가서 두둑 1.5시간 作業.

〈1990년 5월 9일 수요일 晴〉(4. 15.) (12°, 27°)
井母와 함께 一농장 가서 4時間 半 勞動~참깨 3두둑 播種…비닐 씌웠고.

〈1990년 5월 10일 목요일 晴, 曇〉(4. 16.) (16°, 28°)
郡 三樂會 緊急會議에 參席. 井母와 1농장 가서 참깨 播種에 數時間 勞動.
서울텔라(郭七榮)서 春夏服 20萬 원에 맞춘 것 찾아왔고~額數론 今日까지에 나로선 最高.

〈1990년 5월 11일 금요일 雨, 曇〉(4. 17.) (13°, 21°)
井母와 1농장 가서 참깨 播種 2시간 半 作業에 땀 많이 흘린 것. 過勞한 편.

〈1990년 5월 12일 토요일 晴〉(4. 18.) (14°, 24°)
배드민턴 中央大會 있어 出席. 蠶室 體育館. 10시~18시. 成果 別無. 23시에 歸家.
큰 애 서울서 온 것.

〈1990년 5월 13일 일요일 曇〉(4. 19.) (17°, 26°)
배드민턴 淸州 크럽 會員인 김영만 氏 子婚에 主禮 보았기도~나름대로 잘 한 셈.
오승환 結婚式에도 參席. 井은 제 母親과 金溪 다녀왔기도.

〈1990년 5월 14일 월요일 雨, 曇, 晴〉(4. 20.) (15°, 22°)
김영만 氏의 招請에 '고향 三千里' 가서 會員 20餘 名과 함께 点心 했고.
金溪 농장 가서 約 2時間 勞動…두둑. 井母는 참깨 지우고. 큰 애 上京. 故 源榮집 人事.

〈1990년 5월 15일 화요일 晴〉(4. 21.) (15°, 26°)
井母와 함께 1농장 가서 흑참깨 1두둑 비닐 씨워 播種.
스승의 날이라고 玉山校 26回生 鄭顯姬, 鄭熙模, 郭魯乂, 朴鍾圭 招請으로 夕食 會食했고.

〈1990년 5월 16일 수요일 晴〉(4. 22.) (13°, 25°)
夫婦 농장 가서 作業 數時間~참깨 비닐 따개고. 두둑 만들고, 除草도.

〈1990년 5월 17일 목요일 曇, 雨〉(4. 23.) (16°, 17°)
大田 가서 族兄 宗榮 氏 喪偶에 人事했고. 井母는 金溪 농장 다녀오기도.
數日 前 金영만 氏 子婚時 主禮했다고 一同 와서 謝禮와 膳物 나우 가져오기도.

〈1990년 5월 18일 금요일 雨, 曇〉(4. 24.) (16°, 20°)
郭魯學, 郭斗榮 집 尋訪하여 去 回甲日 不參人事 마친 것. 20日 있을 淸友會員에 連絡.

〈1990년 5월 19일 토요일 曇〉(4. 25.) (15°, 21°)
노정모와 함께 금계 농장 가서 4시간 작업~참깨 솎기, 제초.

〈1990년 5월 20일 일요일 曇, 晴〉(4. 26.) (16°, 22°)
在淸宗親會 逍風에 井母가 參席[33]하여 多幸~上黨山城.
淸友會(七名 親睦會)에 參席 後 李士榮 집 尋訪하여 慰安하고 來 23日 行事 이야기했기도.
밤 11時頃 취중에 三男 明이 왔다가고…不孝 사과, 서운한 아비 말, 제 큰 兄 說.

〈1990년 5월 21일 월요일 晴〉(4. 27.) (13°, 22°)
井母와 함께 농장 가서 4.5時間 勞動~고추 심을 두둑과 비닐 포복. 참깨 솎으며 손질. 센 바람에 비닐 뽑혀 나라갈 번하여 아찔했고…30分쯤 늦었어도.
개 2마리 끈 풀러져 울 안 작물(상추, 파, 완두콩) 싹 해쳐 버려 아깝기 無限.

〈1990년 5월 22일 화요일 曇〉(4. 29.) (10°, 22°)

〈1990년 5월 23일 수요일 晴〉(4. 29.) (12°, 22°)
淸原郡 三樂會 行事로 上半期 逍風[34]에 參席~8時 出發. 19時 半 歸淸…總 32名. 月岳山[35] 가서 德周寺, 藥師殿. 長廻에서 遊覽船,[36] 新丹陽서 点心, 고수동굴.[37] 終日 날씨 快晴.
井母는 農場 가서 거의 終日 勞力~고추모 200폭. 고구마 싹 200 심은 것.

〈1990년 5월 24일 목요일 晴〉(5. 1.) (12°, 22°)

33) 원문에는 붉은색 색연필로 밑줄이 그어져 있다.
34) 원문에는 붉은색 색연필로 밑줄이 그어져 있다.
35) 원문에는 붉은색 색연필로 밑줄이 그어져 있다.
36) 원문에는 붉은색 색연필로 밑줄이 그어져 있다.
37) 원문에는 붉은색 색연필로 밑줄이 그어져 있다.

市場에서의 打犬 먹여오던 중개 賣渡 情況에 가엾은 心情 괴로웠던 것.
井母와 함께 農場 가서 4時間餘 作業(참깨 솎기, 콩밭 김매기, 둑깎기).

〈1990년 5월 25일 금요일 曇, 晴〉(5. 2.) (12°, 24°)
盧泰愚 大統領 日本 訪問中 日 國會에서의 演說[38] 眞實로 잘 해 기쁘고 滿足했고.
井母와 함께 농장 가서 5時間 勞動했고.

〈1990년 5월 26일 토요일 晴〉(5. 3.) (13°, 26°)
井母와 함께 金溪 농장 가서 5時間 勞動~참깨 싹 솎으며 손질에 애 많이 먹는 것. 끝까지 除草作業에 애쓰며 땀 흘리는 井母가 딱하기도.
同窓會 〃食 있었고.

〈1990년 5월 27일 일요일 晴〉(5. 4.) (16°, 26°)
電擊的 逍風~忠州서 舊丹陽까지 遊覽船, 고수동굴~10시 發. 22時 歸淸.
딱하게도 井母 혼자 金溪 농장 가서 約 五時間 作業한 것.

〈1990년 5월 28일 월요일 晴〉(5. 5.) (18°, 26°)
井母와 함께 金溪 농장 가서 5시간餘 勞動~참깨 싹 솎기.
俊兄 招請하여 보신탕으로 夕食 待接. 經費 豫定보다 超過.

38) 1990년5월25일 오전 일 중의원에서 한 '변화하는 세계 속의 새 한일관계'라는 주제의 연설. 동반자관계로서 동북아 평화와 번영의 21세기 태평양시대를 열자는 내용이다. 원문에는 붉은색 색연필로 밑줄이 그어져 있다.

〈1990년 5월 29일 화요일 曇, 晴〉(5. 6.) (19°, 27°)
夫婦 1농장 가서 5時間 半 勞動~참깨밭 손질에 日暮頃까지 作業 充實.

〈1990년 5월 30일 수요일 曇, 가랑비〉(5. 7.) (20°, 23°)
今日도 夫婦 1농장 가서 5時間 程度 勞動.

〈1990년 5월 31일 목요일 雨, 曇〉(5. 8.) (19°, 22°)
金溪 1농장 가서 1.5시간쯤 作業했고. 通路 풀 깎기도.

〈1990년 6월 1일 금요일 가랑비, 晴〉(5. 9.) (16°, 20°)
夫婦 2농장서 5시간 作業~콩밭, 동부밭 김매기에 流汗 勞動.

〈1990년 6월 2일 토요일 曇, 晴〉(5. 10.) (16°, 24°)
夫婦 함께 昨日과 同一. 큰 애 서울서 와서 農場서 일하고 入淸 中 江西서 夕食을 會食.

〈1990년 6월 3일 일요일 晴〉(5. 11.) (16°, 26°)
延丁善 老人 勸告에 依하여 10名組 中에 끼어 法住寺 미륵佛像(銅) 竣功된 것 求景했고.
큰 애는 제 母親과 농장 가서 作業하고 夕食 後 日暮되어 上京.

〈1990년 6월 4일 월요일 晴〉(5. 12.) (18°, 28°)
夫婦 농장 가서 5時間 勞動~참깨밭 손질과 대

추밭 除草. 대추나무 枯死에 苦心.[39)]

〈1990년 6월 5일 화요일 晴〉(5. 13.) (18°, 29°)
清州農高 가서 兪寅根 先生 찾아서 대추나무病 治療法과 管理法 受請했고~'붕사 약비료'[40)] 施藥肥해보라는 것. 빗자루病 治療와 豫防엔[41)] 뿌리 한가닥에 濁酒 1병에다 테라마이신 500배[42)](물 1L에 4개 '2g')[43)] 施藥토록.

〈1990년 6월 6일 수요일 晴, 曇〉(5. 14.) (19°, 30°)
顯忠日~弔旗揭揚. 夫婦 故鄕 농장 가서 5時間餘 勞動.

〈1990년 6월 7일 목요일 晴〉(5. 15.) (19°, 30°)
夫婦 농장 가서 5시간餘 作業~除草, 棗木에 施藥肥 붕사 施肥.[44)]

〈1990년 6월 8일 금요일 曇, 雨〉(5. 16.) (20°, 23°)
玉山面에 가서 둑너머밭 地積圖와 河川使用地 確認해 봤으나 不分明.
하오 3時에 清州 크럽 朴大鉉 總務 家屋 竣功 잔치에 招待 있어 다녀왔고.

〈1990년 6월 9일 토요일 曇, 晴〉(5. 17.) (20°, 29°)

39) 원문에는 붉은색 색연필로 밑줄이 그어져 있다.
40) 원문에는 붉은색 색연필로 밑줄이 그어져 있다.
41) 원문에는 붉은색 색연필로 밑줄이 그어져 있다.
42) 원문에는 붉은색 색연필로 점선이 그어져 있다.
43) 원문에는 붉은색 색연필로 밑줄이 그어져 있다.
44) 원문에는 붉은색 색연필로 밑줄이 그어져 있다.

井母와 함께 金溪 농장 가서 5時間 作業. 下午에 서울 큰 애도 와서 돕고~참깨밭 손질, 除草, 雜草藥 撒布.

〈1990년 6월 10일 일요일 曇, 쏘나기〉(5. 18.) (18°, 25°)
어제 왔던 큰 애가 화장실 便器 水洗통 故障난 것 完璧히 고치기도.
井母 혼자 2농장 가서 녹두, 팥 等 播種했고.
大田 둘째 過飮中인 듯?

〈1990년 6월 11일 월요일 晴, 曇〉(5. 19.) (20°, 24°)
농장 가서 勞力~井母 7時間. 난 4時間~도라지밭, 참깨밭 除草.

〈1990년 6월 12일 화요일 曇, 晴〉(5. 20.) (20°, 26°)
永樂會 月例行事 있어 夫婦 參席 會食했고.

〈1990년 6월 13일 수요일 晴〉(5. 21.) (20°, 31°)
峊心을 黃致萬 氏 主管으로 李昌燮(畜協) 招致하여 族長 勳鍾 氏도 參席. 四人이 25시 食堂에서 食 會食.
夫婦 농장 가서 5時間 以上 勞動.

〈1990년 6월 14일 목요일 晴〉(5. 22.) (21°, 28°)
夫婦 農場 가서 5時間餘 勞動~참깨밭 손질, 농약(풀약, 영양劑) 撒布.
大田 둘째 飮酒로 걱정 中 若干 간정됐대서[45)]

45) 간정되다. 소란스럽던 일이나 앓던 병 따위가 가라앉아 진정되다.

마음 놓았고.

〈1990년 6월 15일 금요일 가랑비, 曇〉(5. 23.) (22°, 25°)
夫婦 농장 가서 2농서 勞動 5時間~둑 除草, 고추밭, 도라지밭, 고구마밭 손질.

〈1990년 6월 16일 토요일 雨, 晴〉(5. 24.) (21°, 27°)
昨日과 同一. 단 除草藥 撒布에도 勞力. 참깨 狀況 順調.

〈1990년 6월 17일 일요일 晴〉(5. 25.) (20°, 30°)
井母 單身 金溪 농장 가서 일하는데, 가외 經費 쓰며 他處에 逍風 가서 逍日하였으니 罪狀 滿萬에 머리 숙여 빌었기도. 둘째 紘, 막내 弼네 전화하니 모두 無故.

〈1990년 6월 18일 월요일 曇〉(5. 26.) (21°, 30°)
夫婦 농장 가서 勞動~井母는 콩밭 김매기. 난 1농장서 대추밭 除草.

〈1990년 6월 19일 화요일 雨〉(5. 27.) (23°, 28°)
終日토록 비 왔고. 兄從 所有 山(용소샘) 賣渡하는 데 參見次 玉山 다녀온 것. 4,300坪, 坪當 12,000원. 밤에 弼이 왔고~6.25事件 梧倉 일 取材次 왔었다고.

〈1990년 6월 20일 수요일 가끔비〉(5. 28.) (21°, 23°)
淸友會에 參席. 오정진 內科서 腰痛 진찰 治療藥 3日 分 받았고. 弼이 午前에 上京.

〈1990년 6월 21일 목요일 雨, 曇〉(5. 29.) (21°, 24°)
單身 농장 가서 五時間餘 作業~참깨 모종했고. 2농장 녹두두둑 나우 개가 빼대놓고. 제1농장 참깨 싹수는 좋으나 대추苗가 ?病故로 아깝게도 많이 죽어가는 中.

〈1990년 6월 22일 금요일 曇, 가끔비〉(5. 30.) (21°, 25°)
夫婦 농장 가서 約 五時間 作業. 1농장에 풀약, 깨에 살충劑. 除草劑 撒布.

〈1990년 6월 23일 토요일 曇, 晴〉(閏5. 1.) (22°, 30°)
淸原郡 三樂會에 參席. 동원食堂에서 点心.
下午 五時부터 있는 '友信親睦會'에 參席~終身會長으로 委任받기도.[46]

〈1990년 6월 24일 일요일 가끔비〉(윤5. 2.) (24°, 27°)
井母와 함께 1농장 가서 2시간 半 作業…도라지밭 除草.

〈1990년 6월 25일 월요일 가끔비〉(윤5. 3.) (22°, 25°)
6.25 40周年. 終日토록 가끔 비 내렸고.

〈1990년 6월 26일 화요일 가끔비〉(윤5. 4.) (21°, 24°)
井母는 농장 가서 作業했고. 延 老人 만나 茶 마시고 歡談하기도.

46) 원문에는 붉은색 색연필로 밑줄이 그어져 있다.

18時에 있는 在清同窓會에 參席. 會食費는 黃會長이 全擔했고.
四男 松(淸商高 在職)은 學生 濟州道 修學旅行에 早朝에 出發…장마 中이라서 개운치는 않고.

〈1990년 6월 27일 수요일 曇, 雨, 曇〉(윤5. 5.) (20°, 24°)
洪喜植(忠大 總務課) 停年人事次 鄭漢泳, 朴仁圭 會員과 함께 紀念品 사 갖고 自宅까지 尋訪하였기도.
井母와 함께 농장 가서 3時間 作業~감자캐기, 농약(풀약) 撒布. 金溪校 어린이 1人 溺死 事故에 잇따라 成人 3人까지 失踪된 事件에 金溪 앞 4거리와 하누재 냇가 혼란 있었고.

〈1990년 6월 28일 목요일 曇〉(윤5. 6.) (20°, 24°)
井母는 농장 가서 감자 나머지 캐 왔고.
울 안 雜草 뽑고. 농협, 오정진 內科, 행운 不動産 다녀왔기도.

〈1990년 6월 29일 금요일 曇, 晴〉(윤5. 7.) (19°, 22°)
宋海宗(槐山 署長) 停年退任式에 參席~道廳會議室. 鄭漢泳, 金基咏.
夫婦 농장 가서 5時間 勞動~김매기 作業. 濟州旅行 갔던 魯松 歸家.

〈1990년 6월 30일 토요일 晴〉(윤5. 8.) (20°, 26°)
陰城 梧仙校 在職 中인 李鍾成 다녀갔고…人事次 來訪(答禮兼).

〈1990년 7월 1일 일요일 曇〉(윤5. 9.) (19°, 25°)
昨年 五月에 海外 泰國, 버어마로 參禪次 出國했던 次女 在應스님으로부터 來電~無事歸國.[47] 天安서 整理되는 대로 來淸한다고.
夫婦 농장 가서 5時間 程度 勞動. 漢業 氏 爲先事業場도 가본 것.

〈1990년 7월 2일 월요일 가랑비〉(윤5. 10.) (20°, 23°)
延 老人 집, 明視堂, 俊兄 宅, 李반모 事務室 거쳤기도.

〈1990년 7월 3일 화요일 曇〉(윤5. 11.) (20°, 24°)
俊兄, 潤道, 泰鍾 氏 만나 点心과 酒類 待接 받은 셈. 정화조 淸掃.

〈1990년 7월 4일 수요일 曇, 晴〉(윤5. 12.) (21°, 26°)
夫婦 농장 勞動…참깨 돌림병 施藥. 井母는 들깨 모종…井母의 先頭 농장行 뒷 모습 볼 때 나의 行動 反省하며 딱한 생각에 落淚하였기도.

〈1990년 7월 5일 목요일 晴〉(윤5. 13.) (21°, 30°)
井母 單身 농장 가서 5時間餘 除草作業했고. 큰 볼일 없이 錦山 얼핏 往來.

〈1990년 7월 6일 금요일 雨, 曇, 晴〉(윤5. 14.) (23°, 29°)
井母와 함께 농장 가서 五時間 勞動~참깨밭에 農藥 撒布, 들깨 모종.
從兄山 賣渡에 福費條로 族叔 漢虹 氏와 함께

---

47) 원문에는 붉은색 색연필로 밑줄이 그어져 있다.

參見 協助했다는 功으로 난생 처음으로 20萬원정 받아본 것.

〈1990년 7월 7일 토요일 曇, 晴〉(윤5. 15.) (25°, 33°)
이제까지엔 날씨 치고 最高 더웠고. 錦山 얼핏 가서 梅實 1.7*kg*과 人蔘 3채 사온 것.
아침결에 同窓會員 趙東熙 喪偶에 人事次 丁峰 다녀왔었고.

〈1990년 7월 8일 일요일 曇, 雨, 晴〉(윤5. 16.) (25°, 32°)
昨今의 더위 甚했고. 夫婦 농장 가서 五時間 程度 勞動에 땀 많이 흘린 것.

〈1990년 7월 9일 월요일 晴〉(윤5. 17.) (26°, 33°)
夫婦 농장 가서 五時間 作業~除草, 農藥 撒布.
誠意껏 해주는 豫防藥 1컵 服用했고.[48]

〈1990년 7월 10일 화요일 晴〉(윤5. 18.) (26°, 33°)
뇌졸중 예방약(계란, 청주, 머위, 매실) 1컵 정화A.P.T에서 어제 服用하였는데 今日 10時頃엔 井母헌데 誠意껏 調製(劑)하여 服用케 했던 것.[49]
夫婦 농장 가서 五時間. 井母는 8時間 程度 作業.
去 1日에 歸國한 在應스님과 상운 스님 日暮頃에 왔고[50]~釜山 다녀왔다고.

48) 원문에는 붉은색 색연필로 밑줄이 그어져 있다.
49) 원문에는 붉은색 색연필로 밑줄이 그어져 있다.
50) 원문에는 붉은색 색연필로 밑줄이 그어져 있다.

〈1990년 7월 11일 수요일 雨〉(윤5. 19.) (27°, 27°)
거의 終日토록 비 오락가락한 것이나 나우 많이 내린 셈.

〈1990년 7월 12일 목요일 雨, 曇〉(윤5. 20.) (23°, 27°)
10日에 왔던 在應스님 갔고…상운 스님과 法住寺 다녀갔다는 것.
永樂會 月例會에 夫婦 參席하여 '썬 부페'에서 20名 晝食을 會食.
夫婦 농장 가서 約 4時間 勞動.

〈1990년 7월 13일 금요일 曇〉(윤5. 21.) (23°, 27°)
夫婦 농장 가서 五時間 作業~除草, 들깨 모종.
歸路에 任澤淳 老人과 一盃 歡談.

〈1990년 7월 14일 토요일 雨〉(윤5. 22.) (24°, 24°)
배드민턴 淸州 크럽 同好人 無二 一人者 朴女史 께임 中 腦卒中(뇌일혈) 再發에 경악하여 淸州病院 거쳐 리라病院 가서 應急治療 中이나 危險狀態[51]여서 가슴 뛰고 딱한 생각.
청주병원에 入院 中인 族兄님 春榮 氏 問病~老患 危重 狀態였고.

〈1990년 7월 15일 일요일 曇, 가끔비〉(윤5. 23.) (23°, 27°)
昨日 入院한 朴女史 快癒를 祈願. …然而 7時

51) 원문에는 붉은색 색연필로 밑줄이 그어져 있다.

頃 別世 悲報(昨日 17시 40분).[52]
큰 애 서울서 아침결에 와서 제 母親과 金溪 농장 가서 作業 數時間 하고 入淸. 20時에 서울 向發.
延 老人과 함께 리라病院 靈安室 가서 故 朴福男 女史 명복 빌며 落淚. 그 家族들 함께 서러워 했고. 「過去之事 고마웠고 부디 極樂世界에서 幸福 이루소서 未來 그 세상에서 만날 수도 있는 것인지?[53]」 健康 表出 7月 9日이 最終인가?[54] 特製藥 큰 애도 服用케 했고.

〈1990년 7월 16일 월요일 雨, 曇〉(윤5. 24.) (23°, 30°)
故 朴 女史 葬禮式에 參席하여 서러운 表示 眞心이었고. 배드민턴 淸州 크럽에서 여러 사람 弔問왔던 것. 葬地는 그의 先塋下 栗陽里. 延 老人은 나를 慰勞하기도. ×

〈1990년 7월 17일 화요일 雨, 曇〉(윤5. 25.) (23°, 29°)
五男 魯弼이 生女 消息(어제 病院에서 手術하여 解産)[55] 있기에 井母 서울 보냈고. ×

〈1990년 7월 18일 수요일 曇〉(윤5. 26.) (22°, 28°)
어제 上京했던 井母 午後에 왔고. 孫女 이름(媛信?)으로도 생각해 봤고.
몸 고단하여 모처럼? 앓기 시작. ×

〈1990년 7월 19일 목요일 가끔비〉(윤5. 27.) (24°, 32°)
終日 呻吟하며 앓았고. 이모저모로 걱정거리 泰山 같은 생각~머리 아프고 食事 못해 또 큰 탈. 難治病 생기는 듯 느껴져 苦心되기도.
井母는 농장에 일 다녀오고. ○

〈1990년 7월 20일 금요일 曇, 晴〉(윤5. 28.) (23°, 32°)
井母는 오늘도 농장 다녀온 것.
몸 極히 괴로우나 억지 起動하여 淸友會 月例會 參席~總務 責任 다한 것. 郡 농협과 忠北銀行 가서 用務 잘 봤기도. 食事는 点心부터 조금 먹기 시작. ○

〈1990년 7월 21일 토요일 曇, 晴〉(윤5. 29.) (26°, 31°5″)
約 1주만인 어제부터 배드민턴 나가는 것. 어제는 그의 夫君(영감)인 申 氏 만나 彼此 원만한 慰勞의 말 나누고 함께 배드민턴 쳤기도.
井母 혼자 농장 가서 作業 約 5時間 하고 온 것. 三끼 식사 普通 한 셈.
낮엔 밀렸던 新聞通讀 後 어항 물갈이 하기에 두어 시간 걸렸기도. ○

〈1990년 7월 22일 일요일 晴〉(6. 1.) (25°, 32°)
夫婦 농장 가서 五時間 作業~除草, 들깨 施肥. 雜草藥 撒布.
四男 魯松은 今日부터 夏季放學. ○

〈1990년 7월 23일 월요일 曇, 晴〉(6. 2.) (26°, 32°)
거의 健康 회복되어 今朝 배드민턴 實績 正常

52) 원문에는 붉은색 색연필로 밑줄이 그어져 있다.
53) 원문에는 붉은색 색연필로 점선이 그어져 있다.
54) 원문에는 붉은색 색연필로 밑줄이 그어져 있다.
55) 원문에는 붉은색 색연필로 밑줄이 그어져 있고, 아래에 "○90.7.16: 16시 出産"이라고 적혀 있다.

化. 食事도 普通.
淸原郡 農協 倉庫(雲泉洞) 찾아가 尿素肥料 一包(25㎏) 自轉車로 싣고 오는데 땀 흘리며 苦生 無限히 한 셈. 夕食은 延丁善 老人 찾아 誠意껏 待接했고. ○

〈1990년 7월 24일 화요일 晴, 曇〉(6. 3.) (25°, 32°)
井母와 함께 1農場 가서 4時間 作業~雜草藥 살포. 들깨 施肥(尿素). 2농장 가선 1時間 作業~고추, 녹두, 동부에 殺蟲劑 농약. 雜草 뽑기.
病院에서 16日에 初産한 막내 子婦는 오늘서 退院. 牛耳洞 제 親家로 우선 갔다나.
歸路에 同派 族弟 來榮 새 집 入住日 招待에 祝賀品 사 갖고 잠간 들렀기도.

〈1990년 7월 25일 수요일 曇, 雨, 曇〉(6. 4.) (26°, 30°)
玉山 가서 戶籍謄本 2通 떼어 오고~서울서 要請. 井母는 農場 가서 勞動하고 온 것.
昨今 3째 夫婦 人事次 다녀가고~통닭, 수박, 벌꿀 갖고. 영지버섯液도.

〈1990년 7월 26일 목요일 쏘나기, 晴〉(6. 5.) (26°, 32°)
井母 單身 農場 가서 約 3時間 作業 마치고 無事 歸家.
낮엔 家庭 잔삭다리 일 보고. 18時부터 있는 在淸同窓會에 參席하여 七人 會食.

〈1990년 7월 27일 금요일 曇, 晴〉(6. 6.) (26°5″, 33°)
夫婦 농장 가서 作業~井母는 12時 半부터 17時까지. 크럽 同好人 朴 女士 宅 큰 子弟 百貨店 開業式에 招待 있어 一同은 16時頃에 '패시프라자' 가서 人事.

〈1990년 7월 28일 토요일 晴〉(6. 7.) (27°, 34°)
今日까지엔 最高 氣溫 34°. 故 朴 女史 宅 내 名義 預金通帳 完結해 주었고…서울신용금고.

〈1990년 7월 29일 일요일 晴〉(6. 8.) (26°, 35°)
夫婦 농장 가서 除草藥, 열무뽑기, 옥수수 따기, 동부 덩굴 손질 等. 今日이 最高 溫度[56]일 듯.

〈1990년 7월 30일 월요일 晴〉(6. 9.) (27°, 35°)
購入 丸藥 服用 着手.[57] 俊兄 招請 一盃하며 歡談. 故 族兄(春榮 氏) 別世 來電.

〈1990년 7월 31일 화요일 晴〉(6. 10.) (25°, 34°)
故 郭春榮 氏 別世에 사창洞 가서 弔慰.
井母는 2농장 가서 풋고추, 옥수수 等 收穫하여 왔고. 고구마 줄거리도 나우 따온 것.
健康狀態 正常 아님을 느끼고~精神安定에도 異常이 아마도 있는 中일까?

〈1990년 8월 1일 수요일 晴〉(6. 11.) (25°, 34°)
族姪 魯憲 父親喪 葬禮 行事에 參席~葬地는 故鄕里 金溪 間谷(샛골). 歸路에 先考 墓 省墓後 1~2 農場 둘러본 것. 21時頃에 서울서 魯

56) 원문에는 붉은색 색연필로 밑줄이 그어져 있다.
57) 원문에는 붉은색 색연필로 밑줄이 그어져 있다.

粥 왔고. 休暇 中.

〈1990년 8월 2일 목요일 晴〉(6. 12.) (25°, 35°)
큰 妹弟 書店(태극서점) 옮겼다기에 夫婦 司倉洞 가서 人事하고 市場 가서 비닐멍석 12尺×15尺짜리 9,000원에 購入했고. 午後엔 농장 가서 참깨 一部 베었기도.

〈1990년 8월 3일 금요일 晴〉(6. 13.) (26°, 35°)
魯粥이 点心 後 上京. 午後엔 夫婦 농장 가서 3시간 作業~참깨 베어 묶어 세운 것~14조박.

〈1990년 8월 4일 토요일 晴〉(6. 14.) (25°, 35°)
夫婦 농장 가서(1) 참깨 베어 11조박 세운 것~익어 터져 가는 것 골라서.

〈1990년 8월 5일 일요일 晴〉(6. 15.) (25°, 34°)
夫婦 1농장 가서 8시간 작업. 午後 五時頃 큰 애 夫婦도 와서 助力…참깨 베어 세운 것~17조박. 막내 첫 아기 이름 在應스님이 지어 보내왔고 "鉉祐".

〈1990년 8월 6일 월요일 晴〉(6. 16.) (25°, 35°5")
첫 아침 5時에 夫婦는 큰 애 車로 3人 함께 2농장 가서 참깨 完全히 베어 조박 만들어 세운 것. 22조박. 2농장 것 14, 1농장 것 50. 計 64조박.

〈1990년 8월 7일 화요일 晴〉(6. 17.) (25°, 35°)
배드민턴 清州 크럽 逍風에 參席~槐山郡 青川面 가무내. 30名. 尊敬하는 相對者 없어(死亡) 섭섭하고 쓸쓸함을 억제치 못했고. 노래 차례에 「…오늘 소풍 맞이하니 옛날 일이 그립구나. 저승 길이 멀다더니 병원 문이 저승일세…」라고 외쳤다. 그럭저럭 行事 마치고 日暮頃에 入清 歸家한 것.

〈1990년 8월 8일 수요일 晴〉(6. 18.) (24°, 36°)
夫婦 농장 가서 참깨 털어온 것~1농장서 11조박 4升. 2농장서 14조박 8升. 今日 따라 最高氣溫이어선지 땀 많이 흘린 것. 孫女 '鉉祐' 出生申告했고.[58]

〈1990년 8월 9일 목요일 晴, 쏘나기〉(6. 19.) (24°, 35°)
永樂會에서 夫婦 同伴 逍風[59]인데 井母 形便 있어 單身 參與. 全北 진안 馬耳山[60]. 歸路에 儒城溫泉. 夕食 後 20時頃 歸家.

〈1990년 8월 10일 금요일 晴〉(6. 20.) (24°, 34°)
큰 애와 夫婦 1농장 가서 참깨 22조박 털어(약 1斗) 收穫. 日暮頃 큰 애 上京.

〈1990년 8월 11일 토요일 晴〉(6. 21.) (23°, 32°)
井母는 松 데리고 1농장 가서 除草作業 8時間.
12시부터 있는 友信親睦會에 參席하여 '거구장' 食堂에서 會食했으나 參席 人員 少數로 早期 解散한 것.

〈1990년 8월 12일 일요일 晴〉(6. 22.) (22°, 33°)
單身 一農場 가서 4時間 作業했고 – 除草作業.

58) 원문에는 붉은색 색연필로 밑줄이 그어져 있다.
59) 원문에는 붉은색 색연필로 밑줄이 그어져 있다.
60) 원문에는 붉은색 색연필로 밑줄이 그어져 있다.

〈1990년 8월 13일 월요일 晴〉(6. 23.) (24°, 35°)
夫婦 농장 가서 約 5시간 勞動~낮 溫度 35°. 찜통더위에 땀 無限히 흘린 것…고추, 동부, 녹두 採取, 참깨 2次 털어 約 1말 半 程度 收穫.
밤엔 海外 간 杏(豪洲), 運(사우디)한테서 安否 電話[61] 왔고. 運은 秋夕 무렵 온다고.

〈1990년 8월 14일 화요일 雨, 晴, 曇〉(6. 24.) (27°, 29°)
울 안 밭 일궈 糞尿 주고. 밀린 新聞 通讀~「한겨레신문, 朝鮮日報, 忠淸日報」

〈1990년 8월 15일 수요일 曇〉(6. 25.) (24°, 30°)
母校(玉山) 同門會 總會에 參席하고 点心 後 座談하다가 下午 4時頃 歸家.

〈1990년 8월 16일 목요일 曇〉(6. 26.) (24°5″, 28°)
夫婦 양한설 정형外科에 다녀왔고~井母는 허리타박, 난 손톱 異常.
울 안 菜蔬밭에 호배추씨 播種[62](김장用 約 2坪).
김태일 齒科 가서 齒牙治療 받고~(左下 어금이 神經 죽인 것)[63].
午後엔 夫婦 농장 가서 4時間 作業~除草, 고추와 동부 따기, 각씨 동부에 殺蟲劑. ○

〈1990년 8월 17일 금요일 雨, 曇〉(6. 27.) (20°, 29°)
鶴首苦待하던 비 새벽부터 내리더니 日出頃에 멎고.
四男 松은 어제부터 學生 引率 鎭川野營場 訓練에 간 것.

〈1990년 8월 18일 토요일 晴〉(6. 28.) (24°, 30°5″)
보일라(三元아톰) 修理 復舊 工事에 林技士 終日 流汗 勞力했으나 完工 못했고.
午後엔 李斌模 親友 찾아가 情談하면서 一盃 나누기도.

〈1990년 8월 19일 일요일 晴〉(6. 29.) (25°, 34°)
夫婦 농장 가서 5時間 程度 勞動 中 近日 中엔 가장 더운 날씨어서 나우 땀 흘린 것…참깨 마지막 털고. 雜草 뽑기에 全力. 동부와 고추 若干 딴 것. 울 안 호배추 發芽 잘 됐고.[64]

〈1990년 8월 20일 월요일 曇, 雨〉(7. 1.) (26°, 29°)
마음 먹었던 바대로 栗陽山墓 다녀온 것~그의 올케를 帶同…下午 2時 半頃. 約 40分 間 하늘도 소리치며 울었고. 墓前에 맥주 1잔 따루고 落淚하며 冥福을 빌었고.[65]
낮엔 淸友 親睦會 있어 參席. '고려삼계탕' 집에서 晝食.

〈1990년 8월 21일 화요일 雨, 曇〉(7. 2.) (24°, 29°)
12時부터 있는 校長團 辛酉會에 參席. 点心은

61) 원문에는 붉은색 색연필로 밑줄이 그어져 있다.
62) 원문에는 붉은색 색연필로 밑줄이 그어져 있다.
63) 원문에는 붉은색 색연필로 밑줄이 그어져 있다.
64) 원문에는 붉은색 색연필로 밑줄이 그어져 있다.
65) 원문에는 붉은색 색연필로 밑줄이 그어져 있다.

極東館에서. 逍風은 十月 中으로 合議.
보일라 모타 更新(修理)에 10萬 원[66] 들었고.
(林재수 技士. 삼원 아톰보일라. T52-147).
金泰一 齒科 가서 第2次 治療받은 것.
昨今 내린 비 140㎜라나.[67]

〈1990년 8월 22일 수요일 曇, 晴〉(7. 3.) (24°, 27°)
再從 公榮 教職 停年退任式에 다녀온 것~忠南 天原郡 新沙國校.
歸路에 淸州서 親友 李斌模와 一盃 나누면서 情談했고.

〈1990년 8월 23일 목요일 晴〉(7. 4.) (23°, 30°)
食 前에 울 안 호배추밭 싹 튼 것 첫 호미질했고. 日照되어 저녁엔 싱싱해 보이는 것.
낮엔 동원식당에서 郡 三樂會 있어 參席. 會食 後 곧 歸家.
夫婦 농장 가서 作業~고추 따기. 동부와 옥수수, 녹두 採取. 깻잎도. 풀 뽑았고.

〈1990년 8월 24일 금요일 晴〉(7. 5.) (23°, 29°)
点心 後 一農場 가서 除草作業 約 3時間 했고~검정참깨도 約 1되 털었기도.

〈1990년 8월 25일 토요일 晴〉(7. 6.) (23°, 30°)
金聖九 內秀中學校長 停年退任式에 鄭漢泳과 함께 參席했고. 歸路에 內德洞 朴仁圭 금계校長 母親喪에 弔問했기도.
今夜 伯父忌祭인데 서울서 行함으로 不得已 못갔고.

〈1990년 8월 26일 일요일 晴〉(7. 7.) (22°, 30°)
드디어 배드민턴 天安市 行事서 金메달 獲得[68]~'第5回 天安市長旗 爭奪 中部圈 社會人 배드민턴大會'…7時 淸州 發, 21時 淸州 着. 男子 老人部 B組로 出戰.

〈1990년 8월 27일 월요일 晴〉(7. 8.) (23°, 29°)
五男 弼한테 消息~2, 3日 後 제 집 上溪洞으로 온다는 것. 數日 前에 '요르단' 다녀왔다며 사우디 제 누나한테 電話 걸었으나 通話 안됐다고.

〈1990년 8월 28일 화요일 晴〉(7. 9.) (24°, 30°)
金泰一 齒科 가서 第3次 治療 받았고.
夫婦 농장 가서 4시간 作業했고.

〈1990년 8월 29일 수요일 晴〉(7. 10.) (23°, 30°)
俊兄, 李斌模 만나 情談하며 一盃. 밤에 李明世와도 合席 座談했고.

〈1990년 8월 30일 목요일 晴〉(7. 11.) (24°, 30°)
夫婦 농장 가서 4時間 勞動했고. 故鄕 큰집은 주방 改造 工事 着手.

〈1990년 8월 31일 금요일 曇, 雨〉(7. 12.) (26°, 30°)
連日 飮酒. 今日도 李斌模 親友와 一盃했고.
日暮頃 쏘나기 나우 내렸고.

66) 원문에는 붉은색 색연필로 밑줄이 그어져 있다.
67) 원문에는 붉은색 색연필로 점선이 그어져 있다.
68) 원문에는 붉은색 색연필로 밑줄이 그어져 있다.

〈1990년 9월 1일 토요일 雨〉(7. 13.) (22°, 28°)
거의 終日토록 비 내린 셈. 농장 들깨엔 甘雨. 크럽 幹部에 一盃 對接. ×

〈1990년 9월 2일 일요일 曇, 晴〉(7. 14.) (21°, 29°)
우암설렁湯 집 가서 崔 氏 비롯 數名 待接했던 것~栗陽 葬禮日 接客에 流汗勞力한 분들이기에. ×

〈1990년 9월 3일 월요일 雨, 曇〉(7. 15.) (22°, 29°)
크럽 會員中 李기석 氏 女婚 있대서 幹部 數人 鳥致院 예식場 가서 祝賀 人事했고. 歸路에 朴總務 집에 一同 들러 酒類 厚待받았던 것. ×

〈1990년 9월 4일 화요일 晴〉(7. 16.) (20°, 29°)
酒氣 있으나 體育館 가서 아침운동하고 亦 終日 飮酒에 精神 황올했을 것.
家庭에 있던 酒類(소주, 正宗, 매실酒 等) 독나도록 마신 듯. 서울 等 소식 왔었기도. 過飮氣勢로 날뛰게 정신 모르고 生活하는 듯. ※

〈1990년 9월 5일 수유일 曇, 晴〉(7. 17.) (20°, 29°)
첫 새벽부터 呻吟하기 시작~起動 不能, 飮食 全廢, 全身 痛症. ○

〈1990년 9월 6일 목요일 晴〉(7. 18.) (21°, 29°)
昨日부터 體育館 出席 不能. 數處의 電話 와도 對話 제대로 못했고.
午後에서 精神 若干 돌기 시작. 日暮頃에 흰죽 若干 먹은 것. ○

〈1990년 9월 7일 금요일 晴〉(7. 19.) (23°, 30°)
가까스로 體育館 갔으나 不動으로 제대로 께임 못하면서 땀만 全身에 흠뻑.
夫婦 농장 갔으나 난 正常으로 일 못한 것 – 죽을 악을 써서 들깨에 농약, 바랭이 풀 낫으로 반두둑 깎았으나 疲勞狀 말 안됐고. 夕食에 마른밥 먹었기도. ○

〈1990년 9월 8일 토요일 晴〉(7. 20.) (23°, 31°)
억제로 自轉車 타고 敎大體育館 가서 께임 한번 했으나 非正常.
井母 單身 농장 다녀온 것…들깻잎 따기에 注力. 밤엔 함께 동부 까는 데 勞力.
어제부터 金 피부科 가서 兩 허벅지 땀띠 治療[69]하는 것. 約 一個月 間 욕 보는 中. ○

〈1990년 9월 9일 일요일 가끔 비〉(7. 21.) (24°, 27°)
金피부科 얼핏 다녀서 無極(서울예식장) 가서 梧仙校 因緣者 李鍾成 氏 子婚 있어 人事 마치고 歸家. 밤엔 서울 큰 孫子 兄弟(英信, 昌信)에게 專工에 全力토록 훈계. ○

〈1990년 9월 10일 월요일 흐리고 가끔 비〉(7. 22.) (23°,)
井母와 함께 病院 다녀왔고~吳 산부인科(下腹痛). 金 皮膚科(사타구니 땀띠).
九月一日 異動者에 祝賀 書信 作成 發送. ○

〈1990년 9월 11일 화요일 曇, 가끔 비〉(7. 23.) (25°, 27°)

---

69) 원문에는 붉은색 색연필로 밑줄이 그어져 있다.

서울 비롯 全國 各處 水害 莫甚~家屋, 人命, 田畓, 手稻作物 疲害 많다는 報道. 但 淸州地方만이 큰 水害 없는 듯. 비는 아직 더 내린다는 것. ○

〈1990년 9월 12일 수요일 曇, 晴〉(7. 24.) (20°, 26°)
어제까지의 비로 서울, 京畿地方은 65年 以來 最大의 水害(물 난리)라고…人命만도 百餘名. 忠北地方엔 忠州가 가장 甚했다고.
夫婦 永樂會에 參席~'대원식당'에서 点心을 會食. ○

〈1990년 9월 13일 목요일 晴〉(7. 25.) (25°, 27°)
夫婦 농장 가서 約 5時間 勞動~동부, 녹두, 호박 따서 搬入. 풀 뜯기도.
서울 文井洞 전화번호 變更 消息…404~0171. ○

〈1990년 9월 14일 금요일 曇, 雨〉(7. 26.) (20°, 21°)
終日토록 비 내린 셈. 夫婦 농장 가서 비 맞으며 '각씨 동부' 따 온 것. ○

〈1990년 9월 15일 토요일 晴〉(7. 27.) (20°, 25°)
夫婦 농장 가서 동부 따고 두부콩 폭 뽑아 두 두둑 콩꼬다리 훑어 2자루 되는 것 搬入하는데 힘겨웠기도. 作業時間 5시간 所要.
사우디 五女 運이 明日 午後 一時 半頃 金浦空港에 到着한다고 來電[70]. ○

〈1990년 9월 16일 일요일 晴〉(7. 28.) (17°, 27°)
單身 농장 가서 2時間 半 作業~동부 따고, 도라지 캐고, 밤콩 콩꼬투리 若干 따 온 것.
午後 六時 半 큰 애 車로 五女(運)이 '元'과 함께 到着. 큰 딸과 막내 弼이도 同行[71].

〈1990년 9월 17일 월요일 晴〉(7. 29.) (17°, 27°)
日出 前에 서울 애들 모두 갔고. 自作 농작물 거둔 것 조금씩 나누어 준 듯.
宗榮兄, 俊榮兄 만나 点心 會食 後 李斌模 事務室 가서 몇 사람 만나 情酒談했고.

〈1990년 9월 18일 화요일 晴〉(7. 30.) (14°, 22°)
夫婦 농장 가서 5時間 作業~두부콩(종콩) 꼬투리 따온 것.
午後 늦게 金齒科 들러 治療 받은 後 18時부터 있는 在淸宗親會에도 參席.
밤엔 세째 家族 와서 五女 運이와 만나 반가운 人事 이야기 나누는 것이었고.

〈1990년 9월 19일 수요일 晴〉(8. 1.) (12°, 24°)
夫婦 농장 가서 五時間 作業~녹두 덜굴, 동부 덩굴 걷고. 비닐 종이 걷어치우기 等에 勞力.
孔夫子 秋期 釋尊大祭에 參席 後 五女 運의 사우디 事業 補助金 五百萬 원 貸與 手續[72]에 바빴으나 教員共濟組合 等 順調롭게 手續 完了된 것.
外交格 行爲 거의 終末 內心 가져봤고[73].

---

70) 원문에는 붉은색 색연필로 밑줄이 그어져 있다.

71) 원문에는 붉은색 색연필로 밑줄이 그어져 있다.
72) 원문에는 붉은색 색연필로 밑줄이 그어져 있다.
73) 원문에는 붉은색 색연필로 밑줄이 그어져 있다.

〈1990년 9월 20일 목요일 晴〉(8. 2.) (14°, 28°)
淸友會에 參席(昗心 신라정) 後 故鄕 一農場 가서 雜草 바랭이 3時間 뜯고 온 것.

〈1990년 9월 21일 금요일 晴〉(8. 3.) (15°, 28°)
淸原郡 三樂會에 參席 後 一農場 가서 2時間 程 雜草뜯기 作業했고.

〈1990년 9월 22일 토요일 晴〉(8. 4.) (16°, 28°)
五女 運이 '元' 데리고 上京. '元'이 보려고 제 이모 在應스님 왔으나 上京 直後라서 못 만난 것. 七人組 土曜班에 參席.

〈1990년 9월 23일 일요일 晴, 雨〉(8. 5.) (19°, 25°)
夫婦 2농장 가서 5시간 勞動. 父母님 山所 伐草 재손질. 進入路도. 故 弟 云榮 墓 벌초했고.

〈1990년 9월 24일 월요일 雨, 曇〉(8. 6.) (17°, 24°)
昨今 내린 비. 가을비로서 나우 온 셈.

〈1990년 10월 3일 수요일 晴〉(8.15.) (10°, 25°)
秋夕 茶禮에 간신히 바운 셈~去月末頃부터 繼續 飮酒로 또다시 괴로워진 것. 서울, 大田 等 各處서 온 子女孫들 보기에 민망했고.
茶禮 後 아이들은 故鄕 省墓 다녀와서 多幸, 公務員들 連休 五日 間.

〈1990년 10월 9일 화요일 晴〉(8. 21.)[74] (9°, 21°)
한글날이며 오랜만에 今日만은 終日 不飮한 것. ○

〈1990년 10월 20일 토요일 晴〉(9. 2.) (6°, 22°)
井母와 함께 서울行~막내 孫女 '鉉祐' 百日이 23日인데 形便上 明日로 行事한다는 것…….
井母는 수수팥떡, 송편 等 정성껏 만들어간 것.
東서울驛에서 큰 애 車로 上溪洞 막내(弼)의 거쳐 文井洞 큰 애 집 와서 쉰 것.

〈1990년 10월 21일 일요일 晴〉(9. 3.) (7°, 21°)
괴롭고 고단한 새벽을 가까스로 지내고 朝食을 고기죽으로 맏 子婦의 정성으로 待接하기에 억지로라도 한 그릇 다 먹은 것.
12時 半 發 버스로 入淸. 井母는 日暮 後 上溪洞서 온 것.
去 18日에 上京한 五女 母子는 城南市 제 媤宅에 滯留中이고. ※

〈1990년 10월 23일 화요일 晴〉(9. 5.) (9°, 22°)
昨日 午後부터 呻吟 臥病~繼續되는 飮酒에 某種의 일 苦悶 탓일 것. ○

〈1990년 10월 25일 목요일 晴, 曇〉(9. 7.) (8°, 13°)
約 한 달 만에 敎大 體育館 배드민턴場에 나간 것~온몸 힘없어 께임 못하고 간단히 난타만 치고 歸家. 昗心 때부터 食事 若干 뜨는 셈. ○

〈1990년 10월 26일 금요일 晴〉(9. 8.) (9°, 16°)
金溪橋 件으로 俊兄, 勳鍾 氏 來訪하여 數時間 座談했고~土主 具某 氏는 出他 中이어서 만

74) 날짜 정보 옆에 "(12, 13, 14日엔 들깨 1짝 털었고)" 라고 쓰여 있다.

나지 못했고.
17時부터 있는 在淸同窓會에 參席하여 夕食을 會食. 식욕 좀 생겼고. ○

〈1990년 10월 27일 토요일 晴〉(9. 9.) (8°, 18°)
井母와 함께 농장 가서 들깨짚 노여 1.5升 程度 收穫했고.
土曜會에 參席했으나 7名 中 3名이 有故하여 無期 延期토록 한 것.
金溪橋 件으로 勳鍾 氏만이 具 氏 만났으나 아직 完結은 못지웠다고. ○

〈1990년 10월 28일 일요일 晴〉(9. 10.) (8°, 19°)
배드민턴 淸州 크럽 會員 中 '박정희' 할머니 火傷으로 入院 中 重態라기에 延丁善 老人과 함께 問病 다녀온 것. 서울 잠실병원. 경과는 좋은 편. 20時에 入淸했고. 렌지가스 폭발 事件이란다고. 入院 2個月.
上京했던 五女 제 母子 왔고. ○

〈1990년 10월 29일 월요일 曇, 가끔 비〉(9. 11.) (10°, 17°)
크럽 內 一部會員(婦人) 無理 不滿 표시로 氣分 나빴고. 綜合土地稅 納付. ○

〈1990년 10월 30일 화요일 晴〉(9. 12.) (10°, 21°)
臨時 淸友會에 參席~송원식당에서 會食. 閔교장만 不參. 殘額 貯金했고.
午前엔 金溪大橋 關聯 地主 具 氏 집에 俊兄, 勳鍾 氏와 함께 찾아가 理解 求하여 보았고…. 結果는 끝까지 양보心 없었다는 것. ○

〈1990년 10월 31일 수요일 晴〉(9. 13.) (10°, 21°5″)
夫婦 농장 가서 3時間 勞動~고추대 뽑고 주녀니콩 뽑고 호박 잎순 따기 等. ○

〈1990년 11월 1일 목요일 曇〉(9. 14.) (10°, 21°)
一농장 가서 2時間 勞動~대추나무 손질…枯死枝 除去. 周圍 整地 等. ○

〈1990년 11월 2일 금요일 晴〉(9. 15.) (9°, 19°)
夫婦 2농장 가서 마늘 3접 반 놓기에 2시간半 勞力했고. ○

〈1990년 11월 3일 토요일 曇, 晴〉(9. 16.) (10°, 18°)
약수터 가서 蓮潭公 墓 省墓 後 淸原祠[75]에 내려가 參拜. 낮엔 朴定奎(덕성교) 回甲宴에(이학식당) 잠간 들렸던 것. 서울서 큰 애 오고. ○

〈1990년 11월 4일 일요일 晴〉(9. 17.) (9°, 19°)
朝食 後 큰 애 上京. 小魯 任鴻彬 子婚에 上黨예식장 가서 人事.
朝夕 讀書中~四書三經 中 '中庸' 二次 읽는 中에 趣味 多分. ○

〈1990년 11월 5일 월요일 晴, 曇〉(9. 18.) (11°, 19°)

---

75) 충청북도 청주시 상당구 명암약수터에 있는 사당. 고려시대의 문신인 곽원(郭元, ?~1029), 곽여(郭輿, 1058~1130), 곽예(郭預, 1232~1286)를 제향하는 곳으로 1974년 건립하였다. 건립 당시에는 '청원사(淸原祠)'라고 하다가, 1996년부터 상당사(上黨祠)로 이름을 바꾸었다.

在淸同窓會 10名 夫婦同伴 京畿道에 逍風[76] 다녀온 것~抱川의 光陵[77](世祖 墓), 南陽州郡 金谷의 洪陵[78](26代 高宗) 裕陵[79](純宗…最終) 가봤으나 休日이어서 入門 못했고. 日暮頃에 龍仁 '自然농원' 잠간 보고 入淸하니 午後 8時 半.

〈1990년 11월 6일 화요일 曇, 雨〉(9. 19.) (10°, 16°)
俊兄과 勳鍾 氏 만나 金溪橋 件과 宗事 이야기 나누기도. 点心 待接했고. 비 32㎜.
族叔 漢奎 氏와 漢鳳 氏를 招致하여 '포항식당' 食堂에서 夕食을 待接. ○

〈1990년 11월 7일 수요일 晴〉(9. 20.) (9°, 18°)
井母와 함께 錦山 가서 水蔘 3채 36,000원, 마늘 中, 下品 4접 13,000원에 사온 것.

〈1990년 11월 8일 목요일 晴, 曇〉(9. 21.) (10°, 16°)
井母와 함께 2농장 가서 마늘 4접 놓는 데 삽으로 2두둑 파는 데 過勞하는 듯 애먹었고.
族弟 範榮(栢洞) 子婚에 招待 있어 点心시간 쯤에 柏洞 다녀온 것. ○

〈1990년 11월 9일 금요일 雨, 曇〉(9. 22.) (10°, 9°)
午前 中은 外孫子 '池元' 3살배기와 놀은 셈. 午後엔 '淸原祠 笏記' 淨書[80]로 精誠드렸고.
今日 날씨는 아침보다 낮이 低氣溫. ○

〈1990년 11월 10일 토요일 曇, 晴〉(9. 23.)[81] (-1°, 4°)
夫婦 2농장 가서 2時間 半 勞動~마늘 1접半 놓아 完結하니 總 9접 半 놓은 것.
밭 앞 아랫논에서 짚 두어 짐 求하여 마늘밭 덮었고. 알타리무우 나우 뽑아 오기도. ○

〈1990년 11월 11일 일요일 晴〉(9. 24.) (-0°5″, 11°)
午前까지 讀書. 午後 3時에 있는 結婚式 主禮 無事히 잘 보았고~배드민턴 淸州 크럽 會員 金鍾達 氏 結婚. 未婚 夫婦의 處地. 主禮辭에 感受. 一同 謝禮.

〈1990년 11월 12일 월요일 晴〉(9. 25.) (6°, 18°)
날씨 풀려 낮엔 봄 같이 따뜻했고. 永樂會에 夫婦 參席 會食했고. 食事 後 一同은 金圭會 父親 問病. 婦人團은 尹 校長 夫人 問病한 것.

〈1990년 11월 13일 화요일 晴〉(9. 26.) (8°, 18°)
큰 볼일 없었고. 李斌模 親友와 日暮頃에 一盃 한 것.

〈1990년 11월 14일 수요일 晴, 曇〉(9. 27.) (5°, 18°)
今日도 얼떨떨하게 飮酒한 듯.

76) 원문에는 붉은색 색연필로 밑줄이 그어져 있다.
77) 원문에는 붉은색 색연필로 점선이 그어져 있다.
78) 원문에는 붉은색 색연필로 점선이 그어져 있다.
79) 원문에는 붉은색 색연필로 점선이 그어져 있다.
80) 원문에는 붉은색 색연필로 밑줄이 그어져 있다.
81) 날짜 정보 옆에 "첫 어름 얼었고, 영하 氣溫 最初日"이라고 쓰여 있다.

〈1990년 11월 15일 목요일 晴〉(9. 28.) (6°, 16°)
五女 運이 外孫子(池元) 데리고 上京~'親媤 동기 間 집과 親舊 집 다녀온다고.

〈1990년 11월 17일 토요일 晴〉(10. 1.) (7°, 17°)
隔月制로 하는 在淸宗親會에 參席했고. 낮엔 淸原祠 笏記 再淨書[82]에 온갖 精誠 다했기도.

〈1990년 11월 18일 일요일 가끔 비(午後)〉(10. 2.) (5°, 16°)
族叔 漢雄 氏 別世에 井母와 함께 다녀온 것. 飮酒 나우 한 듯. ※

〈1990년 11월 19일 월요일 雨〉(10. 3.) (8°, 16°)
새벽부터 몸 極度로 괴롭더니 起動不能하여 淸原祠(知密直司事) 22代祖 時祭에 못가 終日토록 呻吟臥病하여 有感이었고. ○

〈1990년 11월 20일 화요일 흐리며 조금씩〉(10. 4.) (5°, 11°)
몸 괴로우나 七名 組인 淸友會에 가까스로 參席한 것. 公課金도 納付.
겨 오늘 저녁에서 食事 조금 한 편. ○

〈1990년 11월 21일 수요일 晴〉(10. 5.) (-3°, 5°)
今年 들어 2次 추위~영하圈. 今日도 健康 復舊 안되어 16代祖 時祀에 不參하여 恨嘆. 遺感. 明日은 꼭 參席할 마음으로 15代祖, 14代祖 祝文 쓴 것. ○

〈1990년 11월 22일 목요일 晴〉(10. 6.) (3°, 14°)
健康 상태 完全 回復은 아니나 故鄕 가서 15代, 14代祖 時享에 參席했고. ○

〈1990년 11월 23일 금요일 晴〉(10. 7.) (4°, 15°)
13代祖 時祀에 參席~장동리 曲水 西山. 귀로에 魯樽 親山 밀례 하는데 잠간 들렀던 것.
밤엔 明日 지낼 12代祖, 11代, 10代祖 時祀 祝 쓰느라고 머리 아팠기도. ○

〈1990년 11월 24일 토요일 晴〉(10. 8.) (3°, 15°)
今日 처음 9日 만에 배드민턴 體育館에 나갔던 것. 早朝行事 어제 아침부터 正常化.
故鄕 金溪 가서 時享에 參席 努力 協助 많이 했고~12代, 11代, 10代祖 時祭 올린 것.
서울서 큰 애 왔고 - 下午 5時 50分頃…'제 母親 生辰日 相議次'. ○

〈1990년 11월 25일 일요일 曇, 잠시 가랑비 若干〉(10. 9.) (8°, 13°)
큰 애 井은 食 前에 大田 둘째 絃의 집 다녀왔고. 朝食 後 큰 애 車에 井母 同伴해서 時祀에 參席한 것…9代, 6代祖(破垈山) 祭享 後 雨天 憂慮로 8代, 7代, 5代祖는 室內서 禮行한 것.
今日로서 今年 時祭는 마친 셈. ○

〈1990년 11월 26일 월요일 曇〉(10. 10.) (5°, 12°)
배드민턴 忠北聯合會 幹部會議에 參席~12月 2日에 忠南北 合同大會 있어 基礎作業.
요새 날씨 繼續 푹한 셈. ○

〈1990년 11월 27일 화요일 晴〉(10. 11.) (4°, 15°)
金泰一 齒科에 다녀와선 洋服 한 벌 다린 後 玄關 물 淸掃 깨끗이 했고, 日暮頃엔 市內 가

82) 원문에는 붉은색 색연필로 밑줄이 그어져 있다.

서 雜經費 내며 夕食까지. 去 15日에 上京했던 五女(運) 왔고. ○

〈1990년 11월 28일 수요일 晴〉(10. 12.) (4°, 16°)
單身 1농장 가서 마늘밭 앞둑에 말뚝 박고 줄쳐 동여 맨 後 2농장 가선 콩나물콩 털어 約 1升 가량 收穫. 午後 五時부터 있는 在淸同窓會에 參席…夕食은 '거성식당'. 歸路에 朴鍾貴 농촌振興院 指導局長 만나 亡弟 云榮 墓 國立墓地로 移葬문제 相議. ○

〈1990년 11월 29일 목요일 晴〉(10. 13.) (7°, 17°)
永樂親睦會員 李鍾璨 入院에 會員 一同 11時에 問病. 問病 後 尹洛鏞 金圭會와 함께 福臺酒店 가서 座情談했고. 저녁 나절 在應스님은 상운 스님과 함께 왔고.

〈1990년 11월 30일 금요일 晴〉(10. 14.) (7°, 18°)
2日 行事 준비로 淸州 크럽 幹部 數人은 午後에 새 體育館 가서 배드민턴 線에 테프 붙인 것.
어제 왔던 두 스님은 午後 四時頃에 天安 向發. ○

〈1990년 12월 1일 토요일 曇, 雪〉(10. 15.) (7°, -1°)
'蓮花日記' 上, 下卷 오늘 새벽으로 通讀 完了.
族叔 漢逑 氏 女婚에 人事 다녀왔고~서울 한강예식장. 13시. 從兄님도 參席.
下午 3時 半부터 첫 눈[83] 내리는 것. 명일 일로 큰 애 서울서 왔고. 積雪量 約 5㎝.[84]

〈1990년 12월 2일 일요일 晴〉(10. 16.) (-1°, 0°)
井母는 큰 애와 함께 大田 가서 朝食~둘째 絃의 집, 五女 運과 함께 셋째 明도 同伴. 陰 10月21日의 生日을 形便上 오늘로 당긴 것. 난 再從兄嫂(魯旭 母親) 生日로 招待 있어 그곳 가서 朝飯했고.
10時부터 있는 道體育會長(知事)旗 쟁탈 배드민턴大會에 參席하였고.

〈1990년 12월 3일 월요일 晴〉(10. 17.) (-5°, 1°)
金齒科 다녀서 배드민턴 淸州 크럽 幹部 招請 慰勞酒 待接 유쾌히 잘 했고…'진주집'.
外孫子 '元'의 개구진 所致로(예지, 성미) 제 모친, 제 外祖母 신경 쓰는 일 많은 듯.

〈1990년 12월 4일 화요일 晴〉(10. 18.) (-1°, 10°)
낮 氣溫 10度까지 上昇. 俊兄 招請하여 情談하면서 一盃 나누기도.

〈1990년 12월 5일 수요일 晴〉(10. 19.) (3°, 11°)
族長 勳鍾 氏 來訪 情談. 미륵부처 册子 삿고 온 것. 午後에 季嫂 다녀가고. ○

〈1990년 12월 6일 목요일 晴,가끔 구름〉(10. 20.) (3°, 14°)
1농장 가서 대추나무 밑 周圍 20餘 株 손질. 날씨 따뜻했고.

〈1990년 12월 7일 금요일 晴〉(10. 21.) (4°, 14°)

83) 원문에는 붉은색 색연필로 밑줄이 그어져 있다.

84) 원문에는 붉은색 색연필로 밑줄이 그어져 있다.

今日도 1농장 가서 대추나무 밑 周圍 손질 20株. 井母 生日(71歲) 同居家族만이 朝食. 去 2日(음 10. 16)에 둘째 絃의 집(大田)에서 모셔다 待接은 했던 것.

〈1990년 12월 8일 토요일 晴〉(10. 22.) (5°, 15°)
族孫 昌在(宗親 同甲) 七旬 招待 있어 上京했으나 事情上 場所와 時間이 안 맞아 參席 相面不能한 채 늦게 入淸 歸家한 것. 夜間에 俊兄 消息은 들었고. ○

〈1990년 12월 9일 일요일 가끔 구름〉(10. 23.) (6°, 15°)
三從姪 魯德 子婚을 비롯 4곳 다니며 婚事. 回甲宴 招待에 人事 마치기에 바빴었고. 끝의 暮忠洞 行事 왕성했으나 끝까지 態度 잠잠한 것 잘한 것.

〈1990년 12월 10일 월요일 가끔 구름〉(10. 24.) (6°, 13°)
金 齒科 다녀서 午後엔 中央크럽 關聯 室內體育館 가서 라인 긋는 데 協助 後 夕食 어느 程度 待接받았기도. 밤엔 三從姪 魯殷 집 들러 山 件 이야기 들어보기도. 大田서 강아지.[85)]

〈1990년 12월 11일 화요일 雪, 가끔 흐림〉(10. 25.) (-1°, 0°)
姪 魯殷 山 件에 協助하려고 尹景湜 辯護士 事務室에 다녀왔기도.
下午 2時 發 버스로 井母와 함께 上京~上溪洞 막내 弼한테 간 것. 터미날서 地下鐵 3號線 忠武路에서 갈아타고 4號線. 月前에 百日 지난 孫女 '鉉祐' 귀엽고 조용하게 잘 크는 셈. 간장, 기름, 고추장 等 갖고 간 것.

〈1990년 12월 12일 수요일 晴〉(10. 26.) (-3°, 6°)
今日 아침 나우 쌀쌀했고. 上溪洞서 朝食 맛있게 잘 먹고 11時에 淸州 向發. 順調롭게 잘 온 것. 下午 四時부터 있는 '永樂會' 年末 親睦會 윷놀이 大會에 夫婦 參席했고~신라정. 2時間. 오랫 만에 윷 만져본 것.

〈1990년 12월 13일 목요일 晴〉(10. 27.) (-1°, 1°)
俊榮兄 만나 情談과 魯殷 山 件 및 3派 山 件 이야기하면서 一盃했고.

〈1990년 12월 14일 금요일 가끔 흐림〉(10. 28.) (5°, 7°)
午後에 斜川洞 老人亭 찾아가 同樂 後 酒店 가서 尹 교장, 宋 氏, 朴 氏 其他 數人 융숭히 待接한 것.

〈1990년 12월 15일 토요일 晴〉(10. 29.) (-4°, 4°)
食 前 배드민턴 마친 後 幹部 數人 酒店 델고가 마음껏 마시게 한 것…순두부 끓여서.

〈1990년 12월 16일 일요일 가끔 흐림〉(10. 30.) (-5°, 5°)
鄭弘模 子婚에 參席~同窓生 一同과. 上京(공군회관). 모두 無事히 日暮頃에 歸家.

〈1990년 12월 17일 월요일 晴〉(11. 1.) (-5°, 5°)
2, 3日 前부터 飮酒 나우 하더니 오늘은 더욱 마셨던지 고단했던 모양.

85) 원문에는 붉은색 색연필로 밑줄이 그어져 있다.

〈1990년 12월 18일 화요일 晴〉(11. 2.) (-4°, 3°)
고단한 탓으로 17時부터 있다는 宗親會에 不參. 會費 負擔은 없다고 하였고. ×

〈1990년 12월 19일 수요일 晴, 曇〉(11. 3.) (-4°, 5°)
大田 둘째 紘이가 狗肉 갖고 다녀갔다는 데 까마득 몰랐으니 過飮 中이었던 모양. ※

〈1990년 12월 20일 목요일 曇〉(11. 4.) (-4°, 4°)
淸友會에서 大田 봉암山 거쳐 儒城溫泉 다녀오기로 한 것인데 나 外에도 3人이 事情 있어 不參하겠다는 消息 있어 全員에 알렸더니 4人만이 다녀왔다는 것. ×

〈1990년 12월 21일 금요일 曇〉(11. 5.) (-3°, 5°)
밤中부터 앓기 시작. 井母는 過飮한다고 걱정中.
郡 三樂會 總會에도 不參–任員 改選에서 監事로 推薦됐다고 消息 왔고.[86]

〈1990년 12월 22일 토요일 曇, 雪〉(11. 6.) (-5°, 2°)
昨今 내린 눈 約 10㎝.[87] 가장 많이 쌓인 것. 終日 臥病 呻吟. 저녁에 세째 다녀가고. ○

〈1990년 12월 23일 일요일 雪, 晴〉(11. 7.) (-5°, 3°)
어제 눈 그대로. 동서 申重休 女婚에는 井母가 人事次 다녀왔고.

86) 원문에는 붉은색 색연필로 밑줄이 그어져 있다.
87) 원문에는 붉은색 색연필로 밑줄이 그어져 있다.

저녁나절에 禮式場에 왔던 妻男들 夫婦, 막내同壻 夫婦, 天安 妻弟 等 近 10人 來訪에 井母와 五女 運은 待接하기에 바빴고. 저녁 食事까지 마치고 갈 때는 어두었던 것. 然이나 松의 人事 不足과 相對方의 過激한 誤解로 不美하고 부끄러운 일 있었던 것이 遺感. ○

〈1990년 12월 24일 월요일 晴〉(11. 8.) (-6°, 4°)
엊저녁부터 食事 若干씩 하여 어느 程度 起動되어 17時부터 있는 友信會에 參席하여 會長 立場에서 年末年始 人事하고 食事 後 散會한 것. '자매고기집'. 14名 參席으로 1명만 缺. ○

〈1990년 12월 25일 화요일 晴, 비와 눈〉(11. 9.) (-5°, 0°)
食 前에 沐浴~때와 땀 많았고. 體重 正 50㎏. 平素 正常보다 1.5㎏ 減된 셈.
낮엔 吳倉均 子婚과 親族 魯學 子婚(22日이 本日)에 內德 自宅 가서 人事했고. ○

〈1990년 12월 26일 수요일 雪〉(11. 10.) (-7°, -6°)
昨夜부터 날씨 사나워 今朝까지 風雪 繼續되고. 낮에 좀 끔하더니[뜸하더니] 終日 눈파람 휘날리는 것.[88]
雪中이지만 金溪校 族弟 佑榮이 停年式 있대서 다녀오느라고 苦生 좀 한 것.
17時부터 있는 在淸 同窓會에 參席~10名 中 9名 參席. 社稷洞 해물탕 집. 黃 會長의 忠告 말 當然. ○

88) 원문 아래 여백에 "5㎝"라고 적혀 있다.

〈1990년 12월 27일 목요일 晴〉(11. 11.) (-13°, -5°)
오랜만에 배드민턴 치러 體育館에 나갔고~室內지만 最高 추운 날이어서인지 몹시 손시러웠던 것. 12時부터 있는 校長 辛酉會에 參席. 協議會 後 '대원식당'에서 晝食.
어제 大田 둘째 絃이가 가져온 '집오리' 잡았고. 日暮 後 서울서 큰 애 왔고.
夕食 後 朴鍾貴 만나 亡弟 云榮 神位를 國軍墓地로 移葬 件 相議하였던 것. ○

〈1990년 12월 28일 금요일 晴〉(11. 12.) (-9°, -2°)
年賀狀 20枚 淨書 答禮로 發送. 今朝食은 五人組 老人 崔壽南 氏로부터 招請.
낮엔 市內 가서 잔일 본 後 延 老人 宅 尋訪하여 宋 氏까지 만나 人事 잘 된 것.
큰 애는 午後에 儒城 가고~제 同窓들 歡座談 行事 있는 모양. ○

〈1990년 12월 29일 토요일 晴〉(11. 13.) (-7°, 1°)
金泰一 齒科 가서 治療後 理髮所 거쳐 歸家했을 땐 夕食時間. 유성 갔던 큰 애 오고. ○

〈1990년 12월 30일 일요일 晴〉(11. 14.) (-8°, 3°)
四派 宗稧에 參席[89)]~新溪派 仁鉉 氏 宅. 宗財狀況~674,000 預置. 郭起鍾 70萬 원, 郭有鍾 24萬 원, 郭周榮 276,000원…合計 189萬 원.
午後 7時에 入淸하여 宗親 4名(漢奎 氏, 俊兄, 斗榮, 晩榮) 만두국으로 夕食 待接하고 歸家. ○

〈1990년 12월 31일 월요일 晴〉(11. 15.) (-2°, 5°)
어항 물가리에 1.5時間 所要. 貞心은 배드민턴 同好人 김관형 집에서 老男 5名 招待에 參席.(고향산천 – 쌍두마차…洋食, 6名 同席). 歸路에 李士 교장집 들러 三樂會 帳簿 정리 未詳點 찾아 도와 주기도.
큰 애는 空氣銃 처음 가지고 故鄕 가서 鳥類(참새, 콩새) 2尾 收穫해 오기도. 밤에 삶아 먹은 것. ○

◎ 90年 主要 記事
1. 年初에 多量 積雪로 全國 被害 50餘 億 發表.
2. 傳統 '설'로 還元되어 陰曆 正月初一日에 過歲 施行.
3. 故鄕밭 1, 2 農場 直營에 夫婦 年中 往來 勞動에 無限 勞苦(폭양 中).
   ○ 今年따라 最高氣溫 長期間. 農作 收穫은 괜찮은 셈
4. 健康 維持로 前年 着手한 2個 種目 繼續 中.
5. 사우디에서 3年 前에 結婚한 五女 '運'이 生男하여 秋季에 歸國하여 同宿 中.
6. 은둔 中인 前 全大統領 一年 一個月 만에 下山 歸國(歸鄕)이나 앞으로 궁금?

以上

---

89) 원문에는 붉은색 색연필로 밑줄이 그어져 있다.

1991년

〈앞표지〉
檀紀 4324年
西紀 1991年
佛紀 2535年
孔夫子 2542年
辛未
※ 단기 4325년 서기 1992년 分合錄 壬申

〈1991년 1월 1일 화요일 눈과 비〉(11. 16.) (2°, 2.5°)
新正. 설 茶禮는 지난해부터 陰曆 正月 初一日로~政府에서 '설' 名節로 정한 것.
今日만은 終日 家庭에서 讀書 生活로 해 넘긴 셈. 큰 애는 아침결에 上京. ⊙

〈1991년 1월 2일 수요일 晴〉(11. 17.) (-5°, -2°)
爲親稧[1] 있어 故鄕 金溪 다녀온 것 - 25回. 郭魯植 집. 稧財(白米 1叺 郭春榮, 15萬 원 郭周榮, 現金 95,000원 有司 郭敏相 保管)……91年 有司(郭敏相, 郭魯奉, 郭珍相) 終日 零下圈. ⊙

〈1991년 1월 3일 목요일 晴, 눈 若干 @4cm)(11. 18) (-8°, 0°)
佛經費(彌勒下生經解說) 책 읽어보았고. 日暮 後 보일라에 石油 3도람 넣은 것 - 도람當 47,500원. 지난해까진 37,200원이었는데. ⊙

〈1991년 1월 4일 금요일 晴〉(11. 19.) (-8°, -3°)
三從姪 魯殷 母子間 來訪~私山(案山)條件 事件에 協助 要請次. 小宗契는 9日로 相定.
玉山面事務所 가서 '河川使用料' 納付. ⊙

〈1991년 1월 5일 토요일 晴〉(11. 20.) (-9°, -3°)
終日토록 매운 추위. 点心에 黃致萬 李昌燮 郭勳鍾 氏 招請 答接 '25시 食堂'.
9日의 小宗契와 15日의 七旬 行事 있음을 몇몇 곳에 電話로 連絡했고. ⊙

〈1991년 1월 6일 일요일 晴〉(11. 21.) (-9°, -1°)
健康 正常. 食事 잘 하는 中. 體重 51.5kg. 郭文吉 女婚에 溫陽 又田예식장 다녀온 것. ⊙

〈1991년 1월 7일 월요일 晴〉(11. 22.) (-3°, -1°)
낮 동안 조용히 내린 눈 約 10cm[2]. 9日 豫定의 小宗契 19日로 延期됐다는 것 各處로 連絡.
金月洙 博士 著 '대추재배 신기술' 册子 購入

1) 원문에는 붉은색 색연필로 밑줄이 그어져 있다.

2) 원문에는 붉은색 색연필로 밑줄이 그어져 있다.

하여 많이 읽었고. ⊙

〈1991년 1월 8일 화요일 晴〉(11. 23.) (-8°, -2°)
外孫子 '池元' 덷고 金齒科 가보았고~삭은 이 痛症 있대서. 李斌模와 点心 함께 했었기도. 어제 내린 눈으로 地上은 白世界. ⊙

〈1991년 1월 9일 수요일 晴〉(11. 24.) (-12°5″, 3°)
거의 終日 讀書~'대추재배법', '대원군'. 今朝 추위 最高 第2次. ⊙

〈1991년 1월 10일 목요일〉(11. 25.) (-0.5°,)
辛酉生 宗親同甲堺[3] 있어 金溪 다녀온 것~6名 全員 參席. 稧財 殘高 506,000. 其中 宗榮兄 喪偶 弔慰金 96,000(80kg 쌀 1가마) 支出하고 通帳 殘高 41萬 원의 되는 셈. 봄 逍風은 4月 22日[4]로 定.
日暮 直前에 서울서 큰 애 왔고–색갈 고은 '래디오'[5] 사 온 것. ⊙

〈1991년 1월 11일 금요일 晴〉(11. 26.) (-4°, 1°)
奉事公 派宗稧[6] 있어 故鄕 金溪 다녀온 것~郭應榮 집. 13名 參席. 決算 後 總在(宗財)[7] …現金 322,000원은 91 有司 郭奉榮에 保管. 70萬 원은 郭應榮에 貸與. 通帳에 約 31萬 원. 計 1,332萬 원[8].

15日 行事로 집안 親戚에 큰 애 井이가 電話 着手. ⊙

〈1991년 1월 12일 토요일 晴〉(11. 27.) (-4°, 1°)
크럽 洪 氏 부탁인 '비디오' 作動法 册子 日語를 우리말로 飜譯해 달라기에 昨日부터 着手. 오늘 새벽에도 2時間 程度 노력한 것.
12時에 永樂會 夫婦會食場(신라정)까지 同伴參席 卽時 族兄 俊榮 氏 七旬行事에 參席~南一面 方西里 '三湖가든'에 宗榮兄과 함께 가서 点心 食事 待接 잘 받았고.
午後엔 三時에 金齒科가서 齒牙 1個 治療받고. 뻰까지 떠고 선 16日에 또 가선 마치도록 한 것.
淸原郡 三樂會 90年 決算과 豫算 樹立에 任員會 있어 參席하고 夕食.
用務 있어 來淸했던 큰 사위 趙泰彙 제 親舊(鄭, 金)들 덷고 저물게 來訪.

〈1991년 1월 13일 일요일 晴〉(11. 28.) (-6°, -1°)
族長 郭起鍾 氏 子婚 있대서 木花예식장 가서 人事. 鄭龍喜 氏 子婚에는 形便上 本宅 찾아가서 人事했고. 큰 애와 세째 明은 15日 行事로 相議하는 듯. ⊙

〈1991년 1월 14일 월요일 晴〉(11. 29.) (-8°, -3°)
理髮 後 市內 가서 잔일 보고 크럽 延 老人 宅 尋訪~待接 받은 後 別席에서 答接했기도.
日暮 前後 서울 大田 비롯 子息들 모여 흐뭇했고. ⊙

〈1991년 1월 15일 화요일 晴〉(11. 30.) (-8°, 5°)

---
3) 원문에는 붉은색 색연필로 밑줄이 그어져 있다.
4) 원문에는 붉은색 색연필로 밑줄이 그어져 있다.
5) 원문에는 붉은색 색연필로 밑줄이 그어져 있다.
6) 원문에는 붉은색 색연필로 밑줄이 그어져 있다.
7) 원문에는 붉은색 색연필로 밑줄이 그어져 있다.
8) 원문에는 붉은색 색연필로 밑줄이 그어져 있다.

'명관' 食堂에서 点心時間에 七旬 잔치.[9] 家族 全員, 親緣戚 40名, 校長團 辛酉會, 永樂會, 永樂會, 淸友會, 在淸同窓會, 同甲宗親會 30余名. 其他 5名 招待. 飮食 깨끗하고 豊富했고. 經費 90余萬 원 所要. 子女들 物心兩面으로 無限이 애쓴 것.

〈1991년 1월 16일 수요일 晴〉(12. 1.) (-5°, 5°)
俊兄 招待하여 情談 나누며 一盃 待接한 듯(井母한테 들어 알은 것).

〈1991년 1월 18일 금요일 晴〉(12. 3.) (-8°, 2°)
宗親會 있었다는데 不參하여 有感. ×

〈1991년 1월 19일 토요일 晴〉(12. 4.) (-7°, 3°)
今日도 繼續飮酒 하였을 터. ×

〈1991년 1월 20일 일요일 가랑비〉(12. 5.) (-6°, 4°)
淸友會 月例集會日인데 形便上 不參되어 未安했고. ※

〈1991년 1월 21일 월요일 晴, 가랑비〉(12. 6.) (-4°, 4°)
午後부터 呻吟 臥病~그래도 밤 9時까지 繼續 飮酒했다는 것. ×

〈1991년 1월 22일 화요일 曇〉(12. 7.) (-2°, 3°)
終日토록 呻吟 臥病. 飮食 못먹는 제 五日째. 井母가 우유 等 調達에 큰 手苦 中. ○

9) 원문에는 붉은색 색연필로 밑줄이 그어져 있다.

〈1991년 1월 23일 수요일 晴〉(12. 8.) (-2°, 6°)
淸原郡 三樂會 있대서 억지로 參席~90年度 業務監査 문제로 會議 엉망이었고.
農協 가서 '通帳' 찾았다고 申告 後 '김태일' 齒科 들러 歸家.
數日 間 속 썩이던 91年 日記帳과 家計簿 二層서 찾아 마음 개운했기도. ○

〈1991년 1월 24일 목요일 曇, 雨〉(12. 9.) (0°, 3°)
몸 差度 좀 있으나 현저한 程度는 아니고 食事는 点心時부터 普通.
三樂會 任員會 있대서 參席. 會則 改正案 作成. 91年度 豫算案 編成. ○

〈1991년 1월 25일 금요일 晴〉(12. 10.) (-2°, 3° 5″)
오랜만에 體育館 나간 것. 會員들 安否 人事.
今朝 食事부터 거의 正常化.
今日 行事 終日토록 바빴던 셈~農協 볼 일. 우체局 用務(弼), 모처럼 沐浴. 井母의 韓方補藥.[10] 金泰日齒科의 治療 終結(左側 아래어금이 1個 때움)[11] 等…4개月 10日 만에 마친 셈.
※ 새벽녘의 무섭고 징그러운 꿈[12] 잊을 수 없는 일~種兄이 從弟 弼榮 裸體를 칼로 殺害. 伯母도 그렇게 되는 꿈. ○

〈1991년 1월 26일 토요일 晴〉(12. 11.) (-5°, 3°)
코리아오픈배드민턴大會에 張會長의 억지

10) 원문에는 붉은색 색연필로 밑줄이 그어져 있다.
11) 원문에는 붉은색 색연필로 밑줄이 그어져 있다.
12) 원문에는 붉은색 색연필로 점선이 그어져 있다.

에 一行 버스에 同乘되어 잠실 該當體育館에서 約 1時間 見學(國際選手들의 敏活하고 아슬아슬한 솜씨)하고 簡易 우동으로 点心 요기後 淸州 用務 있어 單身만이 먼저 歸淸한 것.
午後 6時부터 있는 同窓會에 가까스로 參席하여 '거성불고기집'에서 會食 後 去 15日 行事의 謝禮의 意로 一同에 茶 待接하였기도. 今朝食부터 食事 正常化. ○

〈1991년 1월 27일 일요일 晴〉(12. 12.) (-4°, 3°5″)
結婚禮式場 2곳 다니며 人事~鄭然泳 子婚, 木花예식장. 크럽 會員인 노원수 自身 婚. 興德예식장. 저녁땐 몸살 감기로 臥病 中인 延丁善 老人 집 가서 問病.
漢藥 찌꺼기 1제 分 再湯하기도.
四男 魯松은 五日 間 參禪 豫定으로 勇敢히 出發한 것(9時). 全南 海南 '대홍사'로[13].…收穫과 無事를 빌면서…地圖를 펼쳐보며. ○

〈1991년 1월 28일 월요일 晴〉(12. 13.) (-4°, 4°)
어제 오늘은 自轉車로 市內 다니며 잔삭다리 일 많이 본 셈.
鳳鳴洞事務所 總選擧係?(地自制)에 잠간 들른 後 玉山 가서 亡弟 云榮(戰死者)의 除籍謄本 떼 온 것~遺骸를 國軍墓地로 移葬케 될 境遇 所用될 書類의 하나. ○

〈1991년 1월 29일 화요일 晴〉(12. 14.) (-4°, 5°5″)
양한설 外科 가서 筋肉痛의 注射, 藥 2日 分 가져 왔고.
故鄕 가서 七旬 後 첫 省墓. 큰집에 人事 後 一농장 二농장 둘러보고 버스 時間이 어중떼서 사거리 거쳐 玉山까지 걸은 것. ○

〈1991년 1월 30일 수요일 晴〉(12. 15.) (-4°, 8°)
洞事務所 河書記 來訪~地方自治制 實施됨에 따라 本洞 第5投票所 選擧管理委員長의 確認書 作成 捺印이 主案件. 대원寫眞館 가서 去 15日 行事時 찍은 것 114枚 代金 11,400원 支拂했고. 再現像에도 많은 돈 드를 것. ○

〈1991년 1월 31일 목요일 晴〉(12. 16.) (-4°, 7°)
亡弟 云榮 遺骸를 國立墓地로 移葬하려는 該當局으로 提出할 抄案 잡았고.
初저녁에 세째 內外 다녀간 것. ⊙

〈1991년 2월 1일 금요일 曇, 晴〉(12. 17.) (-3°, 3°)
27日에 參禪次 全南 海南 頭輪山 '大興寺' 갔던 四男 魯松은 無事[14]히 行事 마치고 엿새 만에 歸家. 공교롭게도 제 누나 在應스님을 그 절에서 만났다는 것. 因緣인가.
앞가슴 筋肉痛症이 간정 안 되어 '양한설 외과' 가서 '헬스토런' 電氣治療法 着手[15].
亡弟 云榮 遺骸 國立墓地 移葬 手續書類 朴鍾貴 局長에게 넘기며 부탁했고.
宗土 登記手續 關係로 四從叔 漢斌 氏 尋訪하였으나 안 계셔서 그대로 온 것. ⊙

13) 원문에는 붉은색 색연필로 밑줄이 그어져 있다.

14) 원문에는 붉은색 색연필로 밑줄이 그어져 있다.
15) 원문에는 붉은색 색연필로 밑줄이 그어져 있다.

〈1991년 2월 2일 토요일 晴〉(12. 18.) (-4°, 5°)
體育館에서 歸途에 四從叔 漢斌 氏 宅 들러서 小宗稧 關聯 宗土 一切 問議 確認 討論 相議하였고.
낮엔 크럽 朴玉秀 女史 집 開業에 招待 있어 幹部 數人 다녀왔고.
再堂姪 魯旭 집(淸高 뒤) 찾아가 둘러보고 宗土 登記簿 찾아놓도록 當付하기도.
奉事公 및 小宗稧 關聯 宗土 內譯 一切 취합 記錄하여 보았고(從兄님 付託). ⊙

〈1991년 2월 3일 일요일 晴〉(12. 19.) (-5°, 4°)
크럽 同好人 김영만 氏로부터 또 땅콩 膳物(1升) 받았고. '藥酒 대신 고소하게 잘 먹으라는 것'.
族姪 熙相(故 長榮 子) 結婚式場에 다녀서 尹師勳 교장(松鶴校) 回甲宴에 招待 있어 사창 4거리 '월드부페' 가서 맛있게 입맛 다시고 온 것.
五女 運은 제 親舊와 함께 '元'이 덴고 全南 광양 간다고 出發…同期招待로. ⊙

〈1991년 2월 4일 월요일 雪, 晴〉(12. 20.) (-4°, 1°)
'立春' 추위 턱인가 새벽녘에 눈 2.3cm 쌓이고.
서울 國立墓地 管理事務所(민원안내소)에 電擊的으로 다녀온 것[16]~亡 云榮의 英靈 安葬與否 確認次. 戰死통지서, 遺骨奉送時의 軍番, 今番에 推進하는 大田地區 國立墓地로의 移葬 件 等 複雜感 있기에 參考次 上京했던 것이나 서울 國立墓地에 安葬되었음이 90% 以上 믿어짐[17]이 確認된 것…云榮을 광영(廣榮)으로 誤字. 2604855의 軍番과 2704855, 本籍住所의 맞는 點, 所屬과 階級 等으로 보아 墓域 位置 東15, 墓碑番 15,433이[18] 相違없다고 確信되어 마음 개운한 편. 서울서 늦게까지 일 보고서 入淸 歸家하니 午後 8時. ○

〈1991년 2월 5일 화요일 晴〉(12. 21.) (-5°, 4°)
房 修理에 거이 終日 努力~2層 房에 장판지 사다 깔고. 下層 작은 房엔 壁紙 및 두틈한 장판紙 험한 곳과 떠러진 곳 바르고 때우고 손질에 하는 데 終日 걸린 것. ○

〈1991년 2월 6일 수요일 晴〉(12. 22.) (-4°, 4°)
族兄 俊榮 氏와 함께 大田 다녀온 것~族弟 千榮 入院 中 問病[19]次. 大田大 韓方病院, 3306 호室[20]. 中風 右側 괴롭게 지내는 것 딱했고. 寅心은 宗榮兄한테 厚待받았기도. 淸州 와선 가든한 酒店에서 晩榮, 俊兄에 答接. 謹酒한 편이나 不得已 若干 마신 것.

〈1991년 2월 7일 목요일 晴, 曇, 기랑비〉(12. 23.) (-1°, 8°5″)
昨日 飮食 영향인지 腸이 몹시 아팠고 消化不良症으로 새벽 내 苦痛. 전기 암마기와 몸살약 效果인지 12時頃부터 좀 풀리는 듯 多幸이었고.
道 農村振興院 가서 朴鍾貴 局長 만나 去 4日

16) 원문에는 붉은색 색연필로 밑줄이 그어져 있다.
17) 원문에는 붉은색 색연필로 밑줄이 그어져 있다.
18) 원문에는 붉은색 색연필로 밑줄이 그어져 있다.
19) 원문에는 붉은색 색연필로 밑줄이 그어져 있다.
20) 원문에는 붉은색 색연필로 밑줄이 그어져 있다.

에 서울 國立墓地 다녀온 結果 이야기하고 日間 陸本에 가서 確認 訂正토록 마음 먹은 것. 族姪 魯學 집(內德洞) 가서 宗事 宗土 手續用으로 印章 가져왔고. ○

〈1991년 2월 8일 금요일 晴〉(12. 24.) (-1°5″, 7°5″)
亡弟 云榮의 異名된 國立墓地碑 更新의 用務로 陸軍本部(忠南 論山郡 豆磨面 夫南里 신도안) 다녀왔으나 用件 未盡~戶籍謄本(除籍謄本) 添附가 必要하대서 그대로 歸路한 것.
入淸 卽時 玉山 가서 除籍謄本 떼어왔고. 明日 다시 論山 신도안 陸本 갈 豫定. ○

〈1991년 2월 9일 토요일 曇, 가랑비〉(12. 25.) (-2°, 7°)
오늘도 陸本 다녀왔고[21]~順調롭게 일 잘 본 셈…亡弟 아우 云榮의 云字가 廣字로 誤記된 것과 遺家族 名義의 訂正 等이 確認되어 서울 銅雀洞 國立墓地에 安葬되어 있음이 確實[22]한 것. 極히 協助한 朴鍾貴 지도局長, 朴인편 中領의 兄弟분에게 深謝.
辛酉會員 鄭世根 校長 七旬 招請에 參席~午後 6時, 쎔푸라쟈, 洋式…일찍 끝난 셈. ○

〈1991년 2월 10일 일요일 가랑비〉(12. 26.) (15°, 7°)
거의 終日토록 가랑비 부슬비 내린 셈. 午後에 社稷洞 가서 俊兄, 李斌 만나 情談했고.

〈1991년 2월 11일 월요일 가랑비, 曇〉(12. 27.) (2°, 4°)
早朝에 설 前後 上京 高速車票 豫買(運1, 弼2)로 터미날 갔다가 3시간余 만에 買入하는 데 苦生 많았던 것. 午後엔 族兄 宗榮 氏 일로 俊兄과 함께 3人 情談 길었기도.

〈1991년 2월 12일 화요일 晴〉(12. 28.) (-2°, 8°5″)
食 前 氣溫 쌀쌀하더니 낮엔 나우 따뜻했고. 12時부터 있는 永樂會에 夫婦 參席. 夫婦는 市場 가서 설 茶禮 祭物品 一部 사 갖고 歸家. ⊙

〈1991년 2월 13일 수요일 曇, 晴〉(12. 29.) (1°5″, 7°5″)
五女 運이 '元'이 데리고 成南行~설 명절 세고저. 서울 아이들 兩便 午後에 全員 다 왔고.
去月 15日에 全家族 바빴지만 家內 行事엔 井母가 全的 勞力 많은 것.
오정진 內科 가서 感氣약과 요통약 지어왔고. 병풍 험 난 것 一部 손질하기도. ○

〈1991년 2월 14일 목요일 晴〉(12. 30.) (-0°5″, 9°5″)
姪兒 '슬기' 入院[23]했대서 大田 다녀온 것~忠南大學 부속病院. 42棟 4217호[24]. 큰 애 車로 松, 弼도 함께 다녀왔고. 腦膜炎設 있기도. ⊙

〈1991년 2월 15일 금요일 雨, 진눈개비〉(辛未 正.

21) 원문에는 붉은색 색연필로 밑줄이 그어져 있다.
22) 원문에는 붉은색 색연필로 밑줄이 그어져 있다.
23) 원문에는 붉은색 색연필로 밑줄이 그어져 있다.
24) 원문에는 붉은색 색연필로 밑줄이 그어져 있다.

1.) (4°, 3°8″)
설 茶禮 잘 지냈으나 大田 둘째(紘) 完全 不參과 姪兒 '슬기' 入院 中으로 其 母子 못온 것이 有感. 슬기의 快癒를 祈願할 따름. 낮엔 再堂姪 노욱, 노달 와서 歲拜.
날은 終日 궂은 편…日暮頃엔 진눈개비 내리기도.
밤엔 家族 윷놀이 12名이 興味롭게 놀았던 것. ⊙

〈1991년 2월 16일 토요일 晴〉(正. 2.) (−1°, 8°)
玉山校 弟子(洪性換) 來訪 歲拜 고마웠고. 三從姪 魯學이도 歲拜次 다녀간 것.

〈1991년 2월 17일 일요일 晴〉(正. 3.) (−3°5″,)
大田 忠南病院에 入院 中인 姪兒 '슬기'의 病勢 狀況이 어떠한가 궁금.
故鄕 金溪 가서 省墓하고 從兄 內外분 出他 中이어서 歲拜 不能.
俊兄과 金城 가서 故 郭相榮 葬禮에 人事.
저녁에 大田 소식 들으니 '슬기' 差度 있대서 多幸. 밤엔 姪女 家族 全員 와서 歲拜. ⊙

〈1991년 2월 18일 월요일 晴〉(正. 4.) (0°, 3°)
井母와 함께 大田 다녀왔고~둘째 紘의 집 들렀으나 못만나 설 떡 보퉁이만 門간에 놓고. 忠南大 부속病院 가서 姪兒 '슬기' 狀況 보니 어제부터 밥 먹기 시작했대서 多幸.
入淸하니 午後 5時. 夕食은 청주크럽 노와순 會員 招請 있어 內秀 진흥APT 가서 한 것. ⊙

〈1991년 2월 19일 화요일 晴〉(正. 5.) (−4°, −2°)
氣溫 急降下. 3, 4日 間 極히 추을 것이라나. 忠州市 牧杏校 宋錫悔 校長 停年退任式에 다녀왔고. 下午 五時에 入淸하여는 俊兄 招請에 '할미집' 가서 宗榮兄, 族弟 晩榮 同席되어 나우 마신 後 族叔 漢奎 氏 집들러 深夜토록 情談했던 것.

〈1991년 2월 20일 수요일 晴, 曇〉(正. 6.) (−5°, 0°)
淸友會 12時 參席 石山亭. 昨今 飮酒 意外로 마신 편~조심해야 할 것을 느낌.

〈1991년 2월 21일 목요일 雪, 曇〉(正. 7.) (−5°5″, −1°)
새벽녘에 내린 눈 5.5cm. 李長遠 교장 停年 行事에 날 춥고 몸 괴로워 途 中에서 回路해서 未安했고. ×

〈1991년 2월 22일 금요일 조금 눈, 曇〉(正. 8.) (−12″, −3°)
날씨 어제보다 더 추웠고. 崔炳規 교장 停年行事에 途中 回路해서 未安 느끼고. ×

〈1991년 2월 23일 토요일 晴〉(正. 9.) (−11°, −4°)
郡 三樂會에 參席했으나 人員 적은 듯. 記憶未詳. ×

〈1991년 2월 27일 수요일 晴, 가랑비조금〉(正. 13.) (−3°, −1°)
24, 25, 26 連 三日 過飮했을 것. 今日 亦是 過飮. 井母의 忠告 當然. ※

〈1991년 2월 28일 목요일 曇〉(正. 14.) (−3°, −1°)
기어이 새벽부터 呻吟 臥病. 食事 전혀 못하고.

宗事 일(宗土 手續) 못치러 고민.
청주크럽 金영만 老壯 來訪에 飮料 드링크藥과 땅콩 나우 가져오셔서 고마운 反面 未安했기도. ※ 中東 걸프戰 종식에 世界 안도[25](42日 間이었다나). ○

〈1991년 3월 1일 금요일 晴〉(正. 15.) (-4°, 5°)
正月 대보름이며 72회 3.1節[26]. 좋은 날인데 먹지 못하고 이게 무슨 짝. ○

〈1991년 3월 2일 토요일 晴〉(正. 16.) (-2°, 8°)
오늘 대단히 푹한 날씨. 엊저녁부터 억지로 食事 조금씩.
井母 下腹部 痛症 있대서 '吳 産婦人科' 가 보았기도. 농협 가서 돈 빼기도.
오랜만에 저녁 食事 한 그릇. 국과 함께 다한 것~氣分만이라고 낳을 듯 安心되니 多幸.
서울 큰 애 家族 四人 午後 九時 半頃 오고~4日 제 祖母님 入祭日이어서 形便上 今明日 利用해서 미리 다녀가는 것. ○

〈1991년 3월 3일 일요일 晴〉(正. 17.) (-1°, 12°)
食事는 엊저녁부터 거의 正常으로 하나 입맛이 아직 完全 돌아서지 않고, 머리가 무거운 셈. 全身 活動 둔한 편. 거의 終日토록 小說 '大院君' 終篇 一部 읽은 것.
큰 애 三父子는 故鄕 가서 省墓 後 큰집 가서 人事하고 낮에 歸淸. 午後 3時에 서울 向發.
온몸 나우 가라앉은 것 같아서 콘로用 石油 사온 後 모처럼 沐浴과 理髮했고. ○

〈1991년 3월 4일 월요일 晴〉(正. 18.) (0°, 12°)
아침行事 正常 施行~念佛 祈禱. 井母 手足 안마, 室內 온몸 運動, 飮茶, 體育館의 배드민턴 參與 等 門앞 淸掃 包含.
井母 데리고 '吳 산부인科' 다녀왔고…別 異狀 없고 위장약 2日 間 더 服用하라는 것.
井母는 엊저녁부터 祭物 마련에 東奔西走 바쁘게 일 보기에 지치기도.
밤 10時頃 三男 明이 滿醉되어 와서 言行 不順[27]했고~昨日 제 兄 다녀가면서 連絡 없었다는 問題. 애비의 停年退任 退職金 안 밝혔다는 문제 等〃.
밤 11時 半에 어머님 忌祭 지냈고. 意外로 막내 '弼'이 와서 多幸. 大田 둘째 안왔고.
祭物 깨끗이 豊富하게 잘 했기도. 飮福 1잔 했고. ⊙

〈1991년 3월 5일 화요일 晴〉(正. 19.) (0°, 14°)
體育館 歸路 中 內德洞 朴仁圭 金溪校長 親喪에 弔問 人事. 金溪서 弔問次 來淸한 族叔 漢虹 氏, 族弟 俸榮에 해장국으로 朝食 待接했고.
五男 弼은 早朝에 서울 向發. 昨夜에 醉中 행패 부렸던 三男 明이 謝過次 다녀갔다나.
金溪 가서 省墓 後 從兄 內外분께 歲拜~形便上 늦었던 것. 鶴天 從姉님도 오셨기에 人事. 約 二時間 程度 小宗稧 所有 宗土 財定式 手續 基礎作成에 勞力한 것[28].
1, 2農場 둘러보고 步行으로 歡喜 앞다리까지엔 무거운 구두에 나우 疲勞했었고.

25) 원문에는 붉은색 색연필로 밑줄이 그어져 있다.
26) 원문에는 붉은색 색연필로 밑줄이 그어져 있다.
27) 원문에는 붉은색 색연필로 밑줄이 그어져 있다.
28) 원문에는 붉은색 색연필로 밑줄이 그어져 있다.

鶴首苦待했던 消息 온 것~陸軍本部로부터 亡弟 名義 誤記된 國立墓地碑 '곽광영'을 '곽운영'으로 訂正토록 措置했다는 登記 書信[29]을 받아 願을 이루어서 개운하고 흡쾌했고. ○

〈1991년 3월 6일 수요일 晴〉(正. 20.) (2°5″, 10°)
從兄님과 함께 玉山面 財務係에 가서 小宗稧所屬 宗土別 內容을 正確히 把握[30]하기에 時間余 奔走했던 것. 朴鍾學 係長이 比較的 親切誠意 베푼 셈.
鳳鳴洞 事務所 가서 乘車券 月 12枚씩 2, 3月分 찾아온 것. ○

〈1991년 3월 7일 목요일 晴, 曇〉(正. 21.) (3°, 9°)
玉山面 가서 섭쓸린[31] 面 公文 2通 返還하고 宗中 土地手續 未盡分 너덧 가지 再確認하니 마음 개운했던 것. 近日 健康은 正常이나 4日 밤의 三男 明의 행패로 傷心은 繼續. ○

〈1991년 3월 8일 금요일 曇, 가랑비〉(正. 22.) (4°5″, 4°)
三從姪 魯殷 山 件. 第2公判에 傍聽했고. 明日은 故鄕 가서 秉鍾 氏 만나기로 한 것.
淸原郡 地積係 楊大植 書記 찾아가 宗中土地申告節次[32] 問議하니 親切햇던 것. 밤엔 仝 書類 作成에 約 2時間 勞力하였고[33]. ○

〈1991년 3월 9일 토요일 雨, 曇〉(正. 23.) (1°, 4°)
金溪 가서 族長 秉鍾 氏 만나 三從姪 魯殷의 案山 件 原告側 證人 與否 確認해 본 것. 全혀 連絡 없는 일이며 來歷 아는 대로 일러줄 따름이라고…고맙다고 말했고.
從兄님 집 가서 臾心, 宗中 不動産 申告 件 關聯 말씀 드리고 里長 魯聖 집 들른 後 入淸.
淸州선 再堂姪 魯旭 집 가서 書類에 도장받고 歸家…今日도 公事(宗中 일 等) 일 잘 본 셈.
食事는 旺盛한 편인데 氣力은 弱한 듯~배드민턴 實態 等으로 느껴지기에. ○

〈1991년 3월 10일 일요일 曇, 가랑비〉(正. 24.) (1°5″, 5°)
三從姪 魯殷이 다녀갔고~제 山 件 關聯과 宗中土地 件 書類 捺印…今日서 所要 서류 完成.
族弟 中榮 子婚에 井母와 함께 가서 人事 後 국수 먹었고. ○

〈1991년 3월 11일 월요일 曇〉(正. 25.) (1°, 7°)
淸原郡에 宗中不動産 書類 提出[34]次 갖고 갔지만 個人 所有의 權限으로 變하는 方向임을 느끼어 說明 듣고 그대로 온 것. 午前 中 무던이 傷心하다가 午後 4時頃 市廳 地積課 찾아가 族弟 石榮 만나 도움을 받아 다시 郡廳 地積係 장천호 氏에 付託하니 不得已 接受케 되어 歸家時 개운한 氣分 말할 수 없었던 것[35].
宗中土地(不動産) 目錄, 登錄番號 申請書, 宗中 決意書(代表者 選定), 宗中規約 1통씩을 地積係 1號席서 接受. ○

29) 원문에는 붉은색 색연필로 밑줄이 그어져 있다.
30) 원문에는 붉은색 색연필로 밑줄이 그어져 있다.
31) '섭슬리다(함께 섞여 휩쓸리다)'의 잘못.
32) 원문에는 붉은색 색연필로 밑줄이 그어져 있다.
33) 원문에는 붉은색 색연필로 밑줄이 그어져 있다.
34) 원문에는 붉은색 색연필로 밑줄이 그어져 있다.
35) 원문에는 붉은색 색연필로 밑줄이 그어져 있다.

〈1991년 3월 12일 화요일 曇, 晴〉(正. 26.) (2°5″, 8°5″)
12時부터 永樂會 夫婦會食 行事 있어 井母와 함께 參席. 場所 신라정.
5女 運은 城南 제 媤家에 간 것~媤弟 病苦로 궁거워 人事次. ○

〈1991년 3월 13일 수요일 晴〉(正. 27.) (0.5″, 8°)
큰 애 付託으로 清州 地方兵務廳 가서 孫子 英信의 兵事狀況 알아보니 徵兵公.
18代祖 文良公 史績 硏究~18日에 있을 宗親會 時 弘報하려는 것…別紙 記錄.
어항(魚缸) 물갈이했고. 크럽 同好人 延 老人과 함께 宋영수씨 問病했기도. ○

〈1991년 3월 14일 목요일 晴〉(正. 28.) (-1°5″, 5°)
衣裝 설압 整理하고 族長 勳鍾 氏 招請 있어 極東館이란 中國 집에서 点心~黃致萬 氏, 李昌燮, 族兄 俊榮 氏도 參席. 30余 年만의 地方自治制 實施에 基礎議會(市,郡,區) 議員 立候補(出馬) 마감[36]되어 忠北은 2.4:1이라고 發表. ○

〈1991년 3월 15일 금요일 曇, 가랑비〉(正. 29.) (0°, 7°)
午後에 1農場 가서 2時間 勞動~대추나무 2株 補 移植. 거름 펴 묻기. 汚物 처리. 昨年用 헌비닐 收去. 下午 6時 半 發 사거리서 탔고.
12日에 城南, 서울 갔던 五女 運이 왔고. 松의 俸給日의 誠意 애비에겐 그만두라고. ○

〈1991년 3월 16일 토요일 가랑비, 曇〉(2. 1.) (1°5″,)
故鄕 金溪里 柏洞 族兄 時榮 氏 子婚 있어 13時에 三洲禮式場 가서 人事하고 婚姻잔치 국수 맛있게 잘 먹은 것. 歸路에 俊兄과 함께 李斌模 不動産 事務室 들러 情談한 後 任澤淳 氏 만나 鳳鳴洞까지 同行하여 情談 一盃 交換했기도.
去 4日 밤 있었던 셋째 잘못을 謝過次 子婦(韓氏) 다녀갔고.

〈1991년 3월 17일 일요일 晴〉(2. 2.) (-0°5″, 9°)
오랜만에 永雲洞 정화APT 405號 柳승철 어린이집 다녀왔고.
大田서 온 宗兄 만나 俊兄과 함께 情談 - 一盃 하는 바람에 時間 빼앗겨 金溪農場行 豫定이 不能. 사우디서 온 外孫子 '元'의 고집통에 井母 신경 많이 쓰는 셈[37].

〈1991년 3월 18일 월요일 晴〉(2. 3.) (-0°, 14°5″)
夫婦 농장 가서 3時間 勞動~마늘밭 걷기, 헌비닐 除去 等. 16時에 歸家.
18時부터 있는 在清宗親會에 參席…明日 原州 宗親 50名 來淸. 五月 12日 慶南 合川 文良公 祠堂 參拜 等 相議한 것. ⊙

〈1991년 3월 19일 화요일 晴〉(2. 4.) (4°, 15°)
宗親 看梅派(京畿道 驪州)에서 約 50名이 淸原祠 參拜次 消風 온대서 在淸宗親會 數名이 藥水터 가서 이네들 案內하는 데 協調했기도.
午後엔(井母는 午前부터) 1농장 가서 作業 2

36) 원문에는 붉은색 색연필로 밑줄이 그어져 있다.

37) 원문에는 붉은색 색연필로 밑줄이 그어져 있다.

時間~헌 비닐 걷고. 깨짚 等 穀草 모더 태운 것. ⊙

〈1991년 3월 20일 수요일 가끔 가랑비〉(2. 5.) (12°5″, 13°)
12時부터 있는 淸友 親睦會에 參席. 歸家 後 左同 決算書 初 잡기 바빴고.
井母 2농장 가서 2.5時間 作業. 어제 燒却한 재 모디어 뿌리고 온 것.
울 안 채소밭 파서 다음었고~井母는 큰 파씨 播種.
밤엔 "淸友會" 一次 決算書 淨書했고.
淸原郡廳 地積係에 提出한 淸州 郭氏 城村派 小宗稧 所有 不動産 '登錄番號 賦興 申請'했던 것이 3月 14日字로 登錄 決裁가 되어 今日 찾아 왔으니[38] 시원하고 개운했던 것. ⊙

〈1991년 3월 21일 목요일 曇〉(2. 6.) (7°, 12°)
12時부터 辛酉會에 參席~臭心은 대원식당. 宋교장이 七旬 意로 食代 支拂. ×

〈1991년 3월 23일 토요일 晴〉(2. 8.) (3°, 12°)
過飮했던지 三樂會에 不參한 듯. ×

〈1991년 3월 24일 일요일 가끔 흐림〉(2. 9.) (3°, 17°)
크럽 月例會와 鄭元模 校長, 尹 氏가 婚事 안내 있었는데 不參~後日에 人事 豫定했고. ※

〈1991년 3월 26일 화요일 가끔 흐림〉(2. 11.) (3°, 15°)
地自制 選擧日이나 鳳鳴洞(南昌祐), 송정洞(鄭德雄) 無投票 當選으로 投票 行事 不實施(基礎議員).
在應스님 왔고. ※

〈1991년 3월 28일 목요일 가끔 흐림〉(2. 13.) (2°, 11°)
在應스님 上京~방배洞 언니네 집 다녀간다고.
새병[새벽]부터 呻吟臥病－말도 안되는 꼴. 어제는 宗, 俊兄 다녀갔고. ○

〈1991년 3월 29일 금요일 曇〉(2. 14.) (3°, 12°)
井母 現金 10萬 원 갖고 故鄕 新溪部落 다녀온 것~마을中心道 포장費用 誠金.
臭心 끼니부터 죽, 우유 한 컵씩 먹기 시작되고.[39] 近者엔 月에 1번씩 겪으니 탈[40]. ○

〈1991년 3월 30일 토요일 가끔 흐림〉(2. 15.) (2°, 10°)
식사 나우하고. 沐浴과 理髮하기도
日暮頃에 서울서 큰 애비 夫婦왔고~陰 正月 18日 밤에 있었던 이야기기도.
큰 에미와 五女 함께 셋째네 집 다녀오고~上記일 理解시키고 타일르려고 갔을것. ○

〈1991년 3월 31일 일요일 晴〉(2. 16.) (0°, 7°)
無理인 줄 알면서 體育館 갔었고~甚한 運動 않기로 마음 먹었던 그대로였고.
큰 애비 夫婦, 제 母親 모시고 10時 半에 서울

---

38) 원문에는 붉은색 색연필로 밑줄이 그어져 있다.

39) 원문에는 붉은색 색연필로 점선이 그어져 있다.
40) 원문에는 붉은색 색연필로 밑줄이 그어져 있다.

向發…上溪洞 弼 집까지 제 母親 모신다나.
今日 責任行事 잘 본 것~12時에 있는 族弟 來榮 子婚에, 族弟 道榮 子婚에도.
14時부터 있는 張경철 結婚式(신라예식장)에 主禮 意外로 잘 보았고[41]…張君은 배드민턴 청주크럽 選手 中 一人者. 主禮辭에서 많이 칭찬해 주었기도. ⊙

〈1991년 4월 1일 월요일 晴〉(2. 17.) (0°, 9°5″)
모처럼 早朝 行事 몇 가지 施行. 體育館 나가서도 어제보다 活動相 좋았고.
終日토록 家庭生活한 셈~울 안 淸掃, 讀書. 午後 5時頃 잠간 나가 俊兄, 李斌과 情談.
어제 서울 上溪洞 갔던 井母 왔고[42]. 저녁 食事 口味 完全 廻復으로 正常. ○

〈1991년 4월 2일 화요일 晴〉(2. 18.) (0°, 12°5″)
洞事務所 가서 洞長(延 氏) 만나 去 26日 地自制 選擧 無投票 當選 件 이야기, 印鑑 更新, 老人 優待條 乘車券 4, 5, 6月 分 合 36枚 受領.
農協 가서 印章 紛失 申告와 手續 完了. 淸原郡廳 가선 山林課와 財務課 들러 城村派 小宗稧 宗中 不動産 管理 未詳分 協議 完了.
五女 魯運이 제 母親 걱정 듣고 '元' 데리고 잠시 家出로 가슴 아팠고[43]. ○

〈1991년 4월 3일 수요일 晴〉(2. 19.) (3°, 17°)
엇저녁부터 今朝까지 異常 야릇한 神經이 써져서 잠 한심 못잔 채 밤 새운 것. 昨日보다 몸 두드러울증 둔했지만 아침 行事 正常대로 施行한 편인데 우암洞 약商한테까지 갔던 것. 異常한 藥 服用한 탓일까? 極히 操心해야 헐 터.
朴神經科 가서 經過 얘기하고 特히 頭痛과 잠 오는 藥을 要求한 것.
井母가 約 1時間 먼저 가고. 12時 發 버스로 1농장 가서 도라지 씨 함께 播種. ○

〈1991년 4월 4일 목요일 晴〉(2. 20.) (4°, 17°)
6日 行事(寒食, 史 교장 七旬, 기타) 關聯 電話로 早朝에 바빴고…連絡 完了.
卞相琪 교장과 '民俗工藝社' 가서 史 교장 七旬 紀念品 購入하고 '돌체다실'서 情談하기도.
夫婦 故鄕 농장 가서 2時間 半 勞力. 헌 비닐 종이 걷우기, 쑥 뜯고 마눌밭 손질했고. 18시 歸家. ○

〈1991년 4월 5일 금요일 晴〉(2. 21.) (4°, 17°)
體育館 다녀와선 剪枝가위 修繕 等 午前 中 바쁘게 일 본 것.
15時 發 버스로 金溪 가서 族弟 昌榮 집 찾아가 回甲宴에 應對. 1농장서 1.5時間 비닐걷기 勞力함을 상쾌이 여겼기도. ⊙

〈1991년 4월 6일 토요일 曇, 晴〉(2. 22.) (9°5″, 18°)
故鄕 기서 寒食 茶禮에 從兄, 三從姪 魯德과 함께 參禮~高祖考, 再從祖考(曲水後麓), 맏曾祖考(金城). 午後 3時부터 1농장 가서 헌비닐 收去 作業하여 完了.
去 2日에 外出한 5女 母子 日暮頃 歸家하여 마음 개운. 어제는 사우디에서 電話 왔고. ⊙

41) 원문에는 붉은색 색연필로 밑줄이 그어져 있다.
42) 원문에는 붉은색 색연필로 밑줄이 그어져 있다.
43) 원문에는 붉은색 색연필로 밑줄이 그어져 있다.

〈1991년 4월 7일 일요일 晴〉(2. 23.) (10°, 21°5″)
佳佐校 開校 50周年 記念行事에 招待 있어 다녀왔고[44]. 사위 趙泰彙는 功勞牌.
井母는 2농장 가서 勞力~호박 播種, 마늘밭 손질과 給水(灌水), 강낭콩 播種…5시간 半 作業. ⊙

〈1991년 4월 8일 월요일 晴〉(2. 24.) (9°, 20°)
族弟 斗榮 母親喪에 午前 中 내내 喪家집에 있다가 낮 時間 잠간 利用하여 농장 가서 2.5時間 作業하고 歸家 後 深夜토록 喪家에서 밤정가한 것. ⊙

〈1991년 4월 9일 화요일 晴〉(2. 25.) (10°, 24°)
斗榮 母親 葬禮式에 參與~返魂[45] 때까지 同參한 것.
저녁 무렵 1농장 가서 井母 하던 일 繼續(두둑 整地)하고 18時 車로 歸家. 井 生日. ⊙

〈1991년 4월 10일 수요일 曇〉(2. 26.) (13°, 22°5″)
左側 下腹部 痛症 있어 朴世瑾 內科 가서 診察하니 筋肉痛이라기에 安心했고. 夫婦 함께 関眼科 가서 治療받은 것~흐리하고, 눈꼽 끼고, 가렵고.
玉山面 가서 財務係 李종득 書記 찾아 小宗稧 不動産 處理(課稅)에 일 잘 본 셈.
날씨 가믈어서 田作 播種 發芽에 支障 있을까 念慮. ⊙

〈1991년 4월 11일 목요일 晴〉(2. 27.) (16°, 26°)
1농장 가서 2.5時間 勞力~달래 캐고. 두둑일 조금.
井母는 13日 上京 準備로 쑥 송편 만들기에 勞力했고. '元'이 母子 낮에 上京. ○

〈1991년 4월 12일 금요일 曇, 가랑비〉(2. 28.) (17°, 20°)
井母는 어제 하던 일 繼續~上京 準備.
12時 半에 1농장 가서 2.5時間 作業~달래 캐고, 두둑 만들고.
日暮頃부터 가랑비나마 내리니 가므름 끝이라서 多幸이고. ○

〈1991년 4월 13일 토요일 雨, 曇〉(2. 29.) (13°, 17°)
井母와 함께 上京~陰 25日이 큰 애 生日인데 늦게나마 다녀올 마음 있어.
國立墓地(동작동) 民願室 들려 戰死 弟 云榮의 墓 찾아 周圍 청소하고 祈禱하면서 통곡[46]했고. 墓碑 '광'字를 '운'字로 고친 것 確認…碑表面「육군하사 곽운영의 묘」[47], 裏面「15433. 1950년 8월 2일, 안동지구에서 전사」[48].
文井洞 큰 애 집에서 夕食 맛있게 많이 먹은 것~큰 사위 夫婦, 3女 妊 3母女, 막내 魯弼 夫婦와 鉉祐, 5女 母子 參席. ⊙

〈1991년 4월 14일 일요일 晴〉(2. 30.) (10°, 21°)
朝食, 点心 滿足하게 맛있게 잘 먹고 夫婦는

44) 원문에는 붉은색 색연필로 밑줄이 그어져 있다.
45) 반혼(返魂): 장례 후에 죽은 이의 신주를 모시고 집으로 돌아오는 것.
46) 원문에는 붉은색 색연필로 밑줄이 그어져 있다.
47) 원문에는 붉은색 색연필로 밑줄이 그어져 있다.
48) 원문에는 붉은색 색연필로 밑줄이 그어져 있다.

큰 애 車로 동서울 터미날 와서 午後 4時 20分 發로 淸州 집까지 잘 온 것.

日暮 後 三男 明은 明日 旅行간다는 孫子 '正旭' 뎃고와 醉中 행패 또 부린 것[49]. 할 수 없는 팔자. ⊙

〈1991년 4월 15일 월요일 晴〉(3. 1.) (17°, 21°)

基礎議員 淸州市議會 議長選擧에 池憲晶 議員 當選. 淸原郡은 權五稷.

夫婦 一농장 가서 2.5시간 勞力~옥수수 1次 1골 播種, 밭두둑 造成, 골파도 캐오고. ⊙

〈1991년 4월 16일 화요일 晴〉(3. 2.) (7°, 23°)

體育館에서 歸路에 牛岩洞 상가A.P.T 303호 鄭元模 교장 찾아가서 子婚에 人事한 것.

故鄕 金溪 가서 族弟 道榮의 爲先事業(立石)에 질울 가서 人事~点心 食事 應接.

오후 2時부터 1時間 半 1農場서 作業~밭두둑 만들었고.

11日에 上京한 '元' 母子 왔고. ⊙

〈1991년 4월 17일 수요일 曇, 雨〉(3. 3.) (9°, 16°)

永樂會에서 10雙 夫婦 同伴 梧倉 呂川大橋 밑으로 逍風 다녀온 것.

午後 1時頃부터 비 내리기 시작~事實上 단비. 오랜만에 오는 비, 播種期에 오는 비[50].

井母의 몸살 감기는 5, 6日이 지났으나 差度 그리 없어 歸路에 朴內科 들렸고. ⊙

〈1991년 4월 18일 목요일 雨, 曇〉(3. 4.) (12°, 11°)

비는 今朝까지 繼續. 낮 12時쯤부터 차차 비 멎은 것. 55mm 降雨量. 甘雨.

濠洲 杏한테 七旬記念 大形 寫眞 小包로 發送.

歸路에 俊兄, 李斌과 一盃.

〈1991년 4월 19일 금요일 晴〉(3. 5.) (3°, 17°)

1농장 가서 1골 밭두둑 造成하고 歸淸하여 午後 2時부터 있는 三從姪 魯殷의 山 件 공판에 傍聽. 歸路에 李斌과 一盃 나누고.

먹이던 개(犬) 팔았다나. 7萬 원.

〈1991년 4월 20일 토요일 晴〉(3. 6.) (5°, 19°)

淸友會 있어 12時에 石山亭에서 會食. 井母는 1농장 다녀오고.

政旭 母子 다녀갔다나~政旭 修學旅行 後.

〈1991년 4월 21일 일요일 晴〉(3. 7.) (8°, 20°)

食 前에 봉명동 住公2단지 郭相鍾 氏 宅 다녀왔고~子婚 있대서.

서울 江南 木花예식장 다녀왔고~族弟 七榮 子婚. 13時 30分, 貸切車로 無事히.

近日 數日 間 過飮은 아니나 飮酒하는 편.

〈1991년 4월 22일 월요일 晴〉(3. 8.) (9°, 22°)

夫婦 一農場 가서 참깨 1두둑 播種하고 비닐 씌웠고. 두둑 골 타고 堆肥도. 井母는 午後 6時까지 쑥 뜯고 달래 캐오느라고 더욱 勞力할 것.

〈1991년 4월 23일 화요일 晴〉(3. 9.) (10°, 23°)

金영만 氏 老人한테 크럽 一同 朝食 해장국 待接받았고.

49) 원문에는 붉은색 색연필로 밑줄이 그어져 있다.
50) 원문에는 붉은색 색연필로 밑줄이 그어져 있다.

12時부터 있는 淸原郡 三樂會에 參席 後 井母와 함께 2농장 가서 2시간 勞力.

〈1991년 4월 24일 수요일 曇, 晴〉(3. 10.) (14°, 22°)
體育館서 나와 朴옥수 女史 招請으로 7名은 '인영만두' 집에서 朝食 待接받았고.
夫婦 1농장 가서 3시간 作業했고.

〈1991년 4월 25일 목요일 晴〉(3. 11.) (13°, 22°)
繼續 아침 行事 施行 中이나 家事 等으로 나우 바쁜 中이어서 複雜함을 느끼고.

〈1991년 4월 26일 금요일 晴〉(3. 12.) (8°, 21°)
在淸同窓會에서 春季逍風에 夫婦同伴키로 되어 井母와 함께 無事히 다녀온 것. 場所는 全北群山까지[51]였고.

〈1991년 4월 27일 토요일 晴〉(3. 13.) (7°, 22°)
서울 YMCA 제21회 사회인배드민턴 초심자大會에 {다}행스럽게도 同行하게 되었으나 日暮頃에 文井洞 큰 애집 올라가다가 階段에서 失足하여 너머져서 左側 눈퉁이를 많이 깨어 出血되는 바람에 애들을 많이 놀래켰던 것. 아이들이 病院으로 모셔 5바늘 꾀맸던 모양[52]. 무슨 꼴 망신인가?[53]

〈1991년 4월 28일 일요일 晴〉(3. 14.) (6°, 23°)
體育館에 가는 것을 아이들이 극구 만류하는 것을 固執 세워 參席. 어지러운 중에도 2번은 받았다나. 3位(동메달) 受賞[54]하고 一同 저물게 歸淸.

〈1991년 4월 29~5월 7일〉
醉中 生活 未詳(9日 間).

〈1991년 5월 8일 수요일 晴〉(3. 24.) (11°, 20°)
어버이날…長期間 消息 몰랐고 오지도 않았던 貳男 '紘'이 다녀가서 安心과 마음 기뻤고. 20余日 前에 행패 부려 現時까지 不快感과 傷心해 오던 中 今日에서 參男 明이 眞心으로 謝過하므로 眞心으로 마음 풀려 기쁘고 多幸함을 만끽[55].

〈1991년 5월 11일 토요일 晴〉(3. 27.) (11°, 20°)
15日(스승의 날)을 앞당겨 形便上 今日 人事次 다녀간 玉山校 26回 卒業生 6名의 誠意에 또 感歎[56]…(鄭現嬉, 鄭熙模, 鄭順姃, 朴鍾花, 郭魯乂, 沈璣燮) – 沈璣燮은 卒業 後 처음 만나는 것. 42年 만인 것. 서울 居住. 井母의 옷 1벌과 恩師의 와이샤쓰값으로 두터이 金一封 가져왔다는 것. 其外 一同도 合意 表示했다니 고마우나 未安했고. 醉中에 너무 感激한 말 많이 한 듯.
五男 弼이 家族도 왔고.

〈1991년 5월 12일 일요일 晴〉(3. 28.) (14°, 23°)
在淸宗親會에서 榮行의 18代祖 文良公(諱

51) 원문에는 붉은색 색연필로 밑줄이 그어져 있다.
52) 원문에는 붉은색 색연필로 밑줄이 그어져 있다.
53) 원문에는 붉은색 색연필로 점선이 그어져 있다.
54) 원문에는 붉은색 색연필로 밑줄이 그어져 있다.
55) 원문에는 붉은색 색연필로 밑줄이 그어져 있다.
56) 원문에는 붉은색 색연필로 밑줄이 그어져 있다.

樞) 位牌 모셔진 全南 靈岩郡 영암읍 龜岩洞에 參拜次 消風 삼아 다녀온 것[57].
五男 弼이 上京.

〈1991년 5월 14일 화요일 晴〉(4. 1.) (11°, 26°)
또 앓기 시작. 長期 飮酒(26日 間)~食事와 飮酒도 不能. 頭痛도 兼. ○

〈1991년 5월 15일 수요일 晴〉(4. 2.) (14°, 20°)
終日 臥病 呻吟. 卒業生 鄭顯姬 來訪~스승의 날이라고 꽃 두 송이와 양말 等 膳物(記念品)까지 가져온 것. 그 誠意 無限한 편. 明 夫婦 다녀갔고. 運이 上京. ○

〈1991년 5월 16일 목요일 晴〉(4. 3.) (12°, 22°)
午後부터 若干 起動. 억지로 沐浴해 봤고. ○

〈1991년 5월 17일 금요일 晴〉(4. 4.) (9°, 22°)
清原郡 三樂會 消風(旅行)에 參加~慶州 方面[58]…석굴암, 불국사, 보문團地, 博物館, 天馬塚. 앓던 끝이라서 疲困하나 無事히 다녀온 것. ○

〈1991년 5월 18일 토요일 晴〉(4. 5.) (11°, 26°)
體育部 後援 全國生活體育배드민턴大會에 參加~清州 크럽에서 18名. 長壽部로 崔수남 氏와 編成. 서울 잠실體育館. 一同은 鐘路閣 旅館에서 留한 것. ○

〈1991년 5월 19일 일요일 晴〉(4. 6.) (10°, 27°)
8時 50分에 釜山팀 不參으로 11時부터 서울 양천팀과 準優勝 싸움에서 敗하여 銅메달(三等) 獲得[59].
혼자만이 12時頃에 미리 서울 發.
明日 清友會에 參席토록 6名에게 電話했고.
先祖考 忌祀엔 큰 애 井이 參席. ○

〈1991년 5월 20일 월요일 晴〉(4. 7.) (20°, 28°)
清友會에 總務로서 周旋 參席~山成民俗村 오성장 食堂에서 土種 닭고기로 点心. 往來는 食堂 봉고車로 便安했던 것. ○

〈1991년 5월 21일 화요일 晴〉(4. 8.) (16°, 30°)
큰 애 서울서 일찍 와서 제 母親 모시고 故鄕 밭 1, 2農場 다녀온 것.
日暮頃에 들판 龍華寺 가서 觀燈 手續하고 法堂(彌勒寶殿)에 드러가 合掌拜禮 10번하면서 빌은 것. 釋誕節~陰 4月初8日.
어제 왔던 큰 애 井이 5時頃 서울 向發. ○

〈1991년 5월 22일 수요일 晴〉(4. 9.) (19°, 28°)
永樂會 逍風에 夫婦 參席~忠南 泰安郡 泰安半島(安眠島). 1時間 半 배타기도. 그랜드 觀光으로 往來 便利했던 편. ○

〈1991년 5월 23일 목요일 晴〉(4. 10.) (20°, 30°)
夫婦 농장 가서 4時間 作業~참깨 밭 손질, 마늘밭 給水. ○

〈1991년 5월 24일 금요일 雨, 曇〉(4. 11.) (20°, 33°)

57) 원문에는 붉은색 색연필로 밑줄이 그어져 있다.
58) 원문에는 붉은색 색연필로 밑줄이 그어져 있다.
59) 원문에는 붉은색 색연필로 밑줄이 그어져 있다.

李昌燮 招待로 그집(三益A. 104棟 1405號) 가서 五人(黃致萬, 郭勳鐘, 郭俊英, 郭尙榮, 韓相燮) 한 자리에서 蔘鷄湯으로 흉心 맛있게 잘 먹은 것.
낮 동안 約 1時間 半 가량 甘雨 내렸고. 約 2달간 가물었다는 것.
午後 1농장 가서 2時間 作業~동부, 옥수수에 진딧물 農藥 풍겼고. ○

〈1991년 5월 25일 토요일 曇, 雨〉(4. 12.) (20°, 33°)
夫婦 1농장 가서 5.5時間 작업~참깻모 모종. 두둑 造成. 雜草뽑기 等.
午後 6時부터 있는 在淸同窓會에 參席~거상食堂. 오리고기 料理로 食事.
단비 繼續으로 참깨 모종에 多幸스럽고. ○

〈1991년 5월 26일 일요일 雨, 曇〉(4. 13.) (17°, 16°)
거의 終日토록 비 내린 셈. 부슬비 아침부터 日暮頃까지. 밭 作物 춤출 것.
아침運動 마치고 歸路에 셋째네 집(운천洞 아파트) 다녀온 것. ○

〈1991년 5월 27일 월요일 曇, 晴〉(4. 14.) (13°, 24°)
夫婦 1농장 가서 5.5時間 作業~참깨밭 1두둑 손질. ⊙

〈1991년 5월 28일 화요일 晴〉(4. 15.) (12°, 25°)
井母와 함께 1農場 가서 6時間 勞動했고~참깨밭 김매고, 도라지밭 除草, 대추나무 손질.
12時에 가서 19時 半에 淸州 向發. 21時에 弼한테서 安否電話 왔고. 아우 振榮 夫婦도 日暮前에 다녀갔다는 것. ○

〈1991년 5월 29일 수요일 晴〉(4. 16.) (15°, 26°)
今日도 夫婦 함께 농장 가서 約 7時間 勞動~疲勞. 난 대추나무 손질에 注力. ○

〈1991년 5월 30일 목요일 晴, 曇〉(4. 17.) (14°, 26°)
10時 高速으로 上京하여 英信 姨母 結婚式에 參席한 것~역삼洞 '太極堂'예식장. 큰 딸, 三女, 막내 魯弼도 參席 人事했고.
풍락동 '서울中央病院' 가서 堂姪壻 李弘均 飮毒 入院에 問病했기도.
井母는 今日도 농장 가서 일하고 오고. 運이 上京~사우디行 간호사試驗 面接[60]. ○

〈1991년 5월 31일 금요일 晴〉(4. 18.) (16°, 27°)
井母와 함께 9時 버스로 1농장 가서 17時 半까지 作業한 것~過勞 느끼고. 先祖妣 忌故인데. ○

〈1991년 6월 1일 토요일 晴〉(4. 19.) (20°, 26°)
家庭에서 잔일 본 것~玄關 淸掃, 울 안 菜蔬밭 둘레 雜草 깎고 뽑기 等. 午後 日暮頃엔 '國民生活館…體育館' 가서 明日 行事 準備에 協助 勞力했고-배드민턴 라인 긋는 일.
밤 10時頃 3男 魯明 통닭 사 갖고 와서 過去之事 또 謝過하기도. ○

〈1991년 6월 2일 일요일 曇, 晴〉(4. 20.) (16°,

60) 원문에는 붉은색 색연필로 밑줄이 그어져 있다.

24°)
6時 半에 實施하는 "道民 健康增進걷기大會"에 參席 – 4km. 三一公園 約 40分 間 所要. 紀念品으로 T셔쓰와 타올 받았고.
10시부터 있는 "忠淸北道 生活體育 배드민턴 聯合會長旗大會"에 參席하여 男子 長壽部에서 提川팀과 中央팀을 2:0, 2:1로 勝利하여 優勝, 金메달 받은 것[61]. 道 聯合會에서 주는 功勞牌도 받았고. ⊙

〈1991년 6월 3일 월요일 가랑비, 曇〉(4. 21.) (19°, 26°)
下午 5時 發 버스로 夫婦 1농장 가서 '고구마 싹' 200폭 물 주며 심은 것. 歸路에 2농장 들러 '알타리 무우' 나우 뽑아왔고. ○

〈1991년 6월 4일 화요일 曇, 晴〉(4. 22.)
夫婦 1농장 가서 6시간 勞役. 옥수수 施肥, 대추나무 손질, 除草, 마눌쫑 뽑기, 기타.
夕食 後엔 弟 振榮집, 妹弟 朴琮圭 書店 다녀왔고. ○

〈1991년 6월 5일 수요일 晴〉(4. 23.) (19°, 27°)
夫婦 농장 가서 作業~대추나무 손질, 마눌밭 김매기, 고추소독(농약), 콩밭매기 等, 농약도.
三樂會員 李一根 死亡에 李永洙 會長 等 6名 함께 池東 가서 問喪했고.
明日 서울 동작洞 國立墓地 갈 豫定으로 酒果脯 準備에 日暮頃 奔走했기도~弟 云榮 戰死亡 後 墓碑 確認 訂正하고 처음 顯忠日 參禮하는 것. ○

〈1991년 6월 6일 목요일 晴〉(4. 24.) (20°, 29°)
7時 發 高速으로 上京. 銅雀洞 國立墓地 가서 亡弟 云榮 墓 前[62]에 若干의 祭物 차려 놓고 顯忠日 行事 뜻있게 最初로 施行한[63] 것~큰애 夫婦, 姪女 魯先과 其 소생 雄均 兄弟, 妹 才榮, 三女 妊과 其 소생 重奐 男妹 모두 11名 參席.
午後 2時 發 버스로 歸家. 지붕 란간에 올려뻗친 등칡 손질했고.
井母는 今日도 單身 2농장 가서 8時間 勞動하고 歸家. ○

〈1991년 6월 7일 금요일 晴〉(4. 25.) (19°, 30°)
夫婦 1농장 가서 7시간 作業하고 歸家~오늘따라 가장 뜨거웠고.
밤 9時頃 洞事務所 職員 전태철, 김윤수 來訪하여 절하면서 人事~6月 20日 施行하는 廣域議會 議員選擧 關聯 일(委員長) 좀 봐달라는 것…快諾했고. ○

〈1991년 6월 8일 토요일 晴〉(4. 26.) (21°, 30°)
單身 1農場 가서 7시간 半 勞動~참깨밭에 농약, 空間 두둑 除草 等. ⊙

〈1991년 6월 9일 일요일 雨〉(4. 27.) (21°, 24°)
아침 일찍이 서울서 큰 애 夫婦와 방배洞 큰 딸 왔고.
13時부터 있는 再堂姪 魯慶(點榮 氏 子) 子婚에 井母와 함께 江外面 농협禮式部에 一同 다녀왔고. 食 前부터 내리는 비 今般에도 甘雨.

61) 원문에는 붉은색 색연필로 밑줄이 그어져 있다.

62) 원문에는 붉은색 색연필로 밑줄이 그어져 있다.
63) 원문에는 붉은색 색연필로 밑줄이 그어져 있다.

서울 아이들 午後 5時頃 서울 向發. 4時間余 걸려 歸家되었다고 밤 10時頃 소식 왔고.
三男 明 夫婦 不和로 말성있는 中인 듯. ⊙

〈1991년 6월 10일 월요일 晴〉(4. 28.) (20°, 29°)
夫婦 농장 가서 8時間 勞動~참깨밭 손질, 고추 支柱 마련 150개 等. ○

〈1991년 6월 11일 화요일 雨〉(4. 29.) (24°, 26°)
午前에 잠시 흐렸다가 가랑비로 시작. 낮엔 쏘나기 한 때. 午後 3時頃 暴風雨. 거의 終日 비 내린 셈. 淸州地方 約 60mm 왔다고.
夫婦 농장 가서 5時間 일하고 비 때문에 豫定보다 일찍 歸家~夫婦 농장서부터 사거리 乘車場까지 오는 데 함씬 노배기 한 것. 今日은 運이 生日. ○

〈1991년 6월 12일 수요일 曇, 晴〉(5. 1.) (22°, 25°)
今日도 夫婦 농장 가서 8時間 勞動~대추나무 支柱, 고추 支柱 일이 主였고.
농장行 前엔 2時間 동안 親友 三人(尹洛鏞, 柳海鎭, 鄭元謀) 酒類했고. ⊙

〈1991년 6월 13일 목요일 晴〉(5. 2.) (20°, 28°)
夫婦 농장 가서 今日도 8時間 勞動~井母는 고추 支柱대에 끈 동여매는 일 하여 完了. 대추나무 손질 좀 하고 前佐里 山에 가서 대추나무 支柱대 20余 개 아까시아로 베어 다듬는 데 고되고 時間 많이 所要됐던 것. 疲勞 느끼기도. ○

〈1991년 6월 14일 금요일 晴〉(5. 3.) (20°, 30°)
今日도 夫婦 농장 가서 8時間 勞動~콩밭, 참깨밭 농약 살포, 대추나무 支柱 세우기 作業.
날씨는 한여름 방불케 뜨거웠고. ○

〈1991년 6월 15일 토요일 晴〉(5. 4.) (22°, 29°)
夫婦 농장 가서 8時間 半 勞動~井母는 콩밭 매고 農藥. 대추나무 支柱 세우기. ○

〈1991년 6월 16일 일요일 晴〉(5. 5.) (20°, 28°)
今日도 어제와 仝~井母는 콩밭 매고 고추에 施藥. 대추나무 支柱木 設置 一段 完了.
夕食 後엔 俊兄과 함께 開新洞 現代A. 103棟 502號 가서 別世한 別 李仁魯 靈前에 弔喪. 屈指의 親友인데…. ⊙

〈1991년 6월 17일 월요일 晴〉(5. 6.) (21°, 28°)
體育館에서 歸家 道中 開新洞 아파트 들러 故 李仁魯 出喪(8時)하는 것 보고 葬地(박달재)까지 못감을 人事했고.
下午 1時부터 있는 淸州市 乙投票區 選擧管理委員長會議에 參席~市廳 會議室. 仝 4時까지 … 20日에 있을 道議會 議員選擧管理에 關한 會議.
日暮頃에 俊兄. 李斌 만나 오랜만에 情談했고. ⊙

〈1991년 6월 18일 화요일 曇, 晴〉(5. 7.) (20°, 28°)
夫婦 농장 가서 7時間 作業~대추밭 손질(主幹木 施藥). 井母는 2농장 콩밭, 당근과 배추 播種.
서울 있던 5女 運이 元 뎃고 20日 만에 왔고. ○

〈1991년 6월 19일 수요일 曇, 晴〉(5. 8.) (20°, 29°)

13時부터 있는 投票區選擧管理委員長會議에 參席(洞事務所)하고 15時부터 投票所 設置하는 데 委員들과 함께 努力. 場所－청주 봉명동 YWCA회의실.

井母는 故鄕 농장 다녀왔고…마늘 3접 캐오기도. ○

〈1991년 6월 20일 목요일 曇, 晴, 曇〉(5. 9.) (20°, 28°)

廣域議會(市, 道議會) 議員選擧日[64]~鳳鳴 松亭洞 第5投票區 選擧管理委員長으로서 終日토록 勞苦 겪은 셈. 56% 投票率. 今夜 伯母 忌祭인데.

井母는 今日도 農場 가서 勞作했고~마늘도 5접 程度 캐온 것. ○

〈1991년 6월 21일 금요일 晴〉(5. 10.) (19°, 29°)

市, 道議員 選擧에 民自黨이 全國 65%, 忠北은 全黨 90%. 投票率은 낮았고.

夫婦 농장 가서 7시간 勞動. 作物에 給水. 마늘캐기가 主勞. ⊙

〈1991년 6월 22일 토요일 晴〉(5. 11.) (20°, 29°)

淸友會 逍風 實施에 扶餘 다녀온 것. 9時 半 出發~18時 半 歸家. ⊙

〈1991년 6월 23일 일요일 曇, 晴〉(5. 12.) (21°, 29°)

夫婦 농장 가서 마늘 캐고. 雜草藥 뿌리고, 고추밭에 給水도.

서울 있는 3女 姙이 金溪校 16回 同期인 水落 宋女, 橋東 尹秉七과 함께 初저녁에 잠간 들렀던 것~同期生 30余 名이 永同方面으로 逍風 갔다 歸路에 人事次 잠간 들린 것이라고…고마운 일. 수박, 참외, 酒類 사 갖고. ⊙

〈1991년 6월 24일 월요일 가끔 흐림〉(5. 13.) (21°5″, 29°)

單身 1농장 가서 3時間 勞動~雜草藥 撒布, 옥수수에 給水.

点心은 郡 三樂會 있어 '신라정'에서 會食한 것. ⊙

〈1991년 6월 25일 화요일 曇, 晴〉(5. 14.) (22°5″, 28°)

夫婦 농장 가서 7時間 作業~雜草藥. 作業 中 나우 더웠고. 諸作物에 給水.

五女 運이 用務 있다고 上京. 닭 삶아 놓고 간 것~신통한 일. ○

〈1991년 6월 26일 수요일 曇〉(5. 15.) (23°, 29°)

비 卒然이 안 오는 바람에 밭 作物 타 붙는 데 가슴 조리고 아프고.

点心時間쯤에 크럽 延 老人 집에 들러 代筆한 人事편지 주었고. 簡易 食事하기도.

18時부터 있는 在淸 同窓會에 參席하여 '서성食堂'에서 會食했고. ⊙

〈1991년 6월 27일 목요일 가끔 흐림〉(5. 16.) (22°, 30°)

夫婦 1, 2농장 가서 勞力. 고추밭, 참깨밭 施藥, 雜草藥 撒布, 옥수수밭 等 給水.

64) 원문에는 붉은색 색연필로 밑줄이 그어져 있다.

장마 비는 7月 3日부터라나. 田作物은 가물타는 中. ○

〈1991년 6월 28일 금요일 가끔 구름〉(5. 17.) (23°, 31°)
夫婦 농장 가서 6시간 作業~참깨에 給水와 施肥. 雜草藥 撒布, 호박과 菜蔬에 給水 等. 가장 무더웠고. 옥수수와 참깨는 많이 말라 시들은 것. 가슴 아프고. ○

〈1991년 6월 29일 토요일 曇, 가랑비 若干〉(5. 18.) (25°, 28°)
母校(玉山) 26回 卒業生 鄭顯嬉 부탁으로 함께 梧倉 가서 江外面 宮枰人 金相默 찾아가 情談하였기도~그네의 子弟 就職과 事業關聯 이야기가 目的.
井母는 單身 농장 가서 約 3時 물주기, 강랭이 콩 뽑아 따기 等.
午後에 큰 애 왔고. ⊙

〈1991년 6월 30일 일요일 가끔 구름〉(5. 19.) (23°, 29°)
夫婦는 큰 애와 함께 1농장 거쳐 2농장 가서 作物에 給水. 雜草 뽑고 歸淸.
큰 애는 下五 4時에 서울 向發. 비 안 내려 1, 2농장 作物에 큰 탈.
밤 10時에 再從兄(故 憲榮 氏) 忌祭에 參席했고~福台洞 魯旭 집. ⊙

〈1991년 7월 1일 월요일 雨, 曇〉(5. 20.) (24°, 27°)
어제 故鄕 간 동안에 前任校 梧仙校 在職 中인 李鐘成 다녀갔다기에 人事 전화 여러 차례 걸어도 不通~닭 2尾, 수박 等 사 가지고 온 것. 日 前에 報勳의 달 表示로 衣類 선물 보내기는 했지만….
夫婦 농장 가서 7시간 勞動~1농장 빈두둑 雜草뽑기에 注力한 것.
淸州엔 日出 前 비 조금 내렸으나 故鄕은 안내렸고. 作業 中 가랑비 조금 내린 程度. 1농장 참깨와 옥수수에 비 안내려 全滅 狀態. ○

〈1991년 7월 2일 화요일 曇, 晴〉(5. 21.) (21°, 29°)
夫婦 농장 가서 6시간 作業~밭 구석에 堆肥場 設置하고 뽑은 풀 모더 積載. 팥 播種, 옥수수에 給水. 고구마 밭 매고 雜草 뽑기. ⊙

〈1991년 7월 3일 수요일 가끔 흐림〉(5. 22.) (22°, 30°)
今日도 夫婦 농장 가서 6時間 勞力했고. 비 안와 사람도 말으는 듯. ○

〈1991년 7월 4일 목요일 曇〉(5. 23.) (24°, 27°)
1, 2차례 온다는 비 오늘도 안와 큰 탈.
夫婦 농장 가서 7시간 勞動. 대추나무 손질이 主. 井母는 파 모종에 注力.
13代祖 位土에 모내기 않았다기에 現地踏査次 9時 버스로 墻東 갔던 것~從兄님, 仁鉉 氏, 秉鐘 氏, 俊榮 氏, 時榮, 晩榮도 參席…2斗落 移秧 않한 것…水利 不便과 勞力 不足이라고.
금일 내린다는 비 안 왔고. ⊙

〈1991년 7월 5일 금요일 晴〉(5. 24.) (22°, 31°)
單身 午後에 농장 가서 3時間 勞力~대추밭 손질, 2農場 作物에 給水. ⊙

〈1991년 7월 6일 토요일 晴〉(5. 25.) (24°, 32°)
夫婦 농장 가서 3시간. 井母는 6時間 勞力. 諸作物에 給水에 注力.
17時부터 있는 友信親睦會에 參席. 人事와 8月 逍風을 決議(忠南 安眠島). ⊙

〈1991년 7월 7일 일요일 雨〉(5. 26.) (26°, 27°)
'天安市長旗 쟁탈生活體育배드민턴大會'[65]에 淸州 크럽이 優勝. 老人(老年)部 B組로 뛰어 提川팀, 曾坪팀을 누르고 決勝戰에서 溫陽팀한테 10:11로 敗하여 準優勝……銀메달[66] 받았고.
鶴首苦待하던 비 2個月 만에 흡족이 내렸고[67]…約 60mm[68]…다 말라 비틀어진 1농장의 옥수수와 참깨 그나마 다만 몇 株래도 救濟됨을 機待해보는 것. ⊙

〈1991년 7월 8일 월요일 曇〉(5. 27.) (19°, 23°)
夫婦 농장 가서 6시간 半 勞作…녹두 播種에 3두둑 파느라고 다리와 손목 아팠기도. 어제 내린 비로 各 作物 生氣 어느 程度 回復되어 多幸. ○

〈1991년 7월 9일 화요일 曇, 가끔 비〉(5. 28.) (20°, 26°)
鄭龍喜 교장 入院에 問病~담석症 '청주病院' 304號.
井母 單身 농장 가서 들깨 모와 잡초 뽑기로 7時間 勞動하고 저물게 歸家~비 맞으면서.
尹洛鏞 周旋으로 柳해, 鄭元 함께 만나 情談하면서 一盃한 것. ⊙

〈1991년 7월 10일 수요일 雨, 曇, 晴〉(5. 29.) (20°, 25°)
夫婦 농장 가서 들깨 모 若干과 소두둑풀 뽑기로 勞力 많이 한 셈. 作物 生氣 있고. 참깨와 옥수수는 長期 한발로 많이 말라 형편 없을 程度. ○

〈1991년 7월 11일 목요일 曇, 가끔 비〉(5. 30.) (22°, 24°)
今日도 農場 가서 7時間 勞動. 12時 半부터 부슬비. 가랑비 내려~終日토록. ⊙

〈1991년 7월 12일 금요일 曇, 晴〉(6. 1.) (20°, 27°)
永樂會에 夫婦 參席~신라당에서 点心 會食.
井母는 午後 버스로 2농장 가서 애동호박과 풋고추 若干 따온 것. ⊙

〈1991년 7월 13일 토요일 晴〉(6. 2.) (21°, 29°)
어제 日暮頃엔 新鳳洞 농협 倉庫에서 肥料(요소1, 복합1) 2包 運搬하는 데 큰 애 먹었고.
在淸同窓會員 一同 9名은 豫約대로 淸州驛에서 10時에 結合. 서울 '신라호텔' 別館(奬忠體育館 옆) 가서 宋瓚柱 七旬 招待에 參席. 洋式(부페)로 点心 잘 待接받은 셈.
下午 3時에 約束한대로 高速터미날 가서 井母 만나고 큰 애 自家用으로 1時間 半 걸려 上溪아파트 막내 魯弼 집(아파트 貰家) 간 것. 큰 애는 곧 文井洞 가고. 곤히 잘 留한 것. ○

65) 원문에는 붉은색 색연필로 밑줄이 그어져 있다.
66) 원문에는 붉은색 색연필로 밑줄이 그어져 있다.
67) 원문에는 붉은색 색연필로 밑줄이 그어져 있다.
68) 원문에는 붉은색 색연필로 점선이 그어져 있다.

〈1991년 7월 14일 일요일 晴〉(6. 3.) (20°, 31°)
孫女 鉉祐(魯弼 딸) 첫 돌이 16日인데 形便上 日曜日인 오늘 돌 行事 한 것.
큰 애 周旋으로 下午 4時 發 中部 高速으로 東서울서 出發. 下午 五時 半에 無事 淸州 到着.
서울서 가져온 돌떡 若干과 수박 1덩이 사 가지고 운천APT 셋째집 다녀온 것.
日暮頃엔 서울 各 處 子女들 한테서 無事歸家 하셨느냐는 安否 電話왔기도.
오늘은 7.14 昨年 오늘 午後 5時 40分에 배드민턴 朴女史가 別世한 날…一周忌. ⊙

〈1991년 7월 15일 월요일 雨〉(6. 4.) (25°, 25°)
終日 부슬비 내린 셈. 孫子 昌信이 다녀갔고~ 淸州 地方兵務廳 用務…海外旅行 件.
尹洛鏞 집 가서 '마 苗와 토란 苗' 얻어 온 것 …마침 史龍基 親友도 와서 3人 情談 나누었고. ⊙

〈1991년 7월 16일 화요일 雨, 曇〉(6. 5.) (22°, 27°)
夫婦 농장 가서 6時間 勞力~마 移植. 들깨 모종 等. 昌信이 오늘도 병무청에 다녀갔다는 것 ~手續 길 마친 듯.
初저녁에 아우 振榮 夫婦 다녀갔고. 11時頃엔 昨年 오늘의 墓所 다녀오기도. ○

〈1991년 7월 17일 수요일 雨, 曇, 가끔 비〉(6. 6.) (23°, 27°)
日出 直後 쏘나기 한 차례 내리더니 午後 4時頃 또 한 차례 쏘나기 3兄弟 지나간 것.
夫婦 12時 버스로 1농장 가서 6時間余 極限 勞力하여 비 맞으며 풀 뽑고 둑 다듬어 모아 들깨 모종 나우 했고. 들깨모종 거의 마무리 段階. ○

〈1991년 7월 18일 목요일 가끔 비〉(6. 7.) (22°5″, 26°)
單身 1농장 가서 2時間 程度 들깨 모종할 곳 除草作業.
18時부터 있는 在淸宗親會에 夫婦 參席~수곡동 '대성식당'에서 會食. ⊙

〈1991년 7월 19일 금요일 曇〉(6. 8.) (23°, 31°)
井母 單身 농장 가서 3時間 들깨 모종에 勞動.
이제 들깨 모종 完了.
晝間에 나가 協助者들 答接의 意로 酒類 待接 …'雲泉農水産 都賣市場' 회집서.
日暮頃엔 李斌 만나 잠시 情談 나누기도. 朝晝夕 어느 程度 모처럼 飮酒.

〈1991년 7월 20일 토요일 曇, 쏘나기 2次〉(6. 9.) (27°, 26°5″)
12時부터 있는 淸友會(7名) 月例會에 參席~ 會食은 송원식당. 入院 中인 鄭 교장 問病.
井母 單身 2농장 가서 3時間 勞力. 2차례 쏘나기 왔고.
工具(연모)箱子 송판 廢物로 만들었고…트튼하게.
저녁엔 延 老人 집 가서 補飮食 厚待받고 張會長, 李용 會長 만나 一盃 待接받기도.

〈1991년 7월 21일 일요일 가끔 비〉(6. 10.) (25°, 28°)
夫婦 농장 가서 6時間 勞動~들깨 밭 一部에 施肥(尿素). 옥수수 둑 除草.

京畿道 一部엔 集中暴雨로 各 項 被害 莫大하다는 것[69]. 忠北 陰城郡 大所도. ○

〈1991년 7월 22일 월요일 가끔 비〉(6. 11.) (25°, 31°)
夫婦 농장 가서 8時間 勞動~들깨모. 들깨에 施肥. 除草, '콩, 팥, 녹두밭 매기'.
濠洲 杏한테서 安否 전화 왔고[70]. ⊙

〈1991년 7월 23일 화요일 雨, 曇〉(6. 12.) (26°, 29°)
12時부터 있는 三樂會에 參席~'대정식당'서 會食.
俊兄, 李斌과 一盃. 모처럼 나우 마신 편. ×

〈1991년 7월 24일 수요일 曇, 비〉(6. 13.) (23°, 30°)
俊兄 氏 招待로 '이학식당'에서 黃 會長, 勳鐘氏, 李昌燮과 함께 會食한 것. ×

〈1991년 7월 25일 목요일 가끔 비〉(6. 14.) (24°, 28°)
오늘도 市內 나가서 飮酒 나우 했을 것. 井母는 농장 가서 열무와 도라지 캐 온 것. ×

〈1991년 7월 26일 금요일 가끔 비〉(6. 15.) (23°, 28°)
동창회에 不參하여 마음 不安하였고. ×

〈1991년 7월 27일 토요일 가끔 구름〉(6. 16.) (23°, 31°)
先考忌祭인데 몸이 고단했고. 가까스로 行事 無事히 지낸 것~從兄님, 再從兄嫂님도 參席. ×

〈1991년 7월 28일 일요일 가끔 구름〉(6. 17.) (22°, 32°)
서울 아이들 모두 上京. ×

〈1991년 7월 29일 월요일 조금 비〉(6. 18.) (23°, 30°)
농장엔 井母 單身 가서 들깨에 施肥. 정신 모르고 탁주 많이 마신 듯. ※

〈1991년 7월 30일 화요일 가끔 비〉(6. 19.) (24°, 29°)
새벽부터 앓키 시작. 낮엔 크럽同好人 老人 '김영만'氏 문병 오셔서 미안했고. 무슨 염치로 5月 中旬 以後로 잘 참아오다가 飮酒로 또 臥病하니 큰 탈. ○

〈1991년 7월 31일 수요일 가끔 비〉(6. 20.) (24°, 30°)
終日토록 臥病 呻吟. 땀 많이 흘려 죽어가는 듯. 각처 전화도 못받은 것. ○

〈1991년 8월 1일 목요일 가끔 비〉(6. 21.) (25°, 30°)
孫子 昌信이 유럽旅行次 11時에 金浦공항 출항케 되어 無事를 祈願.[71]
엊저녁부터 若干 食事되어 日暮頃엔 어느 程

69) 원문에는 붉은색 색연필로 밑줄이 그어져 있다.
70) 원문에는 붉은색 색연필로 밑줄이 그어져 있다.
71) 원문에는 붉은색 색연필로 밑줄이 그어져 있다.

度 회복되는 것을 느꼈고. 天佑神助. ○

〈1991년 8월 2일 금요일 雨, 曇〉(6. 22.) (25°, 27°)

새벽부터 오는 비, 거의 終日 낮 동안 내리는데 井母는 故鄕 농장 밭 다녀온다고 8時에 出發은 했으나 金溪앞 天水川까지는 버스가 갔으나 무넘기 다리 不通으로 그대로 廻路~고생만 한 것.
오랜만에 가까스로 沐浴湯 가서 가볍게 몸 닦기도.
点心 後엔 夫婦 함께 市內 다녀온 것~농협 볼일, 市場 가선 보리쌀 若干. 기타 몇 가지 사온 것.
낮엔 세째 夫婦 來訪~新아파트 추첨에 당첨 內容과 權利金 件. 次後 手續에 關한 이야기.
7月 31日 日暮頃에 大田 둘째 夫婦는 雄信을 델고 와서 저녁 지어 父母에 待接하고 밤 10時 歸家. ○

〈1991년 8월 3일 토요일 曇〉(6. 23.) (23°, 28°)

아침결에 서울서 큰 애 와서 제 母親과 함께 농장 가서 3時間 勞力하여 옥수수 多量 收穫해 온 것. 열무, 호박, 피, 고추는 若干.
3男 明의 新아파트 當첨된 것 '未登記前賣' 行爲란 法 根據에서 취하(解約) 勸告.
밤 10時頃에 큰 애는 제 姑母 宅 다녀오기도. ○

〈1991년 8월 4일 일요일 가끔 비〉(6. 24.) (23°, 28°)

淸原伺 지붕이 長마로 因한 被害[72]로 蓮潭公 영정이 망그러지고 其他 修理工事 할 곳 많다기에 10時에 藥水터 가서 現況 踏査하고 一同 10名은 漢鳳 氏가 마련한 点心 食事 잘한 것.
歸路에 李斌, 俊兄 만나 情談 나누기도.
三男 明의 新東亞파트 당첨된 것 意思대로 推進키로 許諾했고(애비로서 마음 상쾌).
「새벽 小便 한 컵 服用 着手[73]」…큰 애비 勸奬에 依하여. ○

〈1991년 8월 5일 월요일 雨, 曇, 晴〉(6.25.) (20°, 27°)

夫婦는 큰 애비와 함께 7시에 1농장 가서 참깨 말라죽어 튀는 것 골라 베기에 勞力했고.
特히 井母는 바랭이풀 뽑고 다듬어 最終 들깨모 하기에 기나긴 한두둑 完了하는 데 極限 勞力하는 데 딱해 보였고. 勞農 經歷 그리 없는 큰 애비도 無限 勞力에 안쓰러웠고.
큰 애비 下午 3시頃 서울 向發. 3男 明이 印鑑 返還次 日暮頃에 다녀갔기도. ○

〈1991년 8월 6일 화요일 晴〉(6. 26.) (20°, 28°)

새벽별 한 달 만에 뵈는 것[74] 1個月 間 장마 期限이었지만 淸州地方엔 被害 없는 듯.
夫婦 농장 가서 近 9時間 勞動~過勞한 편…主로 除草作業(김매기). ○

〈1991년 8월 7일 수요일 晴〉(6. 27.) (20°, 30°)

夫婦 2농장 가서 7시간 勞力~텃밭의 팥두둑,

72) 원문에는 붉은색 색연필로 밑줄이 그어져 있다.
73) 원문에는 붉은색 색연필로 밑줄이 그어져 있다.
74) 원문에는 붉은색 색연필로 밑줄이 그어져 있다.

녹두 두둑 김매기 完決.
午前 中 잠시 玉山面 土地開發係에 從兄님과 함께 들러 宗土關係 일 좀 본 것…'소득원 土地代'[75].
五女 運이 서울서 왔고. ○

〈1991년 8월 8일 목요일 曇, 晴〉(6. 28.) (21°, 29°)
今日 末伏. 夫婦 1농장 가서 勞力~들깨 施肥. 참깨 가려 베기, 雜草除除去. ○

〈1991년 8월 9일 금요일 曇, 雨〉(6. 29.) (22°, 25°)
'南北韓유엔加入 確定'이라고 新聞, TV에서 發表…統一의 지름길이 된다면 오죽이나.
井母는 2농장 가서 열무 뽑고 고추도 따온 것.
午後 4時頃엔 尹洛鏞 주선으로 史, 柳 모두 4名 合席 情談하였기도. 경비는 史 교장이. ○

〈1991년 8월 10일 토요일 曇, 晴〉(7. 1.) (20°, 24°)
夫婦 농장 가서 9時間 勞動. 들깨 베기, 대추나무 밑 손질, 고추 따기 等. ○

〈1991년 8월 11일 일요일 晴〉(7. 2.) (21°, 29°)
今日은 6時間 勞動~除草, 井母는 들깨 밭 김매고 참깨 털었고. ○

〈1991년 8월 12일 월요일 晴〉(7. 3.) (22°, 31°)
울 안에 호배추(서호) 38구덩이 播種.
12時 半부터 있는 '永樂會'에 夫婦 參席. 會食은 '새대정식당'에서.
下午 3時 버스로 1농장 가서 4時間 勞力~풀약 撒布. 대추나무 밑 除草. ⊙

〈1991년 8월 13일 화요일 晴〉(7. 4.) (24°, 32°)
夫婦 농장 가서 8時間 勞力에 땀 많이 흘렸고. 年中 가장 더웠음을 느끼기도[76]. 찜통 加 찜통.
族弟 中榮 別世에 弔問했고.
서울서 막내 家族(孫女 鉉祐 包含) 다닐러 왔고…五男 弼이 休暇라나. ⊙

〈1991년 8월 14일 수요일 晴〉(7. 5.) (25°, 32°)
友信會 夏季 逍風에 夫婦 同參[77]~7시~20時…忠南 瑞山海岸 國立公園[78](태안, 홍안 앞바다 고속유람선 80분 간, 몽산포 해수욕장, 간월도 看月庵). 江西 와선 夕食. ⊙

〈1991년 8월 15일 목요일 晴〉(7. 6.) (26°, 32°)
第46周年 光復節~國旗揭揚. 五女 運이 英語會話 교육 受講次 '元'이 데고 上京…運이 上京후 어쩐지 가엾어서 딱한 생각 못견디어 落淚[79]하기도. 弼 家族 농장 求景.
日暮頃 서울 向發~成東區 중곡동 큰 堂姪 집에 午後 9時쯤 찾아간 것…先伯父 忌祭에 參席[80]. 末伏 立秋 지났으나 찜통 더위 繼續 中.
從兄, 從弟와 함께 堂姪 魯奉이 집에서 留. ⊙

---

75) 원문에는 붉은색 색연필로 점선이 그어져 있다.
76) 원문에는 붉은색 색연필로 점선이 그어져 있다.
77) 원문에는 붉은색 색연필로 밑줄이 그어져 있다.
78) 원문에는 붉은색 색연필로 밑줄이 그어져 있다.
79) 원문에는 붉은색 색연필로 점선이 그어져 있다.
80) 원문에는 붉은색 색연필로 밑줄이 그어져 있다.

〈1991년 8월 16일 금요일 晴〉(7. 7.) (24°, 32°)
食 前 6時 發 高速으로 1시간 半 만에 淸州 着. 五男 弼 家族 10時 發 버스로 上京.
夫婦 농장 가서 6시간 勞力~바랭이풀 씨 대공 除去에 注力. 今日도 낮氣溫 32° 찜통. ○

〈1991년 8월 17일 토요일 晴〉(7. 8.) (24°, 33°)
鄭, 延 女史의 宣傳과 勸告에 依하여 '구라레 會社' 主催인 「원적외선 바이이오세라믹품평회」에 參席한 것[81]~淸州서 10時 出發. 原州서 구라레 寢具에 代한 講演(說明) 듣고 돼지갈비 구이 等으로 衷心 待接받은 後 1照 注文(申請)하고 忠州湖 가선 遊覽船 1時間 타고 日暮頃에 水安堡 가선 溫泉沐浴 後 夕食하고 淸州 오니 밤 10時된 것. 그러나 膳物로 받은 金멕키 磁石 목걸이, 팔찌를 걸고 자던 井母가 괴롭고 무서운 꿈으로 놀래 깬 後 不安하게 여겨졌던 것. ⊙

〈1991년 8월 18일 일요일 晴〉(7. 9.) (23°, 33°)
夫婦 농장 가서 6時間 勞力~대추밭 除草, 옥수수 따기, 참깨 再次 털기. ○

〈1991년 8월 19일 월요일 晴〉(7. 10.) (24°, 33°)
單身 1농장 가서 3時間 대추밭 除草 作業. 불볕 繼續 中. 밭곡 가뭄 타고. ○

〈1991년 8월 20일 화요일 晴〉(7. 11.) (24°, 34°)
體育館에서 歸路 中 藥水터 가서 「淸原祠」 찾아 修理 看手 狀況[82] 봤고. 짚 압 街路燈(防犯燈) 엊저녁에 更新 再生했기도. 출염 井母가 周旋하고.
8月 月例會(淸友會)에 參席. 石山亭에서 會食. 今日 氣溫 最高[83].
井母는 午前 中에 2농장 가서 고추 3貫쯤 따가지고 온 것. ⊙

〈1991년 8월 21일 수요일 晴〉(7. 12.) (24°5″, 33°)
夫婦 농장 가서 6時間 勞動~대추밭 除草. 동부 따고, 참깨 털기. 비 안와 作物 타고[84]. ⊙

〈1991년 8월 22일 목요일 가끔 가랑비(14日 만에 조금 비[85])〉(7. 13.) (23°, 28°)
모처럼 구름 많이 끼고 가랑비나마 내리니 뛸 듯이 기쁘고 고마웠고.
日製 바이오세라믹 寢具 一式 井母用으로 큰마음 먹고 장만[86]하여 아침결에 司倉洞 가서 直接 運搬해 왔고.
單身 1농장 가서 우산 바든 채 6時間 대추밭 除草에 勞力하고 日暮頃에 入淸. ⊙

〈1991년 8월 23일 금유일 가끔 가랑비〉(7. 14.) (20°, 22°)
郡 三樂會에 參席~대정식당서 會食. 세라믹 寢具代 一部 支拂코저 농협 貯蓄 分 50萬 원 引出.
南部 海岸地方엔 颱風과 暴風雨로 물난리 크

81) 원문에는 붉은색 색연필로 밑줄이 그어져 있다.
82) 원문에는 붉은색 색연필로 밑줄이 그어져 있다.
83) 원문에는 붉은색 색연필로 밑줄이 그어져 있다.
84) 원문에는 붉은색 색연필로 밑줄이 그어져 있다.
85) 원문에는 붉은색 색연필로 밑줄이 그어져 있다.
86) 원문에는 붉은색 색연필로 밑줄이 그어져 있다.

게 났다[87]는 것. ⊙

〈1991년 8월 24일 토요일 가끔 가랑비〉(7. 15.)(21°5″, 28°)
申奉植 江外校長 停年式에 다녀왔고. 井母는 농장 다녀온 것. ⊙

〈1991년 8월 25일 일요일 晴〉(7. 16.) (23°, 30°)
夫婦 농장 가서 7시간 勞動. 난 午前 中 入清. 中部圈 幹部會議에 參席~忠北大 食堂會議室. 9月 1日 行事 協議.
日暮頃에 藥水터 가서 清原祠 修理狀況 듣기도. ⊙

〈1991년 8월 26일 월요일 晴〉(7. 17.) (23°, 30°)
1농장 가서 4시간 半 勞力하고 入清~토란밭 施肥, 들깨밭 除草.
18時부터 있는 在清同窓會에 參席하여 清州病院에 入院 中인 黃致萬 會長 問病 後 會食(夕食)은 '25시 食堂'에서 하고 散會. ⊙

〈1991년 8월 27일 화요일 晴〉(7. 18.) (17°, 30°)
日出 前後 서늘함을 느꼈고. 17°까지 急降下.
夫婦 농장 가서 6시간 勞動~대추나무에 農藥撒布. 동부 따고 참깨 마즈막 털기. ⊙

〈1991년 8월 28일 수요일 晴〉(7. 19.) (18°, 31°)
藥水터 가서 '清原祠' 지붕 修理 工事 狀況 보고. 버스時間 2차례 노쳐 午後 3時 차로 1농장 가서 대추밭 除草하기에 2時間 勞動한 것.
순대국밥으로 夕食하고 藥값 一部 갚기는 했지만 개운치 않은 氣分. ○

〈1991년 8월 29일 목요일 晴〉(7. 20.) (21°, 29°)
夫婦 농장 가서 6시간 勞動. 도라지 씨앗 따기, 고추 따기, 대추밭 除草.
8月 1日에 유우럽旅行 갔던 昌信이 今日 낮에 無事 歸國 入京했다고. ⊙

〈1991년 8월 30일 금요일 晴〉(7. 21.) (21°, 29°)
午前 中은 '忠淸北道 生活體育大會場'에 갔던 것~綜合운동장. 國民生活館.
下午 2時 버스로 농장 가서 3時間 勞動~2농장 밭둑에 雜草藥 撒布. 1농장 가선 대추밭 雜草 뽑고. 井母는 午前 中 가서 도라지 씨 꼬톨이 정리해서 搬入. ⊙

〈1991년 8월 31일 토요일 가랑비 조금, 晴〉(7. 22.) (22°, 29°)
아침결에 배드민턴 體育館 잠간 들러 본 後 약수터 가서 '清原祠' 지붕 修理工事에 기왓장 數10枚 날아다 준 것. 宗親 10名 程度 모였고. 一同이 約 1,000장 운반. ⊙

〈1991년 9월 1일 일요일 晴〉(7. 23.) (21°, 30°)
'生活體育 배드민턴 中部圈大會'가 忠北聯合會長旗 爭奪 行事 있어 副大會長 格으로 參席~場所는 室內體育館과 國民生活館. 優勝은 서울 道峰區 크럽. 副(준우승)는 在京. ⊙

〈1991년 9월 2일 월요일 曇〉(7. 24.) (22°5″, 29°)
午前 中은 清原祠 지붕修理 狀況 가본 것~개와 이으기 着手. 午後엔 1농장 가서 除草作業. 2時間 半 했고. 초저녁에 셋째 夫婦 다녀가기

87) 원문에는 붉은색 색연필로 밑줄이 그어져 있다.

도. ○

〈1991년 9월 3일 화요일 曇, 가랑비〉(7. 25.) (24°, 26°)
午前 中 淸原祠 지붕 개와 工程 보고…完成 段階.
농장 가서 우산 받은 채 대추밭 除草 作業. 歸路에 2농장 풋콩 3폭 뽑아 왔고.
가랑비나마 내리는 德分에 작물 特히 시드러 가는 들깨잎 生氣나는 듯 多幸. ○

〈1991년 9월 4일 수요일 曇, 雨〉(7. 26.) (20°, 25°)
1농장 가서 除草 作業 3시간. 今日 따라 버스 時間 나빠 降雨中 苦生하며 늦게 入淸. 日暮頃 한줄금 나우 쏟아지기도. ○

〈1991년 9월 5일 목요일 雨〉(7. 27.) (22°, 25°)
2時頃 集中暴雨. 昨今 降雨量 90mm. 거의 終日 부슬비 내린 것.
집안에서 修理 일에 終日 勞力했고~옆房 壁紙와 장판 一部 발르기도. 居室 韓式門 깨끗이 발으기에 바빴던 것. ○

〈1991년 9월 6일 금요일 雨, 曇, 晴〉(7. 28.) (21°, 27°)
降雨 4日째 오늘 새벽까지…늦장마, 午後 늦게 모처럼 맑게 개인 편.
点心 後 농장 가서 풋콩 5폭. 도라지 2줄 캐어 온 것.
井母는 뒷골(腦)가 아프다고 苦心 中~아달라트, 淸心丸, 血壓藥 等 服用이고. ○

〈1991년 9월 7일 토요일 晴〉(7. 29.) (20°, 29°)
井母 덴고 '朴 신경정신과' 다녀온 것…頭痛, 不眠, 어지럼症~診察, 投藥.
1농장 가서 동부 1包, 옥수수 1자루 따 왔고.
五日 만에 날씨 快晴.
明日 行事로 큰 애 夫婦, 막내 弼이 家族 日暮頃에 왔고. ○

〈1991년 9월 8일 일요일 晴〉(8. 1.) (20°, 29°)
豫定했던 先考 墓所 伐草(禁草) 잘 마친 것…最初로 子孫들이 모여 施行했기에 뜻있는 것. 点心도 現場에서 했고~井, 明, 松, 弼(絃만 缺), 第振榮. 兩進入路까지 깎은 것. 井母, 큰 子婦, 세째 子婦, 季嫂 와서 点心 지은 것. 孫子 正旭과 어린 鉉祐, 끝 무렵에 큰 妹 夫婦도 와서 点心 함께 들었기도. 但 아침결에 큰 에미가 階段서 발목 저찔러서 不安.
午後 8시에 모두 上京. ⊙

〈1991년 9월 9일 월요일 晴〉(8. 2.) (20°, 30°)
옆방 修理(壁紙, 장판一部)와 '屛風' 修理에 거의 終日 勞力한 셈. ⊙

〈1991년 9월 10일 화요일 晴〉(8. 3.) (21°, 30°)
夫婦 농장 가서 6시간 勞動~고추 따고 녹두 처음 따기. 대추밭 除草作業. 깨잎 따기 等. 歸路에 짐 무거워 애 먹기도.
<u>屛風 修理 完成</u>[88]. ○

〈1991년 9월 11일 수요일 曇〉(8. 4.) (22°, 27°)
山成下 藥水터 가서 '淸原祠' 工程 보고 온 것

88) 원문에는 붉은색 색연필로 밑줄이 그어져 있다.

~丹青 工事는 아직 着手 안했고.
在淸同窓會 黃致萬 會長 問病次 李斌, 俊榮兄과 함께 갔으나(榮洞 自宅) 道醫療院에 갔대서 面會는 못한 편. 歸路에 社稷洞 '幸運 福德房'서 無意 數時間 보낸 셈. ⊙

〈1991년 9월 12일 목요일 曇〉(8. 5.) (20°, 26°)
永樂會 會食에 參席하고 1농장 가서 除草作業으로 바랭이풀 2時間 뜯고 2농장 와선 마른 콩 폭 한 가방 한 책보 뽑아 온 것. 저녁엔 夫婦 콩 까기에 深夜까지 勞力.
尹 女史가 紹介하는 魯松 婚談 洪 氏 家 말 중[89]. 閨秀는 32歲, 行員, 大卒이라나. ⊙

〈1991년 9월 13일 금요일 晴〉(8. 6.) (17°, 26°)
농장 가서 雜草 뜯기 勞動 約 五時間. 下午 3時 半 發 사거리 車로 入淸하여 콩 꼬투리 따고 밤엔 콩 까기도.
日暮頃엔 市內 가서 朴대현 總務집 가서 몇 親知 만나 酒肉 厚待받기도. ⊙

〈1991년 9월 14일 토요일 晴〉(8. 7.) (19°, 27°)
농장 가서 作業~雜草 뜯고. 마른 콩 20폭 골라 뽑아 와서 밤에 까기까지. ○

〈1991년 9월 15일 일요일 晴〉(8. 8.) (17°, 25°)
淸州 크럽 會員 韓大錫 女婚 있어 육거리 '고려예식장' 다녀오고.
午後 3時에 四女 '松'이 '洪'孃과 面會~마음에 드는 듯 하기에 希望 갖기도.
徵兵 身體檢査 있어 큰 孫子 英信이 日暮頃 왔고. 昌信도 同行. ⊙

〈1991년 9월 16일 월요일 晴〉(8. 9.) (17°, 25°)
어제 온 英信이 徵兵檢査(身体) 結果 防衛兵[90]으로 判定 받았다나…어깨뼈 장애. 矣心後 昌信과 함께 上京. 서울서 運이 왔고~書類 具備次.
어제 따온 콩 꼬다리 日暮頃에 井母와 함께 정리했고. ⊙

〈1991년 9월 17일 화요일 晴〉(8. 10.) (16°, 26°)
夫婦 농장 가서 3시간 勞動. 歸家해선 深夜토록 꼬박 콩 깠고. 運은 또 歸京.
日暮頃에 藥水터 '淸原祠' 지붕천장 丹青工事 狀況 보고 오기도. ○

〈1991년 9월 18일 수요일 晴〉(8. 11.) (19°, 27°)
俊兄과 함께 故鄕 金溪 가서 漢秀 母親喪에 弔問.
省墓後 1농장 가서 除草作業. 1時間 하고 歸淸.
在淸宗親會에 夫婦 參席하여 石山亭에서 會食~'淸原祠' 修理와 모셔진 3분의 影幀에 對하여 說明했고. ⊙

〈1991년 9월 19일 목요일 晴〉(8. 12.) (19°, 25°)
淸原祠 가서 漣潭公 影幀 奉安 行事에 參席[91]하고 歸路에 藥局 漢鳳 氏 宅에서 洋酒 待接받기도. 過飮 탓인지 健康 좀 나빠진 듯. ⊙

89) 원문에는 붉은색 색연필로 밑줄이 그어져 있다.

90) 원문에는 붉은색 색연필로 밑줄이 그어져 있다.
91) 원문에는 붉은색 색연필로 밑줄이 그어져 있다.

〈1991년 9월 20일 금요일 晴, 쏘나기 1때〉(8. 13.) (15°, 26°)
淸友會에 參席~6名 參席. 石山亭에서 會食.
午後에 농장 가서 除草作業 좀 하기도.
서울 아이들 왔고~큰 애 夫婦, 막내 家族 3人. ⊙

〈1991년 9월 21일 토요일 晴〉(8. 14.) (16°, 26°)
큰 애와 함께 농장 가서 2시간 作業~도라지 캐고 除草作業도. 2농장 가선 콩 나우 뽑았기도.
大田 둘째 子婦는 송편과 기름질 끝내고 夕食後 事情上 다시 大田 갔고. ⊙

〈1991년 9월 22일 일요일 晴〉(8.15.) (15°, 26°)
8時 半에 秋夕 茶例 올렸고. 서울 애들 11時頃 出發…無事 到着의 消息 왔고. 大田 둘째 와서 함께 省墓 다녀온 것. 振榮도 同參.
日暮頃엔 어제 뽑아온 콩 꼬투리 갈무하기에 땀 흘려 勞力. ⊙

〈1991년 9월 23일 월요일 曇〉(8. 16.) (17°, 21°)
夫婦 福台洞 가서 再從兄嫂 氏(魯旭 母親) 問病後 故鄕 農場 가서 3시간 作業했고.
司倉洞 史龍基 교장 집 招待 있어서 秋夕 飮食 厚待받기도.
深夜까지 夫婦는 녹두 깍지 깠고. ⊙

〈1991년 9월 24일 화요일 曇, 晴〉(8. 17.) (17°, 26°)
淸州 地方兵務廳 가서 孫子 '英信'의 身體檢査 誤判된 듯한 點 問議 結果 來年에 再受檢하는 手續을 하라는 것~서울로 此旨 連絡했고.
夫婦 농장 가서 도라지밭 除草와 밤콩 뽑아 따온 것. ⊙

〈1991년 9월 25일 수요일 曇〉(8. 18.) (17°, 25°)
今日도 昨日와 같은 作業 實施. ⊙

〈1991년 9월 26일 목요일 가끔 비〉(8. 19.) (15°, 24°)
'소생당 한약방' 가서 井母 服用할 藥 1제 付託했고~녹각補한약 10萬 원이라나.
크럽 月例會에서 10分 間 講義~'준비운동' 5分 間에 對해서. 其他 事項 五個項도 强調. ⊙

〈1991년 9월 27일 금요일 雨〉(8. 20.) (16°, 21°)
크럽會員 有志 10名과 함께 雨中에도 米院面 里1區 가서 李성태 會員 母親喪에 人事 다녀 오느라고 苦生들 한 셈. ⊙

〈1991년 9월 28일 토요일 晴〉(8. 21.) (14°, 23°)
아침 운동 後 歸校길(歸家길)에 情談하면서 一盃 했고. ⊙

〈1991년 9월 29일 일요일 晴〉(8. 22.) (10°, 24°)
⊙

〈1991년 9월 30일 월요일 가끔 흐림〉(8. 23.) (10°, 23°)
⊙

〈1991년 10월 1일 화요일 晴〉(8. 24.) (9°5″, 23°)
敎大 體育館에 井母와 함께 가서 청주크럽 會員들의 배드민턴 狀況을 보기도 하고 人事와 함께 飮料水도 提供했던 것. 운동 後 함께 社

稷洞, 司倉洞 가서 延 女史 만나 바이오세라믹 寢具값 殘額 完拂했고. ※

〈1991년 10월 2일 수요일 晴〉(8. 25.) (13°, 26°)
또다시 술病으로 臥病 呻吟. ○

〈1991년 10월 3일 목요일 晴〉(8. 26.) (14°, 23°)
今日도 病勢 前日과 仝. 宗孫(승순) 車 事故 入院에 夫婦는 '한국병원 다녀왔고'.
井母는 어제도 오늘도 農場 가서 豆太 收穫하여 온 것 – 눈물 나도록 미안하기만. ○

〈1991년 10월 4일 금요일 晴〉(8. 27.) (11°, 22°)
日暮頃부터 조금 差度 있음을 느꼈고. ○

〈1991년 10월 5일 토요일 晴〉(8. 28.) (10°, 21°)
數日 만에 아침운동 갔던 것. 엊저녁부터 곰국에 밤 마라먹기 시작한 것.
井母와 함께 농장 가서 除草와 방콩 따오기도. 서울서 큰 애비 日暮 後에 왔고. ○

〈1991년 10월 6일 일요일 晴〉(8. 29.) (13°, 25°)
몽단이 李學圭 子婚(이용민)에 主禮 본 後 故 斗榮 집(신라맨숀) 가서 弔問한 것.
井母子는 농장 가서 고구마 캐고 호박 고추 따오기도. 13時頃 큰 애비 上京. ○

〈1991년 10월 7일 월요일 晴〉(8. 30.) (11°, 23°)
故 斗榮 發靷에 參席하고 이어 故鄕 金溪까지 가서 葬禮 行事도 본 것.
午後엔 井母와 함께 2농장서 팥깍지 따기도. 午後 6時 10分 發 金溪서 乘車하니 入清했을 땐 깜깜한 밤 같았고. 外孫子 '地元'의 3돌날[92]이라나…記念케이크, 떡, 잡채, 멱국 等 만드러 흐뭇하게 해주었고. 밤엔 싸우디 제 애비한테서 安心될 電話 오기도. ○

〈1991년 10월 8일 화요일 晴〉(9. 1.) (9°, 22°)
아침 氣溫 10° 以內 처음이고. 낮은 따뜻하여 22°까지 오르기도.
井母는 農場 가서 勞力하고. 바쁜 일 보기에 14時까지 東奔西走한 셈~①理髮 後, ②洞事務所 가서 老人 乘車券 찾고, ③住宅銀行 찾아 通帳 改正하고, ④親睦會 事業關聯으로 '한라관광', '금호관광' 旅行社 다닌 後, ⑤電話局 가서 電話番號 更新…4-1815를 271-5580으로. ⊙

〈1991년 10월 9일 수요일 晴〉(9. 2.) (11°, 23°)
夫婦 농장 가서 밤콩 打作 6시간 勞動~約 3말 收穫된 셈. ⊙

〈1991년 10월 10일 목요일 晴〉(9. 3.) (11°5″, 24°)
장마비로 나우 훼손되었던 三公(文成公, 眞靜公, 密直公) 影幀 再生 奉安 行事 있대서 藥水터 '淸原祠' 다녀왔고.(漢奎, 道榮, 尙鍾, 俊榮, 漢鳳, 時鍾, 尙榮).
玉山面 가서 宗土 綜合土地稅 關聯 告知 內容 確認하고 午後 4時 半쯤에 淸州 찾아 無事歸家하니 日暮頃. ⊙

〈1991년 10월 11일 금요일 晴〉(9. 4.) (12°, 23°)

92) 원문에는 붉은색 색연필로 밑줄이 그어져 있다.

夫婦 농장 가서 들깨 조금 털었고.
水落 가선 李炳虎 問病, 李鎭文 親喪에 弔問한 것. ○

〈1991년 10월 12일 토요일 晴〉(9. 5.) (11°, 22°)
第1回 體育靑少年部長官旗 爭奪 全國生活體育배드민턴大會에 忠北長壽部 代表로 出戰[93] 한 것~淸州 크럽에서 15名 參加. 崔壽男 파트너 서울팀을 이겼고. 一行은 잠실體育館 앞 '월계관旅館'에서 留. 中原郡 예성크럽 韓종求, 安영준과 同宿. ○

〈1991년 10월 13일 일요일 晴〉(9. 6.) (9°, 21°)
2回戰 '경기'팀 不參으로 3回戰(準決) '釜山'팀 포기로 下午 3時에 慶南팀에 敗하여 準優勝(銀메달) 獲得[94]한 것. 서울서 夕食. 東서울發 밤 9時, 歸家하니 仝 11時. ⊙

〈1991년 10월 14일 월요일 晴〉(9. 7.) (10°, 18°)
농협通帳에서 壹百萬 원 引出하여 濠洲 杏한테 送金(學資金條). 松과 만 子婦도 各〃 50萬원씩 補助 送金.
농장 가서 팥 땄고. 井母는 아침부터 거의 終日 勞動.
어제 했어야 할 人事. 形便上 今日 家宅 訪問하여 마치기도…[95] 郭漢明 女婚, 鄭泳來 子婚.
今朝 운동 後 歸家 길에 張 選手한테 待接받기도. ⊙

〈1991년 10월 15일 화요일 晴〉(9. 8.) (7°, 17°)
夫婦 농장 가서 5시간 勞動했고~들깨 털은 것. 今日부터 電話番號 更新. 舊4-1815, 271-5580.[96] ○

년〈1991년 10월 16일 수요일 曇〉(9. 9.) (12°, 18°)
昨日과 똑 같은 노동했고~들깨 털기 作業 今日로서 完了. 約 말 收穫. ○

〈1991년 10월 17일 목요일 晴〉(9. 10.) (13°, 17°)
永樂會 逍風[97]에 夫婦 參席~8時 發에 23時에 歸家……內雪岳(寒溪嶺), 南雪岳[98](주전골 오색약수) 다녀온 것. 한계령에선 108階段, 雪嶽樓, 慰靈碑 보았고. 最初 가본 곳. ⊙

〈1991년 10월 18일 금요일 晴〉(9. 11.) (10°, 21°)
漢拏旅行社 다녀 市場 가서 春秋 잠바 흐르름한 것과 一人用 床 購入 搬入하였기도.
井母는 새 들깨기름 짜아 왔고~20日에 큰 딸 오는데 좀 주겠다나. 魚缸 물 갈이 했고[99]. ○

〈1991년 10월 19일 토요일 晴〉(9. 12.) (10°, 21°)

93) 원문에는 붉은색 색연필로 밑줄이 그어져 있다.
94) 원문에는 붉은색 색연필로 밑줄이 그어져 있다.
95) 일기 원문 상단에 인삼, 영지 복용법을,
"○人蔘, 靈芝 服用法
○人蔘……대추, 밤 푹 곤 후 5, 60도에 삶는다.
○靈芝……감초, 대추 〃 〃 〃 〃"라고 종이에 적어 붙여 놓았다.
96) 원문에는 구 전화번호와 현재의 전화번호가 위아래로 적혀 있다. 그리고 원문에는 붉은색 색연필로 밑줄이 그어져 있다.
97) 원문에는 붉은색 색연필로 밑줄이 그어져 있다.
98) 원문에는 붉은색 색연필로 밑줄이 그어져 있다.
99) 원문에는 붉은색 색연필로 점선이 그어져 있다.

夫婦 농장 가서 도라지 캐고 동부 및 덩굴 강낭콩 딴 후 고추와 고추잎 若干 훑어 온 것.
俊兄 招待하여 慰勞條로 보신탕으로 夕食 함께 하였기도. 健康 正常~食事, 活動, 勞動. ⊙

〈1991년 10월 20일 일요일 晴〉(9. 13.) (6°5″, 16°)
방배洞 큰 女息 다녀갔고~제 親舊 子婚에 人事次 왔다가.
故鄕 다녀온 것~先考墓 下 自然生 감나무에서 감 37個 땄고[100]. 1농장 가선 除草作業했기도. ○

〈1991년 10월 21일 월요일 晴〉(9. 14.) (6°, 17°)
鄭春英 氏 紹介로 急作스런 旅行 했던 것~陰城郡 大所面 오산리 '한일인삼제품 주식회사' 가서 '녹용 인삼' 엑기스 캡슐 2상자[101] 사기로 契約. 竝川 가선 柳寬順 烈士 祠堂 들러서 廣川 새우젓 市場 가서 새우젓類 2萬 원[102]어치 사고 歸路에 七甲山 天庄湖休憩所 들러서 歸家하니 18時 半.
큰 孫子 英信의 藥師 受驗用 '身元證明書' 發送 件에 서울과 電話됐고. ⊙

〈1991년 10월 22일 화요일 曇, 晴〉(9. 15.) (9°, 16°)
夫婦 농장 가서 4時間 勞動~토란 캐기, 雜草, 쑥 뜯기, 고추대 뽑고 풋고추 따온 것.
玉山面에 들려 큰 孫子 英信의 身元證明書 떼어 왔고. ○

〈1991년 10월 23일 수요일 晴〉(9. 16.) (5°, 17°)
淸原郡 三樂會 秋季 逍風[103]에 다녀왔고~五台山의 月精寺, 寂光殿(大雄殿), 雉岳山의 龜龍寺(九) 8時 發에 20時 歸家. 孫子 昌信이 다녀갔고~제 兄의 身元證明書 가질러 온 것. ⊙

〈1991년 10월 24일 목요일 晴〉(9. 17.) (6°, 17°)
宗親同甲 3兄弟(宗, 俊, 商) 大屯山(全北 完州郡) 旅行한 것~大田서 마전 거쳐 처음 보는 道立公園 大屯山 觀光에 特色 있었고…금강구름다리, 삼선구름사다리, 경비 21,000원씩. ⊙

〈1991년 10월 25일 금요일 晴〉(9. 18.) (10°, 20°)
첫 새벽에 비 좀 내렸고. 아침운동 歸路에 金哲文 會員한테 料食 待接 받았기도.
1농장 가서 바랭이풀 좀 뜯고, 결명자 씨 따기도.
울 안 새감나무(再昨年에 紘이 가져다 심은 苗) 最初로 달린 감 44개 따서 井母 곶감 키고[104]. ○

〈1991년 10월 26일 토요일 晴〉(9. 19.) (10°, 23°)
今日 따라 낮 氣溫 높았고.
大韓 三樂會 忠淸北道支會 總會(91年) 있어 參席~場所는 西原大學 視聽覺室. 91年 決算, 92年 豫算과 事業計劃, 特講, 慰勞公演, 炱心으로 마친 것…13時 半.

100) 원문에는 붉은색 색연필로 밑줄이 그어져 있다.
101) 원문에는 붉은색 색연필로 밑줄이 그어져 있다.
102) 원문에는 붉은색 색연필로 밑줄이 그어져 있다.
103) 원문에는 붉은색 색연필로 밑줄이 그어져 있다.
104) 원문에는 붉은색 색연필로 밑줄이 그어져 있다.

在淸同窓會에도 參席~17時, 10名 中 5名 參席. 거성食堂에서 夕食을 會食. ⊙

〈1991년 10월 27일 일요일 曇〉(9. 20.) (11°, 17°)
婚事 請牒 있어 人事~安鐘烈 子婚, 徐丙權 女婚…各 壹萬 원씩 祝儀.
1농장 가서 대추나무에 施肥~韓藥 찌꺼기. 27株 東西로.
日暮頃에 大田 둘째 다녀갔고…제들 夫婦 狗肉 사 갖고 온 것. ⊙

〈1991년 10월 28일 월요일 晴〉(9. 21.) (9°, 16°)
農協 가서 綜合土地稅 納付했고~個土 3件, 城村派 2件, 計 334,800원.
夫婦 농장 가서 3시간 作業~대추밭 施肥, 쑥 뜯고 파 캐고. 호박 搬入.
아침결엔 運動 마치고 歸路에 크럽 會員 有志級 10名 해장국으로 待接했기도. ⊙

〈1991년 10월 29일 화요일 晴〉(9. 22.) (5°, 15°)
농장 가서 대추밭 施肥에 勞力했고. 晝夜의 氣溫差 甚한 편. ⊙

〈1991년 10월 30일 수요일 晴〉(9. 23.) (9°, 18°)
井母와 함께 2農場 가서 3시간 勞動~마늘밭 4두둑 삽으로 파고, 基肥[105]와 土壤 消毒藥 뿌려 덮기에 流汗 勞力한 것.
初저녁에 三從姪 魯殷 內外 人事次 다녀갔고. ⊙

〈1991년 10월 31일 목요일 晴〉(9. 24.) (7°, 18°)
單身 농장 가서 대추나무 25株에 施肥~약 찌꺼기 腐敗物, 昨今 날씨 따뜻했고.
밤 깊도록 「淸原祠 笏記」 淨書[106]했고. ⊙

〈1991년 11월 1일 금요일 晴〉(9. 25.) (7°, 18°)
長期 入院 中이던 同窓會 黃致萬 會長이 退院後 갑작이 經過 좋대서 數人(斌, 俊, 徐, 勳, 尙)이 家庭(榮洞) 自宅으로 問病人事次 갔다가 点心까지 待接 받았던 것.
午後에 대추 밭 가서 堆肥類 施肥 作業(藥찌꺼기로 北南) 一段 完了[107]하니 개운. ⊙

〈1991년 11월 2일 토요일 曇, 晴〉(9. 26.) (8°, 18°)
배드민턴 淸州 크럽 25名 上党山城으로 逍風[108]~城 거의 一周. 終日토록 재미있었고. ⊙

〈1991년 11월 3일 일요일 曇, 晴〉(9. 27.) (11°, 15°)
沈在昌 女婚에 案內 있어 淸錫예식장 가서 人事 後 東州 崔氏 崔瑩 將軍 事跡碑 除幕式에 招請 있어 外坪洞 다녀온 것. ⊙

〈1991년 11월 7일 목요일 晴, 비 조금〉(10. 2.) (9°, 14°)
井母와 함께 郡 농협 가서 家用〃 및 雜費 支出用 20萬 원 잘 찾기까지 記憶하나 去 4日부터 今日 午後까지 連日 過飮으로 또다시 臥病 呻吟 深夜부터 시작되었고. ※

---

105) 기비(基肥): 밑거름.

106) 원문에는 붉은색 색연필로 밑줄이 그어져 있다.
107) 원문에는 붉은색 색연필로 밑줄이 그어져 있다.
108) 원문에는 붉은색 색연필로 밑줄이 그어져 있다.

〈1991년 11월 10일 일요일 晴〉(10. 5.) (3°, 18°)
8日부터 禁酒하기 시작. 今日 点心부터 食事 若干씩 하는 것.
큰 애 어제 왔다가 모든 일 애비 代理 보면서 補食 사오기도. 午後 1시 半쯤 魯運과 元 데리고 上京. 運은 20日에 사우디로 前 職場 찾아가게 되었다고…多幸. 3日連 ○

〈1991년 11월 11일 월요일 晴〉(10. 6.) (3°, 8°)
時享에 못갔으나 市內 억지로 다니면서 잔일 몇 가지 본 것~郡 農協 가서 現金引出 後 住宅銀行 들러 11月 分 賦金. 鄭麟來와 徐廷弼 子婚에 各〃 書信 속에 極少額券 同封 發送. ○

〈1991년 11월 12일 화요일 晴, 曇〉(10. 7.) (4°, 9°)
꿈[109]깨니 4時 50分 –「親舊 몇 과 某處 수멍. 집 다락 같은 처음 보는 큰 물고기…長 20m 程度에 高 1m쯤. 내가 가리키고 李仁魯가 勇敢하게 잡아냈고. 李는 큰 長刀칼 얻어다가 몇 토막으로 잘랐으나 죽지 않고 눈을 꿈버기는 것. 구경次 돌았을 때 붉은색 고기덩이가 그리 무서웠기도. 잔토막 고기를 藥으로 소금 찍어 회로 먹기도. 눈 달린 고기 토막과 對話~모든 動物… "고기는 人間에게 먹히게 되니 서러워 말라"고 고기는 수긍하면서도 살기등등. 발견한 나를 害칠려는 것. 그러나 郭商榮은 仁情 있는 것 記憶하며 어느 大學 나왔겠다는 等〃 무섭고 징글스러웠던 것.」…(엊저녁 大院君, 大韓帝國 小說 11호 全 13號에서 閔后가 日人에게 무참히 殺害된 場面 읽은 끝이라서인지 ….) 하도 끔찍한 꿈이기에[110].
1주일 만에 體育館 나가 배드민턴 잠간 쳤고. 12時 發 버스로 墻東 가서 13代祖考 定陵參奉公 時享에 參席하여 初獻官했고. 14時 歸家. 井母는 永樂會 月例會 會食에 參席하기도. ○

〈1991년 11월 13일 수요일 晴〉(10. 8.) (4°, 13°)
故鄕에 族叔 漢斌 氏와 함께 가서 時享에 參席 ~12代祖 奉事公. 11代祖 五衛護軍, 10代祖 訓練僉正, 仝 祖批 淸州 李氏 之墓. 下午 4時에 井母와 함께 入淸. ○

〈1991년 11월 14일 목요일 晴〉(10. 9.) (3°, 13°)
運이 사우디行 手續金 等 '元'이 애비로부터 手續 왔다기에 기다리던次여서 安心됐고…큰딸 전화.
故鄕 가서 時享에 參席~9, 6, 5, 8, 7代祖…破垈山, 望德山. 終日 걸린 편. 祭官 4名. 今日로서 辛未年 時享은 끝난 것. ○

〈1991년 11월 15일 금요일 晴〉(10. 10.) (0°, 12°)
今朝 最低氣溫, 살얼음 얼었고. 食 前 운동 나갈 때 冬節 잠바 처음 입었던 것.
故鄕 가서 梁승우네 짚(藁) 3소고발 얻어 마늘밭 덮기에 3시간 勞力하고 午後 四時에 歸家.
10일에 上京했던 '元' 母子 왔고. 낮에 点心을 큰집에서 잘 먹은 것. ○

〈1991년 11월 16일 토요일 晴〉(10. 11.) (-0.8°,

109) 원문에는 '꿈'에 붉은색 볼펜으로 동그라미 표시가 되어 있다.

110) 원문에는 붉은색 색연필로 밑줄이 그어져 있다.

11°5″)
史龍基, 尹成熙와 함께 開新洞 三益아파트 가서 鄭龍喜 會長 宅 찾아 慰勞 人事~問病 및 姉弟의 交通事故로 因한 傷心 中인 問題.
낮엔 農協 가서 運의 海外 再行 旅費 一部 補助條, 보이라 注油費 等으로 나우 引出했고. ○

〈1991년 11월 17일 일요일 晴〉(10. 12.) (4°, 13°)
早朝에 體育館 앞 廣場 가서 李成宰 女婚 車 서울向 出發에 祝儀金 내며 人事했고.
보이라 淸掃 및 石油 3도람 注入에 '대경석유' 店 往來에 바빴던 것. 도람당 43,000원씩.
五女 運이 제 새끼 '元' 데리고 사우디行次 上京하는데[111] 제 세째 오빠 집에서 宍心 먹고, 明이가 高速터미날까지 제 車로 태워간 後, 運이 쉬던 房에 들러 無事와 幸福을 빌며 元이 갖고 놀던 장난감 바라보니 그 놈 재롱떨고 까불던 모습이 선하여 落涙되기[112]도. ○

〈1991년 11월 18일 월요일 晴〉(10. 13.) (3°, 10°)
1농장 가서 바라솔 農具, 其他 雜器類 等 團束하는 데 勞力했고.
18時부터 있는 在淸宗親會에 夫婦 參席하여 '都元食堂'에서 會食한 것.
運이 出國에 사우디로부터 와야 할 '元'의 비자 等 來着으로 궁금中이기도.
성불암에서 修道 中인 在應스님의 書信(父母 生日 確認, 運의 出國日 確認과 電話 소통토록) 왔기에 바로 電話로 回答했고. ○

111) 원문에는 붉은색 색연필로 밑줄이 그어져 있다.
112) 원문에는 붉은색 색연필로 밑줄이 그어져 있다.

〈1991년 11월 19일 화요일 雨, 晴〉(10. 14.) (6°, 12°)
새벽 五時頃 때 아닌 천둥 번개 치더니 비 잠시 쏟아졌고[113].
'청주 크럽' 金乙洙 會員 移舍 後 招請 있어 모충洞 삼호A 101棟 904號 가서 宍心 厚待받았고.
柳周鉉著 '大韓帝國' 2號 마치고 '朝鮮總督府' 읽기 始作한 것. ⊙

〈1991년 11월 20일 수요일 晴〉(10. 15.) (3°, 11°5″)
울 안 1號 잔 감나무 130個 감 따서 그릇에 짚 깔아 貯藏했고.
사우디行 '元'의 비자 發送했다는 消息 서울 運한테서 왔기에 一部分 마음 놓인 것.
淸友會(親睦會)에 參席 會食 後 「光明醫院」 연꽃마을 淸州支會 老人福祉會館 들러 吳達均支會長, 김철규 常務, 李明世 事務長 案內로 醫療施設 구경 잘 했고.
서울서 再 消息 올 줄 알았더니 안와서 또 궁금 중 이기도. ⊙

〈1991년 11월 21일 목요일 晴〉(10. 16.) (3°, 12°)
校長團 辛酉會 再發足 會議에 參席하고 會食은 '송월식당'에서. 서울서 運이 왔고. ⊙

〈1991년 11월 22일 금요일 曇, 晴, 曇〉(10. 17.) (4°, 11°)
五女 運이 뎉고 洞事務所 가서 出國에 所要되는 書類 一部 떼었고…'元'이 關聯 手續. 運은

113) 원문에는 붉은색 색연필로 밑줄이 그어져 있다.

곧 제 媤家인 城南 간 것~사위 池世男 關聯 서류 作成코저 뛰는 것.
午後 二時부터 있는 淸原교육청 招請의 綜合學藝發表(學習發表)會에 時間余 觀覽했던 것.
밤엔 큰 애비로부터 電話 오고~'明日 兩位[114] 上京' 바란다고. ○

〈1991년 11월 23일 토요일 雨, 曇〉(10. 18.) (9°, 11°)
12時에 '대정식당' 가서 郡 三樂會에 參席.
井母와 함께 午後 二時 半 發 高速으로 서울 갔고. 동서울까지 큰 애 와서 文井洞 잘 간 것. 제 母親 生日 턱을 今明 行事~큰 딸, 셋째딸, 막내 五男 魯弼 家族 모여서 夕食을 푸짐하게 했고. 數日 後 사우디로 出國할 五女 運이 아직 있어서 함께 즐거워한 것. ⊙

〈1991년 11월 24일 일요일 晴〉(10. 19.) (-1°, 7°)
早起운동을 '文井公園體育場' 가서 施行-徒手體操, 배드민턴. 藥水 받아 搬入하기도.
点心까지 滿足 食事. 下午 四時 버스로 東서울 떠나 無事 歸淸.
四男 松이 婚談 있어 서울 가서 相對 金孃 面談하고 日暮頃 歸家~合意 되는 듯. ○

〈1991년 11월 25일 월요일 晴〉(10. 20.) (-3°, 11°)
今朝서 얼음 처음 보았고. 아침運動 後 歸路에 張 會長과 朴 總務와 함께 朝食했고.
三樂會 元老 盧應愚 교장님 別世 葬禮式에 南二面 장암里 가서 弔問人事했고.
下午 3時 半에 急報 있어 洞事務所 달려가 五女 魯運의 城南市 中洞으로 退去 手續하여 速達 登記로 發送하니 急한 일 遂行에 개운한 한 편 초조한 運이가 가엽기도[115]. ⊙

〈1991년 11월 26일 화요일 晴〉(10. 21.) (2°, 12°)
一농장 가서 도라지 캐고 헌 비닐 좀 거둔 것.
17時부터 있는 同窓會에 參席했고.
井母의 眞 生日은 今日. 엊저녁부터 左側 어깨가 甚히 아프다기에 새벽에 溫濕布도 하고 낮에 病院에도 다녀온 것. ○

〈1991년 11월 27일 수요일 晴〉(10. 22.) (1°5″, 12°)
25日에 부친 運의 退去書類 城南에 未着이라기에 이곳 洞과 우체국 가서 確認해 보았기도.
낮엔 一농장 대추밭 가서 消毒藥 撒布. -殺菌蟲劑
日暮頃에 運한테 消息 왔고~書類 到着하여 住民登錄 件은 完了. 然而 仝 證 必要하다는 것.
井母의 肩痛症으로 '소생당 韓藥房' 가서 補藥 한 제 짓도록 하고 밤엔 1時間 溫濕布했고.
外孫子 趙희환은 中央大 경제科를 志願했다는 것-合格되기를 祈願. ○

〈1991년 11월 28일 목요일 曇〉(10. 23.) (2°, 11°5″)
中部고속 새벽 첫 車로 동서울 가서 五女 魯運 만나 제 住民登錄證 건니고 되돌아 淸州 오니

114) 양위(兩位): 부모나 부모처럼 섬기는 사람의 내외분.

115) 원문에는 붉은색 색연필로 밑줄이 그어져 있다.

10時 正刻. 高速터미날 앞에 놓은 自轉車 그대로 있고.
井母 肩痛症에 韓補藥으로 茸 包含된 것 1제 져서 今日부터 服用[116) - 값 20萬 원…아이들이 준 것 모아 둔 것. 첫 새벽에 溫濕布 50分間. 午後부터 痛症 조금씩 差度 있는 듯.
11時부터 있는 세미나에 參席…日本 쿠라레 현대유통 主催. 点心 待接 받았고.
運의 消息 물으니 이제 手續 完了됐대서 多幸. ○

〈1991년 11월 29일 금요일 曇, 晴〉(10. 24.) (3°, 11°)
一農場 가서 도라지 캐고 참깨 들깨집 모디어 태워 재 만들었고.
日暮頃에 幸運福德房 가서 主人과 俊榮 氏와 함께 만나 座談하였기도. ○

〈1991년 11월 30일 토요일 曇, 晴〉(10. 25.) (0°, 9°)
玉山面 가서 宗中土地 道路面積 9種目 確認하여 種兄께 알린 것. 約 1,500萬 원 될 듯.
塊山 金瑩洙 子婚에 請牒 있어 大韓예식장 다녀왔고.
一農場 가서 들깻대와 雜草 모디어 태우기에 日暮 後까지 勞力했던 것. ⊙

〈1991년 12월 1일 일요일 晴〉(10. 26.) (0°, 10°)
今日 따라 人事 많이 다닌 편~四從叔(漢斌氏) 生日 招請 있어 夫婦 가서 아침待接 받았고.
11時에 있는 外當姑 再從 朴鐘益 子婚에도 夫婦 잠간 신라禮式場 다녀온 것. 午後엔 尹成熙 子婚에 淸錫예식장 다녀오기도. ⊙

〈1991년 12월 2일 월요일 晴〉(10. 27.) (0°,)
아침결에 三女(妊) 要請으로 全東面 가서 外孫子 愼重奐의 戶籍騰本 3通 떼[117)어 오니 交通 便宜 좋아서 往來에 二時間 걸린 것. 12時쯤에 三女 와서 点心時間 마침 되어 食事하고 13時 半 發 버스로 上京.
漢拏觀光 들려 李한수 部長만나 淸友會 行事 相議하고 歸路에 幸運房 李兄 만나 情談했기도. ○

〈1991년 12월 3일 화요일 曇, 晴〉(10. 28.) (4°, 8°)
一農場 가서 3時間 일했고~雜草 지시미 말린 것 태우고. 도라지 3골 캔 것. 歸路에 玉山面 들려 宗中土地 再確認하고 歸淸. ⊙

〈1991년 12월 4일 수요일 晴〉(10. 29.) (-1°, 9°)
法院 가서 宗中土地 登記分 書類 10件 申請하였으나 未登記 匹地 8件 있어 2匹地만 完成.
家屋 2屋(層) 2個處 파냈던 구덩이 復舊作業 했고~흙과 모래, 콩크리한 것.
五女 運이 12月 7日 11時에 出國 出航하게 되었다고[118) 서울서 消息 왔고. ⊙

〈1991년 12월 5일 목요일 晴〉(10. 30.) (-0°5″, 12°)

116) 원문에는 붉은색 색연필로 밑줄이 그어져 있다.

117) 원문에는 붉은색 색연필로 밑줄이 그어져 있다.
118) 원문에는 붉은색 색연필로 밑줄이 그어져 있다.

宗中일로 清原郡廳 가서 土地臺帳謄本 20件과 洞 가선 住民謄本 2通 뗀 것.
住宅銀行가서 67回 分 賦金 넣고 尹洛鏞 招請으로 서울집에서 清酒 一杯했기도. ⊙

〈1991년 12월 6일 금요일 晴〉(11. 1.) (-1°, 13°)
洞事務所 가서 印鑑證明書 3通 뗀 것~宗中土地 報償 請求用.
一農場 가서 밭두둑 헌 비닐 거두기 作業. 1時間 半 했고.
밤엔 俊榮兄 招致로 市內 가서 李明世와 함께 '사랑방'에서 情談 자리 되었던 것. ⊙

〈1991년 12월 7일 토요일 晴〉(11. 2.) (2°, 8°)
井母와 함께 夫婦는 高速 첫 버스로 上京. 五女 魯運이 '元이' 데리고 午前 10時에 金浦 國際線 제1청사(구청사) 큰 유리門을 나가 사우디行 外國飛行機로 出航케 된[119] 것. 출항까지엔 物品運搬까지에 無限이 큰 애 애썼고. 今朝에도 6時에 乘用車로 空港까지 왔었던 모양. 짐 두실르기에 魯弼이 昌信이 애썼고. 큰 딸도 왔던 것. 江南터미날 와서 一同은 点心 요기하고 解散하면서 運의 無事를 빌었을 것. 下午 3時頃 江西洞 가서 閔哲植 古稀 行事 갔다가 歸路 閔斗基한테 厚待받고. ⊙

〈1991년 12월 9일 월요일 晴〉(11. 4.) (5°, 6°)
玉山 가서 從兄과 族弟 佑榮 만나 相議 後 面에 가서 書類 뗀 것. '城村派 宗中土地' 관련. ⊙

119) 원문에는 붉은색 색연필로 밑줄이 그어져 있다.

〈1991년 12월 10일 화요일 晴〉(11. 5.) (-5°, 7°)
鶴首苦待한 끝에 4日 만에 魯運이 消息 와서 無限이 기쁘고 安心된 것(사우디)[120]. 모레부터 勤務라고도.
從兄님 淸州 오셔서 宗中土地 關聯 書類 떼어 받았고~洞. ⊙

〈1991년 12월 11일 수요일 晴, 雨. 晴〉(11. 6.) (-4°, 7°)
繼續되는 行事인 탓인지 繼續 飮酒에 고단함을 느끼고. 할 일이 많은데…. ⊙

〈1991년 12월 12일 목요일 晴〉(11. 7.) (-8°, 2°)
날씨 계속 영하권. 今日 特히 찬 날씨.
몸 몹시 고단하나 夫婦는 永樂會에 參席하여 '삼미가든'에서 点心. ⊙

〈1991년 12월 13일 금요일 晴〉(11. 8.) (-9°, 3°)
苦心中에도 食事 억지로 点心 때부터[121] 드는 中~日暮頃부터 조금 差度 있는 듯? ○

〈1991년 12월 14일 토요일 晴〉(11. 9.) (3°, 10°)
몸 고단해도 勇氣 내어 用務次 玉山面 갔으나 監査 中이라서 일 못본 채 入淸했고.
三樂會員 趙重浹 夫人 葬日이란 消息 있어 自宅으로 日暮頃에 찾아가 弔問했던 것.
몸 좀 쉬 풀고저 '朴世根 內科' 가서 營養劑 注射 한 병 맞기도. 처음 있는 일. ○

120) 원문에는 붉은색 색연필로 밑줄이 그어져 있다.
121) 원문에는 이하 내용을 묶어 아래에 "南北和解 不可侵 協議(合意) 兩便 總理 調印"이라고 적혀 있다.

〈1991년 12월 15일 일요일 晴〉(11. 10.) (2°, 11°)
永樂會員 李鐘琹 古稀宴에 招待 있어 夫婦 參席. 点心時 泰東館에서 珍味 飮食 잘 먹었고.
今日부터 또다시 아침行事 正常化된 것. 밤엔 서울과 電話 連絡.
사우디 간 五女 運이 關聯~議政府 김상숙이란 전화 傷心되기도…上段쪽지 依據.
長孫 英信이 大學院 試驗에 優秀한 成績으로 合格됐다는 消息에 기뻤고[122]. ○

〈1991년 12월 16일 월요일 晴〉(11. 11.) (2°, 13°)
淸原郡 三樂會 91年度 監査 있어 11時에 着手하여 13時 半에 마치고 点心(신라亭) 參席者~會長 李永洙, 副會長 崔在崇, 尹洛鏞, 監事 郭尙榮, 金鎭恪, 總務 李鍾國.
下午 4時頃 黃致萬 氏 宅 가서 問病. 歸路에 '행운房'가서 俊兄, 李斌模 만났기도. ○

〈1991년 12월 17일 화요일 雨, 曇〉(11. 12.) (8°, 10°)
今朝 祈禱엔 外孫子 趙熙煥 大入時에 優秀成績으로 合格되기를 祈願[123]한 것.
날씨는 푹하나(7度 5分) 비 나우 내리는 中…早朝 五時.
城村派 宗中用 會議錄과 規約 草案 세워 淨書後 複寫 各 40部式 完了 編製하는 데 꼬박 終日. 深夜까지 걸려 지치기도. ○

〈1991년 12월 18일 수요일 曇, 晴〉(11. 13.) (3°, 6°)
郡 三樂會 任員會 있어 參席하고(91決算, 92豫算). 新羅亭에서 点心 끝난 卽時 宗中事業에 바쁘게 일 본 것~昨日 作成한 會議錄과 規約 等 書類 갖고 漢斌 氏 宅과 故鄕 金溪가서 族弟 佑榮과 從兄 宅에 들러 各〃 1時間씩 說明하고 捺印하니 下午 五時된 것. ○

〈1991년 12월 19일 목요일 晴〉(11. 14.) (0°, 7°)
玉山面가서 産業開發係 李書記 만나 宗中土地서류 檢討해본 것~報償서류. 歸淸해선 淸原郡廳 가서 전좌리 山 97~8번지 臺帳 등본 떼었고. 소件 일에 바쁘기도. ○

〈1991년 12월 20일 금요일 晴〉(11. 15.) (−1°, 8°)
玉山 가서 從兄과 佑榮은 만났으나 産業係 擔當 李書記가 없어 終日토록 面에서 기다리던 끝에 鄭書記란 사람이 處理함으로서 간신히 1件 마치고 日暮頃에 歸淸한 것.
昨夜에 井母는 右手 엄지손가락 痛症으로 苦生함이 가엾었으나 韓醫師의 鍼과 韓藥 지어와서인지 若干 가라앉은 듯. ○

〈1991년 12월 21일 토요일 晴〉(11. 16.) (1°, 9°)
아침運動에서 歸路에 司倉洞事務所 가서 從兄 만나 宗中用 印鑑證明 뗀 後 鳳鳴洞事務所 가서도 소 印鑑증명 3通 떼왔고.
12時부터 있는 淸友會에 參席~5名 參席. 石山亭에서 會食. 近日 健康 正常. ○

〈1991년 12월 22일 일요일 晴〉(11. 17.) (1°, 13°)
咸龍澤 子婚에 12時에 淸錫禮式場 가서 국수 点心 後 故鄕 農場 가서 파 좀 캔 다음 흰비닐 종이 거둔 것 치우고 歸淸.

122) 원문에는 붉은색 색연필로 밑줄이 그어져 있다.
123) 원문에는 붉은색 색연필로 밑줄이 그어져 있다.

「冬至」라고 英信 祖母는 팥죽 맛있게 쑤어 저녁食事에 別味로 먹은 것. ○

〈1991년 12월 23일 월요일 曇, 晴〉(11. 18.) (2°, 12°)
族兄 義榮 氏(前 國會議員 遞信部長官) 夫人 喪 葬禮에 參席~玉山面 金溪 破落洞 건너. 義榮 氏는 身樣 괴롭다고 못오시고. 一家 비롯 外來客 많았고.
玉山面에 2回나 들러 水落山 97번지 수속 今日서 完了된 것인가.
外孫子 趙희煥이 大入試驗에 合格되었다는 喜消息[124] 와서 기쁘고. 中央大 經濟學科.
地方兵務廳 들러선 孫子 英, 昌信의 兵籍關係 알아본 것. ○

〈1991년 12월 24일 화요일 가랑비, 曇〉(11. 19.) (6°, 6°)
四派 宗稧에 參席[125]~有司 秉鍾 氏 宅. 總宗財 301萬 원 中 控除 71萬 원코 130萬 원쯤.
16時부터 있는 友信會에 參席~15名 中 12 參席(缺 朴東淳, 朴永淳, 洪喜植).…會長 立場에서 "91年은 變化가 컸다. 國際的으로 中東 걸프戰爭의 終息, 70年 蘇聯의 終幕, 國家的으론 地方自治制 實施, 南北韓 유엔 加入, 會員 中 疾患으로 數人이 苦生, 92年 壬申 새해엔 健康維持와 各 家庭의 萬福이 가득하기를 祈願한다"고 人事한 것. ○

〈1991년 12월 25일 수요일 雨, 曇〉(11. 20.) (3°, 6°)
거의 終日토록 비 내린 셈. 그러 가랑비. 氣溫은 終日 普通.
井母는 數日 間 不眠症으로 苦辛[126]. 今朝는 願하는 대로 돼지염통과 영사를 購求해다 주었던 것. 年賀狀 約 30枚 써서 發送하니 마음 거뿐했고. ○

〈1991년 12월 26일 목요일 雨, 曇〉(11. 21.) (5°, 9°)
校長團 辛酉會 있어 參席~双龍 事務室. 雰圍氣 좋지 않았고. 會食은 대원식당.
日暮頃엔 在淸同窓會에 參席. 낮엔 宗中일로 郡廳에 두어時間 보내기도. ○

〈1991년 12월 27일 금요일 雨〉(11. 22.) (2°, 3°)
썰렁한 氣溫과 가랑비 거의 終日토록. 宗中土地 補償金 手續으로 玉山面, 法院, 司法代書所, 郡廳 等 東奔西走하여 일 봤으나 未盡하여 지치기만 한 것. 繼續 봐야 할 일. ○

〈1991년 12월 28일 토요일 雪〉(11. 23.) (-3°, -4°)
宗中土地 手續 件으로 神經과민으로 頭痛. 지쳐서 홰만 날 뿐.
宗事일로 郡廳, 洞事務所, 司法事務所 等 다니며 手續하기에 終日토록 눈보라에 괴롬 많았던 것. 저녁 때선 어느 程度 마음이 풀리는 듯해 心身이 가벼움을 느꼈기도. 내린 눈 11cm…첫 눈[127]. ○

124) 원문에는 붉은색 색연필로 밑줄이 그어져 있다.
125) 원문에는 붉은색 색연필로 밑줄이 그어져 있다.
126) 원문에는 붉은색 색연필로 밑줄이 그어져 있다.
127) 원문에는 붉은색 색연필로 밑줄이 그어져 있다.

〈1991년 12월 29일 일요일 曇, 晴〉(11. 24.) (-9°, -2°)
宗中일로 故鄕 가려고 駐車場 갔으나 道路面 氷板으로 車 不通으로 그대로 歸家.
井母의 身樣(不眠, 頭痛 等)[128] 若干 가라앉은 듯. ○

〈1991년 12월 30일 월요일 晴〉(11. 25.) (-8°, 1°)
素服으로 金溪 왔던 새벽의 꿈[129]. 宗中일로 法院에 잠간 들린 後 장동行 버스로 金溪 갔으나 從兄님만 만났을 뿐 里長 郭魯聖과 族弟 佑榮은 만나지 못해 未盡한 채 歸家한 것. ○

〈1991년 12월 31일 화요일 曇〉(11. 26.) (-3°, 4°)
낮 車로 金溪 故鄕 가서 族弟 佑榮 찾아 宗中 書類에 도장 받아 歸淸. 낮 날씨 若干 누진 셈. 서울 아이들 明朝에 오겠다고 電話 왔고. 深夜까지 讀書~"朝鮮總督府!".
91의 마지막 날. 井母는 아이들 먹이려고 쑥떡을 맛있게 한 시루 찌기도. ○

年中 略記
○國際的 - 中東 걸프戰이 발끈하더니 終息됐고.
70余 年 歷史의 蘇聯共和國이 幕을 내려 러시아共和國으로 出凡.
○國內的 - 地方自治制가 實施되고.
南北韓이 同時 UN에 加入되고.
南北和解 不可侵合議(意) 兩便 總理 調印.
○社會的 - 7月 한 달 間 거의 繼續 降雨, 쌀 開放 政策에 農民들 示威 中.
우리 고장은 年末(12月 28日)에서 겨우 强雪 1번.
各種 車輛 부쩍 늘어 交通체증 莫甚~交通事故 無數
○家庭的 - 7旬잔치(古稀)로 아이들 벅신하게 바쁘게 發動(活動)한 셈.
夫婦 年中 農場 가서 勞動하여 各種 作物 어느 程度씩은 收穫.
16個月 만에 五女 "運"이 다시 出國~싸우디 3살 백이 '元'이 덴고.
四男 '松'……淸商高敎師. 39歲와 四女 '杏'…濠洲 受學 中. 33歲—未婚.
亡弟(6.25 時 戰死) 云榮 서울 銅雀洞 國立墓地에 安葬되었음을 確認되어 宿願 이룬 것.
醉中 행패 甚했던 三男 '明'이 五月부터 反省 謝過로 마음 풀려가는 中.
○個人的 - 謹酒한다면서 今年에도 數次 過飮으로 呻吟 死境넘겼으니 큰 탈.
年中 배드민턴 아침運動으로 興味 繼續된 셈. 몇 試合에도 參席.
井母의 心身 安定에 年中 每日 勞力하였고.
社會活動으로 '淸原祠' 保全補存에 勞力 協調. 地自制 實施에 投票區 選管委員長 甘受履行. 各 親睦團體 逍風에 同參.
宗事(特히 城村派, 仝 小宗稧)일로 많이 勞力 努力하는 中.
健康은 平常化 維持되는 셈…謹酒가 관건.

○어린 것들의 受學 一覽
英信 서울藥大 4

128) 원문에는 붉은색 색연필로 밑줄이 그어져 있다.
129) 원문에는 '꿈'에 붉은색 색연필로 동그라미 표시가 되어 있다.

昌信 〃醫豫 2
새실 中 3
雄信 中 2
惠信 高 2
惠欄 中 3
正旭 國 6
趙熙煥 高 3
〃壽鎭 專 1
〃連鎭
愼重奐 中 3
〃鉉娥 國 6
波蘭 中 3
슬기 中 1
※ 次面부터 92年 日記(檀紀 4325年) 壬申年이 됨

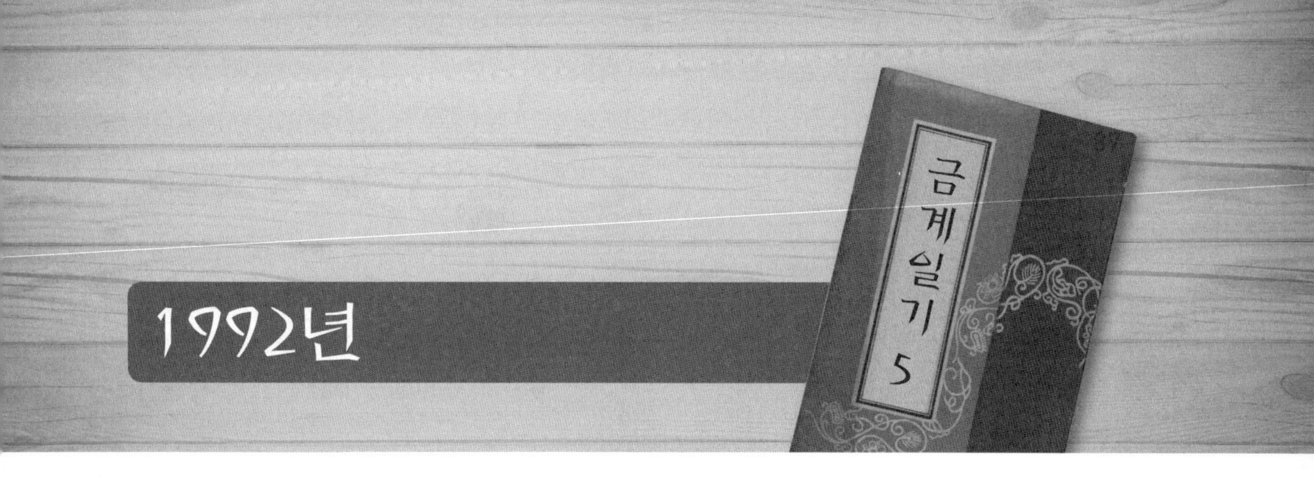

◎ 92年 日記—檀紀4325年. 佛紀2536年. 孔夫子 2543年. (壬申年)

〈1992년 1월 1일 수요일 曇, 晴〉(11. 27.) (-1°, 3°)
새벽 4時 起床. 91年 年中 略記錄 마치고. 아침 行事 着手~佛經 祈禱, 井母몸 암마, 室內운동, 밖 淸掃, 早朝 夫婦 茶 一杯, 體育館 가서 배드민턴.
食 前에 서울서 아이들 오고~큰 애 夫婦, 막내 弼 家族도 함께. 鉉佑 包含 5名 온 것. 午後엔 셋째 女息 家族 3人도 왔고. 애비 71生 辰日을 사흘 앞당겨 明朝에 온 家族 會食한다는 것. ○

〈1992년 1월 2일 목요일 晴〉(11. 28.) (0°, 4°)
안 家族들 昨夜부터 料食 만들기에 奔走한 活動. 朝食 時에 大田선 둘째 집선 絃만 왔고. 從兄, 堂姪 '魯錫', 再堂姪 魯旭, 魯達, 큰 妹, 姪女, 昨夜엔 온 큰 사위(趙), 四從叔 漢斌 氏와 함께 食事.
爲親稧[1] 있어 故鄕 金溪 다녀왔고~有司 敏相 집. 25名 中 21名 參席. 修稧 結果 現金 306,000(明年 有司 漢政 保管). 未收 周榮 18萬 원, 其他 12만원. 歸路에 從兄과 俊兄을 집에 모셨으나 酒類만 若干 待接했을 뿐 저녁 食事 못해 드린 것이 마음에 걸렸고. 漢豪 氏와 有司 受諾[2].
모두 歸家하고 큰 애 夫婦와 막내 弼 家族만이 明朝에 上京한다는 것. ○

〈1992년 1월 3일 금요일 晴〉(11. 29.) (-2°, 4°)
玉山面 가서 土地報償用 宗中書類 擔當係에 뵈었으나 3件 모두 登記簿 謄本을 要求하는 것. 法院에 이미 申請했었으나 未登記라서 問題.
밤 8時頃 訃音~큰 사위 趙泰彙 母親 別世[3]. 葬禮는 5日이라고. 葬日에 杜陵葬地로 人事갈 豫定. ○

〈1992년 1월 4일 토요일 晴〉(11. 30.) (-3°, 4°)
陰曆 至月 末(30日)日 滿 70歲. 壬申年으로 家庭 나이로 72歲. 運動 마치고 크럽 會員 一同 食堂에 招待해서 설렁湯으로 朝食 待接했고. 歸路에 法院 가서 宗中土地 登記 일 봤으나 未盡.
友信親睦會員 洪喜植 別世에 係員 一同 함께

1) 원문에는 붉은색 색연필로 밑줄이 그어져 있다.
2) 원문에는 붉은색 색연필로 밑줄이 그어져 있다.
3) 원문에는 붉은색 색연필로 밑줄이 그어져 있다.

弔問 다녀온 것.
杏한테서(濠洲) 電話 왔고 – 애비 生日 人事와 희환 大入合格 與否 알려는 것. ⊙

〈1992년 1월 5일 일요일 曇〉(12. 1.) (–2°, 2°)
査夫人(사위 趙泰彙 母親) 葬禮式에 參席~梧倉面 杜陵里. 오갈 때 3男 明의 車로 便이 다녀온 것. 紘, 明, 松, 弟 振榮, 큰 妹夫 姪女 先도 와서 弔問 人事. 서울선 큰 애도 오고, 막내 弼은 어적게, 어제도 방배洞 집에 다녀갔다는 것.
明日 行事 준비로 深夜토록 勞力했고~城村派 小宗契 준비. 淸州 郭氏 世孫, 始祖로부터 魯字까지. 榮字의 6代祖 以下 系統 表. 道路 編入 宗中土地 補償金 內譯 等. ○

〈1992년 1월 6일 월요일 曇, 雨〉(12. 2.) (0°, 2°)
아침결에 朴鐘福 舟城校長 親喪에 社稷洞 本宅 찾아가 人事했고.
12時부터 있는 城村派 小宗契[4] 總會에 參席~再堂姪 魯旭 집서. 宗財 現金으론 131萬 원. 20日에 代表者 會議 열독록. 有司 決定도 其時에. 17時 半에 解散하니 어두었던 것. ○

〈1992년 1월 7일 화요일 가끔 눈, 비〉(12. 3.) (2°, 4°)
朴壹煥 法務事務所 가서 宗中土地 補償金 請求用 書類 中 금계리 畓 110番地것만이 完成된 편이고余 2件(금계리 田 196番地, 水落里 전 466 所屬)은 이제부터 가려본다는 것. ○

〈1992년 1월 8일 수요일 曇, 晴〉(12. 4.) (0.5°, 5°)
玉山面 가서 宗中土地 補償書 금계 畓 110番地(아그배논) 것 完成된 것 接受시키고 入淸 해선 法院 가서 住宅 및 垈地 謄本 떼어 온 것. ⊙

〈1992년 1월 9일 목요일 가끔 구름〉(12. 5.) (1°, 5°)
朴壹煥 法務事務所 가서 小宗契와 派宗契 關聯 書類 手續에 手數料條로 나우 支拂.
外孫子 '조희환' 앞으로 大入激勵金 壹拾萬 원 送金에 謝禮 人事 電話왔고. ○

〈1992년 1월 10일 금요일 晴〉(12. 6.) (–0.2°, 5° 5″)
友信會員 朴仁圭 참척[5]에 人便으로 弔慰狀과 賻儀金 보냈고.
玉山 가서 宗親 辛酉會[6]에 參席. 有司는 郭昌在여서 玉山까지 와서 主管. 大鍾 氏만 欠. 契財 394,000원. ⊙

〈1992년 1월 11일 토요일 晴〉(12. 7.) (–2°, 4°)
淸州 地方兵務廳가서 孫子 '英信'의 兵籍關係 確認해 본 것. 兵籍은 서울廳으로 再檢 節次 等.
魚缸 물갈이로 日暮頃 勞力했고. ○

〈1992년 1월 12일 일요일 曇〉(12. 8.) (–2°, 5°)
永樂會 있어 夫婦 參席~9双 全員 參與. 신라정에서 會食. '朝鮮總督府' 1號 通讀. ⊙

4) 원문에는 붉은색 색연필로 밑줄이 그어져 있다.

5) 참척(慘慽): 자손이 부모보다 먼저 죽는 일.
6) 원문에는 붉은색 색연필로 밑줄이 그어져 있다.

〈1992년 1월 13일 월요일 가랑비 若干〉(12. 9.) (2°, 4°)
壁 험해진 곳 도배지로 때워 발으기에 한나절 努力했던 것. 福德房 갔으나 李斌模 못만났고. ⊙

〈1992년 1월 14일 화요일 曇, 晴〉(12. 10.) (-1°, 5°)
幸運不動産 가서 賣渡願으로 垈地와 建物 謄本 寫本 一通 맡기며 付託한 것.
初저녁엔 小宗契 代表者들에 24日 11時로 1次 連絡했고. ○

〈1992년 1월 15일 수요일 晴, 曇〉(12. 11.) (-2° 5″, 4°)
朴一煥 司代所 다녀서 玉山面 가서 宗中土地代 書類 檢討하니 明日이면 一段落될 듯. ○

〈1992년 1월 16일 목요일 曇, 눈 若干〉(12. 12.) (0°, 4°)
玉山面 가서 宗中土地 補償金 請求用 서류(公告用) 냈고. 法院 가선 登記簿 등본 떼기도. ⊙

〈1992년 1월 17일 금요일 晴〉(12. 13.) (-2°5″, -2°)
井母와 같이 市場 가서 魯松用 寢具 사왔고. 斜川洞 敬老堂 가서 尹, 宋, 朴 會長 만나 情談했기도. ⊙

〈1992년 1월 18일 토요일 晴〉(12. 14.) (-6°, -1°)
午前에 玉山面 다녀와서 大韓禮式場서 있는 閔哲植 女婚에 人事했고. 松은 서울 다녀오고 …婚談 관련.
17時에 夫婦는 '도원설렁탕' 집에 가서 在清宗親會에 參席한 것. 今日 氣溫 가장 낮은 溫度[7]. ⊙

〈1992년 1월 19일 일요일 晴〉(12. 15.) (-6°, -1°)
故鄕 金溪 가서 宗中事 書類에 從兄, 佑榮, 里長 郭魯升의 實印章 捺印해 왔고.
• 三和不動産 孫 氏와 住宅關聯 相談. ⊙

〈1992년 1월 20일 월요일 晴〉(12. 16.) (-7°, 3°)
玉山 가서 再作成한 宗中서류 公告用 내고 와서 12時부터 있는 淸友會에 參席하여 '금성우족탕'에서 衷心한 것. 저녁 땐 盧載一 父親喪에 人事했고. 서울서 큰 애 왔기에 住宅 賣字 상의. ⊙

〈1992년 1월 21일 화요일 晴〉(12. 17.) (-3°, 5°)
큰 애 午前에 上京. 11時부터 있는 校長團 辛酉會에 參席. 三味가든서 會食…李殷植 主管. ⊙

〈1992년 1월 22일 수요일 晴〉(12. 18.) (1°, 3°)
1농장 가서 藥퇴비 1包 놓고 宋 목사 等 垈地件으로 찾았으나 없고. 面에 잠간 들러 入淸歸家.
큰 에미(맏子婦) 濠洲 杏 있는 곳으로 相逢 兼 2週間 旅行次 午後 6時 金浦서 出航했다는 것[8]. ○

〈1992년 1월 23일 목요일 晴〉(12. 19.) (-3°, 3°

7) 원문에는 붉은색 색연필로 밑줄이 그어져 있다.
8) 원문에는 붉은색 색연필로 밑줄이 그어져 있다.

5″)
郡 三樂會에 參席. 宗中 일로 司書所 들렀고. 午後엔 明日 있을 小宗契 준비 作業한 것 - 밤 늦도록. ⊙

〈1992년 1월 24일 금요일 晴〉(12. 20.) (-2°, 4°)
小宗契 小委員會에 參席[9]하여 昨夜에 만든 차아드로 細〃히 說明했고 - 대성식당. 6名 參席. ⊙

〈1992년 1월 25일 토요일 晴〉(12. 21.) (-0°5″, 3°)
첫 새벽 起床 2時間 걸쳐 昨日 決議한 小宗契 文書 닦기에 誠意 다 한 것.
上京하여 求景하고 밤 10時 半 入淸 歸家~'92 오픈코리아 배드민턴' 大會…잠실체육관. ⊙

〈1992년 1월 26일 일요일 晴〉(12. 22.) (-3°, 4°)
故鄕 金溪 가서 從兄과 相議 後 李晳均 夫人 찾아 집 질 밭 古家 50萬 원에 買入하는 아량 베풀었고. ⊙

〈1992년 1월 27일 월요일 晴〉(12. 23.) (-3°, 4°)
在淸同窓會에 參席. 午前엔 漢斌 氏, 俊榮 氏와 同席하여 나우 마신 듯. ×

〈1992년 1월 28일 화요일 晴〉(12. 24.) (-2°, 6°)
金溪 가서 城村派 宗契에 參席[10]. 井母도 함께 갔고. 계속되는 飮酒 또 過했고. ×

9) 원문에는 붉은색 색연필로 밑줄이 그어져 있다.
10) 원문에는 붉은색 색연필로 밑줄이 그어져 있다.

〈1992년 1월 31일 금요일 晴, 가랑눈 조금〉(12. 27.) (-4°, -1°)
昨醉가 未醒인데도 體育館 가서 운동 後 幹部 몇 사람 招致하여 朝食과 酒類 대접한 것. ×

〈1992년 2월 2일 일요일 雪 약간〉(12. 29.) (-7°, 3°)
어제 午前까지 飮酒 繼續타가 午後부터 禁飮하고 呻吟 臥病.
서울서 큰 애 家族과 막내 家族 낮에 왔고. 病中이라서 미안하기만. ○

〈1992년 2월 3일 월요일 雪〉(12. 30.) (-1°, 2°)
어제 눈발 좀 있더니 午前부터 내린 눈 12cm. 요번 겨울 2次 積雪[11]. 大田 家族 오고. ○

〈1992년 2월 4일 화요일 눈 若干, 晴〉(正. 1.) (-4°, 4°)
아픈 몸 간신이 일어나 설 茶禮 지냈고. 山野는 白世界. 午後 3時부터 녹기 시작.
午後 4時頃부터 몸 회복되기 시작. 아이들은 午前 12時頃 모두 歸家. ○

〈1992년 2월 5일 수요일 晴〉(正. 2.) (-3°, 4°)
午前 中 몸 順調롭지 못한 것 같더니 日暮頃부터 다시 廻復勢라서 多幸이었고. 讀書 많이 했고. ○

〈1992년 2월 6일 목요일 曇, 雪〉(正. 3.) (-6°, 4°)
四從叔 漢斌 氏와 함께 市內 가서 宗中事로 外換銀行, 郡廳, 司法代書 等으로 뛰어 일 본

11) 원문에는 붉은색 색연필로 밑줄이 그어져 있다.

것.(금성垈地).
去月 22日에 魯杏 있는 濠洲로 出國했던 맏子婦(英信母) 無事 歸家[12)]했다고 連絡와서 기뺐고.
宗事 일 帳簿 정리로 밤에 12時가 넘도록 머리 아프게 애쓰기도. ○

〈1992년 2월 7일 금요일 晴〉(正. 4.) (-5°, 3°)
今日도 漢斌 氏와 함께 郡廳 法院 司法代書 다니며 宗事 일 보기에 終日 노력. ○

〈1992년 2월 8일 토요일 晴〉(正. 5.) (-5°, 2°)
午前 中 家事 整理하고 井母와 함께 모처럼 金溪 간 것. 前左里 가서 省墓~親山과 東麓 墓所 全體.
從兄 만나 其 間의 宗事 일 經過事(垈代整理, 垈 되찾은 漢斌 氏의 複雜事 等〃) 報告했기도. ○

〈1992년 2월 9일 일요일 晴〉(正. 6.) (-5°, 5°)
長男 '井'이 省墓次 故鄕 金溪 다녀와서 新家屋 建築計劃圖 대충 說明하고 濠洲 다녀온 英信 어멈의 膳物 '蜂蜜' 等 가져왔던 것. 11時半頃 서울 向發.
鐵大門 修理 비롯한 大小雜事 많이 치루었고. 日暮頃엔 俊兄, 李斌과 3人 만나 情談. ○

〈1992년 2월 10일 월요일 晴〉(正. 7.) (-1°, 6°)
兵務廳 가서 孫子 英信의 防衛兵 狀況 및 再檢 節次에 對하여 알아보고. 淸原郡廳 가선 山林課 所管 營林計劃費 狀況把握 後 동림 93田台帳謄本 떼보기도. 낮엔 義榮 氏 만나 人事했기도. ⊙

〈1992년 2월 11일 화요일 晴〉(正. 8.) (-6°, 7°)
'週刊교차로' 가서 住宅賣買 廣告 手續했고.
意外로 現代茶房이란 곳에서 同情 표시했고. ⊙

〈1992년 2월 12일 수요일 晴〉(正. 9.) (-3°, 3°)
井母따라 眼科 다녀서 12時 半부터 있는 永樂會 會食에 夫婦 參席했고. ⊙

〈1992년 2월 13일 목요일 晴〉(正. 10.) (-5°, 4°)
朴일환 司法代書 금계 110번지 宗中畓 登記券 찾아 마음 개운했던 것. ⊙

〈1992년 2월 14일 금요일 晴〉(正. 11.) (-4°, 5°)
井母와 함께 堆肥 갖고 1농장 간 後 井母는 냉이 캐고.
族兄 輔榮 氏 案內로 栢洞 가서 情談하며 酒類(소주)를 過飮한 것. ×

〈1992년 2월 15일 토요일〉 ×[13)]〈1992년 2월 16일 일요일〉 ×〈1992년 2월 17일 월요일〉 ×〈1992년 2월 18일 화요일〉 ×〈1992년 2월 19일 수요일〉 ×〈1992년 2월 20일 목요일〉

〈1992년 2월 21일 금요일 낮에 눈 좀 날렸고〉(正. 18.) (-5°, 5°)

12) 원문에는 붉은색 색연필로 밑줄이 그어져 있다.

13) 원문에는 "2.15×, 仝16×, 仝17×, 仝18×, 仝19×, 仝20⊙"로 각 날짜의 음주기호만 기록되어 있다.

一週 間의 過飮으로 臥病 呻吟 또 겪는 것[14]. 母親 忌祭日[15]인데 子息들에 또 未安. 가까스로 忌祭는 마친 것. 무슨 짝인지 앞으로 큰 탈. 11日에 手續한 家屋 賣渡 廣告 1億 5千萬 원에 記事 나왔고[16]. ○

〈1992년 2월 22일 토요일 曇, 晴〉(正. 19.) (-5°, 7°)
저녁부터 食事 若干 되는 편. 앞으로 如何히 處身할 것인가. 深夜토록 기록 일 본 것. ○

〈1992년 2월 23일 일요일 雨, 曇〉(正. 20.) (3°, 6°)
읽다 남은 新聞과 讀書로 거의 終日 해 넘긴 것. 「朝鮮總督府」. 오랜만에 沐浴했고. ○

〈1992년 2월 24일 월요일 晴〉(正. 21.) (2°, 6°)
모처럼 體育館 나갔었고. 面에 낼 宗土 서류(土地臺帳등본, 謄本(登記) 完成에 애 먹었으나 마음 개운.
12時에 三樂會에 參席. 18시에 크럽 總會에 參席 – 만월식당. ○

〈1992년 2월 25일 화요일 晴〉(正. 22.) (0°, 10°)
食 前行事 6項 施行~佛經, 井母 암마, 室內 運動, 집 앞 淸掃, 배드민턴, 全身 닦기 等.
낮엔 西原國校 다녀왔고~閔丙昇 校長 停年式. 慕忠洞서 住宅 位置 問議[17]. ○

〈1992년 2월 26일 수요일 晴〉(正. 23.) (-1°, 14°)
司倉洞 가서 從兄 만나 宗中書類 具備하여 玉山面 가서 全件 書類 接受시켜 完了하니 개운 痛快[18]했던 것.
17時부터 있는 在淸同窓會에 參席~8名 參席(2名 欠). 산오리湯으로 夕食.
長孫 英信이 서울大 藥大 卒業式[19]~形便上 上京 못해서 마음 괴로웠고. ○

〈1992년 2월 27일 목요일 晴〉(正. 24.) (4°, 18°)
井母와 함께 堆肥 갖고 1농장에 간수하고. 歸路에 玉山面 들러 從兄의 住民謄本 接受로 完了.
社稷2 三益아파트 李振魯 宅 찾아가 그 子婚을 祝賀한 것.
낮엔 司倉洞 外叔母 찾아가 問病했기도~모처럼. 금일 溫度 最高…18°.
住宅 보러 鳳鳴洞 婦人 2名[20]이 다녀갔다는 松의 말. 統에서 老人 乘車劵[21] 夫婦 2, 3月 分 48枚 받고. ○

〈1992년 2월 28일 금요일 曇, 가랑비〉(正. 25.) (7°, 18°)
아침운동 後 歸路에 2곳 問病~族弟 佑榮(한방병원), 延丁善 老人(南州洞 自宅).
堆肥(韓藥찌꺼기) 갖고 1농장 가서 헌비닐 걷기 約 2時間 勞力하여 今日로 全量 完決졌고. ⊙

〈1992년 2월 29일 토요일 雨, 曇〉(正. 26.) (12°,

14) 원문에는 붉은색 색연필로 밑줄이 그어져 있다.
15) 원문에는 붉은색 색연필로 밑줄이 그어져 있다.
16) 원문에는 붉은색 색연필로 밑줄이 그어져 있다.
17) 원문에는 붉은색 색연필로 점선이 그어져 있다.
18) 원문에는 붉은색 색연필로 밑줄이 그어져 있다.
19) 원문에는 붉은색 색연필로 밑줄이 그어져 있다.
20) 원문에는 붉은색 색연필로 점선이 그어져 있다.
21) 원문에는 붉은색 색연필로 점선이 그어져 있다.

18°)
새벽엔 가랑비 좀 내리고. 郡廳 民願室 가서 測量係에 몇 가지 確認해 보기도.
金영만 氏 令抱[22] 出産에 祝賀人事 後 司倉洞 큰 妹들 태극書店에 모처럼 들렀고. 재수 없게도 버스 內에서 失物[23]~파스포드에 現金 121,000원과 住民證. 終日 氣分 안나는 것. ○

〈1992년 3월 1일 일요일 가랑비, 曇〉(正. 27.) (10°, 12°)
體育館에서 歸路에 弟 振榮 집, 參男 魯明 집 들러 어린 것들 5名에게 新學年 激勵로 壹萬 원씩 노트값으로 나누어 주었고. 朝食은 明 집에서, 再堂姪 魯旭 집 가선 賣家 件 이야기하기도.
14時부터 있는 크럽 道聯合會 理事會에 參席하여 밤 9時까지 討論했어서 未盡. ○

〈1992년 3월 2일 월요일 曇〉(正. 28.) (8°, 9°)
清原郡廳 民願室가서 故鄕 텃밭(新家屋 建築豫定地) 境界測量 手續 밟았고. 11萬 5百 원, 3月 12日 施行.
去 29日에 紛失(쓰리)된 住民證~再發行 手續…派出所 거쳐 洞事務所로 接受시킨 것. ○

〈1992년 3월 3일 화요일 晴〉(正. 29.) (4°, 8°)
井母와 함께 藥 堆肥 갖고 2농장 가서 마늘밭 덮었던 짚 걷어치운 것. 濠洲 杏한테서 書信. ○

〈1992년 3월 4일 수요일 晴〉(2. 1.) (3°, 10°)
高祖, 五代, 7, 8代祖, 曾祖考 墓所(曲水뒷山…望德山)行 길티우기 作業 있대서 농장 거쳐 作業現場 다녀온 것. ○

〈1992년 3월 5일 목요일 雨〉(2. 2.) (3°, 4°)
終日토록 가랑비 내린 것. 農協 外換銀行 用務(宗事) 있었고. 早朝 佛經 祈禱 關聯으로 明岩提 위 '龍虎寺'까지 다녀와 "藥師보살 藥王[24] 보살[25]" 알아내어 개운했고. 數日 前부터의 感氣 差度 있고. ○

〈1992년 3월 6일 금요일 晴, 曇〉(2. 3.) (0.5°, 6°)
14代 國會議員 選擧 鳳鳴洞 投票區 委員會 있대서 18시에 洞事務所 가서 任務 마친 것. ⊙

〈1992년 3월 7일 토요일 晴〉(2. 4.) (-2°, 8°)
妻 6寸 弟 '金象鎬'의 回甲宴에 夫婦 다녀왔고~'청주 초원가든'. 下午 1時에. ○

〈1992년 3월 8일 일요일 晴〉(2. 5.) (2°, 13°)
井母와 함께 藥 堆肥 갖고 1농장까지. 텃집값 갖고 갔으나 形便上 되로 갖고 온 것. ○

〈1992년 3월 9일 월요일 晴〉(2. 6.) (2°, 13°)
藥堆肥 갖고 故鄕 갔다가 族弟 時榮 七旬잔치에도 다녀온 것. 대추 果樹園 가서 나무 全體를 巡檢하여 벌레집 3개 떼어냈기도. 去 4日 望德山서 求한 藤木 단장감 껍질 벗겼고. ⊙

22) 영포(令抱): 남의 손자를 높여 부르는 말.
23) 원문에는 붉은색 색연필로 밑줄이 그어져 있다.
24) 원문에는 "夜光"에 연필로 사선이 그어져 있고 이를 "藥王?"으로 하단에 표기하고 있다.
25) 원문에는 붉은색 색연필로 밑줄이 그어져 있다.

〈1992년 3월 10일 화요일 曇〉(2. 7.) (2°5″, 9°)
感氣治療로 어제도 오늘 病院(朴世根內科) 다녀온 것. 明日도. 다음날도 다녀가라는 것.
藥堆肥 갖고 1농장 가서 대추나무 20株에 구덩이 파고 施肥에 勞力. 18시 버스로 入淸.
오랜만에 在應스님(二女 魯姬) 왔고. 밤엔 金溪里 新溪교회 목사한테 來電(家屋). ○

〈1992년 3월 11일 수요일 晴〉(2. 8.) (1°, 12°)
크럽 鄭 女史 自轉車 배우는데 도와주기도. 郡廳과 洞事務所 거친 後 1농장 가서 棗木에 施肥. 今日도 20株 程度. 朝食 前에 朴內科 가서 감기治療 注射 맞았고.
고마운 '상운 스님' 오고. ○

〈1992년 3월 12일 목요일 曇, 晴〉(2. 9.) (3°, 13°)
體育館서 歸路에 朴內科 들렀고~오늘로 一段 治療 끝낸 것.
申請했던 텃밭 測量했고 – 保健診察所가 約 半 가량 우리밭 속에 들어 있[26]는것.
1농장 가서 棗木 25株에 施肥. 두 스님은 아침결에 서울 向發. ○

〈1992년 3월 13일 금요일 晴〉(2. 10.) (2°, 15°)
住民證 發給 手續次 洞에 들린 後 新家屋 乾縮準備로 電信전화局 淸原郡廳 民願室 가서 電柱 1個 移植과 新築 許可 節次 알아 본 것.
大田을 下午 5時 發 버스로 큰 妹와 함께 子婚 앞둔 작은妹 찾아서 夕食하고 22日 行事 알아보고 온 것. ○

〈1992년 3월 14일 토요일 晴, 曇〉(2. 11.) (3°, 15°)
夫婦 2농 가서 마늘밭 덮었던 짚과 뒷뚝에 쌓인 검부럭지[27] 긁어 燒却하기에 勞力했고. ○

〈1992년 3월 15일 일요일 晴, 曇〉(2. 12.) (4°, 16°)
淸州 郭氏 宗親會에 夫婦 同伴 招請 있어 18時 半에 '거구장' 가서 夕食하였고…郭義榮 大宗會長 人事 있었고. 林光洙(國會議員 出馬者)도 잠간 人事. ⊙

〈1992년 3월 16일 월요일 曇〉(2. 13.) (7°, 9°)
新築 許可書 作成코저 여러機關 다니며 手續에 奔走했던 것~地積公社 淸原郡 出張所, 淸原郡廳(地積課, 都市課, 産業課), 法院 地積課, 시간 없어 金溪行 좌절. ○

〈1992년 3월 17일 화요일 曇〉(2. 14.) (5°, 7°)
玉山面 가서 産業係 朴성균 書記 만나 農地專用 申告 件에 우선 농지원簿 作成함을 얘기 듣고.
대추밭 가서 藥堆肥 15株에 施肥했고. ○

〈1992년 3월 18일 수요일 가랑비〉(2. 15.) (4°, 8°)
9時 發 장동行 버스로 堆肥 1包 갖다가 밭에 놓고 어제 잊고 온 書類봉투 찾아 歸路에도 意外 고생 많았던 것. 入淸해선 洞, 郡廳, 法院 다니며 일 본 것은 比較的 順調로웠던 느낌.
初저녁엔 洞職員 全書記 來訪하여 農地原簿 作成 經路에 도움 받았기도. ○

---

26) 원문에는 붉은색 색연필로 밑줄이 그어져 있다.

27) 검불의 사투리. 마른 풀과 낙엽을 이르는 말.

〈1992년 3월 19일 목요일 曇〉(2. 16.) (5°, 12°)
'農地耕作確認書' 作成으로 玉山面을 2차례 往來해서야 日暮 後 겨우 完成된 것. 于先「家屋新築 許可書」떼는 것이 先決 問題로 되어 있기에…텃밭 뚝 電柱 옮기는 것이 첫 作業일 것. ○

〈1992년 3월 20일 금요일 晴, 曇〉(2. 17.) (3°, 11°)
어제 만든 確認書 洞事務所에 냈고. 12時부터 있는 淸友會에 參席~一同은 去 17日에 開館한 「淸州古印刷博物館」을 觀覽[28]. 13時 半부터 있는 第14代 國會議員 選擧 淸州乙 選擧區 管理委員會 投票委員長 및 幹事敎育에 參席하여 2時間 聽講한 것. ○

〈1992년 3월 21일 토요일 비, 흐림, 맑음〉(2. 18.) (5°, 10°)
今日 作業으로 대추나무 藥堆肥 施肥는 第2次 完了[29]. 明日 行事로 各處와 連絡 되었고. ○

〈1992년 3월 22일 일요일 晴, 曇〉(2. 19.) (0°, 15°)
작은 妹의 長子(朴鐘德…'甥姪') 結婚式 있어 平澤 다녀온 것 - 큰 애 爲始 子女息과 弟, 妹 多數왔기에 흐뭇했고…式場 '平澤聖堂'. 작은 妹의 生活相 펴 나가는 狀況이어서 多幸. ⊙

〈1992년 3월 23일 월요일 雨, 曇〉(2. 20.) (7°, 10°)
再堂姪 來訪하여 飮料水 等 一同에 待接(體育館 魯銀, 三從姪).
12時에 三樂會 月例會에 參席. 13半에 洞事務所 거쳐 從事員 一同과 함께 投票所 가서(YWCA) 設置 完了하니 午後 6時. ⊙

〈1992년 3월 24일 화요일 曇, 가랑비 若干〉(2. 21.) (3°, 10°)
第14代 國會議員 選擧[30]. 淸州市 乙選擧區 鳳鳴2, 松亭 第3投票區 選擧管理委員長으로서 終日토록 責任 다하기에 勞力했고. 出馬者 4名 中 民自黨 林光洙, 民主黨 鄭機浩 對決. ○

〈1992년 3월 25일 수요일 曇〉(2. 22.) (4°, 14°)
洞事務所 잠간 들렸고. 金溪行 豫定이 市內버스 不運行으로 不能.
昨日있었던 選擧 開票 結果~淸州 乙區에 鄭機浩(民主黨), 甲區엔 金鎭榮(國民黨) 當選. ○

〈1992년 3월 26일 목요일 晴〉(2. 23.) (7°, 18°)
洞에서 '農地原簿' 作成하여 寫本까지 마련했고.
井母와 함께 1농장 다녀온 것. 17시 半부터 있는 同窓會에 參席. 黃 會長의 問病까지도. ⊙

〈1992년 3월 27일 금요일 曇〉(2. 24.) (9°, 17°)
큰 볼일 없이 허송한 셈. 法院 가서 263田 등본 1통 뗀 程度. 井母는 金溪 다녀오고. ⊙

〈1992년 3월 28일 토요일 晴〉(2. 25.) (9°, 18°)

28) 원문에는 붉은색 색연필로 밑줄이 그어져 있다.
29) 원문에는 붉은색 색연필로 밑줄이 그어져 있다.
30) 원문에는 붉은색 색연필로 밑줄이 그어져 있다.

큰 애비 生日인데…当 54歲. 報恩 金天圭 교육장 親喪에 다녀왔고. ⊙

〈1992년 3월 29일 일요일 晴〉(2. 26.) (8°, 19°)
金溪 가서 族長 郭起鐘 宴에 다녀온 것. 魯弼이 서울서 오고. 假屋 件으로 敎人 婦人에 간곡 애원. ×

〈1992년 3월 30일 월요일 晴〉(2. 27.) (9°, 19°)
五男 魯弼 上京. 近者 계속 飮酒. ⊙

〈1992년 3월 31일, 4월1일, 4월 2일〉[31]
從兄님 다녀가시고~土地 補償金條. 繼續 飮酒 ×, ×, ⊙

〈1992년 4월 3일 ~ 4월 4일 구름 若干〉 (10°, 20°)@[32]
昨今 臥病 呻吟. 用務 많은데 큰 일 ○, ○

〈1992년 4월 5일 일요일 晴〉(3. 3.) (9°, 21°)
高祖父 寒食茶禮인데 故鄕 못가서 罪滿. 族弟 一相 女婚엔 井母가 다녀왔고. ○

〈1992년 4월 6일 월요일 晴〉(3. 4.) (10°, 21°)
起動 어느 程度 되어 洞事務所 거쳐 玉山 가서 從兄 만나 마련한 서류 내고. 아직 보상금 未收. ○

〈1992년 4월 7일 화요일 晴〉(3. 5.) (9°, 19°)
郡廳 産業課에 從兄弟 間의 書類 昨今 作成된 것 내서 이제 完了된 듯…宗土 補償金條.
井母와 함께 1농장 가서 3時間 勞動했고…호박 播種, 바라솔 設置. ○

〈1992년 4월 8일 수요일 曇, 밤에 가랑비〉(3. 6.) (10°, 17°)
今日도 井母와 함께 농장 가서 3시간 作業한 것. 내 터 新溪 敎人 女人과 도와주는 셈으로 150萬 원[33] 주기로 合意 본 것~내땅 묵히고 坪當 5萬 원씩 주고 사는 格(要求額은 300萬 원).…最終 大事 이뤄질 徵兆인가?[34]
禁酒藥 있는가 '소생당한약방' 等에 알아보기도[35]. ○

〈1992년 4월 9일 목요일 曇, 雨〉(3. 7.) (11°, 16°)
終日토록 市內 各 機關에 自轉車로 東奔西走. 豫定했던 일 거의 잘 본 셈~새벽 3時間 걸려 故鄕 新家屋 設計圖를 비롯. 洞事務所 2回, 法院 2回, 郡廳 2回, 농협, 住宅, 外換銀, 法律事務所, 大元寫眞館 等…'農地轉用 申告書 具備'에 頭痛 甚하도록 뛰어야 하는 것. 日暮頃 沐浴하니 몸 거뻔한 듯.
今日 作成된 모든 書類 一括整理로 밤 12時 正刻까지 일 보았고[36]. ○

〈1992년 4월 10일 금요일 雨〉(3. 8.) (7°, 9°)
同窓會 鎭海 逍風 豫定은 날씨 關係로 無期延

---

31) 원문에는 "92. 4. 2, 4. 1, 3. 31 繼續 飮酒 ⊙, ×, ×. 從兄님 다녀가시고~土地補償金條"라고 적혀 있다.
32) 원문에는 "92. 4. 3, 4. 4(土) 구름 若干. 10°, 20°. 昨今 臥病 呻吟. 用務 많은데 큰 일 ○, ○"라고 적혀 있다.
33) 원문에는 붉은색 색연필로 밑줄이 그어져 있다.
34) 원문에는 붉은색 색연필로 점선이 그어져 있다.
35) 원문에는 붉은색 색연필로 밑줄이 그어져 있다.
36) 원문에는 붉은색 색연필로 밑줄이 그어져 있다.

期했고~点心 시간에 社稷洞 한자리에 모여 會食한 것. 西部出張所에서 家屋과 垈地 台帳 1통씩 떼어보기도. 昨今 降雨量 60㎜.
玉山面 가선 昨日까지 作成한 '農地轉用申告書類' 一段 내 보았고. ○

〈1992년 4월 11일 토요일 曇, 晴, 雨〉(3. 9.) (7°, 10°)
族弟 範榮 七旬宴에 招請 있어 栢洞 다녀오는데 午後 쏘내기에 苦生 겪은 것~淸州行 某 추럭의 2技士(李, 吳) 厚意로 多幸 入淸.
李晳均 작은 夫人 찾아 텃밭 一隅 古家 代金만은 완화되어 마음 개운해졌고. ○

〈1992년 4월 12일 일요일 曇〉(3. 10.) (3°, 9°)
바람 세고 3°까지 내려간 쌀쌀한 날씨. 食前에 申蘭秀(秀谷), 崔承德(牛岩), 鄭昌泳 집(江西) 다니며 今日 婚事의 人事 마친 것. 낮엔 族弟 佑榮 回甲에 夫婦 다녀왔고. ⊙

〈1992년 4월 13일 월요일 晴〉(3. 11.) (3°, 10°)
1농장 가서 1시간 勞動~枯死草 글거 태운 것. 玉山面 잠간 들렸었고. ○

〈1992년 4월 14일 화요일 晴, 曇〉(3. 12.) (7°, 12°)
永樂會 逍風에 夫婦 參席[37)]~8시 發, 江陵 烏竹軒, 울진 原子力發展所, 白岩溫泉…'聖留파크호텔'서 一同(22名) 宿泊. 親睦會員 全員 參席. ⊙

〈1992년 4월 15일 수요일 曇, 가끔 비〉(3. 13.) (5°, 11°)
울진 '聖留窟' 佛影溪谷 通過, 浮石寺 觀光. 淸州엔 밤 10時 到着. ⊙

〈1992년 4월 16일 목요일 晴〉(3. 14.) (5°, 13°)
洞事務所, 西部出張所, 농협, 우체局 거친 後 俊兄 만나 情談하면서 点心 하께 하고. 1농장 가서 도라지밭 除草에 1.5시간 勞動했던 것. ⊙

〈1992년 4월 17일 금요일 晴〉(3. 15.) (6°, 20°)
한라 觀光事務所 거쳐 李富魯 稅務士 事務所 가서 贈與稅에 關하여 알아보았기도.
1농장 가서 소로 深耕한 두둑에 골 타고 堆肥와 재 뿌려 덮었고~2시간 勞動하고 入淸.
日暮頃에 市內 가서 延 氏 老人 問病. 住宅 매매 2次 廣告 본 어느 夫婦 來訪했었다나. ○

〈1992년 4월 18일 토요일 가끔 비〉(3. 16.) (12°, 15°)
仁川市 朱安 '龍華禪院' 가서 법요式에 參席[38)]. 8時 半에 出發했으나 날씨 不順, 土曜日, 乘車 잘못 等〃으로 苦生 많았던 것. 朱安 往來에 約 13時間 所要. 어쩌다가 水原까지도.
「靈駕位置[39)]…總 10段 中 左부터 3間(段), 上下 16줄中 下부터 5줄, 右부터 四節行[40)]~6,980 父母, 6,981 弟 云榮, 6,982 婿 愼

37) 원문에는 붉은색 색연필로 밑줄이 그어져 있다.

38) 원문에는 붉은색 색연필로 밑줄이 그어져 있다.
39) 원문에는 파란색 색연필로 동그라미 표시가 되어 있다.
40) 원문에는 붉은색 색연필로 밑줄이 그어져 있다.

義宰」[41] 今日 現在 영가 位數28784. 노량진까지 버스, 朱安까지 電鐵. ○

〈1992년 4월 19일 일요일 晴〉(3. 17.) (5°, 17°.)
道聯合會長旗 生活體育배드민턴大會[42]에 副會長 立場에서 不得已 參席~8시 半부터 19時 半까지. 올림픽生活館, 出戰팀 6個팀(忠北, 淸州, 忠州, 堤川, 鎭川, 曾坪), 우리 淸州팀이 또 優勝. 男子 長壽部, 男女混合 長壽部에서 各〃 準優勝[43]하여 銀메달 2個. 밤 8時에 明日 있을 淸友會 總會의 旨 全會員에 연락했고…紅瓦村, 12시 半. ⊙

〈1992년 4월 20일 월요일 晴〉(3. 18.) (8°, 23°)
淸友會 總會~紅瓦村식당. 第2次 決算 報告했고. 今日 氣溫 23°까지 上昇. ⊙

〈1992년 4월 21일 화요일 晴, 雨〉(3. 19.) (10°, 15°)
夫婦 故鄕 農場 가서 4時間 半 勞動했고. 17時~18時 사이에 번개 천둥, 비 많이 내렸기도. ⊙

〈1992년 4월 22일 수요일 晴〉(3. 20.) (10°, 22°)
92年度 淸州 郭氏 大宗會 孝婦表彰에 둘째 堂姪婦 '申東姙'(51세)을 推薦하여 그 調書를 作成[44] 發送하고. 三樂會 前 總務 李士榮 喪偶에 弔問하기도. 濠洲 杏으로부터 꿀 12통 보내오고[45]. ⊙

〈1992년 4월 23일 목요일 晴〉(3. 21.) (9°, 23°)
郡 三樂會 月例會에 參席. 會食~신라정. 1농장 가서 대추밭 雜草 2시간. ⊙

〈1992년 4월 24일 금요일 曇, 晴〉(3. 22.) (13°, 19°)
9시에 社稷洞 가서 李士榮 喪偶 出喪에 잠간 다녀온 것.
농장 갈 豫定이 族叔 漢奎 氏 病患 人事 關係로 不能.
宗, 俊兄, 晩榮, 沙榮의 答接~저녁 食事 아울러서. ⊙

〈1992년 4월 25일 토요일 晴〉(3. 23.) (9°, 20°)
夫婦 1농장 가서 6시간 일한 것~수박, 참외 1골 播種. 대추밭 除草, 도라지 좀 캤고. ○

〈1992년 4월 26일 일요일 晴〉(3. 24.) (10°, 23°)
서울서 막내 魯弼이 오고. 제 親舊 結婚式 關聯. 午後에 上京. 크럽 文孃 結婚式에 잠간 다녀온 것.
午後엔 夫婦 농장 가서 3시간 勞作했고~수박, 참외 심었기도. 울 안 除草도, 울 안 菜蔬밭 灌水. ⊙

〈1992년 4월 27일 월요일 晴〉(3. 25.) (9°, 25°)
今日도 夫婦 농장 가서 5시간 半 勞動~도라지밭, 대추밭 除草가 主. 2농장 마늘밭 손질도…施肥와 灌水. ○

41) 원문에는 파란색 색연필로 밑줄이 그어져 있다.
42) 원문에는 붉은색 색연필로 밑줄이 그어져 있다.
43) 원문에는 붉은색 색연필로 밑줄이 그어져 있다.
44) 원문에는 붉은색 색연필로 밑줄이 그어져 있다.
45) 원문에는 붉은색 색연필로 점선이 그어져 있다.

〈1992년 4월 28일 화요일 晴, 가랑비〉(3. 26.) (9°, 20°)
1농장 가서 2시간 作業……대추나무밭 除草(꽃다지와 냉이).
23日字 보낸 孝婦 表彰 書類 接受 與否 確認~ 大宗會 總務 郭遠信. ○

〈1992년 4월 29일 수요일 晴, 가랑비〉(3. 27.) (10°, 22°)
夫婦 1농장 가서 도라지 캐고, 대추밭 除草 1次 完了한 것. ○

〈1992년 4월 30일 목요일 雨, 曇〉(3. 28.) (10°, 18°)
1, 2 농장 가서 作業~도라지 캐고, 고추밭 基肥. 2농장 빈 밭의 雜草(망초) 뽑은 것. ○

〈1992년 5월 1일 금요일 晴, 曇〉(3. 29.) (9°, 17°)
體育館 歸路에 堂姪 집 들렀고~大宗會에 孝婦表彰 推薦 關聯 確定 통지 왔기에…堂姪婦[46].
夫婦 2농장 가서 3시간 除草作業에 勞力. 大田 둘째 子婦(林 氏)와서 夕食 지어 待接하고 간 것,
任澤淳, 郭勳鐘, 郭氏(玄風), 鄭 氏(延日)와 우연이 合席되어 勳鐘 氏 周旋으로 情談 一杯했고. ⊙

〈1992년 5월 2일 토요일 晴〉(3. 30.) (9°, 21°)
어제까지 틈틈이 울 안 淸掃 마치니 구석구석까지 깨끗해진 것. 처마 갓도리에 올린 藤나무 덩굴 整理도 했고. 午後엔 故鄕 농장 가서 約 2時間 作業하였기도. 서울 弼의 家族 왔고[47].
밤에 報恩弟子 河奉石한테서 電話 오기도…6日에 來淸 人事하겠다고. ○

〈1992년 5월 3일 일요일 晴〉(4. 1.) (10°, 24°)
2農場 가서 빈 밭 除草에 約 2時間 勞力했고.
밤엔 영운洞 가서 再從妹兄 別世에 人事한 것. ○

〈1992년 5월 4일 월요일 晴〉(4. 2.) (13°, 24°)
今日도 농장 가서 2時間 노동. 旧 집 샘 뚝의 무성한 머우 1다발 베어오기도.
2日에 왔던 막내 弼이 家族 上京. 日暮頃엔 맏 夫婦와 長女 오고. 밤엔 眞, 明 다녀간 것.
9時頃에 永雲洞 가서 再從妹兄 出喪하는 것 보기도. ⊙

〈1992년 5월 5일 화요일 晴, 曇〉(4. 3.) (14°, 22°)
大宗會에 參席[48] – 成北區 敦岩洞 新興寺(수암亭). 91決算, 92叡算. 大宗會 事務室 마련. 譜書 再編 事業, 孝婦 表彰에 작은 堂姪婦 '申東姙' 것 代理 受賞하여 來淸 즉시 傳授.
어제 온 서울 아이들 歸京. ○강남 터미널-〉충무로(乘換)-〉성신여대入口 下車…신홍사. ⊙

〈1992년 5월 6일 수요일 가끔 가랑비, 비〉(4. 4.) (16°, 16°)
서울 사는 族弟(三從) 弼榮 만나 집안 이야기

46) 원문에는 붉은색 색연필로 밑줄이 그어져 있다.

47) 원문에는 붉은색 색연필로 점선이 그어져 있다.
48) 원문에는 붉은색 색연필로 밑줄이 그어져 있다.

좀 했고. 甘雨 내려 播種 몇 가지에 多幸. ⊙

〈1992년 5월 7일 목요일 비〉(4. 5.) (15°, 19°)
大田의 둘째 '紘'이 다녀갔다나…오리고기 갖고.
어제부터 내리는 비 今日은 本格的으로 많이 쏟아졌고. 日暮頃에 李斌模와 情談.
初저녁에 세째 夫婦 다녀가기도…明日이 '어버이'날이라고 고기와 金一封 갖고 온 것. ⊙

〈1992년 5월 8일 금요일 曇〉(4. 6.) (13°, 19°)
'어버이날'(제20회)…子女息들한테서 安否電話. 어제까지에 現金 一部, 肉類 반찬 사오기도.
농장 가서 除草作業 좀 했기도. 松의 혼담…慶州 李氏[49]. 燕岐 再從妹의 紹介.
先祖考 忌祭에 不參되어 罪滿하기도. 어제의 雨量 約 50mm[50]. ○

〈1992년 5월 9일 토요일 晴〉(4. 7.) (9°, 20°)
제11회 全國연합會長旗 배드민턴大會에 參席. 忠北 選手 60名 參與. 場所~잠실體育館.
終日 민턴 狀況 求景 잘 했고. 一同 올림피아 호텔에서 留. ○

〈1992년 5월 10일 일요일 晴〉(4. 8.) (10°, 22°)
昨日 行事 今日까지 連續…忠北 選手團 成績 良好치 못한 편. 20時에 歸家. ⊙

〈1992년 5월 11일 월요일 晴〉(4. 9.) (13°, 23°)
玉山 弟子 '朴鐘花' 女史(江內 月谷 居住) 別世 消息[51]의 悲報에 경악. 祈願 冥福.
午後에 夫婦 농장 가서 約 3時間 勞動. ⊙

〈1992년 5월 12일 화요일 晴, 曇〉(4. 10.) (13°, 22°)
永樂會 月例會食 있어 夫婦 參席~12시 半 신라정에서. 농장 가서 3시간 勞作했고. ⊙

〈1992년 5월 13일 수요일 雨, 曇〉(4. 11.) (15°, 19°)
故 朴鐘花 女史(玉山 弟子) 別世 葬禮에 月谷 가서 人事. 葬地인 白馬嶺까지 다녀왔고.
玉山面 가서 旣提出 서류에 補印. 호적騰本도 떼고. 비 約 30mm[52].
밤엔 複台洞 가서 族弟 道榮 喪偶에 人事하고 深夜에 歸家. ⊙

〈1992년 5월 14일 목요일 曇〉(4. 12.) (10°, 20°)
郡 三樂會 春季 逍風[53]~仁川[54] 다녀왔고…연안 부두, 松島遊園地. 不飮-잘한 일. ⊙

〈1992년 5월 15일 금요일 晴, 曇〉(4. 13.) (15°, 22°)
6時 첫 버스로 東서울 다녀온 것~서울아파트 關聯된 松의 書類 큰 애비에 주느라고.
제11회 스승의 날…서울 沈議燮 女史한테 安否 전화. 鄭顯姬 女史 來訪人事~花다발, 음료水 等 갖고.

49) 원문에는 붉은색 색연필로 밑줄이 그어져 있다.
50) 원문에는 붉은색 색연필로 점선이 그어져 있다.
51) 원문에는 붉은색 색연필로 밑줄이 그어져 있다.
52) 원문에는 붉은색 색연필로 점선이 그어져 있다.
53) 원문에는 붉은색 색연필로 밑줄이 그어져 있다.
54) 원문에는 붉은색 색연필로 밑줄이 그어져 있다.

'한겨레신문' 家族 청주모임에 參席. 장소는 봉명동 YWCA. 19시~21시. ⊙

〈1992년 5월 16일 토요일 曇, 비 1때〉(4. 14.) (16°, 20°)
井母와 함께 1농장 가서 3시간 勞動한 것~참깨씨 묻고 비닐 씌워서. ⊙

〈1992년 5월 17일 일요일 曇〉(4. 15.) (14°, 20°)
今日도 夫婦 1농장 가서 終日 約 6時間 勞動~참깨 播種…完了. 疲勞 느끼고. ⊙

〈1992년 5월 18일 월요일 晴〉(4. 16.) (12°, 22°)
夫婦 1농장 가서 6시간 일했고…두부콩, 밤콩 播種. 日暮頃엔 在淸宗親會에 參席. ⊙

〈1992년 5월 19일 화요일 晴〉(4. 17.) (13°, 25°)
1농장 가서 除草 作業. 明日 行事(淸友會 逍風) 準備했고…연락, 車內 間食 等. ⊙

〈1992년 5월 20일 수요일 晴〉(4. 18.) (16°, 26°)
淸友會 逍風-馬耳山 方面[55]. 운장山[56]의 '운일암[57], 반일암[58]' 溪谷. 錦山의 700義塚[59]. 玉山 婦女님 等 4個님이 合乘. 漢拏觀光을 利用. 午後 8時에 淸州 着. '모랫재' 고개 멋졌기도. ⊙

〈1992년 5월 21일 목요일 晴〉(4. 19.) (16°, 26°)
校長團 辛酉會에 參席~6月 18日頃 逍風 豫定. 午心은 極東飯店에서.
夫婦 1농장 가서 勞力~고추밭, 옥수수, 참외밭에 施肥. 대추나무 손질~補助木 除去, 除草. ⊙

〈1992년 5월 22일 금요일 晴〉(4. 20.) (17°, 26°)
옆집 老人 劉 氏 入院(中風) 中이라기에 問病 다녀왔고.
井母와 함께 1農場 가서 5시간 半 勞力했고. 땅콩 1두둑 심기도.
李斌模 소개로 朴 氏 仲介人 住宅 보려고 來訪~13,500萬원 要請했던 것. ⊙

〈1992년 5월 23일 토요일 晴〉(4. 21.) (13°, 25°)
YMCA主催 全國 배드민턴大會에 參席~서울 鐘路三街 YMCA會館. 淸州서는 청주크럽에서 만 12名 出戰. 60代 老將班에서 準優勝했고. 一同 호텔에서 宿泊. ⊙

〈1992년 5월 24일 일요일 晴〉(4. 22.) (11°, 21°)
前日行事에 이어 下午 5時까지 마치고 高速버스로 歸淸. 집엔 今 9時頃 到着. ⊙

〈1992년 5월 25일 월요일 晴, 쏘나기 조금〉(4. 23.) (10°, 20°)
在淸同窓會 逍風[60]에 夫婦 參席~慶州 方面[61]~石窟庵, 佛國寺, 天馬塚…19시 半 청주 着. ⊙

55) 원문에는 붉은색 색연필로 밑줄이 그어져 있다.
56) 원문에는 붉은색 색연필로 점선이 그어져 있다.
57) 원문에는 붉은색 색연필로 점선이 그어져 있다.
58) 원문에는 붉은색 색연필로 점선이 그어져 있다.
59) 원문에는 붉은색 색연필로 밑줄이 그어져 있다.
60) 원문에는 붉은색 색연필로 밑줄이 그어져 있다.
61) 원문에는 붉은색 색연필로 밑줄이 그어져 있다.

〈1992년 5월 26일 화요일 曇, 한 때 若干 쏘나기, 우박〉(4. 24.) (10°, 14°)
夫婦 농장 가서 4시간 勞動. 下午 3時 半頃 우박 若干 내리기도. ⊙

〈1992년 5월 27일 수요일 가랑비, 晴〉(4. 25.) (10°, 21°)
報恩 弟子 '李範翼' 來訪[62]…47年 만에 만난 것. 비디오 놓고 情對談 1.5시간 程度.
夫婦 농장 가서 3時間 程度 勞力했고~糖根 播種, 참깨싹 손질, 파씨 따온 것. ⊙

〈1992년 5월 28일 목요일 晴, 한 때 소나기〉(4. 26.) (13°, 25°)
夫婦 농장 가서 終日 勞動~들깨모, 콩나물콩 播種, 고추모 補植, 참깨밭 손질.
故 族弟 승영의 夫人 張 氏의 '宗土 使用승락서' 關聯으로 不快했고. ○

〈1992년 5월 29일 금요일 雨, 曇〉(4. 27.) (15°, 22°)
延 氏 老人집 찾아가 問病과 情談했기도. 17시부터 있는 友信會에 參席 會食했고. ⊙

〈1992년 5월 30일 토요일 晴〉(4. 28.) (13°, 26°)
큰 애비 夫婦 要請으로 井母와 함께 上京[63]~前週에 移舍한 곳…양천구 목동APT 14단지 1426棟 1006호[64].
東서울서 電鐵 2號線으로 신도림, 南部대일학원쪽으로 出口. 목동行 마을버스로 木一中學 앞에서 下車.
三女가 案內하여 容易하게 到着. 長女도 오고. 막내 魯弼 가족도. 큰 에미 솜씨로 珍味 음식 많았고. ⊙

〈1992년 5월 31일 일요일 晴〉(4. 29.) (14°, 28°)
朝食도 맛있게 많이 먹고 江南터미날 거쳐 淸州 到着하니 12時 10分. 잘 다녀온 것. ⊙

〈1992년 6월 1일 월요일 晴〉(5. 1.) (17°, 29°)
夫婦 농장 가서 終日 勞動한 셈. 氣溫은 여름을 방불케 하였고. ⊙

〈1992년 6월 2일 화요일 晴〉(5. 2.) (19°, 29°)
夫婦 농장 가서 終日 勞動하여 참깨밭 손질 제1次 完了한 것. ⊙

〈1992년 6월 3일 수요일 曇〉(5. 3.) (20°, 26°)
농장行 豫定 중지하고. 李斌模 紹介로 社稷洞 宋 氏 來訪 家屋 둘러보았기도.
濠洲 杏한테 보낼 꿀값 12통 分 60萬整 淸州 분치 정주 성불사 在應스님 앞으로 送金했고. ⊙

〈1992년 6월 4일 목요일 曇, 가끔 비〉(5. 4.) (20°, 21°)
金溪行 豫定이 降雨로 因하여 중단되었고. 日暮頃에 비 나우 내려 나에겐 甘雨. ⊙

〈1992년 6월 5일 금요일 가랑비〉(5. 5.) (20°, 25°)
夫婦 故鄕 농장 가서 5시간 勞動. 明日 서울國立墓地 갈 준비했고. ⊙

62) 원문에는 붉은색 색연필로 밑줄이 그어져 있다.
63) 원문에는 붉은색 색연필로 밑줄이 그어져 있다.
64) 원문에는 붉은색 색연필로 밑줄이 그어져 있다.

〈1992년 6월 6일 토요일 曇〉(5. 6.) (18°, 25°)
7時 高速버스로 上京. 國立墓地 가서 亡弟 云榮 墓所(15단지 15433번)에 분향[65]~姪婿 父子, 큰 妹, 弟 振榮, 서울 큰 女息, 세째 女息 同參. 点心은 방배洞 큰 女息 집에 一同 가서 食事. ⊙

〈1992년 6월 7일 일요일 曇〉(5. 7.) (19°, 19°)
夫婦 농장 가서 5時間 勞動~파 播種, 김매기. 若干 썰렁한 바람 終日토록. ⊙

〈1992년 6월 8일 월요일 晴〉(5. 8.) (11°, 22°)
어제와 同一…농약 撒布(콩, 옥수수, 동부), 除草, 마늘쫑, 참깨밭 손질. ⊙

〈1992년 6월 9일 화요일 曇, 가끔 가랑비〉(5. 9.) (20°, 26°)
今日도 夫婦 농장 가서 5時間 勞動했고. ⊙

〈1992년 6월 10일 수요일 雨, 曇〉(5. 10.) (21°, 23°)
單身 가서 2시간 半 勞動. 歸路에 漢虹 氏 宅 들러 참척에 人事했고.
族長 殷鐘 氏와 大鐘 氏에게 濁酒 待接했고. ⊙

〈1992년 6월 11일 목요일 曇〉(5. 11.) (14°, 24°)
夫婦 농장 가서 6시간 勞力했고~2농장 除草, 골파 캐고. 대추밭 除草와 雜草약 撒布. ⊙

〈1992년 6월 12일 금요일 晴〉(5. 12.) (15°, 25°)
농장 가서 3시간 勞動. 낮엔 夫婦 신라정 가서 永樂會에 參席. 点心 會食. ⊙

〈1992년 6월 13일 토요일 가랑비〉(5. 13.) (18°, 25°)
老人亭의 族長 勳鐘 氏, 任老人, 郭氏 招請 答接했고. 午後에 서울서 큰 애비 오고. ⊙

〈1992년 6월 14일 일요일 曇〉(5. 14.) (17°, 26°)
夫婦 농장 가서 6시간 勞動. 主로 2농장서 除草作業. 早朝에 큰 애비 上京. 낮에 省墓도. ⊙

〈1992년 6월 15일 월요일 晴〉(5. 15.) (20°, 28°)
어제와 거의 같은 作業. 참깨에 藥 撒布. 各種 作物 順調. 入淸後 斌, 俊 만났고. ⊙

〈1992년 6월 16일 화요일 晴〉(5. 16.) (18°, 28°)
今日도 夫婦 농장 가서 5시간 半 勞動. 농약 撒布에 若干 지친 듯. ⊙

〈1992년 6월 17일 수요일 曇, 가랑비〉(5. 17.) (20°, 25°)
1농장 가서 2시간 半쯤 除草作業하고 入淸. ⊙

〈1992년 6월 18일 목요일 晴〉(5. 18.) (18°, 26°)
夫婦 농장 가서 6시간 勞動~作物에 농약 撒布. 除草 作業.
歸路에 族叔 漢斌 氏, 金時永 만나 탁주 一盃 나누며 情談. ⊙

〈1992년 6월 19일 금요일 曇, 비 조금, 曇〉(5. 19.) (18°, 28°)

65) 원문에는 붉은색 색연필로 밑줄이 그어져 있다.

夫婦 농장 가서 昨日과 同一 作業. 비 조금이라도 내려서 多幸.
밤 10時엔 祝紙榜 써갖고 夫婦 함께 淸高 뒤 再堂姪 집 가서 再從兄 忌祭에 參席. ⊙

〈1992년 6월 20일 토요일 晴〉(5. 20.) (15°, 28°)
淸友會에 參席. 紅花村食堂서 會食. 夫婦 농장 가서 6시간 勞作. 主로 雜草 藥 撒布. ⊙

〈1992년 6월 21일 일요일 晴〉(5. 21.) (17°, 27°)
1농장 夫婦 가서 4시간 作業~雜草약 撒布. 김매기. • 큰 애비한테서 安否 전화 오고.
日暮頃에 李士 찾아 慰勞(慰安)酒 待接했기도. 節候로 今日 夏至. ⊙

〈1992년 6월 22일 월요일 曇〉(5. 22.) (20°, 27°)
今日도 夫婦 농장 가서 7시간 勞作~雜草약 撒布. 참깨밭 손질. 마늘 一部 캐고. ⊙

〈1992년 6월 23일 화요일 曇〉(5. 23.) (17°, 26°)
今日도 故鄕 밭 가서 作業~井母는 마늘 캐고. 난 밭뚝 깎은 것. 12시엔 三樂會에 參席. ⊙

〈1992년 6월 24일 수요일 晴〉(5. 24.) (18°, 27°)
1농장 가서 2시간 作業~땅콩밭 김맨 것. 歸路에 漢斌 氏 만나 濁酒 一杯. ⊙

〈1992년 6월 25일 목요일 晴〉(5. 25.) (19°, 28°)
井母와 함께 2농장 가서 마늘 캐온 것. ⊙

〈1992년 6월 26일 금요일 晴〉(5. 26.) (17°, 28°)
玉山面 가서 崔面長 만나 텃밭 測量 結果 말하니 意思 달라 의아했고?[66]
日暮頃엔 同窓會에 參席. ⊙

〈1992년 6월 27일 토요일 晴〉(5. 27.) (18°, 28°)
校長團 辛酉會 逍風에 다녀왔고. ⊙

〈1992년 6월 28일 일요일 晴〉(5. 28.) (19°, 31°)
⊙

〈1992년 6월 29일 월요일 晴〉(5. 29.) (19°, 30°)
⊙

〈1992년 6월 30일 화요일 晴〉(6. 1.) (19°, 30°)
×

〈1992년 7월 1일 수요일 曇〉(6. 2.) (19°, 30°)
※

〈1992년 7월 2일 목요일 曇, 雨〉(6. 3.) (20°, 29°)
昨夜부터 신음 와병~過飮탓. 밤에 비 내려 큰 多幸~甘雨. ○

〈1992년 7월 3일 금요일 曇〉(6. 4.) (20°, 28°)
10시에 가까스로 농협 찾아가 재산세 納付. 어제 내린 비론 不足. 終日 呻吟 臥病. ○

〈1992년 7월 4일 토요일 曇〉(6. 5.) (20°, 29°)
臾心 때쯤 약간 가란진 듯~신문 등 읽은 편. 井母는 어제도 오늘도 농장 가서 勞動[67]…죄만하고 미안한 感 눈물 나오고. ○

66) 원문에는 붉은색 색연필로 밑줄이 그어져 있다.
67) 원문에는 붉은색 색연필로 밑줄이 그어져 있다.

〈1992년 7월 5일 일요일 曇〉(6. 6.) (20°, 30°)
1주일余 만에 아침行事 가까스로 施行~家庭, 體育館서.
井母와 함께 농장 가서 6時間 勞動~終日 豫定을 바꿔 下午 3시 半 버스로 入清. 서울서 弼이 오고. ○

〈1992년 7월 6일 월요일 晴〉(6. 7.) (20°, 31°)
韓應洙(三樂會員) 親喪에 榮洞 가서 人事後 洞가선 敬老乘車券 7, 8, 9月 分 36枚 받은 것. 点心 後 1농장 가서 2시간 半 勞動~給水 等 流汗勞作. 어제 왔던 弼이 早朝 上京. ○

〈1992년 7월 7일 화요일 晴〉(6. 8.) (24°, 32°)
夫婦 2농장 가서 밭윗둑 除草(뽑기) 作業에 3시간 半 勞力하여 難事完了한 것.
比較的 今般에도 健康 回復 早速함을 느끼기도…食事 狀態 正常. ○

〈1992년 7월 8일 수요일 晴〉(6. 9.) (24°, 33°)
2層 화장실 漏水處 修理工事 50萬 원에 作業着手(朴 氏, 申 氏)~傷處 意外로 順調롭게 發見되어 今日로 完遂되므로 20萬 원 支拂키로 確定되니 마음 개운. 今日 氣溫 33°[68]. ○

〈1992년 7월 9일 목요일 가끔 흐림〉(6. 10.) (22°, 31°)
夫婦 농장 가서 7시간 勞動~除草와 給水…옥수수는 타붙을 지경 아깝기만.
從兄嫂 氏는 落傷하여 雪上加霜으로 발 骨折로 入院…夕食 後 夫婦는 問病 다녀오고. ○

〈1992년 7월 10일 금요일 曇, 쏘나기 3次〉(6. 11.) (24°, 27°)
郡三樂會 任員會에 參席~'어린이道德性 교육費' 協議.
농장 가서 日暮時頃까지 勞作. 오랜만에 쏘나기 3次로 燒死 지경의 作物에 甘藥[69]. ○

〈1992년 7월 11일 토요일 曇〉(6. 12.) (23°, 27°)
새벽에 비 한 줄금 내리더니 終日 흐린 程度. 어제의 비 若干인데 20㎜라나.
夫婦 농장 가서 終日 勞動했고~約 8時間. 井母는 들깨모, 난 소 두둑 整土 後 1농장서 일. ○

〈1992년 7월 12일 일요일 가끔 비〉(6. 13.) (22°, 24°)
농장 가서 3시간 半 作業~동부집 얼개. 今日까지의 數日 間 雨量 約 40㎜. ○

〈1992년 7월 13일 월요일 曇〉(6. 14.) (20°, 27°)
體育館 歸路에 崔수남 氏, 延丁善 氏 찾아가 問病.
夫婦는 永樂會에 參席 点心(삼계탕) 會食 後 1농장 가서 3時間 勞動. (初伏) ○

〈1992년 7월 14일 화요일 晴, 비 조금〉(6. 15.) (23°, 28°)
아침運動 歸路에 從兄嫂 氏 入院 中인 '김홍기 정형외과'에 잠간 들렀고.

68) 원문에는 파란색 색연필로 동그라미 표시가 되어 있다.

69) 원문에는 붉은색 색연필로 밑줄이 그어져 있다.

1농장 가서 除草作業 5時間, 농약도 若干 撒布. ○

〈1992년 7월 15일 수요일 曇〉(6. 16.) (23°, 30°)
午前 中 울 안 淸掃. 点心 後 1농장 가서 3시간 半 勞動. 서울서 큰 애비 夫婦 오고.
밤 11時쯤에 아버님 忌祭 올렸고~作故하신 제 14年 된 것. 飮福조차 않이 했고. ○

〈1992년 7월 16일 목요일 曇〉(6. 17.) (23°, 28°)
큰 애비 內外 日出 前 上京. 夫婦 1농장 가서 4시간 半 作業~김매기 일. ○

〈1992년 7월 17일 금요일 雨〉(6. 18.) (22°, 25°)
終日토록 비(가랑비, 부슬비) 내린 셈. 어항 물갈이 하고. 건너방 修理 一部로 壁紙 발은 것. 日暮頃엔 '행운 부동산'서 俊兄, 李兄 만나 一盃 待接했기도.
深夜에 세째 明 다녀갔고. ○

〈1992년 7월 18일 토요일 曇〉(6. 19.) (22°, 30°)
體育 歸路에 族叔 漢奎 氏 宅 들러 아주머니 退院 人事했고.
夫婦는 故鄕 農場 가서 3時間 作業 後 入淸하여 在淸宗親會에 參席 '충청회관'에서 會食. 入院者, 退院者에 人事하자고 說解했고. 밤엔 從兄嫂 氏 問病, 大會 參席 準備. ○

〈1992년 7월 19일 일요일 晴〉(6. 20.) (26°, 32°)
8時부터 있는 '第4回 忠淸北道知事旗 爭奪 中部圈 生活體育배드민턴大會'에 參席하여 開會式에 副大會長 立場에서 '開會宣言'했고. '男子老人複式' 長壽部에서 準優勝. 混合複式 長壽部에서 優勝하여 金메달 獲得한 것. ○

〈1992년 7월 20일 월요일 曇〉(6. 21.) (26°, 32°)
淸友會(제 32回째)에 參席~石山亭. 一同 入院 中인 史龍基 問病(양한설 정형외과).
一농장 가서 3시간 除草作業~고구마밭 김매기. ○

〈1992년 7월 21일 화요일 曇, 晴〉(6. 22.) (27°, 33°)
校長團 辛酉會에 參席. 夫婦 농장 가서 5시간 勞動. 김흥기 정형外科 가서 從兄嫂 問病.
曺圭日(사창동) 母親喪에도 問弔. 今日 勞動엔 過勞한 셈. ○

〈1992년 7월 22일 수요일 曇, 1時 쏘나기〉(6. 23.) (27°, 32°)
夫婦 농장 가서 7時間 勞動~들깨밭, 참깨와 대추木에 殺蟲劑. ○

〈1992년 7월 23일 목요일 晴〉(6. 24.) (26°, 33°)
郡 三樂會 月例會에 參席 後 1농장 가서 대추밭 除草에 3시간 勞力했고. 오늘 中伏. ○

〈1992년 7월 24일 금요일 晴〉(6.25.) (26°, 33°)
夫婦 농장 가서 終日 勞動에 서로 지쳤고. 農藥(雜草) 6통 撒布에 極勞力. ○

〈1992년 7월 25일 토요일 晴〉(6. 26.) (26°, 33°)
午後에 1농장 가서 雜草藥 撒布했고. 낮 氣溫 33度 繼續 中. ○

〈1992년 7월 26일 일요일 晴〉(6. 27.) (25°, 33°)

서울서 큰 딸 內外 왔고. 딸은 故鄕 농장까지도 다녀온 것.
夫婦 1농장 가서 6시간 일했고. 雜草약 撒布 1段落. ○

〈1992년 7월 27일 월요일 曇, 晴〉(6. 28.) (25°,)
族弟 晩榮과 함께 風 中이신 아주머니(漢奎氏 夫人) 問病했고(在淸宗親會 名義).
玉山 가서 族叔 漢虹 氏 만나 慘慽 人事와 診療所 터 關聯도 알아본 것. 仝 문제로 郡 保健所와 郡 地積出張所 가서 擔當者 찾아 內容 이야기하였던 것[70]. 同窓會 〃食했고. ○

〈1992년 7월 28일 화요일 曇〉(6. 29.) (26°, 33°)
延丁善 老人長으로부터 中古 요넥스 나켓트 1個 받았고.
点心 後 1농장 가서 3시간 勞力한 것~밭두둑 깎은 것. 極찜통 더위에 땀 목욕한 정도. ○

〈1992년 7월 29일 수요일 晴〉(6. 30.) (27°, 33°)
郡 保健所(南一面 지북) 가서 金所長 만나 金溪診療所 敷地 關聯[71] 解決策 當付했고. 仝件으로 仝 會長이신 族叔 漢虹 氏한테도 電話했기도.
夫婦 농장 가서 3시간 半 勞動~連日 찜통더위에 땀 많이 흘리는 중. ○

〈1992년 7월 30일 목요일 曇, 雨〉(7. 1.) (27°, 33°)
울 안 除草와 대추나무 정지, 마이싱藥[72] 묻기도. 1농장 가서 동부넝굴木 만들어 꽂고.
오늘의 비 진실로 甘雨. ○

〈1992년 7월 31일 금요일 曇, 晴〉(7. 2.) (26.5°, 31°)
日〃 生活 充實中이고~아침行事 完璧. 故鄕 농장에의 勞動, 食事 正常, 身體 淸潔.
今日도 夫婦는 농장 가서 7시간 勞力한 것~1농장 김매기, 골파 播種. 잡초藥 撒布 等. ○

〈1992년 8월 1일 토요일 晴〉(7. 3.) (23.5°, 32°)
농장 가서 3시간 勞動~퇴비장 周圍 除草. 1농장 둑 밑 雜草 깎기. ○

〈1992년 8월 2일 일요일 晴, 曇〉(7. 4.) (24°, 32°)
夫婦 농장 가서 5時間 勞動. 서울서 막내 家族 3人 왔고. 蔘鷄湯으로 夕食 잘한 것. ○

〈1992년 8월 3일 월요일 晴〉(7. 5.) (23°, 30°)
1농장 가서 대추나무 밑 周圍 손질에 約 3시간 勞力한 것.
玉山面 들러 宗十補償金 1,306,000원 찾은 것(금계 110번지 畓…아그배). ○

〈1992년 8월 4일 화요일 晴〉(7. 6.) (20°, 30°)
族長 勳鐘 氏 와 함께 上京(列車 '통일호')하여 혜화洞 서울大病院 11층 211號 찾아 義榮兄 問病[73]했고. 点心 後 單獨 忘憂洞 鹽光建設株式會社(金蘭교회 앞 건너 '日光보림湯' 4

70) 원문에는 파란색 색연필로 밑줄이 그어져 있다.
71) 원문에는 붉은색 색연필로 밑줄이 그어져 있다.
72) 원문에는 붉은색 색연필로 점선이 그어져 있다.
73) 원문에는 붉은색 색연필로 밑줄이 그어져 있다.

層) 가서 大宗會 總務 郭遠信 만나 新編製할 族譜에 關하여 1時 半 동안 協議하고 兵使公派(4分派) 收單用紙를 便宜上 받은 것. 짐 무거워 운반 持參에 애썼고.
中谷洞 큰 堂姪집(어린이大公園 後門앞 건너 '서울신탁은행' 뒤 빌라) 찾아가 밤 10時에 先伯父 忌祭 지낸 것. ○

〈1992년 8월 5일 수요일 晴〉(7. 7.) (20°, 30°)
中谷洞서 早朝 出發. 9時頃 淸州 着. 魯弼 家族 12時 發 上京~어제는 제 母親과 함께 一同이 故鄕 農場에 다녀왔다는 것…'잘한 일'.
12時에는 홍덕大橋 옆 '현대부페' 가서 李春根 友信會員 古稀宴에 參席했고.
午後 버스로 1농장 가서 풀 뜯기 作業 3시간 하고 歸淸.
昨夜 忌故席, 今日의 稀壽宴席에서 酒類 一滴도 안한 것 眞實로 잘한 것[74]. 勝利感. ○

〈1992년 8월 6일 목요일 曇〉(7. 8.) (24°, 29°5″)
스페인(에스파니아) 바르셀로나에서 있는 第25回 올림픽大會에서 金메달 9개 獲得으로 今日 現在 172個國 中 7位인 우리韓國의 戰果.
陰成 金旺서 李鐘成 夫婦 人事次 來訪~튀김닭 等 많이 사 갖고.
배드민턴 淸州 크럽 同好人 金榮萬 老人 血壓으로 入院 中이라기에 忠北大病院 4층 461號室 찾아가 問病했기도. 松은 제 큰 兄집 移舍後 人事간다고 11時頃 서울 向發. ○

74) 원문에는 붉은색 색연필로 밑줄이 그어져 있다.

〈1992년 8월 7일 금요일 雨〉(7. 9.) (23°, 25°)
玉山서 從兄과 佑榮 만나 面과 農協, 새마을金庫 들러 宗土補償金 受領 處理 完了[75].
夫婦 1농장 갔으나 降雨로 30分 間 作業하고 歸淸. 서울 木洞 갔던 松이 왔고. ○

〈1992년 8월 8일 토요일 晴, 가끔 구름〉(7. 10.) (24°, 27°)
夫婦 농장 가서 6시간 半 勞動. 대추나무 第2次 消毒함이 主作業이었고. ○

〈1992년 8월 9일 일요일 曇, 晴〉(7. 11.) (21°, 32°)
今日도 夫婦 농장 가서 6시간 半 勞動…참깨도 골라베기 始作. ○

〈1992년 8월 10일 월요일 晴〉(7. 12.) (23°, 31°)
第25回 올림픽(스페인…바르셀로나) 閉幕[76]~우리 韓國 計劃대로 金메달 12個, 마라톤 制覇[77](黃永祚 選手) 1936年에 이어 56年 만에 月桂冠이라고. 世界 172個 參加國 中 綜合成績 第七位[78]. 北韓 16位, 日本 17位라서 통쾌.
1농장 가서 참깨 베었고. 故鄕 洞會에도 잠간 參席…담프차 질주 關聯. ○

〈1992년 8월 11일 화요일 曇〉(7. 13.) (23°, 29°)
夫婦 1농장 가서 3시간 作業~참깨 골라베기, 옥수수 따기. ○

75) 원문에는 붉은색 색연필로 밑줄이 그어져 있다.
76) 원문에는 붉은색 색연필로 밑줄이 그어져 있다.
77) 원문에는 붉은색 색연필로 밑줄이 그어져 있다.
78) 원문에는 붉은색 색연필로 밑줄이 그어져 있다.

〈1992년 8월 12일 수요일 雨, 曇〉(7. 14.) (20°, 27°)
永樂會 月例會에 夫婦 參席하고 會食은 '원푸라자부페'에서. 次日도 이곳으로 合意.
午後엔 울 안 밭에 김장用 배추(장미) 等 播種했고.
기다리던 비 適量 내려서 多幸…特히 콩밭에 大効. ⊙

〈1992년 8월 13일 목요일 晴〉(7. 15.) (20°, 31°)
1농장 가서 夫婦 거의 終日(8시간) 勞力한 것~참깨 거의 베어 묶어 세운 것. ○

〈1992년 8월 14일 금요일 雨〉(7. 16.) (21°, 26°)
가랑비, 부슬비로 거의 終日토록 내린 셈. 어제 일한 참께엔 害. 콩엔 甘雨.
兵務廳과 法院 登記課 가서 用務 잘 봤고. 모처럼 44日 만에 臭心 때 한모금. ⊙

〈1992년 8월 15일 토요일 雨〉(7. 17.) (19°, 24°)
작은 外堂叔母 女婚에 人事次 大田 유성 '農場예식장' 다녀서 작은妹(蘭) 집 들른 後 '금강제화'店 일 보고 入淸하니 17時 되고. 가랑비 終日토록 날린 셈. 告 義榮 氏 訃音. ○

〈1992년 8월 16일 일요일 雨, 曇〉(7. 18.) (20°, 25°)
俊兄 만나 大同譜 作成 關聯 및 宗土 登記手續 等 相議 있었고. 權殷澤 氏 待接.
夫婦 농장 가서 4시간 勞作했고. 서울 3女(妊) 방배洞으로 移舍했다나. 불쌍하고 딱한 三女 妊의 將來 安樂을 빌 따름. ⊙

〈1992년 8월 17일 월요일 曇〉(7. 19.) (23°, 29°)
夫婦 농장 가서 終日 勞動~除草作業, 녹두 따기, 옥수수대 處理 等. 참깨 조자리 위에 비닐 펴 씨우기도. ⊙

〈1992년 8월 18일 화요일 曇, 晴〉(7. 20.) (22°, 29°)
兵務廳에 잠간 일 보고 농협 거쳐 大同譜 關聯 複寫 2卷 마치고 故鄕 농장 가서 約 3時間 勞動. 主로 파밭 除草한 셈. ○

〈1992년 8월 19일 수요일 晴〉(7. 21.) (22°, 29°)
故 義榮 氏 葬禮式에 參席 人事. 파락洞 건너편 너렁골.
1농장에서 3시간 勞動~참깨 베어 세웠고. ⊙

〈1992년 8월 20일 목요일 晴〉(7. 22.) (22°, 33°)
洞사무所 거쳐 眼鏡店(명시당…정안경) 다녀온 뒤 淸友친목회에 參席했고.
1농장 가서 井母와 함께 참깨 털고 18時 發 버스로 入淸한 것. ⊙

〈1992년 8월 21일 금요일 晴〉(7. 23.) (22°, 31°)
辛酉會에 參席~極東飯店서 中食. 1농장 가서 2時間 半 勞動했고. ⊙

〈1992년 8월 22일 토요일 晴〉(7. 24.) (24°, 30°)
甘谷校長 金奎福 停年式에 參席하고 歸路에 無極서 梧仙學區 居住 閔丙世 男妹間과 其他 2人 만나 酒類 待接 나우 받았고. 申翊澈, 閔泳玉, 李鐘采도 반갑게.
井母 單身 故鄕 밭에 다녀왔고. ⊙

〈1992년 8월 23일 일요일 晴, 曇〉(7. 25.) (25°, 30°)
'忠北體育館'에 全敬煥 와서 合勢 배드민턴 運動했던 것(청주 크럽 開設 공로자라고).
夫婦 1농장 가서 참깨 第2次 털어 왔고. ⊙

〈1992년 8월 24일 월요일 晴, 雨〉(7. 26.) (24°, 28°)
크럽 月例會 時 '준비운동'과 留意事項 몇 가지 强調했고…'상식, 예의, 언동' 等.
淸原郡 三樂會 月例會議에 參席 – 신라정에서 㒷心. 在籍會員 70名이라나.
1농장 가서 西便 두둑 整理 等 雜草 뽑기에 2時間 半 勞力했고.
弟 振榮이 校監으로 昇進 發令[79]에 기뻤고…中原郡으로. 韓中修交條約[80]. ⊙

〈1992년 8월 25일 화요일 雨, 曇〉(7. 27.) (20°, 28°)
㒷心 後 1농장 가서 대추나무 뿌리 새싹 캐기에 勞力했고. ⊙

〈1992년 8월 26일 수요일 晴, 雨〉(7. 28.) (20°, 29°)
夫婦 농장 가서 5시간 勞力했고. 入淸해선 同窓會 會食에 參席. ⊙

〈1992년 8월 27일 목요일 雨〉(7. 29.) (20°, 22°)
終日토록 브슬비 내렸고. 雨量 淸州地方 約 100㎜라나[81].
저녁 食事 建築人 申東鎬한테 待接 융숭히 받기도.
各處 아이들한테 8月 30日에 墓所 伐草하겠다고 再連絡했고. ⊙

〈1992년 8월 28일 금요일 曇, 비 若干〉(8. 1.) (21°, 33°)
1농장 가서 대추나무밭 손질했고. 들깨 過張에 걱정되는 중. ⊙

〈1992년 8월 29일 토요일 曇, 晴〉(8. 2.) (24°, 33.5°)
夫婦 1농장 가서 3시간 일했고. 서울서 큰 애 內外와 마내[막내] 家族 3人 오고. 各房 燈 更新. ⊙

〈1992년 8월 30일 일요일 晴〉(8. 3.) (24°, 33°5″)
先考妣 墓所 伐草 깨끗이 했고~큰 애, 셋째, 막내, 弟 振榮 各 夫符, 松, 老夫婦 參席.
㒷心은 墓 下 綠陰 下에서 一同 會食하니 뜻있었던 것. 弟 振榮은 中原郡 冶東으로 發令. ⊙

〈1992년 8월 31일 월요일 曇〉(8. 4.) (25°, 31°)
늦무더위 繼續 中. 4日째 찜통더위. 夫婦 1농장 가서 勞動~秋收 作業. ⊙

〈1992년 9월 1일 화요일 曇, 가끔 가랑비〉(8. 5.) (25°, 28°)

79) 원문에는 붉은색 색연필로 밑줄이 그어져 있다.
80) 원문에는 붉은색 색연필로 밑줄이 그어져 있다.
81) 원문에는 파란색 색연필로 사각형 표시가 그어져 있다.

金溪行을 中止하고 午後엔 尹洛鏞, 柳海鎭 만나 '서울집'에서 情談 一盃했고. ⊙

〈1992년 9월 2일 수요일 가끔 비〉(8. 6.) (26°, 28°)
終日토록 비 많이 내려 故鄕밭의 들깨 等 농작物에 被害 클까 걱정되고.
전립선 비대症인지 日暮頃부터 小便이 쾌히 안 나와 참다 못하여 夜間에 '한국병원' 찾아가 應急실 兪醫師 加療로 小便 多量 시원하게 뽑아냈던 것[82]. ⊙

〈1992년 9월 3일 목요일 曇〉(8. 7.) (25°, 28°)
小便에 痛症 느끼고 '淸州病院' 2次나 갔으나 專門醫 事情 있대서 診察 못 받았고. 午後엔 1농장 가서 동부 1자루 따오기도. 저녁 땐 痛症 若干 덜 한 듯. ⊙

〈1992년 9월 4일 금요일 晴〉(8. 8.) (25°, 30°)
午後 3時쯤서 '淸州病院' 비뇨기課 診察 받은 것~전입선 肥大症勢니 사진 찍어보자는 것.
井母는 고향 농장 가서 동부와 녹두 따오고. 울 안 樹木 정비로 銀杏木 等 몇 나무 强剪枝했고. ⊙

〈1992년 9월 5일 토요일 晴〉(8. 9.) (21°, 31°)
'청주병원' 가서 放射線課서 '방광'部分 撮影 結果 '전립선' 肥大로 판정[83]. 秋夕 後쯤 手術함을 말하며 1週間 藥을 주나 經過 봐서 決意하기로 마음 먹은 것[84].
청주크럽 崔壽男 氏 子婚에 人事 後 2농장 가서 들깨에 農藥…周圍만 살충劑. ⊙

〈1992년 9월 6일 일요일 晴〉(8. 10.) (22°, 33°)
배드민턴 제2회 全國大會 道內 豫選大會와 協議會 있어 參席~室內체육관. 9時~15時 半.
井母는 1농장 가서 동부와 옥수수 따온 것. 울 안 樹木 剪枝했고(감나무, 산수유). ⊙

〈1992년 9월 7일 월요일 雨〉(8. 11.) (24°, 27°)
終日토록 부슬비 내린 것. 松의 婚談 關聯 있어 牛岩洞事務所 가서 市民係 在職 中인 朴孃 外貌 잠간 보기도. 歸路에 俊兄과 李斌模 만나 情談 一杯하였고. ⊙

〈1992년 9월 8일 화요일 曇, 가랑비〉(8. 12.) (22°, 27°)
1농장 가서 동부 밭에 强消毒. ※ 9日은 돈내려 住宅부금 내었고. 현금카드 紛失? ⊙

〈1992년 9월 11일 금요일 曇〉(8.15.) (22°, 26°)
秋夕. 各處 아이들 다 모이고. 茶例 後 省墓까지 잘 마친 것.
아이들 全員 各己 歸家. ⊙

〈1992년 9월 12일 토요일 晴〉(8. 16.) (21°, 25°)
배드민턴 청주 크럽 申會員(女) 招待로 그 가정 가서 7, 8名 厚待받았던 것.
나우 마신 듯. ⊙

82) 원문에는 붉은색 색연필로 밑줄이 그어져 있다.
83) 원문에는 붉은색 색연필로 밑줄이 그어져 있다.
84) 원문에는 붉은색 색연필로 밑줄이 그어져 있다.

〈1992년 9월 15일 화요일 晴〉(8. 19.) (16°, 26°)
어제까지 3日 間 過飮한 듯. 새벽부터 起動 不能. 終日 臥病 呻吟.
永樂會에는 井母가 다녀왔고. 현금카드 再交付 신청했고. ○

〈1992년 9월 16일 수요일 晴〉(8. 20.) (18°, 27°)
今日도 臥病 呻吟. 井母는 농장 다녀왔고. ○

〈1992년 9월 17일 목요일 晴〉(8. 21.) (17°, 27°)
食事 전혀 못해 글력 전혀 없고. 점심부터 흰죽 약간 드는 셈.
井母는 今日도 농장 다녀온 것~동부와 팥 좀 따온 것. 實驗的. ⊙

〈1992년 9월 18일 금요일 曇〉(8. 22.) (17°, 25°)
1週 만에 體育館 나갔고. 家庭에서의 아침 行事도 모처럼이고.
體育館 歸路에 朴 뽀드장한테 해장국 待接받기도~金喆文 부회장과 함께.
日 前에 紛失됐다는 농협 現金카드 찾았고~청주크럽會員(李목사) 車內. 然而 使用 不能.
18시부터 있는 宗親會에 夫婦 參席. 충청회관에서 會食.
※ 또 한번의 機會를 天地神明이 주신 것~다시는 없어야 할 일. 살 길은 今般이 최후일 것[85]. ○

〈1992년 9월 19일 토요일 晴〉(8. 23.) (15°, 24°)
井母와 함께 1농장 가서 3시간 勞動하니 마음 개운했고. 歸家 後 오랜만에 沐浴湯. ○

85) 원문에는 붉은색 색연필로 밑줄이 그어져 있다.

〈1992년 9월 20일 일요일 晴, 曇〉(8. 24.) (16°, 24°)
7時에 實施하는 '市民 健康달리기'에 參席~紀念品으론 '쓰레기봉투'.
夫婦 농장 가서 3시간 일했고. 健康狀態 거의 正常化. ○

〈1992년 9월 21일 월요일 晴〉(8. 25.) (19°, 26°)
午前에 族叔 漢奎 氏 宅 尋訪하여~아주머니 問病. 宗親會 逍風 無期 延期. 第七刊 大同譜件에 關하여 相議했고. 12時부터 있는 辛酉會에 參席. '희락식당'에서 會食 後 下午 3時 버스로 1농장 가서 고구마 캐기, 雜草 뜯기 等 3時間 勞動.
서울 큰 딸 다녀갔다나. ○

〈1992년 9월 22일 화요일 晴〉(8. 26.) (17°, 25°)
아침결에 漢奎 氏 집 가서 商鐘 氏, 道榮, 晩榮 만나 宗親 逍風 無期 연기키로 合意했고.
夫婦 농장 가서 3시간 勞動. 淸友會 月例會 26日로 決定 보는 데 數日 間 애먹기도. ○

〈1992년 9월 23일 수요일 曇, 가끔 가랑비〉(8. 27.) (17°, 26°)
郡 三樂會에 參席. 會食 後 곧 歸家. 夫婦 1농장 가서 3시간 作業했고. ○

〈1992년 9월 24일 목요일 雨〉(8. 28.) (19°, 22°)
終日 비 내린 셈. 淸州 地方 約 100㎜라고. 甥姪女 朴明玉 結婚式이 가까와 請牒狀 數枚 복사하여 發送하기도. ○

〈1992년 9월 25일 금요일 晴〉(8. 29.) (18°, 23°)

아침 歸路에 族叔 漢斌 氏 宅 들러 서울 成榮子婚 人事 祝儀 봉투 부탁했고.
2時間 걸려 어항 물갈이 後 1농장 가서 3시간 勞動. 들깨 많이 倒伏됐고. ⊙

〈1992년 9월 26일 토요일 晴〉(9. 1.) (13°, 22°)
淸友會 月例會合에 參席하여 10月 行事도 協議. 厚生社 영부페에서 會食. 午後 5시 半엔 在淸同窓會 있어 參席. 井母는 농장 가서 고구마 1자루(15kg) 캐오고. ○

〈1992년 9월 27일 일요일 晴〉(9. 2.) (10°, 22°)
10時에 室內體育館 會合에 잠간 들러 11時 半부터 있는 任鴻淳 子婚에 人事 後 '사철집 할멈' 回甲宴 招待에 李斌, 俊兄과 함께 「現代부페」 가서 厚待받은 것.
井母는 1농장 가서 고구마 캐왔고. 今日로 고구마는 다 캔 것. 約 1가마 實한 셈. ⊙

〈1992년 9월 28일 월요일 曇, 雨〉(9. 3.) (11°, 21°)
故鄕 밭둑(2농장) 밤나무 1株 털어서 알밤 댓되 收穫에 夫婦 6시간 努力했고. ○

〈1992년 9월 29일 화요일 雨, 晴〉(9. 4.) (14°, 21°)
엇저녁부터 내리던 비 今朝엔 10時頃까지 나우 내리고.
10時부터 있는 鳳鳴2, 松亭洞事務所 廳舍 新築 竣工式에 招請 있어 다녀오고.
午後에 1농장 가서 3시간 勞力했고~뽑은 콩대 세우기, 대추따기. ⊙

〈1992년 9월 30일 수요일 晴〉(9. 5.) (13°, 23°)
夫婦 농장 가서 3時間 勞力했고~동부 따기, 雜草 뽑기 等. ⊙

〈1992년 10월 1일 목요일 晴〉(9. 6.) (12°, 25°)
夫婦 2농장 가서 밤 털고 팥 따온 것. 淸州人 具 氏로부터 토란줄기 나우 얻었기도. ○

〈1992년 10월 2일 금요일 晴〉(9. 7.) (12°, 24°)
洞事務所 가서 老人 乘車券 夫婦 3個月(10, 11, 12月)치 72枚 받아왔고. 一枚 210원 價.
1농장 가서 대추 골라 따고. 고들빼이란 씀바귀 캐고. 풀 뜯기에 3시간 勞力한 것.
甥姪女 朴明玉 結婚式 連絡 家族 全體에 연락 完了했고~서울, 大田, 기타. ○

〈1992년 10월 3일 토요일 曇, 雨〉(9. 8.) (14°, 19°)
「第2回 '體育靑少年部 長官'旗 國民生活體育 全國배드민턴大會」에 參席~進行委員. 忠北 男長壽部 c級 選手로 出戰. 1次 不戰勝, 2次 仁川팀을 敗하여 12팀 中 4强에 올은 것. 甥姪女 朴明玉 結婚式 있어 서울서 長男, 長女 다녀가고. ⊙

〈1992년 10월 4일 일요일 曇, 가끔 비〉(9. 9.) (15°, 18°)
어제에 이어 大會第2日째~江原팀을 가볍게 눌러 決勝에 올랐으나 仁川팀에 憤敗하여 準優勝되어 銀메달 獲得[86]했지만 年條로 보아 장하다고 느꼈고. ⊙

86) 원문에는 붉은색 색연필로 밑줄이 그어져 있다.

〈1992년 10월 5일 월요일 曇, 晴〉(9. 10.) (15°, 20°)
夫婦 1농장 가서 대추따기, 동부따기, 雜草뜯기 作業으로 3시간 勞動.
텃밭의 教會 關聯 헌 家屋 엉뚱한 使用說에 또 神經 써지고. ⊙

〈1992년 10월 6일 화요일 晴〉(9. 11.) (9°, 21°)
아침 빼스로 夫婦 2농장 가서 노가리 들깨밭(約 250坪) 作況 푸짐하게 잘 한 것. 3時間 걸려 베어 놓으니 지극히 시원하고 개운했고. 오후엔 1농장 가서 계속 勞力했고. ○

〈1992년 10월 7일 수요일 晴, 曇〉(9. 12.) (13°, 18°)
夫婦 농장 가서 3시간 勞動~팥 따고, 雜草(참깨밭 자리) 除去. 住宅銀行 賦金.
낮엔 鄭賢澤 만나 '前立腺肥大症' 藥物治療法 잘 들어 고마웠기도. ⊙

〈1992년 10월 8일 목요일 晴〉(9. 13.) (13°, 21°)
老 權寧(榮)澤 교장 入院 中 問病~忠北大病院 重患者室. 中風.
歸路에 眼鏡 잃어서 '명시당' 가서 13萬 원에 맞췄고. 午後엔 농장 가서 3시간 勞動. ○

〈1992년 10월 9일 금요일 晴〉(9. 14.) (12°, 20°)
清原郡 三樂會 逍風[87]~8시 發~19시 歸家… 抱川 '統一展望臺, 獨立公園[88](西大門刑務所 자리)'. 無事했던 것. 井母는 故鄕가서 고춧잎 따오고. ⊙

〈1992년 10월 10일 토요일 晴〉(9. 15.) (10°, 20°)
井母와 함께 1農場 가서 대추와 끝동부 따고 방콩 뽑아 널은 後 헌 비닐 걷기 等으로 約 5時間 걸린 것. 初저녁엔 甥姪女 朴明玉 結婚後 夫婦(姜鈴薰) 人事次 왔었고. ⊙

〈1992년 10월 11일 일요일 晴〉(9. 16.) (10°, 20°)
'忠北發展研究所' 主催 市民 無心川달리기大會에 參席~過多人 參席으로 無秩序.
柳莊鉉 子婚에 夫婦 參席 後 1농장 가서 '결명자' 打作(2升) 收穫해 왔고. ⊙

〈1992년 10월 12일 월요일 晴〉(9. 17.) (11°, 21°)
早朝 歸路에 山城 약수터 가서 蓮潭公 省墓와 清原祠 參拜[89]하고 10時 歸家.
永樂會 月例會에 夫婦 參席 會食~食代는 柳海鎭 女婚 關聯 있어 應待 形式인 것.
1농장 가서 '땅콩' 캐서 널은 것. ⊙

〈1992년 10월 13일 화요일 晴〉(9. 18.) (10°5″, 21°)
井母와 함께 2농장 가선 日 前에 털어놓은 밤 발랐났으니 거의 1말 되는 듯. 点心 後는 1농장 가서 검정 방콩 털어 約 2말 收穫됐고~모두 清州 搬入에 힘겨웠던 것. 대추도 1升 程度 따고. ○

〈1992년 10월 14일 수요일 晴〉(9. 19.) (10°, 20°)
從兄 要請에 依해 曲水 뒤 望德山 가서 高祖

87) 원문에는 붉은색 색연필로 밑줄이 그어져 있다.
88) 원문에는 붉은색 색연필로 밑줄이 그어져 있다.
89) 원문에는 붉은색 색연필로 밑줄이 그어져 있다.

父, 五代祖, 再從祖 墓所 伐草하니 팔죽지 빠근했고~從兄 責任 分 도와준 셈. 井母는 농장서 일. ⊙

〈1992년 10월 15일 목요일 曇, 晴〉(9. 20.) (13°, 21°)
夫婦 2농장 가서 終日 勞力~들깨 1部 打作. 팥 따기로 9時間 일 한 것. ⊙

〈1992년 10월 16일 금요일 晴〉(9. 21.) (14°, 21°)
昨日과 같이 夫婦 2농장 가서 들깨 打作에 終日 勞力했고~小斗 6말 程度 收穫. ⊙

〈1992년 10월 17일 토요일 曇, 雨〉(9. 22.) (13°, 19°)
報恩 弟子 李泰善 進甲宴에 招待 있어 12時頃에 '로얄호텔' 가서 珍味飮食 먹었고.
午後엔 故鄕 다녀왔기도. 日暮頃 소나기 왔고.
농협 현금카드 3次째 받은 것.
안골(內洞) 望德山 下 가서 '가지버섯' 1봉지 따오기도. ⊙

〈1992년 10월 18일 일요일 晴, 소나기〉(9. 23.) (16°, 20°)
배드민턴 鎭川크럽 招請 있어 10名 다녀왔고~点心. 酒類, 膳物(타올, 비누) 등 厚待 받은 셈.
서울서 막내 弼 家族 3名 왔고. ⊙

〈1992년 10월 19일 월요일 曇〉(9. 24.) (11°, 21°)
淸原祠 가서 祠堂 戶窓紙 발르는 데 거의 終日 協調한 셈. 弼 家族 上京.
明日 行事(淸友會 逍風) 準備에 日暮頃 바쁘게 일 봐 完了. ⊙

〈1992년 10월 20일 화요일 晴〉(9. 25.) (10°, 20°)
淸友會 逍風[90]~7時 半 發-18時 歸淸…6名(鄭, 安, 卞, 尹, 史, 郭) 全員 參席. 全北 內藏山, 母惡山 金山寺[91] 觀光. 丹楓 아직 일렀고. 井母는 농장 다녀왔다나. ⊙

〈1992년 10월 21일 수요일 晴〉(9. 26.) (9°, 21°)
어제 左側 허벅지 타박에 痛症 있어 行步에 많은 苦痛 겪는 중이고. 낮에 1농장 가서 방콩 털고 땅콩 따서 18時 버스로 入淸한 것. ○

〈1992년 10월 22일 목요일 晴〉(9. 27.) (9°, 21°)
午前 中 淸原祠 笏記 淨書에 精誠 쏟아 完成했고. 夫婦, 농장 가서 3時間 勞力한 것~고들빼기 캤고. 토란도 캤고. ○

〈1992년 10월 23일 금요일 曇〉(9. 28.) (11°, 17°)
忠淸北道 生活體育大會에 잠간 다녀왔고~배드민턴 場所…國民生活館.
午後엔 1농장 가서 토란대공 골라 잘라 담고 雜草 뜯기에 勞力한 것. 사위(趙) 잠간 다녀갔다고.
陰 十月三日 淸原祠 祭享時 祭官 全員에 分配할 笏記 原狀 쓰기에 밤 11時까지 勞力. ⊙

〈1992년 10월 24일 토요일 가끔 가랑비〉(9. 29.) (11°, 15°)
忠淸北道生活體育大會에 가서 거의 終日 걸

90) 원문에는 붉은색 색연필로 밑줄이 그어져 있다.
91) 원문에는 붉은색 색연필로 점선이 그어져 있다.

린 셈. 國民生活館에서. 綜合成績 淸州 1위. 「淸原祠」 笏記 150枚 複寫했고…祭官들에 分配 豫定. ⊙

〈1992년 10월 25일 일요일 비 조금〉(9. 30.) (8°, 13°)
夫婦 농장 가서 결명자 따고, 고들빼기와 糖根 캐어 온 것.
祝文 三通 淨書에 精誠드린 셈(文成公~29代祖, 眞靜公~26代祖…傍. 蓮潭公~22代祖). ○

〈1992년 10월 26일 월요일 晴〉(10. 1.) (6°, 14°)
昨日 정성드려 淨書한 祝文 110枚 複寫했고~陰 10月 3日에 祭官들에 分配 豫定.
엊저녁부터 感氣끼 있더니 오늘은 더 甚한 편. 午後에 南一面 지북里에 있는 淸原郡 保健所 가서 行政係 李 係長 만나 263번지 診療所 侵犯된 件 이야기 또 한 것. ○

〈1992년 10월 27일 화요일 晴〉(10. 2.) (4°, 16°)
道 三樂會 定期總會에 參席~10時 30分~14時. 機械工高 構內에 있는 學生會館. 井母는 밭에 다녀왔고. ※ 엊저녁엔 3째 夫婦 다녀갔기도. ○

〈1992년 10월 28일 수요일 晴〉(10. 3.) (6°, 19°)
上黨山 淸原祠 祭享에 가서 唱笏(集禮)[92]했고. 近日 精誠 모색 完成하니 모두 讚辭. ⊙

〈1992년 10월 29일 목요일 晴, 雨〉(10. 4.) (5°, 17°)
在淸同窓會 道風에 夫婦 다녀온 것~幸州山城(행주대첩 탑, 덕양정, 碑, 忠莊祠…권률 將軍 영정, 기념관), 統一전망대. 7時 半~19時 半. ⊙

〈1992년 10월 30일 금요일 晴〉(10. 5.) (6°, 15°)
16代祖 時享에 參席하여 大祝. 아침결엔 '김기선 內科' 가서 感氣 진찰,
玉山 가선 孫子(英信) 身元증명서 서울速達로 발송. ⊙

〈1992년 10월 31일 토요일 晴〉(10. 6.) (7°, 17°)
15代, 14代祖 時享에 參席(間谷, 內洞). 複台洞 時榮 氏 만나 不飮하느라 시달렸던 것. ⊙

〈1992년 11월 1일 일요일 晴〉(10. 7.) (7°, 14°)
金溪 가서 13代祖 時享을 家庭에서 지낸 것~俊兄 집 大廳. 參席者…郭浩榮, 郭漢斌, 郭尙榮, 郭時榮. 殷鐘 氏는 健康 不順으로 지켜보기만. 祭物 運搬 難으로 家內 行事로 執行. 祭享 後 漢斌 氏 同伴하여 墻東里 曲水 뒷山의 四派 宗山 가서 13代祖考 定陵參奉公 墓所까지 가서 省墓했고. 밤엔 서울 成榮한테 電話도. ⊙

〈1992년 11월 2일 월요일 晴〉(10. 8.) (4°, 15°)
12代祖 奉事公, 11代祖 五衛護軍, 10代祖 訓練僉正府君 時享 지냈고~淸州서 漢斌 氏와 同行, 從兄, 佑榮, 松榮, 來榮 參禮. 午後 3時까지 마치고 入淸. ⊙

〈1992년 11월 3일 화요일 가랑비, 구름〉(10. 9.) (9°, 13°)

92) 원문에는 붉은색 색연필로 밑줄이 그어져 있다.

故鄕行 豫定 날씨로 中止. '미진社' 가서 구두 修繕 委託. 感氣 아직 안 났고. ○

〈1992년 11월 4일 수요일 晴〉(10. 10.) (6°, 17°)
夫婦 함께 1농장 가서 勞力~결명자 打作. 고들빼기 캐고, 도라지도 캐고. 큰집 감 나우 얻고. ○

〈1992년 11월 5일 목요일 曇〉(10. 11.) (5°, 15°)
夫婦 2농장 가서 들깨짚 노여 約 2되 收穫하니 개운했고. ⊙

〈1992년 11월 6일 금요일 晴, 曇〉(10. 12.) (5°, 15°)
夫婦 2농장 가서 마늘播種 자리 손질에 流汗勞力~삽으로 3두둑 파고. 토양 藥, 다듬기 等. 큰집 감 나우 얻어오기도. 任老人 만나 情談 나누기도. ⊙

〈1992년 11월 7일 토요일 晴, 曇〉(10. 13.) (6°, 16°)
井母와 함께 3時間 勞力하여 2農場 西便 3두둑에 마늘 2접(1,280쪽) 播種했고. ⊙

〈1992년 11월 8일 일요일 曇, 가랑비〉(10. 14.) (8°, 12°)
玉山 弟子 朴相龍 回甲이라서 낮 버스로 虎竹 다녀온 것. 玉山서 虎竹까진 金海 金氏란 某 靑年技士의 고마움으로 乘用車 잘 타고 온 것. 入淸해선 李斌模와 모처럼 一盃. ⊙

〈1992년 11월 9일 월요일 雨, 曇〉(10. 15.) (6°, 9°)
族譜 發刊案, 仝 要領과 經費案, 記入例 等 各 10部씩 複寫.
最終 時享에 參席活躍－9, 8, 7代祖 魯旭집, 6, 5代祖 從兄 집에서 雨天故와 時況關聯에 在家享事한 것. 四從叔 漢昇 氏 父子, 漢斌 氏, 周榮(烏山) 參席. ⊙

〈1992년 11월 10일 화요일 가랑비〉(10. 16.) (3°, 6°)
再從兄嫂(魯旭 母親) 生辰에 夫婦 가서 朝食. 正宗(淸酒) 큰 병 待接했기도.
延 老人 要請에 잠간 들러 그님 孫 婚 關聯 이야기 便宜 봐주었기도. ⊙

〈1992년 11월 11일 수요일 晴, 曇〉(10. 17.) (5°, 12°)
淸友會 5人 모여 黃元濟 교장 問病~三益아파트 101棟 1103호. 點心 後 1농장 가서 골파 播種하고 도라지 좀 캔 것. 前佐山 가선 9位 墓所 立石 日字와 坐向 確認했고. ⊙

〈1992년 11월 12일 목요일 晴〉(10. 18.) (6°, 9°)
今日부터 14日까진 過飮은 아니었으나 每日 繼續되는 飮酒로 精神統一이 안된 편을 反省. 永樂會 있어 夫婦 參席한 것~12시. 영부페. ⊙

〈1992년 11월 15일 일요일 晴〉(10. 21.) (5°, 10°)
井母 生日이어서 서울 아이들 나우 어제 入淸하여 待接 준비한 듯.
今日 飮食 나우 먹었을 것. ⊙

〈1992년 11월 18일 수요일 晴〉(10. 24.) (5°, 8°)

밤 9時까지 飮酒 後 中止하니 多幸한 일이나 5日 間의 過飮으로 萬事 不幸. ※

〈1992년 11월 19일 목요일 晴, 曇〉(10. 25.) (2°, 4°)
식사 不能. 終日 臥病 呻吟. 또 不幸. ○

〈1992년 11월 20일 금요일 曇, 약간 비, 눈〉(10. 26.) (-1°, 3°)
러시아 엘친 大統領 來韓頂上회담[93]
今日도 昨日과 同一. 病症(머리, 가슴 左側)… 근심 걱정되고. ○

〈1992년 11월 21일 토요일 晴, 曇〉(10. 27.) (0°, 9°)
짠지죽 若干 먹기 시작. 낮부터 어저의 痛症 많이 가라앉은 듯 느끼고.
밀렸던 신문 通讀. 각종 장부 정리. 어제는 대관령에 적설 30㎝라나. ○

〈1992년 11월 22일 일요일 曇, 가랑비 若干〉(10. 28.) (3°, 10°)
早朝行事 제대로 못했으나 各處 人事 完了한 셈~金洪洛 子婚, 金哲文 子婚, 郭昌鎬 子婚, 延丁善 老人 令抱婚(去 15日分), 淸州 크럽 金鐘達 理事 同情金 發送 等.
食事는 아직 非正常. 몇 군데의 잔치도 못먹는 셈.
밤 9時頃 大田서 둘째 絃이 夫婦 다녀갔고~去 15日(음 10. 21)의 제 母親 生辰에 못왔었다고. ○

93) 원문에는 붉은색 색연필로 밑줄이 그어져 있다.

〈1992년 11월 23일 월요일 晴〉(10. 29.) (5°, 12°)
洞事務所 가서 19日 會議 書類(14大選 서류) 接受 後 金在璟 洞長과 情談 오래했고.
12時부터 있는 三樂會에 參席 後 玉山面 잠간 들른 後 鶴天 從妹 宅 가서 19日 慶事에 不參한 人事를 하고 歸淸하니 終日된 것. 청푸묵 等 飮食 맛있게 厚待받기도. ○

〈1992년 11월 24일 화요일 晴〉(11. 1.) (1°, 12°)
井母 뎁고 '베드로 醫院' 다녀온 것~頭痛, 不眠, 속쓰림[94]…神經內科. 市內 '와스콰이어'도 들렀고.
玉山面 가서 保管해 뒀던 '農地轉用' 서류 찾아오기도. ○

〈1992년 11월 25일 수요일 晴, 밤에 눈파람 若干〉(11. 2.) (3°, 7°)
井母의 病勢 아직 別無神通. 1농장 가서 대추나무 6株 剪株했고.
數日 前부터 大同譜 第七刊 發刊用 收單[95] 記錄 着手[96]해 봤으나 大宗會 仝 關係責任者의 方法 不得의 탓인지 完成엔 큰 隘路 있을 듯[97]. ○

〈1992년 11월 26일 목요일 晴〉(11. 3.) (-6°, -2°)
氣溫 最低 영하 6°로 急降下[98]. 終日 零下圈. 同窓會에 參席 夕食을 會食(巨象식당).

94) 원문에는 붉은색 색연필로 밑줄이 그어져 있다.
95) 수단(收單): 여러 사람의 이름을 쓴 단자.
96) 원문에는 붉은색 색연필로 밑줄이 그어져 있다.
97) 원문에는 붉은색 색연필로 밑줄이 그어져 있다.
98) 원문에는 붉은색 색연필로 밑줄이 그어져 있다.

深夜까지 大同譜 收單 記錄에 全力했고. ○

〈1992년 11월 27일 금요일 晴〉(11. 4.) (-9°, 3°)
'家寶 食品工場'(社長 金武會) 招請으로 淸原郡 三樂會員 70名은 公州 다녀온 것~10時 發 16時 歸淸. 고추장, 된장 等 醬類 製造過程, 点心, 膳物, 鷄龍山 甲寺 求景 잘 한 것. 前期大入願書 마감日인데 孫女 惠信은 忠大 社會學科를 志願했다나. 今朝 氣溫 영하 9°[99]까지. 今日도 深夜까지 收單 作成. ○

〈1992년 11월 28일 토요일 晴〉(11. 5.) (-1°, 9°)
健康 正常. 食事도 잘 하고. 보일라에 石油 3도람 注入. 井母의 녹용 加味 補藥 1제 짓기도. 어항 물갈이도 했고. 日暮頃부터 뜻 없이 2時間 程度 헛되이 보낸 것 反省. ○

〈1992년 11월 29일 일요일 晴〉(11. 6.) (1°, 11°)
電擊的으로 大邱 잘 다녀온 것~黃輔玹 女婚(배드민턴 國際選手…黃惠英), 大邱 '明星웨딩' 會員 16名 參席. 19時頃 淸州 着. 명성웨딩의 大規模 印象. ⊙

〈1992년 11월 30일 월요일 晴〉(11. 7.) (1°, 13°)
오늘 따라 奔走했던 것 - 大宗會 事務室 建立基金 誠金條로 서울로 10萬 원 送金했고. 3男 魯明 要請으로 厚生藥局가서 (權 藥師, 郭氏 婦人) 購買票 떼다가 敎大까지 다녀온 後 報恩邑 가서 '常綠商會' 柳社長 찾아 대추나무 管理方法과 病害治療에 關한 受講[100]하고 入淸하니 18時 된 것. ○

〈1992년 12월 1일 화요일 안개, 晴〉(11. 8.) (1.5°, 11°)
故鄕 金溪 가서 族弟 佑榮, 從兄 만나려 했으나 出他 中이라서 收單 相議 못했고. 族弟 敏相과 崔 氏에 쇠거름(牛糞) 얻게 되어 小形 5자루 대추밭에 搬出했기도.
밤엔 李敏雨 兄 母子 來訪…結婚 主禮 付託件으로. 이 분의 일러줌에 따라 井母의 腹痛藥으로 해바라기 몇 대공 꺾어다 닳여 服用케 하니 마음 시원[101]했고. ○

〈1992년 12월 2일 수요일 曇, 晴〉(11. 9.) (-3°, 8°)
'名譽洞長' 1日 勤務로 鳳鳴2洞事務所 가서 午前 中 全 洞長과 座談하고 午後엔 中峰里 가서 큰 再從兄嫂 氏 生辰에 모처럼 人事했던 것. ⊙

〈1992년 12월 3일 목요일 안개, 晴〉(11. 10.) (0°, 6°)
아침食事 크럽延福伊 할머니로부터 朴玉秀 할머니와 함께 만두국 待接에 잘 먹었고.
族譜 收單 쓴 것 從兄 家 全體分 1時間余 說明했고.
쇠거름(牛糞) 6푸대 대추밭에 運搬하고 15時半 車로 入淸.
밤 10時 '大統領選擧 放送'에서 朴찬종候補 演說을 感銘깊게[102] 들은 것. ○

99) 원문에는 파란색 색연필로 밑줄이 그어져 있다.
100) 원문에는 붉은색 색연필로 밑줄이 그어져 있다.
101) 원문에는 붉은색 색연필로 밑줄이 그어져 있다.
102) 원문에는 붉은색 색연필로 점선이 그어져 있다.

〈1992년 12월 4일 금요일 晴〉(11. 11.) (-2°, 10°)
대추밭에 牛糞 堆肥 8자루 搬入. 深夜까지 收單記錄…金城 집안 것. ○

〈1992년 12월 5일 토요일 晴, 曇〉(11. 12.) (0°, 11°)
四從叔 漢斌 氏 要請으로 淸原郡廳 地積係가서 金成垈地(宗地) 分割測量 手續했고. 午後엔 1농장 가서 堆肥作業하기에 流汗 勞力…대추밭. ⊙

〈1992년 12월 6일 일요일 가랑비〉(11. 13.) (9°, 11°)
終日토록 가랑비 오락가락하여 농장行 不能. 收單 作成에 努力했고. ○

〈1992년 12월 7일 월요일 가랑비〉(11. 14.) (10°, 11°)
今日도 終日 비~가랑비, 부슬비. 收單 記錄에 暮日. 主로 伯曾祖父孫. 今日 '大雪'인데 날씨 終日 포근했고. 日暮頃 時間에 住宅銀行 12月分 賦金. 이제 79回分 拂入. ⊙

〈1992년 12월 8일 화요일 晴〉(11. 15.) (9°, 11°)
井母와 함께 1농장 가서 대추밭 施肥에 勞力~牛糞 堆肥 운반하여 뿌린 것. ○

〈1992년 12월 9일 수요일 曇, 가랑비 조금〉(11. 16.) (2°, 8°)
대추밭에 쇠똥 堆肥 7푸대 搬入하여 나무 밑에 편 것. 收單用 宗中 호적謄本 4家號분 떼고. ○

〈1992년 12월 10일 목요일 가랑비〉(11. 17.) (8°, 6°)
날씨 關係로 金溪行 中斷. 同窓會 總務 李斌模 入院했대서 몇 사람이 道醫療院 갔었으나 忠北大 病院으로 갔대서 虛行했고. 快癒를 빌 뿐. 深夜까지 收單. ⊙

〈1992년 12월 11일 금요일 晴〉(11. 18.) (-5°, 0°)
體育館서 歸路에 道醫療院(608號室) 들러 李斌模 問病했고.
낮엔 四從叔 漢斌 氏와 함께 金城 가서 宗土垈地 賣渡分 分割測量[103]한다기에 終日 떨면서 參與한 것. 從兄과 再堂姪 魯旭도 왔었고. ⊙

〈1992년 12월 12일 토요일 曇, 晴〉(11. 19.) (-2°, 5°)
永樂會 있어 夫婦 參席하여 '영부페'에서 点心會食.
서울 居住 三從弟 弼榮 來訪에 族譜 收單 資料蒐集에 도움됐기도. ⊙

〈1992년 12월 13일 일요일 가랑비 눈 若干, 曇〉(11. 20.) (-3°, 1°)
終日 바람 차서 추었고. 12時에 勳鐘 氏 子婚主禮. 15時 半엔 李敏雨(佳左 因緣) 結婚式에도 主禮[104] 본 것. 낮엔 三從姪 魯福 回甲宴에도 다녀왔고－三處人事로 바빴던것. ⊙

〈1992년 12월 14일 월요일 晴〉(11. 21.) (-6°,

103) 원문에는 붉은색 색연필로 점선이 그어져 있다.
104) 원문에는 붉은색 색연필로 밑줄이 그어져 있다.

-2°)
날씨는 終日 맑았으나 終日 氣溫 零下圈. 11時부터 있는 淸原郡 三樂會 92年度 監事會 있어 12時 半까지 監査했고. 13時에는 林社長 招請으로 會食에 參席~其의 丈人 義榮 氏 葬禮時 手苦 많았다는 謝禮條. 14時부터는 市廳 會議室에서 있는 投票區 委員長 會議에 參席했고. 日暮頃엔 山南洞 버스 賣票所 가서 徐秉圭 만나 李斌模 入院 中인 消息 알렸고. 歸路에 道醫療院 들러 問病(3次). 밤엔 큰 애비와 電話하여 明日 行事 相議 잘 되고. ⊙

〈1992년 12월 15일 화요일 晴〉(11. 22.) (-7°, 3°)
從兄과 함께 上京하여 東서울서 큰 애비 車로 九老 지나 '파랑새 예식장' 가서 13時에 施行하는 從弟 夢榮의 女息(堂姪女) 結婚式에 主禮 선 것. 行事 잘 마치고 歸淸하니 17時 半. 큰 딸도 參席했고. 애비 無事 歸家 確認 電話 큰 애비, 큰 女息한테서 왔고. ⊙

〈1992년 12월 16일 수요일 비, 눈 若干〉(11. 23.) (-2°, 3°)
11時부터 있는 淸原郡 三樂會 理事會 있어 參席. 우측 어깨 痛症 있어 沐浴해 봤고.
今夜(19時 40分)도 朴찬종 候補 演說 20分 間 感銘깊게 聽取한 것. ⊙

〈1992년 12월 17일 목요일 晴〉(11. 24.) (-2°, 3°)
體育場 歸에 延 老人, 李斌模 問病. 낮엔 淸州 矯導所 가서 金鐘達 面會~614番. 크럽 同好人.
14時엔 鳳鳴洞事務所 가서 明日 大統領選擧 投票用紙 加印 業務에 日暮頃까지 일 본 것.
今夜도 몇 분의 候補者 演說 聽取했고. ○

〈1992년 12월 18일 금요일 晴〉(11. 25.) (-2°, 4°)
第14代 大統領選擧[105]에 鳳鳴洞 第3投票區 選擧管理委員會 委員長으로서 終日(6時~19時)까지 奉仕 勞力한 것. 投票所는 YWCA. ⊙

〈1992년 12월 19일 토요일 晴〉(11. 26.) (0°, 5°)
새벽 5時 現在 金泳三 候補가 大統領 當選 可能票 數發表~TV報道. 9時 確定[106].
淸友會員 一同 리라病院 가서 尹成熙 교장 子弟(2男 기선) 入院 中임이기에 慰安 問病. ○

〈1992년 12월 20일 일요일 曇〉(11. 27.) (2°, 6°)
今朝도 歸路에 醫療院 들러 李斌模 問病. 모처럼 在應스님(次女 姬)한테서 書信 왔기에 答書 發送. 忠南 瑞山郡 海美面 청화寺.
宗孫 澈信(魯錫 子) 서울大 工大 入試次 出發에 '壯元' 엿 사주었고.
16時부터 있는 淸友會(親睦會)에 參席하여 決算 報告하고 부페 會食. ⊙

〈1992년 12월 21일 월요일 비 若干〉(11. 28.) (5°, 6°)
'비바헬스타' 廣告 보고 勇敢히 購入~一時金 17萬 원. 洪 社長. 地積公社 옆 大林빌딩.
玉山 가서 魯殷 집 除籍謄本 等 4通 떼어 오고~譜書 收單用.
밤엔 三從姪 魯殷 오래서 系譜 이야기 2時間 程度 解說했기도. 早朝엔 孫女 惠信에 壯元

105) 원문에는 붉은색 색연필로 밑줄이 그어져 있다.
106) 원문에는 붉은색 색연필로 밑줄이 그어져 있다.

엿. ○

〈1992년 12월 22일 화요일 晴〉(11. 29.) (-1°, 4°)
木花예식장 가서 延丁善 老人 子婚(新郎 49歲)에 人事 다녀왔고. 서울서 큰 애비 夫婦 온 것.
下午 16時에 忠北大 社會科學大學 가서 周圍 돌며 孫女 惠信 入試에 合格을 祈願[107].
서울서 큰 애비 家族 四名 모두 왔고. 밤엔 明의 家族도. 季嫂도 와서 料理 作業에 協力.
낮 11時頃엔 서울 三從弟 弼榮이 來訪~戶籍 謄本 等 收單 資料 갖고 온 것. ⊙

〈1992년 12월 23일 수요일 晴〉(11. 30.) (-6°, 0°)
72歲해의 生日. 어느 程度 家族 모여 會食. 반찬 材料 서울서 큰 애미가 豊富하게 持參 料理. 再從姪 魯旭이 自進 來訪. 朝食 後 弼, 英, 昌 3人은 事情 있어 上京. 車 채여서 數時間 걸려 到着했다고. 12時부터 있는 郡 三樂會 總會에 參席. 監事職 또 맡으라나. ⊙

〈1992년 12월 24일 목요일 晴〉(12. 1.) (-7°, -1°)
큰 애비 夫婦 10時頃 서울 向發. 13時 半에 無事倒着 確認.
16時부터 있는 友信會에 參席(거구장 식당) 하여 會長 立場에서 年末年始 人事햇고. 總務 말 있었고.
城村派 아랫말 집안代表格 漢述 氏 作故 訃音. 葬日은 明日. ⊙

〈1992년 12월 25일 금요일 晴〉(12. 2.) (-8°, 2°)
今日까지의 아침 溫度 最低. 族叔 漢述 氏 葬禮式에 金溪里 唐下 가서 人事.
井母의 胃腸痛症은 아직 간정 안 되어 不安中. 몇 가지 藥 服用이고. ⊙

〈1992년 12월 26일 토요일 晴〉(12. 3.) (-5°, 5°)
退院한 李斌模 집 尋訪하고 今日 있는 同窓會 關聯 相議했기도. 在淸同窓會員들에 連絡 後 16時부터 있는 月例會議 하고 一同 李斌模 總務 집 가서 問病 人事한 것. '居象食堂'서 會食. ⊙

〈1992년 12월 27일 일요일 若干 눈, 비〉(12. 4.) (0°, 4°)
李鎭馥 子婚과 徐丙權 女婚에 人事 다녀왔고. 모처럼 飮酒 좀 했던 것. ⊙

〈1992년 12월 28일 월요일 가랑비 若干〉(12. 5.) (4°, 5°)
四從叔 漢斌 氏와 情談하면서 族譜 收單 基礎로 各種 謄本 付託했기도. 藥酒 나우. ⊙

〈1992년 12월 29일 화요일 晴〉(12. 6.) (0°, 4°)
俊兄과 收單作成 過程을 眞摯하게 相議하고 會食하기도. ⊙

〈1992년 12월 30일 수요일 曇, 晴〉(12. 7.) (-0° 5″, 4°)
辛酉會 七名 全員 參席 逍風~大田 옆 儒城溫泉 가서 沐浴. 安君과 打論. ⊙

〈1992년 12월 31일 목요일 晴〉(12. 8.) (0°, 4°)
玉山 弟子 任昇赫 玉山面 戶兵係長 停年式 있

107) 원문에는 붉은색 색연필로 밑줄이 그어져 있다.

대서 뜻있게 다녀온 것.

陽曆으론 末日(92年). 今日도 飮酒 우수 한듯. 一年 間을 모두 謝禮하는 마음⋯.

서울서 弼이 家族 왔고. 酒氣 中에 해를 넘기며 後悔할 따름. ⊙

※ 92年 間 略記[108]

① 家庭的

○ 淸州 家屋 賣渡 不能으로 還故鄕 計劃이 무산되었고.

○ 子女 孫 受學 中 큰 變動없이 平凡하나 두 女息(杏, 運) 海外滯留中이며.

○ 在應스님은 海美 청화寺로 옮기고. 4男 松 40歲 老총각 그대로.

○ 長男 井은 양천구 목동APT로 移舍하고 長孫 英信은 大學院. 昌信은 醫大 本科.

○ 次男 絃은 아직도 生活苦로 허덕이는 中.

② 國家的

○ 14代 總選(國會議員)과 14代 大統領 選擧에 民自黨 金泳三 氏가 當選.

地自制 選擧도 있었고.

○ 스페인 바로세나 25回 올림픽에서 世界 第七位의 國威宣揚.

③ 私的 活動狀況

○ 旨覺없어 年中 6차례 過飮으로 臥病呻吟하니 後悔 莫及.

○ 年中 早朝行事 7個事項 施行 中 特히 배드민턴 運動에 趣味 多分. 內外的 入賞 數次例에 金, 銀, 銅메달도 獲得.

○ 年中 夫婦 故鄕 農場 往來 耕作하여 普通 收穫. 夫婦 健康狀態 良好한 셈.

○ 特作 대추나무 成長은 良好하나 收穫은 小量(2말 程度). 牛糞으로 施肥 우수했고 病蟲豫防 計劃中.

○ 宗事에 努力코저 淸原祠 笏記 完成 唱笏과 資料 宣布도. 第七刊 大同譜 發刊 收單 作成에 着手했고. 道路編入된 宗土 代金 受領도 完了되어 개운한 편.

以上

108) 원문에는 붉은색 색연필로 밑줄이 그어져 있다.

금계일기 5

1993년

〈앞표지〉
檀紀 4326年 癸酉年
佛紀 2537年 孔夫子 2544年

〈1993년 1월 1일 금요일 晴〉(12. 9.) (-4°, 7°)
어제 왔던 魯弼 家族 가고, 大田 紘 家族도 다녀가고, 陽歷의 93새해. 서울 家族을 비롯 온 家族들 平安을 祈願. 今日 나우 마신 듯. ⊙

〈1993년 1월 4일 월요일 晴〉(12. 12.) (-3°, 6°)
그저께도 어제도 나우 마셨을 것. 日沒頃에 井母 만류에도 1차례 또 마신 것. ⊙

〈1993년 1월 5일 화요일 晴〉(12. 13.) (-5°, 5°)
결국 終日 臥病呻吟. 죽을 것만 같았고. ○

〈1993년 1월 6일 수요일 曇〉(12. 14.) (-3°, 4°)
어제와 同一. 故鄕 四派契에 出席 못해 不安[1]했던 것. 夕食에 짠지죽 1공기.
새벽 2시에 牛岩상가APT 붕괴-大事故 났고[2]. ○

〈1993년 1월 7일 목요일 曇〉(12. 15.) (-2°, 3°)
낮부터 조금 몸 풀리는 듯. 点心에 누룽국 갈랑 한 그릇 겨우 긁어 넣었고. ○

〈1993년 1월 8일 금요일 晴〉(12. 16.) (-3°, 5°)
比較的 요새 日氣 포근한 셈. 点心 약간 뜬 後 当姪 魯錫 집 거쳐 郡 農協 들른 後 鳳鳴洞 베드로病院 가서 金영진 院長의 診察 받고 注射 1대 맡고 4日 間 內服藥 지어 받은 것. 切酒(斷酒) 方式의 說話 듣고 기뻐하고 覺悟[3]하며 歸家했던 것.
모처럼 着手한 譜書 收單記錄에 3從弟 弼榮 家庭 것 記錄 作成에 새벽까지 애먹은 것. ○

〈1993년 1월 9일 토요일 晴〉(12. 17.) (1°, 5°)
食事 正常化. 農協 거쳐 住宅銀行 가서 賦金. 삼미食堂서 宗親 同甲契[4] 있어 參席 後 福臺洞 가서 族長 秉鐘(大母) 問病했고. 歸路에 李斌模 事務室 잠간 들렀기도. ⊙

〈1993년 1월 10일 일요일 曇〉(12. 18.) (0°, 4°)
새해 들어 모처럼 아침行事 7가지 施行한 것. 沐浴과 理髮까지 하니 새해 새로운 身心된 듯. 크럽 延 老人 집 잠간 다녀와선 族譜 收單 作

1) 원문에는 붉은색 색연필로 밑줄이 그어져 있다.
2) 원문에는 붉은색 색연필로 밑줄이 그어져 있다.
3) 원문에는 붉은색 색연필로 밑줄이 그어져 있다.
4) 원문에는 붉은색 색연필로 밑줄이 그어져 있다.

成에 子正이 넘도록 記錄했고.
낮엔 큰 사위(趙泰彙) 성의있게 다녀갔기도. ○

〈1993년 1월 11일 월요일 晴〉(12. 19.) (-3°, 3°)
農村 道路 編入된 宗土稅 關聯 있어서 稅務署, 郡廳의 4個課 들러 要請하는 各種 書類 作成 具備書 提出까지에 거의 終日 걸린 것. ○

〈1993년 1월 12일 화요일 晴〉(12. 20.) (-5°, 3°)
投資信託 가서 俊兄 만나 宗親 辛酉會 通帳 정리된 것 引受받은 것 現高 435,000 程度. 12時 半부터 있는 永樂會에 夫婦 參席~淸女高 앞 '청록소고기부페'서 一同 會食한 것.
今夜도 如前 徹夜 執務~城村派 族譜 收單 記錄으로. ○

〈1993년 1월 13일 수요일 晴〉(12. 21.) (-3°, 2°)
간밤에 이어 終日 收單 記錄에 몰두한 것. 日暮頃에 大橋 건너까지 다녀왔고.
20時頃에 經營學博士 學位 認定論文集 갖고 族弟 宜榮 來訪에 祝賀말 했고. 今夜도 子正 넘도록 記錄과 新聞 通讀. ○

〈1993년 1월 14일 목요일 曇, 가랑눈〉(12. 22.) (0°, 1°)
16日에 있을 新溪派 宗契 時 說明할 資料 作成에 終日 노력한 것~淸州 郭氏 世代表. 族譜用 收單 記錄法 等으로 거의 徹夜. ○

〈1993년 1월 15일 금요일 曇〉(12. 23.) (-2°, -1°)
早朝 歸路에 族叔 漢奎 氏 宅 들러 問病했고, 終日 零下圈. 明日 일 準備로 바빴고. 18日 城村派 宗契 行事 準備로 今夜도 徹夜 程度 일 본 것. ○

〈1993년 1월 16일 토요일 晴〉(12. 24.) (-7°, -2°)
族叔 漢虹 氏 要請에 依하여 新溪派 宗契에 參席하여 郭氏 世代와 族譜 發刊史를 밝혀주고 第七刊 大同譜 發刊의 收單 記錄 方法을 說明하였던 것. 場所는 玉山휴게소 郭魯均 食堂. ○

〈1993년 1월 17일 일요일 曇, 雪〉(12. 25.) (-4°, 3°)
12時 半부터 있는 族弟 辺榮 子婚에 人事~木花예식장.
오후엔 셋째 夫婦 와서 族譜 常識 묻기에 多幸스러워서 1시간余 일러주었기도.
明日 있을 派宗契 準備 等으로 거의 徹夜 執務한 터. ※큰 딸 夫婦는 東南亞 旅行 간다고 소식[5]. ⊙

〈1993년 1월 18일 월요일 가끔눈〉(12. 26.) (-4°, 1°)
漢斌 氏와 함께 故鄕 金溪 가서 城村派 宗契에 參席[6]하여 雜事項 거의 解決된 셈. 宗土 補償金 內譯, 仝 手續 雜費, 族譜 收單條 等. 有司 佑榮 집에서.
새벽엔 까스렌지 過熱로 주전자 뚜껑 타서 危險할 地境 면했고…가슴 떨렸고. ⊙

〈1993년 1월 19일 화요일 晴〉(12. 27.) (-8°, -1°)

5) 원문에는 붉은색 색연필로 점선이 그어져 있다.
6) 원문에는 붉은색 색연필로 밑줄이 그어져 있다.

郡 三樂會 任員會 있어 參席~場所는 신라정. 어제 있었던 宗契 結果金 預置했고. ⊙

〈1993년 1월 20일 수요일 晴〉(12. 28.) (-8°, -3°)
오늘이 大寒. 昨今 氣溫 最下. 淸友親睦會 12時부터 '金湖부페'서 6名 情있게 會食했고. 井母는 어제부터 설 名節 茶禮 準備에 奔走~흰떡, 시루떡, 祭物 장 홍정 等. ⊙

〈1993년 1월 21일 목요일 晴〉(12. 29.) (-8°, 1°)
勳鐘 氏 子弟 덷고 人事次 왔었고…主禮 關聯. 서울서 큰 애비 夫婦, 孫子 昌信, 鉉祐 母女. 弼은 밤중에 오고.
延 老人 特別 要請으로 日語편지 解放 후 48年 만에 써본 것…其의 修養딸한테 答書하는 것. ⊙

〈1993년 1월 22일 금요일 晴〉(12. 30.) (-8°, 3°)
大田 둘째 며누리도 와서 子婦 4名과 季嫂는 終日 祭需 料理에 바쁘게 일 보고. 큰 애 셋째 막내는 故鄕 省墓 다녀 왔고.
午後 2時 버스로 金溪 가서 텃밭 도조[7]條, 6万 원 返還했고. 從兄껜 歲禮補助費로 2万 원 드렸기도. ⊙

〈1993년 1월 23일 토요일 晴, 曇〉(正. 1.) (-5°, 3°)
9時에 설 茶禮 지냈고. 둘째 絃은 아침결에 온 것. 아이들과 함께 省墓 다녀왔고. 從兄嫂 宅 가서 歲拜도. 서울 아이들 낮에 서울 無事到着 했다고. 大田 둘째 아이들은 늦저녁 먹고 大田 向發. 商高卒業班 2名 朴君과 李君 來訪 人事~四男 魯松의 擔任學生, 보람 느끼는 일. ⊙

〈1993년 1월 24일 일요일 晴〉(正. 2.) (-5°, 7°)
※ 朝食 큰 妹夫 집에서 했고.
아침결 甚히 차고 낮엔 포근했던 것. 玉山行 中途 部落 新村 가서 全義 아주머니 90余 歲 어른께 歲拜하고 族弟 千榮 問病. 歸路에 族叔 漢奎
氏 宅 가서 人事 後 俊兄집 갔었으나 못만났고. 四從叔 漢斌 氏 찾아가 人事 後 27日 있을 小宗契 相議했기도. ⊙

〈1993년 1월 25일 월요일 晴〉(正. 3.) (2°, 9°)
아침運動 歸路에 새淸州藥局 들러 人事하고. 아침결에 当姪 魯錫 와서 歲拜.
終日 族譜 收單 記錄에 몰두했고. 日暮頃 잠간 時鍾 氏 집 다녀왔기도. 今夜도 徹夜 程度 收單 記錄한 셈. 아랫말 집안 것으로 頭痛 겪는 中. ⊙

〈1993년 1월 26일 화요일 曇, 눈若干〉(正. 4.) (1°, 5°)
明日 行事 準備로 外換銀行, 郡 농협 다니며 通帳 整理에 일 보고. 17時부터 있는 同窓會 夕食에 參席[8]. 午前에 井母 덷고 베드로病院 가서 '뇌파검사' '심전도검사' 해보니 異常 없대서 多幸이었던 것. 明日 小宗契 準備로 深夜까지 노력했고. ⊙

〈1993년 1월 27일 수요일 눈若干〉(正. 5.) (-6°,

7) 도조(賭租): 남의 논밭을 빌린 대가로 해마다 내는 벼.

8) 원문에는 붉은색 색연필로 밑줄이 그어져 있다.

1°)
小宗契에 參席[9]하여 有司 立場에서 終日 始終如一 勞力한 것. 收單 協調도 要求. 場所는 大成食堂. 15名 參席. 밤엔 漢斌 氏 宅 가서 四從叔 漢昇 氏 모시고 數人한테 情談과 族譜 및 世代 等 譜學에 關하여 深夜까지 座談했기도. 再從 公榮 데리고 집 와서 同宿. ⊙

〈1993년 1월 28일 목요일 晴〉(正. 6.) (-8°, -2°)
族長 勳鍾 氏 來訪에 族譜 收單 記錄에 關하여 거의 終日 알려주었기도. ⊙

〈1993년 1월 29일 금요일 晴〉(正. 7.) (-6°, 1°)
큰 딸의 生日 消息 往來. 三樂會 있어 參席[10]. 김규영 子婚에도 參席 人事(人便). ⊙

〈1993년 1월 30일 토요일〉(正. 8.) (-5°, 3°)
金溪大橋 준공식과 老人亭 竣工式 있 參席[11]. 過飮한 듯. ×

〈1993년 2월 1일 ~ 2월 6일〉 (-5°, 5°)
날씨 繼續 추웠으며 每日 濁酒 나우 마신 듯. ×

〈1993년 2월 7일 일요일 晴〉(正. 16.) (-1°, 5°)
노필이 왔고. 今日은 小飮이었으나 臥病 呻吟. ⊙

〈1993년 2월 8일 월요일 晴〉(正. 17.) (-7°, 3°)
어제 왔던 노필이 '애비 飮酒하지 말라'고 당부하면서 上京. 終日 臥病. ○

〈1993년 2월 9일 화요일 晴〉(正. 18.) (-3°, 3°)
좀 差度 있으나 아직 괴로운 중이고. 昨夜는 어머니 入祭日.
井母는 3日 前부터 祭物 준비 晝夜로 바쁘게 일 보았고. 딱한 생각 뿐. 頭痛, 左側 무릎 外 한축이 자주 나기에 '버드로病院' 다녀온 것~ 注射 1, 藥 4일分 받고.
先妣 忌祭는 밤 9時 半에 지낸 것~큰 애 셋째 넷째 큰 누이, 동생 振榮 家族, 셋째 子婦. 낮엔 季嫂가 와서 祭物 빚는 데 協調했고. 밤 10시 40분까지 情談 나누다 解散. ○

〈1993년 2월 10일 수요일 晴〉(正. 19.) (-4°, 8°)
完全 健康 回復은 아니고 많이 나아진 편. 낮엔 沐浴, 理髮,.노은 집 들렸고. 午後엔 농협 朴壹換法律事務所 거쳐서 歸家. 새청주藥局 가서 무릎 약 2日치 지어왔기도. ○

〈1993년 2월 11일 목요일 晴, 曇〉(正. 20.) (-1°, 7°)
아팠던 左側 무릎 많이 가라앉은 듯. 食事도 若干 맛있게 드는 듯.
金溪 좀 다녀올 豫定을 中止하고 收單 記錄으로 終日 힘쓴 셈. 夕食 後 나우 잠잔 後 다시 밤 11時부터 記錄 繼續. ○

〈1993년 2월 12일 금요일 晴〉(正. 21.) (-3°, 7°)
永樂會에 열두시 半에 夫婦 參席하여 '영부페'서 會食.
저녁땐 栗陽洞 가서 尹成熙 慘戚에 慰安人事

9) 원문에는 붉은색 색연필로 밑줄이 그어져 있다.
10) 원문에는 붉은색 색연필로 밑줄이 그어져 있다.
11) 원문에는 붉은색 색연필로 밑줄이 그어져 있다.

했고.
今日도 深夜까지 收單 記錄에 時間 가는 줄 몰랐던 것.
※ 主事 堂叔 入祭日이라나. ○

〈1993년 2월 13일 토요일 晴, 曇, 晴〉(正. 22.) (-1°, 7°)
朴壹換 法律事務所 거쳐 淸原郡廳 다녀왔고~ 土地 特別措置法 內容 把握코저. 豫測보다 難望. 完全 子正까지 收單 記錄. 이제 큰 불은 끈 셈인데 아직 아직 泰山이 가리운 느낌. ○

〈1993년 2월 14일 일요일 晴〉(正. 23.) (-3°, 11°)
봄날 같이 포근했고. 俊兄과 함께 金城 가서 族孫 文在 回甲 잔치 待接받은 것. 歸路에 兩밭 살펴 봤으나 異常 없어 多幸이었고. 큰집도 들렸더니 어제가 從兄 生辰이었다나…그만 깜박.
今夜도 子正이 넘도록 收單 記錄. ○

〈1993년 2월 15일 월요일 晴〉(正. 24.) (-2°, 9°)
아침體育館 歸路에 永雲洞 尹 氏 移舍간 집 들러 人事 後 朝食 待接받기도.
낮엔 四從叔 漢斌 氏 집 가서 收單 記錄 內容 說明하고 協調를 當付했고.
海美 있던 在應스님 왔고~朴吉順 와서 深夜토록 情談하는 것. ○

〈1993년 2월 16일 화요일 가끔비〉(正. 25.) (2°, 7°)
10時頃에 가랑비. 点心 後부턴 부슬비 거의 終日 내리는 셈, 解凍 비 잘 오는 비.
국밥 먹으면서 反省 또 反省[12]…生活 反省 또 反省. ○

〈1993년 2월 17일 수요일 雨, 曇〉(正. 26.) (2°, 7°)
族叔 漢虹 氏 要請으로 玉山 다녀온 것~새 里長 魯樽. 部落 자랑 看板 글 相議가 主點. 收單 記錄法, 其他 數個 事項. 今夜도 子正 넘어 1時間余 收單 記錄. ○

〈1993년 2월 18일 목요일 晴〉(正. 27.) (2°, 8°)
今年 最初로 農場 가서 일한 것[13]~대추나무 强剪定…報恩 柳 氏의 說明에 依해서.
서울 큰 애 文井洞 아파트 賣渡 關聯 松 名義로 나온 '양도소득세 告知' 件으로 속 썩였고.
在應스님 天安 向發. 모레쯤 上京한다나. ○

〈1993년 2월 19일 금요일 晴〉(正. 28.) (0°, 8°)
서울 文井洞 APT 賣渡 後 讓渡所得稅 關聯으로 稅務署 갔었으나 엄청난 稅額 推算設에 경악 失望한 뒤 鳳鳴洞 事務所 들러 松의 住民登錄 事實上과 處地를 全 主事한테 이야기한 結果 手續 節次에 依하여 큰 負擔 없이 완화方法論 듣고 놀랜 가슴 가라앉았던 것.
下午 3時 車로 대추밭 가서 어제에 이어 剪枝 作業했고~今日은 40株 程度.
서울서 큰 애비 와서 양도所得稅 關聯 解決方法 論하는 것 듣기도. ○

〈1993년 2월 20일 토요일 晴, 가랑비〉(正. 29.) (0°, 9°)

12) 원문에는 붉은색 색연필로 밑줄이 그어져 있다.
13) 원문에는 붉은색 색연필로 밑줄이 그어져 있다.

洞事務所 다녀온 後 李富魯 稅務士에 連絡하니 形便上 月曜日에 面談하자는 것.
12時부터 있는 淸友會에 參席~紅瓦村 食堂에서 會食.
15時부터 있는 淸州敎大크럽 總會에 參席~常綠會館. 92年度 決算, 任員改選, 娛樂으로 윷놀이 했고. 顧問役 繼續. ○

〈1993년 2월 21일 일요일 晴, 가랑비〉(2. 1.) (3°, 5°)
漢斌 氏 만나 잠간 집안 이야기 나누고. 큰 애는 經費 많이 들여 제 母親用 염소 개소주藥, 애비用으론 개소주藥 한 단지씩 製藥하여 왔고~값은 50万 원이라나.
今夜도 收單 整理에 子正 지나 새벽 2時까지 노력. 저녁부터 개소주藥 服用[14]. ○

〈1993년 2월 22일 월요일 曇, 눈파람〉(2. 2.) (-2°, -1°)
文井洞APT 賣渡 後 양도所得稅 關聯 건으로 李富魯 稅務士 찾아갔으나 別無神通한 点 없었고. 큰 애비는 一段 上京한 것. 거의 終日토록 눈파람 날리며 추었고. ※엇저녁부터 補藥服用[15]. ○

〈1993년 2월 23일 화요일 晴〉(2. 3.) (-6°, -2°)
처음으로 눈 3㎝[16] 간밤에. 12時부터 있는 郡三樂會에 參席. 稅務署 일로 밥맛도 모르고. 点心 後 稅務署 가서 財産稅課 睦主事 만나 實情과 事情해 봤으나 그리 개운한 答이 아니어서 歸家 後 頭痛으로 呻吟할 뿐. 下午 7時頃에 서울 큰 애 夫婦한테서 慰勞電話 오기도. ○

〈1993년 2월 24일 수요일 晴〉(2. 4.) (-7°, -1°)
松의 世帶主 形成 爲計로 洞事務所와 通長 집 다닌 後 司倉洞 当姪 魯錫 집까지 거쳤고. 서울 큰 애비 夫婦로부터 數次例 電話 왔던 것~稅務署 要請書類 및 풀려나갈 方法 等과 濠洲 魯杏이 28日 下午 四時頃 金浦空港 到着 消息 等.
孫女 惠信(셋째 明의 女息)이 忠淸專門大에 合格됐대서 기뻤고.
松의 婚談도 짓게 있고~작은 堂姪婦 紹介. 南陽 洪氏 家. ○

〈1993년 2월 25일 목요일 晴〉(2. 5.) (-7°, -3°)
낮부터 날씨 좀 풀리는 셈. 第14代 大統領(金泳三) 就任式[17] 午前 十時 화려하게 展開한 편. 金溪 故鄕 가서 漢虹 氏 宅 잠간 거쳐 從兄 집 가서 1時間 半 동안 族譜 收單 完成 段階의 모든 說明하고 系譜 相關에 對하여 討論하기도.
入淸 後 서울 큰 애夫婦로부터 속썩여오던 '양도소득세' 關聯 완화設이 若干 오가서 多幸이었고.
金泳三 大統領 就任 演說~國政 三大 目標(指標)[18] ①不正腐敗 根絕(척결)[19], ②經濟 活

14) 원문에는 붉은색 색연필로 밑줄이 그어져 있다.
15) 원문에는 붉은색 색연필로 밑줄이 그어져 있다.
16) 원문에는 붉은색 색연필로 밑줄이 그어져 있다.
17) 원문에는 붉은색 색연필로 밑줄이 그어져 있다.
18) 원문에는 붉은색 색연필로 밑줄이 그어져 있다.
19) 원문에는 붉은색 색연필로 밑줄이 그어져 있다.

力 確保[20], ③國家紀綱 確立[21]. ○

〈1993년 2월 26일 금요일 晴〉(2. 6.) (-3°, 4°)
낮엔 井母와 함께 入院 中인 姪女 魯先 問病~민병렬 産婦人科 201号. 盲腸 手術 等.
17時부터 있는 同窓會와 友信親睦會에 參席. 會費 各 1万 원씩 내고 會食은 友信會쪽에서 했고. 16時頃엔 淸州稅務署 가서 徐秉秀 署長 만나 魯松 名義 서울 文井아파트 賣度 양도所得稅 關聯 事情 이야기했고~서울 江南 조병환 署長 關聯, 松의 商高敎師 立場, 同窓 徐秉圭의 從弟되는 等等으로 件 잘 풀릴余望 있기도. ※友信會 決算殘額 327,300 ○

〈1993년 2월 27일 토요일 晴, 曇〉(2. 7.) (-2°, 6°)
體育館 歸路에 姪女 狀況 보려고 産婦人科 들리니 經過 順調로웠고. 再堂姪 魯旭 집 가선 安否 알고서 戶籍謄本 받았고. 낮엔 대추밭 가서 2時間 剪枝作業 하고 歸淸.
서울 文井洞 아파트 賣渡 後 양도所得稅 稅務署 關聯 未決로 마음 걸려 晝夜로 不安中이고. ○

〈1993년 2월 28일 일요일 晴, 한 때 눈파람〉(2. 8.) (1°, 15°)
간밤에 눈 살짝 내렸고. 아침 歸路에 셋째 明의 집 들러 忠淸專大에 入學하게 된 孫女 惠信에게 들가방 값으로 金一封 주었고. 12時30分부터 있는 吳永根 子婚에 鳥致院 幸福예식場까지 人事 다녀온 것~李明花 子婚(느랭이 누님 外孫子 結婚式).
山南洞 가서 徐秉圭 만나 淸州 稅務署 徐署長한테 松 名義 양도稅 關聯 好轉토록 힘써 줄 것을 付託하였기도.
四女 魯杏 無事 到着하였다고 電話~17時10分~제 큰 오빠 집에서~濠洲서 7年 만에 온 것[22]. ○

〈1993년 3월 1일 월요일 雪〉(2. 9.) (-3°, -1°)
간밤 눈 나우 내려 4㎝ 積雪.
文民 새 政府 樹立 後 첫 三.一節. 거의 終日 家庭 生活~收單 再檢하다가 日暮頃에 産婦人科 病院 가서 姪女 魯先 經過 보고 歸家. 4日에 退院 豫定이라고. 어항 물갈이했고. ○

〈1993년 3월 2일 화요일 晴〉(2. 10.) (-6°, 7°)
今日도 終日 家庭生活~收單 未盡分 檢討, 日暮頃에 徐秉圭 親舊 찾아가 再付託한 것. 今夜도 子正 넘어 1시 半까지 收單 記錄에 노력하고 就寢. 松의 轉入申告~사창洞으로. ○

〈1993년 3월 3일 수요일 晴, 曇〉(2. 11.) (-1°, 8°)
體育館 歸路에 同窓會員 徐秉圭 가게 들러 稅務署長(從弟) 만나 억울한 課稅 풀어줄 것을 付託했던 것.
終日 家庭에서 궁금하고 不安 中 억지 해 보냈고. 밤 10時頃에 消息~稅務 關聯 實情을 잘 알아 勘案하겠다고. 어느 程度 마음 가라앉아 잠 잘든 셈. ○

〈1993년 3월 4일 목요일 晴〉(2. 12.) (6°, 13°)

20) 원문에는 붉은색 색연필로 밑줄이 그어져 있다.
21) 원문에는 붉은색 색연필로 밑줄이 그어져 있다.
22) 원문에는 붉은색 색연필로 밑줄이 그어져 있다.

家屋(住宅) 求景 온다는 者 있대서 終日 기다렸으나 안왔고. 어서 꼭 팔려야 할 텐데. 日暮頃에 徐秉圭 親舊 만나 어제 稅務署 다녀온 이야기 자세히 듣고 온 것…明日 세무서 다녀올 生角. 오늘 날씨 나우 포근했고. 서울 兩便에 安否 等 電話.
今夜도 子正 넘어 새벽 1時까지 派 譜系 再確認. ○

〈1993년 3월 5일 금요일 晴〉(2. 13.) (0°, 12°)
非常한 覺悟로 稅務署 가서 擔當者 睦 主事 찾아 住民登錄 잘못된 点이니 特別考慮를 哀願했으나 別 新通한 答 없고 名義 本人이 한 번 入署하면 理解토록 하겠다는 것 뿐. 서울 居住 三從 弼榮 와서 오는 13日 子婚 主禮 부탁하기에 應諾했고~14시. 원앙예식장. 어제에 이어 今日도 날씨 포근했고. ○

〈1993년 3월 6일 토요일 曇, 가끔비〉(2. 14.) (6°, 8°)
海外 濠洲서 歸國 後 서울 제 큰 오빠 집에서 滯留中인 4女 杏이 來 日曜 來日 온다는 것. 14時에 있는 三從孫 德信(魯德 子) 結婚式場 木花예식상에 夫婦 다녀왔고. ⊙

〈1993년 3월 7일 일요일 가랑비, 눈〉(2. 15.) (1°, 4°)
李斌模와 함께 弟子 李鳳均 子婚에 다녀왔고 ~제조창 禮式場, 손님 많고, 잔치 잘 했고.
七年 半 만에 歸國한 四女 杏이 서울서 오늘 淸州 왔고. 鳳鳴洞 집 最初로 보는 것. 五男 魯弼 家族과 함께 온 것. 셋째가 제 乘用車로 淸州고속터미날서 봉명동 집까지 태워 온 것. 마침 在應스님 왔고. 濠洲서 가져온 在應스님 마련으로 된 漢藥 5봉지 製粉해 오기도. ⊙

〈1993년 3월 8일 월요일 晴〉(2. 16.) (0°, 10°)
어제 製粉된 가루漢藥 상운 스님 앞으로 小包로 郵送. 市內 가는 途中 從兄님 만나 点心 待接했고. 住宅銀行 가서 2, 3月 分 賦金 整理 後 집에 와서 몇 가지 整頓했던 것. 下午 2時 버스로 魯弼네 上京. 在應스님은 母親 服用藥. 魯杏 服用할 人蔘 분말 꿀 사다 버므리기에 거의 終日 勞力하는 것. 松이 退勤 歸家했기에 들으니 '稅務署 들러 睦 氏 만나 對話' 했었으나 別無神通한 結果 없고 明日 일 지내보자는 것임에 또 神經 써지는 것. 밤엔 큰 애비와도 通話. ○

〈1993년 3월 9일 화요일 晴〉(2. 17.) (0°, 11°)
道醫療院 가서 左膝 痛症 治療받은 것~放射線 撮影 結果 큰 異常 없는 것. 注射 1대와 10日分 內服藥 받아온 것…今日 支拂 金額 15,400원整. 在應스님 13時頃에 海美 向發.
今日도 魯松은 稅務署 들러 文井洞 아파트 件일 보았고~手續 어느 程度 順調로운 듯 느껴져 가슴 좀 가라앉는 氣分 되고. ○

〈1993년 3월 10일 수요일 曇〉(2. 18.) (2°, 8°)
四從叔 漢斌 氏 招請하여 食堂에서 一盃 待接했고~明日 曲水行 合議.
午前엔 대추밭 가서 剪枝된 가지 큰 것 모두 치웠고. 歸路엔 金城 노욱 車로 잘 왔고. ○

〈1993년 3월 11일 목요일 晴〉(2. 19.) (1°, 10°)
漢斌 氏와 함께 金溪 가서 從兄 宅에서 点心

食事 後 從兄님 모시고 望德山 下曲水 뒤 先代 山所 伐草 狀況 둘러보고 曲水 部落 가서 伐草 責任者(尹00) 집 가선 充分히 잘 해달라서 充實한 答辯 듣고 온 것. 歸路에 대추밭 가서 2시간 勞動하고 入淸. ○

〈1993년 3월 12일 금요일 晴〉(2. 20.) (3°, 12°)
永樂會 會食에 夫婦 參席~晝食 場所 영부페. 次月 會食 場所 바꾸기로. 明日 行事에 깨끗이 한다는 뜻으로 2, 3日 앞당겨 沐浴했고. ⊙

〈1993년 3월 13일 토요일 晴〉(2. 21.) (2°, 12°)
三從弟 弼榮의 子婚에 主禮 서게 되어 서울 다녀온 것~淸潭洞 원앙禮式場 午後 2時. 初面 族弟, 族姪 等 一家 많이 만났고. 今日도 보람 있게 잘 지낸 편.
四男 魯松이 南陽 洪氏 00某孃과 面會한 것이나 結果는 아직 못들었고. ⊙

〈1993년 3월 14일 일요일 曇, 雨〉(2. 22.) (4°, 11°)
報恩 다녀온 것~報恩 三山校 33回 同窓會에서 招請[23]. 倭政 때 3年 間 擔任. 場所 俗離山 行 途中 統一塔食堂. 25名 參席. 노래와 윷놀이로 즐기는 것. 膳物도 받았고(洋服 천). 51年 前. 서울 事業家 李和洙 車로 入淸. 옛 追憶과 感慨無量한 하루를 뜻있게 보낸 것.
저녁엔 19時頃 셋째 明 家族 一同 잠간 다녀감~海外서 歸國한 제 姑母 杏이 보러 온 것. ⊙

〈1993년 3월 15일 월요일 雨, 曇〉(2. 23.) (6°, 14°)
午前엔 虎竹 다녀온 것~寒泉洞 鄭然 回甲. 歸路에 柳寅重(寅出 弟) 車로 잘 왔고.
17時頃 4人(郭勳鍾 李斌模 郭俊榮 郭商榮) 함께 豫約대로 黃致萬 問病.
午後 6時頃 稅務署에서 電話 왔었다나~'하는 일…배드민턴, 生活費는…年金 50万 원, 子弟한테 얼마…每月 10万 원으로 쌀 판다'고 井母가 答했다는 것. ⊙

〈1993년 3월 17일 수요일 晴〉(2. 25.) (2°, 11°)
故 李賢世 別世에 人事 다녀온 것. 葬地는 梧倉面 星山里 入口 山.
午後엔 1농장 가서 2時間 作業~동부 두둑 整理한 것~덩굴과 끈 긁어모아 태운 것. 歸路에 金만기(金大植 子) 봉고車로 玉山까지 잘 온 것. 今日 큰 애비 生日.
※昨日 16日은 稅務署 가서 睦 氏 만나 서울 件 哀願해 봤으나 別無神通이었던 것. ⊙

〈1993년 3월 18일 목요일 晴〉(2. 26.) (2°, 10°)
幸運不動産에서 4人 함께 만나 情談 後 点心도 함께…食代 全擔한 편 되고.
18시부터 있는 宗親會에 參席~16双 參席. 忠淸會館. '새 名單' 作成을 强調했고. ○

〈1993년 3월 19일 금요일 晴, 曇〉(2. 27.) (0°, 9°)
夫婦 一農場 가서 枯草, 木, 葉 긁어태우고. 歸家해선 午後에 울 안 菜蔬밭에 봄씨앗[24](무 배추 아욱 상추 시금치) 播種했고. 稅務署 關

23) 원문에는 붉은색 색연필로 밑줄이 그어져 있다.

24) 원문에는 붉은색 색연필로 밑줄이 그어져 있다.

聯 未決로 궁금하기만. ○

〈1993년 3월 20일 토요일 晴〉(2. 28.) (-1°, 11°)
오늘 따라 바쁘게 움직였던 것~淸友會員에게 電話, 沐浴, 道醫療院 가서 무릎痛症 注射 맞고 藥 짓고. 淸友會 親睦會食, 小魯 居住 郭根完 子婚에 제조창 禮式場에 參席 後 數人과 茶房 거친 것. 現金 없어 집에 빨리 들러서 닭전 가서 土種닭 一尾 4,500원에 잡아 사서 歸家. 日暮頃엔 울 안 雜草 뽑은 것. ⊙

〈1993년 3월 21일 일요일 晴〉(2. 29.) (1°, 10°)
看梅派(驪州 看梅, 서울地方) 宗親 40名이 淸原祠 參拜次 왔대서 11時에 藥水터 가서 淸州 宗員 몇 사람이 歡迎 맞이했고. 点心 함께 했고.
一농장 가서 밭두둑의 枯草 무덕이 옥수수대 等 뒤집혀 말리기에 勞力하고 入淸. ⊙

〈1993년 3월 22일 월요일 晴〉(2. 30.) (2°, 15°)
一농장 가서 말려놓은 枯草木 태우기에 約 2時間 勞力하고 入淸하여 稅務署 들러 杏의 未課稅 證明書 뗀 것~杏의 醫療保險카드 作成에 必要한 것. 歸路에 한라관광 가서 淸友會 逍風日字 相議했던 것. 日暮頃에 울 안 雜草 除去 作業했고. ⊙

〈1993년 3월 23일 화요일 晴〉(3. 1.) (5°,)
魯杏이 上京에 乘車券 등으로 바쁘게 市內 往來 2次例 等. 12時부터 있는 淸原郡 三樂會에 參席 會食. 杏은 12時 20分 發 高速버스(우등)로 제 큰 오빠 집 向發. 井母가 만든 새싹 쑥송편 若干 만든 것 갖고,
一농장가서 어제와 같이 枯草 태운 것. 서울서 쑥송편 먹으며 어머니의 고마움에 눈물[25] 나왔다는 전화 왔다는 것. ⊙

〈1993년 3월 24일 수요일 雨〉(3. 2.) (4°, 6°)
봄 가뭄 길어 몸 달더니 고맙게도 부슬비 내리는 것. 杏이 아침결에 왔고. 眼科에 들러 兩眼 診察하니 右眼의 網膜이 들 좋다는 것(큰 異常은 없다고). 閔 眼科.
金泰日 齒科 가선 右下 아금이 둘째것 治療~때운 것. 표준당 時計鋪서 시계줄 고치고. 大韓觀光 가선 1日코스 旅行地 알아보기도… 4.15:7 春川 方面, 1人当 16,000원이라나. ⊙

〈1993년 3월 25일 목요일 曇〉(3. 3.) (5°, 7°)
杏이 內服身病인 듯 忠北大附屬病院 갔다 왔으나 氣分에 안맞는 듯.
一農場 가서 참외밭 구덩이 파고 施肥 等으로 3時間 勞力하고 入淸. ⊙

〈1993년 3월 26일 금요일 曇〉(3. 4.) (6°, 13°)
故鄕 金溪 가서 族長 秉鍾 氏 喪配에 人事 後 一농장 가서 果木間 호박구덩이 몇 개 파고 歸家. 18時부터 있는 在淸同窓會에 參席 會食. ⊙

〈1993년 3월 27일 토요일 晴〉(3. 5.) (4°, 19°)
金溪 가서 族長 秉鍾 氏 喪偶 葬禮式에 잠간 다녀 人事. 農場 가서 2시간 程度 勞力. 明日 行事로 沐浴 理髮했고. ⊙

---

25) 원문에는 붉은색 색연필로 밑줄이 그어져 있다.

〈1993년 3월 28일 일요일 晴〉(3. 6.) (6°, 13°)
族弟 佑榮 子婚(熙昌)에 主禮 섰고. 午後엔 농장 가서 2時間 作業했기도. ⊙

〈1993년 3월 29일 월요일 晴〉(3. 7.) (4°, 12°)
夫婦 농장 가서 3時間 程度 勞動하고 入清.
杏이 민병렬 産婦人科 가서 診察 結果 큰 탈은 없을 듯. 院長의 親切이 多幸스럽고. 然이나 手術하는 것이 完璧 개운한 것으로 落着. ○

〈1993년 3월 30일 화요일 曇〉(3. 8.) (5°, 13°)
今日도 夫婦 함께 농장 가서 3시간 勞動. 魯杏이 上京. 去月 21日부터 먹던 개소주 藥은 오늘 낮 차례 分으로 끝난 것. 37日 間 服用한 셈[26]~큰 애비가 22万 원 들여서 만든 것. ○

〈1993년 3월 31일 수요일 曇, 雨〉(3. 9.) (6°, 11°)
夫婦 농장(2) 가서 가랑비 마즈면서 3시간 勞動했고~打作 북더기, 들깨 끄틀[27] 除去. 農家에선 단비 잘 오는 것. 日暮頃에 李斌模 招請으로 잠간 나갔다 왔고. ○

〈1993년 4월 1일 목요일 曇, 晴〉(3. 10.) (6°, 16°)
夫婦 농장 가서 3시간 勞動~어제 같은 일 하여 完了하니 개운. 夫婦 疲勞. 허리, 팔 아프고. 本意 아니게 市內 나갔다가 意外로 1万 원 程度 객비[28] 쓴 셈. ⊙

〈1993년 4월 2일 금요일 晴, 曇〉(3. 11.) (6°, 19°)
夫婦 농장 가서 3時間 노동~1농장에 감자와 토란 한 골 播種. 쇠거름 4자루 搬入. 井母는 2농장서 북더기[29] 긁어 태우고. 쑥 뜯기도. 入淸後 明日 上京 準備했고. ⊙

〈1993년 4월 3일 토요일 晴〉(3. 12.) (3°, 16°)
93全國聯合會長旗 生活體育배드민턴大會에 參席[30]~淸州教大 크럽서 10名 參加. 自家用 3臺로 6時에 서울 向發. 잠실體育館, 複式長壽部로 城北팀과 對決했으나 敗. 밤 9時頃 서울 發. 교통체증 甚하여 6時間 걸려 入淸. ⊙

〈1993년 4월 4일 일요일 曇〉(3. 13.) (3°, 13°)
昨夜에 서울서 出發한 車가 새벽에 淸州 到着. 總務 朴大鉉 氏 車로 온 것.
13時에 大韓예식장 가서 크럽會員 朴福禮 女史 子婚에 人事하고 点心 後
15時 버스로 故鄕 농장 가서 3時間 勞動~糞(牛)7包 운반. 除草藥 살포 1部. ⊙

〈1993년 4월 5일 월요일 晴〉(3. 14.) (5°, 15°)
族弟 成榮 要請으로 四從叔 漢斌氏 宅에서 朝飯 맛있게 했고. 故 義榮 氏 公(功)德碑文 읽어보기도. 碑文 써달라는 付託은 깊이 考慮해 볼 일.
三從姪 魯學과 함께 故鄕 金溪 가서 寒食 茶禮에 同參에 意圖대로 잘 된 셈. 큰집에서 高祖考, 再從祖考 茶禮에 供北 南氏, 修身 百子里 朴鍾厚 外孫格 參與에 좋았기도. 姪 魯學과 함

26) 원문에는 붉은색 색연필로 밑줄이 그어져 있다.
27) 그루터기의 사투리.
28) 객비(客費): 쓸데없는 곳에 드는 비용.
29) '북데기'의 잘못된 표기. 짚이나 풀 따위가 함부로 뒤섞여서 엉클어진 뭉텅이.
30) 원문에는 붉은색 색연필로 밑줄이 그어져 있다.

께 望德山 가서 省墓하고 金城 가서 큰 曾祖考 寒食 茶禮 정성껏 지냈기에 마음 흐뭇.
歸路에 1농장서 1.5시간 勞動하고 큰집 들러 夫婦 함께 18時 버스로 入淸. ⊙

〈1993년 4월 6일 화요일 晴〉(3. 15.) (3°, 15°)
모처럼 夢斷里 '聖德寺' 가서 再從妹夫 스님 만나 人事했고. 宅舍, 法堂 改新築 中이고. 人事 後 들은 点은 새 住宅 建築時~卯坐[31]酉向, 酉坐[32]卯向 좋고. 子坐午向도[33] 좋다. 3月末까지 淸州집 팔릴 듯. 閏三月 十二日에 基礎 着手[34]함이 좋겠다는 것. 点心 절에서 먹고.
一농장 가서 牛糞 搬入. 몇 구덩이에 入肥. 2농장 와선 除草劑 살포 若干 했기도. ⊙

〈1993년 4월 7일 수요일 曇〉(3. 16.) (3°, 9°)
仁川市 朱安의 龍華禪院 다녀온 것[35]~93(癸酉) 陰 3月 16日 行事로 法寶殿에서 있는 법보제 參席. 7時 半 出發. 17時 半 入淸. 勇斷 내린 셈. 6,980 父母, 60,981 云榮, 682 愼義宰(胥). 江南高速터미날서 地下鐵, 敎大서 바꿔 타고 신도림, 또 바꿔 타고 國鐵로 朱安서 下車. 左側行하며 出口. ⊙

〈1993년 4월 8일 목요일 가랑눈, 비, 曇〉(3. 17.) (0°, 8°)
一農場 가서 두둑 손질과 牛糞 搬入에 3時間 勞動. 전좌리 가서 省墓도.

31) 원문에는 파란색 색연필로 밑줄이 그어져 있다.
32) 원문에는 파란색 색연필로 밑줄이 그어져 있다.
33) 원문에는 파란색 색연필로 밑줄이 그어져 있다.
34) 원문에는 파란색 색연필로 점선이 그어져 있다.
35) 원문에는 붉은색 색연필로 밑줄이 그어져 있다.

數日 前에 서울 갔던 杏이 오고. ⊙

〈1993년 4월 9일 금요일 晴〉(3. 18.) (0°, 10°)
金溪 가서 族叔母(俸榮 母親…뒤마니 아주머니) 問病했고. 93歲라고. 1농장서 2時間 勞動. ⊙

〈1993년 4월 10일 토요일 曇〉(3. 19.) (1°, 9°)
一農場 가서 作業 2時間 後 雨天으로 入淸. 서울서 큰 애비 왔고.
밤 11時엔 淸高 뒤 魯旭 집 가서 堂叔母 忌祭 지냈기도. ⊙

〈1993년 4월 11일 일요일 부슬비, 曇〉(3. 20.) (2°, 9°)
午後 1時에 있는 청주敎大 크럽 黃보현 子婚에 招請 있어 '新羅예식장' 가서 人事하고 点心. 一農場 가서 호박구덩이 一部 入肥하고 다듬고. 큰 天幕 쳤기도. 入淸 歸路에 번말 族長 大鍾 氏 宅 가서 그의 夫婦 臥病에 問病했고. ⊙

〈1993년 4월 12일 월요일 晴〉(3. 21.) (2°, 14°)
一農場에 農用水 샘 파겠다는 까치말 崔永喆 技士한테 連絡 오고. 明日 工事에 給水 마련으로 族兄 輔榮 氏 만나 妥協하기도. 点心은 永樂會 있어 夫婦 함께 會食. ⊙

〈1993년 4월 13일 화요일 晴〉(3. 22.) (1°, 17°)
一農場에 早朝에 나가 農用水 샘 파기 工事[36] 보았고~9시 着手. 午後 3時에 마쳐 물 잘 나

36) 원문에는 붉은색 색연필로 밑줄이 그어져 있다.

오는 것. 工事者 '남촌수도건설' 최영철. 40万 원정. 計量機 다는 料金이 22万 원이라고. ⊙

〈1993년 4월 14일 수요일 晴〉(3. 23.) (2°, 17°)
어제 工事費 마련하여 玉山 가서 完納했고. ⊙

〈1993년 4월 15일 목요일 晴〉(3. 24.) (4°, 22°)
去 10日에 부탁한 '교차로주간신문' 廣告文 제5次의 1호 發表됐고. ⊙

〈1993년 4월 16일 금요일 晴〉(3. 25.) (4°, 21°)
⊙

〈1993년 4월 17일 토요일 晴〉(3. 26.) (4°, 22°)
三從姪 魯學의 女婚에 못가서 不安 不禁이고. ⊙

〈1993년 4월 18일 일요일 晴〉(3. 27.) (5°, 22°)
在淸宗親會 旅行에 몸 괴로워 못 施行코 井母만 다녀오도록 해서 不安. ⊙

〈1993년 4월 19일 월요일 晴〉(3. 28.) (8°, 24°)
井母와 杏이가 한사코 만류하는 것 무릅쓰{고} 저녁까지 마신 것. 加重으로 崔相俊 先生 만나 合意되어 亦 過飮한 것. ×

〈1993년 4월 20일 화요일 晴〉(3. 29.) (9°, 25°)
不安感 過重하여 기어코 臥病 呻吟. 今日의 淸友會에 못갔고. ○

〈1993년 4월 21일 수요일〉(3. 30.) (10°, 27°)
辛酉會 逍風에 不參의 旨 말하려고 極히 不便한 点 무릅쓰고 淸州驛(丁峯)까지 다녀와서 亦 終日토록 臥病呻吟. 終日 不安. 저녁에 깐지죽[짠지죽] 반공기 나우 먹은 것. ○

〈1993년 4월 22일 목요일〉(閏3. 1.) (10°, 20°)
아침에 흰죽 거이 한 대접 먹어 多幸. 点心 때 지나도 回復難이기에 病院 가서 診察하고 元氣回復用 링게루 1000cc맞은 것~食事 못해 탈진이지 딴 病은 없대서 天幸이었고. 4시간 所要. '양한설정형외과'.
杏이가 만든 외집, 딸기집 口味에 당겼고.[37] 井母가 만든 人蔘과 대추[38] 끓인 것 자주 多量 마셨기도. 밤중에 번개와 천둥 요란터니 비 많이 내렸고. 風勢 요란했기도. 오래간 가믄 끝이라서 하여튼 甘雨. 日暮頃엔 魯學 집 다녀왔고~17日 行事 人事. ○

〈1993년 4월 23일 금요일 曇, 晴〉(윤3. 2.)
完全 回復은 아니나 運身 좀 되겠기에 友信會 逍風[39]에 다녀오니 勇敢한 느낌~12名 參席. 會長 立場. 統一展望臺와 幸州山城. 8時 發, 20時 入淸. 人事 잘 했고. 서울 等地 書信에 神經 많이 써지고. 昨夜엔 우박[40]도 왔다는 것. ○

〈1993년 4월 24일 토요일 曇, 晴〉(윤3. 3.) (12°, 20°)
오늘 따라 바쁘게 움직인 것~鄭世根 事務室 거쳐 尹成熙 史龍基와 함께 加德 앞산 가서 卞相琪 爲先事業 立石行事에 人事 마치고 時間

37) 원문에는 붉은색 색연필로 밑줄이 그어져 있다.
38) 원문에는 붉은색 색연필로 밑줄이 그어져 있다.
39) 원문에는 붉은색 색연필로 밑줄이 그어져 있다.
40) 원문에는 파란색 색연필로 밑줄이 그어져 있다.

約束 있어 急히 鄭世根 元星玉에 電話 걸고 3人 合席 合議 되어 16時 버스로 大田 가서 安昌根 夫人 回甲 行事 자리인 '금강뷔페' 잠간 다녀온 것. 19時 清州 到着에 두 사람에게 夕食 待接했기도.
밤엔 故 青岩 功德碑文에 對하여 推進上 難한 点을 族弟 成榮한테 전화 연락했고. ○

〈1993년 4월 25일 일요일 晴〉(윤3. 4.) (7°, 16°)
제7회 天安市長旗 中部圈 배드민턴大會[41]에 清州教大크럽 選手 一同 25名 出戰에 다녀온 것~6時 半 清州 發, 午後 8時 清州 到着. 清州는 아깝게도 準優勝. 老男複式에서 銅메달.
서울서 막내 弼 家族 왔고…問安次. ○

〈1993년 4월 26일 월요일 晴〉(윤3. 5.) (7°, 19°)
玉山 가서 '남촌수도사' 들려 農用水道代 受領과 計量機 付着事 過程 確認했고.
18時부터 있는 同窓會에 參席하여 통돼지집에서 會食.
어제 왔던 魯弼 家族과 魯杏은 下午 3時 高速으로 上京~잘 갔다고 20時頃 確認. ○

〈1993년 4월 27일 화요일 晴〉(윤3. 6.) (10°, 21°)
故 青岩 義榮 氏[42] 功德碑 建立 推進(碑文, 쓰기) 問題와 尙州 故 潤觀 氏 弔問 件으로 아침엔 漢鳳 氏, 낮엔 漢奎 氏 만나 相談했던 것.
午後엔 一農場 가서 日 前에 破損된 바라솔 뜯어치우고 대추나무에 複合金肥 뿌리는 데 過勞 느끼기도. 10余 日 前에 판 농용수 샘 아직 未完. 自轉車 한쪽 빵구. 疲勞 等 . ○

〈1993년 4월 28일 수요일 曇, 雨〉(윤3. 7.) (12°, 16°)
尙州郡 利安面 佳庄里 가서 故 郭潤觀씨 別世에 弔問. 一行 6名~漢奎 漢鳳 潤煥 遠信, 原谷派 ○信과. 16時 清州 發. 밤 12時 入清. 現 大宗會長 咸昌派 槿의 伯父喪. ○

〈1993년 4월 29일 목요일 가끔비〉(윤3. 8.) (10°, 18°)
李斌模와 함께 忠北大附病 655号 가서 俊兄氏 宅 아주머니 入院에 問病. 農場 가서 둑밑에 一搬 호박 9구덩이 播種했고. ○

〈1993년 4월 30일 금요일 曇〉(윤3. 9.) (11°, 18°)
農場 가서 2時間 半 程度 勞力~2農場 東端에 아주까리 25구덩이 播種. 一農場 가서 뙤배리 호박 12구덩이 播種.
意外로 農用水 電柱가 適地에(適所) 新建되어 無限이 기쁘고 多幸[43]이었던 것. 韓電의 고마움에 眞心으로 深謝. 近者 이모저모로 過神經에 不安不便이 지내오던 中 今日로서 풀어지고 가장 기쁜 氣分으로 轉換된 셈. ○

〈1993년 5월 1일 토요일 曇〉(윤3. 10.) (12°, 17°)
族弟 千榮 爲先事業 立石行事에 다녀왔고~전좌리 고개 옆.
一農場 가서 丹호박 1두둑 播種. 1농장의 일

41) 원문에는 붉은색 색연필로 밑줄이 그어져 있다.
42) 곽의영(郭義榮, 1911~1992). 충북 청원(현 청주시) 출신의 정치인. 일제강점기에 군수를 지낸 뒤 이승만 시절에 국회의원에 3선하고 4·19 혁명으로 자유당 정권이 붕괴될 때 체신부 장관을 지냈다.
43) 원문에는 붉은색 색연필로 밑줄이 그어져 있다.

거리 많은 편. 2농장 노타리 付託 않았는데 누가 쳤고~듣자니 어느 牧師라나. ○

〈1993년 5월 2일 일요일 雨, 曇〉(윤3. 11.) (9°, 16°)
농장 가서 4時間 勞動~봄 糖根과 마씨 播種. 호박도 몇 구덩이 심고. 午後 七時까지 일해도 慈味를 느껴 어려운 줄 몰랐던 것. ○

〈1993년 5월 3일 월요일 晴〉(윤3. 12.) (10°, 20°)
夫婦 一농장 가서 6時間 勞動~참외, 수박 等 播種. 雜草 뽑기도. 引電工事(새 電柱). 松은 朝食을 簡易食으로 착수~우유와 빵. ○

〈1993년 5월 4일 화요일 晴〉(윤3. 13.) (11°, 23°)
夫婦 농장 가서 6時間 勞動에도 疲勞 몰랐고~興味 느끼기에…제반 進陟 잘 되어. ○

〈1993년 5월 5일 수요일 晴〉(윤3. 14.) (12°, 24°)
93年度 淸州 郭氏 大宗會 있어 參席[44]~200余 名 參集. 江南區 청담洞 프라마호텔[45]. 第15代 會長에 咸昌派 郭槿을 選出. 散會 入淸하니 午後 5時. 井母는 2농장 다녀오고. ○

〈1993년 5월 6일 목요일 晴〉(윤3. 15.) (16°, 22°)
낮에 一農場 가서 대추나무 밑 雜草 뽑기로 2時間 勞力하고 入淸.
閔 眼科 가서 診察 받으니 左眼…白內障, 飛蚊症이라고(輕症)~注射 맞고 服用藥 3日分. 眼藥 1병. 食事 正常을 비롯 勞動. 運動 等 健康좋은 편. 左脚 무릎만이 若干 不便. ○

〈1993년 5월 7일 금요일 晴〉(윤3. 16.) (15°, 23°)
夫婦 농장 가서 6時間 대추나무 밭 雜草 뽑기에 勞力했고.
松은 孝[46] 사탕과 꽃 사오고. 明 內外는 現金 5万 원씩 封套 가져온 것. ○

〈1993년 5월 8일 토요일 曇, 晴〉(윤3. 17.) (16°, 22°)
淸友會員 一同은 入院 中인 鄭龍喜 氏 問病次 龍岩洞 대전대학교 청주한방병원 다녀온 것. 一同(4名) 市內 紅瓦村 食堂 와서 点心.
午後엔 農場 가서 4時間 勞動~發芽된 호박 구덩이 손질. 대추나무밭 풀 뽑기. 新溪洞 앞턱에서 '머우'[47]도 베어 온 것. 서울 큰 애비 夫婦 오고. 杏이도 함께. 서울 큰 딸로부터 여름用 高級잠바 보내오고. 「오늘 어버이날」. ○

〈1993년 5월 9일 일요일 曇〉(윤3. 18.) (15°, 21°)
梧仙校 李鍾成 飮食 듬뿍 사 갖고 와서 長時間 人事 情談에 고마웠고.
어제 왔던 서울 아이들 故鄕 一農場 밭둑 가서 참쑥 싹 2자루 뜯어와서 午後 1時頃 서울 向發. 下午 3時 車로 一농장 가서 2時間 半 풀뽑기 作業에 勞力. ○

〈1993년 5월 10일 월요일 晴〉(윤3. 19.) (12°, 24°)

44) 원문에는 붉은색 색연필로 밑줄이 그어져 있다.
45) 원문에는 붉은색 색연필로 밑줄이 그어져 있다.
46) 원문에는 孝에 동그라미가 처져 있다.
47) 머위의 사투리.

永樂會 逍風[48]에 夫婦 參席~10双 20名. 龍仁 '自然농원[49]' 다녀온 것…9時 發, 18時 入清. ○

〈1993년 5월 11일 화요일 晴〉(윤3. 20.) (15°, 23°)
故 義榮 氏 功德碑 關聯으로 漢奎 氏, 族弟 道榮과 함께 美坪洞 石材場 다녀오고. 閔 眼科 들러 第二次 治療(白內障, 飛蚊症).
一農場 가서 2.5時間 作業~호박 참외 수박 發芽된 구덩이 손질. 두둑 雜草 除去. ○

〈1993년 5월 12일 수요일 曇〉(윤3. 21.) (20°, 22°)
終日 흠턱지근했으나 豫報된 비는 안오고.
井母와 함께 農場 가서 6時間 勞動~2농장에 고추 140 폭 植付. 1농장 가선 풀 뽑기에 流汗 勞力. ○

〈1993년 5월 13일 목요일 曇, 雨〉(윤3. 22.) (20°, 22°)
魚缸 물갈이했고. 거의 終日 降雨. 雨量 ~70㎜[50].
雨天으로 농장行 不能. 午後에 市內 가서 여러 곳 들렸던 것~交叉路廣告社, 魚缸店, 衣類店, 신발店, 忠北種苗社, 鐵物店 等. 비는 밤에도 오락가락했고. ○

〈1993년 5월 14일 금요일 晴〉(윤3. 23.) (11°, 21°)
故鄉 金溪里 老人잔치[51]에 招請 있어 參席. 場所 큰 새다리 밑. 点心 待接받고. 井母와 함께 2農場에 참깨 6두둑 播種. ○

〈1993년 5월 15일 토요일 晴〉(윤3. 24.) (11°, 24°)
스승의 날이라고 恩師 待接의 意으로 玉山校 26回 弟子 몇 이 招請 있기에 福台洞 미락식당 가서 点心했고…, 井母와 鄭海國 氏 夫人도 同參, 서울서 沈義燮 郭魯乂, 淸州 鄭顯嬉, 玉山의 任昇爀, 消息엔 鄭順任, 鄭熙模도 온다는 것. 点心 後 金溪 갔고. 뒤이어 서울서 큰 애비 와서 제 母親과 2농장 와서 約 3時間 참깨 播種에 함께 勞力한 것. ○

〈1993년 5월 16일 일요일 晴, 曇〉(윤3. 25.) (15°, 23°)
郭氏 大宗會에서 建立하는 故 郭義榮 氏 功德碑 除幕式에 參席~파락洞 앞 너른골. 井母, 杏, 井과 함께 농장 가서 참깨 播種 完[52]. ○

〈1993년 5월 17일 월요일 曇, 雨, 曇〉(윤3. 26.) (16°, 21°)
族弟 俸榮 母親喪에 金溪 가서 問弔. 訃告 쓰는 데 協助. 밤 9時 半에 歸家.
某人이 집 둘러보러 왔었다는 것. (家屋…住宅 購買者)
큰 애비 아침결에 上京. ○

48) 원문에는 붉은색 색연필로 밑줄이 그어져 있다.
49) 원문에는 붉은색 색연필로 밑줄이 그어져 있다.
50) 원문에는 파란색 색연필로 밑줄이 그어져 있다.
51) 원문에는 붉은색 색연필로 밑줄이 그어져 있다.
52) 원문에는 完에 동그라미를 쳤다.

〈1993년 5월 18일 화요일 晴〉(윤3. 27.) (12°, 24°)

井母의 所請으로 夫婦 法住寺 가서 미륵佛 3回 돌며 祈願.[53] 別相殿과 大雄寶殿서도 焚香하고 合掌拜禮하며 祈願~'10男妹의 無故와 幸福' '健康과 家事 亨通'[54].

午後엔 金溪 가서 喪家집(族弟 俸榮) 第2次 參席 人事. 밤 10時 半에 歸家. ○

〈1993년 5월 19일 수요일 晴〉(윤3. 28.) (16°, 26°)

井母와 함께 金溪 喪家집 가서 弔慰 人事. 난葬地(金城)까지 갔었고. 日暮頃에 明日 行事準備(点心, 간식用)로 바쁘게 活動.

意外로 또 稅務署로부터 서울 아파트 件 消息 왔대서 松이 다녀왔으나 傷心.[55] ○

〈1993년 5월 20일 목요일 晴〉(윤3. 29.) (13°, 28°)

清友會 逍風~慶南 馬山 돝섬[56] 다녀온 것. 昨日부터 걱정됐던 도시락 早朝부터 活動하여 解決됐고. 鐵道旅行. 7時 發에 21時 半 歸清. 돝섬엔 어린이놀이터와 簡易 動物園 程度.

願買子側에서 住宅 보고 갔다는 것. ○

〈1993년 5월 21일 금요일 曇, 雨〉(4. 1.) (16°, 22°)

신신찮은 일로 淸州稅務署 가서 목 씨 만났으나 개운한 消息 아니어서 低氣分. 12時부터 있는 辛酉會에 參席하여 中國집에서 簡易食事로 中食.

一農場 가서 우산 받은 채 한 손으로 풀 뽑기 作業 2時間 했고. 井母는 昨今 兩日 間 一농장에서 참깨 播種作業으로 長時間 流汗勞力. ○

〈1993년 5월 22일 토요일 雨, 晴〉(4. 2.) (12°, 24°)

새벽 아침 비 좀 내렸고. 昨今 雨量 約 20㎜[57]. 서울 아파트 양도소득세 關聯으로 稅務署와 洞事務所 들러 對話해 봤으나 別無神通이었고. 永樂會 監査했고.

一농장 가서 進入路 둑 풀깎기와 대추밭 雜草 뽑기에 勞力. 族孫 鳳在의 至極한 誠意와 勸誘로 不得已 탁주 1컵 했고. 33日 만에 맛본 셈. ⊙

〈1993년 5월 23일 일요일 晴〉(4. 3.) (12°, 24°)

夫婦 一농장 가서 除草 後 두둑 造成하여 黑참깨 播種에 流汗勞力 6時間. 歸路에 過勞 느끼고. 서울서 막내 弼 家族 왔고. ○

〈1993년 5월 24일 월요일〉(4. 4.) (16°, 25°)

午後에 一농장 가서 雜草뽑기 作業. 4시간 流汗勞力. 魯弼 家族 上京. ⊙

〈1993년 5월 25일 화요일 曇〉(4. 5.) (14°, 23°)

稅務署 關聯 서울 文井아파트 양도所得稅 件.

53) 원문에는 붉은색 색연필로 밑줄이 그어져 있다.

54) 원문에는 붉은색 색연필로 밑줄이 그어져 있다.

55) 원문에는 붉은색 색연필로 밑줄이 그어져 있다.

56) 창원시 동쪽 해안에 있는 섬. 옛가락국 왕의 총애를 받던 미희가 마산 앞바다로 사라진 이후 섬이 돼지 누운 모습으로 변하니 그때부터 돼지의 옛말 '돝'을 따서 돝섬으로 불렸다고 한다.

57) 원문에는 파란색 색연필로 밑줄이 그어져 있다.

억울하고 분하지만 納稅키로 父子 合意 決定~큰 애비의 말 "國家에 바쳐 國民生活에 도움주는 稅金이니 억울할 것 없다"고. 넓은 雅量. 15,672,000원.
夫婦 농장 가서 6時間 勞動~고추 호박 참외 옥수수에 施肥. 雜草 뽑기. ○

〈1993년 5월 26일 수요일 晴〉(4. 6.) (15°, 25°)
今日도 農場 가서 夫婦 6時間 勞動. 1농장 풀뽑기 作業. 同窓會에 參席.
杏은 上京, 큰 애비로부터 양도所得稅條 온라인으로 送金했다는 消息. ⊙

〈1993년 5월 27일 목요일 晴〉(4. 7.) (13°, 27°)
清原郡 三樂會 前半期 逍風[58]에 다녀온 것~慶北 高敞郡 禪雲山(兜率山) 禪雲寺 大雄殿 뒤의 椋栢樹, 변산半島의 능가山 來蘇寺(高麗武王 때 創建), 進入路의 전나무(杉), 扶安郡. 8시 清州 發~19時頃 歸淸. ⊙

〈1993년 5월 28일 금요일 晴〉(4. 初8.) (15°, 28°)
새벽 3時 半 起床. 玄關에 초불燈 달았고. 井母와 함께 몽단이 聖德寺 가서 부처님께 拜禮. 燈 2個도 手續. 点心 後 一농장 가서 3時間 除草 作業. ○

〈1993년 5월 29일 토요일 晴〉(4. 9.) (16°, 29°)
閔 眼科 다녀와서 井母와 함께 故鄕 농장 가서 거의 終日 勞動.
宿望이던 農場用 揚水機 設備 完了되어 今日 最初로 揚水[59]하니 기뻤던 것. ○

〈1993년 5월 30일 일요일 晴〉(4. 10.) (15°, 29°)
夫婦 농장 가서 5時間 勞動. 참깨 싹 솎기. 一농장 揚水, 대추木 消毒(빗자루病 豫防).
參男 明이 移舍~斜川洞 新東亞아파트로 入住한 것. 31坪形. 농장서 歸家 後 夫婦 함께 다녀왔고. ⊙

〈1993년 5월 31일 월요일 晴〉(4. 11.) (19°, 30°)
長期間 께름하고 傷心했던 서울 文井아파트 讓渡稅 納付(14,672,000)[60]하니 개운한 것보다 분하고 억울한 感 不禁…松 名義 住民登錄에 同一家口된 点으로. 國家로 바친 것이니 괜찮은 것인가?
鄭世根(쌍용증권 顧問) 要請으로 年金證明 複寫한 것 一枚[61] 주었고…에스콰이어 구두 1켤레 30% 割引에 使用된다기에. 一농장 가서 4時間 勞動. ⊙

〈1993년 6월 1일 화요일 曇〉(4. 12.) (20°, 27°)
夫婦 一농장 가서 約 6시간 勞動~대추뿌리 싹캐기, 참깨밭 손질. ○

〈1993년 6월 2일 수요일 雨〉(4. 13.) (17°, 21°)
새벽부터 비~부슬비 가끔. 바람은 태풍과 같이 한 동안 세었고. 서울 三從弟 弼榮 다녀갔고. 故鄕 一농장 갔으나 비바람 强해서 計劃한 作業은 못하고 달래밭 풀뽑기 일에 우산 받고

58) 원문에는 붉은색 색연필로 밑줄이 그어져 있다.

59) 원문에는 붉은색 색연필로 밑줄이 그어져 있다.
60) 원문에는 파란색 색연필로 밑줄이 그어져 있다.
61) 원문에는 파란색 색연필로 밑줄이 그어져 있다.

한손으로 除草에 쵸고 힘들었던 것. ⊙

〈1993년 6월 3일 목요일 曇〉(4. 14.) (13°, 17°)
故鄕 金溪里長 郭魯樽의 消息에 依하여 道 行事인 民俗놀이 擲柶大會가 있대서 激勵 및 應援次 曾坪(文化會館)까지 다녀왔고~誠意 없는 態度에 不快했던 것. 井母는 농장 다녀왔고. ⊙

〈1993년 6월 4일 금요일 曇〉(4. 15.) (14°, 24°)
忠北道民體育大會 行事 中 배드민턴 競技場 잠간 가본 것…教大 체육관.
一농장 가서 雜草 전멸약 8통 撒布했고. ⊙

〈1993년 6월 5일 토요일 晴〉(4. 16.) (17°, 27°)
明日의 顯忠日 國立墓地 參拜人 確定~姪女先, 妹 才榮, 서울 큰 애비, 長女, 參女, 四女杏. 夫婦 2농장 가서 7시간 勞動…참깨밭 附土 完了. ○

〈1993년 6월 6일 일요일 晴〉(4. 17.) (17°, 28°)
從兄嫂 生辰(80歲) 行事에 夫婦 金溪 가서 朝食 後 一農場 가서 8時間 勞動. 消息에 依하면 國立墓地 亡 弟碑에 큰 애가 獻花參拜. 姪女魯先 家族 全員, 서울 세 女息, 큰 妹 參席 參拜했고. 点心은 큰 女息이 準備해 왔다는 것. 「15단지 15433번」[62]. '顯忠日 38돌'. ⊙

〈1993년 6월 7일 월요일 晴〉(4. 18.) (18°, 30°)
今夜는 先祖妣 忌祭인데 上京 못해 罪悚感. 祭物費는 若干 보냈고.
一농장 가서 3時間 일했고~대추나무 손질. ⊙

〈1993년 6월 8일 화요일 曇〉(4. 19.) (21°, 30°)
故 郭潤根 別世에 弔問 後 夫婦는 農場 가서 7時間 勞動. ⊙

〈1993년 6월 9일 수요일 晴〉(4. 20.) (20°, 30°)
午前 中 葬地 있다가 点心 後 一농장 가서 3時間 半 勞動(除草劑 撒布).
慕忠洞서 家屋 보고 갔고…, 晋州 鄭氏 68勢. 午後엔 봉명洞 婦人이라고. ⊙

〈1993년 6월 10일 목요일 曇〉(4. 21.) (19°, 28°)
張 氏 內外와 진로식당에서 点心했고. 夫婦 농장 가서 勞動. 杏이 서울서 왔고. ⊙

〈1993년 6월 11일 금요일 晴〉(4. 22.) (18°, 30°)
夫婦 一農場 가서 五時間 勞動~호박 施肥, 고추 支柱木 마련에 勞力. ⊙

〈1993년 6월 12일 토요일 曇〉(4. 23.) (18°, 24°)
永樂會 있어 夫婦 參席~사또보쌈집. 監査 結果 報告했기도.
午後엔 농장 가서 고추 支柱木 30余 個 마련했고. 서울서 큰 애비 왔고. 8쪽 大形 屛風[63] 사 갖고 온 것. ⊙

〈1993년 6월 13일 일요일 雨, 曇〉(4. 24.) (22°, 24°)
朝飯은 月前에 斜川洞 新洞亞아파트로 移舍간 셋째 明이 집으로 一同 가서 맛있게 먹은

62) 원문에는 붉은색 색연필로 밑줄이 그어져 있다.

63) 원문에는 파란색 색연필로 밑줄이 그어져 있다.

것. 12時엔 故 李仁魯 夫人 古稀宴에 다녀온 것. 큰 애비 上京. 杏이도. ⊙

〈1993년 6월 14일 월요일 曇〉(4. 25.) (23°, 26°)
감기 甚해 '양한설 병원' 다녀왔고. 夫婦 농장 가서 6時間 勞動. ○

〈1993년 6월 15일 화요일 晴, 曇〉(4. 26.) (22°, 28°)
閔 眼科에 여러 번(6번째) 다녀온 셈. 今日은 視力檢査까지도. 晝食 後 夫婦는 一農場 가서 3時間 勞動~진딧물약 撒布. 콩밭 김매기. ⊙

〈1993년 6월 16일 수요일 晴〉(4. 27.) (17°, 30°)

〈1993년 6월 21일 월요일 晴〉(5. 2.) (21°, 28°)
16日부터 今日까지 續飮酒. ⊙⊙⊙ ××※
井母는 單身 2농장 가서 마늘 15접 캐어 4次例에 걸쳐 搬入한 것[64].

〈1993년 6월 26일 토요일 曇〉(5. 7.) (19°, 29°)
※ 23일 낮까지 飮酒 繼續한 듯. ⊙※ 6/24 ○ 6/25 ○
井母는 單獨 1농장 가서 감자 2말 캐어 淸州 집까지 搬入~딱하기 無限.
※ 23일 午後부터 臥病呻吟타가 午後에 양한설 病院 가서 診察治療 3시간 받은 것. 못처럼 저녁 食事 한 공기 든 셈.
其 間의 日氣는 거의 맑은 셈이어 가므는 狀態. 아침 氣溫은 18°에서 20°까지. 每日의 最高溫度는 27°에서 30°까지. 8日 間 일 못하여 이모저모 열 山積하게 밀렸고. (族譜일, 농장일) ○

〈1993년 6월 27일 일요일 曇〉(5. 8.) (20°, 29°)
가까스로(억지로) 起動하여 井母와 함께 1농장 가서 7시간 勞動 疲勞. 夕飯에 모처럼 밥 한그릇 국과 함께 다 들었고. ○

〈1993년 6월 28일 월요일 曇, 雨〉(5. 9.) (21°, 23°)
9時頃부터 내리기 시작한 부슬비는 終日 내리고. 밤 10時까지도 繼續. 族譜 收單 손질에 노력하느라고 終日 바빴던 셈. 今夜도 11時 半까지. 큰 애, 큰 딸, 3女, 次男 絃, 杏이 한테서 安否 전화 오고.
3男 明은 오늘도 '삼주우유' 여러갑 가져왔고. ○

〈1993년 6월 29일 화요일 雨, 曇, 雨〉(5. 10.) (18°, 23°)
모처럼 體育館 다녀온 것. 淸友會 尹교장 夫人 問病 件. 전화에 애 많이 먹었고. 城村派 族譜 收單 完成(97世帶 449名)[65]된 것 册子로 複寫製本[66]하기까지 無限히 神經 써서인가 日暮頃엔 머리 아픈 氣分. 城村派 譜 100余 卷 만들어 97世帶에 모두 한卷씩 나누어 줄 心算으로 印刷所에 付託하니 마음 흐뭇했기도. 서울 갔던 杏이 왔고. 큰 女息의 父母 공경하는 마음씨 곱고 착하기도. ○

64) 원문에는 붉은색 색연필로 밑줄이 그어져 있다.

65) 원문에는 붉은색 색연필로 밑줄이 그어져 있다.
66) 원문에는 붉은색 색연필로 밑줄이 그어져 있다.

〈1993년 6월 30일 수요일 曇, 가끔비〉(5. 11.) (19°, 25°)
今日까지 장마비 雨量 約 100㎜. 故鄕 농장이 궁거워 낮에 잠간 가보니 참깨가 特히 充實하고 1농장의 대추꽃 旺盛하게 開花. 모두모두 아직은 充實.
下午 3時에 淸友會員 모여 尹교장 집 問病 件에 對한 相議 있었기도.
日暮頃에 龍華寺(曹溪宗) 가서 둘러본 後 觀世音菩薩堂에서 祈禱.[67] ○

〈1993년 7월 1일 목요일 曇, 가랑비〉(5. 12.) (18°, 26°)
새벽 4時에 起床 洗手 後 龍華寺 가서 부처님께 첫 祈禱[68]~父母님의 冥福. 子孫들의 所願成就[69], 井母의 健康[70], 自身의 修養 健康[71].
12時에 淸友會員 모여 尹成熙 교장 위로 會食했고(內患 慰勞).
午後엔 2農場 가서 참깨밭 第二次 消毒한 것. 乘車券 夫婦用 72枚 받았고. ○

〈1993년 7월 2일 금요일 曇, 晴〉(5. 13.) (20°, 28°)
體育館 歸路에 收單 製本 狀況 보려고 複寫社 들렸더니 順調로이 進行 잘 되어 明日이면 作業 끝날 것 같다는 것.
夫婦 농장 가서 7時間이란 長時間 勞動했고…. 消毒 撒布가 主.

모처럼 長孫子 '英信'이 왔고…, 제 차 제 손으로 最初로 運轉해 온 것.[72] 1711호.
새벽 龍華寺 祈禱는 今日도 施行했던 것. ○

〈1993년 7월 3일 토요일 晴〉(5. 14.) (20°, 29°)

城村派 收單 册子로 完成 發刊~勞力 後 所望 成就한 셈. 苦盡甘來.[73] 長孫 '英信'이 朝飯 後 上京~夕食 後 無事 上京 消息. 杏이도 낮에 上京. 一농장 가서 7時間 勞力했고. 두루두루 보람 느끼고. ○

〈1993년 7월 4일 일요일 晴〉(5. 15.) (20°, 30°)
서울 큰 再從兄嫂 氏(車 氏) 危篤에 山所자리 就擇 依頼 있어 小魯 金昌月 地官 招致하여 金溪內洞가서 留念地 보여 '乾坐'로 確定하는 데 날씨 더워 一同 애 먹었던 것~魯寬 公榮 魯旭과 함께.
井母와 함께 一농장 가서 4時間 勞力했고. ○

〈1993년 7월 5일 월요일 晴〉(5. 16.) (22°, 32°)
洞事務所 거쳐 새로 着任한 金永培 洞長 만나 잠간 座談한 後 鄭在愚 法律事務所 들러 不動産 相續 手續 節次 確認한 다음 郡 民願室 가서 該當用紙 받았던 것. 午後엔 一農場 가서 3時間 勞力했고. 杏이 서울서 오고. 歸路에 신기한 일[74] 있었고~'검정비닐 봉지 속의 물 한 컵'[75]으로 험한 손 닦은 일. ○

〈1993년 7월 6일 화요일 曇〉(5. 17.) (21°, 30°)
漢奎 氏와 함께 聖德寺 落成式에 參席하여 柳

67) 원문에는 붉은색 색연필로 밑줄이 그어져 있다.
68) 원문에는 붉은색 색연필로 밑줄이 그어져 있다.
69) 원문에는 파란색 색연필로 밑줄이 그어져 있다.
70) 원문에는 파란색 색연필로 밑줄이 그어져 있다.
71) 원문에는 파란색 색연필로 밑줄이 그어져 있다.
72) 원문에는 붉은색 색연필로 밑줄이 그어져 있다.
73) 원문에는 붉은색 색연필로 밑줄이 그어져 있다.
74) 원문에는 붉은색 색연필로 밑줄이 그어져 있다.
75) 원문에는 붉은색 색연필로 밑줄이 그어져 있다.

在石 主持에 人事하고 点心.
一農場 가서 대추밭 손질. 灌水, 枯草劑 撒布 等 四時間 勞動했고.
井母는 大形 冷藏庫 購入 設置하고 滿足한 듯.[76] ○

〈1993년 7월 7일 수요일 晴, 曇〉(5. 18.) (22°, 28°)
延氏 老人 집에서 午前 中 놀다가 一농장 가서 3시간 勞力했고.
食事는 잘 하는 편인데 氣力은 不足한 느낌. ○

〈1993년 7월 8일 목요일 雨, 曇〉(5. 19.) (22°, 24°)
閔 眼科에 일곱 번째 가서 檢視와 治療 받은 것…. 백내장 飛蚊症.
밤 11時에 魯旭 집 가서 再從兄(故 憲榮 氏) 忌祭에 參席했고. ○

〈1993년 7월 9일 금요일 曇〉(5. 20.) (22°, 29°)
族譜 收單 關聯의 '城村派 世帶主別 名簿' 作成 複寫 50部까지 完全이 마치니 마음 개운.
夫婦 一농장 가서 3시간 勞力…들깨모. 어제의 雨量 35㎜[77]. ○

〈1993년 7월 10일 토요일 曇, 晴, 曇〉(5. 21.) (26°, 29°)
李明世 招請으로 레인커피숍 가서 点心 厚待 받았고…俊兄과 함께.

76) 원문에는 붉은색 색연필로 밑줄이 그어져 있다.
77) 원문에는 파란색 색연필로 밑줄이 그어져 있다.

一農場 가서 四時間 勞動~들깨 심을 두둑 만들기에 땀 많이 흘린 것.
大宗會譜所로 發送할 '收單' 再檢 後 編綴하여 完了하니 보람 느끼고. ○

〈1993년 7월 11일 일요일 曇, 雨, 曇〉(5. 22.) (25°, 26°)
夫婦 一農場 가서 들깨모 作業 着手 後 1時間만에 비 쏟아져서 中途에 歸家. ○

〈1993년 7월 12일 월요일 雨〉(5. 23.) (22°, 25°)
비 내리지만 龍華寺 가서 새벽 祈禱 올렸고.
終日 때때로 降雨.
永樂會에서 夫婦同伴 逍風格으로 槐山郡 白峰 '富興' 가서 別味 生鮮膾(松魚)로 會食했고. 11双 全員 參席한 편.
가끔 비 내리지만 一農場 가서 들깨모에 2時間 勞力한 것. ○

〈1993년 7월 13일 화요일 雨〉(5. 24.) (23°, 26°)
새벽에 비 내리더니 3차례어 걸쳐 集中 豪雨도. 淸州地方 120㎜.
一농장 가서 비 맞으며 우장 입은 체 3시간 除草作業 했고. 2농장 排水口 손질도.
장마비로 農作物 被害 憂慮되고…特히 참깨에 神經 써지고. ○

〈1993년 7월 14일 수요일 曇, 晴〉(5. 25.) (23°, 28°)
虎竹 가서 朴恒淳 親喪(故人 朴鍾殷 氏)에 弔問했고. 夫婦 一농장에서 4시간 들깨모 作業에 流汗勞力. 光州 갔던 杏이 왔고. ○

〈1993년 7월 15일 목요일 曇, 晴, 曇〉(5. 26.) (23°, 30°)
夫婦 농장 가서 7時間 勞動~들깨모 完了[78). 팥밭 除草.
四女 魯杏이 今日부터 英語 講師로 學院에 朝夕 出勤[79)(에일外國語學院). ○

〈1993년 7월 16일 금요일 曇〉(5. 27.) (22°, 25°)
李斌模 周旋으로 '韓食부페' 갔다가 一家 漢沼의 待接을 받게 됐던 것. 勳鍾 氏도 俊冗도. 歸路에 淸原郡廳과 法院 들러 不動産 相續 手續일 조금 程度 본 셈. 나우 時日 必要할 氣分. ○

〈1993년 7월 17일 토요일 雨, 때때로〉(5. 28.) (19°, 20°)
아침運動 歸路에 族長 時鍾 氏 집 들 三派 件 和合과 族譜 收單 完成 提出토록 討論했던 것. 비 맞으며 一農場 가서 풀 뽑기 作業 2時間 했고. ○

〈1993년 7월 18일 일요일 曇, 晴, 曇〉(5. 29.) (19°, 28°)
明日 提出 豫定으로 族譜 收單集 再檢하고 各派 代表들에게 연락 相議하고 一농장 가서 3時間 勞動~풀뽑기 作業. ○

〈1993년 7월 19일 월요일 晴〉(6. 1.) (20°, 27°)
上京하여 '淸州 郭氏 大同譜' 第七刊 兵使公派 「城村派」 收單 132 族譜事務室에 提出하고…, 서울 中區 인현洞 一街 신도빌딩 502号. 譜書 34部 申請金과 收單 名花錢 458名의 70%(1人當 10,000) 送金 660万 원 부쳤으니 또 하나의 큰 일 마친 셈. 속시원했으나 收單 名花錢 30% 關聯 討論에 理論이 맞서 意思貫通이 안된 탓인지 不快感 解消 안된 채 歸淸. 밤 9時. ○

〈1993년 7월 20일 화요일 晴〉(6. 2.) (18°, 28°)
淸友會 있어 12時에 集結. 한식부페서 會食했으나 玉山 弟子 鄭顯嬉 女史가 料食代金 支拂하여 고마웠고. 郡廳 民願室 가서 土地相續 手續 節次 잘 알아봤기도.
一農場 가서 숲진 雜草 3時間 뽑았고. 夕飯 後 族叔 漢奎 만나 大宗會 族譜事業 推進 等으로 情談 時間余 나눈 것. ○

〈1993년 7월 21일 수요일 晴〉(6. 3.) (16°, 28°)
食 前 氣溫 低下되어 龍華寺 가는 데 나우 썰렁함을 느꼈고.
12時부터 있는 校長團 親睦會(同甲 辛酉會)에 參席. 酒類 强勸에도 强力 辭切했고. 四女 杏이 早朝, 夕으로 學院 出勤에 고단할 터. ○

〈1993년 7월 22일 목요일 晴〉(6. 4.) (17°, 28°)
농협과 法院 가서 一部分 用務보고 一농장가서 3時間 半 풀 뜯기 作業 등 勞動. ○

〈1993년 7월 23일 금요일 晴〉(6. 5.) (20°, 27°)
月例 三樂會에 參席. 淸州 제조창 見學하고 '사또보쌈'에서 會食.
夫婦 농장 가서 約 4時間 勞動. ○

78) 원문에는 붉은색 색연필로 밑줄이 그어져 있다.
79) 원문에는 붉은색 색연필로 밑줄이 그어져 있다.

〈1993년 7월 24일 토요일 가끔 비〉(6. 6.) (21°, 25°)

終日토록 비 오락가락 一農場 못갔고. 眼科 가서 눈 治療 9번째. 밤 늦게까지 不動産 相續手續 書類 썼어도 아직 未盡. ○

〈1993년 7월 25일 일요일 曇〉(6. 7.) (21°, 25°)

四男 魯松이 佛教研修(修練)次 松廣寺行[80]으로 光州 向發(5時 50分). 金溪 가서 農地委員 찾아가 相續書類 保證書에 도장 받은 後 一농장 가서 茂盛한 雜草 뽑고 뜯는 데 2時間 勞力했고. 杏이 서울 다녀오고. ○

〈1993년 7월 26일 월요일 曇〉(6. 8.) (21°, 25°)

농협, 郡廳, 玉山面 다니며 土地 相續 일로 들러 일 좀 보고 一農場 가서 雜草 뽑은 後 18時부터 있는 同窓會에 參席. ○

〈1993년 7월 27일 화요일 가랑비〉(6. 9.) (22°, 30°)

不動産 移轉登記 手續書類 補完으로 玉山面 거쳐 淸原郡廳 民願室 가서 土地特別措置法 取扱係에 提出 檢査 後 接受케 되니 마음 개운했고. 同書類 많기도. 土地臺帳謄本, 仝 登記簿 謄本, 地方農地委員의 保證書. 相續 포기 確認書, 確認書 發給 申請書, 戶籍謄本, 除籍謄本. 午後엔 一農場 가서 참외 두둑 雜草 뜯고 뽑기에 3時間 勞力한 것. ○

〈1993년 7월 28일 수요일 曇, 雨〉(6. 10.) (22°, 28°)

族叔 漢奎 氏 招請으로 俊兄과 晩榮과 함께 点心 食事 맛있게 먹고 一農場 가서 참외 두둑 雜草 뽑아 九日 걸쳐 雜草 茂盛 두둑 完了하니 시원했기도. ○

〈1993년 7월 29일 목요일 曇, 雨〉(6. 11.) (22°, 27°)

민眼科에 10번째 診察 받았고~아직 完快되지 않았고.

一農場 가서 호박 두둑 풀과 대추새싹 캐낸 것 ~2시간 作業. 2男 絃이가 오랜만에 大田서 왔고. 제 夫婦 와서 夕食 지어 待接하고 간 것. 松廣寺 갔던 四男 松이 四泊五日 佛教研修 마치고 無事 歸家.[81] ○

〈1993년 7월 30일 금요일 가랑비, 曇〉(6. 12.) (20°, 27°)

玉山 가서 族叔 漢虹 氏 招待하여 族譜 收單 提出 경위 傳達하고 親友 李炳億도 함께 点心 待接했고.

一農場 가서 풀뽑기 作業했고. 태풍과 폭우 온대서 걱정스럽더니 多幸히 없었고. ○

〈1993년 7월 31일 토요일 曇〉(6. 13.) (23°, 30°)

三從姪 魯德이 家屋 增築 手續에 아그배 宗土垈의 '사용승락서'와 印鑑 증명이 必要하다기에 作成해 주었고.

一농장 가서 今日도 除草作業했던 것. ○

〈1993년 8월 1일 일요일 曇〉(6. 14.) (24°, 31°)

梧倉面 杜陵里 趙義煥(서울 居住) 母親喪에

80) 원문에는 붉은색 색연필로 밑줄이 그어져 있다.

81) 원문에는 붉은색 색연필로 밑줄이 그어져 있다.

人事次 杜陵里 다녀왔고. 어제 上京했던 四女 杏이 오고…제 姨姪女(趙연진) 英語 指導次 每週 土曜日 午後에 가는 것. ○

〈1993년 8월 2일 월요일 雨〉(6. 15.) (23°, 26°)
終日토록 비 내린 셈. 大形 冷藏庫값 2/3次 分支拂. 서울서 큰 애비 夫婦 왔고. ○

〈1993년 8월 3일 화요일 가랑비, 曇〉(6. 16.) (19°, 26°)
큰 애비와 함께 一농장 가서 애동호박, 참외 수박 몇 개씩과 옥수수 나우 따 가지고 온 後 午後에 單身 再次 가서 除草作業하고 追加로 애동호박 여 나무 개 더 땄기도.
밤 10時 半에 先考忌祭 올렸고~큰 애 셋째 넷째 第振榮 큰 妹, 孫子 英信, 昌信, 正旭, 姪 슬기, 從兄, 4女 杏, 姪女 파란 參禮.
祭禮 後 大形 새 병풍의 글 '盛年不重來 一日難再晨….' 等 半 程度 解釋하였고. ○

〈1993년 8월 4일 수요일 晴, 曇〉(6. 17.) (21°, 29°)
아침결에 서울 아이들 모두 갔고. 農場 가서 4시간 勞動. ○

〈1993년 8월 5일 목요일 曇, 晴〉(6. 18.) (20°, 27°)
夫婦 농장 가서 約 3時間 勞動. 풀뽑기, 깻잎 약간 따기. ○

〈1993년 8월 6일 금요일 晴, 曇〉(6. 19.) (19°, 25°)
弟 振榮 車로 姪壻 賢都우체국長 招請 있어 廳舍 竣工式에 다녀왔고.
農場 가서 4時間 勞動~풀 깎고 뜯고. 雜草藥 撒布. ○

〈1993년 8월 7일 토요일 曇, 가랑비〉(6. 20.) (21°, 26°)
族弟 偉相 再婚에 俸榮 付託으로 主禮 섰고~13時, 월드부페. 農場 가서 3時間 勞動…풀 뜯고 깎고. ○

〈1993년 8월 8일 일요일 雨, 暴雨〉(6. 21.) (19°, 24°)
終日 비. 11時 40分부터 約 1時間. 30分 間 가랑비 내린 後 또 장대비 30分 間 쏟아졌으니 큰 비 많은 비 내린 것.
第6回 배드민턴 道聯合會大會 國民生活館에서 있게 되어 開會式 參席.
金溪 가서 故 郭永相 葬禮行事에 人事했고. 無休 降雨에 모두 애 먹은 턱.
井母의 右側 허리痛症은 아직 안 가라앉은 것…漢醫 治療 中이고. ○

〈1993년 8월 9일 월요일 曇〉(6. 22.) (20°, 30°)
흐린 날씨지만 무더웠고. 市內 用務 後 一농장 가서 3시간余 일 했고.
서울서 막내 魯弼 家族 왔고. ○

〈1993년 8월 10일 화요일 雨, 晴〉(6. 23.) (21°, 26°)
로빈号 颱風이 비 몰고 온다는 것. 終日토록 겁먹고 궁금했으나 天幸으로 南海方面에서 東北쪽으로 빠져나갔다는 放送에 우리 고장은 別 피해 없이 지난 듯.

午後에 田場 가서 兩편 큰 被害없는 듯 現場 잘 보았고. 3시간 半 일했고.
在應스님과 상운 스님 來訪에 반가웠고. 臨政先烈 五位奉還國民祭田…서울. 弔旗.
밤 11時 半頃 來電에 서울 큰 再從兄嫂 氏(魯寬 母親) 別世[82] 기별 온 것…車 氏. ○

〈1993년 8월 11일 수요일 晴〉(6. 24.) (21°, 30°)
서울 큰 애비를 비롯 10余 곳에 서울 訃音 電話로 連絡했고. 小魯 金昌月 地官 連絡과 明日 所用의 各種 祝文 쓰기 等으로 終日 바빴던 셈. 主喪 魯寬, 魯旭, 魯慶, 從兄께 전화 연락에도 분주했고, 큰 애비한테서도 전화 왔고,
어제 來訪한 두 스님 下午 5時 半에 서울 向發. ○

〈1993년 8월 12일 목요일 曇, 雨〉(6.25.) (22°, 27°)
큰 再從兄嫂(延安 車氏) 葬禮 無事히 잘 치른 셈. 早朝 玉山 가서 約束대로 金昌月 地官 맞아 朝食 待接 後 金溪 가서 從兄 모시고 內洞(안골) 가서 山神祭와 先塋 前 告祝式 지낸 것. 乾坐巽向[83]. 날씨 위험터니 간신히 참고 成墳祭時부터 비 내리어 多幸이었고.
서울 막내 魯弼 家族 上京. 葬地까지 서울 큰 애비 다녀갔고. ○

〈1993년 8월 13일 금요일 雨, 曇〉(6. 26.) (22°, 25°)
日出 前에 비 좀 내렸으나 거의 終日 흐린 셈.
井母와 함께 '정금사' 들린 後 歸家하여 쓰봉 손질 等에 해 넘긴 것. ○

〈1993년 8월 14일 토요일 曇〉(6. 27.) (22°5″, 29°5″)
故 再從兄嫂 三虞祭에 參席 指導. 井母와 함께 一농장 들깨밭에 尿素 施肥. ○

〈1993년 8월 15일 일요일 曇, 가끔비〉(6. 28.) (21°, 24°)
解放 48周年 되는 光復節. 1945年(日帝 昭和 20년)의 오늘의 기쁨을 생각하고 南北統一을 祈願하면서 國旗를 올렸다.
夫婦 2農場 가서 참깨 베기 시작했으나 날씨 關係로 두어 조박 베다가 中斷. ○

〈1993년 8월 16일 월요일 曇, 가끔비〉(6. 29.) (20°, 23°)
엊그제부터 左側 옆구리 痛症 생기더니 좀처럼 가라안지 않아 괴로운 中이고.
가끔 비 내리는 바람에 農場行 中止. 午後에 서울서 큰 애비 왔고. ○

〈1993년 8월 17일 화요일 曇〉(6. 30.) (20°, 25°)
井母 큰 애와 함께 3名이 2農場 참깨밭 가서 아침부터 終日 베어 2/3程度 일 추진되어 65조박 묶어 세우니 걱정되던 것 거의 풀린 氣分이고. 큰 애비 많이 애쓴 것.
点心 시간에 水落 가서 故 李炳虎 葬禮에 人事 다녀오기도. ○

〈1993년 8월 18일 수요일 曇〉(7. 1.) (20°, 26°)

82) 원문에는 붉은색 색연필로 밑줄이 그어져 있다.
83) 건좌손향(乾坐巽向): 집터나 묘자리 등이 건방(乾方)을 등지고 손방(巽方)을 바라보는 좌향(坐向).

今日의 참깨베기 作業은 松까지 助力하여 四人이 勞動한 셈으로 意外로 午前 中에 2時間 程度로 마친 것. 참깨 農事 가장 好作. 2농장서 83조박. 今日은 井, 松 모두 四人이 早朝時에 作業 着手하여 午前에 計劃된 일 마친 것. 큰 애비는 点心 後 上京.
18時부터 있는 在清宗親會에 參席. 傍祖(永)直長公 說明했고. ○

〈1993년 8월 19일 목요일 曇, 晴〉(7. 2.) (20°, 29°)
낮 車로 1농장 夫婦 2시간半 勞動~들깨 순 치고 호박 몇 개 따고. 참깨 1두둑 베었고.
日暮頃에 울 안 터에 김장배추(삼미) 播種. 井母는 가슴 계속 아프다고. ○

〈1993년 8월 20일 금요일 曇, 雨〉(7. 3.) (21°, 28°)
밤에 비 내리고. 12時부터 있는 清友會에 參席~韓食부페서 會食.
夫婦 2농장 가서 참깨 베어 세워진 조박에 幅 6尺 비닐 씌워 동여매니 安心~비 對備한 것.
낮엔 三益A 102棟 209号 가서 鄭龍喜 氏 問病했고.
옆구리 痛症 나우 差度 있으나 井母는 앞가슴 痛症으로 괴로운 中이어 걱정. ○

〈1993년 8월 21일 토요일 雨, 曇〉(7. 4.) (18°, 22°)
郡 농협 가서 去來 통장에 金融實名制 確認 登錄했고. 12時부터 있는 辛酉會에 參席~우암 설렁湯 집에서 會食. 午後에 농장 가서 전격적으로 40分 間 勞力~참깨 조박 씌운 비닐 재손질 等. 井母의 근육痛 別無 差度로 걱정되고. ○

〈1993년 8월 22일 일요일 曇, 晴〉(7. 5.) (19°, 27°)
서울서 큰 딸(媛) 셋째 딸(妊) 外孫女 희진이 수진이 왔고~神通하게도 수진의 운전으로. 보신탕 및 青果物 等 가져와서 잘 먹었고. 下午 4時頃 서울 向發. 午後에 농장 다녀 勞動. ○

〈1993년 8월 23일 월요일 晴〉(7. 6.) (20°, 29°)
12시에 있는 郡 三樂會에 參席. 午後에 농장 가서 3시간 勞動했고. ○

〈1993년 8월 24일 화요일 曇, 가랑비〉(7. 7.) (20°, 26°)
2농장 가서 終日 참깨 털기에 極勞力~3말 半 될 듯. 年中 最高 勞動한 듯. ○

〈1993년 8월 25일 수요일 雨〉(7. 8.) (22°, 28°)
비가 많이도 쏟아지기에 궁거워서 낮 車로 故鄉 農場 가봤으나 큰 變動은 아니나 어제 勞力 끝의 참깨 조박이 함씬 젖어서 낭패되잖을까가 念慮. 終日 降雨. ○

〈1993년 8월 26일 목요일 曇, 비, 晴〉(7. 9.) (19°, 24°)
午前 中 가끔 비 내리더니 午後 3時 半부터 점차 개어 모처럼 햇살 보였고.
同窓會 있어 參席. 會食 後 四人(李, 鄭, 郭, 郭) 黃 會長 宅 가서 問病. ○

〈1993년 8월 27일 금요일 曇, 晴〉(7. 10.) (19°, 26°)
안개 짙어 걱정되더니 午後부터 차차 개이기에 農場 가서 참깨 若干 털어 온 것. ○

〈1993년 8월 28일 토요일 晴〉(7. 11.) (19°, 28°)
잠 깨니 새벽 3時 半~'金泳三 大統領이 勤務校에 찾아와[84] 教務日誌 經營日誌를 보고 感歎. 讚辭 中 隨行員 某 奬學官이 急病患으로 入院' 地境의 꿈에서 깨어난 것[85].
友信會에 參席하여 會長으로서 人事말(모두 健康, 夏節 長期 冷低溫, 金融實名制)하고 巨龜莊에서 會食 後 淸錫예식장 가서 玉山 弟子 尹敬求 子婚에 人事 가보니 主禮는 仝 閔斗植 博士(忠北大 農大學長)여서 기쁨과 보람을 느꼈던 것.
俊兄 招請하여 '레인커피숍'에 情談하고 立酒집 가서 一盃 대접했기도. ○

〈1993년 8월 29일 일요일 曇, 晴〉(7. 12.) (19°, 28°)
夫婦 農場 가서 7時間 勞動~主로 참깨 第2次 털기 作業. 井母는 몸 不便 中인데 勞力. 모처럼 어제 오늘 날씨 좋았고. ○

〈1993년 8월 30일 월요일 晴〉(7. 13.) (18°, 28°)
농장 가서 4時間 일했고~1농장 참깨 몇 조박 털고, 옥수수 따고 풀 좀 뽑은 것. ○

〈1993년 8월 31일 화요일 晴, 曇〉(7. 14.) (18°, 28°)
井母 일로 정금사(팔지 손질) 들리고 歸路에 閔 眼科 함께 다녀온 後 午後엔 2농장 가서 4시간 勞力한 것~고추 따고 참깨 마지막(제3次) 털은 것. 連日 勞動에 疲勞. ○

〈1993년 9월 1일 수요일 晴〉(7. 15.) (20°, 30°)
井母의 痰(氣痰, 血痰) 治療藥으로 지네 닭, 지네가루 술을 마련하여 服用케 했고. 大田 가서 四從叔 漢昇 氏 問病[86]했고~가톨릭醫大 聖母病院 713号室…大田驛 앞 市廳까지. 東南쪽 바로옆, 大韓교육保險 앞이 되는 것. 40分 後 淸州 向發. ○

〈1993년 9월 2일 목요일 晴〉(7. 16.) (19°, 29°)
早朝에 井母 腰, 胸部 痛症으로 甚한 困難을 겪음에 溫濕布하여 주는데 時間余 努力했던 것. 양한설 의원에도 다녀 온 것. 胸部 사진 찍어 봤으나 異常 없다기에 多幸이었고. 지네 닭과 지네 술 服用 中에서 차도 왔다기에 多幸인 듯. 午後엔 농장 가서 勞力하고. ○

〈1993년 9월 3일 금요일 晴〉(7. 17.) (18°, 28°)
第三回 全國배드민턴大會[87](文化體育部長官旗)에 參席케 되어 光州 가서 칼기 便으로 濟州道 건너가[88] (航空시간 40分 間) 하니호텔서 留. 日暮頃에 三姓穴 觀光했고. ○

〈1993년 9월 4일 토요일 晴〉(7. 18.) (19°, 29°)

84) 원문에는 붉은색 색연필로 밑줄이 그어져 있다.
85) 원문에는 붉은색 색연필로 밑줄이 그어져 있다.
86) 원문에는 붉은색 색연필로 밑줄이 그어져 있다.
87) 원문에는 붉은색 색연필로 밑줄이 그어져 있다.
88) 원문에는 붉은색 색연필로 밑줄이 그어져 있다.

全國選手團 漢拏體育館에 모여 開會式. 立場賞에서 忠北팀이 一等賞 받았고. 제주일고校 체육관 가서 長壽部 께임에 應援했고. 老人 몇 사람이 日暮頃에 港口 구경. ○

〈1993년 9월 5일 일요일 晴〉(7. 19.) (16°, 29°)
長壽部 께임 11팀 中에서 堂堂 優勝[89]하여 氣分 상쾌했기도. 金관형과 파트너. 午後 6時 發 아시아나航空으로 光州까지. 井邑휴게소에서 一行은 夕食. 淸州 到着하니 밤 11時50分. 큰 애비 어제 와서 제 母親 胸部痛症 辛苦에 看護. 故鄕 金溪 안골 貯水池 가서 낚시질하여 붕어 나우 낚아 왔다는 것. 藥用으로 푹 고와 놓았기도. ○

〈1993년 9월 6일 월요일 晴〉(7. 20.) (19°, 28°)
큰 애비 5時 半쯤에 서울 向發. 오늘 杏이 生日이라고.
농장 가서 참깨 털어 完了. 태운 참깨짚재 긁어담기, 고추도 따고. ○

〈1993년 9월 7일 화요일 晴〉(7. 21.) (19°, 28°)
井母用 藥술 材料(당귀 홍화 감초) 購求하여 1되쯤 빚었고.
午後엔 농장 가서 들깨밭 一部에 施肥(尿素). 콩밭에 給水(揚水)도. ○

〈1993년 9월 8일 수요일 晴, 曇〉(7. 22.) (18°, 29°)
1농장 가서 3時間 동안 바쁘게 作業~채소밭 손질. 콩밭에 灌水, 雜草뽑기. ○

89) 원문에는 붉은색 색연필로 밑줄이 그어져 있다.

〈1993년 9월 9일 목요일 가끔 흐림〉(7. 23.) (18°, 28°)
井母의 痛症(血痰, 氣痰…가슴, 등, 허리)은 아직 快癒치 않아 걱정中.
一農場 가서 들깨밭에 揚水하여 灌水했고.
杏은 學院 主催 實施하는 外國語講師 教育 있다고 受講次 유성 갔고. ○

〈1993년 9월 10일 금요일 晴〉(7. 24.) (17°, 27°)
俊兄 만나 '大韓投資信' 가서 宗親 신유회 通帳 實名制에 依한 確認했고. 울 안에 '서울배추' 若干 播種했기도. ○

〈1993년 9월 11일 토요일 曇〉(7. 25.) (19°, 26°)
一농장 가서 들깨밭에 灌水했고. 서울서 큰 애비 와서 호박 約 40통 따서 運搬하기도. ○

〈1993년 9월 12일 일요일 曇, 비조금〉(7. 26.) (20°, 25°)
江外面 五松農業禮式場 다녀온 것~再堂姪女(夏子) 子婚에 連絡 있기에. 큰 애비도 예식장에 祝儀 표시. 故鄕 안골 貯水池 가서 낚시질 後 午後에 上京. 井母 약간 差度 있는 듯? ○

〈1993년 9월 13일 월요일 曇〉(7. 27.) (19°, 26°)
12時 半부터 있는 永樂會에 參席하여 '사또보쌈' 집에서 夫婦 全員 會食.
一農場 가서 菜蔬밭(무우, 배추) 솎고 灌水, 뜸물 藥 주었고. ○

〈1993년 9월 14일 화요일 晴〉(7. 28.) (19°5″, 28°)
大宗會 譜所에서 潤漢, 輝信, 海淳 와서 收單

名花錢 30% 問題 解決에 請願 있어 參席. 族叔 漢奎 氏, 漢虹 氏, 漢鳳 氏도 參與. 當初 書類 오류를 말하고 大事 成事를 爲해 方法 改善策을 講究키로 하고 解散.
井母와 杏이 델고 '淸元韓藥房…鄭昌謨' 가서 診脈 後 補藥 1제씩 짓기로 付託한 것~藥값은 四女 杏이가 支拂하겠다고. ○

〈1993년 9월 15일 수요일 曇, 晴〉(7. 29.) (20°, 29°)
井母와 杏이 服用할 補藥 1제씩 달여 놓은 것 '淸元韓藥房' 가서 찾아와 今日부터 服用. 藥 찌꺼기도 찾아다가 솥에 다시 삶아서 茶 마시듯 하기로. 19日에 墓所 禁草하기로 하고 前佐里 가서 省墓 後 作業計劃 세워보기도.
一농장 가선 바랭이풀 뜯다가 時間되기에 出發했으나 버스 早期 發車로 玉山까지 自轉車로 달린 것. ○

〈1993년 9월 16일 목요일 晴, 雨〉(8. 1.) (20°, 30°)
一農場 가서 菜蔬에 施肥. 풋콩 몇 폭, 雜草 若干 뜯고. 二농장 와서 고추 몇 송이 따고 歸家. ○

〈1993년 9월 17일 금요일 雨, 曇〉(8. 2.) (20°, 25°)
農家에서 기다리던(特히 豆太, 菜蔬) 비 엊저녁부터 내리는 것. 甘雨 그대로. 中原郡 蘇台面 治東國校 교감인 弟 振榮한테 電話했고 ~19日에 先考墓 禁草한다고. 絃과 弼한테도 연락되고.
6時 半부터 約 1時間 동안 集中暴雨 91㎜ 내렸다나. 其後 또 내려 100㎜ 以上.
食事 잘 하고 服藥 中이나 元氣가 없어서인지 노곤하고 까라지는 편이어서…. ○

〈1993년 9월 18일 토요일 晴〉(8. 3.) (19°, 26°)
12時에 배드민턴 同好人 金관형의 7旬잔치 招待 있어 內德洞 '가화식당' 가서 点心 待接받은 後 농장 가서 約 3時間 勞力한 것. 松은 學生 引率 濟州次 出發.
밤에 서울서 큰 애비 夫婦와 魯弼 食口 3人 왔고. 明日 있을 禁草 때문에. ○

〈1993년 9월 19일 일요일 晴〉(8. 4.) (19°, 26°)
父母님 墓所 伐草했고~井, 明, 弼, 振榮 同參. 우선 雜草 뽑고 잔디풀 벌초, 둘레 깎고. 奉事公 山所 가보니 伐草할 일거리 어마어마하게 險하여 걱정되기도. 下午 4時에 아이들 제집 向發. 방배洞 큰 딸도 수진 델고 다녀간 것. ○

〈1993년 9월 20일 월요일 曇, 晴〉(8. 5.) (19°, 26°)
淸友會에 參席 後 一농장 가서 雜草 바랭이풀 뜯었고. 허리 痛症으로 長期日 농장에 못갔던 井母는 若干 差度 있는지 20余 日 만에 2농장 가서 고추와 팥꼬투리 따왔고. ○

〈1993년 9월 21일 화요일 晴〉(8. 6.) (20°, 28°)
辛酉會에 參席하여 情談 後 中國料理로 点心했고.
夫婦 농장 가서 3시간 勞動했고~팥 따고, 떨어진 대추 줍고, 雜草 뜯은 것.
學生 델고 濟州道로 修學旅行 갔던 四男 魯松이 無事歸家. 史 교장 入院 305(한방). ○

〈1993년 9월 22일 수요일 晴〉(8. 7.) (16°, 28°)
淸友會員 四名 모여 入院 中(한방病院)인 史龍基 問病 後 12時부터 있는 郡 三樂會 參席하여 '사또보쌈' 집에서 會食한 것.
故鄕 가서 先考墓所 正面 進入路 깨끗이 했고.
一농장 가서 대추나무 木心벌레 4.5㎝ 程度 크기 1마리 잡으니 개운했기도(구멍에 殺蟲劑 물약 使用). ○

〈1993년 9월 23일 목요일 雨, 晴〉(8. 8.) (16°, 26°)
새벽(밤 1시) (밤中)에 소나기 한참 내렸고. 5時頃부터 날씨 晴晴. 夫婦 2농장 가서 팥 따고 밤 털어 왔고.
텃밭 假屋에 自意(任意) 入住한 張眞國(基督教 멸공會長)[90] 만나 假屋 關聯 相談~「空氣 좋은 곳이니 1,2年 程度 住居하고 安着地로 옮기겠다」[91]고 諒解 要請하기에 合意 承諾했고. ○

〈1993년 9월 24일 금요일 晴, 曇〉(8. 9.) (14°, 21°)
12時에 봉명老人亭 任澤淳 氏 郭玄風人會長 族長 勳鍾 氏 招待하여 '명동식당'에서 点心 待接했고. 농장行 豫定은 下午 2時 잠시 降雨로 中止한 것.
城村派 系譜表[92] 쓰기 시작했고. ○

〈1993년 9월 25일 토요일 晴〉(8. 10.) (13°, 23°)
1농장 가서 3시간 잔일 본 것~토란 싹, 채蔬, 대추, 도라지 캔 것.
17時부터 있는 同窓會에 參席. 杏이 上京~연진이 英語 指導次. ○

〈1993년 9월 26일 일요일 晴〉(8. 11.) (13°,)
體育館 歸路에 新東亞아파트 셋째 집 들러 孫子 正旭이 다친 팔 만져보고 朝食도 했고.
一農場 가서 들깨밭에 殺蟲, 殺菌制 撒布했고.
작일 上京했던 杏이 오고. ○

〈1993년 9월 27일 월요일 晴〉(8. 12.) (14°, 26°)
再從兄嫂 氏(延安 車氏)의 49祭 있대서 玉山 聖德寺 가서 參見 進行했기도. 魯寬 母親.
一農場 가서 토란 若干 캐고. 무우 솎아 日暮後 下午 7時 發 車로 入淸한 것. ○

〈1993년 9월 28일 화요일 晴〉(8. 13.) (16°, 23°)
새벽에 쏘나기 若干 내렸고. 永樂會 逍風 關聯으로 鄭元模 會長, 任昌武 總務와 함께 旅行社 몇 군데(금호, 새일, 제일) 다녀본 것…금호는 22日 주왕산, 16000씩. 세일은 日字 未定, 15000씩이라고. 午後에 一農場 가서 토란 캐고 대추나무 밑 雜草 뜯은 것.
서울서 큰 애 夫婦와 魯弼 家族 왔고. (弼은 밤중 넘어서.) ○

〈1993년 9월 29일 수요일 晴〉(8. 14.) (17°, 22°)
一農場에 여럿 가서 대추 털고 고구마 캐고 其他 잔일 본 것~큰 애, 셋째, 넷째, 막내. 杏이도 鉉祐도 參見. 밤에 英, 昌信 서울서 오고. 낮에 大田 子婦(둘째) 와서 주방일 協調. ○

90) 원문에는 붉은색 색연필로 밑줄이 그어져 있다.
91) 원문에는 붉은색 색연필로 점선이 그어져 있다.
92) 원문에는 붉은색 색연필로 밑줄이 그어져 있다.

〈1993년 9월 30일 목요일 晴〉(8.15.) (14°, 21°)
秋夕. 새벽 4時에 염주 굴리며 15分 間의 祈願(祈禱) 如前 繼續 中. 龍華寺 가서 15分 間의 佛前 祈禱와 第六次 佛福錢 올려 90일째 되고.
形便上 日出 前에 큰 애비와 孫子 昌信과 함께 3人이 茶禮 前 故鄕 가서 省墓했고. 茶禮 잘 지내고 서울 아이들 11時頃 上京. 杏이도 갔고.
五女 運이한테서 半年 만에 安否 전화 와서 安心. 11月頃 休暇時에 다녀간다나. ○

〈1993년 10월 1일 금요일 晴〉(8. 16.) (10°, 21°)
夫婦 함께 農場 가서 6시간 勞動. 井母는 모처럼 간 것. 팥 꼬투리 따기가 主. 國軍의 날…國旗 揭揚. ○

〈1993년 10월 2일 토요일 曇〉(8. 17.) (12°, 19°)
農場 가서 3時間 作業~2농장서 쓰던 것 1농장으로 搬出. 石油로 自轉車 후리 掃除하고 雜草 뜯었고. 杏이 서울서 왔고~제 큰 언니(방배동)가 준 송편, 통조림 等 가지고 온 것. ○

〈1993년 10월 3일 일요일 晴〉(8. 18.) (11°, 21°)
檀紀 4325周年 開天節. 井母와 함께 一農場 가서 6時間 勞動~콩 打作한 것. ○

〈1993년 10월 4일 월요일 晴〉(8. 19.) (11°, 21°)
一농장 가서 5시간 勞動~콩 좀 줍고 물 좀 주고 雜草 뜯기. 健康 順調~勞動. ○

〈1993년 10월 5일 화요일 晴〉(8. 20.) (10°, 24°)
一농장 가서 밤콩 조금 털어왔고. 淸原郡廳 가서 70日 前에 提出한 土地相續確認書 決裁난 것[93] 찾았고. 歸路에 豫約대로 크럽幹部 10余人 보신湯 會食. ○

〈1993년 10월 6일 수요일 晴〉(8. 21.) (14°, 21°)
10시에 새 淸州藥局 집에 數人(漢奎 漢虹, 漢鳳, 時榮, 尙榮, 道榮) 모여 8日 서울大會(理事會) 對備 相議한 것~'蓮潭公 時祀 陰 10月3日 不變, 族譜 名花夫 30% 減 固守'. 今日 点心도 漢鳳 氏가 提供.
井母와 一농장 가서 팥 따기, 菜蔬밭 灌水. ○

〈1993년 10월 7일 목요일 晴〉(8. 22.) (13°, 22°)
住宅銀行 가서 第89回 賦金 納付後 郡廳 들러 土地相續 關聯 登記節次 일 보고. 井母와 함께 綜合운동장 內外에서 展開되는 第34回 全國民俗藝術 및 優秀農産物 장터 求景 다녀오기도. ○

〈1993년 10월 8일 금요일 晴〉(8. 23.) (10°, 24°)
첫 高速버스 6時 發로 上京~漢奎 氏 外 五名. 大宗會 理事會에 參席[94]. 조선호텔 2층 코스모스룸. 約 30名 參集…密直公 時祀日 件, 族譜 發刊 推進이 主案件. '時祭日 變更 不當과 名花夫 30% 減策'을 解明함에 力說했고. 歸淸後 時鍾 氏한테 豚肉 厚待받았기도. ○

〈1993년 10월 9일 토요일 晴〉(8. 24.) (13°, 23°)
鄭在愚 司法代書所 가서 土地相續 서류 一部 내며 수속을 付託. 한글날 547돌.

---

93) 원문에는 붉은색 색연필로 밑줄이 그어져 있다.
94) 원문에는 붉은색 색연필로 밑줄이 그어져 있다.

어항 청소 물갈이했고, 故鄕行은 時間上 不能. 杏이 上京. 夜深토록 系譜表 記錄. ○

〈1993년 10월 10일 일요일 晴〉(8. 25.) (13°, 21°)
龍華寺 다녀 百日祈禱되는 새벽[95]이기도. 7月 1日~10. 10…百二日이나 9. 4와 9. 5는 濟州道 일. 食前 운동 마치고 歸路에 金川洞 豊林아파트 찾아가 族長 泰鉉집 가서 子婚에 祝賀 人事했고. 낮 車로 井母와 함께 農場 가서 日暮 時까지 勞動. ○

〈1993년 10월 11일 월요일 晴〉(8. 26.) (10°, 21°)
土地相續登記 手續書類 完成하여 鄭在愚 代書所에 내었고~경비 10万 원.
一農場 가서 3時間 作業~토란 캐고 雜草 뜯기도. ○

〈1993년 10월 12일 화요일 晴〉(8. 27.) (9°, 21°)
永樂會 逍風에 夫婦 參席[96]~公州 거쳐 扶余 가서 새 國立博物館, 扶余古墳 보고 点心後 全北 群山 방파제 큰 다리 건너 잔디밭에서 休息後 歸家하니 午後 五時 半. ○

〈1993년 10월 13일 수요일 晴〉(8. 28.) (12°, 21°)
辛酉會 逍風[97] 있어 다녀왔고~아일觀光. 五台山國立公園 管內 소금강 다녀온 것. ⊙

〈1993년 10월 14일 목요일 曇〉(8. 29.) (13°, 18°)
지붕(남쪽 改葺) 修理의 見積書 받아보니 近 170万 원(앞 집 崔 技士)이고.
史龍基 問病後 '城村派 系譜表' 大形 複寫코저 했으나 機械 不充分으로 數枚바께 안됐고. 故鄕 다녀올 計劃은 時間 形便에 中止. ⊙

〈1993년 10월 15일 금요일 晴〉(9. 1.) (13°, 22°)
陰 九月 初一日이기에 龍華寺 새벽祈禱에 다녀왔고.
낮엔 俊兄 만나 大田엑스포 入場券 購入하고 情談 나눈 것. 午後엔 농장 가서 作業. ⊙

〈1993년 10월 16일 토요일 晴〉(9. 2.) (9°, 21°)
夫婦 一農場 가서 終日 勞動했고~들깨 털어 約 五斗 收穫한 셈. ○

〈1993년 10월 17일 일요일 晴〉(9. 3.) (12°, 20°)
宗親 辛酉會 四名(宗榮, 俊榮, 昌在, 尙榮) 大田엑스포 求景 다녀왔으나 比較的 苦生만 많이 한 편…大鍾 氏, 秉鍾 氏는 不參. 淸州 發 8時. 歸淸次 大田發 午後 18時. 今日 따라 19萬 名 人波라나. 館마다 數百 名씩 장사진. '情報통신관' 入場에만 2시간 以上 줄 섰고. 지친 바람에 其他는 外廓관 가까스로 몇 군데 돌아다니는 데도 極히 疲困했던 것. ○

〈1993년 10월 18일 월요일 晴, 曇〉(9. 4.) (7°, 17°)
지붕修理 着手[98]~技術 2, 人夫 1. 一層 지붕(東편 앞 改造, 西편 앞 改葺) 앞집 崔 技士. 19時부터 있는 在淸宗親會에 夫婦 參席~忠淸會館…大宗會 理事會 傳達. ○

95) 원문에는 붉은색 색연필로 밑줄이 그어져 있다.
96) 원문에는 붉은색 색연필로 밑줄이 그어져 있다.
97) 원문에는 붉은색 색연필로 밑줄이 그어져 있다.
98) 원문에는 붉은색 색연필로 밑줄이 그어져 있다.

〈1993년 10월 19일 화요일 晴〉(9. 5.) (9°, 19°)
鄭在愚 法務事務所(北部) 가서 相續登記書類 찾으니 마음 개운[99]했고. 午後에 一농장 가서 鼠太 打作 完了하니 今日 收穫 滿足했기도. 四從叔 漢昇 氏 作故 訃音[100](87歲). ○

〈1993년 10월 20일 수요일 晴〉(9. 6.) (8°, 21°)
지붕修理 作業 계續 中. 午前 中엔 親戚 一家에 漢昇 氏 作故일 전화연락으로 바빴고.
午後엔 大田 삼천洞 新동아아파트 郭二榮 집 찾아가 四從叔 靈前에 弔問하고 밤에 歸淸. ○

〈1993년 10월 21일 목요일 曇, 쏘나기, 曇〉(9. 7.) (11°, 17°)
東林里 金城 앞산 가서 故 漢昇 氏 墓所 進入路 길 닦는 코크린車 作業하는 것 보고 歸路에 一농장 가서 풀 좀 뜯다가 從兄 만나 明日 行事 相談 後 入淸하니 밤 7시 半. 金城作業 中 낮 11時 半頃 쏘나기 한 때 쏟아져 추었기도. ○

〈1993년 10월 22일 금요일 晴, 雨〉(9. 8.) (8°, 17°)
日出 前에 大田 가서 發靷祭에 參席. 葬地인 金城 앞 陽地말 와서도 成墳祭 마칠 때까지 進行에 힘썼고. 雨天으로 变했으나 下棺 뒤여서 큰 支障은 아니지만 마무리段階에 비 많이 맞은 것. 저녁에 大田 倒着하여 初虞祭까지 보살폈으나 年前의 病 再發(전립腺)로 至極한 病勢(痛症)으로 時間余 苦痛을 겪다가 乙支病院에서 小便을 빼여 살아났으나 族弟 二榮이가 큰 애쓴 것. 二榮 車로 밤 12時頃 왔고. 다시 小便 채여 痛症으로 애먹을 症勢인 중 松과 杏의 周旋으로 道의료院 응급실 가서 再次 小便 빼니 800cc라고. 大田선 1000cc. 큰 고통 겪은 것. ⊙

〈1993년 10월 23일 토요일 晴〉(9. 9.) (11°, 19°)
간밤에 잠 못이룬 탓인지 極히 탈진. 明의 夫婦 와서 杏과 함께 '전영환 비뇨기과' 가서 狀況 이야기 하고 25日 午後에 초단파治療 받기로 정하고 歸家. 서울 等 자식들이 소식 듣고 자주 전화 오는 듯. 자식들한테 안됐기도. ○

〈1993년 10월 24일 일요일 曇, 晴〉(9. 10.) (4°, 16°)
氣溫 뚝 떨어져 4°. 小便時 痛症 甚한 편이나 金城 가서 三虞祭 參禮했고. 歸路에 一농장 들려 雜草 약간 뜯다가 15時 發 버스로 入淸하고 沐浴 理髮한 것. ○

〈1993년 10월 25일 월요일 晴〉(9. 11.) (7°, 18°)
아이들 勸告로 '전영환 비뇨기과' 가서 前立腺 肥大症 治療[101]로 초극단파 施術받은 것. 手術이 아닌 治療法. 48度 熱로 3時間 所要~痛症 참느라고 極히 애 먹은 것. 施術料 1,000,000원(百万 원). 아이들 四兄弟가 댔고, 서울서 큰 애비 午前에 왔었고. ○

〈1993년 10월 26일 화요일 晴〉(9. 12.) (8°, 15°)
큰 애비 새벽에 上京. 큰 딸 電話~補藥 짓겠다

99) 원문에는 붉은색 색연필로 밑줄이 그어져 있다.
100) 원문에는 붉은색 색연필로 밑줄이 그어져 있다.
101) 원문에는 붉은색 색연필로 밑줄이 그어져 있다.

고. 時間 갈수록 痛症 없어지는 편. ○

〈1993년 10월 27일 수요일 晴〉(9. 13.) (4°, 18°)
數日 만에 體育館 나가 배드민턴 쳤고. 낮엔 綜土稅 納付~私事分과 宗土分. 稅務所(署) 가서 相續稅에 關해 問議~無關하다기에 安心. 同婿 申重休 入院 中 消息 있어 '리라病院' 갔으나 잠시 歸家했대서 못 만났고. 615號室. ○

〈1993년 10월 28일 목요일 晴〉(9. 14.) (8°, 19°)
道 三樂會 93總會에 參席~總員 497名 中 425名 參席이라고. 會議는 學生會館(機械工高 構內), 목화食堂서 点心. 午後엔 夫婦 道 醫療院 가서 身體檢查(健康診斷) 받은 것. 被保險者인 큰 애 周旋으로 받게 된 것. 小便檢查에서 若干 의심가는 셈.
17時부터 있는 同窓會에 參席. 8名 參集. 中國料理로 會食. 지붕修理費 完拂. ○

〈1993년 10월 29일 금요일 雨〉(9. 15.) (11°, 13°)
九月 보름의 龍華寺 佛福歩. 終日토록 비 내린 셈.
12時부터 있는 友信親睦會에 參席~8名 參席. 6名缺. 거구장에서 會食.
雨中이나 金溪 가서 從兄 만나 宗事 이야기와 宗土 綜土稅 內容 이야기 오갔고. 城村派 系譜表 說明했고.
早朝부터 小便狀況 不順터니 午後엔 惡化 一路[102]. 16時頃 極惡化로 辛苦. 緊急 택시 불러 急行으로 入淸하여 전'영환 비뇨기과' 가서 장치 후 小便 뺐고. 약 700cc. 小便器(고무호스) 裝置한 채 歸家했으나 환처 부젔하고.
낮엔 서울大宗會 譜所 潤漢씨로부터 음 10月 3日에 있을 蓮潭公 時祭 進行 件에 關하여 電話 왔었기도. 밤에 몸 不安한 채 잠자는 것. ○

〈1993년 10월 30일 토요일 가끔비〉(9. 16.) (7°, 9°)
下焦 부젔하나 참으며 崔炳規 子婚에 다녀왔고. 용단예식장. 농고 앞, 若干 睾丸 痛症도 느끼고. 明日 여의도禮式場행 예정은 큰 애비한테 一任하고 中止키로. 杏이 上京. 午後 五時頃 出發한 아이가 밤 9時가 넘어도 방배洞 未着이라서 몹시 궁겁던 차 소 10時 半頃 到着했대서 안도. 淸州 發이 늦어서였다는 것. 비는 밤 11時頃도 내리고. ○

〈1993년 10월 31일 일요일 雨, 曇〉(9. 17.) (3°, 7°)
下焦 痛症 어제 밤 중부터 가라앉는 듯. 杏이 낮에 서울서 오고~큰 딸(媛)이 補藥 1제 닳여 보냈기도. 終日토록 族譜 收單 面順 調定해야 할 곳 찾아 追加 分 複寫하는 데 努力했고. ○

〈1993년 11월 1일 월요일 晴〉(9. 18.) (7°, 13°)
몸 아끼는 点(休息)에서 體育館엔 안가고 六距離市場 가서 井母 要請 있는 狗肉 一部 사온 것. 낮엔 族叔 漢斌 氏 請에 依하여 淸原郡廳 가서 金城 垈地分割 測量 手續에 協助했고.
午後엔 韓方病院 가서 同壻 申重休 入院(511號室)에 問病後 '全영환비뇨기科' 들러 數日間의 小便狀況 이야기 하고 4 ,5日 後에 裝置된 호스 빼기로 한 것. ○

102) 원문에는 붉은색 색연필로 밑줄이 그어져 있다.

〈1993년 11월 2일 화요일 晴〉(9. 19.) (4°, 19°)
外銀 가서 小宗契 통장 確認 後 淸原郡廳 들려 四派 宗山의 台帳과 圖面(금계리 20번지) 떼어보았고. 日暮頃에 再從 公榮과 再從兄嫂(魯旭 모친)님 人事次 來訪~함께 夕飯하고 장시간 情談 後 就寢. ○

〈1993년 11월 3일 수요일 曇, 晴〉(9. 20.) (8°, 17°)
朝食 後 再從 公榮 歸家. 낮엔 再堂姪 魯旭 夫妻 와서 人事 및 宗土 件 要請 있었고. ○

〈1993년 11월 4일 목요일 晴〉(9. 21.) (6°, 20°)
집 修理(도배, 반자, 장판)[103]에 技術人夫(도배師) 3人 終日 作業에 材料費 包含해 85万원 支拂했고. 滿 七年 만에 첫 도배한 것. 우리 夫婦도 努力했고. 마음 개운. ○

〈1993년 11월 5일 금요일 晴〉(9. 22.) (6°, 19°)
'김영환 비뇨기과' 가서 尿道 호스 뺐고. 시원했고. 1週間 약 받았기도. 午後에 모처럼 沐浴. 病院 다녀온 後 小便 順아려움을 느낀 것. 二層 것 내놨던 圖書 갈무리에 바쁘게 勞力. 明日 서울行 準備도. 宗親 辛酉契 서류 箱子 만들었고. ○

〈1993년 11월 6일 토요일 曇, 가끔비〉(9. 23.) (10°, 13°)
妻男 金泰鎬 子婚(妻조카) 있어 夫婦 上京 汝矣島 가서 式場 가서 人事. 큰 애 夫婦, 막내 夫婦, 큰 女息, 셋째 女息도 參席. 明과 松은 祝儀金만 내었고. 歸淸엔 諸車 막혀 5時間余 걸렸던 것. ○

〈1993년 11월 7일 일요일 가랑비 오락가락〉(9. 24.) (10°, 11°)
族弟 一相의 子 '魯圭' 韓醫院 開業行事에 招請 있어 內德洞 다녀오고. 從兄 만나 '石山亭'에 모시고 韓定食 点心 待接 잘 했기도. 어제 서울 방배동 갔던 杏이 오고. ○

〈1993년 11월 8일 월요일 晴〉(9. 25.) (9°, 16°)
金城 가서 9代祖 宗土(位土) 分割 測量에 族叔 漢斌 氏와 함께 參見한 것. 昨年에 측량했으나 未盡하여 再測量하는 것. 測量士는 池氏.
歸路에 一농장 가서 '결명자' 씨 採取하는 等 約 2時間 勞力했고. ○

〈1993년 11월 9일 화요일 晴〉(9. 26.) (10°, 16°)
淸原祠 時祀 前 準備關係로 약수터에 集結하여 相議 決定에 參與~漢奎 氏, 俊兄, 尙榮, 道榮, 晩榮…淸掃日, 祭官 点心과 食堂.
內秀 가서 崔相崙 母親喪에 人事했고. ○

〈1993년 11월 10일 수요일 가랑비 오락가락〉(9. 27.) (10°, 15°)
거의 終日토록 브슬비 내린 셈. 大田 있는 둘째 絃이 다녀갔고~개다리 等 사 갖고 온 것. 佛敎 宗正 '성철 큰 스님' 永訣式 光景 테레비에서 視聽[104]. ○

103) 원문에는 붉은색 색연필로 밑줄이 그어져 있다.

104) 원문에는 파란색 색연필로 밑줄이 그어져 있다.

〈1993년 11월 11일 목요일 曇〉(9. 28.) (10°, 14°)
陰 10月 3日에 있을 淸原祠 時祀 準備作業으로 漢奎, 俊榮, 尙榮, 晩榮 체우회 事務室에 會合~15日에 祠堂 청소와 祭需 준비, 笏記[105] 마련, 운영會費 준비 等. 一농장 가서 '결명자' 大形 봉지로 가득 따온 것.
서울서 보내온 淸原祠 笏記 읽어봤으나 不滿足했고. 신경 써지는 것. ○

〈1993년 11월 12일 금요일 曇, 가랑비〉(9. 29.) (10°, 16°)
永樂會 會食에 夫婦 參席. 午後엔 一농장 가서 대추나무 밑 둘레 손질했고. ○

〈1993년 11월 13일 토요일 雨〉(9. 30.) (12°, 16°)
全영환 비뇨기科 가서 小便 檢査(量,色갈, 强弱)했고~普通. 1週分 藥 타오고.
井母는 엊그제부터 左側 옆구리 痛症이 再發된 듯. ○

〈1993년 11월 14일 일요일 가랑비, 曇〉(10. 1.) (13°, 17°)
全秀雄 子婚에 上堂예식장 다녀오고. 午前 中에 큰 애비 다녀간 것. 午後 日暮頃엔 큰 妻男 金泰鎬 제 長子 內外 데리고 와 人事시키기도.
深夜까지 淸原祠 時祀(祭享) 笏記 再檢討에 心血 기울였고. ○

〈1993년 11월 15일 월요일 曇〉(10. 2.) (11°, 15°)
族孫 丁在喪偶(交通事故死)에 牛岩洞 가서 弔慰 後 藥水터에 在淸宗親 六名 가서 淸原祠 淸掃에 거의 終日 勞力한 것.
深夜토록 明日 일의 笏記 硏究에 머리 많이 썼고. ○

〈1993년 11월 16일 화요일 曇, 晴〉(10. 3.) (8°, 16°)
淸原祠 祭享에 集禮 責으로 笏記 읽었기도(唱笏). 約 80名 參禮.
在應스님 왔고. 井母의 左側 옆구리 痛症은 惡化되는 듯. ○

〈1993년 11월 17일 수요일 晴〉(10. 4.) (9°, 16°)
一농장 가서 대추나무 둘레 손질했고~잡초 긁고 호미로 다듬는 것.
井母 痛症으로 張한의원 다녀오는 데 함께 가보았기고. 在應스님 가고(海美). ○

〈1993년 11월 18일 목요일 曇〉(10. 5.) (7°, 13°)
水落 柳沼洞 가서 文兵使公 時祀에 參席. 總10名 參禮…近年中 가장 많이 모인 편. 井母의 허리(옆구리) 痛症 差度 別無여서 걱정. ⊙

〈1993년 11월 19일 금요일 曇〉(10. 6.) (6°, 12°)
直提學(15代) 司直公(14代) 時祀에 參席. 9名. 歸路에 淸州서 老人團 만나 情談. ⊙

〈1993년 11월 20일 토요일 曇, 雨〉(10. 7.) (8°, 11°)
13代祖(參奉公) 時祀에 參席. 佑榮(有司) 집에서. 8名 參禮. 밤엔 井母 左側 옆구리 호박뜸질했고. 時祀 後 대추밭 가서 約 1시간 勞力. ⊙

105) 홀기(笏記): 집회 · 제례 등 의식에서 그 진행 순서를 적어서 낭독하게 하는 기록.

〈1993년 11월 21일 일요일 終日가랑비〉(10. 8.) (3°, 5°)
氣溫 急降下~終日 추웠고. 12代, 11代, 10代 祖考 時祭 올렸고~날씨 關係로 在家享事. 8名 參禮. ⊙

〈1993년 11월 22일 월요일 晴〉(10. 9.) (-4°, 5°)
氣溫 大降下 0下 4°. 漢斌 氏, 姪 魯學과 함께 3人은 曲水서 下車. 望德山 가서 8,7,5, 高祖 曾祖 墓 비롯 總 13基 省墓 後 四촌兄 宅 가서 9代 以下 5代祖까지 時享 지낸 것. 7名 參禮. 中食 마치고 9代祖 山所 가서 기우러진 床石 바로 놓기 工事에 모두 努力하니 마음 개운했고. ⊙

〈1993년 11월 23일 화요일 가랑눈(첫 눈 1㎝)〉(10. 10.) (-3°, 6°)
三樂會 參席 後 四人團合大會(親睦) 모색하여 會費 全擔했기도.
在應스님과 상운스님 왔고. ⊙

〈1993년 11월 24일 수요일 晴〉(10. 11.) (-7°, 0°)
先約대로 淸州병원 가서 安 교장, 尹 교장 만나 入院 中인 卞 교장 問病 後 25시 食堂 가서 3人 會食.
在應스님과 상운 스님 갔고. ⊙

〈1993년 11월 25일 목요일 晴〉(10. 12.) (-4°, 6°)
双龍증권社 가서 鄭 교장 만났으나 23日에 辛酉會 施行했다는 것. 確定日 통지 없어서 氣分은 좋지 않았던 것. 今日도 午後에 飮酒 나우 했을 듯. ⊙

〈1993년 11월 26일 금요일 曇, 눈, 비조금〉(10. 13.) (2°, 9°)
어제까지에 飮酒 繼續으로 몸 괴로워 在淸同窓會에 不參. ×

〈1993년 11월 27일 토요일 晴〉(10. 14.) (-1°, 12°)
제 母親 김장 일 돕는다고 서울서 큰 애 왔으나 過飮으로 속 많이 썩여 주었을 듯? ※

〈1993년 11월 28일 일요일 晴〉(10. 15.) (-2°, 8°)
終日 누어서 臥病 呻吟. 井母는 큰 애와 杏이와 함께 김장 빚느라고 終日 勞力. 큰 애는 占心 後 잠간 쉬었다가 上京. 차 막혀서 數時間 만에 도착했다는 소식. ○

〈1993년 11월 29일 월요일 晴, 曇〉(10. 16.) (-3°, 9°)
꼼짝 못하고 終日 呻吟. 再起 不能일 것 같아서 겁났기도. 가슴 뛰고. ○

〈1993년 11월 30일 화요일 가랑비〉(10. 17.) (1°, 7°)
입맛 전혀 없으나 억지로 우유 等 한 모금씩 午後부터 마시기 시작. ○

〈1993년 12월 1일 수요일 曇, 晴〉(10. 18.) (1°, 8°)
죽지 않을려고 끼니에 밥 한 숟갈씩 입에 넣어 보기도. 저녁땐 몇 숟갈 뜨기도. 살아날 것 같기도 하나 意外의 病이 發生될 것이 우려되어 걱정. ○

〈1993년 12월 2일 목요일 晴, 曇〉(10. 19.) (1°, 9°)
어제 오늘 날씨 포근한 듯. 身樣은 조금 差度 있는 편이나 快差치 못하여 活動하기 難하여 거의 終日토록 房內서 해 보낸 것. 佛敎書 1券 '생의 의문에서 그 해결까지' 나우 읽었고. 저녁 食事는 꽤 많이 든 셈. 잠 안와 그냥 새운 셈. '氷点' 小說 더듬어 보았고. ○

〈1993년 12월 3일 금요일 가랑눈 조금, 晴〉(10. 20.) (-1°, 8°)
約 半 個月 만에 새벽行事 施行했고. 明日 일로 떡방아집 다녀오고.
郡 農協 거쳐 住銀 가서 12月 分(91회) 償還. 金泰一 齒科 가선 右下 어금니 1個 때운 後 전영환 비뇨기과 가서 一週分 藥 진 것. 小便 狀況 어느 程度 順調롭다는 것. 今時溫水機商 盧萬愚 만나 자세한 이야기 듣기도. 設置費 52万 원? ○

〈1993년 12월 4일 토요일 눈약간, 晴, 曇〉(10. 21.) (-3°, 3°)
井母의 生辰(74歲).[106] 各處의 子, 女息 家族들 모두 오겠다는 消息 어제 왔다는 것. 龍華寺 가서 새벽 祈禱 올리고 왔고~오갈 때의 손발이 깨어지는 듯 매운 찬 氣溫이었고. 子女들과 家族 모두 모여 午後 6時 半에 斜川洞 新東亞아파트 셋째 魯明 집에서 招待 있어 듬뿍 맛있게 잘 차린 飮食으로 저녁 食事 잘 했고. 사우디 5女 魯運과 大田 둘째 魯絃만이 못왔을 뿐. 深夜토록 祝儀 雰圍氣로 歌舞하며 즐겁게 지내는 것 보고 井母 기뻐했고. 처음 있는 일. ⊙

〈1993년 12월 5일 일요일 晴〉(10. 22.) (-1°, 5°)
日出 前에 次男 絃이 다녀갔고. 子女息들 午前中에 모두 歸家.
낮엔 분평洞 귀빈예식장 가서 姜奎熙 교사 子婚에 參與하고 周교사의 溫情 厚待에 感謝하였고. 女息들이 家內 청소, 주방 정리 잘 하고 出發했다는 것.
밤에 염주알 長時間 만에 다 고쳐졌을 2알 中 1알의 半 쪽이 없어 찾다찾다 못찾음. ○

〈1993년 12월 6일 월요일 晴〉(10. 23.) (-1°, 5°)
族叔 漢斌 氏 일로 郡廳 民願室 가서 몇 가지 일 보았고. 司法代書所도 가고. 李斌模 사무실에서 勳鍾 氏, 俊兄 만나 宗寺 일 等 相議했기도.
甥姪(朴鍾石?) 交通事故로 入院 中이나 危殆롭다는 놀라운 消息 왔고. ○

〈1993년 12월 7일 화요일 晴〉(10. 24.) (-2°, 5°)
甥姪(朴종석) 交通事故 重傷 入院에 大田市 中央병원 重患者室 가보니 特히 頭部를 많이 다쳐 혼수 상태인 重態狀. 말 못할 程度였고. ○

〈1993년 12월 8일 수요일 晴〉(10. 25.) (0°, 8°)
金溪 1농장 가서 배추밭 덮고 若干 있는 무우 뽑아 묻은 後 바라솔 말려 團束. 도라지도 若干 캔 것. 從兄 宅 들려 安候後 안골 四派山 13번지 實況 얘기 드렸고.
電氣 今時溫水機 設置하려다가 條件 不況으

106) 원문에는 붉은색 색연필로 밑줄이 그어져 있다.

로 中斷. ○

〈1993년 12월 9일 목요일 晴〉(10. 26.) (0°, 9°)
族叔 漢斌 氏 宅에서 招請 있어 아침 食事 맛있게 잘 했고. 그 양반의 生日.
午後엔 市內 市場通 가서 쓰본 하나 購入한 것. ○

〈1993년 12월 10일 금요일 雨〉(10. 27.) (1°, 8°)
가랑비. 부슬비로 거의 終日 내린 셈. 族弟 友榮 사무실 가서 보일라 溫水管 세척을 부탁해 보았고~明日 現場 와서 보겠다는 것. ⊙

〈1993년 12월 11일 토요일 晴〉(10. 28.) (0°, 5°)
族弟 友榮 와서 보일라 溫水管 더듬어 봤으나 아직 고장난 곳 포착 못했고.
族長 勳鍾 氏 招請으로 몇 사람과 함께 '까치 식당'에서 청국장찌개로 点心밥 맛있게 잘 먹은 것. 歸路에 妹夫 집(책점) 들려 왔고. ○

〈1993년 12월 12일 일요일 曇〉(10. 29.) (-1°, 4°)
영지버섯 닳이며 울 안 淸掃했고. 井母와 杏은 한마음선원(大韓佛敎曹溪宗) 開院式에 다녀 온 것(鳳鳴洞)[107]. ○

〈1993년 12월 13일 월요일 晴〉(11. 1.) (1°, 5°)
陰 동짓달 초하루 祈禱(龍華寺) 다녀오고. 永樂會 있어 夫婦 木花食堂 가서 点心 後 年末 娛樂으로 윷놀이까지 1시간 程度 놀았던 것.
漢斌 氏한테 付託받은 不動産 移轉 書類 정리된 것 건넸고. ⊙

107) 원문에는 붉은색 색연필로 밑줄이 그어져 있다.

〈1993년 12월 14일 화요일 晴〉(11. 2.) (-5°, -3°)
보일라 溫水管 고쳐 보려고 族弟 友榮 等 3人 技術者 와 봤으나 管속 汚物 잔뜩 껴서 修理 不可能하대서 失望한 채 그대로 간 것. 午後엔 相續 등기 난 土地 4件 떼려고 法院 往來에 終日 영하圈의 氣溫에 極히 추었던 것. (洞事務所에 낼 書類) ○

〈1993년 12월 15일 수요일 晴〉(11. 3.) (-9°, 0°)
洞事務所 가서 農地 原簿 정리용 相續登記된 土地(田) 등본 내었고.
電氣用今時溫水機 設置했으나 結果 개운치 않아 氣分 께름한 채 밤 새운 것. ⊙

〈1993년 12월 16일 목요일 晴〉(11. 4.) (-8°, 4°)
族弟 晩榮 招請으로 그 事務室 가서 淸原祠 管理費 收支狀況 들은 後 漢奎 氏와 함께 3人 点心 待接 잘 받았고. 어제 設置한 今時溫水機 更新되어 正常 成能으로 마음 개운[108]했고. ⊙

〈1993년 12월 17일 금요일 晴〉(11. 5.) (-8°, -3°)
淸原郡 三樂會 理事會 있어 11時에 木花식당 가서 參見~ 93收支 狀況 듣고 監事 畢하도록 當付했고, 日暮頃부터 밤 10時頃까지 派宗契 및 小宗契 準備 一端으로 派譜 準備한 것 97部 손질했기도. 今日은 낮부터 濁酒 좀 우수 마신 셈. ⊙

〈1993년 12월 18일 토요일 曇, 晴〉(11. 6.) (-3°, 3°)
妻六寸 金志鎬 子婚에 夫婦 淸錫禮式場 다녀

108) 원문에는 붉은색 색연필로 밑줄이 그어져 있다.

왔고.
15時부터 淸原郡 三樂會 監事會 있어 '木花食堂' 가서 93年度 收支 狀況 計數보았고. 17時부터 있는 在淸宗親會에 參席하여 夫婦 '忠淸會館'서 會食 後 歸家. ⊙

〈1993년 12월 19일 일요일 晴〉(11. 7.) (-2°, 8°)
東林山인지 어느 長山의 寺刹을 찾아갔던 듯. 山 줄기 내리 들여 木造 建物, 호랑이인지 山神靈인지 부른다기에 參席했더니 罪人임을 은은히 示射하는 格. 희생物로 접혀들 때 깨니 꿈[109]. 새벽 4시.
友信會員 李春根 母親喪에 人事次 江西洞 飛下里 葬地까지 다녀온 것. 歸路에 佳景洞 벽산A 104棟 106号 閔哲植 집 案內로 李明根 弟 燦根과 함께 들려 酒類 厚待 받았고. ⊙

〈1993년 12월 20일 월요일 晴, 曇〉(11. 8.) (0°, 9°)
淸友會 있어 參席~ 12시, 石山亭. 3人 參與. 病缺 參人(鄭, 史, 卞 교장) 딱한 일.
日暮頃에 '삼화부동산' 가서 孫所長 외 서너덧 분에게 答禮次 濁酒 待接했고. ⊙

〈1993년 12월 21일 화요일 雪, 曇〉(11. 9.) (-4°, -4°)
첫 눈 5㎝ 積雪[110]. 大田서 있을 豫定인 辛酉會는 積雪 寒波로 無期延期된 것.
井母는 消化不良과 氣 不足으로 '朴세근 內科' 가서 營養劑 3시간 半 所要된다기에 옆에서 保護했고. 밤엔 서울 큰 애비 電話 왔기에 近況 이야기했기도. ⊙

〈1993년 12월 22일 수요일 雪, 晴〉(11. 10.)
지붕과 주방 修理하는 中 큰 애비가 材料 사러 보낸 人夫 木手와 함께 金泳三 大統領이 따라와 손수 망치를 들고 못을 박는 等 땀 흘리며 勞動하며 自身이 가져온 것이라는 빵과 菓子를 一同이 充分히 먹게 하고 玉山面은 잘 아는 곳이라며 力說하는 中 깨고 보니 새벽 3時쯤의 꿈[111]인 것?
새벽 눈 곱게 4㎝[112] 내렸고, 눈 2차례 쓸었고, 午後에 큰 애비 왔고, 坐型 큰 册床 갖고, 井母는 消化不良症으로 '朴세근內科' 가서 藥져왔고~明朝 缺食한 채 오란다는 것. ○

〈1993년 12월 23일 목요일 晴, 曇〉(11. 11.) (-7°, 3°)
큰 애비와 함께 '박세근 內科' 가서 井母의 內服治療過程 보았고…今日 採血 結果는 明日. 12時부터 있는 友信會 年末會議에서 忘, 望年人事했고.
큰 애비는 제 三寸과 함께 大田 中央病院 가서 제 고종(朴鍾石) 交通事故 入院 中 狀況과 제 고모 慰勞次 다녀온 것. 歸路에 제 큰 姑母 宅(극동書店) 들려 人事했다는 것이니 잘 한 일. ⊙

〈1993년 12월 24일 금요일 曇〉(11. 12.) (-2°, 5°)
큰 애비가 제 母親 모시고 '朴세근 內科' 다녀

109) 원문에는 붉은색 색연필로 동그라미가 쳐져 있다.
110) 원문에는 파란색 색연필로 밑줄이 그어져 있다.
111) 원문에는 붉은색 색연필로 동그라미가 쳐져 있다.
112) 원문에는 파란색 색연필로 밑줄이 그어져 있다.

왔고~血液 檢査에서 別症없다는 判斷이라기에 안도했고. 큰 애비는 낮에 朴相一 教授 等 제 親舊 招請으로 市內 나갔고. 그後 上京. ⊙

〈1993년 12월 25일 토요일 晴〉(11. 13.) (-1°, 10°)
歸路에 新東亞아파트까지 自轉車로 달려 셋째 집 孫 3男妹 찾아 사과 좀 사주고 온 것.
城村派 宗系 一部와 小宗契 收支 現況表 狀況 그대로의 作成에 終日 時間 보낸 셈. 오늘 날씨 포근했고. 年賀狀 10余枚 썼기도. ⊙

〈1993년 12월 26일 일요일 雨, 曇〉(11. 14.) (9°, 10°)
새벽녘에 비 좀 조금 내렸으나 終日 포근한 날씨였고. 發送할 年賀狀 몇 장 더 썼고. ○

〈1993년 12월 27일 월요일 晴〉(11. 15.) (0°, 5°)
井母 델고 '朴세근 內科' 갔었고, 血壓 140 正常. 2日 分의 藥. 29日 狀況 봐서 안 오도록….
井母 要請에 依하여 영사[113]와 염통 求했고.
在淸同窓會에 參席~16時 半. 李斌模 事務室에서 年末人事 件 協議하고 中國料理로 會食한 것. ⊙

〈1993년 12월 28일 화요일 晴〉(11. 16.) (-2°, 6°)
族叔 漢斌時 金城垈地 關聯으로 洞事務所 가서 印鑑證明書와 住民登錄抄本 떼다가 族叔에게 주었고, 井母의 健康狀態는 百方으로 治療해보나 半年이 너머도 回復難. 담, 消化不良, 頭痛, 血壓, 關節, 神經痛 等. 거의 每日 通院治療 中. ⊙

〈1993년 12월 29일 수요일 晴〉(11. 17.) (-4°, 8°)
'청원한약방'(鄭 氏) 가서 井母用 補藥 1제 30萬 원 整으로 짓도록 했고.
金溪 故鄕 가서 四派 宗契에[114] 參席. 佑榮 집, 11-30, 16-30, 浩榮, 尙榮, 佑榮, 仁鉉, 漢ㅁ, 潤道, 漢奎, 俊榮, 周榮, 泰榮母親, 魯樽母親. 11名. 墻東 도조 쌀 4叺 中 冷害로 2叺半. 水落 도조쌀 3叺. 샛골 도조쌀 1斗半. 쌀 1叺當 10万 4千 원씩. ⊙

〈1993년 12월 30일 목요일 曇, 雨〉(11. 18.) (-2°, 8°)
어제 오늘 날씨 푹하더니 밤에 비 내렸고. 낮엔 俊兄, 李斌模와 함께 3人이 黃致萬 會長 長期臥病에 榮洞 本宅 가서 問病했고.
午後엔 鄭世根 金容琪와 함께 3人이 聖母病院 가서 交通事故로 入院 中인 元聖玉 問病한 것(202号). 自轉車 타는 中이라는 이야기 듣고 더욱 操心性 느꼈기도. 郡 民願室 일 비롯 대여섯 가지 잔삭다리 일 개운히 보았으나 '금계리 213-1 河使料'는 該當치 않은 것 數十年間 納稅한 것 느낌에서 마음 꺼림하기도. ⊙

〈1993년 12월 31일 금요일 雨, 曇〉(11. 19.) (-2°, 0°)
날씨는 終日 찼고. 井母 몸 不便 辛苦에 딱해

113) 영사(靈沙): 수은과 유황을 섞어 가열하여 결정체로 만든 약. 정신을 안정시키고 혈을 잘 돌게 하며 담을 삭이는 데 쓴다.

114) 원문에는 붉은색 색연필로 밑줄이 그어져 있다.

서 '김수일 신경정신과' 가서 腦檢査[115](뇌파 檢査…腦波)結果 "病은 없고 腦혈액 순환 不順 若干의 驚症" 程度래서 安心했고. 四日 間 服用할 藥 진 것.

93年 多事多難했던 이 해도 밤中을 지나 새해로 너머가도다. ☉

※ 93년 略記

- 濠洲 갔던 魯杏이 英語 修學 마치고 7年 만에 歸家…學院 講師로 出務熱心.
- 井母의 勞力으로 마눌을 비롯 참깨 들깨 等 農作物 收穫 서운찮았고.
- 百日祈禱로 龍華寺에 7月~10月 間 새벽 施行…父母 冥福, 子孫의 成功, 井母 健康, 自身 修養.

  年中 運動으로 배드민턴 繼續. 전립선 肥大症으로 小便 不順에 加療하였기도.
- 평탄했던 癸酉年으로 生覺함이 타당할지?

以上

115) 원문에는 붉은색 색연필로 밑줄이 그어져 있다.

西紀 1994年(檀紀 4327年 甲戌年) 孔夫子 2545年 佛紀 2538年

〈1994년 1월 1일 토요일 晴〉(11. 20.) (-5°, 3°)
새벽 3時 起床. 城村派 系譜表 마무리 作成 1.5時間 만에 2枚 完成하고 洗手 後 念佛 祈禱 했고~'去年의 大過 無했음을 謝禮. 새해의 祈願.'
새벽에 만졌던 系譜表 손질 完了했고. 全 14枚. 鐘字孫行 中 代表者에게만 膳物할 予定. 杏은 제 언니 만나려고 天安 갔고. 낮에 大田 둘째 全 家族 델고 와서 点心과 저녁 에미가 지어 待接하기에 잘 먹었고. 마침 큰 妻男(金泰鎬), 妻조카 夫婦 人事次 왔기로 夕食 會食 잘 한 것. 夕食 後 모두 各己 歸家. ⊙

〈1994년 1월 2일 일요일 曇, 晴〉(11. 21.) (-1°, 4°)
井母의 身樣 어느 程度 差度 있는 듯. 故鄕 爲親契[1] 있어 낮 車로 參席. 族弟 光榮 有司 집 契員 25名 中 23名 參席. 決算 後 殘額 52萬余 원. 歸路에 大田 居住 族叔 漢業 氏 待接하였고. 다음 有司…郭漢業, 郭敏相, 全秀雄.
어제 天安 갔던 杏이 편에 在應스님이 父母님께 드리라는 銀수저 1双씩과 방배洞 큰 女息은 사위가 求해온 '너구리'로 빚은 補藥을 제 母親 服用토록 이것저것 한 가방 보내온 것. ⊙

〈1994년 1월 3일 월요일 曇, 晴〉(11. 22.) (1°, 9°)
李斌模 사무실 가서 情談 後 俊兄과 宗事 關係 熟考하고 濁酒 一盃 나누기도. ⊙

〈1994년 1월 4일 화요일 晴〉(11. 23.) (-3°, 3°)
李斌模 招請으로 俊兄과 함께 까치食堂 가서 点心 待接 받았고. 四派 宗山 일로 法院과 郡廳 갔었으나 未登記임이 確認되고 地番 未詳으로 일 못본 것. ⊙

〈1994년 1월 5일 수요일 晴〉(11. 24.) (-2°, 5°)
親知(尹, 鄭, 柳)와 함께 만나 '서울집'에서 새해 첫 團合大會 했기도. ⊙

〈1994년 1월 6일 목요일 晴〉(11. 25.) (-1°, 4°)
族長 勳鍾 氏 答接에 俊兄, 李斌模도 招待하여 点心 待接했고.
저녁 땐 복덕방 南 氏 만나 待接했기도. ⊙

〈1994년 1월 7일 금요일 晴〉(11. 26.) (-2°, 5°)
四派 代表者 協議事項 있어 갔었으나 漢虹 氏

1) 원문에는 붉은색 색연필로 밑줄이 그어져 있다.

不在로 일 完了 못한 채 歸淸한 것. ⊙

〈1994년 1월 8일 토요일 晴〉(11. 27.) (-5°, 6°)
無別 行事 없이 時時로 飮酒하며 날 보낸 것. ⊙

〈1994년 1월 9일 일요일 晴〉(11. 28.) (-1°, 6°)
今日도 別일 이루지 못한 듯. ⊙

〈1994년 1월 10일 월요일 晴〉(11. 29.) (-1°, 7°)
서울서 큰 애비 와서 夫婦는 서울 목동APT 간 것. 明日이 生日이라고 서울 子女들, 外孫子들 많이 모여 늦은 夕食했던 것이나 近日 連日 飮酒로 정신 흐려지고 食事 非正常이서 氣力 뚝 떨어진 듯. 夕食中에 子女息 모두에게 먹은 맘 없는 야단 좀 떠른듯. ×

〈1994년 1월 11일 화요일 晴〉(11. 30.) (-2°, 7°)
食 前에 슈퍼 가서 濁酒 한 잔 마실 때 게욱질 나는 것~過飮에 지친 듯. 子息들한테 또 못할 노릇임을 느끼면서도.
歸路 入淸次 목동서 잠실까지 孫子 昌信의 운전에 苦生 많이 시킨 것을 記憶. 井母는 큰 애비 차로 한형주병원 다녀오고. 夫婦는 큰 애비 따라 午后에 無事歸淸했으나 淸州 와서도 飮酒하여 밤부턴 臥病 呻吟. ※

〈1994년 1월 12일 수요일 〉(12. 1.) 13日까지 속이던 큰 上京
3日 間 飮食全廢. 臥病 呻吟. ○

〈1994년 1월 13일 목요일 〉(12. 2.) ○

〈1994년 1월 14일 금요일 〉(12. 3.) ○

〈1994년 1월 15일 토요일 晴〉(12. 4.) (-5°, 5°)
1주일 만에 昨日 午后에 흰죽 한 공기 억지로 먹은 것. 今日 아침은 또 입맛 없어 食事 못한 것.
城村派 宗契[2] 있대서 準備했던 모든 것 갖고 가까스로 정신 차려 有司인 來榮 집 가서 1시간 半동안 族譜 收單 複寫 編綴한 것 唐下 小宗契에 城村派譜格으로 世代 別로 1券식 나누어 준 것. 系譜表 몇 部도 準備된 대로 膳物했고. 收單記錄 慰勞條로도 宗員 合意와 自進하여 追加金까지도 얼마주기에 사양했으나 結局은 받아온 것.
몸은 괴로웠으나 無事히 마쳐서 多幸함을 느꼈고. ○

〈1994년 1월 16일 일요일 晴, 曇〉(12. 5.) (-3°, 6°)
13時 半에 있는 朴福圭 子婚에 人事次 '淸錫 예식장'에 다녀왔고.
어제 있었던 城村派 宗契 殘雜務 보기에 時間 나우 걸렸기도. 健康 狀態는 조금 良好. ○

〈1994년 1월 17일 월요일 雨, 曇〉(12. 6.) (-3°, -2°)
運身하기에 그리 快치 않고. 食事는 普通 程度~食慾 그리 당기지 않는 편.
낮엔 市內 나가서 農협, 우체국, 郡廳 等 들러 일 좀 본 것. 嶺東地方엔 積雪量 많다는 것. ○

2) 원문에는 붉은색 색연필로 밑줄이 그어져 있다.

〈1994년 1월 18일 화요일 晴〉(12. 7.) (-7°, -4°)
終日토록 가장 추었던 것. 金溪 가서 四派宗山(鶴木洞) 登記 件으로 農地委員인 郭奉榮, 郭敏相의 保證人 印 맡은 것. 車 事故로 入院 苦勞 겪었던 郭魯昇 문병했고. 從兄 만나 宗事 이야기하기도. 宗兄嫂는 딱하게도 如前 全身 떠는 疾患으로 苦生 中이고. 두무샘 밭 가보니 異常 없었고. 밤엔 셋째 女息 膳物인 冬節 바지 가랑이 만들기에 勞力했던 것. ○

〈1994년 1월 19일 수요일 晴〉(12. 8.) (-11°, -3°)
洞事務所 가서 옛 親旧 李基顯 선생 所在(서울) 探知策 알아보기도~'報恩 三山校 33회' 同門會 關聯으로. 3從兄嫂 氏(花山里) 다녀가고. 낮엔 어항 청소했기도. 밤엔 小宗契 準備로 決算 抄 잡기에 深夜토록 勞力했고. ○

〈1994년 1월 20일 목요일 晴〉(12. 9.) (-8°, -1°)
淸友會 있어 參席(安, 卞, 尹, 郭). '할머니집'에서 會食. 한방病院 가서 史龍基 問病.
下午 4時頃에 3從兄嫂(魯學 母親) 別世했단 消息 듣고 斜川洞 新東亞 APT 갔고. 葬禮는 22日로 定하고 合葬 等 諸般 相議하고 밤에 歸家. 魯旭과 從兄께도 연락했고. ⊙

〈1994년 1월 21일 금요일 晴, 曇〉(12. 10.) (-8°, 0°)
午前 中은 斜川洞 喪家집 가서 明日 行事 相議했고. 11時 半부터 있는 辛酉會에 參席하여 健康論 끝에 '慶和飯店' 가서 五人(元, 鄭, 安, 金, 郭)은 中國料理로 點心한 것. 明日 있을 葬禮式 준비도 한 것. ⊙

〈1994년 1월 22일 토요일 雪, 晴, 曇〉(12. 11.) (-5°, -1°)
밤中 이른 새벽에 눈 내렸고. 約 2.5cm[3]. 4時 半에 起床하여 눈 쓸고 念佛.
山神祭物 等 마련하여 金溪 가서 從兄과 人夫 6명과 함께 추럭으로 曲水 뒤 望德山 下 우리 宗山 가서 旣定 墓所에 광중지어 三從兄嫂(故 大榮 氏 夫人 東來 鄭 氏) 葬禮 無事히 마친 것(甲坐庚向). 三從姪 魯殷의 誠意로 歸淸 後 沐浴까지 잘 할 수 있었고. ○

〈1994년 1월 23일 일요일 雪, 晴〉(12. 12.) (-7°, -5°)
첫 새벽 눈 3.5cm[4]. 斜川洞 신동아APT 갔었으나 魯學은 못만났고.~三虞祭 關聯으로.
五松 가서 再堂姪女 夏子 子婚에 人事하고 온 것. 어제 서울 갔던 杏이 오고. ○

〈1994년 1월 24일 월요일 晴〉(12. 13.) (-11°, 3°)
이번 겨울 中 영下 11°는 두 번째[5]. 차차 풀려 낮은 포근했고.
三從姪 魯學 母親 葬禮 後 三虞祭 있대서 함께 曲水 뒷山 가서 行事 進行했고. 곧 入淸하여 三樂會 月例會에 參席하여 木花식당서 會食한 것.
今時溫水機 漏水꼭지 再修理하니 마음 개운했고. ⊙

〈1994년 1월 25일 화요일 晴, 曇〉(12. 14.) (-3°,

3) 원문에는 파란색 색연필로 밑줄이 그어져 있다.
4) 원문에는 파란색 색연필로 밑줄이 그어져 있다.
5) 원문에는 파란색 색연필로 밑줄이 그어져 있다.

5°)
小宗契 宗土 登記 手續 資料로 法院과 淸原郡廳 가서 該当 土地의 謄本과 台帳 等 떼기에 여러 時間 걸린 것. 밤에도 깊도록 書類 정리에 勞力했고. ○

〈1994년 1월 26일 수요일 晴, 曇〉(12. 15.) (0°, 5°)
宗中事로 鄭 法務士, 郡廳, 法院 가서 該当 書類 떼는 데 거의 終日 걸린 셈.
井母 덴고 金수일 病院 다녀왔고. 明日 行事 準備로 해 넘기고 밤에도 一覽表 만들었고. ○

〈1994년 1월 27일 목요일 晴〉(12. 16.) (-7°, 0°)
小宗契~大成食堂[6]. 12時~16時 半. 各己 事情 있어 予定보다 參席人員 적은 편. 大過 없이 지낸 셈. 歸家 後 밤 11時까지 小宗契 帳簿 整理한 것. ⊙

〈1994년 1월 28일 금요일 晴〉(12. 17.) (-6°, 3°)
玉山國校長 朴仁圭 先生 招請으로 母校에 모처럼 갔던 것. 因果關係 있던 鄭海國 氏, 張基虎 氏, 吳景錫 氏 다 함께 만나 校長室에서 過去之事 情談 後 食堂으로 案內되어 衷心 待接 잘 받은 것. 歸路엔 玉山市場서 權泰秀 만나 불고기 한 상 잘 받았기도.
濠洲 있었다는 達成 徐氏(漢醫) 와서 井母의 痛症處에 施鍼하고 藥 화제 알려주기도.
在應스님과 상운 스님 와서 徐醫師 施鍼 行事 마치는 것 보고 天安으로 歸寺. ⊙

〈1994년 1월 29일 토요일 晴〉(12. 18.) (-3°, 2°)
體育館 歸路에 兵務廳(孫子 英信 兵籍 記錄), 청주우체국(登記速達) 外換銀行(宗財 貯蓄) 들러 일 보고. 서울 있는 族弟 弼榮(三從弟)과 族叔 漢斌 氏 來訪에 27日 있었던 小宗契 結果 傳達하고 城村派譜와 系譜表 주었더니 極히 고맙다는 人事하는 것. 大成식당 가서 族弟 主管으로 待接받기도. 日暮頃에 '淸元한약방' 가서 日 前에 徐醫가 화제 낸 대로 井母 約 10첩 分 3万 원에 지어왔고. ⊙

〈1994년 1월 30일 일요일 晴〉(12. 19.) (-7°, 2°)
三從姪 魯學 來訪에 27日 있었던 小宗契 結果 이야기했고. 派 族譜綴과 仝 系譜表 주었고. 낮엔 弟子 任昇赫 子婚 있대서 宮殿예식장 가서 人事~玉山校 26回 卒業生 多數만나서 氣分 상쾌했기도. 斜川洞 가서 老人 몇 사람과 함께 尹洛鏞 교장한테 待接받고.
井母의 무릎 以下의 痛症은 '骨多孔症'이란다고 '칼슘…「오스칼」' 服用 中인데 아직…. ⊙

〈1994년 1월 31일 월요일 曇, 雨〉(12. 20.) (-1°, 2°)
郡廳, 法院 가서 宗土 45, 93번지 等 台帳과 登記謄本 떼어본 것. 아침엔 玉山面 가서 河川부지 번지 不分明한 것 이야기해 보기도. 新任 申大植 面長과 初面人事 나누고.
밤엔 三從姪 魯殷 가서 派譜와 季報表 주고 27日 있었던 小宗契 이야기 하기도. ⊙

〈1994년 2월 1일 화요일 晴, 曇〉(12. 21.) (-1°, 3°)
宗中事로 淸原郡廳과 法務士 鄭在愚 事務室

6) 원문에는 붉은색 색연필로 밑줄이 그어져 있다.

다녀왔고.
入院 病患中인 李斗鎬 이기석(크럽 會員, 한방병원), 史龍基(한방병원) 찾아갔었으나 史만이 他病院으로 옮겼대서 못보고 그대로 온 것.
李基顯 선생 住所 알고자 하는 報恩 이원철한테 電話했고~ 未詳인 消息. ⊙

〈1994년 2월 2일 수요일 晴〉(12. 22.) (-5°, 1°)
俊兄 招請으로 其님의 查頓 鄭運海와 함께 夬心 待接 잘 받았고.
玉山 가서 河川 부지 使用 根據地를 確認코저 했으나 不分明한 것.
小宗契 宗土 12匹地의 所有 名義를 個人 名義를 宗中 名義로 改正하는 手續에 着手했으나 나우 複雜하여 長期 노력해야 될 듯. ⊙

〈1994년 2월 3일 목요일 晴〉(12. 23.) (-3°, 4°)
宗中事로 洞事務所와 郡廳 民願室 다녀왔고. 夬心은 勳鍾 氏와 함께 俊榮兄한테서 待接받은 것.
井母 뎉고 道醫療院 갔었으나 時間關係로 그대로 온 것. 日暮頃에 斜川洞 가서 朴會長, 宋老人, 尹校長 招請 待接했기도. ⊙

〈1994년 2월 4일 금요일 曇, 晴〉(12. 24.) (-2°, 4°)
집 앞 '양한설 정형외과'에 井母 뎉고 가 骨格撮影 結果 '骨節神經痛'이라며 3日 間의 藥과 物理 治療받고 온 것. 宗中 帳簿 정리 後 市內 한 바퀴 운동 삼아 돌고 왔지만 別無神通. ⊙

〈1994년 2월 5일 토요일 晴〉(12. 25.) (-2°, 6°)
玉山老人會館 增築 竣工式에 招請 있어 다녀왔으나? 그냥 그대로 日程 마치고 入淸. 孫 氏 事務室에 들러 南 氏와 함께 情談하며 濁酒 一盃했기도. 宗中 書類 정리에 熱中. 夜間에도 一盃. ⊙

〈1994년 2월 6일 일요일〉(12. 26.) ⊙

〈1994년 2월 7일 월요일〉(12. 27.)
鄭運海의 接待에 應. ⊙

〈1994년 2월 8일 화요일〉(12. 28.) ⊙

〈1994년 2월 9일 수요일〉(12. 29.) 積雪 5㎝[7]. ⊙

〈1994년 2월 10일 목요일 雪, 晴〉(正. 1.) (-5°, -1°)
설날인데 前日까지 繼續 飮酒로 沈着치 못하게 하루를 보낸 듯. 또 反省. 家族들에게 不安感 주었을 것. ⊙

〈1994년 2월 11일 금요일 雪〉(1. 2.) (-1°, 1°)
積雪 4㎝[8]. 今日도 그럭저럭 나우 마셨을 것. ⊙

〈1994년 2월 12일 토요일 晴〉(1. 3.) (-4°, -1°)
오후부터 또 앓기 시작. 밤새도록 呻吟. ⊙

〈1994년 2월 13일 일요일 晴〉(1. 4.) (-5°, 3°)
큰 女息 家族 다녀갔고. 終日 누어 신음. 再生

---

7) 원문에는 파란색 색연필로 밑줄이 그어져 있다.
8) 원문에는 파란색 색연필로 밑줄이 그어져 있다.

難의 感도 들고.
큰 女息이 準備해 온 '手指針'으로 誠意 다하여 治療해주는 것이었고. ○

〈1994년 2월 14일 월요일 晴〉(1. 5.) (-5°, 4°)
저녁 때 쯤서 數日 만에 흰죽 한 공기 먹은 것. 밤엔 떨리는 손으로 日記 等 簡略하게 記錄했고. 新聞도 完讀. ○

〈1994년 2월 15일 화요일 曇〉(1. 6.) (-1°, 7°)
낮부터 若干 가라앉은 편. 終日토록 佛書 읽은 편. (蒙山語法) 밤 지나 2時까지. ○

〈1994년 2월 16일 수요일 晴〉(1. 7.) (-1°, 9°)
모처럼 活動 많이 한 셈~沐浴, 理髮, 農協, 外銀. 故鄕 가선 一농지, 從兄 宅 歲拜. 從兄과 前佐洞 가서 五墓(祖父, 伯祖父, 伯父, 先考, 堂叔) 省墓 後 안말 가서 故 時榮집 弔慰했으니 予定 行事 마친 것. 歸路엔 金溪校 職員 車로 便히 잘 왔고.
井母의 무릎밑 痛症에 큰 女息이 마련해 온 '瑞岩뜸' 해봤으나…. ○

〈1994년 2월 17일 목요일 晴〉(1. 8.) (-2°, 10°)
井母의 다리(右側) 痛症은 日益 甚한 듯 行步에 苦痛을 겪기에 새벽엔 물 뜸질에 勞力해봤고. 낮엔 龍潭洞 있는 '한방병원' 가서 診察과 鍼灸 治療 받았기도…. "걱정된 큰 病은 없고 老衰로 순환이 不良해서 痛症이 온 것"이라며 当分間 鍼灸治療가 可하다는 것 듣고 惡疾이나 難治病이 아니기에 多幸했고.
밤엔 正刻 12時까지 小宗契 宗中(土地) 手續서류 쓰기에 팔이 아프도록 勞力한 것[9]. ○

〈1994년 2월 18일 금요일 晴〉(1. 9.) (0°, 11°)
永樂會 있어 夫婦 參席했으나 食事場所 不確定으로 不實한 食事로 끝났고. 歸路에 郡廳 民願室 들러 께름한 問題 確認해보고 마음 개운하였기도.
17시 半부터 있는 在淸宗親會에 夫婦 參席했으나 井母는 몸 괴롭고 입맛 없다고 食事 不實.
今夜도 밤 12時 正刻까지 宗事 일로 눈이 아프도록 書類 作成에 勞力한 것[10]. ○

〈1994년 2월 19일 토요일 晴〉(1. 10.) (0°, 11°)
今日도 昨日과 마찬가지로 井母 데리고 '한방병원' 아침결에 다녀온 것~제3일째.
오후엔 '귀빈예식장' 가서 郭興在 女婚에 人事 다녀온 後 淸友會員 3人(安, 尹, 郭)은 故 史교장 집(사창동) 찾아가 其 夫人 한테 弔慰 표한 것. 人事 後 3人은 '할머니집' 가서 情談하면서 夕飯을 맛있게 들었고. 歸家 後 東林里 농지 保證人 關聯으로 不安 不快感이 머리에 사라지지 않아 매우 氣分 나빴던 것. ○

〈1994년 2월 20일 일요일 晴〉(1. 11.) (0°, 11°)
有司 立場에서 宗親同甲契[11] 執行에 勞力~10時부터 13時까지. 場所는 大成식당. 料食經費는 38,500원. 커피 5,000원. 큰 行事 또 하나 치뤘으니 한 구석 마음 개운하고. ○

9) 원문에는 붉은색 색연필로 밑줄이 그어져 있다.
10) 원문에는 붉은색 색연필로 밑줄이 그어져 있다.
11) 원문에는 붉은색 색연필로 밑줄이 그어져 있다.

〈1994년 2월 21일 월요일 晴〉(1. 12.) (1°, 5°)
大韓投資信託 가서 宗親同甲契財 통장에서 現金 引出하여 族長 秉鍾 氏에게 其 喪偶 關聯의 香尊料條로 白米 1叺代 11万 원 건넨 後 11時 半부터 있는 校長團 辛酉會에 參席하여 石山亭에서 會食한 것.
井母 덴고 한방병원 가서 제4회째 針 맞치고 온 것. 今日 따라 바람 세었고. ○

〈1994년 2월 22일 화요일 晴〉(1. 13.) (-3°,)
今日도 井母덴고 '한방병원' 다녀왔고. 맞는 漢藥 10첩도 付託한 것.
버스로 墻東 가서 農地 保證委員인 尹秉錄, 尹泰燮(尹根玉 姪), 尹亨洙(故 尹錫汶 子) 찾아 所定 書類(宗中으로 名義 變更하는 農地保證)에 印章 받고 臥病 中인 尹秉大 問病. 故鄕 金溪 와서 仝事로 郭敏相, 全秀雄, 郭奉榮한테 印章 받으니 日暮. 그래도 予定事 完了로 마음 개운이 어려운 줄 모른 채 入淸하여 한방병원 가서 井母用 닳인 漢藥 찾아 歸家하여 夕食하니 疲困하여 일찍 就寢한 것. ○

〈1994년 2월 23일 수요일 晴, 曇〉(1. 14.) (-2°, 3°)
體育館 歸路에 俊兄 宅 들려서 兄嫂 問病에 慰安의 말씀 많이 했기도.
下東林과 金城 가서 小宗契 宗中事 不動産 特措法 關聯 書類에 委員들 印章 받았고. 李重煥만 못만난 것. 漢斌 氏도 이어 와서 함께 參見했기도.
낮엔 三樂會 月例會 있어 參席. 木花食堂서 會食. 작은 보름. ○

〈1994년 2월 24일 목요일 晴〉(1. 15.) (-3°, 8°)
今日 대보름 特別한 반찬 別無하나 '아주까릿잎' 무친 것이 別味. 새벽엔 龍華寺 가서 少額이지만 佛福戔 表示 程度하고 加護에 感謝하며 無事를 祈願하였고.
井母 덴고 한방병원 6번째 가서 針 맞은 것.
今夜도 宗事 서류로 밤 12時까지 努力. ○

〈1994년 2월 25일 금요일 晴〉(1. 16.) (-2°, 7°)
午前엔 井母 덴고 한방병원 다녀왔고. 漢斌 氏와 함께 下東林 가서 李重煥 만나 所定 書類인 保證書에 도장 받으니 마음 개운했던 것. 歸路엔 車 便 나빠서 苦生 좀 했고. 入淸해선 칼국수로 저녁 때운 것.
「주간 교차로」 가서 住宅 賣買 13,500萬 원으로 廣告 내기로 委託했기도. ○

〈1994년 2월 26일 토요일 晴〉(1. 17.) (-3°, 9°)
小宗契 宗中書類 갖추어 提出해 봤으나 記入方法 몇 가지 書式이 달라졌다 하여 다시 쓰기로 書式用紙 받아갖고 나오면서 落望한 마음 限이 없었고.
12時부터 있는 '友信會'에 參席하여 巨龜莊에서 点心한 것. 이어서 常錄會館 가서 '배드민턴 크럽' 總會와 윷놀이에 參加하고 初저녁 밤에 歸家. 19時 半. ⊙

〈1994년 2월 27일 일요일 晴, 曇〉(1. 18.) (0°, 11°)
서울서 큰 애비 夫婦 오고. 松이 車 처음 타고 큰 애비와 함께 故鄕 金溪 갔었고~從兄의 生日 턱을 今日 한다기에 큰집 들러 人事하고. 아이들 兄弟는 省墓後 入淸.

同派之親 族弟 奉榮 回甲잔치 있대서 아랫말 가서 厚待받은 後 두무샘 밭 둘러보고 사거리 거쳐 歸家하니 午后 4時. 밤 10時에 先妣 忌祀 지냈고 큰 妹 안왔고. ☉

〈1994년 2월 28일 월요일 晴, 曇〉(1. 19.) (-1°, 5°)
새해 農場 일 시작했고~複合비료 1包 사다가 대추나무 周圍에 뿌렸고.
初저녁에 서울 成榮 父子 來訪 人事. 宗事 이야기 나누기도.
杏이 上京~日 前에 移舍 간 제 세째 언니(魯妊 언니) 집 다녀온다는 것. 어제 왔던 큰 애비 夫婦는 日出 前 식전에 서울 向發. 無事到着한 消息도 온 것. ○

〈1994년 3월 1일 화요일 晴, 曇〉(1. 20.) (-4°, 4°)
75주년 三一節 國旗 揭揚. 모처럼 江外面 正中里 가서 再從兄(㚖榮 氏) 宅 尋訪하고 人事했고. 宗事를 비롯 情談 나우 하고서 姪 泰文 車로 中峰里까지 온 後 入淸해선 太極書店 들러 누이 夫婦와 長時間 이야기 기쁘게 나누니 日暮되는 것. 어제 上京했던 杏이 無事 歸家. ○

〈1994년 3월 2일 수요일 晴〉(1. 21.) (-4°, 5°)
城南面 신사里 가서 再從 公榮 만나 宗事 關聯 이야기 約 2시간 했고~去月에 있었던 小宗契, 城村派 收單 複寫책 6券 주며 說明. 城村派 系譜表도 膳物로 주고. 特措法 依據 宗土 登記 手續中인 것 等等. 食堂서 㚖心하고 나니 午后 2時 半이 되므로 上京 計劃은 不可能하여 回路하여 故鄕 가서 一농장의 헌 비닐 걷는 데 2時間 勞力하고 入淸.
在應스님 天安서 왔고. 今夜에 長堂叔 入祭日이란대서 香尊料 보냈기도. ○

〈1994년 3월 3일 목요일 曇, 雨〉(1. 22.) (0°, 5°)
上京~大宗會 譜所(仁峴洞~乙支路四街) 가서 名花戔 殘額 916,000納付. 收單 찾아 받아一時.
追加 記入코저 持參. 收單과 名花戔 現況 把握 等의 用務. 總務 海淳한테 晝食 待接받고. 가랑비. ○

〈1994년 3월 4일 금요일 晴, 曇, 雨〉(1. 23.) (2°, 6°)
宗事(爲土…位土로 名義變更 書類) 일로 終日 努力한 셈. (午前엔 쓰기. 午后엔 司法代書所와 郡廳서 일 본 것.) ○

〈1994년 3월 5일 토요일 曇, 晴〉(1. 24.) (1°, 8°)
宗事 일 郡과 法院 들러 온 後 東林, 場東 갔었으나 5名 만나야 할 일을 그네들 形便上 3人밖에 못만난 것~ 保證印 關聯. 歸路에 1농장 거쳐 왔고.
그적게 왔던 在應스님 歸寺次 出發 後 어쩐지 딱하고 가엾은 생각에 落淚했고. 遠距離 다녀와서인지 고단하여 일찍 就寢. ☉

〈1994년 3월 6일 일요일 晴, 曇〉(1. 25.) (0°, 12°)
오늘 따라 人事次 여러 곳 다닌 것~全秀雄 女婚에 上堂예식장. 尹清洙 子婚에 道廳會議室, 朴仁圭 교장 子婚에 大韓예식장, 鄭亨模(弟子) 回甲宴에 玉山面 佳樂里.
五男 魯弼은 上溪아파트 傳貰額 上昇으로 제

妻家余裕 있는 房으로 約 一年 間 옮겨산다[12]는 기별 오기에 한편 민음직하면서도 爽快치는 않은 심정이었고. ⊙

〈1994년 3월 7일 월요일 雨, 曇〉(1. 26.) (0°, 11°)
宗事 일로 郡廳 地積課 다녀왔으나 일거리 아직 앞으로 창창하여 農場 일 때문에 큰 탈. ○

〈1994년 3월 8일 화요일 曇, 晴〉(1. 27.) (4°, 12°)
今日도 宗事 일로 終日 뛴 셈~早朝에 漢斌 氏 집 들러서 아침버스로 下東林 가서 李重煥 만나 保證書類에 도장. 自轉車로 曲水 尹亨洙 집 가서도. 이어 金城까지 그대로 가서 李玉鍾 찾아 도장 받은 後 두무샘 밭 잠간 둘러본 後 從兄 집선 從兄嫂 氏 慰問한 다음 敏相과 全秀雄은 出他로 일 못보고 族弟 奉榮 도장만 받은 것.
入淸해선 郡廳 地積課서 예정 일 본 다음 鄭在愚 法律事務所 들러 未登記 2匹地 서류 부탁하고 歸家하니 매우 고단했음을 느낀 것. 어쩐지 不유쾌感. ⊙

〈1994년 3월 9일 수요일 晴, 曇〉(1. 28.) (-1°, 5°)
溫度 降下에 바람 세어서 終日 추어서 견디기 어려웠던 것-宗中 서류에 金溪里 保證人 2사람 보러 갔었으나 出他 中으로 受印 不能. 떨면서 2農場서 約 1時間 程度 勞動. ○

〈1994년 3월 10일 목요일 晴〉(1. 29.) (-4°, 5°)
今日도 終日 추었고~꽃샘 추위라나. 堤川市 유유禮式場 다녀온 것~청주敎大 크럽 朴順吉 會員 女婚에 8名 參席(10時 發~17時 入淸). 列車 모처럼 타보았고…. 無窮花号×. 統一号. ○

〈1994년 3월 11일 금요일 晴, 曇〉(1. 30.) (-3°, 7°)
曲水 尹秉大 別世 葬禮에 金城 앞 양지 葬地에 다녀서 金溪 가서 宗中 일로 書類 受印事項 있기에 郭敏相과 全秀雄 집 찾아갔으나 全秀雄은 出他여서 今日도 일 못다 본 것. ○

〈1994년 3월 12일 토요일 가랑비, 曇〉(2. 1.) (-3°, 8°)
늦 새벽에 龍華寺 가서 初하루 祈禱하고 體育館 다녀온 것.
아침 8時 半 버스로 金溪 다녀왔고~全秀雄 保證人 도장 받으니 오랜만에 宗中書類 中 保證書類 于先 一段落 된 셈. 鄭 在愚事務室 거쳐 歸家 後 거의 終日토록 宗中 서류 整理한 것. ○

〈1994년 3월 13일 일요일 晴〉(2. 2.) (-1°, 4°)
3男 明의 生日(48歲), 엊저녁에 名이가 고기사 갖고 왔던 것. 아침에 맛있게 끓여 먹었고.
同派之親 族弟 來榮 回甲잔치에 招待 있어 故鄕 金溪 다녀온 것. 歸路엔 1농장 가서 1時間余 勞力했고. 밤 깊도록 堂下 小宗契 書類 作成에 勞力했기도. ⊙

〈1994년 3월 14일 월요일 晴〉(2. 3.) (-2°, 7°)
点心 後 鄭在愚사무실 거쳐 李富魯 稅務士 찾아가 궁금한 것 問議해 보니 不動産(宗中) 書類 作成에 贈與는 稅金이 나우 多額(土地代

12) 원문에는 붉은색 색연필로 밑줄이 그어져 있다.

1/3以上) 課稅된대서 一段 提出함을 決意할 用紙 다시 많이 얻어왔고. 일거리 또 왕창 加해진 氣分에 번뇌 이만저만 아닌 것. 歸路에 李斌模 만나 要請과 勸에 못이겨 彼此 一盃하니 後悔. ⊙

〈1994년 3월 15일 화요일 晴〉(2. 4.) (-2°, 7°)
數日 間 바람 세고 찬 날씨 繼續 中이고. 族叔 潤道 氏 招待로 俊兄, 晩榮과 함께 '萬年'이란 食堂 가서 蔘鷄湯으로 点心하니 든든했고. 宗中 일(堂下 小宗契)로 郡廳과 法院 다녀왔기도. 모든 書類 3번째 만드는 것. ⊙

〈1994년 3월 16일 수요일 晴〉(2. 5.) (-1°, 9°)
10時에 새淸州藥局 가서 淸原祠 爲土沓 3斗落 年 賃貸料 白米 15말에 郭漢益과 契約하는 것 봤고. 藥局 漢鳳 氏가 提供하는 点心 時間 中 '世祖擧事時 有功者' 郭蓮城 이야기 나왔기도. 文康公의 曾孫.
宗事로 郡과 同法代書(鄭在) 일 보고 歸路에 李斌模 事務室에서 俊兄, 勳鍾 氏 만나 情談. ⊙

〈1994년 3월 17일 목요일 晴〉(2. 6.) (-1°, 9°)
아침運動 歸路에 宗事 일로 族叔 漢斌 氏 宅 잠간 들렀기도.
낮 車로 金溪 가서 族弟 佑榮 만나 宗中 일 書類 作成된 것 說明하며 1時間余 이야기 後 農場 가서 1時間 半 程度 勞力했고. 李晳均 작은 夫人 만나 텃도조와 집터 解決 件에 對談하였으나 개운치 않았던 것. ○

〈1994년 3월 18일 금요일 晴〉(2. 7.) (0°, 13°)
淸友會에 參席하여 最終 決算을 보고 解體함을 提議(總 7名 中 事故 많은 편이고…死亡 1人, 臥病 1, 弱化 3 等 合席 困難)한 바 4名 中 1名이 存續者이므로 予定대로 解體한 것.
金溪 농장 가서 2시간半 勞力했고. 疲勞 느끼고. ⊙

〈1994년 3월 19일 토요일 晴〉(2. 8.) (1°, 13°)
李泰善(報恩 弟子) 女婚에 10時 半 發 서울行 버스場인 體育館 앞 가서 人事했고. 農場 가서 約 2時間 勞力했고~雜草와 穀草 燒却.
낮엔 서울 居住人(草溪 鄭氏) 来訪~住宅 現況 보러 온 것~ 買受 意慾 있는 듯? ○

〈1994년 3월 20일 일요일 晴, 曇〉(2. 9.) (3°, 14°)
아침 歸路에 淸高 앞 外叔母 宅 가서 人事 드리고 온 것.
水落山直格 楊安夫 回甲 招待 있어 玉山농협 會議室 다녀온 後 急기야 金東昱 子婚設 있기에 大韓예식장과 淸錫예식장 두루 가봤으나 名板에 없기에 그대로 歸家했고.
井母와 함께 모처럼 1농장에 간 것~今日도 乾草 燒却行事에 勞力. 井母는 씀바귀 等 나물 캤고.
族叔 漢斌 氏에 付託했던 宗中 書類中 保證書 捺印 件은 予定대로 잘 해 왔고. ⊙

〈1994년 3월 21일 월요일 晴, 曇〉(2. 10.) (5°, 16°)
12時부터 있는 辛酉會에 參席(双龍증권 事務室)했으나 相對 某人의 言質에 氣分 少했고.
午后엔 農場 가서 揚水, 대추木下 整土. 헌 비닐 거둬치우기 等 勞力하고 18시 버스로 歸

家. ⊙

〈1994년 3월 22일 화요일 雨〉(2. 11.) (6°, 8°)
모처럼 李斌模, 俊兄 3人 만나 情談하면서 交盃한 것. 李兄 나우 取한 편. 金溪行 予定했었으나 終日 雨天으로 못갔고. 宗中일 아직 結末 못지워 개운치 않은 중. ⊙

〈1994년 3월 23일 수요일 晴〉(2. 12.) (3°, 9°)
三樂會에 參席. 木花식당에서 点心. 石油 3도람 145,000원에 注入. 농장 가서 2時間 半 勞動. ⊙

〈1994년 3월 24일 목요일 雪, 曇〉(2. 13.) (0°, 3°)
늦 눈 아침결에 나우 내려 5㎝ 程度. 終日 눈, 바람으로 추었고.
이제까지 만든 小宗契 서류 郡 地積課에 내어봤으나 記載 差異로 도로 가지고 온 것…이 業務로 時間과 勞力으론 징글마즌 일이기도.
三樂會員 申奉植 회원 死亡 消息을 접하고 郡會員 8名 앞으로 聯絡網 依據 전화 連絡했고. ⊙

〈1994년 3월 25일 금요일 晴〉(2. 14.) (-2°, 7°)
三樂會員 故 申奉植 집(月谷 진흥A, 301동) 찾아가 弔問했고. 報恩 친구 數人 만났기도.
郡廳 가서 宗中 서류 내여 모처럼 만에 4통 接受된 것. ⊙

〈1994년 3월 26일 토요일 晴〉(2. 15.) (0°, 8°)
크럽 會員 김효중 女婚에 人事次 沃川邑 農協 예식장 다녀온 것. 往來에 車內 飮食 많았고. 17시 半부터 있는 同窓會에 參席하여 '旧장터 식당'에서 會食(삼계탕).
入院 中이었던 同壻 申重休한테 電話해 본 것~退院, 호정리 自宅. 辭職 等의 消息.
새벽엔 龍華寺 가서 陰 二月보름 祈禱 올렸기도. ⊙

〈1994년 3월 27일 일요일 晴〉(2. 16.) (0°, 10°)
妻族(六寸妻男 金志鎬)의 女婚 있어 井母와 함께 勇敢하게 大川市까지 다녀왔고.
琅城 同壻의 次子 申 君 來訪에 同壻 同情으로 龍潭國校 찾아가 催校監과 安昌秀 校長 만나 이야기 듣고는 딱하지만 포기하였기도. ⊙

〈1994년 3월 28일 월요일〉(2. 17.)
3월 28일부터 4월 1일까지 續飮하였던지 기억 상막. ⊙ ⊙ ⊙ ⊙ ⊙

〈1994년 4월 2일 토요일 晴〉(2. 22.) (2°, 13°)
今日 역시 親友들 만나 過飮 끝에 저녁나절엔 井母가 극구 만류함을 애원하면서 加重 飮酒에 밤부터 臥病呻吟한 것. ※

〈1994년 4월 3일 일요일 晴〉(2. 23.) (3°, 15°)
食事 전혀 못하고 終日 죽도록 앓은 것. ○

〈1994년 4월 4일 월요일 晴〉(2. 24.) (5°, 25°)
今日은 再起 못할 程度로 極히 앓은 것.
밤 11時頃 서울서 큰 애비 夫婦 온 것~明日은 큰 애미 生日이고. ○

〈1994년 4월 5일 화요일 晴〉(2. 25.) (6°, 28°)
서울서 가져온 材料로 飯饌 많지만 먹히지 않았고.

井母는 서울 큰 애비 따라 故鄕 農場 가서 봄나물 많이 캐왔고. 杳도 同乘 다녀온 것.
서울 아이들 下午 3時 半頃에 서울 向發. 仝 6時에 到着했다고 소식 왔고.
조개멱국 等 억지로 먹어봤고. ○

〈1994년 4월 6일 수요일 晴, 曇〉(2. 26.) (12°, 27°)
모처럼 가까스로 움즉여 沐浴하고 理髮한 것~바우느라고 진땀 흘리며 진욕 본 셈.
그렇게도 알려고 했었던 李基顯 住所 알게 되어 시원하고 개운한 마음 이제 큰 숙제 푼 셈. 그 同期인 金奎英을 通하여 宋炳憲 行政代書한테 안 것. 즉시 전화 통해 보니 틀림없었고. 그其旨 報恩弟子 '이원철'한테 기쁜 마음으로 傳한 것. 成果 이룬 셈. ○

〈1994년 4월 7일 목요일 曇〉(2. 27.) (17°, 24°)
모처럼 아침行事 着手하니(되니) 多幸~體育館 샤틀 경기에도 勝利하니 快感.
四從叔 漢斌 氏 來訪 問病에 感謝했고. 宗中일 經過 자세히 說明했기도.
住銀 다녀와서 울 안 밭의 雜草뽑기에 長時間 노력했고. ○

〈1994년 4월 8일 금요일 曇〉(2. 28.) (9°, 12°)
鄭世根 事務室 찾아가 辛酉會 不參의 旨를 말하고 住銀 가서 4月 分까지 賦金을 整理.
內室의 螢光燈을 實用品으로 更新했고. 郡廳 볼 일 不能이 마음 찐한 셈. ○

〈1994년 4월 9일 토요일 晴〉(2. 29.) (6°, 13°)
井母 델고 朴世根內科 가서 胃痛 診察 治療. 淸原郡廳 地積課 가서 堂下 小宗契 서류 2필지 내어 接手됐고. 午后엔 농장 가서 2시간 半 勞力한 것.
五男 弼이 最初로 設産한 上溪아파트를 떠나 장시간 道峰區 미아洞 제 妻宅으로 移合했다는 것[13]. ○

〈1994년 4월 10일 일요일 晴〉(2. 30.) (6°, 18°)
'제6회 忠淸北道知事旗 生活體育크럽對抗 배드민턴大會'에 參席하여 男長壽部에서 銅메달에 그쳤고. 井母는 外從妹(李鍾榮) 子婚에 다녀온 後 故鄕 농장 가서 씀바귀 等 나물 많이 캐왔다는 것. ○

〈1994년 4월 11일 월요일 晴〉(3. 1.) (10°, 21°)
食 前에 初하루 祈禱(龍華寺). 時間 形便上 農場行은 不能.
三老(崔수, 金관과 함께)는 18時에 忠大병원 가서 交通事故 入院 中인 크럽 會員 宋천영 女史 問病했고. 各 車 要 操心性 또 切感. ○

〈1994년 4월 12일 화요일 雨〉(3. 2.) (15°, 12°)
體育館 歸路에 佳景 가서 보리밥으로 朝食한 것. 終日토록 비 오락가락하여 雨量 約 20㎜[14].
午后엔 李斌模 要請으로 其 가게 나가서 酒類 待接했기도. 낮엔 찬 强風. ○

〈1994년 4월 13일 수요일 晴〉(3. 3.) (6°, 15°)
울 안에 봄 씨앗 뿌렸고~무우, 배추, 시금치,

13) 원문에는 붉은색 색연필로 밑줄이 그어져 있다.
14) 원문에는 파란색 색연필로 밑줄이 그어져 있다.

상추, 파 等. 故鄕 농장 가서 3時間 作業했고. ○

〈1994년 4월 14일 목요일 晴〉(3. 4.) (5°, 18°)
郡廳 가서 小宗契 서류 2通 提出하니 容易 接受 處理되어 氣分 快했고. 洞事務所 들러 松의 住民登錄 異動 節次 알아보기도. 낮엔 別뜻없이 元 교장 請대로 만났던 것.
夫婦 농장 가서 3時間 일하고 入淸時에 族姪 魯昇의 車 德보아 고마웠고. ○

〈1994년 4월 15일 금요일 晴〉(3. 5.) (7°, 21°)
司倉洞 O統長한테 잠간 들러 소 洞事務所 가서 四男 松의 住民登錄 봉명洞으로 退去 手續한 後 故鄕 농장 가서 헌 비닐 걷는 作業 오늘서 마감하고 入淸했고.
夕食時間에 松과 重大한 이야기 2件 말했던 것…① 司倉洞에서 말하는 婚談, 38歲. ② 住宅買受案~父母 住宅 마련해 드리고 子息에게 住宅 讓渡해 주는 形式 硏究 父子間 合意. ○

〈1994년 4월 16일 토요일 晴〉(3. 6.) (9°, 23°)
申貞子(크럽 會員) 旅魂 있어 江外面 五松농협 禮式場 나녀와서 故鄕 金溪 농장까지 自轉車로 달려간 것. 70分 걸렸고. 作業 2시간 했고. 夕食 後 피곤하여 곧 就寢. ○

〈1994년 4월 17일 일요일 晴〉(3. 7.) (10°, 24°)
在淸宗親會에서 春季逍風[15] 가는 데 夫婦 參席했고~8시-20시. 24名. 버스貸切 28万 원. 江原道 寧越(莊陵, 淸冷浦, 高 氏洞窟). 參席人員 적지만 無事히 잘 다녀온 것. ○

〈1994년 4월 18일 월요일 晴, 曇, 雨量〉(3. 8.) (14°, 16°)
郡地積課 가서 小宗契 關聯書類 四匹地分 提出 接受됐고. 氣分 나우 개운했던 것.
稅務署 가서 民願擔当者 만나 父子間 不動産 賣買 成立 認定 與否를 問議한 즉 '昨年까진 100% 不認해 왔으나 이젠 客觀的 證明 根據 있으면 認定한다'는 것의 答辯 들은 것. ○

〈1994년 4월 19일 화요일 晴〉(3. 9.) (10°, 24°)
今日도 郡 地積課 가서 宗中 서류 一通 제출에 接受되어 小宗契分은 거의 된 셈.
井母와 함께 농장 가서 2時間余 作業한 것. 어제는 中古自轉車 7萬 원에 購買했었고[16]. ○

〈1994년 4월 20일 수요일 晴, 曇〉(3. 10.) (18°, 23°)
2농장 가서 作業 3시간. 病患 中이신 從兄嫂氏 갑갑하시다기에 잠간 업고 바깥바람과 별 좀 쬐어드리기도. 今日은 大宗會 理事會한다고 通知 왔지만 早朝時間으로 不參키로. ○

〈1994년 4월 21일 목요일 晴, 曇〉(3. 11.) (18°, 23°)
眼疾(結膜炎) 좀처럼 안 나아 今日도 金眼科 가서 治療 받고 '안연고-캄비손' 받아왔기도. 昨日 過勞한 탓인지 고단하기에 農場行 計劃을 中斷하고. 法院 가서 派 宗土 登記簿謄本 4필지분 떼어 온 것. 井母 要請으로 처음으

15) 원문에는 붉은색 색연필로 밑줄이 그어져 있다.

16) 원문에는 파란색 색연필로 밑줄이 그어져 있다.

로 돼지머리 온통 1 사다가 쪄보니 값싸기도. (3,000). ○

〈1994년 4월 22일 금요일 가랑비, 曇〉(3. 12.) (14°, 17°)
三樂會 月例會에 參席하고. 郡에 가서 宗中 關聯 旧台帳되고, 鳳鳴洞 事務所가선 四男 魯松의 住民轉入 申告 手續 마친 것. 농장行 하려다가 時間 늦어서 도루 歸家했고.
今日도 저녁엔 法院 가서 宗土 登記謄本 몇 通 떼어온 것. ○

〈1994년 4월 23일 토요일 曇, 晴〉(3. 13.) (13°, 21°)
宗親會 總務 晩榮 연락받고 族叔 漢奎 氏 包含 3人이 日 前의 逍風 決算 보고 宗事 이야기했던 것.
1농장 가서 約 4時間 作業하고 19時 半 發 버스로 入淸하니 저물었고. 피로 느끼고. ○

〈1994년 4월 24일 일요일 晴〉(3. 14.) (10°, 22°)
夫婦 농장 가서 거의 終日 노력한 셈~11시부터 午後 6時까지…호박 播種, 除草. 쑥과 씀바귀 캐기 等. ○

〈1994년 4월 25일 월요일 晴〉(3. 15.) (10°, 25°)
龍華寺 가서 새벽祈禱 올리고. 故鄕 농장 가서 4時間 作業하고 19時 發 車로 入淸. ○

〈1994년 4월 26일 화요일 晴〉(3. 16.) (11°, 26°)
仁川市 朱安5洞 龍華禪院 가서 法寶殿서 擧行하는 甲戌年 陰 3月 16日 行事의 법요식에 參席한 것. 7時 30分 清州發. 朱安 着 11時. 行車次…江南고속터미널서 地下鐵 3号線으로 教大까지. 2号線으로 바꿔타고 신도림까지. 國鐵로 바꿔타고 朱安까지 가서 下車. 南街左廻轉行하여 出口까지. 法寶殿에 모신 父母님 寧架 6,980번, 弟 云榮 6,981번, 壻 愼義宰 6,982번.
月例 同窓會 있어 仁川서 오던 直後 參席. 朴壹煥만 不參. '괴산집'에서 會食(보신탕).
밤엔 實用品 값싼 쓰본 2개 바지 가랭이 잘라 마무리하기에 約 3시간 걸린 것. ○

〈1994년 4월 27일 수요일 曇〉(3. 17.) (14°, 26°)
井母 要請에 따라 모처럼 別味(보신탕)로 臭心 外食했으나 近者 口味가 없어서인지 少食에 그치므로 나 혼자만 過食한 것. 1농장 가서 除草 作業 約 2時間 했으나 대추나무 狀況이 枯死 惡 現狀인 樣 같아서 심명 떠러지기도.
午后 6時에 自轉車로 出發 虎竹2區 가서 弟子 朴相龍의 母親喪에 人事하고 入淸. ○

〈1994년 4월 28일 목요일 晴, 曇〉(3. 18.) (12°,)
午后에 玉山서 自轉車로 1농장까지 3시간 半가량 勞作했고~풀뽑기 일. 1部 대추나무에 給水도. 宋이가 每朝 우유 1갑씩 調達 시작. ○

〈1994년 4월 29일 금요일 晴〉(3. 19.) (13°, 23°)
夫婦 1농장 가서 6시간 勞力~대추나무밭 풀뽑기. 나물(씀바귀) 캐기. ○

〈1994년 4월 30일 토요일 晴〉(3. 20.) (14°, 25°)
體育館 歸路에 老 3人組(崔, 金, 郭) '한국병원' 가서 宋건순 女史 問病했고.
파락골 가서 傍16代祖 墓所 石築 莎草 後 祭

祀 擧行에 參席했던 것(瑞山公 墓).
1농장서 除草作業 3時間 半 했고. 서울서(大宗會 大譜所) 城村派 族譜抄 왔고. ○

〈1994년 5월 1일 일요일 曇, 晴〉(3. 21.) (19°, 28°)
健康 正常~아침 行事 7個 事項 遂行. 食事 잘하고. 每日 농장 往來 作業. 動作 敏活.
1농장 가서 約 4시간 作業~대추밭에 灌水. 除草 等. 杏이 上京. ○

〈1994년 5월 2일 월요일 晴〉(3. 22.) (18°, 27°)
永樂會 幹部集會 있어 '금호관광' 갔었고. 소逍風~10日. 회남 '魚夫洞'[17]으로 合議.
1농장 가서 3시간 半 勞動~어제와 같은 일 했고. ○

〈1994년 5월 3일 화요일 晴, 雨〉(3. 23.) (20°, 24°)
아침歸路에 法院과 郡廳 들러 '금계리 351-2 宗土' 서류 關聯 일 좀 보고. 농장 가려고 수계탑[시계탑][18]까지 갔었으나 發車 시간과 날씨 關係로 廻路했던 것. 집에서 잔삭다리 일 보았고.
아침食事는 朴순길 크럽 幹部 待接하려다 도리어 待接을 形便上 받았기도.
午后 5時 半頃부터 부슬비 내리기 時作하니 多幸이었고… 학수고대했던 비. 約 20㎜[19]. ⊙

〈1994년 5월 4일 수요일 曇, 雨, 曇〉(3. 24.) (12°, 16°)
郡廳 가서 宗中서 1部 提出 接受됐고~今日까지 延 17필지 接受된 것.
1농장 가서 除草作業. 수박 참외 몇 구덩 마련 播種했기도.
서울서 막내 魯弼 家族 왔고.

〈1994년 5월 5일 목요일 曇〉(3. 25.) (10°, 15°)
第23次 大宗會에 參席[20]~7. 40…17시(場所-淸潭洞 프리마호텔. 會議는 2時間. 中食은 부페. 發言 3事項 ① 會館基金 未收金과 派別 會費 未收金 完遂策. ②去 理事會 조찬회 7. 30은 無理. ③ 23次 總會는 淸州에서 開催하겠다고 會長의 말이었는데? 等. 서울 막내아이들 15시에 歸京發.
저녁땐 孫子(正旭)집 , 조카 슬기집 다니며 生果 1봉지씩 나누어 주고 오니 마음 개운했고. ○

〈1994년 5월 6일 금요일 曇, 晴〉(3. 26.) (9°, 20°)
1農場 가서 2.5時間 일했고~참외 17구덩이 파서 거름 넣고 播種한 것.
井母의 身樣은 허리 및 무릎밑 痛症이 좀처럼 낫지 않아 큰 걱정중. 約 1年이 가까운 셈[21]. ○

〈1994년 5월 7일 토요일 晴〉(3. 27.) (13°, 26°)
'金泰日'齒科 가서 昨年末頃 때웠던 右側 아래어금니 1개 다시 때우고. '정금사' 가선 井

17) 충북 보은 회남면 대청호반에 있는 마을.
18) 시계탑은 청주 사직동 고개마루에 있음.
19) 원문에는 파란색 색연필로 밑줄이 그어져 있다.
20) 원문에는 붉은색 색연필로 밑줄이 그어져 있다.
21) 원문에는 붉은색 색연필로 밑줄이 그어져 있다.

母의 목걸이와 반지 때 닦은 것 찾아온 것. 午后엔 1農場 가서 수박, 참외 각 10구덩이씩 播種.
서울서 큰 애비 夫婦 왔고~어버이날 膳物로 大形 칼라 TV 사왔고(市價 80만 원). 3男 明 夫婦와 弟 振榮 夫婦도 고기 또는 膳物도 사온 것. (明日은 어버이날). ○

〈1994년 5월 8일 일요일 晴〉(3. 28.) (14°, 27°)
淸州市民 自轉車타기大會에 參席~7시~8시 半. 고수부지運動場에서 꽃다리와 운천橋間 東西 堤防 一周 完遂(完走). 國中高 學生패와 一般 成人 約 300名 參加한 셈. 紀念品으로 타올 받았고.
午后엔 1농장 가서 어제와 같은 일로 亦 3시간 勞力했고.
서울 아이들 낮에 잘 갔다고 消息 오고. ○

〈1994년 5월 9일 월요일 晴〉(3. 29.) (13°, 28°)
市內 가서 농협, 住銀, 우체局 볼 일 전격的으로 잘 보고.
井母 데리고 '김태헌 醫院' 가서 痛症 診察 받았고[22]. (腰痛 촬영).
1농장 가서 3시간余 勞作 後 自轉車로 玉山까지(오후 19시 半). 피로 느끼고. ○

〈1994년 5월 10일 화요일 晴, 曇, 雨〉(3. 30.) (14°, 24°)
永樂會 소풍[23]에 井母는 身樣 관계로 못갔으나 형편上 單身 參席~9시부 14시. 懷南面 魚夫洞[24] 가서 향어생선회와 소 매운湯으로 點心한 것.
井母는 杏의 案內로 어제 갔던 '김태헌醫院' 다녀왔고…腰部 撮影 結果-'허리뼈가 弱하게 가늘어졌으니 重量 물건 들지 말 것이며 運身에 勞動을 해서는 안 될 것'[25]을 說明 들었다는 것. ○

〈1994년 5월 11일 수요일 雨, 曇〉(4. 1.) (15°, 23°)
日出 前에 龍華寺 가서 四月 初하루 祈禱 올렸고. 昨今 雨量約 20㎜[26].
點心 後 1농장 가서 除草 作業. 2농장 가서 고추 모종할 두둑 3골 만들었고. ○

〈1994년 5월 12일 목요일 晴〉(4[27]. 2.) (15°, 28°)
體育館 歸路에 忠北大病院 들러 俊兄嫂 氏 入院 中(526号) 問病했고.
井母 제3次 '김태헌醫院' 診察에 함께 다녀온 後 2農場 가서 고추모 심을 두둑에 施肥하고 비닐까지 씌우는 데 約 3時間 걸렸기도…快感 느끼고.
井母는 歸路(김태헌의원)에 '朴世根內科'도 들러 診察받고 왔다는 것. ○

〈1994년 5월 13일 금요일 曇〉(4. 3.) (17°, 24°)
終日 흐렸고. 今日 따라 분하고 아깝고 애석한 일 하나~約 10年 前에 셋째 사위 愼義宰의 膳

22) 원문에는 붉은색 색연필로 밑줄이 그어져 있다.
23) 원문에는 붉은색 색연필로 밑줄이 그어져 있다.
24) 원문에는 붉은색 색연필로 밑줄이 그어져 있다.
25) 원문에는 붉은색 색연필로 밑줄이 그어져 있다.
26) 원문에는 파란색 색연필로 밑줄이 그어져 있다.
27) 원문에는 음력 월이 3월로 나와 있지만 저자가 날짜를 착각하여 쓰인 것으로 추정. (4. 3-4. 10)

物 '外製' 비단 우산을 거리서 잃어버린 것[28]. 집에서 시계탑 사이. 自轉車 뒤에 질렀던 것이 빠진 것. 억울하고 깜짝 놀라 가슴 뛰고 확근한 땀이 났던 것.
서울서 큰 애비 와서 함께 1농장 다녀왔고.
井母는 杏이 덴고 '朴世根內科' 다녀온 것…위궤양의 우려 있다고[29]?…. ○

〈1994년 5월 14일 토요일 雨〉(4. 4.) (17°, 21°)
終日 비 내린 셈. 1농장 가서 3時間 半 가량 勞力--참외, 수박 구덩이 비닐 걷고. 各 두둑 除草하는 데 한 편 손으로 우산 받치고 한 손으로 일 치우는 데 3시간余 延勞. 장화 신고. ○

〈1994년 5월 15일 일요일 가끔비〉(4. 5.) (14°, 17°)
今日도 오락가락하는 비 終日, 큰 애비 上京. 杏이도 함께. 오늘은 스승의 날.
1농장 가서 들깨 밭자리 除草에 勞力. 昨今의 雨量 35㎜[30]. ○

〈1994년 5월 16일 월요일 曇〉(4. 6.) (13°, 20°)
井母 덴고 朴세근 內科, 김태헌 痛症治療室 다녀왔고.
1농장 가서 풀 뽑기 作業 3시간余 하는 데 勞力. ○

〈1994년 5월 17일 화요일 曇, 晴〉(4. 7.) (11°, 20°)
1농장 가서 들깨밭자리 除草 作業에 3時間余 勞力했고. ○

〈1994년 5월 18일 수요일 晴〉(4. 8.) (10°, 23°)
釋誕節. 12時頃 龍華寺 가서 '부처님 오신 날'의 祝福과 祈願 祈福하고 安心.
井母 덴고 '中央엑스레이科' 가서 手續과 藥物 가져오고 撮影은 明朝에 한다는 것.
1농장 가서 2시간 作業하고 2농장 오니 마련된 두둑에 從兄께서 고추 3두둑 移植. ○

〈1994년 5월 19일 목요일 晴〉(4. 9.) (10°, 24°)
井母 保護次 '中央X線科醫院' '朴世根內科' 다녀왔고~大腸에도 別無異常이라기에 安心은 된 것. 綜合診察이 어떠하냐는 말도.
1농장 가서 고구마, 고추심기에 3時間余 勞力. ○

〈1994년 5월 20일 금요일 晴, 曇〉(4. 10.) (10°, 27°)
서울大宗會에서 郭潤漢 氏, 總務 郭海淳 內清하여 몇 분(漢奎 氏, 漢鳳 氏, 勳鐘 氏, 滿榮, 道榮, 晩榮)과 함께 族譜 發刊 推進과 淸原祠 修理 事業에 關하여 協議했던 것.
1農場 가서 대추나무 뿌리 헛싹 캐기에 勞力했고. 金溪 發 午后 7時 半 버스로 入清해 보니 海美에서 次女 在應스님 왔고. 밤엔 서울 큰 애비로부터 제 母親 서울로 모셔다가 当分間 入院治療 해보겠다는 電話 왔기에 合意했고. ○

〈1994년 5월 21일 토요일 曇, 晴〉(4. 11.) (15°, 22°)

28) 원문에는 붉은색 색연필로 밑줄이 그어져 있다.
29) 원문에는 붉은색 색연필로 밑줄이 그어져 있다.
30) 원문에는 파란색 색연필로 밑줄이 그어져 있다.

全國연합회장旗 배드민턴大會에 參席~6時 發. 場所~잠실체육관. 크럽에서 17名 選手 參與.
서울서 큰 애비 와서 明日 제 母親 모시고 서울로 病院 治療次 온 것[31]. ○

〈1994년 5월 22일 일요일 晴〉(4. 12.) (12°, 25°)
8時 40分에 배드민턴 경기에서 서울 中區와 對決하여 長壽部 C級에서 勝利했으나 다음 對決에서 京畿팀한테는 졌고. 下午 7時 發(김효중 自家用) 車로 入淸하니 소 9時 됐고.
在應스님 가고. 큰 애비와 杏은 제 모친 모시고 上京[32]. 서울서 入淸하니 방 쓸쓸했던 것. ○

〈1994년 5월 23일 월요일 晴〉(4. 13.) (17°, 28°)
淸原郡 三樂會 逍風에 參席[33]~慶北 八公山[34](棟華寺, 1500余 年 前 創建. 藥師如來大佛, 갓바위). 龜尾 금오山 觀光. 청주서 8時 發, 下午 8時 入淸.
서울 소식-井母의 腰痛 診察 結果…別病 없고, 針은 허약한 處地라서 約 10日 間의 補藥 服用後 施鍼한다는 것. ⊙

〈1994년 5월 24일 화요일 晴, 雨〉(4. 14.) (20°, 28°)
1농장 가서 雨天으로 2시간 程度밖에 作業 못한 것. 郭봉재 韓正雄이 揚水한 것 諒解했고. ⊙

31) 원문에는 붉은색 색연필로 밑줄이 그어져 있다.
32) 원문에는 붉은색 색연필로 밑줄이 그어져 있다.
33) 원문에는 붉은색 색연필로 밑줄이 그어져 있다.
34) 원문에는 붉은색 색연필로 밑줄이 그어져 있다.

〈1994년 5월 25일 수요일 雨, 曇〉(4. 15.) (20°, 24°)
龍華寺 가서 보름 祈禱 올렸고. 1농장 가서 3時間 作業. 대추나무 뿌리 헛싹 캐기 1次 完了. 고구마 85쪽 植付. 昨今 雨量 50㎜[35]. ○

〈1994년 5월 26일 목요일 曇〉(4. 16.) (21°, 27°)
서울 큰 딸 집에서 漢藥 服藥 中인 井母는 腰痛症은 아직도 別無神通인 消息.
1농장 가서 除草作業했고. 오름대(登台…발돋움대) 만들기 着手.
18時에 同窓會에 參席. (보신湯으로 會食). ⊙

〈1994년 5월 27일 금요일 晴〉(4. 17.) (16°, 25°)
1농장 가서 6時間余 일했고~발돋움台 製作 完了. 雜草약 撒布. 풀 뽑기 等. ○

〈1994년 5월 28일 토요일 晴〉(4. 18.) (13°, 27°)
1농장 가서 5시간 勞動. 除草, 雜草약 살포 等. 金溪 큰집 가서 先祖妣 忌祭에 參禮. ○

〈1994년 5월 29일 일요일 曇〉(4. 19.) (15°, 24°)
새벽에 起床(큰집 사랑방). 1농장 가서 食 前 勞動 約 3時間 除草作業했고.
鄭運海 子婚에 人事次 '大韓예식장' 다녀왔고. 崔相俊 만나 旧的 人情談 들었기도. ⊙

〈1994년 5월 30일 월요일 晴〉(4. 20.) (15°, 26°)
族叔 漢斌 氏 不動産(금성터) 일 봐주기에 司法代書所와 法院 다녔고.
1농장 가가 3시간 半 作業(雜草 약, 밤콩 播種,

35) 원문에는 파란색 색연필로 밑줄이 그어져 있다.

참외 둑 손질 等). ○

〈1994년 5월 31일 화요일 晴〉(4. 21.) (15°, 28°)
近者 健康 正常~아침 行事(7個項), 食事, 勞動 等 良好 順調.
1농장 가서 3時間余 勞作 後 疲勞 느끼고. 朴副面長한테 待接받기도(玉山). ⊙

〈1994년 6월 1일 수요일 晴〉(4. 22.) (15°, 29°)
永樂會 事務 引繼[36] 있어 12時에 '동원식당' 가서 書類 본 後 五名 會食~이로부터 一年 間 會長 責을 보는 것. 總務는 李鍾璨 會員.
1농장 가서 풀 뽑기 作業 2時間 後 入淸 沐浴하니 개운했고. ○

〈1994년 6월 2일 목요일 晴〉(4. 23.) (17°, 29°)
방배洞 큰 딸 집 가서 通院治療 中인 井母 만나 慰勞[37]했고. 上京 12日째 服藥 中. 若干 생기 있어보여 差度 있는 듯. 얼굴은 말랐고. 큰 딸이 차려준 点心 많이 먹고 1時間余 쉬었다가 歸淸하니 午后 6時 半頃. 울 안 채소밭에 給水. ⊙

〈1994년 6월 3일 금요일 晴〉(4. 24.) (17°, 29°)
沃川 竹香 가서 査頓 林在道 母親喪에 弔問했고~葬地인 伊院까지 다녀온 것.
不動産 南 氏 만나 垈地 坪当 150万 원 等 듣고 情談次 濁酒 一盃했기도. ⊙

〈1994년 6월 4일 토요일 晴〉(4. 25.) (19°, 29°)
1농장 가서 6시간余 일했고. 松은 제 母親 위로次 서울 방배洞 다녀왔고. 오갈 때 交通체증으로 數時間씩 걸려 苦生 많았던 모양. 身樣은 別無神通이라고(제 모친). ⊙

〈1994년 6월 5일 일요일 晴〉(4. 26.) (20°, 29°)
栢峴 金英植 子婚 있어 '淸錫예식장' 다녀오고. 1농장 가서 3시간 作業.
杏은 上京. 松은 속리山 다녀오고…10年余 만에 다녀왔다나. 今般은 제 차로. ⊙

〈1994년 6월 6일 월요일 晴, 曇〉 (4. 27.) (20°, 28°)
井母의 말에 "죽어서 갈라나 왜 이렇게 아퍼" 들을 때 가슴 아프고 終日토록 落淚.
서글픔 잊고저 1농장 가서 일하면서 서울서 呻吟하는 井母의 딱한 생각 뿐.
어제 上京했던 杏이 오고. 39회 顯忠日. 國立墓地 參拜는 姪女 先과 큰 妹가 다녀왔다고. ⊙

〈1994년 6월 7일 화요일 晴, 曇〉(4. 28.) (19°, 29°)
1농장 가서 3시간 半 일 했고~옥수수 둑 손질과 揚水 作業에 勞力.
族弟 佑榮 새 집 入住에 祝福 膳物 사 갖고 가서 人事했고. ⊙

〈1994년 6월 8일 수요일 曇〉(4. 29.) (20°, 26°)
비 오기를 期待했으나 終日 흐리기만. 今日은 5女 運의 生日인데 長期間 소식도 없고. 싸우디인데.
1농장 가서 揚水作業으로 몇 시간 일한 것. ⊙

36) 원문에는 붉은색 색연필로 밑줄이 그어져 있다.
37) 원문에는 붉은색 색연필로 밑줄이 그어져 있다.

〈1994년 6월 9일 목요일 曇〉(5. 1.) (19°, 28°)
龍華寺 가서 五月 初하루 祈禱 올렸고. 서울 소식~큰 애비가 제 母親 모시고 內科病院 가서 診察과 營養劑 注射맞게 한다는 것. 저녁에 消息 들으니 予定대로 잘 했으며 오랜만에 뒤도 보았고 若干 差度 있는 듯 하다기에 安心 좀 된 것. 1농장 다녀왔고. ⊙

〈1994년 6월 10일 금요일 曇, 晴〉(5. 2.) (19°, 28°)
永樂會에 參席~10双 中 男 9名, 女 7名 參與. 石山亭에서 會食. 會則順에 依해 會長職 一年間 責任. 副會長 宋錫彩, 監事 任昌武, 總務 李鍾璨. 次月 會食은 썬푸라자.
長期 念慮했던 기름보일라 '이코노'로 更新 設置했고…65萬 원整. ⊙

〈1994년 6월 11일 토요일 晴〉(5. 3.) (18°, 21°)
서울 방배동 큰 女息 집 가서 井母의 腰痛 呻吟에 몸 만져주며 慰勞했고. 큰 애, 큰 딸 精誠에 感淚되기도. 방배洞서 留. 杏도 서울 온 것. ⊙

〈1994년 6월 12일 일요일 曇, 晴〉(5. 4.) (18°, 29°)
井母에 위안하고 淸州 向發. 2농장 가서 밤콩 심었고. 再堂姪 노욱 畜舍 完築에 가보기도. ⊙

〈1994년 6월 13일 월요일 晴〉(5. 5.) (20°, 31°)
農場 가서 4時間余 勞力하면서余生의 複雜스런 諸 事項에 사로잡히며 井母의 病勢를 더욱 悲痛히 生覺하며 눈시울이 뜨거웠던 것[38]. '長期 間의 痛症에 苦生이 莫甚하와 하루빨리 治癒되기를 祈願'하면서…. ⊙

〈1994년 6월 14일 화요일 晴〉(5. 6.) (20°, 32°)
12時부터 있는 友信會에 參席~14名 中 12名 參席(欠 閔在, 朴東). 江西 정원식당서 會食.
1농장 가서 3時間 노작. 井母 소식~더 하던 않고 若干?…. ⊙

〈1994년 6월 15일 수요일 晴〉(5. 7.) (22°, 32°)
忠北 三樂會誌 論壇 原稿抄 一部 잡아본 것~'健康을 위하여 배드민턴을 권장한다'.
1농장 가서 3시간 作業했고…昨日과 같은 일. ⊙

〈1994년 6월 16일 목요일 晴〉(5. 8.) (21°, 32°)
요새 낮 氣溫 32度 繼續 무더위. 各處 밭 作物 타붙는 中.
1농장 가서 揚水. 들깨모 播種으로 3時間 半 勞力했고.
三樂誌 原稿 完成했고(抄). 去 11日에 서울 갔던 杏이 왔고. ⊙

〈1994년 6월 17일 금요일 晴, 曇〉(5. 9.) (21°, 32°)
杏의 자세한 이야기 듣고 濠洲 時節에 도움 많이 받았다는 '헬리'라는 男子친구 왔다기에 來訪人事에 반가이 맞아 고마웠다는 人事하고 膳物로 '녹용'과 꿀 1갑 주기에 받은 것.

38) 원문에는 붉은색 색연필로 밑줄이 그어져 있다.

一농장 가서 3시간 揚水 및 作業했고. 井母의 差度 消息 듣고 安心되고.
三樂誌 原稿 完成됐기에 道支會 찾았으나 擔当者 없어 提出 못한 것. ⊙

〈1994년 6월 18일 토요일 曇,雨〉(5. 10.) (20°, 29°)
道 三樂會 事務室(中央圖書館 3層 西端…KBS 옆) 가서 94三樂誌 原稿(題…健康을 爲하여 '배드민턴' 운동을 勸奬한다) 12p 提出하니 마음 개운했고…責任 遂行 氣分이기에.
13時에 있는 鄭顯姬 子婚에 人事 가서 点心도 먹었고. 저녁엔 在清宗親會 있어 參席. 日暮 後엔 濠洲人 '헬리' 再次 와서 明日 歸國한다는 人事하기에 答禮. 杏의 通譯으로 시원한 解明도 하고 듣기도 한 것…本意 아닌 誤辱의 말 없어야 하는 內容 等. ⊙

〈1994년 6월 19일 일요일 가끔비, 晴〉(5. 11.) (15°, 18°)
어제 午后부터 조용히 내린 비로 諸 作物 고갈 免하여 큰 多幸. 콩 等 播種도 急하고. 월드컵 蹴球 경기에 우리와 스페인 격전[39]에서 終末 5分頃 前에 2点 만회에 全國民 一時 歡呼.
午前에 일찍 2농장 가서 밤콩 심고 고추골 除草. 午后 1時에 郭輔榮 氏 子婚에 木花예식장 다녀오고.
午后에도 농장(1) 가서 들깨모 씨앗 뿌린 것.
濠洲人 헬리 서울 向發. 길 案內次 杏이도 가고. ⊙

39) 원문에는 붉은색 색연필로 밑줄이 그어져 있다.

〈1994 6월 20일 월요일 晴〉(5. 12.) (15°, 26°)
2농장 가서 4時間 勞力~고추밭에 뜸물약 撒布 等.
入淸하여 서울 族孫 昌在 만나 佳景洞(한촌보리밥집) 가서 一盃하고 夕飯한 것.
세째 夫婦 다녀갔다는 것. ⊙

〈1994년 6월 21일 화요일 晴〉(5. 13.) (20°)
아침 歸路에 延 老人 집 들렸더니 手術 後 臥病中이고.
농장 가서 대추 윗싹 除去. 고추 支柱木 마련, 除草 등 3시간 半 勞力.
井母 狀況 들으니 痛症 재발로 또 苦痛을 겪는다기에 걱정 莫甚. 今週末 歸淸하라고 勸告하기도…同意하는 듯도. ⊙

〈1994년 6월 22일 수요일 曇, 雨〉(5. 14.) (19°, 27°)
親旧(尹낙용, 柳해진, 鄭원모) 만나 佳景 보리밥 食堂으로 案內하여 待接하니 개운한 마음.
日暮 後 비 내려서 다행이었고. 井母는 큰 애비와 큰 딸이 病院 치료次 다녀온다고. ⊙

〈1994년 6월 23일 수요일 曇, 雨〉(5. 15.) (17°, 28°)
淸原郡 三樂會 月例會에 參席~'三樂의 簡單 解明. 彼此 間의 尊敬心 갖자'고 力說.
農場 가서 3時間余 勞力~고추에 뜸물약 撒布 等.
井母 소식~痛症 조금 差度 있대서 다행이었고. ⊙

〈1994년 6월 24일 금요일 晴〉(5. 16.) (20°, 28°)

多少 間의 繼續 飮酒의 탓인지 몸 고단함을 느끼고.
1농장 가서 흰콩(메주콩) 심었고. 播種한 밤콩 들깨 發芽되는 것 보고 安心. ⊙

〈1994년 6월 25일 토요일 曇, 가랑비 조금〉(5. 17.) (20°, 28°)
농장 가서 約 3時間 勞力~메주콩 播種, 풀뽑기 等.
去月 21日에 큰 애비 와서 다음날 제 母親 病院 治療次 上京하여 1個月 4日인에 아직 完治 아니나 若干의 差度 程度이나 患者의 要請도 있어 環境을 다시 바꿔보는 点에서 歸家했고[40].
큰 애, 큰 딸 無限이 애쓴 것. ⊙

〈1994년 6월 26일 일요일 曇〉(5. 18.) (17°, 28°)
큰 애 夫婦는 早朝부터 김치 빚어담기에 午前 내내 애쓰기도. 아침결에 세째 內外, 낮엔 弟 振榮 內外 다녀갔고. 1농장 가서 3시간 勞力하고 歸家. 서울서 杏 오고. ⊙

〈1994년 6월 27일 월요일 雨, 曇〉(5. 19.) (17°, 27°)
井母 덷고 '양한설 정형外科' 가서 左側 어깨 목밑 痛症處 撮影하여보니 뼈에 若干의 금갔다 하여 그의 治療에도 苦痛 겪은 셈.
族兄 輔榮 氏 要請으로 담배집 가게 가서 酒類 待接하는 데 가외 경비난 턱.
18時부터 있는 在淸同窓會에 參席. 꿀꿀이 고기집에서 會食. ⊙

〈1994년 6월 28일 화요일 淸〉(5. 20.) (21°, 31°)
食 前에 南州洞 가서 크럽 김효장 母親喪에 弔問했고.
井母 덷고 양한설 정형外科 다녀왔고~注射와 藥 2日 分, 어깨 띠는 다음에 解布한다는 것.
淸原郡廳 가서 四月에 申請한 小宗契用 신청서 提出했던 確認書 11中 5件만 우선 받았고. ⊙

〈1994년 6월 29일 수요일 曇, 雨〉(5. 21.) (23°, 31°)
1농장 가서 콩모판 約 1坪 程度 만들어 播種…비들기, 까치 等한테 播種된 콩과 發芽 直前껏 거의 損害보았기로 移植 予定. 苗板은 비닐로 덮기도. 밤 늦게부터 비. ⊙

〈1994년 6월 30일 목요일 雨〉(5. 22.) (22°, 25°)
거의 終日 비. 淸州地方 雨量 105㎜[41]라나.
井母 덷고 '양 정형外科' 가서 治療받은 것~링게루 注射 等.
財産稅(家屋) 納付했고. ⊙

〈1994년 7월 1일 금요일 雨, 曇〉(5. 23.) (23°, 26°)
午前 中 降雨에 金溪行 予定 안됐고. 郡廳 가서 堂下 小宗契 確認書 찾았고.
杏은 제 母親 모시고 新鳳洞 '김태룡 內科醫院[42]' 가서 金院長의 親切한 診察받고 온 것…血液檢査 結果엔 血球 關聯에 精密檢査가 必要하다는 것. 서울 아이들에게도 連絡되고. ⊙

40) 원문에는 붉은색 색연필로 밑줄이 그어져 있다.

41) 원문에는 파란색 색연필로 밑줄이 그어져 있다.
42) 원문에는 붉은색 색연필로 밑줄이 그어져 있다.

〈1994년 7월 2일 토요일 曇〉(5. 24.) (24°, 27°)
郡廳 가서 어제 일 職員에 謝禮했고~겸 2통 3,600원. 歸路에 농협 거쳐 '朴세근 內科' 들러서 去月에 撮影한 井母 胃사진 찾아왔고. 杏과 '김태룡' 內科 醫院 가선 어제 施行한 초음파와 피 檢査 結果 說明 들은 것…'骨髓'의 精密檢査를 要한다는 것.
1농장 가서 2.5시간 勞力했고~콩 苗밭 하우스 만들어 團束[43]…鳥類 被害 防止策.
서울서 큰 애비 夫婦 왔고. ⊙

〈1994년 7월 3일 일요일 가끔 가랑비〉(5. 25.) (23°, 29°)
1농장 가봤더니 큰 變動 없고. 除草作業 마치고 歸家. 큰 애 서울서 왔고~제 母親 병환.
大田 둘째 夫婦 다녀갔고. (狗肉 갖고). ⊙

〈1994년 7월 4일 월요일 가끔 비〉(5. 26.) (23°, 28°)
杏과 함께 井母 病勢 악화로 걱정 中에 큰 애 연락에 依하여 '박호진' 內科(진로百貨店 옆) 가서 朴院長 이야기 듣고 入院 정밀檢査를 받기에 決心하기도.
李斌模 만나 彼此 위로 이야기 後 보리밥으로 會食하기도. ⊙

〈1994년 7월 5일 화요일 가끔 비〉(5. 27.) (24°, 29°)
明日 서울 가기로 큰 애비와 各項 준비物 갖추놓았고. ⊙

〈1994년 7월 6일 수요일 가끔 비〉(5. 28.) (24°, 29°)
井母 入院次 큰 애와 세째 함께 서울 '白病院'에 到着[44]할 땐 12時쯤. 入院 手續하니 1210号室. '血液종양內科' 金철수 專門醫 만나고. 撮影 等 細密檢査했고.
12層 10号 患者 6人祖 病室. 세째 歸淸. 今夜 保護策으로 병원서 철야. ⊙

〈1994년 7월 7일 목요일 雨〉(5. 29.) (24°, 29°)
井母 病名 듣고 落心. 가슴 울렁. 눈물 나오고~骨髓癌. 癌中에도 難治病(不治病)이라나. 壽命 앞으로 6個月~1年이라고. 앞이 캄캄. 가슴 무너지는 듯. 갑자기 井母가 불쌍해졌고.
큰 애비의 哀願으로 木洞으로 孫子 英信과 함께 가서 留. 큰 애비가 徹夜 보호. ⊙

〈1994년 7월 8일 금요일 가랑비 가끔〉(5. 30.) (25°, 32°)
제1次 A形 輸血[45]. 수혈 過程에서 多幸이 無事(副作用…過熱, 두드러기 있는 수 있다는 것). 緣親戚 몇 사람 왔었고. 今夜는 큰 애비가 保護 철야한다는 것을 만류. ⊙

〈1994년 7월 9일 토요일 晴, 曇〉(6. 1.) (24°, 31°)
第2次 輸血. 닝겔과 同時에 抗癌注射(제2次 닝겔, 最初의 항암注射[46]).
서울 査頓(孫 氏~弼의 丈人) 來訪. 英信이 막내 外叔과 姨母도.

43) 원문에는 파란색 색연필로 밑줄이 그어져 있다.

44) 원문에는 붉은색 색연필로 밑줄이 그어져 있다.
45) 원문에는 붉은색 색연필로 밑줄이 그어져 있다.
46) 원문에는 붉은색 색연필로 밑줄이 그어져 있다.

淸州와 故鄕이 궁금하기에 日暮頃에 歸淸. 松은 上京 病院行.
松이가 保護 徹夜. 昨夜에 北韓 主席 金日成 死亡이라고 号外, 放送[47]. ⊙

〈1994년 7월 10일 일요일 晴〉(6. 2.) (27°, 33.5°)
日出 前에 龍華寺 다녀왔고. 서울 消息~井母 잠 잘 자고 오랜만에 大便[48] 나오고 한 차례만 화장실 다녔다니 苦生 적었던 편.
세째 夫婦 病院 다녀온다고 했고. 낮 消息에 依하면 午前 中 묽은 大便으로 5回나 누었다는 것. 어제 갔던 松이 밤 9時頃 歸家했고…午后에도 뒤 자주 보았고. 病院側 이야기에 惡化一路라는 것.
큰 애비 한테 電話하여 退院 決意한 것…'집에 와서 편히 눕게라도 하게….' 불쌍하고 딱하고 안스러운 생각에서 단잠 못이뤘고. '어느 程度의 回復이라도?' 天地神明과 부처님께 祈願하외다. ⊙

〈1994년 7월 11일 월요일 曇, 晴〉(6. 3.) (26°, 33°)
杏과 함께 上京. '白病院'에 11時頃 到着. 昨夜는 大便 1回 뿐이었다고.
第四次 輸血. 第三次 注射. 金철수 課長과 面談. 실락 같은 希望 갖여봤고.
五南 弼과 함께 徹夜 保護. ⊙

〈1994년 7월 12일 화요일 晴〉(6. 4.) (26°, 33°)
간밤엔 大, 小便 各 1回. 9時에 닝겔 更新. 30分 後에 第四次 注射. 14時에 輸血. 夜間에 2回 小便. 多量 順調(適量). 弼과 徹夜 保護. ○

〈1994년 7월 13일 수요일 晴〉(6. 5.) (26°, 37°5″)
8時 半에 大便 되게 適量 잘 본 것…오랜만에 잘 눈 것. 6時엔 血液注射 終結. 9時에 닝겔 注射. 特別注射도 合流. 12時에 業務課에서 退院手續. 42万 원쯤인 듯.
13時에 退院…'엠부레스차' 대절해서. 淸州 집엔 3時쯤 지나서 到着. 큰 애, 막내 保護로.
天安 妻弟와 둘째 妻男 光鎬 다녀갔고. 오늘 初伏. 37.5° ⊙

〈1994년 7월 14일 목요일 晴〉(6. 6.) (26°, 36°)
간밤 큰 變化없이 잘 지낸 셈. 화장실 往來 2차례.
낮 동안 큰 苦痛 없었고. 애들 큰 고모와 族兄 俊榮 氏. 李斌模 氏 來訪 人事.
午后엔 셋째 在職 中인 敎大부국 校長 金永根 校長, 校監, 庶務課長, 硏究主任 其外 2名 問病次 다녀갔고. 오늘도 찜통 더위. 10日부터 續炎(暴炎).
振榮 夫婦 다녀갔다는 것. ⊙

〈1994년 7월 15일 금요일 晴〉(6. 7.) (27°, 37°5″)
큰 女동생 다녀갔고. 俊兄, 李斌模 다녀간 後 族叔 漢奎 氏와 俊兄, 晩榮 來訪. 眞心 待接도 받았고. 11時頃엔 永樂會 10名 師母님 一同 李鍾溹 總務와 宋錫採 副會長 來訪 人事(任昌武 夫婦 事情으로 못오고).
오랜만에 배드민턴 體育館에 나갔으나 別 큰 變動 없는 느낌. 두 스님 왔고. ⊙

47) 원문에는 붉은색 색연필로 밑줄이 그어져 있다.
48) 원문에는 붉은색 색연필로 밑줄이 그어져 있다.

〈1994년 7월 16일 토요일 晴〉(6. 8.) (29°, 37°)
두 스님 裡里 가서 黃登醫院 李相潤 院長한테 特殊藥(癌 말살制…桑寄生製) 漢方製 1個月分 18萬 원에 지어왔기에 고마웠고.
大田 둘째(絃) 家族 夫歸왔고. 막내(弼) 家族 3人도.
큰 애 事情 있어 못온다는 連絡 있고. ⊙

〈1994년 7월 17일 일요일 晴〉(6. 9.) (26°, 36°)
2週日 만에 아침 첫 車로 農場 狀況 보았고~1, 2 農場 雜草로 엉망. 모두 다 버린 狀態. 대추마저 안 달렸고. 콩 苗板도 형편없고. 참외 수박 枯死 地境. 풋고추 좀 따고~들깨 모밭 손질 後 給水도.
族叔 潤道 入住에 膳物(祝賀品) 갖고 人事했기도. '알브민 注射약 듣기도…고담백'.
둘째 夫婦 왔고. 弼은 14時 高速으로 上京. 청푸 求하러 5個 市場 헤매기도. ⊙

〈1994년 7월 18일 월요일 晴〉(6. 10.) (29°, 35° 5″)
族叔 潤道 夫婦 問病次 來訪. 낮엔 큰 妹, 李嫂도 왔었고.
까市場 가서 김자, 고추 1박스씩 購入. 아침엔 청푸 購入하기에 流汗 勞力. ⊙

〈1994년 7월 19일 화요일 晴〉(6. 11.) (27°, 36°)
昨日 新聞에서 보았던 刈草機 18万 원에 勇敢하게 購入했고.
姪壻 吳炳星(魯先) 夫婦 처음 다녀갔고. 큰 妹, 셋째도. 井母 若干 差度 있는 듯. ○

〈1994년 7월 20일 수요일 晴〉(6. 12.) (28°, 35°)
모처럼 농장 가서 2시간 勞動~刈草機 使用 처음 해봤으나 힘들고 시원치 않았고.
午后엔 井母 덷고 양한설外科 가서 어깨띠 떼기로 한 것. 금간 뼈는 좀 나아졌다는 것.
상운 스님 다녀갔고. 松이 學生들 野營訓練 마치고 歸家(鎭川郡 은탄里). ○

〈1994년 7월 21일 목요일 曇, 晴〉(6. 13.) (28°, 35°)
郡廳 가서 播種中 서류 1件 받은 後 栗陽洞 가서 尹成熙 喪偶에 人事했고.
井母는 오늘이 좀 더 生氣 있는 말 많았고. 夕食에 月余 만에 마른 밥 한 술 떴다는 것.
큰 애는 明日 온다고. ⊙

〈1994년 7월 22일 금요일 晴, 曇, 晴〉(6. 14.) (28°, 36°)
첫 버스(6시 20분 發)로 2농장 가서 2.5시간 콩밭 풀 뽑고 매고.
큰 堂姪 兄弟와 玹信이 다녀갔고. 族長 勳鍾 氏와 秉鍾 氏도. 초저녁엔 明의 親旧(申경수, 朴상필. 南齊熙, 金지택, 姜00) 五名 와서 問病. 큰 애비 서울서 오고.
낮엔 三樂會 月例會 있어 參席, 点心 먹곤 곧 歸家. 몹시 더웠고. ⊙

〈1994년 7월 23일 토요일 晴〉(6. 15.) (27°, 37°)
새벽 生水 받아 온 後 보름 祈禱 龍華寺 가서 올렸고. 體育館 다녀왔고 2회 게임 勝利.
族長 上鉉 氏 7旬잔치에 招待 있어 다녀왔고(喜禾가든).
서울서 큰 에미 오고~작은 孫子 昌信과 함게. 昌信은 곧 歸京. 제손으로 운전. ⊙

〈1994년 7월 24일 일요일 晴〉(6. 16.) (26°, 37°)
배드민턴 크럽 夏季 소풍 施行[49]한대서 參席. 長甲國校[50] 앞 냇가 다리 밑. 會員 多數參與한 셈. 金洪洛 연합會長도 왔고. 그의 親友라는 劉재철도 와서 協助. 午后 5時頃 歸家.
불볕은 오늘도 繼續. 36°, 37°로 每日 찜통 더위에 견디기 極難.
밤 10時에 아버님 忌祭 올렸고. 큰 妹와 堂姪 魯錫도 參禮. ⊙

〈1994년 7월 25일 월요일 晴〉(6. 17.) (25°, 37°)
첫 車로 2農場 가서 콩밭 풀 뽑는 데 約 2時間 勞力하는 데 無限히 땀 흘렸고.
서울 큰 애비 夫婦 点心 後 上京.
李鍾燦 교장 夫人 入院에 師母님团 一同 問病하는 데 함께 案內 參與했고~청주의료원. ⊙

〈1994년 7월 26일 화요일 晴, 曇〉(6. 18.) (24°, 35°)
서울서 큰 딸 오고. 杏과 함께 물김치 等 담기에 終日 勞力.
午前 10時 半頃 地下室 내려가다 階段에서 삣긋하여 왼 발등을 삐어[51] 부어서 下午 3時 半에 張 한의원 찾아가서 治療받은 것~針 맞고 約 2日 分 받아온 것.
杏은 제 모친 모시고 김태룡 內科 가서 胃腸治療받고 온 것. 上下 두 차례 松이가 제 車로 通院하여 往來에 苦痛 없었음이 多幸이었기도. 本人도 車 마련 後 보람을 느꼈다는 것. ⊙

〈1994년 7월 27일 수요일 晴, 가랑비〉(6. 19.) (24°, 34°)
井母의 身樣 더 하던 않고, 自身이 눕고 起床. 自身이 用便. 食事는 아직 牛足湯 국물에 곱게 갈은 흰죽 섞어 먹는 중이고. 白病院 약 1日 4次 繼續 服用 中이고.
어제 삔 左側 발등은 나우 부었으나 痛症은 그리 없고. 冷(얼음)뜸질과 로숀 바르기 數次. 下部로 풀리는 過程인지 발가락 쪽으로 푸른색 붓기가 옮겨지는 중이고.
어제 온 큰 딸은 杏과 함께 제 母親 고신에 誠意 다 하는 중이고~藥, 食事 等.
全國的 가뭄 非常[52]인데 昨今 嶺南地方(130㎜)만이 해갈된 程度이고 淸州地方엔 壽分 間 가랑비 조금 내렸을 뿐. ⊙

〈1994년 7월 28일 목요일 曇, 晴, 가랑비 少〉(6. 20.) (26°, 35°)
今日도 비 쏟아질 듯하더니 그만. 井母 狀況 더하던 않고.
제2次 장 한의원 가서 針 맞았고…발등 붓기 풀리는 과정. ○

〈1994년 7월 29일 금요일 晴, 曇〉(6. 21.) (29°, 35°)
어제부터 着手한 派宗中事 登記 移轉 手續 서류는 午前 中으로 거의 되어간 듯. 点心 時間 利用해서 法院, 淸原郡廳 들러 일 좀 보았고.
女息(큰 딸, 넷째 딸)을 爲해 土種닭과 황기 購求하여다 주기도. 온 가족이 먹은 것.
杏이 周旋으로 靑銅오리 2尾 구하여 제 母親

49) 원문에는 붉은색 색연필로 밑줄이 그어져 있다.
50) 원문에는 붉은색 색연필로 밑줄이 그어져 있다.
51) 원문에는 붉은색 색연필로 밑줄이 그어져 있다.
52) 원문에는 붉은색 색연필로 밑줄이 그어져 있다.

藥用으로 황기와 함께 닳이기 시작하기도. 어서 快差해야 할 텐데. ○

〈1994년 7월 30일 토요일 晴, 雨(소나기)〉(6. 22.) (26°, 34°)
26日에 왔던 큰 딸 5日 만에 歸家~誠心 誠意껏 제 母親 爲해 바쁘게 明朗하게 看護했던 것. 밤엔 3女(妊) 왔고. 大田의 둘째 子婦(林)도 와서 저녁 食事 짓는 데 勞力 함께 留. 큰 애비, 次女(在應스님)한테 安否 電話 오고.
日暮頃 소나기 한줄금 모처럼[53] 잘 쏟아졌기도. 3/4分期 乘車券 3個月分 36枚 受領. ⊙

〈1994년 7월 31일 일요일 晴, 소나기〉(6. 23.) (24°, 37°)
松이 車로 6時에 함께 故鄕 농장 가서 2時間半 勞作했고~도라지 캐고, 콩밭 풀 뽑은 後 고추 처음으로 붉은 것 1貫余 땄기도. 父子 땀 無限이 흘렸고.
三女 가고 큰 애비 城南藥水 많이 받아 온 것. 今日도 소나기 한 줄금 나우 내린 것. ○

〈1994년 8월 1일 월요일 雨〉(6. 24.) (25°, 25°)
長孫 英信한테 첫 月給 났다고 夏服 內衣 膳物 보내왔기에 뜻깊은 物件으로 고맙게 받았기도. 자랑스런 마음으로 잘 입겠다고 즉시 電話했던 것.
태풍 11호의 영향을 받아 센 바람과 비 終日토록 오락가락 내렸고. 두어 차례 장대비도. 湖南地方 一部 外는 거의 해갈됐다는 放送. ⊙

〈1994년 8월 2일 화요일 晴, 소나기〉(6.25.) (26°, 32°)
큰 애비, 松 車로 3人 함께 1농장 가서 極히 勞力 2시간…들깨 모종 3두둑(9시 半~11시 半). 法務士 事務所(鄭 氏, 朴 氏) 가서 宗中 일 좀 보는 데 삔 발등 痛症으로 苦生 많았고.
子女息들이 誠意껏 마련한 藥을 달갑게 안 받아 원망스러운 井母의 行爲 어찌하나. ⊙

〈1994년 8월 3일 수요일 가끔 비〉(6. 26.) (24°, 33°)
三從兄嫂 氏(花山, 모애) 2분 問病次 來訪에 長時間 위로 이야기. 큰 애비가 点心도 마련 待接. 井母 狀況은 큰 差度는 없으나 自身이 조용히 가까스로 눕고 일어나 앉는 程度. 천천이 걸어서 화장실 往來. 食事는 아직 흰죽(쌀가루)에 곰국 말아서 약 1공기 정도. 綠汁이 좋은 것이나 마시기를 꺼려 하고. 서울 白病院 藥만 繼續 服用 中.
宗中 土地 등기 手續 서류 作成에 노력했고. 둘째 子婦 와서 留. ⊙

〈1994년 8월 4일 목요일 晴〉(6. 27.) (27°, 33°)
宗中 事로 郡廳, 法院 民願室 거친 後 法務士(鄭, 朴) 事務室 들러 小宗契分 11件 派 宗中分 4件 登記 手續 서류 接受시켰고…50% 以上 遂行한 턱이어서 시원한 感으로 개운했기도. 族弟 佑榮 問病次 來訪했다고.
수박 1個 사들고 從兄님 뵈러 当姪 魯錫 집 갔었으나 歸鄕하셨기로 不相逢. ⊙

〈1994년 8월 5일 금요일 曇〉(6. 28.) (26°, 36°)
첫 버스(6시 半)로 金溪 가서 佑榮 만나 宗事

53) 원문에는 붉은색 색연필로 밑줄이 그어져 있다.

이야기하고 宗土 手續 關聯 水落까지 다녀오도록 했더니 卽時 履行돼서 고마웠고. 從兄 집 가서도 宗事 일 推進狀況 알려드린 후 1, 2 농장 둘러본 後 9時 半 버스로 入淸한 것.
三從姪婦(魯殷 부인) 쌀 2斗余 炭이 갖고 藥用 음料 兼하여 問病 人事 왔기도.
농협 가서 再入院費 준비. 外換銀 가서 宗土 手續金 마련하고 法務士 事務所 가서(鄭, 朴) 宗土 登記 手續料 等 支拂하고 郡廳 가선 宗土 確認申請書 5通 接受시켰고.
數日 以內론 오늘 다시 가장 더웠기도. ⊙

〈1994년 8월 6일 토요일 晴〉(6. 29.) (26°, 36.5°)
五時에 3父子(큰 애비, 松) 2農場 가서[54] 數日 前에 노타리 친 200余 坪에 들깨 모종[55]하는데 滿 三時間 걸려 完了했고. 땀 無限히 흘렸지만 勞力의 보람 느낀 마음. 비가 내려야 할텐데 오늘 따라 最高 더우니 가슴 아픈 일.
郡廳 가서 남은 1필지 마져 申請하여 接受 完了하니 長期 歲月 宿怨 勞力한 일 마친 셈이어서 개운했기도. 李斌模 친구한테 臭心(비빔밥) 待接 받았고. ⊙

〈1994년 8월 7일 일요일 晴〉(7. 1.) (28°, 35°5″)
日出 前에 龍華寺 가서 初하루 祈禱 올렸고.
큰 애비와 松은 木川으로 生水 藥水 받으러 早朝에 갔고. 約 2時間 後 歸家. 아침결에 파 모종에 勞力해서인지 다친 왼발 나우 뻐근하여 不快하기도. ⊙

54) 원문에는 붉은색 색연필로 밑줄이 그어져 있다.
55) 원문에는 붉은색 색연필로 밑줄이 그어져 있다.

〈1994년 8월 8일 월요일 晴〉(7. 2.) (27°, 35°)
井母 第2次 서울 白病院에 入院-13시 50분. 1221号室. 5人組 特室. 큰 애비 車로. 松도 갔고. 큰 子婦와 큰 女息도 왔었고. 第1次 닝겔 施射. 밤 새워 保護. ⊙

〈1994년 8월 9일 화요일 晴〉(7. 3.) (27°, 35°)
어제의 XL 撮影과 심전도(맥박) 檢査에 異常 別無인 듯. 採血檢査 結果도 好調인 듯. 제2차 닝겔과 特別 藥 加射도. 小便 順調로웠고.
淸州 用務도 있어 午后에 歸淸했고. 松은 佛敎 修練次 海印寺 간 것…9시頃 出發.
큰 애비는 海外 있는 제 끝째 女동생 運한테도 제 母親 狀況 알렸다는 것. 今夜는 五男 弼이가 徹夜 保護한다나. ⊙

〈1994년 8월 10일 수요일 曇, 雨〉(7. 4.) (28°, 32°)
첫 버스로 故鄕 2농장 가서 고추 3번째 따 온 것…約 2貫. 5日 前에 3父子가 땀 흘려 심었던 들깨 모 한 것은 불볕에 타버려서 1/3쯤만이 푸른 싹 보일 程度 참혹.
永樂會에 參席~동부식당(서운동사무소 앞). 井母만이 不參이고(入院 中) 全員 參席. 歸路에 三和不動産 들러 答接했고.
下午 3時부터 부슬비 오락가락했고. 바람도 若干. 태풍說 있었으나…. ⊙

〈1994년 8월 11일 목요일 曇, 가랑비〉(7. 5.) (28°, 31°)
아침결에 2농장 가서 들깨 모 조금 짓는 데 뻤던 왼발 痛症으로 고생되었기도. 臭心은 西部 信協 理事長 李春根 초청으로 佳景洞 가서 待

接 잘 받았고. 司法代書所와 郡廳 들려 宗中 일 좀 보았기도.
井母 서울 白病院 狀況은 큰 變動은 없고 明日 退院 予定이라고. ⊙

〈1994년 8월 12일 금요일 晴〉(7. 6.) (27°, 34°)
日出 前에 2농장 가서 들깨모 짓는 데 約 2時間 努力했고.
8日에 제2차 入院했던 井母 退院. 狀況 더 하던 않고. 病院 指示에 따른 것. 큰 애비 차로 夫婦와 明, 4人이 온 것. 어쨌던 반가웠고. 朴代書, 郡廳 들러 일 좀 본 것. ⊙

〈1994년 8월 13일 토요일 晴〉(7. 7.) (27°, 37°)
모처럼 體育館 나가 배드민턴 1께임 쳤고~왼발 아파서 不自由스러웠고.
張韓方 가서 第三次 왼발 針 마쳤기도. 또 最高 더위[56]. 어제 末伏.
杏은 제 언니(在應스님) 만나려고 海美 方面 갔고. 큰 에미 上京.
井母 自己 몸 不便해서인지 신경質 나우 부리는 셈이고. ⊙

〈1994년 8월 14일 일요일 晴〉(7. 8.) (27°, 35°)
2次 退院한 제 母親 看病保護에 極한 努力하던 큰 애비 点心 요기 後 上京.
大田 둘째 來淸한다더니 事情 있다고 모레쯤 오겠다는 것. ⊙

〈1994년 8월 15일 월요일 晴〉(7. 9.) (28°, 35°)
光復 49周年 慶祝日. 國旗 揭揚. 獨立記念館에 있는 慶祝式 光景 生放送 視聽했고. 金溪校 同門體育會 있다고 招請 있어 參席하여 잠간 歡談했던 것. 會長은 鄭鍾賢. 楊鍾漢, 楊時南 만났고.
1농장 가서 3時間 勞力~풀 베고 뽑고 들깨 모 35포기 한 것.
天安 큰 妻弟 母子 다녀갔다는 것(곽하근). ⊙

〈1994년 8월 16일 화요일 曇, 晴〉(7. 10.) (26°, 33°)
点心 시간에 族叔 漢斌 氏 招請으로 司倉洞 가서 보신탕 국 잘 먹었고…李鎭文, 權 氏도.
大田서 둘째 夫婦 와서 제 母親 대접할 보신湯 국 나우 끓여 놓고 간 것. 今日 따라 井母의 身楊 快調된 셈 엿보이고. 海美 方面 '一樂寺' 갔던 杏이 왔고[57]. ⊙

〈1994년 8월 17일 수요일 雨, 曇, 雨〉(7. 11.) (26°, 29°)
終日 비 내린 셈. 月前에 뼜던 왼발은 아직 痛症과 부기가 안빠져 오늘째 4번이나 針 맞기도(張韓方醫院).
싸우디 끝사위 되는 池世男한테서 電話[58]. 제 丈母 病勢 差度 等 安否. 生男[59]했다는 消息. 生活 等에 安心하라는 等等. 元이는 유치원 다닌다는 것. ⊙

〈1994년 8월 18일 목요일 雨, 曇〉(7. 12.) (23°, 30°) 昨今의 雨量 70mm[60]

56) 원문에는 붉은색 색연필로 밑줄이 그어져 있다.

57) 원문에는 붉은색 색연필로 밑줄이 그어져 있다.
58) 원문에는 붉은색 색연필로 밑줄이 그어져 있다.
59) 원문에는 붉은색 색연필로 밑줄이 그어져 있다.
60) 원문에는 파란색 색연필로 밑줄이 그어져 있다.

농장 가서 約 3時間 勞動~들깨 모 짓기에 땀 흘린 것. 사창洞 큰 妹 다녀갔고. 宗親會 있어 參席~午后 6時. '충청회관'. 井母는 數個月째 參席 못하고. ⊙

〈1994년 8월 19일 금요일 晴〉(7. 13.) (22°, 33°)
鄭在愚, 朴壹煥 事務室 가서 宗中 土地 登記畢證[61](派宗中 4, 小宗契 11, 堂下 小宗契 2) 17 필지분치 찾으니 年中 努力한 보람 느껴 개운하고 홀가분한 快感이었고[62].
午后 5時 버스로 농장 가서 들깨 밭에 殺蟲劑 撒布. ⊙

〈1994년 8월 20일 토요일 晴〉(7. 14.) (22°, 31°)
농장 가서 3시간 勞動하고~玉山서 金溪까지 往來 自轉車로.
日暮頃에 現代APT(忠大 뒷편) 가서 張基虎氏 問病…中風으로 臥病中.
밤엔 모처럼 3째 夫婦 쇠족 사 갖고 왔던 것.
밤엔 弼한테서 電話 오고. ⊙

〈1994년 8월 21일 일요일 晴〉(7. 15.) (20°, 31°)
龍華寺 가서 보름 새벽 祈禱 올렸고. 12時에 '家禾식당' 가서 宋錫悔 古稀(70歲) 잔치에 參席. 여러 親知와 食事 잘 했고.
午后엔 1농장 가서 바랭이 엉킨 1 두둑 베고 뽑고 파서 들깨모 하니 疲勞하나 개운했고.
아침 체육관 歸路엔 육距離市場에서 '다슬기' 2탕기 사다가 井母 끓여 마시도록 한 것. ⊙

〈1994년 8월 22일 월요일 晴〉(7. 16.) (20°, 32°)
체육관 歸路時 명암池 뽀드場 가서 井母 藥用 집오리(물오리) 1尾 購入하는 데 朴玉洙 女史의 無誠意와 형편없는 信用에 애먹고 不快感 많았던 것.
午前 中 藥用 오리 삶기 까지 流汗 勞力했고.
午前에 농장 가서 2시간 勞力. ⊙

〈1994년 8월 23일 화요일 晴〉(7. 17.) (21°, 31°)
食 前 歸路에 妹夫 書店 들러 日 後에 있을 婚事 이야기 묻고 몇 가지 돕기도.
11時부터 있는 三樂會에 參席하여 点心 後 농장 가서 들깨 모 했던 것. ⊙

〈1994년 8월 24일 수요일 晴〉(7. 18.) (23°, 31°)
서울서 3女(妊) 제 母親 病患 狀況 보러 왔고.
午后 6時頃 서울 向發.
2농장 가서 들깨 밭 손질에 1.5시간 勞力~尿素 施肥, 김매기. ⊙

〈1994년 8월 25일 목요일 曇〉(7. 19.) (22°, 29°)
아침 歸路에 牛岩洞 들러 '진천아주머니'…(石榮 母親) 問病했고.
2농장 가서 約 2時間 勞力~들깨밭 김매기. ⊙

〈1994년 8월 26일 금요일 雨, 晴〉(7. 20.) (22°, 29°)
새벽에 비 若干 내렸고. 기다리던 비 좀 적은 편. 雨 15㎜ 정도[63].
12시부터 있는 友信會에 參席. 巨龜莊식당. 10名 參集. 10月 12日에 逍風가도록 決議했고.

61) 원문에는 붉은색 색연필로 밑줄이 그어져 있다.
62) 원문에는 붉은색 색연필로 밑줄이 그어져 있다.
63) 원문에는 파란색 색연필로 밑줄이 그어져 있다.

18시부터 있는 同窓會에도 參席. 中國料理로 夕食한 것. ⊙

〈1994년 8월 27일 토요일 曇〉(7. 21.) (23°, 29°)
2농장 가서 3時間 半 들깨밭 김매는 데 苦痛 많았던 것~草毒, 蟲毒, 땀 等으로.
서울서 魯弼 家族 왔고. 夕食 준비에 鉉祐 에미 노력 많았고. ⊙

〈1994년 8월 28일 일요일 雨〉(7. 22.) (22°, 29°)
새벽에 비 나우 쏟아졌고. 잠간 머물더니 午后엔 많은 비 내린 것. 170㎜[64]라나.
第七回 道연합회장기 배드민턴大會 있어 參戰. 長壽部 男子複式에서 優勝[65].
어제 왔던 魯弼 家族 点心 後 上京. ⊙

〈1994년 8월 29일 월요일 曇〉(7. 23.) (23°, 29°)
2농장 가서 들깨밭 김맸으나 어제의 많은 비로 질어서 不適当했고.
井母 狀況 그만한 程度 維持. 벌꿀 뜨신 물 타서 服用 中. ⊙

〈1994년 8월 30일 화요일 晴, 曇〉(7. 24.) (23°, 30°)
농장 가서 풀 뽑기 일이 주. 在應스님 왔고. 모처럼 完全 不飮. ○

〈1994년 8월 31일 수요일 曇, 晴〉(7. 25.) (22°, 30°)
울 안에 '서울배추' 조금 播種. 어제 왔던 在應스님 歸入山하니 어쩐지 또 서운하고.
日暮頃 2농장 가서 約 1時間 勞力하여 들깨밭 김매기 일 第一次 完了.
둘째(大田) 夫婦 개고기 等 사 갖고 와서 夕食 지어먹고 歸家. 제 큰 姑母夫한테 졌던 큰 빚(約 1,000万 원) 今日로 거의 갚았다기에 多幸이었고 한숨 돌린 것.
今日도 不飮했으니 心情 개운. 弟 振榮 夫婦 다녀갔다는 것. 振榮 文祥校로 轉勤. ○

〈1994년 9월 1일 목요일 晴〉(7. 26.) (22°, 31°)
울 안에 골파씨 1되 심고. 午后엔 2農場 가서 들깨 밭에 農藥(滅草劑) 撒布했고. ⊙

〈1994년 9월 2일 금요일 曇, 晴〉(7. 27.) (23°, 31°)
울 안에 '알타리무우' 播種. 午后엔 二農場 가서 1時間 半 勞力했고. ⊙

〈1994년 9월 3일 토요일 曇, 晴〉(7. 28.) (22°, 30°)
外堂姪女(朴鍾煥 女息) 結婚次 發車에 淸高校 앞 가서 人事했고.
今日도 農場 가서 勞力~兩 들깨밭에 殺菌蟲劑 撒布한 것(제2次 消毒한 셈). 勞力 中 서울서 큰 애비 와서 고구마밭 풀 좀 뽑았기도. ⊙

〈1994년 9월 4일 일요일 晴〉(7. 29.) (23°, 33°)
甥姪 朴鍾允 結婚式 가서 祝賀~12시30분 倉新信協예식장. 아이들 여러 男妹도.
日暮頃에 1농장 가서 1時間 半 정도 고구마밭 풀 뜯었고. 집엔 큰 딸 들러갔기도. ⊙

64) 원문에는 파란색 색연필로 밑줄이 그어져 있다.
65) 원문에는 붉은색 색연필로 밑줄이 그어져 있다.

〈1994년 9월 5일 월요일 雨, 曇〉(7. 30.) (24°, 29°)
明日에 第3次 入院 준비로 모든 것 予備했고~持參 物件 一切, 入院費 引出, 住銀 賦金 期日前 賦金, 井母 沐浴 等.
日暮頃에 2농장 가서 고추밭골 풀뽑기에 勞力했고. 서울서 큰 애비 오고. ⊙

〈1994년 9월 6일 화요일 曇〉(8. 1.) (20°, 79°) 새벽에 龍華寺 다녀왔고.
日出 前 버스로 故鄕 2농장 가서 고추 좀 땄고. 中間에 큰 애비 와서 함께 歸家. 朝食.
큰 애비 車로 上京~15時 半에 井母 第三次 白病院 入院 確定[66]. 1019호실.…心電圖 檢查, 採血 檢查, 放射線 撮影. 病床 不便으로 井母 不眠으로 不安했고. ⊙

〈1994년 9월 7일 수요일 晴〉(8. 2.) (18°, 30°)
제2日 治療~닝겔과 特殊 注射. 血壓과 體溫 測定. 今夜는 比較的 숙면. ⊙

〈1994년 9월 8일 목요일 晴〉(8. 3.) (19°, 30°)
治療 제3일~어제와 同一. 배설 順調로웠고. ⊙

〈1994년 9월 9일 금요일 晴〉(8. 4.) (18°, 29°)
제4日~어제와 同一. 食事는 不進. 3女(妊)과 친구 宋女史 다녀갔고. ⊙

〈1994년 9월 10일 토요일 雨, 曇〉(8. 5.) (23°, 27°)
제5日~前日과 同一(닝겔과 注射). 제3次 採血. 退院 手續, 少額 17万 원整. 큰 애비 車로 下午 4時 半에 淸州 着. 比較的 井母 健全. 家庭(청주집) 無故. ⊙

〈1994년 9월 11일 일요일 晴〉(8. 6.) (16°, 28°)
例年 予定대로 陰 8月 初 日曜日에 實施하는 伐草行事 實施[67]했고~10時부터 作業 着手하여 午后 2時에 終了. 큰 애비(井), 셋째(明), 넷째(松), 막내(弼) 와서 모두 6名. 振榮도 제 車로 參席. 난 進入路와 큰 道路 木橋 놓기에도 努力했던 것. 点心은 作業 完了後 집에 와서 했고. 一同 몸 고단한 듯. 甥姪 朴鍾允 新夫婦 와서 人事. ○

〈1994년 9월 12일 월요일 晴〉(8. 7.) (18°, 26°)
새벽 5時 正刻에 큰 애비와 막내 魯弼은 上京次 出發. 몸 몹시 고단할 터.
二農場 가서 밤콩밭 골 풀(主로 바랭이) 뽑았고. 歸路에 族孫 昌在 만나 情談하면서 淸州 와선 簡素한 저녁食事 고맙게 待接받았기도. ⊙

〈1994년 9월 13일 화요일 晴〉(8. 8.) (15°, 27°)
今日도 2농장 가서 3시간 程度 풀뽑기에 勞力한 것. 井母의 狀況-더 하던 않고. ⊙

〈1994년 9월 14일 수요일 晴〉(8. 9.) (15°, 26°)
親友(尹, 柳, 鄭) 招請에 市內 '증평순대집' 가서 慰勞酒 받았기도. 이에 參席한 바람에 농장行 不能. ⊙

66) 원문에는 붉은색 색연필로 밑줄이 그어져 있다.

67) 원문에는 붉은색 색연필로 밑줄이 그어져 있다.

〈1994년 9월 15일 목요일 晴〉 (8. 10.) (13°, 25°)
今年 秋夕 茶禮부터 長子한테 祭祀 올리기로 予定[68]되었기로 맏 子婦 앞으로 祭物(祭需) 차리는 法度 關聯 書信을 發送했고.
族長 勳鍾 氏와 마침 楊鍾漢씨 만나 韓食으로 点心 待接했던 것(정우식당).
農場 가서 四時間 勞動했고~驅虫作業, 밤콩 밭 풀뽑기 等. 15시~19시. ⊙

〈1994년 9월 16일 금요일 晴〉(8. 11.) (14°, 26°)
江西面 新村里 양성소 가서 族弟 千榮 母子분 問病 갔었으나 老人 全義 叔母님은 못뵈었고.(市內 晩榮집에 계시다고).
2농장 가서 4시간 作業~콩밭 풀 뽑기 完了. 밭둑 무성한 雜草 시원스레 깎았고.
낮 시간에 雜費 많이 난 것 가슴 찐하고. ⊙

〈1994년 9월 17일 토요일 曇, 晴〉(8. 12.) (18°, 25°)
昨日 夕食(짜장면)에 체했는지 설사 2차례에 氣力 탈진. 농장行 좌절. 終日토록 몸 찝부드했고. ⊙

〈1994년 9월 18일 일요일 晴, 雨〉(8. 13.) (18°, 25°)
俊兄과 李斌模에 簡單히 点心 待接했고. 午后 日暮頃 버스로 金溪 다녀오려고 버스場까지 갔다가 쏘나기 퍼붓는 바람에 못다녀온 것.
서울서 첫 秋夕 세려고 子婦들한테 이야기했으나 一同 參席 관련에 如意施行 안되는 것 같아서 心情 괴로웠기도. ⊙

〈1994년 9월 19일 월요일 晴〉(8. 14.) (17°, 25°)
1농장 가서 대추 좀 따갖고 온 것(秋夕 茶禮用). 從兄께 酒類 좀 待接했고.
午后 2時頃에 세째(明) 車로 上京. 세째 夫婦, 弟 振榮 父子 等 5名이 간 것. 順調롭게 2時간만에 木洞에 到着했고. 막내 家族은 이미 와서 일 돕는 中이고.
今日은 長孫 英信의 生日이라나(69. 9. 19生). 아이들은 深夜까지 노는 듯. ⊙

〈1994년 9월 20일 화요일 晴〉(8.15.) (16°, 25°)
仲秋節 茶禮 最初로 서울 長子 집에서 지낸 것[69]~祭需 깨끗이 흐뭇하게 잘 차렸기에 칭찬도 했고.
10時 50分에 歸淸次 세째 車로 어제 온 五名 出發했으나 交通 체증으로 午后 7時에 淸州 到着하였으니 8時間 10分 걸린 셈. 苦生들 한 것. 無事는 했고. 大田 둘째 夫婦 어제 와서 제 母親 봉양하고 오늘 歸家했다는 것.
3從姪 魯學 가족 여럿이 秋夕 인사次 來訪했었다기에 答謝 전화했고. ⊙

〈1994년 9월 21일 수요일 晴〉(8. 16.) (17°, 26°)
茶禮를 서울서 지내는 바람에 今朝 보름 祈禱의 意로 龍華寺 가서 기도 올렸고.
故鄕 가서 省墓 後 從兄께도 秋夕 人事하고 1농장 가서 풀 좀 뽑은 것.
秋夕 前에 一樂寺 갔던 魯杏이 無事히 왔고. 一樂寺엔 在應스님 滯留 祈禱 中. ⊙

〈1994년 9월 22일 목요일 晴, 曇〉(8. 17.) (14°,

68) 원문에는 붉은색 색연필로 밑줄이 그어져 있다.

69) 원문에는 붉은색 색연필로 밑줄이 그어져 있다.

24°)
梧仙校 在職 中인 李鍾成 氏 來訪에 情談 많이 했고…肉類, 果類도 持參.
金溪行 不能~族譜文獻錄個人稿 關聯 作成 提出 故로. ⊙

〈1994년 9월 23일 금요일 曇, 晴〉(8. 18.) (16°, 24°)
清原郡 三樂會 臨時旅行[70]에 參席~8時 30分부터 18時. 솔아리온 忠北支社 招請. 烏山의 本社工場[71] 視察. 自然농원 求景(신갈). 온열전위治療機 說明이 主. 歸家無事. ⊙

〈1994년 9월 24일 토요일 晴, 쏘나기〉(8. 19.) (14°, 24°)
열무, 양념고추 빻기 等 잔삭다리 일 여러 가지 보는 中 市內서 쏘나기 만나기도.
농장行 計劃은 時間 착각으로 못갔고. 杏은 제 언니 있는 一樂寺 갔고. ⊙

〈1994년 9월 25일 일요일 晴〉(8. 20.) (11°, 25°)
體育館 歸路에 셋째 明의 집, 振榮 집 巡訪하여 安否 알고 온 것.
농장 가려고 玉山까지 갔다가 버스 시간 차질로 못가고 羅相龍 만나 一盃하고 入淸해선 族長 秉鍾 氏 만나 夕食 待接했으나 몸과 마음 개운하지 않았던 것. ⊙

〈1994년 9월 26일 월요일 晴〉(8. 21.) (12°, 24°)
2농장 가서 밭둑에 단 한 나무 있는 대추 털어서 約 5되 주은 것. ⊙

〈1994년 9월 27일 화요일 晴〉(8. 22.) (12°, 24°)
任昌武 會員과 함께 上京 問病하고 無事 歸淸한 것~9時부터 17時. 永樂會 金圭會 老親 問病. 서울 慶熙大病院. 新館 2565号室. T02-965-3211-2744. 江南터미날-地下鐵 3号線 鐘路3까지. 仝乘換 1号線 회기역 下車. 病院까지 步行 20分 間. ⊙

〈1994년 9월 28일 수요일 晴〉(8. 23.) (11°, 24°)
三樂會 任員會 있어 參席~12시. 훈부페. 秋季旅行 件 協議한 것(百潭寺로) ⊙

〈1994년 9월 29일 목요일 曇〉(8. 24.) (11°, 23°)
長期間 若干씩 飮酒中 食事 不正常. 在應스님 왔고. ⊙

〈1994년 9월 30일 금요일 曇, 雨〉(8. 25.) (11°, 22°)
今日도 健康 좋이 못하면서 繼續 酒類 마신 듯. 健康 不正常. 큰 애 왔고. ⊙

〈1994년 10월 1일 토요일 晴〉(8. 26.) (12°, 23°)
아이들 故鄕 가서 대추 밤 털어오고. 아이들이 飮酒하는 것 극구 말렸고.
族弟 七榮 子婚에 人事는 無事히 다녀온 듯. 오늘은 '國軍의 날', 스님 가고. 3女(姙)도 왔다 간 것. ⊙

〈1994년 10월 2일 일요일 晴〉(8. 27.) (12°, 23°)

---

70) 원문에는 붉은색 색연필로 밑줄이 그어져 있다.
71) 원문에는 붉은색 색연필로 밑줄이 그어져 있다.

約 半年(6個月) 만에 또다시 臥病呻吟[72]. 큰애 가고…今日은 天安 거쳐 一樂寺까지 다녀 上京한다는 것. ○

〈1994년 10월 3일 월요일 晴〉(8. 28.) (11°, 22°)
今日은 檀紀 4326周年 開天節. 終日 누워 앓으면서 한탄 걱정 중. ○

〈1994년 10월 4일 화요일 晴〉(8. 29.) (11°, 23°)
食事 전혀 못하고 藥用 飮料만 조금씩 자주 드는 편. ○

〈1994년 10월 5일 수요일 晴〉(9. 1.) (11°, 22°)
今朝부터 食事 몇 술씩 뜨는 셈. '양한설 醫院' 가서 닝겔 注射 맞기도.
日本 廣島(히로시마)에서 있는 아시아경기大會[73]에서 우리 選手團이 今日부터 金메달 따기 시작한다는 테레비에 비쳐져 臥病 中에도 善戰하기를 祈願했던 것. ○

〈1994년 10월 6일 목요일 雨, 晴〉(9. 2.) (11°, 23°)
새벽에 비 한례. 1주 만에 家庭에서의 아침行事와 沐浴(五時 放送 聽取, 念佛 祈禱, 井母 암마, 溫水 꿀 제공, 新聞通讀 等). 모처럼 농장 가서 열무 뽑고. 대추 좀 따온 것. ○

〈1994년 10월 7일 금요일 晴, 曇〉(9. 3.) (11°, 23°)
새벽 祈禱 龍華寺 가서 올린 後 1週 만에 體育館 가서 배드민천 쳤고. 午后엔 1농장 가서 일. ○

〈1994년 10월 8일 토요일 晴〉(9. 4.) (10°, 22°)
體育館 歸路에 사창洞 서울A. 나棟 105号 李鎭文 房 찾아가 日 前에 있었던 子婚에 人事한 것.
낮엔 郭熙相 母親 回甲宴 있어 現代부페, 郭達榮 女婚엔 大韓예식장 다녀왔고.
午后 2時 半 버스로 故鄕 가서 2농장 거쳐 열무 뽑고. 1농장 가서 대추 2되 따 온 것.
井母의 第4次 入院 手續으로 큰 애비와 電話 연락 決定했기도.
族譜 第7刊 收單 校正에 밤새우고[74]. ○

〈1994년 10월 9일 일요일 晴〉(9. 5.) (14°, 22°)
2, 3일 前부터 혀의 백태와 痛症으로 食事難이며 괴로운 中. (心, 胃의 고장인 듯).
金溪 가서 새 집 짓고 入住했다는 一家 琴榮과 泰鍾 집 巡訪하여 紀念品 주었고.
農場 가서 들깻잎 따고 대추 좀 따서 歸淸.
日本 히로시마(廣島)서 있는 第12回 아시아 競技大會中 今日 있었던 마라톤경기에서 우리選手 黃永祚(1位) 김재룡(3位)로 快擧[75]. 全國民 기뻐했고. ○

〈1994년 10월 10일 월요일 曇〉(9. 6.) (16°, 21°)
참다 못견뎌 '청주의료원' 가서 이비인후과 해당 혀바닥 治療 받았고.
12. 30分부터 있는 永樂會 月例會에 參席. 농

72) 원문에는 붉은색 색연필로 밑줄이 그어져 있다.
73) 원문에는 붉은색 색연필로 밑줄이 그어져 있다.
74) 원문에는 붉은색 색연필로 밑줄이 그어져 있다.
75) 원문에는 붉은색 색연필로 밑줄이 그어져 있다.

장行은 雨天으로 不能.
明日 上京할 準備 完全 다 했기도. ○

〈1994년 10월 11일 화요일 가랑비, 曇〉(9. 7.) (16°, 21°)
明과 松의 周旋으로 4次 入院 出發에 東서울 선 큰 애비 만나 下午 3時에 入院 畢. 白病院 601号. T270-0231. 血液檢査와 放射線 撮影, 心電度 檢査, 投藥. 큰 애비, 큰 딸, 노필이 왔고. 井母 옆에서 保護者로서 留. 저녁에 昌信도 왔었고. ○

〈1994년 10월 12일 수요일 가끔 비〉(9. 8.) (16°, 20°)
닝겔과 特別 加療注射(抗癌劑). 큰 딸과 3女, 큰 애비, 노필 왔었고. ○

〈1994년 10월 13일 목요일 晴〉(9. 9.) (14°, 22°)
治療狀況 昨日과 同. '佛書' 읽기에 終日 熱中. ○

〈1994년 10월 14일 금요일 晴〉(9. 10.) (11°, 25°)
仝上. 큰 女息은 現金一封과 飮食 만들어 왔고. 魯弼 家族도, 큰 에미와 孫子 英信 왔었고. 明日 退院 予定. 每夜 徹夜 保護한 것. ○

〈1994년 10월 15일 토요일 가랑비, 曇〉(9. 11.) (13°, 21°)
午前 中 治療 마치고 下午는 붐빌 것 같아서 11時에 큰 애비 車로 竝川 와서 보신湯으로 点心하고 歸淸하니 下午 2時 半. 無事 4次 治療 마친 셈.
淸州 無故. 杏은 學院 用務로 上京했다나. ○

〈1994년 10월 16일 일요일 雨〉(9. 12.) (15°, 17.5°)
새벽부터 부슬비. 27㎜라나. 큰 애비는 첫 새벽에 錦山 가서 잔삼 10斤 15万 원에 사 오고. 비는 終日 내린 셈. 잔삭다리 整理와 讀書로 해 넘긴 것. 큰 애비 잘 간 소식 왔고. ○

〈1994년 10월 17일 월요일 晴〉(9. 13.) (14°, 20°)
아침결에 杏이 오고. 日本 廣島에서 있었던 아시안께임(경기大會) 어제 18時에 閉幕, 우리 韓國이 第3連續 2位(1位 中國 金 137, 韓國 63, 日本 59) 日本을 눌러왔으니 快擧[76]. 郡廳 가서 94綜土稅 內容과 私條, 宗中條 가릴 것을 要求했고.
모처럼 故鄕 농장(2) 가서 밤콩 좀 뽑고 들깨 늦은 감 있는대로 約 1/3 베었고. ○

〈1994년 10월 18일 화요일 晴〉(9. 14.) (13°, 22°)
농장 가서 5時間 일 했고~들깨 베기 完了. 남은 대추 주어따기 等.
宗親會 있어 參席~18時 '충청회관'서 夕食. ○

〈1994년 10월 19일 수요일 曇〉(9. 15.) (15°, 21°)
体育館 歸路에 族叔 漢斌 氏 宅 들러 宗中 綜土稅 關聯 確認하고 朝食까지 먹었고.
日出 前에는 龍華寺 가서 보름 祈禱 올렸기도.
午后엔 농장 가서 대추 남은 것 따온 것.
밤엔 宗中 別 綜土稅 一覽表 作成에 많은 時間 所要. ○

76) 원문에는 붉은색 색연필로 밑줄이 그어져 있다.

〈1994년 10월 20일 목요일 晴, 부슬비〉(9. 16.) (12°, 20°)
歡喜里 安東 權氏 家 '白鹿書院' 秋享에 請牒 있어 11時에 參席했고.
1농장 가서 대추 나머지 完全이 따고 나무 밑 풀 좀 뜯은 것.
淸原郡廳 가서 綜土稅(宗中) 私와 宗中別 가려보았고. ○

〈1994년 10월 21일 금요일 雨〉(9. 17.) (7°, 9°) 昨今 雨量 30㎜[77].
엊저녁부터 내리는 부슬비 오늘 새벽까지 繼續. 7時頃 서울 성수대교 慘死[78].
낮엔 李斌模, 俊兄 만나 情談 後 만두로 点心했고. 郡廳 가서 宗中 綜土稅 조회해 봤기도. 稅務署 가선 父子間 住宅 賣買 成立 與否 알아 봤으나 亦 贈與稅 該当된다는 것. ○

〈1994년 10월 22일 토요일 晴〉(9. 18.) (7°, 16°)
'第4回 文化體育部長官旗 生活體育 全國배드민턴大會'에 淸州敎大 크럽에서 長壽部 選手로 出戰~6時 半 淸州 出發. 全北 全州 室內體育館 처음 가보는 곳. 終日 應援과 구경으로 해 넘긴 것. '칭보장여관'에서 忠北選手들 留宿. ○

〈1994년 10월 23일 일요일 晴〉(9. 19.) (7°, 20°)
새벽 登山을 全州 東公園인가? 약수암 있는 山 八角亭 있는 頂山까지 가서 深呼吸.
12時 지나서 全北팀과 對決했으나 敗했고. 16時 半에 一同 入淸하니 20時. 어젠 大田 둘째 夫婦 다녀갔다는 것. ⊙

〈1994년 10월 24일 월요일 晴〉(9. 20.) (10°, 17°)
아침 歸路에 크럽 幹部 4名 朝食(설농탕) 待接했고. 宗事 일로 郡廳 들러 잠간 用務 順調롭게 마친 後 金溪 가서 族弟 佑榮 찾아 宗土의 綜土稅 狀況 알아보았던 것.
큰집 가서 從兄 內外분 뵈온 後 栢洞 가서 族孫 鳳在 집 가서 女婚 祝儀 표시하였기도.
月末에 할 일 많아 複雜한 心情~宗事 綜土稅, 淸原祠 笏記, 寶書 校正, 宗土 登記 手續 等. ⊙

〈1994년 10월 25일 화요일 晴〉(9. 21.) (7°, 19°)
水落里 李炳泰 別世 葬禮 人事갔던 것. 큰 苦生했고~내 건너 돗대山 밑인데 냇물 다리(橋)가 없어 越川에 괴롬 많았던 것. 歸路에 省墓하고 農場 가서 들깨 打作하여 約 2말 半 가량 收穫하여 그리 서운치 않았고. ○

〈1994년 10월 26일 수요일 晴〉(9. 22.) (8°, 21°)
四派 宗事일로 俊兄과 約束 있어 墻東 曲水까지 갔다 오는 길에 함께 만나 情談괴 代用食으로 点心한 셈. 歸路에 2농장 가서 들깨 約 2말 程度 털어왔기도.
17時에 同窓會 있어 參席했고. ○

〈1994년 10월 27일 목요일 晴〉(9. 23.) (8°, 21°)
族譜 (城村派) 校正 마치고 大宗會로 發送하니 마음 후련했고[79].
94綜土稅 納付 後 故鄕 가서 들깨 털어 今日

77) 원문에는 파란색 색연필로 밑줄이 그어져 있다.
78) 원문에는 붉은색 색연필로 밑줄이 그어져 있다.
79) 원문에는 붉은색 색연필로 밑줄이 그어져 있다.

도 2말 程度 收穫되어 合計 5말은 되니 흐뭇한 셈. 3日 間의 들깨 打作 勞力 잘 했고 보람 느낀 것. 家庭에선 井母가가 無理는 가는 듯하나 손수 키질과 일어 말리는 作業을 하기에 多幸은 하나 부작용 날까 念慮되기도. ○

〈1994년 10월 28일 금요일 晴, 曇〉(9. 24.) (9°, 19°)
午后에 2農場 가서 고추 따고 지고추와 고추잎 若干 훑어 온 것. 勞動은 하였으나 今日 따라 氣分이 몹시 상쾌했던 것[80]~每日 適当한 勞力과 들깨 等 收穫이 適切했고 입맛 있어 食事 잘 하고 宗事 일 等 推進 잘 되며 井母의 身樣狀態가 惡化되는 것이 아니기에 그러한 듯. ○

〈1994년 10월 29일 토요일 晴〉(9. 25.) (9°, 19°)
2農場 가서 밤콩 打作하여 約 1.5말 收穫했고. 서울서 큰 애비 왔고. 今日 勞力엔 疲困함을 느낀 것. 近日 날씨 맑고 따뜻하여 가을 일에 多幸이고. ○

〈1994년 10월 30일 일요일 晴〉(9. 26.) (6°, 18°)
큰 애비는 제 天安 姨母 稀壽宴에 人事한다고 9시 半에 天安 向發.
長孫子 英信 結婚式 95年 5月 21日(陰 4月 20日) 향군會館서 擧行키로 定했다는 喜消息[81].
낮엔 五松 농협禮式場 가서 族姪 魯樽 女息 結婚式에 人事하고 왔고. 松과 함께 松車로 2농장 가서 호박 11통과 지고추 한 자루 훑어 오기도.
淸原祠 笏記 研究 檢討에 深夜토록 애 많이 썼던 것. ○

〈1994년 10월 31일 월요일 晴〉(9. 27.) (5°, 17°)
健康 正常인 듯~7個事項 아침行事 實踐中. 食事도 良好. 故鄕가서 每日 數時間式 勞動 等.
午后 3時 車로 1농장 가서 約 2시간 일했고~지질한 고구마 다 캐고 棗木下 풀 뜯기. ○

〈1994년 11월 1일 화요일 晴〉(9. 28.) (5°, 17°)
13代祖 爲土 登記條로 俊兄과 함께 墻東 다녀왔고(用務 못 다 봤던 것).
농장 가서 대추밭 풀 뜯기와 방콩 털어 온 것.
笏記 淨書했고. ○

〈1994년 11월 2일 수요일 晴〉(9. 29.) (7°, 16°)
농장 가서 들깨 짚 노여 播種 完了하고. 흘린 밤콩 주었고.
井母 左側 팔 溫濕布에 食 前 2時間 애썼기도.
大田 둘째 子婦 다녀갔고. ○

〈1994년 11월 3일 목요일 晴〉(10. 1.) (8°, 17°)
첫 새벽에 笏記 淨書하여 完了[82]하니 心情 개운하고. 龍華寺 가서 初하루 祈禱 올렸고.
농장 가서 고추대 뽑고 헌비니 종이 걷고. 밤콩 짚 노힌 것. ○

〈1994년 11월 4일 금요일 晴〉(10. 2.) (4°, 18°)
午前부터 日暮頃까지 宗親 漢奎 氏, 尙鍾 氏,

---
80) 원문에는 붉은색 색연필로 밑줄이 그어져 있다.
81) 원문에는 붉은색 색연필로 밑줄이 그어져 있다.
82) 원문에는 붉은색 색연필로 밑줄이 그어져 있다.

晩榮, 時榮 氏와 함께 五人은 明日 있을 淸原祠 時祀用 祭物 흥정 마친 後 淸原祠 가서 祠內外 淸掃[83]에 勞力했던 것. ○

〈1994년 11월 5일 토요일 晴〉(10. 3.) (8°, 18°)
淸原祠 祭享에 參席~일찍 가서 陳設. 山神祭, 祠堂祭享에 唱笏 等 바쁘게 活動한 셈. 모든 行事 마치고 歸家하니 下午 3時 半.
杏은 제 母親 모시고 '김태룡 내과 의원' 가서 營養劑 닝겔 맞게 했으니 잘한 일. ⊙

〈1994년 11월 6일 일요일 晴〉(10. 4.) (12°, 17°)
鐵物店 朴社長 와서 화장실 洗面器 호스 修理했고. 2농장 가서 밤콩 주웠고. ⊙

〈1994년 11월 7일 월요일 晴〉(10. 5.) (9°, 18°)
時祀에 參席-16代祖. 水落. 參禮者…仁鉉, 勳鐘, 漢業, 漢斌, 浩榮, 尙榮, 漢奎, 晩榮 8名. 山管理 梁氏. 明年까지 繼續하길 付託. ⊙

〈1994년 11월 8일 화요일 晴〉(10. 6.) (4°, 19°)
體育館 歸路에 忠北大病院 가서 배드민턴 同好人 金寬衡 問病했고. 726号. 어젠 水落 갔을 땐 李炳麟 氏 問病도.
11時 半 버스로 金溪 가서 15代祖, 14代祖 時祀 올렸던 것. 모두 바쁘대서 14代祖 時祀도 間谷(샛골)서 行祀했으나 漢斌 氏 漢業 氏를 同伴하여 內谷(안골) 가서 省墓하니 마음 개운했고. 今日 參與者 7人(仁鉉, 勳鐘, 漢業, 漢斌, 浩榮, 尙榮, 魯植). ⊙

〈1994년 11월 9일 수요일 晴〉(10. 7.) (5°, 18°)
13代祖 時祀에 參席. 場所 郭魯樽 집. 參禮者 7名(仁鉉, 殷鐘, 勳鐘, 漢業, 漢五(泰鐘 子), 浩榮, 尙榮). 飮福 後 單 墻東山 30-1 泰奉公 墓所 가서 省墓하고 伐草 狀況도 確認했고. 歸路에 안골(內洞) 가서 감 50余個 땄기도. 1농장도 가보고. ⊙

〈1994년 11월 10일 목요일 晴〉(10. 8.) (12°, 23°)
漢斌 氏와 함께 金溪 가서 時祀 參席~12代祖 奉事公을 비롯, 11代祖, 10代祖 妣까지 四位 지낸 것. 參祀者 5名(漢斌, 浩榮, 尙榮, 佑榮, 奉榮). 끝난 後 魯旭 왔었고. ⊙

〈1994년 11월 11일 금요일 晴〉(10. 9.) (10°, 21°)
時祀 參席(5,6,7,8,9代祖). 9, 6代祖는 墓所. 5, 7, 8代祖 享祀는 從兄 집에서 行祀. 參席(從兄, 漢斌, 尙榮, 弼榮, 公榮, 成榮, 魯旭) 7名. 時祀 마치고 成榮 同伴해서 曲水 뒤 望德山까지 가서 各 墓所 찾아가 省墓. 今日로 今年 時祀 行事 마쳤고. 1日도 欠하지 않고 參席. 祝文도 完全 責任 完遂했으니 마음 개운한 셈. 在應스님 왔고. ⊙

〈1994년 11월 12일 토요일 曇〉(10. 10.) (10°, 15°)
宗中 일로 郡廳 들린 後 俊兄 만나 情談했고. 金溪 가선 열무우 잘지만 골라 뽑았고. 대추밭 바랭이 풀 긁기도. 從兄님 만나 宗事 얘기 아울러러 情談 나누었고. ⊙

〈1994년 11월 13일 일요일 晴〉(10. 11.) (8°, 18°)
7時에 實施하는 市民걷기大會에 參席. 校東國

83) 원문에는 붉은색 색연필로 밑줄이 그어져 있다.

校에서 淸州大 거쳐 牛岩山 중턱 우회道路 約 五km半. 一時間 걸은 것. 人員 約 600名. 낮엔 陰城 無極 가서 李鍾成 回甲宴 招待에 다녀왔고. 마침 妻男 兄弟(金泰鎬, 金光鎬) 제 누님 問病次 왔던 것.

金溪行 不能. 日暮頃에 울 안 淸掃에 勞力. ⊙

〈1994년 11월 14일 월요일 晴, 曇, 雨〉(10. 12.) (9°, 10°)

體育館 歸路에 宗中 일로 法院 登記課, 郡廳 地積課, 法務士 朴壹煥 事務室, 農協, 우체국 等 들려 用務 마치니 午后 一時. 宗事 많이 推進된 셈~不動産 登記 移轉 業務.

明日의 井母 第五次 入院 準備로 이모저모 잔 삭다리 일 보기도.

10時頃부터 내리던 비 거의 終日 부슬비. ⊙

〈1994년 11월 15일 화요일 雨, 曇〉(10. 13.) (8°, 12°)

94年度 忠北道 三樂會에 參席[84]. 學生會館. 10 時~13時. 日出 前엔 龍華寺 가서 祈禱도.

井母는 第五次 入院次[85] 9時에 서울 向發. 在應스님이 江南터미날까지 모신 것. 三樂會 行事 마치고 上京. 白病院에 下午 4時頃 到着. 602号室. 4人室. 南向. 病室 잘 차지한 편. 今日은 放射線 撮影과 心轉度 檢査만 主要했고. 退院日까지 保護 覺悟했고. ⊙

〈1994년 11월 16일 수요일 曇, 晴〉(10. 14.) (6°, 9°)

84) 원문에는 붉은색 색연필로 밑줄이 그어져 있다.

85) 원문에는 붉은색 색연필로 밑줄이 그어져 있다.

닝겔과 特定 注射. 特定注射 늦어서 傷心 많이 했고. 큰 애비가 病院 当局에 원망도 했고. 어제의 撮影 不完全으로 再撮影에 井母 假外 苦生한 편. ○

〈1994년 11월 17일 목요일 雨, 曇〉(10. 15.) (7°, 13°)

今日 注射는 順調롭게 잘 된 것. 큰 사위 勤務하는 中大附高에서 李 校監과 李先生 問病 왔으니 誠意에 고마웠고. 井母 狀況 普通이고. ⊙

〈1994년 11월 18일 금요일 雨〉(10. 16.) (10°, 13°)

가랑비로 거의 終日 내린 셈. 今日 注射도 順調. 井母는 허리가 몹시 아프다는 것. 로숀 사다가 발라주었기도. 新聞社에 出勤하는 弼이 每日 밤 退勤 길에 病院 들러가는 것. ○

〈1994년 11월 19일 토요일 晴〉(10. 17.) (5°, 14°)

今日까지 注射는 如一. 12時에 退院. 退院費는 40萬 원쯤. 아이들 要請으로 木洞 큰 애비 집으로 갔고. 夕食에 서울 아이들 參集. 淸州서 明이도 왔고. 제 母親 生辰 턱을 形便上 오늘 저녁으로 하는 셈. 誠意 베푼 셈. ⊙

〈1994년 11월 20일 일요일 晴〉(10. 18.) (5°, 15°)

朝食 後 淸州行事도 有하여 3째 明의 車로 9時 半에 淸州 向發, 日曜日이어서 서울 市內 빠져나오는 데 時 걸려서 淸州 到着은 12時. 約 40分 延着된 편. 無事到着 多幸.

12時 半에 있는 族弟 光榮 子婚 있어 上堂에

식장 다녀오고. 沐浴 後 울 안 감(小봉) 約 1접 程度 땄고. 日暮頃 郭老人會長 만나 一盃 待接 받았기도. ⊙

〈1994년 11월 21일 월요일 晴〉(10. 19.) (4°, 12°)
崔壽南 氏와 함께 忠北大病院 가서 同好人 김관형 氏 問病 다녀오고(764号실).
1농장 가서 바랭이풀 긁었고. 從兄께 波 宗中 登記稅 內譯 說明하기도.
젊은 族叔 漢普 참변 死亡에 그 兄 漢政 만나 人事하였고. 辺榮 집 찾아가 그 子婚 人事도. ⊙

〈199년 11월 22일 화요일 晴〉(10. 20.) (4°, 12°)
今日도 1농장 가서 대추밭 枯死 바랭이풀 뜯고 肥料 깨묵까루 뿌렸고.
初저녁에 斜川洞 新東亞아파트 셋째 집 가서 明日 修能試驗 치를 孫女 惠信, 惠蘭에게 찹쌀떡과 엿 箱子 주며 격려했고. 大田 새실과 서울 外孫子 愼重奐한텐 電話로 격려했고. 松은 試驗 監督으로 沃川에 今明日 다닌다는 것. ○

〈1994년 11월 23일 수요일 晴〉(10. 21.) (2.5°, 14°)
郡 三樂會 月例會에 參席하여 黃州식당(舊木花식당)서 点心.
농장 가서 2時間 半 勞動~들깨 짚 태우고. 대추밭 뜯고 깨묵 施肥.
今日은 高三들 修能試驗日(새실, 惠信, 蕙蘭, 重奐)[86]. 優良하기를 祈願햇고. ⊙

86) 원문에는 붉은색 색연필로 밑줄이 그어져 있다.

〈1994년 11월 24일 목요일 曇, 雨〉(10. 22.) (5°, 12°)
忠北大病院 가서 族孫 昌鎬 問病했고(658호실)…交通事故. 午后엔 앞집 任澤淳 氏 집 가서 問病 人事했기도. 날씨로 金溪行 좌절. 同甲 大鍾 氏 別世 消息 왔고. ⊙

〈1994년 11월 25일 금요일 曇, 晴〉(10. 23.) (6°, 12°)
宗親 同甲會員 大鍾 氏 別世에 弔問次 金溪 다녀온 것. 族叔 漢業 氏 말씀 또 거칠었고. ⊙

〈1994년 11월 26일 토요일 晴〉(10. 24.) (0°, 10°)
今日까지는 最下 氣溫. 墻東里 葬地까지 다녀왔고~昨日 다녀왔던 故 大鍾 氏 葬禮式.
17時부터 있는 同窓會에도 參席. 少量씩이지만 거의 每日 飮酒탓인지 健康 不正常. ⊙

〈1994년 11월 27일 일요일 晴〉(10. 25.) (-1°, 11°)
佳樂 鄭亨模 子婚에 上堂예식장 다녀왔고. 歸路에 鄭海天 만나 情談 後 一盃하기도. 三和不動産 들러서도 一同과 一盃했고. ⊙

〈1994년 11월 28일 월요일 曇, 晴〉(10. 26.) (1°, 9°)
玉山 弟子 金基亮 父親喪 있다는 風聞에 人事 다녀온 것~葬地는 石所洞 淸州 인타첸지 옆 산. 葬地 잘 찾았고. 喪主가 몹시 반가워 하고 고마워 여기던 것. 地官은 宋元柱.
歸淸하여 孫 氏(不動産)와 濁酒 나우 했던 結果인지 尿道가 막혀 小便 不通으로 松의 車로

淸州醫院 가서 뽑으니 約 1000cc[87]라나. 또 子息들에게 못할 노릇 시킨 듯. (밤 10時頃). ⊙

〈1994년 11월 29일 화요일 晴〉(10. 27.) (4°, 11°)
오즘 개 빼근함과 尿道가 小便 때마다 따가움을 느끼고. 終日 참아본 것. ○

〈1994년 11월 30일 화요일 晴〉(10. 28.) (2°, 11°)
10時부턴 小便 때의 尿道 痛症 없는 듯. 10時半에 昨 10月 下旬에 治療(施術) 받았던 '全영환' 비뇨기科醫院 가서 說明 後 注射 맞고 五日 間 服用藥 져 왔고. 夕陽쯤 되니 좀 낳은 듯. ○

〈1994녀 12월 1일 목요일 晴〉(10. 29.) (6°, 16°)
尿道 痛症 많이 가라앉은 셈. '淸元漢藥房' 가서 鹿茸補藥 한 제 져다가 저녁 때부터 服用 시작[88]한 것. 43봉지. 1日 3봉지. 食間에 服用 14日分치. 藥값 9万 원. 鹿茸만은 膳物로 받았던 것. 杏의 親旧 濠洲人 '헬리' 青年. 저녁부터 服用 着手했고~1日3봉지(朝, 晝, 夕 食間) ○

〈1994년 12월 2일 금요일 晴, 曇〉(10. 30.) (3°, 5°)
井母와 함께 農水産市場 가서 김장용 菜蔬類 사 왔고~井母는 3日 前부터 步行 活動하는 것 多幸이나 덧날까가 念慮. 点心 後 농장 가서 2.5時間 勞力하는 데 매우 추었었고. ○

〈1994년 12월 3일 토요일 晴〉(11. 1.) (-5°, 4°)
김장하려고 서울서 큰 애비와 큰 딸 왔고. 그 바람에 金溪行 不能. 산수유 따서 一部 발르기도. 年末精算用 증빙서류 갖추었던 것 松에 等에 주기도. 一部 紛失됐는지 간수했던 것 안보이기도.
長孫婦감 '金유미'로부터 제 始祖母님께 드린다고 '土鐘석총(石寵)' 1箱 보내오기도[89]… 貴重品. ○

〈1994년 12월 4일 일요일 雲, 가랑눈 조금〉(11. 2.) (-6°, 6°)
全東面 보덕2里 가서 外從妹弟(郭魯圭) 回甲宴에 人事하고 와선 朴殷圭(旧농협조합장) 子婚에도 請牒 있어 木花예식場 다녀온 것.
큰 애비와 큰 딸은 早朝부터 서둘러 김장 빚는 일 것든히 잘 보고 点心 後 歸京했고.
時間형편上 今日도 金溪行 予定이 좌절된 것. ○

〈1994년 12월 5일 월요일 晴〉(11. 3.) (-1°, 4°)
體育館 歸路에 朴大鉉 總務집(한우건재) 들러 그 子弟 入隊에 壯途 激勵人事했고.
井母의 狀況 順調 狀態인 樣이어서 天幸인데 그대로 쭉 나아가야 할 것을 祈願[90].
一農場 가서 2時間 勞力했고~나무 밑 다듬고 깨묵 施肥. 날씨 終日 추웠고. ○

〈1994년 12월 6일 화요일 晴〉(11. 4.) (-2°, 8°)
李斌模 招請으로 俊兄과 함께 '까치食堂' 가서 点心 待接받았고.

87) 원문에는 붉은색 색연필로 밑줄이 그어져 있다.
88) 원문에는 붉은색 색연필로 밑줄이 그어져 있다.
89) 원문에는 붉은색 색연필로 밑줄이 그어져 있다.
90) 원문에는 붉은색 색연필로 밑줄이 그어져 있다.

一農場 가서 2時間 勞動~어제와 같은 作業. 서울 큰 애비한테서 오늘도 安否 전화. ⊙

〈1994년 12월 7일 수요일 가랑비, 晴〉(11. 5.) (9°, 10°)
井母는 6거리市場도 다녀왔으니 장하나 無理갈까 念慮. 今日도 一농장 가서 2時間 勞力했고. ○

〈1994년 12월 8일 목요일 晴, 雨〉(11. 6.) (0°, 12°)
宗土 登記稅 一部 整理하고 一農場 가서 나무 밑 枯死 雜草 뜯고 매기와 깨묵肥料 뿌리기에 2時間 半 동안 勞力했고. 各種 器機와 農具 越冬 團束하니 어느 程度 개운했던 것. 亦是 日氣予報대로 下午 8時부터 부슬비 내리는 것. 近日 如日 대추밭 일 잘한 것. ○

〈1994년 12월 9일 금요일 曇, 晴〉(11. 7.) (8°, 10°)
一농장 가서 今日도 어제와 같은 일 2時間余 勞動한 것. 數日 間 고루 勞動. ○

〈1994년 12월 10일 토요일 晴〉(11. 8.) (1°)
永樂會 있어 參席은 했으나 單身 갔기에 유감이었고~井母는 身樣 事情으로 不參. 서울서 큰 애비 왔고. ○

〈1994년 12월 11일 일요일 曇〉(11. 9.) (4°, 11°)
堂姪 魯錫의 子婚(承信). 清州市 연합회장 主催 배드민턴大會에 參席.
예식장 參席次 큰 애비, 큰 女息, 魯弼이 다녀간 것. 예식장엔 明도 松도 參席했고. ⊙

〈1994년 12월 12일 월요일 曇〉(11. 10.) (7°, 9°)
대추밭 肥料用 깨묵 3푸대(120kg) 購求[91]하여 집까지 搬入해 놓으니 마음 시원했고. ⊙

〈1994년 12월 13일 화요일 晴〉(11. 11.) (-1°, 3°)
1농장 가서 2時間 勞動. 歸路에 큰집 들렀으나 堂姪 魯錫 子婚 後 후유증으로 家內 圓滿치 못한 雰圍氣. 從兄嫂 氏 長期 持病 關聯도 있고. 補藥 服用 中인데 效果 느끼지 못하는 듯. 初雪 1㎝[92]. ○

〈1994년 12월 14일 수요일 눈 조금〉(11. 12.) (-8°, 1°) ⊙

〈1994년 12월 16일 목요일 晴〉(11. 13.) (-6°, 0°) ⊙

〈1994년 12월 16일 금요일 晴〉(11. 14.) (-10°, 2°)
請에 依하여 오랜만 校長 辛酉會 했고~쌍룡 사무실.
三樂會員 李士榮 교장 別世 消息 있어 社稷洞 그의 自宅 가서 울었기도. ※

〈1994년 12월 17일 토요일 晴〉(11. 15.) (-9°, 1°) ×

〈1994년 12월 18일 일요일 晴〉(11. 16.) (-8°, 2°) ×

91) 원문에는 붉은색 색연필로 밑줄이 그어져 있다.
92) 원문에는 파란색 색연필로 밑줄이 그어져 있다.

〈1994년 12월 19일 월요일 晴〉(11. 17.) (-6°, 3°)
數日 間 繼續 過飮으로 밤부터 앓기 시작. 낮에 명상[면상]도 2군데나 깨진 모양. 井母와 松, 杏 놀랬을 것. 또 무슨 짝인가. 또 광증? ※

〈1994년 12월 20일 화요일 晴〉(11. 18.) (-6°, 2°)
처리할 일거리는 많은데 큰 탈. 昨今 大呻吟 臥病. ○

〈1994년 12월 21일 수요일 晴〉(11. 19.) (-6°, 4°)
큰 추위 계속. 종일 신음하며 걱정 중. 먹지도 못하고. ○

〈1994년 12월 22일 목요일 晴〉(11. 20.) (-4°, 7°)
못견디고 겁이 나서 '양한설 병원' 가서 닝겔 맞는데 長時間 걸려 괴로웠고.
흰죽과 팥죽 좀 먹었고. 신문 억지로 뒤적거려 보기도. 앞으로 어떡할 것인가[93](生死). ○

〈1994년 12월 23일 금요일 晴〉(11. 21.) (-2°, 11°)
13時 半에 농협 가서 現金 나우 인출해 온 것. 往來 步行에 힘겨웠고. 보일라用 石油값,
몇 군데 갚을 돈, 慶弔費 마련, 年月末의 雜費 予備 等으로 50万 원 준비. 今日 날씨 11度까지 올라가 봄날씨를 방불케 했고[94]. 淸水와 冬至팥죽 淨潔이 놓고 夫婦 함께 빌어보기도[95].
三樂會와 友信會에 參席 못해 마음이 언짢았기도. 15時頃 三樂會 親旧 몇 사람(尹洛鏞, 崔在崇, 權再植, 尹奉吉) 問病次 來訪했기도.
昗心 때부터 食事 若干씩 들기 시작하니 生起할 듯?[96] 各處 痛症도 덜한 듯. 天地神明의 德. ○

〈1994년 12월 24일 토요일 晴〉(11. 22.) (-2°, 10°)
1週余 만에 體育館에 나가본 것. 自轉車로는 위험하기 버스로 往來.
井母 藥用 '로얄제리' 言約은 했으나 藥效와 價格에 不滿이 들어 深思熟考해 볼 일.
몸도 괴로운데 人事에 바쁘게 다닌 편~鄭昌泳 女婚엔 郵送. 郭漢虹 氏 子婚과 朴完淳 子婚 人事는 式典까지 參席한 것.
左側눈이 침침하기에 '金眼科' 가서 治療받았고. 모처럼 理髮도 沐浴도.
어제부터 日氣 따뜻하기도. ○

〈1994년 12월 25일 일요일 晴〉(11. 23.) (2°, 10°)
새벽 3時에 起床하여 派宗契 준비 等 宗事 일로 完全히 날 새운 것.
배드민턴 쳐봤으나 그리 後落되던 않았고. 12時에 上堂예식장 가서 朴미순孃 結婚式에 祝賀한 것(妹弟 朴琮圭의 姪女). 昗心 後 금계 갔으나 從兄까지도 못본 채 歸淸. 아팠던 가슴(胃) 좀 가라앉은 셈이어서 多幸 安心. 宗中事로 今夜도 深夜까지 일 봤고. ○

〈1994년 12월 26일 월요일 曇, 가랑비〉(11. 24.) (2°, 7°)
宗中 일로 故鄕 가서 從兄과 佑榮 만나 計劃된

93) 원문에는 붉은색 색연필로 밑줄이 그어져 있다.
94) 원문에는 붉은색 색연필로 밑줄이 그어져 있다.
95) 원문에는 붉은색 색연필로 밑줄이 그어져 있다.
96) 원문에는 붉은색 색연필로 밑줄이 그어져 있다.

대로 일 잘 보고. 1농장 가서 15시간 勞動.
杏은 單獨住宅(아파트) 마련키로 決定했다는 것.
明春에 故鄕에 家屋新築할 方法(法的 手段 要領…父子間 合意)을 松과 相議되어 마음 먹어 보기 시작한 것. 淸州 집 垈地값만 坪当 200萬원씩 치기[97]로. 60坪. ○

〈1994년 12월 27일 화요일 晴〉(11. 25.) (2°, 6°)
宗事 일로 法務士사무소, 淸原郡廳, 外換銀行 等에서 거의 해 보낸 편.
金眼科에도 들러 '빈문症' 治療 받았고. 時間 없어 玉山行 予定은 좌절.
셋째 明이 教職員旅行에서 歸路에 들러 重大한 事項 들었고(惠信 蕙蘭의 進學 문제, 校監 승진 件). ○

〈1994년 12월 28일 수요일 晴〉(11. 26.) (−1°, 6°)
午前 中엔 宗事로 一貫~郡廳, 朴法務事務室. 午后엔 새해에 新築할 家屋 關聯된 確認事項 포착코저 洞事務所, 玉山面事務所 다녀온 것. 歸路에 큰 妹弟(太極서점) 만났기도. ○

〈1994년 12월 29일 목요일 晴〉(11. 27.) (−6°, 5°)
새청주약국 族叔 漢鳳 氏 要請에 依하여 市內 가서 李樹鳳 教授 書齋室 가서 郭魯權, 郭海淳 만나 淸州 郭氏 文獻 구경하고 点心 식사도 待接 받은 것.
낮 버스로 故鄕 가서 從兄 만나고 族弟 佑榮도 만나 宗事 일 推進에 相議하였기도.
日暮頃에 어항 청결 물갈이했고. 밤엔 堂下 小宗契 일 보는 데 머리 아팠던 것. ○

〈1994년 12월 30일 금요일 曇, 晴〉(11. 28.) (−4°, 4°)
今日 따라 多處多忙하게 도라다닌 셈~玉山 가서 佑榮 만나 印章 等 받고, 郡廳 가서 台帳 一通 뗀 後 朴法務事務所 가서 一切 書類 낸 것. 이곳서 約束된 몇 사람도 만나 一次的 一段 마친 편…堂下 小宗契 일 도와준 것.
俊兄 氏 入院했대서 忠大病院 2차례나 가봤고. 形便上 四派宗事까지 一部 봐야할 形便이고. 서울의 큰 에미와 大田의 둘째 왔고. ○

〈1994년 12월 31일 토요일 晴〉(11. 29.) (−4°, 5°)
昨夜 受託한 宗事 일로 神經 써가며 바쁘게 움직였던 것. 郡廳, 法院 다시 郡 地積課 가서 午后 늦게서야 5件 中 2件만 完結(接受) 지운 셈. 歸路에 忠大病院 들러 入院 中인 俊兄 狀況 보고 郡廳일 狀況도 이야기한 것.
서울 큰 애비 內外, 막내 家族, 大田 둘째 오고. 셋째 家族, 아우振榮 夫婦 와서 저녁食事 함께 맛있게 한 것. 今日은 동짓달 그믐. 74회 生日. 형편上 夕食을 會食. 94年의 末日인 것. ○

※ 94年中 略記
- 井母 身樣 五月부터 惡化로 7月부터 11月까지 5個月 間 서울 白病院 治療받아 年末엔 差度 있어 自身 運身 어느 限度內 好轉되어 多幸…骨髓癌?
- 가믄 年事이나 벼 農事는 豊作. 故鄕밭 作物 勞力 不足으로 不況. 대추結實 아직 不實하여 까닭에 의문. 井母 身樣으로 作物收穫 大不進.

97) 원문에는 붉은색 색연필로 밑줄이 그어져 있다.

- 宗事로 年中 奔忙했으나 完遂한 편이어서 마음 개운하고…第七刊 族譜 收單 完成하고 宗中 不動産 名義(所有者) 移轉 登記 手續 完了-特措法.
- 健康狀態~夏節에 左側 발 삐서 月余 苦生. 尿道 不況으로 잠시 괴로웠으나 年中 一貫 배드민턴 運動에 興味 많았고.
- 北韓 金日成 主席 死亡. 아시아競技大會(日本 廣島)에서 日本 제치고 第二位…黃永祚 마라톤 優勝에 快擧. 성수大橋 비롯해 大慘死 事故 많았고.
- 秋夕節부터 서울 큰 애비 집에서 祭祀 모시고. 長孫 英信 約婚하니 기쁘고.
- 95年 乙卯 새해 2가지 큰 일 無事 施行을 祈禱……英信 結婚, 家屋 新築.

以上

△ 밭일, 宗事(收單 登記)일 많이 했고 井母 病看에도 힘썼던 甲戌年.[98)]

---

98) 원문에는 붉은색 색연필로 밑줄이 그어져 있다.

西紀 1995年(檀紀 4328年. 乙亥) 孔夫子 2546年. 佛紀 2539年.

〈1995년 1월 1일 일요일 晴〉(12. 1.) (-7°, 4°)
새벽 祈禱後 龍華寺 가서 再祈禱…父母 冥福, 子孫 幸福, 井母 健康, 自身 管理. 體育館 往來에 自轉車 運行中 손발이 極히 시러웠던 것. 朝食도 모두 맛있게 먹은 것. 紘이 車로 金溪 다녀왔으나 從兄님은 上京中이라 相面 못했고. 큰 堂姪 還甲인 듯. 各處 아이들 모두 가고. 夕飯 後 忠大病院 가서 俊兄 氏 問病 兼 明日 行事 이야기하기도. ○

〈1995년 1월 2일 월요일 晴〉(12. 2.) (-6°, 6°)
爲親契 있어 參席[1]~大田 중리洞 郭漢業 氏宅. 自請 招待 形式. 15名 參席. 炁心 待接 잘 받았고. 새 契長 郭俸榮, 副契長 郭邊榮, 總務 全秀雄. 郭敏相, 契財 52万 원-13万 원. ⊙

〈1995년 1월 3일 화요일 가랑눈〉(12. 3.) (-2°, 2°)
거의 終日토록 가랑눈 내린 것. 李斌模와 함께 同窓會員 代表格으로 入院 中인 俊兄을 問病했고~忠北大病院 754号室. 李兄에 炁心 待接했고. ⊙

1) 원문에는 붉은색 색연필로 밑줄이 그어져 있다.

〈1995년 1월 4일 수요일 雪, 曇〉(12. 4.) (1°, 2°)
午前 中 눈 오락가락했고. 氣溫은 終日 찬 날씨로 一貫. 外部活動 없이 잔삭다리 정리로 終日. ○

〈1995년 1월 5일 목요일 晴, 曇〉(12. 5.) (-2°, 3°)
눈 若干 내려 約 1.5㎝[2] 程度. 突然 서울 西大門區 신촌洞 '세브란스病院' 다녀온 것~'배드민턴 淸州敎大크럽' 會員 金寬衡 入院 中 重態[3]라는 消息에 크럽 代表 立場格으로 問病 갔던 것…時間 형편上 患者는 못보고 保護者 만나 人事한 것…腦 治療次 入院 加療中 합병症으로 腎臟과 肺가 나빠지고 장차 肝疾患의 우려가 있다는 것. 15時 淸州發. 病院에 18時 到着. 面會는 18시에 10分 間이라나. 20時 半에 家族 만난 것. 이야기 듣고 서울發 21時 40分. 청주着 23時 半. ○

〈1995년 1월 6일 금요일 晴〉(12. 6.) (-7°, 2°)
오늘은 '小寒'. 數日 間 거의 이상 반 한 찬 날씨로 繼續. 堂下 小宗契 일로 朴事務室, 郡廳, 李稅務士 事務室 다니며 일 보다 해 넘긴 것. 自轉車 열쇠 等 잃기도. ○

2) 원문에는 파란색 색연필로 밑줄이 그어져 있다.
3) 원문에는 붉은색 색연필로 밑줄이 그어져 있다.

〈1995년 1월 7일 토요일 晴〉(12. 7.) (-2°, 9°)
아침運動 歸路에 忠大病院 들러 入院 中인 俊兄 慰勞 約 1時間 對話했기도.
농협 가서 쓸 돈 引出하여 住銀 들러 1月 分 賦金, 區廳 가선 1月 分 公課金 納付.
約束 있어 簡易飮食店에서 서울서 온 大韓三樂會 前事務局長 만나 點心 食事 待接받았고.
서울서 큰 애비 왔고. 明日 제 母親 모시고 上京하여 모레 白病院 가서 診察 받으려는 計劃. ○

〈1995년 1월 8일 일요일 晴〉(12. 8.) (2°, 6°)
體育館 歸路에 '명관'이란 今日 點心 食堂 구경해 봤고. 낮 12時頃에 서울서 큰 에미와 孫子 英信, 英信約婚者(김유미) 와서 鄭重히 人事[4](절). '우리 家庭과 家族 團合, 사랑(相對를 도와주는 것)에 對하여 10分 間 이야기했고. 이곳 4名, 서울 4名 2車로 山南洞 '명관' 가서 韓定食 點心했고[5]. 英信은 約婚女 김유미 아기 뎁고 光州行. 15時頃에 큰 애비는 제 母親 모시고 上京~白病院 가서 診察 加療한다는 것. 入院하기 싫어하는 井母의 모습이 떠올라 마음이 시원찮기도. ○

〈1995년 1월 9일 월요일 曇, 晴, 風雪〉(12. 9.) (4°, 4°)
水道課(영운동) 가서 94. 11. 12月 分 未納된 경우 밝혀 更正 手續 했으나 무슨 착오인지 11月分은 未決된 셈.
故鄕 金溪 가서 宗事 일로 族弟 未榮과 佑榮집 들렀던 것. 從兄 宅 가선 日 前에 回甲 지냈다는 큰 堂姪 魯奉 만나 濁酒 값 좀 주었고. 從兄嫂 氏 看病 方法 研究토록 促求하기도.
서울의 消息 왔고~井母 第6次 入院. 白病院 807号室[6]. T270-0114. 順調롭기를 祈願. ⊙

〈1995년 1월 10일 화요일 晴〉(12. 10.) (-7°, 2°)
井母 入院에 마음 快치 않으나 今日 行事(永樂會 月例會食)에 參席하여 人事하고 받기도. (훈부페).
형편上 체납케 된 94年 11月 分 水道課 가서 納付書 만들어 郡 농협 가서 納付하니 개운했고.
下午 2時 半 高速으로 서울 白病院 간 것~意外로 井母 明朗했고. 큰 애와 큰 딸 있었고. 밤엔 紘佑 母女 왔고. 孫子 英信도 다녀간 것. 침대 한 구석에서 井母와 함께 無事히 밤 새운 것. ○

〈1995년 1월 11일 수요일 晴〉(12. 11.) (-10°, 0°)
昨今 참 겨울답게 세찬 찬 바람 繼續. 多幸히 病室은 스침裝置로 훈훈하여 봄날 방불.
井母 狀況 順調여서 마음 놓이고. 12時에 時間 좀 타서 세브란스病院 神經外科 重患者室 찾아 入院 中인 金관형(배드민턴 同好人) 第2次 問病~時間上 가까스로 面會는 했으나 重重症에 回復 再起 極히 어려울 듯해 氣分 좋지 않았던 것. 回復되기를 祈願하면서….
四男 魯松이 上京 제 母親 看病保護한다기에 下午 2時 發 高速으로 淸州 와서 松과 큰 애비 井과 電話연락 圓滿이 잘 되었기도. 明日의 派

4) 원문에는 붉은색 색연필로 밑줄이 그어져 있다.
5) 원문에는 붉은색 색연필로 밑줄이 그어져 있다.
6) 원문에는 붉은색 색연필로 밑줄이 그어져 있다.

宗中契 있어 說明 서류 作成(챠드)에 거의 徹夜. ○

〈1995년 1월 12일 목요일 눈 若干, 晴〉(12. 12.) (-6°, 3°)
城村派 宗系 있어 參席~11時부터 16時. 琴榮 집[7]. 參席者 10名(浩榮, 尙榮, 頌榮, 佑榮, 應 榮, 奉榮, 來榮, 魯德妻, 魯旭, 琴榮), 客…仁鉉 氏, 有鐘. 修契 狀況…通帳 殘額 654,000. 現金 510万中 奉榮[8]이 要求로 年利 12%로 5,000,000 貸與. 未收는 김영식 1,000,000[9](95.1.22日에 入金 約束). 魯旭 3,000,000[10] 再貸與. 派 負擔金 250万 원+山 97-9登記稅條 200万 원+登記手續手數料 60万 원, 立替分(稅) 2,000원=5,102,000 受領. 參考 前佐 도조 양승우 10万 원. 佑榮 3万 원 入金. 点心 費用 5万 원. 16시 半에 魯旭 車로 入淸. 應榮이 有司.
서울 消息, 明日 井母 退院 予定이라고. 無事 退院을 祈願. ⊙

〈1995년 1월 13일 금요일 晴〉(12. 13.) (-5°, 0°)
井母 退院하여 큰 애비 車로 松과 함께 15時頃 歸家. 各種 注射 맞느라고 지쳤다는 것.
배드민턴 크럽 同好人 別世(세브란스病院 入院)로 牛岩洞 가서 弔問했고. ○

〈1995년 1월 14일 토요일 晴〉(12. 14.) (-6°, 1°)
槐山郡 七星面 台城까지 護喪次 다녀온 것. 昨日 人事 다녀왔던 金관형 別世에 葬禮 行事.
큰 애비는 낮에 上京. 井母는 若干 시름시름 앓는 편? ○

〈1995년 1월 15일 일요일 晴〉(12. 15.) (-7°, 3°)
安鍾烈 回甲宴 招待에 西部署 옆 '大河갈비'에 다녀오고. 井母는 退院 後 身樣 順調롭지 못하여 누워 있는 時間이 많은 편. 소간이 먹고 싶다기에 市內 市場 몇 百貨店 巡訪하여 購入한 것. 밤엔 小宗契 準備로 챠드 만들기에 노력했고. ○

〈1995년 1월 16일 월요일 晴〉(12. 16.) (-1°, 5°)
@@@가서 @@.
아침運動 歸路에 徐秉圭 만나고 忠北大病院 들러 俊兄 狀況 보고 宗事 이야기도 나눈 것. 낮엔 淸原郡廳, 法院, 朴壹煥事務所 巡廻 宗事 用務로 바빴고. 私的 일로는 忠北道立病院(淸州醫療院) 가서 李斌模 夫人 入院에 人事하고. 洞事務所 가서 잠간 일 본 것~새로 赴任한 宣종무 洞長, 李範在 事務長과 첫 人事 나누기도. 밤엔 宗親 同甲契 日字로 연결은 連絡해봤으나 形便上 来月로 延期된 것. ○

〈1995년 1월 17일 화요일 晴〉(12. 17.) (-3°, 4°)
淸原郡 三樂會 監査 있어 參席~黃州緬屋. 10~11시 30분. 金甲年 監事와 함께. 12時부터 理事會…94 決算, 95 予算 심의. 午后엔 井母를 爲한 잔삭다리 일 본 것~토끼고기, 밤, 은행 購求 비롯. ○

〈1995년 1월 18일 수요일 晴〉(12. 18.) (-4°, 3°)
李斌模 招待에 '까치집'食堂 가서 点心 했고.

7) 원문에는 붉은색 색연필로 밑줄이 그어져 있다.
8) 원문에는 붉은색 색연필로 밑줄이 그어져 있다.
9) 원문에는 붉은색 색연필로 밑줄이 그어져 있다.
10) 원문에는 붉은색 색연필로 밑줄이 그어져 있다.

今年(새해)으론 처음 1농장 가서 1.5시간 일했고. ○

〈1995년 1월 19일 목요일 晴〉(12. 19.) (-7°, 3°)
어젯날 日本은 神戶 · 大阪…고베, 오사카에 大地震으로 有史 以來 第2大參事라고 함.
今日도 一農場 가서 대추나무 밑의 枯死된 바랭이풀 긁기에 勞力한 것. 요새 寒冷氣流 繼續. ○

〈1995년 1월 20일 금요일 晴〉(12. 20.) (-4°, 4°)
郭勳鍾 氏와 李斌模 親友 招待하여 '화선장'에서 中國料理로 点心 待接했기도.
約 1個月 間 禁酒로 食事 잘 한 탓인지 健康狀態 良好함을 느끼고. ○

〈1995년 1월 21일 토요일 曇, 雨〉(12. 21.) (-3°, 4°)
旧 淸友會 尹成熙 要請으로 4人 '紅瓦村' 식당에 모여 共同責으로 点心 會食하며 오랜만에 情談했던 것. 歸路에 쎄일行事場 율량동 가서 싸구려 잠바 2개와 쓰본 1개 사다가 손질했고. ⊙

〈1995년 1월 22일 토요일 曇, 雨〉(12. 22.) (0°, 3°)
겨울가뭄 끝에 오랜만에 어제 밤부터 부슬비 내리는 것. 거의 終日 부슬비, 안개비 내렸고.
12時 半에 있는 郭泰信(魯憲 子) 結婚式에 參席했던 것~大韓예식장.
明日 있을 郡 三樂會 會務報告 資料 정리했고 …「17日 行事한 監査 結果」. ⊙

〈1995년 1월 23일 월요일 晴〉(12. 23.) (-1°, 4°)
淸原郡 三樂會에 參席~黃州麵屋. 12시~13시 30분, 94年度 歲入, 出 및 事業 全般에 關하여 監事責으로 監査 報告도 했고. 任員職 完全 辭退하기로 마음 먹었고.
밤엔 小宗契 代表 世帶主 20名에게 契日 통지書 發送 준비에 數時間 노력했던 것.
한 달 좀 지났는가 지긋지긋한 그 술. 큰 일 많이 마쳤기에 개운한 마음에서 濁酒 2컵 마신 것. ⊙

〈1995년 1월 24일 화요일 晴〉(12. 24.) (-3°, 2°)
李斌模 招請 받아 '동원식당' 가서 '카레라이스'로 点心 가든이 잘 먹었고.
一농장 가서 1.5시간 程度 勞力했고~대추나무 밭 풀 죽은 것 긁기. ⊙

〈1995년 1월 25일 수요일 晴〉(12. 25.) (-6°, 5°)
一農場 가서 2時間 勞力했고~前日과 같은 일.
밤에 明 父子 모처럼 다녀갔고.
井母 頭痛에 돼지 염통과 영사 要求하기에 저물도록 百方 다녀서 豊富하기 購求했기도. ○

〈1995년 1월 26일 목요일 晴〉(12. 26.) (-6°, 2°)
날씨 몹시 추어 金溪 다녀올 予定을 포기. 16時 半부터 있는 在淸同窓會에 參席하여 '동원식당'에서 會食했고. ⊙

〈1995년 1월 27일 금요일 晴〉(12. 27.) (-8°, 1°)
아침 歸路에 忠北大病院 들러 族兄 俊榮 氏 膽石症 手術 結果 問病한 것. 重患임을 느끼고.
校長團 辛酉會가 事情上 長期 中斷 되었다가

今月부터 再開[11]케 되어 一同(元, 鄭, 金, 郭) 下午 2時에 直行버스로 儒城 가서 約 1時間 '리베라'호텔 溫泉에서 沐浴하고 歸清하니 17時 50分 되어 '巨龜場' 食堂서 夕食 마치고 散會한 것. 날씨 終日 찼고. 午前엔 水落山 97-9 手續 完決. ⊙

〈1995년 1월 28일 토요일 晴〉(12. 28.) (-6°, 1°)
날씨 춥지만 勇氣 내어 거름(들깨묵) 갖고 一농장 가서 約 2時間 勞力하여 죽은 풀 긁기 作業은 完了한 것. 5, 6株 밑 再손질하고 거름 뿌렸기도. ⊙

〈1995년 1월 29일 일요일 雪, 晴〉(12. 29.) (-8°, 1.5°)
새벽에 눈 9㎝[12]. 金溪行 計劃 좌절. 셋째(明) 夫婦 다녀가고(설 人事品 갖고). 加 2㎝, 計 5㎝[13]. ⊙

〈1995년 1월 30일 월요일 晴〉(12. 30.) (-11°, -3°)
最低氣溫~最高 추위일 것[14]. 셋째 家族은 今朝에 上京. 둘째 家族은 明日 清州까지 온다는 것.
讀書 後 市內 잠간 돌아 歸路에 忠大病院 들러 俊兄 問病했고. 弟 振榮 夫婦 다녀갔고. ⊙

〈1995년 1월 31일 화요일 晴〉(乙亥. 正. 1.) (-10°, -2°)
乙亥 설날. 새벽 3時에 起床하여 周易 讀書 一時間 後 祈禱~'乙亥年' 祈願 祝福…. 長孫 英信 結婚과 新家屋 建築 順成, 孫子女들의 進學 成就, 其他 諸般事의 無故.
6時10分 發 高速으로 上京~松과 함께. 弟 振榮 父子도 同行. 明 家族은 어제 上京. 一同 茶禮 잘 지냈고. 魯弼 家族은 어제 왔었다고. 点心 後 下午 3時 半 發로 清州 向發. 2時間 걸려 清州 到着. 大田 둘째 夫婦 肉類 等 갖고 와서 저녁 食事 함께 했기도. 夕食 後 둘째 內外 大田 갔고. ⊙

〈1995년 2월 1일 수요일 晴〉(正. 2.) (-8°, 1°)
龍華寺 가서 새벽 祈禱. 松이 車로 井母와 함께 杏의 單獨房 賃貸 新羅아파트 가보았다. 봉명2. 502호.
故鄕 가서 從兄께 歲拜. 함께 전좌리 가서 省墓. 一농장 가서 約 1시간半 가량 勞動. ⊙

〈1995년 2월 2일 목요일 晴〉(正. 3.) (-7°, 3°)
堂姪 '魯錫'이 와서 歲拜. 저녁엔 三從姪 魯學도 와서 歲拜하고 金一封도. 午后엔 市內 나가서 族叔 漢奎 氏 宅과 俊兄 宅 가시 正初 人事 했고. 金泰日齒科 가서 右側 아래어금이 治療 받았고[15]~장차 씌울 予定이나 痛症으로 거의 밤새도록 苦痛 많이 겪은 것. ⊙

〈1995년 2월 3일 금요일 晴〉(正. 4.) (-7°, 2°)
李斌模에 点心 答接. 宗事 일로 外銀과 朴法務士 事務所 갔었기도.
크럽 會員 郭鎬澤 父親喪 人事에 槐山郡 清安

11) 원문에는 붉은색 색연필로 밑줄이 그어져 있다.
12) 원문에는 파란색 색연필로 밑줄이 그어져 있다.
13) 원문에는 파란색 색연필로 밑줄이 그어져 있다.
14) 원문에는 붉은색 색연필로 밑줄이 그어져 있다.
15) 원문에는 붉은색 색연필로 밑줄이 그어져 있다.

面 부흥里 白峰까지 다녀왔고.
明日 行事 準備로 深夜토록 일 보았던 것~各項 챠드 作成 等. ⊙

〈1995년 2월 4일 토요일 晴〉(正. 5.) (-5°, 3°)
첫 새벽에 起床하여 今日 있을 宗系 資料 作成에 바빴던 것. 새 任員 構成表 作成 等.
城村派 小宗契[16]~11時부터 15時 半. 大成食堂., 郭浩榮 氏 外 11名 參席. 새 任員 構成에서 會長責 맡게 되고. 閉會 後 成榮과 漢斌 氏 来訪 歡談하고 夕飯 待接했고. 서울서 큰 애비 왔고. 저녁엔 明 다녀갔고. ⊙

〈1995년 2월 5일 일요일 晴〉(正. 6.) (-5°, 3°)
어제 午後엔 郭魯憲 夫婦 와서 歲拜 및 井母 問病했고. 下午 2時쯤 큰 애비 上京次 出發.
市內 가서 金城 郭魯필 만나 小宗契 關聯 텃도조 15만 원 받아 整理했고.
外家집(社稷洞? 司倉洞?) 찾아가 外叔母께 歲拜 人事했기도. ⊙

〈1995년 2월 6일 월요일 晴〉(正. 7.) (-4°, 3°5″)
四從叔 漢斌 氏 招請하여 '동원식당'서 点心 待接하고 宗事 協調에 謝禮條로 金一封 드렸고.
저녁엔 郭魯憲 집 찾아가 九岩 아주머니께 歲拜했기도~酒肉도 사간 것.
深夜토록 小宗契 帳簿 整理했고. ⊙

〈1995년 2월 7일 화요일 晴〉(正. 8.) (-3°, 6°)
아침 歸路에 朴司代所에 堂下 小宗契 일로 들러 온 것~곽우영 印章 捺印 事項 있대서.
玉山 水落 가서 故 李炳麟 葬禮에 人事. 從兄 만나 宗事 關聯 要求에 結末 짓기도. 族弟 佑榮 집 찾아가 老아주머니께 歲拜하고 佑榮한테도 派 宗事 協調에 金一封 주어 謝禮하였고.
一농장 가서 2時間 半 勞力하니 마음 快하였던 것. 모처럼 오늘 낮 따뜻했고. ⊙

〈1995년 2월 8일 수요일 晴, 曇〉(正. 9.) (-1°, 9°)
歸路에 忠北大病院 俊兄 問病했고. 낮엔 三從兄嫂 氏(魯殷 모친) 来訪에 正初 人事 나누고.
宗事로 朴司法代書所와 法院 민원실 다녀왔고. 金齒科 가서 第2次 治療받기도.
住宅 廣告(교차로) 낸 後 서울서 2個處, 淸州(牛岩洞) 等서 問議 전화 오기는 한 것. ○

〈1995년 2월 9일 목요일 晴〉(正. 10.) (-2°, 8°)
近日 食事 잘 하고 健康 正常化. 点心 後 一농장 가서 2時間 일했고.
서울 '선경부동산'에 家屋 매매 廣告料條로 送金한 件[17]으로 아이들이 불끈 일어나 사기꾼에 속았다고 相對方에게 攻擊 打合 後 回送토록 促求한 것. 나의 輕率한 데서인가? ⊙

〈1995년 2월 10일 금요일 晴〉(正. 11.) (-1°, 10°)
郭漢春 母親喪에 勳鍾 氏와 함께 故鄕 金溪 가서 弔問 다녀왔고. 날씨 따뜻했고. ⊙

〈1995년 2월 11일 토요일 晴〉(正. 12.) (1°, 9°)
10日인 어제는 永樂會가 있어 夫婦 參席하는데 井母는 半年余 만에 勸告하는 바람에 參

---
16) 원문에는 붉은색 색연필로 밑줄이 그어져 있다.

17) 원문에는 붉은색 색연필로 밑줄이 그어져 있다.

席[18]했지만 無事했던 것. 3月은 儒城溫泉, 4月은 1日 逍風, 5月은 水安堡 方面으로 予定하기도.
歸路에 박일환 事務所 들러 宗事 일로 2件(派宗中 1, 堂下 小宗契 1) 잘 보았고.
故鄕 金溪 가서 故 大鍾 氏 葬禮式(墻東 앞 宗山)에 參席 後 一농장 가서 2時間 일했기도.
서울 선경不動産 李승민? 件 未決로 不快感不禁. ⊙

〈1995년 2월 12일 일요일 晴, 雨〉(正. 13.) (3°, 12°)
郭文吉 氏 女婚과 鄭煥智 女婚에 다녀온 것. 10時부터 가랑비 거의 終日. 退院한 俊兄 집 다녀오고. ⊙

〈1995년 2월 13일 월요일 晴〉(正. 14.) (-1°, 6°)
歸路에 金泰日 齒科 들러 第3次 治療받았고. 雲川洞 住公아파트 居住한다는 婦人 와서 家屋 둘러보고 買受 意思 表示했기도. 一농장 가서 前日과 같은 일했고. 從兄과 佑榮 만나 宗事關係 打合하고. 서울 큰 애비한테 개운한 消息 왔기도…某 부동산 이승민 件 完決됐다고. ⊙

〈1995년 2월 14일 화요일 晴〉(正. 15.) (-3°, 6°)
아침 歸路에 가구골목 徐丙權(크럽會員) 집 찾아 그의 喪偶에 人事했고. 낮엔 新村洞 가서 族叔母(전의 아주머니) 집 찾아 歲拜 兼 人事한 것(計劃된 일 모두 마친 셈) 오늘은 대보름.
새벽엔 龍華寺 가서 祈禱 올렸기도. 日沒頃에 셋째 집 가서 孫子女에 몇 푼씩 주었고. ⊙

〈1995년 2월 15일 수요일 晴, 가랑눈〉(正. 16.) (-1°, 5°)
朴 法務事務所 가서 堂下 小宗契 所屬 山 1필지 登記券 찾게 되니 加重 마음 시원했기도.
司倉洞 큰 妹夫 書店 가서 情談하며 一盃 待接받았고. 今日은 終日 찬바람. ⊙

〈1995년 2월 16일 목요일 晴〉(正. 17.) (-3°, 6°)
아침 歸路에 金 齒科 들러 第四次 治療받았고.
11時頃 天安서 在應스님 왔기도.
一農場 가서 約 2時間 勞動했고. 堂下 小宗契 山 登記券 佑榮 집에 건넸으니 개운.
孫女 惠信이 西原大 經營學科에 合格했다는 消息. 井母는 밤에 아이들과 윷놀이도. ⊙

〈1995년 2월 17일 금요일 晴〉(正. 18.) (-4°, 5°)
明日 宗親契 있다고 四個處에 連絡했고~서울, 大田, 복대洞, 社稷洞.
一농장 가서 2시간 勞動했더니 개운. 동생 振榮과 서울 木洞 큰 애비 집 가서 이미님 忌祭 지냈고~誠心誠意껏 祭需 잘 차렸기도. 큰 女息 內外도 參席. 魯弼도 參祀하고. 在應스님 갔고.⊙

〈1995년 2월 18일 토요일 曇〉(正. 19.) (-3°, 8°)
早朝 朝食하고 터미날까지 큰 애비 車로. 淸州엔 振榮과 함께 10時 着. 今日 따라 바쁜 行事. 13時부터 있는 宗親 辛酉同甲契[19](동원식

18) 원문에는 붉은색 색연필로 밑줄이 그어져 있다.

19) 원문에는 붉은색 색연필로 밑줄이 그어져 있다.

당) 主宰. 17時 半부터 있는 在清宗親會 參席 發言. 19時부터 있는 배드민턴 清州敎大 크럽의 總會(常綠회관)까지 責任 參席했던 것. ×

〈1995년 2월 19일 일요일 晴〉(正. 20.) (-4°, 9°)
體育館 아침 歸路에 크럽會員 거의 全員 招請해서 '尙州집'에서 설렁湯 待接. ×

〈1995년 2월 20일 월요일 晴〉(正. 21.) (-4°, 8°)
新鳳농협 가서 今月 分 水道料 納付하고 歸路에 一盃했을 터. ×

〈1995년 2월 21일 화요일 晴〉(正. 22.) (-5, 9°)
이웃집 韓能鉉 氏(前 老人會長) 喪偶에 人事 다녀오고. 歸路에 1盃했을 것. ×

〈1995년 2월 22일 수요일 晴〉(正. 23.) (-5°, 8°)
清原郡농협 가서 서울서 큰 애비가 찾아온 선경不動産 事件 돈 予金했고. ×

〈1995년 2월 23일 목요일 晴〉(正. 24.) (-5°, 9°)
午前 中 1, 2盃하니 精神 삭막. 井母와 松의 極限 挽留로 午后부터 禁酒하니 괴롭고. ×

〈1995년 2월 24일 금요일 晴〉(正. 25.) (-5°, 8°)
呻吟臥病. ○

〈1995년 2월 25일 토요일 조금 비〉(正. 26.) (0°, 6°)
呻吟臥病. ○

〈1995년 2월 26일 일요일 晴〉(正. 27.) (-3°, 3°)
呻吟臥病. ○

〈1995년 2월 27일 월요일 晴〉(正 .28.) (-3°, 10°)
엊저녁부터 콩나물 죽 若干 먹기 시작. 早朝에 가까스로 金 齒科 가서 第五次 治療.
木洞서 道峰區 쌍문洞으로 큰 애비 移舍[20]한다는 날인데 못가봐서 마음 괴롭기도. 잘 되기를 祈願.
孫女 惠信이 西原大 合格과 外孫子 愼重奐 專門大 合格이란 消息도 들려 오고. ○

〈1995년 2월 28일 화요일 눈, 비 가끔〉(正. 29.) (2°, 7°)
友信親睦會에 參席~會費 3回分 精算. 懷藏으로서 人事…長期 가뭄 극복. 乙亥年 萬福과 健康 祈願.
거의 終日 눈비 내린 셈이나 아직 아직 少量. 겨우 5㎜[21] 程度인 듯.
밤 10時頃 從兄으로부터 電話로 큰 再從兄嫂氏(漢陽 趙氏)의 別世 消息에 92歲의 長壽이지만 어딘가 딱하고 葬禮일에 아득한 생각에서 複雜함을 느끼기도…몸도 아픈데? ○

〈1995년 3월 1일 수요일 晴〉(2. 1.) (0°, 8°)
龍華寺 가서 初하루 祈禱. 明日用 '發靷祝, 成墳祝' 虞祭祝 쓰기에 새벽 내 神經 썼기도. 午后엔 大田 東區 가양1洞 가서 연정 再從兄嫂 別世에 弔問했고. 葬禮는 明日 故鄉 宗山 전좌리. 夕食 後 入清. ○

〈1995년 3월 2일 목요일 晴〉(2. 2.) (-1°, 9°)
歸路에 金 齒科 들러 第6次 治療받았고. 四從

20) 원문에는 붉은색 색연필로 밑줄이 그어져 있다.
21) 원문에는 파란색 색연필로 밑줄이 그어져 있다.

叔 漢斌 氏와 함께 故鄕 전좌리 가서 큰 再從兄嫂 葬禮式에 參席. 下后엔 淸州서 俊兄 만나 四派 일로 相議하였기도. ○

〈1995년 3월 3일 금요일 晴〉(2. 3.) (-1°, 7°)
今朝도 歸家 卽時 電話에 바빴고~俊兄께 宗中事, 서울 潤漢 氏에 大宗會와 族譜일. 承在에 信協 理事長 祝賀. 東林里長에 柳氏 家 葬禮일과 葬地, 城南 公榮에게 明日 있을 三虞祭 等等.
故鄕 가서 從兄 만나 宗事 문제 나누고, 一농장 가서 1時間余 일했던 것. ○

〈1995년 3월 4일 토요일 曇, 晴〉(2. 4.) (-1°, 6°)
이른 새벽부터 井母는 뒷골이 묵직하다며 잠못이루어 苦痛 겪는 것 딱하기도.
故鄕 前左里 가서 再從兄嫂 三虞祭에 參席. 從兄과 自轉車로 上東林 가서 故 柳敏燮 葬禮에 人事.
歸路에 1농장 가서 2時間 일한 後 玉山 가서 漢虹 氏 찾아 四派 宗中事 積極 協力을 促求.
歸家 卽時 從兄 公榮, 大田 朴魯烈, 俊兄에 電話하여 모든 것 풀게 되니 자못 心情 개운했던 것. ⊙

〈1995년 3월 5일 일요일 晴〉(2. 5.) (0°, 9°)
첫 새벽에 起床하여 長期 讀書하다 남은 末尾 몇 回를 讀破 完了하니 이제 四書三經을 第2回 通讀한 셈[22]. 머리 속에 남은 것은 없으나 시원 자랑스럽기도 한 것.
歸路에 俊兄과 함께 故 楊鍾漢 교장 弔喪次 淸州의료원과 淸州病院 영한실[영안실]을 巡訪했으나 形便上 人事 不能이었고.
신동아 아파트 가서 孫子 正旭, 惠信, 蕙蘭한테 入學 祝賀金으로 金一封씩 주었기도.
松이가 깨묵거름 車로 농장까지 運搬했고. 午后 2時 半부터 仝 5時까지 80余株의 대추나무 밑에 뿌린 것. 9株만 더 주면 2次까지 完了하는 셈. ○

〈1995년 3월 6일 월요일 晴〉(2. 6.) (2°, 11°)
市內 나가 바쁘게 일 본 것~농협, 住銀, 李稅務士, 金齒科, 우체국, 投銀, 閔 眼科 眼鏡課 等 用務 잘 본 것.
1농장 가서 대추밭 全面의 雜草 잘 태우기도. 연이나 불씨 번져 兪鎭禹 논의 짚단 더미 태웠기에 不安하여 人事. ⊙

〈1995년 3월 7일 화요일 晴〉(2. 7.) (3°, 12°)
'청원한약방'서 井母用 1제 져다가 服用 착수~두통, 불면, 잡꿈, 빈혈, 경증 等(診脈).
二農場 가서 3時間 勞力했고~밭둑 雜草 모두 긁고 베어 태워버린 것. 堂下 小宗契에서 寸志條로 20万 원 주기에 實費 5萬 원만 받고 15万 원은 返還했기도(堂下 山 名義 移轉 手數料條). ⊙

〈1995년 3월 8일 수요일 晴〉(2. 8.) (1°, 16°)
派 宗中 일로 法院, 郡廳, 李稅務士 事務室 두루 다녀온 것. 一農場 가서 2時間 勞力했고. ⊙

〈1995년 3월 9일 목요일 晴, 雨〉(2. 9.) (6°, 15°)

---

22) 원문에는 파란색 색연필로 밑줄이 그어져 있다.

永樂會 逍風[23]~18名 參席(內者와 閔 교장 夫人 病故 不參). 月木會員 6名 同參. 丹陽 고수동서 点心 (慶南食堂), 丹陽온천(大崗) 가서 溫泉(硫黃水)하니 물이 미끄러운 것이 特異했고. 피부病에 有效하다나. 아일觀光 韓技士. 8時 出發. 19時에 入清. 16時부터 단비 내리는 것. ⊙

〈1995년 3월 10일 금요일 晴, 가랑비〉(2. 10.) (3°, 8°)
玉山面 가서 楊 農産係長 만났고~아그배 宗畓 附土 作業 手續次 간 것. 13日 다시 만나기로.
有實苗 七種目(15株) 購入하여 果園 갖다 假植하고. 今年들어 揚水 最初하니 順調. 昨今 雨量 15㎜[24]. ⊙

〈1995년 3월 11일 토요일 晴, 曇〉(2. 11.) (5°, 7°)
一農場 가서 有實苗 15株 植付[25]~사과 3, 배 3, 桃 3, 밤 2, 모과 2, 단감 1, 자두 1.
낮엔 서울 李炳赫 氏 連絡으로 할미집 가서 点心. 安植憲 趙東秀 合席…이로 因해 4時間 늦어 金溪까지 택시. ⊙

〈1995년 3월 12일 일요일 曇, 晴〉(2. 12.) (3°, 7°)
再從 公榮 女婚 있어 天安 다녀왔고~큰 妹와 함께. 天安 선영 새마을금고 3층 福祉會館. ⊙

〈1995년 3월 13일 월요일 晴〉(2. 13.) (3°, 12°)
數日 前 유진우 짚가리 100余 관 태워진 事件 있어 神經 써졌던 것 今日에서 勇斷 내려 보상條로 5万 원 送金하니 개운했고. 兼하여 派宗畓 附土件으로 苦心 꺼리였던 것도 玉山面 가서 係員 만나 解決졌으니 시원하기도. 金溪 가서 從兄께 此旨 告하니 기뻐하셨고.
族弟 應榮 夫人 回甲(昨日) 招請 있어 人事次 다녀나온 後 一농장 가서 2時間 勞力했고. 歸路에 族孫 昌在 만나 入清하여 순대국밥 집에서 夕食하였기도.
再堂姪 魯旭 집(清高뒤) 가서 몇 가지 問議와 타일으기도. 比較的 今日 行事 많았던 셈. ⊙

〈1995년 3월 14일 화요일 晴〉(2. 14.) (4°, 15°)
歸路에 金齒科 들러 第9次 治療 받았고. 1농장 가서 2時間 勞力. 從兄께 藥酒 2升 사다드렸고.
繼續 食事 잘 하고 새벽 및 아침行事 7個項 遂行 中. 井母 身樣 順調한 편. ⊙

〈1995년 3월 15일 수요일 晴, 雨〉(2. 15.) (3°, 14°)
龍華寺 가서 보름 祈禱 올렸고. 今日도 俊兄 氏와 四派일 推進으로 걱정 함께 한 것.
一농장 가서 前日과 같은 作業 2시간 半 했고.
낮엔 井母 부탁으로 市內 가서 들기름 짜오기도. ⊙

〈1995년 3월 16일 목요일 雨, 曇〉(2. 16.) (8°, 9°)
沙倉우체국 가서 族弟 晩榮 만나 四派 宗事 關聯 負擔金 推進 이야기 하고 点心 答接했기도. 昨今 雨量 15㎜[26]. ⊙

23) 원문에는 붉은색 색연필로 밑줄이 그어져 있다.
24) 원문에는 파란색 색연필로 밑줄이 그어져 있다.
25) 원문에는 붉은색 색연필로 밑줄이 그어져 있다.
26) 원문에는 파란색 색연필로 밑줄이 그어져 있다.

〈1995년 3월 17일 금요일 曇, 晴〉(2. 17.) (0°, 3°)
永樂會員 閔用基 入院에 全員 모여 淸州病院 가서 問病했고. 낮엔 附子湯 만들어 服用했기도.
'한겨레신문' 95. 3. 17일자 p1…克日 敎育함을 느껴 表示해 놓았고~'日人 要人들 安重根 義士를 殺人犯 等 論한다기에[27]'
거의 終日토록 氣溫 낮고 바람 세차서 추웠던 것. 낮엔 五人 團合 情談하며 一盃했던 것. ⊙

〈1995년 3월 18일 토요일 晴, 曇〉(2. 18.) (-2°, 8°)
淸錫예식장 가서 郭漢鳳 氏 女婚에 人事한 後 族叔 漢奎 氏 만나 四派 일에 一相의 不協調論과 推進方法 相議하였기도. 우연히 여러 사람 만났고~漢奎, 宗榮, 俊榮, 士榮…遠信, 其他 2名. 서울서 큰 애비 왔고. ⊙

〈1995년 3월 19일 일요일 晴〉(2. 19.) (0°, 12°)
第七回 忠北生活體育배드민턴大會 있어 出戰~室內體育館. 12크럽 參加…優勝 曾坪, 二位 忠州, 3位 淸州敎大 크럽. 形便上 60代로 뛴 것. 짝은 徐丙權. 큰 애비는 㕛心 後 上京.
낮엔 族孫 昌鎬(栢洞) 了婚 있어 잠산 틈타 '木花예식장' 다녀왔기도. ⊙

〈1995년 3월 20일 월요일 晴〉(2. 20.) (3°, 16°)
明日 일 關聯 모든 準備 다 해 놓고 一농장 가서 2時間 勞力했고. 밤엔 서울 아이들과 電話. ⊙

〈1995년 3월 21일 화요일 晴, 曇〉(2. 21.) (9°, 13°)
井母 第七次 白病院 入院[28]. 下午 2時. 602号(4人祖室). 魯弼이가 午前에 接受. 㕛心시간에 큰 딸 와서 강남터미날엔 11시에 왔던 것. 午后에 큰 애비 오고. X 撮影. ⊙

〈1995년 3월 22일 수요일 曇〉(2. 22.) (7°, 15°)
體溫, 血壓 測定, 링겔과 抗癌注射, 採血, 小便採集. 井母의 食事 不充에 要求하는 떡(인절미) 購入하려 西大門區 市場 다녀오기에 苦生과 애 많이 썼던 것. 日暮頃부터 身樣 不快하더니 밤엔 몹시 不便했던 것. 注射와 服藥해 보았으나 別無效果. ○

〈1995년 3월 23일 목요일 曇, 가랑비〉(2. 23.) (6°, 15°)
井母의 治療 課程 前日과 同一이나 大便 採取不能. 나의 身樣 더욱 惡化로 終日 와병. ○

〈1995년 3월 24일 금요일 가랑비〉(2. 24.) (7°, 13°)
昨日과 同一 治療 겪었고. 今日서야 採血되었고. 큰 딸애 와서 많이 애썼고. ○

〈1995년 3월 25일 토요일 曇, 가랑비〉(2. 25.) (3°, 6°)
氣溫 많이 降下. 終日 찬바람. 井母 보통. 今日엔 나의 身樣 極히 惡化…(頭痛. 코감기 만창, 가래, 편두선痛으로 침 넘기기 어렵고. 팔다리 甚히 쑤시고 빠지는 듯. 허리痛症도 同大痛

27) 원문에는 붉은색 색연필로 밑줄이 그어져 있다.

28) 원문에는 붉은색 색연필로 밑줄이 그어져 있다.

症[29]). 白病院 앞서 '윤재약국' 지나서 4距離 전너편 '저동약국' 藥師 이정의가 지은 한약, 양약 調劑分치 3日 分 져다가 2첩째 服用時부터 痛症鎭靜키 始作하던 것. 午后엔 나우 回復되므로 井母와 함께 유쾌히 退院하여 双門洞 큰 애비 집으로 간 것. 今日은 큰 애비 57歲의 生日이기도. 큰 딸, 셋째 딸, 막내 子婦 와서 飯饌 만들었던 것. 모처럼 夕食 맛있는 듯 먹은 셈. 밤엔 弼, 英, 昌信 이식하도록 情談하는 듯. 井母와 함께 昌信 방에서 就寢. 井母 잘 자는 듯했고. 治療狀況表 作成도. ○

〈1995년 3월 26일 일요일 晴〉(2. 26.) (0°, 10°)
双門洞서 10時 發. 東서울(강변역 앞)서 11時 發 高速으로 淸州에 夫婦 無事 到着. 서울선 昌信이가 운전. 淸州 와선 松이가 운전.
午后에 金溪 가서 三從姪 回甲에 祝儀金 表하고 一농장 가서 1時間 일하고 入淸한 것.
어제 왔었다는 在應스님 제 母親 맞아 再看病에 노력. 其間 松도 杏도 감기[30])로 고생했다는 것. 昨今서야 어느 程度 나아졌다니 多幸. ⊙

〈1995년 3월 27일 월요일 晴〉(2. 27.) (0°, 10°)
昨日은 歸路에 堂下 小宗契에서 宗山 登記手續 答禮로 人蔘 1갑 주기에 고마웠고.
낮엔 辛酉會에 갔었지만 4人 中 1名 缺席이고 央心 場所 不明으로 會食 못해 歸家하고. 午後엔 同窓會 있어 '東元식당'서 夕食. 全員 8人 集合되엇던 것. 소풍 來月 13日로 定해놓기도. ○

29) 원문에는 붉은색 색연필로 밑줄이 그어져 있다.
30) 원문에는 붉은색 색연필로 밑줄이 그어져 있다.

〈1995년 3월 28일 화요일 晴〉(2. 28.) (0°, 14°)
數日 前에 왔던 在應스님은 身樣이 괴로운 어미아비의 食事 마련에 精誠을 다하는 中이고.
四派 宗事 일로 11時 半에 司倉우체局에 3人 合席(俊兄, 尙榮, 晩榮)하여 宗土 登記費用條 兩派(城村, 全東) 500萬 원整 農協에 預金하니 于先 개운했고.
一農場 가서 2時間 勞作하고 저물게 入淸한 것. 毒感은 過勞 탓인지 再發 우려? ○

〈1995년 3월 29일 수요일 曇, 晴〉(2. 29.) (3°, 12°)
族叔 漢奎 氏 要請으로 食 前에 '無心해장국' 집 가서 간단이 아침. 林 社長 等 몇 사람과도 初面 人事.
金齒科 가서 12次 治療받기도. 俊兄과 約束대로 三州茶房서 故 大鍾 氏 弔慰金 漢堅에 건녔고.
毒感 再發에 '金태룡內科' 가서 治療받은 後 家庭에서 푹 休養했던 것. ○

〈1995년 3월 30일 목요일 晴〉(2. 30.) (4°, 15°)
어제 져 온 感氣藥 3時 服用 中이나 큰 差度는 없는 듯. 終日 呻吟臥病. ○

〈1995년 3월 31일 금요일 雨, 曇〉(3. 1.) (2°, 13°)
約 1週日 前에 와서 母親 看病과 朝夕 待接에 精誠을 다 하던 在應스님이 下午에 歸寺하니 또 서운했고.
感氣는 그리 개운찮게 繼續 中. 낮에 龍華寺 가서 初하루 祈禱 올렸고. 旅中 경주전화. ○

〈1995년 4월 1일 토요일 晴, 曇〉(3. 2.) (1°, 11°)

몸 괴로워도 金태일 齒科 가서 第13次 治療받고 뻰떴으니 다음에 完了한다는 것. 서울로 감기약 져오려다가 今朝 마지막 藥 結果 따르려고 中斷. 下午 3時頃부터 差度 있는 듯 느껴지기도. ○

〈1995년 4월 2일 일요일 晴〉(3. 3.) (1°, 8°)
11시 半에 귀빈예식장 가서 클럽會員 辛승만 子婚에, 13시에 草園예식장 가서 李自遠 子婚에 人事 마치고. 歸路에 市內버스 안에서 재수없게도 現金 11萬 8천원 쓰리当하니 분하고[31] 아까워 가슴 몹시 쓰렸기도. ○

〈1995년 4월 3일 월요일 晴〉(3. 4.) (0°, 12°)
1농장 가서 3시간 勞力하여 새싹캐기 作業은 一段落. 有機質 肥料 15包도 運搬했고.
歸家 後 四派 宗事일에 新溪派 1, 2人의 심술궂은 行爲에 不快感 高調되니 단잠 못이룬 셈. ○

〈1995년 4월 4일 화요일 晴〉(3. 5.) (1°, 14°)
四派 宗事用(登記費用) 打合次 約束대로 故鄕 金溪 갔었으나 新溪派, 金坪派 主務者들 不參으로 또 무산되니 寒心이며 원망의 心 不禁.
1농장 가서 대추나무에 웃거름 뿌렸고~有機質 肥料. ○

〈1995년 4월 5일 수요일 晴〉(3. 6.) (4°, 17°)
午前 中엔 沈在昌 子婚에 예식장 다녀온 後 잔삭다리 일 좀 보고 玉山 가서 尹貞求 回甲宴에 들러 一農場 가서 2時間 勞動하니 나우 疲困했던 것~대추나무에 거름 뿌리고 이제까지 캤던 새싹까지 모뎌 태웠고. 밤부터 몸살 惡化되어 呻吟했기도. ○

〈1995년 4월 6일 목요일 가끔 가랑비〉(3. 7.) (5°, 14°)
몸살로 몸 괴로워도 새벽에 起床하여 寒食 祝썼고. 가까스로 故鄕 가서 내 건너 魯旭 집에서 一床 祭物에 高祖父, 伯曾祖父, 曾祖父, 末째 曾祖父 總 9位 神位 前에 茶禮 올렸고~從兄, 魯旭과 함께 3人이 參席했을 뿐. 세거리 兄嫂 氏, 花山 兄嫂 氏 參見했고. 큰집 가선 再從祖父(訓長) 神位 前에 茶禮 올린 것.
밤엔 再從兄 炅榮 氏 危篤하다는 消息 오기도. 몸 괴로워 못가보는 게 한탄. ○

〈1995년 4월 7일 금요일 晴〉(3. 8.) (5°, 17°)
새벽 祈禱는 올렸지만 元氣 不足으로 體育館엔 못갔고. 早朝 金태일 齒科 가서 右側 아래 어금니 2個 씌워서[32] 今日로 一段落 지은 것. 26万 원 支拂했고. 淸原郡농협, 外銀, 住銀 等 다니며 期限附 일 마친 後 歸路에 井母가 要求하는 狗肉 購入해 왔기도.
日暮頃에 江外面 正中里 가서 危篤中인 再從兄 炅榮 氏 問病했고~쌍화湯 1병 가져다가 무욺格으로 두어 숫가락 입에 부어드렸기도. 사러 生前 最終으로 얼굴 본 셈 잡은 것. ○

〈1995년 4월 8일 토요일 晴〉(3. 9.) (10°, 19°)
金태룡 內科 가서 診察 後 注射. 小量 닝겔 1

31) 원문에는 붉은색 색연필로 밑줄이 그어져 있다. 밑줄 아래에 '加 1万 원'이라고 적혀 있다.

32) 원문에는 붉은색 색연필로 밑줄이 그어져 있다.

맞고 3日 間 藥 지어온 것~독감 再發, 근육痛 等.
8時 20分쯤 운명하셨다고 正中里 魯慶한테서 9時頃에 電話왔고. ……78歲로 마친 再從兄 奐榮 氏[33]. 몸도 괴롭고 明日 行事 있고, 집안 親因戚에 訃音 傳하기에 노력한 것.
밤엔 큰 妹와 姪女 先이 다녀갔기도. ○

〈1995년 4월 9일 일요일 晴〉(3. 10.) (7°, 17°)
甥姪 朴종찬 結婚式(宮殿). 郭俸榮 女婚(木花)에 參席 奐心 後 再堂姪(魯慶) 喪家(江外面 正中里)에 振榮과 魯松 同伴하여 갔던 것. 밤에 歸家했고(三從姪 魯殷 車로). 큰 딸 왔다가고. ○

〈1995년 4월 10일 월요일 晴〉(3. 11.) (5°, 17°)
午前 中 行事 予定대로 마치고 江外面 正中里 가서 来客 案內 人事에 協助하다가 큰 애비 勸諭로 사위 同伴 入淸하여 집에서 留했고. 두 사람은 8시50分에 서울 向發. ○

〈1995년 4월 11일 화요일 曇, 雨〉(3. 12.) (5°, 12°)
食 前에 振榮 車로 正中里 가서 葬事 推進하여 9時에 發靷, 靈柩車로 10時 出發. 故鄕 派 宗山 前佐里 東편 陰峰 下에 下棺. 13時부터 가랑비, 일 더디어 下午 五時 좀 지나서 겨우 마무리. 一同 비에 온몸 젖었고. 平土祭[34] 마치고 正中里 가서 初虞祭 지내고 金基煥과 함께 入淸하니 20時 半. ○

〈1995년 4월 12일 수요일 曇, 晴〉(3. 13.) (5°, 14°)
1농장 果園 가서 2時間 勞力했고~데라마이싱 약물 20株 周圍에 뿌렸기도. ○

〈1995년 4월 13일 목요일 晴〉(3. 14.) (4°, 20°)
在淸同窓會 逍風[35]~6時 半 出發. 20時 歸家…8名 全員 參席. 鳥致院驛서 '통일호' 列車로 7시 半 出發. 全北 定州市에 2시간 15분 後 到着. 버스로 內藏山 內藏寺 다녀서 定州市 井邑 정금食堂서 奐心. 約 3키로 定州川 둑 벚꽃 滿開된 長距離 觀光함이 今日 逍風의 印象 제1일 것. ○

〈1995년 4월 14일 금요일 曇, 晴〉(3. 15.) (13°, 19°)
9日에 結婚한 甥姪 朴鍾粲 夫婦 新婚旅行 다녀와서 人事次 다녀갔고.
一농장 가서 물탄 마이신藥 대추나무 밑에 뿌렸고~今日로서 約 半한 셈.
아침엔 龍華寺 가서 四月 行事 日吉 順成을 祈願하였고. ○

〈1995년 4월 15일 토요일 晴〉(3. 16.) (11°, 21°)
仁川 朱安 龍華禪院 가서 法寶祭에 參席~6980번 父母님 靈架[36] 찾아 祈禱 再拜하고 食堂 가서 奐心 먹고 白病院 앞의 '저동약국' 찾아가 몸살 감기약 五日분치 졌던 것. 국철과

33) 원문에는 붉은색 색연필로 밑줄이 그어져 있다.
34) 평토제(平土祭): 장례 의식에서 평토를 끝내고 나서 드리는 제사. 관을 묻은 다음 흙으로 빈 곳을 채워 地面과 평평하게 만드는 것을 평토라고 한다.
35) 원문에는 붉은색 색연필로 밑줄이 그어져 있다.
36) 원문에는 붉은색 색연필로 밑줄이 그어져 있다.

電鐵로 双門洞 漢陽아파트 큰 애집 가서 30日 大事 關聯 留意事項 큰 애비 夫婦와 相議하고 昌信방에서 留한 것. ○

〈1995년 4월 16일 일요일 晴〉(3. 17.) (9°, 19°)
早朝食하고 双門驛 7시 50分 出發하여 淸州에 12時頃 到着하고 집에 잠간 들러 急기야 大田 우미信協예식장 가서 甥姪女 朴鍾順 結婚式에 參席한 것. 意外로 賀客 많았고.
서울서 올 때 큰 애 夫婦가 주는 英信 結婚關聯 禮緞費 여러 子女息분치까지 多額 주기에 가져왔고. ○

〈1995년 4월 17일 월요일 晴〉(3. 18.) (10°, 23°)
井母 要請으로 都賣市場 가서 '사과' 1箱子 사왔고. 金溪行 가다 中止. 案內狀 發送 準備 着手. ○

〈1995년 4월 18일 화요일 晴〉(3. 19.) (10°, 21°)
故鄕 金溪 가서 同派之親 鳳榮 母親喪에 三虞祭이기에 墓所(堂下)까지 가서 問弔하고 一농장 가서 거의 終日 勞力한 셈. ○

〈1995년 4월 19일 수요일 晴〉(3. 20.) (8°, 16°)
어제부터 作成하는 孫子 英信 結婚式 請牒狀 써서 一部 發送하는 데 바빴고~親緣因戚.
午后엔 1농장 가서 어제와 같은 일한 것. (대추밭 灌水, 잡초 뽑기). ○

〈1995년 4월 20일 목요일 晴〉(3. 21.) (7°, 18°)
어제와 똑 같은 일 連續한 것. 但 一농장 일에서 호박과 참외 몇 구덩이씩 播種도. ○

〈1995년 4월 21일 금요일 晴, 雨〉(3. 22.) (17°)
郡 三樂會 臨時 逍風에 다녀온 것~8시 30분에서 18시 半. 安城의 안국약품(삼진제약회사) 訪問 後 서울 龍山洞의 '전쟁기념관' 見學한 것. 午后엔 繼續 비 내렸고. 無事歸家. ○

〈1995년 4월 22일 토요일 曇, 雨〉(3. 23.) (12°, 16°)
請牒狀 今日로서 完送. 90余 枚. 一농장 갔었으나 雨天으로 나물만 캤고(가새씀바귀, 달래). ○

〈1995년 4월 23일 일요일 晴〉(3. 24.) (10°, 18°)
孫根鎬 女婚에 通知 있어 大韓예식장 다녀왔고. 아침결엔 斜川洞 신동아아파트 셋째 明의 집 찾아가 英信 結婚式 關聯 예단費 10万 원券 수표 傳했기도.
<u>英信 四柱(己酉 八月八日 酉時)</u>[37] 等 마련하여 서울을 電擊的으로 다녀오니 시원했기도. ○

〈1995년 4월 24일 월요일 晴, 曇〉(3. 25.) (10°, 20°)
1농장 가서 2時間 程度 勞力~옥수수 심었고. 郭七榮 양복점 들려 假(加)縫했기도.
今日 兵心은 俊兄과 李斌模 招待하여 答接했던 것. 在應스님한테서 小包(꿀, 멱꼬다리). ⊙

〈1995년 4월 25일 화요일 晴〉(3. 26.) (10°, 18°)
今日 勞動에 過勞~五時間 勞作…참외 수박 호박 等 20余 구덩이 播種 完了. ○

---

37) 원문에는 붉은색 색연필로 밑줄이 그어져 있다.

〈1995년 4월 26일 수요일 晴〉(3. 27.) (8°, 19°)
서울 三省洞 가서 4月30日에 있을 英信 結婚式場 찾아가 場所 確認하고(三省洞 空港터미날 3層) 저동약국(白病院) 가서 감기, 기침약 3日분치 잘 져서 가지고 왔던 것. 族孫 昌在 要請에 酒店에서 잠간 만나 情談 後 書店 들러 큰 妹 夫婦도 만나 彼此 安否 알았기도. ⊙

〈1995년 4월 27일 목요일 晴〉(3. 28.) (9°, 22°)
一농장 가서 約 3時間 勞力했고. 대추나무 不實한 가지 果敢히 전지한 것. ○

〈1995년 4월 28일 금요일 晴〉(3. 29.) (9°, 26°)
午前에 友信會長(거구장) 잠간 들러 双龍 사무실 가서 辛酉會員 만나 情談 後 우암동 설농탕 집에서 点心했고. 一농장 가서 約 2時間 作業한 것…대추나무 剪枝. 揚水.
明, 後日 大事 생각에 신경 많이 써지는 것. 特히 一同 高速버스로 往來 順調가. ○

〈1995년 4월 29일 토요일 晴〉(3. 30.) (12°, 22°)
어제는 大邱가스 폭발 事故로 100余 名 死亡했다고 人災난리 發表 있었던 것. 無限이 딱한 일. 井母는 杏이가 모시고 '수서'의 세째 要請으로 11時 半 高速으로 미리 上京했고.
明日 일 준비로 잔삭다리 이모저모 計劃대로 다 完了하니 마음 개운하기도. 잠 잘 잤고. ○

〈1995년 4월 30일 일요일 晴〉(4. 1.) (11°, 24°)
날씨 좋아 安心. 龍華寺 가서 長孫 英信 結婚式 順成과 無事를 祈願[38]했고. 9時 30分 發高速으로 賀客 26名 모시고 東서울서 地下電鐵로 바꿔타고 '삼성역'서 下車. 一同貿易센타 空港터미날 3層 예식場에 到着하니 12時 30分. 큰 애비 夫婦와 次孫과 新郎 英信은 来客 맞으며 人事 시작했고. 予定대로 낮 1時부터 長孫 英信의 結婚式. 主禮는 서울大藥大 教授 文昌奎 博士. 늠름하고 씩씩하고 巨大한 新郎 나의 長孫 英信, 영리해 보이고 아리따운 나의 長孫夫 金由美. 長期間 祈願해 오던 그대로 結婚式은 日吉 順成한 것[39]. 1時 40分부터 食堂에서 600余 名의 賀客 피로宴은 秩序 장엄하게 마치고 幣帛禮까지 마쳤을 때는 午后 2時 半. 清州 方面서 온 賀客 一同 往來 車費 完全 제공한 것도 잘한 일. 우리 늙은 夫婦는 끝까지 健壯한 모습으로 아이들 要請대로 双門洞 가서 이밥이 飮食으로 저녁 달게 먹고 후유한 安心 속에 便安히 安眠한 것. ⊙

〈1995년 5월 1일 월요일 曇〉(4. 2.) (10°, 23°)
双門洞서 7時 半 出發. 택시, 高速으로 清州에 夫婦 無事 到着했을 땐 10時 正刻. 낮 동안 쉬었다가 日暮頃에 自轉車로 江內 鶴川 從妹님 宅 가서 큰 애비 付託대로 寸志 一封 드리고 온 것. 긴장이 풀려서인가? 몸 고단함을 느껴 일찍 就寢한 것. 無事했던 것 深謝. ○

〈1995년 5월 2일 화요일 曇〉(4. 3.) (12°, 24°)
終日 흐렸고. 1농장 가서 3時間 勞力했고. 昨日 新婚旅行 간 英信 불란서 파리에서 전화 왔다는 서울 소식.
또 감기氣 있어 앞으로 苦痛 念慮되기도. ⊙

38) 원문에는 붉은색 색연필로 밑줄이 그어져 있다.

39) 원문에는 붉은색 색연필로 밑줄이 그어져 있다.

〈1995년 5월 3일 수요일 晴, 曇〉(4. 4.) (12°, 19°)
4月 30日 賀客에게 謝禮 人事狀 50余 枚 作成 發送했고.
一農場 가서 灌水. 씀바귀 오리고. 果木 剪枝한 것. ⊙

〈1995년 5월 4일 목요일 晴〉(4. 5.) (8°, 19°)
謝禮 人事狀 今日로서 一段落 지운 셈. 約 70枚. 從兄 周旋으로 李斌模와 兵心.
몸 찌뿌드드하니 午后에 一농장 가서 勞力했고. 日暮頃에 으쓱으쓱 춥고 한축. ⊙

〈1995년 5월 5일 금요일 晴〉(4. 6.) (5°, 21°)
아픈 몸 惡化 起床 글력 없고. 大宗會 總會에 不參[40]. 此旨 電話로 連絡하고 就安. 井母와 魯松 勸告로. 金泰龍內科 가서 診察하고 注射. 2日分 內服藥 졌고. ○

〈1995년 5월 6일 토요일 晴〉(4. 7.) (16°, 23°)
몸 괴로워도 一農場 가서 2시간 勞動했고. 症勢~기침 甚하고, 목 아프고, 팔다리 쑤시고, 두통. ○

〈1995년 5월 7일 일요일 晴〉(4. 8.) (10°, 24°)
엊저녁부터 더욱 甚해진 몸살감기 別 差度 없고. 부처님 오신 날이어서 早朝에 念佛禪과 祈禱는 올렸으나 終日 臥病으로 龍華寺엔 못간 것. 終日토록 자못 서운했고. ○

〈1995년 5월 8일 월요일 晴〉(4. 9.) (11°, 25°)
今朝까지는 別無 差度. 참으려다 井母의 성화에 金 內科 가서 再次 診察 받은 것. ○

〈1995년 5월 9일 화요일 晴〉(4. 10.) (15°, 27°)
어제의 診察 效果 있어서인지 早朝 起床에 昨朝보다 것든한 氣分이었고.
모처럼 體育館 나갔고. 歸路에 族弟 光榮 집 찾아 去 5日 回甲宴 늦人事한 것(秀谷洞).
族弟 晩榮 招請 있어 司倉우체국 遞友事務室 갔더니 大宗會 95會議錄과 紀念品으로 卓上시계 주기도.
一농장 가서 2시간 勞動했고. ○

〈1995년 5월 10일 수요일 雨〉(4. 11.) (10°, 13°)
8시頃부터 約 30分 間 비바람 强했고…歸家에 自轉車 等으로 고생 많이 했던 것.
予定대로 永樂會 外食行事 雨天 不顧 强行한 것~20名 中 15名 參席. 椒井 가서 藥水湯[41]서 沐浴 後 옻샘가든서 오리湯으로 晝食하고 休息 2時間 後 入淸하니 下午 17時.
비는 終日 내린 셈. 一樂寺에서 在應스님 왔고[42]. 新婚旅行에서 無事 歸京 英信 소식 왔고. ⊙

〈1995년 5월 11일 목요일 晴〉(4. 12.) (7°, 19°)
俊兄과 함께 농협 가서 四派 宗事 중 장동 林野 登記用 費用 마련에 現金引出했고.
午后엔 一농장 가서 3時간 半 노동한 것. ○

〈1995년 5월 12일 금요일 晴〉(4. 13.) (10°, 23°)
10日 왔던 在應스님 兵心 後 天安으로 간다

40) 원문에는 붉은색 색연필로 밑줄이 그어져 있다.

41) 원문에는 붉은색 색연필로 밑줄이 그어져 있다.
42) 원문에는 파란색 색연필로 밑줄이 그어져 있다.

고-3日 間 朝夕 짓기와 집안 청소 구석구석까지 쓸고 닦고 깨끗한 清潔의 땀 흘리며 勞力했던 것.
1농장 가서 4시간 꾸준히 勞力했고~대추나무 剪枝. ○

〈1995년 5월 13일 토요일 曇, 雨, 曇〉(4. 14.) (13°, 23°)
井母의 몸살 감기는 惡化되어 苦痛 많이 겪는 中…기침 甚하고 목과 머리 아프다며 氣力 없고 身熱이 높은 셈. 漢藥 달여 먹기 시작했고. 1농장 가서 1.5시간 勞力. ○

〈1995년 5월 14일 일요일 曇〉(4. 15.) (10°, 17°)
體育館 歸路에 龍華寺 들러 보름祈禱 드렸고. 午后엔 一農場 가서 4時間余 勞動. ○

〈1995년 5월 15일 월요일 雨〉(4. 16.) (12°, 17°)
今日 비도 거의 終日 오락가락한 셈. 予定대로 四派 登記資金 마련으로 金坪派 泰鍾, 潤道, 全東派 俊兄과 함께 同席 相議했으나 現金은 未解決. 明日 故鄕서 다시 몇 분과 만나 結末 짓도록 合意 본 것. 數日 前에 맞추었던 記念책보 100장 搬入한 것(英信 結婚).
서울서 큰 애비 와서 함게 玉山面 가서 英信의 婚姻申告 手續 完全히 마치기도. ○

〈1995년 5월 16일 화요일 晴〉(4. 17.) (11°, 24°)
常綠契 소풍~처음 參席[43]하는 契(勸誘에 따라). 報恩郡 회남面 漁夫洞 가서 회 會食. 會長은 李炳赫 氏. 11名 中 9名 參席. 全員에게 英信 結婚 紀念品 주었고. ⊙

〈1995년 5월 17일 수요일 晴〉(4. 18.) (10°, 28°)
英信 留學 手續에 關聯되는 戶籍騰本 비롯해 各種 書類 作成 具備에 法院, 郡廳, 區廳, 洞, 面事務所, 우체局 等 다녀 完了하니 午后 4時. 마음 것전했기도. 一농장 가서 2時間 勞動했고. ○

〈1995년 5월 18일 목요일 晴〉(4. 19.) (13°, 28°)
엇저녁에 先祖妣 入祭인데 서울 못가서 마음 不安했던 것. 농장 가서 今日도 2시간 勞動. ⊙

〈1995년 5월 19일 금요일 晴〉(4. 20.) (12°, 28°)
體育館 歸路 中 井母의 가래 삭는 約(去痰劑)…도라지가루, 살구씨가루, 리라치옴 購求하는 데 큰 슈퍼, 藥局, 진로百貨店, 홍업百貨店, 製粉所, 乾材藥局 等 찾는 데 約 3時間 헤매는데 지쳤기도. 今日도 日暮頃까지 2時間 作業하여 고구마 100폭 植付했고. ⊙

〈1995년 5월 20일 토요일 雨〉(4. 21.) (17°, 22°)
거의 終日 비…가랑비, 가벼운 부슬비. 비 내리기에 金溪行 예정은 좌절. 井母 요청으로 土種닭과 잔대 1斤(600g) 購求했고. 明日 行事 等 전화 受送 많았기도. ○

〈1995년 5월 21일 일요일 曇, 雨, 曇〉(4. 22.) (17°, 23°)
在淸宗親會 逍風~[44] 7. 30~21時. 19名(男,

43) 원문에는 붉은색 색연필로 밑줄이 그어져 있다.

44) 원문에는 붉은색 색연필로 밑줄이 그어져 있다.

女). 馬山 돝섬. 富谷溫泉. 無事 遂行. ⊙

〈1995년 5월 22일 월요일 晴〉(4. 23.) (12°, 27°)
辛酉會 逍風~8時~22時…4人組. 東海岸 강포, 慶州 佛國寺, 22時 半에 歸淸. 井母 기침가래 差度. ⊙

〈1995년 5월 23일 화요일 晴〉(4. 24.) (11°, 26°)
郡 三樂會 소풍~ 德裕山, 무구九千洞[45)]…8시-18시. 새벽에 牛岩洞 가서 族弟 石榮의 母親상에 弔問(漢虹 氏 配偶喪). 旅行 다녀온 後 밤에도 牛岩洞 가서 12時 半까지 있었고. ⊙

〈1995년 5월 24일 수요일 晴〉(4. 25.) (18°, 28°)
体育館 歸路에 牛岩洞 喪家 갔다가 형편상 教會(聖堂)까지 갔던 것. 낮엔 葬地 金溪 도람말까지도 參席했고. 1농장 가서 四時間余 勞力했기도. ⊙

〈1995년 5월 25일 목요일 曇〉(4. 26.) (16°, 24°)
金城 가서 李武權 모친상 葬禮式 弔問 後 一농장 가서 4시간 勞力했고.
20時에 江外面 正中里 가서 故 卨榮兄님의 49祭에 參席했기도(78회 生辰). ⊙

〈1995년 5월 26일 금요일 晴〉(4. 27.) (17°, 24°)
1농장 가서 3時間 勞力. 17시부터 있는 在淸 同窓會에 參席~동원식당. 英信의 결혼 膳物 주었고. ⊙

〈1995년 5월 27일 토요일 晴〉(4. 28.) (11°, 28°)
1농장서 2時間(雜草). 2농장서 4時間 作業(고추 심을 두둑 造成). ⊙

〈1995년 5월 28일 일요일 曇, 晴〉(4. 29.) (13°, 26°)
第一回 忠淸北道 한가족生活體育배드민턴大會에 參席[46)](8. 30~18時 40分)하여 長壽部 혼합복식에서 優勝 金메달[47)]. 100歲 게임에서(張경철 選手와 짝). 銅메달 獲得.
歸路後 杏의 因緣 女性 金00孃 와서 반갑게 對話하며 夕飯했고. ⊙

〈1995년 5월 29일 월요일 晴〉(5. 1.) (14°, 24°)
오미 가서 柳東萬 寫眞士 델고 水落 가서 兵使公 墓所 寫眞 3種 撮影했고…大同譜 第七刊(乙亥譜)用. 水落里 特措法 농지委員 3人에게 人事狀과 膳物 주었고(보재기 타올).
1농장 가서 3시간 풀뽑기 作業했기도. 家屋垈 1億說 나왔던 것…申 氏 복덕방. ⊙

〈1995년 5월 30일 화요일 晴〉(5. 2.) (16°, 26°)
永樂會 會長 任期 滿了로 幹部 五人 召集하여 事務 引繼했고~'훈부페'서 卨心.
一農場 가서 4時間 勞動~揚水. 除草作業. 아침결엔 漢斌 氏 父子 다녀갔고. ⊙

〈1995년 5월 31일 수요일 晴, 曇〉(5. 3.) (15°, 25°)
歸路에 忠大病院 713号 가서 入院 中인 內秀宅(金順顯 妻~允相 妹) 問病.

45) 원문에는 붉은색 색연필로 밑줄이 그어져 있다.

46) 원문에는 붉은색 색연필로 밑줄이 그어져 있다.
47) 원문에는 붉은색 색연필로 밑줄이 그어져 있다.

一농장 가서 4時間 勞作. 家屋 賣買 時勢 1億 500万 원線까지 나오고. ⊙

〈1995년 6월 1일 목요일 晴〉(5. 4.) (14°, 27°)
一農場 가서 約 5時間 勞作했고~가지, 외, 토마도 各 5폭식 植付. 雜草 뽑기에 勞力. ○

〈1995년 6월 2일 금요일 曇, 雨〉(5. 5.) (19°, 24°)
一농장의 除草 作業(명아주, 큰 바랭이) 一段落. 揚水 넉넉이 했고…西便 中間部. ⊙

〈1995년 6월 3일 토요일 雨〉(5. 6.) (15°, 21°)
어제는 밤에 비 若干. 今日은 새벽녘에 가랑비 오더니 거의 終日 내린 셈.
玉山 동광寫場(유동만) 가서 第16代祖 兵使公 墓所 사진 찾아오고. 雨天으로 農場行 中止.
家屋 매매 件 1億1千까진 보는 것이나 융자금 條로 確定 안했고(융자殘 768万 원). ⊙

〈1995년 6월 4일 일요일 晴, 曇〉(5. 7.) (14°, 20°)
農場 가서 5時間 半 勞動~2농장에 참깨 2줄 播種. 1농장에선 雜草 除去.
從兄님 비롯 一家 親戚 몇 사람과 特措法 농지委員에 紀念品 주었고. '英信, 紀念' ⊙

〈1995년 6월 5일 월요일 晴, 曇〉(5. 8.) (13°, 26°)
場東 가서 特措法 농지委員 3人에게 謝禮 및 膳物 주었고~윤병록, 윤태섭, 윤형수.
1농장서 雜草 뽑고 밤콩 심는 데 19時頃 서울서 큰 애비 왔기에 바로 入淸한 것. ⊙

〈1995년 6월 6일 화요일 晴〉(5. 9.) (15°, 28°)
俊兄과 함께 族叔 漢奎 氏 招請하여 宗中일 特히 新溪派 負擔金 解決策을 相議한 것.
셋째 女息 떡 좀 갖고 왔다가 点心 後 제 큰 오빠와 함께 歸京했고.
1농장 가서 約 4時間 勞動했고~果園에 殺蟲菌 및 영양제 撒布하는 데 힘겨웠기도. ⊙

〈1995년 6월 7일 수요일 晴〉(5. 10.) (16°, 28°)
體育館 歸路에 忠大病院 靈安室 들러 故 우희준 빈소에 弔喪했고.
東林里 가서 族孫 興在 만나 特措法 농지위원 3人分 膳物 주었고. 1농장서 1時間 노동.
長孫 英信 結婚 後론 最初로 英信 夫婦 內淸~人事받은 後 함께 金溪 가서 省墓. 慰勞 慰安 말 했기도. 歸路에 큰집 들러 從兄님 內外께도 人事하였고. 入淸하여 19時頃에 夕食하고 20時 半頃 上京次 出發. 잘 갔다고 밤 11시 半에 來電. ⊙

〈1995년 6월 8일 목요일 晴〉(5. 11.) (18°, 29°)
李인根이란 者 와서 家屋 114,500,000원에 契約書까지 쓰더니 家庭內 重複계약됐다면서 賣買中斷된 셈 되고. 四派臨時會議 있대서 葉書 發送 等에 數시간 바빴기도.
1농장 가서 밤콩 심었기도. ⊙

〈1995년 6월 9일 금요일 晴〉(5. 12.) (18°, 27°)
金溪 가선 四派會 일로 번말서 門長 仁鉉 氏宅 等 찾아 參席 勸誘했기도.
一농장 가서 들깨 모판 予定地에 揚水했고. 除草作業도 나우 한 셈. 健康 正常. ⊙

〈1995년 6월 10일 토요일 晴〉(5. 13.) (19°, 29°)

永樂會에 參席하여 任期滿了된 人事. 會長 立場에서 나름대로 인사말 잘한 듯.
1농장 가서 3시간半 勞動했고. ⊙

〈1995년 6월 11일 일요일 晴〉(5. 14.) (19°, 29°)
무심천 집 모여 四派 有志 會議[48](漢奎, 仁鉉, 潤道, 浩榮, 尙榮, 晩榮)해서 좋은 結末 맺은 것…臨時 융통하여 兵使公派 不動産 登記移轉 手續 完了 꼭 하자는 것(新溪派 未收分 임시 입채額 250万 원). 2농장 가서 2時間 勞力하여 雜草 뽑고 整地. ⊙

〈1995년 6월 12일 월요일 晴〉(5. 15.) (17°, 28°)
보름 祈禱. 歸路에 忠大病院 가서 俊兄嫂 入院에 問病했고. 1농장 가서 勞動. ⊙

〈1995년 6월 13일 화요일 晴, 曇〉(5. 16.) (19°, 26°)
一농장 가서 4時間 半 勞力~雜草藥, 밤콩 播種, 揚水. 모처럼 完全 不飮. ○

〈1995년 6월 14일 수요일 曇, 晴〉(5. 17.) (19°, 29°)
아침 차로 一농장 가서 거의 勞力에 終日 시낸 셈~밤콩 심고 골에 비닐 씌우고. 揚水도. ⊙

〈1995년 6월 15일 목요일 曇〉(5. 18.) (18°, 27°)
英信은 17日 10時 發 金浦空港이라고 서울서 連絡 오고. 歸路에 族叔 漢奎 氏 만나 四派不動登記費用 調達에 대하여 長시간 이야기했기도. 19日의 四派代表者會議와 任員組織은 此后에 할 일이고 登記資金 調達이 急先務임을 말한 것. ⊙

〈1995년 6월 16일 금요일 晴〉(5. 19.) (19°, 28°)
一農場 가서 3時間 勞動했고~肥料 2包 購入運搬. 덩굴콩과 옥수수에 施肥, 揚水. ⊙

〈1995년 6월 17일 토요일 晴, 曇〉(5. 20.) (20°, 31°)
5時 50分 發 버스로 서울行. 8時30分에 金浦空港 國際線 第2新館에 到着. 長孫 英信 學費免除 奬學生으로 留學次 渡美[49]. 夫婦 同條件이 成立되어 9時 半에 美國 펜실베니아 向發. 空港發에 자랑과 榮光을 느끼며 順調成功을 祈願한 것. 査頓 金應鏞과 情談 나누면서 空港食堂서 해장국으로 朝食. 參席者 五名 會食 後 큰 애비 車로 入淸하니 下午 2時40分.
前約대로 族叔 漢奎 氏 만나 宗中事 關聯 新溪派 負擔金 250万 원 받았고. 오랜만에 받은 것. 英信의 無事 渡美着을 빌면서 就寢. ⊙

〈1995년 6월 18일 일요일 雨, 曇〉(5. 21.) (17°, 24°)
西浦公 祠堂(天原齋) 竣工式에 招請[50] 있어 다녀온 것~天安市 竝川面 冠省里.
큰 애비는 나 때문에 市外버스터미날 거쳐 上京. 竝川 歸路에 玉山 烏山서 李忠魯 回甲에도 招請 있어 다녀왔고. ⊙

〈1995년 6월 19일 월요일 晴〉(5. 22.) (18°, 25°)

48) 원문에는 붉은색 색연필로 밑줄이 그어져 있다.
49) 원문에는 붉은색 색연필로 밑줄이 그어져 있다.
50) 원문에는 붉은색 색연필로 밑줄이 그어져 있다.

俊兄 氏 만나 17日에 漢奎 氏한테 받았던 新溪派 負擔金 250萬 원 건넜기[51]도.
一農場 가서 1시간半 일했고. 19時부터 있는 宗親會에 夫婦參席했고~井母는 1年半 만에 參與한 셈(身患)[52]. 모두 반가워했던 것. ⊙

〈1995년 6월 20일 화요일 晴〉(5. 23.) (19°, 27°)
別 좋은 일 못한 채 消日한 듯. ⊙

〈1995년 6월 21일 수요일 晴〉(5. 24.) (20°, 29°)
兵使公派 四派代表者會議[53]에 不滿感 참고서 參席~11시. 玉山지서 앞 아바이食堂. '祖上崇拜 精神으로 各 位土 保存하자'고 强調 力說했던 것. 즐거운 雰圍氣 助成에 노력했기도. 多幸히 會議 進行 잘 되어 成功裡에 마친 셈. 新溪派 負擔金 250万 원도 받아넘겨 解決하니 氣分과 心情 개운했던 것. ⊙

〈1995년 6월 22일 목요일 晴〉(5. 25.) (18°, 28°)
今日도 농장 못가고 뜻없이 해 넘긴 듯. ⊙

〈1995년 6월 23일 금요일 晴〉(5. 26.) (18°, 28°)
投票區 選擧管理委員長 會議 있어 參席. 9時에 洞事務所 들러 市廳 會議室서 會議. 約 3시간 所要된 듯. 主로 27日 行事 件. ⊙

〈1995년 6월 24일 토요일 晴〉(5. 27.) (19°, 29°)
繼續 過飮으로 松 母子 극한 말림에 依해 午后 늦게서부터 禁酒한 것. ⊙

51) 원문에는 붉은색 색연필로 밑줄이 그어져 있다.
52) 원문에는 붉은색 색연필로 밑줄이 그어져 있다.
53) 원문에는 붉은색 색연필로 밑줄이 그어져 있다.

〈1995년 6월 25일 일요일 晴, 曇〉(5. 28.) (19°, 28°)
6.26 五十주周. 國內的 各種 行事 있었고, 몸 고단하여 終日 臥病呻吟. 농장일 비롯해 모든 行事 不履行에 더욱 心情 과하게 나빠 괴로웠기도. ○

〈1995년 6월 26일 월요일 晴, 曇〉(5. 29.) (18°, 27°)
가까스로 起動하여 委員長 會議 있어 洞事務所 다녀온 것~加印 行事 무사히 마친 後 '김태룡內科' 가서 영양제 닝겔 맞은 것…井母 勸誘로. 效果 본 것인지 모처럼 저녁식사 나우 한 셈. 몸 고단하여 明日 出張에 걱정 甚히 되고. ○

〈1995년 6월 27일 화요일 晴〉(5. 30.) (19°, 28°)
억지로 投票所(봉명中學)에 5時 20分에 나가 午后 7時 半까지 委員長 責任 完遂에 갖은 힘 다하여 誠意껏 活動하여 無事히 잘 마치니 마음 개운했고. 行事 끝날 무렵부터 모 조금 나아지는 듯하고.
四大 選擧(道知事, 市長, 道義員, 市議員…廣域團體長, 基礎團體長, 廣域議員, 基礎議員) 잘 마친 것[54]~鳳鳴2, 松亭洞 第四投票區이고. 有權者 1783名 中 1240名 投票로 投票率 比較的 良好했던 편. ○

〈1995년 6월 28일 수요일 晴, 조금 비〉(6. 1.) (18°, 28°)
새벽 2時에 起床하여 各種 雜務 일 보기 始作

54) 원문에는 붉은색 색연필로 밑줄이 그어져 있다.

했고. 아침부터 食事 조금.
가까스로 一農場 10日 만에 가서 狀況 둘러보고 2時間 揚水 作業 等.
地自制 地方 四大選擧 当選者~忠北道知事에 朱炳德(自民聯), 清州市長에 金顯秀(自民聯), 清原郡守에 卞鍾奭(自民聯). 서울서 未電~英信 無故하다고(美國). ○

〈1995년 6월 29일 목요일 晴, 曇〉(6. 2.) (20°, 29°)
午后 4時 半 發 버스로 一農場 가던중 池東 앞서 車 事故 생겨 氣分 少해져서 廻路한 것.
사창4거리 金眼科 가서 침침한 눈 治療 받았고. 서울선 江南區 삼풍百貨店 붕괴事件. 18시.
이모저모로 신경에 잠겨 잠 잘 안오는 것~거의 讀書로 徹夜. ○

〈1995년 6월 30일 금요일 曇, 晴, 曇〉(6. 3.) (21°, 28°)
去 初하루 祈禱를 形便上 今朝에 龍華寺 가서 施行. 모처럼 體育館 다녀왔고.
一농장 가서 4시간 勞動. ○

〈1995년 7월 1일 토요일 雨, 曇〉(6. 4.) (22°, 27°)
23代 清州市長 金顯秀 就任式에 招請 있어 다녀왔고. 비 조금 내렸던 것.
二농장 가서 들깨모 1두둑 播種하는 데 3時間 勞作한 것. ⊙

〈1995년 7월 2일 일요일 曇, 조금 비〉(6. 5.) (21°, 26°)
體育館 歸路에 體育館 앞 7시 半 發 故 홍희식 子婚 車 맞아 祝儀 人事했기도.
一農場 가서 約 4時間 勞作~揚水, 驅蟲 着手. 除草. 노송 잠간 다녀가고(오디오). ○

〈1995년 7월 3일 월요일 비 조금, 曇〉(6. 6.) (21°, 27°)
井母 同伴 金炳鎬眼科 가서 治療받게 하고. 농협 가서 '알찬신탁통장' 하나 만들기도.
二농장 가서 約 4時間 作業(들깨모판 給水, 참깨 두둑 손질). ⊙

〈1995년 7월 4일 화요일 晴〉(6. 7.) (20°, 28°)
井母 要請으로 감자 1箱子(5貫 12,000) 運搬했고. 홍업百貨店 가서 衣類 購入 小包로 梧仙橋 李鍾成 6月 膳物로 郵送하니 개운한 마음.
농장 가서 3時間 勞動. ⊙

〈1995년 7월 5일 수요일 曇, 晴〉(6. 8.) (20°, 29°)
井母 劃企的 뜻있는 것 같아 아침散策을 함께 하기로 決意하고 今朝부터 施行[55]~5時 正刻부터 約 3, 40分 間 걷기, 西편 山 다녀오니 35分 所要. 그뜻 大歡迎했고.
今日 따라 終日 勞動한 편~7時間 勞作한 것. 참깨 두둑 손질, 揚水 等. ⊙

〈1995년 7월 6일 목요일 청, 曇〉(6. 9.) (21°, 29°)
今朝 夫婦 散策은 東山(소생이 뒷山) 40分 間 이었고. 1, 2농장 가서 5時間 勞動. ○

〈1995년 7월 7일 금요일 晴, 曇〉(6. 10.) (21°, 28°)

55) 원문에는 붉은색 색연필로 밑줄이 그어져 있다.

3日째 散策 운용~興德寺址 돌아오기. 농장 가서 五時間 勞動. ⊙

〈1995년 7월 8일 토요일 雨〉(6. 11.) (22°, 25°)
모처럼 비 내리는 것-장마비 始作. 午后에 1농장 가서 첫 들깨모 했고.
서울서 鉉祐 父女 왔고. ○

〈1995년 7월 9일 일요일 曇, 雨〉(6. 12.) (24°, 30°)
아침결엔 울 안에 열무와 배추 파종했고. 비 가끔 내리는 것. 終日 궂은 셈.
어제 왔던 鉉祐 父女와 今日 낮에 찰밥 지어 온 三女(重奐 母) 点心 차려주고 함께 上京.
一농장 가서 5時間 努力했고~고추밭 支柱와 保護 줄 매기 等. ○

〈1995년 7월 10일 월요일 雨, 曇, 雨〉(6. 13.) (24°, 29°)
今日도 장마 其間인 날씨로 거의 終日 가랑비, 굵은 비 오락가락한 것.
井母와 함께 아침(早朝) 散策 西봉명 一帶 돌아왔고. 낮엔 永樂會 會食 行事까지도. 오랜만에 同參하였으니 모두 반가워 맞은 것. '엄나무삼계탕 집'.
1농장 가서 約 2.5시간 勞力에 고추밭 풀 뽑은 것. ⊙

〈1995년 7월 11일 화요일 가끔 비〉(6. 14.) (24°, 29°)
今朝까지 내린 비(4日 間) 150㎜. 点心은 俊兄 招請에 應하여 삼계湯 했고.
12時 20分頃 美 펜실베니아 英信한테서 安否 電話 왔었다고. 1농장 가서 3시간 노력. ⊙

〈1995년 7월 12일 수요일 曇, 가끔 가랑비〉(6. 15.) (25°, 30°)
井母와 함께 龍華寺 가서 보름祈禱 올렸고. 아침散策 겸하니 1時 10分 所要된 것.
農場 가서 5時間 勞動~팥 播種과 밭둑 깎는데 땀 많이 흘렸고~무더웠기도. ○

〈1995년 7월 13일 목요일 가끔 가랑비〉(6. 16.) (25°, 30°)
1농장 가서 들깨 모 等 3時間 勞動. 先考 忌祭 있어 弟 振榮과 함께 저녁에 上京[56](双門洞). 큰 女息과 막내 子婦(孫) 와서 祭需 마련에 勞力하고. 밤 十時頃에 祭祀 올렸던 것. ⊙

〈1995년 7월 14일 금요일 曇〉(6. 17.) (25°, 31°)
서울 双門洞서 7時에 淸州 向發. 淸州에 10時 着. 1농장 가서 約 3시간 勞動.
18時 半부터 있는 '白수진(크립) 氏 隨筆 出版 紀念會'에 招請 있어 參席했고. ⊙

〈1995년 7월 15일 토요일 曇, 한 때 조금 비〉(6. 18.) (26°, 29°)
歸路에 金 치과 들러 제4次치료 받았다지만 今日은 無料. 1농장 가서 4時間 풀 뜯기 勞動.
밤 11時頃에 사우디 運한테서 오랜만에 安否 電話[57]왔고. '둘째 外孫子「成一」[58]'. ○

---

56) 원문에는 붉은색 색연필로 밑줄이 그어져 있다.
57) 원문에는 붉은색 색연필로 밑줄이 그어져 있다.
58) 원문에는 붉은색 색연필로 밑줄이 그어져 있다.

〈1995년 7월 16일 일요일 가끔 비, 한때 소나기〉(6. 19.) (26°, 28°)
1농장 가서 4時間 勞動~들깨 모 했고. ○

〈1995년 7월 17일 월요일 曇, 晴〉(6. 20.) (21°, 29°)
夫婦 早朝散策은 繼續 中. 今朝도 興德寺址 一周했고. 生水도 1컵씩.
農場 가서 約 4時間 일했고. ⊙

〈1995년 7월 18일 화요일 曇, 晴〉(6. 21.) (22°, 29°)
淸原祠 가서 雨期 中 本祠 西便앞面 난간 무너진 狀況 보았고~要 緊急수리.
1농장 가서 約 4시간 勞動(농약 撒布 等).
兪鎭宇에 큰 소 飼料 5包로 보상을 自進解決해 주었으니 氣分 개운했고. ⊙

〈1995년 7월 19일 수요일 雨〉(6. 22.) (22°, 26°)
歸路에 金 齒科가 가서 제5차 治療. 終日 雨天으로 농장行 不能. 弔問관계도 있어서.
宋儹柱 母親喪(102歲)으로 在淸同窓會員 一同 玉山 佳樂洞 가서 弔喪했고. ⊙

〈1995년 7월 20일 목요일 雨, 曇〉(6. 23.) (23°, 26°)
金溪行 途中 佳樂里 가서 宋儹柱 모친 葬禮地까지 다닌 後 1농장 가서 約 3時間 깨모일에 勞力했고. 낮엔 農産物 市場 가서 江外産 '감자' 20kg 1박스 1萬 원 주고 사왔던 것. ⊙

〈1995년 7월 21일 금요일 曇〉(6. 24.) (20°, 28°)
郡 三樂會 行事 參席~賢都面 가서 '진로카스맥주會社' 見學 後 청주 와서 會食.
一農場 가서 約 3時間 풀깎기 作業했고. ⊙

〈1995년 7월 22일 토요일 曇, 晴〉(6.25.) (23°, 31°)
晩榮 招請으로 点心 緬食 잘 했고. 四派關聯 立替分 284,600원 請求했기도(俊兄).
一농장 가서 雜草 깎기도. 植物 全滅藥 撒布도 …땀 많이 흘렸던 것. 무덥기도. ⊙

〈1995년 7월 23일 일오욜 雨, 曇〉(6. 26.) (25°, 29°)
새벽에 비 한 차례. 그 後론 흐린 날씨로 終日.
1농장 가서 終日 勞作. ⊙

〈1995년 7월 24일 월요일 雨, 晴〉(6. 27.) (23°, 29°)
새벽에 비. 午前에 개이더니 15時頃엔 32°의 氣溫. 辛酉會 있어 參席 會食.
1농장 가서 雜草 전멸약 撒布. ⊙

〈1995년 7월 25일 화요일 雨, 曇〉(6. 28.) (22°, 31°)
오늘 새벽엔 비 많이 내린 것. 30㎜. 1농장 가서 4시간余 勞動~고구마밭 손질. ⊙

〈1995년 7월 26일 수요일 晴〉(6. 29.) (23°, 33°)
一農場 가서 電擊的 勞動 2時間 했고. 在淸同窓會에 參席(동원식당). ⊙

〈1995년 7월 27일 목요일 晴〉(6. 30.) (23°, 33°)
一농장 가서 滿 3時間 作業~雜草藥 撒布, 들깨밭 施肥(尿素). 큰 애비 왔고. ⊙

〈1995년 7월 28일 금요일 晴〉(7. 1.) (23°)
어제 아침엔 體育館 歸路에 忠大病院 거친 後 淸州의료원 716호실 가서 孝村 堂姑母 問病했던 것(87歲).
初하루 祈禱 올린 後 體育館 다녀온 것. 1농장 가서 雜草藥 3통 撒布했고.
16시부터 있는 四人祖 親友會에 參席하여 情談하며 1盃씩 했기도. 待接도. ⊙

〈1995년 7월 29일 토요일 晴, 曇〉(7. 2.) (24°, 33°)
山直 양승우 일로 텃밭(宗中) 登記簿등본 等 떼러 法院과 洞사무소 거쳤던 것.
2농장 가서 雜草약 撒布. 양승우 만나 作成된 書類 주었고. ⊙

〈1995년 7월 30일 일요일 曇, 晴〉(7. 3.) (25°, 34°)
俊兄과 族叔 漢奎 氏 招請하여 衷心 答接. 2농장 가서 雜草약 撒布 2시간. ⊙

〈1995년 7월 31일 월요일 曇, 晴〉(7. 4.) (25°, 34°)
故 郭秉榮 葬禮 行事에 잠간 들러 人事했고. 1농장 가서 고구마밭 손질 한 것.
서울서 맏 子婦(큰 에미) 왔고. 27日에 왔던 큰 애비 滯留 中. ⊙

〈1995년 8월 1일 화요일 曇, 쏘나기〉(7. 5.) (28°, 32°)
큰 애비 夫婦 갔고. 午后에 1농장 가서 들깨밭에 尿素 施肥. ⊙

〈1995년 8월 2일 수요일 가끔 구름〉(7. 6.) (26°, 32°)
滿 2年(24個月) 만에 井母는 우리 故鄕 金溪 가보겠다기에 大歡迎[59] 氣分으로 同伴. 큰집 들려 從兄嫂 問病한 後 2농장에서 한 동안 들깨 모종 함께 施行. 1농장 가서 現況 본 後 井母는 下午 6時 半 發 버스로 入淸. 彼此 감개무량.
午后 9時 半에 先伯父 忌祭 올렸고. 堂姪들 함게 잘 지낸 것. ⊙

〈1995년 8월 3일 목요일 晴, 曇〉(7. 7.) (24°, 31°)
큰집에서 留한 새벽. 4時 半부터 둑너머밭 들깨모 하는 데 10時 半까지 勞力.
金溪里 故鄕 靑年會 主催로 敬老잔치(?단합大會)에 招請 있기에 參席~場所는 번말 큰 다리 밑. 어느 程度 모였기에 金溪 一家 뿌리 지키기를 力說했고. 큰집엔 從兄嫂 氏 위독으로 狀況 어지러운 中이기도. ⊙

〈1995년 8월 4일 금요일 曇, 晴〉(7. 8.) (24°, 32°)
俊兄 招請으로 參席하니 정다운 鄭運海 선생 合席. 그의 厚待 받았고. 함께 上堂山城 民俗村까지 가서 一盃하며 情談했기도. 歸路에 사직동 거구장 案內. 夕食을 答接하니 잘 한 셈. 孫婦 잉태(曾孫)說 있어 반가웠고[60]. ⊙

〈1995년 8월 5일 토요일 曇〉(7. 9.) (25°, 32°)
體育館行 歸路에 계제따라 濁酒 좀 마셨더니 멍멍한 듯. ⊙

59) 원문에는 붉은색 색연필로 밑줄이 그어져 있다.
60) 원문에는 붉은색 색연필로 밑줄이 그어져 있다.

〈1995년 8월 6일 일요일 雨〉(7. 10.) (24°, 32°)
기다리던 비 잘 내리고 많이 내렸기도. 四人 친구 한자리에 모여 團合大會한 듯. ⊙

〈1995년 8월 7일 월요일 가끔 비〉(7. 11.) (24°, 33°)
今日도 농장엔 못가고 濁酒 몇 차례 마신 듯. ⊙

〈1995년 8월 8일 화요일 가끔 소나기〉(7. 12.) (24°, 32°)
食事 못하고 飮酒로 代하니 井母와 杏이가 극구 만류하는 것. ※

〈1995년 8월 9일 수요일 雨〉(7. 13.) (22°, 28°)
기어코 와병 신음. 비는 많이 내렸고. 各處 水害 많다고 報道. ○

〈1995년 8월 10일 목요일 晴〉(7. 14.) (24°, 32°)
極히 괴로워도 井母 덴고 永樂會 會食에 參席. 食事는 제대로 못했고.
어제 四男 松은 夏季 參禪 잘 마치고 밤 9時頃에 無事 歸家. ○

〈1995년 8월 11일 금요일 晴〉(7. 15.) (22°, 33°)
食事 못한 탓으로 完全 탈진. 各項 不進에 勇氣 내어 井母 推進으로 松의 車로 2농장 3人 가서 들깨 모 마친 것. 1농장 가선 옥수수 참외 等 따고.
金內科 가서 링겔(영양제 포도당) 맞은 것. 約 1시간. ○

〈1995년 8월 12일 토요일 晴〉(7. 16.) (23°, 34°)
어제 午后 다녀간 大田 둘째가 끓여 놓은 '삼계탕'으로 今日 朝食, 点心까지 잘 먹은 셈.
몸 若干 가라앉은 듯하여 新聞, 日記, 가계부 整理했고.
서울서 저녁 늦게 큰 女息, 셋째女息, 孫女 희진 왔고. ○

〈1995년 8월 13일 일요일 쏘나기, 曇〉(7. 17.) (23°, 34°)
딸들 周旋으로 点心 준비한 것 싸가지고 魯松 車로 제 母親 모시고 華陽洞 소풍 無事히 다녀 왔으니 잘 한 것. 午后에 아이들 歸京.
1농장 가서 2시간 勞力~힘 부쳐 가까스로 바운 것…들깨밭 풀 뽑기와 모종 若干. 최고 더위. ○

〈1995년 8월 14일 월요일 晴〉(7. 18.) (25°, 34.5°)
松의 車로 2농장에 일찍 가서 팥밭 김매고. 낮엔 1농장 가서 들깨 모 若干하여 完全히 마친 것. 井母는 고추 땄고(제1차). 午后엔 單身 가서 농약 撒布 예정은 機械 고장으로 不能. 들깨밭 1골 김맨 것. 松은 계룡산 다녀오고. ○

〈1995년 8월 15일 화요일 晴, 雨〉(7. 19.) (26°, 34°)
獨立(解放)-光復 50周年記念日[61]. 참의 光復은 統一 되어야.
敎大클럽 逍風 있어 參席~米院面 錦寬 숲. 10시~18시. 飮食 잘 먹었고. 午后 4時 半부터 約 1시간 동안 비(쏘나기) 많이 쏟아진 것. 피반

61) 원문에는 붉은색 색연필로 밑줄이 그어져 있다.

령으로 도는 바람에 늦게 歸家. ⊙

〈1995년 8월 16일 수요일 晴〉(7. 20.) (26°, 34° 5″)
모처럼 體育館 나아가 배드민턴 쳤고. 健康 完全 回復된 듯.
今日 따라 重大한 큰 일 많이 본 셈~金태일齒科 10次 治療. 성가病院(농약中毒者 特殊取扱 병원…院長 노세길) 찾아 實況報告 後 診察해 보니 別無 異常이라기에 安心했기도. 農藥 撒布用 분무기 故障 났던 것 自意대로 고치기도. 午后엔 農場 가서 約 3時間 勞動했고. 点心 食事부터 正常 甘食. 今日은 杏의 生日. ⊙

〈1995년 8월 17일 목요일 晴〉(7. 21.) (24°, 33°)
前佐洞 山所 省墓後 一農場 가서 3時間 勞動~들깨밭에 雜草劑 撒布한 것. 午前엔 明日 쓸 伐草用 낫 갈기, 호미 및 톱 준비 等으로 잔일 充分히 봤고. 서울 큰 애 오고. ⊙

〈1995년 8월 18일 금요일 晴〉(7. 22.) (24°, 33°)
大宗會 臨時任員會에 參席[62]~大同譜 第7刊 發行 檢訂, 淸原祠 重修 件이 主案.
큰 애비 主管下에 先考墓 伐草 無事履行한 것~큰 애비, 振榮, 絃, 明, 松 參與.
18時 半부터 있는 宗親會에 夫婦 參席하여 삼계탕으로 夕食 잘한 셈. 大宗會議 傳達도. ○

〈1995년 8월 19일 토요일 曇, 비1.2〉(7. 23.) (25°, 26°)
井母의 健康狀態 良好 順調~7月 5日부터 시작한 早朝 散策 自進 繼續 中이고 食事도 正常.
큰 애비 上京. 農場 가서 비 맞으며 勞動 約 3時間. 어제 아이들이 伐草한 것 보려 省墓갔더니 깨끗하게 잘한 셈. 今日 비 거의 終日 온 턱. ○

〈1995년 8월 20일 일요일 雨, 晴〉(7. 24.) (23°, 29°)
어항 물갈이 하고 1農場 가서 고추와 참외 따고 들깨밭 一部에 施肥하는 데 1시간 半 所要.
友信會員 閔在基 別世에 一同 모여 17時에 弔問(淸州醫療院 靈安室)했고.
아침결에 2시간 半동안 비 쏟아진 것. 天水川 냇물 큰 洪水…近年 들어 처음. ○

〈1995년 8월 21일 월요일 曇, 소나기〉(7. 25.) (23°, 29°)
金齒科에 11次째 들러 治療받고. 淸原祠 가서 淸掃 後 看梅派서 온 建築士 郭大錫 맞아 祠堂 新築에 關한 討議하였기도. 멍석食堂서 点心 待接받았고…李社長, 吳技士.
農場 가서 소나기 1차례 맞은 끝에 兩들깨밭에 尿素 施肥. 在應, 상운 스님 왔고[63]. ○

〈1995년 8월 22일 화요일 曇, 晴〉(7. 26.) (23°, 30°)
1, 2농장의 들깨밭 풀깎기와 두둑 손질에 約 4時間. 상운 스님 歸家.
常綠會員 17時에 6名(趙, 吳, 鄭, 金, 黃, 郭) 모여 安禎憲 氏 찾아가 問病(미호A 416호). ○

62) 원문에는 붉은색 색연필로 밑줄이 그어져 있다.

63) 원문에는 파란색 색연필로 밑줄이 그어져 있다.

〈1995년 8월 23일 수요일 雨〉(7. 27.) (24°, 29°)
12時부터 있는 淸原郡 三樂會 參席~黃州식당서 点心. 9月은 22日에 會議.
농장 가서 約 4시간 勞動~들깨밭 골 쳐 올리기. 풀깎기…비 맞으며 우장 입고 일. ○

〈1995년 8월 24일 목요일 雨〉(7. 28.) (23°, 28°)
제12차 治療 金태일 齒科. 거의 終日 비 내린 셈. 在應스님 가고. 1농장 가서 2시간 일. ○

〈1995년 8월 25일 금요일 雨〉(7. 29.) (23°, 27°)
장마철 지내놓고 8月 下旬 들어 繼續 비. 無心川, 美湖川, 天水川 每日 洪水로 범람. 今日도 集中暴雨로 더욱 물 많아 서울을 위시 各處 水害 많다는 것. 午后 차로 故鄕 가보니 金溪앞 排水 뚝 堤防 곳곳이 터져서 들마다 바다 이룬 듯. 數時間 數日 間 雨量 350㎜[64].
1농장 가서 대추밭 雜草와 대추 헛싹 캐기에 勞力했고. 近年 最大 洪水[65]. ○

〈1995년 8월 26일 토요일 雨〉(8. 1.) (22°, 24°)
初하루 祈禱 올리고. 體育館 歸路에 朴女史 答接으로 簡易食事했기도. 他意로 氣分 少.
終日토록 비 오락가락했지만 무릎쓰고 一농장 가서 2시간 雜草 및 대추 헛싹 뽑았고. 二농장에선 윗밭 主人 所치로 밭앞길 흙 쌓인 것 긁어 정리에 땀 흘렸고…괫심했기도.
18時부터 있은 同窓會에 參席~西門식당서 一同 보신탕으로 저녁을 會食. 全員 8名. ○

〈1995년 8월 27일 일요일 曇, 晴, 모처럼 푸른 하늘〉(8. 2.) (21°, 27°)
上京(大宗會) 予定을 事情 依據 延期. 一농장 가서 4시간 程度 勞力(殺菌蟲劑). ○

〈1995년 8월 28일 월요일 曇, 晴〉(8. 3.) (23°, 26°)
11時 半부터 있는 辛酉會에 參席했으나 鄭總務가 안나왔고. 金 眼科 가서 治療받기도.
農場 가서 들깨밭 等에 藥 撒布(殺菌蟲劑 1,2농장 第一次 完了), 서울 전화로 明日 上京 예정. ○

〈1995년 8월 29일 화요일 晴〉(8. 4.) (21°, 30°)
아침 첫 버스로 2농장 가서 참깨 베어 세웠고~6조 배기. 点心 後 再次 2농장 가서 3時間余 勞動~팥순 따고, 밭두둑 造成, 雜草약 撒布. 金齒科도 다녀오고. ○

〈1995년 8월 30일 수요일 雨〉(8. 5.) (21°, 27°)
새벽에 비 한 차례 오더니 4時間 동안 繼續 내려 또 洪水~各處 再次 水害 입었고.
비 맞으며 낮엔 서울 譜所에 다녀왔고~甲戌譜(8刊?) 最終 檢討[66]次.
五男 魯弼이 12時頃에 또 生女했다는 消息[67] 왔고(鉉貞?). ○

〈1995년 8월 31일 목요일 曇, 晴〉(8. 6.) (21°, 28°)
農場 가서 4時間 勞動~洪水로 복새된 곳 정

64) 원문에는 파란색 색연필로 밑줄이 그어져 있다.
65) 원문에는 붉은색 색연필로 밑줄이 그어져 있다.
66) 원문에는 붉은색 색연필로 밑줄이 그어져 있다.
67) 원문에는 붉은색 색연필로 밑줄이 그어져 있다.

지. 대추 헛싹 뽑기 等. ○

〈1995년 9월 1일 금요일 曇〉(8. 7.) (21°, 28°)
今日도 농장 가서 勞動. 7時間余 거의 終日, 昨日과 如한 作業 외 고추 따기, 잡초약. ○

〈1995년 9월 2일 토요일 曇, 가랑비〉(8. 8.) (21°, 26°)
1농장 가서 終日 勞動~대추木 헛싹과 雜草 除去…비 맞으며 勞力. ○

〈1995년 9월 3일 일요일 曇〉(8. 9.) (22°, 27°)
今日도 어제와 같은 일 繼續. 終日 흐리고 비는 안 왔던 것. ○

〈1995년 9월 4일 월요일 曇, 晴〉(8. 10.) (19°, 29°)
2농장 가서 참깨 털고, 들깨밭 2차 尿素 施肥에 終日 勞力한 것. 모처럼 快晴. ○

〈1995년 9월 5일 화요일 曇, 晴〉(8. 11.) (16°, 28°)
막내 子婦 서울 양경희 産婦人事에서 7日 만에 退院, 2농장 가서 終日 勞力.

〈1995년 9월 6일 화요일 가랑비〉(8. 12.) (19°, 24°)
去 4日에는 金溪 갔을 때 起鐘 族長 집 가서 問病~佳樂 갔대서 不相逢.
終日 가랑비. 秋夕 上京票 予買. 1농장 가서 雨衣 입고 4時間余 勞作. ○

〈1995년 9월 7일 목요일 曇〉(8. 13.) (19°, 25°)
俊兄과 함께 '리라病院' 가서 族長 勳鍾 氏 夫人 入院(中風)에 問病했고.
一農場 가서 秋夕 祭祀用 대추 좀 따고 勞作하다가 日暮 後 歸淸. 모처럼 셋째 夫婦 와서 謝過하기에 迎入했고. 막내 弼의 둘째딸 '鉉眞'으로 決定[68]…스님 消息. ○

〈1995년 9월 8일 금요일 曇, 晴〉(8. 14.) (20°, 25°)
농장 가서 約 四時間 勞動. 從兄께 淸酒 等 사다드렸고~明日은 秋夕.
밤 10時에 사우디 五女 魯運으로부터 安否 電話 왔고. '이제부터 나아질 것이라고' ○

〈1995년 9월 9일 토요일 가끔 가랑비〉(8.15.) (19°, 24°)
松과 振榮 帶同하여 6時 發 高速으로 上京. 9時 半에 秋夕 茶禮 올렸고. 明 夫婦는 昨日 왔었고. 五男 弼이 일찍 와 있고. 鉉祐 母女는 去月末 産故로 못온 것. 比較的 서울 往來에 車 고생 없었던 편. 淸州엔 18時頃 到着. 大田 둘째 夫婦 청주 제 母親한테 와서 珍味 飮食 마련해서 待接했다니 다행. 留學 中인 英信 夫婦와도 外信 통화. ⊙

〈1995년 9월 10일 일요일 曇, 가랑비〉(8. 16.) (19°, 25°)
龍華寺 가서 秋夕 祈禱. 一농장 가서 3시간 勞動. 前佐洞 가서 省墓. ⊙

〈1995년 9월 11일 월요일 曇, 晴〉(8. 17.) (15°,

68) 원문에는 붉은색 색연필로 밑줄이 그어져 있다.

26°)
早朝 散策 井母와 함께 다녀와서 體育館 간 것. 歸路에 金齒科 제15次 治療받은 것.
農場 가서 約 4時間 勞動~2농장 菜蔬밭 周圍 團束…말막고 줄~닭, 개 禁入 장치 等.
歸路에 淸州서 族孫 昌在 만나 情談 나누며 夕飯 함께 했고. ⊙

〈1995년 9월 12일 화요일 晴〉(8. 18.) (13°, 25°)
公務員醫療公團(운천동) 찾아가서 醫療保險證 更新했고.
農場 가서 約 4時間 勞動~2농장 菜蔬밭 손질과 대추밭 손질 等.
孫女(五男 魯弼의 次女)의 '鉉眞'의 出生申告書 2枚 作成했고. ○

〈1995년 9월 13일 수요일 曇〉(8. 19.) (14°, 24°)
郭起鍾 別世에 金溪 가서 弔問. 玉山面 들러 綜土稅 資料 一覽表(宗中) 주었고. 齒科16次 治療.
1농장 가서 約 3時間 일했고-1,2농장 作況 아직까진 좋은 편. ⊙

〈1995년 9월 14일 목요일 晴〉(8. 20.) (16°, 25°)
庭園木(산수유, 감나무) 가지 좀 치고. 12시부터 있는 永樂會에 夫婦 參席하여 會食했고 ~'東寶城'식당(낭성면…山城 너머) 농장行 예정 中止하고 庭園果木 强剪枝한 것. ⊙

〈1995년 9월 15일 금요일 晴〉(8. 21.) (18°, 27°)
庭園 內 정리作業 마치고 1농장 가서 約 4時間 作業 개운이 했고. ⊙

〈1995년 9월 16일 토요일 晴〉(8. 22.) (16°, 27°)
클럽 會員 朴福禮 女史 女婚있어 空士 公園 가서 人事하고 点心. 歸路에 族叔 漢奎 氏와 同行했고. 午后 늦게 一農場 가서 約 2時間 雜草와 헛싹 뽑았고. ⊙

〈1995년 9월 17일 일요일 晴〉(8. 23.) (13°, 25°)
一農場 가서 雜草 뽑으며 3株에 殺蟲劑 投藥. 들깨 作況 良好한 셈. ⊙

〈1995년 9월 18일 월요일 晴〉(8. 24.) (13°, 25°)
요새 날씨 繼續 快晴. 體育館 歸路에 金 齒科 가서 第17次 最終 治療받고 左側 어금니 셋째번 이 씌운 것~꼭 2個月 만에 治療 마치고 씌운 것[69]…金 院長 친절에 感謝.
농장 가서 김장 채소 어린 것 솎고. 잡초 뜯고, 뽑은 것. 애동호박 많이 따기도. ⊙

〈1995년 9월 19일 화요일 晴〉(8. 25.) (13°, 25°)
金英植 招請으로 '희망茶室' 거쳐 '不老食堂'서 晝食待接 잘 받았고~4名+2名+主2=8名.
一農場 가서 대추 헛싹과 풀 乾燥된 것 모디어 태우는 데 서너時間 걸린 셈. ⊙

〈1995년 9월 20일 수요일 曇, 晴〉(8. 26.) (13°, 25°)
淸州醫療院 靈安室 찾아가서 故 黃致萬 發靷에 人事했고.
12時부터 있는 友信會에 參席. 會長責 辭意表示. 1농장 가서 2시간 勞力했고. ⊙

---

69) 원문에는 붉은색 색연필로 밑줄이 그어져 있다.

〈1995년 9월 21일 목요일 晴〉(8. 27.) (13°, 25°)
輔榮 만나 旧族譜 이야기하였기도. 井母와 함께 西門食堂 가서 보신탕으로 中心.
一農場 가서 約 2時間 勞力했고. ⊙

〈1995년 9월 22일 금요일 晴〉(8. 28.) (13°, 25°)
三樂會 參席 中心 後 一農場 가서 2時間 半 勞力했고. 松의 婚談 다시 좋게 나왔기도. ⊙

〈1995년 9월 23일 토요일 曇, 가랑비〉(8. 29.) (14°, 22°)
體育館 歸路에 輔榮 氏 만나 族譜 關聯 이야기하고 漢斌 氏 移舍한 APT 가서 人事.
서울서 3女(重奐 母) 오고~松의 婚談 成立시키려고 努力 中[70]. 男妹 沃川 다녀 朴00會長 뵌 後 松이 와서 意中에 있는 셈 같아서 成立 可能 엿보여 多幸.
1농장 가서 어제와 同一한 勞力했고. 낮엔 郭時榮 氏 女婚 있어 솔밭公園 가서 人事했기도. ⊙

〈1995년 9월 24일 일요일 曇, 가랑비, 晴〉(8. 30.) (18°, 22°)
道聯合會長旗 배드민턴大會[71]에 參席~8時-20時. 올림픽生活館. 不戰勝이라 教大클럽 혼합複式 長壽部로 優勝되어 金메달[72] 받았고.
金坪派 郭漢堅 結婚式엔 事情 있어 못갔으나 松이 보내서 人事 닦았고. ⊙

70) 원문에는 붉은색 색연필로 밑줄이 그어져 있다.
71) 원문에는 붉은색 색연필로 밑줄이 그어져 있다.
72) 원문에는 붉은색 색연필로 밑줄이 그어져 있다.

〈1995년 9월 25일 월요일 晴〉(閏8. 1.) (17°, 23°)
歸路에 初하루 祈禱. 社稷洞서 輔榮 氏 만나 族譜 한권 잠시 빌려주었고.
族譜 購買 予約 宗員들에게 殘額 送金통지 案內서신 發送했고~小宗契 宗員 全員.
江內面 新村(양성소) 가서 弔問~'千榮 모친喪'. 一농장 가서 雜草베기 作業. ⊙

〈1995년 9월 26일 화요일 晴, 밤 늦게 비 약간〉(윤8. 2.) (13°, 20°)
晩榮 母親 葬禮式에 參席次 전좌리 다녀서 奉事公 墓所 伐草 狀況 둘러본 後.
1농장 가서 刈草作業 3時間 했고. ⊙

〈1995년 9월 27일 수요일 晴〉(윤8. 3.) (11°, 2°)
12時부터 있는 辛酉會에 參席하여 3人(元, 鄭, 郭) 中心 會食. 농장 가서 3시간 일. ⊙

〈1995년 9월 28일 목요일 晴〉(윤8. 4.) (12°, 23°)
2층 화장실 洗面臺와 물탱크 修理(朴, 申技士)했고~經費 約 8万 원. 농장 가서 3시간 勞動. ⊙

〈1995년 9월 29일 금요일 晴〉(윤8. 5.) (13°, 23°)
午后 일 있어 午前 차로 一農場 가서 約 2時間 勞力(落果 대추 處理)하고 入淸. 約束대로 營養强壯劑 샀으나 意外로 高價여서 마음 不快했던 것.
松의 婚談 順調로이 進展되어 明日 面會次 上京한다는 것…기쁜 消息. ⊙

〈1995년 9월 30일 토요일 晴〉(윤8. 6.) (13°, 26°)
一농장 가서 昨日과 같은 일. 큰 애비 와서 協

調. 대추 1部 털기도.
四男 松 上京~서울 慶州 金孃과 密接한 婚談 結果 面會次 간 것. ⊙

〈1995년 10월 1일 일요일 曇, 晴〉(윤8. 7.) (13°, 25°)
今日 農場行엔 井母와 큰 애비도 參加~3時間余 勞力…2농장에서 팥 若干 따고. 밤 좀 털었기도. 2농장 比較的 깨끗. 一농장 가선 대추 一部 털고 고구마 캐고, 들깨잎 딴 것.
어제 上京했던 松은 今日도 金孃과 만나 妊 職場의 會長한테 함께 衷心 待接도 받았다나. 成立되어야 할 텐데…. 松이 初저녁에 왔고~氣分 明朗한 모습. 8日에 또 上京의 말. ○

〈1995년 10월 2일 월요일 晴〉(윤8. 8.) (13°, 25°)
큰 애비 이른 아침에 上京. 一농장 가서 대추 一部 따기. ⊙

〈1995년 10월 3일 화요일 曇〉(윤8. 9.) (16°, 24°)
今溪校 總同門會 體育大會 있다고 招請 있어 들러 人事했고. 會長 정종현.
一農場 가서 대추 좀 따고 雜草 除去. 病木에 미이싱 藥 施藥하기도…二株. ⊙

〈1995년 10월 4일 수요일 晴〉(윤8. 10.) (15°, 26°)
再從弟 明榮의 治塚作業 있대서 前佐里 宗山 가서 거의 終日 지켜보았던 것. 辰坐. ⊙

〈1995년 10월 5일 목요일 晴〉(윤8. 11.) (15°, 20°)
夫婦와 杏 3人 保健所 가서 毒感예방注射[73] 맞았고. 農場 가서 約 3시간 勞動. ⊙

〈1995년 10월 6일 금요일 晴〉(윤8. 12.) (7°, 20°)
農場 가서 今日도 約 3시간 勞力~무밭 給水, 팥 따고 대추 주운 것. 井母 손가락 다쳐 3바늘 治療. ⊙

〈1995년 10월 7일 토요일 曇, 晴〉(윤8. 13.) (8°, 21°)
元氣 없고 食慾 없기에 '金泰龍內科' 가서 가든한 포도당과 영양제 맞았고.
農場 가서 今日도 대추 털고 팥 딴 것. 서울서 3째 女息 왔고~婚談中인 金孃 사진 갖고. ○

〈1995년 10월 8일 일요일 晴〉(윤8. 14.) (8°, 21°)
松은 婚談 中인 서울 金현순孃과 相逢 約束 있대서 上京. 23시에 歸家~成立 確定感[74].
井母와 함께 一농장 가서 約 3時間 일한 것……대추털기. 들깨 베기, 덩굴 강낭콩 따기 等.
낮 12시에 族弟 光榮 女婚에 草園예식장 다녀왔던 것. ○

〈1995년 10월 9일 월요일 晴〉(윤8.15.) (8°, 22°)
井母, 松이와 함께 3人 合力하여 대추밭 가서 3時間余 털어주어 搬入~約 1가마.
再從 公榮의 三次 配偶(趙 氏) 別世했대서 日暮頃에 天安市 城南面 신사리 가서 人事. 11日에 前佐里山에 葬事한다는 相議 끝내고 밤

73) 원문에는 붉은색 색연필로 밑줄이 그어져 있다.
74) 원문에는 붉은색 색연필로 밑줄이 그어져 있다.

에 歸淸했고. ○

〈1995년 10월 10일 화요일 晴〉(윤8. 16.) (9°, 22°)
보름 祈禱 올리고. 농장 가서 3時間 勞作. 公榮 집 葬禮는 敎會 主管으로 한다는 소식. ⊙

〈1995년 10월 11일 수요일 晴〉(윤8. 17.) (11°, 24°)
永樂會 秋季 逍風에 夫婦 同參 予定이었는데 再從弟 公榮집 喪事로 좌절된 것.
族叔 漢斌 氏와 함께 前佐洞 가서 公榮 宅 葬事에 參席. 서울 큰 애도 왔고. ⊙

〈1995년 10월 12일 목요일 晴〉(윤8. 18.) (11°, 25°)
井母와 함께 2농장 가서 팥꼬투리 따기에 3時間余 勞力. 16時 버스로 歸淸하고 沐浴. ⊙

〈1995년 10월 13일 금요일 晴〉(윤8. 19.) (10°, 26°)
昨日과 同一한 作業하여 2농장 것 完了. 深夜토록 팥 깍지 까기도. ⊙

〈1995년 10월 14일 토요일 晴〉(윤8. 20.) (12°, 25°)
아침 歸路에 高速터미날, '명관', 農協 들러 歸家~明日 일 關聯으로 周旋하느라고.
二農場 가서 2時間 일한 것. 들깨 베고 팥알 주운 것. 松은 夬心 後 上京. 五男 魯弼 일산 APT 제집으로 移舍[75]. ⊙

〈1995년 10월 15일 일요일 雨, 曇〉(윤8. 21.) (15°, 23°)
菜蔬밭으론 가믈던次 비 좀 내려서 多幸. 今日 行事 있어 農場行은 포기.
12時頃 서울서 松은 제 셋째 누나와 婚談女 金현순孃과 함께 歸淸하여 人事하기에 順受 歡迎했고[76]. 予約대로 藥水터 '明岩파크호텔' 가서 6名 韓定食으로 夬心 맛있게 잘 먹은 것…夫婦, 杏, 松, 婚談女, 參女 妊. 上堂山城 南門 觀光했고. 印象 좋았고. 態度 얌전하면서도 言行 分明했던 것[77]. 下午 4時에 金孃과 3女 妊 上京 向發. ⊙

〈1995년 10월 16일 월요일 曇〉(윤8. 22.) (14°, 18°)
어젠 在應스님 海外(印度)로 參禪次 出國[78]. (상운 스님과 同參한다고).
農場 가서 約 3時間 勞動. 玉山面 들러 宗中 綜土稅 差異난 것 訂定 確認했고.
四男 魯松의 婚日~12月 20日(陰 10月 28日 12時…서울 鄕軍會館)으로 定했다고 消息[79]. ⊙

〈1995년 10월 17일 화요일 晴〉(윤8. 23.) (11°, 21°)
權榮澤 氏 作故 소식에 忠大병원 영안실 가서 弔問했고.
농장 가서 約 4시간 勞動. 今日도 큰집 들러 從兄嫂 氏 問病. ⊙

75) 원문에는 붉은색 색연필로 밑줄이 그어져 있다.
76) 원문에는 붉은색 색연필로 밑줄이 그어져 있다.
77) 원문에는 붉은색 색연필로 밑줄이 그어져 있다.
78) 원문에는 파란색 색연필로 밑줄이 그어져 있다.
79) 원문에는 붉은색 색연필로 밑줄이 그어져 있다.

〈1995년 10월 18일 수요일 曇〉(윤8. 24.) (11°, 21°)
井母와 함께 一農場 가서 들깨 털어 2말半쯤 收穫. 저녁엔 宗親會에 夫婦 參席. ⊙

〈1995년 10월 19일 목요일 晴〉(윤8. 25.) (12°, 21°)
族叔 漢應 喪偶에 俊兄과 함께 福台洞 가서 弔慰 人事했고~秉鍾 氏 子婦.
井母와 함께 농장 가서 3時間余 勞動~들깨 털기. 들깨 베기 等. ⊙

〈1995년 10월 20일 금요일 晴〉(윤8. 26.) (10°, 23°)
農場 가서 3시간余 일했고~이삭 대추 完全 털고. 팥 따기도 完了. 김장 무우 솎아 오고. ⊙

〈1995년 10월 21일 토요일 曇, 晴〉(윤8. 27.) (12°, 21°)
漢應 喪偶 葬禮所에 잠간 들러 農場 가서 4시간余 일했고. 松이 上京. ⊙

〈1995년 10월 22일 일요일 曇, 晴〉(윤8. 28.) (10°, 22°)
農場 가서 今日도 數時間 일했고. 어제 上京했던 魯松 일 잘 보고 저녁에 歸家. 모처럼 不飮. ○

〈1995년 10월 23일 월요일 晴〉(윤8. 29.) (10°, 22°)
淸原郡 三樂會에서 秋季 逍風[80]하는 데 參席~慶北 靑松의 '周王山' 다녀온 것. ⊙

〈1995년 10월 24일 화요일 雨, 晴〉(9. 1.) (13°, 18°)
午前 일찍이 비 좀 내렸으나 낮부터 차차 개어 맑았고. 金溪行 포기하고 市內 나가서 宗中일 잘 본 셈~法院 지적課, 郡廳 地籍課, 司法代書所. 李斌模 집 찾아가 問病.
司法代書 鄭在愚한테 夕食 待接 잘 받았기도. 松은 제 結婚時의 主禮 定했다고. ⊙

〈1995년 10월 25일 수요일 晴〉(9. 2.) (9°, 19°)
族叔 漢奎 氏, 俊兄, 晩榮 招請하여 '巨龜莊'에서 宗事(淸原祠 비롯) 數 件 相議 後 情談하면서 衷心 待接하였고. 意外로 時間 많이 걸려 金溪行 不能이었고. ⊙

〈1995년 10월 26일 목요일 晴〉(9. 3.) (10°, 20°)
二農場 가서 마지막 들깨 털었고. 午后 五時부터 있는 在淸同窓會에 參席~西門식당에서 보신탕으로 會食. 李斌模 病故로 새 總務 郭俊榮, 會長 徐秉圭. ⊙

〈1995년 10월 27일 금요일 晴〉(9. 4.) (9°, 20°)
體育館 歸路에 山南洞 가서 李斌模 問病 또 하고 同窓會 慰安 金一封 傳했고. 族兄 輔榮 氏 만원整 形便 이야기 듣고 貸與했기도. 12時부터 辛酉會 있어 牛岩동 집에서 會食. 午后엔 報恩 가서 '常綠商會 柳寬馨' 만나 대추나무 管理方法 仔細히 알아보기도 한 것. ⊙

〈1995년 10월 28일 토요일 晴〉(9. 5.) (13°, 20°)
井母는 손을 비롯해 몸이 가렵다고 金內科 가

80) 원문에는 붉은색 색연필로 밑줄이 그어져 있다.

서 治療받았기도. 午后에 故鄕 金系 안골 가서 산감 約 150個 따 왔고~宗山 下麓, 東편 麓下. 松은 退勤 後 上京.

〈1995년 10월 29일 일요일 晴〉(9. 6.) (12°, 19°)
敎大 클럽 劉코치 結婚式 있대서 山南洞 귀빈 예식장 11時 半에 다녀왔고. 울 안 감 땄고~井母는 어제의 감까지 곶감 키느라고 終日 분주히 일 보는 듯. 松이 서울서 잘 왔고. ⊙

〈1995년 10월 30일 월요일 晴, 曇〉(9. 7.) (12°, 28°)
어제는 클럽 延 老人을 問病했고 今朝 計劃인 李斌模 問病은 形便上 不能. 点心 后 농장 가서 들깨 잎 놓이고 덩굴강낭콩 따왔고. 모처럼 完全 不飮[81]. ○

〈1995년 10월 31일 화요일 雨, 晴, 曇〉(9. 8.) (9°, 12°)
俊兄과 農協社稷支社 가서 兵使公派 綜土稅 一部 정리하는 데 合力했고. 南州洞 市場 가서 대추時勢 알아보니 形便없는 것. 날씨 降下. ○

〈1995년 11월 1일 수요일 晴, 가끔 비〉(9. 9.) (2°, 5°)
날씨 急降下 되어 0度 가까이. 體育館 가는 동안 손 시려 괴로움 느끼기도.
前 盧泰愚 大統領 秘資金 事件으로 大檢察 召喚된 TV 視聽 數時間.
一농장 가서 約 3時間 作業에 날씨 추어서 苦生 많이 한 셈. ○

〈1995년 11월 2일 목요일 晴〉(9. 10.) (2°, 12°)
大宗會에서 潤漢 氏, 여주 永植 와서 새청주藥局서 會合後 食堂 가서 宗事 이야기하며 点心 한 것…族弟는 陰 10月3日 時祀日까진 完了될 可望. 時祀場은 祠堂 一部 허물어져? 密直公 墓所 명암洞 山 20-17 確認(淸州市廳內 上堂區廳 地籍課). 金溪行 不能. ⊙

〈1995년 11월 3일 금요일 晴〉(9. 11.) (5°, 15°)
常綠會 모임 있어 12時에 '三味가든' 가서 情談 後 會食했고. 9名 中 7名 參集~會長은 李炳赫, 總務는 趙東秀. '할머니집'에 招致하여 一盃 待接했기도. 今日도 金溪 못가고. ⊙

〈1995년 11월 4일 토요일 晴〉(9. 12.) (6°, 19°)
族叔 漢奎 氏 連絡 依據 淸州市廳과 張鉉錫 設計 事務所 가서 蓮潭公 神道碑 移轉 事業으로 手續과 相議해 봤으나 別無神通. 明日 行事로 松이 上京. ⊙

〈1995년 11월 5일 일요일 晴〉(9. 13.) (5°, 19°)
四男 魯松 婚事 일 進行 잘 되어 兩便 父母 相見禮 形式(約婚式?)[82] 있게 되어 夫婦는 杏 案內로 10時 發 우등高速으로 上京. 큰 애비 車로 '한미리' 食堂 가서 予定된 대로 行事 順成한 것~13시 半서 15時 半까지 2時間. 夫婦, 松, 큰 애비, 三女 妊, 四女 杏 參席. 相對편은 五名(朴會長 夫婦, 金孃, 그 生母, 朴會長 次男) 參席. 雰圍氣 좋았고. 韓食으로 高級料理

81) 원문에는 붉은색 색연필로 밑줄이 그어져 있다.

82) 원문에는 붉은색 색연필로 밑줄이 그어져 있다.

厚待받은 것. 結婚日은 12月 20日(陰 10月 28日)로 確定. 17시20분發로 無事 歸淸. ⊙

〈1995년 11월 6일 월요일 晴〉(9. 14.) (6°, 17°)
井母와 함께 西門市場 가서 들기름 짜아 왔고~13kg에서 비닐 큰 병 3개 나왔던 것.
郡廳 財務課 가서 宗中 稅額 確認 後 二농장 가서 무우 배추 뽑아왔고. ⊙

〈1995년 11월 7일 화요일 晴, 雨〉(9. 15.) (6°, 8°)
아침결에 郡廳 가서 宗中일 잠간 보고. 낮부터 갑자기 날씨 惡化되어 찬비 바람 強했고.
1농장 가서 고구마 좀 캐 오는데 찬비 바람에 歸家時까지 몹시 떨며 極고생한 것. ⊙

〈1995년 11월 8일 수요일 曇〉(9. 16.) (0°, 5°)
날씨 氣溫 急降下. 終日 찬바람. 눈파람도 조금 보였고. 金溪行 中止. 울 안 남어지 잔감 따서 井母와 함게 곶감 켰고. 夫婦는 전에 켰던 곶감 손질에 日暮 直前까지 勞力. ⊙

〈1995년 11월 9일 목요일 晴, 曇, 晴〉(9. 17.) (0°, 11°)
住銀 等 몇 機關 다니며 計劃된 事項 몇 가지 일 잘 본 後 開新洞 現代A 構內에 있는 '성심內科' 가서 白祥鉉 院長 만나 人事 後 診察 받고 血壓藥 지어 온 것…3日分치. 血壓 180.
司倉洞 극동서점 큰 妹한테 들러 松의 婚事 推進 이야기 等 나누고 칼국수로 点心 잘 먹고.
1농장 가는 길에 故 郭喆榮 氏 집 가서 弔問도 마친 後 고구마 캐고 콩 따기도. ⊙

〈1995년 11월 10일 금요일 雨, 曇〉(9. 18.) (6°, 10°)
數日 間 날씨 사납게 不順. 午后에 一農場 가서 約 3時間 勞動하는 데 추었고. ⊙

〈1995년 11월 11일 토요일 晴〉(9. 19.) (2°, 13°)
教大클럽 會員 金孝中 回甲宴에 招請 있어 '죽림가든' 다녀오고~12時頃.
族弟 晩榮 母親 禪祭[83]에 依賴 있어 午后 3時에 新村 가서 禪祭 祝文 읽었던 것.
서울서 큰 애비 와서 제 母親과 함께 2農場 가서 무우 배추 多量 뽑아왔고. 松은 上京. ⊙

〈1995년 11월 12일 일요일 晴〉(9. 20.) (4°, 14°)
淸州시 연합회장旗 배드민턴大會에 參與. 老混複에서 優勝 金메달 받았고. 큰 애비는 무우 배추 좀 뽑아 갖고 上京~제 女동생들 집에 돌리려고. 松은 제 婚事 청첩장 갖고 서울서 오고. ⊙

〈1995년 11월 13일 월요일 晴, 曇〉(9. 21.) (6°, 12°)
아침 歸路에 山南APT 가서 李斌模 問病하고. 낮엔 藥水터 가서 蓮潭公 墓 省墓. 淸原祠 參拜. 神道碑 等 現 位置 觀察[84]했고-碑위쪽 大字…奉翊大夫 密直事. 蓮潭公 神道碑銘. 甲申五月, 1232年~1286年. 高麗 高宗, 元宗, 忠烈王, 壯元及第(文科), 左承旨, 國子監, 大司成, 文翰學士, 監察大夫, 묘표의 글 면압 崔益鉉 선생 지음. 神道碑文-志山 金福漢 지음(安

83) 선제(禪祭): 땅에 지내는 제를 말하며, 하늘에 지내는 제를 봉제(封祭)라 한다. 봉제는 천자만이 지내고 선제는 제후도 지낼 수 있다.
84) 원문에는 붉은색 색연필로 밑줄이 그어져 있다.

東). 海州 吳英根 書, 宗子系, 淳鎬, 進入路 案內文石,
淸原祀 祀堂 본채 지붕 앞面 西쪽과 東쪽 갓기와 허무러졌고. ⊙

〈1995년 11월 14일 화요일 晴〉(9. 22.) (6°, 12°)
尹成熙 교장과 連絡되어 忠北大病院 함께 가서 卞相琪 氏 問病 後 식당 와서 尹교장 待接. ⊙

〈1995년 11월 15일 수요일 晴〉(9. 23.) (2°, 14°)
道 三樂會 있어 學生회관(工高) 가서 參席. ⊙

〈1995년 11월 16일 목요일 晴〉(9. 24.) (1°, 18°)
李斌模 別世 연락 있어 同窓會員 함께 集合하여 山南주공A 가서 弔問. 울었고. ※

〈1995년 11월 17일 금요일 晴〉(9. 25.) (1°, 16°)
近日 過飮으로 醉했던 中 加過飮되어 밤부터 앓기 시작…잠 못잔 듯. ※

〈1995년 11월 18일 토요일 晴〉(9. 26.) (1°, 16°)
속 썩이며 終日 앓았고. 松이 上京. ○

〈1995년 11월 19일 일요일 曇, 雨〉(9. 27.) (1°, 16°)
前日과 同一 臥病. 동서 申重休 子婚日. 서울서 온 큰 에미와 井母, 셋째 明의 차로 예식장 다녀온 것. ○

〈1995년 11월 20일 월요일 晴〉(9. 28.) (1°, 13°)
아픈 머리 들고 농협 다녀 일 보고 水道料도 納付. 가까스로 한바퀴 돌기도. 点心 때부터 죽 조금 드는 것. ○

〈1995년 11월 21일 화요일 晴〉(9. 29.) (0°, 10°)
좀 나은 듯하면서도 起動難. 永樂會 會食 있어 夫婦 다녀왔고~'하이덴부르크…洋食' ○

〈1995년 11월 22일수요일 晴〉(9. 30.) (3°, 13°)
12月 20日(陰 10月 28日)에 있을 四男 魯松의 結婚式 案內狀 쓰기 시작했고.
健康 回復 아직 안 됐으나 할 일 많아 걱정되어 精神 차려 착착 進行해야 할 판.
못견뎌 金泰龍內科 가서 가든한 注射(포도당 영양제) 맞았기도. 아침결엔 松이 服用할 補藥(한약…淸元堂 乾材한약방) 한 제 짓는 데 뎉고 다녀왔기도. 값 25万 원이라나.
밤 10時가 지나서부터 몸이 한결 가벼워지는 듯~天地神明과 부처님의 도움일 것을 생각[85]. ○

〈1995년 11월 23일 목요일 曇, 눈 조금〉(10. 1.) (2°, 7°)
모처럼 沐浴하니 어렵고도 개운. 12時부터 있는 郡 三樂會에 參席~黃州麵屋.
尹奉吉 總務와 李鍾國 會員(理事)의 도움을 받아 '삼호고속관광' 가서 松의 結婚式日 버스 2台 16万 원씩으로 契約했고. 松은 學校 일로 서울 갔다가 한밤 중에 歸家한 것. ○

〈1995년 11월 24일 금요일 가랑눈, 雨〉(10. 2.) (-1°, 4°)
어제는 陰 十月一日이어서 形便上 낮에 龍華

85) 원문에는 붉은색 색연필로 밑줄이 그어져 있다.

寺 가서 初하루 祈禱 올린 것. 아침결은 法會가 있었던지 法堂이 超滿員이었고.
12時에 있는 辛酉會에 參席. 点心 後 약수터 가서 神道碑 移轉된 狀況과 祠堂 狀況 보고 歸家해서 明日 時享의 笏記 內容 다듬었고…밤 11時50分에 完了.
17時~19時에 在淸同窓會 參席. 石山亭서 저녁 會食. ⊙

〈1995년 11월 25일 토요일 晴〉(10. 3.) (-1°, 10°)
淸原祠 祭享에 參席하여 執禮責으로 唱笏했고~간밤까지 애써 우리말로 지은 笏記 빛을 본 것. 人員 昨年보다 20名 程度 줄어 約 60名쯤. 11시에 시작 12시 半에 마치고 '멍석식당'서 一同 点心.
井母는 杏 데리고 김장用 배추 저리는 데 勞力. 魯松은 저녁에 上京. ○

〈1995년 11월 26일 일요일 晴, 曇〉(10. 4.) (3°, 11°)
杏 母女는 어제부터 김장(배추) 빗기에 勞力~下午 2時頃에 마친 것. 20폭.
'신진商會'(崔榮國)에 대추 7말(28kg) 賣渡하는 데 松이 나우 애먹었던 것.
밤엔 明日부터 있는 時享祝(16代祖, 15代祖, 14代祖) 쓰기에 11時까지 공 드리기도. ○

〈1995년 11월 27일 월요일 晴〉(10. 5.) (-1°, 10°)
時享 參席次 水落 다녀왔고~11. 40~15. 30. 參席者 8名(仁鉉, 漢虹, 勳鐘, 漢奎, 俊榮, 晩榮, 尙榮). 在家行事. 祭享 마치고 單獨 省墓 다녀온 것. 伐草 잘 했고. 여름 장마로 큰 溪谷 엉망으로 패어 나갔던 것. '別途대로 讀祝했고'.
歸路에 큰집 들러 從兄 夫婦 뵙고 대추밭 둘러본 뒤 午后 五時 半 發 사거리 車로 入清. ○

〈1995년 11월 28일 화요일 晴〉(10. 6.) (-2°, 12°)
金溪 故鄕 가서 15. 14代祖 時享 올렸고~郭魯植 집 分祀했으나 明年부턴 合祀키로. 祭官은 仁鉉, 漢虹, 浩榮, 俊榮, 勳鍾, 漢政, 晩榮, 漢豪, 尙榮, 魯植 10名. 뒤늦게 有鍾 왔고. 今日도 單身 勇敢하게 省墓 다녀온 것. 15代祖 墓…間谷, 伐草 普通. 가까우면서 在家行事란? 14代祖墓…山中 고요. 개발자욱 같은 것 周圍에. 祖妣 墓는 풀 한 오래기 없고. 伐草 흔적 있고. 周圍 樹木으로 갑갑. 再拜하며 잘못을 빌었고(現場 祭祀 못한 잘못). 歸路에 1농장서 일했고. ○

〈1995년 11월 29일 수요일 晴〉(10. 7.) (-2°, 11°)
今日도 故鄕 가서 時享에 參席 主導했고. 13代祖(參奉公). 泰鍾 집. 參席者 7名(仁鉉, 漢虹, 勳鐘, 漢奎, 浩榮, 尙榮, 泰鐘). 意外로 祭需 잘 차린 셈. ○

〈1995년 11월 30일 목요일 晴〉(10. 8.) (-1°, 11°)
12代, 11代, 10代祖 時享…墓所 現場에서 祭享 올렸고. 8名 參禮(浩榮, 尙榮, 弼榮, 頌榮, 來榮, 奉榮, 成榮, 魯旭). 양승우 차림. 16時頃 發 堂姪婦(魯昌) 車로 入淸한 것. ○

〈1995년 12월 1일 금요일 晴〉(10. 9.) (0°, 10°)
아침 歸路에 忠大病院 가서 尹洛鏞 問病(519号室)했고. 金溪 가서 時享에 參席~9, 8, 7代祖 時享은 魯旭집에서 代別로 3次例. 浩榮, 尙

榮, 成榮, 魯旭 4人이. 午后엔 큰집 가서 6代, 5代祖 時享 지낸 것. 亦 2차례. 浩榮, 尙榮, 成榮, 魯奉 4人, 入清엔 族弟 寅相의 車로 清州驛까지 잘 왔고. 오늘로 今年 時祀 끝난 것. ○

〈1995년 12월 2일 토요일 晴〉(10. 10.) (-0°9″, 11°)

洞사무소(봉명2) 가서 民願係 郭기화孃 明日 結婚式 있대서 形便上 事前 人事한 것.

孫女 '鉉眞' 百日이 7日인데 形便上 今日 夕飯時로 會食[86]한대서 夫婦는 杏 데리고 上京. 江南터미날서 큰 애비 車로 새로 移合간 막내 魯弼 집인 高陽市 장항洞 양지마을 4단지 가서 查頓(孫 氏) 家族 一同과 會食 잘한 것. 井母 76歲 生辰의 뜻도 담겨서 行한 셈. 子女息은 形便上 큰 애비 夫婦와 3女 妊, 四女 杏이만이 參席. 弼의 집은 빌라인데 22坪型, 4層이고. 坪当 320万 원(計 7,040万) 융자 1,200万 원이라나. 孫 查頓과 情談 많이 하고 查頓은 歸家. ○

〈1995년 12월 3일 일요일 晴, 曇〉(10. 11.) (0°, 9°)

어제 9時엔 全斗煥 前大統領의 大國民 聲明發表[87](大檢 召喚) 있은 後 不安 不平 表示 高調된 듯. 五, 六共之非理 件. 今日 아침에 구속수감하였다는 放送 있고[88].

朝食 後 좀 쉬었다가 鉉祐 外叔 車로 出發. 고속으로 入清하니 下午 2時頃. 点心 後 울 안 清掃.

어제 上京했던 魯松~예정된 일 잘 보고. 밤 10時에 歸家. ○

〈1995년 12월 4일 월요일 晴, 曇〉(10. 12.) (-2°, 4°)

아침 歸路에 忠北大病院 가서 尹교장 問病. 삼호觀光社 가서 松이 結婚式 버스 3번車 大形으로 고치고.

下午 3時에 四男 魯松 結婚式 禮緞條 過分[89]하게 받은 것~高級寢具로 春秋用, 夏節用, 冬節用 各 双과 衣服條로 夫婦 各己 韓, 洋服 代金 300万 원씩 600万 원. 子女 10名 分 1,000万 원. 姑母, 叔父, 外叔은 銀수저, 姨母도 銀수저 等을 받고 보니 고맙고 흐뭇한 反面 責任感을 느끼게 되는 것. 밤엔 청첩장 發送 준비로 바쁘게 일 보았고. ○

〈1995년 12월 5일 화요일 晴, 雪〉(10. 13.) (-4°, 6°)

첫 새벽 3時에 起床. 어제 받은 둥당 같은 禮緞이불 덮고 熟眠. 청첩狀 쓰기.

金眼科 다녀왔고. 第一次로 청첩狀 우체국 가서 投入…家族, 因緣戚分. 눈 좀 날렸고. ○

〈1995년 12월 6일 수요일 晴〉(10. 14.) (-5°, 3°)

夫婦는 市內 '청일혼수방' 가서 韓服 1벌씩과 두루마기 1着 50万 원에 맞추었고. 請牒狀 一部 發送.

初저녁에 셋째 子婦(韓) 다녀갔고. 밤엔 明日 發送할 청첩狀 정리하기에 바빴기도. ○

86) 원문에는 붉은색 색연필로 밑줄이 그어져 있다.
87) 원문에는 붉은색 색연필로 밑줄이 그어져 있다.
88) 원문에는 붉은색 색연필로 밑줄이 그어져 있다.
89) 원문에는 붉은색 색연필로 밑줄이 그어져 있다.

〈1995년 12월 7일 목요일 晴, 가랑눈, 비〉(10. 15.) (-4°, 4°)
요새의 아침氣溫 몹시 차지만 이겨내면서 自轉車로 體育館 往來. 보름 祈禱~龍華寺.
請牒狀 今日로서 거의 發送된 셈. 約 200枚.
日暮頃 날씨 惡化. ○

〈1995년 12월 8일 금요일 晴〉(10. 16.) (-4°, 3°)
請牒狀 未盡分 補完하고. 농협과 住銀 일 본 後 큰 妹 書店과 弟 振榮 집 가서 松 結婚 禮物 傳達한 것…銀수저 한双(두매씩). 四柱와 婚書 써 놓았고. ○

〈1995년 12월 9일 토요일 晴〉(10. 17.) (-5°, 5°)
魯松이 上京에 四柱와 婚書 정리해주는 데 午前 中 바빴던 것. 松의 婚姻行事 中 今日 저녁에 函 보내는 날 되어 모든 準備 갖추어 함지내비는 魯弼, 昌信, 熙煥 3人이 간다는 消息(相對方의 폐를 보아). 저녁 때의 喜消息~孫子 昌信이 인턴試驗에 合格[90]이라고. 셋째 女息 집에서 모두 會食. 井母의 기뻐하는 한마디…"올해는 우리 家庭 좋은 해. 새 사람 2명 들어오고 孫子 醫師 合格되고" ○

〈1995년 12월 10일 일요일 晴〉(10. 18.) (-6°, 7°)
魯松이 어제 函 行事서 술 좀 먹고 괴로웠다는 몸으로 無事 歸家했고. 其他는 無事 多幸.
市場 나가서 洋服 一着 冬服으로 15万 원으로 購入. 洋服店에서 맞춘다면 約 60余万 원 든다는 것.
오오바와 쪽기는 17만원에 約定하고 다음 土曜日에 引受하도록 했고. 모두 싸게 잘한 셈. ○

90) 원문에는 붉은색 색연필로 밑줄이 그어져 있다.

〈1995년 12월 11일 월요일 晴〉(10. 19.) (-3°, 6°)
二農場 가서 배추(서울배추) 좀 남았던 것 속잎포기만 오려온 것.
서울서 큰 애비(井)와 큰 딸(媛) 왔고…제 母親 生辰 턱으로 明日 朝飯 대접의 意로 온 것. ⊙

〈1995년 12월 12일 화요일 晴〉(10. 20.) (2°, 7°)
어제 왔던 長男, 長女의 精誠어린 반찬으로 夫婦 食事 잘 했고. 杏도 거들고, 낮에 男妹는 上京.
宗中 小宗契 동림里 92번지 垈 登記移轉 手續으로 鄭 法務士 事務室 갔었으나 未盡.
大田의 둘째 子婦(林) 저녁에 와서 夕飯 지어 待接하고 밤에 歸家. ○

〈1995년 12월 13일 수요일 晴, 曇〉(10. 21.) (0°, 8°)
井母의 76歲 生日. 어제까지 子女息들 여럿 다녀간 것. 모처럼 金溪 갔으나 從兄님 못만났고.
낮엔 井母와 함께 市內 청실혼수방 가서 數日前에 맞췄던 韓服 찾아온 것…松의 結婚禮緞. 松의 結婚式도 이제 앞으로 1週日. 日吉 順成을 祈願 할 따름. ○

〈1995년 12월 14일 목요일 晴, 가랑비〉(10. 22.) (2°, 5°)
歸路에 忠大病院 가서 尹낙용 問病했고(719호실). 12시부터 있는 友信會에 參席하여 年

末 人事했고. 場所는 泰東館. 松이 結婚 歡談도 있었던 것. 서울大宗會 譜所 全責 潤漢 氏 電話~18日부터 譜書 交換한다고[91]. 松과 井母는 若干의 感氣 中이어서 걱정되기도~큰일이 1주일 앞인데…. ⊙

〈1995년 12월 15일 금요일 曇, 晴〉(10. 23.) (1°, 5°)
今日로써 請牒狀 發送 完了. 四從叔 漢斌 氏 만나 宗中 일 이야기(金城 92番地岱)와 族譜(甲戌譜) 受理段階 等. 전립腺 肥大症 治療에 關해 많은 이야기 나누었고.
市內 가서 洋服店 몇 군데 찾아보았으나 맞당치 않아 外套類는 一段 保留했기도. ○

〈1995년 12월 16일 토요일 晴〉(10. 24.) (-2°, 3°)
婚日 上京 버스(賀客)內 待接用 飮食 件 고민 끝에 (떡과 飮料用) 勇斷 내어 맞추었고(2말). 點心 後 上京했던 魯松이 밤 10時 半頃 無事 歸家. ○

〈1995년 12월 17일 일요일 晴〉(10. 25.) (-3°, 5°)
兪진우 回甲宴에 다녀왔고~'家禾가든'. 아침결엔 友信會 總務 鄭漢泳 만나 祝儀金 받았기도. 日暮頃엔 '眞露百貨店' 가서 毛織製 외투 19万 원에 샀기도. ⊙

〈1995년 12월 18일 월요일 曇〉(10. 26.) (-4°, 5°)
鄭在愚 法務士 事務室 가서 小宗契 宗中일인 금성 垈 92번지 書類 一切 갖추내었고. 소 일로 백조A 漢斌 氏 집 尋訪하였기도. 18時부터 있는 在清宗親會에 參席~옥돌식당.
6共 時節의 盧泰愚 前大統領 '축적非理'罪로 第一審으로 囚服차림으로 法廷에 서기도[92]. ○

〈1995년 12월 19일 화요일 晴〉(10. 27.) (-4°, 7°)
平素대로 아침行事 다 마치고 沐浴 後 明日 가져갈 待接用 '영지천, 베지밀' 等 購求 搬入에 勞力하고. 챙길 것 備忘記帳대로 갖추어 點檢하여 万般 完了한 듯. 松은 18時 發 上京. ○

〈1995년 12월 20일 수요일 晴, 가랑눈, 晴〉(10. 28.) (-5°, 5°)
기쁘게 기다리던 四男 魯松의 婚日[93]이 닥쳐온 것~새벽 起床 洗手 後 例日대로 日吉 順成을 祈願했고. 賀客用 貸切버스 3台로 上京. 12시에 婚禮式. 比較的 賀客 많았고. 式場은 蚕室地區의 '향군회관 別館'. 뜻있게 잘 進行[94]. 主禮는 林東喆 教授. 司會는 形便上 參男 明이가 보고~主禮, 司會 침착 明瞭하게 잘 했고. 祝賀金도 意外로 많았고. 直孫 家族 거의 參女 姙 집에 모여 友愛 깊은 情 나누며 深夜토록 歡談. 歸鄕 버스는 弟 振榮이가 管理 案內 잘 하여 全員 無家했다는 것. 夫婦 역시 參女 집에서 留한 것. ⊙

〈1995년 12월 21일 목요일 晴〉(10. 29.) (-5°, 4°)
昨夜 첫 날밤을 지낸 四男 魯松의 安否 人事 전화받고 父子間 感淚되고. 9時頃 서울發 하

91) 원문에는 붉은색 색연필로 밑줄이 그어져 있다.

92) 원문에는 붉은색 색연필로 밑줄이 그어져 있다.
93) 원문에는 붉은색 색연필로 밑줄이 그어져 있다.
94) 원문에는 붉은색 색연필로 밑줄이 그어져 있다.

여 明과 杏과 함께 夫婦는 淸州에 無事 到着. 大事 後 갈무리 일로 바쁘게 活潑 活動해야 할 일 많아서 兩 농협, 數處의 安否 人事 電話. 明朝 일로 설농湯 집 等 다녀오기도. ⊙

〈1995년 12월 22일 금요일 晴〉(11. 1.) (-5°, 7°)
予定했던 대로 敎大클럽 會員들에게 '尙州집'에서 '설농탕'으로 朝食을 待接했으나 形便上 13名만 參席했던 것. 經費는 나우 났고.
12時부터 있는 淸原郡 三樂會(黃州緬屋)에 參席하고 散會 後 權再植 會長, 尹奉吉 總務 비롯 8名 招請하여 茶房에서 커피 待接하며 彼此 歡談 나우 했기도. 宋錫悔 敎場의 말에 "魯松은 淸商高에서 無公害 老총각 先生[95]" 이라고 자자하다는 것.
下午 四時二十分에 기다리던 喜消息 왔기에 安心-하와이로 新婚旅行 갔던 魯松 夫婦로부터 安着하였다는 國際電話[96]. ⊙

〈1995년 12월 23일 토요일 晴〉(11. 2.) (-5°, 4°)
今日도 敎大클럽 몇 사람(노완수, 장경철 等) 만나 謝禮 아울러 待接한 것이나 滿醉로 記憶 다 못하는 것. ⊙

〈1995년 12월 24일 일요일 晴〉(11. 3.) (-5°, 0°)
이어 今日도 일 着着 못하고 1飮 後 어수선하게 지냈을 듯? ⊙

〈1995년 12월 25일 월요일 晴〉(11. 4.) (-5°, 3°)
서울서 큰 애비 夫婦 왔고. 午前 中엔 若干 飮酒했으나 午后부턴 큰 애비와 온 家族 挽留로 참게 된 것. 하와이로 新婚旅行 갔던 四男 魯松 夫婦 無事歸國의 소식 왔고. ⊙

〈1995년 12월 26일 화요일 晴〉(11. 5.) (-9°, 2°)
어제 밤부터 앓기 시작 몸은 今朝엔 힘 없어 까라앉은 것. 下午 1時頃 新夫婦 松이 왔고. 가까스로 韓服으로 갈아입고 넷째 新夫婦한테 큰 절 받은 것. 큰 애비 車로 新夫婦는 故鄕 가서 제 祖父母 墓 前에 큰 절하고 큰집 가서 長期 臥病中인 제 堂叔母에 人事. 堂叔께 큰 절하고 無事 歸家한 것. 서울서 '이받이'란 飮食 많이도 가져왔고. 反省 많이 하며 終日 臥病呻吟. ○

〈1995년 12월 27일 수요일 晴〉(11. 6.) (-8°, 6°)
松은 學校에 나가 終日 執務~大入願書作成 補完인 듯. 子婦만 形便上 歸京. 큰 에미와 3女도 上京. 큰 애비만 남아서 잔일 整理와 애비 고신에 勞力. ○

〈1995년 12월 28일 목요일 晴, 曇, 雪〉(11. 7.) (-5°, 3°)
어제부터 着手한 婚事 人事狀 쓰기에 終日 노력하고 一部 우체국 가서 投入했고.
큰 애비 上京. 午后에 눈 若干 오는 것. 松도 夬心 後 上京. ○

〈1995년 12월 29일 금요일 雪, 晴〉(11. 8.) (-7°, 2°)
氣溫은 完全 零下圈. 下午 四時 現在로 人事狀

95) 원문에는 붉은색 색연필로 밑줄이 그어져 있다.
96) 원문에는 붉은색 색연필로 밑줄이 그어져 있다.

거의 發送[97]되니 氣分 개운했고.
엊저녁부터 날린 눈 今朝에 除雪. 約 4cm[98] 될 듯. 食事는 点心부터 나우 먹는 셈. ○

〈1995년 12월 30일 토요일 晴〉(11. 9.) (-7°, 3°)
아침 하늘 맑게 개었으나 쌀쌀한 날씨. 前日의 눈 아직 안 녹아 울 안은 白世界.
엊저녁 消息에 大田의 孫子 '雄信'은 大田大에 合格됐다는 喜報[99].
10日 前에 結婚한 四男 魯松은 子婦의 周旋으로 蚕室 近處에 마련된 아파트에 今日부터 新婚 새 生活이 시작[100]되어 入住하게 됐다니 快한 마음 限量 없는 일~幸福과 發展을 더욱 祈願하는 마음 간절하기도. ○

〈1995년 12월 31일 일요일 晴, 曇〉(11. 10.) (-7°, 2°)
健康 完全 回復되어 아침 行事(家庭서의 祈禱 비롯한 數個 事項과 體育館 가서의 배드민턴 運動) 그대로 施行. 11時 半 發 버스로 故鄕 가서 父母님 墓所 찾아 床石 위 눈 쓸어내고 再拜하면서 冥福을 빌며 家庭 家族 一同 無事함을 祈願하고 큰집 가서 從兄 內外분과 마침 와 계신 從妹에 人事 後 点心 待接 잘 받은 後 果園밭 둘러보고 四距離 거쳐 入淸 歸家. 下午 四時 좀 지난 뒤 만두국으로 저녁 食事하니 서울서 四男 魯松한테서 安否 電話 오기에 기쁘고 安心했던 것. 其外 여러 子女한테서도 모두 人事 電話왔고. 三從姪 魯學이 와서 一件 부탁하기에 協助했기도. ○

※ 95年中 略記
○ 社會 및 國家
• 地方自治制 實施로 四大選擧 처음 施行
• 光復 五十周年이나 아직 南北統一 못이루고
• 前 五, 六共和國 大統領(五…全斗煥, 六…盧泰愚) 秘資金 非理 蓄積과 12. 12(武力), 5. 18(光州 良民 학살) 大慘事로 初有史로 拘束收監.
○ 家庭-家族
• 큰 애비는 木洞에서 道峰區 双門洞으로. 五男 魯弼은 처음으로 名色 제집이라고 京畿道 高陽市 일산APT로 移舍했고.
• 長孫 英信은 結婚 後 國費奬學生으로 夫婦 渡美(펜실베니아) 留學.
• 四男 魯松은 43歲 老總角 극적으로 結婚 잘 했고. 新接살림 于先 서울.
• 在應스님 一樂寺, 광곡寺에서 印渡 가서 修學次 秋節에 갔고.
• 危險했던 井母는 7次까지 白病院에서 治療 받고. 回復 많이 찾아 自力으로 洗濯, 自炊, 市場 일 보니 多幸中.…当分間은 아침 散策도.
• 還鄕 予定은 家屋 賣渡 안되어 淸州 滯留 中이고.
• 四女 魯杏 老處女로 外國語 講師, 五女 魯運은 사우디 生活 中.
○ 個人條件
• 健康生活 維持로 年中 배드민턴 繼續 中 今年에도 金메달 2回 획득했으나 數次例의 過飮으로 臥病呻吟 겪었기도.

97) 원문에는 붉은색 색연필로 밑줄이 그어져 있다.
98) 원문에는 파란색 색연필로 밑줄이 그어져 있다.
99) 원문에는 붉은색 색연필로 밑줄이 그어져 있다.
100) 원문에는 붉은색 색연필로 밑줄이 그어져 있다.

• 宗中事業 일로 繼續 勞力 中이고 年中 故鄕 田園에 나가 대추 1가마 程度.

• 새해 丙子年엔 더욱 充實해보자는 마음 가져보는 것.

以上

금계실기 5

1996년

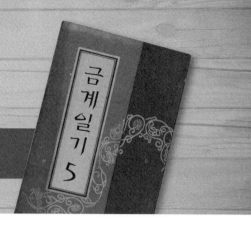

〈앞표지〉
日記帳
自 1996年
至 1997年

〈1996년 1월 1일 월요일 晴〉(11. 11.) (-7°, 3°)
새해를 맞아서도 執念한 그대로 佛前에 合掌하여 加護에 感謝하고 祈願하는 마음 不變했고. 쌀쌀한 날씨이나 하늘 맑았고, 各處의 子女息들한테서 健康하고 福 많이 받으라는 人事 電話 왔고, 낮엔 三從姪 魯學이 다녀가기도. 日暮頃에 市內 一周(自動車)하고 歸家. ○

〈1996년 1월 2일 화요일 晴〉(11. 12.) (-5°, 6°)
爲親契[1] 있어 金溪 故鄉 다녀왔고~多數參席했으나 5名이나 缺席. 場所는 有司 魯奉 집. 契財 18万 원余.
年賀狀 答礼 8通. 發送分 3通 공손히 淨書했고…明日 發送할 것. ○

〈1996년 1월 3일 수요일 晴〉(11. 13.) (-6°, -1°)
新婚生活 시작하고 歸家해서 96 새해 始務 行事에 參席하고 書架 一部 정리해서 제 車로 싣고 간 노松은 앞으로 幸福할 것을 다짐하는 態度여서 기뻤고.
日暮頃 族弟 晩永 찾아 謝礼次 저녁 待接하면서 宗事(族譜, 祠堂) 이야기 等 나눴고. ⊙

〈1996년 1월 4일 목요일 晴〉(11. 14.) (-9°, 2°)
今日도 松이 와서 冊房 다듬고 學校 나가 일 마치고 와서 어느 程度의 圖書 싣고 15時頃에 上京發.
클럽 會員 朴沃秀 氏의 痛願에 依하여 一金 貳拾萬 원整 當分間 期限으로 貸與해주었고.
큰 애비 낮에 왔고. 終日 날씨 찼던 것. ○

〈1996년 1월 5일 금요일 晴. 曇. 가랑비〉(11. 15.) (-5°, 3°)
보름 祈禱 올렸고. 族叔 漢奎 氏와 族弟 晩榮과 함께 在清宗親會 資金 70~80萬 원 찾아 더 金利 높은 金融機關 擇하기에 相議하고 譜書 받기 等 宗事 關聯 協議하기도.
저녁엔 清州醫療院 靈安室 가서 '대머리 当故母' 作故에 弔問하였고. 松 왔다가 저녁에 上京.
큰 애비는 杏의 房 防寒風(外風) 工事와 애비의 冊床 큰 판유리 裝置와 其他 整頓에 勞力 많이 했고. ○

〈1996년 1월 6일 토요일 가랑비. 曇〉(11. 16.) (2°,

1) 원문에는 붉은색 색연필로 밑줄이 그어져 있다.

4°)

体育館 歸路 卽時 醫療院 靈安室 가서 當故母 영구차 葬地 向發에 人事 後 歸家 朝食.

10時頃에 큰 애비 서울 向發. 松은 서울서 오곤 곧 出勤 執務次 學校 나가고. 날씨 푹했고.

姜昌洙 先生과 安禎憲 先生 招請하여 할미집에서 点心 待接하며 옛 情談 많이 나누었기도.

当故母 葬地 가려고 13時 半 江西洞 玄岩部落쯤 갔을 때 回婚길이기에 그대로 回路했고. ⊙

〈1996년 1월 7일 일요일 曇〉(11. 17.) (1°, 6°)

歸路에 宋吉礼 할머니께 아침 食事로 설농湯 答礼 待接했고. 서울서 아침결에 넷째 新夫婦와 셋째 女息 왔고~形便上 生日 待接 意로 앞당겨 点心 한 끼 지어드리겠다는 誠意의 말이었고. 亦是 精誠 드려 지은 点心 반찬마다 새로운 맛나게 빚어 차린 큰 상 잘 받아 珍味롭게 잘 먹었고. 午後엔 三從姪 魯學 子婚 있어 다녀오고~13시 50분. 草園예식장 族弟 弼榮과 族姪 魯容 만나 집안 情談했고.

서울 아이들(松夫婦, 3女) 저녁 食事 父母께 待接한 後 20時頃에 서울 向發, 서울 着 23時라고. ⊙

〈1996년 1월 8일 월요일 가랑눈. 曇〉(11. 18.) (-4°, -7°, -3°)

早朝 바람 세고~暴風警報中. 終日토록 강추위 今年 추위 最高일 것. 모레까지 이렇게 춥다나. 洞事務所, 農協, 法務士事務所 等 몇 機關 다니며 豫定한 일 거의 본 듯. 松의 움직임은 每日같이 変함 없고~今日도 서울서 淸州로 出勤하여 歸京時는 제 圖書 싣고 가는 것…. 今日도 그대로. ⊙

〈1996년 1월 9일 화요일 晴〉(11. 19.) (-10°, -3°)

바람 없으나 아침 食 前 氣溫 最低로 영하 10度~体育館 往來에 손끝 발끝 귀끝 에이고 깨어지는 듯.

校長団 辛酉會員 招請하여 '동원식당'에서 答礼로 点心 待接했고~元, 鄭, 金 교장.

住銀, 信銀 거쳐 寫眞社 들러 洞事務所 가서 몇 가지 일 보고 歸家. ⊙

〈1996년 1월 10일 수요일 晴〉(11. 20.) (-7°, 0°)

夫婦 永樂會 會食에 參席했고~松의 結婚 紀念으로 會員 全員에게 膳物(夫婦 양말) 주었고. 故鄕 가서 族弟 璧榮 別世 葬礼에 人事했기도. 날씨는 継續 추은 편. ⊙

〈1996년 1월 11일 목요일 晴〉(11. 21.) (-7°, 4°)

宗親 同甲契[2] 있어 主宰~11시~13시. 동원식당. 全員 參席(宗英, 秉鐘, 昌在, 俊榮, 尙榮). 會費 1万 원씩. ⊙

〈1996년 1월 12일 금요일 晴〉(11. 22.) (-9°, 4°)

×

〈1996년 1월 13일 토요일 눈, 비〉(11. 23.) (-7°, 3°)

※

〈1996년 1월 14일 일요일 눈, 비〉(11. 24.) (0°, 5°)

어제부터 모여진 子女息 多數. 큰 사위도 오고. 어제는 三女(姃)의 生日. 今日은 애비의

---

2) 원문에는 붉은색 색연필로 밑줄이 그어져 있다.

75歲 生日을 당겨 會食한 것. 제 3寸도, 큰 姑母 內外도 招請하여 朝食을 하는 것.
엊저녁엔 過飮 中인데도 더욱 마시겠다고 법석 야단 떤 記憶 나기도. 큰 애비한테 속 많이 썩여줬고. 終日토록 臥病呻吟. ○

〈1996년 1월 15일 월요일 晴〉(11. 25.) (1°, 4°)
今日도 回復 안되어 甚히 心情 괴로운 中. 할 일도 많은데 이렇게만 누어 있나. 모두 上京. ○

〈1996년 1월 16일 화요일 晴〉(11. 26.) (-5°, -1°)
城村派 宗契[3] 있어 參席은 했으나 몹시 몸 괴로웠고. 아직 食慾 전혀 없고. 無事 歸家. ○

〈1996년 1월 17일 수요일 晴〉(11. 27.) (-9°, 0°)
小宗契[4] 있어 參席 主宰~浩榮, 尙榮, 弼榮, 成榮, 周榮, 魯學 魯慶, 魯旭 8名 參席. 동원食堂. 魯旭의 債金 利子와 責任진 時祀備條로 論難 많았으나 深思 結果 圓滿히 解決지은 것. ○

〈1996년 1월 18일 목요일 晴〉(11. 28.) (-7°, 1°)
어제 午后부터 차차 回復 段階이나 아직 食事 不充分. 執務 昨夜부터 可能.
서울서 큰 애비는 3日 前에 印度에서 歸國한 在應스님을 데리고 忠南 서천 廣谷寺까지 갔다가 今日 淸州에 함께 온 것. 午后엔 날씨 좀 풀린 셈. 市內 나가서 洞, 국민은행 等 다니며 宗中 일 본 것. ○

〈1996년 1월 19일 금요일 晴〉(11. 29.) (-6°, 3°)
陰曆으론 오늘이 至月末日. 75歲 生日. 去 24日(日) 여러 子女들이 모여 生日 會食行事 했고 몇 차례 珍味 飮食 받는 것. 長子의 孝心無双. 沐浴 및 食事 待接 마치고 上京.
玉山 가서 魯松의 婚姻申告手續 完了[5]하고 玉山老人會員 6, 7人 만나 簡單히(모밀묵) 点心 待接했고. 밤 子正까지 雜務記錄과 新聞 通讀에 努力했고. ○

〈1996년 1월 20일 토요일 晴. 曇〉(12. 1.) (-1°, 5°)
모처럼 体育館 나가서 배드민턴. 陰 섣달 초하루여서 龍華寺 가서 祈禱. 新築 大雄殿 처음 入殿. 洞事務所 가선 住民登錄證 새 發給分 받았고. 玉山 가선 魯松 分家獨立된 戶籍騰本 最初로 뗄 수 있었고.
金眼科 가서 治療 받고 老眼 돋보기 맞추려고 視力檢査하였기도. 在應스님 廣谷寺로 갔고. ○

〈1996년 1월 21일 일요일 晴〉(12. 2.) (-2°, 4°)
金溪 가서 兩편 밭 잠간 둘러본 後 從兄님 宅가서 人事하고 왔으나 兄님은 못뵈었고. ○

〈1996년 1월 22일 월요일 晴〉(12. 3.) (-3°, 3°)
귀속에서 매우 매미 우는 소리 같은 雜音이 晝夜 그치지 않기에 '中央이비인후과' 가서 診察한 結果~氣力 不足에서 오는 것 뿐이지 고막이 깨끗하다기에 安心한 것. ○

---

3) 원문에는 붉은색 색연필로 밑줄이 그어져 있다.
4) 원문에는 붉은색 색연필로 밑줄이 그어져 있다.
5) 원문에는 붉은색 색연필로 밑줄이 그어져 있다.

〈1996년 1월 23일 화요일 晴〉(12. 4.) (-3°, 3°)
宗中 事로 淸原郡과 李富魯 稅務事務所 다니며 順調롭게 일 보았으나 아직 未完了. ○

〈1996년 1월 24일 수요일 晴〉(12. 5.) (-6°, 1°)
金溪 가서 兵使空派 宗契에 參席한[6] 것~11時부터 16時. 有司 泰鐘 氏 집. 15名 人員에 거의 金坪派 宗員. 司會(進行) 보기에 勞力 잘한 셈. 城村派에선 從兄과 나, 成榮 佑榮. 金坪 3, 全東 2名. 宗財 約 60萬 원 程度. 各派 一名씩 4名이 詮衡委員格으로 再會合 協議키로 했고. 18時부터 있는 배드민턴 96年 總會에도 參席하고 모든 일 마치고 밤 10時에 歸家. ○

〈1996년 1월 25일 목요일 晴〉(12. 6.) (-5°, -1°)
兵使公派에서 俊兄에 주도록 마련한 宗中錢에서 雜費補助條 50萬 원 引出하여 건넜고, 族叔 漢斌 氏와 成榮을 点心 한 때 待接한다는 것이 되리어 받아먹은 것. 저녁 나절엔 魯井母와 함께 農産物市場 가서 배추 5포기 사다가 魯松이 줄 김치 빚어 주는 일 助力한 셈. ○

〈1996년 1월 26일 금요일 晴〉(12. 7.) (-10°, 0°)
溫度計로는 最下인 영하 10°까지 下落. 낮엔 族叔 潤道 子婚. 저녁엔 同窓 月例會 있어 '동원식당'서 會食. 魯松은 午前에 왔다가 學校일 본 後 제 母親이 빚어준 김치갖고 저녁에 上京. ○

〈1996년 1월 27일 토요일 晴〉(12. 8.) (-7°, 4°)
鄭運海 回甲宴 있대서 '원풍가든' 가서 点心 먹고, 午后엔 대머리 '忠北체육회관' 예식장 찾아가서 孫根鎬 子婚에 다녀온 것. ○

〈1996년 1월 28일 일요일 晴. 曇〉(12. 9.) (-4°, 5°)
故鄕 가서 省墓後 墓下 雜草木 等 伐木베기에 約 1時間 程度 勞力했고. 큰집 가선 從兄 뵙고 宗事일 몇 가지 相議했기도…. 金城 垈地 도조 引上, 仝沓 附土 事業, 族譜 受配 等等. ○

〈1996년 1월 29일 월요일 晴〉(12. 10.) (-3°, 6°)
大宗中事(甲戌譜, 淸原祠 重修) 일로 兵使公四派 代表. 서울大宗會와의 通話로 午前 中 바빴고.
四從叔 招請하여 点心 待接하면서 宗中 이야기했고~95년의 도조, 四派契 結果, 位土 논 附土,
四派 重陣會議 計劃 謀索하여 보았기도. ○

〈1996년 1월 30일 화요일 晴〉(12. 11.) (-8°, -2°)
날씨 다시 추워져 終日 零下圈. 李富魯 稅務士 사무실 거쳐 鄭在愚 法務士 事務室 가서 金城 92번지 宗中名義로의 일 거의 본 셈. 午前 午后 2回 往來한 것. ○

〈1996년 1월 31일 수요일 晴. 雪〉(12. 12.) (-9°, -2°)
今日 氣溫 昨日과 同. 終日 강추위. 午后에 勇氣 내어 玉山面事務所 거쳐 先考 山所 가서 省墓 後 伐草木 約 一時間 半 程度 作業 中 눈바람 치기 시작. 사거리까지. 步行에 苦痛 많았고. 玉山서 淸州까지 버스로 2時間 半 걸렸던 것~길바닥 完全 氷板, 1주일間 강추위 눈 4

6) 원문에는 붉은색 색연필로 밑줄이 그어져 있다.

cm[7]. ○

〈1996년 2월 1일 목요일 晴. 가랑눈〉(12. 13.) (-9°, -3°)
막내 魯弼은 今日부터 二週餘 約 반달 間 海外 印度 나가 取材生活[8]한다는 것~無事함을 合掌 祈禱.
外出 않고 新聞通讀과 宗事 일 課業에 해 넘긴 것. 서울서 魯松이 왔고~留. 終日강취. ○

〈1996년 2월 2일 금요일 晴〉(12. 14.) (-11°, -5°)
이번 겨울 中 最低氣溫 영하 11°.[9] 体感溫度는 영하 20도라는 放送 있기도.
姜昌洙님 招請으로 司倉洞 '증평분식집' 가서 衷心 答接받 았기에 고마웠고~金윤기 老壯도 初面인데.
郡廳 다녀 鄭 法務士 事務室 가서 宗中 提出된 書類中 未備分 再確認하였던 것. ⊙

〈1996년 2월 3일 토요일 晴〉(12. 15.) (-8°, 2.5°)
玉山 가서 財務係와 開發係에 금성 92번지 垈地 宗中 手續條로 갔으나 아직 未盡. 族叔 漢홍 氏 만나 大宗會 일(族譜, 祠堂) 相議하고 入淸했으나 快한 進展 못 본 셈. ○

〈1996년 2월 4일 일요일 晴〉(12. 16.) (-3°, 3.5°)
數日 前부터 族譜 受配 일로 노력하는 中이나 善策이 아직 把握되지 않아 苦心中~運搬車. 研究 끝에 同派 族姪 魯唱한테 付託한 바 順順이 應하여 無賃으로 運搬하겠다는 것이어서 고마웠기도. 6日 아침에 出發하기로 合意 본 것. 밤엔 此旨 各派 重鎭들에 電話하기에 바빴고. ○

〈1996년 2월 5일 월요일 曇. 晴〉(12. 17.) (-4°, -3°)
새벽에 비와 눈 좀 若干 내려 溫度 急降下에 길바닥 氷板 이루었고. 日出 直前에 맑아졌고. 氣溫은 거의 終日 寒冷한 영하圈인 채 해 넘기는 것. 낮엔 宗事 일로 故鄕 가서 淸原祠 建立金 마련된 것(城村派分) 受金했고. 玉山面 들러선 金城 垈地 92번지 關聯 手續했던 것. 日暮頃부터 첩첩 여러 곳에 明日 있을 族譜 搬入 일에 電話하기에 極히 바빴기도.
밤엔 井母의 腰痛에 溫濕布하기에 50分 間 노력했고. 再發될까 큰 憂慮. ⊙

〈1996년 2월 6일 화요일 晴〉(12. 18.) (-7°, -1°)
族譜(甲戌譜~제8차) 搬入하는 데 勞力[10] 많이 했던 것…8時 半~19時 半(9時間 勞力). 運搬車는 魯唱 車, 서울 仁峴洞 大宗會 事務室 가서 總整理 後 倉庫 가서 178帙 上車하여 故鄕 金溪 가서 佑榮 집, 東林 가서 興在 집, 金溪 敏相 집, 淸州 와서 俊兄 宅, 나의 집, 動鍾 氏 宅 等에 巡廻 下車. 着手한 제 四年 만에 完了되니 宗事 일 큰 事業 또 하나 完成한 셈이니 快感. 편히 就寢. 俊兄, 晩榮, 一相 다녀가고. ○

〈1996년 2월 7일 수요일 晴〉(12. 19.) (-9°, 0°)

7) 원문에는 파란색 색연필로 밑줄이 그어져 있다.
8) 원문에는 붉은색 색연필로 밑줄이 그어져 있다.
9) 원문에는 파란색 색연필로 밑줄이 그어져 있다.
10) 원문에는 붉은색 색연필로 밑줄이 그어져 있다.

日出 前엔 甚히 추었고. 看守해둔 族譜는 便宜대로 일찍이 찾아가라고 各 處에 연락했고. 時榮 氏 것 文集 册子와 族譜 3帙 族叔 漢斌 氏 宅에 自轉車로 갖다드렸고. ○

〈1996년 2월 8일 목요일 晴. 雪〉(12. 20.) (-5°, 2°)
族弟(水源 弼榮) 族譜 2帙 받아갔고. 魯松이 서울서 일찍 왔고~今日 開學. 結婚寫眞 持參. 여러 날 만에 온 杏이도 제 모친이 빚은 만두 끓여먹고 간 것~學院生活에 몹씨 고된 모양. ○

〈1996년 2월 9일 금요일 曇. 晴〉(12. 21.) (-5°, -3°)
体重으로 보아 健康 正常化(51.5㎏). 농협, 住銀 다니며 月例 納入條 整理했고.
엊그제까지의 마쳤던 大事 族譜 完成의 快擧와 今日까지 等 개운해서인지 意外로 一飮했던 것. 反省되나 엎질러진 물이 되어 자책할 따름. 새벽녘에 눈 約 3㎝[11]. ⊙

〈1996년 2월 10일 토요일 晴〉(12. 22.) (-7°, 1°)
郭漢鳳 女婚, 李기석(클럽) 回甲, 永樂會 月例會食 모두 잘 마쳤고. 오랜만이지만 延丁善 老人 問病 가서 長時間 慰勞情談했기도. 松이 學校 일 잘 마치고 上京. ⊙

〈1996년 2월 11일 일요일 晴〉(12. 23.) (-7°, 2°)
昨日 回甲 李기석의 待接으로 朝食을 해장국 밥으로 잘 먹은 셈. 아침 氣溫 繼續 춥고.
井母의 身樣 괴로운 듯? 病症일까 겁나기도~ 要請 있어 집오리와 알 購求하여 왔고. ⊙

〈1996년 2월 12일 월요일 晴〉(12. 24.) (3°, 5°)
오랜만에 아침 溫度 영상(3°). 어제까지와는 氣溫 큰 隔差. 午前 中 잔일 좀 보다가 井母 데리고 육거리 '경국한의원' 가서 診脈 보고 2日間의 藥, 手足에 四關[12] 鍼 맞았던 것. ⊙

〈1996년 2월 13일 화요일 曇. 晴〉(12. 25.) (4°, 12°)
어제부터 完全 봄 氣溫. 農場 못가서 한탄. 濁酒는 昨夕부터 增加飮.
井母 데리고 육거리 '京局漢醫院' 가서 鍼 治療했던 어제의 結果 效果 있는 듯. (今日은 兩 손바닥 뻣뻣한 데 침). ⊙

〈1996년 2월 14일 수요일 晴〉(12. 26.) (3°, 11°)
濁酒나마 每日 마신 탓으로 今朝 起床에 개운치 못했고. 낮엔 井母 데리고 李韓醫院 가서 허리痛症에 施鍼…松이가 준 돈으로 治療한 것. 松이 學校 일 마치고 上京…16. 20 發. ⊙

〈1996년 2월 15일 목요일 晴〉(12. 27.) (2°, 12°)
⊙

〈1996년 2월 16일 금요일〉(12. 28.) ⊙

〈1996년 2월 17일 토요일〉(12. 29.) ⊙

〈1996년 2월 18일 일요일〉(12. 30.) ※

---

11) 원문에는 파란색 색연필로 밑줄이 그어져 있다.

12) 사관(四關): 양쪽 팔꿈치와 무릎 관절을 말함.

〈1996년 2월 19일 월요일〉(正. 1.)
설날인데 上京 못해 恨歎. 終日 臥病. ⊙

〈1996년 2월 20일 화요일 晴〉(正. 2.) (-2°, 2°)
正初부터 惡習에 臥病呻吟함은 痛嘆할 일. 어떻게 바로잡아야 할지. 앞이 캄캄.
어제 왔던 큰 애비 深夜까지 잠 못잤기도. 보일라까지 故障 나서 더욱 苦生했을 것. ○

〈1996년 2월 21일 수요일 晴〉(正. 3.) (-7°, 3°)
朴, 申, 李 技術者의 勞力으로 아침결에 故障났던 보일라 고쳐졌고[13]. 松이 오고, 큰 애비 上京. ○

〈1996년 2월 22일 목요일 晴〉(正. 4.) (-6°, 4°)
죽으로 1공기 程度 끼니에 먹기 시작했으나 起動 원활치 못하고. 今日도 거의 누어 지낸 셈. ○

〈1996년 2월 23일 금요일 晴〉(正. 5.) (-5°, 6°)
食事 약간 늘고 起動 조금 나아진 듯. 日出頃엔 沐浴했더니 탈진 느끼고. 松은 修了式 후 上京.
身樣上 며칠 遲延됐지만 正月 初닷새이기에 日暮頃에 龍華寺 法堂 가서 加護에 感謝하고 祈願했고. ○

〈1996년 2월 24일 토요일 晴〉(正. 6.) (-5°, 8°)
여러 날 만에 体育館 나갔고~몸 完快치 않으나 나름대로 받아넘겨 勝利하였으니 마음 좋았고. 宗事 일로 電話局 가서 曾坪派 確認해봤으나 시원치 않았던 것. 12時부터 있는 鄭海國 氏 八旬 壽筵에 時間 맞추느라고 農銀(協)서 초조하였기도. 場所는 청마루 中國料理 집. 祝儀 謝絶에 고마웠으나 未安感 있었고. 아직 口味 제대로 안돌아섰고.
大田 둘째 에미 沃川邑內校로 轉勤되어 잘된 셈. 雄信 男妹 大入合格된 것 기쁘고~私大 學費로 큰 걱정[14]. ○

〈1996년 2월 25일 일요일 晴. 曇〉(正. 7.) (-1°, 8°)
金溪 가서 省墓 後 兩便 농장 둘러봤고. 큰 變動은 없고 텃밭의 삽 1자루 안 보이는 것.
族弟 佑榮집 들러 極老叔母님께 歲拜. 從兄님 宅 가서 內外분께 人事. 宗事 일 相議하기도. 歸路엔 金城 故 相榮의 長子(魯恒)의 車로 잘 왔고. 밤엔 深夜토록 새 譜書 內容 보았던 것. ○

〈1996년 2월 26일 월요일 晴. 曇〉(正. 8.) (-1°, 6°)
友信親睦會 있어 參席하여 13人 全員의 晝食費 全擔 支拂했고~去年 末에 있었던 魯松 結婚式 때 祝儀에 答禮次 行한 것. 저녁엔 同窓會 있어 參席~동원식당. 7名 中 1人 欠.
낮엔 曾坪邑 內省洞 山16에 산다는 族弟 俊榮 찾으려고[15] 出張所 비롯 數處 探訪하느라 無限 苦生 끝에 곳만 認知하고 形便上 本人 相面은 못한 채 歸淸한 것. 밤 10時 좀 지나서 家族과 通話된 것. 次孫 昌信 서울대 醫大 卒業式日[16]. ○

13) 원문에는 붉은색 색연필로 밑줄이 그어져 있다.
14) 원문에는 붉은색 색연필로 밑줄이 그어져 있다.
15) 원문에는 붉은색 색연필로 밑줄이 그어져 있다.
16) 원문에는 붉은색 색연필로 밑줄이 그어져 있다.

〈1996년 2월 27일 화요일 晴〉(正. 9.) (-2°, 3°)
낮엔 한국병원 가서 教大클럽 柳치환 會員 子弟 入院 中이라기에 問病 다녀온 것,
玉山面 가서 開發溪 關聯 金城 92번지 小宗契 등기 手續用 등본 數次례 만에 떼어왔고. ○

〈1996년 2월 28일 수요일 晴〉(正. 10.) (-5°, 8°)
去 26日과 如한 일로 曾坪 가서 族弟 俊榮은 出他 中으로 못만나고 그 母親 清州 韓氏(아주머니) 만나 過去之事 聽取하고 宗事 이야기 充分히 傳達하니 개운하였던 것. 밤엔 그의 子弟 俊榮으로부터 人事 電話 왔기도. 또 하나의 宗事 일 잘 본 셈. ○

〈1996년 2월 29일 목요일 曇. 晴〉(正. 11.) (-1°, 7°)
鄭在愚 法律事務所 들러 宗事 일 간단이 보고 正金社 가서 井母의 금목걸이 손질을 付託한 것.
同窓會員 徐丙圭 內患에 一同 問病人事 가기로 約束되어 14時에 市外버스 앞으로 갔던 바 鄭弘模, 郭俊榮 氏만이 있어 3人이 山南洞 가서 徐 親旧 찾아 만나 此旨 遂行한 것. ○

〈1996년 3월 1일 금요일 晴〉(正. 12.) (-1°, 5°)
歸路에 清元漢藥房 들러 '附子' '甘草'의 藥效를 問議해 보았고.
大宗會에서 潤漢 氏와 族叔 漢洙 氏 來清에 漢奎 氏, 漢鳳 氏, 俊兄, 時榮 氏와 함께 集會席에서 96理事會를 4月初, 任員 改選은 總會에서, 會長은 漢鳳 氏로 清原祠 重修는 速히 等을 相議하고 옥돌食堂서 点心하고 散會. 日暮頃엔 井母 要請의 송편 빚을 솔잎 마련해 왔었고. ○

〈1996년 3월 2일 토요일 晴〉(正. 13.) (-2°, 8°)
어제 쳐온 솔가지 털어 깨끗이 솔잎 뽑는 일에 午前 中 勞力한 것. 松 왔다가 勤務 마치고 上京.
설 明節 關係로 2月 分 宗親會가 今日 있게 되어 夫婦 다녀왔고~'옥돌식당.' ○

〈1996년 3월 3일 일요일 晴〉(正. 14.) (-2°, 10°)
報恩 三山校 33同窓會(會長 河奉石) 招請에 姜昌洙 氏, 李基賢 氏와 함께 報恩邑 귀빈食堂 가서 約 2時間 뜻깊게 보낸 것. 50年 만에 相面되는 弟子(姜孝信, 朴正欽, 金周福, 金周五, 金榮鍊 等 몇 사람)도 있어 반갑고 감개無量했던 것. 三山校 가서 紀念寫眞도 撮影.
오늘은 작은 보름. 저녁에 세째 子婦 人事次 다녀가고. ⊙

〈1996년 3월 4일 월요일 晴〉(正. 15.) (0°, 9°)
族叔 漢奎 氏와 함께 清原祠 改築業者 金雲鶴 一行을 招致하여 '동원食堂'서 点心 마치고 藥水터 가서 祠堂 狀況 踏查後 北一面 華化洞 기서 平壤 趙氏 家 祠堂[17] '華化祀'를 求景하고 清原祠 改築(新築) 設計書 作成을 約定한 것.
下午 五時頃에 漢奎 氏와 함께 玉山 佳樂山 聖德寺 가서 故 柳在石 主持 別世(열반)에 人事. ⊙

〈1996년 3월 5일 화요일 晴〉(正. 16.) (-1°, 12°)
今日도 몽단이 聖德寺 喪家 가서 數時間(12시

17) 원문에는 붉은색 색연필로 밑줄이 그어져 있다.

~15시3분) 人事의 義로 있었던 것.
淸原祠 新築見積 消息~6,500萬 원整. 金眼科, 中央耳鼻咽喉科 가서 治療 받고. ⊙

〈1996년 3월 6일 수요일 晴. 曇〉(正. 17.) (0°, 11°)
今日도 몽단이 聖德祠 喪家(再從妹…柳 氏) 다녀온 것. 族譜 今日로서 집안 것 完全 分配 된 것. ○

〈1996년 3월 7일 목요일 雨. 曇〉(正. 18.) (4°, 7°)
모처럼 비. 이른 새벽부터 부슬비 꾸준이 내려 다행. 長期間 나우 가무렀던 것. 몽단이가 걱정.
弟 振榮과 함께 上京. 双門洞 큰 애비집에 18時 半에 到着. 21時 半에 先妣 忌祭 올렸고. 큰 父子, 振榮, 魯弼 4人이. 振榮 夫婦 三女(妊), 네째 子婦(金) 왔고. ⊙

〈1996년 3월 8일 금요일 晴〉(正. 19.) (2°, 8°)
6時에 朝食. 큰 애비 車로 双門역. 江南터미날서 7時 40分 發. 집엔 10時 到着. 3人 歸家.
感氣 끼 連日이더니 午后에 조금 差度 있는 듯~서울서 가져왔다는 漢藥 3첩 服用. ○

〈1996년 3월 9일 토요일 晴. 曇〉(正. 20.) (0°, 5°)
住銀에 118回 月賦金 納付 後 聖德寺 가서 三虞祭 人事하고 入淸. 감기 惡化로 藥 2日分치 지었고.
밤 11時에 喜消息~渡美 留學中인 長孫 榮信의 子 出産…長 曾孫(假名 鎬俊?[18]) 順産이라고. 壽命 長壽를 祈願했고. ○

〈1996년 3월 10일 일요일 晴〉(正. 21.) (0°, 9°)
從兄 8旬 生辰에 振榮, 弟嫂, 큰 妹와 함께 振榮 차로 金溪 큰집 가서 朝食. 午前 8時 半頃. 大宗會 潤漢 氏, 漢洙 氏 와서 淸州 數人과 北一面 華化祠 踏査後 歸路에 淸錫禮式場 들러 珍相 子婚에 人事한 것. 別席에 모여진 10余名은 淸原祠 再建築을 熟議했던 것. ○

〈1996년 3월 11일 월요일 晴〉(正. 22.) (1°, 6°)
날씨 맑으나 바람 세었고. 12時 半 부터 있는 永樂會에 夫婦 參席하여 '영뷔페'서 會食했고. 先考 墓所 가서 참나무 落葉 및 솔잎 一切 갈퀴로 깨끗이 긁었더니 마음 개운[19]했고. ○

〈1996년 3월 12일 화요일 晴. 曇〉(正. 23.) (-2°, 7°)
감기 졸연이 가라앉지 안아 金태룡內科 가서 注射 맞고 藥 3日치 받아온 것. 건강원 가서 藥을 付託. ○

〈1996년 3월 13일 수요일 晴〉(1. 24.) (0°, 10°)
故鄕 가서 兩農場둘러보고 族弟 敏相 찾아 만나 밭 堤防 돋기를 相議한 後 번말 가선 來榮 만나 一農場에 2坪形 農具舍(倉庫) 建築을 付託했던 것. 전일에 付託한 魯松用 補藥 1제 健康院에서 搬入. 30万 원. 松 上京. ○

〈1996년 3월 14일 목요일 曇〉(1. 25.) (5°, 10°)
金溪行 豫定 中斷~비 내린다기에. 大宗會에

18) 원문에는 붉은색 색연필로 밑줄이 그어져 있다. 밑줄 아래에 '3월 9일 21시 40분'이라고 적혀 있다.

19) 원문에는 붉은색 색연필로 밑줄이 그어져 있다.

서 淸原祠 重修 工事 契約했다는 消息 왔고. ○

〈1996년 3월 15일 금요일 曇. 晴〉(1. 26.) (1°, 12°)

曾孫子의 作名 關係로 市內 나가 第一次로 朴龍鶴 占術士 만나 丙子, 寅月 20日(乙巳) 21時 40分(戌? 亥?) 四柱…官錄2, 食福, 特大福(亥는 技才…工藝)이고. 第二次로 黃金聖 神學哲學博士 찾아 만나선 明日 10時 半까지 作名된다는 것 듣고 歸家…終日 걸린 셈.

深夜토록 새 族譜 派別 枚數確認과 祠堂 重修費 內容 檢討에 勞力했고. ○

〈1996년 3월 16일 토요일 晴. 雨〉(1. 27.) (2°, 9°)

曾孫(宗孫) 作名 確定(鎬碩, 鎬瑄?)에 滿足하여 終日 快感에 安息[20]~碩, 瑄 모두 좋은 字. 今日中 家族會議에서 定할 일…. 17時에 碩[21]字로 確定. 旣히 在應스님도 碩字로 지었다는 것.

비는 午后 4時부터 내리는 지음. 밤 깊도록 繼續 내리는 것. 저녁에 모처럼 좋은 氣分에 溢飮. ⊙

〈1996년 3월 17일 일요일 雨. 晴〉(1. 28.) (4°, 6°) 비 32㎜[22]

金溪 가서 前左里 父母님 山所 가서 앞 雜草木 톱과 낫으로 많이 깨끗이 整理한 것. 從兄 宅 들러 人事 後 栢洞 가서 郭仁在 木手 찾아 만나 農具舍 2坪形 建築 付託했고.

曾孫 鎬碩의 名命에 英信 母(큰 子婦)의 意見에 依하여 더 좋은 이름을 지어봄을 諒解한 것. ○

〈1996년 3월 18일 월요일 晴〉(1. 29.) (0°, 5°)

今日도 墓所 앞 雜草木 作業 1.5시간. 一農場 가서 枯死한 穀草 거두어 모디었고.

낮엔 洞事務所 가서 15代 總選엔 投票區 選擧 委員長責 一切 辭任을 表示 決定. ○

〈1996년 3월 19일 화요일 晴. 曇〉(2. 1.) (-1°, 9°)

一農場 가서 2時間 半 勞力했고~農具舍 지을 곳 닦아 2坪 程度 다듬고 줄 띠어 놓은 것. 建築 付託한 郭仁在 木手 現場 와서 場所 確認하고 形便上 25日 以后래야 作業 着工한다는 것. ○

〈1996년 3월 20일 수요일 晴〉(2. 2.) (-2°, 12°)

金城 가서 郭日榮 葬礼에 弔喪하고 一農場 가서 밭둘레 태우는 데 불꽃 他處로 번지지 못하게 豫防作業에 애먹었던 것. 穀草 等 긁어모아 태우는 데도 流汗 勞力했고. ○

〈1996년 3월 21일 목요일 雨〉(2. 3.) (4°, 8°) 雨量 22㎜[23]

아침부터 밤까지 비 내렸고. 쏟아지는 비는 아니었고~조용이 내리는 부슬비. 아시아選手權蹴球大會서 中國을 3:0으로 물리쳐 準優勝에(4強) 올은 TV 보고 爽快. ⊙

20) 원문에는 붉은색 색연필로 밑줄이 그어져 있다.

21) 원문에는 붉은색 색연필로 동그라미가 그려져 있다.

22) 원문에는 파란색 색연필로 밑줄이 그어져 있다.

23) 원문에는 파란색 색연필로 밑줄이 그어져 있다.

〈1996년 3월 22일 금요일 晴〉(2. 4.) (5°, 10°)
長 曾孫의 이름(鎬準[24], 鎬碩, 鎬俊, 鎬瑄, 珍碩, 原碩) 未決이었다가 여러 곳 合意에 따라 '鎬準'으로 確定[25]. 午後엔 山所 가서 草木 整理 作業 2時間 半 勞力했고. 12時에 三樂會 參席. ○

〈1996년 3월 23일 토요일 曇〉(2. 5.) (2°, 9°)
市內 나가서 作業服, 〃 〃 靴 購買 後 前佐洞 山所 가서 落葉된 草木 깎기에 勞力했고.
洞事務所 戶籍係 찾아가서 海外出産者(長 曾孫 鎬準) 出生申告 節次 確認해보기도. ○

〈1996년 3월 24일 일요일 曇. 가랑비〉(2. 6.) (2°, 10°) 雨量 10㎜
金振鶴(再從妹 金万鄕의 子) 女婚 있대서 上京(10. 30). 신사洞 '남서울웨딩홀' 가서 參席 人事하고 点心 後 곧 廻路. 15時 10分 發. 晴州着 16時 50分. 順調롭게 잘 다녀온 것.
올림픽蹴球選手權 아시아大會[26]에서 우리 韓國이 今日의 四强大會(韓國:이락크, 日本:싸우디)에서 '이락크'를 2:1로 눌러 27日에 있을 決勝戰에 日本과 優勝을 다투게 되어 또한 快擧[27]인 셈 ⊙.

〈1996년 3월 25일 월요일 晴〉(2. 7.) (3°, 12°)
栢洞派 信行에 五代祖 致字行 墓前에 立石行事 있어 見學次 지룰 가서 人事했던 것.
前佐里 가서 墓前 草木 정리作業 나우 勞力에 進展 많이 됐고. ⊙

〈1996년 3월 26일 화요일 晴〉(2. 8.) (2°, 15°)
모처럼 家庭에서 해 넘긴 것. 午后 6時부터 있는 同窓會에 參席했고.
深夜까지 各種 신문 通讀. 松이 退勤 後 上京. ○

〈1996년 3월 27일 수요일 晴〉(2. 9.) (4°, 15°)
12時부터 있는 辛酉會에 參席. '우암설농탕' 집에서 會食. 五月 上旬에 逍風토록 合意.
先考 墓前에 가서 雜草木 나우 베었고. 約 2時間 半 勞動.
올림픽出戰權 最終對決에서 日本을 2:1로 눌러 優勝[28]하였으니 통쾌한 蹴球戰[29] 즐겁게 본 것. ○

〈1996년 3월 28일 목요일 晴. 曇〉(2. 10.) (3°, 15°)
曾孫 鎬準 出生申告 일로 玉山面 擔當者 만나 이야기 듣고 回路. 「出生증명서」 必要하다는 것.
新聞多讀하고 深夜에 就寢(밤12時). ⊙

〈1996년 3월 29일 금요일 晴. 雨〉(2. 11.) (8.5°, 12°)
魯杏 뎉고 '韓美銀行' 가서 美國 펜실베니아大學 留學中인 孫子 英信 앞으로 産母 멱값 一部條로 50萬 원 送金[30]하니 마음 기쁜 셈~ 弱

24) 원문에는 붉은색 색연필로 밑줄이 그어져 있다.
25) 원문에는 붉은색 색연필로 밑줄이 그어져 있다.
26) 원문에는 붉은색 색연필로 밑줄이 그어져 있다.
27) 원문에는 붉은색 색연필로 밑줄이 그어져 있다.
28) 원문에는 붉은색 색연필로 밑줄이 그어져 있다.
29) 원문에는 붉은색 색연필로 밑줄이 그어져 있다.
30) 원문에는 붉은색 색연필로 밑줄이 그어져 있다.

少하지만.
金溪 가서 今日도 山所 앞 雜木 베기에 約 1時間 勞力했고~作業 中 나무 등클에 右側 胸部(옆구리近處) 갈비뼈 打撲되어 時間 갈수록 뜨끔거리고 痛症 느끼는 것.
栢洞 가서 木手 郭仁在 찾아 農幕 建築에 材料費條로 30萬 원 支給했고. 17시부터 비. ⊙

〈1996년 3월 30일 토요일 雨〉(2. 12.) (6°, 9°)
金溪 가서 郭殷鐘 氏 喪偶에 弔問 人事. 거의 終日 가랑비. 昨今 雨量 20㎜[31].
付託 購入된 運動靴 너무 크기에 佳景洞 商店 찾아 바꿔오는 데 苦生 極히 많았던 것. ○

〈1996년 3월 31일 일요일 曇. 晴〉(2.13.) (4°, 11°)
父母님 山所 가서 伐草木 作業. 1時間 半 施行. 打撲되었던 右胸部 저림을 克服하면 일 進行 잘 되어 山所 앞 展望 훤해졌고. 日暮頃엔 찬바람 세었기도. ○

〈1996년 4월 1일 월요일 晴〉(2. 14.) (1°, 10°)
今日도 山所 앞 伐木作業 强行하여 計劃된대로 거의 遂行된 셈이나 周圍 等 補完할 마음 가져본 것.
胸部 痛症은 繼續되는 아침運動과 伐木作業 탓인지 아직 가라앉지 않고. ○

〈1996년 4월 2일 화요일 晴〉(2. 15.) (-1°, 8°)
早朝에 보름 祈禱 올렸고. 玉山面 가서 戶籍係에 曾孫子 '鎬準'의 出生申告書類 提出했으나 英字로 된 出産證明書라서 出産病院의 美國 所在地 番地까지 우리말로 번역해 오라기에 入淸하여 四女 杏한테 번역 作成 後 再次 玉山 가서 擔當係에 提出했던 것. 日暮頃에 原本을 첨부한 서류래야 完決된다는 面의 전화에 氣分 少하나 此旨 서울로 전화했었기도. ○

〈1996년 4월 3일 수요일 晴〉(2. 16.) (-2°, 7°)
요새 날씨 아침 氣溫 나우 차고 낮 동안 바람 强한 편이어서 봄날씨로선 不均衡.
体育館行 中 秀谷洞 네거리서 '忠北 7머 1224호' 中刑 추럭에 충돌[32]되어 甚한 負傷은 아니나 무릎(右側) 若干 벗겨지고 時間 갈수록 절렸던 右側 가슴 더욱 痛症 느끼는 것. 낮에 몇 가지 用務 있어 市內 다니던 中 南州洞 派出所 가서 事故 車主(技士) 정유태라고 確認되었던 것이나 午后 10時까지 別 열락없어 不快하기도. 自轉車 故障이 많은 편.
鄭 법務士 事務室 거쳐 法院 法政課 戶籍係 찾아가서 曾孫子 鎬準의 出生申告節次 確認해보니 容易할 處地어서 心情 풀어졌기도. 번역文書에 杏이가 勞力하게 되어 바쁜 中 다행. 오늘의 일 서울 큰 애비와 電話 연락됐고.
○

〈1996년 4월 4일 목요일 晴〉(2. 17.) (-1°, 12°)
大宗會 任員會[33] 있어 參席~漢虹 氏, 勳鐘 氏, 晩榮, 時榮 氏. 興在와 함께 8時 半 高速車로 上京 參席. 場所는 乙支路 4街 '石山亭'. 各項 收支決算 報告. 96年 事業計劃이 主. 決算에 있어 監査 未畢을 指摘하고 臨時監事를 내

31) 원문에는 파란색 색연필로 밑줄이 그어져 있다.

32) 원문에는 붉은색 색연필로 밑줄이 그어져 있다.
33) 원문에는 붉은색 색연필로 밑줄이 그어져 있다.

어 節次 밟도록 强調했고.
큰 애비 夫婦는 在應스님 있는 '광곡사' 가서 旅中 電話왔고. 서울선 네째 子婦(義城 金氏) 다닐러 왔고.
明日用 寒食 祝文 쓰고 就寢~高祖, 伯曾祖, 曾祖, 從曾祖. ⊙

〈1996년 4월 5일 금요일 晴〉(2. 18.) (2°, 15°)
三從姪 魯學과 함께 金溪 가서 寒食 茶礼에 參席~魯旭 假屋서 高祖考, 伯曾祖考, 曾祖考, 從曾祖考, 九位 神位前. 從兄집 가서 再從祖考 四位 神位 前에 寒食 獻酌한 것.
松이 夫婦는 아침 食事 待接 마친 後 극진한 人事 後 槐山 地方 거쳐 上京한다고 간 것. 청주선 세째 집 들러 人事交礼 後 떠났다는 것. '鎬準'의 出生申告用 出生證明書 元帳 翻譯 杏이가 功들여 잘 한 것. 몇 가지 複寫하여 一切 서류 갖추어 놓았고. 松이 槐山 안갔다고. ⊙

〈1996년 4월 6일 토요일 晴. 雨〉(2. 19.) (7°, 9°)
曾孫 鎬準의 出生申告 일 完了[34]하니 기쁘고 개운했고. 金溪 가선 廓漢恂 母親 葬礼에 人事. 郭鳳在 女婚 있어 草園예식장도 다녀온 것. 저녁엔 成榮 만나 大宗會 및 宗事 일 討議 많이 했고. ⊙

〈1996년 4월 7일 일요일 曇. 晴〉(2. 20.) (8°, 14°)
큰 일 집 人事 다니는 일로 終日 애쓴 셈. 族弟 一相 子婚(草園예식장). 金琦奐 子婚(社一聖堂). 午后엔 廓漢豪 回甲宴 있대서(인왕산 갈비집) 찾느라고 2時間余 가즌 苦生(自轉車)하다 못찾고 그대로 疲勞된 채 歸家한 것.
밤에 榮信한테(美 필라델피아) 電話~ 鎬準 出生申告 完了, 送金된 것 確認. ⊙

〈1996년 4월 8일 월요일 晴〉(2. 21.) (6°, 15°)
体育館서 歸路에 金川洞 가서 어제 찾다 못한 郭漢豪 氏 집 찾아 回甲 人事했고.
故鄕 先考 山所 앞 伐草木 作業 約 2時間 一농장에선 雜品 정리했고. ○

〈1996년 4월 9일 화요일 晴〉(2. 22.) (5°, 14°)
淸穿祠 重修工事 着工에 告祀祭 있대서 10時 半에 參席. 서울 潤漢 氏, 淸州선 漢奎 氏, 時榮氏, 尙榮, 晩榮. 技術者(建築工)는 好德派 己榮, 魯弼 와서 說明. 烕心 負擔 今日도 漢鳳 氏. 金琦煥 父親(當姑母 夫)喪에 淸州医療院 영안室 찾아서 弔問했고…午后 8時頃.
日暮 前에 玉山面 가서 戶籍騰本 3通 떼었고~曾孫子 鎬準 登籍된 것 最初로. ○

〈1996년 4월 10일 수요일 晴〉(2. 23.) (6°, 15°)
12時부터 있는 永樂會 月例會食에 夫婦 參席~'주문진횟집'. 高價이기도 하지만 豐富하고 깨끗했고.
漢奎 氏와 함께 故鄕 金溪 가서 明日 投票(제15代 國會議員 선거) 空氣 把握의 뜻이었던 것. 밤 9時 半頃 큰 애비 夫婦 왔고~陰 25日 食事 앞당겨 會食하려는 뜻이기도. ⊙

〈1996년 4월 11일 목요일 晴〉(2. 24.) (4°, 13°)
제15代 國會議員選擧日[35]. 今年엔 投票區選

34) 원문에는 붉은색 색연필로 밑줄이 그어져 있다.

35) 원문에는 붉은색 색연필로 밑줄이 그어져 있다.

管委員長 辭任하였으니 편안한 셈.
食 前(6時)에 큰 애비와 함께 故鄕 가서 前佐山所앞 아카시야 몇 株 베고 2농장 가선 배나무 苗木 約 20株 付植 後 큰집 들러 人事 마치고 1농장 가서 밤나무 4株 付植하고 歸家 朝食.
제3投票區(삼일교회) 가서 投票後 点心. 잠시 쉬었다가 2농장 가서 채소 새싹 많이 오려왔고. ⊙

〈1996년 4월 12일 금요일 晴〉(2. 25.) (3°, 13°)
外出活動 豫定이었으나 全身 고단하여 不能. 終日 休息했으나 그리 풀리지 않았고.
井母는 속이 쓰리다는(胃腸痛?) 處地로 不便한 中 藥과 病院治療 종종 받는 중이고. ⊙

〈1996년 4월 13일 토요일 晴〉(2. 26.) (3°, 15°)
大宗會 臨時 監査 일로 漢奎 氏, 漢虹 氏, 晩榮과 四人 아바이食堂(玉山)에 同席하여 協議 끝에 全國 各派 代表者會議를 開催하여 合意를 얻어 執行키로 決議한 것. ⊙

〈1996년 4월 14일 일요일 晴〉(2. 27.) (3°, 16°)
道主催 배드민턴 大會[36]에 形便上 老年部에로 出戰하였어도 銅메달을 받았고. 淸原祀 重修工事 着工 慰靈祭에 參席했고[37]. ×

〈1996년 4월 15일 월요일 晴〉(2. 28.) (4°, 18°)
교대클럽 崔병례 會員의 子婚 祝儀로 會員에게 朝食을 푸짐이 待接을 잘 받은 것. ×

36) 원문에는 붉은색 색연필로 밑줄이 그어져 있다.
37) 원문에는 붉은색 색연필로 밑줄이 그어져 있다.

〈1996년 4월 16일 화요일 晴〉(2. 29.) ×

〈1996년 4월 17일 수요일 晴〉(2. 30.) ※

〈1996년 4월 18일 목요일 晴〉(3. 1.)
連日 過飮한 듯. ×

〈1996년 4월 19일 금요일 晴〉(3. 2.) (2°, 16°)
어젯날까지 過飮된 날 五日 연속으로 또다시 臥病. 終日 呻吟. 八字인지 어찌된 일. ○

〈1996년 4월 20일 토요일 晴〉(3. 3.) (4°, 16°)
大宗會 일, 私事일 많은데 큰 탈. 食事 전혀 못하고. 金內科 가서 닝겔 맞아보기도.
大田서 둘째(林 氏) 와서 닭죽 쑤어주기에 半컵 程度 먹어졌기도. ○

〈1996년 4월 21일 일요일 晴〉(3. 4.) (4°, 17°)
회복 안 되어 呻吟 근심 中. 哀慶事 인사 다닐 일도 많은데…後 人事 할 것이지만.
午后에 若干 差度 느끼고. ○

〈1996년 4월 22일 월요일 晴〉(3. 5.) (5°, 19°)
어제에 比하여 나우 回復된 느낌. 가까스로 머리 들고 '大韓旗店' 가서 大宗會 主幹 郭潤漢 感謝牌 맞추었기에 責任 다한 心情에서 개운했고. 日沒頃엔 沐浴湯도 다녀온 것. ○

〈1996년 4월 23일 화요일 晴〉(3. 6.) (7°, 22°)
1週日 만에 体育館 나가 亂打 좀 쳤고. 金溪 故鄕 가서 族弟 琴榮의 母親 葬礼式에 弔問人事 後 前佐洞 가서 省墓. 伐木 道具 톱 等 異常 없고. 從兄 집 가서 人事後 一農場 가보니 郭

仁在 族孫 木手에 付託했던 農幕 2坪形 잘 져 있는 것 보고 흐뭇했었기도. 두 사람(木手 仁在, 來榮)에게 賃金 厚히 주며 칭찬했고.
歸路에 金眼科 들러 여러 차례 째 治療받았고 (백내장, 비문증) 計劃된 일 많이 본 것. ○

〈1996년 4월 24일 수요일 晴〉(3. 7.) (9°, 22°)
玉山面 가서 戶籍簿의 曾孫 鎬準 住民登錄番号 確定 記入.
午后엔 一農場 가서 去 20日 現在 完築된 農幕 2坪形에 農具 其他 雜品 入庫 安置. ○

〈1996년 4월 25일 목요일 晴. 曇〉(3. 8.) (12°, 23°)
96年度 大宗會 總會에 參席[38]~7時 癹…17時 歸家. 淸潭洞 프리마호텔. 約 壹百名.條件附 開會. 監査 五月末 限.(炅, 敎信), 監査 結果 各派에 通知. 任員會, 記錄, 副會長団 조직, 會長은 形便上 重任. '帳簿 정리' 完結될까가 問題. ○

〈1996년 4월 26일 금요일 晴〉(3. 9.) (13°, 24°)
兵使公派 宗親 4人(漢奎 氏, 勳鍾 氏, 俊兄, 晩榮) '로타리茶房'에 招請하여 어제 있었던 大宗會 狀況 說明했던 것. 會議事項 一部와 同封한 紀念品(타올)도 나누었고.
모처럼 要請 있기에 井母 데고 一농장 갔던 것[39]…大自然 속 逍風 氣分. 井母는 쑥과 씀바귀 캐고, 난 新築된 農幕祭[40] 간소히 지내고 各種 物品 모디어 完全 入庫하고. 16時 車로 入淸.
18時부터 있는 同窓會에 參席하여 '동원식당'서 會食. 7人 全員 參集. ○

〈1996년 4월 27일 토요일 曇. 晴〉(3. 10.) (16°, 26°)
藥水터 '淸愿祠' 가서 省墓 後 重修工事 狀況 본 것~今日 現在로 本堂과 三門 석가래 거는 일 끝나는 程度까지 進陟된 것. 14時부터 있는 內從 朴鍾煥의 子婚에 人事 다녀온 것…大韓예식장. 一농장 가서 揚水, 씀바귀, 도라지 캔 것. 정형外科 205호 보기도. ○

〈1996년 4월 28일 일요일 晴. 曇〉(3. 11.) (17°, 22°)
歸路에 外家집(福臺2동) 들러 外從 朴鍾煥 子婚에 큰 애비 몫의 祝賀 봉투 내고 온 것.
11時부터 있는 同婿 申重休의 回甲宴에 招待 있어 '山村갈비'(上党예식장 뒤)에 夫婦 參席하여 情스런 厚待 받았기도. 午后엔 一農場 가서 3時間 일했고. ⊙

〈1996년 4월 29일 월요일 曇. 雨. 曇〉(3. 12.) (17°, 17°)
아침 歸路에 '建榮荷物' 가서 報酬條로 주는 族譜 1帙 찾아 왔고~族長 勳鍾 氏와 함께. 勳鍾 氏와 '소람' 茶室서 大宗會 協調論 長時間 이야기 나누었기도.
去年 九月에 씌웠던 齒牙 맞추는 痛症 느끼기에 金齒科 가서 治療받았고~1個月 後에 1차례 더 오라는 것.
오래동안 가물더니 비 어느 程度 내렸으니 봄

38) 원문에는 붉은색 색연필로 밑줄이 그어져 있다.
39) 원문에는 붉은색 색연필로 밑줄이 그어져 있다.
40) 원문에는 붉은색 색연필로 밑줄이 그어져 있다.

철 播種에 큰 도움. ○

〈1996년 4월 30일 화요일 曇. 비. 曇〉(3. 13.) (14°, 17°) 雨量 20㎜[41]

淸原祠 重修工事場 가서 雨天 中 지붕(서까래…椽木) 덮개 狀況 본 것. 기와 運搬路 打決 中 보기도. ○

〈1996년 5월 1일 수요일 晴. 曇〉(3. 14.) (13°, 15°)

大宗會 經理 不充分 件으로 潤漢 氏 電話 받았기도~큰 幅(程度)으로 理解하는 方向이 善策일 듯.

一農場 가서 約 2時間 作業~前日과 같은 일. ○

〈1996년 5월 2일 목요일 曇. 晴〉(3. 15.) (11°, 21°)

보름 祈禱 올리고. 아침運動 마치고 食事 맛있게 많이 먹은 것~近日에 食慾 지나치도록 당기는 셈.

井母와 함께 一농장 가서 씀바귀 多量 캐어오기도.

새칭구약국 郭漢鳳 氏 誠意로 '敬菴全集'[42] 壹帙(全10券) 膳物받아 고마웠고. ○

〈1996년 5월 3일 금요일 曇. 晴〉(3. 16.) (11°, 24°)

一農場 가서 約 4時間 勞力했고~늦었지만 호박 播種. 옥수수도 一部 播種, 揚水도.

歸路에 漢政 氏 집 들러 明日 其 子婚에 人事하고 從兄집도 잠간 들러 問病한 것. ⊙

〈1996년 5월 4일 토요일 雨. 曇〉(3. 17.) (13°, 17°)

四男 魯松 結婚 當時 入住한 大峙洞아파트 '집드리'[43] 턱으로 에미 애비 所謂 招請待接한대서 11時에 松이 車로 杏과 함께 夫婦 上京한 것~江南區 大峙洞 鮮京아파트 11棟 902号. 日暮頃에 子女息들 많이 參集됐고…큰 애비 夫婦, 셋째 夫婦, 큰 女息 夫婦, 參女, 막내 弼, 重奐, 현아, 희진, 杏, 鉉祐. 형편상 料理士 솜씨로 빚은 珍味로운 料理 갖추어 一同은 저녁食事 맛있게 많이 잘 먹은 것. 아파트 31坪形(住宅)은 子婦가 職場生活에서 벌어 마련된 것. 처음 가본 것. 雨量 40㎜[44]. ⊙

〈1996년 5월 5일 일요일 晴〉(3. 18.) (10°, 21°)

10時頃 杏과 明 夫婦와 함께 大峙洞發. 淸州엔 13時 좀 지나서 到着. 松의 夫婦 誠意에 기뻤고 其外 큰 애비 비롯 여러 子女 孝心에도 滿足. 즐거운 서울 往來된 것.

一農場 가서 約 4時間 勞動하고 歸家하니 더욱 개운했고. 저녁엔 서울 各處와 安否 전화. ⊙

〈1996년 5월 6일 월요일 가끔구름〉(3. 19.) (10°, 22°)

歸路에 故 閔用基 교장 宅 찾아 發靷에 弔問했고~秀谷洞.

---

41) 원문에는 파란색 색연필로 밑줄이 그어져 있다.
42) 원문에는 붉은색 색연필로 밑줄이 그어져 있다.
43) 원문에는 붉은색 색연필로 밑줄이 그어져 있다.
44) 원문에는 파란색 색연필로 밑줄이 그어져 있다.

藥水터 가서 祠堂 工程 보았고~木手 일 끝난 셈. 午后엔 一농장 가서 勞力했고. ○

〈1996년 5월 7일 화요일 曇〉(3. 20.) (13°, 22°)
今日도 農場 가서 4時間余 勞力했고~쑥, 씀바귀, 도라지 캐고. 揚水도. 옥수수 播種 完了.
井母는 어지럼症으로 神經 쓰는 中. 어젠 勇敢하게 血壓機 12萬 원에 購入하여 測定해보니 80-130[45]. ○

〈1996년 5월 8일 수요일 雨. 曇〉(3. 21.) (13°,)
体育館 歸路에 새清州약국 들러 漢鳳 氏 만나 忠淸日報 5月 7日字 記事「清州 郭氏 내력 상세히 수록-郭漢紹의 文集 '敬菴全集' 10권 出刊」을 보며 함께 자랑스럽게 기뻐했던 것.
井母는 7時頃 어지럼症으로 밖 水道臺 옆에서 卒倒 程度로 危機를 넘겨 한 동안 松이 杏이 놀란 가슴[46]으로 박신하였던 모양. 아침 歸家 卽時 金泰龍 內科 가서 診察 後 血液檢査. 링겔 注射 맞고 歸家. 별 異常 없고 봄철 老人들이 흔히 있는 일이란 金院長 말 듣고 安心. 셋째 子婦(韓氏) 急기야 와서 同助했기도. 때문에 水道臺 부러져 給水 안 되어 申 氏 技術者 불러 修理 復旧한 것.
저녁 나절에 一농장 가서 잠간 일하고 왔고. ○

〈1996년 5월 9일 목요일 晴〉(3. 22.) (10°, 21°)
東林里(金城) 92番地 垈地 未登記된 宗中 不動産條로 法院과 郡廳 들러 一部 書類 다시 떼어 接囑해 보았으나 別無神通이고. 午后엔 農場 가서 約 2時間 勞力했고. ○

〈1996년 5월 10일 금요일 晴〉(3. 23.) (11°, 22°)
歸路에 새清州약국서 갈구했던 井母의 藥(造血劑…"헤모큐")[47] 液體藥사왔고.
一農場 가서 4時間余 勞力했고~揚水와 雜草藥 撒布 등 (밭周圍…둑) 在應스님 오고. 밤 10時 半쯤에 막내 魯弼도 왔고. 治療用 팔지, 반지, 귀걸이 등 제 母親 것 사온 것. ○

〈1996년 5월 11일 토요일 晴. 曇. 晴〉(3. 24.) (12°, 22°)
食 前에 서울서 온 四男 松은 맛있는 料理(반찬) 많이 가져와서 一同 잘 먹고도 남았고.
夫婦는 永樂會 會食 行事 있어 參席~山城 東南쪽의 '東寶城'이란 中國料理.
農場 가서 約 2時間 勞力하고 歸家. 日暮 後쯤 大田 둘째 鉉 夫婦 반찬 갖고 와서 人事後 곧 歸路. ⊙

〈1996년 5월 12일 일요일 晴〉(3. 25.) (10°, 23°)
約束된 '池경식'…'클럽 李명형 新旧'의 結婚式에 主礼 섰고~진화예식장[48]. 13時 50分.
늦게나마 저녁나절 車로 農場 가서 約 2時間쯤 勞力했고. ⊙

〈1996년 5월 13일 월요일 晴. 큰 빗방울〉(3. 26.) (12°, 20°)
藥水터 清原祠 가서 重修工程 보았고~기와 工事는 17日쯤으로 予定인 듯.

45) 원문에는 붉은색 색연필로 밑줄이 그어져 있다.
46) 원문에는 붉은색 색연필로 밑줄이 그어져 있다.
47) 원문에는 붉은색 색연필로 밑줄이 그어져 있다.
48) 원문에는 붉은색 색연필로 밑줄이 그어져 있다.

10日날 왔던 在應스님 낮에 上京~2, 3日 間 朝夕짓기와 淸掃, 洗濯에 勞力 많이 했던 것. ⊙

〈1996년 5월 14일 화요일 晴〉(3. 27.) (13°, 24°)
小宗契 일로 淸原郡廳 鄭在愚 法務士 事務室 가보았으나 別無神通.
農場 가서 勞力 좀 했고. 참쑥도 뜯어오고. ○

〈1996년 5월 15일 수요일 晴〉(3. 28.) (13°, 27°)
近日에 밥맛이 若干 低下된 셈. 農場 가서 4時間 半 程度 勞力했기도. 昨今 勞作 過勞된 것.

○〈1996년 5월 16일 목요일 晴〉(3. 29.) (15°, 28°)
歸路에 육거리市場서 고추苗 50포기에 4000원에 샀고. 1농장 가서 멀칭 植付했고.
氣溫 今年 最高. 昨今 勞動 많이 했고…過勞? ○

〈1996년 5월 17일 금요일 晴〉(陰四月初一日) (15°, 29°)
淸原祠 가서 重修工程 보았고~기와(龍仁製…3,500장)는 어제 搬入됐다는 것. 겹 베니板으로 경사 잡는 工事中인 것. 午后엔 一농장 가서 4時間余 勞作했고. 食 前엔 초하루 祈禱. ○

〈1996년 5월 18일 토요일 晴〉(4. 2.) (16°, 28°)
아침결에 玉山 가서 故 廓致兆 氏 發靷에 參席 人事했고. 11時엔 鳳鳴二洞 敬老잔치[49]에 招待 있어 夫婦 參席하고. 激勵와 祝儀金으로 一封 냈기도. 점심 食事 等 待接받은 後 金溪 葬地까지 찾아가 마무리지은 것까지 보고 農場 가서 19時까지 勞動한 것. ⊙

〈1996년 5월 19일 일요일 晴. 曇〉(4. 3.) (17°, 26°)
藥水터 가서 淸原祠 工程 보니 其間 休業中이어서 無進展. 날씨가 念慮되고.
一農場 가서 揚水하면서 대추나무 消毒藥 撒布했고. ⊙

〈1996년 5월 20일 월요일 曇. 가랑비〉(4. 4.) (15°, 24°)
同窓 親睦會 消風[50]에 參席~6時30分 出發. 밤 10時 半 歸家. 總 7名 中 六名 參與. 모처럼 列車旅行. 釜山市 자갈치市場서 송어와 우럭회 料理. 梵魚寺 가서 부처님께 祈禱.

〈1996년 5월 21일 화요일 雨. 晴〉(4. 5.) (18°, 23°) 우량 20㎜[51]
아침결에 淸原祠 가서 工程 보니 어제부터 기와 이으는 中. 今日이면 기와工 거이 끝날 듯.
一農場 가서 대추밭에 藥 뿌려서 一次 消毒 完了. 큰집 들러 明日의 先祖考忌祭 關聯 香尊料 條 金一封 從兄께 드렸고. 버스 形便上 自轉車로 玉山까지 왔던 것. ○

〈1996년 5월 22일 수요일 晴〉(4. 6.) (13°, 25°)
家事 整理 많이 마치고 1농장 가서 2時間 半

49) 원문에는 붉은색 색연필로 밑줄이 그어져 있다.

50) 원문에는 붉은색 색연필로 밑줄이 그어져 있다.
51) 원문에는 파란색 색연필로 밑줄이 그어져 있다.

勞力한 것. ○

〈1996년 5월 23일 목요일 晴〉(4. 7.) (13°, 26°)
淸原郡 三樂會 春季消風[52]에 參席~8時 發 '충일관광' 80名 同參. 公州 聖谷寺 가서 金佛 千佛像 보고 拜礼 祈願. 扶余 가서 부소산(扶蘇山) 잠간 올랐다가 大川海水浴場 솔밭 가서 도시락 点心 後 牙山 가서 忠武公 李舜臣 將軍 墓所 찾아 祈願 拜礼 後 歸淸. 19時頃.
서울서 큰 애비 왔고. 孫子 英信 夫婦 課工 硏修上 '鎬準' 養育關聯에 神經 쓰는 中인 것. ⊙

〈1996년 5월 24일 금요일 晴〉(4. 8.) (15°, 27°)
杏 母女와 함께 11時에 龍華寺 가서 祝과 祈意로 燈 달기로 手續 後 神道食堂서 点心 먹고 歸家. 어제 왔던 큰 애비 처마밑의 비비 꼬아진 9年生 藤나무 베어치우고 上京. 농장 가서 3時間 勞動. ○

〈1996년 5월 25일 토요일 晴〉(4. 9.) (17°, 30°)
아침 歸路에 淸原祠 重水工程 가보았고~어젯날로 기와 工事 完了했고. 從兄 通해 '양승우' 家屋 建築 關聯에 法院 가서 351-1, 2 登記簿 藤本과 淸原郡廳 가서 地籍圖 떼어 보고. 洞事務所 가서 '印鑑證明書'까지 作成하여 金溪 갔던 것. 從兄께 眞意와 內容 잘 알아보도록 했고. 農場 가서 2시간余 勞力하고 歸廳. 至極히 목타기에 一飮했고. ⊙

〈1996년 5월 26일 일요일 晴. 曇. 晴〉(4. 10.) (16°, 29°)
揚水用 「호수」 사다가 使用하며 雜草 뽑기. 옥수수 播種 等에 勞力했고.
深夜토록 作業服(쓰본) 고쳤기도. ⊙

〈1996년 5월 27일 월요일 晴. 曇. 晴〉(4. 11.) (16°, 26°)
아침 歸路에 金泰一 齒科 들러 左側下 아금이 治療받았고. 1農場 가서 勞力 4時間. ⊙

〈1996년 5월 28일 화요일 曇. 晴〉(4. 12.) (17°, 29°)
1농장 가서 4時間 半 勞力~揚水하면서 뽕나무 베기와 雜草뽑기. 松 上京. ○

〈1996년 5월 29일 수요일 曇. 晴〉(4. 13.) (19°, 28°)
今日도 一農場 가서 約 4時間 勞力에 被勞 느끼고. ⊙

〈1996년 5월 30일 목요일 晴〉(4. 14.) (19°, 27°)
玉山面 가서 李瑞求 面長 만나(李善求, 李應求 氏 再從) 人事 나누고. 農地係 車氏에 351-1 宗地에 양승우 住宅 建築 關聯 確認해보니 田을 垈地로 專用한다는 것. 아침 体育館 歸路에 淸原祠 工事場 들러온 것. 午后엔 一농장 가서 '덩굴강낭콩' 播種했고. ⊙

〈1996년 5월 31일 금요일 가끔曇. 晴〉(4. 15.) (20°, 30°)
오늘은 長孫 英信 夫婦 美國 留學 一年 만에 歸國한다는 날~長 曾孫 鎬準 덴고 約 3週間 滯留한다나. 11時 半부터 있는 辛酉會에 參席 '우암설롱탕' 집에서 点心.

52) 원문에는 붉은색 색연필로 밑줄이 그어져 있다.

1농장 가서 2.5시간 勞力~고추 두둑 造成. 龍華寺 가서 보름 祈禱 올렸고.
英信 夫婦와 鎬準이 美國서 今日 午后 5時 10分에 우리 金浦空港 無事到着의 喜消息[53]. ⊙

〈1996년 6월 1일 토요일 晴〉(4. 16.) (21°, 30°)
鄭法務士 事務室 잠간 들러 宗中 일 未完 件 이야기 後, 농장 가서 고추모 定植에 勞力했고. ⊙

〈1996년 6월 2일 일요일 晴〉(4. 17.) (20°, 30°)[54]
배드민턴敎大클럽 消風[55]에 參席~6時 30分 發. 밤 11時 歸廳…大關嶺, 注文津서 모딤회와 点心. 難尿發症으로 苦痛 至極[56]히 받았기도, 反省할 餘地 많은 것. ⊙

〈1996년 6월 3일 월요일 曇. 가랑비〉(4. 18.) (19°, 28°)
一農場 들러 揚水施設 狀況 点檢하고 3시간 勞動했고. 從兄집 가선 祖母忌祭 및 兄嫂 生日 人事. ⊙

〈1996년 6월 4일 화요일 晴〉(4. 19.) (19°, 27°)
몸 나우 고단하고 点心 後 一農場 가서 約 4時間 勞力했고. ⊙

〈1996년 6월 5일 수요일 晴〉(4. 20.) (17°, 30°)
아침 歸路에 淸原祠 가 봤더니 아직 丹靑工事 未着. 小宗契 일로 정 法務士 事務室 들러 동림 92번지 垈地 書類 未完分치 參考로 보고저 찾아왔고. 1농장서 2시간. ○

〈1996년 6월 6일 목요일 晴. 曇〉(4. 21.) (18°, 31°)
'顯忠日' 41周年. 弔旗揭揚. 國立墓地는 못가고. 十時 正刻에 싸이렌과 함께 默念.
農場 가서 4時間余 勞動했고. 1농장서 揚水, 雜草 除去, 2농장 가서 큰 雜草 벤 것. 歸路에 淸州서 族孫 昌在 만나 夕食과 一盃 가든히 待接받기도. ⊙

〈1996년 6월 7일 금요일 雨. 曇〉(4. 22.) (20°, 25°)
기다리던 비 첫 새벽(2時 半頃)에 내려 반갑기도. 그러나 부슬비 若干이어서 미흡.
淸原郡廳 '土地管理係 거처 鄭 法務士 事務所 들러 동림 92번지 再手續을 付託…土地去來 方式이 아니고 '名義信託 解止' 方式으로 合議 본 것. 午后엔 一, 二 농장 가서 勞力했고. ○

〈1996년 6월 8일 토요일 曇. 晴〉(4. 23.) (19°, 27°)
農場 가서 勞力 많이 한 셈. 늦어져 걱정되던 黑太 播種한 것. 茂盛한 雜草밭 今日 갈았기에. ○

〈1996년 6월 9일 일요일 晴. 가끔흐림.〉(4. 24.) (21°, 31°)
몸 좀 괴롭기에 午后 버스로 1농장 가서 今日도 揚水하면서 雜草 좀 뽑았고. ⊙

53) 원문에는 붉은색 색연필로 밑줄이 그어져 있다.
54) 원문에는 날짜 정보 옆에 "아침에 朴鍾益 집들러 女婚에 祝儀."라고 적혀 있다.
55) 원문에는 붉은색 색연필로 밑줄이 그어져 있다.
56) 원문에는 붉은색 색연필로 밑줄이 그어져 있다.

〈1996년 6월 10일 월요일 雨. 曇〉(4. 25.) (20°, 29°) 雨量 25㎜[57)]
0時 30分에 비 좀 뿌리더니 새벽 내내 오락가락 시원찮게 내리는 셈인데 거의 終日 그대로. 永樂會 있어 夫婦 參席~石山亭에서 會食. 7双 모두 出席. 1농장 가서 雜草 뽑기에 勞力. ⊙

〈1996년 6월 11일 화요일 晴. 曇〉(4. 26.) (20°, 28°)
奉事公 位土 351-1에 私家 建築者 '양승우' 要請의 宗土 使用 승락서 關聯으로 玉山面 들러 擔當係 만나 解決하고 金溪 가서 양 氏에 此旨 말하고 從兄께도 報告한 것.
2농장에 '메주콩'씨 約 100坪 程度 播種했고. ⊙

〈1996년 6월 12일 수요일 曇〉(4. 27.) (21°, 27°)
歸路에 淸原祠 가보니 아직 丹靑 工事 着手 아니한 채 그대로. '표준당' 들러 曾孫 鎬準 百日用 '금팔찌' 3돈 引受하고 鄭在愚 사무실 가선 92번지 서류 되찾아 다시 作成토록 된 것.
玉山面 가서 英信用 호적등본 4통 떼었고. 1농장 가서 대추나무에 殺虫菌劑 撒布…過勞. ⊙

〈1996년 6월 13일 목요일 曇. 晴〉(4. 28.) (22°, 28°)
昨日 勞動의 여운인가 몸 몹시 괴로워 体育館 못나갔고. 連絡에 依하여 一同은 淸原祠 重修 狀況 본 뒤 食堂 와서 潤漢 氏의 大宗會 억망 現況 說明 들은 것~經理와 帳簿 再監查中 大多額 事件 發生. 月末 中 理事會 豫定이라고. 日暮頃엔 族叔 漢斌 氏 집 尋訪하여 금성 92番地 再登記 일 相議했고. ○

〈1996년 6월 14일 금요일 曇. 晴〉(4. 29.) (21°, 28°)
今朝는 井母와 함께 조깅했고~홍덕사지 돌아온 것. 머리는 아직 멍하니 어지럼기 있고.
大田 郭允榮한테 宗事 우편 速達로 부치고 金泰龍 內科 가서 '링겔' 注謝 맞았고.
午後엔 농장行 豫定을 포기하고 뒷산 가서 아까시아 가지 베어 다듬어서 울 안 덩굴콩 폭에 꽂임 作業에 勞力한 것. ○

〈1996년 6월 15일 토요일 晴. 曇〉(4. 30.) (22°, 30°)
明日 上京 準備 完了하고. 鳳鳴洞 事務所 가서 宗事 동림 92번지 書類 作成 完了했고. 一농장 가서 4時間 半 勞動하니 온몸 땀 투성 되었기도. (농약 살포, 큰 雜草 뽑기 等). ○

〈1996년 6월 16일 일요일 曇. 쏘나기 한 때〉(5. 1.) (23°, 31°)
五月 初하루 祈禱 올렸고~龍華寺. 曾孫 '鎬準'의 百日[58)]. 井母, 杏, 明과 함께 上京~'鎬準'의 百日 行事…11.30~13.30. 三省洞 무역센타 52층. 서울 子女 家族 全員과 英信 妻族 數名 參與. 부페 飮食 等으로 푸짐하고 맛있게 會食하니 흐뭇한 편이고 경비 多額 났을 것이 豫想. 記念사진 많이 찍은 後 歸淸하니 下午 4時 半쯤. 午后 8時頃 쏘나기 한 때 내리고. ⊙

57) 원문에는 파란색 색연필로 밑줄이 그어져 있다.

58) 원문에는 붉은색 색연필로 밑줄이 그어져 있다.

〈1996년 6월 17일 월요일 雨(거의 終日)〉(5. 2.) (21°, 25°)
아침결에 大田 둘째 다녀갔고~보신탕(개장국) 끓여갖고 온 것. 비는 아침부터 繼續.
雨天 무릅쓰고 一農場 가서 4時間余 雨裝 입고 重勞動~풀뽑기, 덩굴콩밭 섭 꽂기. ○

〈1996년 6월 18일 수요일 雨. 晴〉(5. 3.) (16°, 24°) 昨今의 雨量 140㎜
잠시 歸國했던 英信. 今朝 渡美次 出發한다기에 安途를 祈願. 비바람 차고 추었기도.
友信會 親睦會合 있어 參席~12名 參與(1名 欠…閔哲植). 報恩郡 懷南 漁夫洞 한솔식당. 12시~15시. 歸路에 藥水터 가서 淸原祠 工程 보고 宗親會에 夫婦 參席~옥돌식당서 會食. 11시부터 개이고. ⊙

〈1996년 6월 19일 수요일 曇. 晴. 曇〉(5. 4.) (19°, 28°)
鄭法 事務所에 92번지 允榮 書類와 함께 내어 登記 手續 거의 完了했고. 큰 妹 回甲이 月前이어서 記念 旅行 家族 一同 다녀왔다고 人事次 꿀 한 병 膳物 갖고 왔던 것. 1농장 가서 4시간余 勞動. 英信한테서 전화. ⊙

〈1996년 6월 20일 목요일 曇. 가랑비〉(5. 5.) (21°, 23°) 雨量 100㎜[59]
아침 조깅 井母와 함께 했고~홍덕사지 뒷山까지 完全 一周. 鄭 法務士 사무실 일 手續 完了한 것.
1농장 가서 4시간余 勞動~들깨 播種. 除草도 若干. 2농장의 콩 發芽 極히 不良. ⊙

〈1996년 6월 21일 금요일 晴. 曇〉(5. 6.) (21°, 27°)
今日 夏至. 歸路에 延 氏 老人 집 尋訪 人事했고~92歲. 極老 臥中.
農場 가서 3시간余 勞動했고. 낮 12時엔 三樂會에 參席 會食(충북식당…삼계탕). ⊙

〈1996년 6월 22일 토요일 曇〉(5. 7.) (22°, 28°)
모처럼 午前에 一農場 가서 풀 뜯기(除草) 作業에 3時間 勞하고 点心 時間쯤에 歸淸.
서울서 큰 애비 왔고~제 母親 藥 지어갔고. 松은 職場 일 마치고 上京. 큰 애비도 밤 10시. ⊙

〈1996년 6월 23일 일요일 曇〉(5. 8.) (21°, 29°)
아침 歸路에 淸原祠 重修 工程 보았고(丹靑工事 中…洪 氏).
13時에 있는 '金옥수'(클럽會員) 子混 있어 上党예식장 가서 人事하고 点心 잘 먹었고.
1농장 가서 3시간余 일 했고. 큰집 들러 從兄께 人事…明日 저녁 伯母 忌祭. ⊙

〈1996년 6월 24일 월요일 雨〉(5. 9.) (22°, 27°)
終日 비 내렸고~장마비 시작됐다는 것. 무릅쓰고 농장 가서 우장 입고 풀뽑기 勞動.
11時 半부터 있는 辛酉會에 참석 簡單히 点心 會食했기도. ⊙

〈1996년 6월 25일 화요일 雨. 曇〉(5. 10.) (17°, 22°)
2농장 가서 비 그친 사이 틈 타서 콩밭 培土

59) 원문에는 파란색 색연필로 밑줄이 그어져 있다.

等 손질에 勞力했고. 雨量 35㎜[60]. ⊙

〈1996년 6월 26일 수요일 曇. 晴〉(5. 11.) (18°, 25°)
今日도 2田場 가서 4시간余 勞動~메주콩 깃기, 밤콩밭 1次 손질, 밭 全面에 雜草 藥 살포. 18시부터 있는 同窓會에 가까스로 參席했고 ~'동원식당'. 松이 上京. ⊙

〈1996년 6월 27일 목요일 曇. 雨〉(5. 12.) (20°, 24°)
午前 9時頃부터 비. 계속 내리더니 13時부터 가랑비 안개비로….
鄭 在愚法律事務所 가서 小宗契 關聯 동림 92번지 '垈 登記畢證' 찾았고~이로써 計劃했던 (마음먹었던) 登記移轉 일 完成되어 마음 개운하고 시원하기도.
前佐洞 가서 省墓 後 고사리 살펴봤으나 이미 時期 늦어 完全 쇄 버렸고. 1농장 가서 풀뽑기 作業 約 2時間 施行. ⊙

〈1996년 6월 28일 금요일 曇. 가끔비〉(5. 13.) (19°, 26°)
1농장 가서 4時間 勞力하여 대추나무밭 雜草 많이 뽑아낸 것. 上京 豫定 中止(大宗會 일). ⊙

〈1996년 6월 29일 토요일 曇. 비 바람〉(5. 14.) (19°, 23°)[61]
歸路에 새청주약국에서 郭潤漢 氏 전화 이야기 오갔고. 午前에도 1 차례 오후에도 1 차례 농장 가서 勞動. 낮엔 클럽 회원 신정자 子婚에 人事한 것 '상당예식장' ⊙

〈1996년 6월 30일 일요일 曇. 쏘나기 1차례〉(5. 15.) (19°, 26°)
歸路에 분수대 近方에서 郭漢明 子婚 車 出發前 人事 마치고 농장 가서 일했고.
약수터 가서 청원사 丹靑工事 마친 狀況 보기도. ⊙

〈1996년 7월 1일 월요일 曇. 한 때 쏘나기〉(5. 16.) (20°, 25°)
清原祠 工事 後의 清掃費 곤란 이야기 듣고 郭漢相 氏 만나 해결해주었기도.
농장(1, 2농장) 가서 많은 일 했고. ⊙

〈1996년 7월 2일 화요일 가끔 구름〉(5. 17.) (21°, 30°)
一田場 가서 除草作業하여 밭 全面 큰 풀 一切 시원하게 깎고 뽑는 일 마친 것.
超過飮은 아니나 每日 繼續 飮酒에 온몸 고단함을 느끼는 中인데…. ⊙

〈1996년 7월 3일 수요일 曇. 가랑비 若干〉(5. 18.) (22°, 30°)
族弟 晩榮 主管으로 사창식당에서 一家 몇 분 点心을 會食~食代 族叔 漢奎 氏가 支拂했고 (漢奎, 俊榮, 尙榮, 晩榮). 一田場 가서 雜草 藥 撒布에 過勞했고. ⊙

〈1996년 7월 4일 목요일 曇. 雨〉(5. 19.) (21°,

---

60) 원문에는 파란색 색연필로 밑줄이 그어져 있다.
61) 일기 원문의 날짜 정보 옆에 "大風…17시頃"이라고 적혀 있다.

22°)
몸 고단하기에 田場에 안 나갔고. 10時頃부터 부슬비 내리더니 午后엔 本格化. 23㎜[62].
各種 通帳 整理로 몇 金融機關 다녔고. ⊙

〈1996년 7월 5일 금요일 晴〉(5. 20.) (20°, 26°)
모처럼 終日 날씨 맑았고. 歸路에 法院 登記課, 金齒科, 농협, 外銀 等 빨리 일 보기에 나우 바빴던 것. 一田場 가서 雜草藥 撒布에 極力 努力했고. ⊙

〈1996년 7월 6일 토요일 曇〉(5. 21.) (20°, 29°)
終日 흐렸고. 서울서 潤漢 氏(大宗會) 와서 漢奎 氏, 漢虹 氏, 時榮 氏, 俊兄, 商榮 맞아 大宗會 運營狀況 監査 結果 討論하고 '三州식당'에서 点心한 것.
一田場 가서 雜草藥 撒布에 努力했고. ⊙

〈1996년 7월 7일 일요일 晴〉(5. 22.) (20°, 30°)
1농장서 雜草藥 撒布. 2농장 가선 팥 播種에 努力. 콩가린 곳 지우기도. ⊙

〈1996년 7월 8일 월요일 晴〉(5. 23.) (18°, 29°)
장마는 끝났는지 2, 3日 間 맑더니 밭흙이 굳어져 김매기에 호미가 튀는 程度이고.
沐浴 後 住銀 等 計劃된 대로 用務 마치고 農場 가서 폭양 속에 헉헉 努力 數時間. ⊙

〈1996년 7월 9일 화요일 晴〉(5. 24.) (17°, 28°)
稅務署 가서 宗中 92번지 垈 登記 後 課稅 與否 問議 結果 無課稅라고 確認되어 安心.
一田場 가서 고추 支柱대 만들어 꽂기에 數時間 노력했고. ⊙

〈1996년 7월 10일 수요일 가끔 曇〉(5. 25.) (18°, 23°)
永樂會 會食 七雙 全員 參席하여 南一面 은행里 '청기와'집에서 晝食.
午后에 一田場 가서 어제에 이어 고추 지주대에 끈매는 作業 完了했고. ⊙

〈1996년 7월 11일 목요일 晴. 曇〉(5. 26.) (21°, 28°)
一田場 가서 고추둑에 揚水. 덩굴콩 섭대 꽂기에 努力. 歸路에 가게서 殷鍾 氏, 秉鍾 氏 待接. ⊙

〈1996년 7월 12일 금요일 曇. 가랑비〉(5. 27.) (21°, 25°)
田場 가서 今日도 努力~콩밭 김매고. 1농장 가선 덩굴콩 손질, 대추밭 헛싹 캐기. ⊙

〈1996년 7월 13일 토요일 曇〉(5. 28.) (21°, 24°)
기다리는 비 않오고. 今日도 어제와 같이 농장 가서 콩밭 김매기 等 일 많이 했고.
數週日 만에 不飮하니 마음 개운. 상쾌. ○

〈1996년 7월 14일 일요일 曇〉(5. 29.) (22°, 26°)
高校科學教師 差出로 1個月 1週間 受講次 渡美 消息 있어 큰 애비의 發展과 無事를 祈願[63].
一田場 가서 4時間余 努力. 20㎏ 肥料 2包 購

62) 원문에는 파란색 색연필로 밑줄이 그어져 있다.

63) 원문에는 붉은색 색연필로 밑줄이 그어져 있다.

入~사거리서 밭까지 2回 運搬 往復.
今日도 謹酒~마음 먹으면 되는 것. ○

〈1996년 7월 15일 월요일 雨. 曇〉(5. 30.) (21°, 26°) 雨量 37㎜[64)]

기다리던 비 새벽부터 가랑비로 내리고. 9시 頃부터 1시간余 주룩주룩 내렸기도.
1농장 가서 2時間 일했고~主로 덩굴콩 섭대 꽂기. ○

〈1996년 7월 16일 화요일 曇〉(6. 1.) (22°, 27°)

龍華寺 가서 初하루 祈禱 올리고 体育館 다녀 온 것. 큰 애비 消息 듣고저 英信(美國)한테 電話했고. 午后 9時반頃에 英信한테 美國 無事到着의 전화 온 것. 농장 가서 4시간 程度 勞力. ○

〈1996년 7월 17일 수요일 가랑비. 晴〉(6. 2.) (21°, 32°)

배드민턴 鎭川大會에 參席[65)]~7시 發…22時 歸家. 一鎭川농고 체육관. 100歲代 等 多樣한 行事. 장수部로 紀念品과 70代 以上에서 金메달 받았고[66)]. 飮食 不注意인지 몸 괴로웠고. ⊙

〈1996년 7월 18일 목요일 晴〉(6. 3.) (23°, 34°)

몸은 엊저녁부터 괴롭더니 今朝까지 持續. 11 時頃에 좀 差度 있는 듯. 氣溫 今年 最高.
2농장 가서 콩밭 김매기 作業했고. ○

〈1996년 7월 19일 금요일 가끔 曇. 晴〉(6. 4.) (24°, 35°)

어제보 1° 높은 더위였고. 농장 가서 約 4시간 勞力했던 것. 몸은 어제보다는 개운.
井母는 어제도 오늘도 病院 다녀온 것~ 左側 어깨로 痛症 集約된 듯?하다고. ○

〈1996년 7월 20일 토요일 曇. 晴. 曇〉(6. 5.) (25°, 33°)

孫婦(金유미) 渡美 留學 出發한대서 若干의 旅費 補助條로 老夫婦는 各 10万 원씩 준비했고. 午后엔 농장 가서 2時間 半 노력한 것. ⊙

〈1996년 7월 21일 일요일 曇. 雨. 曇〉(6. 6.) (26°, 31°)

晝間에 一時 集中暴雨도. 서울서 三女(重奐母) 各種 珍味 반찬 갖고 와서 点心을 함께[67)] 하고 午后에 上京. 雨中에도 1농장 가서 除草作業 等 約 3시간 勞力했고. ⊙

〈1996년 7월 22일 월요일 雨. 曇〉(6. 7.) (22°, 29°)

長孫婦(金由美) 제 男便 따리 渡美留學케 되어 今日 金浦發[68)] 한다기에 上京 予定해 봤으나 만류하기에 激勵金條로 夫婦 合意 金一封 마련된 것 送金했고. 三月 九日에 出生한 曾孫 '鎬準'은 韓國에 두고 간다니 가슴 아플 것[69)].
午前에 긴급 2농장 가서 팥밭 둑 긁어모으기 完了하고. 15시 고속으로 上京. 金浦空港에 도

64) 원문에는 파란색 색연필로 밑줄이 그어져 있다.
65) 원문에는 붉은색 색연필로 밑줄이 그어져 있다.
66) 원문에는 붉은색 색연필로 밑줄이 그어져 있다.
67) 원문에는 붉은색 색연필로 밑줄이 그어져 있다.
68) 원문에는 붉은색 색연필로 밑줄이 그어져 있다.
69) 원문에는 붉은색 색연필로 밑줄이 그어져 있다.

착하니 17時 30分. 渡美留學가는 孫婦 만나 激勵. 전송次 나온 英信 妻族 一同 만나 人事했고. 3層 出國門서 孫婦를 作別할 때 無事와 成功을 天地神明께 祈願. 英信 妻族들의 고마움 잊지 못할 事項 많았고. 誠意에 無事 歸淸하니 밤 10時인 것.
'鎬準'이 보태고 단잠 못이루고 있다는 서울 消息 있기도. ⊙

〈1996년 7월 23일 화요일 曇〉(6. 8.) (23°, 31°)
三樂會 있어 參席~12시. 황주면옥. 2농장 가서 콩밭에 除草藥 撒布. 英信한테서 전화 오고. ⊙

〈1996년 7월 24일 수요일 가끔曇. 晴〉(6. 9.) (27°, 33°)
辛酉會 月例會 있어 參席(4名…元, 鄭, 金, 郭) 12시, 우암동 설렁탕…8月은 12시에 高速터미날서 集會키로 定했고. 농장 가서 3시간 半 勞力했고. ⊙

〈1996년 7월 25일 목요일 晴〉(6. 10.) (26°, 34°)
모처럼 큰 妹(태극서점) 집 들러 安否 알았고. 午后엔 2농장 가서 勞力. ⊙

〈1996년 7월 26일 금요일 가끔 曇. 쏘나기〉(6. 11.) (26°, 32°)
낮엔 농장 가서 팥밭 김매고. 井母와 市場 가서 祭物用 마른 홍정 若干 사기도. 同窓會 參席. 밤 10時 좀 지나서 井母 주방서 어지러워 卒倒[70]했으나 허리 아프다는 程度여서 지내봐야 安心될 것. 잠 못 이루고. 上京中인 松이도 제 母親 걱정에 신경 쓰는 중. ⊙

〈1996년 7월 27일 토요일 晴. 쏘나기〉(6. 12.) (26°, 34°)
今日도 어제 같은 날씨~쏘나기 한 때 나우 내렸고. 서울서 4째 夫婦 왔고. 明도 잠간.
井母 痛症 差度 없어 金태룡 內科 다녀온 것 ~ 타박성 痛症이고 뼈는 異常 없다는 것. 밤에 잠은 어느 程度 자는 듯. 비(쏘나기)는 가끔 내리는 中. ⊙

〈1996년 7월 28일 일요일 가끔 쏘나기〉(6. 13.) (24°, 33°)
李鍾成(梧仙) 來訪 人事에 答礼도. 井母는 惡化된 것은 아니나 活步 못하고. 농장 가서 들깨 모 定植.
서울서 弼 父女(鉉祐) 왔고. 松 夫婦는 上京. ⊙

〈1996년 7월 29일 월요일 가끔 흐림〉(6. 14.) (26°, 34°)
杏이 朝夕으로 와서 食事 준비로 勞力. 서운서 큰 딸 왔고. 농장 가서 勞力. 弼 가고. ⊙

〈1996년 7월 30일 화요일 晴〉(6. 15.) (27°, 35°)
龍華寺 가서 보름 祈禱 올리고 体育館 다녀와선 井母 덷고 金內科 가서 約 2시간~撮影 結果 別無異常이라고. 病院 往來에 3째 夫婦 車 利用한 것. 저녁 땐 1농장 가서 일 했고. ○

〈1996년 7월 31일 수요일 晴〉(6. 16.) (26°, 35°)
井母 덷고 金 內科 다녀오고…痛症(앞가슴,

70) 원문에는 붉은색 색연필로 밑줄이 그어져 있다.

下肢)~數日 後래야 풀린다고.
今夜 올릴 先考祭物 빚기에 큰 女息과 弟嫂가 무더위 속에 거의 終日 勞力했고. 農場行을 中止하고 祭羞 마련 뒷바라지에 市場 往來 많이 했고. 井母 藥 求하는 데도 바빴던 것.
밤 11時에 先考忌祭 올린 것~數年前부터 서울 큰 애 집에서 모셨으나 今年엔 큰 애비 渡美 受講 中일 뿐 아니라 큰 子婦는 鎬準 돌봐주는 處地이기도 하기에 淸州서 모시기로 한 것인데 雪上加霜으로 井母 卒倒 後 臥病中이므로 애로 있었던 것. 3째도 齒牙痛症으로 不參. ⊙

〈1996년 8월 1일 목요일 晴〉(6. 17.) (27°, 35°)
큰 女息 4日 만에 歸家. 제 母親 看護하며 祖父 忌祭 行事 擧行에 全的으로 勞力한 것. 今日도 井母는 金內科 다녀온 것. 食慾 없고 속 쓰리고 가슴 아프며 숨이 차고 全身 運身 難으로 終日 臥病 呻吟[71] - 金內科 약, 韓藥中 '지네가루' 服用 中. 午后에 前佐리 가서 省墓 後 1농장 가서 대추나무 헛싹 캐기와 풀 뜯기 作業에 勞力. 從兄님 宅 잠간 들러 酒類 드렸고. ⊙

〈1996년 8월 2일 금요일 晴〉(6. 18.) (27°, 37°)
淸州 居住 一家 몇 분(漢奎, 漢鳳, 時榮, 俊榮, 晩榮, 尙榮) 모여 淸原祠 가서 重修 狀況 보고 족자 等 器物 團束하고 8月7日에 影幀 還奉 行事하기로 相議했기도.
서울서 魯弼 오고. 井母는 松의 車로 金內科 다녀왔고. ⊙

71) 원문에는 붉은색 색연필로 밑줄이 그어져 있다.

〈1996년 8월 3일 토요일 晴〉(6. 19.) (27°, 36°)
井母는 金內科에 아침결에 다녀오고~松이가 保護. 松은 午后 3時 發 車로 上京. 弼은 早朝 上京.
3女(重奐 母) 오고. 1농장 가서 揚水 等에 勞力. ⊙

〈1996년 8월 4일 일요일 쏘나기. 曇〉(6. 20.) (26°, 35°)
쏘나기 1치례 잘 왔고(약비…氣溫, 농작물). 1농장 가서 들깨 모 했고. ⊙

〈1996년 8월 5일 월요일 晴〉(6. 21.) (26°, 34°)
'애틀랜타'(美國) 第26回 올림픽 閉會~197개國 中 우리 韓國이 金메달 7, 銀 15, 銅 5으로 第10位. 다음 2000年엔 濠洲 시드니에서(제27회). 낮에 2째 子婦(林 氏) 오고. 서울서 松도 오고.
午后 버스로 1농장 가서 2시간 程度 일 했고. 3日에 와서 제 母親 돌보던 3女 午后에 歸京. 昨日 新聞에 全, 盧 대통령(前) 死刑, 無期 求刑. ⊙

〈1996년 8월 6일 화요일 晴〉(6. 22.) (26°, 35°)
族叔 郭漢奎 氏 喪配에 問弔~忠大 영안室(9시~14.30).
2째(大田 紘) 보신탕고기 갖고 16時頃 왔고. 저녁 後 忠大 영안실 가서 밤 12시頃 歸家. ⊙

〈1996년 8월 7일 수요일 曇〉(6. 23.) (26°, 32°)
忠北大 영안室 가서 靈柩車 發車하는 것 보고 11時 發 버스로 檣東 가서 四派 宗山 葬地까지 간 것. 13代祖(定陵泰奉公) 省墓도 했고.

午后 3時 歸路에 1농장 가서 勞力도 했고.
井母는 今日도 松이 保護 받아 金태룡內科 다녀온 것. 아직 큰 差度는 없고. ⊙

〈1996년 8월 8일 목요일 晴〉(6. 24.) (27°, 33°)
아침 歸路에 社稷洞 漢奎 氏 宅 들러 慰勞 人事했고(昨日의 葬礼). 2째 大田 歸家,
4째(松) 夫婦 서울서 왔고. 点心 後 1농장 가서 들깨모 하고 歸淸. ⊙

〈1996년 8월 9일 금요일 晴〉(6.25.) (24°, 33°)
井母는 今日도 松의 保護 받아 金內科 다녀왔고. 午后엔 松 夫婦와 함께 1농장 다녀오고. ⊙

〈1996년 8월 10일 토요일 晴. 曇〉(6. 26.) (26°, 35°)
永樂會 月例會에 單身 參席. 井母 臥病으로 못 가서 아쉬웠고. 井母는 今日도 松의 保護로 金內科 다녀온 것. 午後에 松 夫婦는 俗離山 가고. 광곡寺에서 次女(姬) 在應스님 오고. 心身 複雜하여 農場行 中斷. 井母는 深夜에 吐하기도[72]. ⊙

〈1996년 8월 11일 일요일 曇〉(6. 27.) (26°, 35°)
井母는 첫 새벽부터 數次例 吐瀉로 苦痛 겪기도. 松 夫婦 왔고. 3女(妊) 서울서 오고. 16시 歸京.
1농장 가서 約 2시간 勞力했고. 次女, 4女, 3女…제 母親 看護에 誠意 다하는 것. ⊙

〈1996년 8월 12일 월요일 晴〉(6. 28.) (24°, 33°)
井母 청주의료원에 16時 入院(506號室…特室[73], 1日 5万 원). 링겔 注射. 「설사와 밥맛 元氣 돋구는 게 目的. 持病 문제 別途로. 弼과 함께 守直 保護. ⊙

〈1996년 8월 13일 화요일 晴〉(6. 29.) (24°, 33°)
俊兄과 晩榮 問病次 內院. 두분 뎬고 大成식당 가서 答礼로 接待했고. 2회 링겔, 수혈. 松, 弼 留. ⊙

〈1996년 8월 14일 수요일 晴〉(7. 1.) (25°, 30°)
井母 入院治療 中이나 差度 그리 없고. 허리띠(의료器店) 購入. 杏도 사오고.
松 夫婦가 守直 保護. 영양注射 맞히고. 今朝에 처음 미음으로 朝食.
수혈 제2회 주사(14시~16시). 큰 사위 조태휘 外 3人 來訪 人事하고. 4째 子婦 또 오고. 守直까지 勞力. ⊙

〈1996년 8월 15일 목요일 晴〉(7. 2.) (24°, 30°)
入院 제4일째. 설사 若干 나아진 듯. 큰 子婦 왔고. 曾孫 '호준' 데리고. 外孫女 '조희진'도 오고. 셋째 子婦 와서 謝過. 井母는 미음 約 1/3 정도 먹는 셈. 2女, 3女 守直. ⊙

〈1996년 8월 16일 금요일 晴〉(7. 3.) (24°, 31°)
患者 若干 生氣 있는 셈. 俊兄 來訪에 感謝. 今夜는 松과 弼이가 守直. ⊙

〈1996년 8월 17일 토요일 晴〉(7. 4.) (22°, 30°)

72) 원문에는 붉은색 색연필로 밑줄이 그어져 있다.

73) 원문에는 붉은색 색연필로 밑줄이 그어져 있다.

잠간 틈 타서 玉山 가서 李炳億 찾아 그 兄 喪에 人事했고. 井母 一段 退院…瀉病症은 가라앉은 편이나 持病 治療는 難한 듯[74]. 白병원 가기를 勸하는 편. ⊙

〈1996년 8월 18일 일요일 晴〉(7. 5.) (23°, 31°)
朴吉順(外再從妹) 人事次 다녀갔다고. 앞으로 井母 病患이? 궁금하기만. ⊙

〈1996년 8월 19일 월요일 晴〉(7. 6.) (23°, 33°)
淸原祠 가서 明日 行事 준비로 땀 흘려 數人이 애썼고. 在應스님 여러날 애썼고. 낮에 歸寺(광곡사). 큰 妹도 다녀갔다는 것.
去月 中旬에 受講次 渡美했던(켈포니이大學) 큰 애비 無事歸國[75]. 큰 딸과 함께 왔고. ⊙

〈1996년 8월 20일 화요일 晴〉(7. 7.) (23°, 33°)
淸原祠 三位 影幀 還奉 行事 擧했고. 14名 參席. 無事했으나 郭槿 會長에 2가지 要望했기도…今日 行事의 反省과 人事. 95年度까지의 大宗會 監査 結果 마무리 等. ⊙

〈1996년 8월 21일 수요일 晴. 가랑비〉(7. 8.) (24°, 33°)
有名 조각家 人間문화才格인 吳國鎭書館에 漢鳳 氏 紹介로 一同(漢奎, 俊兄, 尙榮, 晩榮) 찾아가 淸原祠에 모실 4분 史績 額子 맞쳤고(文成公, 眞靜公, 蓮潭公, 咸昌派祖 壯元公). 漢鳳 氏 案內로 銀杏里 보신탕 집 가서 衷心 待接 잘 받았기도.

大田서 2째 子婦(林 氏) 다녀갔고. ⊙

〈1996년 8월 22일 목요일 가끔 가랑비〉(7. 9.) (24°, 32°)
井母 入院 準備 있어 金溪行 豫定은 今日도 포기했고. ⊙

〈1996년 8월 23일 금요일 晴. 가랑비〉(7. 10.) (25°, 31°)
제 모친 看病次 19日에 왔던 큰 딸 數日 間 애썼기도~今日서 歸家. 21日에 왔던 2째 子婦도 歸家. 밤中에 가랑비 若干 내리기도. 비 많이 오기를 기대 중인데. ○

〈1996년 8월 24일 토요일 晴(흐렸다 맑음)〉(7. 11.) (19°, 29°)
井母 12時 半에 忠北大學校病院에 入院[76](임時로 753호실). 큰 애비, 松, 杏 와서 諸 手續에 勞力. 엑스레이, 血液 뽑고…檢査用. 링겔. 서울서 3女와 4째 子婦(金 氏) 왔고.
어제의 三樂會와 今日의 友信會에 形便上 不參. 모처럼 昨今 不飮. 辛酉會에도 不參. ○

〈1996년 8월 25일 일요일 曇. 晴〉(7. 12.) (17°, 27°)
큰 애비 早朝 上京. 링겔 꽂고 看病員 李 氏 婦人 8時間 報酬 30,000원씩에 決定 着手. 午前 11時~午后 6時까지. 弟 振榮, 큰 妹, 3男 家族 모처럼. 4男 松이 守直 看病했고. 밤에 기저귀 2回 가랐다는 것. 낮부터 괴로운 편이더니 기어코 臥病 呻吟…數時間 甚히 괴로웠고…心

74) 원문에는 붉은색 색연필로 밑줄이 그어져 있다.
75) 원문에는 붉은색 색연필로 밑줄이 그어져 있다.
76) 원문에는 붉은색 색연필로 밑줄이 그어져 있다.

臟 뛰고 熱, 頭痛. 井母 고신에 4째 夫婦와 함께 点心 먹이는 姿勢 보고 충격 甚했던 結果로 불쌍하고 딱한 생각 뿐으로 앞으로 問題로…. 日暮頃 완화. ⊙

〈1996년 8월 26일 월요일 雨〉(7. 13.) (17°, 20°)
낮에도 기저귀 2回. 링겔. 大小便 採取되고. 3째 子婦, 弟嫂 왔고. 뼈가 부러졌다는 擔當 鄭醫師의 말. 午后에 大便 2회. 朴仁根 교授 왔고. 看護 守直은 큰 애비가 했고.
軍事反亂罪 一審에서 前 大統領 全斗煥 死刑, 盧泰遇 22年6月 징역 發表[77]. ⊙

〈1996년 8월 27일 화요일 雨〉(7. 14.) (19°, 23°)
기저귀 1회. 9시부터 禁食 採血. 上京 一段 보류했다가 다시 決定. 링겔 交替. 가슴 콤피터 撮影. 体重 55kg. 同窓會員 來訪 人事~徐, 鄭홍, 朴, 郭俊兄. 族弟 佑榮도 왔었고. 가슴寫眞엔 異常 없다는 것. 弼 와서 守直 看病. 서울서 큰 딸과 노필 왔고. 큰 애비 過勞한 듯. 杏과 큰 애비 上京. 3째 子婦 오고. 蕙信도 同伴. 큰 甥姪 夫婦도 왔었다는 것. 看病員 1日 8시간씩 2日 間 勞賃 60,000원 支拂. 큰 妹도 왔고. 큰 애비 過勞 느끼고, 걱노. ⊙

〈1996년 8월 28일 수요일 비 조금〉(7. 15.) (18°, 24°)
간밤에 기저귀 2회, 今朝 1회. 採血. 심전도 檢査~콤퓨터 영상(心臟), 体重 53kg. 明日 退院 豫定으로 各項 準備에 主로 弼이가 했고…. 서울 三星의료원 갈 心事. 今日 看病員은 鄭 女史 1日 24시간 5万 원. ○

〈1996년 8월 29일 목요일 밤비 조금〉(7. 16.) (18°, 28°)
忠北大病院[78]. 假退院費 50万 원. 엠불런시車 129番 130,000원으로 8時 40分 서울 向發. 삼성의료원行. 松, 弼 큰 딸이 護送. 病室 없어 應急室 入院 소식[79]에 不安.
腦心하면서 1농장 가서 고추 좀 땄고. 서울 첫밤 弼이가 守直했다나. ○

〈1996년 8월 30일 금요일 비 약간〉(7. 17.) (18°, 28°)
간밤에 비 좀 내리더니 오늘도 가랑비 오락가락. 昨夜에 애썼던 松 왔고. 井母 病室 決定 1514號室[80], T3410~1514. 病室料는 1夜 14万 원이라나. 1농장 가서 고추 따왔고.
夜直은 在應스님과 상운 스님이었다고. ○

〈1996년 8월 31일 토요일 晴〉(7. 18.) (18°, 23°)
오랜만에 体育館 나갔고. 3주일 만인 듯.
井母 病勢~산소 呼吸機 꽂았다는 消息에 가슴 덜컥. 어제 '에마라이檢査' 後 놀램과 同時에 過히 지쳐서 極히 惡化된 듯.
急報에 明, 杏 帶同하여 17時 半 發 高速으로 上京. 呼吸狀況 깊고 빨라 보기 딱했고. 三女와 큰 애 夫婦 왔고. 4째 夫婦도, 五男 弼도, 큰딸 內外, 在應스님 모두 不安感. 링겔 2種 꽂아 있고. 受血도 2개. 呻吟 소리에 단잠 不能.

77) 원문에는 붉은색 색연필로 밑줄이 그어져 있다.

78) 원문에는 붉은색 색연필로 밑줄이 그어져 있다.
79) 원문에는 붉은색 색연필로 밑줄이 그어져 있다.
80) 원문에는 붉은색 색연필로 밑줄이 그어져 있다.

큰 애비와 함께 夜直. ○

〈1996년 9월 1일 일요일 晴〉(7. 19.) (18°, 27°)
새벽 3時에 魯弼 와서 交代. 弼도 제 內子 身樣 不調로 神經 쓰는 中인듯. 큰 애비 車로 双門洞 가서 朝食. 曾孫 '鎬準' 잘 놀고. 午前 中 내쳐 쉬었고. 病院에 大田 2째 夫婦, 스님, 3女,큰 애비. 2째 夫婦는 終日. 夕食은 會食. 杏歸淸. 明도. 저녁에 2째들도 가고.
井母는 헛소리 가끔. 日 前 檢査時 놀래서인지. 淸心丸 먹이려 하나 醫師들이 만류. 呼吸은 조금 완화된 듯. 昨夜에 比해선 조용한 편. 잠 잘 자는 편. 상운 스님도 10万 원 주신 듯. 在應스님과 夜直. ○

〈1996년 9월 2일 월요일 晴〉(7. 20.) (17°, 28°)
새벽 3時에 井母 狀況 보니 가슴 甚히 뛰고 熱 높고, 맥박 176. 醫師 없어 겁났고. 같은 狀態 10時頃까지 連續. 10時 半 이방훈 醫師 왔고. 實情을 말했고. 藥物 治療에서 結果 따라 別途 方法 取할 터라고. 12時頃 心腸 초음파 檢査와 XL 撮影. 約 1시간 後 狀態 惡化…맥박, 呼吸 困難. 마스크 兼한 酸素呼吸器 設置. 聽診機 진찰 後 '처치실'로 移動~保護者 參與 막는 것. 在應스님과 단 둘. 室內서 칵! 칵! 소리 요란. 가슴 떨리는 것. 끝 무렵 約 1時間도 넘게 고초 莫甚~目不忍見. 큰 애비 왔고. 人工呼吸 참상. 午后 3時 半에 重患者室로 移動[81]. 스님 비롯 여러 女息들 "관세음보살" 서럽게 지성껏 부르짖으며 落淚. 큰 애비, 큰 딸, 스님, 3녀, 4째 子婦, 魯弼 모두 모이고. 첫 面會는 큰 애비와 弼. 安定 상태라며 用務 있어 松과 杏도 잠간 다녀오고. 잠자는 中이라서 눈 뜨는 것 못보는 것. 保護者 宿直은 큰 애비와 막내. 落淚하며 3女 집에서 留. 상운 스님도 멀리서 오시고. 不侵. 回生은 祈願. ○

〈1996년 9월 3일 화요일 晴〉(7. 21.) (17°, 29°)
3女 집에서 早朝食. 8時 40分에 病院 가서 內科 重患者 家族 保護待機室로, 精神 맑고 沈着하며 야무진 4女 杏과 家族席에 앉고, 長次女가 面會(9. 40~10. 40). 面會時 스님 佛供 마치고 엄마 부르니 눈 若干 뜨고 左右를 보는 듯했다는 것. 몇 마디 慰勞 말 하니 턱을 조금 끄덕이는 시늉이고. 11時 30分에 地下 1層 佛敎室 가서 우선 門前 祈禱. 長, 4女, 스님과 함께 食堂 가서 스넥코너서 点心. 3女도. 長女가 点心값 냈고. 杏과 함께 14時 10分 차로 서울 發…. '井母 혼자 呻吟하다 죽으라고 떼어놓고 오는 氣分 같아서 限없이 눈물 나오고 목 메이고'. 16時에 淸州 着. 큰 妹, 振榮, 明에 전화로 實情 알린 것. ○

〈1996년 9월 4일 수요일 晴〉(7. 22.) (17°, 29°)
모처럼 金溪 가려고 出發했으나 自轉車 구를 힘 없어 되돌아와 11時 車 高速으로 서울 가서 '삼성의료원' 佛敎室 찾아가 '성찬 스님' 첫 人事한 것. (우리 스님과 開心寺 同門). 構內 食堂 가서 우거지국밥으로 点心했고. 큰 애비 만난 後 17時에 面會. 성찬 스님의 厚意에 고마웠고. 井母 첫 面會[82]~約 30分 間 念佛 祈禱. 완박하고도 複雜하게 뵈는 治療機器 裝

81) 원문에는 붉은색 색연필로 밑줄이 그어져 있다.

82) 원문에는 붉은색 색연필로 밑줄이 그어져 있다.

置. 눈 조금 뜨는 것. 意識 조금 있는 듯. 큰 애비인 줄도 안다는 턱 움직임. 얼굴은 흰색 말랐고 쭈굴쭈굴. 잠자는 듯. 面會 50分 間 걸린 듯. 退室하면서도 아쉬웠고. 入淸코저 出發하니 在應스님이 일원역까지 배행. 若干 安心의 氣分이면서도 실락 같은 希望을 걸고 밤 9時頃 淸州 倒着. 魯弼이가 守直[83]. 3째 子婦 夕食用 닭 백숙해 왔고. ○

〈1996년 9월 5일 목요일 晴. 曇〉(7. 23.) (19°, 24°)

새벽 祈禱. 生水 받아왔고. 忠大病院 가서 治療費 精算. 前佛 50万 원 中 86,000원 받았고. 金眼科 가서 治療 받고. 家族 동기간 모두에 어제의 일 모두 電話로 연락. 從兄께도 연락 전화. 俊兄께도 安否 전화 왔기에 直告. 面會(큰, 次, 3女) 消息 듣고 若干 安心. 눈 잠간 뜨고, 하품도, 大便 설사 2회 했다나. 今夜는 큰 애비가 宿直[84]. ○

〈1996년 9월 6일 금요일 가랑비. 晴〉(7. 24.) (16°, 23°)

自家 呼吸 若干 한다는 消息 있고. 사위 要請으로 面會次 上京(13時 發 고속). 16時에 제2차 面會~念佛祈禱 30分. 井母를 부르니 눈 뜨는 것. 반가운 눈물 나오고. 醫師들 回診 왔고…朴찬영 課長, 李홍기 次席, 李방훈 擔當醫師. "昨今 같이 順調로우면 來週 中 病室로 옮길 수 있다[85]"는 것. 夕食은 맏子婦가 사고(큰 夫婦, 큰 사위와 4人…보신탕).

今夜 守直 弼[86]이가. 淸州 到着 밤 10時. 杏한테 細細 이야기했고. ⊙

〈1996년 9월 7일 토요일 晴〉(7. 25.) (14°, 25°)

3째(明) 夫婦 上京. 今夜 守直까지[87] 責任지고. 松 夫婦가 面會. 狀況 좋찮고. ○

〈1996년 9월 8일 일요일 晴. 曇〉(7. 6.) (19°, 26°)

今日 面會는 組織的으로 잘한 듯. 明 夫婦 잠간 後 杏도 3째 子婦와 함께도.

"가래 때문에 고생"이라고. 1농장 가서 고추 따오고. 큰 애비가 守直[88]. ⊙

〈1996년 9월 9일 월요일 雨. 曇〉(7. 27.) (17°, 28°)

첫 새벽에 부슬비 若干…콩밭에 큰 多幸. 서울 소식~맏子婦와 큰 딸이 面會…또 가래로 苦生中? 폐렴 初期인 듯하다나[89]. 不安 消息인 것. 連 3日. 今日 守直은 弼이[90]가.

2농장 가서 밭뚝 除草作業 後 1농장 가서 건조된 옥수수 땄고. 明日 面會 計劃. ⊙

〈1996년 9월 10일 화요일 晴〉(7. 28.) (19°, 27°)

8時 半 發 고속으로 上京. 11時 病院 着. 상운스님의 勸告…'이 세상을 가족 품안에서 便安이 조용히 마치시는 方向으로 病院 떠나는 것

83) 원문에는 파란색 색연필로 밑줄이 그어져 있다.
84) 원문에는 파란색 색연필로 밑줄이 그어져 있다.
85) 원문에는 붉은색 색연필로 밑줄이 그어져 있다.
86) 원문에는 파란색 색연필로 밑줄이 그어져 있다.
87) 원문에는 파란색 색연필로 밑줄이 그어져 있다.
88) 원문에는 파란색 색연필로 밑줄이 그어져 있다.
89) 원문에는 붉은색 색연필로 밑줄이 그어져 있다.
90) 원문에는 파란색 색연필로 밑줄이 그어져 있다.

이 좋을 것이오[91)]….' '아니오 醫療機關이 가장 좋은 病院이라는데 다만 며칠間이라도 아깝고 貴重한 人間生命을 最後 一刻까지 最善을 다하고 싶소[92)]….'하니 女息들도 거의 同感(特히 큰 딸)이고 스님 딸과 3女는 積極은 아닌 형세.
食堂 가서 在應스님 주선으로 韓食으로 点心.
法堂 가서 女息들과 함께 念佛 祈禱.
第3次 面會(14시~14시 50분). 前半은 3女와, 後半은 큰 女息. 約 3時間 잠잔 後라서 눈 쉽게 떠보는 것. 번가리 보고 무어라고 말하는 듯 입술 벌즘벌즘 거리기에 念佛 시작했던 것. 머리 若干 저으며 제반이 싫다는 表情 짓기도. 2呼吸 間隔으로 배가 들석들석. 얼굴은 괴롭고 우는 상오이니 "서럽고 원통하고 죽고 싶은 생각밖에 없다"는 표시임[93)]을 後에서 아이들과 結論지었기도. 함께 눈물 지으며 위안의 말 많이 하며 이마에 손대고 손바닥 끌어다 내 얼굴에 문질러 보았기도. 반가우나 한 맺힌 서름 표시인가?[94)] 가슴 아파 못견딜 지경이니 얼굴에 손대고 눈물만. 막내 보고 싶으냐는 말에 턱 끄덕이기도. 右側 입구닥지에서 가래 섞인 음식 찌거기가 흘러내리니 큰 딸이 찍어내며 엄마 부르기도. 알부민 1개 注入하였었다고. 따뜻한 손 한 번 더 만지고 退場. 當分間 面會 連續함을 決意. 一同의 전송 받아 일원역까지. 큰 딸은 고속터미날까지 와서 고속표와 飮料 약수 1병까지 건네고 作別. 16時 發. 청주까지 고민 안가신 채 집 到着 18시 半頃. 杏한테 傳達하니 근심과 不安한 心情 넘친 채 저녁 짓는 것. 明日 予定을 大田 둘째, 큰 애비, 막내 魯弼한테 連絡 取했고. 守直은 紘[95)]. ○

〈1996년 9월 11일 수요일 晴〉(7. 29.) (16°, 28°)
8時 10分 發 高速 上京. 11時에 病院 着. 紘과 스님 있고. 20分 後에 魯弼과 大田 2째 子婦 왔고. 前半 20分 間 魯弼과 함께 面會. 後半 20分 間 紘 夫婦가 面會~부르니 눈 뜨고. 가래는 昨日보{다} 좀 적어졌다고. 혈압은 正常이나 脈搏은 不規則. 意識 있고[96)]. 말하고자 입 많이 놀리고. 아무 것도 싫고 집에 어서 가자는 것. 弼이가 河경원 擔當醫師 만나 부탁~10男妹 기른 어머니는 잘 놀래는 겁 많은 분이니 各種과 調査에 신중을 기하고 事前에 家族과 相議하여 實施하라고. 醫師의 말엔~어제의 骨髓 檢査는 明日에 判定. 1週間 더 肺(폐) 治療한 後 骨髓治療(放射線?)한다는 것.[97)] 폐렴氣 아직 不分明하니 檢査 中 過程인 듯? 좀 나아진 편이니 繼續 治療 中에 있다고. 우거지국밥으로 点心 後 13時 半 淸州 向發. 計劃된 일 보고 歸家. 松 잠간 만나고 松은 上京(18時頃). 杏은 반찬거리 市場 본 後 저녁 잘 짓고. 밤 깊도록 고추꼭지와 씨 발르기, 옥수수알 비벼따기 作業에 勞力. 今夜는 큰 女息 守直[98)]. ⊙

〈1996년 9월 12일 목요일 晴. 曇〉(7. 30.) (17°, 27°)

91) 원문에는 붉은색 색연필로 밑줄이 그어져 있다.
92) 원문에는 파란색 색연필로 밑줄이 그어져 있다.
93) 원문에는 붉은색 색연필로 밑줄이 그어져 있다.
94) 원문에는 붉은색 색연필로 밑줄이 그어져 있다.
95) 원문에는 파란색 색연필로 밑줄이 그어져 있다.
96) 원문에는 붉은색 색연필로 밑줄이 그어져 있다.
97) 원문에는 붉은색 색연필로 밑줄이 그어져 있다.
98) 원문에는 파란색 색연필로 밑줄이 그어져 있다.

午前에 1농장 가서 約 3時間 들깨밭 雜草 뽑았고~10손가락 빠근 시끈하게 아팠고.
点心 後 松과 함께 14시 發 高速으로 上京. 面會 第4次~松과 함께 念佛 祈禱…눈은 뜨나 活氣 적고. 呼吸(酸素機 付着) 過大하여 不安. 看護士의 말 "自家呼吸 있어 呼吸보충기 弱하게 調節한 것"이라고. 河경원 擔當醫師의 말 "폐렴治療 中이고 그 後엔 持病(原病) 治療할 것"이라고. 간호사 2名이 排泄物 處理後부터 呼吸 더 甚한 듯. 補助호흡기 더욱 보강. 父子는 長시간 念佛 "관세음보살". 더 구찮다는 表情. 面會 끝 무렵엔 若干 진정된 모습. 안타깝고 딱한 심정 참지 못하며 退場. 큰 애비 큰 사위 在應스님 함께 三女 집(아파트) 가서 저녁. 松은 大峙洞 제 집 가고. 守直은 松이가.[99]
歸淸 포기하고 三女집에서 留. ⊙

〈1996년 9월 13일 금요일 晴〉(8. 1.) (18°, 28°)
朝起하여 初하루 祈禱(새벽 4時). 醫療院 가서 松과 交替. 佛敎室 가서 또 祈禱했고. 松은 그 먼저 祈禱했다고. 새벽 守直 約 4時間後 8時 半쯤 在應스님이 朝食 '곰탕' 사서 勸하기에 맛있게 많이 먹었고. 擔當 간호사에 聯絡 전화 "딴 變化 없고 조용히 잠지는 中이며 狀況 보아 呼吸器 若干 낮추겠다는 看護士의 말"이었다고. 9시 30分에 큰 딸한테 電話 왔고. '杏이가 午后에 病院 온다는 것'. 아침결에 스님은 母親한테 다녀왔다는 것. "쓰다드므며 念佛할 때 눈 뜨고 쳐다 보고. 現在는 看護士가 沐浴해 드리는 中이라고." 11時 正刻에 큰 딸과 함께 第5次 面會한 것~조용히 잠자는 中이고. 念佛祈禱 中 눈 한 번 떠보는 것. 기운 없는지 別反應 없고. 外孫女 희진도 面會하고. 50分 만에 모두 退場. 原則은 30分. 昨日 氣分보다는 不安感 적은 셈이고.
큰 딸과 作別하여 터미날 와서 淸州行 고속은 12時 50分 發. 우동으로 点心 後 住宅 둘러보고. 1 농장 가서 除草劑 藥 타서 들깨밭 4두둑 撒布. 밤엔 서울 여러 곳에 전화연락 마치고. 伐草 150 計劃은 弟 振榮과 決議했고. 용화사 가서 初하루 祈禱 올리고 夕食 국밥으로 滿腹. 今夜 病院 守直은 杏이가.[100] ⊙

〈1996년 9월 14일 토요일 晴〉(8. 2.) (17°, 28°)
새벽도 아닌 한밤 중(2時)에 사우디 五女 '魯運'한테 전화[101]했고. 그곳은 13日 밤 8時라나. 6時間 差. 전화番号 001-966-1-233-1326. 어젯날 杏이가 사우디아라비아 주재 한국대사관을 通하여 確認되었으니 杏의 才質 神通했고. 한국대사관 001-966-1-488-2211. '제 母親 病狀' 알리니 手續 끝나는 대로 歸國하겠다는 것. 運은 그곳 病院의 看護士인데….
今朝 會合 消息~病勢 狀況 說明 醫師 朴찬영 內科課長. 家族側엔 큰 애비 큰 사위 在應스님 4女 魯杏. "治療 好轉. 폐렴氣 淸州 撮影에도 폐 1片 表現. 삼성 撮影엔 相對편 한편…점점 나아지는 중. 日 後 癌치료 땐 함께 좋아질 것. 現在도 若干 治療 中인데 好轉 엿보이고. 폐 異常됨은 合倂症에서 온 것. 점차 病室로 옮겨 繼續 治療. 後엔 뼈(척추), 其他도 어느 程度

99) 원문에는 파란색 색연필로 밑줄이 그어져 있다.

100) 원문에는 파란색 색연필로 밑줄이 그어져 있다.
101) 원문에는 붉은색 색연필로 밑줄이 그어져 있다.

까진 好轉될 것. 主治醫는 李홍기 醫師로 全擔할 것."
面會엔 魯弼 家族, 魯杏, 大田 2째 子婦…'눈 자주 뜨고, 手足 어느 程度 움즉이고 顔面이 円滿 기색. 큰 妻男 金泰鎬 夫婦 다녀갔다고. 今夜 守直은 魯松.[102]
버스 不則으로 金溪行 不能. 淸原祠 가서 담장 鐵物 울타리 工事 狀況 보았고. 明日 작업 豫定인 伐草일 弟 振榮한테서 電話 왔고. 今夜 比較的 마음 편이 就寢한 셈. ○

〈1996년 9월 15일 일요일 晴〉(8. 3.) (16°, 29°)
先考 墓所 伐草했고. 弟 振榮, 姪 슬기 參與하여 8시 30分부터 12時 30分까지 4時間 땀흘리며 깨끗이 잘 했고. 午后엔 1농장 가서 뜰깨 및 대추밭 무성한 풀밭에 除草劑 撒布한 것.
日暮后 서울서 杏 와서 들으니~제 모친 面會하니 몹시 괴로워하며 우는 상오 繼續된 딱한 얼굴이고 집에 가자는 태도였다고…. 意識이 더 또렸해져서 痛症을 甚히 느끼고 全身 苦痛에 못견더서 일 것이라 推測하면서 가슴 아팠고. 祈願하면서 잠 청했고. 弼 守直.[103] ⊙

〈1996년 9월 16일 월요일 晴. 曇〉(8. 4.) (19°, 27°)
午前에 上京. 三星醫療院 가서 큰 딸과 함께 井母 面會 했고~(제6차)…50分 間. 눈 자주 뜨며 끔머끔먹. 손가락으로 1 또는 2, 3, 4, 5까지 꼽는 시늉. 며칠 入院했느냐는 것인지? 언제 나갈 것이냐는 것인지 갑갑하기만. 묻는 말에 가끔 끄덕이기도. 어서 나가자는 시늉 같기도. 河醫師의 말 "폐에 물이 좀 차 있으나 점점 나아질 것"이라고도. 數10分 間 念佛 祈禱했고. 14時 30分 淸州 着. 1농장 가서 바랭이 풀밭에 除草劑 撒布. 今夜는 큰 애비가 守直.[104]
저녁에 3째 子婦 밥반찬 좀 갖고 다녀가고. ○

〈1996년 9월 17일 화요일 曇. 晴〉(8. 5.) (19°, 28°)
아침결에 1농장 가서 대추밭에 揚水하면서 除草劑 撒布했고~約 2時間 半.
点心 後 上京하니 16時 되고. 삼성의료원서 孫子(昌信…인턴医師로 濟州島 在任中) 마나고. 16時 30分에 3女(妊)도 와서 3人이 제7次 面會~눈 자주 뜨고. "呼吸기, 주사기 모두 떼고서 나가자"는 시늉 농후했고. 위로의 말 無限이 하면서 念佛 祈禱하며 달랬기도. 옷 가라 입혀 달라는 시늉도. 입술엔 물 적신 탈지면 낌어 있고. 혈압은 좋으나 맥박이 고르지 않다는 看護士의 말. 가래 아직 나온다고. 50分 後에 안타깝고 아쉬운 마음으로 쾌유 祈禱하면서 退場. 큰 에미 '호준' 데리고 病院 왔고. 19時에 昌信 주선으로 外孫子 신중환까지 오래서 食堂 가서 일동 저녁 會食했고. 경비 많이 났을 것. 守直 책임[105] 맡고 모두 歸家시켰고.
밤 8時頃 松 夫婦 다녀가고. 魯弼도 늦게 왔었고. 한밤중에 큰 딸한테서 전화. 保호자 待機室서 佛敎책 읽으며 밤 보냈고. ○

〈1996년 9월 18일 수요일 晴〉(8. 6.) (18°, 28°)

---

102) 원문에는 파란색 색연필로 밑줄이 그어져 있다.
103) 원문에는 파란색 색연필로 밑줄이 그어져 있다.
104) 원문에는 파란색 색연필로 밑줄이 그어져 있다.
105) 원문에는 파란색 색연필로 밑줄이 그어져 있다.

밤 1, 2時頃 重患者室쪽서 死亡者 있는지 痛哭聲 들려오니 心情 甚히 언짢고 괴롭기도. 椅子 2개 마주 合쳐 누었으나 단잠 안오고. 新聞 兩日分 精讀하면서 徹夜. 法堂 가서 祈禱 올릴 때는 첫 새벽인 3時 半쯤이고. 7時에 在應스님 와서 看호사에 狀況 알아보기도. 8時에 함께 非公式 面會했고~比較的 눈 精淨히 뜨는 편. 잠時 呼吸器 떼어 있고. 酸素呼吸만 공급 중. 父女는 "관세음보살"로 일관. 아쉽게 또 나왔고. 9時15分 發 高速 와서 11時頃에 콩나물 해장국으로 많이 食事. 잠간 집 들러 1농장 가서 除草劑 약 撒布~바랭이풀 等 밭 全体 덮힌 셈. 피곤한 몸으로 집에 와 듣자니 不安했고. '井母 자리를 옮겼으나 複雜한 곳이라나'. 상쾌치 못한 채 就寢. 사우디 運이 25日 歸國 소식.[106] 今夜는 큰 애비가 守直[107]한다고. ○

〈1996년 9월 19일 목요일 曇. 雨. 晴〉(8. 7.) (18°, 26°)

피곤했던지 約 6時間余를 한숨에 잔 모양. 잠깼을 땐 五時 正刻. 念佛祈禱 後 生水 떠옴을 省略하고 上京하여 큰 딸과 함께 面會했고. 눈 깨끗이 쌔롱쌔롱 뜨며 손짓하면서 어서 이 어수선한 것 떼고서 病院 나가자는 樣 엿보이는 것. 医療陣에 물어보니 가래는 처음보다 줄었으나 천식氣 있어 앞으로나 以後로 문제라는 것. 자리 옮긴 것은 다른 患者 형편(治療機具 설치된 형편 있어 不可避했다는 것. 중환자室 거의 3週되어 합병증 우려 特히 呼吸氣管 困難中이니 年令 많은 老衰狀態에 氣道 手術이 不可避하다는 河医師 말에 또다시 놀라웠으나 큰 애비도 難色 짓기에 手術하기로 勇斷 내려 誓約했고[108]. 스님側 몇 분과 女息 몇 사람도 갑작스런 手術說에 심중을 기하자는 눈치었기도.

午后 2시 半 發 차로 入清하여 金溪行까지 시도해 봤으나 若干의 시간 差로 못갔던 것. 清州 와선 이모저모로 생각 달래며 들려오는 몇 군데 말에도 혹 되어 決斷 잘한 듯도. 松이 守直.[109]

大田 2째 子婦 백수된 닭과 飯饌 만들어 왔고. ○

〈1996년 9월 20일 금요일 晴〉(8. 8.) (15°, 27°)

새벽 3시(사우디는 19日 저녁 9시)에 5女 運한테 전화했고~'今日 氣道 수술. 선물 사지 말 것' 等.

午前 中 농장서 勞動~除草劑 撒布. 농장서 집에 13時쯤 到着. 杏한테의 서울 소식에 잠시 놀랬고~井母가 不安히 마구 나대어 注射줄 떼며 安席치 못하는 中이란다고. 杏과 急히 上京. 15時 半頃 病院 到着. 17시 30분에 杏과 함께 면회~눈은 좀 뜨나 어제보다 氣力이 쑥 줄어뵈이고. 양팔 침대 난간쇠에 묶여 있는 것. 右側 손등은 거의 全体가 검붉고 부어 있는 것. 몰골 딱해서 못볼 지경. 집에 가겠다고 몸부림쳤다는 것. 河医師 만나 결말 짓긴 今夜에 氣道手術한다고까지…천식氣 있어서…. 서울 보성寺 '대영스님' 와서 親切 정녕 仁慈한 人事 잊지 못할 일. 果物 等도 듬뿍 사

106) 원문에는 붉은색 색연필로 밑줄이 그어져 있다.
107) 원문에는 파란색 색연필로 밑줄이 그어져 있다.
108) 원문에는 붉은색 색연필로 밑줄이 그어져 있다.
109) 원문에는 파란색 색연필로 밑줄이 그어져 있다.

온 듯. 큰 딸, 스님 딸, 3女, 4째 子婦 만나 이야기 後 큰 딸은 가고 4人이 食堂서 子婦 주선으로 夕食. 밤에 큰 애비와 魯弼이 왔고. 딸 3兄弟(스님, 妊, 杏)와 4째 子婦는 法堂 가서 念佛 祈禱. 手術은 형편上 明日한다고. 3女 집 가서 留. 守直은 魯弼이가.[110] ○

〈1996년 9월 21일 토요일 晴〉(8. 9.) (14°, 27°)
3女 집에서 5時 半에 病院 갔고. 7시에 魯弼은 朝飯하러 제 3째 누나 宅 갔고. 手術은 午前에 한다더니? 스님과 交替하여 3女 家庭 가서 朝食. 11時에 스님과 함께 面會~눈 뜨는 것과 고개 돌리는 幅은 어제보다 나아졌고. 모두 다 싫고 어서 나가자는 시늉은 如前. 土曜日이라서 手術은 午后에 한다는 것. 高名 医師로 手術토록 付託하기도. 우동과 빵으로 点心 해결. 13時 半쯤 큰 애비 왔고. 큰 딸 夫婦 職場일 마치고 3째 女息, 4째 子婦도 오고. 杏의 친구 崔女史도. 16時 半에 氣道手術 끝냈다는 것 確認. 女息들과 4째 子婦는 法堂 가서 念佛 祈禱 長時間인데 잠간 同參했기도. 2時間余 後래야 井母는 잠에서 깰 것이라나. 7名의 저녁 待接한댔다가 큰 사위가 負擔. 手術處 보니 거칠어 보이고 險해 보여 氣分 不快. 看護士에 特別 부탁하였기도. 松이가 守直.[111] ○

〈1996년 9월 22일 일요일 晴〉(8. 10.) (11°, 27°)
氣溫 急降下. 4時에 氣溫 나우 쌀쌀. 卽時 起床 念佛 祈禱. 6시에 病院 가고. 佛敎室 가서 또 祈禱. 6시 半에 非公式 面會~昨夜에 본 狀況대로이고. 몸과 팔을 몹시 움직이고저 하나 兩팔을 매어 있어 애만 쓰기에 '安定하여 참고 견디라 하니 말 없고. 약간 끄덕이는 듯도. 입술 갓 周圍는 붉고 險해 보이고~헐은 곳에 藥 발른 색갈이라나. 氣道手術 터는 피로 물든 카제 險해 보였고. 간밤에 잠 못 이루었으며 옆으로 도라누을려고 애쓰는 바람에 呼吸 호스 기구가 움직여져서 피가 좀 흘렀으며 過去 굳어진 피를 풀리게 하는 藥을 쓴 것이기에 응고 잘 안되고 있는 것이라나. 맥박과 호흡은 正常이나 心臟이 좋지 않은 탓인지 혈압이 높고 非正常的이라고. 가래는 좀 줄었다고. 7時에 4째 子婦 오고. 빵과 배지밀로 代用食하나 고프지는 않고. 스님 와서 상세히 이야기했고. 5째 夫婦 온다는 것 確認했고. 面會는 괴롭혀주는 機會가 되는 것 같으니 웬만하면 面會 對話 삼가자고 合意되기도. 9시 半에 淸州 向發. 큰 애비 守直.[112] ○

〈1996년 9월 23일 월요일 晴〉(8. 11.) (10°, 26°)
모처럼 三樂會에 參席~忠淸專門大 訪問 見學(月谷). 10時 半부터 12時 半까지. 賢都 寶城 吳氏 家에서 設立 開校. 13年 前에 開校. 理事長 吳范秀, 學長도 吳 氏, 局長도. 比較的 巨大한 規模. 圖書館. 博物館 잘 됐고. 族弟 宜榮이 企劃室長인데 博士敎授. 親切한 案內 고마웠고. 아침결 한 때 갑작스런 한마디의 消息 "手術處 出血로 수혈 못하고 있다"는 소리에 깜짝 놀라 呻吟소리 저절로 났다가 잠시後 消息에 医師 와서 손댄 後 出血 멎고 輸血中이라기에 安心했던 것. 毛細血管 再손질 後 곤히 잠

110) 원문에는 파란색 색연필로 밑줄이 그어져 있다.
111) 원문에는 파란색 색연필로 밑줄이 그어져 있다.
112) 원문에는 파란색 색연필로 밑줄이 그어져 있다.

들었다는 것 .

1농장 가서 午后 3時부터 2時間 除草劑 뿌리고 歸家. 夕食 後 松과 함께 19時 發 高速으로 上京. 病院엔 밤 10時 넘어서 到着. 큰 애비 만나 秋夕節과 前後 計劃(意圖) 말하고 各己 歸家시킨 後 守直.[113] ○

〈1996년 9월 24일 화요일 晴〉(8. 12.) (14°, 29°)
待機室서 五時 起床 法堂 가서 念佛 祈禱. 8시에 스님 相逢 '7시에 法堂 가서 念佛기도하고 온 것.' 9시 10분에 스님과 함께 面會~눈뜨고 잠잠했고. 간밤에 變動없이 잠 잤었다는 看호사의 말. 河医師 만났고~"점차 呼吸이 나아지면 호흡기 떼고 酸素機 쓸 것"이라고. "할아버지가 하도 예뻐서 金유순 할머니 保호자라는 것 안잊고 있다"라는 接受係 아가씨의 말에 웃어보았기도. 10시 10분에 清州 向發. 농장 가서 落果된 대추 1말余 주어 골라 씻어 마르기도. 弼이가 守直했다고.[114] ⊙

〈1996년 9월 25일 수요일 晴〉(8. 13.) (16°, 28°)
요새 날씨 아침결에 쌀쌀하고 낮 기온은 무척 뜨거운 氣溫~여러날 繼續.

모처럼 体育館 가서 배드민턴 活發이 쳐봤고. 歸路에 清原祠 參拜하고 鐵條網 울타리 工事한 것 둘러본 後[115] 새청주藥局 와서 大宗會 狀況 이야기 나누었고.

서울 消息~7시 半에 사우디 魯運(5女) 金浦공항에 無事 着陸[116]하고 11時 현재 病院(삼성의료원)에 있다는 것. 눈물 저절로 나왔고. 제 모친 狀況~어제와 못한 듯. 今朝에 上京한 杏의 말 듣고 또 落心, 呻吟과 한숨만.

억지로 辛酉會員(元, 鄭, 金) 만나 点心 會食. 午后 6時엔 同窓會員 全員 月例會場(동원식당)서 會食한 것. 郭俊, 鄭弘과 함께 南宮병원(530호室) 가서 徐秉奎 夫人 入院 中 人事하였기도. 밤엔 3女 집에 子女 一同 모여 있다는 전화 듣고 狀況把握하니 別無神通. 근심 속에 就寢. 松이가 守直 한다고.[117] ⊙

〈1996년 9월 26일 목요일 晴〉(8. 14.) (13°, 27°)
全佐山 가서 先考墓 下 進入路 草木 깎아 길내는 일에 約 1時間 半 勞力하고 從兄 宅 잠간 들러 秋夕節 이야기 하고 1농장 가서 들깨밭 揚水와 落果된 대추 좀 주었고. 서울 消息은 別 安心될 소식 없고~杏과 運이가 面會…큰 反應 없었다는 것. 杏 上京은 9時 10分 發 高速. 守直은 大田 2째 紘이가.[118] 밤에 明節 秋夕 홍정했고. ⊙

〈1996년 9월 27일 금요일 晴〉(8.15.) (15°, 28°)
새벽에 龍華寺 가서 祈禱. 신동아A.P.T 가서 八時에 아침. 故鄕 가서 省墓 兼 秋夕 茶礼 墓前에서 올린 것 '井母 重患으로 特別行事한 것. 8名(弟 振榮 家族 4名, 3째 子婦, 孫子 正旭, 孫女 惠信 3名 帶同) 參與.'. 서울 아이들은 病院 守直 交替와 交通難으로 안오기로 했고. 往來 3째 子婦 차로 便했고. 弟 振榮은 上京하여 大田 2째 紘과 함께 面會~글력 없는

113) 원문에는 파란색 색연필로 밑줄이 그어져 있다.
114) 원문에는 파란색 색연필로 밑줄이 그어져 있다.
115) 원문에는 붉은색 색연필로 밑줄이 그어져 있다.
116) 원문에는 붉은색 색연필로 밑줄이 그어져 있다.
117) 원문에는 파란색 색연필로 밑줄이 그어져 있다.
118) 원문에는 파란색 색연필로 밑줄이 그어져 있다.

지 잠자듯 눈 감은 채 조용했다는 것. 눈은 조그마치 뜬 둥 만 둥 다시 감고 反應 없었다고. 重患者室에서 病席 좀 나은 자리로 옮겼다고. 別 기쁜 소식 없기에 農場行 中止하고 집에서 잔일 보았고. 걱정 또 되는 樣相이니 못견디겠고. 저녁은 3째 子婦 와서 지어주기에 먹기는 했으나 정신이 혼미. 守直은 杏이가.[119] ⊙

〈1996년 9월 28일 토요일 曇. 晴. 曇〉(8. 16.) (16°, 26°)
숨 너머가기 전 井母 보고 싶은 생각 뿐. 3시 半에 '淸心元' 씹어먹고 잔일 좀 보자니 머리만 지끈 거리는 것. 日出 前 꿈인가 生時인가? 井母 죽은 얼굴 나타나 심상치 않아 안절부절한 마음 억제 못해 서울로 聯絡 後 7時 40分에 집 떠나 上京 向發. 病院에 10時 20分 到着. 家族 待機室서 사우디서 온 五女 運이 만나 落淚하며 狀況 이야기 長女, 參女에 연락. 두딸 모두 秋夕 송편 쪄가지고 오고. 송편 떡 나우 먹은 後 큰 딸과 面會한 것~12시20분…눈 감은 채 잠잠. 눈 떠 보라니 몇 차례 꾸먹꾸먹하더니 한두 번 우수 떴었기도. 20分 後 退場. 妊과 運이 後繼로 面會. 松이 와서 제 집으로 모시기에 가서 衷心 珍味로운 반찬 갖추어 잘 먹었고~큰 딸, 3째 딸, 4째 杏도. 한참 쉬었다가 16時에 터미날 向發. 16시 40分 發로 午前과 마찬가지 正常 到着된 것. 청주 와선 2, 3째 子婦들 췌사次 온다는 것 만류하고 自家 해결했고. 4째 子婦 틈 잘 타서 特別面會 했다고. 消息에 呼吸 고르게 順調로운 狀況 이야기에 若干 不安 좀 줄기도. 밤엔 막내 從嫂(朴 氏…夢榮)한테 人事 전화 왔고. 守直은 松이가.[120] ○

〈1996년 9월 29일 일요일 曇. 晴〉(8. 17.) (15°, 27°)
今朝의 배드민턴 活發이 잘 되고. 오랜만에 밥 져 봤으나 잘 되고. 서울 소식 3女한테 들으니 큰 變動은 없고 간밤에 呼吸機 떼어보니 自家호흡 괴로워서 다시 기계 낌었다는 것. 큰 妻男과 막내 동서 夫婦 面會次 왔었다는 소식. 杏이 서울서 初저녁에 오고. 제 母親 다시 딴 자리로 옮기고. 속 불편한지 푸른 大便 자주. 눈 뜨기 힘들고. 기운 없는지 氣活 없고 잠잠하다고. 이모저모 들으니 또 不安. 하루 걱으로 不安한 편.
午后 잠간 대추밭 가서 枯草된 풀 긁기에 勞力. 明日 上京 計劃. 五女 運이가 守直.[121] ⊙

〈1996년 9월 30일 월요일 晴〉(8. 18.) (14°, 28°)
한밤 중 새벽 1時 起床. 2시간 동안 고추 말린 것 뽀개 씨 빼기 일 한 것. 서울 생각 不志.
6時 좀 지나서 龍華寺 가서 食 前 念佛 祈禱-" 加護에 感謝[122]하며 祈願하나이다. 慶州 金氏 庚申生 魯井母親의 病患이 危重하여 서울 삼성의료원에 入院 加療中. 自身自力으로 運身 程度 治癒되어 早速한 時日 內에 退院되기를 祈願하나이다"라고. 今朝도 朝, 晝, 夕 外 隋時 念佛 祈禱 그대로이나 昨夜 들은 바 不安 不便 無限한 듯 가엾은 境地 형언할 수 없고. 대추 果園 가서 枯死草 1줄 半 程度 긁고 代用食으

119) 원문에는 파란색 색연필로 밑줄이 그어져 있다.

120) 원문에는 파란색 색연필로 밑줄이 그어져 있다.

121) 원문에는 파란색 색연필로 밑줄이 그어져 있다.

122) 원문에는 붉은색 색연필로 밑줄이 그어져 있다.

로 臾心 때운 後 15時 30分 高速으로 서울 向發. 病院엔 18時頃 到着. 五女 魯運과 함께 面會~約 一時間. 몸 주물으며 여러 차례 부르니 눈 若干 뜨는 것. 運의 誠心 作用으로 오래동안 눈 뜨며 若干 움직이는 것. 河医師와 잠시 面談. 3, 4日 呼吸 順調로우면 病室에 옮겨 治療할 것이라고. 明日부터는 安医師가 擔當할 것이라고. 큰 애비 運과 함께 夕食하고. 相雲스님도 왔고. 4째 夫婦도. 터미날서 20時 50分 發. 집엔 11時 半頃 到着. 杏한테 경과 야기하고 힘없이 就寢. 弼이가 守直.[123] ⊙

〈1996년 10월 1일 화요일 晴〉(8. 19.) (15°, 27°)
体育館 가서 休息시간에 몇 婦人 同好人한테 (朴인, 金옥) 極寒 患者 歸家終末 치료 方法 듣고 若干 솔곳하여 杏한테 傳達했기도. 族長 勳鍾 氏 主管으로 俊兄과 함께 臾心 待接 慰勞의 意로 받았기도. 1농장 가서 昨日과 같은 作業했고. 2째 子婦 病院 來往.
病院의 井母의 狀況 消息~昨日과 거의 비슷. 今夜 守直은 運[124]이라고. ⊙

〈1996년 10월 2일 수요일 曇. 雨〉(8. 20.) (14°, 20°)
모처럼 비 適当히 내렸고. 들깨, 채소엔 甘雨. 논엔 害.
計劃을 바꿔 10時 半 發 車로 서울 向發. 病院엔 13時頃 到着. 두 분(성찬, 재응) 스님 만났고. 곧이어 상운 스님도. 在應스님 주선으로 5女 運과 함께 構內식당서 臾心. 運과 함께 16시 10分에 井母를 面會~한참 後에 왼편 눈 좀 뜨는 것. 오른편 눈은 눈꼽 등에 붙어서 실갱이 後 若干 뜨는 것. 數十分 間 종종 自進 떠서 감막거리는 것. 意識은 若干 있는지 쳐다는 보나 물음에 反應은 좀처럼 없고. 1번 程度 조금 끄덕인 듯. 얼굴과 上体에 부증이 있는 것~氣道 호스가 어느 순간 뽑혀서 空氣가 들어가서라고. 時間 後 부증이 빠질 것이라기에 安心은 되나 궁금. 새로 定해진 安医師 만나 첫 人事했고. 100% 呼吸은 自身이 自家 呼吸해야 한다는 것은 当然한 줄 아나 氣力이 없어서라니 問題. 氣運을 어떻게 돋가주나가 문제. 運과 한참 삭신을 주물러서인지 시간 갈수록 움직임이 가벼워보이는 듯도. 退院 後 대영 스님 비롯 數名의 스님이 오셔서 고마운 人事했고. 其後 큰 애비 오고. 18시頃 病院 떠나 19시 고속으로 入清했을 땐 21時 좀 지났고. 今夜 守直은 魯松[125]이가. ⊙

〈1996년 10월 3일 목요일 曇. 雨. 曇〉(8. 21.) (13°, 20°)
0時 半에 起床하여 乾고추 뽀개어 씨빼기 作業. 約 1時間 半 勞力했고.
아침결의 서울 소식~잠은 잘 잔 편이고. 부기는 아직 안 빠졌으나 차차 빠질 것이라고. 낮에 방배동 큰 딸이 病院에 온단다고. 午前에 清州 세째 夫婦 病院 왔다고 기별 왔고. 집일 보려고 마음먹던 중 急報 와서 杏과 함께 13시30분發 車로 上京. 16時 30分에 病院 도착. 17시에 面會~運도, 杏도. 昨日에 比해 惡化. 폐렴 再發로 呼吸難이라고. 熱 좀 높고. 부증

123) 원문에는 파란색 색연필로 밑줄이 그어져 있다.
124) 원문에는 파란색 색연필로 밑줄이 그어져 있다.
125) 원문에는 파란색 색연필로 밑줄이 그어져 있다.

더한 셈. 숨 자주 쉬는 것. 운명 직전인 듯? 기막힌 일. 長女 次女, 3, 4, 5女, 明 夫婦, 妻男 夫婦, 妻조카 형수도. 松 夫婦, 잠시後 19時에 큰 애비 또 왔고. 모두 食堂(妻族들은 갔고) 가서 夕食 七名. 20時엔 万一의 境遇 있을 時의 對策을 一同 協議할 程度 이르른 것. 20시 半에 弼이 오고. 3째 子婦와 杏은 歸淸. 20時50分에 3女, 五男, 4째 子婦 面會次 入室. 今明日이 고비? 고비 넘기면 산다. 모두 歸家시키고. 守直은 큰 애비와 스님.[126] 3女 집에서 留. ○

〈1996년 10월 4일 금요일 晴〉(8. 22.) (13°, 19°)
4시에 起床. 念佛 祈禱. 茶 1잔 들고 医療院 가서 佛教室 들어가 念佛 祈禱. 큰 애비 歸家시키고 7시 30분에 스님과 3女 집으로. 速히 8시에 왔고. 큰 妻男과 사위한테서 安否 전화. 井母의 小便 어느 程度 배설했다기에 多幸이었고. 13시에 큰 딸 주선으로 矣心 運과 함께 3人. 큰 애비 왔고. 큰 애비 와서 권고로 3女 집에서 쉬던 中 急報(午后 3時)로 井母 자리로 다가가 狀況 보며 모두 全身 주므르며(만지며) "나무아비타불" 念佛 祈禱 約 1時間. 19時 "菌과 最高 고비로 싸우고 있는 中"이라고 医師의 말. 이 큰 고비를 잘 넘겨야 한다는 安医師의 말. 막내 이모집에서 전화왔다고. 大田 2째와 큰 사위 와서 面會. 大田서 가져온 떡으로 一同 夕食. 20時頃 面會 中 井母 가슴 甚히 뛰고 입술 떨며. 대영 스님外 또한 분 스님. 상운 스님도 왔고. 모두 모두 守直 雰圍氣로 지낸 것. ○

〈1996년 10월 5일 토요일 晴〉(8. 23.) (13°, 20°)
0時 30分에 緊急 家族 召集~胃 出血, 呼吸 곤난, 心臟 뛰고. 1時부터 1人씩 交代 제 모친 옆 지키고(스님, 絃, 弼, 큰 애비) 繼續 떨며 出血(입, 코). 몸 괴롭고 不便하나 3女 집 가서 朝食. 큰 妹와 弟 振榮 오고. 가는 길은 決定的인 듯. 葬日 前까지의 모든 일 相議하기도. 午后 3時에 큰 妹와 함께 面會~위 出血 如前. 기운 없는지 조용한 편이나 참혹相 볼 수 없고. 저녁은 李주남 先生 待接받았고. 온 家族들 待機室서 徹夜 守直.[127] ○

〈1996년 10월 6일 일요일 雨〉(8. 24.) (11°, 17°)
1時頃인가 깜짝 놀랜 氣分으로 井母 옆으로 無條件 다가가보니 입만 조금씩 若干 벌름거리고, 機械呼吸 소리만 색색. 며칠 前부터 눈은 딱 감은 채. 注射器 꽂혀져 있는 양팔 손을 쓰다듬으며 "딱하도다, 불쌍하오. 回復 못하고 그냥 가는 구려. 나무아미타불" 찾으며 왼팔 왼손등, 오른팔 오른손등, 이마, 얼굴, 코 쓰다듬으며 어느새 그 몸을 몇 바퀴 돌았는지 3시가 넘은 듯. 발등 손등 검붉은 注射자욱으로 피부의 제 색깔 갖지 못한 채. 노정 어머니를 아무리 불러도 反應 없고. 틀니 빼놔서 입은 합죽이. 원망하는 모습도 같고, 웃는 모습도 같고. 심장 고동은 가늘게 이따금씩 움직이는 듯 마는 듯. 子女息들 10男妹, 弟 妹 모두 오래서 지켜보는 가운데 "가슴 심장은 이제 멎었다" 말하며 시계 보니 새벽 4時[128]. 잠시後 擔當医師 와서 聽診器로 가슴, 배, 겨드랑

126) 원문에는 파란색 색연필로 밑줄이 그어져 있다.

127) 원문에는 파란색 색연필로 밑줄이 그어져 있다.
128) 원문에는 붉은색 색연필로 밑줄이 그어져 있다.

이 等에 꽂아보더니 "끝났읍니다"의 운명 宣言. 病院 室內이니 큰 소리 내지 말고 '아이고 아이고'로 곡하라고 子女息들에게 말하고 함께 울먹으며 마지막 作別. 77세를 一期로 나와의 同居生活 滿 60年[129]. 꿈결 같이 보내진 듯. "원통하고 가엽서라. 공로 많은 노정 어머니 安心하고 잘 가소서…."

모든 것 거두고 큰 애와 막내와 함께 영안실로 護送을 마치니 5시 半.

葬礼 前까지 할 일 諸般事에 큰 애비 精神 바쁘게 두서 차려 手配에 全力.

6시에 靈安室로~地下 2층20호. 8시에 一同 朝食…영안실 指定食. 定해진 분향실에도 痛哭했고.

葬礼 準備 일로 11時 發 車로 淸州行. 弟 振榮과 歸家하여 경황 中에도 頭痛 무릅쓰고 訃音 몇 通과 10余處에 電話하고余他 일 弟 振榮에 맡긴 것. 各 親睦契 代表 앞으로 電話하기에 동생 振榮이가 極限 노력한 것. 再從姪 魯旭 夫婦 다녀가고. 비는 거의 終日 내리니 自然도 슬픈 눈물일까. 各種 祝文 쓰기에 心血을 기우리며 徹夜 일 본 셈. 멍한 머리로…. ⊙

〈1996년 10월 7일 월요일 晴〉(8. 25.) (9°, 24°)

金昌月 地官과 陰8월26일 午前 12시 前後에 下棺토록 相議하고 山役 着手. 告祀祭, 貞心, 꽃행상의 꾸밈 場所 等. 諸般을 弟 振榮한테 付託하고 上京하면서도 궁금症 不禁.

昨日에 비 그럴데 내리더니 晴天, 午後부터 弔問客~밤에 이르러 그칠 사이 없이 續續. 喪主 5兄弟와 사위 趙泰彙까지 6명이 能率的으로 比較的 손님맞이 잘 함을 느끼고. 特히 外孫子 愼重奐, 현아 男妹의 活躍과 孫子 政旭의 活動으로 많은 손님 接待에 圓滑하게 進行된 것. 밤 10時頃 손님 接受 번호 700을 넘었다나. 委託한 飮食代金 어마어마할 것을 느끼면서. 喪服은 男子는 洋服으로 今日까지, 明日부터는 男子도 韓國式 韓服喪衣를 입도록 한 것. 喪事도 大事가 틀림없는 것. 거의 모두 徹夜. ⊙

〈1996년 10월 8일 화요일 晴〉(8. 26.) (9°, 24°)

朝食 6時 半에 마치고 發靷 準備에 모두 분주. 服人 一同 棺 모셔오며 서름 못이기는 것 일 것. 영구차 옆에 祭物 차려 놓고 節次에 依해 發靷祭 無事히 擧行. 8時 半에 豫定한 대로 故鄕 向發. 앞차는 帝龍會社 提供 승용차에 神主 모시는 사위 趙泰彙. 3째 明이가 案內格. 영구차에 喪主 一同, 其外 服人 數名, 成榮, 昌在 親族, 其他 多數. 中途 休게所서 잠간 커피 한 잔씩 하고 淸州 봉명洞 살던 곳(滿 10年) 自宅 잠간 들러 서러움 조금 풀고 遺品 몇 가지 함께 싣고 葬地 向發. 전좌리엔 11時頃 到着. 墓所 예정지 工事中. 三樂會 會員 비롯 各 親睦契員, 消息과 연락 없어도 自進 人事次 온 親知, 一家 親戚, 關聯客 意外로 많았던 것. 墓所 자리~先考 墓所 앞 아래 庚坐甲向분급[130]. 父母님 모신다는 意로 오래 前부터 豫定한 자리. 포크린 機械 고장으로 속 썩이기도. 이로 因해 거의 해 다 가서 일 끝낸 셈. 봉분제 지내니 日暮. (婚綿은 큰 애비와 在應스님이 모시고 忠南 서천郡 광곡寺로 三虞祭 後 모신다는 것.) 영구車로 淸州 오니 집 썰렁하고 전좌

129) 원문에는 붉은색 색연필로 밑줄이 그어져 있다.

130) 원문에는 붉은색 색연필로 밑줄이 그어져 있다.

리에 井母를 묻고 온 心情이니 허전하고 無情한 마음 미칠 것만 같았던 것. 여러 子女 慰勞에 되려 反對현상이니 의연한 姿勢라야 함을 느껴보기도. 밤중엔 子女 中 教派(佛教, 基督教) 態度 不統一(一致)로 意見 충돌 있었기도. 광곡寺에 제 모친 혼백을 安置(奉安)하고 지성껏 명복 빌며 念佛祈禱를 받게 되면 井母의 영혼은 幸福인 것~그래서 在應스님을 낳았는지 참으로 우연한 일이 아닌지 그런지…이곳 淸州서 三虞지낸 後에 其 곳으로 護送 奉安하겠다는 意思가 家族 全体가 統一된 것. 弔客과 賻儀도 어마어마하다는 것. 接受번호 940. ⊙

〈1996년 10월 10일 목요일 晴〉(8. 28.) (10°, 23°)
아침 上食 後 家族 一同 三虞祭[131] (初虞祭 8日 저녁, 再虞祭 9日 아침.) 지내러 9시에 승용차 4台로 20名 가서 서로운 곡성 속에 뜻깊게 지냈고. 在應스님, 큰 애비, 3女는 제 모친 혼백(위패)와 寫眞 모시고 상운 스님 案內로 忠南 서천군 광곡사로 出發하고 其他는 從兄 宅 들러 問病 人事 後 入淸 歸家. 어제는 無極 李鍾成, 今日 11時頃엔 親知 尹成熙 人事次 다녀가고.
저녁나절에 광곡사 갔던 一同 無事 歸家. 奉安 잘 했다는 報告 받고. ⊙

〈1996년 10월 12일 토요일 晴〉(9. 1.) (9°, 24°)
첫 이레祭에 큰 애비 夫婦[132] 광곡사 잘 다녀온 것. 저녁 食事 後 큰 애비만 上京. 杏과 運도 上京. 今日에서 子女息 거의 歸家…막내 魯弼 家族도 上京 歸家. 大田 2째네 家族 一同 와서 故鄕 墓所 가서 參拜(祈禱?)하고 歸路에 대추밭까지 거쳐왔다는 것.
沐浴 後 '靑一社' 가서 人事狀 300枚 印刷 부탁했고. 今夜는 조용하니 쓸쓸~松과 큰 애비만이 남아 同宿. 弔問錄 參考로 열람해 보기에 바빴기도. ⊙

〈1996년 10월 13일 일요일 晴〉(9. 2.) (9°, 22°)
月余 만에 体育館 나가 喪事에 協助한 會員 一同에게 果類와 酒類 待接하며 人事하고. 運動 適当이 하고 歸家. 앞길 없는 者 마냥 시름 없고 눈물 흘리며 집에 온 것. 午前 中 장부 정리.
午后엔 전좌리 가서 山所 둘러보고 서러운 心情으로 哭하였기도. 큰집 잠간 들러 대추밭 가보니 큰 子婦와 3째 子婦 먼저 와서 떨어진 대추 줍는 中인 것. 18시까지 주운 것 分量 나우 많은 것 싣고 入淸. 서울서 杏이 왔고. 運은 明日 사우디 간다는 것. 제 모친 임종 마치고 가는 것. ⊙

〈1996년 10월 14일 월요일 晴〉(9. 3.) (13°, 21°)
井母 別世 後 9日째. 死亡申告 準備 等 몇 가지 일 보려는 데 서울 큰 当姪 魯奉이 肝경화症으로 別世했다는 悲報에 魯錫과 함께 小魯가서 金昌月 地官 帶同하여 從兄 모시고 전좌리 가서 墓所 豫定地 定하고 3日葬으로 16日에 葬事 지내도록 한 것.
午後에 맏子婦 '鎬準' 데리고 서울서 왔고. 五女 魯運이 사우디 向發~午後 7時 金浦空港. 來往에 外孫女 '수진'이가 제 승용차로 고마운 노력했다니 신통했고. ⊙

131) 원문에는 붉은색 색연필로 밑줄이 그어져 있다.
132) 원문에는 붉은색 색연필로 밑줄이 그어져 있다.

〈1996년 10월 15일 화요일 晴〉(9. 4.) (9°, 19°)
지나간 일, 또 닥친 일 모두모두 哀事에 心情 괴로워 市內 몇 가지 일 보고 우연찮이 酒類 몇 잔 했더니 頭痛과 심난症으로 終日 不安하게 지낸 것. ⊙

〈1996년 10월 16일 수요일 晴〉(9. 5.) (6°, 20°)
玉山서 金昌月 地官 약속대로 만나서 魯錫 주선의 택시로 전좌洞 가서 큰 当姪 故 魯奉의 葬礼 大過없이 치룬 편~ 從兄의 치총자리 直下 甲坐庚向[133]으로 安置. 一家 洞里 諸位의 勞力으로 比較的 일찍 葬礼 行事 마친 셈. 從兄의 哀痛 極致~從兄嫂 長期病患中에 長子를 잃었으니 그럴 수밖에. 歸路에 큰집 가서 또 한 번 從兄님 뵙고 慰勞 말씀 드리고 入淸.
14日에 사우디 向發한 運이 無事도착됐다는 消息 들었고. ⊙

〈1996년 10월 17일 목요일 晴〉(9. 5.) (7°, 19°)
井母 葬禮 人事狀 作成 發送 시작했고. 큰 자부는 '鎬準' 안고 杏과 함께 一同 대추밭 가서 대추 주웠고. 고셔가는 들깨 베기에 勞力노하여 完了하고 歸家하니 18時 半. ⊙

〈1996년 10월 18일 금요일 晴. 曇〉(9. 7.) (9°, 16°)
故 魯奉(큰 堂姪) 葬礼 後 三虞에 參與次 故鄕 갔었으나 서울서 올 아이들 到着시간 큰 差異 있대서 歸淸했고. 12時 約束했던 宗親 漢奎 氏, 漢虹 氏, 俊兄, 勳鍾 氏, 晩榮 招請하여 '三州식당'서 答礼 人事後 臭心 待接했고. 永樂會員 金圭會 親喪에 會員 몇 분과 同行하여 內德洞 가서 弔問 人事했고. 18時 半부터 있는 宗親會 會食에도 參席하여 人事하였고. 서울서 큰 딸 왔고. ⊙

〈1996년 10월 19일 토요일 晴〉(9. 8.) (9°, 18°)
再이레째 祭事에 큰 딸과 4째 杏이 아침결에 忠南 서천군 마산면 광곡寺 갔고. 今日 거의 終日 집안에서 허송세월한 편. 金溪行 豫定 포기했고. 俊兄과 鄭홍 주선으로 '명관'서 臭心 잘 했고. 올림픽体育館 가서 生活체육協議會 主催인 배드민턴大會 狀況 잠시 보았고. 서울서 큰 애비 오고. 광곡사 갔던 두딸 18시에 無事 歸家~2이레 祭物 담뿍 가져오기도. 인턴医師로 濟州 있는 孫子 '昌信'한테서 생선 '갈치' 한 상자 부쳐져 受理했고. 밤엔 鄭海國 氏 夫婦로부터 慰勞 電話 와서 고맙기도. 今朝엔 서울 조의환 先生한테서도 人事 전화 왔었다고. 深夜까지 人事狀 봉투 쓰기에 바쁘게 일 보고 子正까지 勞力한 것. 3女 家族 왔고. ⊙

〈1996년 10월 20일 일요일 晴〉(9. 9.) (10°, 17°)
各 處서 모인 여러 家族 10余名 朝食 後 勞動計劃으로 故鄕 田園 向發~대추와 콩 줍기. 큰 애비 夫婦, 3男(明), 4男(松), 큰 딸과 희진, 3女와 重患 현아, 4女(杏), 弟(振榮) 合 11名 動員된 것. 대추 約 40말. 콩 많이 주었고.
同窓會 會長 徐秉圭 주관으로 韓정식 臭心 待接 받았기도. 俊兄과 鄭弘模도 同參. 12時부터 있는 클럽會員 김옥수 女史 女婚 있어 上堂예식장에 人事 갔었기도. 午后 3時 半에 1농장 가서 들깨 打作하여 約 2말 程度 收穫된 것. 서울 아이들 밤까지 모두 歸家. 큰 子婦도 '鎬

133) 원문에는 붉은색 색연필로 밑줄이 그어져 있다.

準' 텐고 와서 約 1주일 만에 歸京한 셈. ⊙

〈1996년 10월 21일 월요일 晴〉(9. 10.) (9°, 20°)
午前 中엔 家庭서 잡무 보고 㫩心 後 第2농장(콩밭) 가서 메주콩 1部 打作과 튀어 퍼진 콩 줍기에 勞力한 것. 밤엔 우연이 '삼성의료원'의 不誠實에 不滿과 분개心 생기기도. ⊙

〈1996년 10월 22일 화요일 晴〉(9. 11.) (8°, 22°)
2농장 콩밭 가서 메주콩 털고 줍고 해 넘긴 것. 近日엔 杏이가 食事 짓기에 바쁜 중. ⊙

〈1996년 10월 23일 수요일 晴〉(9. 12.) (6°, 21°)
간밤엔 子正까지 대추 모디어 자루푸대 等에 담기에 勞力했던 것…雨天 대비 等.
三樂會 逍風에 參與[134]~8.30 出發. 18.30 歸淸. 京畿道 楊平郡 龍門山 龍門寺. 驪州郡 도자기 展示場. 神勒寺(永久 개와 1枚 1万 원 提供), 佛敎 博物館 見學. ⊙

〈1996년 10월 24일 목요일 雨〉(9. 13.) (13°, 17°)
長期 가뭄 끝에 새벽에 비. 낮엔 몇 차례 오락가락했고. 不動産 사무실(福德房) 3개所 찾아가 住宅 賣渡価 表示했고…吳 氏, 崔 氏, 金 氏…63坪 垈地, 坪当 200万 원(12,600万 원~융자 700万 원除. 11,900万 원으로). 우량 30㎜[135]. ⊙

〈1996년 10월 25일 금요일 晴〉(9. 14.) (7°, 19°)
27日에 있을 墓域 整地 追加工事 豫約節次로 玉山 가서 '姜재영' 技士 찾고저 애썼으나 出他 中 못만나고 電話로 그 夫人과 通話되어 一部 安心은 된 것. 포크린 1日 18万 원 雜夫 一人 6万 원. 떼 600장 1組 132,000원. 玉山 순대집에서 몇 첨으로 㫩心 메꾸고 金溪 가서 從兄 만나 相議하고 콩밭 가서 1되 가량 주었기도. 밥맛 若干 잃은 듯. ⊙

〈1996년 10월 26일 토요일 晴〉(9. 15.) (3°, 18°)
同窓會 소풍에 參席~大邱까지 列車 旅行. 八公山 가서 '동화사…桐華寺. 藥師如來大佛 參拜 求景하고 達城公園 둘러보고 19時 半 列車(統一号)로 鳥致院. 歸淸하니 밤 11時.
三七祭로 광곡寺 갔던 3女 妊과 四女 杏이 無事히 잘 다녀오고. 明日 行事로 큰 애비 와서 万般 준비 다 해놓았고. 4째 子婦도 왔고. ⊙

〈1996년 10월 27일 일요일 晴〉(9. 16.) (1°, 18°)
새벽에 龍華寺 가서 祈禱. 큰 애비는 일찍 故鄕 前佐里 墓所 가서 人夫와 技士 하는 일 監督指示에 勞力. 10時 좀 너머서 弟 振榮과 함께 作業場 向發. 玉山서 잠간 下車하여 金城人 李玉鍾 回甲宴에 人事하고. 墓所 가서 整地工事 終日 본 것. 포크린 技士는 대명重機 金 氏. 人夫는 王 氏, 金 氏. 從兄님도 잠간 現場 다녀가고. 㫩心 땐 3女와 四女 3째 魯明 車로 와서 晝食 차리기에 勞力했고. 午后 4時 좀 지나서 工事 대충 마쳤으나 떼가 不足했던 것. 賃金 各各 넉넉하게 支拂하니 개운. 2딸과 4째 子婦 今日도 많은 活動한 셈. 그만치 墓域 다듬었으니 후련한 氣分이었고. ⊙

〈1996년 10월 28일 월요일 晴〉(9. 17.) (5°, 18°)

134) 원문에는 붉은색 색연필로 밑줄이 그어져 있다.
135) 원문에는 파란색 색연필로 밑줄이 그어져 있다.

數日 前에 털어 왔던 메주콩 5되 程度 얼기미로 쳐서 가려놓고. 12시부터 있는 辛酉會에 參席하여 마음 곰탕집에서 會食한 것. 대추 고르기에 時間 빼앗겨서 金溪 못갔고. 綜土稅 等 納付하고 잔일 좀 본 것. ⊙

〈1996년 10월 29일 화요일 晴〉(9. 18.) (9°, 23°)
2농장 가서 메주콩 打作 完了하고 밤콩 打作 着手한 것. 11月3日에 광곡寺 行키로 決定. ⊙

〈1996년 10월 30일 수요일 曇〉(9. 19.) (12°, 17°)
今日도 어제와 如한 勞動 繼續한 셈~主로 밤콩 털은 것. ⊙

〈1996년 10월 31일 목요일 曇. 雨〉(9. 20.) (12°, 15°)
清原祠 本堂 正面에 史籍 彫刻展(額字式) 六位 先祖 實記를 揭示[136]하는 데 宗親 몇 분이 自手 運搬하여 完成하니 자랑스러웠고~無形文化財 吳國鎮 氏 作品[137].
常祿契 總會 있어 參席~10名 中 9名 參席. 會長 李炳赫. 總務 趙東秀. 장소~삼미가든.
杏의 精誠에 不便은 없으나 職場生活에 2重苦役인 處地 생각할수록 눈물겨워 딱한 생각 뿐. 11時頃부터 終日 비. ⊙

〈1996년 11월 1일 금요일 雨〉(9. 21.) (10°, 13°)
부슬비, 가랑비로 終日 내렸고. 늦은 感 나나 人事狀 數10通 가려쓰기에 노력했고. ⊙

〈1996년 11월 2일 토요일 曇 .晴〉(9. 22.) (10°, 15°)
井母의 死亡申告하며 또 울쩍~봉명2洞事務所 오갈 때 설음에 복 밪쳐 괴로웠기도. 松은 退勤 後 제 母親 墓所 다녀 꽃다발 바치고 上京. 큰 애비는 한낮에 서울서 제 母親 墓所에 直接 와서 墓域 잔디떼 再손질 마치고 2농장 콩밭 가서 밤콩 打作 마치고 日暮頃에 入清하여 콩 精選에 勞力했고. 밤 11時 半엔 막내 魯弼이 왔고 家和說 나누고 就寢. ⊙

〈1996년 11월 3일 일요일 晴〉(9. 23.) (3°, 17°)
井母 他界 第四次 七日祭 겸 回婚記念日 行事로 廣谷寺[138]에 다녀온 것~參席 10名(当人, 長子, 參男, 四男, 五男, 次女스님, 參女, 四女, 3째 子婦, 4째 子婦). 家庭 出發 7時 半. 2時間 半 後인 10時 도착. 行事 11時 半~13時. 法堂서 부처님 前 行事 後 井母 靈前, 祝文 "檀紀 4329年, 佛 2540年 丙子 九月 二十三日 甲辰日을 맞아 魯井母親 그대가 他界한 제 於焉 四次 이레를 맞았으니 哀悼의 마음 간절하고, 더욱 이 生에서 지내던 回顧가 無限하던 中 滿 60年 前 丙子年 九月二十三日을 다시 맞으니 철 모르고 꽃다운 時節의 苦樂을 어찌 다 이르릿가. 一生史를 못다 말하고 오늘은 精誠 어린 상운 스님과 그대가 誕生해주신 次女 魯姬 '在應스님'이 營爲하는 忠南 서천郡 마산面 삼월里에 자리잡은 廣谷寺에서 4째 이레와 回婚의 뜻을 더욱 기리는 마음에서 子女息 子婦 15名 中 9名이 參與하여 부처님의 加護를 받으면서 그대의 靈前에 香 사르고 冥福을 비는 바이니

136) 원문에는 붉은색 색연필로 밑줄이 그어져 있다.
137) 원문에는 붉은색 색연필로 밑줄이 그어져 있다.
138) 원문에는 붉은색 색연필로 밑줄이 그어져 있다.

부디 安心하시고 便安하시기를 祈願하면서 哀哭하며 再拜합니다." 一同 痛哭하고 再拜한 것. 푸짐이 장만한 사찰 飮食으로 点心을 맛있고 滿足하게 먹은 後 스님들께 人事하고 午后 2時 正刻에 出發하여 歸家하니 同 4時 半쯤 됐고. 서울 아이들 4名과 큰 애비는 公州서 分離 卽 直行했던 것. 今日 行事도 꿈결 같이 지낸 듯. ⊙

〈1996년 11월 4일 월요일 曇. 雨〉(9. 24.) (6°, 15°)
人事狀 쓰기, 콩 겉손질, 대추 추술르기 等으로 바빠서 金溪 못 간것~2号 田園의 팥 打作 못해서 속 쓰리고. 밤에도 뒷水道 옆에서 콩 까부르기에 勞力. 밤새도록 비. ⊙

〈1996년 11월 5일 화요일 雨. 曇〉(9. 25.) (9°, 13°)
今日도 人事狀 쓰기에 바빴고. 午后 4時頃 消息에 依하여 急히 井母 墓所 가보니 昨今의 비로 봉분 이마턱의 떼가 若干 무너졌던 것. 솔가지로 우선 보기 흉한 곳 덮고 日暮頃이라서 그대로 歸家하고 모레 人夫 사서 再손질하기로 措處했고. 2号 농원의 콩, 팥 무더기 덮은 것은 急하나 아직 손 못대는 형편이고. 아이들 몇 군데에 此旨 연락하기도. ⊙

〈1996년 11월 6일 수요일 晴〉(9. 26.) (5°, 15°)
今日로서 늦었으나마 人事狀 400余通 發送으로 一段落 지은 셈…10/17 34.57통. 10/18 35통. 10/19 24통. 10/20 30통. 10/24 8통 10/30 30통. 10/31 17통. 11/1 17통. 11/2 18통. 11/4 32통. 11/5 69통 11/6 38통. 계 409통.
2농장 콩 팥 밭가서 밤콩 打作 完了했고. 明日 行事 食事 준비에 万全을 期한 셈. 개운한 마음으로 잠 잘 듯? 그레도 疲困 느끼고. ⊙

〈1996년 11월 7일 목요일 晴. 雨. 曇〉(9. 27.) (6°, 12°)
計劃된대로 墓域 補修作業 했고. 人夫 2名, 떼 500장. 点心은 오미 (鄭분식) 食堂서 配達 6名分. 午后에 가랑비 내리는 바람에 支障 좀 있었으나 豫定 作業 完了한 셈. 經費 約 27万 원. 井母 墓 앞 이마턱 허러진 곳 復旧. 先考墓 周圍 및 下壇 全体에 떼 作業 完了. 墓域 大周圍 나무 整理를 意中대로 마치니 마음 개운한 것. 作業 中 杏과 松 와서 協調. 從兄 다녀가시고. ⊙

〈1996년 11월 8일 금요일 曇. 雨. 曇〉(9. 28.) (7°, 13°)
漢奎 氏 主管으로 漢虹 氏, 俊兄 모두 4人이 '三州식당'에 12時에 集하여 大宗會 理事會 推進과 앞으로 있을 時祭 行事 等 相談했던 것. 비 오락가락했고.
밤 깊도록 밤콩 키질에 勞力했고~탑시기, 쭉정이, 돌 等 가리는 일…明日 行事 생각하며 落淚. ⊙

〈1996년 11월 9일 토요일 曇〉(9. 29.) (6°, 13°)
四女 魯杏과 함께 忠南, 舒川郡 마산面 삼월리 '廣谷寺' 가서 井母 5.7祭 지내고 온 것…7時半 出發. 18時頃 歸家. 상운 스님, 在應스님 主宰 下에 天安서 2분 스님, 陰城서 1분 스님 오셨고. 오갈 때 杏의 至誠 保護로 無事히 다녀

온 것. 松은 勤務 마치고 제 母親 山所 다녀서 上京했다고. 서울 各處 子女息들한테서 전화 人事 왔고.
기쁜 消息 2가지…① 弟 振榮이 淸南初等校(교감)로 榮轉. ② 사우디 끝째 사위 池世男이가 大宇建設 現場所長으로 就職되게 되어 來週 月曜부터 出勤케 되었[139]다는 것. ⊙

〈1996년 11월 10일 일요일 晴〉(9. 30.) (5°, 12°)
13時에 있는 郭頌榮 子婚과 14時의 郭漢秀 子婚에 各各 다니며 人事~上堂예식장, 大韓예식장.
콩밭 농장가기 前에 前佐墓域 가서 省墓하고 둘러본 後 비닐 멍석으로 덮어 놨던 팥 무더기 헤치고 2, 3時間 日暮時까지 따갖고 와서 深夜까지 까기도. ⊙

〈1996년 11월 11일 월요일 晴〉(10. 1.) (7°, 13°)
龍華寺 가서 새벽 祈禱 올렸고. 永樂會 소풍에 參席[140]~8시 出發, 19時 入淸. 9, 10, 11月分과 今日 逍風費까지 정리 完了. 5万 원. 群山 가서 회 會食이었으나 不充分. 井母 없는 旅行이어서 마음 괴로웠고. '학천분식'에서 夕食 代用식. 밤에 팥깍지 일 深夜까지. ⊙

〈1996년 11월 12일 화요일 晴〉(10. 2.) (7°, 13°)
尹成熙 교장 主管으로 '조의상' '유기현' 함께 招待를 받아 '고향식당'에서 酒類와 点心을 먹은 後 淸原祠 가서 三門의 大門 更新作業에 協助하고 日暮時(午后 5時 40分)에 歸家한 것. 밤엔 時祀 참석하도록 집안 아우(成榮, 弼榮, 公榮)들한테 電話했기도. 今夜도 3째딸한테서 또 전화 왔고. 明日 時祀에 '山神祝' 썼고. ⊙

〈1996년 11월 13일 화요일 晴〉(10. 3.) (4°, 10°)
淸原祠 時享에 參席하여 執礼로서 唱笏했고. 漢鳳 氏의 誠意 있는 推進力으로 6분(29代祖 文成公, 27代祖 順顯公, 26代祖 眞靜公, 22代祖 蓮潭公, 傍 20代祖 壯元公, 18代祖 文良公)의 彫刻 額子 歷史版 完成 揭示한 事業을 紹介하였기도. 今日 行事 비교적 잘 보낸 셈. ⊙

〈1996년 11월 14일 목요일 晴〉(10. 4.) (4°, 11°)
午前 中 잔일 좀 보고 콩밭 농장 가서 팥꼬다리 따 온 것~날씨 終日 찼고. 밤엔 明日 있을 16代祖 時祀 祝 쓰기에 공 드렸고. ⊙

〈1996년 11월 15일 금요일 晴〉(10. 5.) (1°, 10°)
水落 가서 16代祖 時祀 參與~梁 氏 집에서 在家 行事. 參與者(仁鉉, 勳鍾, 漢奎, 漢虹, 俊榮, 尙榮, 晩榮, 成榮, 公榮, 一相) 參祀 後 省墓 數名 參與. ⊙

〈1996년 11월 16일 토요일 晴〉(10. 6.) (0°, 12°)
故鄕 金溪 가서 15代祖, 14代祖 時祀. 族姪 魯植 집에서 祭祀 後 間谷, 鶴木洞 가서 省墓. 今日은 從兄도 參席했고. ⊙

〈1996년 11월 17일 일요일 晴〉(10. 7.) (4°, 8°)
故鄕 金溪 가서 13代祖 時祀. 金東派 魯峰 집에서 行事. 今日은 省墓 不能. 四派 行事는 今日로 끝낸 것. 祝, 紙榜~今日까지 繼續 責任

139) 원문에는 붉은색 색연필로 밑줄이 그어져 있다.
140) 원문에는 붉은색 색연필로 밑줄이 그어져 있다.

淨書 持參하였고. ⊙

〈1996년 11월 18일 월요일 晴〉(10. 8.) (1°, 8°)
今, 明日은 우리 城村派 또는 小宗契 宗中의 時祀. 12代祖, 11代祖, 10代祖. 10代祖母 合 4곳 墓所 現場에서 參祀. 차림은 位土에 사는 '양승우'. ⊙

〈1996년 11월 19일 화요일 晴〉(10. 9.) (0°, 12°)
9代와 6代祖는 墓所 現場에 가서 올렸고. 8代, 7代, 五代는 從兄 집에서 지낸 것. 참석은 우리 從兄弟와 成榮 兄弟, 公榮. 차림은 모두 從兄이 차린 것. 今日로 시사 마감. ⊙

〈1996년 11월 20일 수요일 晴〉(10. 10.) (2°, 12°)
時祀期間 繼續 過飮. 今日도 日暮頃까지 數次 마신 듯. 醉中에도 23日 行事가 걱정. 밤부터 기어히 臥病呻吟. 통곡 울기만 한 듯. 食事는 全혀 않고. 딱한 四女 魯杏 속만 썩여주었을 것. ※

〈1996년 11월 21일 목요일 晴〉(10. 11.) (3°, 11°)
飮食 전혀 못먹고. 좌불안석. 눕는 것도 괴롭고. 全身痛症 말도 안되고. 각처 子息들한테 모레行事로 전화는 자주 오는 듯. 杏이 혼자 處理 答辯. 終日 신음. ○

〈1996년 11월 22일 금요일 晴〉(10. 12.) (0°, 10°)
괴로운 몸은 어제와 같은 狀況으로 精神 못 차려지고. 杏과 3째 子婦 권고로 金內科 가서 '포도당, 영양제' 링겔 맞으나 괴롭기만 더하여 中斷하고 집에 와서 呻吟 계속. 서울 아이들 모여드렀고. 딱하게 생각하면서도 원망지심 말할 수 없을 터. 엎즐러진 물이니 속수무책. 살아날까가 문제. '차라리 차라리….' 이를 악물고 우유類 조금씩 마시나 속 부다껴 못견디겠고. 잠도 안오고. 10분 지나는 게 며칠 지내는 것보다 더 길은 듯. 후회와 한심 뿐. 明日이 문제. ○
※49祭~魂靈을 저승으로 引導하는 天道祭

〈1996년 11월 23일 토요일 晴. 曇. 비조금〉(10. 13.) (1°, 9°)
어언 井母 49祭日[141]. 몸 괴로워 參席不能. 終日토록 죄악感으로 加重 앓았고. 7시 20分 發 貸切버스(삼호관광), 큰 애비, 3男 夫婦, 四男 夫婦, 五男 父女, 큰 딸 夫婦, 3女, 四女, 큰 妹, 弟 振榮 3夫男女, 姪女, 큰 妻男, 낭성 妻弟… 淸州 發. 18名. 天安서도 妻弟, 작은 妻男 宅, 姨姪 河根 其他 2名 合 5名이니 都合 23名이 參席한 셈. 主導 指揮 자민스님(큰 스님~스승 스님) 外 7名의 스님과 보살님 數名도 參席했다니 法堂 祭室이 가득찼었을 것. 3時間 걸려(10시 30분~13시 30분) 完了함에 큰 스님의 淸雅한 音聲 佛供과 49祭 內容 說法에 一同 感謝하고 놀랠 程度 感服했었다니 其 恩惠 白骨難忘. 子女息들 感淚는 안보았어도 본 듯 서러워했던 光景 어찌 다 表現하리. 井母는 새옷 입고 極樂世界로 기뻐 웃으며 갔을까? 눈물 흘리며 갔을까? 서울 삼성病院에서 呼吸難으로 極히 괴로워 하던 모습 다시 떠오르니 원통한 心情 가슴 뽀개지는 듯. 一同은 감곡寺에서 下午 2時 半에 出發하여 故鄕 전좌리 墓所 와서 省墓 마치고 淸州 왔을 땐 午后 6時 半쯤

141) 원문에는 붉은색 색연필로 밑줄이 그어져 있다.

인데 버스 運轉士도 疲勞했을 것. 큰 애비 周旋으로 簡易食堂서 夕飯 마치고 헤어진 後 집에 와선 經過之事 이야기에 밤 가는 줄도 모르는 듯. "고단들 하니 어서 잠자리 들라" 일러줄 땐 날짜 바뀐 24日 새벽 2時…. 大田 둘째 夫婦는 直接 山所 가서 祈禱 올리고 와서 臥病中인 애비 위로하고 歸家. ○

〈1996년 11월 24일 일요일 晴〉(10. 14.) (0°, 9°)
어제 午後에 잠간 내렸던 비는 井母가 저 세상 하늘나라로 가는 것을 서러워 하는 눈물일까? 福된 발자욱을 묻어주는 甘露水였을까? 고이 永遠이 편안하게 잠드소서. 福 많이 받으며 간 그대를 머리 속에 그리며 잠시 잠자고 나니 몸은 若干 가벼워진 듯. 잠간 눈붙인 아이들은 그래도 일찍 起床하여 朝飯 지어 간단히 요기하고 어질러진 세간사리 整理 後 적당한 車로 3씩 4씩 떠나갔고. '鎬準' 保護에 감곡寺 못갔던 맏 子婦 英信 母는余生을 健康하게 즐겁게 지내는 길을 硏究 實踐하라고 媤夫한테 몇 차례 간곡히 付託하고 낮에 서울 向發하니 고마웠고. 몸 성찮아 보채던 曾孫 '鎬準'은 서울 집 가서 몸 沐浴 後 活氣 되찾아 잘도 논다니 多幸이고 安心. 저녁식사 조금 했고. ○

〈1996년 11월 25일 월요일 晴〉(10. 15.) (1°, 10°)
짠지 및 콩나물 죽으로 朝食 우수 했고. 몸 回復 아직 안됐지만 不得한 事情 있어 거의 終日 뛴 셈~洞사무소 가서 '印鑑증명서' 남의 일로 떼고. 玉山面 가서 양승우 만나 서류 건네고. 호적謄本 떼어 우체局 가서 서울 큰 애집으로 우송 手續. 淸州 와선 郡 三樂會 月例會 있어 12時에 황주緬屋 가서 會食에 參席했으나 식욕 없어 조금 맛만 본 셈. 저녁 땐 용화寺 가서 보름 祈禱 後 歸家하니 大田 2째 夫婦 와서 誠意껏 해주는 飮食으로 저녁을 나우 먹었기도. 回復 어지간이 돼가는 過程임을 느끼고. ○

〈1996년 11월 26일 화요일 曇. 밤에 비〉(10. 16.) (2°, 10°)
20余 日 만에 처음 体育館 나가서 배드민턴 運動 좀 했으니 엊그제까지의 呻吟했던 생각하니 勇敢한 態였기도. 낮엔 市內 가서 클럽 鄭春永 氏 만나 七旬잔치의 意로 祝賀 紀念品 代로 少額 건네니 몇 차례 받았던 答礼人事도 되어 개운했고. 아침 体育館 歸路 中엔 淸州医療院 들러 俊兄 氏 宅 아주머니 問病人事도 했던 것.
17시부터 있는 同窓會 月例會 會食에 參席. 總務 俊兄 有故로 代行하였기도. 24日 낮부터 水道 不通으로 洞 全体가 물 곤난받는 中이고. 初저녁에 生水 받아오기도. ○

〈1996년 11월 27일 수요일 雨. 晴〉(10. 17.) (2°, 6°)
어제 밤부터 내리는 비 새벽까지 繼續. 中斷되었던 水道 새벽 3時 半頃에서야 터진 것. 엊저녁에 다녀갔다는 '富成'부동산 安 氏 만나 家屋 賣渡価 差異로 相議 中斷. '上棠祠'(淸原祠) 懸板 行事 있대서 약수터 갔었으나 作業 未盡인지 行事 不能.
杏은 애비 濠洲旅行 推進 件으로 旅行社 等 연락으로 熱中인 듯…그러나 時日과 費用 問題로 망서려지는데…. 杏이 婚談 族弟 道榮의 말-龍庭, 漢陽 趙 氏, 52歲. 淸大 鑛山學科 卒. 서울 居住. 3兄弟中 맏이. 父는 74歲. ○

〈1996년 11월 28일 목요일 晴〉(10. 18.) (-3°, 5°)
体育館 歸路에 淸州医療院 들러 俊兄 만나 人事하고 午后 4時까지 計劃된 잔일 왔다갔다 잘 본 셈. 家屋 賣渡 '富成'부동산…安 氏, 金 氏 절충으로 12,000万 원으로 落着線. 서울 큰 애비한테 通하니 贊意 表하는 것. 明日 決定할 意圖 굳힌 셈. ○

〈1996년 11월 29일 금요일 눈. 비. 曇. 눈〉(10. 19.) (0°, 3°)
辛酉會에 參席. 우암동 설렁湯 집에서 會食~4名 中 元校長 不參. 終日토록 춥고 날씨 不順. 三從姪 魯殷 祖考 墓 移合封일 明日 있대서 行事 進行 좀 일러주기에 바빴고.
家屋 賣渡의 일 거의 契約 段階 '1億2千萬 원'에 이르는 듯. 明日 午前 中으로 契約 체결될 듯. 明日과 모레 行事 等으로 바쁘게 일 봐야겠다는 마음 굳히며 深夜신문 읽다가 就寢. ○

〈1996년 11월 30일 토요일 曇〉(10. 20.) (-4°, 3°) 눈 10㎝[142)]
故 漢傑 氏(再當叔) 緬禮移葬[143)](안골로 合葬)하는 데 地官 帶同 等 바쁘게 活動할 立場에서 7時 좀 넘어서 出發할 지음엔 氣溫은 零下 4度에 눈보라 치고 눈 싸이는 中. 各種 車輛 체증으로 玉山까지 2時間 半 걸린 것. 各處로 電話로 確認 後 도루 入淸. 11時 半쯤 富成不動産 가서 家屋 賣渡 契約[144)]하니 數年 間 베뤘던 것 成事된 것. 융자通帳 700까지 合算에 1億貳仟萬 원整으로 賣渡[145)]케 하여 契約金 壹仟萬 원 받고 中途金은 12月 20日에 6千萬 원. 殘金은 97年 1月 18日에 受領토록 한 것. (實算 垈地 63坪 82,00万+建物 33坪 38,00万 원 친 셈.) 但 井母 生存時에 解決 안 됐던 것만이 아쉬었다는 유감…故鄕 터에 새 家屋 마련 못했기에.
明日 '감곡사'行은 極寒의 날씨와 交通 체증 및 氷板길 關聯으로 좌절-아쉽게 된 것. ○

〈1996년 12월 1일 일요일 晴〉(10. 21.) (-9°, -6°)
겨울 들어 가장 추운 氣溫. 井母 別世 後 첫 生日. '감곡사' 못가게 된 것 아쉬었고…5時에 起床, 부처님 앞에 향 사러 올리고 井母 冥福을 빌었고. 忠南 一帶는 간밤 내린 눈으로 積雪 加重으로 支線道路 버스 不通이란 消息 듣고 天災地變 自然現象이니 어찌할 수 없는 일. 큰 애비 서울서 와서 아파트 求해본다고 몇 곳 探査해 보았으나 아직 適切한 곳 없는 듯. 19시 서울 向發. ○

〈1996년 12월 2일 월요일 晴〉(10. 22.) (-10°, 2°)
氣溫 점점 降下 今朝 6時 現在 영하 10度. 体育館 歸路에 새청주약국 族叔 만나 이야기 나누고 族叔 漢奎 氏 宅 잠간 들른 後 医療院 가서 俊兄 찾아 問病 人事하였고.
낮 되니 날씨 많이 풀려 15時 半 現在 영상 2度. 今日 따라 計劃된 以上으로 每事 順調 成事~商銀에 新規 貯蓄 1仟萬 원(契約金 中). 富成不動産 갔을 때 우연이 '삼정백조APT' 104棟 901号(32坪型). 全貰 4500万 원에 明

142) 원문에는 파란색 색연필로 밑줄이 그어져 있다.
143) 원문에는 붉은색 색연필로 밑줄이 그어져 있다.
144) 원문에는 붉은색 색연필로 밑줄이 그어져 있다.
145) 원문에는 붉은색 색연필로 밑줄이 그어져 있다.

日 11時에 契約토록 되었으나 電擊的으로 意思대로 成立되었고. YWCA에 헌新聞紙 40㎏ 納品하여 화장지 6개 받았기도. 故鄕 대추果園 가서 揚水機 모타 越冬에 凍破豫防措置하니 마음 개운했고. 歸路에 큰집 들러 問安 人事 后 날 저물기에 택시 불러 玉山까지 와서 入淸하니 18時 半. 감곡寺에서 次女 在應스님(魯姬) 왔기에 반가웠고. ○

〈1996년 12월 3일 화요일 晴〉(10. 23.) (-6°, 6°)
体育館 歸路에 클럽 安 氏의 自祝之意라며 招待하기에 應待하여 설렁湯 朝食 잘 먹은 것. 어제의 約束대로 백조APT 32坪型 전세 4500萬 원으로 定하고 契約[146]하니 시원했고.
故鄕 가서 省墓 後 1농장 가서 나머지 들깨 約 1말 되는 것 마저 가져왔고. ○

〈1996년 12월 4일 수요일 曇. 雨〉(10. 24.) (0°, 2°)
商銀 가서 貯蓄통장 調定했고(定期 1年分, 自由통장 9%). 12時부터 있는 淸州方面 郭 氏 各派 代表者會議에 參席. (勳鍾, 泰鍾, 漢奎, 漢虹, 潤德, 漢國, 尙榮, 成榮, 一相, 晩榮, 時榮, 又榮) 12名. 96年度의 大宗會 狀況과 17日에 있을 理事會에 앞서 豫備打合次 臨時集會된 것이기에 長時間 討論과 意見交換한 것. 부슬비로 거의 終日 날 궂은 셈. ○

〈1996년 12월 5일 목요일 가끔 눈〉(10. 25.) (2°, -1°) 今日온도는 역행. 눈 3㎝[147]

146) 원문에는 붉은색 색연필로 밑줄이 그어져 있다.
147) 원문에는 파란색 색연필로 밑줄이 그어져 있다.

族叔 漢奎 氏, 漢鳳 氏, 晩榮과 함께 4人이 '東林書觀' 들러 用務 보고 '上堂祠' 가서 새 懸板 「上黨祠」와 入口 門柱石 보고 내려와 央心 待接 잘 받고 歸家할 때는 눈 보라치기에 고생 좀 했고. 몇 군데 대추 膳物用 박스 求하여 만들어 놓았기도. 明日 上京 豫定. ⊙

〈1996년 12월 6일 금요일 晴. 曇〉(10. 26.) (-7°, 1°)
아침결 날씨 간지게 춥더니 낮엔 많이 풀린 편. 豫定대로 在應스님 (次女 魯姬)과 함께 上京하여 江東區 둔천洞 '보섭사'[148] 가서 대영스님 찾아 人事한 것…井母 入院 中부터 葬礼 行事까지의 精誠(物心兩面)에 謝礼次 간 것인데 되레 過分한 厚待 받고 온 셈. 아침 9時 出發. 歸家 18時 正刻. 各處 딸들과 子婦들한테서 安否 電話 왔고. ○

〈1996년 12월 7일 토요일 雪. 晴〉(10. 27.) (-6°, -1°) 눈 4㎝
새벽부터 식전까지 날씨 차고 사납더니 日出後부터 누져서 10時頃엔 싸였던 눈 녹기 시작하고 햇볕 따뜻하여 좋은 날씨. 그러나 氣溫(溫度計)은 영하권. 下午 3時 半 氣溫 영하 1度. 빈병 處理와 선물로 몇 곳 보내 대추 넣을 보오루紙 상자 큰 슈퍼 가서 求했고. 서울서 큰 딸 母女 왔고. 明 다녀가고. ○

〈1996년 12월 8일 일요일 晴. 가랑비〉(10. 28.) (-2°, 3°)
12時에 三從姪 魯福 子婚 있어 '용단예식

148) 원문에는 붉은색 색연필로 밑줄이 그어져 있다.

장'(淸州農高 앞) 다녀왔고. 어제 왔던 큰 딸도 제 친구 子婚 있대서 11時頃 出發. 人事 마치고 上京 계획이라고. 午后 3時頃 歸家하니 俊兄 喪偶 소식 있고.
社稷洞 가서 弔問하고 밤에도 가서 모두와 함께 있다가 子正 넘어 새 1時頃 집 와서 就寢. ○

〈1996년 12월 9일 월요일 曇〉(10. 29.) (1°, 7°)
날씨 若干 누졌으나 終日 흐리고 개운치 않은 날씨. 오늘 따라 바쁘게 일 봤으나 比較的 順調~서울 '보련암'에 送付할 대추 約 1말 程度 在應스님이 小包 꾸려준 대로 送料 드려 잘 부쳤고. 現金 引出하여 12月 分 住銀 賦金 拂入 後 明日 持參할 人蔘도 購求. 社稷洞 상가집에도 낮에 數時間 돌보았던 것. 밤에도 가서 約 3시간 있다가 온 것. ○

〈1996년 12월 10일 화요일 曇〉(10. 30.) (2°, 8°)
体育館 歸路 卽時 俊兄 宅 發靷祭에 參席하고 10時 發 버스로 在應스님. 魯杏과 함께 天安 '蓮臺禪院[149]'(원성동) 찾아 '자민스님' 뵙고 井母 49祭 執行에 고마웠음을 深謝하고 点心을 寺刹 飮食으로 淨潔하고 간 맞은 반찬으로 眞實로 맛있게 잘 먹은 것. 자민 스님의 지극한 좋은 말씀 많이 듣고 下午 2時에 杏과 함께 歸淸하고 在應스님은 一樂寺로 가신다는 것. 淸州 와선 곧 玉山行 버스로, 다시 택시로 金溪 葬地 갔었으나 이미 行事 다 마치고 모두 解散되었기에 곧 入淸 버스 타고 廻路한 것. 今日 하루도 바쁜 活動이었고. ○

149) 원문에는 붉은색 색연필로 밑줄이 그어져 있다.

〈1996년 12월 11일 수요일 晴〉(11. 1.) (1°, 9°)
여러 가지 計劃된 일 거의 完遂하기에 終日 분주했었으나 마음 개운한 것~농협 貯蓄金 若干 引出하고 魯運 名義 通帳 外銀 關聯 것 2種 정리 引出 處理했고. 흥덕區 保健所 가서 無料로 毒感氣 豫防注射 맞은 後 市場 가서 無色 冬節 와이샤쓰 2개 싸구려品으로 2개 購入하고 下午 3時 半에 우동으로 点心 먹고 龍華寺 가서 동짓달 初하루 祈禱 올리고 집에 오니 日暮. 松은 감기로 훌적였는데 좀 差度 있다고 上京. 魯杏은 蓄濃症 治療次 서울 다녀와서 저녁 짓고 外國語學院 나갔으니 고될 것. 낮엔 보일라에 注油 2도람. ○

〈1996년 12월 12일 목요일 晴〉(11. 2.) (-2°, 7°)
어제 毒感注射 맞은 余波인지 몸 개운치 않아 아침 体育(운동) 省略하고 弔慰錄 一部 정리 再檢하다가 대추 1말 程度 가지고 '태극書店' 司倉洞 큰 妹夫한테 다녀왔고. 대추 膳物用으로 넣을 보루箱子 보루製品 손질에 午後엔 거의 해 보낸 것. ○

〈1996년 12월 13일 금요일 晴〉(11. 3.) (-1°, 9°)
宗中 일로 上京. 漢奎 氏, 漢虹 氏, 晩榮과 함께 4人. 9時 高速. 集結 場所인 '石山亭'에 12時 到着. 서울선 鐵鍾 氏, 漢壽 氏 潤漢 氏 合 7名이 座談式으로 相議한 것…特別監査 結果 3億 4仟余万 원. 總務間 引繼引受額 5300万 원, 其의 利子額, 3億4仟万 원 通帳 公開. 새 總務 決定(大宗會 運營上), 17日 任員會 開催하고 明年 總會까지 完結지을 것(3億 4仟万 確保). 点心값은 留王洞 漢壽 氏가 支拂. 歸淸하여 茶房서 座談 後 解散할 땐 午后 5時. 大宗會 任員

會 前 臨時會한 셈[150]. ○

〈1996년 12월 14일 토요일 晴〉(11. 4.) (-1°, 11°)
体育館 歸路에 물감집(염색) 가서 黑色 염색 過程 알아보고 延丁善 老人丈(90) 問病次 들렀기도. 朝食 後 日暮時까지 膳物用 대추 箱子 4개 꾸리는 데 終日 걸린 셈…松의 妻家 2곳~ 帝龍産業 朴會長, 光明의 松 氷母. 鎬準 外祖父 金社長, 絃祐 外祖父.
서울서 4째 子婦 와서 저녁 지어 4人 모처럼 함께 먹은 것. (松 夫婦, 杏과 함께.)
저녁 늦게 3째 明이 와서 杏의 教員大 就職關聯 推進 잘 되어 原語民 教育擔當者로 選定되어 明 1月부터 出勤 可能하겠다는 喜消息[151] 있어 춤추게 기뻤고…緣戚 朴相弼의 德.

〈1996년 12월 15일 일요일 晴〉(11. 5.) (0°, 12°)
杏이 제 언니 在應스님 곳 '逸樂寺' 갔고. 4째 子婦 어제 와서 珍味 반찬 빚어놓고 点心까진 함께 먹고 夫婦 오후에 上京. 故鄕 가서 1농장 둘러보고 從兄 宅 들러 人事 後 省墓 마치고 歸淸.
탑시기채 담아 搬入한 들깨, 小型(장난감) 키루 까불러 보았더니 깨끗이 가려셔 成功. ○

〈1996년 12월 16일 월요일 晴〉(11. 6.) (3°, 13°)
歸路에 時鐘 氏 만나려다 出他한다기에 大宗會 일 電話로 重要事項 대충 이야기했고. 12時부터 있는 一家 몇 분 集會에 參席하여 明日 일 相議하였고…'大宗會 任員會'가 明日 서울서. 헌 新聞紙(한겨레신문 創刊号부터 今日까지 十年 間의 藏紙) 아깝지만 形便上 YWCA에 納品[152]하기 시작했고. 搬出애 애 나우 썼던 것. 어제에 이어 들깨 좀 키로 까불렀고. 一樂寺 갔던 杏이 왔고. ○

〈1996년 12월 17일 화요일 가끔 가랑비〉(11. 7.) (3°, 6°)
大宗會 臨時 任員會 있어 參席[153]. 8時 發 고속. 11時부터 13時 半. 淸州方面서 7名(漢奎, 尙榮, 晩榮, 一相, 時鍾, 興在, 昌鎬). 서울 居住 成榮도 參席. 總人員 約 40名. '石山亭' 96年 3月 31日까지 93, 94, 95年度 大宗會 經理監査 結果 報告가 主. 監事는 景(好德派) 教信(江華派). 運營事業, 族譜事業, 事務室 建立基金別로 帳簿 整理가 되어야 할 일인데 雜帳簿로 되어 있는 것 잘못을 指摘했고. 總殘高 3억 4仟余 中 1억 1仟万 원은 通帳에, 1億 2仟万 원은 確保되었고. 1억 1仟万 원이 問題인데 會長으로선 3仟 5百万 원만 會長이 責任질 金額이라고 主張하는 것.
收入에 있어 祠堂建立基金 31,000,000원은 豫算 61,000,000의 約 半밖에 안되고. 事務室 建立基金은 131,000,000申込 인데 48,000,000收이라 됨은 再調할 必要 있다. 未收額이 40,000,000으로 되어 있기에. 실은 90,000,000 收入이래야 맞는 것. 會長 責任 변상額은 97年末 限으로 定하고 点心 마치고 入淸하니 午后 5時 半 된 것. 一相이가 夕食 提供 '삼미식당'서.

150) 원문에는 붉은색 색연필로 밑줄이 그어져 있다.
151) 원문에는 붉은색 색연필로 밑줄이 그어져 있다.
152) 원문에는 붉은색 색연필로 밑줄이 그어져 있다.
153) 원문에는 붉은색 색연필로 밑줄이 그어져 있다.

어젠(16日 10時) 前 全, 盧大統領 12 .12, 5. 18, 비자금 항소심 宣告公判에서 死刑에서 無期, 추징금 2仟 6백억, 22年 징역에서 17年, 추징금 2仟百億으로 宣告[154]. ○

〈1996년 12월 18일 수요일 晴〉(11. 8.) (-5°, -1°)
歸路에 새청주약국 들러 漢鳳 氏 만나 어제 있었던 大宗會 任員會 結果 相談했고. 낮엔 大田 둘째 絃이 소 양으로 끓인 진국 大型 一器갖고 왔던 것. 대추 1箱子 보냈기도. 終日 바람 찼고.
17時부터 있는 在淸宗親會 月例會議 있어 參席했으나 參席者 小數라 유감. 男 6名, 女 7名.
杏이 教員大學校에서 聯絡 있어 다녀왔고~面接 형식 갖춘 듯. 可望性 濃厚이나 正通知 바랄 뿐.
曾孫子 '鎬準'이 感氣가 甚하다는 消息[155]에 경악했으나 한고비 넘겼다기에 좀 안도되기도.
밤엔 四從叔 漢斌 氏 집 찾아가 孫女(昌榮의 次女) 交通事故事 人事[156]하였고. ○

〈1996년 12월 19일 목요일 雪, 曇〉(11. 9.) (-6°, 1°)
城村派 宗契[157] 있어 成榮과 함께 參席~有司 奉榮 집. 參席者…浩榮, 尙榮, 成榮, 頌榮, 佑榮, 琴榮, 應榮, 來榮, 노은母親, 魯德 內子, 魯旭. (其他 潤夏, 泰鍾 子.) 修契 後 宗財~現金 400余万 원. 貸與金 年續…奉榮 200万 원, 魯旭 300万 원, 김영식 100万 원(23日限 淨算 約束). 97年 새 有司 佑榮. 四派 有司 來榮. 派幹部 組織~會長 浩榮, 副會長 尙榮, 總務 佑榮, 監事 成榮. 其他 協議 事項…宗財는 個人 貸與 않고 金融機關에 預置할 것. 兵使公 時祀와 13代祖 時祀는 墓所 現場 가서 酒果飽로 簡素하게 올리고 宗財를 蓄積케 할 것. 금계 98번지 垈地料는 100% 引上할 것을 決議하고 來榮 住宅 垈地에 一同 가서 現況 面積을 參考로 踏査 後 解散하니 下午 5時가 되다. ○

〈1996년 12월 20일 금요일 晴〉(11. 10.) (-6°, 2°)
賣渡된 垈地家屋 中途金 6천만 원 受領[158]하고. 白鳥APT 傳貰殘金 4천 50만 원 完拂[159]했고. 3日째 連日 강취로 早朝 체육관 往來에 困難 많으나 克服하여 遂行하니 개운한 맘. ○

〈1996년 12월 21일 토요일 晴〉(11. 11.) (0°, 7°)
曾孫子 '鎬準' 感氣 많이 가라앉았다니 多幸이고. 水銀柱는 올랐으나 나우 쌀쌀한 体溫感. 낮엔 푹 누져 度로 上昇. 10余日 만에 沐浴. 理髮까지 마치니 개운한 마음.
新鳳洞 事務所 가서 住民登錄 轉入 申告하니 杏과 單 둘 뿐. 井母 없는 申告에 마음 또 울적하여 눈시울 적셔지는 것[160]. '冬至'날이라고 杏이가 팥죽 精誠껏 맛있게 쑤었고. ○

〈1996년 12월 22일 일요일 曇. 눈 비 가끔〉(11. 12.) (3°, 4°)

154) 원문에는 붉은색 색연필로 밑줄이 그어져 있다.
155) 원문에는 붉은색 색연필로 밑줄이 그어져 있다.
156) 원문에는 붉은색 색연필로 밑줄이 그어져 있다.
157) 원문에는 붉은색 색연필로 밑줄이 그어져 있다.
158) 원문에는 붉은색 색연필로 밑줄이 그어져 있다.
159) 원문에는 붉은색 색연필로 밑줄이 그어져 있다.
160) 원문에는 붉은색 색연필로 밑줄이 그어져 있다.

12時부터 있는 郭熙中(故 長榮 次子) 結婚式에 參席~草園예식장.
흐리며 終日 눈비 오락가락 쌀쌀했고. 故 長榮子 '熙中' 結婚式場(草花) 다녀왔고.12時
日暮頃에 杏과 함께 장차(30日) 移舍갈 백조APT 가서 內部 細細히 둘러보았기도. ○

〈1996년 12월 23일 월요일 晴〉(11. 13.) (-3°, 5°)
헌 新聞紙(한겨레신문 88 .5. 15~今日까지) 묶어 YWCA에 5回 自轉車로 搬出하여 總 226kg로 거이 끝낸 셈. 지난 月曜日에 1次 85kg. 今朝 65kg. 今日 午后 76kg…代価로 5kg当 화장지 1개씩이어서 合 45個(4뭉치 5個) 받은 것. 松은 오늘서 終業式. 移舍갈 APT 狀況 보고 오기도. ⊙

〈1996년 12월 24일 화요일 晴〉(11. 14.) (-2°, 10°)
어제 12時엔 三樂會議場所(황주면옥)에 잠간 들러 會費만 整理하고 '거구장食堂' 와서 友信會 年末行事에 參席하여 會長으로서 年末人事 綜合的으로 했던 것.
杏과 함께 도배집, 福德房, 백조APT 둘러보고 도배와 淸掃와 移舍짐 옮길 計劃 세우기도.
토끼色 10數年前 것의 春秋洋服에 검정染色하는 노력 手作 해 봤으나 며칠 두고 봐야 알 일.
APT 居室 도배 計劃은 一段 保留하기로 杏과 合意. ○

〈1996년 12월 25일 수요일 晴〉(11. 15.) (4°, 8°)
龍華寺 가서 보름 祈禱 마치고 体育館 간 것. 三女 茶,寡額 갖고 와서 移舍 짐 옮길 準備로 세간살이 特히 器類 整備 作業에 杏과 함께 終日 勞力[161]했고. 미꾸리 料理도 많이 해 온 것. 16時에 서울 向發. 쓰본 찾아 검정色 染色 作業 完了하는 데 힘들었고. 밤 9時10分 前에 英信한테서 電話. '美國서 無事히 잘 왔고, 모레 淸州 오겠다'[162]는 것. 30日 搬移가 순탄할른지 複雜感 많고. ○

〈1996년 12월 26일 목요일 晴〉(11. 16.) (-1°, 6°)
30日에 있을 '移舍짐 契約' 26万 원 總額 3万 원 支拂했고…율량洞 '국제 移舍짐센타.' 222-5200 변영수.
들깨 再次 키로 까불러 今日로서 完了본 것. 17시부터 있는 同普동창회에 參席. 松은 午后에 삼정백조APT 가서 各 房 淸掃 깨끗이 했다고. ○

〈1996년 12월 27일 금요일 晴〉(11. 17.) (-2°, 9°)
孫子 英信 夫婦 와서 人事 後 省墓[163] 간다기에 함께 故鄕 金溪 가서 제 曾祖父母 墓前과 제 祖母 墓 前에 淸州 滿盃 부어 올리고. 아쉬운 간절한 마음으로 再拜하는 것이었고. 큰집 함께 들러 제 再從祖父母께 人事하고 歸淸했고. 松과 杏 帶同하여 五名은 '삼미가든' 食堂 가서 韓食 '돌솥밥'으로 点心을 맛있게 먹은 것. 잠시 쉬었다가 膳物用 대추와 검정 밤콩 箱子 마련된 것 주어 16時 좀 지나서 서울 向發. 美國 펜실베니아大學 修學中 費用 補助條로 3百萬 원 주었고.

161) 원문에는 붉은색 색연필로 밑줄이 그어져 있다.
162) 원문에는 붉은색 색연필로 밑줄이 그어져 있다.
163) 원문에는 붉은색 색연필로 밑줄이 그어져 있다.

松은 제 圖書 나우 많은 것 많은 보따리 싸서 제 車로 數回 APT로 搬出하는 데 極力 勞力했고.
數日 前부터 感氣 氣 있더니 氣管支 좀 痛症 있어 괴로워 惡化될까 念憂慮되고. ⊙

〈1996년 12월 28일 토요일 晴〉(11. 18.) (1°, 10°)
移舍짐 두어 뭉치 包裝하고 圖書 폐기分 골라 돌려놓은 다음 約束시간 되어 辛酉會員 4名 集合에 參與해서 유성溫泉 가서 沐浴 마치고 入淸하고 '거구장'에서 夕食한 것.
낮엔 '전기철물점' 朴社長 人事次 來訪에 對應했고. 松과 杏은 백조APT 가서 가스렌지 設置工事 狀況 보고 왔고. 大田 2째 子婦(林) 와서 器類 一部 정리 後 夕食 마무리 짓고 大田 간 것. 20時頃에 五男 魯弼이 鉉祐 뎉고 왔고. 3째 明도 오고. 日暮頃엔 큰 애비 왔고. ⊙

〈1996년 12월 29일 일요일 晴〉(11. 19.) (-1°, 9°)
모두들 모여 移舍짐 싸기에 熱中하고 셋째 車와 넷째 車로 많이 APT로 運搬하였고~큰 애비, 셋째, 넷째, 다섯째 各種 짐 싸는 데 流汗勞力한 것. 2째 子婦, 셋째 子婦, 杏이 나우 勞力했고. 精神 모를 程度 잔삭다리 치우고 整理하기에 어느 程度 지쳤기도. 어쨌던 明日 잘 넘기기만 바랄 뿐. ○

〈1996년 12월 30일 월요일 晴〉(11. 20.) (0°, 9°)
오늘의 일 順成되기를 早朝에 祈願하면서 着手. '국제移舍짐센터'에서 5t 추럭. 小形 추럭. 사다리 車 와서 搬移 着荷 順이 完成하니 11時 半. 고물 팥케떡도 若干 해서 移舍 날 냄새도 피운 셈.
李統長, 警備員 孫 氏, 管理所長 金炫蓆 찾아 人事했기도. 昨夜에 무척 속썩였던 일 APT 主人인 유미숙 女人 찾아와 責任完遂할 計劃 있다고 다짐하기에 큰 애비와 함께 사람 믿고 不安 풀기로 共感하였기도. 밤에 큰 딸 '동기미 김치' 等 갖고 왔고. 大田 둘째 에미 저물게 歸家. 松도 特別 事情 있어 日暮 後 上京. 큰 애비, 큰 딸, 4녀 杏이 子正이 넘도록 이야기 나누며 心情 털어 놓는 듯.
낮엔 俊兄가 勳鍾 氏 찾아와 人事하니 고마웠기도. 삼정白鳥APT에서 첫 밤. 井母 저승간 채…. ○

〈1996년 12월 31일 화요일 晴〉(11. 21.) (-1°, 9°)
큰 애비와 3째는 新旧家屋의 남은 쓰레기 모더서 故鄕 제 母親 山所 앞에 있는 빈밭에 쏟아 소각.
잔챙이 물건 정리次 챙기는 데 거의 終日 所要되고 日暮頃에 外出 한바퀴 自轉車로 돌아 活動했고.
큰 딸은 日暮頃에 서울 向發~잘 갔다고 20時頃에 消息 왔고. 올해의 最終 밤 그대로 넘긴 것. ○

※年中略記
- ○國際…제26回 올림픽 '애틀랜타'(美國)에서 世界 第10位 차지. 日本 23位. 北韓 33位.
- ○國家,社會…第15代 國會議員 選擧.
- •軍事反亂(12.12 5.18)罪 및 비자금 宣告 公判에 前大統領(全斗煥, 盧泰愚)에 無期 징역, 추징금 2600億, 17年 징역 추징금 2200億 宣告.

○ 家庭,私生活…

- 大宗會 일로 年中 나우 活動하였고~上黨祠 重修 事業. 大宗會 運營에 三年 間의 決算 問題. 第七刊 大同譜(甲戌譜) 完成 分配에 勞力.
- 曾孫子 '鎬準 '出産
- 井母 七月末 卒倒. 淸州医療院, 忠北大病院, 서울三星医療院에 入院 加療했으나 10月 6日에 아깝게 別世. 前佐里 宗山에 安葬. 庚坐甲向.
- 萬 十年半 居住宅(봉명동 672-8) 賣渡하고 新鳳洞 310번지 삼정백조APT 104棟 901号로 移居(傳貰).

以上.

1997년

〈일기상단여백〉
1997年(檀紀 4330年), 佛紀 2541年. 丁丑.

〈1997년 1월 1일 수요일 雨. 눈〉(11. 22.) (9°, 8°)
새벽에 起床하여 큰 애비가 周旋한 '오미茶' 마신 後 새해 첫 날의 念佛祈禱했고.
큰 애비는 아침결에도 各 物品 整頓에 奔走히 일 보고 10時 넘어서 歸京 向發한 것.
俊榮 氏 招請으로 三州식당 가서 五人 會食(勳鐘, 漢奎, 晩榮, 尙榮, 俊榮). 날씨는 終日 비와 눈 내려 險했고. 이른 아침결보다 午后에 점점 추어졌던 것. 앞(南) 베란다 整理에 數時間 걸렸고. 新年 人事로 큰 딸, 3째딸, 막내딸한테서 電話 왔고. 이른 아침엔 큰 妻男 金泰鎬 잠간 人事次 들러갔기도. ⊙

〈1997년 1월 2일 목요일 가끔 눈〉(11. 23.) (-6°, 1°)
모처럼 体育館 나갔으나 時間과 날씨 관계로 몇 사람 없었고. 옛 집 들러 生水병 찾아왔고. 爲親契 있대서 出發했으나 雪中 路面關係로 玉山까지만 버스 運行되어 金溪는 못갔고[1], 權殷澤 氏와 李明世, 유진우 만나 '金溪집'에서 答礼로 酒類待接하였고. 俊兄도 同行. 午後에 族弟 珍相 만나 爲親契 消息 들으니 現金 18万 원, 明年에 2万 원씩 臨時契費 醵出[2]토록 했다는 것. 歸淸해서 俊兄과 함께 珍相한테 酒類 待接받았기도.
初저녁에 '天地八陽神呪經' 3回 奉讀에 90分 걸려 完讀하였던 것. ⊙

〈1997년 1월 3일 금요일 晴〉(11. 24.) (-7°, -2°)
午前 中 房內 정비(못박기 等) 좀 하고. 点心 요기 後 朴일환 司法代書 가서 APT 전세登記 手續 節次 問議하고. 新鳳洞 사무소 가서 住民謄本 1통 作成하고 큰 슈퍼 가서 物件 몇 가지 사 갖고 歸家. 四從叔 漢斌 氏 人事次 다녀갔고. 큰 妹, 3女, 4째 夫婦한테서 人事 전화 왔고. ○

〈1997년 1월 4일 토요일 晴〉(11. 25.) (-8°, -2°)
집안 整理 단속 좀 하고 商銀과 住銀 다녀와 管理所 거쳐서 統, 班長 確認해보고저 가봤으나 모두 退勤, 出他 中이어서 뜻대로 일 다 못 본 셈. 서울서 4째 夫婦 와서 저녁食事 잘 지어 一同 맛있게 먹었고…. 陰 至月 末日의 生日 待接 당겨 하는 셈~형편상. ○

1) 원문에는 붉은색 색연필로 밑줄이 그어져 있다.

2) 원문에는 붉은색 색연필로 밑줄이 그어져 있다.

〈1997년 1월 5일 일요일 가끔 눈파람〉(11. 26.) (-4°, 0°)
바깟일 전혀 못보았고. 낮엔 3째 女息 왔고. 4째네와 合勢하여 애비의 生日 턱을 珍味로운 飯饌 빚어 衷心에 푸짐하게 먹은 것. 마침 큰 妹 와서 함께 會食 잘 된 셈이었고. 四째 夫婦는 15時頃. 3째 딸은 18時頃에 서울 向發. 어젠 英信夫婦 渡美次 서울 떠난 것[3]. ○

〈1997년 1월 6일 월요일 雪. 晴〉(11. 27.) (-7°, -2°)
이른 새벽부터 눈 많이 내려 約 10㎝ 積雪.[4] 住居地 變更 통지 및 人事할 곳 連絡 等(싸우디 答狀, 金溪里 강형목 子婚과 永樂會 退契에 送金. A.P.T 傳貰登記 手續 等等)으로 바쁘게 일 보 比較的 順調推進되어 개운했고. 房바닥이 煖房 不順으로 管理事務所 連絡 結果 16時에 技術者 와서 보일라 水道 호수 淨水하여 改善되어 가니 多幸이고. 魯杏의 教員大 就職이 可能線 消息 있어 기쁘기[5]도. 밤엔 年賀狀 10余狀 쓰기에 深夜까지 勞力했고. 玄關 淸掃도 깨끗이 하고. ○

〈1997년 1월 7일 화요일 晴〉(11. 28.) (-8°, -3°)
어제 손질했던 暖房工 完全하여지지 않아 今日도 2, 3人 와서 繼續 修理工事하여 完了한 듯. 日暮 後 방박닥 어느 程度 난함을 느꼈고. 各處에 年賀狀 및 書信 發送 거의 끝낸 셈.
서울서 큰 애비 와서 料食品 만들어 夕食 잘 했고. 松도 서울서 오고. 3째, 2째 子婦 왔고. ⊙

〈1997년 1월 8일 수요일 晴〉(11. 29.) (-5°, 1°)
至月小로 今日이 生日. 아이들이 誠意껏 빚은 飯饌과 各項 飮食으로 아침 잘 먹은 것~井母가 없는 것이 나우 섭섭. 큰 애비는 午前 中에 上京. 曾孫子 '鎬準' 中耳炎 治療에 노력중.
14日에 있을 小宗契 總會 案內狀 20余 通 作成 發送하는 데 바빴고. 大田 2째 子婦 午后에 갔고.
夕食엔 3째 子婦 와서 周旋해서 3째들 全 家族과 함께 會食한 것. 어제 午後엔 APT 전세 登記 手續 完了했던 것. 室內 暖房 各 방마다 손질 잘 된 듯. 3個房과 居室까지 바닥 따뜻하니 多幸한 일.
밤엔 弟 振榮 夫婦도 왔었고. 一同 深夜토록 情談하고 各己 歸家. ⊙

〈1997년 1월 9일 목요일 晴〉(12. 1.) (-6°, 2°)
初하루 龍華寺 祈禱. 農協 거쳐 住宅銀行 들러 賦金 拂入하니 住宅 買受者 앞으로 通帳 引導하면 700万 원條 解決 終結되게 된 것. 金溪 故鄕 가서 從兄과 함께 '양승우' 만나 小宗契 關聯 借用金 元利金 完受한 것~明日에 通帳 入金 處理하면 完結되는 것.
井母 百日祭로 子息들(신올케 間) 意見 不合致된 듯 느껴졌으나 큰 애비 意思대로 遂行키로 決定된 것. ⊙

〈1997년 1월 10일 금요일 가끔 曇〉(12. 2.) (0°, 4°)
모처럼 아침 氣溫 푹했고. 永樂會 月例會食日

---
3) 원문에는 붉은색 색연필로 밑줄이 그어져 있다.
4) 원문에는 파란색 색연필로 밑줄이 그어져 있다.
5) 원문에는 붉은색 색연필로 밑줄이 그어져 있다.

이나 形便上 今日부터 不參한다고 通知냈고. 小宗契 96年度 決算書 作成에 終日 일 보기에 바빴기도~外換銀行 가서 入出金해서 通帳 정리 後 챠드形 大字로 決算書 쓰는데 時間 걸렸고…收支 딱 맞아 마음 개운했고. ○

〈1997년 1월 11일 토요일 曇. 晴〉(12. 3.) (-5°, 5°)
四派 契 있어 參席[6]~玉山 한양식당. 11~17시. 有司 俊兄 司會, 約 25名. 有司 引受 城村派 來榮. 一切 帳簿 引受는 整理 後(5日 以內). 四派 97年度 行事 執行委員…顧問 浩榮, 仁鉉, 勳鐘, 漢奎, 위원…城村派 尙榮, 佑榮, 漢虹, 一相 新溪派, 金坪派 泰鐘, 潤道, 金東派 俊榮, 晩榮. 各派 負擔 150萬 원씩×4派 600萬 원(7基 墓所 莎草 費用), 96年度 大宗會 運營 會費 四派 負擔額 70万 원 等 일 마치고 入淸 歸家하니 19時쯤. ⊙

〈1997년 1월 12일 일요일 晴〉(12. 4.) (-3°, 6°)
四女 杏의 周旋으로 3째 子婦 車로 함께 故鄕 가서 省墓~꿈에 제 母親이 닭고기 要求했다고 淨潔하게 한 마리 삶아서 11時 半쯤에 전좌리 到着하여 父母님 墓前에 우선 분향 獻盃 再拜하고 井母 墓前에 신올케 獻酌 後 自身은 添酌하고 一同 哭했던 것. 음달쪽이라서 墓域은 白雪天地 그대였고. 明日은 서울 큰 애비 집에서 百日祭 지낸다는 것.
下午 3時 半頃 柳海鎭, 任昌武 來訪 人事에 고마웠으며 永樂會에 보냈던 3万 원은 返還해왔고. 원조 닭집에 案內하여 酒類 待接 나우했기도. 모처럼 過飮한 셈. ⊙

〈1997년 1월 13일 월요일 晴〉(12. 5.) (-3°, 7°)
3째(明)가 毒感으로 極히 앓른다기에 上京 도中 잠간 들렀던 것. 昨日보다 좀 나았다고.
井母 他界 어언 百日 되어 서울 큰 애비 집에 모여 13時에 祭祀[7] 올린 것~집에서 9時 發. 參席者…큰 애비 夫婦, 4째 夫婦, 五男, 큰 딸 夫婦, 3째 女息, 祭物 깨끗이 잘 차렸고. 魯杏은 今日부터 敎員大學校 硏修院 臨時職員으로 勤務[8]하게 되었다고 出勤하는 것. 当院의 硏究官 朴相弼과 三男 魯明의 交涉 노력에 依한 것. 多幸한 일인가 지내봐야 할 일. ⊙

〈1997년 1월 14일 화요일 晴〉(12. 6.) (-2°, 4°)
小宗契[9] 했고~ 11시부터 16時까지 동원식당. 10名 參席. 會長 겸 總務格 活動도. 96年度 收支 決算 잘 됐고. 成榮과 公榮이 내房에서 同宿. 成榮은 過飮으로 욕 봤고. 吐한 것 치우기에 애먹었기도. ⊙

〈1997년 1월 15일 수요일 晴〉(12. 7.) (-5°, 5°)
朝食은 鳳榮집(103-707. 漢斌 氏 집)에서 했고. 賣渡住宅값 殘金 44,000,000 受領하여 完受. 登記手續 서류도 完全이 作成하여 完結 지은 것. ⊙

〈1997년 1월 16일 목요일 晴〉(12. 8.) (-3°, 3°)
玉山 가서 農協 郭魯恒 部長 찾아 '양승우' 新

6) 원문에는 붉은색 색연필로 밑줄이 그어져 있다.

7) 원문에는 붉은색 색연필로 밑줄이 그어져 있다.
8) 원문에는 붉은색 색연필로 밑줄이 그어져 있다.
9) 원문에는 붉은색 색연필로 밑줄이 그어져 있다.

家屋 資金融資 關聯 實情 알아본 後 '대명重機' 姜社長 찾았으나 出他 中인지 相面 不能으로 入淸後 再연락했더니 그 夫人 노력 結果 18日에 美平人 王 氏 等 2名 와서 勞力한다고 1次 連絡 온 것. ⊙

〈1997년 1월 17일 금요일 曇. 晴〉(12. 9.) (-4°, 5°)
松이 學校일 마치고 上京(入試監督). 忠北大 社會교육院長으로부터(閔斗植) '人事狀'과 雜費補助條로 5萬 원 보내왔고. 明日 할 일 準備로 바빴기도. 杏은 如前 出勤만은 잘 하나 金某 室長의 不善한 姿態로 신경 써 지는 형편인 듯. 相對方 괫심하기도. ⊙

〈1997년 1월 18일 토요일 晴〉(12. 10.) (-7°, 6°)
食前氣溫 나우 낮았으나 낮 날씨 比較的 溫和했었고~전좌리 先塋墓域의 折木 處理作業에 人夫 2名 데리고 終日 勞動에 疲勞하나 잘 바뤘고. 食料와 賃金, 흡족하게 支給했고. 一部面 普通 整理된 채 아직 未盡한 편이나 当分間 一段落 지을 셈이고.
大田 2째 夫婦와 서울 막내 家族 와서 반가웠으나 동기 和合 不足感 想起되이 教育訓戒할 余地 생각해 보았고. ⊙

〈1997년 1월 19일 일요일 晴〉(12. 11.) (-7°, 5°)
막내 子婦(孫) 큰 房으로 오래서 '韓國傳統의 家庭礼法은 崇祖와 孝道'로 世界 最古이기에 礼儀之國으로 稱頌[10]받고 있는 것. 우리 家庭 가장 幸福스런 家庭인데 教派로 因하여 파괴 中이니 不幸 中…家族 全員 和合에 노력하고 十男妹의 맏 兄 指示에 依하여 団合하여야 함'을 訓戒한 것. 點心 後 막내 家族 上京.
故鄕 가서 큰집 잠간 들러 톱 찾아갖고 族弟 집에 返還하고 車편 나빠 玉山까지 步行하고 柳某 氏 厚意 淸州까지 乘用車로 便이 잘 온 것. ⊙

〈1997년 1월 20일 월요일 曇. 晴〉(12. 12.) (-1°, 7°)
나우 누진 날씨. 프랑 짜놓은 대로 잔삭다리 일 모두 잘 보고 藥水터 위 上黨祠(前 淸原祠) 가서 안팎으로 周圍 둘러보니 別 異常 없었고. 蓮潭公 墓所 가서도 마찬가지로 參拜 祈禱했고. ⊙

〈1997년 1월 21일 화요일 晴〉(12. 13.) (-8°, -3°)
俊兄 氏 招請으로 '천일식당' 가서 過飮한 편. 서울서 큰 애비 夫婦와 曾孫子 '鎬準' 왔고. ⊙

〈1997년 1월 22일 수요일 晴〉(12. 14.) (-13°, 1°)
昨今의 날씨 繼續 추웠고. 어제의 過飮으로 나우 고단했으나 俊兄의 再次 招請으로 '三州식당' 가서 또 飮酒했고. 時間 後 李明世도 만났고. 晩榮 아우는 始終 함께 있었고. 歸路에 富成부동산서 金학철 만나 一盃하기도. 3째 明이 와서 夕食을 함께 한 것. 큰 애비는 凍太 等 魚物 듬뿍 사다가 손질해 놓았고. ⊙

〈1997년 1월 23일 목요일 雪. 曇〉(12. 15.) (-8°, -3°)
体育館 歸路에 龍華寺 가서 보름祈禱 올렸고.

---
10) 원문에는 붉은색 색연필로 밑줄이 그어져 있다.

거의 終日 가랑눈.
郡 三樂會 月例會議 있어 參席~황주식당, 決, 豫算 통과. 任員 改選. 會食.
밤새도록 팔팔거리고 나대는 鎬準이 돌보기에 제 할애비 할미 잠 못 이루는 것[11]. ⊙

〈1997년 1월 24일 금요일 晴〉(12. 16.) (-7°, 1°)
3日 前에 왔던 서울 큰 애비 一行(큰 子婦. 曾孫子 鎬準) 午前에 上京 歸家. 잘 갔다고 電話 왔고. 여러 날 강취 계속 중이기도. ⊙

〈1997년 1월 25일 토요일 晴〉(12. 17.) (-8°, 4°)
宗親 辛酉會 年例會 通知서 發送했고. 總 五名. 농협 일 잠간 보고 金 眼科 가서 오랜만에 治療받기도. 午后에 大田 2째 子婦(林) 왔고~杏과 함께 저녁 지어 먹은 後 뒷정리하고 歸家하니 고마웠고. ⊙

〈1997년 1월 26일 일요일 晴〉(12. 18.) (-1°, 6°)
大田 다녀왔고~朴魯烈(再堂姪 婿…貞子) 子婚 있어 송촌洞 '신노얄예식장'. 臾 새촘이 잘 먹었고.
17時부터 있는 同窓會 會食에 參席했고…동원식당. 6名 全員 參席. ⊙

〈1997년 1월 27일 월요일〉(12. 19.) (-7°, 2°) ⊙

〈1997년 1월 28일 화요일〉(12. 20.) (-5°, 1°)
族長 勳鍾 氏 移舍했대서 俊榮 氏와 함께 人事次 다녀왔고. 율량동 효성A. 俊兄 氏 臾心 待接… 한솔식당. ×

11) 원문에는 붉은색 색연필로 밑줄이 그어져 있다.

〈1997년 1월 29일 목요일〉(12. 21.) (-7°, 1°)
俊兄 氏로부터 答接…한솔식당. ×

〈1997년 1월 30일 목요일〉(12. 22.) (-10°, 3°)
宗親 同甲契 實施[12]. 4名 參席. 식당서 會食. 滿醉되었던 듯? ※⊙

〈1997년 1월 31일 금요일〉(12. 23.) (-3°, 2°)
서울서 큰 애비 왔고. 애비 와병 신음 보고 신경썼을 것. 終日 呻吟. ○

〈1997년 2월 1일 토요일〉(12. 24.) (-5°, 2°)
음식 전혀 못먹고. 臥病呻吟하며 苦悶, 신경써지고. 反省 여지 많고. 大田 2째 子婦 다녀가고. ○

〈1997년 2월 2일 일요일〉(12. 25.) (-7°, 4°)
서울 큰 女息 희진과 함께 다녀가고. 보신탕국 끓여왔고. 저녁부터 若干 식사. ○

〈1997년 2월 3일 월요일〉(12. 26.) (-8°, 3°)
昨日 보다는 한결 差度 있는 듯하나 自由運身 곤란 中. 낮에 俊兄 와서 30日에 있었던 宗親 동갑契 雜費 引繼하였고. 日暮頃에 서울서 松이 와서 제 母親 山所까지 다녀오기도. 3째 子婦 낮에 다녀갔고. ○

〈1997년 2월 4일 화요일 晴〉(12. 27.) (-7°, 4°5″)
「立春」
모처럼 体育館 나가서 운동 좀 했던 것. 쌀 20㎏包 41,000원에 팔았고.

12) 원문에는 붉은색 색연필로 밑줄이 그어져 있다.

沐浴 後 '投資信託', 아파트 管理所 가서 궁금했던 点 要求事項 몇 가지 말했던 것.
몸 거의 回復된 셈? 밤엔 3째 子婦 와서 杏과 長時間 이야기 하다 갔고~保險金 件인 듯. ○

〈1997년 2월 5일 수요일 晴〉(12. 28.) (-3°, 3°)
敬老堂 月例會에 잠간 參席했고. 故鄕 山所(父母. 井母) 찾아 省墓. ○

〈1997년 2월 6일 목요일 가랑눈. 晴〉(12. 29.) (1°, 2°)
日出 前 氣溫 처음으로 零上. 농협 가서 歲拜돈 5,000×14枚 換錢. 点心은 俊兄 招待하여 '청솔'食堂에서 會食했고. 밤엔 '설' 茶禮 紙榜 썼고~井母 紙榜은 最初로 모시는 것[13]. ○

〈1997년 2월 7일 금요일 晴〉(12. 30.) (-6°, 4°)
새벽 祈禱 마친 後 沐浴하니 몸 고단했고. 3째네 周旋으로 11時 發 高速으로 上京. 順調롭게 到着. 子婦들 모여 祭物 빚기에 協力 勞作함을 보고 마음 편했던 것. 曾孫子 '鎬準'이 잘 노는 것 보고 흐뭇했기도. 증조할애비를 따루는 姿態에 더욱 귀어웠기도. ○

〈1997년 2월 8일 토요일 晴〉(正. 1.) (0°, 10°)
丁丑年 설 名節 茶禮 잘 지낸 것~五兄弟 全員이 모처럼 다 모인 것. 孫子 孫女도 全員[14]. 弟振榮 家族도. 왼家族 和睦團結을 더욱 다져갈 것을 祈願하면서…. 大田 둘째 使用 봉고車로 淸州家族 午后에 淸州 잘 온 것. 大田家族 저녁食事 마치고 20時頃 大田 向發. 昨今에 사우디의 五女 運. 美國 펜실비니아의 長孫 榮信, 서울 長女 媛, 參女 妊, 淸州 큰 妹한테서 人事 電話[15]. ○

〈1997년 2월 9일 일요일 晴〉(正. 2.) (-5°, 10°)
3째 車로 故鄕 가서(10. 30~12. 00) 省墓. 3째 子婦, 孫子 正旭 參礼. 큰집 들러 一同 從兄님께 歲拜하고 兄嫂님 問病과 慰勞. 집에 와선 만두국 끓여 点心 해결. 午后엔 隣近 族叔 漢斌 氏와 福臺洞 外叔母 宅 찾아가 歲拜했고. 저녁엔 杏과 教員大 職場 勤務狀況과 責任部署에 關하여 仔細한 討論과 朴相弼 研究官의 誠意와 고마움을 말했기도. ○

〈1997년 2월 10일 월요일 晴. 가랑비. 晴〉(正. 3.) (-2°, 6°)
클럽 崔 女史 招請으로 아침 歸路에 4人 해장국으로 朝食한 것. 社稷洞 漢奎 氏 宅 잠간 들렀으나 出他 中이어서 못만났고. 午後엔 약수터 가서 參拜(上黨祠 蓮潭公 墓所)하고 冥福을 빌며 加護에 感謝드리며 每朝 家庭에서 祈禱한 그 精神 그대로 빌어 올린 것.
아침결에 四男 松이 서울서 와서 出勤(淸州商高). 冬休 마치고 今日 開學. ⊙

〈1997년 2월 11일 화요일 晴(雪)〉(正. 4.) (-3°, 3°)
아침 歸路에 漢奎 氏 宅 들러 俊兄까지 함께 만나 丁丑 새해 人事 交流하고 大宗會 일 議論하였기도. 洞事務所 거쳐 새마을금고 다녀왔

13) 원문에는 붉은색 색연필로 밑줄이 그어져 있다.
14) 원문에는 붉은색 색연필로 밑줄이 그어져 있다.
15) 원문에는 붉은색 색연필로 밑줄이 그어져 있다.

고. 검정물감으로 染色한 헌洋服 다리기에 數時間 애썼으나 개운치 않고. 새벽녘에 눈 내려 約 5cm 積雪.[16] ○

〈1997년 2월 12일 수요일 晴〉(正. 5.) (-6°, 3°)
族長 勳鍾 氏 主管으로 俊兄까지 3名 三州식당서 會食했고. 教派 이야기들 많이 했던 것. 松이 今日 勤務 마치고 上京. 11時 半頃 女技士 來訪하여 도시가스 安全 点檢[17]했기도. ○

〈1997년 2월 13일 목요일 晴〉(正. 6.) (-8°, 3°)
모처럼 第一농장 가서 越冬狀況 알고저 踏査한 것~대추밭, 農具舍, 揚水機…모두 異常 없었고. 農具舍 內의 여러 농구 中 過去에 井母가 쓰던 호미와 나물 오리던 창칼을 보니 서글픈 생각이 떠올라 뜨거운 눈물이 앞을 가리는 것이었고~ "無生物은 살은 것처럼 남아 있는데 生人生은 어찌하여 他界하고 안보이는고[18]". 저절로 슬픈 詩가 튀어나오는 것. 군소리하며 울다가 울다가 歸路에 큰집에 잠간 들러 臥病中인 從兄嫂 氏 만져보고 慰勞後 15時半 버스로 入淸했고. ○

〈1997년 2월 14일 금요일 晴〉(正. 7.) (-6°, 7°)
백조아파트 婦女會 主催 孝道觀光에[19] 招待있어 參席~9시~18시. 대원관광. 婦女會員 15名. 老人 12名 牙山 온천목욕. 만며누리食堂서 点心. 牙山灣 가서 間斷히 회 좀 먹고 顯忠祠 가서 參拜. 出發時엔 氣分 少했으나 比較的 잘 다녀온 셈. 今日도 飮酒行爲 잘 참은 것. ○

〈1997년 2월 15일 토요일 晴〉(正. 8.) (-3°, 9°)
族叔 漢奎 氏 招請 있어 三州식당 가서 會食(点心)…俊兄도, 晩榮도. 95年度産 들깨 9kg 남았던 것 보은기름집 가서 짰더니 2.5되 나왔고. 井母가 잘 간수해 두었던 것 생각나서 또 울적하여 뜨거운 눈물 돌았기도. 点心시간에 마지못해 1滴 입술 적셨고. ⊙

〈1997년 2월 16일 일요일 晴〉(正. 9.) (-3°, 2°)
曾孫子 '鎬準'도 보고픈 兼 上京 双門洞 가서 夕食을 日食 회집으로 案內되어 多量 滿腹되게 회와 생선초밥 지나치게 먹었지만 過하게 빗쌀 것이어서 개운치 않은 셈이었고. 밤중 지나서도 '鎬準'이 잠 안자기에 업어서 억지로 재워보기에 성공하였기도. ○

〈1997년 2월 17일 월요일 晴〉(正. 10.) (-8°, 2°)
昨今 終日토록 매우 바람 불고 찼었고. 午前中까지 호준과 놀다가 밤잠이 적었던지 낮잠을 나우 잤었기도. 점심 後 아이들의 만류를 뿌리치고 下鄕. 아파트 집엔 꼭 16時에 도착했던 것. 집안 다 무고했고. ○

〈1997년 2월 18일 화요일 晴〉(正. 11.) (-6°, 3°)
西淸州 稅務署 가서 '재산세課' 찾아 양도소득세 擔当(女)者 만나 家屋 賣渡 狀況 이야기했더니 '非課稅 해당[20]'이라기에 安心한 것. 민眼科 들러 안경알 固定 손질했기도. ○

16) 원문에는 파란색 색연필로 밑줄이 그어져 있다.
17) 원문에는 붉은색 색연필로 밑줄이 그어져 있다.
18) 원문에는 붉은색 색연필로 밑줄이 그어져 있다.
19) 원문에는 붉은색 색연필로 밑줄이 그어져 있다.
20) 원문에는 붉은색 색연필로 밑줄이 그어져 있다.

〈1997년 2월 19일 수요일 晴〉(正. 12.) (-6°, 6°)
豫約대로 俊兄한테 四派 帳簿 引受[21]했고~ 청솔식당. 点心값 11,000 支拂. 來榮한테 傳達할 일이고.
故鄕 가서 전좌리 省墓. 큰집 들러 問病 人事後 1, 2농장 둘러보고 入淸하니 日暮. 松이 上京.
초저녁엔 큰 妹와 甥姪 夫婦(鍾燦) 아기 덷고 歲拜次 왔었고. ⊙

〈1997년 2월 20일 목요일 晴. 왕눈파람〉(正. 13.) (-3°, 10°)
아파트管理所 主管으로 집안 消毒(殺蟲菌劑) 11時에 施行. 四派 契 各種 帳簿 檢討해 보았고. 故鄕 다녀올 計劃 中止하고 內務 정리에 해 넘긴 것. 中國 '등소평' 死亡. 신문. ○

〈1997년 2월 21일 금요일 晴〉(正. 14.) (0°, 1°)
終日 추었고. 故鄕 金溪 가서 從兄집 들러 人事하고 果田 둘러보고 入淸할 때 몹시 추었고. 작은 보름이라서 杏이가 退勤길에 마련해온 물건으로 五穀밥과 各種 나물로 3父子女 저녁 잘 먹었고. 退勤길에 3째 子婦 들러갔고. ⊙

〈1997년 2월 22일 토요일 晴〉(正. 15.) (-6°, 9°)
杏의 주선으로 3父子女 부럼 깨물고. 敎大 배드민턴 클럽 總會 있어 12時에 參席. 常祿會館. 功勞牌[22] 받았기도.
18時엔 在淸宗親會 있어 參席했으나 男子 宗員은 不過 7名. 氣分 少했고. ⊙

21) 원문에는 붉은색 색연필로 밑줄이 그어져 있다.
22) 원문에는 붉은색 색연필로 밑줄이 그어져 있다.

〈1997년 2월 23일 일요일 晴〉(正. 16.) (-4°, 11°)
어제 早朝엔 体育館行 中 龍華寺 가서 보름 祈禱. 몹시 추었음을 느꼈으나 今朝엔 若干 누그러진 듯. 今日 12時 半엔 族孫 郭昌鎬 子婚 있대서 內德洞 大韓예식장 다녀온 것. 날씨 나우 푹한데 별 한 일 없이 해 보냈기에 아까웠고. 오랜만에 在應스님한테서 安否 전화 왔고~일락寺에서 잠시 광곡寺 와 있는 중…초저녁. ⊙

〈1997년 2월 24일 월요일 晴〉(正. 17.) (0°, 14°)
氣溫 가장 높았고. 三樂會 月例會 있어 參席 点心. '황주식당'.
아침결엔 약수터 가서 上黨祠 參拜 蓮潭公 省墓. 농협 가서 2月 Ⓐ管理費 等 준비했고.
高価 전기 腰帶 샀으나 井 생각 나서 찐덥지 않은 생각에 不快不安하기도. ○

〈1997년 2월 25일 화요일 雨〉(正. 18.) (4°, 5°)
外孫女 '趙연진' 看護專門大 入試에 合格되어 三月 五日 入學式이라기에 기쁜 마음에서 신발 구두값으로 10萬 원 送金하니 少額이나마 마음 개운했고. 今夜에 어머님 忌祭 있어 松과 슬기(姝) 同伴 上京. 17時頃 双門에 到着. 學年末 事情 等으로 不參 家族 多數. 祭羞 일엔 弟嫂와 4째 子婦가 協調한 것. 男子 全員 4名이어서 祝官은 송, 亞獻에 큰 애비, 三獻에 슬기 祭羞 잘 차렸고. 4째(松) 夫婦는 밤에 歸家. 曾孫子 '鎬準' 잘 노는 중. 雨量 8㎜[23] ⊙

〈1997년 2월 26일 수요일 晴〉(正. 19.) (2°, 11°)
7時 半 朝食. 고속터미날서 8時 50分 發 淸州

23) 원문에는 파란색 색연필로 밑줄이 그어져 있다.

行. 順調 到着. 12時 半 友信會 있어 參席. 鄭漢泳 總務 집 食堂서 總會 決算. 會長 立場에서 人事도 했고. 任澤淳 氏 만나 酒類 待接도 했고. 17時반부터 同窓會 있어 參席. 酒類 過하게 했고.
밤 11時 半頃 悲報~막내 從弟 夢榮 別世[24]. 장례 28日. 전좌 各處로 했고. ⊙

〈1997년 2월 27일 목요일 晴〉(正. 20.) (3°, 16°)
堂姪 魯錫과 함께 택시로 小魯 가서 地官 金昌月 氏 찾아 金溪 가서 從兄 모시고 前佐山 가서 葬地 골라 坐向 定했고…乙坐辛向. 몸 고단해도 終日 活動 잘 바운 것. ⊙

〈1997년 2월 28일 금요일 雨〉(正. 21.) (6°, 9°) 雨量 30㎜[25]
고단한 몸 무릅쓰고 故 從弟 夢榮 葬礼[26]에 參席 노력~7時에 弟 振榮 車로 故鄕 가서 큰집 잠간 들러 葬地 가서 終日 내리는 비 맞으면서 地官代理 活動한 것. 前佐 宗山 東편 山北麓 중턱 乙坐辛向[27] 잡아 安葬. 一同 終日 비 맞은 것.
밤 9時에 4째 夫婦 서울서 왔고. ※둑너머밭에 집지을 境遇 壬坐丙向[28]으로…. ⊙

〈1997년 3월 1일 토요일 晴〉(正. 22.) (1°, 7°)
'78주년' 三.一節. 아파트 9層 門前에 國旗 내걸었고. 낮엔 郭魯學(三從姪) 子婚. 大韓예식장. 郭노진(忠銀) 女婚. 율량동 한국통신. 박순복(故 金大植 妻) 子婚. 木花예식場 다니며 人事했고. 午後 6時엔 새청주약국. 그 옆의 횟집 가서 豫約 通知 있어 夫江派 郭鐵鍾 氏 만나 淸州 居住 7, 8人 함께 參集하여 大宗會 일 2, 3時間 論議했던 것.
잠시 一樂寺, 광곡寺 있던 在應스님 왔고. 松夫婦 上京~애비한테 食事 대접 잘 했고. ⊙

〈1997년 3월 2일 일요일 晴〉(正. 23.) (1°, 6°)
從弟 夢榮 墓所 가서 三虞祭에 參席하여 讀祝과 祭 進行 指揮했고. 歸路에 큰집서 奠心하고 入淸 後엔 몸 고단하기에 푹 쉬었으나 疲勞 졸연 풀리지 않는 것. ⊙

〈1997년 3월 3일 월요일 晴〉(正. 24.) (-2°, 7°)
밀렸던 新聞 通讀하고 忠銀, 商銀(헌 新聞紙 處理. 引出과 預金種類 變更) 用務 보고선 걸머지는 홑치가방 變更 손질에 子正에 가깝도록 꼬매고 꾸미는 데 지치도록 노력한 것. 삼성전자 써비스센타 가보았기도. 테레비 關聯으로.
1週日 만에 酒類 完全 不飮했기도. ○

〈1997년 3월 4일 화요일 晴〉(正. 25.) (0°, 12°)
三星電子 기술자 오래서 25인치 TV 狀況 보랬더니 機械엔 異常없다는 것.
3月1日에 왔던 次女(在應스님) 여려 때 食事 취사에 勞力 待接하고 歸寺했고. ○

〈1997년 3월 5일 수요일 晴〉(正. 26.) (1°, 14°)
感氣氣 別 差度 없어 몸 나우 찝부두두하기에 아침運動 안 나갔고.

---

24) 원문에는 붉은색 색연필로 밑줄이 그어져 있다.
25) 원문에는 파란색 색연필로 밑줄이 그어져 있다.
26) 원문에는 붉은색 색연필로 밑줄이 그어져 있다.
27) 원문에는 붉은색 색연필로 밑줄이 그어져 있다.
28) 원문에는 붉은색 색연필로 점선이 그어져 있다.

族叔 漢奎 氏 主管으로 三州食堂에 四人 모여 大宗會 일 相談하고 흇心 待接받은 것. ○

〈1997년 3월 6일 목요일 가랑비〉(正. 27.) (5°, 13°)
아침결에 내리기 시작한 가랑비는 終日토록 繼續된 것. 初저녁에 서울 族弟 成榮 와서 座談 두어 시간 나눈 것. 漢鳳 氏로부터 받아놨던 家乘譜 等 册子 1帙씩 선물했기도. 淨水器 云云한 것은 호응 안했고. 우량 25㎜[29]. ○

〈1997년 3월 7일 금요일 晴〉(正. 28.) (7°, 9°)
참다 못해 結局은 金泰龍內科 가서 感氣 治療받은 것.(注射2. 藥 3日分)
管理所 들러 TV狀況 말했더니 곧 技士 2名 와서 엠비시와 교육방송 施試해 봤으나 別 神通한 結果 못본 것. ○

〈1997년 3월 8일 토요일 晴〉(正. 29.) (3°, 13°5″)
서울 潤漢 氏 터미날서 一家 數名과 함께 江西호텔 가서 族孫 興在 回甲宴에 參席하고 午后엔 玉山농협서 있는 金溪 '변수만' 回甲宴에 人事次 다녀온 것. 그 먼저 아침결엔 族姪 魯樽의 女婚 車 체육관 앞에서 待期했다가 人事마쳤기도. 終日 人事한 턱. ○

〈1997년 3월 9일 일요일 晴〉(2. 1.) (5°, 16°)
早朝 日出 前에 忠北大病院 靈安室 가서 큰 外堂叔母 靈前에 人事했고. 9時 버스로 上京 双門洞 가서 曾孫 '鎬準'의 첫 돌 흇心 잘 먹은 것. 서울 長, 三女와 4째 松 夫婦, 外孫 重奐 와서 一同 13時에 흇心 맛있게 會食. 좀 쉬었다가 17時 發 車로 入淸하니 개운. ⊙

〈1997년 3월 10일 월요일 曇〉(2. 2.) (7°, 12°)
体育館 歸路에 龍華寺 가서 어제 形便 있어 初하루식 祈禱 올렸고.
五男 魯弼(10男妹 中 막내)의 딸 '鉉祐' 初等校 入學했대서 祝儀金 보냈고. 金홍순에겐 其의 子婚 祝儀金 送金하니 시원한 것. 저녁은 셋째(明)의 生日이라고 松의 車로 3人 모두 '신동아' APT 가서 會食 잘 했던 것. ⊙

〈1997년 3월 11일 화요일 晴〉(2. 3.) (7°, 19°)
서울서 온 潤漢 氏와 漢洙 氏 만나 大宗會 總會 事前 妥協에 漢奎 氏, 俊兄, 漢鳳 氏와 함께 上堂祠 參拜 後 玉돌식당 와서 2, 3시간 所要…會長 件, 決算額 3억 4仟 件.
찬바람 쏘이며 아침운동 다니는 탓인지 感氣氣 안 떨어지고…기침, 가래, 눈물. ○

〈1997년 3월 12일 수요일 晴. 曇〉(2. 4.) (4°, 15°)
松과 杏의 勸告로 아침운동은 家內 것으로 마치고 体育館은 안 간 것.
십성 밤콩 1되쯤 가린 後 모처럼 果園 가서 管井 試動해보니 異常 없고. 검부럭지 좀 모디어 燒却했고. 入淸하여 日暮頃 理髮하니 개운. ○

〈1997년 3월 13일 목요일 晴〉(2. 5.) (7°, 16°)
故鄕 전좌山 가서 '노가지나무 8株' 캐다가 墓域 둘레에 심었고. 큰집 가서 從兄嫂 氏 問病 後 四派(兵使公派) 位土 不動産 一覽表 一切를 從兄님께 說明하고 四派 代表者會議를 20日에 金溪 老人會館에서 열도록 合議. ○

29) 원문에는 파란색 색연필로 밑줄이 그어져 있다.

〈1997년 3월 14일 금요일 曇. 雨〉(2. 6.) (8°, 15시 7°) 雨量 11㎜[30]

자정 지나 1時반쯤 괴상한 電話(其 男子 술취한 音聲이라고)이기에 電話를 끊었다는 杏의 말 듣고 궁금. 어제 18시쯤 지나서 집 보러 온 사람이라고 신호하는 모르는 男子여서 수상해서 그대로 돌려보냈다는 松의 말도 있었는데….

12時에 市內 居住 四派 代表者 臨時會議를 청솔식당서 開催하여 正式 會議를 3月 20日 12時에 金溪 故鄉 老人亭에서 開催하여 總會 때 決議했던 7位 沙草作業 實施에 關해서 協議했던 것. 漢奎 氏, 勳鍾 氏, 俊榮 氏, 晩榮, 尙榮 五人이 모였던 것. 新溪派 代表만 不參된 것. 곧 歸家하여 20日의 會議 召集 書信 作成, 代表者 全員에게 發送할 作業 完了하는 데 深夜까지 노력하여 마친 것[31]. ○

〈1997년 3월 15일 토요일 曇. 가랑비 조금〉(2. 7.) (4°, 11°)

明日 일로 勇氣 내서 今日 일까지 경험하려고 11時 發 고속으로 上京~14時부터 있는 '한겨레신문 제9기 株主總會'에 參席한 것. 淑大 体育館. 某 理事의 就任에 曰可曰否. 32億 負債, 下級記者의 박봉 等으로 지지하게 時間 많이 경과되기에 17時 좀 지나서 中道 退場하여 双門洞 큰 애비 집 가서 '호준' 좀 업어주고서 就寢한 것. 감기藥 탓인지 甚히 곤하게 잔 것. ○

〈1997년 3월 16일 일요일 晴〉(2. 8.) (-2°, 9°)

큰 애비 車로 경기도 富川市 中央예식장 간 것. 妻姪女(泰鎬 女息) 結婚式 13時부터. 큰 애비, 4南 松, 五男 弼. 큰 女息, 3女 參席했고. 三男 明은 淸州서 人事했다는 것. 어제 저녁에 双門洞 왔던 四女 杏은 스님과 만나 洪先生(佛敎信者) 父親 49祭에 參席한다는 것. 下午 3時 半 發 貸切버스로 入淸. 아파트 오니 7時 좀 지났고. 杏은 約 2시간 後 왔고. ○

〈1997년 3월 17일 월요일 晴〉(2. 9.) (1°, 14°)

전좌山 가서 '노가지' 캐다가 墓域 周圍에 심었고. 20日에 있을 四派 代表者 會議에 關하여 從兄, 佑榮, 來榮 찾아 만나 事前 準備 等을 相議했고. 번말 初入 이상운 집 찾아가 其의 子婚事에 自進 祝儀金 주었기도. ○

〈1997년 3월 18일 화요일 晴〉(2. 10.) (1°, 18°)

尹成熙 교장 연락에 依하여 '사리원食堂' 가서 崔承德 待接받아 点心 많이 먹은 것. 때문에 時間形便上 故鄕行 不能. 日暮 直前에 旧家 가서 無窮花 1, 사철苗 1, 紅단풍 1, 두충茶 苗 1株 캐다가 아파트 庭園에 假植했고. 杏은 今夜는 제 아파트 가서 就寢. ○

〈1997년 3월 19일 목요일 晴〉(2. 11.) (0°, 16°)

어제 캐온 苗 갖고 前佐山所 가서 墓域에 植付後 노가지 4株 골라 캐다가 심는 데 勞力 많이 들었던 것. 入淸 歸路에 오미 '정분식식당' 들러 明日用 点心 15人分 맞추었고. 明日 進行計劃 完了. 밤잠 곤했고. ○

〈1997년 3월 20일 목요일 晴〉(2. 12.) (6°, 16°)

30) 원문에는 파란색 색연필로 밑줄이 그어져 있다.
31) 원문에는 붉은색 색연필로 밑줄이 그어져 있다.

兵使公派 四派 臨時代表者會議[32]에 參席하여 司會와 進行에 노력한 것. 12時 半~17時까지…. 參席者는 代表者는 3名 外 全員 參席. 其外 10名 參與 協調했고, 今年엔 14代祖, 13代祖 四位만 둘레石으로 工事하고 16代祖(兵使公) 墓域 沙草는 來年에 完了토록 決議한 것. ⊙

〈1997년 3월 21일 금요일 晴〉(2. 13.) (5°, 16°)
牛岩洞 '효성석재' 가서 潤道, 漢奎 氏, 俊兄, 來榮 만나 14代祖, 13代祖 墓所 둘레石 4벌 마련에 300萬 원에 定하고 契約金으로 50万 원 支拂한 것. 一同 点心은 칼국수로 漢奎 氏가 제공하신 것. 歸家하여 살림 정돈(장단지, 농산물자루 等)에 노력했고. 午前엔 운동 後 歸家 길에 農用水 전기料 關聯으로 '韓電' 廳舍 찾느라고 용암洞 가서 長時間 애썼던 것. 根據 찾아 完納 정리하니 개운했고.
밤엔 兵使公派 四派 代表者會議 20日에 있었던 會議錄 정리하는 데 몇 時間 걸려 子正이 넘어서야 끝내니 이도 또한 시원한 氣分이었고. ○

〈1997년 3월 22일 토요일 晴, 曇, 晴〉(2. 14.) (3°, 15°)
四派 帳簿 정리 等 마치고 故鄕 山所 가서 노가지 植付하고 日暮頃에 栢洞 가서 故 송명보 집 찾아가 遺家族들에게 弔慰 人事했고. 큰집 들러 問病 人事한 後 19時 半 버스로 歸家. ○

〈1997년 3월 23일 일요일 曇, 晴〉(2. 15.) (2°, 15°)
아침 歸路에 보름 祈禱. 12時에 있는 김옥수 會員 子婚 예식장 가서 人事하고 点心. 낮엔 家庭 정돈에 힘쓰고. 下午 3時 發 高速으로 서울 갔고. 双門洞 집에서 在應스님도 있기에 기뻤고. 鎬準 보려고 온 것. 스님은 日暮頃 '보섭사' 갔고. 저녁은 家門 식당서 돌솥밥으로 3人 잘 먹은 것. ○

〈1997년 3월 24일 월요일 晴〉(2. 16.) (-3°, 12°)
早朝에 제반 준비 끝낸 큰 애비 夫婦는 애비 同乘케 하고 金浦空港에 일찍 호준 保護하여 7時 좀 지나서 到着. 짐 간수, 호준 보호 各種 수속 等으로 분주하니 当해보니 함께 잘 온 것.
9時 半에 큰 애비와 함께 호준(유모차)이 出口로 나가는 것 보고 "빠이빠이" 손 흔들어주고 作別. 無事渡美 到着을 빌고 고속터미날 와서 10時 半 車로 淸州 向發.
点心 요기 後 전좌山所 가서 노가지나무 6株 植付. 제절 양편에 꽃나무 심고. 歸路에 바람 차서 苦痛 나우 겪은 것. ○

〈1997년 3월 25일 화요일 晴〉(2. 17.) (-1°, 15°)
5時 半 서울 큰 애비 電話로 '鎬準'이 美國 到着했다는 消息[33] 왔고. 点心 後 金溪行 豫定을 中止하고 '효성석재' 가서 둘레石 現物과 分量을 確認하고 藥水터 가서 上堂祠 參拜하고 墓所 가서 省墓 마치고 온 것. 午後 8時부터 班常會 있고 場所 차례 該當[34]되어 飮料水

---

32) 원문에는 붉은색 색연필로 밑줄이 그어져 있다.

33) 원문에는 붉은색 색연필로 밑줄이 그어져 있다.
34) 원문에는 붉은색 색연필로 밑줄이 그어져 있다.

若干과 귤 장만해서 待接하고 人事말도 한 것. 午后 7時엔 '전용대' 찾아와서 APT 賣渡 허락을 要求하기에 不應했고. ⊙

〈1997년 3월 26일 수요일 晴. 가끔 曇〉(2. 18.) (3°, 14°)
'富成不動産' 가서 昨日 있었던 전용대 所有 APT 實情 이야기하니 걱정 없을 것으로 말하기에 安心했고. 金溪 가선 從兄 만난 後 佑榮, 潤道, 來榮 찾아 31日. 4月 1日에 있을 莎草 工事件 一切를 相議 確認하니 어느 程度 마음 시원하였기도. 点心은 辛酉會 있어 마치고 저녁은 同窓會 月例會 있어 全員 參席下에 韓食으로 充当되었던 것. 밤엔 美國 펜실베니아에 있는 英信 母子한테서 電話 安否 人事 받았기도. ⊙

〈1997년 3월 27일 목요일 晴〉(2. 19.) (0°, 17°)
도시가스 自家 檢針. 130-517. 모처럼 1농장 가서 勞力했고~揚水, 대추 헛싹캐기 等.
俊兄 招請으로 '폭포식당' 가서 鄭運海 先生과 함께 夕食(아구湯국) 했고. ⊙

〈1997년 3월 28일 금요일 晴〉(2. 20.) (3°, 18°)
1농장 가서 3시간 半 勞動~揚水, 棗木 헛싹캐기. 下午 6時 半 發 車로 入淸. ○

〈1997년 3월 29일 토요일 曇〉(2. 21.) (7°, 19°)
族叔 漢奎 氏 招致로 其의 配偶者 墓 改莎 工事場인 墻東 四派 宗山 다녀오니 人事된 것. ⊙

〈1997년 3월 30일 일요일 晴〉(2. 22.) (2°, 10°)
道聯合會 主催 배드민턴大會 있어 參席. 國民生活館[35]. 8時부터~18時까지. 70세 以上 長壽部 A級으로 뛰어 優勝하여 金메달[36] 받았고. 큰 妻男 金泰鎬 다녀가고. ⊙

〈1997년 3월 31일 월요일 晴. 曇〉(2. 23.) (0°, 13°)
13代祖 山所 沙草工事에 아침부터 參與하여 大過없이 마친 편이나 人夫 賃 支拂에 一部人이 返濟行爲 眞意 몰라 께름한 것. 墻東山(望德山) 山所일 끝낸 것. ⊙

〈1997년 4월 1일 화요일 晴. 曇. 가랑비〉(2. 24.) (0°, 17°)
14代祖 山所 莎草(둘레石) 工事 어제와 같이 2位 일 끝내니 개운[37]했으나 早朝부터 저녁 늦게까지 노력 많았기에 疲勞 느끼기도. 石物 運搬에 山下 수렁에 車 빠져서 數時間 苦勞 겪었기도. 人夫 一人 다치기도 하여 잠시 큰 걱정되었으나 再起 活動하므로 多幸이었고. 豫定作業 끝냈으니 天佑神助로 生覺하며 諸般 安心하였고. 豫算 執行된 것 뒷 整理 淸算이 남은 일. 모든 일 마치고 비 내리기에 더욱 多幸하고. ⊙

〈1997년 4월 2일 수요일 雨〉(2. 25.) (9°, 12°) 雨 38㎜[38]
早朝 起床. 天氣 보니 비 오기에 多幸~各處 山所에 입힌 떼에 甘雨. 전좌山所에 移植한 '노

35) 원문에는 붉은색 색연필로 밑줄이 그어져 있다.
36) 원문에는 붉은색 색연필로 밑줄이 그어져 있다.
37) 원문에는 붉은색 색연필로 밑줄이 그어져 있다.
38) 원문에는 파란색 색연필로 밑줄이 그어져 있다.

가지' 等에 더욱 비 기다렸던次이기도. 농협, 효성石材, 오미 '정분식' 금계 郭來榮 집 찾아다니며 莎草 經費 淸算 마친 것. 밤엔 帳簿 정리에 深夜토록 노력했고. ⊙

〈1997년 4월 3일 목요일 曇. 晴〉(2. 26.) (10°, 17°)

아침運動 歸路에 龍岩洞 韓電 廳舍 찾아가 전기料金 重複된 史實을 確認한 다음 常綠苗木 좀 사려고 福臺洞 松亭洞 '흐농묘목社'를 거쳐 南二面 가마 '韓林농원' 가서 몇 집 거친 다음 結果는 '賢都조경' 吳社長 만나 어린 苗木과 代価 싼 것으로 決定한 것. 四派 장부정리次 '효성石材'와 농협 가서 整理后 日暮頃에 金眼科 다녀오니 몸은 지친 것인지 글력이 형편없는 듯 노곤했고. ○

〈1997년 4월 4일 금요일 曇. 가랑비〉(2. 27.) (11°, 13°)

바람 세고 몸 곤란 (피로된 신양)해서 아침운동 안가고 家庭의 잔일 보았고.

오후 2시 半 發 버스로 金溪 가서 從兄 댁 들러 極 臥病中인 從兄嫂 氏 看護 끝에 莎草 經費 난 것. 種目別로 從兄께 告한 것. 대추밭 가선 自轉車 손질 等 조금 일 보고 歸淸. 밤엔 寒食 茶禮 祝 쓰는 데 時間 나우 걸렸던 것. 雨 10㎜.[39] ○

〈1997년 4월 5일 토요일 曇. 가랑비〉(2. 28.) (10°, 15°)

故鄕 金溪 가서 寒食 茶礼에 從兄과 함께 參祀한 것~魯旭 집에서 高祖考, 伯曾祖, 曾祖, 從曾祖. 從兄 宅에선 再從祖考를 지낸 것.

午後엔 큰 애비, 큰 女息, 셋째 女息, 넷째 女息(杏). 그 먼저는 3男 明이도. 前佐墓域에 昨秋에 입혔던 떼 뜬 것 再손질하며 밟는 作業했기도. 2女息은 저녁 後 8時 半 버스로 上京. 밤 12時頃에 到着했다고 전화왔고. 아침결엔 米國서 큰 에미한테 전화 왔고. ⊙

〈1997년 4월 6일 일요일 雨. 曇〉(2. 29.) (10°, 16°) 雨 10㎜.[40]

비 내리는 바람에 梧東洞 妻家山 所 일 걱정되더니 10時 半부터 멎으므로 行事 大過없이 完了~妻祖父 山所, 丈人 山所에 立石하는 데 參席[41]한 것. 큰 애비도 午前 中 있었고. 正丈母 順天 朴 氏까지 三位 合室되었다는 点에서 感深되었기도. ⊙

〈1997년 4월 7일 월요일 曇. 晴〉(3. 1.) (9°, 19°)

歸路에 米坪 '賢都造景' 吳 氏 집 가서 苗木(香 12株, 화양木 12). 西門橋 路店서 (黃金측백 5株, 화양木 4×5) 購入하여 故鄕 山所 가서 植付作業에 勞力했고. 아침엔 용화사 가서 初하루 祈禱. ⊙

〈1997년 4월 8일 화요일 曇. 晴〉(3. 2.) (9°, 15°)

今日도 山所 가서 墓域 造景作業한 것~화양목 15株, 赤단풍 5株, 上堂祠 參拜.

崔女史(클럽會員, 東部署長 夫人) 待接으로 아침食事 잘했던 것. 族孫 仁在 女婚에 人事했

39) 원문에는 파란색 색연필로 밑줄이 그어져 있다.

40) 원문에는 파란색 색연필로 밑줄이 그어져 있다.

41) 원문에는 붉은색 색연필로 밑줄이 그어져 있다.

고. ⊙

〈1997년 4월 9일 수요일 晴〉(3. 3.) (9°, 14°)
歸路에 未坪 '현도조경' 가서 '玉香苗' 10株 사 갖고 와서 집 團束 後 前佐山 가서 墓域에 按配 植付했고. 墓前에서 落淚되기도. ⊙

〈1997년 4월 10일 목요일 晴〉(3. 4.) (7°, 16°)
山所 가서 墓域에 노가지 移植木의 支柱대 세우는 데 勞力했고. ⊙

〈1997년 4월 11일 금요일 晴〉(3. 5.) (5°, 16°)
故鄕行 計劃 中止하고. 農銀(協) 다녀 金眼科 가서 治療. 眼壓 말했고. 末 月曜 또 오라고. 松은 退勤 後 제 母親 山所 다녀왔고~카네션 꽂 갖고. 杏은 近日 繼續 저물도록 特勤. 今日도 늦게 退勤 通知에 松이가 저물게 와서도 밥 짓는 것. 美國 英信한테 電話 또 失敗. ⊙

〈1997년 4월 12일 토요일 晴〉(3. 6.) (5°, 19°)
서울서 큰 애비 와서 함께 未坪 '현도조경' 가서 苗圃 實況 구경하고 연산홍 6株와 '화양木' 30株 米坪 가서 사다가 큰 애비 혼자 故鄕 山所 가서 植栽하고 온 것. 거칠은 들깨 몇 되박 갖고 뒷동山 가서 小型키로 까불러 정선에 노력했으나 아직 未盡. ○

〈1997년 4월 13일 일요일 晴〉(3. 7.) (7°, 18°)
엊저녁에 旧집 가서 캐온 잔디 추린 것 한 자루를 큰 애가 갖고 故鄕 山所 가서 제 母親 제절에 뜯어둔고 이제까지 植栽한 各種(화양木, 香木) 苗木에 給水하기에 午前 中 내내 노력. 原州 方面에서 宗親 여러분 버스 2臺로 來淸. 墓所와 上堂祠 參拜[42]한다기에 漢奎 氏, 晩榮과 함께 藥水터 가서 손님 到着 前에 淸掃에 勞力 後 下午 2時頃에 遠距離 손님 案內와 說明했기도. 比較的 잘 다녀간 셈. 큰 애비는 낮에 向發했을 터. ⊙

〈1997년 4월 14일 월요일 晴〉(3. 8.) (9°, 18°)
우연찮이 疲勞 느껴 아침운동에 勇氣 못내고 거의 終日토록 조금씩 飮酒로 해 넘긴 듯. 去日 밤에는(時間 未詳) 作故한 魯井母親 나타난 꿈 꾸기도…. 「분홍저고리 입고 남색치마에 人像 順하게 나타나 맞기에 어떻게 왔느냐고 물었더니 "살아왔다"고 명랑하게 말하는 것[43]」 반가운 꿈 꾼 셈. ⊙

〈1997년 4월 15일 화요일 晴〉(3. 9.) (10°, 17°)
故 從弟 夢榮 49祭라기에 祝 써갖고 從兄과 함께 전좌山 夢榮 墓所 가서 서울서 온 여러 사람과 함께 49祭 無事 遂行했고.
墓域에 건너가 植付된 各種 苗木의 손질과 給水 좀 마치고. 1농장 가서 대추밭에 若干 揚水했기도. ⊙

〈1997년 4월 16일 수요일 晴. 曇〉(3. 10.) (9°, 15°)
3日 만에 体育館 가서 운동 마친 後 歸路에 族弟 光榮 집(수곡동 30-9) 찾아가 其의 子婚 지낸 일에 人事했고. 대추밭 가서 揚水하며 고추대 걷어치운 것. ⊙

42) 원문에는 붉은색 색연필로 밑줄이 그어져 있다.
43) 원문에는 붉은색 색연필로 밑줄이 그어져 있다.

〈1997년 4월 17일 목요일 曇〉(3. 11.) (12°, 17°)
대추밭 가서 揚水하면서 昨年에 2농장에 假植했던 果樹 苗木 10株 캐다가 植付하고 복숭아나무 2株와 자두나무 剪枝했고. ⊙

〈1997년 4월 18일 금요일 晴〉(3. 12.) (7°, 16°)
신봉농협 '백학현' 勸告로 井母 부의금 豫託中에서 1500万 원整 찾아 91日制 10.9% 期限附 예금으로 手續했고. 果園 가서 揚水하면서 雜果木 가지 벌려 매기 作業에 노력했고. 18時 半부터 있는 宗親會에 參席하며 座談 後 歸家하니 밤 11時 되는 것. ⊙

〈1997년 4월 19일 토요일 晴〉(3. 13.) (5°, 23°)
'全國聯合會長旗[44] 生活体育 國際배드민턴大會'에 忠北代表로 70代 男複選手로 出戰케[45] 되어 參戰~忠北代 20팀中 敎大클럽에서 6팀 參加. 6時 淸州 發. 서울 잠실체육관內 경기관. 外國人으론 대만과 日本이 參加. 36個大팀. 午后 2時 半에 도봉구와 첫 껨인데 相對不參인지 기권勝. 잠시後 鐘路區와 對戰하여 21:5로 勝. 이어 1時間 後에 準決에서 중랑區한테 敗하여 3等으로 銅메달[46] 받게 된 것. 올림픽公園파크호텔에서 一同 宿泊. ⊙

〈1997년 4월 20일 일요일 晴〉(3. 14.) (6°, 23°)
個人 立場의 責任은 어제서 끝났지만 團體行動하여야 하겠기에 會員 一同과 함께 各 경기장 순회 應援에 시간 가는 줄 몰을 정도로 해넘긴 것. 全國行事 끝나기 前에 一同은 歸淸한 것. 집에 오니 午后 9時 半 된 것. ⊙

〈1997년 4월 21일 월요일 晴〉(3. 15.) (11°, 22°)
기다리는 비 안와서 걱정되고~山所 墓域에 植付된 各種 苗木과 떼가 말라붙는 中.
沐浴과 理髮로 時間 소모되어 金溪行도 망서리다가 시간 노쳐 버리고.
杏이 身樣이 나우 괴로운 듯~職務에 過勞되어 지친 듯…가슴이 답답하고 머리가 개운치 않은 모양. '청심환' 1개 풀어먹이기도. ⊙

〈1997년 4월 22일 화요일 晴〉(3. 16.) (7°, 17°)
어제 施行 못한 行事(上堂祠, 墓所 參拜) 今朝 아침 歸路에 兩편(龍華寺 祈禱) 모두 다녔으니 잘 한 일. 杏이 出勤 못했고. 病院 가서 治療 받고 就安.
山所 가서 墓域 植付木 손질 等 勞力하고 큰집 들러 從兄 뵙고 歸家. ⊙

〈1997년 4월 23일 수요일 晴〉(3. 17.) (6°, 19°)
날씨는 맑으나 비 안내려 큰 걱정. 杏은 今日도 出勤 못했고. 저녁은 제 손으로 지었고.
대추밭 가서 揚水하면서 도라지밭 김매고 둑의 거치른 草木 긁어 태우기도.
午后 6時 좀 지나서 아파트 買受 희망자 방 보러 主人 柳 女史와 다녀갔고. 契約에 있어 完璧을 期하여야 한다고 큰 애비한테 전화(저당 관련 아파트이기에). ⊙

〈1997년 4월 24일 목요일 晴. 曇〉(3. 18.) (7°, 22°)
클럽月例會席에서 去 19日에 獲得하게 된 銅

---

44) 원문에는 붉은색 색연필로 밑줄이 그어져 있다.
45) 원문에는 붉은색 색연필로 밑줄이 그어져 있다.
46) 원문에는 붉은색 색연필로 밑줄이 그어져 있다.

메달 授受와 新聞에 記事 난 것 揭示된 것 보고서 마음 풀어졌기도. 10時 發 高速버스로 서울 강남區 '文化쎈타' 예식場 가서 郭潤漢 氏 孫子婚에 人事하고. 大宗會 宗員 10余 名 모여 97年 理事會와 總會를 앞둔 事前協議 몇 가지 打合하였기도. 淸州선 漢奎 氏, 俊兄, 晩榮, 興在 同行되었던 것. ⊙

〈1997년 4월 25일 금요일 晴〉(3. 19.) (8°, 23°)
同窓會 逍風으로 釜山市[47] 다녀온 것~5名(徐, 鄭홍, 宋, 俊兄, 尙) 太宗臺. 자갈치市場. 7時 發~23時 歸家. 列車費(통일호 鳥~釜 3,800원, 釜~鳥 무궁화호 12,000원). 不參~朴壹煥, 鄭德來, 負擔 2万 원씩.
金榮三 大統領 次男 현철 國會청문회에 證人으로 出席 答辯[48]에 곤혹 치루는 듯. ⊙

〈1997년 4월 26일 토요일 晴〉(3. 20.) (7°, 23°)
대추밭 果園 가서 揚水하며 雜果木에 給水했고. 數日 前에 豫約됐다는 집 買受願者 夫婦 함께 와서 午後 6時頃에 와서 房 狀況 보고 갔고. 저녁 8時頃에 서울서 4째 子婦(金 氏) 왔고~計劃대로 媤父에 食事 지어 공경차 온 것. 대전 2째는 사정 있어 못가 죄송하다는 인사 전화 오고. ⊙

〈1997년 4월 27일 일요일 晴〉(3. 21.) (8°, 25°)
弟 振榮 夫婦와 함께 전좌리 墓域에 냇물 運搬하여 植付된 苗木에 給水하는 데 2시간 半 勞力했고. 歸路에 一同 큰집 들러 從兄嫂 問病했기도. 松 夫婦 낮에 上京~갈비찜 고기국 等 반찬 맛있게 풍부히 마련해 놓고 간 것. 杏은 어느 程度 나은 듯. ⊙

〈1997년 4월 28일 월요일 晴〉(3. 22.) (10°, 26°)
아침운동 時 클럽 會員 全員에게 윈비디 1병씩 나누어 주었고. 果園行 豫定은 버스 缺行으로 못갔고. 松이 입던 배지色 쓰본 고치는 데 數時間 걸렸기도. 杏이 모처럼 와서 저녁 차려 3人이 함께 먹은 것. ⊙

〈1997년 4월 29일 화요일 雨. 曇〉(3. 23.) (18°, 22°)
학수고대하던 비 내려 기쁘고. 가랑비? 안개비? 程度여서 不足感. 午后에까지 繼續이니 多幸. 12時부터 있는 友信親睦會에 參席. '거구장'에서 点心. 모처럼 소주 우수 마신 편.
日暮頃에 광곡寺 在應스님 오셨고. ⊙

〈1997년 4월 30일 수요일 晴〉(3. 24.) (13°, 20°)
辛酉會 月例會 있어 參席하여 우암집에서 설렁湯으로 点心하고 故鄕 가서 從兄 만나 이야기 後 두어 時間 勞動하고 歸淸. 杏이 밤 늦게 오고. ⊙

〈1997년 5월 1일 목요일 晴〉(3. 25.) (8°, 25°)
서울서 3째 女息 왔고…쑥떡 材料와 꽂감, 울릉도 호박엿 갖고 와서 쑥떡 2솥 빚고. 松이 車로 스님까지 山所 가서 省墓. 제 祖父 墓 前, 母親 墓 前에 떡도 술도 올리고. 대추밭 가선 씀바귀 캐고. 달래도 나우 캐서 午后 6時頃에 入淸. 杏도 退勤하여 모처럼 딸 3兄弟와 아들 松 合하여 5人이 夕食 맛있게 함께 먹은 것.

47) 원문에는 붉은색 색연필로 밑줄이 그어져 있다.
48) 원문에는 붉은색 색연필로 밑줄이 그어져 있다.

서울서 큰 딸과 큰 애비한테서 安否 電話 오기도. 3女 上京. ⊙

〈1997년 5월 2일 금요일 晴. 曇〉(3. 26.) (10°, 25°)

數日 前에 온 次女(在應스님) 朝夕 짓는 것은 勿論 衣類, 寢具 等 洗濯 等 꾸미기와 손질에 每日余念없이 勞力하는 데 딱하기도. 㝠心 1농장 가서 揚水하면서 둘레 둑과 검부럭지말둑 等 모디고 긁어 소각하는 데 해 넘긴 것. 族兄 輔榮 氏로부터 無理하고 귀찮은 電話 자주 오는데 몹시 氣分 小한 편. ⊙

〈1997년 5월 3일 토요일 曇. 晴〉(3. 27.) (20°, 27°)

次女(姬) 스님이 공과 誠意어려 지은 아침밥 맛있게 먹었으나 스님 自身은 禁食日이라고 물조차 안마신다 하니…. 설거지 깨끗이 다 해 놓고 10時에 '광곡寺' 向發. 떠나가는 뒷모습 보고 또 落淚. 제 母親 없기에 더욱 서럽고[49]. 無事 到着했다고 午後에 전화 왔고.
果園 가서 揚水하면서 約 4시간 勞力했던 것. 杏이 退勤 後 出他했다가 저물게 歸家.
日처럼 酒類 一滴도 안했고. 서울서 전화 안와서 궁금…미국 소식 없어서. ○

〈1997년 5월 4일 일요일 晴. 曇〉(3. 28.) (16°, 26°)

궁겁더니 서울 消息 듣고 安心. 曾孫 '호준' 제 할미가 뎉고 無事 再歸國[50]…昨夜 밤 12시? 金溪行 予定 中止~쏘나기 온대서. 구름 많이 끼었지 종당엔 비 한 방울 안내려 야속했기도. 日暮頃 大田 2째 夫婦 와서 저녁 차려 함께 먹고 歸家. (닭볶음, 물김치 갖고 온 것.) ⊙

〈1997년 5월 5일 월요일 晴. 曇〉(3. 29.) (13°, 29°)

天安市 北面 龍岩里 好德마을 다녀온 것~9시 發. 15時쯤에 歸淸. 好德派 中 承( )公派 齊室 竣工式에 招請 있어 族叔 漢奎 氏, 漢虹 氏와 함께 參席한 것. ⊙

〈1997년 5월 6일 화요일 가랑비. 晴〉(3. 30.) (20°, 25°)

繼續 飮酒 탓인가 온몸 나른하고 氣運 없어 活動할 勇氣 안나나 午后에 再勇氣 억지로 내어 果園 가서 約 2시간 노동했고. 아침 歸路엔 '한국병원' 가서 正旭 入院 상황에 놀라웠고. 321호 ⊙

〈1997년 5월 7일 수요일 雨〉(4. 1.) (21°, 26°) 雨量 43㎜[51]

기다리던 비 充分히 내리는 듯. 이른 아침부터 終日 내리는 셈. 낮엔 '한국병원' 가서 孫子 正旭 病勢 확인했고. 척추 1部分 절골[52]이라나. 午后에 '최원식'病院 801호[53]로 옮겼다나. ⊙

〈1997년 5월 8일 목요일 曇〉(4. 2.) (16°, 24°)

어제 午前엔 病院 歸路에 龍華寺 가서 祈禱.

49) 원문에는 파란색 색연필로 밑줄이 그어져 있다.
50) 원문에는 붉은색 색연필로 밑줄이 그어져 있다.
51) 원문에는 파란색 색연필로 밑줄이 그어져 있다.
52) 원문에는 붉은색 색연필로 밑줄이 그어져 있다.
53) 원문에는 붉은색 색연필로 밑줄이 그어져 있다.

어제 雨天으로 金溪行과 祠堂行 中止.
体育館 歸路에 최 병원 들러 正旭 入院된 狀況 살펴보고~잘 옮겼다고 認定되고.
서울서 큰 딸 왔고…民俗酒, 수박 等 青과일, 內衣類, 其他 珍味 먹거리 갖고 온 것. 点心은 모처럼 3째(韓 氏) 와서 人事 後 誠意껏 仰請하기에 食堂 가서 큰 女息까지 3人 식사(백숙)으로 잘 먹었고. 5째(막내 子婦…孫 氏), 3째 女息, 2째 女息(재응스님)한테서 人事 전화 왔고. 낮엔 APT 婦人會長으로부터 老人亭 會員에게 '화장지' 1包씩(4개) 膳物로 주기에 받았고. 큰 딸은 20시 좀 지나서 서울 向發. 밤 11시 좀 지나서 도착 소식 온 것. ⊙

〈1997년 5월 9일 금요일 晴〉(4. 3.) (10°, 23°)
'老人亭' 月例會에 參席하여 '李家네 집' 招請에 点心 잘 待接받은 것.
果園 가서 約 2시간 勞力했고. ⊙

〈1997년 5월 10일 토요일 晴〉(4. 4.) (11°, 23°)
崔 氏 자전거포 紹介로 기아 달린 自轉車로 7만원 우사 없어 更新[54]했고. 운, 신(운천동, 신봉동) 老人잔치에 招待 있어 參席하여 点心[55] 待接 받았고. 職能團體協議會 主催로 되어 있는 것.
日暮 後 큰 사위 와서 들고 온 쇠고기 구어서 함께 먹고. 큰 애비 夫婦 '호준' 데리고 저물게 와서 모두 함께 食事 같이 한 後 큰 사위는 上京. ⊙

〈1997년 5월 11일 일요일 曇. 晴〉(4. 5.) (12°, 24°)
朝食 後 一同(큰 애비 夫婦, 杏, 호준 데리고)과 함께 山所 가서 省墓하고 큰집 들러 人事 後 果園 가서 揚水 잠간 동안에 쑥과 도라지 若干. 씀바귀도 조금 캐는 것이었고. 14時頃에 入清하여 칼국수로 点心하니 출출한 판에 一同 맛있게 먹은 것. 서울애들 15시 半에 向發. 어제 上京했던 松이 學校 일(글짓기大會)로 나려와 執務. 点心 국수 함께 했고. ⊙

〈1997년 5월 12일 월요일 曇. 雨〉(4. 6.) (20°, 22°)
아침 歸路에 최 병원 들러왔고~正旭 狀態 好調인 듯. 午后 1時頃부터 내리기 始作한 비 밤중까지 繼續. 先祖考 入祭日이어서 주류와 포 簡單히 마련해서 전좌 墓所 가서 비 맞으며 獻酒奏하고 伯祖考, 伯父, 내안堂叔 墓 前에도 1盃씩 올리고 건너와 父母님 墓前에도 한 잔 獻酒 祈禱한 것. 從兄 宅 가서 此旨 이야기하고 酒類 待接했고. 時間的으로 日暮頃에 入清하여 '양념통닭' 1尾 사다가 夕食 때 松, 杏 男妹와 함께 입맛 다신 것~今日은 松의 生日. ⊙

〈1997년 5월 13일 화요일 曇. 가끔 비〉(4. 7.) (17°, 23°) 昨今 우량 90㎜[56]
終日토록 비 오락가락. 家庭에서만 해 넘긴 셈. 松은 退勤 後 上京. 金丙鎬 교장으로부터 明日 뵙겠다는 전화 와서 順應했고. 杏이 歸家中 날치기한테 所持品 빼앗긴 일에 경악[57].

54) 원문에는 붉은색 색연필로 밑줄이 그어져 있다.
55) 원문에는 붉은색 색연필로 밑줄이 그어져 있다.
56) 원문에는 파란색 색연필로 밑줄이 그어져 있다.
57) 원문에는 붉은색 색연필로 밑줄이 그어져 있다.

不幸 中 多幸이라고 安心시키며 淸心元 한 개 갈아먹였고. 現金 2, 3萬 원쯤과 通帳 2개, 열쇠. 住民등록증 等-그만쯤이어서 그래도 多幸으로 생각.⊙

〈1997년 5월 14일 수요일 曇. 가끔 비〉(4. 8.) (18°, 22°)
龍華寺 가서 獻燈 手續하고 祈禱 올린 것. 今日은 부처님 오신 날…2541년.
9시頃 연락으로 金丙鎬 교장 招請으로 鄭海國氏와 함께 社稷洞 중국料理집 가서 晝心 待接받았고. ⊙

5월15일~19일 5日 間 飮酒 繼續. 15日에는 스승의 날이라고 鄭顯姬한테 人事 전화 왔던 것. 17日엔 4째 子婦 와서 食事 지어 대접하는 것. 18日엔 酒類 抑制 한사코하곤 4째 上京. × × × ※

〈1997년 5월 19일 월요일 晴. 비 조금〉(4. 13.) (14°, 19°)
여러날 前에 왔던 在應스님은 每日 애비 酒中고신에 心血 기우리고 있는 중. 어끄제는 杏이가 사창4거리에서 날치기한테 가방 빼앗겼던 것. ×

〈1997년 5월 20일 화요일 曇〉(4. 14.) (13°, 23°)
어제 빼앗겼던 杏이 가방과 소지품은 도루 찾았다하니 不幸 中 多幸. 現金만 빼가고 가방 一切는 바로 거리에 버렸던 모양. 어제 午后부터 앓기 시작. 무슨 꼴인지? ○

〈1997년 5월 21일 화요일 가끔 흐림. 비 조금〉(4. 15.) (9°, 19°)
애비 회복 때문에 在應스님 오늘 못가고. 孫子 正旭이 入院 中인데 신경만 쓰면{서} 못가보는 게 한탄. 아침부터 흰죽은 조금씩 먹기 시작. ○

〈1997년 5월 22일 목요일 晴〉(4. 16.) (12°, 23°)
몸 약간 풀린 듯하나 몸 제대로 못 가누고. 在應스님 13시 半頃 광곡사 向發.
밀렸던 장부 整理와 新聞 通讀에 밤 11時 半까지. ○

〈1997년 5월 23일 금요일 晴. 曇. 雨〉(4. 17.) (11°, 23°)
몸 운신 程度 別 차도 없고. 金顯秀 청주市長 招請으로 晝心 食事 待接받은 것. 孫子 正旭이 一段 退院[58]. 金태룡內科 가서 링겔 注射 맞았고(포도당, 영양제). 저녁식사 우수 한 셈. 애비의 빈번한 過飮 苦痛에 非常한 覺悟로 심각한 計劃 전화의 큰 애비 말 듣고 잠 이루지 못했고[59]. ○

〈1997년 5월 24일 토요일 가끔 비〉(4. 18.) (12°, 19°) 昨今 우량 15㎜[60]
昨夜 큰 애비의 심각한 말 생각에 첫 새벽부터 整理하기에 단잠 못 이룬 것.
아침 歸路에 藥水터 가서 參拜. 龍華寺 가서 祈禱…보름텩 施行한 것. 12시부터 있는 辛酉會에 參席하여 4人 모두 설렁탕으로 晝心 한

58) 원문에는 붉은색 색연필로 밑줄이 그어져 있다.
59) 원문에는 붉은색 색연필로 밑줄이 그어져 있다.
60) 원문에는 파란색 색연필로 밑줄이 그어져 있다.

것. 午后 行事관계론 빈병 모아 百貨店 가서 處理 정리하고 모처럼 沐浴湯 가서 거뜬히 몸 씻고 金眼科 가서 金병호 院長 檢診 또 받고 說明 들으니 安心 좀 되었기도. 午后 五時頃 松은 上京하고 큰 애비는 歸省길에 竝川서 떼 150장 사다가 전좌리 山所 墓域에 뜯어 심고 18時頃 入淸 到着했고. 杏은 괴로운 態度 감추며 夕食 짓는 데 盡力. 제 큰 오빠가 돕기도. 밤 10時 半 좀 지나서 3째(明)이 와서 제 큰 兄과 함께 別席에서 座談하는 듯. ○

〈1997년 5월 25일 일요일 晴. 曇〉(4. 19.) (10°, 22°)

昨日에 이모저모로 過勞했던 큰 애비는 애비 奉養用 사골 마련 後 10時 半에 上京 向發. 点心 後 故鄕 가서 山所 둘러보고(祖母 出祭日이어서 特別 省墓도) 큰집 잠간 들른 후 果園 가서 作業 2.5시간 하고 入淸하는 데 고단했고.

큰 妹한테서 물김치 大 一器, 감주 等 먹거리 듬뿍 해왔기도. ○

〈1997년 5월 26일 월요일 晴〉(4. 20.) (12°, 23°)

故鄕 果園 밭 가서 約 2時間 勞力하고 歸淸하여 同窓會 月例會에 豫定대로 18時에 參與하고 歸家 中 俊兄한테 大宗會 現況 近者 일 들으니 맹랑하고 우스운 內容에 어안이 벙벙.

밤(9시 半)엔 新東亞 아파트 가서 正旭 退院費 補助條로 3째에게 주으니 마음 安定되기도. ○

〈1997년 5월 27일 화요일 曇〉(4. 21.) (17°, 24°)

族弟 根榮(故 漢玉 氏 子) 招待로 慶和飯店 가서 点心 待接 잘 받았고.

故鄕 가서 從兄嫂 氏 生辰을 祝賀하고 果園 가서 約 1時間 程度 勞力하고 19時 半 金溪發 버스로 入淸한 것. ○

〈1997년 5월 28일 수요일 晴. 曇〉(4. 22.) (16°, 24°)

故鄕 가려고 出發 14時에 停留場 가니 안개비 시작에 廻路하여 讀書로 一貫.

退勤길에 3째 다녀가고. 松은 上京 않고. 杏은 저녁 後 제 아파트 가고. ○

〈1997년 5월 29일 목요일 雨. 曇〉(4. 23.) (15°, 24°)

첫 새벽(2時)에 起床하여 도라지 긁어 담궈 놓았고. 27日에 몇 뿌리 캐왔던 것.

大宗會 豫定이더니 無消息~會長 형편에 주선 안된 듯.

아침 歸路에 法院 들러 宗土 351-1 田 登記등본 떼어 確認해본 것. 午後엔 故鄕 가서 兩농장 다니며 勞力 3시간余 에 疲勞 느끼기도. ○

〈1997년 5월 30일 금요일 晴. 雨. 曇〉(4. 24.) (17°, 22°) 昨今雨量 15㎜+5㎜[61]

2농장 가서 約 2時間 勞動한 것~둑의 풀 깎기. 흑밤콩 조금 播種. 신문함 철거에? ○

〈1997년 5월 31일 토요일 晴. 曇〉(4. 25.) (15°, 23°)

전좌리 山所 가서 墓域 各處 물고랑 난 곳 삽으로 땀 흘리며 많이 손질했고. 2농장 가선 흑

61) 원문에는 파란색 색연필로 밑줄이 그어져 있다.

밤콩 줄 띄어 심는 데 約 1/3 심는 데 땀 흘렸고 피로 느끼어 고단했기도. 농장 와선 밤콩 심는 데 勞力했고. 松이 1주일 만에 上京. ○

〈1997년 6월 1일 일요일 晴. 雨. 曇〉(4. 26.) (17°, 21°)
歸路에 張상원 前 會長이 待接하는 朝食 설렁탕 잘 먹었고. 2농장 가서 3시간 作業 잘 했고. 비바람 나우 強하기로 조금 일찍 일 떼고 入清한 것. ○

〈1997년 6월 2일 월요일 晴〉(4. 27.) (12°, 25°)
첫 새벽(2時)에 일어나 '신문함, 낫케스, 운동화 끈' 等 更新, 제작에 노력했기도.
体育 歸路에 한국병원(708호실) 찾아 클럽會員 申貞子 女史의 夫君(崔만기) 問病했고.
2농장 가서 6時間 勞力하여 計劃된 일 完了하니 疲勞는 過重했으나 개운했던 것…흑밤콩 播種 完了(2L). 밭 周圍 雜草 낫으로 깨끗이 깎았고.
初저녁에 아파트 願買者 河 氏 來訪 집 둘러보려고 왔었고. ○

〈1997년 6월 3일 화요일 晴〉(4. 28.) (13°, 25°)
山所 가서 墓下 비탈에 소나기로 물고랑 난 곳 메꾸기 손질에 時間余 勞力하고 果園 가선 제방 밑에 昨年에 심은 밤나무 4株 周圍 雜草 除去하는 데 땀 흘린 것. 대추나무 손질 늦어지는 것 안타깝기만 생각할 뿐. 勞力 不足으로 초조할 따름. ○

〈1997년 6월 4일 수요일 晴. 曇. 晴〉(4. 29.) (16°, 26°)
同情 後 忠銀에 新聞紙 納品하고(화장지 交換) 歸路에 老人亭 尹 會長, 金 總務, 尹 경비室長 接待用 酒類 제공했기도. 点心 後 一農場 가서 除草作業과 밤 苗木 周圍 다듬기도. 빵꾸난 자전車 고치려다 기구 不足으로 不可能했고. 入清해서도 自轉車 열쇠 없어 解決까지 고생했던 것. ○

〈1997년 6월 5일 목요일 가끔 비〉(5. 1.) (16°, 23°)
本 APT 自体敬老잔치 있어 參席. 12시. 敬老堂. 尹 會長과 金 總務 노력 많았던 것.
上京하여 午后 7侍耕 双門洞 큰 애비 집 간 것. 北漢山下 '故鄕山川' 가서 불고기 白飯으로 3人 會食했고. 曾孫 '鎬準'이 귀엽게 아장이 뛰며 食堂 휘쓰렀고. ○

〈1997년 6월 6일 금요일 晴〉(5. 2.) (14°, 25°)
双門洞서 地下鐵로 동작동 '國立墓地' 가서 顯忠日 行事했고. <u>15団地 15,433번</u>[62] 姪女 魯先 夫婦의 雄均, 큰 妹, 큰 女息, 3째 女息, 甥姪女 朴鍾淑 夫婦와 그 子女(權오현, 미연) 모두 11名. 姪女와 女息들이 마련해 온 飮食으로 点心 많이 먹었고. 지녁엔 高楊市 一山 아파트 양지마을 五男 魯弼 집 간 것. 孫女 鉉祐는 初一. 鉉眞은 가냘프게 어리고. 저녁 잘 먹고 留. ○

〈1997년 6월 7일 토요일 晴〉(5. 3.) (12°, 27°)
孫女 '鉉祐' 登校길에 함께 歸清次 8時 半에 出發. 엊저녁에 본 비디오~<u>鉉祐 첫 돌 때 제 祖母 나타나 音聲까지 들으니 감개무량하면</u>

62) 원문에는 붉은색 색연필로 밑줄이 그어져 있다.

서도 신기하고 서글펐고[63].

車 便 順調로워서 12時쯤에 집에 到着. 松이 車로 故鄕 가서 대추밭 消毒(殺蟲菌劑) 一部 했고. 松 夫婦는 전좌리 山所 가서 물고랑 난 곳 메꾸는 作業에 땀[64] 흘리며 勞力한 것. 4째 子婦(金 氏)는 김치 빚기에 深夜까지 노력하는 것. ○

〈1997년 6월 8일 일요일 曇〉(5. 4.) (20°, 24°)

歸路에 고속터미날서 族兄 輔榮 氏 만나 同情 탁주값으로 壹仟원 주었고.

4째 內外 午前에 上京. 전좌山 거쳐 果園 가서 농약 消毒에 땀 흘리며 極限 勞力. ○

〈1997년 6월 9일 월요일 曇. 晴〉(5. 5.) (22°, 24°)

果園 가서 揚水 若干 後 대추나무 3줄 19株에 마이싱, 소독水 뿌렸고. 덩굴콩과 옥수수 둑 김매고 요소비료 물 타서 조금씩 준 것. 덩굴콩 發芽엔 기적 이룬 것.

松은 오늘도 오후에 山所 가서 물고랑 作業 보수했고. ○

〈1997년 6월 10일 화요일 晴〉(5. 6.) (19°, 27°)

在淸宗親 代表者 임시會合 때문에 농장 못가서 마음 不安했고. 낮 會合은 明日로 통지 온 大宗會 任員會 關聯으로 비교적 여러 시간 所要된 것.

松은 어제도 오늘도 山所 가서 물고랑 작업하고 온 것(放課后 늦게까지). ○

〈1997년 6월 11일 수요일 晴〉(5. 7.) (17°, 27°)

大宗會 任員會 있어 上京 參席[65]~11시-15시. 롯데호텔(乙支路 入口) 兵使公派 參席者(漢奎, 漢虹, 尙榮, 一相). 運營理事인 院谷派 敏錫이가 進行 司會. 宗財 綜合 2億 2仟萬원 中(通帳 140,000,000. 500,0000 別途 支出 分, 75,000,000은 會長이 現金保管證 作成中, 25,000,000은 總會日까지(97. 7. 10), 50,000,000은 任期中 完納키로). 元老 門長에 漢奎 氏. 点心은 부페로 食事. 往來 차비는 一相과 둘이 全擔. 歸路 淸州 와서 夕飯은 一相이가 待接했고. 오늘도 松은 山所 가서 물고랑 作業했다는 것. ○

〈1997년 6월 12일 목요일 晴〉(5. 8.) (19°, 29°)

전좌리 山所 거쳐 果園 가서 揚水하며 勞動 約 4時間에 땀 흘린 것.

치매症인가 浴室 水道 호수 故障 났다고 管理所에 連絡하라는 아이들 부탁을 깜막 있고 못했던 바 日暮后까지 使用不能으로 不便했던 松이가 不快한 音聲과 姿態 엿보여 몹시 괴로운 心情을 참으며 눈시울이 변해지며 不安하던 中 杏의 誘導로 松의 謝過에 사르르 삭아졌던 것.

어제까지 五日 間의 作業 繼續한 松의 勞力으로 전좌리 山所 周邊 물고랑이 復旧되어 마음 편하게 된 셈. ⊙

〈1997년 6월 13일 금요일 晴〉(5. 9.) (17°, 29°)

管理所에 連絡하여 技術者(機械室) 불러 浴槽 호스 기계 更新하여 復旧했고.

---

63) 원문에는 붉은색 색연필로 밑줄이 그어져 있다.
64) 원문에는 붉은색 색연필로 밑줄이 그어져 있다.
65) 원문에는 붉은색 색연필로 밑줄이 그어져 있다.

11時 좀 너머서 教大 体育館 다녀온 것~道民體育大會 中 배드민턴 試合에 清州市팀 應援次. 2농장 가서 검정 밤콩 지우는 데 3시간 勞力한 것. ○

〈1997년 6월 14일 토요일 晴〉(5. 10.) (20°, 31°) 지금까지의 最高氣溫

歸路에 새清州약국 들러 大宗會 狀況 이야기 나누었고. 今日도 낮엔 教大体育館 가서 배드민턴試合에 應援次 잠간 다녀온 것.

果園 가서 揚水하며 대추나무 밑둥과 周圍에 病蟲害 豫防藥 撒布했고.

松은 今週도 一週日 만에 上京. 初저녁에 서울서 큰 애비 왔고. ○

〈1997년 6월 15일 일요일 晴〉(5. 11.) (21°, 31° 5″)

妻男(金泰鎬, 金廣鎬) 主催로 천렵 招請 있어 '팔결'다리 밑 다녀온 것~10.30~15시. 큰 애비 큰 사위 夫婦, 三女, 四女 同伴했고. 妻族 当內 거의 모였고. 比較的 잘 놀다 온 셈. 妻男 광호가 잡아온 물생선 주는 것 청주 가져와서 맛있게 짖어 맛들 보고 上京. 三男 明이 車로 現場에 參席됐던 것. ○

〈1997년 6월 16일 월요일 晴〉(5. 12.) (21°, 31°)

아직 만은 生活 正常化…不飮, 아침운동, 金溪往來. 日日 豫定事 遂行 等.

故鄉 金溪里에서 敬老잔치 및 團合大會 있다는 招請狀 받았기에 11時 버스로 갔다가 点心 待接받고. 果園 농장 가서 揚水하며 3시간 勞動한 것. 오후 7時 半 車 노쳤기에 自轉車로 오미까지 달린 苦勞도 겪은 것. ○

〈1997년 6월 17일 화요일 晴〉(5. 13.) (22°, 31°)

날씨 繼續 무더위. 대추박스 쏟아 午前 손질에 바빴고~잔나뱅이와 벌레 除去 後 물로 깨끗이 씻어 말린 것. 約 1말 半 程度. 社稷洞 '김태헌' 痛症治療科 가서 洋鍼 맞고 約 1日分 져오기도. 엑스레이도 찍었는데 治療費는 5,500원이어서 比較的 적은 費用. 2농장 콩밭 가서 除草藥 2통 撒布했고~一部分. 杏은 衰弱하고 고된 탓인지 가위 눌린 잠꼬대 자주 있는 편[66]. ○

〈1997년 6월 18일 수요일 晴〉(5. 14.) (22°, 32°)

歸路에 司倉洞 李炳紹 수퍼 들러 發展의 意로 小形 1年草 花盆 갖고 가서 人事. 태극書店 들러 顯忠日에 세째 女息(妊)이 찍은 사진 3處 것(큰 妹, 甥姪女 鍾叔, 姪女 魯先) 各己 나누라고 부탁했고. 김태헌 통증크리닉 가서 견비痛 治療 1시간(物理치료) 받았고.

午后 버스로 2농장 콩밭 가서 除草劑 撒布했고(2통). 入清해선 19時부터 있는 宗親會에 參席하여 '忠清會館'에서 會食했던 것. ○

〈1997년 6월 19일 목요일 晴. 가끔 曇〉(5. 15.) (23°, 30°)

体育館 歸路에 새청주약국서 열쇠 받아 藥水터 가서 墓所와 祠堂에 參拜 祈禱 後 龍華寺도 들러 향 사루고 祈禱 올렸고. 2농장 콩밭 가서 雜草藥 3말 撒布하고 밤콩 짓기에 連 3時間 勞力인데 過勞인지 탈진. 날씨 뜨거운데 무거운 통 걸메고 양팔 作動에 힘겨웠던[67] 모양.

---

66) 원문에는 붉은색 색연필로 밑줄이 그어져 있다.

67) 원문에는 붉은색 색연필로 밑줄이 그어져 있다.

아이들은 과로하지 말라고 걱정. ○

〈1997년 6월 20일 금요일 雨. 曇〉(5. 16.) (21°, 27°) 雨量 21㎜[68]

昨日 勞動의 疲勞로 몸 둔해진 탓과 右側 어깨. 팔 痛症으로 아침운동은 散策으로 興德寺址 다녀오는 中 過去 夫婦 함께 數個月 間 아침 산책했던 추억으로 無常한 心情으로 서럽고 괴로웠던 것[69]. 첫 새벽부터 부슬비 내려 田作에 多幸한 생각 뿐.

콩밭 농장 가서 콩짓고 雜草약 撒布中 장대비 쏘나기 30分 間 쏟아져서 豫定 일 다 못했고. 궁겁기에 山所 가 봤더니 물고랑 다시 생겨 松의 勞力 아까웠기도. 큰집 가서 바뤘던 것. 入淸해 보니 淸州는 쏘나기 안 왔고. ○

〈1997년 6월 21일 토요일 晴. 曇〉(5. 17.) (23°, 28°)

族長 勳鍾 氏와 俊榮 氏 招請하여 宗事 일과 情談하고 '까치식당'서 衷心 待接한 것.

콩밭 2농장 가서 除草劑 농약 撒布하고 콩 지우기도. 농약 4통 뿌리는 데 힘겨웠고. ○

〈1997년 6월 22일 일요일 曇〉(5. 18.) (21°, 26°)

모처럼 아침버스 8시 50분 發로 果園 농장 가서 5시간 勞動한 것. 저녁엔 大田 2째夫婦 와서 끓여온 '보신탕'으로 會食했고. 夕食 後 가고. 대초와 간수해 뒀던 팥자루에서 날파리 等 病蟲 생겨 밤새도록 그 놈 處治에 신경 많이 쓴 셈. ○

〈1997년 6월 23일 월요일 晴〉(5. 19.) (21°, 31°)

대추와 팥에서 날파리 및 벌레 번창된 것 處理에 夜深토록 애 많이 썼기도. 아파트 主人 와서 화분 4개와 뒷방 카텐 가리개 떼어갔고. 12時에 三樂會 月例會 있어 황주면옥 가서 衷心 會食. 뜨거운 낮 동안 쉬었다가 16時 半 發 버스로 果園 가서 2시간 勞力. ○

〈1997년 6월 24일 화요일 晴. 曇〉(5. 20.) (22°, 31°)

팥과 대추에 생긴 벌레 퇴치 손질 잘 되어 깨끗이 정선된 듯해 마음 개운하고.

族長 勳鍾 氏 來訪에 情談 오래 한 셈. 故鄕 가서 서울서 還故鄕한 族孫 昌在 찾아 情談했고 ~栢洞(지룰 入口) 果園 가서 勞動 2시간 마치고 入淸. 松은 今日도 放課后에 山所 가서 墓域 復旧作業에 늦도록 땀 흘려 勞力했고. ○

〈1997년 6월 25일 수요일 雨〉(5. 21.) (24°, 27°) 雨量 110㎜[70]

비 終日 내렸고. 장마 시작이라는 것. 12시에 辛酉會 月例會食에 參席하고. 폭우 中 궁금하기에 山所 가봤으나 큰 變動은 없고. 松의 勞力 結果로 認定 가고. 일거리 많으나 날씨 狀況 봐가며 콩밭의 풀 좀 뽑다가 시간되기에 入淸. 金眼科 들러 治療받았고. ○

〈1997년 6월 26일 목요일 曇〉(5. 22.) (23°, 26°)

果園 농장 가서 '들깨모판' 덮은 풀 걷은 것… 今朝부터 싹 트기 시작하는 듯. 松은 今日도 山役. ○

68) 원문에는 파란색 색연필로 밑줄이 그어져 있다.
69) 원문에는 붉은색 색연필로 밑줄이 그어져 있다.
70) 원문에는 파란색 색연필로 밑줄이 그어져 있다.

〈1997년 6월 27일 금요일 曇〉(5. 23.) (24°, 28°)
25日에 原語民 뎉고 逍風갔던 杏은 無事이 어제 歸家. (25日에 出發했던 것).
12時부터 있던 友信會에 參席하여 '巨龜莊'에서 点心 會食. 17시에 果園과 山 다녀오고. ○

〈1997년 6월 28일 토요일 晴〉(5. 24.) (22°, 30°)
召集 연락받은 모든 아이들 와서 전좌리 山所 '물고랑' 工事에 땀 많이 흘리면서 勞力하여 어느 程度 一段落 지은 것~큰 애, 3째, 4째, 5째, 振榮. (絃은 事情 있어 못오고.) 17時 半부터 있는 '教大클럽 創立 5周年 記念行事'에 參席하고 金一封 贊助. 場所는 청주병원 뒤 '제주통돼지' 집. 工事 나갔던 아이들 無家 散會. 手苦 많았던 것. 큰 애비 留. ○

〈1997년 6월 29일 일요일 晴〉(5. 25.) (22°, 31°)
큰 애비 일찍이 上京. 再堂姪女 夏子 子婚 있어 13시에 五松 다녀왔고. 一家 여럿 만났기도. 17時 半 버스로 故鄕 가려고 나섰으나 운전사의 말 착오인지 강정行은 금계 안거친다기에 廻路. ○

〈1997년 6월 30일 월요일 晴. 曇. 雨〉(5. 26.) (23°, 31°)
전좌리 山 거쳐 果園 농장 가서 대추나무 밑 周圍 雜草 뽑고 豫防농약 撒布했으나 아직 감감. 얼마 남지 않았으나 고된 作業이기에. 2농장 콩밭도 若干 손질했고(삭초기). 밤에 비. ○

〈1997년 7월 1일 화요일 雨. 曇〉(5. 27.) (22°, 24°)
어제 밤부터 내리는 비 今日까지 繼續. 낮엔 約 1時間씩 2차례 集中暴雨. 午后 4時쯤에 가랑비로 弱化되어 다행. 金태헌 痛症科 가서 '견비통' 治療(鍼) 받았고. 17시 半 發 버스로 전좌山 가서 물고랑 擴散된 程度 把握하고 入淸. 우량 180㎜[71] ○

〈1997년 7월 2일 수요일 曇〉(5. 28.) (24°, 28°)
果園 농장 가서 約 4시간 勞動했으나 今日은 그리 疲勞한 줄 몰랐던 것. 松 上京. ○

〈1997년 7월 3일 목요일 晴〉(5. 29.) (24°, 30°)
金泰憲 통증크리닉 가서 어깨 物理治療 받았고. 治療費는 단 2000원.
兩 농장 가서 約 4시간 일했고. 今日로서 대추나무 全体에 '살충균制' 소독 完了한 것. 2농장 콩밭에서 松이 만나 함께 김매던 것 豫定한 것 마치고 오후 7시반에 歸淸. 郭경종 入住 人事했고. ○

〈1997년 7월 4일 금요일 曇. 이슬비〉(5. 30.) (27°, 28°)
山所 가서 井母 墓 祭절 左右 끝머리(모서리) 큰 물고랑에 150㎝×5m 비닐 設置에 約 3時間 作業하는 데 이슬비 맞으며 많은 땀 흘리면서 일해 마치니 마음 개운하였기도. 밤엔 大宗會 總會 통지 복사 發送 10名 作成 完了에 노력했고. ○

〈1997년 7월 5일 토요일 雨. 曇〉(6. 1.) (25°, 26°)
歸路에 雨天 不拘 藥水터 가서 墓所와 祠堂 參

---

71) 원문에는 파란색 색연필로 밑줄이 그어져 있다.

拜하고 龍華寺 들러 祈禱했고. 12時부터 있는 APT 敬老堂 가서 座談 後 点心 먹고 歸家.
14時 半 버스로 山所 가보니 多幸히 異常 없었고~3日에 松이가 補修 作業한 것과 어제 4日에 비와 땀 투성이 속에 作業한 물고랑 덮어 만든 비닐 똘, 效果 있게 그대로여서 마음 가라앉은 턱. 果園 농장 가서는 덩굴 강남콩 집 지둥[지붕] 세우는 데 勞力하고 망초대 나우 뽑았고. 松은 上京. 雨量 約 100㎜[72] ○

〈1997년 7월 6일 일요일 雨. 曇〉(6. 2.) (22°, 25°)
中部圏 生活体育 배드민턴大會(第1回)에 參席~7시부터 21시. 大田 忠武体育館. 70代 長壽部 A級 出戰에서 忠州팀 2段階까지 꺾고 優勝. 個人賞에서 最優秀賞도 受賞.[73]
大田은 終日 장대비. 100㎜ 헐신 너멌을 것. 청주 와서 밤에 夕食. 아파트 오니 밤 12시. 우량 60㎜.[74] ○

〈1997년 7월 7일 월요일 晴〉(6. 3.) (19°, 28°)
山所 가보니 아직은 別無 異常이어서 多幸. 물고랑 若干 손질 後 농장(콩밭) 가서 두둑 조금 만들다가 어제 行事에 이어 疲勞 오기에 낮 버스로 歸清. 松이도 放課后에 山所 다녀오고.
金溪里 앞들 耕地정리 事業에 대추밭 農園 云云 있대서 神經 써 지기도.

〈1997년 7월 8일 화요일 曇〉(6. 4.) (20°, 28°)
모처럼 派出婦(卞 女史) 와서 일 보는 것…9시~17시 勤務라나. 計劃은 杏이가 樹立. 日当 8時間 노력에 보수는 25000원. 比較的 부즈런한 편이었고.
농장 가서 콩밭 손질 좀 한 後 果園 가서 덩굴콩 두둑에 雜草藥 撒布했고.
族弟 敏相(里長) 만나 耕地정리 施行 計劃 內容 전달 듣고 昨夜 신경썼던 것과는 달라서 安心되는 것. (두무샘 밭 果園 관련.) 松은 오늘도 山 가서 일. ○

〈1997년 7월 9일 수요일 晴. 曇〉(6. 5.) (20°, 27°)
果園 농장 가서 농약 撒布와 施肥 作業 等으로 約 5時間 勞力하고 山所 가보니 松이가 近日 數日 間 作業으로 물고랑 거의 마무리 段階까지 成事했으니 땀 많이 흘렸을 것. 콩밭 農場 와서 約 1時間 정도 除草와 두둑 造成으로 땀 흘려 일했던 것. ○

〈1997년 7월 10일 목요일 晴〉(6. 6.) (21°, 29°)
大宗會 總會에 參席[75]~8時 出發~18時 歸家. 서울市廳 옆 '프라지던트호텔 31층.' 93名 參集. 宗財 1억 4천 1百万 원.(신한은행). 會長 責任額 27,000,00000+5千万 원. 任員 改選에 '元老'인 듯. 93, 94, 95, 96年度(4年 間간 것) 收支 決算 未畢로 1年余 全會員이 신경써 왔던 것 圓滿해결主義로 마무리 짓자는 方向으로 合意 보고 마음 풀기로 한 것 잘 한 일. ○

〈1997년 7월 11일 금요일 曇. 雨〉(6. 7.) (22°, 27°)
今日따라 順調롭게 企劃된 대로 일 잘 본 셈

72) 원문에는 파란색 색연필로 밑줄이 그어져 있다.
73) 원문에는 붉은색 색연필로 밑줄이 그어져 있다.
74) 원문에는 파란색 색연필로 밑줄이 그어져 있다.
75) 원문에는 붉은색 색연필로 밑줄이 그어져 있다.

~우체국 가서 '超長波 치료機' 서울 本店으로 修理키로 小包로 우송. 淸原郡廳 建設 農地係 가서 初面 人事에 농지係長 柳在弘과 金溪里 農地 耕地정리 事業 計劃 이야기[76] 듣고 神經과 不安했던 것 풀어졌고(두무샘밭 件). 농협 들러 잠간 일 보고 金태헌 痛症치료医院 가서 右側 견비통 鍼 맞은 것.
卞女史(파출부) 와서 淸掃 끝에 물김치 빚고. 点心을 午后 3時 半頃에 속히 먹고 果園 농장 가서 日 前에 뿌려진 雜草약 效果 狀況 보고 대추나무 밑 周圍를 좀 뽑다가 時間(19시) 되어 허둥지둥 도람말 와서 淸州 버스 탄 것. 복숭아 完全히 땄고.
在應스님과의 전화 연락으로 明日 8시 半頃 버스로 出發한다고 相議.
오늘의 비 午后 4時頃부터 많이 내린 셈. 雨量 30㎜[77]

〈1997년 7월 12일 토요일 雨. 曇〉(6. 8.) (22°, 25°)
在應스님의 要求에 依하여 忠南 瑞山郡 海美面 '日樂寺' 간 것[78]~淸州서 天安→洪城서 스님 만나 택시로 10,000원 드려 日樂寺(8時 45分 出發~12時 半頃 到着). 住持스님 '慈愚'스님, '우림스님'이 반가이 맞아 点心 잘 먹고. '大寂光殿' '景府殿'에 祈禱. 나우 경사路. 경치 좋았고. 新羅 文武王 三年에 創建. 夕食 後 新聞 通讀하고 就寢. ○

〈1997년 7월 13일 일요일 晴. 曇〉(6. 9.) (20°, 30°)
새벽 禮佛에 同參했고. 單獨 禮佛(念佛禪)도 施行한 것. 慈愚스님 주선으로 禮山郡 德山溫泉地帶 가서 在應스님 案內로 가야호텔溫泉서 沐浴했고. 다시 日樂寺 가서 잠간 쉬었다가 洪城까지(女보살 所持 승용차) 택시, 洪城서 列車로 西川까지. 서천서 감곡사 와서 상운스님이 차린 点心식사 잘 했고. 在應스님의 저녁 禮佛에 同參. 고단했던지 熟寢. 밤엔 스님이 동기間에 전화 연락하는 것. ○

〈1997년 7월 14일 월요일 晴. 曇〉(6. 10.) (20°, 30°)
스님의 아침 禮佛 後 平素대로 '念佛禪' 갖고 부처님(석가모니佛, 觀世音보살 知藏 보살) 앞에서 아침 念佛 祈禱했고. 입고 갔던 內衣를 스님이 정성껏 洗濯하여 말린 것과 새 런닝으로 갈아 입고 삼월里 나와 馬山面 所在地 신장里까지 스님의 배행으로 洪山行 버스 탄 것. 洪山서 扶余까지 버스料 900원. 扶余서 淸州까지 4,300원. 所要시간 2時間 10分(馬山서 10時50分 發~淸州 着 13時.) 집에서 잠간 밥 지어 조금 요기하고 果園 농장 가서 約 2時間 雜草 뽑고 온 것. 杏은 外國人研修生 몸 괴로운 것 김포공항까지 保護 出航에 감기로 괴로운 中. 松은 서울서 出勤하여 無事했고. 今般의 사찰旅行 잘 다녀온 것. ○

〈1997년 7월 15일 화요일 가끔 비(終日)〉(6. 11.) (20°, 26°)
漢鳳 氏 연락으로 漢奎 氏와 함께 '東林書林' 가서 上黨祠에 揭示할 額子(彫刻 4개…上黨

76) 원문에는 붉은색 색연필로 밑줄이 그어져 있다.
77) 원문에는 파란색 색연필로 밑줄이 그어져 있다.
78) 원문에는 붉은색 색연필로 밑줄이 그어져 있다.

祠記, 東珣, 忠輔, 忠孝史記) 求景했고(鑑賞). 金溪行 예정은 終日 비 오락가락함과 卞 파출부 하는 일 보기에 參考코저 不能. '리모콘' 行方不明으로 神經 쓰다가 취침. ○

〈1997년 7월 16일 수요일 雨. 曇. 雨〉(6. 12.) (23°, 27°) 昨今 우량 90㎜[79)]
山所 거쳐 果園 농장 가서 덩굴콩 꺼치 세워주고 대추밭 풀 뽑은 것. ○

〈1997년 7월 17일 목요일 가끔 흐림〉(6. 13.) (22°, 27°)
俊兄 氏 초대 있어 '大淸식당' 가서 보신탕고기 많이 먹어서 든든했기도.
2농장 콩밭 가서 순친밀 完了. 고향 第2농장 (콩밭) 가서 雜草 뽑으며 콩밭 除草했고. ○

〈1997년 7월 18일 금요일 晴〉(6. 14.) (21°, 31°)
大宗會 總務 敏錫(院谷派)이 來校에 數人(漢奎, 漢鳳, 俊榮, 尙榮, 一相)) 同行하여 牛岩洞 齋室 집 現況 보고선 祠堂 가서 現況 보고 數時間 大宗會 事業 關聯 이야기히했고 下午 3時에 各己 解散했고. 兵使公派 몇 사람은 某다방 가서 후렴 이야기 나누기도.
날씨 몹시 더웠으나 果園 농장 거쳐 콩밭 농장 가서 두둑 일과 除草하고 입청한 것. ○

〈1997년 7월 19일 토요일 曇. 晴〉(6. 15.) (23°, 31°)
龍華寺 가서 보름 祈禱 올렸고. 午后엔 故鄕 가서 果園의 雜草와 대추 헛싹 캤고.

79) 원문에는 파란색 색연필로 밑줄이 그어져 있다.

松은 退勤 後 上京. 杏은 職場일 過勞로 몸 편찮은 중이고. ○

〈1997년 7월 20일 일요일 曇. 晴〉(6. 16.) (23°, 31°)
농장 가서 約 3시간 勞力했고~밤콩밭 두둑 造成. 대추밭 풀뽑기 等.
弟 振榮과 함께 上京~17時10分 發 일반고속 双門洞 APT엔 20時쯤 到着. 先考入祭[80)]. 男子 6名 (큰 애비, 4째 松, 막내 弼, 第振榮. 姙. 슬기.) 밤 9時에 잘 지냈고. ○

〈1997년 7월 21일 월요일 晴〉(6. 17.) (23°, 32°)
9時頃에 '鎬準' 노리방 찾아가서 狀況 보고. 큰 에미의 乘用車 안내로 4.19墓域公園 처음으로 一巡 逍風한 것. 誠意껏 참겨주는 食品 한 보따리와 旅費條 金一封 주는 것. 쌍문역까지 와서 作別. 12時 50分 發 高速으로 歸淸하고 点心 지어먹은 다음 果園 농장 가서 約 2時間 勞力한 것. ○

〈1997년 7월 22일 화요일 晴〉(6. 18.) (26°, 34°)
点心 시간에 俊兄 招請하여 청솔식당서 冷麵 먹으며 '昌在 집 狀況~內患' '鄭德來 病勢' '大宗會 任員 문제' '金溪里 耕地정리 일' 等 情談한 것. 卞 派出婦 와서 일.
松은 오늘도 山所 墓域 손질에 今日 따라 가장 뜨거운 낮 동안에 勞力하고 온 것[81)]. ○

〈1997년 7월 23일 수요일 晴〉(6. 19.) (26°, 34°)

80) 원문에는 붉은색 색연필로 밑줄이 그어져 있다.
81) 원문에는 붉은색 색연필로 밑줄이 그어져 있다.

三樂會 月例會에 參席~11시에 南一面 쌍다리 앞의 淸原郡民會館. 卞鍾奭 郡守 人事와 郡政 紹介가 興味未진진. 宍心 待接 잘 받았고. 今日도 暴暑. 松은 만류해도 대낮 가장 더울 때 墓域 가서 勞動…물고랑 整地作業 및 除草. 거의 日暮頃 버스로 山所 잠간 다녀온 것. ⊙

〈1997년 7월 24일 목요일 曇. 晴〉(6. 20.) (23°, 34°)
모처럼 아침 일른 버스로 果園 농장 가서 除草作業하고 11時頃 入淸하여 辛酉會에 參席했으나 鄭世根만이 相逢되어 보신湯으로 宍心하고 此後론 彼此 늙어서이니 小數인 集合조차도 難한 現實임에 自然 解體됨을 合意하고 分手한 것.
午后 5時20分 車로 再次 농장 가서 도라지 좀 캐고 밤콩밭 풀 좀 뽑은 것. ○

〈1997년 7월 25일 금요일 晴〉(6. 21.) (26°, 35°)
歸家해서 各處 전화하기에 바빴던 것~서울 敏錫 總務, 金溪 敏相 里長. 클럽 崔병례 會員. 卞 파출부 와서 予定 指示된 事項 宍檢 後(배추김치 빚기 等). 午后엔 果園 농장 가서 들깨 모판에 揚水 給水하고 둑의 밤나무 4폭 둘레의 除草 및 손질에 땀 흘렸고. ○

〈1997년 7월 26일 토요일 晴. 曇〉(6. 22.) (25°, 32°)
同窓會員에게 臨時措置 연락에 意外의 補助 역할에 가외로 神經 좀 쓰게 됐었고.
낮에 감곡寺에서 在應스님 왔고. 松은 退勤 後 上京. 初저녁에 3女(妊)도 왔고.
16時 半 버스로 果園 농장 가서 들깨모 2두둑 正植했고. 노타리는 今朝에 里長 敏相이가. ○

〈1997년 7월 27일 일요일 曇〉(6. 23.) (24°, 31°)
엊저녁엔 李鍾琛 喪偶 연락 있어 弔問 다녀 왔었고. 今日 아침 2, 3, 4女가 함께 차렸고.
宍心엔 族長 勳鍾 氏의 招請 받아 '冷麵'으로 시원하게 잘 먹었고. 15시에 3女 歸京.
午後에 果園 농장 가서 들깨모 正植에 約 3시간 勞力했고. ⊙

〈1997년 7월 28일 월요일 曇. 晴〉(6. 24.) (24°, 33°)
在應스님 12時 좀 지나서 日樂寺 向發~出發 時刻까지 애비用 冷飮料와 빨래하느라 땀 많이 흘린 것. 작별 후 뒷모습 보니 또 울적해지는 것. 왔어야 母親은 없고….
今日도 어제와 同一한 時間에 作業도 같은 分量 施行한 것. 松은 오늘도 山 가서 일. ○

〈1997년 7월 29일 화요일 曇. 晴〉(6.25.) (24°, 34°)
모처럼 첫 車(6. 20 發)로 果園 농장 가서 들깨모 4時間 勞動에 疲勞 느끼고.
卞 氏 派出婦 와서 淸掃, 洗濯, 반찬 빚기에 勞力. 松은 今日도 山所 墓域 가서 勞力.
18時부터 있는 同窓會 月例會에 參席~'서울옥'서 夕食 後 鄭德來 問病(忠北大 856号). ○

〈1997년 7월 30일 수요일 曇〉(6. 26.) (28°, 33°)
月末 整理 等으로 午前 中도 나우 바빴던 것. 松은 退勤 後 上京. 杏은 원어민 硏修生 旅行에 引率者 立場으로 함께 慶州 간다는 것. 16시 20분 차로 果園 농장 가서 들깨 모종했고. ○

〈1997년 7월 31일 목요일 曇(早朝 조금비)〉(6. 27.) (27°, 33°)

午后에 果園 농장 가서 들깨 모. 今日로 一段落. 山所 잠간 가서 松의 勞力 結果 보고 칭찬 위로.

杏이 無事 歸家. 今朝 운동 중 샤틀콕에 왼눈 정통으로 맞았기도. (이상 없을 듯?) ○

〈1997년 8월 1일 금요일 曇. 晴. 밤쏘내기 조금〉(6. 28.) (26°, 34°)

찜통 더위 10余 日 繼續. 全身 고단하기에 理髮 後 今日 勞動計劃은 中止하고 쉬었고.

金眼科 가서 治療 받고. 밤엔 子正이 가깝도록 昨年産 고추 손질하며 井母의 딱한 생각 사뭇 치기도. 어느 큰 양동이 속에서 지나치게 부패된 飮食 찌꺼기 淸掃에 勞力해 마치니 마음 개운했기도. ○

〈1997년 8월 2일 토요일 曇. 晴. 비 조금〉(6. 29.) (26°, 33°)

昨年에 농사 지은 고추[82] 간수했던 것 밤새도록 다듬고 손질했던 것 3㎏ 빻으니 分量 나우 많기도. 追加로 2斤余 사서 빻으니 그것도 1㎏. 낮氣溫 몹시 뜨거운 中에도 기다려오던 티밥 技士 왔기에 이 亦 昨年 농사에서 손질해 놨던 옥수수[83] 2㎏(手數料 2,500원) 티웠더니 작은 자루에 가득. 보람 느끼며 井母 생각 간절했고[84].

오후 4시 半 차로 농장 가서 들깨 모종한 것. 보충 손질할 때 疲勞 많이 느꼈고.

서울서 4째 子婦(金 氏) 와서 저녁食事 잘 마련한 것 맛있게 먹었고. ○

〈1997년 8월 3일 일요일 가끔 쏘나기. 雨〉(7. 1.) (25°, 30°)

가까스로 早朝 起床하여 龍華寺 祈禱 마치고 藥水터 가서 省墓와 參拜 後 歸家 시에도 疲勞 느꼈고. 4째 夫婦 上京에 티밥, 밤콩, 고추가루 조금씩 보내기도.

日暮頃엔 大田 2째 夫婦 '보신탕' 국 갖고 와서 저녁에 잘 끓여 먹었고. 孫子 雄信이가 아르바이트 해서 생긴 돈이라고 1만 원도 아닌 3만 원이란 巨額을, 할아버지께 보내온 것 보고 눈물겹게 반갑고 고마웠던 것.[85] 비 많이 내렸고. 雨量 130㎜[86] ○

〈1997년 8월 4일 월요일 雨. 밤에 흐림〉(7. 2.) (23°, 28°)

終日 비 오던 中 午后 4時부터 約 1시간 半 동안은 集中 豪雨. 큰 애비는 서울서 歸淸에 山所 墓域 들러 除草 作業하고 入淸한 것. 낮에 無心川 가보니 洪水 벅차 흐르고. 궁겁기에 山所 가서 물고랑 狀況 보니 아직까진 險한 편 아니어서 多幸이었고. 果園 가서 잠간 풀 뽑다가 入淸시간 되어 歸家. 雨量 40㎜.[87] ○

〈1997년 8월 5일 화요일 晴〉(7. 3.) (22°, 30°)

点心은 老人堂 가서 보리 비빔밥으로 滿足히

---

82) 원문에는 붉은색 색연필로 밑줄이 그어져 있다.
83) 원문에는 붉은색 색연필로 밑줄이 그어져 있다.
84) 원문에는 붉은색 색연필로 밑줄이 그어져 있다.
85) 원문에는 붉은색 색연필로 밑줄이 그어져 있다.
86) 원문에는 파란색 색연필로 밑줄이 그어져 있다.
87) 원문에는 파란색 색연필로 밑줄이 그어져 있다.

했고. 卞 파출부 와서 勞力~청소, 김치 준비, 콩국 마련.
큰 애비는 山所 墓域 가서 除草作業하고 와서 준비된 김치 빚었기도. ○

〈1997년 8월 6일 수요일 曇. 晴〉(7. 4.) (23°, 30°)
첫 새벽에 '괌'에서 칼기 추락 事故 큰 報道 있었고. 點心 後 큰 애비와 함께 山所 墓域 가서 어진 雜木과 雜草 캐기에 約 2時間 半 勞力하니 父母님 墓域 훤했고. 天水川 고운 모래 3자루 갖고 간 것 봉분에 뿌렸기도. 오후 7시 半頃 入淸하고 夕飯하니 맛있었고. ○

〈1997년 8월 7일 목요일 曇〉(6. 23.) (26°, 32°)
果園 농장 가서 지난날에 모종한 들깨밭 재손질 하니 개운했고~대공 말라 쓰러진 포 재손질. 대추나무는 몇 그루 외엔 거의 病으로 만창되었으니 落望[88]. ○

〈1997년 8월 8일 금요일 晴. 曇〉(7. 6.) (25°, 30°)
큰 애비한테 公,私間 現金 通帳 (6통, 3통) 狀況 一覽表 만들어 주워[89]서 이 또한 잘 한 것. 큰 애비는 10時 半頃 서울 向發. 卞 女史(파출부) 와서 집안 일 했고.
點心 後 果園 농장 가서 옥수수와 덩굴콩 무더기에 농약(殺菌虫劑) 撒布했고…. 지겹게 날씨 따갑게 더워 애 많이 쓴 것. 杏이 職場 일 過勞에 밤중(11시 40분)에 歸家. ○

〈1997년 8월 9일 토요일 가끔 흐림〉(7. 7.) (26°, 28°)
山所 墓域 가서 '옥화양목' 苗에 殺虫菌制 약 撒布하니 計劃된 일 完遂해서 마음 개운했으나 歸淸길 도람말 佑榮 집 앞에서 버스 早期 出發에 急速히 달려 지나던 乘用車 일로 1초간 早晚으로 極變 事故 날 뻔하여 밤까지도 가슴 뛰는 것[90] 安定 안되는 것…. 天地神明의 도움인지 無事 多幸. ○

〈1997년 8월 10일 일요일 가끔비, 曇〉(7. 8.) (26°, 27°)
서울 사는 3女(妊)과 4째 子婦(金 氏), 在應스님 있는 감곡寺 갔다고 消息 왔고.
밤콩밭 가서 둑의 풀 깎기와 兩편 除草作業에 勞力하고 疲勞되어 午后 6時 半 車로 歸淸.
유럽旅行 갔던 큰 에미(맏子婦) 2週日 만에 無事 歸家했다고 소식 왔고. ○

〈1997년 8월 11일 월요일 晴. 曇〉(7. 9.) (23°, 27°)
콩밭農園 가려고 停留場까지 갔다가 早起 發車한 탓인지 오래間 안오기에 되로 歸家하고. 午后엔 弟 振榮의 連絡받아 淸南校 辛建燮 校長 招待로 金川洞 가서 저녁 待接 보신탕으로 잘 먹은 것. 오랜만에 本意 아닌 飮酒 若干 한 것. ⊙

〈1997년 8월 12일 화요일 晴〉(7. 10.) (24°, 29°)
大田 2째 子婦(林 氏) 와서 點心과 저녁 食事 지어 待接하기에 잘 먹었고. 닭 볶음. 비름과 김 무침 반찬이 特味. 두부콩 나우 가져갔고.

88) 원문에는 붉은색 색연필로 밑줄이 그어져 있다.
89) 원문에는 붉은색 색연필로 밑줄이 그어져 있다.
90) 원문에는 붉은색 색연필로 밑줄이 그어져 있다.

콩밭 가서 果園에 있었던 바라솔 옮겨 設置한 것. 除草도 若干. ○

〈1997년 8월 13일 수요일 晴. 曇〉(7. 11.) (23°, 30°)
管理所 紹介로 技士 와서 '가스렌지후드' 更新하는 것 보고 商銀, 버스組合 다니며 計劃된 일 보고서 콩밭 농장 가서 풀 뜯고 뽑고 하는데 일거리 많고 창창하던 중 日暮되어 歸淸. 서울서 큰 딸 오고. 큰 애비 夫婦와 호준도 왔고. ○

〈1997년 8월 14일 목요일 曇. 晴〉(7. 12.) (23°, 31°)
서울서 어제 왔었다는 成榮이 다녀가고. 그럭저럭 時間 많이 허비 끝에 콩밭 農場 가서 過茂盛된 雜草 뽑고 베기에 約 3時間 勞力하여 우선 큰 불 끈 셈. 早朝엔 큰 애비도 約 2시간 소上 勞力했던 것. 큰 딸은 午后에 歸京. ○

〈1997년 8월 15일 금요일 晴〉(7. 13.) (23°, 31°)
제52회 光復節[91]. 体育館에서 明朝 일 打合 있었고~丹陽大會의 參席 前 準備와 出發 場所와 時間.
큰 애비와 함께 金溪 가서 콩밭 雜草 除去 作業에 流汗 勞力 해서 茂盛雜草 거의 잡혀가고. 큰 애비는 山所 墓域서 除草하고 큰집 들러 人事하고 午後 7時 좀 지나서 入淸한 것. 서울서 막내 魯弼 家族 全員 와서 반가웠고. 杏이 며칠 만에 歸家. ○

91) 원문에는 붉은색 색연필로 밑줄이 그어져 있다.

〈1997년 8월 16일 토요일 晴〉(7. 14.) (23°, 30°)
丹陽 가서 '道知事旗' 배드민턴大會에 參席[92]~70代 試合 경기는 明日이고. 淸州서 丹陽文化体育館까지 3時間 半 걸렸고. 道연합會長 金효중 乘用車로 간 것. 고수동굴 지나 溪谷 속의 野營場에서 一同 宿泊. '6角亭'서 잔 것.
큰 애비 家族, 魯弼 家族 歸京. ⊙

〈1997년 8월 17일 일요일 晴〉(7. 15.) (21°, 32°)
70代 A組 決勝戰서 패하여 準優勝 銀메달. 午后 3時 半 出發해서 日暮頃에 入淸, 金會長 차로 歸淸. 家庭 텅 비어 휑했고. 杏 와서 함께 저녁. ○

〈1997년 8월 18일 월요일 晴. 밤 쏘나기〉(7. 16.) (24°, 32°)
콩밭 가서 除草作業하고 入淸하여 19時부터 있는 宗親會에 參席했고. 밤 9時頃 잠시 쏘나기 내려 콩밭에 多幸. 松 와서 學校 일 보고 또 上京. 杏이 教員大 寄宿舍 일 있다고. ⊙

〈1997년 8월 19일 화요일 曇. 가끔 비〉(7. 17.) (26°, 30°)
果園 농장 가서 들깨밭에 尿素肥料 주기에 約 3時間 半 勞力했고.
姪兒 '슬기' 21日에 入營次 出發(論山훈련소)한다고 人事[93]次 왔었고. 激勵하여주니 신통한 인사답례 하는 것. 콩밭을 爲하여 비 잘 오

92) 원문에는 붉은색 색연필로 밑줄이 그어져 있다.
93) 원문에는 붉은색 색연필로 밑줄이 그어져 있다.

는 것. 雨 10㎜.[94] ⊙

〈1997년 8월 20일 수요일 曇. 晴. 曇〉(7. 18.) (26°, 33°)

七月 보름 지났지만 形便上이었기에 今朝 歸路에 藥水터 墓所와 祠堂 찾은 後 龍華寺까지 다녀와서 朝食. 낮氣溫 무더위 數日째 대단했고. 저녁버스로 들깨밭 가서 雜草藥 撒布 1통 마치니 개운한 마음이었고. ○

〈1997년 8월 21일 목요일 가끔 흐림. 가랑비〉(7. 19.) (27°, 30°)

姪兒 '슬기' 入隊日 当 아침결에 出發[95]한대서 평화APT들러 激勵했고~論山훈련소 6週間이라고. 저녁나절 金溪行하려고 出發은 했으나 비 나리기 시작하여 中止. 3달 만에 처음 濁酒 1병 사기도. 杏은 연수生 引率 慶州서 왔다고. ⊙

〈1997년 8월 22일 금요일 晴〉(7. 20.) (22°, 29°)

아침결에 果園 농장 가서 옥수수 전부 따 왔고. 約 2자루 턱. 卞 파출부 와서 作業.

金東派 總務 晩榮의 勸告에 依하여 四派 관련 宗畓 보상금 手續[96]으로 淸原郡廳, 新鳳洞事務所 다니며 各種 서류 떼었으니 어느 㒷으로 차라리 잘 되고 개운한 마음이었고. ⊙

〈1997년 8월 23일 토요일 晴〉(7. 21.) (20°, 29°)

三樂會 月例會 있어 參席. '蔘鷄湯'으로 㒷心 잘 먹은 턱. 日暮頃에 在應스님 왔고. 故鄕行 計劃은 우연찮이 이리저리 時間 엇갈려 出發 못한 것. ⊙

〈1997년 8월 24일 일요일 晴〉(7. 22.) (20°, 30°)

漢圭 氏, 俊兄, 晩榮 3人 招請하여 '三州식당'서 大宗會 운영 理事會 일과 兵使公派 장동 位土 補償金 節次 確認케 하고 㒷心을 會食. 식대는 四派 경비에 支出키로 한 것. 歸家 後 저녁나절에 들깨밭 가서 雜草藥 撒布하고 入淸하니 下午 8時 半쯤 되었던 것. ○

〈1997년 8월 25일 월요일 晴〉(7. 23.) (23°, 30°)

族弟 晩榮과 함께 淸原土地改良組合과 '金孝德司法代書' 가서 四派 宗土 보상금 手續 完了하는 데 時間 많이 所要되며 神經 쓰기도. 然而나 完了하니 마음은 개운.

松이 서울 왔고. 바로 제 母親 山所 다녀온다고 出發. 在應스님은 杏의 紹介로 '그린齒科' 가서 齒牙 및 잇몸 治療 '보시待遇'로 기쁘게 治療를 잘 받았다는 것. 午后 7時 半부터 있는 班常會에 杏과 함께 參席했던 것. 1101호. 어린이 生活 지도, 쓰레기 처리 等 말했고. ○

〈1997년 8월 26일 화요일 晴〉(7. 24.) (22°, 31°)

大宗會 運營 理事會[97] 있어 參席~8時 發. 11時 半 開會. 場所는 서울市廳 옆 롯데호텔 2층 가데니아. 定員 26名 中 14名 參席. 97年度 事業計劃 거의 原案대로 決議된 셈. 潤漢 氏 所請은 좌절(追加 報酬 件). 今般부터 副會長格으로 參席. 午后 3時쯤에 마친 것.

94) 원문에는 파란색 색연필로 밑줄이 그어져 있다.
95) 원문에는 붉은색 색연필로 밑줄이 그어져 있다.
96) 원문에는 붉은색 색연필로 밑줄이 그어져 있다.
97) 원문에는 붉은색 색연필로 밑줄이 그어져 있다.

双門洞 가서 鎬準 보기 兼 留했고. 淸州는 在應스님 天安行하고 松이 休暇 마치고 우선 今日부터 勤務인 듯. ○

〈1997년 8월 27일 수요일 晴 〉(7. 25.) (21°, 30°)
双門洞서 6時 出發. 10시 좀 지나서 아파트 着. 雜務 整理 後 12時 50分 發로 故鄕行하여 들깨밭에 揚水하면서 대추밭 풀 깎고 뽑고. 18時에 있는 同窓會에 參席.
松은 오늘도 墓域 손질(물고랑, 除草)에 放課後(退勤 後)에 勞力하고 온 것. ⊙

〈1997년 8월 28일 목요일 晴 〉(7. 26.) (23°, 31°)
歸路에 '새淸州약국' 들러 漢鳳 氏와 大宗會일 相議하고 '새發刊 先祖文集' 이야기 듣기도. 數日 前에 일어 말려 놓으느라고 在應스님이 땀 흘려 勞力했던 들깨 9*kg* '보은방아간' 갖고 가서 볶아 짠 것 約 2升半 程度 들기름 나와서 기쁘기도…96年 秋季産. 들깨기름 1병当 2萬 원 市価. 저녁땐 果園 농장 가서 들깨밭에 揚水하면서 대추밭 除草作業에 約 1時間 勞力했고. 밤엔 김치 빚을 마늘小 1升 깠고. ○

〈1997년 8월 29일 금요일 曇. 晴〉(7. 27.) (23°, 29°)
果園 농장 가서 約 2시간 除草作業 後 省墓 모처럼 갔던 것~松의 勞力 結果 많았고. ○

〈1997년 8월 30일 토요일 曇. 晴. 쏘나기〉(7. 29.) (23°, 31°)
농장 가서 揚水(들깨밭)하면서 대추밭 풀 뽑았고. 松은 上京, 쏘나기 시원찮고. ○

〈1997년 8월 31일 일요일 晴. 쏘나기. 曇〉(7. 29.) (23°, 30°)
形便上 午后 5時 좀 지나서 밤콩밭 가서 約 1時間 半 勞力한 것. 풀뽑기 作業. 今日 現況으로 봐선 콩 나우 收穫될 듯싶고. 뽑아야 할 雜草 아직 창창.
저녁엔 五兄弟와 弟 振榮한테 9月 6日 午后에 伐草作業함을 전화하니 거의 無關하다고 合議하는 것. 杏이가 誠意껏 솜씨껏 빚은 蔘鷄湯과 찰밥으로 저녁 잘 먹었고. ○

〈1997년 9월 1일 월요일 曇. 晴〉(7. 30.) (24°, 28°)
來日 事情으로 하루 앞당겨 歸路에 初하루 行事 오늘 施行했고~祠堂, 龍華寺 祈禱.
果園 농장 가서 揚水하며 들깨밭에 農藥 撒布~殺虫菌制, 雜草制. 2농장(콩밭) 가선 우거진 雜草 뽑은 것. 콩밭은 비를 極히 고대하는 狀況이고…콩 꼬투리 立場. ⊙

〈1997년 9월 2일 화요일 가끔 비〉(8. 1.) (24°, 26°)
새淸州약국 漢鳳 氏 招請으로 漢圭 氏와 함께 3人 同行. 龍山우체국 가서 <u>寄贈책자 "淸州 郭氏 高麗時代文獻錄"</u>[98] 2券 1帙 16万 원 所要 價 고맙게 받고 長時間 說明 듣고 点心 後 15時 高速으로 歸淸한 것. 모든 經費 一切 漢鳳 氏가 支佛. ⊙

〈1997년 9월 3일 수요일 曇. 晴〉(8. 2.) (20°, 27°)
族孫 丁在 母親喪에 파락洞 가서 弔問했고. 兩

98) 원문에는 붉은색 색연필로 밑줄이 그어져 있다.

農場서 約 4時間 勞動했고. 松이 退勤 後 上京. 낮에 파락골 가는 데 고로 겪기도~오염된 냇물(추한물) 越川과 雜木 雜草로 엉망으로 얽혀진 길 뚫기에 땀 흘렸던 것. ⊙

〈1997년 9월 4일 목요일 晴〉(8. 3.) (20°, 28°)
宗中 일로 法院 등기課 들러 金眼科 가서 治療받고 点心 後 兩農場 가서 約 3時間 勞力하고 歸家하니 過勞 탓인지 저녁 후 바로 就寢하게 된 것. ○

〈1997년 9월 5일 금요일 晴〉(8. 4.) (20°, 27°)
熟就인 듯이면서 疲困함을 극복 못하고 아침 체육관 못가고 늦도록 쉬었으나 回復難. 11時쯤에 가까스로 억지로 生氣 용기 내어 본 것~新聞 通讀, 노인堂 出席. '엄계탕'으로 意外로 点心 잘 먹은 셈. 바로 兩 농장 가서 約 4時間 깨끗이 일 한 것~대추밭에 揚水하며 雜草 뽑고. 대추밭엔 雜草 많아 부즈런히 박박 뽑기도. 今日 따라 공교롭게도 가벼운 마음으로 일 모두 잘 進行되었으니 상쾌. 明日 쓸 농구 잘 준비되고 ⊙

〈1997년 9월 6일 토요일 晴〉(8. 5.) (20°, 29°)
伐草作業 施行하여 잘 마친 것~五兄弟와 弟振榮 모두 七名이 15時 半부터 17時까지 滿 2時間 정도 넓은 墓域 손질 잘한 셈. 저녁은 淸州 집에 와서 3子婦(2째 林 氏, 3째 韓 氏, 4째 金 氏)가 合作 勞力한 別味 반찬으로 一同 맛있게 잘 먹었던 것. ⊙

〈1997년 9월 7일 일요일〉(8. 6.)
辛승만, 鄭春泳 會員 만나 金김화 氏 공급으로 많이 먹은 것. 늦은 저녁에 果園 가서 勞力 잠간. 徐丙權 子혼에 人事. ⊙

〈1997년 9월 8일 월요일 晴〉(8. 7.) (19°, 32°)
아침버스(8시 20분)로 故鄕 농장 가서 勞動 4時間 하고 入淸하여 族弟 晩榮과 함께 金孝培 法務士 事務室 가서 宗中土地 墻東 것 88㎡ 보상금 請求서류 補完策 듣고 온 것(宗中 規約과 決議書 關聯). 故鄕 有司 來榮한테 伐草 狀況 알아봤고. ⊙

〈1997년 9월 9일 화요일 曇. 晴〉(8. 8.) (19°, 31°)
果園 농장 가서 3時間 勞力하니 適当한 듯~대추밭에 揚水하면서 雜草 除去 作業한 것. ○

〈1997년 9월 10일 수요일 曇. 쏘나기〉(8. 9.) (20°,28°)
宗地 補償金 手續 事情 있어 族弟 晩榮과 함께 金孝培 法務士事務所 가서 補完策 알아보고 群廳까지 다녀온 것. 点心시간엔 漢奎 氏, 俊榮 氏 모두 4名 合席하여 宗事 일 相議하였기도. 午后엔 果園농장 가서 대추밭 雜草 除去 일에 비 맞으면서도 作業 繼續했던 것. ⊙

〈1997년 9월 11일 목요일 曇. 晴〉(8. 10.) (20°, 27°)
宗事 일 좀 보려고 法院, 洞事務所 다녔으나 計劃대로 推進 안되어 時間만 허비. 헛 經費도 났고. 해 거의 가서 대추밭 가서 풀 좀 뽑고 온 것. ⊙

〈1997년 9월 12일 금요일 晴〉(8. 11.) (19°, 28°)
果園 농장 가서 約 2時間 勞力(雜草 除去)하

고 山所에 잔디肥料로 요소, 복합 若干 갖다 놓고 온 것. 4派 일(장동 125번지)로 法院 민원室 갔었으나 登記 未完이라고 허행. ○

〈1997년 9월 13일 토요일 曇. 晴. 曇〉(8. 12.) (21°, 28°)
金孝培 法務士사무所 들러 清原郡 地籍課 가서 장동 125번지 宗土 登錄書類 提出했고.
山所 가서 墓域 全域에 尿素肥料 約 4L 뿌렸고~잔디, 화양목, 옥향목, 무궁화 等. ⊙

〈1997년 9월 14일 일요일 曇〉(8. 13.) (19°, 27°)
連日 勞動에 고단했던지 朝食 後 잠간 쉰다는 게 거의 한나절 기운 못차렸고. 点心은 달게 잘 먹고. 14時 半 發 버스로 대추밭 가서 數時間 雜草 뽑은 것. 대추 作況에 失望[99]되기도~ 벌레 많이 먹고 病도 먹은 건지 색깔 異常하고 골은 것 많이 생기기도. ⊙

〈1997년 9월 15일 월요일 晴〉(8. 14.) (14°, 27°)
몸 고단하나 勇氣 백배 내어 早朝에 龍華寺 祈禱와 藥水터 가서 三拜 마치니 개운했고. 明日은 '秋夕'이어서 今日에…. 故鄕 山所 가서 물고랑 메꾸기 作業한 후 2농장 콩밭 가서 풀 좀 뽑았고. 3째 明, 弟 振榮~저녁에 秋夕 膳物 가지고 왔었고. ○

〈1997년 9월 16일 화요일 雨. 曇〉(8.15.) (15°, 19°)
6時 發 高速으로 弟 振榮 家族과 함께 上京. 아침결에 비 왔고. 9時 半부터 秋夕 茶禮 올렸고. 悲觀을 억제하면서(작년 이때는 井母 入院 危篤中) 比較的 秋夕名節 그대로 보낸 셈~2째 夫婦, 3째 明, 4째 子婦(松은 日直). 막내 家族 4人. 弟 振榮 夫婦와 姪女 '巴蘭'. 서울大學病院醫師 2째 孫子 昌信도 參席한 셈. 形便上 日暮頃 歸家. ⊙

〈1997년 9월 17일 수요일 曇〉(8. 16.) (14°, 23°)
아침行事는 諸般 實踐했으나 몸이 개운치 못하여 故鄕行 못하고 終日 家庭에서 쉰 편. 日暮頃에 大田 2째 家族 全員(4人) 故鄕 省墓 왔다가 가는 길에 들러 갔고. ○

〈1997년 9월 18일 목요일 晴〉(8. 17.) (14°, 23°)
대추밭 가서 雜草 좀 뽑고. 전좌리 山所 거쳐 從兄님 宅 들러 19時 發 사거리 通해 歸家한 것. 松은 退勤 後 日暮頃에 故鄕 가서 省墓하고 왔다고. 弟 振榮 家族은 어제 다녀간 듯. ⊙

〈1997년 9월 19일 금요일 晴〉(8. 18.) (11°, 21°)
대추밭 가서 自然 落下된 것 주워 가리고. 묻고 近 20株 마치니 시원하기도. ○

〈1997년 9월 20일 토요일 晴〉(8. 19.) (13°, 22°)
4派 宗事 일로 清原郡廳 들러 '장동 125'畓 登錄證明書 떼어 金孝培 司法代書所 가서 1件 서류 完全 接受케 한 것. 대추밭의 풀 뜯고 落下 대추 주운 것. 故鄕用 자전거 紛失[100]. ○

〈1997년 9월 21일 일요일 晴〉(8. 20.) (11°, 21°)
대추밭 가서 滿 3時間 걸려 作況 細密 조사…

99) 원문에는 붉은색 색연필로 밑줄이 그어져 있다.

100) 원문에는 붉은색 색연필로 밑줄이 그어져 있다.

病害, 結實 程度 等. (80株 中 病染 30株. 結實 ~上 10株, 中 20株, 下 20株.) 收穫 豫定 2가마니. 作業 中 벌 쐬이기도. ○

〈1997년 9월 22일 월요일 晴. 曇〉(8. 21.) (10°, 23°)

中古자전거 購求하여 다시 '사거리' 갖다 놓았고. 20日에 堤防에 놓은 것 누가 끌고 간 것.

대추밭 가서 대추 줏고, 雜草는 어제까지 뽑는 일 끝낸 것. 井母 一周忌 祭祀用 대추 골라 따기도. 밤콩 밭 가서 풋콩 서너포기 뽑아오기도. ○

〈1997년 9월 23일 화요일 晴〉(8. 22.) (14°, 22°)

三樂會 月例會에 參席~12時, 古堂食堂. 여름 구두 바뀐 것 되찾았으나 相對者"가 되로 신고 간 것.

대추밭 농장 가서 1株 털고 빵꾸 난 自轉車 주물르다 時間 많이 보냈던 것.

밤엔 明日 祭祀用 祝 紙榜 쓰고 松과 함께 방과 후 上京토록 相議하면서 밤 깊도록 밤 생미쳤고. 明日 가지고 갈 대추와 밤, 도라지 完備하고 就寢. ○

〈1997년 9월 24일 수요일 曇. 晴. 曇〉(8. 23.) (17°, 23°)

井母 一周忌[101]로 아이들과 함께 上京~12時 半 發 버스. 双門洞 15時 半 到着. 午后 4時에 祭祀 지낸 것. 子息 5兄弟 中 4名. 女息 5兄弟 中 3名 參席.(絃. 妊. 運은 形便上 不參) 妹(才榮), 弟(振榮 夫婦), 큰 사위(趙) 參席, 큰 妻男(金泰鎬)도 왔고, 祭祀 前에 일장 說明하고 4男 松이가 讀祝. 잠간 동안 설게 哭하였기도. 飮福. 夕食 넉넉히 一同 먹으며 座談 情談 많이 하고 各己 歸家次 出發은 19時쯤. 明朝 出發코저 留. 杏이도. ⊙

〈1997년 9월 25일 목요일 曇. 가랑비〉(8. 24.) (14°, 19°)

今朝 새벽(昨年) 1年 前(陰曆) 4時쯤에 井母는 저 世上으로 갔던 것. 어제 午后 4時에 첫 忌祭祀 지내고 잠 그대로 자고 5時에 念佛 祈禱하고 큰 애비와 早朝食 함께 먹고 双門역에서 作別하고 淸州 오니 9時 半 좀 지난 것. 計劃된 墓所와 水落 대나무밭 거친다는 것은 가랑비로 因하여 中斷되고. APT 管理所 연락에 依해서 雲天洞 가서 '독감예방注射 맞았기도[102]'. 보일라工 왔었고(金태복 氏). 金溪 갈 예정 雨天으로 중단. 金태헌 痛症科 가서 鍼 맞았고(어깨…右側). 杏이도 서울서 午後에 오고. ○

〈1997년 9월 26일 금요일 曇. 가끔 가랑비〉(8. 25.) (16°, 21°)

어찌하다보니 날씨 關係로 이일 저일 遂行 못하고(宋 교장 問病, 金溪行鷄 等) 18시부터 있는 同窓會 月例會에 參席 夕飯한 것~동원식당. 천둥번개는 나우 있었으나 비는 얼마 안왔고. ⊙

〈1997년 9월 27일 토요일 曇. 晴. 雨〉(8. 26.) (12°, 20°) 雨量 10㎜

101) 원문에는 붉은색 색연필로 밑줄이 그어져 있다.

102) 원문에는 붉은색 색연필로 밑줄이 그어져 있다.

俊榮兄 招請으로 勳鍾 氏와 함께 청솔집에서 点心 잘 먹었고. 金坪派 理事陣, 高麗時代 文獻錄, 장동 125번지 보상금, 四派 畓品 等 이야기했고. 午后엔 故鄕 山所 가서 省墓하고 대추밭 가서 落下된 대추 주었고. 今明 대추털기 作業 豫定은 延期~時期 늦는 셈. ⊙

〈1997년 9월 28일 일요일 晴〉(8. 27.) (11°, 22°)
淸州市 生活체육대회 배드민턴大會에 參席~長壽郡 A級에서 銅메달.
대추밭 가서 落下된 것 주었고. 玉山서 6m 대나무 장대 1개 購求, 族弟 佑榮편에 金溪까지. 월드컵 아시아 예선大會 最終戰에서 日本을 2:1로 눌러서 기막히게 상쾌했고. 라디오. ⊙

〈1997년 9월 29일 월요일 晴〉(8. 28.) (10°, 24°)
歸路에 金川洞 現代APT 가서 宋錫采 교장 問病했고(直腸 手術).
대추農園 가서 落下된 대추 주엇고. 어제 작만한 대나무 장대로 텃둑 밤나무 1부 떨어서 알밤 約 1되 되었기도. 대추는 完熟(도리어 지난 편). 술(탁주) 샀으면서 不飮. ○

〈1997년 9월 30일 화요일 晴〉(8. 29.) (11°, 24°)
体育館 事情 있어 '솔밭公園' 自轉車 一圓 往來로 아침運動. 1時間余 걸린 것.
週間 行事 잘 마치고 대추밭 가서 대추 2나무 털어 줍고. 金順顯 집 가서 入住 祝賀했고. ⊙

〈1997년 10월 1일 수요일 晴〉(8. 30.) (11°, 23°)
아침엔 興德寺址 도라왔고. 대추밭 가서 優秀木 몇 나무 털은 것. 몸 고단하기에 16시 사거리發 버스로 入淸하여 沐浴과 理髮하니 좀 풀린 듯. 저녁 食事 잘 했고. ⊙

〈1997년 10월 2일 수요일 晴〉(9. 1.) (12°, 23°)
初하루 參拜 祈禱 行事로 龍華寺, 藥水터(墓, 祠堂) 早朝에 다녀오고. 대추밭 가서 3株 털어 한가방 넣어 搬入한 것. 서울서 큰 애비 오고~明日 일로. ○

〈1997년 10월 3일 금요일 晴〉(9. 2.) (12°, 23°)
9시 30분에 서울서 長女, 參女와 外孫 趙희진, 愼重환 오고. 朝食 後 8名(長男, 參南 夫婦, 四男, 長女, 參女, 外孫2) 대추밭 가서 큰 애비와 松은 털고. 其他는 줍는 일에 午後 2時 半까지 勞力하여 無事히 마친 것. 一同 点心은 現場에서 칼국수 삶아 맛있게 먹은 것. 대추 分量 約 2가마니쯤. 各己 2말 平均 나누어 주었고. 午后 5時쯤 서울 아이들 모두 歸京~無事이 대추밭 일 一段落 끝낸 셈. 子女息들의 手苦 勞力에 고맙고 滿足했던 것. ○

〈1997년 10월 4일 토요일 曇〉(9. 3.) (14°, 21°)
俊兄과 함께 郡廳 가서 建設과 농지係 찾아 金溪地區 耕地整理計劃 確認 後 郡守 부속실 거쳐 地域경제課 경제係 金係長 만나 玉山面 北部地區 버스路線 復旧와 時間調節 및 金溪里 버스料金 過多引上의 不公正性을 討論하였기도. 今般은 時期 遲晩으로 不可하니 시내버스 管理委員長과 相議하여 此期 調定하라는 것. 남궁病院 들러(526호실) 徐秉圭 부인 問病했기도. 松이 上京, 杏은 原語民 引率코 慶州旅行中. ⊙

〈1997년 10월 5일 일요일 晴〉(9. 4.) (10°, 22°)

대추膳物로 弟 振榮, 큰 妹, 姪女에게 1포씩 아침결에 주었다니 잘 한 것. 대추농장 가서 끝마무리로 이삭 1되 주었고. 3女한테서 山밤 한 자루 가져왔고. 杏이 旅程 마치고 오고. ⊙

〈1997년 10월 6일 월요일 晴. 曇〉(9. 5.) (9°, 22°)
俊兄의 옛山(용수샘) 關聯事로 淸原郡廳과 稅務署 2번씩 들러 시원히 解決됐고.
'農地原籍' 作成해 볼 必要 있어 鳳鳴洞事務所 갔었으나 係員 없어 未盡.
昨年(陽曆)의 오늘 새벽 4時에 魯井母親이 서울 삼성病院에서 殞命[103]~滿一年. 세월이 빠른 건가. 어언 一周. 一周를 陰曆으로 따져서 去 9月24日(陰 8.23) 저녁에 첫 祭祀(忌祭) 서울서 지냈던 것. 入祭日. 山所 가서 명복을 빌며 용서와 祈願의 意 표했고. 풀 좀 {뜯}다가 時間 되어 自轉車로 玉山까지 달려 入淸. 번말 三從兄嫂 宅 잠간 들렸기도~호박풀데 먹고. 들깨 잎 조금, 담북장 조금 주시는 것 고마웠고. ⊙

〈1997년 10월 7일 화요일 晴. 曇〉(9. 6.) (11°, 20°)
아직 아침運動 中의 배드민턴은 体育館 修理中으로 中止 中이고. 鳳鳴2洞事務所 가서 農産係 金書記 찾아 農地原簿 確認하여 解決했고. 시납으로[시나브로] 몸 고단하여 玉山杏 中止. ○

〈1997년 10월 8일 수요일 晴〉(9. 7.) (10°, 12°)
아침食事는 四從叔 漢斌 氏 집에서 招請 있어 103동 707호 가서 多量 고기국과 잘 먹고. 敬老堂에 月例會 있어 參席하고 点心 會食한 것. 몸 무거운 듯 終日 쉰 셈. 아이들 勸告에 의해 韓藥房 가서 '부자 加味 漢藥' 3제 15万 원에 豫約했고(육거리 속리산 건강원…韓 氏.) ⊙

〈1997년 10월 9일 목요일 晴〉(9. 8.) (7°, 22°)
今朝는 山南洞 솔밭 가서 露天 無넷트 廣場서 亂打배드민턴 쳤고. 点心 때 族長 勳鍾 氏와 老人 任澤淳 氏 招請해서 '李家네' 食堂서 各種 菜蔬 白飯 待接했기도. 今日도 故鄕行 不能. ⊙

〈1997년 10월 10일 금요일 가끔 구름〉(9. 9.) (16°, 21°)
南中校 後麓으로 登山 잘 했고. 長距離 自轉車 往來한 셈. 헌 新聞紙 1包(10*kg*) 納品하고 우체국 가서 族長 時鍾 氏 앞으로 大宗會 名簿 關聯 서신 發送 後 농협 들려 韓藥 값 支拂金 분치 引出.
故鄕 途中 玉山面 들러 崔在孝 面長 만나 北一校 時節 이야기로 情談 나눈 턱. 1농장 가서 대추 이삭 約 1되 주운 것. 큰집 들러 人事 後 自轉車로 오미까지. 入淸 아파트 到着은 20時頃. ○

〈1997년 10월 11일 토요일 晴〉(9. 10.) (7°, 19°)
今朝 운동은 自轉車로 無心川 堤防 달려왔고. 아침食事 後 不然듯 井母의 殞命 순간이 머리에 떠올라 불쌍하고 딱한 생각에 슬픔이 복바쳐 가슴 아프게 속 울음 터졌기도[104]. 육거리

103) 원문에는 붉은색 색연필로 밑줄이 그어져 있다.

104) 원문에는 파란색 색연필로 밑줄이 그어져 있다.

가서 日 前에 맞췄던 韓藥 2상자(120봉) 찾아오고. 낮 구름 짙기에 金溪行 中止. 낮 濁酒 2잔에 개운치 않았던 것. 松은 退勤 後 上京. 杏은 大學院 入試 예정이라기에 激勵했고. ○

〈1997년 10월 12일 일요일 晴〉(9. 11.) (5°, 21°)
氣溫 나우 降下. 아침 自轉車로 운동에 쌀쌀했고. 勇氣 내어 농장 가서 어제 밤 서리에 들깨잎 사그러졌기에 1時間 半 걸려 베었고. 밤콩 틘 것 있어 골라 뽑아 若干 打作하기도.
어제 搬入된 부자 넣어 달였다는 韓藥 服用하기 시작했고. ○

〈1997년 10월 13일 월요일 晴. 밤에 雨〉(9. 12.) (4°, 21°)
2농장 가서 밤콩 골라 뽑아 打作 조그마치 했고~익어 고신 포기만 골라 두들겨 約 5升 收穫. ○

〈1997년 10월 14일 화요일 晴〉(9. 13.) (12°, 20°)
祠堂門 부속 椄木토막 求하기에 數日 間 신경 쓰던 끝에 可能品 마련되었기도. 콩밭 가서 어제의 일 約 2時間 繼續했고. 今日도 玉山서 金溪까지 自轉車로 往來한 것. ⊙

〈1997년 10월 15일 수요일 晴〉(9. 14.) (6°, 21°)
今朝도 昨朝와 같이 材料 再製作 意로 敎大 作業場 다녀왔고. 서울 큰 애비가 日 前에 가져온 極高価 特品 毛革製 잠바 입어보고 잘 맞으나 壹百萬 원 前後 代金에 과만(過滿)하고 놀랬기도[105].

잔일(友信會 參席, 金眼科 治療) 좀 보느라고 金溪 못갔고. 日暮頃엔 敬老堂 尹 會長과 金總務 招請하여 순대 집에서 濁酒 待接했기도. ⊙

〈1997년 10월 16일 목요일 晴〉(9. 15.) (7°, 24°)
參拜 施行時 祠堂門 막이 토막 設置[106]. 농장 가서 去 12日에 벤 '들깨' 約 2/3 털었고. 저물도록 勞力에 過勞로 밤새도록 앓은 것. ○

〈1997년 10월 17일 금요일 晴. 가끔 구름〉(9. 16.) (12°, 18°)
가까쓰로 起床하여 念佛行事만은 施行하고 再就寢. 朝食을 11時頃 먹고 再起하여 농장 가서 어제의 남어지 들개 完全히 털었고. 鄭運海 招請 있어 俊兄과 횟집서 夕食 잘 했고.

〈1997년 10월 18일 토요일 晴〉(9. 17.) (10°, 21°)
連日 多少의 飮酒 끝에 今日도 老人團에 얼려 數次例 機會 있어 마셨더니 極히 몸 휘진 것. 밤새도록 앓았고. 소변 不通으로 괴롭게 밤 새운 편. ○

〈1997년 10월 19일 일요일 晴〉(9. 18.) (13°, 22°)
早朝까지 참다 못해 청주의료원 가서 응급실 가서 뽑으니 시원하나 글력없어 척 느러져서 終日 쉬었고. 數日 前에 대만 갔었다는 在應스님 왔고. 낮엔 在應스님은 杏과 함께 고향 가서 省墓하고 온 것. 中國產 眞珠製 藥品(肝 治療, 眼藥) 사 가지고 왔으니 그 孝心 甚히 고마웠고. 또 바쁜 일 쌓이는 셈. 大田 2째(鉉)도

105) 원문에는 붉은색 색연필로 밑줄이 그어져 있다.

106) 원문에는 붉은색 색연필로 밑줄이 그어져 있다.

보신탕 만들어 가져 와서 人事 後 歸家했고. ○

〈1997년 10월 20일 월요일 晴〉(9. 19.) (13°, 25°)
活氣와 심명 없이 苦心만이 가득 차 있는 心身이나 아침 念佛 後 또 就寢. 在應스님의 至誠어린 早飯 준비에 어지간히 먹었기도. 晝間엔 농협 가서 預金통장 정리하고 우체局 가서 用務 보고 감막번지 숫자 1 틀려 再次 다녀오기도. 在應스님 가고, 몸 若干 낳은 듯? ○

〈1997년 10월 21일 화요일 晴〉(9. 20.) (19°, 25°)
농장의 밤콩과 들깨 털어 놓은 것이 궁금하여 참을 수 없어 13時 發 버스로 가서 콩 널고 들깨는 若干의 바람 일 때마다 드려서 나우 精選하고 16時 入淸 車로 오니 어느 程度 마음 개운했기도. 今日 活動 가까스로 움직인 것. ○

〈1997년 10월 22일 수요일 晴〉(9. 21.) (9°, 24°)
郡 三樂會 秋季逍風에 參席[107]~8. 30~19. 00. 무주 揚水發電所. 버스 2臺. 90余 名. 歸路에 灌燭寺도 들렀고(恩津미륵). 몸 좀 괴로운 듯해 不安한 感으로 出發했으나 比較的 잘 다녀온 셈. ○

〈1997년 10월 23일 목요일 晴〉(9. 22.) (10°, 20°)
오랜만에 体育館 나가서 배드민턴 쳐본 것~ 体育館 修理 關係로 長期 使用 不能이었고. 俊兄 집 가서 問病. 대추도 1.2kg 膳物. 농장 가서 콩과 들깨 널은 後 방콩 거두었고. ⊙

107) 원문에는 붉은색 색연필로 밑줄이 그어져 있다.

〈1997년 10월 24일 금요일 曇. 晴〉(9. 23.) (10°, 22°)
金溪行코저 昇降場까지 갔었으나 形便上 되歸家하여 집 단속과 잔일 본 것. ○

〈1997년 10월 25일 토요일 曇. 晴〉(9. 24.) (3°, 13°)
아침氣溫 急降下. 겨울을 방불케 바람 若干에 몹시 쌀쌀한 食 前. 처음으로 긴 內衣 입었고. 농장 가서 밤콩 打作했고. 右側 어깨 痛症 中인데 더욱 아픔을 느끼고. 入淸에 玉山까지 自轉車 달리는 데 힘겨웠고. 서울서 4째 子婦(金氏) 와서 저녁 짓고, 여러날 만에 杏 와서 함께 甘食. 밤 늦도록 김치 等 반찬 빚기에 勞力하는 데 바쁜 듯. ⊙

〈1997년 10월 26일 일요일 晴. 가끔 구름〉(9. 25.) (4°, 21°)
松 夫婦는 食 前에 省墓 다녀왔고. 点心 直前에 上京 發. 고기 무우국도 많이 끓여 놓았고. 콩밭 가서 콩 打作했고. 하루만 더 하면 끝날 듯. 앞으로 宗事 일 바빠 머리 아프고. ○

〈1997년 10월 27일 월요일 晴〉(9. 26.) (5°, 16°)
四派(兵使公派) 宗事 일로 終日 바쁘게 뛴 셈. 私事는 全혀 못보아 마음 복잡했으나 참으며 用務에 全念~玉山面 가서 綜土稅 20余 필지 確認해 보았으나 未盡. 族叔 漢虹 氏와 族弟 佑榮 만나서 10月末日에 있을 代表者會議 基礎 打合 좀 해본 셈. 入淸하여 通知書 발송에 日暮頃까지 진땀 빼며 準備하여 發送한 것. 밤에도 子正이 넘도록 이의 計劃 樹立에 時間 많이 쓴 것. ○

〈1997년 10월 28일 화요일 晴. 曇〉(9. 27.) (5°, 15°)

同窓會 秋季 逍風에 參席[108]~8. 00~18시…公州 麻谷寺[109](泰華山). 마곡溫泉. 公州박물관. ⊙

〈1997년 10월 29일 수요일 曇. 雨〉(9. 28.) (6°, 15°)

宗, 私 間의 綜土稅 一部 納付 後 金溪 가서 四派 關聯(綜土稅와 時祀) 相議 좀 했고. 雨天으로 私事 일은 못본 채 비 맞으며 入清하고도 宗事 未詳 分 때문에 深夜토록 애썼고. ○

〈1997년 10월 30일 목요일 曇. 晴. 曇〉(9. 29.) (5°, 10°)

아침 歸路에 法院과 淸原郡廳 民願室 가서 四派 宗事 일 보았으나 그리 개운치 않았고. 玉山面 財務係 들러서는 蔡襄의 誠意에 고마웠고. 稅金告知書 確認 等. 2농장 가서 나머지 밤콩 털어서 今日로서 打作 일은 一段落 끝났으니 개운. 이제 까불러서 精選하는 일에 着手할 것. ○

〈1997년 10월 31일 금요일 晴〉(10. 1.) (0°, 10°)

今朝 氣溫 最高 零下 0°. 兵使公派 代表者會議[110] 주선 다 마치고 11時에 玉山 '한양식당' 가서 會議 主管해서 比較的 잘 마친 것. 時享 改革 施行(兵使公, 百隱公, 司直公, 陵參奉公 十月五日, 有司 집에서 合祀). 車 마련하여 省墓도 實施토록 衷心 後 13時 半頃 解散.

入清한 後 약수터 가서 蓮潭公 神道碑와 詩碑 周圍의 雜草木 깎고 歸家하니 어두웠고. 4째 子婦(金 氏) 저녁에 들러 夕食과 반찬 마련 잘 해서 3人 會食 後 子婦는 上京. 陰 3日과 5日에 있을 時祀 構想, 企劃 等으로 深夜까지 神經 썼고. ⊙

〈1997년 11월 1일 토요일 晴〉(10. 2.) (0°, 15°)

金溪 가서 有司 來榮 집 가서 時祀 費用條 35萬 원 건넸고. 老人亭 잠간 들러 入清하여 약수터 가서 省墓. 祠堂 參拜하고 명석식당 가서 明日用 衷心 그릇 確認했고. 日暮 直後엔 教大 正門까지 가서 大田行 弔問次 出發하는 一同 만나 朴會長 宅 賻儀金 맡겼기도.

서울서 큰 애비 夫婦 호준 델고 온 것. 애비는 김치 等 빚느라고 深夜까지 분주. ⊙

〈1997년 11월 2일 일요일 晴〉(10. 3.) (0°, 16°)

上堂祠 祭享 擧行에 日直 및 執禮 보았고. 今年 따라 祭官 約 200名 參與 盛況에 기쁜 일. 저녁에 成榮 와서 深夜토록 情談. ⊙

〈1997년 11월 3일 월요일 晴〉(10. 4.) (1°, 18°)

今日 따라 突然한 일로 意外로 바쁘게 해 넘긴 것. 농장 가서 콩과 깨 널고 入清 後 清州 일 황급히 보고 再次 金溪 가서 有司 來榮 집 가서 明日 時享 準備 狀況 알아보고 농장 가서 저믄 저녁에 콩과 들깨 團束하고 步行으로 거의 오미까지 와서 入清하니 20時頃 된 것. 밤엔 紙榜과 祝 쓰기에 공 드렸기도. ○

〈1997년 11월 4일 화요일 曇. 晴〉(10. 5.) (6°,

108) 원문에는 붉은색 색연필로 밑줄이 그어져 있다.
109) 원문에는 붉은색 색연필로 밑줄이 그어져 있다.
110) 원문에는 붉은색 색연필로 밑줄이 그어져 있다.

19°)
97年 四派 有司 來榮 집에서 兵使公(16代祖), 百隱公(15), 司直公(14), 陵參奉公(13) 時[祀] 지냈고. 21名 參與했으니 前例없는 盛況. 乘用車 2臺로 近 10名이 水落, 間谷, 鶴木洞, 墻東 墓所 現場 가서 省墓하고 入淸하니 17時 半 되고. 시원하나 沐浴하여 몸 더 풀어보기도. ⊙

〈1997년 11월 5일 수요일 曇. 晴〉(10. 6.) (8°, 17°)
時祀에 參席 連絡~公榮 비롯 各處에. 농장 가서 콩 디리기에 勞力(바람 利用). 깨 말리고. 点心은 敬老堂 가서 會食(月例會費도 負擔). 밤엔 奉事公(12代祖) 以下 6代祖까지의 時祀 祝 쓰기에 功 드렸고. ⊙

〈1997년 11월 6일 목요일 晴〉(10. 7.) (5°, 19°)
모레 지낼 9代祖 以下 時祀物(酒果飽 等) 몇 가지 購入한 後 농장 가서 콩과 들깨 또 한 차례 디렸고. 從兄 만나 明日부터의 時享 일 相議하고 入淸. 집안 一家 弟姪들에게 電話 연락 해봤으나 參席할 사람 그리 없을 듯. ○

〈1997년 11월 7일 금요일 晴〉(10. 8.) (4°, 17°)
四從叔 漢斌 氏 同伴 故鄕 가서 12, 11, 10代祖 時祀 現場(墓所) 가서 잘 지냈고. 浩榮, 漢斌, 尙榮, 佑榮, 奉榮, 頌榮 6名만이 參席~10시 半~14시 半. 양승우가 宗土 居住. ⊙

〈1997년 11월 8일 토요일 晴〉(10. 9.) (3°, 18°)
6, 7, 8, 9代祖(9位) 時祀 내집(삼정백조Ⓐ 104동 901호)에서 지냈고~10. 30~13시. 漢斌, 弼榮, 成榮 參席하여 4人이 參祀. 点心 요기 後 成榮과 함께 望德山 가서 省墓까지 마친 것~9, 6代祖 墓는 어제, 今日은 8, 7, 兩 5代祖, 曾祖, 高祖, 내안 四從叔, 세거리 再從祖, 再当叔, 主事当叔, 傍高祖, 竹天(川)当叔 墓까지 省墓. 안골 거쳐 從兄 집 잠간 들러 入淸 後 漢斌氏 招請하여 '李家네집' 식당서 夕食. 밤엔 깊도록 成榮과 宗事 이야기 하고 就寢. ⊙

〈1997년 11월 9일 일요일 晴. 曇〉(10. 10.) (4°, 16°)
水原行 豫定했던 것 中止(天安 姨姪女 子婚.) 人事차림은 큰 애비에 부탁했고. 家內서 그럭저럭 해 보낸 셈. 水原예식장에 人事 갔던 큰 女息, 셋째 女息, 큰 애비한테 報告 電話 오고. 大田 둘째는 고기 씨레기국, 동치미, 청국장, 김 무침 飯饌 갖고 낮에 다녀가고. ○

〈1997년 11월 10일 월요일 晴. 가끔 흐림〉(10. 11.) (9°, 18°)
淸原郡廳 建設課 農地係 가서 故鄕 金溪의 耕地整理 事業에 알고 싶은 事項 確認해 보았고~地番 所在 變動 有無 件. 計劃된 今日 行事 施行 안 돼 氣分 개운치 않은 채 해 넘겨 머리 묵직했기도. ○

〈1997년 11월 11일 화요일 晴〉(10. 12.) (7°, 20°)
1농장 가서 越冬 준비로 揚水用 호수, 揚水 모타 排水, 枯死木과 말뚝 주어 태우기 等 團束 作業 한 것. 어느 程度 선정된 검정밤콩 집으로 갖다가 個別 고르기 시작하기도. 歸路에 큰집 들렀고. ⊙

〈1997년 11월 12일 수요일 雨〉(10. 13.) (10°, 13°)
오랜만에 비 나우 내리기 始作. 日常 飮料水를 水道물 끓여 먹기로 마음먹고 5L들이 주전자에 3차례 끓여 식혀 옮겨 따루었고[111]. 今日도 그럭저럭 해 넘긴 것. ○

〈1997년 11월 13일 목요일 가끔 구름〉(10. 14.) (9°, 16°)
午后에 1농장 가서 約 2時間 勞動~도라지 캐고. 黑밤콩 서너 되 搬入. 今日도 4가지 施行 계획 完遂. ○

〈1997년 11월 14일 금요일 가랑비〉(10. 15.) (9°, 15°)
보름 參拜. 祈禱 後 常祿會 臨時總會에 參席하고 形便上의 解體 金 21,000원씩 받고 趙 교장과 李 교장 同伴하여 '연실다방' 가서 情談 나누고 分手했고. 歸路에 虎竹人 閔 氏 2名 만나 濁酒 待接했기도. ⊙

〈1997년 11월 15일 토요일 晴〉(10. 16.) (5°, 17°)
再從兄嫂(魯旭 모친 林 氏) 生辰 連絡에 생선 2尾와 대추 2되 갖고 早朝에 얼핏 다녀온 것. ⊙

〈1997년 11월 16일 일요일 晴〉(10. 17.) (6°, 16°)
김기화(교대클럽) 子婚과 朴仁圭(友信會) 子婚 있어 人事 다녀온 것. 酒類는 맥주만 마신 것. 敬老堂 몇 사람과 어울려 情談하며 마셨기도. ⊙

〈1997년 11월 17일 월요일 曇. 晴〉(10. 18.) (6°, 10°)
서울 外孫女 '愼현아' 앞으로 모레 있는 受能考査에 '찰떡' 값으로 5万 원 送金. ⊙

〈1997년 11월 18일 화요일 晴〉(10. 19.) (-3°, 8°)
今日도 그럭저럭 親旧(老人) 만나 情談하며 마신 것. 저녁 땐 찰떡 2 도시락 사 가지고 신동아 아파트 A동 1005호 찾아가 激勵했었고. ⊙

〈1997년 11월 19일 수요일 晴〉(10. 20.) (0°, 12°)
昨今 아침은 찼으나 낮은 그만 해서 今日 施行되는 受能試驗에 큰 困難은 없을 듯? ○

〈1997년 11월 20일 목요일 曇〉(10. 21.) (0°, 13°)
酒類는 맥주를 主로 했지만 4, 5日 繼續으로 臥病 呻吟하나 또 휘진 편. 終日 앓았고. ○

〈1997년 11월 21일 금요일 雨〉(10. 22.) (4°, 13°)
繼續 앓았고. 밖은 거이 終日 비 내리는 것. 降水量 15㎜라고 報道. ○

〈1997년 11월 22일 토요일 晴〉(10. 23.) (5°, 15°)
새벽부터 氣溫 누그러지더니 낮엔 봄 날씨 같았고. 그러나 몸 不便해서 큰 걱정. 가까스로 体育館 갔으나 운동은 못했고. 콩나물 죽으로 점심 저녁에 조금 떠먹은 셈. 예식장(서울) 갈 豫定인데 不能. 後日에 人事할 마음 먹어 봤고. 郭敞錫 子婚. ○

111) 원문에는 붉은색 색연필로 밑줄이 그어져 있다.

〈1997년 11월 23일 일요일 晴〉(10. 24.) (8°, 13°)
道 생활체육大會 있어 억지로 曾坪 가서 뛰어 보았기도. 그래도 잘 바운 덕. 서울 3째 女息. 大田 2째 夫婦, 市內 3째네 母子 다녀간 것. 반찬, 茶類, 진국, 足발, 만두국 等 갖고.
日暮頃부터 생기 좀 나는 듯. ○

〈1997년 11월 24일 월요일 晴〉(10. 25.) (2°, 17°)
大宗會長 郭槿 子婚에 서울 부암洞 '하림각'까지 다녀온 것. 모처럼 遠距離 뛴 것.
나우 밀렸던 帳簿 정리와 兩 新聞(한겨레, 충청日報) 通讀에 夜深토록 노력 完了. ○

〈1997년 11월 25일 화요일 雨. 曇〉(10. 26.) (9°, 15°)
모처럼 体育館 나가 運動 좀 했고. 降雨로 往來에 고생 좀 한 셈. 歸路에 四從叔 漢斌 氏의 招待로 103-707호 들렀더니 珍味로운 朝飯 待接 잘 받았고(生辰인 듯).
朴在龍(友信會) 問病次 忠大病院 다녀온 後 意外 急報로 弟 振榮 '담석증'으로 엊저녁에 入院했대서 淸州醫療院 가 본[112] 것~家族 數로 외로운 편. 28日에 手術한다는 것[113]. 夕食 後 班常會 參席(102호) 後 맏이와 3째한테 電話(제 叔父 入院 件). ○

〈1997년 11월 26일 수요일 가랑비. 曇〉(10. 27.) (8°, 17°)
어제 入院한 弟 振榮 病勢 惡化로 14時에 手術 着手. 16時에 完了[114]. 담석은 콩알 정도 크기 9個(黑色 5, 黃色 4) 담낭은 골마서 除去. 肝은 過熱이며 말랑거렸다는 것. 重患者室로 옮겼고. 不幸 中 多幸으로 生命은 건진 듯[115]. 終日 지켜본 셈. 面會시간 8시, 12시, 17시 半.
기쁜 사연도 하나~參男(明) 初等校監 發令의 喜報[116]. 진천 백곡校로. ○

〈1997년 11월 27일 목요일 晴〉(10. 28.) (6°, 12°)
早朝 行事 잘 마치고 病院 '중환자실' 8시 面會하니 振榮 回復 順調로운 氣分 개운했고.
一相 만나 故鄕 土地 耕地整理 關聯 確認 承落捺印했고.
낮엔 서울 큰 애비 와서 제3寸 問病 慰勞. 弟 振榮은 入院室로 回復한 것.
同窓會에 參席 後 歸路에 '의료원' 다녀왔고. 아침에 比해서도 順調回復. ○

〈1997년 11월 28일 금요일 曇. 雨〉(10. 29.) (6°, 10°)
月例 納付金 完決 짓고. 코롱淨水器가 與何인지 技術者 오래서 說明 듣기도. 모처럼 故鄕 가서 耕地 정리 着手 狀況 보고 농장 가서 도라지 좀 캤고. 從兄님 宅 들어 問病 後 入淸. ○

〈1997년 11월 29일 토요일 雨〉(10. 30.) (10°, 10°)
거의 終日 비. 故鄕 耕地정리 關聯 대추나무

---

112) 원문에는 붉은색 색연필로 밑줄이 그어져 있다.
113) 원문에는 붉은색 색연필로 밑줄이 그어져 있다.
114) 원문에는 붉은색 색연필로 밑줄이 그어져 있다.
115) 원문에는 붉은색 색연필로 밑줄이 그어져 있다.
116) 원문에는 붉은색 색연필로 밑줄이 그어져 있다.

移植 문제로 淸原郡廳 建設課 農地係 가서 柳係長 찾아 問議하였고~先頭로 原地定着하여 定(正植)植 하겠다는 것…移轉 費用으로 會社側 作業 責任을 말한 것. 管井과 農具舍도 考慮. 郡 민원실 가서 宗事 일도 보고.
弟 振榮 快癒中. 大田 2째 夫婦 와서 저녁 지어 一同 맛있게 잘 먹은 것. ○

〈1997년 11월 30일 일요일 曇. 晴〉(11. 1.) (8°, 10°)
体育館 歸路에 藥水 터 가서 祈禱 參拜하고 歸家 中 病院 들러 弟 振榮 좀 보았고. 이어 龍華寺 가서 祈禱. 点心 間單히 먹은 셈으로 金溪 가서 경지정리 事務所 가서 吳燦鎭 所長 만나 대추나무 移轉 問題 相議했기도. 농장 가서 도라지 캐왔고. ○

〈1997년 12월 1일 월요일 曇〉(11. 2.) (2°, 2°)
몸 나우 괴로우나 농장行 하려고 玉山 가니 自轉車 열쇠를 안가져갔으니 不可避 廻路하고. 振榮 문병하니 順調 快差로 安心되고. 도라지 캔 것 큰 妹한테 주었고. ○

〈1997년 12월 2일 화요일 晴〉(11. 3.) (-6°, -3°)
氣溫 急降下. 날씨는 快晴이나 終日 매우 추웠고. 感氣는 쎄우쳐져서 頭痛, 기침, 목痛, 온삭신 나른하기에 金泰龍內科 가서 治療 받은 것. 약 주사. 코롱 淨水器 設置.[117] ○

〈1997년 12월 3일 수요일 晴〉(11. 4.) (-10°, -1°)
더욱 추어져 영하 10度. 4女 魯杏 教育大學院(英語教育學科) 試驗 合格에 기뻤으나 아직 未婚에 근심[118]. 感氣 아직 안낳고 頭痛, 코 기침 더한 듯. 16時頃 金內科 가서 注射 맞았고. 3째 子婦(韓 氏) 要請 依據 잠간 다녀갔기도. ○

〈1997년 12월 4일 목요일 晴〉(11. 5.) (-10°, -3°)
강추위 繼續. 午前 中 頭痛 極히 甚하여 걱정되더니 午后부터 가라앉아 日暮頃엔 어느 程度 개운한 氣分. 商銀 가서 1年 滿期 通帳 問議하니 明日 加算 整理하는 게 좋겠다고 決定. ○

〈1997년 12월 5일 금요일 晴〉(11. 6.) (-5°, 7°)
午后부터 포근해지고. 無理 없이 体育館 다녀와서 '西淸州医院' 가서 感氣 治療받기도.
敬老堂 가서 点心 가든이 먹고. 商銀 가서 通帳 정리했고. 金溪行 열쇠관계로 廻路. ○

〈1997년 12월 6일 토요일 曇〉(11. 7.) (4°, 7°)
歸路에 '서청주의원' 들러 感氣 治療받았고. 낮엔 그럭저럭 지내다가 가랑비는 안 그치기에 모처럼 전좌리 省墓. 농장 가선 들깨 若干 봉지에 담아 왔었고. 서울서 4째(金 氏) 와선 杏까지 저녁식사 함께 지어 一同달게 먹었고. ○

〈1997년 12월 7일 일요일 가랑비〉(11. 8.) (6°, 7°)
歸路에 '의료원' 들러 弟 振榮 狀況 보고 왔으니 아침은 10時에 먹은 셈.
안개비로 거의 終日 하는 일 없이 그럭저럭 날

117) 원문에는 붉은색 색연필로 밑줄이 그어져 있다.

118) 원문에는 붉은색 색연필로 밑줄이 그어져 있다.

보낸 셈. 喜(稀)壽行事 큰 애비로부터 말하기에 아버지 혼자인 處地이니 神經쓰지 말라고 当付했고. ○

〈1997년 12월 8일 월요일 曇. 晴. 雨〉(11. 9.) (6°, 4°) 첫 눈(初雪) 30㎜[119]

活動, 食事 普通하는 데 運身에 둔하며 일에 勇氣가 안나 着手難. 아침 겸 点心으로 해장국 먹고 沐浴까지 겹쳐보기도. 날씨는 數日 前과 같이 추어지기 시작하는 것. ○

〈1997년 12월 9일 화요일 曇. 晴. 曇〉(11. 10.) (-4°, 1°)

이일 저일 뭉치기만 하고 풀리지 않고. 몸은 무거운 듯. 누으면 起床難. 李혁재 교장 勸告로 結婚 相談所 찾아가(所長 洪性禹) 所長 만나 얘기中 魯杏 혼담으로 長時間 보냈기도. 초点 잡히지 않아 공상만으로 深夜까지. 三國志 펴 默讀으로 밤 새운 편. 내일부터 강취 繼續된다는 것. ○

〈1997년 12월 10일 수요일 晴. 曇〉(11. 11.) (-10°, -2°) 昨今 積雪 12㎝[120]

第2次 强추위. 終日 영하圈. 歸路에 洪 氏 碁院 들러 杏과 自身의 일 相議하여보았기도. 別로 큰 成果 못 얻은 편. 杏의 일이나 成事되었으면 天幸으로 생각할 따름. ○

〈1997년 12월 11일 목요일 晴〉(11. 12.) (-9°, -3°)

終日 추었고. 아픈 곳은 없는데 活動하기 싫어 누워서 해 보낸 셈[121]. 늦저녁에 金泰龍 內科 가서 닝겔(포도당. 영양제) 小型 맞았기도. 저녁엔 松한테 相談所에서 있었던 일 이야기하니 勸奬하는 마음 농후하고. (杏의 婚談, 새 집 진 後 食母 두기.) ○

〈1997년 12월 12일 금요일 曇. 晴〉(11. 13.) (-4°, 3°)

棋院의 洪 氏 만나 相談 後 鄭女史 만나 兩便 實情 交換하고 点心. 杏의 일은 深思熟考 相談한 結果 明日 午后 4時頃 面會만은 이뤄보도록 于先 一段落 지운 셈. ○

〈1997년 12월 13일 토요일 晴〉(11. 14.) (0°, 5°)

杏 뎉고 洪 棋院 가서 洪 氏로부터 娘子(閔氏) 이야기 仔細히 듣고 明日 面會키로 작정은 했으나 杏의 생각에 不滿足한 눈치 보이고. ○

〈1997년 12월 14일 일요일 晴. 구름 조금〉(11. 15.) (-1°, 9°)

모처럼 故鄕 金溪 가서 耕地 整理 狀況 보니 나우 進展됐음을 느끼고. 1농장 대추밭 一部까지 도쟈 지났기도. 큰 애비와 함께 심은 밤나무 四株, 三年生인데 도자가 밀어 없앴으니 아까웠기도. 만시지탄. 햇콩과 들깨 若干 搬入. 사무실 가서 土木技士 崔 氏(大川人) 만나 事業 이야기 들어봤고. 큰집 들러 從兄嫂 氏 問病 慰勞했고. 自轉車로 玉山까지 달린 것.

---

119) 원문에는 파란색 색연필로 밑줄이 그어져 있다.
120) 원문에는 파란색 색연필로 밑줄이 그어져 있다.

121) 원문에는 붉은색 색연필로 밑줄이 그어져 있다.

17時 面會 杏의 婚談 件 좌절[122]. 듣자니 杏의 마음 들어주어야 할 일. 잘 된 것.
제15代 대통령 후보자 3人(이회창, 김대중, 이인제) 초청토론회[123] 今日 3회째로 마감.
아침결에도 바빴던 것~体育館 歸路에 약수터 가서 省墓. 祠堂 參拜. 龍華寺 가서 祈禱.(보름 行事). 청주의료원 605호실 弟 振榮 가보았고. 順調 快癒로 明日 退院 예정[124]이라고. ○

〈1997년 12월 15일 월요일 晴〉(11. 16.) (4°, 8°)
棋院 洪 氏 만나 杏의 婚談 있던 것 좌절, 없었던 것으로 포기한다고 말했고. 5万 원 주고 相談料 完結.
富成不動産 金호순 社長 紹介로 崔在喆 代表 만나 組立式 농가 住宅 設計 相議해보았고. ○

〈1997년 12월 16일 화요일 晴. 曇〉(11. 17.) (0°, 9°)
歸路에 數處 전화연락 잘된 셈이고 夬心은 '주는교회' 招請으로 어린이 學藝發表 잘 보고. 육계장으로 珍味롭게 잘 먹었던 것. 청주의료원 가서 族兄 時榮 氏 問病했고. 午后엔 玉山面 가서 開發係 農地係長 찾아 弄歌住宅 建築手續節次 確認해 보았고. 밤엔 三國志 읽고. ○

〈1997년 12월 17일 수요일 曇. 가랑비〉(11. 18.) (3°, 6°)
歸路에 郡廳 들러 宗事 일 보고 우체국 들러 外孫子 愼重奐한테 入隊에 送金했고. 午后엔 洞事務所 가서 轉入申告用紙 얻고 새마을金庫 들러 12月까지의 敬老 승차비 받아 정리한 것. ○

〈1997년 12월 18일 목요일 晴. 曇〉(11. 19.) (3°, 12°)
第15代 大統領選擧日[125]~7時에 投票所 가서 기호 2번 金大中에 찍어 投入했고. 午后 2時쯤에 3女(妊)은 子女息 男妹 델고 제 故鄕 全東 다녀 淸州 와서 즉시 杏까지 四名 제 母親 省墓 다녀온 것. 23日에 重奐 入隊케 되어 人事次 다니는 것. 子女 교육과 子息도리 잘 닦는 것 잘 하는 일[126]. 저녁食事 後 上京次 7時半 出發했고. 19時 半頃부터 開票 發表 나오는 것. 子正까지 金大中 票와 李會昌 票 씨소껨 하는 것. 湖南 嶺南의 씨름 대단했고. ○

〈1997년 12월 19일 금요일 曇. 晴〉(11. 20.) (8°, 16°)
2時부터 金大中 候補 앞서기 시작. 4時쯤에 当選 確定~41萬票 差로 当選. 37年의 與黨 政權을 野黨 政權으로 交替되는 것[127]. 日暮頃에 斜川洞 신라타운 가서 尹落鏞 慰問했고.

〈1997년 12월 20일 토요일 가끔 구름〉(11. 21.) (6°, 9°)
金溪 가서 큰집 들러 從兄 만나 宗事 等 相議하고 밭 倉庫 안의 들깨 담아 入淸. 저녁엔 明

122) 원문에는 붉은색 색연필로 밑줄이 그어져 있다.
123) 원문에는 붉은색 색연필로 밑줄이 그어져 있다.
124) 원문에는 붉은색 색연필로 밑줄이 그어져 있다.
125) 원문에는 붉은색 색연필로 밑줄이 그어져 있다.
126) 원문에는 붉은색 색연필로 밑줄이 그어져 있다.
127) 원문에는 붉은색 색연필로 밑줄이 그어져 있다.

日의 派宗契 參席 要旨 電話했고. '高麗時代文獻錄' 읽기 始作[128]했고. ○

〈1997년 12월 21일 일요일 晴〉(11. 22.) (3°, 10°)
城村派 宗契에 參席[129]~11시부터 17시. 有司 佑榮 집. 宗財 殘額(통장 2,750,000 奉榮 2,000,000, 佑榮 2,000,000, 김영식 1,000,000. 兵使公 사초條 保管 2,000,000 計 9,750,000. 經費 支出 殘金 400,000까지 合計 10,150,000). 98有司 魯德[130]. 小宗契 陰 正初. 四派 契 98.1.15. 豫定(漢陽식당). 金溪福祉會館 자리로 샛듬밭 190坪 郡에 賣渡 契約 19,000,000 中 계약금 5,000,000 受領. 殘金 14,000,000은 98. 1. 15日 豫定. ○

〈1997년 12월 22일 월요일 曇〉(11. 23.) (2°, 8°)
大宗會 總務 敏錫 來淸. 要請 있어 淸州地方理事陳 6名 모여 追加 族譜 處理. 上堂誌 發刊, 未收 各種 金 整理 等 協議한 것. 室內 보일라 不通인지 冷房임을 管理室에 연락했고.

〈1997년 12월 23일 화요일 晴〉(11. 24.) (2°, 10°)
12時에 郡 三樂會에 參席. 아파트 管理所 技士 오래서 冷房장치 狀況 보고 손질하도록 했고.
玉山 가서 再從 '海榮' 別世[131]에 人事하고 몸 괴로워 日暮頃에 入淸. 外孫子 愼重奐 入隊[132]했고.

〈1997년 12월 24일 요일 晴〉(11. 25.) (1°, 10°)
午后에 오미 가서 弔客들 맞이 人事에 時間 보내고. 淸州서 몇 군데 올 전화 안와서 不快하였기도. 日暮頃에 서울서 曾孫子 鎬準 덴고 큰 애비 夫婦 왔고. 不遠間 鎬準을 제 애비側에서 美國으로 데려가 키운다는 것. 明日用 喪禮 祝 쓰기에 時間 많이 쓴 셈.

〈1997년 12월 25일 목요일 晴〉(11. 26.) (0°, 12°)
早朝에 오미 거쳐 葬地 전좌리 가서 再從弟 海榮 葬事일에 日暮頃까지 돌보기에 노력한 것. 몹시 피곤하고 괴로움 느끼고. 서울 아이들 갔고. 今般 喪事에 큰 애, 2째, 셋째, 4째, 큰 妹, 姪女 弔問次 다녀간 것. 呻吟하면서 就寢, 三虞祭까지 돌보아 줄 豫定. ⊙

〈1997년 12월 26일 금요일 晴〉(11. 27.) (0°, 11°)
낮기원 포근한 날씨 繼續. 市內 가서 鄭女史 만나 對話…믿어질가? 우미 建築事務室 가서 郭호정 部長 만나 家屋 建築問題에 對하여 이야기해 봤고. 同窓會에 가서 저녁 會食. ⊙

〈1997년 12월 27일 토요일 曇. 晴〉(11. 28.) (1°, 11°)
故 海榮(再從)의 三虞祭에 오미 거쳐 전좌山까지 가서 推進하여 無事 完了.
金城 가서 故 郭裁榮 葬礼에 人事. 歸路에 金溪 와서 耕地 整理 사무실 들러 '진석환' 감독官 만나 人事 나누고 대추나무 移植 再次 부탁과 相議했고.
초저녁에 大田 2째 와서 밤 8時 半頃 大田 갔고~西區 월평동 샛별Ⓐ 103동 403호. ⊙

128) 원문에는 붉은색 색연필로 밑줄이 그어져 있다.
129) 원문에는 붉은색 색연필로 밑줄이 그어져 있다.
130) 원문에는 붉은색 색연필로 밑줄이 그어져 있다.
131) 원문에는 붉은색 색연필로 밑줄이 그어져 있다.
132) 원문에는 붉은색 색연필로 밑줄이 그어져 있다.

〈1997년 12월 28일 일요일 晴〉(11. 29.) (2°, 9°)
1日 앞당겨 77回 生日 會食 大田 2째 집에서 開催[133]. 큰 애비, 셋째 夫婦, 4째 夫婦, 5째 夫婦와 孫女 현우, 현진, 큰 딸 夫婦, 3째 女息 參席. 제 母親이 없어 섭섭했으나 會食(朝食) 盛況 이뤘고. 큰 애비, 큰 女息, 3째는 現金. 3女. 4째 子婦, 막내는 膳物. 16時頃 歸淸.
美國서 孫婦(金유미) 歸國 서울 왔다는 消息~今般 '鎬準' 뎁고 간다는 것. ⊙

〈1997년 12월 29일 월요일 晴〉(11. 30.) (-4°, 5°)
氣溫 急降下. 急錢 多額(曾坪用) 円滿이 順調 準備됐고. 玉山面 가서 轉入 申告. 금계리 263-1番地로 確定. 産業界(농지계 朴係長) 人事. 農地轉用 手續節次 確認하고 歸淸. 實際는 今日이 生日. 稀壽(喜壽?). 故人 井母의 옛말(잔치)이 떠오르기도. ⊙

〈1997년 12월 30일 화요일 晴〉(12. 1.) (-4°, 4°)
曾坪 鄭氏 만나 急한 用途 一部 解決해 주었고. 敬老堂 幹部(尹 會長, 金 總務) 만나 答接했고. 美國 留學 中인 英信한테서 安否와 人事 전화 왔고. ⊙

〈1997년 12월 31일 수요일 晴〉(12. 2.) (-3°, 4°)
97年 最終 末日. 봉명市場서 敬老會員 朴종운, 柳天紀 만나 一盃하면서 情談. 過飮은 아니나 繼續 飮酒에 味覺 둔해진 듯. ⊙

133) 원문에는 붉은색 색연필로 밑줄이 그어져 있다.

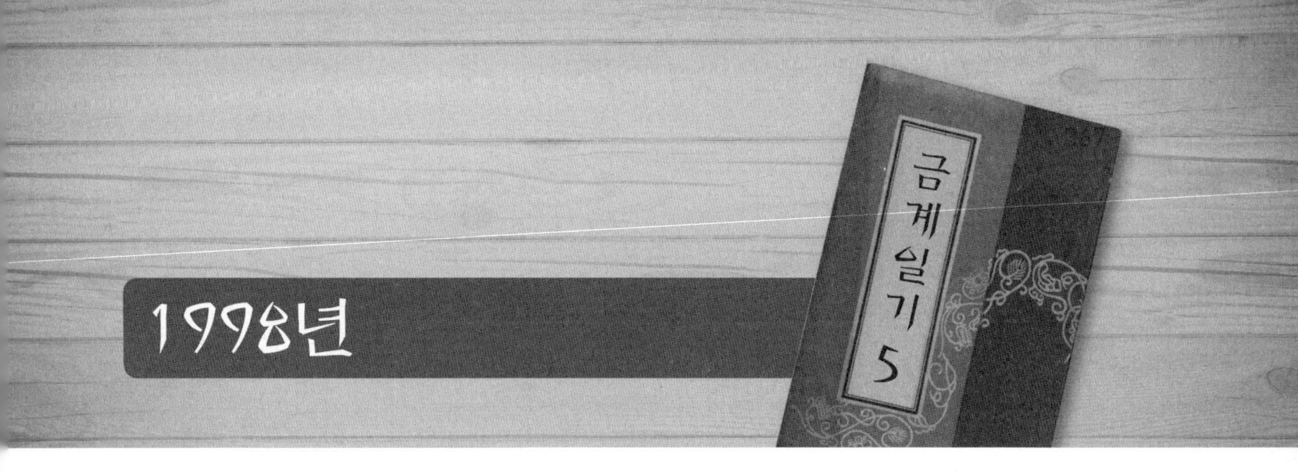

〈앞표지〉
1998년 ~ 2000년

〈1998년 1월 1일 목요일 曇. 안개비〉(12. 3.) (-1°, 7°)
体育館 가서 簡單이 運動. 故鄕 金溪 가서 敬老堂 들러 宗事일 推進 事項 말했고. 老人用 飮料水 값으로 또 10,000원 놓았고. 1농장 농구舍 속의 나머지 흑밤콩 完全히 搬入. ⊙

〈1998년 1월 2일 금요일 晴〉(12. 4.) (-1°, 9°)
爲親契[1] 있어 故鄕 金溪 다녀왔고~有司 泰榮 집. 12시~15시. 定期 契日 1月 2日. 場所는 玉山(集合의 便宜處) 每 總會마다 1人当 10,000원식 會費 負擔. 任員은 會長과 總務만으로. 有司는 地方 一人, 各地 1人. 歸路에 丁峰店에서 珍相 主催로 情談도. ⊙

〈1998년 1월 3일 토요일 曇〉(12. 5.) (-2°, 9°)
午后에 농장 가서 農具舍 內部 정리로 除草機 큰 다라, 분무機, 揚水모타 運搬에 힘겨웠기도. 族弟 敏相 倉庫 一部에 搬入한 것. 밤엔 12日에 있을 兵使公派 總會 통지서 作成에 深夜까지 노력했고. ⊙

〈1998년 1월 4일 일요일 曇. 晴〉(12. 6.) (-6°, -3°)
俊兄과 함께 12時頃 '서울신경과의원' 가서 郭漢旼(勳鍾 子) 交通事故 入院에 人事하고 '송이식당'서 俊榮 氏 招致로 点心 잘 먹었고. 兵使公派 통지서 作成 發送하니 개운. ⊙

〈1998년 1월 5일 월요일 晴. 가랑눈〉(12. 7.) (-5°, 4°)
敬老堂 月例會에 參席~点心 잘 먹었고. 興德區廳 가서 '建築物管理台帳' 떼었고. 午后 五時엔 '김태헌 통증크리닉' 가서 어깨통증 治療(鍼) 받았기도. 7日 13시 半에 세브란스病院서 눈 檢査한다는 消息 왔고. ⊙

〈1998년 1월 6일 화요일 晴. 曇〉(12. 8.) (-5°, 8°)
明日에 曾孫子 '鎬準'(1년 10個月) 제 엄마 '金由美'가 델고 渡美케 되어 얼굴 한 번 더 보려고 日暮頃 双門洞에 到着. 孫婦한테 人事 받고. 深夜까지 이야기하면서 時間 보낸 것. 3女(妊)도 왔었고. ⊙

〈1998년 1월 7일 수요일 晴. 밤에 눈〉(12. 9.) (-6°, 7°)
'鎬準' 渡美 出發에 6時 半頃 큰 애비 夫婦와

1) 원문에는 붉은색 색연필로 밑줄이 그어져 있다.

함께 乘用車 2대台로 金浦空港[2] 갔고. 時間 넉넉하여 乳兒車에 앉은 鎬準 태운 채 約 1時間 동안 構內(堂內)서 끌고 당겨 살살 活動한 것. 國際 出口에 9時쯤 제 母子 나가는 것 보고 無事를 祈願했고. 섭섭함을 참으며.

큰 애비 車로 13時頃 '세브란스'病院 眼科 찾아 막내 魯弼과 제 兄弟 活動으로 接受와 檢眼 마치니 日暮 지나 어두워졌던 것(心轉度, 엑스레이 血採, 小便, 눈알 컴피터 檢査)[3].

백내장 甚한 편으로 日字 다시 定하여 手術한다는 것. 큰 애 夫婦 권유로 双門동서 또 잤고. ⊙

〈1998년 1월 8일 목요일 雪. 曇〉(12. 10.) (-1°, 2°)

새벽부터 내린 눈 午后엔 18cm 程度 싸였고[4]. 서울서 8시 發. 淸州에 11時頃 到着. 9, 10時頃엔 함박눈. 눈(眼) 治療費로 내렸던 것 다시 預金했고. 어제 10時에 出發한 鎬準 母子는 美國 펜실베니아에 잘 到着했다고 4時半頃 消息 들었고. 安心 多幸. ⊙

〈1998년 1월 9일 금요일 晴〉(12. 11.) (0°, 5°)

四派 宗事 일로 2차례 淸原郡廳 地積課의 建設課 농지계 다녀온 것. 午后엔 仝綜土稅 明細 關聯으로 玉山面도 다녀왔고~23필지別 稅額 明記. 仝일에 子正까지 일 본 것. ⊙

〈1998년 1월 10일 토요일 晴. 曇〉(12. 12.) (0°, 6°)

12日 宗事 總會 關聯으로 어제부터 바쁜 편. 未詳인 爲土(位土) 確認次 今朝 歸路에 郡廳 가서 數필지의 台帳謄本도 떼어본 것. 낮엔 同窓會員 一同 모여 故 鄭德來 弔問次 德村 다녀왔고. 서울서 맏子婦(鎬準 할미) 와서 杏과 함께 市場 보아 저녁 차린 것.

밤 子正이 넘도록 四派 總會用 資料(차드 等) 作成에 노력한 것. ⊙

〈1998년 1월 11일 일요일 晴〉(12. 13.) (1°, 7°)

今日은 終日 兵使公派 總會 明日 일 차드 달력 大形紙 7枚에 칼라펜으로 淨書 完成하는 데 어제 밤과 같이 子正 넘도록 노력하니 마음 개운했고. ⊙

〈1998년 1월 12일 월요일 가랑비. 흐림〉(12. 14.) (1°, 6°)

兵使公派 97年度 決算總會[5]~10時부터 14時. 오미 한양식당. 23名 參席. 三派會도 있었고. 많은 차드 부리핑에 誠意 다 했고…位土 23필지 說明과 綜土稅 狀況. 四位(百隱公 除外하고 司直公, 陵參奉公) 石物 莎草 經費 決算. 通常費 決算. 98年度 事業基礎 等. 修契까지 깨끗이 마친 것. 殘額 引繼額은 約 壹百萬원 程度. ⊙

1月 13日부터 16日까지 四日 間은 生活過程 未詳 ⊙ ⊙ ※ ※. 但 13日은 參拜祈禱했고.

〈1998년 1월 17일 토요일 晴〉(12. 19.) (-3°, 5°)

2) 원문에는 붉은색 색연필로 밑줄이 그어져 있다.
3) 원문에는 붉은색 색연필로 밑줄이 그어져 있다.
4) 원문에는 파란색 색연필로 밑줄이 그어져 있다.
5) 원문에는 붉은색 색연필로 밑줄이 그어져 있다.

큰 애비 와서 애비 續酒 막기에 애원 좀 하다가 午後 4時부터 節酒 覺悟한 듯.
밤 10時頃부터 臥病 呻吟했을 것. ⊙

〈1998년 1월 18일 일요일 曇〉(12. 20.) (-2°, 5°)
運身 不能. 終日 신음. 큰 妹夫 환갑인데 不參되므로 더욱 神經 써졌고. 人便에 人事는 했고. ○

〈1998년 1월 19일 월요일 가랑눈 若干〉(12. 21.) (-13°, -4°)
큰 애비 새벽에 上京. 큰 에미는 日暮頃 上京. 애비 病 顧身 대접에 큰 고생했고. ○

〈1998년 1월 20일 화요일 終日 눈〉(12. 22.) (-14°, -4°)
商銀 큰 돈 杏이가 어제 午后에 通帳 정리했고. 今日은 농협 것 있는 데 정리 못했고.
불측하게도 '양도소득세'條로 600余 萬 원 날라온 告知書 件으로 神經 써지고 不快感 不禁타가 큰 애비 連絡으로 막내 魯弼의 노력으로 착오된 것 찾아 밝혀진 연락 있어 多幸이나 健康 回復되는 대로 面과 稅務署 다녀볼 일이고.
今日 若干 식사했고. ○

〈1998년 1월 21일 수요일 晴〉(12. 23.) (-5°, 0°)
快치 않으나 억지로 먹으며 精神 가다듬어 殘務 整理에 새벽부터 노력하여 많은 成果 이룬 셈. 四派 帳簿 정리로 子正까지 노력했고. ○

〈1998년 1월 22일 목요일 晴〉(12. 24.) (-3°, 5°)
모처럼 外部 活動하여 計劃한 일 完遂한 것… 통장 整理도 되어 四派 帳簿 引繼 준비 完了. 私的 통장(농협, 상은)도 20% 새 利子式 手續 끝냈고. 早朝 沐浴도. ○

〈1998년 1월 23일 금요일 曇. 晴〉(12. 25.) (-6°, 1°)
모처럼 体育館 다녀왔고. 12時부터 있는 三樂會에 參席은 했었으나 口味 없어 食事는 변변이 못했고. 집 잠간 다녀 敬老堂 초청으로 老人 몇 만났을 뿐 酒類 一切 않았고. 數日 前의 臥病 中間에 좋은 自轉車 紛失[6](피보약국 앞에 잠겨놨던 것). 崔 氏 自轉車舖 가서 中古 55,000원에 또 購入[7] 決定. 新品은 145,000원 한다나. ○

〈1998년 1월 24일 토요일 晴〉(12. 26.) (-13°, -7°)
10日 前에 意外 飛來된 양도소득세 6,400,000 告知書 件으로 玉山面 거쳐 西部稅務署까지 確認次 急往來했으나 土曜日인 關係로 時間 不足으로 未盡한 채 歸家했으니 不快한 그대로. ○

〈1998년 1월 25일 일요일 晴. 밤에 눈〉(12. 27.) (-10°, -1°) 雪 4㎝[8]
모처럼 故鄕 전좌山 가서 省墓. 上下墓域 全面 白雪로 덮혀 있고. 冥福과 잘못의 용서를 빌면서 落淚. 큰집 와서 從兄嫂 問病과 도와드리기도. 耕地 정리 中인 대추밭 농장 가보니 형세가 엉망. 歸淸해선 歲暮의 最終 沐浴했고. ⊙

---

6) 원문에는 붉은색 색연필로 밑줄이 그어져 있다.
7) 원문에는 붉은색 색연필로 밑줄이 그어져 있다.
8) 원문에는 파란색 색연필로 밑줄이 그어져 있다.

〈1998년 1월 26일 월요일 晴〉(12. 28.) (-2°, 1°)
不意로 나왔던 양도所得稅 關聯 稅務署 일担当者 반병욱과의 電話 대화로 解決 責任을 짓도록 結論 지우니 도분 중이지만 개운함을 느끼는 편. 낮엔 明日 上京 준비로 農協을 비롯 몇 곳 다니며 일 보고 밤엔 대추 씻어 말리고 밤 생미치기에 노력한 것. ○

〈1998년 1월 27일 화요일 晴〉(12. 29.) (-9°, -3°)
집안 團束 後 14時 發 버스로 上京. 杏과 3째 子婦 帶同. 双門洞에 17時 到着. 4째와 막내 子婦 설茶礼 準備에 協助 勞力中이고. 큰 애비 4째(松) 5째(弼) 深夜까지 정담. ○

〈1998년 1월 28일 수요일 晴〉(1. 1.) (-10°, -2°)
큰 애비 노력과 主導 下에 일찍이 陳設 마치고, 아침결에 弟 振榮 家族, 3째 父子, 뒤이어 2째 家族 大田서 왔고. 松 家族과 弼 家族은 日出 前에 왔었고. 9時 20分에 설 茶礼 올렸고. 全 家族 歲拜 行事 잘 마치고. 歲拜돈(戊寅 새해福錢)[9]은 子婦 5名을 비롯 計劃된 대로 기쁘게 1萬 원씩 주었기도. 子婦들에겐 처음 주어본 것[10]. 不參 4名(孫女 蕙信, 蕙蘭, 새실, 孫子 昌信).
点心 후 14時 出發. 清州 着은 17時 좀 지나서. 双門洞 전화 受話機 잘못 놓여져 神經 좀 쓴 일 있었기도. 2月 2日의 세브란스病院 눈 手術 計劃은 一段 보류키[11]로 한 것.
사우디 있는 五女 '運'이 30日에 歸國 서울 金浦空港에 到着 예정이라는 消息 있고. ⊙

〈1998년 1월 29일 목요일 晴〉(正. 2.) (-9°, 1°)
龍華寺 祈禱. 蓮潭公 墓 參拜와 祠堂 拜禮까지 마치니 마음 安定되는 듯. 時間 不足으로 金溪行 不能. 日暮 後 杏이 서울서 왔고. 큰 딸이 보낸 만두 떡국으로 저녁 맛있게 많이 잘 먹었고. 1, 3, 4女 방배동에 모여 기쁘게 잘 놀았다는 것. ○

〈1998년 1월 30일 금요일 晴. 曇. 晴〉(正. 3.) (-3°, 7°)
어제는 四從叔(103동) 찾아가 人事하고 今朝는 歸路에 族叔 漢奎 氏 집 들러 人事. 漢虹 氏, 俊兄, 勳鍾 氏에겐 電話人事한 것. 장애인 돕기 운동에 福조리 샀고. 5,000원.
午后 3時쯤 玉山서 自轉車로 전좌리까지 달려 省墓 마치고 큰집 가서 從兄님께 歲拜. 아주머니 좀 거드러드리고. 生肝 兄님께 드린 後 대추밭 농장 가서 周圍 狀況 둘러보고 농막 속 둘러보고. 玉山까지 저물게 自轉車로 도착. 金溪선 敬老堂 일부러 들러 손윗분 몇 분에 正初 人事했기도.
五女 魯運이 元이 델고 午後 7時 半에 金浦空港에 到着[12]. 제 큰 오빠 車로 双門洞 와서 있다고 消息 왔고(사우디서 온 것). 큰 애비의 辛苦와 노력 말없이 큰 것. ⊙

〈1998년 1월 31일 토요일 晴〉(正. 4.) (-2°, 5°)
막내 魯弼한테서 電話~眼目 手術에 甚한 곳(左目?) 한편만이라도 施術함이 좋을 것이라

9) 원문에는 붉은색 색연필로 밑줄이 그어져 있다.
10) 원문에는 붉은색 색연필로 밑줄이 그어져 있다.
11) 원문에는 붉은색 색연필로 밑줄이 그어져 있다.
12) 원문에는 붉은색 색연필로 밑줄이 그어져 있다.

는 세브란스 擔当医의 말이라고. 99%는 고쳐진다는 것…. 더 있어보기로 合意. 사우디서 어제 歸國한 五女(運)이 元 덷고 제 큰 오빠 車 타고 午后 4時 좀 지나서 왔고, 오는 길에 전좌리 山 省墓와 큰집 들러 人事했다는 것. 사우디國서 出産된 外孫子 '池元'은 初校 3年生 10歲. 영리하고 國語科 實力이 당당[13]함. ○

〈1998년 2월 1일 일요일 晴. 曇. 晴〉(正. 5.) (-5°, 6°)
아침 行事 繼續 中이고. 큰 애비 早朝 上京. 大田 2째 夫婦 省墓 마치고 잠간 들려갔고. 3女 妊은 제 同窓들과 문장대까지 登山 갔다가 歸路에 잠간 들르고. 日暮頃에 司倉洞 外家宅 가서 外叔母(吳 氏)께 歲拜. ⊙

〈1998년 2월 2일 월요일 晴〉(正. 6.) (-6°, 6°)
曾坪 鄭女史 연락 있어 內淸토록 하고 昗心 함께 하고 言約했던 事項 彼此 탄탄히 履行하도록 再次 再約한 것. 外孫子 池元은 취미 讀書와 構成 工作에 몰두中. ○

〈1998년 2월 3일 화요일 曇. 晴〉(正. 7.) (-4°, 4°)
서울 郭潤漢 氏 喪偶에 漢奎 氏, 俊兄, 族弟 晩榮과 함께 삼성의료원 영안실 찾아가서 弔問하고 廻路 入淸하여 17時부터 있는 同窓會에 參席하여 동원식당서 會食. ⊙

〈1998년 2월 4일 수요일 晴〉(正. 8.) (-4°, 4°)
어제 約束한 바 대로 漢奎 氏, 俊兄, 晩榮과 함께 4人은 10時 發 버스로 大田 가서 中風 臥病 中인 漢業 氏 病勢 위로하고 宗榮兄 만나려고 '이미라꽃집' 찾아가 人事하고 昗心 待接받고 入淸하여 漢奎 氏 主催 고기집에서 情談한 것. 歸路에 '서청주의원' 들러 견비통 物理治療 받은 것. 고단함을 느껴 잠간 쉬었다가 族譜 5派別 가려보기도.(恂, 泓, 煇, 煇, 咸昌派) ⊙

〈1998년 2월 5일 목요일 晴〉(正. 9.) (-5°, 4°)
12시에 敬老堂 가서 昗心 會食에 떡국으로 잘 먹었고. 今日도 '西청주의원' 가서 견비痛 治療 받았고. '서청주세무서 재산세과' 반영욱 担当者에 전화로 確認해 보니 處理 잘 하여 드리겠다고 確答[14]. 日暮頃엔 敬老堂 老人 몇 분 待接했고. 저녁(19시頃)에 族弟 一相으로부터 兵使公墓 石物 莎草 關聯 전화 왔고. ⊙

〈1998년 2월 6일 금요일 晴〉(正. 10.) (-3°, 5°)
12時 좀 지나서 杏과 運은 '元'이 덷고 약수터 앞 '어린이회관' 가서 求景한 것.
모처럼 대추밭 가서 農幕 內部 정리 좀 했고~ 물건 搬移 準備次 (耕地정리 관련.) ⊙

〈1998년 2월 7일 토요일 曇. 晴. 가랑비〉(正. 11.) (0°, 2°)
四派 代表者會議에 參席[15]하여 本論 前에 97年度 兵使公派 決算 結果錄 朗讀하고 一切 書類 新溪派로 引繼했고. 98年度 現在 狀況을 有司 郭一相이가 報告하고 兵使公墓 石物 莎草 2基分 直徑 12尺, 高 3尺 施工에 1,000萬

13) 원문에는 붉은색 색연필로 밑줄이 그어져 있다.

14) 원문에는 붉은색 색연필로 밑줄이 그어져 있다.
15) 원문에는 붉은색 색연필로 밑줄이 그어져 있다.

원 予算으로 派 250萬 원씩 負担키로 決議하고 臭心 後 散會한 것. 10時 半~12時 半. 入清하여 一相이가 一盃 내었기도.
杏과 運은 '元' 덴고 在應스님 있는 갈산암자(忠南)에 갔고. 서울 4째 子婦도 간 것. ⊙

〈1998년 2월 8일 일요일 눈. 曇. 晴〉(正. 12.) (-2°, 1°)
새벽에 눈 4㎝. 終日 寒冷 氣溫이어서 金溪行 予定 中止. 兵使公派 일로 代表者 四人 集結活動 予定도 延期되고. 어제 在應스님 있는 갈산암 갔던 4, 5女, 元이 無事歸家.
日暮頃 老人亭(堂) 갔다가 崔, 金 總務, 朴 氏 만나 一盃後 別席까지 가서 加 一盃 한 것. ⊙

〈1998년 2월 9일 월요일 晴. 曇. 눈〉(正. 13.) (-7°, 2°)
氣溫 아침에 急降下. 体感온도 영하 10° 안팎이라고. 어제 予定인 四派 일 今日도 不能.
曾坪 鄭 女史 付託하는 借金(잠정 변통) 解決해 주었고. 午后 3時엔 再從弟 故 海榮의 49祭 遂行에 전좌山 墓所까지 가서 돌봐주었고. 弼로부터 消息 '눈手術 27日'로[16]. ⊙

〈1998년 2월 10일 화요일 晴〉(正. 14.) (-4°, 5°)
어젯밤에 눈 많이 왔고. 故鄕 대추밭에 鑑定士 온대서 現場 가서 同參 對話. 忠南人 金 氏, 北二面 出身 尹 氏가 鑑定士. 株当 7, 8萬 원 程度 100株 策定하고 倉庫는 70萬 원 価値[17]라는 것. 參見 끝내고 물건 몇 가지 斂相 倉庫 옆으로 搬出 몇 차례로 疲勞 느끼고.
初저녁엔 3째 '明'이 正月 보름 飮食 가져왔고. 모처럼 파출부 卞女史 와서 勞力. ○

〈1998년 2월 11일 수요일 晴〉(正. 15.) (-5°, 8°)
오늘은 大보름
첫 새벽에 起床하여 小宗契 開催 통지 32名 앞으로 發送 준비 完了까지 3시간半 所要된 것.
약수터 가서 墓所 參拜와 祠堂 祈禱 마치고 龍華寺 가니 法堂(大雄殿) 가니 안팎으로 信徒者 超滿員이었고. 午後엔 농장 창고內 물품 몇 가지 搬出에 勞力 疲勞. ○

〈1998년 2월 12일 목요일 晴〉(正. 16.) (9°, 14°)
今日 氣溫 最高~終日. 予約대로 各派 代表 四人(尙榮, 一相, 泰鍾, 俊榮) 10時 發 一相 車로 陰城 石材工場 求景하고 道安石材 와서 延社長과 打協 決定한 것. 兵使公墓 莎草石材 2基[18]. 基当 2,600,000. 運賃과 먹매 一切 800,000. 떼 基当 1,050장에 장당 200원씩. 石工과 運轉技士 5万 원 程度 適切 待遇. (參考記錄…參奉公墓 直徑 15尺 350萬 원) 兵使公墓 工事 3月13, 14日. 延 石材 社長은 事前에 水落 現場 踏査. 一行 臭心은 延社長집에서, 入清 14時 半 解散.
4, 5女는 '元' 덴고 俗離山 法住寺 다녀왔고. 어제 上京한 松은 영동세브란스病院 가서 睾丸手術했다고[19] 消息…'順調 治療와 成功'을 祈願했고~龍華寺 가서. ○

16) 원문에는 붉은색 색연필로 밑줄이 그어져 있다.
17) 원문에는 붉은색 색연필로 밑줄이 그어져 있다.
18) 원문에는 붉은색 색연필로 밑줄이 그어져 있다.
19) 원문에는 붉은색 색연필로 밑줄이 그어져 있다.

〈1998년 2월 13일 금요일 曇〉(正. 17.) (0°, 9°)
運이 上京. 우선 제 3째 언니집 들른 後 後日에 城南 제 媤家에 人事간다는 것. 잔삭다리 일 보기에 바빠 金溪行 못했고. 밤엔 대추 씻어 다듬고 밤 생미친 것~先妣忌祭用. ○

〈1998년 2월 14일 토요일 曇〉(正. 18.) (1°, 7°)
故鄕 耕地 정리 事務室 연락에 依하여 아침결 첫 버스로 急기야 金溪 가서 確認해본 바 대추밭 還地 予定地가 位置는 可하나 너무 깊어 못맛당했고. 移植할 대추나무는 諸般 형편上 폭減하기로 마음 먹어보았고. 農幕 속의 모든 물건 班倉庫로 完全 搬移한 것. 韓正雄 도움 받은 것.
12時에 友信親睦會 月例會 있어 거구장 食堂 가서 食事한 것.
下午 4시發 高速으로 上京~영동 세브란스病院 가서 4째 入院. 手術 狀況 確認하니 意外로 大手術. 切開腹部 血管手術하여 全身마취에 어린 것들 놀랬을 것을 느끼고.
밤 9時頃 双門洞 가서 10時에 어머님 忌祭 올린 것. 3째, 5째, 弟 振 모두 夫婦 온 것. ○

〈1998년 2월 15일 일요일 晴/曇〉(正. 19.) (0°, 7°)
7時에 淸州 向發. 11時부터 있는 宗親同甲契[20] 있어 노력. 俊兄, 昌在와 3人 뿐. 秉鍾 氏, 宗榮 氏 不參. 서문食堂서 臭心. 낮엔 3째 子婦(韓 氏) 와서 제 立場 苦難의 處地 말하기에 經濟關聯 解決해주기로 마음 먹은 것(1,500만 원 保險 융통). ○

〈1998년 2월 16일 월요일 晴. 曇〉(正. 20.) (-1°, 8°)
今日 따라 活動 計劃 事項 많은 것 모두 遂行하니 개운~18日 小宗契 통지서 確認. 어제 言約한 3째 子婦 부탁인 保險加入 解決[21]. 金溪 가서 밭 還地 確認(두무샘 대추밭) 移植할 대추나물[대추나무] 田園 正木 골라 表示 띠. 경지정리 事務室 들러 附土 정리 더 하도록. 車部長 만나 移植作業費 相議 等 圓滑히 했고. 在應스님 오고. 松이 退院하여 淸州로 왔고[22]~明日 出勤코저. ○

〈1998년 2월 17일 화요일 晴〉(正. 21.) (0°, 12°)
從兄과 言約한 일 있어 玉山 갔었으나 못만났고. 朴仁圭 선생 誠意로 臭心 待接 맛있고 융숭하게 잘 받아 고마웠고. 漢虹 氏와 親友 李炳億도 함께 會食되니 고마웠고.
午后 4時쯤에 從兄 玉山 와서 小宗契 位土代 농협서 찾아 整理되어 늦지만 잘된 셈.
밤엔 明日用 차드 作成中 3째 明이 醉中 와서 不孝 행패에 또다시 落心한 것[23]~子婦(韓氏) 要請인 保險 件 善策法 스님과 杏이 말한 것 트집 잡아 극도로 참았고. ○

〈1998년 2월 18일 수요일 晴〉(正. 22.) (2°, 14°)
小宗契 있어 終日 바빴던 것[24]. 11時부터 동원식당. 7名 參席. (浩榮, 漢斌, 尙榮, 弼榮, 公榮, 魯慶) (금성 터 도조 持參者로 郭노필 母親) 修契 後 小宗契 總財 2,430余 萬 원整. 마

20) 원문에는 붉은색 색연필로 밑줄이 그어져 있다.

21) 원문에는 붉은색 색연필로 밑줄이 그어져 있다.
22) 원문에는 붉은색 색연필로 밑줄이 그어져 있다.
23) 원문에는 붉은색 색연필로 밑줄이 그어져 있다.
24) 원문에는 붉은색 색연필로 밑줄이 그어져 있다.

치니 개운. 18시에 宗親會 參席. ○

〈1998년 2월 19일 목요일 晴. 曇. 밤에 비〉(正. 23.) (5°, 13°)
銀行 가서 어제 일 通帳 정리하고 會議錄과 出納簿까지 깨끗이 整理한 것. 午后엔 金溪行 예정은 했으나 비 내리기 始作으로 中斷한 것. 밀린 新聞 通讀. 밤에 비 우수 내리는 것. ○

〈1998년 2월 20일 금요일 雨. 曇〉(正. 24.) (9°, 15°)
17日 밤에 있었던 일 아직 덜 가셨고. 杏은 제 스님 언니와 함께 上京. 今日은 3째 女息 집. 내일은 4째 집에서 招빙한다나. 마침 海外 있는 5女 運이 와 있는 中이어서 딸 5 모인다고 하니 잘 하는 일이고.
대추나무 밭 가서 移植 可能한 것으로 골라 모두 23株에 表示했고(黃테프에 紅色線 테프 감고). 아무리 생각해도 還地 予定지가 어중떠서(장소, 고저) 궁금. ○

〈1998년 2월 21일 토요일 晴〉(正. 25.) (6°, 9°)
클럽 97年度 總會[25]에 參席~12시 敎大 体育館. 親善께임. 点心, 收入地出狀況 報告, 저녁 食事까지.
딸 5兄弟는 大峙洞 松의 집(아파트)에 모여서 會食(저녁)과 情談한다는 것.
午前에 홍덕區廳 들러 재산세課 주민세担当 이영희 主事 만났으나 궁금한 点 未盡한 채 23日에 西청주세무서 担当者에 確認해 볼 일인 듯. 若干 不快感 느끼고. 밤엔 子正까지 新溪派 都祖上 '汝翼'(榮行 11代祖) 墓碣抄에 노력한 것. ○

〈1998년 2월 22일 일요일 晴〉(正. 26) (-1°, 13.5°)
어젯밤에 作成했던 新溪派 11代祖 墓碑文 草案 갖고 金川洞 가서 族叔 漢虹씨께 주었고.
新聞 通讀 等 집에서 잔일 보고 理髮하고 오니 저녁 때 된 것. 夕食 밥 지어보니 잘 자쳐졌기도. 밤엔 서울 있는 여러 女息과 子婦들한테서 安否 電話 왔었고. ○

〈1998년 2월 23일 월요일 晴〉(正. 27.) (1°, 15°)
不意에 날아왔던 '양도소득세'와 其外 '住民稅' 6,490,000余 원, 649,000원에 關하여 長期間 神經 써왔던 西淸州稅務署 財産稅課 반병욱 担当者에 問議하니 該当 無하다는 確答에 一時에 마음 가라앉은 셈[26]. 12時에 三樂會 月例會에 參席~'경동식당'서 會食. 四男 魯松이 淸州商高 任期 滿了되어 女商高로 移動[27]되었다는 것. 退勤 後 故鄕 가서 제 母親 墓所, 祖父母 墓所에 菊花 生花 꽂고 省墓 後 墓域 周圍 아까시아나무 톱으로 베는 데 勞力하기도.
저녁나절 故鄕 가서 耕地整理 中인 金 技士(報恩人) 만나 附土와 대추나무 이식에 關하여 相議했고. 전좌山 가서 省墓後 안말 가서 자포실 아주머님 찾아가 人事. 族姪 魯植 집 가서 位土 綜土稅 해결해주고. 全秀雄 집 人事 갔으나 大門 잠겨서 不能(子婚). 20日에 上京했던 杏, 運이 母子 왔고. 양승우 만나 金錢으

25) 원문에는 붉은색 색연필로 밑줄이 그어져 있다.

26) 원문에는 붉은색 색연필로 밑줄이 그어져 있다.
27) 원문에는 붉은색 색연필로 밑줄이 그어져 있다.

로 고통 中인 이야기도 들었고. ○

〈1998년 2월 24일 화요일 曇. 가랑비〉(正. 28.) (4°, 12°)

五女 運과 元이 四男 松과 함께 上京. 運은 27日 早朝 出發하여 사우디 간다는 것. 또 한 번 볼지 못볼지 기약 못하는 것. 가는 뒷모습 보고 서운했고. 섭섭했고. 어찌하다 뒤숭숭하여 金溪 못갔고. 日 前에 이곳 다녀 運과 함께 上京했던 次女 在應스님은 今日 天安行한 듯. 오늘의 가랑비 오락가락했던 것. ○

〈1998년 2월 25일 목요일 曇. 晴〉(正. 29.) (2°, 13°)

第15代 大統領 金大中 当選者 就任日. 政府樹立 後 50年 만에 歷史的인 政權交替[28]. 金大中 大統領 就任辭 무려 30余 分 間 긴 時間동안 始終一貫 힘차고 沈着한 가운데 愛國하는 精神으로 貴重한 式辭는 眞實로 믿음직했던 것[29]. 故鄕 가서 耕地整理 作業 狀況 본 것~내밭 대추나무 等 約 30株 移植[30]엔 그만한 편이나 밭으론 바닥이 깊은 편이어서 不安한 셈. ○

〈1998년 2월 26일 목요일 晴〉(正. 30.) (1°, 15°)

하루 당겨 明日 일을 上京條件으로 今日에 祠堂과 墓所 參拜하고. 龍華寺 가서 祈禱. 아침결에 金溪 가서 어제 移植한 대추나무 28株, 其他 5株 確認하고. 魯杏의 要求에 컴프터 값 180萬 원 마련해 주었고. 午后 5時 半 發 일반高速으로 上京. 明日 일로 큰 애비집 갔고. 잠잘 자고. ○

〈1998년 2월 27일 금요일 晴〉(2. 1.) (4°, 12°)

큰 애비와 朝食 일찍 마치고 신촌의 '세브란스病院 眼科 4층'에 7時 半 到着. 눈 視力檢査, 眼壓檢査 마치고. 深思熟考 後 右側 眼 백내장과 亂視 手術(人工水晶体)로 更新[31]. 午前 11時~12時 終了. 痛症과 長時間(約 40分 間) 開眼된 채로 忍耐에 苦痛이었으나 手術 順調로 手術 잘 됐다는 医師들의 活躍에 感歎. 모든 經費 完納(80余 萬 원)하고 双門洞 와서 就安. 手術時엔 松과 사위(趙)도 와 있었고. ○

〈1998년 2월 28일 토요일 晴〉(2. 2.) (0°, 9°)

手術받은 右目의 若干의 痛症과 조금 깔끄러웠던 눈 周圍도 順調롭게 가라앉아 快感이고 安心되는 것. 큰 애비와 함께 病院 가서 눈 手術 結果의 視力과 眼壓檢査 後 主治医(임승정 医師) 말에 手術 잘되었다는 것이어서 安定되고. 双門洞 오니 4째 子婦(金 氏), 3째 女息 外孫女 (愼현아) 왔고. 果類 等 함께 먹고 就安. 歸淸할 意圖였으나 큰 애비의 극구만류로 또 쉬기로 安着. ⊙

〈1998년 3월 1일 일요일 晴〉(2. 3.) (1°, 10°)

큰 애비 夫婦 勸誘로 上溪洞 서울溫泉 잘 하고. 일산 막내 家族 全員 와서 낮 동안 놀다가 日暮 前에 막내가 처음으로 購入한 乘用車로

28) 원문에는 붉은색 색연필로 밑줄이 그어져 있다.
29) 원문에는 파란색 색연필로 밑줄이 그어져 있다.
30) 원문에는 붉은색 색연필로 밑줄이 그어져 있다.

31) 원문에는 붉은색 색연필로 밑줄이 그어져 있다.

'양지마을' 아파트 온 것[32]. 저녁엔 特殊 商會(食料品)에 外孫女 兄弟 뎁고 가서 菓類 一包 사들려 왔었고. ○

〈1998년 3월 2일 월요일 晴〉(2. 4.) (-1°, 16°)
양지마을 막내 弼의 아파트서 잘 쉬고 誠意껏 차린 朝食 마치고 弼과 함께 세브란스病院 眼科 가서 임主治医 檢査 잘 받고 順調 快癒에 함께 기뻐하고 3月 16日에 再檢 約束한 다음 5日 만에 淸州 온 것[33]. 視力 0.5, 右眼의 亂視 고쳐진 듯. 어느 程度 맑게 보여 多幸이나 左眼이 탈. 今秋에 手術治療 생각해보았기도 …눈알의 順[34], 角膜[35](前面 眼膜), 조리개, 水晶体, 硝子体, 網膜[36](視神經이 퍼져 있는 膜).
午后 4時 發 金溪行에 玉山서 自轉車로 無難히 往來했고~耕地整理 밭자리 가보니 어느 程度 安心됐고[37]. 去月 27日에 싸우디 다시 건너간 5女 運이 消息 왔고…無事히 잘 갔다고. ○

〈1998년 3월 3일 화요일 晴〉(2. 5.) (1°, 12°)
눈 手術 後 体力賞(上)으로 어떠할까? 數日 만에 体育館 나가서 배드민턴운동을 해봤더니 前보다 수월함을 느끼기도. 그러나 눈은 나우 드러갔고 体重 約 1.5kg 줄은 것. 形便上 金溪行 포기하고 흥덕區廳 가서 不法 課稅로 양도所得稅와 住民稅 告知로 신경썼던 것 結果 確認해보니 取消 處理되었기로 마음 개운했던 것. 저녁은 族叔 漢斌 氏 招致로 103棟 707号 가서 보신탕 고기와 함께 滿腹하게 먹었고. ○

〈1998년 3월 4일 수요일 晴〉(2. 6.) (0°, 14°)
새 농장 予定地 가서 數日 前에 移植된 대추나무와 雜果木(배2, 복숭아2, 자두1) 剪枝 着手하여 今日은 5株 完成한 셈. 그러나 枯死될 憂慮 濃厚하여 不安한 셈. 밭? 논? 애매한 편. ○

〈1998년 3월 5일 목요일 晴〉(2. 7.) (4°, 16°)
商銀 가서 滿期 通帳 정리~3째네 것 關聯 貸出 形式으로 마련하여 1年 期間 해준 것. 12時부터 있는 敬老堂 月例會에 參席하고 点心 잘 먹은 셈. 새 농장 가서 移植된 대추나무 數株 强剪枝했고. ○

〈1998년 3월 6일 금요일 曇. 晴〉(2. 8.) (5°, 16°)
歸路에 淸原郡廳 농지계 들러 確認해 보니 대추나무 報償 9日께[38] 나간다는 것. 三再從孫 '鄕信' 만나 朝食 待接받은 셈. 전좌리 山所 가서 父母님 墓域 참나무가랑잎 全体 갈퀴로 깨끗이 긁어졌치고 小톱으로 참나무 2株 베는데 1.5시간 땀 흘리며 애쓴 것. ○

〈1998년 3월 7일 토요일 晴〉(2. 9.) (3°, 16°5″)
양승우 찾아와 돈 얻을 手續 付託에 힘써볼 意向 말한 셈. 12代祖 位土 居住者이기에 同情가기도.

32) 원문에는 붉은색 색연필로 밑줄이 그어져 있다.
33) 원문에는 붉은색 색연필로 밑줄이 그어져 있다.
34) 원문에는 파란색 색연필로 밑줄이 그어져 있다.
35) 원문에는 붉은색 색연필로 밑줄이 그어져 있다.
36) 원문에는 붉은색 색연필로 밑줄이 그어져 있다.
37) 원문에는 붉은색 색연필로 밑줄이 그어져 있다.
38) 원문에는 붉은색 색연필로 밑줄이 그어져 있다.

저녁엔 大田 2째 夫婦 닭볶이 비롯 반찬 빚어 갖고 와서 夕食 함께 하고[39] 밤에 歸家한 것. ○

〈1998년 3월 8일 일요일 晴〉(2. 10.) (4°, 15°)
歸路에 朴淳吉 招待로 '등심해장국'으로 朝食 맛있게 滿足히 먹은 것. 賻儀錄(井母 別世時) 一覽表로 再整理 着手[40]했기도. 새농장 가서 대추나무 剪枝 몇 그루 하고 歸家하니 午后 7時 半頃. ○

〈1998년 3월 9일 월요일 晴〉(2. 11.) (5°, 14°)
어제 着手했던 賻儀錄 早見表 作成에 몰두하여 時間 가는 줄 모르고 終日토록 原簿 3卷 거의 整理 段階에 이르른 것. ○

〈1998년 3월 10일 화요일 曇〉(2. 12.) (6°, 11°)
어제와 거의 같은 일로 해 보낸 셈. 複寫해다가 計數주판에 深夜토록 애쓴 것. ○

〈1998년 3월 11일 수요일 雨〉(2. 13.) (4°, 11°)
오늘 아침도 朴淳吉 氏한테 待接받은 것. 오늘의 약비(藥雨) 終日토록 오락가락. 마음 不安中이고. ○

〈1998년 3월 12일 목요일 曇〉(2. 14.) (4°, 14°)
族長 勳鍾 氏와 俊兄 招致하여 경동식당서 点心 會食하며 宗事 일 等 情談 나누었기도. 宗親 同甲契 통장 整理하고 名義 變更(總務)과 投資信託서 農協으로 轉換하였고. 今日도 金溪行 不能. ○

〈1998년 3월 13일 금요일 晴〉(2. 15.) (3°, 16°)
昨夜 늦게까지 잔 일 보느라고 단잠 한번에 數時間 달게 잘 잔 셈.
歸路에 藥水터 가서 省墓 參拜와 祠堂 合掌 拜禮 後 용화寺 가서 感謝 드리고 祈願했고.
郡廳 농지係 들러 대추나무 補償金條 알아보니 月末께나 手續 될 것이라고. 午後엔 새 농장 가서 대추나무 몇 株 强剪枝했고. 歸路에 큰집 들러 從兄 夫婦 만났었기도. ○

〈1998년 3월 14일 토요일 晴. 曇〉(2. 16.) (5°, 9°)
四派 代表 4人은 槐山郡 道安 가서 延社長 石材公場 가서 予約된 兵使公墓 莎草 石材 中間 踏査點檢하고 陰城 가서 点心 後 入淸하니 午後 3時쯤 되는 것. 松과 杏은 山所 가서 作業 좀 하고 歸家. 日暮頃에 큰 애비 서울서 와서 저녁 食事 함께 했고. ○

〈1998년 3월 15일 일요일 晴〉(2. 17.) (0°, 10°)
族叔 潤夏 女婚에 鳥致院邑 농협 하나루礼式場 가서 人事~13時. 큰 애비는 故鄕 山所 다녀 새 농장 予定地 求景하고 歸家. 16時頃 上京次 出發. 日暮頃에 大田 2째 다녀가고. ○

〈1998년 3월 16일 월요일 晴〉(2. 18.) (-1°, 12°)
予約대로 서울 신촌 '세브란스 병원 眼科[41]' 갈려고 모든 채비 차리고 10時 半에 出發. 病院 着은 14時. 五男 弼이가 始終 시중 잘 했고. 視力은 手術 前은 0.2. 今日 現在는 0.6이라

39) 원문에는 붉은색 색연필로 밑줄이 그어져 있다.
40) 원문에는 붉은색 색연필로 밑줄이 그어져 있다.
41) 원문에는 붉은색 색연필로 밑줄이 그어져 있다.

나[42]. 맞는 眼鏡 4月6日에 定하기로 予約하고 15時 出發. 淸州 着은 18時 半頃. 서울 各處 자식들한테 電話 왔고. ○

〈1998년 3월 17일 화요일 晴〉(2. 19.) (1°, 17°)
商銀 가서 赴任해온 林聖在 支店長 만나 첫 人事 나누었고~扶安 林氏. 芙江人이고. 모처럼 司倉洞 太極書店 들러 큰 妹 夫婦 만난 것. 칼국수로 点心 잘 먹은 것. 午后엔 새농장 가서 棗木 2株 剪枝. ○

〈1998년 3월 18일 수요일 晴〉(2. 20.) (4°, 18°)
새 농장 予定地 가서 移植된 대추나무 손질. 그 전엔 山所 가서 省墓. 밤엔 3째 찾아왔고. ○

〈1998년 3월 19일 목요일 曇. 雨〉(2. 21.) (10°, 14°) 雨量 30㎜[43]
日出 前 시간부터 가랑비 내리기 始作하더가 終日 가랑비 부슬비 내리는 것. 어젯밤에 3째 와서 제멋대로 억제 말 퍼부은 것 하도 많아[44] 기억하기도 어렵고. ○

〈1998년 3월 20일 금요일 曇〉(2. 22.) (0°, 7°)
바람 세고 氣溫 終日 차서 겨울을 방불케 한 것. 玉山서 自轉車로 새 농장(밭) 가서 高低處 확인했고. 入淸에 추어서 몹시 떨었고~조금 더 時間 걸렸더라면 意外의 病 걸릴뻔 했을 것. ○

〈1998년 3월 21일 토요일 晴〉(2. 23.) (-1°, 6°)
10時 發 高速으로 서울 가서 江南터미날서 큰 딸 만나 방배동 옆 '신시대예식장'에서 13시부터 있는 再從 明榮 女婚에 人事~큰 애비와 큰 딸 夫婦도 왔고. 再從 公榮도 만나 同席 會食한 後 큰 딸 집 가서 서너時間 쉬었다가 日暮頃에 큰 子婦 主管 下에 '영양센터' 食堂서 모레 陰 2月 25日 큰 애비 生日 六旬의 意로 삼계湯으로 저녁食事한 것[45]~큰 애비 夫婦, 큰 딸 家族 5名(熙煥만 不參), 셋째 女息 母女, 5째 魯弼 家族 4名 總 14名 會食 後 一同 큰 딸네 집 다시 와서 記念 케키 자르고 飮料水들 마신 것. 杏도 參席되어 15名 된 것. 모처럼 큰 딸 집에서 留한것. 杏도. 其他 家族 一同 밤에 各己 歸家. ○

〈1998년 3월 22일 일요일 晴〉(2. 24.) (-3°, 6°)
朝食 後 杏과 함께 9時 半頃 淸州 向發. 터미날까진 外孫女 '수진'이 車로 왔고. 淸州 와선 12時부터 있는 柳莊鉉 子婚에 人事~木花예식장. 잔치국수와 料理 맛있게 먹은 것. 主礼 오효진과 人事도. ○

〈1998년 3월 23일 월요일 晴〉(2. 25.) (0°, 10°)
郡 三樂會 逍風[46]에 參席~8時 淸州發. 21時 歸家…경기도 포천시 개성인삼협동조합. 철원 제2땅굴, 철의 삼각전망대 求景한 것. 땅굴 처음 보는 것. 紅蔘 캅셀(6年년根) 家庭用 高価로 予約하여 사왔고. ○

42) 원문에는 붉은색 색연필로 밑줄이 그어져 있다.
43) 원문에는 파란색 색연필로 밑줄이 그어져 있다.
44) 원문에는 붉은색 색연필로 밑줄이 그어져 있다.
45) 원문에는 붉은색 색연필로 밑줄이 그어져 있다.
46) 원문에는 붉은색 색연필로 밑줄이 그어져 있다.

〈1998년 3월 24일 화요일 晴〉(2. 26.) (-0°, 12°)
午前에 金溪 가서 四派 代表者會議에 參席…4月13日에 兵使公墓 石物 莎草(14日에 泰奉公墓). 潤斗 氏 집에서 2時間 동안 点心 待接까지. 耕地整理에 假換地하는 것 잠간 보려했으나 点心 시간이어서 不能. 큰집 가서 從兄 內外분 잠간 보고 새밭 둘러보고 入淸. ○

〈1998년 3월 25일 수요일 晴〉(2. 27.) (6°, 16°)
새농장 가서 대추나무 强剪枝 五株 했고. 移植不充分으로 살아나기 어려울 듯. 玉山부턴 自轉車 이용. ○

〈1998년 3월 26일 목요일 曇〉(2. 28.) (6°, 14°)
月末 정리로서 APT 管理費 等 納付하고 '組立式' 建築事務室… 社稷洞 방송국 앞 가서 問議해 봤고. 坪当 高級価 120萬 원이라고. 아침결에 三從姪 魯殷 와서 耕地정리地區 종토 關聯 묻기도. ○

〈1998년 3월 27일 금요일 曇. 晴〉(2. 29.) (7°, 13°)
午前 中 讀書. 今日 行事 計劃대로 잘 본 셈~운천 새마을金庫 가서 老人 乘車費 통장 정리 後 클럽總務 전종만 가게 찾아가 宗事 記念用 타올 1束 맞추고 米坪洞 '현도조경' 가서 墓域 植栽用 키큰 香나무 購入分 確認하고 歸路에 '88부동산' 들러 組立式 建築에 關해 問議하고 日暮 後 집에 到着. 初저녁엔 喜消息~故鄕밭 대추나무 91株값 株当 85,000과 農幕舍 725,000의 補償金 受領 手續하라는 것[47]이어서 多幸인 것. ○

〈1998년 3월 28일 토요일 曇. 晴〉(3. 1.) (5°, 17°)
今日같이 氣分 좋고 상쾌한 날이 몇 날 있었을까[48]? 初하루 參拜와 祈禱로부터~① 대추나무 補償金 手續을 故鄕面 開發係에서 完了 順調(8,460,000 請求). ② 耕地整理 關聯 새밭자리 附土 생각하고 要求한 대로 完成되고. ③ 山所 平溫한 春氣 속에 昨春에 植樹한 常綠 墓木 생기 있는 것. 밤엔 依賴받은 新溪派 先代 墓所 立石行事에 祝文 淨書에 노력 完了했고. ○

〈1998년 3월 29일 일요일 晴〉(3. 2.) (8°, 21°)
新溪派 榮行 11代祖(汝翼) 墓碑, 石物 莎草 行事 있어 故鄕 金溪 栢洞 옆 벼슬고개 다녀온 것. 今日 溫度 여름을 방불케 했고. 金溪 往來에 車費 나우 多額 支拂된 셈. ○

〈1998년 3월 30일 월요일 曇〉(3. 3.) (8°, 19°)
金溪 가서 어제 갔던 벼슬고개 가서 立石 狀況 잠간 보고 南二面 가마리 '현도조경' 달려가 吳社長 만나 明日 植付할 香나무 20株값 450,000원整 支拂하고 約束 단단이 하고 入淸. 歸路 途中 새밭 잠간 들러보고 工事 事務所 들러 '진감독관' 만나 勞力 많이 해서 고마운 人事도 한 것. ○

〈1998년 3월 31일 화요일 晴. 曇〉(3. 4.) (8°, 10°)
松의 車로 玉山까지 가서 '현도조경'서 오는 香나무 실은 추럭 만나 갈아타고 전자리 가서

47) 원문에는 붉은색 색연필로 밑줄이 그어져 있다.

48) 원문에는 붉은색 색연필로 밑줄이 그어져 있다.

人夫 2人과 함께 노력하여 約 2時間 동안에 20株 심고[49] 造景車 보낸 다음 支柱木(保護木) 세워 동여매고 午后 3時 半 차로 入淸하니 개운했고. 松은 緊要한 家庭 볼일 있어 退勤後 上京했고. ○

〈1998년 4월 1일 수요일 雨〉(3. 5.) (6°, 7°)
約 60萬 원 들여 어제 심은 전좌리 墓域 香나무는 때 맞춰 노력한 듯 오늘 終日 내린 비로 잘 살 듯.
대추 1㎏ 程度씩 넣은 것 갖고 稅務署의 潘主事, 郡廳의 柳係長에 膳物로 주고. 歸路에 '청주의료원 영안실' 가서 아파트 敬老堂 會員 崔氏 喪偶에 弔慰했고. ○

〈1998년 4월 2일 목요일 曇. 晴〉(3. 6.) (3°, 12°)
四從叔 漢斌 氏와 함께 玉山 가서 '형제개발重機' 尹사장, 姜사장 덷고 金城 가서 '망령골' 밭 宗土 平土 事業코 踏査하니 經費 約 250萬 원 所要된다는 것. 宗中 內 妥協 後 決定키로 한 것.
午後엔 玉山서 自轉車로 달려 새밭 둘러보고. 전자리 山의 香나무 植栽된 것 狀況 보고 歸淸. ○

〈1998년 4월 3일 금요일 晴〉(3. 7.) (3°, 15°)
벼르던 姜昌洙 선생 招請하여 情談하면서 韓定食으로 晝食 待接하니 마음 좋았고.
金溪 가서 새밭 둘러보고 面積 實測해 볼 마음 먹어봤고. ○

49) 원문에는 붉은색 색연필로 밑줄이 그어져 있다.

〈1998년 4월 4일 토요일 晴〉(3. 8.) (4°, 20°)
서울서 큰 애비 와서 함께 山所 가서 省墓 後 雜草 뽑고 植付된 香木 밑 밟아주기도. 歸路에 새밭자리 둘러보았고. 양승우 極寒(限) 애원에 1,000,000원 貸與하고 兩편 밭 도조 80㎏ 白米 2가마니 半으로 耕作 맺겼기도[50]. 큰 애비는 김치類 빚느라고 저물도록 노력. ○

〈1998년 4월 5일 일요일 曇. 雨〉(3. 9.) (10°, 17°)
雨量 40㎜[51]
早朝 起床한 큰 애비는 어제 시작한 김치 빚기 作業 마치고 上京.
再堂姪女 '夏子' 回甲에 통지 있어 낮에 雨中이지만 잠간 參席하여 点心 먹고 入淸…月谷. ○

〈1998년 4월 6일 월요일 晴〉(3. 10.) (8°, 18°)
三從姪 魯學 덷고 金溪 가서 再堂姪 '魯旭' 집에서 高祖父母, 曾祖父母 三兄弟분(1. 3. 4) 寒食茶礼 마치고. 12時 發 高速버스로 서울 가서 延世医療院 찾아 F4층 眼科 임의사로부터 檢視 後 안경度數表 받고 入淸하니 20時 가까웠고. 茶礼 參席엔 從兄 魯旭 合 5名. ○

〈1998년 4월 7일 화요일 晴〉(3. 11.) (11°, 21°)
歸路에 忠大病院 가서 入院 中인 鄭漢泳(담석증)[52] 問病 後 全會員에 전화로 通告. 閔 眼科 內 베드로眼鏡院 가서 延世의료원 眼科서 檢視測定한 대로 遠視用과 近視用(凹凸) 眼鏡

50) 원문에는 붉은색 색연필로 밑줄이 그어져 있다.
51) 원문에는 파란색 색연필로 밑줄이 그어져 있다.
52) 원문에는 붉은색 색연필로 밑줄이 그어져 있다.

맞추어 完成[53]해 찾아왔고~2万 원, 6万 원 計 8万 원에 實用的 테로 만든 것. 近視用 테는 再使用. ○

〈1998년 4월 8일 수요일 雨. 晴〉(3. 12.) (12°, 22°) 雨6㎜

鶴首苦待했던 대추나무 補償金 等 送金돼 와서 多幸이고 기뻤고. 8,640,000원. 10年 前 苗木代의 約 20倍[54] 되니 어느 程度 잘된 일인 것. 四從叔 漢斌 氏 招請하여 '송이식당'서 点心 會食 후 무심川邊 市民市場 設置한 곳 가서 光景 一巡하고 歸家하니 下午 4時. 13日에 있을 祝文 作成. ○

〈1998년 4월 9일 목요일 曇. 가끔 가랑비〉(3. 13.) (13°, 22°)

큰 볼일 않고 해 보는 편. 믹스機 고쳐 오고. 沐浴 後 敬老堂 다녀와서 杏과 夕食. ○

〈1998년 4월 10일 금요일 曇. 晴〉(3. 14.) (12°, 24°)

새밭 둘러보고 吳所長 앞에 담배 1보루 놓고 전자山 가서 墓域 둘러본 것~진달래꽃 滿發. 移植된 香나무 生氣 있어 뵈고. 歸路엔 모서렴 버스로, 큰집 들러 보았기도. ○

〈1998년 4월 11일 토요일 晴〉(3. 15.) (10°, 24°)

피부 습진으로 '서청주의원' 다녀왔고. 주사 1, 白色연고 小形 1갑. '도안石物工場'에 전화연락해 봤고. 어제 낮에 記念타올 搬入되고(13日用). 양승우 만나 前日 約束대로 1,000,000원 貸與해 주었고. 曾孫 '鎬準' 놀이방 1個月分 補助條로 15,000,000원 마련했고. 밤엔 김치 빚는 것. ○

〈1998년 4월 12일 일요일 雨. 曇. 雨〉(3. 16.) (14°, 17°)

報恩 三山初校 33回 弟子들 招請에 姜昌洙 先生과 함께 參席[55]. 鶴林가든. 11時 半~14時. 約 30名 參集. 會長은 河奉石. 姜孝信한테서 膳物(弘益약돌) 받고. 一同에서 旅費條로 150,000원도. 終日 비 오락가락했고. 약수터 上堂祀 參拜.

큰 애비 夫婦 午前에 上京. 明日 있을 宗事 일은 雨天으로 順延키로. ⊙

〈1998년 4월 13일 월요일 雨. 曇〉(3. 17.) (13°, 21°)

食事 잘 하고 日常生活 平溫한 편인데 異常하게도 甚한 疲困을 느끼며 나우 졸음이 오고 온몸이 나른하여 活動함을 싫어하는 편인 중이어서 걱정되고.

今日 予定인 水落大山 兵使公 墓 石物 莎草는 날씨 關係로 내일로 延期. 此旨 各處로 전화연락했고. 선물 타올은 魯旭한테 付託했고~明日 12時까지 現場으로 搬入. ⊙

〈1998년 4월 14일 화요일 曇〉(3. 18.) (13°, 22°)

文兵使公墓(16代祖) 石物 莎草[56]하는 데 早朝에 水落 가서 유소터 兵使公墓 兩位분 山

---

53) 원문에는 붉은색 색연필로 밑줄이 그어져 있다.
54) 원문에는 붉은색 색연필로 밑줄이 그어져 있다.
55) 원문에는 붉은색 색연필로 밑줄이 그어져 있다.
56) 원문에는 붉은색 색연필로 밑줄이 그어져 있다.

所 왔다갔다 일 보기에 終日 애쓴 것. 工事 記念物인 타올 100枚 젊은 宗員 시켜 골고루 分配하였고. 19時 半까지 作業했으나 일거리 조금 남긴 채 祭物 올리고 모두 歸家. 일 많이 한 편.
三男 魯明 와서(22時頃) 落淚하며 깊이 謝過하는 것 보고 마음 풀어주며 安心[57]시켜 주었고. 뭉쳐 있던 응어리 풀어져 갈 생각하니 개운하기도. ⊙

〈1998년 4월 15일 수요일 晴〉(3. 19.) (12°, 21°)
午前 中으로 兵使公 墓 莎草일 마무리 짓고 傍12代祖墓 石物莎草하는 것 끝까지 보고 魯旭 집 가서 当叔母 忌祭 祝文 等 써서 祭礼 順 일러주고 族弟 一相 車로 늦게 入清하여 '보은식당'서 一盃 나누고 一同(漢奎 氏, 俊兄, 晩榮, 一相) 各己 歸家하니 밤 10時 半된 것. 爲先事業 큰 일한 셈. ⊙

〈1998년 4월 16일 목요일 晴〉(3. 20.) (10°, 23°)
午前에 아파트 消毒 있었고. 友信會員에게 鄭漢泳 總務 中央病院 入院 狀況 電話로 第2次 連絡했고. 갑갑하기에 日暮頃엔 自轉車 안타고 市內 一巡했기도. ○

〈1998년 4월 17일 금요일 曇. 가랑비. 曇〉(3. 21.) (12°, 17°)
낮 동안 가랑비 오락가락하기에 金溪行 포기하고 終日 家庭에서 쉰 셈. ○

〈1998년 4월 18일 토요일 晴〉(3. 22.) (9°, 23.5″)
11時 半 버스로 金溪 가서 山所 둘러보고 墓域의 雜草 뽑은 後 從兄 宅 들러 兄嫂 氏 問病과 宗事일 相議한 다음 새밭 거쳐 15시 半 發 버스로 入清…새밭 둑과 整地 未盡分 吳찬진 所長 만나 付託해보기도. 17時 좀 지나서 서울서 4째 子婦(義城 金 氏) 왔고. 珍味로운 飯饌 만들어 저녁 식사 杏까지 4名 맛있게 먹은 것. ○

〈1998년 4월 19일 일요일 晴〉(3. 23.) (12°, 25°)
낮엔 여름날씨 방불케 더움 느꼈고. 13시에 있는 朴東根 敎授 子婚에 敎大 實習館 가서 人事한 것. 4째 夫婦 12時 버스로 上京. 右側 가슴뼈 밑의 痛症 부드러워졌고. 18時엔 宗親會 있어 石山亭 가서 夕食. 弟 夫婦 '송아지고기 韓藥湯劑' 湯하여 1박스 갖고 왔고[58]. ○

〈1998년 4월 20일 월요일 晴〉(3. 24.) (10°, 26°)
大宗會 理事會 있어 參席[59]~11時~14時. 永登浦 驛前 신세계百貨店 2층 곽씨 臨時事務室 거쳐 '부일식당'서 約 2時間余 마치고 点心. 24名 參席. 比較的 圓滑히 進行된 셈. 郭槿 會長의 責任額 76,500,000中 23,500,000 整理되고 5仟余萬 원은 任期中 完了한다는 것. 그 속 關聯으로 郭潤漢 氏 責任額 8,100,000원 中 7,000,000 解續하고 殘額 1,100,000원은 難望이나 缺損處分치 않고 留保키로 決議한 것. 運營會費 兵使公派 70万 원. 會計年度末은 3月함이 可하고 今年 總會는 5.17日로 予定. 入清하니 18時. 오랜만에 列車(京釜線) '무궁화호'

57) 원문에는 붉은색 색연필로 밑줄이 그어져 있다.
58) 원문에는 붉은색 색연필로 밑줄이 그어져 있다.
59) 원문에는 붉은색 색연필로 밑줄이 그어져 있다.

로 鳥致院까지 3200원 車費로 온 것.
큰 애비 비롯 애비의 右側 가슴뼈 밑 痛症은 '담석증' 증세인 듯? 모든 아이들 애원으로 明日에 病院 가서 超音波 檢査하기로 마음 먹어 보기[60]도.어제의 韓藥 服用 着手 저녁. ⊙

〈1998년 4월 21일 화요일 曇. 晴〉(3. 25.) (17°, 27°)
金태룡內科 가서 血液과 小便 받아 檢査資料로 주고 超音波 檢査 내일 早飯 缺食 後 實施키로 한 것. 俊兄 氏 招請으로 丁奉 崔氏 食堂서 보신湯 고기로 点心 後 佳景洞 金, 千 氏 집 거쳐 歸家한 것. 저녁엔 鄭漢泳 會員 退院 消息 全員에 傳達. ⊙

〈1998년 4월 22일 수요일 晴. 雨. 曇〉(3. 26.) (19°, 25°)
超音波 檢査 結果[61] 담석 없고 췌장, 쓸개 깨끗. 小便 정결. 지방肝일 뿐. ○

〈1998년 4월 23일 목요일 曇. 雨. 曇〉(3. 27.) (19°, 24°)
商銀에 高額 貯蓄分 滿期로 半額은 '신봉새마을금고'로 兩分 貯蓄했고. 12시부터 있는 三樂會에 參席하여 會食한 것. ⊙

〈1998년 4월 24일 금요일 曇〉(3. 28.) (20°, 25°)
'開城人蔘 (紅蔘粉캅셀) 100日分' 값 48万 원 中 契約金 2万 원, 殘 46萬 원中 1/2 23萬整 '抱川事務室로 送金.' 俊兄 만나 情談 後 一盃씩 했고. 明朝 上京할 준비 完了도. ⊙

〈1998년 4월 25일 토요일 雨, 가끔 흐림〉(3. 29.) (13°, 24°)
再從 公榮 子婚 있어 서울 합정洞 교회까지 다녀온 것. 큰 妹와 함께 갔던 것. 큰 애비도 왔고. 入清 歸家하니 19時. 서울 3째딸 밤에 다닐러 왔고(일원洞 아파트서). 제 同窓에서 求獲한 海物 좀 갖고 온 것~홍어, 우록, 쭈꾸미 等. ○

〈1998년 4월 26일 일요일 가끔 구름〉(4. 1.) (12°, 23°)
初하루 行事로 아침 일찍이 약수터 가서 參拜祈禱 後 龍華寺 와서도 拜礼 祈願했고.
大田 2째들 珍味반찬 多數多量 만들어 왔고. ⊙

4/27 ⊙, 4/28 ⊙, 4/29 ⊙, 4/30 ※. 月, 火, 水, 木, 날씨 繼續 晴.

〈1998년 5월 1일 금요일 雨〉(4. 6.) (17°, 22°)
臥病呻吟. 俊兄 다녀가고. 會員 張경철 選手 다녀갔고. ○

〈1998년 5월 2일 토요일 雨. 曇〉(4. 7.) (18°, 22°)
昨今 雨量20㎜[62]
25日에 왔던 3女(妊) 數日 間 애비 保看護에 至極한 노력하고 上京. ○

〈1998년 5월 3일 일요일 曇〉(4. 8.) (17°, 24°)

60) 원문에는 붉은색 색연필로 밑줄이 그어져 있다.
61) 원문에는 붉은색 색연필로 밑줄이 그어져 있다.
62) 원문에는 파란색 색연필로 밑줄이 그어져 있다.

부처님 오신 날인데 起動 못해 罪萬感에 더욱 괴로웠고. 클럽 道大會도 있었는데 參席 못해 責任感에 罪責 느끼고.
어제 왔던 큰 애비~쇠뼈 곰국 等 多量 고아 其他 藥類 반찬 만들어 隨時 待接하고 午後에 上京…孝行은 애비를 無言 忠告인가 實踐하는 長子이고[63]. ○

〈1998년 5월 4일 월요일 晴〉(4. 9.) (9°, 24°)
15時에 가까스로 起床. 농협 가서 延滯된 아파트 管理費(4月 分) 等 納付하고 金태룡內科 가서 영양劑 링겔 맞고 기어오다싶이 집에 오니 그래도 一部 整理한 氣分으로 속마음 개운했고. ○

〈1998년 5월 5일 화요일 晴〉(4. 10.) (11°, 26°)
어린이날인데 아픈 머리 움켜쥔 채 테레비로 國內 各處 行事 展開되는 것 보면서 現職時節 생각에 감격한 눈물 흘리기도. ○

〈1998년 5월 6일 수요일 晴〉(4. 11.) (12°, 26°)
어제부터 食事 若干 들게 되고. 13時 半에 농협 다녀 일 보고 沐浴湯 가서 말라붙은 진땀 좀 씻어내니 개운했고. 이어 理髮까지 마치고 歸家 中 '등심해장국'으로 저녁식사로 억지로 한투가리 다 하니 땀이 비오듯. 속은 확근한 듯하나 시원한 氣分으로 歸家. 19時 半頃 松이 杏이 저녁 준비하는 것. 애비 살리려고 四女 杏이가 至極한 노력한 것[64].
밤 12時가 넘도록 各種 帳簿와 新聞 통독 整理했고. 次後론[65]- ○

〈1998년 5월 7일 목요일 雨. 가끔 흐림〉(4. 12.) (17°, 21°)
모처럼 体育館 나갔고. 全員에게 영지천 1병씩 돌렸기도. 歸家 中 龍華寺 가서 祈禱. 이어 友信會 鄭總務집 들러 問病하고 快癒 一封 10万 立替하였기도. 食事 普通하는 편이나 運身에 둔하고 힘겹게 步行. 口味 그리 안돋아 걱정. 비 자주 오는 셈. ○

〈1998년 5월 8일 금요일 雨. 晴〉(4. 13.) (16°, 23°)
새벽에 大田 2째 보신湯 끓인 것 갖고 왔던 것. 오늘은 어버이날. 11時 半頃 3째 子婦(韓氏) 오랜만에 來訪人事 後 함께 省墓 가기를 願함에 12時에 전좌리 가서 꽃다발 놓고 一盃 드리며 省墓 祈願[66]. 慰安次 大川湖 가자는 것을 지북리 매운湯 집에서 㚆心하고 歸家.
초저녁엔 宗事 일로 族叔 漢奎 氏 만나려 社稷다방 갔었으나 시간 關係로 不能. ○

〈1998년 5월 9일 토요일 晴. 曇〉(4. 14.) (15°, 23°)
予定한대로 漢奎 氏 만나 大宗會 일 相議하고 俊兄도 만나 族叔 主管으로 '江村식당'서 메기매운湯(찜)으로 㚆心 잘 먹은 것. 서울 큰 딸한테서 鄭重한 書信(孝心)과 金一封 보내와 감회 깊었고[67]. 저녁쯤에 서울서 큰 子婦(金

63) 원문에는 붉은색 색연필로 밑줄이 그어져 있다.
64) 원문에는 붉은색 색연필로 밑줄이 그어져 있다.
65) 원문에는 붉은색 색연필로 밑줄이 그어져 있다.
66) 원문에는 붉은색 색연필로 밑줄이 그어져 있다.
67) 원문에는 붉은색 색연필로 밑줄이 그어져 있다.

氏) 와서 杏과 함게 市場 봐오고. ○

〈1998년 5월 10일 일요일 曇〉(4. 15.) (17°, 22°)
歸路에 약수터 가서 墓所와 上堂祠 參拜 後 龍華寺도 들러 合掌拜禮했고. (보름 行事).
金溪 가서 族弟 佑榮 母親喪에 弔問하고 若干 協助後 16時 버스로 入淸한 것. 어제 왔던 큰 子婦 日暮頃에 上京 출발. 새밭에 모처럼 가봤더니 대추잎 數그리 優良치 못했고. 兩편 밭 小作人側 無誠意한 点에 몹시 괫심하고 不安한 感 不禁. ○

〈1998년 5월 11일 월요일 雨(終日)〉(4. 16.) (13°, 18°)
早朝에 佩鐵(패철…쇠, 지남철) 갖고 金溪 수붕골 가서 族弟 佑榮 모친 葬禮式에 參與하여 거의 終日 비 맞으면서 쇠놓기(壬坐丙向) 等에 誠意껏 노력한 것. 成榮과 함께 入淸 中 家庭 不安한 再堂姪 魯旭 집 잠간 들러 狀況 보고 魯慶 車로 와서 沐浴. ○

〈1998년 5월 12일 화요일 曇〉(4. 17.) (12°, 17°)
再堂姪 魯旭 와서[68] 金溪 88-2번지 居住地(小宗契)에 부속建物(화장실) 짓는다는 承落書 要求에 作成해준 後 修身齊家 잘하라고 타일러주었고[69]. 午后엔 玉山面 가서 崔面長과 朴갑순 農地係長 만나 농지전용 申告節次 確認하고 明春 家屋建築 手續 着手한 셈[70]. 今日 날씨 흐리기만 하고 비는 안내렸고. ○

〈1998년 5월 13일 수요일 晴〉(4. 18.) (12°, 24°)
歸路에 區廳 들러 백조Ⓐ 104-901 建築物台帳 떼어 낮 車로 面 農産業係 가서 農地轉用 手續 一次 段階 完了한 것. 朴甲淳 係長 노력 있었고. 入淸하여 신봉洞事務所 가서 '農地原簿' 發送 與否 羅基東 担当者한테 確認해보니 玉山으로 發送한 것만은 異常 없고.
四女 杏이 바쁘고 고단하고 앞으로 나아갈 길 寞寞한지 울음 터뜨려 가엽기도 했고[71]. ○

〈1998년 5월 14일 목요일 晴〉(4. 19.) (12°, 25°)
故鄕에서 敬老잔치 있다고 招請[72]하기에 俊兄과 함께 11時 半 버스로 金溪 가서 人事 後 点心 待接받고 온 것. 場所는 金溪校庭(廢校中). 地方自治團體長과 議員出馬子들 數人 와서 人事하고 가기도. 兩밭 小作料 쌀 2가마니로 定했다고 從兄님 말씀[73] 듣고 어안이 벙벙하니 默認한 턱.

〈1998년 5월 15일 금요일 晴〉(4. 20.) (14°, 26°)
17회 스승의 날이라고. 모든 것 勇氣 못내고 날씨는 좋아서 市內 한 바퀴 돌았고. 日暮頃에 玉山校 出身 鄭顯姬 女史한테서 人事電話 왔던 것. ○

〈1998년 5월 16일 토요일 雨. 曇〉(4. 21.) (15°, 19°)
大宗會 總會에 參席할 淸州方面 幹部 7, 8人에게 集合 場所와 時間(高速터미날 7時 50分)

68) 원문에는 붉은색 색연필로 밑줄이 그어져 있다.
69) 원문에는 붉은색 색연필로 밑줄이 그어져 있다.
70) 원문에는 붉은색 색연필로 밑줄이 그어져 있다.
71) 원문에는 붉은색 색연필로 밑줄이 그어져 있다.
72) 원문에는 붉은색 색연필로 밑줄이 그어져 있다.
73) 원문에는 붉은색 색연필로 밑줄이 그어져 있다.

을 電話連絡했고. 点心은 族叔 漢斌 氏가 招請하기에 송이식당 가서 염소湯으로 滿腹히 먹었고. 四女 杏의 藥用으로 人蔘과 대추 닳이는데 처음으로 誠意 베풀기도. 松은 19時에 서울 向發. 杏은 저녁 後 제 아파트로. 夜深토록 明日 것 草案. ○

〈1998년 5월 17일 일요일 晴〉(4. 22.) (15°, 23°)
大宗會 總會에 參席[74]~8時 出發. 17時 歸家. 會議 場所 휘경洞 옆 外大敎授會館. 97年度 歲入歲出, 98年度 予算 共히 原案대로 承認通過. 現 殘高 269,649,000인 셈. 兵使公派 清州方面 參席者(漢奎, 俊榮, 尙榮, 晩榮) 城村派(尙榮, 弼榮, 노용, 현신). ○

〈1998년 5월 18일 월요일 曇. 晴〉(4. 23.) (16°, 25°)
小宗契 통장(外銀) 滿期로 整理 後 北三농협 가서 8個月 滿期(99.1.18) 換轉했고. 昨年에 지은 農産物 들깨 6.5kg 짯는데 기름 1되半 程度 나왔고. 깨 손질할 때 井母 생각에 落涙. ○

〈1998년 5월 19일 화요일 晴〉(4. 24.) (17°, 27°)
四宗叔 漢斌 氏 招請하여 '身土不二食堂'서 韓食 된장찌게白飯으로 点心 잘 먹었고.
예수教 宣傳 女人 3名 來訪에 長時間 對話에 佛教學 완벽하게 말했기도.
故鄕 金溪里 福祉會館 敷地로 賣却한 小宗契位土 196-1(190坪) 登記手續해주는 書類 作成에 着手하니 複雜하기도~數日 間 바쁘게 봐야[75] 할 일. ○

〈1998년 5월 20일 수요일 晴〉(4. 25.) (16°, 27°)
弟 振榮 誠意 韓藥 오늘서 마지막.[76]
오늘 따라 宗事 일로 바쁘게 뛴 것~午前 中은 서류 써서 복사(규약, 회의록, 결의서). 郡廳 가서 土地登錄番号證. 午后엔 玉山面 가서 印鑑證, 住民謄本證 떼어 온 것~賣却 中土地登記移轉서류 作成인 것. 밤에 一切 再檢整理하였고. ○

〈1998년 5월 21일 목요일 晴〉(4. 26.) (17°, 29°)
어제에 이어 司法代書, 玉山面行 해서 書類 完備하여 土地登記移轉用 서류 마치고 里長 郭敏相한테 此旨 연락한 것. 長期日 신경쓰던 것 解消. ○

〈1998년 5월 22일 금요일 晴〉(4. 27.) (18°, 30°)
清原郡 三樂會 實施 逍風[77]에 다녀온 것~8시 出發~20時 歸家…버스 2台 80名. 全北 完州郡 所陽面 '終南山 松廣寺[78] 1100年 前 建立' 左 仝 추출山 圓鳳寺[79] 보고. 모래재 큰 山 너머 가느른(細) 폭포[80] 본 다음 진안郡 馬耳山 거쳐서 点心 後 忠南 錦山 와서 七百義塚[81] 찾아 參拜하니 처음 보는 곳이고 義兵 幹部中에 郭自防[82]도 있는 것.

74) 원문에는 붉은색 색연필로 밑줄이 그어져 있다.

75) 원문에는 붉은색 색연필로 밑줄이 그어져 있다.
76) 원문에는 붉은색 색연필로 밑줄이 그어져 있다.
77) 원문에는 붉은색 색연필로 밑줄이 그어져 있다.
78) 원문에는 붉은색 색연필로 밑줄이 그어져 있다.
79) 원문에는 붉은색 색연필로 밑줄이 그어져 있다.
80) 원문에는 붉은색 색연필로 밑줄이 그어져 있다.
81) 원문에는 붉은색 색연필로 밑줄이 그어져 있다.
82) 원문에는 붉은색 색연필로 밑줄이 그어져 있다.

食事 해결에 연약한 沓이가 큰 곤혹을 치루는 듯 딱하고[83]~제 工夫하랴, 밥 지으랴, 반찬 빚기 등. ○

〈1998년 5월 23일 토요일 晴. 曇〉(4. 28.) (19°, 29°)
玉山面 가서 '農地轉用申告證' 받고[84] 垈地 660㎡ 該当 6000원整 免許稅도 納付한 것.
金溪 가서 里長 敏相한테 小宗契 所有 190坪 196~1번지 登記移轉用 서류 주었고.
日暮頃엔 漢奎 氏, 俊兄, 一相 招致하여 '江村 식당'서 메기찜으로 答接했고. ○

〈1998년 5월 24일 일요일 曇〉(4. 29.) (20°, 24°)
急한 事項 거의 마쳐진 편이어서 느긋한 마음으로 終日토록 집안에서 잔일 본 셈. ○

〈1998년 5월 25일 월요일 晴〉(4. 30.) (15°, 25°)
농협서 開城캅셀蔘값 殘額 送金하고 上京 준비 다하고. 새 派出婦 朴 女史(米坪人) 처음 왔고[85]. 헌新聞紙 10㎏ 忠銀에 納品하니 화장지 2개 주는 것. 13時 發 고속으로 上京하여 신촌세브란스 眼科病院 가서 視力檢査[86] 받고 狀況 들으니 手術 잘 되고 左眼 手術은 9月 7日에 再考하자는 것. 아침결엔 前집 現 居住者宅 가서 主人 別世에 人事했기도. ○

〈1998년 5월 26일 화요일 晴〉(5. 1.) (13°, 26°)
初하루 行事 例대로 歸路에 약수터 墓所와 祠堂 參拜. 龍華寺 祈禱.
三樂會員 金甲年 喪偶 소식에 斜川洞 新羅맨숀까지 自轉車로 달려 弔問 人事 마치니 10時 半되는 것. 집에 와선 疲勞 넘쳐 長時間 再寢했던 것.
18시부터 있는 同窓會에 參席하여 夕食 會食~'동원식당'. 밤엔 肝 部位 痛症[87]. ○

〈1998년 5월 27일 수요일 晴〉(5. 2.) (13°, 27°)
요새 連日 여름철 感氣. 讀書와 雜務로 午后 3時 半까지 房內 生活. 点心 后 우체국 들러 과상미 뒷山 솔밭 登山. 南 氏 祠堂 좀 둘러보고. 表石文 보니 朝鮮開國功臣이란 內容이고, 어느 碑文 보니 南大熙 事蹟紹介(慈善事業)한 것. 派出婦 朴 女史 2次 와서 밥짓기, 반찬 빚고 冷藏庫 等 청소. ⊙

〈1998년 5월 28일 목요일 曇. 晴〉(5. 3.) (16°, 28°)
勇氣 내어 水安堡 旅行 斷行~槐山, 延豐 經由하니 40余 年 前 在職處 '長豐校' 앞을 지내기도. IMF 영향 받아 쓸쓸하고 한산했고. 韓電所屬 植物園, 動物園, 水族館만은 求景 잘 한 것. 溫泉沐浴과 모처럼 外泊生活 無事히 보낸 셈. 밤 깊기 前에 松한테 電話하여 消息 알려 安心하기도. ○

〈1998년 5월 29일 금요일 晴〉(5. 4.) (14°, 25°)
食 前 沐浴 直後 直行 入淸하니 8時 50分. 12時부터 있는 友信會에 參席~동해회관. 清州市長 出馬者 3人(趙誠勳, 羅基正, 金顯秀) 招

83) 원문에는 붉은색 색연필로 밑줄이 그어져 있다.
84) 원문에는 붉은색 색연필로 밑줄이 그어져 있다.
85) 원문에는 붉은색 색연필로 밑줄이 그어져 있다.
86) 원문에는 붉은색 색연필로 밑줄이 그어져 있다.
87) 원문에는 붉은색 색연필로 밑줄이 그어져 있다.

請 討論회하는 테레비 보고. ○

〈1998년 5월 30일 토요일 晴〉(5. 5.) (13°, 24°)
右側 肋骨 下 痛症 있어 金內科 갔었으나 採血 檢査 後 數日 後 다시 보기로[88] 말 듣고 歸家.
讀書(三國志)와 讀書 硏究 再讀에 해 넘긴 편이고. 大宗會 總務(敏錫)한테 電話連絡도 된 것~① 上堂誌 創刊辭, ② 仝 表紙 祠堂 寫眞, ③ 住所錄 中 300名條.
午后에 4째 子婦 서울서 와서 市場 보아 저녁 食事 작만. 一同 잘 먹었고. ○

〈1998년 5월 31일 일요일 晴. 曇〉(5. 6.) (12°, 25°)
어제 왔던 4째 아침반찬도 잘 차려 함께 잘 먹고. 11時 半頃 形便 있어 夫婦 上京. 朴福礼 哲學館 찾아가 建築 運勢 보기도…八鎭方法 듣기도.
長期 大河드라마 '龍의 눈물' 昨今 잘 視聽하고 今夜로 마친 것. ○

〈1998년 6월 1일 월요일 曇. 밤에 비〉(5. 7.) (14°, 23°)
現 居住APT 전세登記 確認하니 安心. 玉山 가서 6.4地方選擧 投票番號票 等 찾아 받고 住宅建築申告用 서류 1가지 떼었고. 真心은 俊兄한테서 招請 있어 '송이식당'서 잘 먹었고. ○

〈1998년 6월 2일 화요일 가끔 비〉(5. 8.) (15°, 20°) 派朴 3次
歸路에 '청주의료원' 가서 內科 診察 後…超音波, 血液, 小便 檢査[89]한 것…혈액과 小便 檢査엔 異常無하나 超音波 檢査에서 콩팥과 肝에 若干의 티點 있어 CT寫眞이 必要하다는 것[90]~ 考慮해 볼 일. 時間 後 막내, 큰 애비, 4째로부터 檢査結果 問議에 씨티 勸告 强하게 나오므로 마음먹었기도. ○

〈1998년 6월 3일 수요일 雨. 曇〉(5. 9.) (16°, 19°)
昨今 우량 20㎜[91]
아이들 勸告로 'C.T撮影' 檢査[92]에 應하여 10時에 '청주의료원' 가서 血液檢査까지 受檢했고. 明日 16時에 判定한다는 것. 씨티촬영 60分 間 苦痛 겪은 셈. ○

〈1998년 6월 4일 목요일 가끔 비〉(5. 10.) (14°, 20°)
제2次 地自制 地方(市, 郡, 道 团体長, 仝議員) 選擧[93] 있어 아침에 처음으로 故鄕 金溪 가서 投票.(97. 12 .29 金溪로 轉入申告). 場所는 廢校됐다는 金溪校. 正刻 12時에 投票했고. 前佐 山所 가서 2時間쯤 雜草 캐고 뽑고 作業 後 15時40分 버스로 入清하여 '청주의료원' 가서 어제 찍은 C.T 結果 드르니 不明確한 말과 內視鏡 云云에 8日로 予定은 말했으나 탐탁하지 않아 再考할 마음 깊었고. ⊙

88) 원문에는 붉은색 색연필로 밑줄이 그어져 있다.
89) 원문에는 붉은색 색연필로 밑줄이 그어져 있다.
90) 원문에는 붉은색 색연필로 밑줄이 그어져 있다.
91) 원문에는 파란색 색연필로 밑줄이 그어져 있다.
92) 원문에는 붉은색 색연필로 밑줄이 그어져 있다.
93) 원문에는 붉은색 색연필로 밑줄이 그어져 있다.

〈1998년 6월 5일 금요일 曇. 雨〉(5. 11.) (16°, 22°)

APT 敬老堂 自体 逍風에 參加[94]~10名 參席. 10시~16시 半 漁夫洞 '성조식당'. 향어 1人分에 12,000. 1접시에 48,000원인 것. 모처럼 향어 생선회 흐뭇하게 먹은 것.

午後 五時頃에 청주의료원 가서 C.T 撮影한 것 받을려고 擔当 '허원만' 医師 찾아 要請하여 治療依賴書까지 作成한 것 入手한 것. 孫子 昌信의 要請에 依한 것. 서울서 큰 애비 夫婦 와서 杏이가 마련한 닭백숙으로 저녁 함께. ○

〈1998년 6월 6일 토요일 晴〉(5. 12.) (14°, 21°)

큰 애비는 早朝에 故鄕 山所 다녀온 것. 墓域 除草作業 했을 터. (43회) 顯忠日인데 國立墓地 못갔고~15단지 15433번인데[95]. 10시에 大宗會 總務 敏錫 來淸에 새淸州약국 들러 약수터 祠堂 함께(漢鳳, 漢奎 氏) 가서 둘러보고 때 되어 市內 와서 一同 㚐心.

雲泉洞 族弟 達榮 事務室 가서 總務와 함께 市議員 当選 祝賀 人事했기도.

큰 애비 夫婦 夕食 後 20時에 서울 向發. 밤 中 危險緊急 연락에 依하여 派出婦 卞 女史 要請에 재웠고. ○

〈1998년 6월 7일 일요일 晴〉(5. 13.) (13°, 22°)

3녀 제 同窓집 婚事에 오는 참 생선 비롯 새우 볶음 等 珍味飮食 많이도 가져왔었고.

13時에 있는 郭文吉 氏 女婚에 人事 後 山所 가서 또 空中다리 材料 마련에 톱질 作業 나우 했고. 留學中인 長孫 英信한테서 安否電話 왔었고(어제 午后 10시). ○

〈1998년 6월 8일 월요일 曇〉(5. 14.) (16°, 24°)

어제 作業 후유증인가 今朝 歸家하니 노곤하고 氣力 없어 한나절 잤고.

큰 애비한테서 어제의 電話~体重[96] 變化, 食慾[97], 消化[98]와 便…現實대로 알렸고. ○

〈1998년 6월 9일 화요일 晴〉(5. 15.) (16°, 23°)

보름行事 施行~墓所 祠堂 龍華寺 가서 參拜 祈禱. 午後 1時쯤 방배洞 큰 딸 집 到着. 㚐心 잘 먹었고. 낮잠으로 좀 쉬고. 午后 6時 半에 双門洞 큰 애비 집 到着. 저녁 若干 먹고. 테레비(美國 있는 曾孫子 '鎬準' 노는 것) 보고 깊은 잠 아니나 쉰 셈. ○

〈1998년 6월 10일 수요일 晴〉(5. 16.) (15°, 25°)

새벽 1時 半쯤 孫子 昌信(레지던트 2年次) 와서 聽診機, 손으로 腹部 細密이 診察. 6時에 큰 애비와 함께 3人은 서울大病院 가서 昌信의 周旋으로 이미 手續 마쳐 決定된 病室로 入院하는 것~5409호室(獨室) T708~1424[99]. 8시 半부터 檢査 着手~体溫, 血壓, 體重, 身長, 小便, 大便, 血液, 超音波, CT檢査, 肺技能, 心臟까지 檢査[100] 마치니 11時 40分. 힐치어아 끌기에 큰 애비 애먹었었고. 午后 消息…昌信의 活躍으로 자주 알려지는 것~各 器官 모두

94) 원문에는 붉은색 색연필로 밑줄이 그어져 있다.
95) 원문에는 붉은색 색연필로 밑줄이 그어져 있다.
96) 원문에는 붉은색 색연필로 밑줄이 그어져 있다.
97) 원문에는 붉은색 색연필로 밑줄이 그어져 있다.
98) 원문에는 붉은색 색연필로 밑줄이 그어져 있다.
99) 원문에는 붉은색 색연필로 밑줄이 그어져 있다.
100) 원문에는 붉은색 색연필로 밑줄이 그어져 있다.

健全하다는 것. 肝도 健全한 편이나 어느 程度의 險 있다는 것. 궁거운 채 1夜 보낸 것. 큰 子婦, 3女, 4째 子婦, 5男 왔고. ○

〈1998년 6월 11일 목요일 晴〉(5. 17.) (15°, 29°)
超音波 檢査 再實施[101]했으나 어제와 같다는 것. 終日토록 昌信 자주 와서 安心시키는 것. 退院說 있다가도 手術說도[102] 나오고. 담석症은 全혀 아니라고. 小大 肝 一部에 암細胞 90%라[103]고 알려지기도. 手術 與否 決定 못 진 채 双門洞 집 왔고. 큰 딸 와서 終日 對話. ○

〈1998년 6월 12일 금요일 晴. 曇〉(5. 18.) (17°, 29°)
9時에 큰 애비 車로 病院 가서 担当責任 李건욱 医博 面會 後 큰 애비, 5男 魯弼과 함께 勇斷 내려 手術키로 確定[104]한 것. 卽時 昌信에게 알린 것. 후련한 마음으로 12時 發 버스로 淸州 온 것. 來週初 手術 予定. 日暮頃에 모처럼 3째 夫婦, 弟 振榮 夫婦 왔기에 結果之事 細細 말했고. 日暮 直前엔 몸 찌쁘두두하여 沐浴과 理髮했고. ○

〈1998년 6월 13일 토요일 雨. 曇〉(5. 19.) (18°, 22°)
体育館 다녀왔으나 께임은 않했고. 오늘 비 오락가락 終日 내린 셈. 金태룡內科 院長으로부터 超音波 檢査 再施와 영양제 링겔待接(注射) 받아 고마웠고.
저녁엔 큰 妹와 姪女 人事次 다녀가고. 밤(10시 半頃)엔 大田 2째 夫婦 와서 留.
手術은 來週 火曜日(16日)에 施行[105]한다고 서울서 連絡 왔고. ○

〈1998년 6월 14일 일요일 雨. 曇〉(5. 20.) (17°, 29°)
월드컵 16强 축구에 0時 50分 좀 지나서 멕시코와 對戰에서 1꼴 먼저 넣고는 後半戰에서 3골 허용되어 기대가 무너진 것. 3째 집(신동아A)서 朝食. 11時 버스로 松과 함께 上京. 松 집에서 点心, 저녁도. 낮엔 3女와 함께 大峙洞 뚝방 40分 間 散策. 午后 8時에 松 夫婦와 함께 双門洞 큰집 갔고. 저물게 孫子 昌信 왔고. ○

〈1998년 6월 15일 월요일 晴〉(5. 21.) (16°, 29°)
8시에 큰 애비 車로 서울大學病院갔고. 孫子 昌信(레지덴터 2年次 医師)이가 旣히 마련된 病室로 入院. 5418号室. T708-1089番. 体温 35.8°, 血壓 80-130. 脈도 正常. 手術 前 諸般 檢査 順調 履行. 藥用 灌腸에 애 먹은 편. 설사 3回. 点心 食事로 病院 밥 最初로 잘 먹은 것. 14時부터 17時頃까지의 泄瀉로 点心 잘 먹었다지만 헛일. 밤에 4째 子婦, 3女, 큰 애비는 일찍 왔었고 宿直은 막내 弼이가. ○

〈1998년 6월 16일 화요일 晴〉(5. 22.) (16°, 29°)
1時 半부터 注射 꽂기 시작. 直前에 溫水 샤워했던 것. 注射는 營養劑와 水分, 혈액응고제.

---

101) 원문에는 붉은색 색연필로 밑줄이 그어져 있다.
102) 원문에는 붉은색 색연필로 밑줄이 그어져 있다.
103) 원문에는 붉은색 색연필로 밑줄이 그어져 있다.
104) 원문에는 붉은색 색연필로 밑줄이 그어져 있다.
105) 원문에는 붉은색 색연필로 밑줄이 그어져 있다.

約 3시간 잠 잘 잤고. 5時 10分에 영양劑 交替, 5시 30分에 3女가 朝食 갖고 현아 델고 온 것. 4째 子婦도 왔고. 灌腸도 하고. ※鄭주영 名譽會長 500마리 소떼 싣고 以北 가는 것 테레비 보고. 6시 40分頃 手術室 가는 것. 秘봉투와 現金 136,000 큰 애비에 넘겼고. 手術은 7. 20~12時 30分에 끝나 5시간30分 所要된 듯[106]. 13시頃 회복된 것인지 精神 혼란. 全身 둥둥 뜨고. 面會服 입은 子息들 몇 몇 눈에 띄이기도. 갑자기 벼락치는 소리 들렸고. 各 電線 줄 엉망. 病院이 파괴된 듯 난리. 絶命되기를 바라기도. 周圍에 사람 없고. 수습곤란인 듯. 明日이면 回復된다는 소리 들리기도. 重患者室이란 말 들리기도. 참을 수 없었고 어서 죽도록 하여달라고 호소한 듯. 큰 애비 夫婦 비롯 多數눈에 뜨이기도. 온몸 꼼짝 못한 채 …. ○

〈1998년 6월 17일 수요일 晴〉(5. 23.) (16°, 29°)
한 차례 步行機로 看病員 保護받아 복도 좀 다닌 듯. 京東高 金秀雄 교장 비롯 數人 問病人事. 病室로 옮긴 듯. 5418号室. T708~1089번. 간병원 '김정희' 女史라고. 어제의 혼란事 꿈 같고. ○

〈1998년 6월 18일 목요일 晴〉(5. 24.) (18°, 29°)
責任博士 '이건욱' 指導教授, 直接 執刀 꼬맸다나. 主治医는 孫子 昌信. 보람과 多幸을 느끼며. 不安인지? 경과 여하인지? ○

〈1998년 6월 19일 금요일 晴〉(5. 25.) (18°, 23°)
步行機로 4차례 복도 다닌 듯. 경과 회복 좋다고 말 들리기도. 肺 機能器 가끔 불어보기도. 深呼吸도. 食事 아직 못하고. 처음으로 흰죽 나오나 못먹고. 진통제 注射 맞기도. 진통제用 붙이는 것도. 잠은 잘 오는 셈. 몸 움직이기 難. 各種 注射器 여러 줄 約 30㎝ 꿰맨 듯. '제룡會社 朴仁遠 氏[107], 청주서 漢奎 氏, 俊兄, 晩榮[108] 아우 來訪. ○

〈1998년 6월 20일 토요일 晴〉(5. 26.) (18°, 28°)
까스 아직 안 나오고. 看病婦 2名 勸告로 玄關 앞까지 휠치어로 步行機 6차례. 백곡校 金찬기 校長外 3人[109] 來訪. 外孫女 연진도 오고. 大田 2째 子婦, 杏 왔고. 成榮, 漢斌[110] 氏 來訪. 저녁 缺食. 밤 10시에 孫대정 医師가 消毒. 드문드문 실 끊기도. 물 2군데 손질에 아프고 시원하기도. ○

〈1998년 6월 21일 일요일 晴〉(5. 27.) (19°, 29°)
3時 半~월드컵 축구 視聽…네델란드한테 참패. 16强에 못올라갔고. 10時에 닝겔 다시 꽂는 것. 막내 夫婦, 3째 父子, 맏子婦, 松, 淸州서 杏, 当姪 노창 夫婦, 노민, 현신 다녀가고. 18시頃에 정음까스(방구) 1번 나왔[111]고. 간단히 저녁 요기 처음 한 셈. 李건욱 博士 回診. 朝食과 点心은 禁食. ○

〈1998년 6월 22일 월요일 晴〉(5. 28.) (20°, 29°)

106) 원문에는 붉은색 색연필로 밑줄이 그어져 있다.

107) 원문에는 붉은색 볼펜으로 밑줄이 그어져 있다.
108) 원문에는 붉은색 볼펜으로 밑줄이 그어져 있다.
109) 원문에는 붉은색 볼펜으로 밑줄이 그어져 있다.
110) 원문에는 붉은색 볼펜으로 밑줄이 그어져 있다.
111) 원문에는 붉은색 볼펜으로 밑줄이 그어져 있다.

7시 半에 傷處 消毒. 3時 共히 흰죽 1/5 程度 먹는 셈. 5시 半에 灌腸했으나 水分만. 큰 妻男 夫婦, 昌信 外叔母[112], 큰 애비, 4째 子婦, 3女(떡), 弼과 큰 애비는 朝夕마다. ○

〈1998년 6월 23일 화요일 晴〉(5. 29.) (19°, 30°)
5時 半頃 화장실서 방구 슬적 1번. 복도 步行 운동. 7시頃 방구 크게 한번. 全身 씻기도. 腹部撮影 9시. 腹部 痛症 甚한편. 가스 차이고 腸이 늘어났다나.
클럽會員 崔수남 氏가 代表[113]로 人事 왔고. 外孫女 현아 반찬 갖고, 昌信 이모夫婦 來訪. ○

〈1998년 6월 24일 수요일 晴〉(閏5. 1.) (19°, 26°)
5시 半에 体溫. 血壓 正常. 食 前에 復道 步行 운동. 오랜만에 머리 감았고. 방구는 가끔 나오나 大便 안 나와 큰 걱정. 10日이 넘은 듯. 밤 子正 지나서 鎭痛劑 注射 맞고 잠 좀 잔 듯. 가슴과 배 뽀개지는 듯. 답답하고 아파서 注射 요청.
반찬 갖고 4째 子婦 왔고(早朝). 族長 勳鍾 氏, 막내 妻弟(柳 氏)[114], 맏子婦, 3女, 큰 사위 왔었고. 柳海鎭한테서 人事 전화. ○

〈1998년 6월 25일 목요일 雨〉(윤5. 2.) (21°, 24°)
곤한 잠에서 깨니 5時. 朝食 조금 먹은 게 最初로 밥맛 좀 있었던 듯. 5시 半에 관장 끝에 最初로 大便 조금[115]. 10余日 만에. 낭성 妻弟, 막내 同壻(柳)[116], 큰 딸은 묵과 반찬 해갖고. ○

〈1998년 6월 26일 금요일 雨〉(윤5. 3.) (20°, 23°)
昨今 우량 25㎜[117]
10時에 1층 내려가 自然바람 좀 쐬이고. 어제 比해선 고통 덜은 것. 새벽 진통제. 9시에 조식. 9시 半에 大便 自然排泄에 상쾌했고[118]. 14시에도 大便 자연배설. 16시에 腹痛. 30分 後에 진통제 注射. 금계교 18회라는 杏 동기 조성행 왔고. 맏子婦 早朝에 다녀가고. 반포高旧職員 여러분 來訪 人事(큰 애비 契員)[119]. 3째 母女, 4째 子婦, 맏이와 막내는 如日 朝夕 往來. 午后 10時 半頃 위경련인가. 따고 吐해보기도. 밤 11시 10分 진통제. 밤 12시頃에 2次 吐해보기도. ○

〈1998년 6월 27일 토요일 曇. 晴〉(윤5. 4.) (21°, 25°)
첫 새벽에 썩은 물 2차례나 억지로 吐하니 기운 빠지고 땀 흘리기도. 朝食 欠. 보리茶 마시고. 14頃에 健康 惡化로 닝겔(포도당 外 2種 加味) 다시 꽂는 것. 予定보다 退院 늦을 듯. 막내 家族과 金목사 夫婦[120], 魯錫 父子 왔고. 今日은 松이가 宿直. 加味 주사 繼續. ○

〈1998년 6월 28일 일요일 晴〉(윤5. 5.) (21°, 25°)
禁食. 早朝에 腹部 撮影. 傷處 消毒. 카제 안

112) 원문에는 붉은색 볼펜으로 밑줄이 그어져 있다.
113) 원문에는 붉은색 볼펜으로 밑줄이 그어져 있다.
114) 원문에는 붉은색 볼펜으로 밑줄이 그어져 있다.
115) 원문에는 붉은색 볼펜으로 밑줄이 그어져 있다.
116) 원문에는 붉은색 볼펜으로 밑줄이 그어져 있다.
117) 원문에는 파란색 색연필로 밑줄이 그어져 있다.
118) 원문에는 붉은색 볼펜으로 밑줄이 그어져 있다.
119) 원문에는 붉은색 볼펜으로 밑줄이 그어져 있다.
120) 원문에는 붉은색 볼펜으로 밑줄이 그어져 있다.

댄 채 腹帶도 가끔. 10시 50分頃 自然的 吐해지니 시원했고. 腹痛 있어 私意로 겔포스(암포젤) 먹기 시작. 하루 3번. 맏 子婦, 3男. 粥은 朝夕으로. 姪女 夫婦, 義均도. 3女, 四女, 孫氏 査頓 夫婦, 粥의 同壻[121] 왔고. 松은 아침에 歸家. 晝夜間 繼續 注射(링겔), 3種類 以上, 加味注射도. 속 미시껍고. 氣分 계속 不유쾌. 밤 11時頃에 까스 1번. 잠 못 잤고. ○

〈1998년 6월 29일 월요일 晴〉(윤5. 6.) (20°, 30°)
4시에 진통제. 6시 半에 灌腸後 大便[122]. 8시 半頃 腹部 撮影. 禁食. 8時에 灌腸大便 若干. 11시 50分 右側 小形 주머니 뺐고. 낮부터 미시꺼운 氣分 若干 가라앉은 편. 三樂會 黃元ㅁ 尹鳳吉 閔柔植 尹成熙 来訪. 金容璣[123]도. 맏 子婦, 4째 子婦, 전화~在應스님, 大田 2째(모레 온다고). 20시에 高단백질 注射. 진통제 注射 안 맞은 채로 밤새워봤고. ○

〈1998년 6월 30일 화요일 晴〉(윤5. 7.) (22°, 28°)
7시에 2次 담백질 注射 꽂음. 막내, 3女, 4째 子婦, 상운 스님[124] 왔고. 진통제 안맞고 徹夜. 저녁부터 죽 極少量. ○

〈1998년 7월 1일 수요일 晴〉(윤5. 8.) (22°, 24°)
아침 죽 조금. 12시 半에 가스 弱하게 1번. 大便 적당量. '昌信이는 外來室로 1個月. 큰 妻男[125] 再次, 한겨레新聞社 리빙部 任女史[126]가 代表로 來訪 人事. 4째子婦, 맏 子婦, 李건욱 博士 來診. ○

〈1998년 7월 2일 목요일 雨〉(윤5. 9.) (20°, 27°)
4時에 注射 終了. 7時 半에 가볍게 샤워. 今朝도 흰죽 2숙갈 程度. 腹部 撮影. 大田 絃, 大宗會 郭敏錫, 成榮, 큰 딸 夫婦, 3女…一同 夕食 사위가 待接. ○

〈1998년 7월 3일 금요일 晴〉(윤5. 10.) (21°, 27°)
날씨 淸明. 体溫, 血壓 正常. 体重은 47*kg*(平常時보다 3.5*kg* 減).
14時 半에 退院[127]. 17日만인 것. 30分 만에 큰집 双門洞 到着…큰 애비 車로 큰 딸과 3째 딸과 함께. 午后 7時엔 4째 子婦 와서 一同 저녁 식사 함께. ○

〈1998년 7월 4일 토요일 晴〉(윤5. 11.) (22°, 28°)
2째 夫婦, 막내 家族, 杏 와서 夕食 함께. 松은 식사 直前에 歸家. 까스는 2, 3回 나오나 大便 7日째 안나오고. 昨今中 3째 外는 全部 다녀가고. ○

〈1998년 7월 5일 일요일 晴〉(윤5. 12.) (22°, 29°)
早朝에 맏子婦와 3女 부축으로 동산公園 다녀오고. 밤 11時에 着手한 自家 灌腸 큰 애비 일러주는대로 執行했으나 잘 안되어 長時間 애 많이 쓰기만. 손톱으로 바위 뜯는 시늉과 같았

121) 원문에는 붉은색 색연필로 밑줄이 그어져 있다.
122) 원문에는 붉은색 볼펜으로 밑줄이 그어져 있다.
123) 원문에는 붉은색 볼펜으로 밑줄이 그어져 있다.
124) 원문에는 붉은색 볼펜으로 밑줄이 그어져 있다.
125) 원문에는 붉은색 볼펜으로 밑줄이 그어져 있다.
126) 원문에는 붉은색 볼펜으로 밑줄이 그어져 있다.
127) 원문에는 붉은색 색연필로 밑줄이 그어져 있다.

고. 땀 투성이, 온몸과 힘 다 빠져 기진맥진된 채 子正 넘긴 것. 잠 못 이룬 채 고민만. ○

〈1998년 7월 6일 월요일 晴〉(윤5. 13.) (22°, 29°)
1時 10分頃까지 4次째 右側 검지로 후벼내던 中 응고된 大便 덩어리진 채 덜컥 排泄되니 시원…인제 살았다는 생각.[128] 모처럼 3째한테 전화. ○

〈1998년 7월 7일 화요일 晴〉(윤5. 14.) (22°, 29°)
今朝도 登山(7시~8시 半). 9時 半에 大便 順調 自然排泄. 午后 3時 2次 便도 黃色으로 順調[129]. 전화 人事 왔고~俊兄, 漢奎 氏, 徐秉圭 同窓會長, 族弟 一相. ※孫女 '蕙蘭' 소식 듣고…肺 支障으로 入院 治療하겠다는 것. ○

〈1998년 7월 8일 수요일 雨. 曇〉(윤5. 15.) (22°, 30°)
6시 半에 비 맞으며(우산 지참) 登山 强行. 9시에 大便 順調. 10시에 샤워. 明한테 혜란 소식 듣고 孫子 昌信 관계에 노력. 孫 氏 査頓한테서 人事 전화. ○

〈1998년 7월 9일 목요일 雨〉(윤5. 16.) (24°, 28°)
今朝도 登山. 혜란은 淸州 '성모병원'서 手術했다는 消息. 9시. 비는 終日. 저녁 食事는 맏子婦 솜씨로 빚은 초밥으로 맛있게 8개 잘 먹은 것. 전화 人事~勳鍾 氏, 鄭弘模. ○

〈1998년 7월 10일 금요일 雨〉(윤5. 17.) (25°, 30°)
0시10分에 大便 順調. 모처럼 아침 念佛 祈禱. 9시에도 大便 順調. 午后 5시에도 大便 順調. 3女 母女 호박죽 쑤어갖고 온 것. 점심 함께. 혜란 소식~ 手術 ○

〈1998년 7월 11일 토요일 雨〉(윤5. 18.) (23°, 28°)
4日째 비 繼續 내리는 것. 6시에 큰 4거리까지 步行 往來. 9.20 大便. 막내 家族 닭 5尾 갖고 와서 닭죽으로 一同 夕食. 4日 間 우량 120㎜ 될 것[130]. 낮엔 双門橋까지 探訪. ○

〈1998년 7월 12일 일요일 晴〉(윤5. 19.) (24°, 29°)
食 前에 큰 애비 案內로 三角山 道詵寺 가서 參拜 祈禱하고 求景. 歸路에 燕山君墓도 探訪 6.30. 17시에 힘드려 가까스로 굳은 便 누었고. 4째 夫婦 牛足발 갖고 오고. ○

〈1998년 7월 13일 월요일 晴〉(윤5. 20.) (24°, 28°)
子正 지나 30分에 大便 順調. 朝食과 点心에 牛足 곰탕 잘 먹은 셈. 16시에 大便. ○

〈1998년 7월 14일 화요일 晴〉(윤5. 21.) (22°, 30°)
5시 반에 自然 便 順調(若干). 16시에 힘드려 大便 若干. 잠시 겔포스 服用 中止하기로…변비 關聯으로…'동의보감' 읽던 中 인식되어. ○

128) 원문에는 붉은색 색연필로 밑줄이 그어져 있다.
129) 원문에는 붉은색 색연필로 밑줄이 그어져 있다.
130) 원문에는 파란색 색연필로 밑줄이 그어져 있다.

〈1998년 7월 15일 수요일 晴〉(윤5. 22.) (24°, 27°)
10시에 힘드려 硬便 若干. 淸州 孫女 '혜란'이 退院했다는 消息. 族叔 漢虹 氏한테서 전화 人事. ○

〈1998년 7월 16일 목요일 晴〉(윤5. 23.) (23°, 29°)
2시30분에 물 灌腸 後 小量 大便. 9시 半에 大便 若干 順調. ○

〈1998년 7월 17일 금요일 晴〉(윤5. 24.) (21°, 28°)
10시 半에 便 若干 順調. ※ 孫子 昌信 面會行事[131] 있는 듯…婚談說. 저녁은 미아3가 '동원참치회' 집으로 一部 모여 회 定食으로 會食했고…큰 딸 夫婦와 參女 와서 參席. 애비의 手術 快癒 祝意라나. ○

〈1998년 7월 18일 토요일 晴〉(윤5. 25.) (19°, 29°)
10時에 大便 順調 若干. 点心 后 큰 애비 夫婦와 함께 승용車로 淸州 왔고~約 40日 만에 온 것[132]. ※11時 正刻까지 '동의보감' 洪文和著 完讀[133]하여 상쾌. ○

〈1998년 7월 19일 일요일 晴〉(윤5. 26.) (20°, 30°)
一同 故鄕 가서 省墓(큰 애비 夫婦, 杏도 同伴하니 4名). 歸路에 큰집 訪問했고. 入淸해선 3째와 제3寸 振榮 오래서 칼국수로 夕食. 友信會 鄭 總務, 朴在龍 교장 來訪. 큰 애비 夫婦는 김치 짠지 빚고 下午 8時 좀 지나서 上京. ○

〈1998년 7월 20일 월요일 晴〉(윤5. 27.) (22°, 30°)
모처럼(40日 만에) 体育館 나가 人事. 會員 一同 반갑다고 모두 握手.
金丙鎬[134] 교장 來訪 人事. 故鄕 里長 郭敏相 夫婦[135] 와서 人事. 宗事 서류에 捺印해서 完決보기도. 저녁에 大便 若干. 家庭서 沐浴한 셈. ○

〈1998년 7월 21일 화요일 1회 쏘나기(14시)〉(윤5. 28.) (22°, 28°)
家族 寫眞 額子 유리 낌는 데 몇 곳 거치는 데 나우 힘들었던 것. 朴 氏 派出婦 와서 終日 일했고. 水道꼭지 끝에 코롱淨水器 '필터'[136] 再手苦되어 고쳤고. 日記 정리(移記…入院 中)와 新聞 정리에 바쁘게 일 본 것. ○

〈1998년 7월 22일 수요일 晴〉(윤5. 29.) (22°, 30°)
早朝에 散策 兼 市街地 一巡하고 月余 만에 理髮했고. 헌 新聞紙 1뭉치 10*kg* 重量 自轉車 모처럼 타 실코 忠銀 가서 화장지와 交換하는 일 無事 遂行.
四男 魯松이 形便上 제집마련에 着手한 것~

131) 원문에는 붉은색 색연필로 밑줄이 그어져 있다.
132) 원문에는 붉은색 색연필로 밑줄이 그어져 있다.
133) 원문에는 붉은색 색연필로 밑줄이 그어져 있다.
134) 원문에는 붉은색 볼펜으로 밑줄이 그어져 있다.
135) 원문에는 붉은색 볼펜으로 밑줄이 그어져 있다.
136) 원문에는 붉은색 색연필로 밑줄이 그어져 있다.

분평동 住公 APT 22坪型[137]. 3,900萬 원에 契約했다는 것. 中伏이라고 3째 家族 一同(5名) 닭 2尾 사 갖고 와서 닭죽 만들어 저녁 食事 一同 8名이 會食함도 뜻 있었고. 24日 登院일 延期? ⊙

〈1998년 7월 23일 목요일 晴〉(6. 1.) (21°, 30°)
아침결에 약수터가서 墓所와 祠堂 參拜하고 社稷洞 와서 龍華寺 가서 祈禱.
큰 에미 와서 새마을金庫 것과 商銀 것 滿期된 것 整理하는 데 밝은 눈으로 參見하여 뒷마무리 깨끗이 했고. 잠정的인 일 있어 一部 서울로 送金도 마치고. 초밥 집에서 点心 함께 하고. 杏과 松이 분치도 사다가 먹게 했기도. 午后엔 새마을金庫로 나머지 모뎌서 定期預金 하니 개운하고. 저녁에 게장 맛있게 끓여 食事 좀 한 뒤 19時頃 서울 向發. 22시 半에 잘 到着했다고. ○

〈1998년 7월 24일 금요일 晴〉(6. 2.) (22°, 29°)
아침運動 歸路에 魯松 入住할 APT 求景했고~ 분평동 住公Ⓐ 5단지 14동 301호. 22坪型[138].
낮엔 큰 妹와 甥姪 夫婦 人事次 다녀가고. 人事 오겠다는 白女史 안왔고. ○

〈1998년 7월 25일 토요일 晴. 가랑비〉(6. 3.) (22°, 27°)
아침体育官 도착 前에 松이 入住할 분평APT 들러 낯 모르는 名義 고지서 確認해보기도.
意外로 맏子婦 다녀갔고. 曾坪人 鄭 女史 關聯인 듯. 4女 杏도 同意인 듯. 큰 애비도. ○

〈1998년 7월 26일 일요일 曇. 가랑비〉(6. 4.) (20°, 25°)
曾坪 鄭 女史 明日 낮 相面키로 合意. 健康 順調 회복되는 듯. 同窓會 參席. ○

〈1998년 7월 27일 월요일 晴〉(6. 5.) (20°, 28°)
12時에 鄭 女史 만나 修人事 후 점심 간단히 먹고 부채 독촉 좀 하고 양편처지 이야기 하고 펴나가는 대로 圓滿 기하도록 相約. 司倉洞 현대APT 큰 妹 家 잠간 다녀온 것~甥姪婦 生男에 장각 멱 좀 사 갖고 갔던 것. ○

〈1998년 7월 28일 화요일 晴〉(6. 6.) (21°, 30°)
退院 後 体力程度로 過活動의 탓인지 疲勞 느껴지고 食事는 普通인 셈인데 腹部가 恒時 부른 편이어서 개운하지 않은 中. 저녁엔 散策 삼아 福台 솔밭公園 거쳐 西原初校 앞의 '孫眼科 医院'[139] 位置 確認하고 집에 오니 午后 8時. ○

〈1998년 7월 29일 수요일 晴〉(6. 7.) (22°, 32°)
今日 아침 피곤 넘쳐 홍덕寺地만 步行으로 돌고 온 것. 管理費 等 月末 정리 마치고 金태룡 內科 가서 닝겔 맞았기도~포도당 영양제. 今日 낮 온도 가장 높았고.
日暮頃에 '운천公園…동산' 다녀왔고. ○

〈1998년 7월 30일 목요일 晴. 曇〉(6. 8.) (22°, 32°)

137) 원문에는 붉은색 색연필로 밑줄이 그어져 있다.
138) 원문에는 붉은색 색연필로 밑줄이 그어져 있다.
139) 원문에는 붉은색 색연필로 밑줄이 그어져 있다.

'清州医療院' 찾아가 許영만內科 課長 만나 人事 와 서울大病院서 手術한 이야기했고~手術 잘 됐다는 말과 補身湯 飮食 좋다는 말 들었고.
松은 APT 入住 計劃 서둘러 今日 殘金도 完拂했다는 것[140]. ○

〈1998년 7월 31일 금요일 曇. 雨〉(6. 9.) (24°, 28°)
再診 予約 있어 早朝 서울 向發[141]. 서울大病院 9시 到着. 一般外科 外來者 第二室 李건욱 博士 9시 半에 첫 번째로 受診~順調롭고 異常 없는 듯. 血液 檢査 9月 25日에 있고 10月 2日에 再再診[142] 있다는 것. 医師 孫子 昌信이 나우 바쁘게 活躍. 큰 에미 왔고. 막내 魯弼도 오고. 点心은 一山 가서 먹고 午后 3時 半 發 入淸하니 18時頃. 今日 15時 50分頃부터 비 나우 쏟아졌고. ○

〈1998년 8월 1일 토요일 曇. 晴〉(6. 10.) (22°, 29°)
'서청주의원' 가서 族叔 漢斌 氏와 함께 어깨 痛症 治療(뜸질, 鍼) 받고 송이식당서 영양湯으로 点心 待接했고. 族叔 漢虹 氏 父子분 来訪 人事에 感謝했고(수박, 박카스도). 4째 子婦 와서 咎까지 4人은 '호두나무집' 가서 松의 入住 記念 會食[143]. ○

〈1998년 8월 2일 일요일 가끔 구름〉(6. 11.) (23°, 31°)
第2回 中部圈 및 제10회 知事旗 生活体育배드민턴大會에 參席[144]~6시 出發, 23時 歸家. 忠州体育館. 70代 以上 A級에서 準優勝[145]. 松 夫婦 APT 入住 形式 마치고 애비 먹을 빵 種類 듬뿍 사놓고 午后 5時頃 上京했다나. 大田 2째 夫婦 닭湯 많이 끓여놓고 갔다는 것. ○

〈1998년 8월 3일 월요일 雨. 曇〉(6. 12.) (24°, 31°) 3日 間 105㎜[146]
아침결에 비 쏟아지고 무덥기도. 曾坪 鄭 婦人 만나 借金 促求[147]했고. ○

〈1998년 8월 4일 화요일 曇. 晴〉(6. 13.) (24°, 30°)
終日 무더웠고. 松은 公務 마치고 아파트 登記 手續 일로 午后에 上京. 큰 애비는 歸淸 中 故鄕 山所 雜草 作業 長時間 勞力後 17時頃 왔고. 느타리버섯 듬뿍 사 갖고 와서 버섯전골 많이 끓여서 저녁식사 맛있게 실컷 먹은 것. 큰 딸 入院[148]? ○

〈1998년 8월 5일 수요일 晴. 曇〉(6. 14.) (25°, 31°)
큰 애비는 무우 배추 等 사다가 咎 덴고 김치 빚기에 勞力 後 山所 가서 雜草 除去 作業에도 땀 많이 흘리고. 富成부동산 安社長 소개로

140) 원문에는 붉은색 색연필로 밑줄이 그어져 있다.
141) 원문에는 붉은색 색연필로 밑줄이 그어져 있다.
142) 원문에는 붉은색 색연필로 밑줄이 그어져 있다.
143) 원문에는 붉은색 색연필로 밑줄이 그어져 있다.
144) 원문에는 붉은색 색연필로 밑줄이 그어져 있다.
145) 원문에는 붉은색 색연필로 밑줄이 그어져 있다.
146) 원문에는 파란색 색연필로 밑줄이 그어져 있다.
147) 원문에는 붉은색 색연필로 밑줄이 그어져 있다.
148) 원문에는 붉은색 색연필로 밑줄이 그어져 있다.

徐氏 等에 奠心 샀기도. 老人亭 가서 7, 8月分 會費도 정리. 松 案內로 큰 애비와 함께 분평 APT 가보았고. 日暮 後 3째 와서 제 큰 형 同伴 一盃 나누는 듯~ 수곡동? 杏은 佛教 修鍊次 全南 송광암 갔고(6日). ○

〈1998년 8월 6일 목요일 雨. 曇〉(6. 15.) (24°, 29°) 降雨量 40㎜+50㎜[149)]
昨夜 깊도록 長男, 3男間 激論에 不快感 禁치 못하며 雨中에도 槐山 登記所와 曾坪 出張所 다니며 鄭末分의 不動産 實勢 調査해 봤으나 시원치 않아 輕率했던 處事 反省 많이 했기도[150)]. 큰 애비는 집일 좀 보고 午后에 上京. ○

〈1998년 8월 7일 금요일 가끔 비〉(6. 16.) (23°, 31°)
어제 못이뤘던 보름 參拜 祈禱 今日 早朝에 施行했고. 날씨 極히 무더우나 16時 半 發 버스로 上京하여 22時頃에 아버님 忌祭 올렸고[151)]~2男, 3男 不參. 弟 振榮 夫婦 모처럼 双門洞서 留했고. ○

〈1998년 8월 8일 토요일 曇〉(6. 17.) (24°, 31°)
双門洞서 늦은 아침 後 振榮과 함께 龍山 中大病院 가서 數日 前에 右膝 靜脈 血管 手術했다는 큰 딸 狀況 본 것[152)]~全身 마취에 5時間쯤 걸렸다니 오직 고생 많았을까? 몇 시간 이야기 끝에 担当医師 와서 消毒 治療하는 것 보고 奠心 後 清州 向發. 서울 경기도 一帶 늦장마 水害 莫甚한 中이고[153)]. ⊙

〈1998년 8월 9일 일요일 雨. 曇〉(6. 18.) (25°, 27°) 우량 30㎜[154)]
새벽 3時 前後 3, 40分 間 천둥 번개 甚했고. 集中 폭우 쏟아졌고. 모처럼 山所 가서 省墓 後 除草作業했고~떳떳한 氣分으로 歸家. 從兄 집과 兩밭 둘러봤기도. ○

〈1998년 8월 10일 월요일 가끔 비〉(6. 19.) (25°, 30°)
曾坪 鄭 女人의 女息집 전화번호 처음으로 알았고. 비 오락가락했고. 게리리式 비라고 하나 서울, 경기, 忠南地區엔 每日같이 무망찌리 폭우로 因하여 人命피해 財産피해 많다는 끔찍한 消息[155)] 텔레비전, 라디오로 자주 들리고. ○

〈1998년 8월 11일 화요일 雨. 가끔 구름〉(6. 20.) (24°, 29°)
이른 새벽에 천둥번개 甚했고. 아침결에 비 바람도 세더니 낮 동안은 比較的 조용했던 것. 모처럼 朴氏 派出婦 오래서 清掃, 洗濯 若干과 된장 끓여 食事 떳떳이 한 것. 午后엔 송광암 갔던 杏, 서울서 在應스님, 3女 姙 와서 저녁食事 푸짐하게 잘 먹었고. ○

〈1998년 8월 12일 수요일 曇. 가끔 폭우〉(6. 21.) (25°, 28°) 昨今의 雨量 120㎜[156)]

149) 원문에는 파란색 색연필로 밑줄이 그어져 있다.
150) 원문에는 붉은색 색연필로 밑줄이 그어져 있다.
151) 원문에는 붉은색 색연필로 밑줄이 그어져 있다.
152) 원문에는 붉은색 색연필로 밑줄이 그어져 있다.
153) 원문에는 붉은색 색연필로 밑줄이 그어져 있다.
154) 원문에는 파란색 색연필로 밑줄이 그어져 있다.
155) 원문에는 붉은색 색연필로 밑줄이 그어져 있다.
156) 원문에는 파란색 색연필로 밑줄이 그어져 있다.

새벽부터 集中暴雨 몇 차례. 各處 被害 자꾸만 發生~丹陽, 陰城, 報恩 等.
視力도 갑갑하기에 佳景 近處인 '孫태수 眼科' 가서 診察해 보았기도. 3女 歸京. ○

〈1998년 8월 13일 목요일 曇. 晴〉(6. 22.) (23°, 29°)
낮에 在應스님 '갈산' 向發. 잘 갔다는 소식 왔고. 10余日 前에 오른 다리 靜脈 血管 手術로 入院(中大龍山病院)한 큰 딸 退院 했다고 기별 왔고. 午后에 山所 가서 勞力. 모처럼 비 안 왔고. 夜深토록 雜務 많이 보고 就寢. ○

〈1998년 8월 14일 금요일 晴. 가끔 비〉(6. 23.) (24°, 30°)
尹成熙에 答礼次 典心 待接했고~'올갱이국밥'. '三國志' 제4券까지 完讀.[157] 殘 5, 6号. ○

〈1998년 8월 15일 토요일 가끔 가랑비〉(6. 24.) (24°, 28°)
宗親 漢奎 氏, 漢虹 氏, 晩榮에 答礼 意로 典心 待接했고. 杏은 아침결에 上京, 松 夫婦 淸州 와서 새 아파트 신접살림 어느 程度 마련해 놓고 와서 저녁 지이 함께 먹고 殘삭다리 볼 일 있어 늦게 아파트 갔고. 家屋建築 申告서류 作成하는 데 設計圖에서 平面圖와 配置圖 만드는 데 머리 아프도록 神經[158] 너무 쓴 셈이어서 괴롭고 어지러웠기도. 잠시 後 松의 助力을 받아 圖面 完成하니 개운하여 잠 잘 왔던 것. ○

〈1998년 8월 16일 일요일 曇〉(6.25.) (22°, 28°)
어제는 光復 53周年. 建國 50周年인데 統一이 요원하니 한탄식. 松 夫婦 애비 待接 잘 하고 上京.
杏이 서울서 午后에 歸淸~癸巳生(46歲) 金氏 事業家를 큰 에미 紹介로 面會[159]하고 (어제) 온 것. ○

〈1998년 8월 17일 월요일 曇〉(6. 26.) (23°, 29°)
無心川 물 今年 들어 最高로 많이 불은 듯~河上 차도 위로. 鄭末分 件으로 槐山등기소 증평 出張所 들러 資產 確認해 보았으나 신통치 않고. 反省 또 가고. ○

〈1998년 8월 18일 화요일 曇〉(6. 27.) (22°, 29°)
○
今日도 終日 흐렸을 뿐 비는 안와서 多幸. 낮엔 '西淸州의원' 가서 右側 痛症 物理治療 받은 것. 鄭末分 女人의 電話에 신통치 않아 不安할 뿐. 저녁엔 宗親會 있어 저녁 7時에 石山亭 가서 會食했고. 入院治療 後 처음 參席이어서 答礼 人事했고. ○

〈1998년 8월 19일 목요일 晴〉(6. 28.) (24°, 30°)
玉山面 開發係 가서 親族 '치종' 찾아 '建築 申告서류' 주면서 手續 부탁[160]했고.
간밤은 不安 不快感으로 단잠 못이루어 曾坪人 鄭 女人 불러서 債金 督促하니 若干 氣分 가라앉은 편되고. 늦가을에 可能하겠다는 말 듣고. ○

---

157) 원문에는 붉은색 색연필로 밑줄이 그어져 있다.
158) 원문에는 붉은색 색연필로 밑줄이 그어져 있다.
159) 원문에는 붉은색 색연필로 밑줄이 그어져 있다.
160) 원문에는 붉은색 색연필로 밑줄이 그어져 있다.

〈1998년 8월 20일 목요일 曇. 晴〉(6. 29.) (23°, 29°)
曾坪 일로 낮에 槐山 登記所 가서 1055~12 垈 藤本 떼어 보았더니 亦 근저당 설정된 것이었고. 實況 把握 다 한 셈이나 어제의 그의 約束을 믿고 좀 더 기다려 볼 일. 큰 애비 出他中 歸京中에 들렀고. 孫子 正旭 불러다 飮食 좀 注文해다 먹도록 하고 雜費로 金一封 주기도. 큰 애비는 曾坪 鄭 女人의 借金條 희미한 事項에 몹시 神經 써져 궁금하고 不安한 点 나우 이야기하는 것. 9月 26日에 本人 召喚 相談하자고 合意[161]. ○

〈1998년 8월 21일 금요일 晴〉(6. 30.) (22°, 30°)
郡 三樂會 逍風에 參席~月岳山 公園 송계 溪谷[162]. 물레방아 집 野外 홀에서 点心. 食事 材料는 淸州 경동식당서 갖고 간 것. 동광製藥會社 수안보工場서 老年 健康法 강의 聽講. 膳物로 中型 雨傘도 받았고. 忠州 와서 탄금대 보고 入淸하니 午后 7時 좀 지났고. 큰 애비, 4째 上京. ○

〈1998년 8월 22일 토요일 晴. 曇〉(7. 1.) (21°, 30°)
歸路에 初하루 參拜 祈禱 올렸고. 낮엔 '西청주医院' 가서 痛症 治療 받았고. 해 다 가서 故鄕 山所 다녀왔기도. 요새 날씨 繼續 맑은 셈. ○

〈1998년 8월 23일 일요일 晴〉(7. 2.) (21°, 27°)
今日 處暑. 모처럼 3째(明)이 다녀가고. 낮엔 朴仁根 교수 人事次 來訪. 家庭 製빵 多量과 벌꿀 1병 갖고 온 것. 일 있을 때마다 過多한 誠意 있는 분이고. ○

〈1998년 8월 24일 월요일 曇. 晴〉(7. 3.) (21°, 27°)
富成不動産 安社長 찾아가 鄭 女 曾坪人 貸與金條 說明하니 不動産 假押留 手續해야 할 必要性 말하기에 深思熟考한 나머지 玉山 가서 住民證謄本 떼어오기도. 낮엔 金眼科 가서 治療 받기도. 왼눈은 백내장이라고 手術 必要論도 있고. 망막症(網膜)으로 큰 効果는 없을 것이란 말도(세브란스 說明한 끝에 同一論) 있는 것. 朴 派出婦 와서 勞力. 大田 2째 夫婦 다녀가고. ○

〈1998년 8월 25일 화요일 晴〉(7. 4.) (22°, 29°)
富成 安社長 紹介대로 6거리 南部合同法律事務所 '김창걸' 찾아서 曾坪 鄭 女人 不動産 3필지 押留手續하는 데 여러時間 所要된 셈. 經費도 나우 들고. 結果가 궁겁지만 많은 損害 없을 듯~時日이 問題. ⊙

〈1998년 8월 26일 수요일 구름 많음〉(7. 5.) (20°, 27°)
金法務士 要請 있어 早朝에 曾坪 出張所 가서 어제의 書類 關聯 登錄稅 告知書 떼어다가 金士에 주었고~手續 完了된 셈. 數日 前 연락 依據 11時 半에 鄭 女人 만나 督促 이야기하고 未盡문제 內容을 日 後에 큰 애비 만나는 자리에서 詳細히 說明하고 打合하라고…. 밤엔 201号에서 班常會 있어 參席했고. 큰 애비 전

161) 원문에는 붉은색 색연필로 밑줄이 그어져 있다.
162) 원문에는 붉은색 색연필로 밑줄이 그어져 있다.

화 있기에 鄭 女人과 對話할 날 9. 26: 17시로 했고[163]. ○

〈1998년 8월 27일 목요일 曇. 晴. 曇〉(7. 6.) (21°, 28°)
今日도 西淸州医院 가서 痛症 治療 받았고~ 전기物理治療 40分 間…어제도 오늘도. 낮엔 '찜器' 날개 고장난 것 고치는 데 成功했고. ○

〈1998년 8월 28일 금요일 晴. 가끔 흐림〉(7. 7.) (20°, 28°)
曾坪 鄭 女人에 貸與金條로 晝夜 고민. 단잠, 밥맛조차 없는 셈. 낮 버스로 山所 가서 除草 作業했고. ○

〈1998년 8월 29일 토요일 晴. 가끔 흐림〉(7. 8.) (20°, 28.5°)
金昌杰 司法事務所 가서 手續 完了된 書類 찾아왔고. 雜多한 마음으로 金溪行 中止했고. ○

〈1998년 8월 30일 일요일 晴. 曇〉(7. 9.) (20°, 29°)
曾坪 鄭 女人條로 苦悶 사라지지 않고. 午后엔 山所 가서 除草作業하니 마음 개운한 셈. ○

〈1998년 8월 31일 월요일 晴. 曇〉(7. 10.) (20°, 29°)
苦悶 繼續 中 어제 作業 中 右側가슴뼈 타박處 痛症 나우 느껴 熱湯과 西청주医院 가서 열찜 治療도 받아봤고. 卞 派出婦 와서 松이 줄 寢具 洗濯 完成 等에 勞力했고. 建築家 曺 氏와 相談해 봤고[164]. ○

〈1998년 9월 1일 화요일 晴. 曇〉(7. 11.) (19°, 29°)
오는 13日에 있을 '健康달리기' 參加 申請하고. 午后엔 山所 가서 雜草 뽑기 作業 約 3時間 勞力하여 墓下 最下段(1段)까지 잔디 바닥 일은 1段落 지운 셈이고 周圍가 남은 셈. ⊙

〈1998년 9월 2일 수요일 晴〉(7. 12.) (18.5°, 29°)
建築家 千 氏 來訪 相談. 坪当 約 100萬 원 所要라고. 槐山登記所 갔었으나 未登栽 中으로 헛旅費만 든 것. 서청주医院 治療받았지만 석연치 않고. 不願인데 肝 檢査用 採血도. ○

〈1998년 9월 3일 목요일 晴. 曇〉(7. 13.) (18°, 28°)
俊兄 招請으로 勳鍾 氏와 함께 까치食堂서 点心 잘 먹었고. 맞보기 眼鏡 알 손질로 閔 眼科 들러 '西청주医院' 가서 어제 뽑힌 피 檢査結果 듣자니 아무 異常 없대서 理解 다 돼고. 胸部 熱뜸질로 받은 것. 9月 1日(8. 31)에 北漢서 發射한 미사일 1号 成功에 日, 美 等 발끈하는 中[165]이고. ○

〈1998년 9월 4일 금요일 晴〉(7. 14.) (18°, 29°)
肝 氣能에 좋다는 '백두산 송화가루'를 多量 꿀에 갠 것 1상자[166]를 忠南 갈산 운곡선원에서 在應스님이 郵送한 것 잘 接受했고. 明日의

163) 원문에는 붉은색 색연필로 밑줄이 그어져 있다.

164) 원문에는 붉은색 색연필로 밑줄이 그어져 있다.
165) 원문에는 붉은색 색연필로 밑줄이 그어져 있다.
166) 원문에는 붉은색 색연필로 밑줄이 그어져 있다.

事情으로 하루 앞 당겨 藥水터 가서 墓所와 祠堂 가서 參拜 祈禱를 낮에 施行한 것. 헌 新聞紙 10*kg* 納品도. ○

〈1998년 9월 5일 토요일 曇. 비 若干〉(7. 15.) (19°, 28°)
歸路에 龍華寺 들러 合掌祈禱. 9時 半에 敬老堂 가서 會費 等 整理하고 10時 半 發 高速으로 上京하여 大宗會 總務 敏錫 子婚에 人事한 것. 13시. 자유센타 웨딩홀. 成榮도 만났고. 漢奎 氏 3女 美榮한테 厚待받기도~高速터미날까지 제 車로. 淸州行 車費도. 午后 3時頃 서울은 約 30分 間 集中暴雨 쏟아졌던 것. 淸州 到着 午后 六時. ○

〈1998년 9월 6일 일요일 曇. 晴〉(7. 16.) (20°, 29°)
金溪 山所 가서 雜草 作業 2時間余 개운이 잘 했고. 杏은 永同 深川 포도밭에 제 親旧들과 다녀왔고. 저녁엔 3째 夫婦 人事次 다녀가기도. 杏이 가위눌려 잠 못 이루고 深夜에 제 APT로 옮기고. (9층 아파트 높은 탓 같다는 것). ○

〈1998년 9월 7일 월요일 晴〉(7. 17.) (21°, 29°)
体育館 안가고 無心川 둑 自轉車로 一巡 中 龍華寺 들어가 合掌拜禮 祈禱했던 것. 참외 몇개 사다 놓고 上京. 16時40分에 신촌 '세브란스病院' 眼科 到着. 視力, 안압 亂視 再診[167]. 別無神通한 氣分. 임승정 医師 말은 흐뭇하나 右側눈 手術 잘됐다고는 하지만 ① 亂視 不完治, 飛紋症도 存續. 백내장만이 고쳐진 氣分. 99.1.4日로 예약은 했지만? 双門洞 큰 애비 집 가서 留했고. ○

〈1998년 9월 8일 화요일 晴〉(7. 18.) (19°, 30°)
엊저녁과 오늘 아침 맛있게 먹고 8時 淸州 向發. 11時 順調 到着. 房內 整理하고 讀書 끝에 늦点心 겸 저녁 食事로 '身土不土' 食堂 가서 된장찌개 白飯 맛있게 먹은 것. ○

〈1998년 9월 9일 수요일 晴〉(7. 19.) (22°, 31.5°)
三伏 더위를 방불케 더웠고. 親族 몇 분의 招待로 '봉덕식당'서 点心 잘 먹은 것~漢奎 氏, 俊兄, 晩榮, 一相. 아파트 敬老堂 會長 尹상현 入院에 성모病院에 人事次 다녀왔고(4016号室). 卞 氏 派出婦 와서 勞力했고. 点心 費用 19,000은 漢奎 氏가 負擔. ○

〈1998년 9월 10일 목요일 晴〉(7. 20.) (21°, 32°)
歸路에 予定한 바대로 槐山 登記所 가서 鄭末分 不動産謄本 떼고(假押留 정리된 것) 曾坪와선 仝上 地籍圖 1통 뗀 것. 杏의 生日~松이가 주선하여 '호도나무집'에서 초밥으로 点心 이색지게 먹은 셈. 지나치게 더웠기도. 最終最高로. ○

〈1998년 9월 11일 금요일 晴〉(7. 21.) (22°, 31°)
日 前 約束대로 鄭 女人 만나 負債 件 關聯 '不動産' 假押留된 것 일러주고[168] 9月 26日에 큰애비 와 만나 仔細한 이야기하라고 点心 後 재차 부탁하니 어느 点 若干 시원했기도. 午后엔

167) 원문에는 붉은색 색연필로 밑줄이 그어져 있다.

168) 원문에는 붉은색 색연필로 밑줄이 그어져 있다.

西청주医院 가서 物理治療 받고 이어 沐浴湯 가서 痛症部 데우기도(찜질). ○

〈1998년 9월 12일 토요일 晴〉(7. 22.) (21°, 32°)
요새 낮엔 繼續 찜 더위. 午前 車로 山所 가서 伐草 作業 3時間 勞力. 올 무렵 弟 振榮家族 모처럼 와서 省墓. 오후 3時 半頃 함께 入清. 10時 半쯤 玉山面서 큰 애 夫婦 호적초본 떼었기도.
서울서 4째 子婦 와서(밤 10時頃) 青果物 待接하기에 함께 一同 입맛 다셨고. ○

〈1998년 9월 13일 일요일 晴〉(7. 23.) (22°, 30°)
淸州市 主催 自轉車타기 大會에 參席~7시~8시 半. 忠淸日報 主管 老人 3㎞ 달리기에도 參席하여 紀念品으로 T사쓰 받았다는 것도 健康의 증명일가? 完走했던 것. 4째 子婦는 아침과 点心 지어 待接하고 午后 5時 發 車로 上京. 杏은 學生 敎授 함께 俗離山 다녀 交通 분잡으로 저물게 歸家. ○

〈1998년 9월 14일 월요일 晴〉(7. 24.) (21°, 29°)
○
前佐 山所 가서 2時間余 雜草 꺾는 作業에 流汗 勞力. 今日도 運轉技士한테 路線 말했고.
○

〈1998년 9월 15일 화요일 晴. 쏘나기. 晴〉(7. 25.) (22°, 28°)
友信會 있어 參席. 11名 參與. (朴永, 金)欠 거구장. 入院 治療 中에 있었던 人事했고. 午后엔 西청주医院 가서 右側 어깨 物理治療 받았기도. ○

〈1998년 9월 16일 수요일 晴〉(7. 26.) (17°, 28°)
中央圖書館[169](社稷洞 KBS放送局 뒤) 가서 새淸州藥局 郭漢鳳씨가 寄贈한 圖書코너 (1, 2, 3, 4, 陳列欌) 觀覽[170]하고 고맙고 자랑스럽고 엄청났음[171]을 느껴 感歎했고.
点心 後 山所 가서 雜草作業 2시간 半 하니 父母님 山所 뒤 훤하기도. ○

〈1998년 9월 17일 목요일 晴〉(7. 27.) (14°, 27°)
体育館 안가고 새淸州약국 가서 中央圖書館 다녀온 이야기로 祖上님들 功績 이야기로 꽃 피웠고.
'천수원…氣' 가서 金院長과 初面人事하고 痛症部分 '氣' 壓 治療받으니 개운했던 것. ○

〈1998년 9월 18일 금요일 晴〉(7. 28.) (15°, 28°)
早朝에 성모병원(前 리라병원) 영안실 가서 故 朴鍾益 別世에 弔慰했고. 西淸州医院 가서 右側 가슴뼈 物理治療 받았기도. 予約대로 中央도서관 求景하고 漢鳳 氏 招請하여 저녁. 漢圭 氏, 俊兄과 함께 한 일이나 食事代는 漢奎 氏가 支拂. 政局(國會)은 與野 극단 대치중[172]. ○

〈1998년 9월 19일 토요일 晴〉(7. 29.) (18°, 28°)
모처럼 忠北道 敎育廳 가서 一家(栢洞派) 郭昌信이란 新任發表(副校育監)에 반갑고 기쁜 마음으로 찾아 人事했던 것~槐山郡 淸安人. 50歲 程度에 成功한 턱. 고마워서 반가이 여

169) 원문에는 붉은색 색연필로 밑줄이 그어져 있다.
170) 원문에는 붉은색 색연필로 밑줄이 그어져 있다.
171) 원문에는 파란색 색연필로 밑줄이 그어져 있다.
172) 원문에는 붉은색 색연필로 밑줄이 그어져 있다.

기는 것. 高日永 總務課長의 親切한 人事에 기뻤기도. 內德洞 삼성전자店 가서 招請에 依한 膳物(器物) 받았기도. 時間 안 맞아 山所 作業 못갔고. ○

〈1998년 9월 20일 일요일 晴. 쏘나기 2회〉(7. 30.) (20°, 28°)
故鄕 山所 가서 伐草 作業 2時間 程度 할 지음 쏘나기 오므로 早期 入淸한 것. ○

〈1998년 9월 21일 월요일 雨. 曇〉(8. 1.) (21°, 25°) 비 25㎜[173]
長期 가물었던次 비 잘 내렸고…가을 菜蔬와 들깨 等 타붙는 中이어서 고대했던 것.
初하루 行事로 雨中에도 勇敢하게 施行. 약수터 墓所와 祠堂 參拜와 龍華寺 祈禱 잘 했고. 雨中 무릅쓰고 金溪 倉庫 가서 農具(낫, 얼기미)와 自轉車 뻼프 가져왔고. ○

〈1998년 9월 22일 화요일 晴〉(8. 2.) (18°, 26°)
새청주약국長 郭漢鳳 氏의 受賞行事(教育監 感謝狀[174])…史書「高麗史, 李朝實錄, 譜書」多量寄贈~中央圖書館)에 參席(大宗會 淸州宗親會員 約 20名)하고 '명관'서 点心하고 약수터 가서 祠堂內 墓所 伐草 狀況 둘러본 것.
밤엔 27日 使用할 伐草用 낫 여러 가락 가아는 데 勞力했고. ○

〈1998년 9월 23일 수요일 晴. 曇〉(8. 3.) (15°, 27°)
三樂會 月例會 있어 參席~12시 경동식당. 金溪 倉庫 가서 간수했던 刈草機 찾아 山所 域內로 옮겨놨고. 큰집 들러 從兄嫂 氏의 憂患狀況 보고 極致에 이르른 느낌이고. 從兄은 健康狀態 比較的 良好한 편이어서 多幸. 큰집에 保管中이던 中古自轉車 손질해서 모처럼 玉山까지 타고 왔던 것. ○

〈1998년 9월 24일 목요일 雨. 晴〉(8. 4.) (17°, 27°)
明日 上京할 準備 마치고 山所 가서 除草木 作業 時間余 勞力. 玉山선 自轉車로 往來. ○

〈1998년 9월 25일 금요일 晴〉(8. 5.) (17°, 26°)
上京~7. 40 發. 16. 00 歸淸. 서울大病院 가서 予約대로 1層 收納系 찾아 手續하고 採血室에서 피 뽑았고. 檢查 結果는 10月 2日 9時 半. 27日에 伐草함을 아이들한테 再連絡. ○

〈1998년 9월 26일 토요일 晴. 가끔 구름〉(8. 6.) (18°, 27°)
柳海鎭 招請으로 石山亭 가서 点心 待接 받았고. 저녁엔 同窓會月例會 있어 '동원식당'서 全員(6名) 會食한 것. 鄭末分 貸與金 件으로 큰 애비와 魯弼, 魯明, 魯松 일억조茶房서 当本人 오래서 相談했었으나 그리 神通한 結末은 없었던 것. 멍청한 일. 속 썩이지 말고 勇氣 내어 相對防을 爲한 善心으로 생각하라는 子息들의 말이었고. ○

〈1998년 9월 27일 일요일 晴. 가끔 구름〉(8. 7.) (18°, 27°)

173) 원문에는 파란색 색연필로 밑줄이 그어져 있다.
174) 원문에는 붉은색 색연필로 밑줄이 그어져 있다.

6時에 전좌리 山所 가서 伐草 作業[175]. 11時 半까지 一同 熱心히 한 것. 男子 5兄弟 中 魯弼만 早朝에 上京하고 全員 參與. 弟 振까지 모두 6名. 큰 子婦와 3째 子婦, 四女 魯杏은 間食用 飮食 갖고 와 省墓했고. 12時에 入淸하여 집에서 一同 中心 한 것. ○

〈1998년 9월 28일 월요일 晴. 曇〉(8. 8.) (19°, 25°)
어제의 飮食 많이 남아서 終日 먹었어도 아직 남았고. 中心 後 山所 가서 마무리 作業 着手했으나 일거리 아직 많은 셈. 玉山~山所까지 自轉車로 往來. ○

〈1998년 9월 29일 화요일 雨〉(8. 9.) (17°, 22°) 우량 26㎜[176]
거의 終日 비 내리는 것. 管理費 納付 等 月末 정리 거의 마친 셈. 鄭 女人도 만나 督促했고. ○

〈1998년 9월 30일 수요일 雨〉(8. 10.) (17°, 22°) 우량 80㎜[177]
今日도 終日 비 내린 것. 各處 水害 莫甚하다고. 南部地方[178](全羅道, 慶尙道)은 人命과 農耕地(被害는 結實된 벼까지 沈水) 被害 많다고. 서울 큰 애비로부터 故鄕 金溪校(廢校) 狀況 알아서 私的으로 自然學習園 等으로 再活할 意思[179]를 말해왔고. ○

〈1998년 10월 1일 목요일 雨. 晴. 曇〉(8. 11.) (18°, 25°)
어젯날 큰 애비로부터 얘기 있던 廢校된 金溪校를 故鄕 自然學習園(假稱)으로 再生論을 爲해 11時 버스로 故鄕 가서 學校 實現況을 巡察[180]한 것~敎室 10칸. 舍宅 2棟…닫고 착갈한 터이라 허술하고 周圍가 雜草 밭임에 寒心스러웠고. 歸路에 老人亭 들러 茶값으로 10,000원을 郭泰鍾 會長에 맡겼기도. 歸家 後 큰 애비에 此旨 전화로 알리기도. 道교육청 郭昌信 副교육감에 關聯性 연락하여 보았고. 今朝 上京할 준비했고. ○

〈1998년 10월 2일 금요일 晴〉(8. 12.) (16°, 26°)
며칠 만에 개운한 맑은 날씨. 早朝 첫 버스로 上京. 서울大病院 '일반外科'~이건욱 博士室 찾아가 血液檢査 結果 喜消息[181] 듣고. 此後 予約으로 12月 30日에 寫眞[182](방사선科) 撮影. 99年 1月 8日에 結果 듣도록[183] 된 것. 歸淸하여 興德區 保健所 가서 毒感 予防注射[184] 맞은 것. ○

〈1998년 10월 3일 토요일 晴〉(8. 13.) (16°, 25°)
秋夕 준비로 대추, 밤 購入. 上京 乘車票, 紙榜 마련했고. 山所 가서 잔디 무성한 곳 깎기도(城內一部). ○

〈1998년 10월 4일 일요일 晴〉(8. 14.) (13°, 25°)

175) 원문에는 붉은색 색연필로 밑줄이 그어져 있다.
176) 원문에는 파란색 색연필로 밑줄이 그어져 있다.
177) 원문에는 파란색 색연필로 밑줄이 그어져 있다.
178) 원문에는 붉은색 색연필로 밑줄이 그어져 있다.
179) 원문에는 붉은색 색연필로 밑줄이 그어져 있다.
180) 원문에는 붉은색 색연필로 밑줄이 그어져 있다.
181) 원문에는 붉은색 색연필로 밑줄이 그어져 있다.
182) 원문에는 파란색 색연필로 밑줄이 그어져 있다.
183) 원문에는 파란색 색연필로 밑줄이 그어져 있다.
184) 원문에는 붉은색 색연필로 밑줄이 그어져 있다.

前佐山 가서 비탈 잔디 깎아 井母 墓下 1段階는 完了한 것. 12時頃 弟 振榮 家族 省墓次 왔기에 함께 큰집 들러 極한 臥病중인 從兄嫂氏 問病 人事하고 歸淸. 祭物用 대추, 밤 다시 마련했고. 上京~16時 청주發. 19時頃 双門洞 着. ○

〈1998년 10월 5일 월요일 晴. 曇〉(8.15.) (14°, 24°)
早朝 起床. 祈禱 마치고. 밤 생률 쳤고. 9時 正刻에 秋夕 茶禮 聖心껏 올렸고. 5兄弟 全員 參席에 기뻤기도. 弟 振榮 家族도. 豊富한 祭物과 現金 용돈도 받았으니 좋기는 하나….
3째 家族들과 함께 歸家(16時頃, 淸州 着). 杏과 함께 저녁 잘 먹은 것. 杏은 아직도 속 不便. ○

〈1998년 10월 6일 화요일 晴〉(8. 16.) (15°, 24°)
아침결에 自轉車 많이 탔고~敎大 체육館까지. 斜川洞 신동아Ⓐ까지. 노小兒科 앞까지. 龍華寺 거쳐 APT까지. 朝食은 3째 집에서. 点心 늦게 먹고 푹 쉰 것. ○

〈1998년 10월 7일 수요일 晴〉(8. 17.) (16°, 27°)
道 교육廳 高日永 總務課長. 淸原教育廳 管理課長 尹明求의 電話로 金溪校 入札 件 確認~內定価 4億. 1次 流札. 2次는 10月 16日. 郡교육廳 責任下라는 것. 낮엔 金丙호眼科 治療받고. 玉山面 가서 큰 에미 要請인 戶籍謄抄本 떼어 發送. 健康 順調~飮食, 體重으로 自信感. ○

〈1998년 10월 8일 목요일 晴〉(8. 18.) (15°, 25°)
淸原교육廳 가서 尹明求 管理課長과 孫經理係長 만나 廢校된 金溪初等學校 現實況 確認해본 것~土地 3800坪, 評價額 415,000,000萬원[185]. 10. 12까지 入札 登錄 마감. 國土 조금, 林野와 논 除外. 点心은 姜昌洙 先生한테 待接받았고. 故鄕行 中止. ○

〈1998년 10월 9일 금요일 晴〉(8. 19.) (14°, 26°)
世界 萬邦에 자랑스런 '한글날'(552돌)이기에 早朝에 國旗 揭揚했고. 淸原郡廳 가서 故鄕 새 집터 分割 測量 申請 手續했고. (새 집터 垈地) 236-1번지 660㎡.[186] ○

〈1998년 10월 10일 토요일 晴. 가끔 흐림〉(8. 20.) (16°, 24°)
큰집 들러 人事 後 省墓 마치고 從兄님과 点心 잘 먹었고. 큰 堂姪婦 張 氏의 誠意 있는 待接 받은 것. 玉山서 金溪까진 自轉車로 往來했고. 食事 運動 正常. 血壓도 正常이라나~80-110. ○

〈1998년 10월 11일 일요일 曇. 晴〉(8. 21.) (17°, 24°)
淸州市 生活体育會 主催로 施行하는 배드민턴大會에 參席. 준우승, 賞品으로 4켤레 (양말). ○

〈1998년 10월 12일 월요일 雨〉(8. 22.) (18°, 22°)
비 終日 오락가락~이슬비 부슬비. 地積公社 淸原郡 出張所에 連絡 取하니 測量技士 事情

185) 원문에는 붉은색 색연필로 밑줄이 그어져 있다.
186) 원문에는 붉은색 색연필로 밑줄이 그어져 있다.

으로인지 明日 確答한다는 것~집터 分割 測量計劃條. 林흥농원에 連絡하니 果苗木 11月 10日께 販賣한다는 것~대추 苗木, 감나무 苗木, 밤나무 苗木 몇 株씩 購買 予定이어서. ○

〈1998년 10월 13일 화요일 雨. 曇〉(8. 23.) (16°, 23°) 昨今 우량 52㎜[187]

予定된 잔일 完了하고 午后 4時 10分 發 버스로 上京 双門洞 到着은 19時 半쯤. 밤 10時에 井母 2週忌 祭[188] 지냈고~2째 夫婦, 3째 明, 4째 夫婦, 막내 夫婦, 큰 딸 夫婦, 3째 女息. 4째 女息 杏, 季嫂 參席. 行事 마치고 明, 杏, 季嫂는 留. 모두 合心 忌祭 잘 마친 편. ○

〈1998년 10월 14일 수요일 雨〉(8. 24.) (16°, 2°) 우량 10㎜[189]

早朝食하고 杏과 함께 6時 半 出發. 淸州엔 9時 半 到着. 집터 660㎡ 測量予定이기에 허둥지둥 텃밭 갔지만 부슬비 繼續으로 28日로 延期한 것. 여러 子女息한테서 安否 전화 왔고. ○

〈1998년 10월 15일 목요일 晴〉(8. 25.) (13°, 23°)

어제의 비는 農家로선 極害의 비(特히 벼). 今日은 天高馬肥 그대로 맑게 개인 푸른 하늘. 어떡하다 故鄕行 時間 놓쳐버리고 第37回 忠北道民体典 堤川공설運動場[190]에서 있는 開會式 光景 테레비로 푸짐한 求景한 것(15시~17시). 그리고도 경남 밀양에서 열린 全國民俗藝術大會(39回)~靑少年(中高生)들의 各市道 代表團 '강강수월래, 農樂놀이에 感淚'[191] 했고. 日暮頃에 市內 一部 한 바퀴 돌아와서 저녁. ○

〈1998년 10월 16일 금요일 晴. 曇〉(8. 26.) (11°, 22°)

山所 가서 雜草와 香나무 밑둥 손질하고 오랜만에 영화관람했기도. ○

〈1998년 10월 17일 토요일 曇〉(8. 27.) (11°, 20°)

健康 試行에 正常인 듯. 三樂會員 親友 元聖玉, 任昌武 消息 듣자니 걱정스러운 中 市內서 鄭 煥文會員 만나 커피 待接받았고. 日暮頃엔 自轉車 달려 제1모자店 가서 겨울用 골덴製 운동모 사 쓰고 온 것. ○

〈1998년 10월 18일 일요일 晴. 가끔 흐림〉(8. 28.) (14°, 20°)

再堂姪女(경자) 子婚 있대서 大韓예식장 잘 다녀오고. 모처럼 週末 연속극(테레비) 본 後 日暮直後 在淸宗親會에 參席~別味식당. 參集人員 小數인 편. ○

〈1998년 10월 19일 월요일 晴〉(8. 29.) (10°, 21°)

金溪 가서 洞里 倉庫 保管中인 小形 다라 山所까지 運搬. 큰집 들러 綜土稅 고지서 받아오고. ○

〈1998년 10월 20일 화요일 晴〉(9. 1.) (8°, 19°)

友信會 逍風에 參席~7시부터 21時. 12名 參

187) 원문에는 파란색 색연필로 밑줄이 그어져 있다.
188) 원문에는 붉은색 색연필로 밑줄이 그어져 있다.
189) 원문에는 파란색 색연필로 밑줄이 그어져 있다.
190) 원문에는 붉은색 색연필로 밑줄이 그어져 있다.
191) 원문에는 붉은색 색연필로 밑줄이 그어져 있다.

與. 한계령, 속초. 大成관광버스. 3組 合同 無事歸家. ○

〈1998년 10월 21일 수요일 晴〉(9. 2.) (6°, 21°)
初하루 行事 今日 施行(어제는 早朝 出家)~墓 祠堂 龍華寺…參拜 祈禱(封墳은 땅곱으로).
沐浴, 理髮 後 큰 일 別無한 채 해넘긴 편. 曾坪 女人(채무자) 督促 서신 發信했고. ⊙

〈1998년 10월 22일 목요일 晴. 曇〉(9. 3.) (10°, 20°)
아침運動 마치고 鄭春泳 氏와 함께 해장국밥으로 朝食 마치고 清原郡廳 가서 派宗契 前佐里 山과 밭의 地籍圖 3필지 떼어서 98綜土稅 合致 對照 整理하여 金溪 가서 有司 佑榮 찾아 說明해 주었고. 山所 한 바퀴 돌고 싸리비用 싸리가지 좀 베고. 自轉車로 玉山까지 日暮頃에 달려 入清한 것. 派出婦 卞女史 와서 일 좀 보는 듯. ○

〈1998년 10월 23일 금요일 晴〉(9. 4.) (11°, 21°)
三樂會 逍風[192]에 參席~7시부터 20時. 보람觀光버스. 임진각, 자유의 다리, 통일전망대[193]. 水原 와서 隆陵[194](사도세자 墓) 본 것. 無事히 다녀온 편. ○

〈1998년 10월 24일 토요일 晴〉(9. 5.) (11°, 22°)
배드민턴全國大會[195](文化觀光部 長官旗)에 參席次 大田 忠武体育館[196] 다녀온 것~7. 30-17시. 70代 以上 複式部는 明日이어서 競技(試合)는 못했고. 明朝 6시·半 發키로 相約되고. ⊙

〈1998년 10월 25일 일요일 晴. 가끔 구름〉(9. 6.) (10°, 21°)
兩日 間의 大田서 있는 全國大會 마쳤고~경기팀에 敗. 17시에 閉會. 紀念品 소매 긴 T셔쓰, 부부수저. ○

〈1998년 10월 26일 월요일 晴〉(9. 7.) (10°, 24°)
鄭 女人 만났으나 借用정리 促求에 別無神通. 管理費 等 一部 月末 정리하고 地積公社 清原郡 出張所 柳所長에 連絡되어 28日 午前 9時 出發로 合意(집터 測量 件). 저녁은 同窓會 자리에서 한 것. ○

〈1998년 10월 27일 화요일 晴. 가끔 구름〉(9. 8.) (11°, 19°)
大宗會 理事會[197]에 다녀온 것~8시發. 17시 入清. 영등포역 옆 臨時회의실.(신세계백화점 옆). ○

〈1998년 10월 28일 수요일 晴. 曇〉(9. 9.) (11°, 22°)
地積公社 清原郡 出張所 金技士와 함께 金溪 가서 집터될 場所 分割 測量한 것~660㎡…263-1.[198] 道路…263-2. 西편 田이 263-3, 東

192) 원문에는 붉은색 색연필로 밑줄이 그어져 있다.
193) 원문에는 붉은색 색연필로 밑줄이 그어져 있다.
194) 원문에는 붉은색 색연필로 밑줄이 그어져 있다.
195) 원문에는 붉은색 색연필로 밑줄이 그어져 있다.
196) 원문에는 붉은색 색연필로 밑줄이 그어져 있다.
197) 원문에는 붉은색 색연필로 밑줄이 그어져 있다.
198) 원문에는 붉은색 색연필로 밑줄이 그어져 있다.

편 田(진료소쪽)…263-4로 된다는 것.
淨水機 필터 故障난 것 鄭 技士 와서 復旧 손질 簡單히. 日暮頃에 藥水터 가서 腐葉土 한 자루턱 긁어오기도(果木苗用). 낮엔 山所 갔다가 落葉 쓸을 사리비用 材料 베었고. ○

〈1998년 10월 29일 목요일 曇. 晴〉(9. 10.) (10°, 20°)
큰 일과 보람 있는 일 뚜렷하게 없이 그럭저럭 해 보낸 셈. 小宗契 綜土稅 納付, 測量 郡出張所와 郡 担当者에 전화로 確認했고. 派出婦 卞女人 明日 일로 來訪했고. ○

〈1998년 10월 30일 금요일 曇. 晴. 쏘나기〉(9. 11.) (12°, 19°)
郡廳 民願室 가서 地積課 測量係 用務 그대로 마친 것~집터 자리로 測量한 것에 1필지값 追加 淸算해야 한다기에 事由 確認 後 支拂했고 ~診療所 關係로 그러니 郡 責任인 것. ○

〈1998년 10월 31일 토요일 晴. 曇〉(9. 12.) (11°, 20°)
洪, 柳 氏 子婚에 아카데미예식장 다녀왔고. 日暮頃 敬老堂 찾아 崔, 金 總務 만나 운천市場 순대집 가서 濁酒 待接했고. 總務의 勞力과 崔 老人의 厚待에 答礼한 것. ○

〈1998년 11월 1일 일요일 晴〉(9. 13.) (5°, 18°)
크럽 會員 김기화 女婚에 '한마음예식장' 가서 人事와 국수로 点心. 아침氣溫 最高로 찼고. ○

〈1998년 11월 2일 월요일 晴. 한 때 비〉(9. 14.) (5°, 16°)
笏記 一部 複寫하여 看梅 宗孫 永植한테 發送했고. 낮엔 날씨 急變으로 玉山行 못하고. 日暮頃엔 龍華寺 가서 祈禱한 것. 몸 若干 찌뿌뜨드함을 느끼고…沐浴 탓인지? ⊙

〈1998년 11월 3일 화요일 晴〉(9. 15.) (6°, 18°)
어젯밤에 頭痛으로 괴롭더니 감기 몸살氣 있어 起動難이어서 宗親會 旅行(慶州行) 포기하고 午前 中 쉬었고. 点心 後 藥水터 가서 墓所, 祠堂 參拜 祈禱 後 龍華寺 들러 보름 祈禱 오늘도 올렸고. 15시頃 玉山 가서 新任 李相九 面長과 첫 人事 나누고. 玉山 농협 들러 처음으로 交通手当條 3個月分 32,000원 찾은 것. ○

〈1998년 11월 4일 수요일 晴〉(9. 16.) (7°, 17°)
郡廳 가서 測量된 成果圖 본 後 地積 手續했고. 約 1주일 後 完結된다는 것. 卞 派出婦 와서 勞力(오전).
'大田本社'인 「종합건축」 所長 李相九[199] 14시頃 未訪에 組立 附加建築에 坪当 110萬 원[200] 說 나왔고.
金溪 가서 敬老堂 들른 後 큰집 問病. 삼계탕 죽으로 저녁 食事한 턱. 省墓에 墓域 一周하고 싸리비도 確認. 밭 집터 될 곳 표 말뚝도 確認했고. 歸路에 自轉車로 몽단이 고개 넘고[201]. ○

199) 원문에는 붉은색 색연필로 밑줄이 그어져 있다.
200) 원문에는 붉은색 색연필로 밑줄이 그어져 있다.
201) 원문에는 붉은색 색연필로 밑줄이 그어져 있다.

〈1998년 11월 5일 목요일 晴〉(9. 17.) (5°, 19°)
歸路에 藥水터 가서 省墓 後 階段에 쌓인 腐葉土 4包 긁어 담아 自轉車에 싣고 온 것…重量約 20kg 程度.
敬老堂 月例會에 參席하여 엄나무 삼계湯으로 点心했고. 明日 있을 道 三樂會에서 發言計劃인 教育改革 件 안하기로 마음 굳혔고. 3男 明이 出勤 前에 배추김치 명란젓 나우 많이 가져왔고[202]. ○

〈1998년 11월 6일 금요일 晴. 가끔 흐림〉(9. 18.) (6°, 18°)
道 三樂會 總會에 參席[203]~學生會館, 10시~13시. 健康狀態 平常. 点心은 경동식당(教育監 제공). 日暮頃에 敬老堂 들러 저녁까지 먹은 것. 卞 派出婦 未家 留. ○

〈1998년 11월 7일 토요일 晴〉(9. 19.) (8°, 19°)
外孫子 愼重奐 一線에서 最初로 正式 休暇로 歸家 中 消息 있고. 조카 슬기도 마찬가지. 午後 4時 弟 振榮 家族 와서 人事 後 省墓 간다고 出發하는 것. 杏은 英語試驗? 봤다는 것. 밤 9時쯤 서울서 큰 애비 왔고. 새 家屋 建築 明春이나 좀 늦게 着手토록 하고 本 APT 主人 要求와 最初 契約에 依하여 今年末에 맺도록 딴 APT 求하도록 父子 相議했기도. ○

〈1998년 11월 8일 일요일 晴〉(9. 20.) (6°, 18°)
清州市長旗 배드민턴大會에 參席. 큰 애비 午前 中 清州서 일 보고 上京~12月末 移舍 確定. 移舍할 APT 求하도록. 22坪型 基準. 저녁 식사 時 魯松도 와서 함께. ○

〈1998년 11월 9일 월요일 晴〉(9. 21.) (9°, 14°)
APT(現 삼정백조) 主人 婦人 來訪 相談 後 3, 4處(봉명동, 강서동) 不動產 다니며 傳貰房 求해보니 여러 구구한 곳 나서기는 하나 点찍기 아직 어려워 보류~아이들과 相議해 볼 일이고. 저녁 後 큰 애비한테 狀況 알리기도. 아파트를 取擇함이 좋다는 큰 애비 말이었고. ○

〈1998년 11월 10일 화요일 晴〉(9. 22.) (3°, 14°)
郡 三樂會 施行의 青瓦台 求景에 參席. 境內觀光으론 처음인 것…春秋館(記者會見室), 景武台(旧 청와대), 現 청와대, 大統領 執務處, 迎賓館, 展示館 等을 案內하는 것. ○

〈1998년 11월 11일 수요일 晴〉(9. 23.) (5°, 15°)
郡廳 가서 故鄕 新築 予定 집터(垈地)될 263-1번지 台帳 地籍圖 떼어보았고. 佳景 가서 2곳의 福德房 들러 適宜한 아파트 알아보았으나 시원치 않았고. 數日 前부터 手術處가 으든하고 묵직하게 매달리는 듯? 가끔 따급기도. 深呼吸時엔 나우 痛症 느껴지는 것[204]. ○

〈1998년 11월 12일 목요일 晴〉(9. 24.) (3°, 16°)
今日 따라 計劃된 事項 모두 잘 본 셈~봉명우체局[205] 가서 外孫女 趙희진 病院雜費用 10万 원 큰 女息 앞으로 送金 後 西청주商銀[206]

202) 원문에는 붉은색 색연필로 밑줄이 그어져 있다.
203) 원문에는 붉은색 색연필로 밑줄이 그어져 있다.
204) 원문에는 붉은색 색연필로 밑줄이 그어져 있다.
205) 원문에는 붉은색 색연필로 밑줄이 그어져 있다.
206) 원문에는 붉은색 색연필로 밑줄이 그어져 있다.

李定洙 支店長 만나 첫 人事 나누고 清州医療院[207] 달려가서 手術處 痛症 알고저 放射線 撮影 結果 別異常 없음을 듣고 安心되기도. 清原郡廳[208] 가선 집터될 곳 分割 測量 成果圖 複寫 所持한 後 福台洞 不動産[209] 柳所長 찾아가 青松아파트 移舍計劃中 貰房 둘러보니 60% 以上 마음에 들었기도~저녁 後 큰 애비에 連絡되고 杏한테도 傳達한 것. ○

〈1998년 11월 13일 금요일 晴〉(9. 25.) (5°, 17°)
몸 고르지 않아 体育館 갔지만 샤틀콕 치던 않고. 佳景洞 공단不動産 朴社長 찾아 덕일APT 4층 18坪 방 2칸짜리 본 것. 地域上 交通上 房構造 等 보니 괜찮았고. 전세価는 24,000,000원. 明日 午后 지나서 可否間 말하겠다고 歸家 中 工团 入口 近處의 '성광'APT도 겉으로만 보았고. 기운차리기 困難하여 午后엔 쉬었고[210]. 큰 애비 明日 온다고 소식 왔고. ○

〈1998년 11월 14일 토요일 晴. 가끔 구름〉(9. 26.) (9°, 19°)
어제의 胸部 압박症과 痛症은 가라앉아 多幸. 서울서 큰 애비 午前에 왔고. 卞 女人 와서 일. 간단히 点心 後 金溪 가서 집터 될 곳의 電柱 1개 있는 것 位置番号 찾으니 색깔 퇴色으로 번호 모르고 옆에 있는 動力電柱만 参考로 알아온 것.
어제 約束대로 큰 애비, 杏과 함께 '青松아파트' 겉만 보고 '德一아파트' 가본 것~4층 階段과 全貰額 過多로 未決된 채 歸路. 저녁식사는 홍덕寺趾 앞 설렁湯으로.
近日의 痛症 겪은 것 큰 애비한테 不得已 말했고. ○

〈1998년 11월 15일 일요일 晴〉(9. 27.) (11°, 21°)
오늘 따라 나우 폭하기도. 朝食 後 男妹(큰 애, 杏)와 함께 乘用車로 市內 몇 곳의 아파트 仲介人 事務所(青松, 德一, 住公 3個處, 연립 2개 等) 다니며 보았던 것~接近되어 가다가도 諸般이 잘 안맞고 歸家 後 点心 요기 늦게 마치고 큰 애비 夫婦의 意思에 따루기로 歸結 지운 것…故鄕 新築家屋 完決까지 애비가 서울로 合하도록의 所見에 단박 承落하니 杏과 큰 애비 기뻐하는 것[211]. 10余 日 間 神經쓰던 일 마무리되니 홀가분한 마음으로 풀린 것.
3女(妊)이 軍에서 休暇 中인 外孫子 愼重奐 덷고 왔으니 반가웠고. 저녁 때 탕수육과 저녁 食事 잘 먹이고. 서너時間 쉬었다가 8時 지나서 上京次 出發. ○

〈1998년 11월 16일 월요일 晴. 雨〉(9. 28.) (12°, 17°)
몇 군데의 福德房에 들러 住居地 解決되었음을 알렸고. 新家屋 집터 속의 電柱 1개 移轉할 手續[212]으로 西淸州통신공사와 江西전신局 가서(이재갑씨) 事由 證據서류 보이고 手續 完了하니 개운했고. 一部 서류 집에 잘 간수된 것을 정신 어지럽게 찾느라고 잠시 당황했기도. 現 居住 APT 假登記條 푸는 方法 알아보

207) 원문에는 붉은색 색연필로 밑줄이 그어져 있다.
208) 원문에는 붉은색 색연필로 밑줄이 그어져 있다.
209) 원문에는 붉은색 색연필로 밑줄이 그어져 있다.
210) 원문에는 붉은색 색연필로 밑줄이 그어져 있다.
211) 원문에는 붉은색 색연필로 밑줄이 그어져 있다.
212) 원문에는 붉은색 색연필로 밑줄이 그어져 있다.

왔고. 午后 늦게 비 나우 내렸고. ○

〈1998년 11월 17일 화요일 가끔 비. 바람〉(9. 29.) (7°, 9°) 오후 7시에 함박눈.
朴壹煥 事務所 찾아 APT 假登記 낸 것 해지서류 作成해 왔고~予定된 12日 全貰金 完遂면 書類 내주고 끝나는 것. 강서電話局에 전주 移轉할 곳 전화로 明示해주었기도. 초저녁엔 마음 삭갈려 氣分 轉換될가? 영화求景도 해보았고(서양화). 초저녁 눈내려 100㎜[213] 以上. ○

〈1998년 11월 18일 수요일 晴〉(9. 30.) (-2°, 4°)
간밤의 눈 바람에 今朝부터 冬將軍 닥친 듯? 終日 추웠고. 藥水터 멍석食堂서 漢奎 氏, 俊兄, 晩榮과 함께 宗事 일 打合(陰 10月 3日의 祠堂 祭享, 10. 5日의 兵使公 祭享)하고 省墓後 下山할 땐 日暮된 것. 앞으로의 일(祭享, 移舍)로 마음 복잡 살란하기도. ○

〈1998년 11월 19일 목요일 晴〉(10. 1.) (-3°, 6°)
歸路에 龍華寺 들러 祈禱하고 繼續 步行 歸家에 疲勞 느꼈고. 予告대로 서울서 在應스님 왔고~애비 밥 짓기에 誠意. 內衣 洗濯도. 時計電磁 更新에 日暮頃 市內 다녀오는 데 바람은 찼지만 머리 개운했던 것. ○

〈1998년 11월 20일 금요일 晴〉(10. 2.) (-2°, 6°)
藥水터 가서 墓所와 祠堂 청소된 狀況 보고 遺感之事 많았고. 在應스님 12時頃 忠南 갈산 向發.
저녁은 明日 時祀 홍정했다는 大田상회 좀 갔다가 族弟 晩榮 주선으로 선지해장국으로 했고. ○

〈1998년 11월 21일 토요일 晴. 한밤 中눈〉(10. 3.) (1°, 7°) 눈 5㎝[214]
22代祖 時祀(上堂祠 祭享)에 參席하여 昨年에 사양했지만 不得已 今般에도 昌笏. 約 80名 參祀한 셈. 멍석식당서 全員 兵心. 費用 127萬 원이라는 듯. 漢奎 氏, 敏錫 總務, 成榮과 함께 歸家길에 茶房서 座談 길었기도…年末 決算. 새會長 選出 등. 서울서 큰 애비 왔고. 弟 振榮 夫婦, 大田의 둘째 夫婦 다녀가고. ⊙

〈1998년 11월 22일 일요일 晴〉(10. 4.) (0°, 7°)
간밤중에 눈 내려 식전바람 대단이 찼고. 道生活体育協議會 主催로 배드민턴大會[215] 있어 參席. 70代 混複에서 準優勝. 짝 朴玉秀 할머니. 올림픽회관. 成榮 案內로 漢斌 氏 집에서 호박풀대로 저녁식사 한 셈. 아침결에 큰 애비는 무거운 짐 몇 개 魯松집에 옮겨 놓고 上京. 明 다녀간 後 저녁땐 松도 다녀가고. 明日 時祀 祝 紙榜 쓰기에 노력. ○

〈1998년 11월 23일 월요일 曇. 晴〉(10. 5.) (-1°, 8°)
祝, 紙榜 複寫, 旅費 용돈 마련 等으로 아침 시간 바빴고. 金溪 一相 古家서 時祀 지낸 것~16代祖(兵使公)와 15, 14, 13代祖[216] 시제 在家 奉祀한 것. 13名 參席(勳鐘, 漢奎, 漢虹,

213) 원문에는 파란색 색연필로 밑줄이 그어져 있다.

214) 원문에는 파란색 색연필로 밑줄이 그어져 있다.
215) 원문에는 붉은색 색연필로 밑줄이 그어져 있다.
216) 원문에는 붉은색 색연필로 밑줄이 그어져 있다.

浩榮, 俊榮, 尙榮, 俸榮, 成榮, 晩榮, 珍相, 一相, 泰榮) 奠心 간단히 하고 7名은 水落 가서 省墓도. 생색 없는 經費와 勞力(祝文, 차비) 드렸으나 氣分 상쾌치 않았던 것. ○

〈1998년 11월 24일 화요일 雨. 晴〉(10. 6.) (4°, 11°)
새벽녘에 비 좀 내렸고. 午前 버스로 腐葉土 릭삭그에 넣어 전좌리 山 下에 갖다 保管한 것~明春 果苗 植付時 利用 予定. 두무샘 밭둑 무너진 곳 어느 程度 復旧한 것 確認次 現場 가보고 入淸. 저녁 나절 金 眼科 다녀왔고[217]. ○

〈1998년 11월 25일 수요일 晴〉(10. 7.) (-1°, 10°)
내일과 모레 時祀 祝文 쓰기에 공 드렸고. 낮엔 腐葉土 갖다 전좌리에 놓았고. 山所 앞 落葉 엊그제 만든 싸리비로 어느 程度 쓸기도. 意外로 버스 早期 出發에 步行으로 환희橋까지 와서 乘車했고. 덕일Ⓐ 103棟1407호 張, 尹 藥商집 가서 알부미 藥값 一次로 7萬 원 支拂했고.
時祀 參席 要請 電話했고~公榮, 弼榮, 魯學, 魯慶, 魯旭, 魯寬, 魯殷, 浩榮, 周榮, 成榮. 同窓會 月例 會食에 參席. ○

〈1998년 11월 26일 목요일 晴〉(10. 8.) (1°, 12°)
오늘의 낮날씨 포근했고. 金溪 가서 12代, 11代, 10代祖 時祀 올린 것~參席 10名(浩榮, 漢斌, 尙榮, 魯學, 佑榮, 來榮, 琴榮, 魯慶, 魯旭, 金榮), 伐草 等 山所 管理 잘하기를 付託했던 것. 갈 땐 車費 支出했고, 올 땐 金榮 차로 잘 온 것. 公榮한테 밤 電話~輕事故로 時祀 參席 못했다고. ○

〈1998년 11월 27일 금요일 雨. 曇〉(10. 9.) (5°, 9°)
오늘로 時祀 끝났고~9, 8, 7, 6代祖[218], 五代祖 時祀는 從兄이 지내는 턱(금성 논 도조 75,000으로). 浩榮, 尙榮, 弼榮, 魯學, 魯旭, 漢斌 5名 參席. 漢斌 氏 집에서 지낸 것. 明年엔 魯學 집으로 合意 봤고. 今年度의 時祀 今日로 終了. ○

〈1998년 11월 28일 토요일 晴〉(10. 10.) (1°, 8°)
클럽會員 中(김태.기옥.백) 몇 會員들이 홀로 지내는 鄭춘 女史와[219] 인연 맺고余生을 보람있게 지내라는 兩人에 勸告하는 것이었기도. 終日 잔일 보다가 해 다 보내고 日暮頃에 福台洞 '임흥농원' 가서 果苗木(조.율.이.시…棗, 栗, 梨, 柹[220]) 求景해보았고. 価格은 2천원~3천원씩. ○

〈1998년 11월 29일 일요일 晴〉(10. 11.) (-2°, 9°)
낮 氣温 포근했고. 金溪 전좌山 墓域 下段에 대추, 밤 苗木 各 2株씩 植付[221]했고. 15代祖墓(百隱公), 14代祖墓(司直公)…샛골, 황새나무골. 單身 단장 짚고 省墓했으니 상쾌했고. 松이 서울서 와서 함께 夕食(后 7時頃) 稀魚物 '오돔'?과 꽃감도 가져온 것. 금계 새 집터

217) 원문에는 붉은색 색연필로 밑줄이 그어져 있다.

218) 원문에는 붉은색 색연필로 밑줄이 그어져 있다.
219) 원문에는 붉은색 색연필로 밑줄이 그어져 있다.
220) 원문에는 붉은색 색연필로 밑줄이 그어져 있다.
221) 원문에는 붉은색 색연필로 밑줄이 그어져 있다.

電柱 1개 어제 옮긴 듯[222]. ○

〈1998년 11월 30일 월요일 曇〉(10. 12.) (2.5°, 9.5°)
墻東山 가서 13代祖墓 省墓 後 曲水 뒷[223]山 曾祖, 7代, 8代, 四從叔(故 漢燮), 再從祖, 五代祖, 高祖, 傍五代祖墓 두루 찾아 省墓 마치니 疲勞가 잊어지며 개운하고. 登山 下에 고생은 땀 흘리며 가시덤풀에 옷과 피부 좀 찟기었고. 五代祖와 高祖墓는 伐草 未行[224] 즉시 從兄께 연락했고.
墻東 出發時 金溪初等校 17回 卒業生이란 尹준섭君의 精誠 어린 공손한 人事가 印象的이었고. ○

〈1998년 12월 1일 화요일 曇〉(10. 13.) (4.5°, 10°)
98年의 끝달. 12月 生活 第一日 일着手. 서울로 移舍가는 달. 앞으로 10日 後. 予定대로 原木 箱子 안의 雜圖書와 書類, 記錄帳 等 꺼내어 1/3만 추려내어 2/3는 廢棄하기로 돌려매니 아까운 것과 미련이 사라지지 않으나 子息들의 勸告를 생각하여 果敢히 處理한 것. ○

〈1998년 12월 2일 수요일 晴. 曇〉(10. 14.) (3°, 8°)
백현人 金英植 80生日에 招請 있어 市廳 앞 食堂 가서 厚待 받았고. 신봉農協 가서 清原郡에서 宗土代 一部(830萬 원) 온 것 온라인으로 金溪部指導者 노봉 앞으로 送金했고.
午后엔 譜書類 골라 묶기에 노력한 것. ○

〈1998년 12월 3일 목요일 曇. 晴〉(10. 15.) (1°, 8°)
藥水터 가서 墓所 祠堂 參拜. 龍華寺 가서 祈禱. 昨夜에 묶어 놓은 譜書類와 圖書 一部 松이 와서 제 APT로 運搬했고. 머리 複雜하기에 午后엔 영화구경하였고. ○

〈1998년 12월 4일 금요일 晴〉(10. 16.) (-4°, 8°)
商銀과 外銀 다니며 少額이지만 殘額 手續 受金하고 통장해지 完了 지운 것. 井母時의 賻儀錄記 가든이 되었기에 固定 別途 燒却場 가서 整理해버렸고. 卞 派出婦 와서 김치 빚은 것. 서울의 딸들 온다는 소식 왔고…내일. 大田 2째 紘도(衣裝 1개 搬出次 온다는 것). ○

〈1998년 12월 5일 토요일 曇. 晴〉(10. 17.) (-1°, 5°)
早朝起床 右側 衣裝 비우고(大田 使用 予定). 10時頃 大田 2째 人役 2名 帶同해 와서 衣裝籠 3쪽 실고 가니 짐 많이 덜어 시원했고. 午后 2時 半부터 있는 族弟 二榮 子婚에 參席次 大田 유성 다녀온 것. 日暮頃과 큰 딸, 3女, 4째 子婦 서울서 오고. 同 7시 半頃엔 魯弼 家族 4名 다 온 것…애비 서울로 移舍前 人事次 온 것. 저녁식사는 別味(월남쌈)로 代用食 만들어 一同 잘 먹은 듯. ⊙

〈1998년 12월 6일 일요일 晴〉(10. 18.) (-4°, 6°)
午前에 3째 家族 一同 다녀가고. 外孫女 '조수진'도 왔고. 朝食 後 女息들과 막내 家族 一同

222) 원문에는 붉은색 색연필로 밑줄이 그어져 있다.
223) 원문에는 붉은색 색연필로 밑줄이 그어져 있다.
224) 원문에는 붉은색 색연필로 밑줄이 그어져 있다.

松車와 弼車로 故鄕 山所 省墓 다녀오고. 点心后엔 大田 2째 夫婦도 왔었고. 아이들 다 잘 갔다고 소식 왔고. ○

〈1998년 12월 7일 월요일 曇. 雨〉(10. 19.) (3°, 6°)
今朝도 아침茶室에서 클럽 會員들의 작별의 아쉬움 人事 많이 하는 것. 予定시간 11時에 鄭 女人 만나 借金 督促에 99年 2月余 까지 約束 지키도록 일러주매 反應에 安心된 셈. 音樂社 청주특약점 調律士(王 氏) 4名 와서 아리아風琴 10万 원에 完全 修理[225] 1주일 內로 마친다고 搬出해 갔고.
后6時엔 趙明九 記者(한국일보) '양반 좋아하네' 出版記念行事에 招請 있어 다녀왔고(관광호텔). ○

〈1998년 12월 8일 화요일 晴〉(10. 20.) (0°, 5°)
終日 추었고. 모처럼 体育館 못 간 것~미평行 버스가 缺行인지 約 30분 기다렸으나 안왔고. 金溪行 예정도 날씨 추어서 中止. 저녁食事 後 사진額子 정리했고. 推進에 複雜한 편. ○

〈1998년 12월 9일 수요일 晴〉(10. 21.) (−4°, 3°)
老人堂 잠간 갔다가 点心 요기 조금 后 4人은 忠北大병원 영안실 가서 故 윤상현(會長) 別世에 弔問하고. 日暮頃에 통신공사 가서 日 前에 手續했던 通信費 多額者 紀念品 確認後 전화解約 일 들었기도. 五時 좀 지나서부터 밤 12時 正刻까지 신발 整理와 우산類 整備에 長時間 노력했던 것. ○

225) 원문에는 붉은색 색연필로 밑줄이 그어져 있다.

〈1998년 12월 10일 목요일 晴〉(10. 22.) (−6°5″, 3°)
点心 後 전좌동 山所 가서 省墓하고. 老人亭과 큰집 들러 午后 4시 半에 入淸. 面에도 들렀던 것. 오미 있던 自轉車 큰집에 옮겨 놓았고. 저녁은 弟 振榮 夫婦, 큰 妹 夫婦. 姪女 夫婦 来訪人事하고 '호도집'에서 杏과 함께 參席하여 惜別의 會食. 食代는 弟 振榮이가 全担. 姪女는 金一封도 주는 것. 初저녁에 長男, 次男, 四男, APT主人, 当姪 魯錫한테 전화했고. ○

〈1998년 12월 11일 금요일 晴. 曇〉(10. 23.) (−3°, 4°)
体育館에서 惜別의 人事 紹介와 實現的인 頌功牌를 받고 答礼로 크럽의 史的 實績을 情스럽게 했던 것. 11年 間의 友好的 体育生活 經驗을 말할 때 彼此 實感 있었고. 終日토록 移舍짐 싸는 데 머리가 아풀 지경. 서울서 큰 애비 왔고. 大田서 2째, 4째 松, 四女杏, 複雜한 것 가려가며 저물도록, 夜深토록 勞力에 딱해 目不忍見. 疲勞한 채 쓰러져 잤고.
APT 主 石 氏한테 全貰金 一部(45,000,000 中 18,000,000) 受領하고 法務士 서류 내주었고. 3月 間 預金[226] ○

〈1998년 12월 12일 토요일 晴〉(10. 24.) (−4°, 8°)
모두 이른 아침부터 짐 골라 싸기에余念이 없는 것. 큰 애비의 엄청난 勞力, 絃과 松, 杏, 弟 振榮 家族의 勞力~잊지 못할 그 情景. 두번 다시 없어야 할 일. 全貰金 어제와 오늘 完遂하는 데 큰 애비의 完璧한 方針에 午后 2時頃에

226) 원문에는 붉은색 색연필로 밑줄이 그어져 있다.

마친 것. 늦은 点心 요기 後 큰 애비 차로 后 3시 半 出發. 移舍짐은 13時에 敦岩洞에 無事到着[227]했다고 전화 왔고. 杏의 疲勞를 慰勞하고 서울 目的地에 왔을 땐 밤 8時쯤. 3女, 4째 子婦, 막내 家族 와 있고. 큰 에미가 짐 받아 整頓에 無限勞力한 듯. 女息, 子婦들, 弼이가 品別 정리에 힘썼고. 모두가 지치도록 勞力했고. 敦岩洞 風林아파트 104棟 703号서 첫 밤 보낸 것. 방은 普通 內室이고 高位貴族者房같이 잘 꾸몄기도. 전세 殘額 27,000,000 큰 애비가 완수한 것. 첫 새벽에 눈 좀 내렸고. 서울 生活 시작[228]. ○

〈1998년 12월 13일 일요일 晴〉(10. 25.) (-2°, 8°)
아침祈禱 后 뒷山 가보니 '개운山' 배드민턴 野外 크럽 20余 場所(운동장)나 設置되어 있고. 午后 中 搬入品 整頓에 큰 애비와 勞力. 点心 時 3男 明이 膳物(壁時計) 갖고 왔었기도. 큰 애비 夫婦와 저녁食事하면서 食事 時間과 茶類, 빵 간수 場所 等等 알아두었고. ○

〈1998년 12월 14일 월요일 曇. 晴〉(10. 26.) (2°, 7°)
지난 한밤중에 눈비 좀 내린 듯. 길걸 얼었고. 성신女大 入口(旧敦岩洞驛) 確認次 現場踏查했고. 10分 步行 距離. 저녁엔 族弟 成榮, 사위 趙泰彙, 큰 애비 同壻 金氏 來訪 및 招待에 한턱 단단히 하였던 것. 밤 10時 半에서야 解散. 12日에 전세금 받은 것 6個月 間 年 8.5%로 큰 애비가 預金했고. ○

〈1998년 12월 15일 화요일 晴〉(10. 27.) (-1°, 6°)
食 前에 나가 '미아리고개' 完全 把握. 낮엔 서울驛 가서 忠北線과 京釜線 列車 運行狀況 알아본 것. 아파트 建物 各 部分 技術者 와서 點檢 손질…가스렌지, 세탁기, 水道 等. ○

〈1998년 12월 16일 수요일 晴〉(10. 28.) (1°, 9°)
成榮과 敏錫(總務) 連絡으로 제기洞 가서 大宗會 事務室 후보지 보고(두산오피스텔 41坪, 2億1千萬 원) 歸家. 食 前엔 개운山 밑 高大医科大學 가보았기도. 푸른집 목욕탕에서 처음 沐浴했고. ○

〈1998년 12월 17일 목요일 晴〉(10. 29.) (0°, 12°)
目標했던 開運寺 찾아 參拜 祈禱했고.(高大病院 앞). 風林APT 앞 理髮所 가서 처음 이발한 것.
午后엔 京東高等學校(約 3.5㎞) 찾아가 講堂(体育館) 비롯 걸 狀況 求景했기도. ○

〈1998년 12월 18일 금요일 晴〉(10. 30.) (0°, 10°)
約 1週日 만에 清州行~宗親會에 參席. 幹部들 반갑게 人事. 98年度 決算 報告 있었고. 大宗孫이란 永植이 參席 發言 長時間에 모두 不贊表示. 2째 当姪婦 염려로 數人 택시로 歸家. 杏이 房서 留. 複雜한 移舍짐 整理 잘 되어 있고. 感氣 氣 甚하여 앓으면서 밤새운 것. ○

〈1998년 12월 19일 토요일 晴〉(11. 1.) (1°, 9°)
病勢(感氣) 差度 없고. 동짓달 初하루여서 藥水터 가서 拜禮祈禱(祠堂, 墓所). 龍華寺 가

227) 원문에는 붉은색 색연필로 밑줄이 그어져 있다.
228) 원문에는 붉은색 색연필과 파란색 색연필로 밑줄이 이중으로 그어져 있다.

서 부처님께 祈禱. 金泰龍內科 가서 注射 맞고 藥도 3日치. 杏이가 애비 모시려 왔고. 數時間 就安하고 午后 五時 고속으로 上京. 터미날서 杏과 作別. 큰 탈 없이 서울 到着. 큰 애비가 江南터미날까지 왔던 것. 집까지 便安히 잘 온 것. 藥 먹고 就寢. ○

〈1998년 12월 20일 일요일 晴〉(11. 2.) (1°, 11°)
감기는 더욱 甚한 편. 病院 약 먹고 오래동안 누워 쉬었고. 午后 되자 病勢 약간 숙은 듯. ○

〈1998년 12월 21일 월요일 晴〉(11. 3.) (0°, 9°)
終日 臥病(독감?…去 10月 初旬에 예방注射 맞았었고). 午后에 藥局 가서 약 2日分 져왔고.
淸州 魯杏 소식 듣자니 感氣가 만창. 애비한테 옮은 것. 딱한 생각 뿐. ○

〈1998년 12월 22일 수요일 晴. 曇〉(11. 4.) (2°, 10°)
感氣 若干 差度. 간밤엔 大小便 排泄에도 極히 不順하였던 것. 点心 땐 방배동 큰 딸 와서 사가져온 가즌 飮食(도토리묵, 호박떡, 무동치미, 쌍화탕, 기타) 차려주어 잘 먹었고.
魯杏 소식 드르니 感氣 症勢로 아직 괴로운 중인 듯. ○

〈1998년 12월 23일 수요일 晴〉(11. 5.) (2°, 7°)
午前 中 房內 整頓에 時間 보내고. 身樣은 나우 나아져 多幸. 明日 釜山行한다는데. 午后에 杏 오고. 夜深토록 明日의 遠行 준비했고. 古冊 2券表簿 修理, 現金 준비 等. ○

〈1998년 12월 24일 목요일 晴〉(11. 6.) (-1°, 9°)
10時40分頃 一同(큰 애비 夫婦, 杏, 애비) 4人은 새로 購入한 現代工場서 나온 '　'로 釜山 向發. 죽담휴게소서 簡單히 点心. 錦江 遊園地 14時 到着. 17시에 永川 通過. 目的地인 昌信 근무地(대동병원)엔 19時 半頃 到着[229]. 永川地區부터 右側 귀 故障…中耳炎인지 물이 흐르기 始作하더니 멍멍해지고 온몸에 異常이 오는 듯. 深夜에 昌信 주선으로 포도당 비롯 몇가지 注射 맞았고. ○

〈1998년 12월 25일 금요일 晴〉(11. 7.) (0°, 8°)
급작이 求한 旅館에서 若干 잠은 잤으나 精神없어 기억 잘 안나고. 食慾 전혀 없고. 아이들 一同 신경쓰는 것 딱하기만. 杏이 몸 달게 애비 돌보고. 큰 애비 夫婦 정성에도 右側 귀는 가라앉지 않고. 終日토록 旅館서 신음 속에 보낸 것. 대행히 痛症은 없는 것. 今夜는 더 高級 旅館서 밤 새운 것. ○

〈1998년 12월 26일 토요일 晴〉(11. 8.) (1°, 7°)
一同은 일찍이 昌信을 作別하고 慶州 변두리(마을) 在應스님 居處所로 順調 到着[230]. 新式(洋屋)住宅 大刑建築物이며 區域 庭園이 넓었고. '대영스님' 所有라고. 点心과 저녁 食事까지 마쳤으나 身樣은 不便한 그대로이니 傷心莫甚…감기 몸살氣 如前. 右側 귀 물 흐르며 멍멍한 채. 밤새도록 근심 中 밤 새운 것. 방은 따뜻했고. ○

229) 원문에는 붉은색 색연필로 밑줄이 그어져 있다.
230) 원문에는 붉은색 색연필로 밑줄이 그어져 있다.

〈1998년 12월 27일 일요일 晴〉(11. 9.) (-1°, 8°)
낮 氣溫만은 連日 포근했고. 慶州서 早朝食하고 일찍이 出發하여 上京. 杏만은 처져 數日後 淸州行한다는 것. 入淸 意思 큰 애비 만류로 포기. 數日 만에 서울房서 留. ○

〈1998년 12월 28일 월요일 晴〉(11. 10.) (1°, 9°)
큰 애비 연락 있어 돈암 4거리 옆 '요셉 이비인후'과 가서 右側 귀 治療[231]받았고, 感氣 原因으로 惡化된 것이라나. 마음 개운했고. 淸州 몇 個所에 전화連絡했고. ○

〈1998년 12월 29일 화요일 晴〉(11. 11.) (1°5″, 5°)
'요셉 이비인후과' 가서 第2次 治療 받았고. 午后에 들어 差度 顯著함을 느끼기도. ○

〈1998년 12월 30일 수요일 晴. 曇〉(11. 12.) (-5°, 4°)
予約된 대로 서울大病院 가서 超音波 檢査 받고 血液도 뽑았던 것[232]~오는 1月8日 10時에 結果 듣게 된 것이고. 歸路에 '삼선교' 農協 찾아가 通帳 정리後 45萬整 용돈으로 引出했고. 돈암洞 4거리 '요셉이비인후과' 들러 귀와 感氣 治療 제3次 받은 것. 치료 끝난 셈. ○

〈1998년 12월 31일 목요일 晴〉(11. 13.) (-4°5″, 6°)
年末年始 用務 마치며 새氣分도 꾸려고 入淸하여 우동으로 点心 먹고 西門洞 농협서 잠간 일 보고 任社長 만나 情談 後 玉山面 가서 河川 使用料 自進納付하고 新村 건너가 故 族弟 千榮 집 弔問까지 끝낸 것. 모처럼 콩나물해장국밥으로 夕飯 滿足. 3째 明 집 가서(新東亞 1棟1005号)가서 처음으로 留한것. 孫子 正旭 1月 26日 春川 新兵訓練所 102部隊로 入營한다는 것. ○

231) 원문에는 붉은색 색연필로 밑줄이 그어져 있다.

232) 원문에는 붉은색 색연필로 밑줄이 그어져 있다.

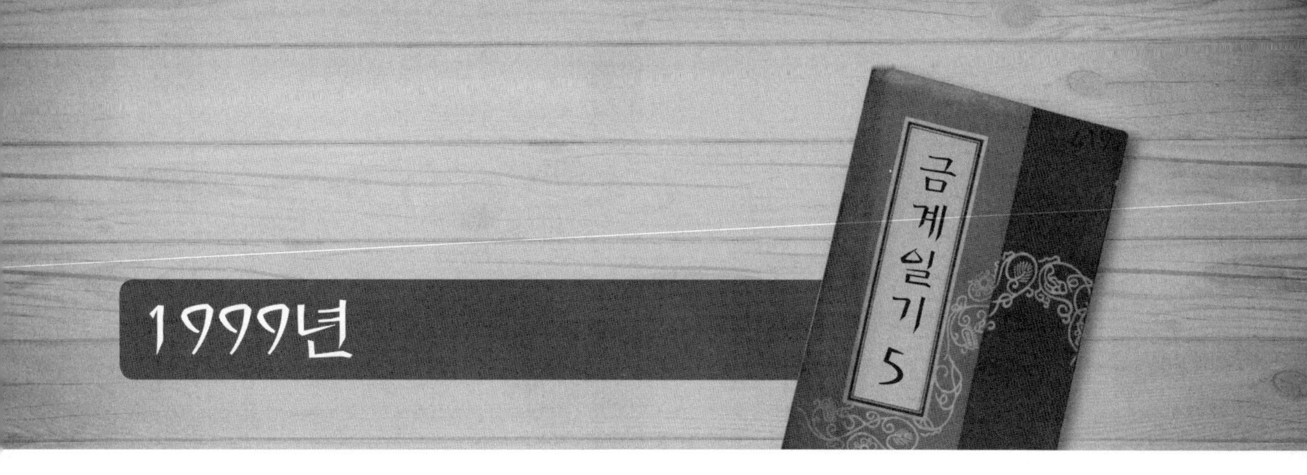

〈1999년 1월 1일 금요일 晴〉(11. 14.) (-3°, 7°)
8時 半쯤 電話에 故鄕 金溪 從兄嫂 氏 全州 李氏 85歲 一期로 今朝 8時에 別世[1]했다는 消息에 3째 子婦 車로 金溪 간 것. 막 수세 거두었고. 基督敎式 掌禮 計劃이라나. 4日葬이라고. 그럭저럭 終日 일 보고 日暮頃에 入淸하여 큰 애비와 함께 留했고. 큰 애비도 큰집 다녀 왔다는 것. ○

〈1999년 1월 2일 토요일 晴〉(11. 15.) (-3°, 8°)
큰 애비 車로 故鄕 큰집(喪家) 가서 終日 손님맞이 答禮에 바빴고. 몸 고단하여 今夜도 淸州 3째 집 와서 留한 것. 우리 아이들도 거의 夫婦 와서 服人格으로 일 잘 본 셈이고. ○

〈1999년 1월 3일 일요일 晴. 曇. 비조금〉(11. 16.) (-3°, 9°)
繼續 날씨 좋고. 明日까지만이라도 날씨 좋기를 바라고 祈願하기도. 몸 惡化될가 우려. ○

〈1999년 1월 4일 월요일 晴〉(11. 17.) (-4°, 10°)
淸州서 3째 車로 일찍 金溪行. 朝食 큰집서. 9時 發靷토록 하고 山에 가 山役하는 포크린차 族叔 潤道 氏와 함께 指示. 11時 半에 下棺. 甲坐庚向. 數年 前에 置塚(置標)했었기에 일 쉬웠고. 날씨도 淸明 溫和하여 比較的 일찍 마친 셈(午後 1時 半). 葬禮 잘 마친 것[2].
下午 3時 半께 入淸하여 魯杏의 登錄金(敎員大 大學院) 解決하고 沐浴 後 4째 魯松 車로 大峙洞 '鮮京 11棟 902号' 와서 저녁 잘 먹고 깨끗한 房서 잘 쉬었고[3]. 3女도 와서 저녁 함께.

〈1999년 1월 5일 화요일 晴〉(11. 18.) (-3°, 10°)
魯松과 함께 敦岩洞 큰 애비 집 풍림아파트 와서 제 큰 兄嫂가 차린 点心 함께 먹고 歸家. 途中에 '요셉 이비인후科' 들러 귀 治療 받았기도. 저녁은 메밀 국수로 맛있게 適当이 먹은 것. ○

〈1999년 1월 6일 수요일 曇. 비 조금〉(11. 19.) (4°, 6°)
낮에 비 좀 오락가락했고. 이비인후科 가서 兩귀 治療 받은 것~감기 後 멍멍한 耳鳴症 더 惡化되었던 것. 城村派 宗契 10日로 決定. 孫子 医師 昌信 집 와서 留했고. ○

---

1) 원문에는 붉은색 색연필로 밑줄이 그어져 있다.

2) 원문에는 붉은색 색연필로 밑줄이 그어져 있다.

3) 원문에는 붉은색 색연필로 밑줄이 그어져 있다.

〈1999년 1월 7일 목요일 晴〉(11. 20.) (2°, 4°)
이비인후科 다녀온 後 午后엔 '세브란스眼科' 도 갔었으나 診察 治療에 神通치 않았고, 意中에 없는 予約까지 돼서 不快한 편인 것. 저녁엔 3女 '妊'이 와서 저녁 차려줘서 먹었고 留하기도. 큰 에미는 計劃된 일 있어 2, 3日 間 出他한다는 것. 날씨 춥고. ○

〈1999년 1월 8일 금요일 晴〉(11. 21.) (-10°, -5°)
가장 추운 날씨~數日 繼續된다는 것. 서울大病院 가서 結果 얘기 듣고 15日에 CT 檢査한다는 것. 진흥체육社 들러 나켓트 줄 맨 것 찾고 돈암동 4거리 '요셉이비인후科' 가서 귀, 코 治療 받기도. ○

〈1999년 1월 9일 토요일 晴〉(11. 22.) (-10°5″, -5°)
繼續 강취. 數日 前부터 文獻錄 읽기 着手 또한 것. 저녁엔 一同 '함흥냉면집' 가서 夕食 냉면. ○

〈1999년 1월 10일 일요일 晴〉(11. 23.) (-10°, -4°)
城村派 宗契에 參席[4]~서울서 7시에 出發해서 11時 半에 到着. 來榮 집. 受封 잘되어 總 920万 원 中 定期預金 750萬 원. 墓所 둘레 雜草木 伐採 費用 107萬 원 現金支出로[5] 決定함. 派 會長 浩榮, 副會長 尙榮, 監事 成榮, 總務 佑榮으로 存續하고. 새 有司는 魯德으로 定한 것. 点心 잘 먹고. 魯晶 車로 入淸하여 杏아파트서 留. ○

〈1999년 1월 11일 월요일 晴〉(11. 24.) (-11°, -5°)
俊兄과 함께 忠大病院 712号 찾아가 族長 秉鍾 氏 問病하고. 一相 招請으로 '할림식당' 가서 漢奎 氏, 俊兄 모두 四名이 10補 오리湯으로 저녁 잘 먹은 셈. 杏집서 留. 朴 인후과 가서 治療받기도. ○

〈1999년 1월 12일 화요일 晴〉(11. 25.) (-9°, -4°)
四派 宗契 있어 參席[6]~11時부터. 玉山市場 한양식당. 20名 程度 參與. 兵使公 兩位分 石物莎草 派当 350万 원씩 總 1400万 원 資本으로 12,000,000万 원 費用으로 完工하고 도조 墻東 쌀 3짝 5말 半. 水落 樟南 도조 5짝半과 金溪 3말 半 合算 諸 經費 整理하고 約 3百萬 원 殘金 있는 턱인 듯[7]. 入淸하여 4男 魯松 집서 留하고자 予定이 時間上 杏 집에서 留할가 하다가 松의 誠意 받으며 분평서 留한 것. ○

〈1999년 1월 13일 수요일 晴〉(11. 26.) (-9°, -4°)
市內 잔일 보고 杏 집의 보일라 更新하는 것 監督 좀 하고선 松 車로 上京. 돈암동 오니 12時頃. 20日에 있을 小宗契 준비 着手 바빴고. ○

〈1999년 1월 14일 목요일 晴〉(11. 27.) (-4°, -1°)
20日에 있을 行事 통지서 作成에 終日 일 본 것. 서신 發送에 돈암우체국도 다녀오고.

4) 원문에는 붉은색 색연필로 밑줄이 그어져 있다.
5) 원문에는 붉은색 색연필로 밑줄이 그어져 있다.
6) 원문에는 붉은색 색연필로 밑줄이 그어져 있다.
7) 원문에는 붉은색 색연필로 밑줄이 그어져 있다.

저녁엔 큰 애 夫婦 誠意에 따라 族譜와 世系表 意見 나누며 寶書 공부하였기로 氣分 滿足했던 것. ○

〈1999년 1월 15일 금요일 晴〉(11. 28.) (-4°, -1°)
予約된대로 큰 애비 車로 서울大病院 가서 手續 節次 잘 밟아서 CT 撮影[8]까지 잘 마친 것. 22日에 結果 듣게 된다는 것. 20日에 있을 小宗契 통지 發送에 거의 終日 바쁘게 일 봤고. ○

〈1999년 1월 16일 토요일 晴〉(11. 29.) (-4°, 0°)
서울大病院 이비인후科(귀) 가서 3月 5日 治療토록 予約하고 '창동' 가서 '배드민턴' 体育館 찾아 人事(道峰區연합회 事務局長 姜東烈)하고 某老人과 잠간 亂打 좀 친 後 두승沐浴湯 가서 沐浴하니 午後 6時 되고. 電鐵로 歸家 夕食 무렵 正旭 母子 清州서 온 것. ○

〈1999년 1월 17일 일요일 晴〉(11. 30.) (-3°, 3°)
78回 生日. 子女息, 孫子女 多數모여 돈암洞 새아파트(風林) 온 제 처음으로 뜻있게 하루 보낸 셈.
20日에 있을 小宗契 總會 준비로 文書 정리에 深夜 일 본 것. 아이들 다 가고 杏만 留. ○

〈1999년 1월 18일 월요일 晴〉(12. 1.) (-1°, 7°)
杏이 朝食 後 청주行. 큰 애비 만류로 入清 中止하고 20日에 있을 小宗契用 챠드 作成. 밤 12時 半까지. ○

〈1999년 1월 19일 화요일 晴〉(12. 2.) (2°, 9°)
어제에 이어 明日 行事(小宗契) 준비 完全에 完璧 期하니 마음은 거뿐하나 疲勞 느끼고. ○

〈1999년 1월 20일 수요일 晴〉(12. 3.) (0°, 9°)
큰 애비 車로 함께 早朝 清州 向發. 청주北門路支店 농협 가서 小宗契 宗錢 2仟余萬 원 찾아 동원식당 가서 城村派 小宗契[9] 11時부터 시작한 것. 宗員 總意를 合議시켜 故 鍾字 祖行 宗孫 10名에게 21,000,000萬 원 爲先事業費로 分給하고 殘額 6,500,000萬 원 새 通帳에 予置[10]한 것. 爲先事業(主로 祭祀 모시기)에 必히 强行하도록 强行强調한 것. 今年은 特例로 多數參集한 셈. 큰 애비가 最初로 參席하여 애비 뒷받침 잘했고. 큰 애비 車로 成榮과 둘은 上京. 3째 明 집 가서 便이 留한 것. ○

〈1999년 1월 21일 목요일 晴〉(12. 4.) (1°, 10°)
孫子 정욱이 25日 春川 兵營으로 入隊한대서 注意와 激勵하고 건빵 값으로 金一封 주었고. 朴이비인후과 들러 귀 消毒하고 服用藥 4日分 받아갔고 日暮頃에 서울 온 것. 큰 에미 生日인 이야기 듣고 一同 나가서 會食으로 記念食事하도록 꽤워 施行하니 마음 가쁜했기도. ○

〈1999년 1월 22일 금요일 晴〉(12. 5.) (0°, 9°5″)
朝夕으로 썰렁함을 느끼나 낮氣溫 每日 포근한 셈. 낮엔 성신농협 가서 엇그제 이룬 小宗

8) 원문에는 붉은색 색연필로 밑줄이 그어져 있다.

9) 원문에는 붉은색 색연필로 밑줄이 그어져 있다.
10) 원문에는 붉은색 색연필로 밑줄이 그어져 있다.

契 經費 帳簿 一切 整理한 것. 서울大病院 가볼 予定은 孫子 昌信편에 結果 異常없다는 消息[11] 듣고 몇 달 後에 再檢査해본다는 것이어서 安心하게 되는 편. 밤에 淸州 杏한테서 安否전화 왔기도. ○

〈1999년 1월 23일 토요일 曇. 가랑비. 曇〉(12. 6.) (2°, 10°)
馬山 사는 族弟 周榮 水原市 '성빈트병원' 467호 入院加療 中이라서 問病[12] 兼 小宗契 일 傳達上 午后에 다녀오는데 兩事 일은 잘 봤으나 저물게 入京한 셈. 今日도 比較的 計劃된 일 잘 본 것. ○

〈1999년 1월 24일 일요일 晴〉(12. 7.) (3°, 11°)
새벽에 起床하여 小宗契 20日 있었던 會議錄 完成하니 現金 殘高 共히 잘 맞아 개운했기도. 서울 一家 幹部 一家 數人 招請에 안갔고. 大宗會 雜言에 못마땅한 점 있는 듯 氣分 안났기에. 日暮頃에 城信初校 가서 昌信 母子와 같이 '배드민턴' 三人이 운동하고 집에 와 저녁한 것. ○

〈1999년 1월 25일 월요일 晴〉(12. 8.) (3°, 10°)
아침 적당한 時間에 出發했기에 淸州 잘 가서 急한 일 몇 가지 잘 보고 郡 三樂會에 11時30分頃 參席. 98年度 決算과 새해 事業 妥協後 任員改選에 閔柔植 總務가 會長에 当選. 농협 일 보고선 杏에게 生活補助費 若干 주기도. 杏의 아파트서 留하는데 뜻뜻했고. 魯學, 魯殷 오래서 宗金 完結. ○

〈1999년 1월 27일 수요일 曇. 晴〉(12. 10.) (1°, 7°)
한국통신(旧 전신전화국) 가서 2가지(解止 殘金, 전화석적謝礼) 일 잘 보고 其他 일도 順調롭게 完遂하니 日日 予定行事 순탄했던 것. ○

〈1999년 1월 28일 목요일 曇. 晴. 曇〉(12. 11.) (0°, 5°)
모처럼 淸州敎大 체육관 가서 會員 모두 반갑게 만나 기쁜 人事 나누고. 故鄕 金溪 가선 奉事公 墓 비롯해 省墓와 伐木草 狀況 巡察[13] 마치고 큰집 와서 從兄께 人事 후 入淸하여 一家 數人(漢奎 氏, 俊兄, 晩榮, 一相) 招待에 '江村집'서 저녁 待接 받은 後 2째네 要請으로 大田 월평洞 샛별Ⓐ 103棟 403号 가서 잘 쉬었고. ○

〈1999년 1월 29일 금요일 曇. 晴〉(12. 12.) (-3°, 2°) 積雪 5㎝[14]
大田서 보신탕으로 朝食 後 곧 入淸하여 杏한테 連絡 後 上京. 明日 淸州 갈 일 있는 것 큰애비에 이야기 하고 就寢. 서울은 눈 約 10㎝. ○

〈1999년 1월 30일 토요일 晴〉(12. 13.) (-3°, 1°)
朝食 後 淸州 거쳐 玉山面 開發係 가 알아보니 듣던 바와는 달라(河川使用 농지 所有權說) 그대로 入淸하여 杏 房에서 곤히 留한 것. ○

11) 원문에는 붉은색 색연필로 밑줄이 그어져 있다.
12) 원문에는 붉은색 색연필로 밑줄이 그어져 있다.
13) 원문에는 붉은색 색연필로 밑줄이 그어져 있다.
14) 원문에는 파란색 색연필로 밑줄이 그어져 있다.

〈1999년 1월 31일 일요일 晴〉(12. 14.) (-7°, 0°)
杏이 要請으로 乘用車 中古로 日 間 購求 使用토록 便宜 봐주겠다고 承落[15]했고. 아침 高速으로 場所 移轉된 佳景터미날 와서 일찍 上京한 것. 서울은 昌信 母子 逍風 삼아 스키場 다녀오기도. 상쾌하고 활발한 기색이었고. ○

〈1999년 2월 1일 월요일 晴〉(12. 15.) (-4°, 0°)
처음으로 '창동'体育館 가서(最初는 1月16日), 배드민턴 亂打, 께임도 해봤고~모처럼. 日暮頃에 成榮과 敏錫 來訪하여 앞으로 있을 大宗會 理事會와 總會 關聯 相談 있었으나 會長 債金과 任員 改選(特히 會長)에 묘책 안서 難色 이룬 턱. ○

〈1999년 2월 2일 화요일 曇〉(12. 16.) (-5°, -2°)
午前에 창동体育館 가서 忠北人 2名, 其他 (全南, 의정부) 老人과 人事後 께임 2回 거듭 勝利했기도. ○

〈1999년 2월 3일 수요일 晴〉(12. 17.) (-10°, -3°)
强취 繼續. 明日이 立春. 체육관엔 午后(낮)에 主로 參與할 予定. 今日은 16時頃에 到着하여 한 번 뛴 것. ○

〈1999년 2월 4일 목요일 晴〉(12. 18.) (-10°, -2°)
今日도 체육관 가서 適意 배드민턴 쳤고. 제기역까지 電鐵로 順調 到着하여 새 沐浴湯 가서 '6年根 人蔘湯'에서 충분히 목욕한 것. 늦게 집(돈암동Ⓐ 104-703) 와선 큰 애비 夫婦의 과잉 孝行에 걱정되기도. ○

15) 원문에는 붉은색 색연필로 밑줄이 그어져 있다.

〈1999년 2월 5일 금요일 晴〉(12. 19.) (-6°, 5°)
쓰레기 處理, 理髮 等으로 午前 中 바빴고. 國會 경제 청문회 展開되는 것 視聽 좀 하고. 창동체육관 가서 난타 나우 치니 땀 났기도. 老層 파트너 그리 좋지 못한 편. ○

〈1999년 2월 6일 토요일 晴〉(12. 20.) (-40°, 3°)
창동体育館行 中止하고 뒷山 上山奉까지(개운山頂) 올라가보니 3천余坪 程度의 平平廣場 있고. 70~80余歲 老人 數人의 게이트볼 운동中이었고. 느릿한 步行으로 下山하여 길음方面 道路 찾아 돈암易까지 가서 해장국밥으로 늦은 点心하고 歸家하니 午后 4時쯤. 杏한테서 전화~'乘用車' 購求說에 호응했고. 此旨 큰 애夫婦한테도. 엊저녁엔 3女(妊)한테서 전화~今夜 重奐애비 忌祭 있는 것 等. 마침 部隊에서 重奐이 왔다니 마침 잘 된 일. ○

〈1999년 2월 7일 일요일 晴〉(12. 21.) (1°, 9°)
清州行~杏 아파트 잠간 들러 율량동 예식장 가서 6寸 妻男 金琮錫 子婚 禮式場 갔고. 妻族들 여럿 만났고. 6거리 市場 가서 冬節用 추리닝 下衣와 운동帽子 샀고. 杏 房서 留. ○

〈1999년 2월 8일 월요일 晴〉(12. 22.) (2°, 8°)
四女 魯杏의 要請 있어 乘用車 購求에 3百余萬 원 마련[16]해주었고…제 宿怨事項 成事케 되니 無限히 고마운 듯, 기뻐했고. 金眼科 治療받고 堂姪 魯錫 집에 맡겼던 自轉車 끌어다 손질하니 개운했고. ○

16) 원문에는 붉은색 색연필로 밑줄이 그어져 있다.

〈1999년 2월 9일 화요일 晴〉(12. 23.) (1°, 6°)
金溪 가서 밭 耕作者 奉 氏 만난 後 山所 가서 時間 보낸 편. 魯杏 승용차 「忠北31 더 5073」. 現代 '아토스…ATOS'. 初저녁에 杏과 함께 車 앞 가서 鄭重히 告祀 지냈고[17]. ○

〈1999년 2월 10일 수요일 晴. 曇〉(12. 24.) (-3°, 6°)
杏 아파트 便器 물탱크 속 부속機 故障으로 長時間 復舊作業하기에 땀 흘렸던 것. 管理所 金老人과 李所長의 誠意 노력에 感謝했기도. 今日 上京 예정 事情上 中止하고 杏 房서 繼續 留한것. ○

〈1999년 2월 11일 목요일 曇. 눈. 비 조금〉(12. 25.) (-2°, 2°)
杏한테만 신세 지고 數日 만에 歸京. 모두 無故한 편 서울은 저녁 때 눈 비 좀 온 것. ○

〈1999년 2월 12일 금요일 晴〉(12. 26.) (-7°, 0°)
終日 대단이 추웠고. 體感溫度 영하 10° 종일 不變인 듯. 日暮頃 뒷山(개운산) 頂上 다녀왔고.

〈1999년 2월 13일 토요일 晴〉(12. 27.) (-9°, 5°)
이곳저곳 放學은 시작됐고. 낮엔 査頓(金應鏞) 鎬準 外祖父 夫婦 다녀갔고. 肉類 重要部分 多量 사 갖고 온 것. ○

〈1999년 2월 14일 일요일 曇. 晴〉(12. 28.) (-4°, 4°) 積雪 3㎝[18]
昨今 밖은 몹시 추었고. 낮부터 누그러진 편. 族弟 周榮 別世 消息에 괴로운 心情 無限하나 못가보는 것. 前月末頃 問病次 다녀왔으니 잘한 것. 모레는 설. 몸도 괴롭고. ○

〈1999년 2월 15일 월요일 曇〉(12. 29.) (0°, 6°)
食 前에 3祖, 父, 子 제기동(斗山사우나) 가서 沐浴했고. 氣溫은 終日 푹하여 모든 일 잘 된 셈.
子婦 五名 다 모여 설 祭物 준비에 노력. 日暮頃에 3째 明, 막내 弼 오고. 松은 아침에 왔던 것. ○

〈1999년 2월 16일 화요일 晴〉(正. 1.) (3°, 11°)
설(己卯年)[19]. 새벽 祈禱 올렸고. 早朝에 大田서 2째 絃, 淸州서 弟 振榮 家族 一同 왔고. 9時에 설 茶禮 지내고 簡單히 歲拜 行事. 一同 大床 3個 놓은 자리에서 떡국과 珍味飮食으로 溫和하게 朝食. 22名.
날씨 終日 푹했고. 큰 애비는 今年이 還甲~陰 2月 25日(4.11). ○

〈1999년 2월 17일 수요일 曇〉(正. 2.) (7°, 9°)
食 前 운동으로 뒷山 첫 배드민턴 클럽서 李氏(黑쪽기), 柳 氏(相對 잘해준) 만나 亂打로 充分한 운동했고.
長女 夫婦와 희환, 연준 오고, 3女(妊)과 중환, 현아 와서 歲拜하는 것. 昌信 주선으로 北岳山下(中)의 8角亭 앞거쳐 '곰의 집' 가서 茶 한잔

17) 원문에는 붉은색 색연필로 밑줄이 그어져 있다.
18) 원문에는 파란색 색연필로 밑줄이 그어져 있다.
19) 원문에는 붉은색 색연필로 밑줄이 그어져 있다.

씩 마시며 흐린 날씨지만 觀光하고 歸家한 것…큰 에미, 큰 딸, 3女, 四女, 중환 同伴된 것. 族弟 成榮과 中榮 와서 歲拜에 고마웠고. 저녁 食事하고 간 것. 2딸은 10時(밤)에 歸家. ○

〈1999년 2월 18일 목요일 晴〉(正. 3.) (2°, 6°)
큰 애비 車로 杏 同伴 天安, 竝川 거쳐 前佐山 가서 省墓하고 큰집 들러 歲拜 人事 後 点心 待接받고 淸州 와선 큰 애비와 함께 '약수터' 가서 22代祖 連潭公 墓所 參拜 省墓 및 上黨祠 가서 세 분 影幀 앞에서 合掌 拜禮하고 杏房 가서 쉰 것~堂姪 魯錫 歲拜次 다녀가고. ○

〈1999년 2월 19일 금요일 晴〉(正. 4.) (-3°, 4°)
早起 食 前에 教大체육관 가서 배드민턴 운동했고. 朝食 後 쉬었다가 큰 애비 車로 서울 집(敦돈岩洞) 오니 午後 1時 半 되는 것. 夕食은 外食(회집)~맏 子婦의 教職 名退[20]로. ○

〈1999년 2월 20일 토요일 晴〉(正. 5.) (-4°, 4°)
食 前散策에 뒷山 (무궁화클럽) 가서 老人团 '거의 70代' 몇 분과 배드민턴 잘 쳤고. 낮엔 돈암우체국 가서 밭 耕作者 奉화선에 밭 管理費條로 등기 送金했고. 밤엔 大宗會 서류 좀 본 것. ○

〈1999년 2월 21일 일요일 晴〉(正. 6.) (-7°, 2°5″)
大宗會 理事會에 參席~11시부터 영등포역전 부일식당. 50余 名 參席. 98決算, 99事業 計劃, 任員 改選은 1個月 後(3. 21)에 再開. 敏錫 총무 車로 돈암洞 집에 오니 午后 3時 半頃. ○

20) 원문에는 붉은색 색연필로 밑줄이 그어져 있다.

〈1999년 2월 22일 월요일 晴〉(正. 7.) (0°, 9°)
뒷山(개운山) 무궁화클럽(배드민턴)에 入會 手續 3万 원 내고 手續했고. 6, 70代 老壯들이 많아 決意한 것. 明日 入淸 준비하고 讀書 後 就寢. ○

〈1999년 2월 23일 화요일 晴〉(正. 8.) (0°, 8°)
今日 있을 三樂會[21] 等 行事 連日 予定 있어 入淸[22]. 杏의 아파트 잠간 들러 가방 놓고 杏의 車로 처음 타고 '경동식당' 會議室까지[23] 잘 간 것. 會議 마치고 柳海鎭 교장[24] 同伴 다방 가서 情談하며 커피 한 잔씩 마셨고. 日暮頃엔 斜川洞 '尹洛鏞' 교장[25] 問病 人事차 가서 떡국으로 저녁 잘 먹었고. 15시 半頃엔 '忠淸日報' 本社[26] 신문購讀 申請擔当者 찾아 仝紙 近者에 兩便서 오는 것 一元化로 妥協지었고. 今日 活動 많이 한 편. 杏 房서 留. ○

〈1999년 2월 24일 수요일 晴〉(正. 9.) (3°, 8°)
俊兄 招請하여 '까치食堂'서 点心하며 大宗會 일 비롯 情談 나누었고. 數日 間 청주 生活 予定이고. ○

〈1999년 2월 25일 목요일 晴〉(正. 10.) (2°, 7°)
12시에 있는 友信會에 參席~탑골식당서 會食. 17시 半부터 있는 在淸宗親會에도 參席~別味食堂서 저녁. 신동아 아파트 3째 집 가서

21) 원문에는 붉은색 색연필로 밑줄이 그어져 있다.
22) 원문에는 붉은색 색연필로 밑줄이 그어져 있다.
23) 원문에는 붉은색 색연필로 밑줄이 그어져 있다.
24) 원문에는 붉은색 색연필로 밑줄이 그어져 있다.
25) 원문에는 붉은색 색연필로 밑줄이 그어져 있다.
26) 원문에는 붉은색 색연필로 밑줄이 그어져 있다.

留한 것. ○

〈1999년 2월 26일 금요일 晴〉(正. 11.) (3°, 8°)
新聞 等 읽기生活로 해 보내고 '동원식당'서 있는 同窓會에 參席하여 海物 죽으로 저녁[27] 한 것~過食한 셈. 밤 9시 半頃 腹痛 約 1時間. 참을 수 없어 杏의 車로 '청주의료원' 應急室 가서 治療 中 吐하니 夕食한 것 몽탕 나온 것. 腹痛은 卽時 진정되어 歸家. 11시 半부터(12시 半?) 急作이 全身 極度로 떨어 死境線을 約 2時間 後에 넘긴 것. 4女 杏이 놀랬을 것. 딱하기도. 死線 時間 約 4,5시간[28] 겪은 것. ○

〈1999년 2월 27일 토요일 晴. 曇〉(正. 12.) (-3°, 0°)
'金泰龍 內科' 가서 昨日과 今朝까지 앓던 病 治療받았고. 저녁 때부터 나우 快해짐 느끼기도. ○

〈1999년 2월 28일 일요일 晴〉(正. 13.) (1°, 8°)
큰 애비 말 듣고 今日 上京. 敦岩洞 到着하니 16時50分 된 것. 까닭 모르게 잠 못 이루고. ○

〈1999년 3월 1일 월요일 晴〉(正. 14.) (1°, 6°)
10시 半에 惡寒症이 2번째 發生[29]되어 또 死境. 2째 孫子 昌信(서울大病院 醫師) 急주선으로 入院[30] 治療 받기 시작. 檢査 結果의 原因 들어보니 '담도염증'이라나. 抗生劑 맞기 始作. 같은 治療 3~5日 間, 食事 6끼 禁食도. 서울大병원 4501호室, 家族들(子女息) 신경 많이 썼을 것. 늙어서인가? ○

〈1999년 3월 4일 화요일 晴〉(正. 17.) (3°, 17°)
自身 願으로 退院[31]. 15時 좀 지나서 敦岩洞 아파트 到着. 四日 間의 精神 苦痛 無口有言. 有口無言. 健康 平生도 지났는지? 心身 점점 弱化. ○

〈1999년 3월 5일 수요일 雨. 曇〉(正. 18.) (9°, 18°)
서울大病院 이비인후科 가서 정밀檢査 받고 判定 들으니 異常 없고 耳鳴症은 老化 현상이라기에 安心 포기後 커피 한 잔 마신 後 長時間 腹痛으로 辛苦하다 못해 昌信 母子 주선으로 또 入院한 것[32]. 12時間 繼續 腹痛에 應急室서 간정되어 徹夜. 弼이가 留. 形言할 수 없을 程度 苦難 겪은 것. ○

〈1999년 3월 15일 월요일 晴〉(正. 28.) (2°, 18°)
滿 10日 만에 退院[33]~經費 640,000. 看病員 費用 360,000 計 1,000,000. 前 初旬 入院땐 約 300,000인 듯. 13시 退院 途中 '溫泉사우나' 가서 父子 沐浴하고 敦岩洞 집 오니 再入院 治療 等 한 심. ○

〈1999년 3월 16일 화요일 晴〉(正. 29.) (5°, 20°)
요새 날씨 繼續 화창. 忠淸日報 普及所(중림동), 公務員年金管理工團 等에 몇 가지 確認해봤고. ○

27) 원문에는 붉은색 색연필로 밑줄이 그어져 있다.
28) 원문에는 붉은색 색연필로 밑줄이 그어져 있다.
29) 원문에는 붉은색 색연필로 밑줄이 그어져 있다.
30) 원문에는 붉은색 색연필로 밑줄이 그어져 있다.
31) 원문에는 붉은색 색연필로 밑줄이 그어져 있다.
32) 원문에는 붉은색 색연필로 밑줄이 그어져 있다.
33) 원문에는 붉은색 색연필로 밑줄이 그어져 있다.

〈1999년 3월 17일 수요일 가끔 曇〉(正. 30.) (7°, 20°)
孫子 (昌信~医師) 主管으로 韓食 집에서 家族 一同 된장비빔밥 食事로 点心했고. 午后엔 慶州서 在應스님(次女) 온 것[34]~ 別味 빵 等 듬뿍 사 갖고. 入院治療 結果 仔細히 말했기도. ○

〈1999년 3월 18일 목요일 가랑비. 브슬비〉(2. 1.) (10°, 16°) 雨量 40㎜[35]
終日 비 내린 것~가뭄 끝에 甘雨. 스님은 큰 에미 車로 3女(妊) 집 갔고. ○

〈1999년 3월 19일 금요일 晴. 曇.〉(2. 2.) (6°, 9°)
朝夕으로 登山 散策했고. 强風, 氣溫 急降下. 夜間作業으로 食刀 갈기, 방안 청소. ○

〈1999년 3월 20일 토요일 曇. 晴〉(2. 3.) (3°, 13°)
청주서 杏이 오고. 저녁엔 魯弼 家族 一同 와서 다 함께 저녁食事하고 놀다 歸家. ○

〈1999년 3월 21일 일요일 가랑비. 晴〉(2. 4.) (3°, 4°)
杏이 淸州로 歸家. 在應스님도 3째 女息 집서 今朝에 出發했다고. 방배동 큰 딸은 회진으로 傷心 中. ○

〈1999년 3월 22일 월요일 晴〉(2. 5.) (-5°, 8°)
13시에 청주 向發. 月末 諸般 整理次 故鄕 간 것. 신봉農協 가서 住宅資金 滿期 超越된 것 整理. ○

〈1999년 3월 23일 화요일 晴〉(2. 6.) (-3°, 11°)
郡 三樂會에 參席[36]~10時에 上黨公園 集結. 2台 버스로 文義面 文化財團地[37](民俗村) 求景한 것. 仝食堂서 고사리 고기국 맛있어 모처럼 口味있게 잘 먹은 것. ○

〈1999년 3월 24일 수요일 晴〉(2. 7.) (0°, 11°)
魯杏의 要請 있어 '한빛은행' 18,000,000 定期 통장額 10,000,000 빼서 韓美銀行의 月別 壹百万 원씩 10個月 間 累進 制度 통장으로 變更 通帳 作成했기도. 11月에 한뭇 찾는다는 것. ○

〈1999년 3월 25일 목요일 晴〉(2. 8.) (3°, 18°)
날씨 나우 포근했고. 安 氏 만나 健康 체크하니 아직 微力. 金眼科 가서 治療 받았고. ○

〈1999년 3월 26일 금요일 雨〉(2. 9.) (4°, 9°)
춥지는 않았으나 終日 부슬비 내렸고. 健康 非正常이나 勇氣내어 墻東 宗山 가서 族叔 漢奎氏 爲先事業(墓碣立石)하는 데 人事갔기도. 点心 后 우산 받쳐든 채 前佐里까지 步行 强行하여 省墓하니 개운했고. 入淸하는 버스 時間 征服했으니 勝利感. 16時 버스로 無事 入淸. ○

〈1999년 3월 27일 토요일 曇〉(2. 10.) (4°, 19°)
모처럼 淸州敎大 체육관 갔더니 一同 극히 반

34) 원문에는 붉은색 색연필로 밑줄이 그어져 있다.
35) 원문에는 파란색 색연필로 밑줄이 그어져 있다.
36) 원문에는 붉은색 색연필로 밑줄이 그어져 있다.
37) 원문에는 붉은색 색연필로 밑줄이 그어져 있다.

가워 했고. 玉山面 가서 戶籍謄本 떼어와서는 杏과 함께 큰 女未집(司倉洞 現代아파트 4棟 502号) 가서 点心 맛있게 잘 먹은 것(곱창전골). 물김치 等 반찬 多量 杏 집으로 가져오기도. 저녁은 同窓會에 가서 會食. ○

〈1999년 3월 28일 일요일 晴〉(2. 11.) (1°, 15°)
올림픽 生活체육館 가서 道硏合會 배드민턴 大會 觀覽하고 点心 食事 后 모처럼 京釜線 列車(무궁화号)로 鳥致院서 서울驛까지 約 1時間 半 3,600원 所要로 無事 上京. 約 1주일 만에 다녀온 것. ○

〈1999년 3월 29일 월요일 晴. 曇〉(2. 12.) (-1°, 9°)
食 前에 무궁화클럽 가서 모처럼 배드민턴 운동 가볍게 했고. 돈암우체局 가서 이명화 回甲 祝儀金 送金하고 歸路에 理髮한 것. ○

〈1999년 3월 30일 화요일 曇. 晴〉(2. 13.) (1°, 16°)
今朝 行事도 正常 履行. 낮부터 不良(消化) 느끼고~설사 종종. '天胃丸' 服用 後 效果 있고. ○

〈1999년 3월 31일 수요일 晴〉(2. 14.) (4°, 20°)
별 큰 일 없이 하루 보냄. ○

〈1999년 4월 1일 목요일 曇. 부슬비〉(2. 15.) (9°, 11°)
4月5日(清明日), 6日(寒食) 茶禮에 所要되는 七位 祝, 紙榜 抄 잡기에 時間 좀 걸린 셈. ○

〈1999년 4월 2일 금요일 曇. 晴〉(2. 16.) (8°, 12°)
꿈~새벽 4時 20分頃[38]…어머니와 井母는 鳥致院서 먼저 歸家次 떠나고 젊어지신 아버님이 나타나 서로 얼싸안고 반가워하다가 먼저 떠나신 제 한참 만에 '왜 안오느냐고 큰 소리로 부르며 걱정 말씀' "이 놈아 빨리 오라고"의 걱정의 말씀. 게다(나막신) 끈을 매기 힘드는 中인데 가겠다고 對答만 해놓고 出發 못한 채 맨발로 뛰려고 신끈을 졸라맬 지음 잠깬 것. 아버지 만나 택시로 빨리 달려 어머니와 井母?를 만나 함께 가려는 마음 먹었었는데 게다 끈 때문에 뜻을 못 이룬 것. 마음 뒤숭숭한 채 아침운동 적당히 마치고 朝食 간단이 먹고 勇氣 내어 金溪 안골山까지 달려가 從祖父 莎草 行事에 參席하곤 개운한 마음으로 上京. 歸家하니 밤 9時 된 것. ○

〈1999년 4월 3일 토요일 晴. 曇〉(2. 17.) (3°, 11°)
돈암동 '무궁화클럽' 老人团 數人에게 커피 答接했고. 清明 寒食 祭禮 祝文 抄 잡고. ○

〈1999년 4월 4일 일요일 晴〉(2. 18.) (3°, 14°)
寒食 앞두고 淸州 갔고. 큰 애비 車로 並川 經由 전좌리 山所 가서 作業 約 2時間~화양木 玉香木苗 양갓으로 移植. 女息(長女, 3女, 4女)들도 省墓 다녀왔기에 함께 보리밥 會食. ○

〈1999년 4월 5일 월요일 晴〉(2. 19.) (3°, 21°)
壽福白花 清酒 사 갖고 杏의 車로 金溪 큰집

38) 원문에는 파란색 색연필로 밑줄이 그어져 있고, '꿈'자에는 동그라미가 그려져 있다.

가서 一同 함께 전좌리 가서 先考墓 前, 先伯父墓 前에 茶禮 지낸 것~明日이 寒食[39]인데 淸明인 今日에 모처럼 잔 올린 것. 午前엔 藥水터 가서 上黨祠 및 連潭公 墓 參拜했기도. ○

〈1999년 4월 6일 화요일 晴〉(2. 20.) (6°, 13°)
三從姪 魯學 同件 金溪 가서 再堂姪 魯旭집(高祖, 曾祖宗土)에서 寒食茶礼[40]. 從兄 合 4人이 擧行한 것. ○

〈1999년 4월 7일 수요일 晴〉(2. 21.) (3°, 15°)
族叔 漢奎 氏 招請으로 '江村집' 가서 晝食 待接받은 것. 俊兄, 晩榮, 一相도. ○

〈1999년 4월 8일 목요일 晴〉(2. 22.) (4°, 22°)
감나무 墓木 2株 購求하여 전좌山 가서 墓域 갓에 植付[41]했고. 初저녁엔 漢奎 氏, 俊榮 氏, 一相과 함께 金溪 가서 故 承榮의 夫人 張 氏집 찾아 金溪 앞들洑 工事 關聯 土地使用 承落 얻는 데 妥協에 힘들었기도. 낮엔 홍덕區廳 가서 京釜線(統一号, 무궁화号) 時間表 確認하고 明日用 上京할 차표 1枚 予買도 한 것. ○

〈1999년 4월 9일 금요일 曇. 가랑비〉(2. 23.) (8°, 15°)
11時 20分, 鳥致院發 統一号 列車로 서울驛에 13時 着[42]. 地下鐵로 敦岩洞 오니 14時 좀 넘은 程度로 時間과 車費 節約된 셈. 明朝에 鎬準 父子 歸國맞이에 萬全 期하는 분위기. ○

〈1999년 4월 10일 토요일 雨. 曇〉(2. 24.) (9°,) 雨量 35㎜[43]
昨夜부터 오는 비 今朝까지 繼續. 기다리던 鎬準 父子 8時 半에 敦岩洞 집에 無事 到着[44]. 退勤한 昌信 車로 一同 6名은 제기동 '함흥冷麵' 집 가서 点心했고. 美國 뉴욕서 16時間 만에 서울 着인 듯. ○

〈1999년 4월 11일 일요일 晴〉(2. 25.) (9°, 23°)
長子(井)의 回甲 生日(陰)~어언 滿 60年[45]. 60年前 그날과 같이 五福을 누리는 子息의 將來를 오늘 아침 祈禱時間에도 天地神明께 祈願했고. 오후 5時 半부터 8時 半까지 큰 애비 回甲 行事~삼성동 무역센터 빌딩 52층 바이킹뷔페식당 국화룸. 10男妹 中 5女 運이 外는 全員 參席. 內外 孫子女, 큰 妹, 弟 振榮 夫婦, 姪 母女 合 36名 參席. 家族 뿐의 會食 程度. 英信, 昌信의 아이디오로 뜻깊게 行事 잘 된 셈. ○

〈1999년 4월 12일 월요일 雨(가랑비)〉(2. 26.) (11°, 12°)
낮엔 英信 車로 鎬準, 큰 에미와 함께 여의도 63빌딩 가서 '水族館' 求景하고 온 것. 비는 가랑비로 終日 내렸고. 13時頃부터 右側 가슴뼈 밑 肝 位置가 뜨끔거리는 痛症 밤 9時까지[46]도 繼續? ○

39) 원문에는 붉은색 색연필로 밑줄이 그어져 있다.
40) 원문에는 붉은색 색연필로 밑줄이 그어져 있다.
41) 원문에는 붉은색 색연필로 밑줄이 그어져 있다.
42) 원문에는 붉은색 색연필로 밑줄이 그어져 있다.
43) 원문에는 파란색 색연필로 밑줄이 그어져 있다.
44) 원문에는 붉은색 색연필로 밑줄이 그어져 있다.
45) 원문에는 붉은색 색연필로 밑줄이 그어져 있다.
46) 원문에는 붉은색 색연필로 밑줄이 그어져 있다.

〈1999년 4월 13일 화요일 雨. 曇〉(2. 27.) (7°, 10°) 雨量 25㎜[47]
어제부터 痛症 있던 가슴 새벽녘에 잠 깨보니 鎭靜은 되었으나 全身 힘이 없어 心身 느러진 형편. ○

〈1999년 4월 14일 수요일 晴〉(2. 28.) (5°, 18°)
身樣 어제보다는 개벼워진 듯. 크럽場 나가 껨도 했고. 제기동 두산사우나 가서 沐浴 잘 한 것. ○

〈1999년 4월 15일 목요일 晴〉(2. 29.) (5°, 20°)
서울驛 가서 列車(무궁화호)편으로 鳥致院 거쳐 入淸. 午后에 省墓. '홋잎[홑잎][48]'도 若干 훑어오고. ○

〈1999년 4월 16일 금요일 晴〉(3. 1.) (8°, 23°)
友信會에 參席하여 會長으로서 人事하고 鄭總務에 慰勞金 傳達. 場所는 '탑골식당'. 約束대로 曾坪 鄭 女人 오래서 債金 方案 問議하니 아직 無謀. 今年 六月末까지 結末지라고 간곡히 督促[49].
'한국전자' 가서 小形 라디오 修理에 無料이기에 深謝 감사했고. '대림농약사'선 '옥수수' 씨앗 거저 주기에 또한 고마웠고. ⊙

〈1999년 4월 17일 토요일 晴〉(3. 2.) (12°, 23°)
前佐山 가서 墓域 周圍에 옥수수와 완두콩 播種했고. 밤엔 再從孫 '尙信' 新婚夫婦 와서 人事(初面)…魯錫의 次子. 各種 채반음식도 나우 多量 珍味로운 것 갖고 왔던 것. ○

〈1999년 4월 18일 일요일 晴〉(3. 3.) (11°, 26°)
大宗會 總會인데 못갔고. 午后 늦게 狀況 傳聞해 알았기도. 山所 가서 枯死된 푸짐한 잔디깎기에 勞力하고. 杏도 와서 쑥 多量 뜯었던 것. ○

〈1999년 4월 19일 월요일 晴〉(3. 4.) (13°, 25°)
今日도 山 가서 昨日과 같은 作業에 勞力했고. 저녁 땐 宗親會에 參席했기도. ○

〈1999년 4월 20일 화요일 曇〉(3. 5.) (13°, 26°)
아침 車로 山行하여 山 下 排水똘 한 구석을 우물 目標로 파내기 作業했으나 生水難일 듯. 14時 半 發(鳥致院) 列車 統一号로 서울 無事到着. ○

〈1999년 4월 21일 수요일 晴. 曇〉(3. 6.) (13°, 23°)
鎬準 1個月分 놀이방 費用 補助條로 英信에게 200萬 원 주었고. 낮엔 理髮次 제기동 사우나 가서 沐浴까지 한 것. 歸路에 '가정식백반'이란 食事로 点心 兼 저녁 먹은 셈. 그래도 집에 와서도 食事했고. ○

〈1999년 4월 22일 목요일 晴〉(3. 7.) (13°5″, 26°)
낮엔 '서울역' 가서 明日 列車票 予買했고. 英信 父子 渡美에 金浦空港 가서 18時 半 大韓항공 出航 보고 와서 마음 개운했고. 無事到着

47) 원문에는 파란색 색연필로 밑줄이 그어져 있다.
48) 홑잎나무(鬼箭羽)(=화살나무 혹은 참빗나무)를 말하며. 나물로 데쳐먹으면 항암효과가 있는 것으로 알려져 있다.
49) 원문에는 파란색 색연필로 밑줄이 그어져 있다.

과 成功을 祈願[50]했고. ○

〈1999년 4월 23일 금요일 晴〉(3. 8.) (14°, 26°)
아침 車(무궁화号)로 淸州行. 12시부터 있는 三樂會에 參席(금관부페). ○

〈1999년 4월 24일 토요일 晴〉(3. 9.) (14°, 26°)
勳鍾 氏 招請해서 까치食堂서 点心 待接. 전좌山 가서 省墓后 쉴터 가림幕 만들고 잔디 다복풀 깎고 고들빼기 쓴 菜 나우 캤기도. 杏 아파트서 今般도 쉬는 것. ○

〈1999년 4월 25일 일요일 晴〉(3. 10.) (14°, 27°)
今日도 山行하여 作業~枯死 잔디 다복풀 깎는 데 勞力. 취나물 播種. 쓴 菜 캐고. ○

〈1999년 4월 26일 월요일 晴〉(3. 11.) (14°, 28°)
농협(신봉)서 引出 나우 하여 月末 정리. 明日 上京 예정으로 좀 쉰 편. 同窓會 參席(삼무삼경). ○

〈1999년 4월 27일 화요일 晴. 曇〉(3. 12.) (14°, 28°)
午前 中 나우 너웠고. 동일호 列車로 上京. 敦岩洞에 17時 到着. 氣溫 急强 18°. ○

〈1999년 4월 28일 수요일 晴. 曇〉(3. 13.) (10°5″, 18°)
近日엔 口味 당겨 모든 食事 맛있게 잘 하는 편. 体重 48kg[51]~조금 낳아진 편. 큰 애비 勸告로 함께 登山 다녀왔고~15時~18時. 北岳山 中턱 '영불寺' 重增築場. ○

〈1999년 4월 29일 목요일 晴〉(3. 14.) (9°, 22°)
날씨 너무 가믈어 故鄕 山에 落種한 것 發芽에 支障 많을 듯. 午后엔 '개운山' 廣場 가서 걷기 운동과 新聞 通讀에 時間 보낸 것. 큰 애비가 마련한 '인진쑥[52]' 8일 전부터. '알로에[53]' 今日부터 服用. ○

〈1999년 4월 30일 금요일 晴〉(3. 15.) (10°, 24°)
큰 애비 案內로 長距離 다녀온 것~경기 양평, 팔당湖[54] 다리 通過. 点心은 '옥천'冷麵집. 양수리 近處 '茶山 丁若鏞 先生'의 墓所 古家, 展示館[55] 보고. 歸路에 '구리市 農産物 都賣市場도 본 것. ○

〈1999년 5월 1일 토요일 晴〉(3. 16.) (12°, 22°)
數年 만에 仁川 朱安 '龍華禪院' 다녀온 것. 每年 陰 三月十六日에 있는 大法會. 院內 環境 많이 좋게 달라졌고. 參與 信徒 어마어마하게 많고. 11時 半 到着에 約 2時間 半 있었고. 法堂에 들어가 左側 5표적 윗쪽에 父母님, 弟 云榮, 사위 愼義宰 靈駕 向해 合掌 祈禱했고. 点心은 例대로 비빔밥. 敦岩洞 집에 오니 午后 4時 좀 넘었고. 신문 갖고 뒷山頂 가서 읽고 日暮(午后 7時 正刻) 집에 왔던 것.
기쁨에 넘쳐 눈물 나올 程度 반가운 消息 들었고…오후 8時頃. 晝夜장천 바라고 祈願했던

50) 원문에는 붉은색 색연필로 밑줄이 그어져 있다.
51) 원문에는 붉은색 색연필로 밑줄이 그어져 있다.
52) 원문에는 붉은색 색연필로 밑줄이 그어져 있다.
53) 원문에는 붉은색 색연필로 밑줄이 그어져 있다.
54) 원문에는 붉은색 색연필로 밑줄이 그어져 있다.
55) 원문에는 붉은색 색연필로 밑줄이 그어져 있다.

四男 魯松이 첫 胎氣 있다는 것[56]. 至誠이면 感天인가. 子婦(義城 金氏)의 賢貞淑한 誠意의 實. ○

〈1999년 5월 2일 일요일 晴〉(3. 17.) (10°5″, 22°)
今朝도 体育場 가서 適切이 2껨 쳤고. 朴財務 入院 件. 위로金 내면서 마음 快치 않았고.
斗山사우나 가서 沐浴 後 '경동시장' 求景했고. 어제 出他했던 큰 에미 21時頃 無事歸家. ○

〈1999년 5월 3일 월요일 雨〉(3. 18.) (13°5″, 18°)
雨量 40㎜[57]
기다리던 비 오랜만에 잘 오는 것[58]~山地에 播種한 것 여러 날 되었기에. 昌信은 仁川医療院 月 間 出勤. ○

〈1999년 5월 4일 화요일 曇. 晴〉(3. 19.) (14°, 24°)
散策 많이 했고. 文獻錄 읽기에 時間 많이 所要한 셈. ○

〈1999년 5월 5일 수요일 晴. 曇〉(3. 20.) (14°, 21°)
頂鉢山역 下車. 臨組禪寺 찾아 合掌祈禱하고 魯弼 집 잘 찾아 家族 一同과 저녁食事(닭죽)으로 滿足했고. 比較的 편이 留한것. 鉉祐, 鉉眞 充實하기도(어린이날). ○

〈1999년 5월 6일 목요일 晴〉(3. 21.) (13°, 24°)
버스 903番(77番도 可)으로 세브란스病院 眼科 가서 視力檢査 마치고 淸州 가서 東部 등기所(율량동) 가서 大宗會 일 關聯 不動産 登記簿 謄本 떼어봤고. 杏 집 가서 留. ○

〈1999년 5월 7일 금요일 晴〉(3. 22.) (14°, 25°)
白色 쓰본 '長' 손질에 數時間 勞力하여 맞게 完了 잘 했고. 南州洞 申 氏 乾材藥房 찾아 인진쑥製 錠製藥 2個月치 1병과 魯杏 축농症 藥材 '느릅나무 속皮' 等 購求하였고. ○

〈1999년 5월 8일 토요일 晴〉(3. 23.) (15°, 25°)
크럽 會長 황보현 回甲宴에 가서 人事와 㚆心. 松이 와서 人事. 저녁에 杏과 함께 山所 가서 省墓.
日暮頃에 大田 2째 夫婦 와서 珍味 반찬 차려온 것으로 一同 저녁 食事 잘 했고(어버이날). ○

〈1999년 5월 9일 일요일 晴〉(3. 24.) (15°, 26°)
약수터 가서 連潭公 墓所. 祠堂에 參拜 祈禱. 㚆心 山所 가서 除草(封墳) 作業에 數時間 勞力했고. 안골밭 狀況 보고 不快感~作業 未完成에…저녁에 一相한테 말했고. ○

〈1999년 5월 10일 월요일 晴〉(3. 25.) (11°, 26°)
金城 가서 小宗契 宗田(망령굴밭) 狀況 巡察後 族姪 '노玄' 찾아 이해시키기도. ○

〈1999년 5월 11일 화요일 晴〉(3. 26.) (13°, 26°)
俊兄 案內로 族長 勳鍾 氏와 '한국人參組合' 主催 行事로 講演 듣고 '청주動物園' 처음 찾

56) 원문에는 붉은색 색연필로 밑줄이 그어져 있다.
57) 원문에는 파란색 색연필로 밑줄이 그어져 있다.
58) 원문에는 파란색 색연필로 밑줄이 그어져 있다.

아 一巡 求景 잘한 셈. ○

〈1999년 5월 12일 수요일 晴〉(3. 27.) (13°, 27°)
上黨區廳과 清原郡廳 가서 公私 間의 土地臺帳 떼어보기도…確認次. ○

〈1999년 5월 13일 목요일 晴〉(3. 28.) (13°, 26°)
同窓會 行事로 私費 負担 遠距離 旅行[59]한 것~俊兄, 宋僙柱와 함께 3人은 觀光列車로 鳥致院發 慶南 河東까지. 河東선 觀光버스로 '상주海水浴場'까지…새롭게 본 곳~南海大橋, 李落祠, 瞻望臺, 상주海水浴場. 7시 發~23時 歸家 着. ○

〈1999년 5월 14일 금요일 晴〉(3. 29.) (14°, 26°)
上京~鳥致院 (무궁화号)發 14時 40分. 敦岩洞 着 17時頃. 모두 無事. 10日 만에 歸京. ○

〈1999년 5월 15일 토요일 曇〉(4. 1.) (16'5°, 25°)
서울역 가서 17日 14時 30分 發 '통일호' 乘車票 予買했고. 過勞한 일 없는데 疲勞 느끼는 것. ○

〈1999년 5월 16일 일요일 晴〉(4. 2.) (16°, 26°)
4째네 胎氣 失敗 消息 듣고 失望[60]. 当事者들 內外 딱하기도.
큰 애비와 故鄕 新家屋 建築 設計에 어느 程度 意圖 맞게 되는 편이고. ○

〈1999년 5월 17일 월요일 晴〉(4. 3.) (16°, 24°)
入淸하여 明日 所用 일에 奔走하게 일 본 것~理髮, 막쓰본, 登山 스타킨 購入 等. ○

〈1999년 5월 18일 화요일 曇. 雨〉(4. 4.) (17°, 20°) 雨量 25㎜[61]
三樂會 逍風에 參加[62]~7. 30부터 午后 7時…堤川의 淸風文化団[63]地(寒碧樓, 八詠樓). 丹陽의 小仙岩, 中仙岩. 온달동굴 觀光[64]…처음 보는 곳이었고. 甘雨 내린 것.

〈1999년 5월 19일 수요일 曇. 晴〉(4. 5.) (14°, 18°)
故鄕 山所 가서 約 3時間 作業~雜草 뽑기. 옥수수와 완두콩 몇 포기의 손질. 갈퀴 고치고. ○

〈1999년 5월 20일 목요일 晴〉(4. 6.) (11°, 19°)
11時 半 버스로 故鄕 가서 큰집 들러 從兄과 함께 點心 잘 먹었고. 山所 가서 作業~作物에 施肥. 金溪 利用 食水 水道 確認. 안골 밭둑 고친 것 確認. 저물게 歸京(后 9시 半). ○

〈1999년 5월 21일 금요일 晴〉(4. 7.) (14°, 21°)
昨夜 3時間 程度 腹痛[65](后 9時~12時) 있어 어느 程度 苦心 겪었으나 차차 시납으로 가라앉은 것. 11時 半 發 큰 애비 車로 큰 딸, 3女와 함께 全北 井邑市 정우면 삼북리 七峯山 淨

59) 원문에는 붉은색 색연필로 밑줄이 그어져 있다.
60) 원문에는 붉은색 색연필로 밑줄이 그어져 있다.
61) 원문에는 파란색 색연필로 밑줄이 그어져 있다.
62) 원문에는 붉은색 색연필로 밑줄이 그어져 있다.
63) 원문에는 붉은색 색연필로 밑줄이 그어져 있다.
64) 원문에는 붉은색 색연필로 밑줄이 그어져 있다.
65) 원문에는 붉은색 색연필로 밑줄이 그어져 있다.

土寺[66] 간 것. 后 5時에 到着한 셈. 次女 '在應' 스님이 10余日 前에 옮긴 最初行. 日暮后까지 燈 달기에 勞力했고. 高麗 忠烈王 때 創建. 約 710年쯤 前. 스님 혼자 지키는 한적한 옛절. 禮佛後熟寢. ○

〈1999년 5월 22일 토요일 晴〉(4. 8.) (15°, 27°)
새벽 礼佛에 同參. 午前 中 燈 달기에 勞力. 3男妹(井, 媛, 妊)는 信徒 接受 일에余念없이 본 것. 老婆層이 多數임이 特徵. 佛紀 2543回年 釋誕日 行事[67] 잘 마친 셈. 우리 스님 疲勞했을 것. ○

〈1999년 5월 23일 일요일 晴. 曇〉(4. 9.) (16°, 27°)
새벽 礼佛 마치고 6時 正刻에 3男妹와 함께 歸京하니 13時쯤. 点心은 並川서 했고. ○

〈1999년 5월 24일 월요일 雨〉(4. 10.) (17°, 19°)
雨量 22㎜[68]
기다리던 비 새벽부터 부슬비로 잘 내리는 것. 거의 終日 내린 셈. 서울역 가서 明日行 予買. ○

〈1999년 5월 25일 화요일 晴〉(4. 11.) (11°, 20°)
清州 갔고. 모두 無故한 편. 아침氣溫 약간 冷한 편이었으나 낮은 따뜻했고. ○

〈1999년 5월 26일 수요일 晴〉(4. 12.) (15°, 21°)
큰 애비 夫婦는 回甲記念 旅行으로 早朝 出發로 濟州島 갔고. 9時頃 청주로 無事 着 소식 왔고.
午后 6時에 同窓會 있어 參席. 6名 全員. '三無三景' 집. 仝 7時頃에 會食.
南州洞市場의 '대왕한약방' 가서 主人 申 氏 찾아 松 夫婦用 補藥 相議했고.

〈1999년 5월 27일 목요일 晴〉(4. 13.) (10°, 18°)
俊兄과 함께 南二面 尺山 '대청회집' 가서 夕食 兼 崔女人 等 數名이 會食한 것. ○

〈1999년 5월 28일 금요일 晴〉(4. 14.) (9°, 22°)
故鄕 가서 모두 一巡해봤고. 山所 가선 雜草 뽑기 作業에 勞力한 것. 濟州島 旅行 갔던 큰 애비 夫婦 無事歸京했다고. 清州로 連絡 왔고. ○

〈1999년 5월 29일 토요일 晴〉(4. 15.) (10°, 24°)
歸路(体育館)에 약수터 가서 祠堂과 墓所 參拜 後 龍華寺 들러 祈禱했고.
4째 子婦(義城 金氏) 오래서 申 氏 漢藥房 데고 가서 診脈 後 夫婦 補藥 4제 짓기[69]로 作定한 것. 4째네 出産 없어(胎氣) 苦心 끝에 勇斷 내린 点 잘한 氣分이고. 모두 집서 會食. ○

〈1999년 5월 30일 일요일 晴〉(4. 16.) (12°, 25°)
크럽 張상원(前 會長)으로부터 朝食 厚待받았고. '진고개식당'. 낮엔 山所 가서 雜草 除去 作業에 勞力하니 疲勞 좀 느끼기도. 枯葉 갈퀴로 一部 긁기도. ○

66) 원문에는 붉은색 색연필로 밑줄이 그어져 있다.
67) 원문에는 붉은색 색연필로 밑줄이 그어져 있다.
68) 원문에는 파란색 색연필로 밑줄이 그어져 있다.
69) 원문에는 붉은색 색연필로 밑줄이 그어져 있다.

〈1999년 5월 31일 월요일 晴〉(4. 17.) (15°, 29°)
아침결에 松이 뎉고 申 氏 韓藥房 가서 補藥 4제 주어 今日부터 服用키로 일러준 것.
后 2時 發 '통일호' 列車로 歸京하니 모두 無事에 安心. 深夜토록 帳簿 정리했고. ○

〈1999년 6월 1일 화요일 曇. 가랑비〉(4. 18.) (20°, 23°)
1주일 만에 무궁화크럽에 參與하여 運動 後 食事까지 했고. 낮 동안은 집에서 新聞 通讀 等 보내고 저녁나절엔 '두산싸우나' 가서 沐浴한 것. ○

〈1999년 6월 2일 수요일 雨. 曇〉(4. 19.) (17°, 23°) 雨量 30㎜[70)]
단비 좀 내렸고. 서울驛 가서 明日 歸淸할 列車票 予買했고. 統一号는 6月1日부터 없다는 것. ○

〈1999년 6월 3일 목요일 晴〉(4. 20.) (16°, 27°)
臨時用務로 淸州 간 것~큰 애비 夫婦 回甲旅行次 濟州島 다녀온 膳物(꿀, 오징어)로 2째와 3째 몫 가지고 가서 今日은 저물어 못주고. 日暮頃에 言約대로 金川洞 금다실서 曾坪 鄭女人 만나 債金 督促했으나 形便上 6月末까지 再約한 셈. 가압류한 것 解止 要求에 不應答했고. ○

〈1999년 6월 4일 금요일 晴〉(4. 21.) (17°, 31°)
食 前에 신동아 APT 3째 집 갔으나 休暇로 歸家했다는 孫子 '正旭'은 堤川 갔대서 못만나고 濟州 膳物과 歸隊할 正旭의 빵값으로 若干 주고 朝食 後 杏 APT로 왔고. 日暮頃에 大田 2째 집(월평동 샛별Ⓐ) 가서 亦 濟州島 膳物과 새실한테 신발값으로 若干 주기도. 낮엔 金溪 다녀올 計劃으로 出發은 했으나 精神 황망탓인지 버스料만 玉山까지 往來에 나우 支出되기만…. ○

〈1999년 6월 5일 토요일 晴〉(4. 22.) (16°, 30°)
어제 오늘 날씨 낮氣溫 상당히 높았고. 大田서 朝食 後 곧 歸淸하여 잔일 좀 보고 金溪行 計劃하고서만. 午后 6時 發 一般高速으로 上京하니 소 9時 좀 넘은 것. 帳簿 정리하고 就寢. ○

〈1999년 6월 6일 일요일 曇. 부슬비〉(4. 23.) (20°, 23°)
顯忠日 行事 參席[71)]~서울 동작洞 國立墓地 亡弟 云榮의 墓所 다녀온 것(15단지 15433호[72)]). 姪女 家族 全員, 妹와 甥姪女 朴鍾淑 家族 全員, 큰 딸(媛)이 參席. 姪婿가 車費로 나우 주는 것. ○

〈1999년 6월 7일 월요일 晴〉(4. 24.) (18°, 27°)
明日 故鄕 볼 일 있어 日暮頃에 淸州 간 것. 듣자니 杏은 엊그제 龍華寺 祈禱 갔다가 車를 안 잠구웠던지 車內 있는 손가방을 紛失 当했었다고 힘없이 말하는 것…各 證明書. ○

〈1999년 6월 8일 화요일 晴〉(4. 25.) (17°, 28°)

70) 원문에는 파란색 색연필로 밑줄이 그어져 있다.

71) 원문에는 붉은색 색연필로 밑줄이 그어져 있다.
72) 원문에는 붉은색 색연필로 밑줄이 그어져 있다.

予約대로 族叔 漢奎 氏 宅에 成榮, 總務 敏錫 11時에 會合하고~大宗會 不動産 登記 狀況 再確認하고 上堂誌 第2号 發刊 推進에 힘 모아 完成에 勞力함을 合議한 後 3人은 金溪까지 族弟 金榮 車로 가서 새 집 지을 터와 前佐里 가서 山所 구경하기도. 午后 4時에 入淸하여 一飮 後 成榮과 함께 서울 오니 밤 9時頃. ○

〈1999년 6월 9일 수요일 晴〉(4. 26.) (17°, 30°)
10余年 만에 南山 八角亭 가본 것[73]~집에서 午後 5時 發. 歸家 21時…. 4号線(회현역 下車). 登下山 40分×2. 全階段 818段. 첫 公園에 김유신 將軍像. 둘째 公園에 느티나무 樹木公園 世宗大王像 白凡 金九先生像, 안의사기념관[74](오늘서 처음), '見利思義, 見危授命' 庚戌 三月 於旅順獄 中 安重根 서[75]. '이익을 보거든 정의를 생각하고 위태함을 보거든 목숨을 주라.' 南山타워 8角亭, 展望台. 階段別 順次~67(첫 공원), 35(느티木공원), 90(植物園), 626(山上峰…山頂~八角亭). ○

〈1999년 6월 10일 목요일 晴〉(4. 27.) (20°, 30°)
큰 볼일 없이 지낸 셈. 運身에 가든치 못한 氣分에 해질 무릅 뒷山頂 가서 新聞 通讀 後 歸家해서도 文獻錄 읽기에 노력한 것. ○

〈1999년 6월 11일 금요일 晴〉(4. 28.) (20°, 28°)
10余日 間 繼續 맑고. 午前 中 新聞 完讀. 삼선 농협 가서 돈 若干 찾기도. ○

〈1999년 6월 12일 토요일 晴〉(4. 29.) (19°, 30°)
明日 行事 있어 今般은 高速버스로 歸淸했고. 后 6時頃 淸州 着. ○

〈1999년 6월 13일 일요일 晴〉(4. 30.) (19°, 31°)
食 前에 약수터 가서 祠堂, 墓所에 參拜 祈禱. 淸州市 主催 生活体育 배드민턴大會[76]에 參席하여 힘 안들고 金메달 받았고. 韓大錫과 짝(老年長壽部 A級). ○

〈1999년 6월 14일 월요일 晴〉(5. 1.) (14°, 32°)
歸路에 龍華寺 가서 合掌 祈禱(五月 初하루). 낮엔 金병호 眼科 가서 治療받고. 金溪 가서 集水井 봇물 똘과 飮料用 水道의 上下 設備 狀況 直接 踏査 確認해 본 것(앞내, 栢洞 뒷山). 前佐山 가서 省墓. 時間 없어 作業은 못했고. ○

〈1999년 6월 15일 화요일 晴〉(5. 2.) (15°, 30°)
体育館 歸路에 前會長, 張상원, 商人 崔榮國, 李용희 繁榮會長 오래서 '진고개집'에서 朝食 待接.
午后엔 山所 가서 쑥을 비롯한 雜草 뽑기 作業 熱心이 했고. 各 樹, 果木 몇 株에 肥料(복합). ○

〈1999년 6월 16일 수요일 雨〉(5. 3.) (13°, 17°) 雨量 50㎜[77]

---

73) 원문에는 붉은색 색연필로 밑줄이 그어져 있다.
74) 원문에는 붉은색 볼펜으로 밑줄이 그어져 있다.
75) 원문에는 파란색 색연필로 밑줄이 그어져 있다.
76) 원문에는 붉은색 색연필로 밑줄이 그어져 있다.
77) 원문에는 파란색 색연필로 밑줄이 그어져 있다.

기다리던 비 잘도 흡족하게 왔고~어제 施肥 잘 한 것. 새벽쯤의 '꿈'…女息 結婚의 大事日, 父母 生存, 山積 堆肥, 人夫는 洞人 多數, 釀造場서 祝儀金으로 5百万 원. 姪 魯旭의 連絡 잘 하고. 雨中이지만 明日 行事로 上京~后 7時 半頃 敦岩洞 到着. ○

〈1999년 6월 17일 목요일 曇. 晴〉(5. 4.) (17°, 24°)
무궁화크럽 野遊會에 參席[78]~18. 30 發. 밤 9時 歸家…約 35名. 경기도 加平郡 北面 밤나무 溪谷. ○

〈1999년 6월 18일 금요일 晴〉(5. 5.) (19°, 26°)
后 3時 半에 出發하여 淸州 市內엔 7時에 到着. 宗親會에 參席~별미식당서 會食. 少數人. ○

〈1999년 6월 19일 토요일 晴〉(5. 6.) (12°, 27°)
故鄕 山所 가서 雜木싹과 雜草뽑기 作業. 約 4時間. 사거리서 玉山까지 故障난 自轉車 끌고 가느라고 애먹었던 것. 金 氏 店鋪에 修理 부탁. 韓藥製粉健康院(申 氏)한테 가서 '백출' 1斤(450g) 부탁. ○

〈1999년 6월 20일 일요일 晴〉(5. 7.) (14°, 27°)
月初에 成榮에 부탁한 바대로 漢斌 氏, 成榮과 함께 東林山 간 것~金城洞도 山頂까지 1時間 20分 걸렸고. 山너머 墓所(4從祖父…甲鍾 氏 '成榮'의 祖父) 찾아 雜木草 伐草 作業 3人이 2時 半 걸려 勞力한 것. 約 30年 만에 東林山 450余m 山頂에 갔던 것[79]. 二榮 집에서 臭心 滿腹. 入淸하니 后 7時頃. 全身 疲勞 느끼고. 沐浴 後 熟就寢. ○

〈1999년 6월 21일 월요일 曇. 쏘나기〉(5. 8.) (14°, 27°) 雨量 10㎜
山所 가서 雜草木 除去 作業해서 쑥 뽑기엔 一段落 된 셈. 臭心은 漢斌 氏 집에서 甘食했고. 아침결엔 玉山面 가서 '住民證' 更新 手續[80] 했던 것. 后 6時 出發. 敦岩洞 집엔 仝9時 도착. ○

〈1999년 6월 22일 화요일 晴〉(5. 9.) (19°, 31°)
돈암1동 '豊林아파트' 敬老堂 懸板式[81] 있다고 通知 왔기에 11時에 參席. 午后엔 푹 쉬었고. ○

〈1999년 6월 23일 수요일 曇. 雨〉(5. 10.) (22°, 22°5″) 雨量 106㎜[82]
三樂會 參席 時間 맞게 入淸. 경동식당서 會食. 12時. 비 많이 내렸고. 신문 通讀, 예불 聽取. ○

〈1999년 6월 24일 목요일 曇. 晴〉(5. 11.) (14°, 26°)
3人 親旧 合意 合席 臭心 會食~德成初校 옆. 食代 全担했고. '尹낙용, 柳해진', 金溪 못갔고. ○

---

78) 원문에는 붉은색 색연필로 밑줄이 그어져 있다.

79) 원문에는 붉은색 색연필로 밑줄이 그어져 있다.
80) 원문에는 붉은색 색연필로 밑줄이 그어져 있다.
81) 원문에는 붉은색 색연필로 밑줄이 그어져 있다.
82) 원문에는 파란색 색연필로 밑줄이 그어져 있다.

〈1999년 6월 25일 금요일 晴〉(5. 12.) (14°, 27°)
6.25 49周年. 健康 試施에 別無異常. 金溪 山所 가서 雜草 除去 作業에 勞力. ○

〈1999년 6월 26일 토요일 晴〉(5. 13.) (15°, 26°)
勳鍾 氏와 俊兄 오래서 '강변식당'서 冷콩국수로 点心했고. 저녁엔 同窓會에 參席. 삼무삼경 식당. ○

〈1999년 6월 27일 일요일 晴〉(5. 14.) (17°, 30°)
姜昌洙 氏 招請 意나 先約 있대서 延期. 午后에 上京. 아침氣溫은 淸州가 數度낮고. ○

〈1999년 6월 28일 월요일 晴〉(5. 15.) (21°, 33°)
돈암우체국 가서 '묘인 스님'께 가는 우편物(진찰권 等) 부쳤고. 今日 낮氣溫 最高. ○

〈1999년 6월 29일 화요일 晴〉(5. 16.) (24°, 33°)
삼선농협 가서 明日 費用으로 10萬 원 찾고 歸路에 敦岩洞 耳鼻咽喉科 들러 귀 治療 받은 後 誠信女大 正門 앞 複寫店서 新築住宅 設計圖 一式 복사한 것. 設計 詳細圖는 再從孫 '龍在'가. ○

〈1999년 6월 30일 수요일 晴. 曇〉(5. 17.) (21°, 31°)
이비인후科(서복순 專門醫) 다녀서 방배洞 큰딸 집 가서 함께 '國立서울精神科医療院' 가서 外孫女 조희진 위문하고 退院 手續日이라서 끝까지 지켜보고 수진 車로 全員 방배동 와서 저녁 하고 后 8시 반 車로 歸家. ○

〈1999년 7월 1일 목요일 晴. 曇〉(5. 18.) (22°, 29°)
朝食은 크럽서 '수제비'로. 어제는 국밥이었고. 낮엔 돈암동 聖피부科 가서 습진 약, 주사 2가지 맞고도 無料. ○

〈1999년 7월 2일 금요일 曇. 晴〉(5. 19.) (23°, 31°)
무궁화크럽 老(許), 少(李會長)間 言聲 높여 분위기 개운찮은 心情들…物品購入과 經理件.
淸州用務條 있어 午后에 歸淸. ○

〈1999년 7월 3일 토요일 晴〉(5. 20.) (12(청주)°, 32°)
淸原郡廳 가서 새 집터와 診療所 쪽 境界 測量 手續했고. 日時는 7月 16日로 再確定. ○

〈1999년 7월 4일 일요일 晴〉(5. 21.) (17°, 27°)
큰 애비와 함께 金溪 故鄕 가서 山所 墓域 除草作業에 約 2時間 勞力했고. 昨日도. 저녁은 松이가 藥蔘鷄湯으로. ○

〈1999년 7월 5일 월요일 晴〉(5. 22.) (18°, 28°)
큰 애비와 함께 郡廳 測量擔当者 만나 日字 再調定 後 郡 保健所(南一面 지북里) 가서 金溪 診療所 所在 境界 測量함을 合意 보았고. 큰애 上京. 点心은 族長 勳鍾 氏 招請으로 會食. ○

〈1999년 7월 6일 화요일 晴〉(5. 23.) (17(청주)°, 27°)
집터 測量條 關聯으로 德水 鄭鍾賢 氏(진료所 協議會長) 보러 갔다가 國仕里 九岩 '忠賢祠'

까지 가서 仝史績碑 碑 除幕式까지 參席케 되었기도. 鄭 會長 만나 이야기했고. 玉山面에 들러 開發係 土木建築擔当 郭추종 만나 집터 이야기좀 再次 나누기도. ○

〈1999년 7월 7일 수요일 曇. 晴〉(5. 24.) (16(청주)°, 26°)
金溪 가서 故 李석균 小室 만나 헌집 處理 이야기하고 奉夏善 小作人도 만나 作物 處理 相議하고 '기도원?' 가서 秉鍾 氏 問病하기도. 山所 잠간 다녀오기도. ○

〈1999년 7월 8일 목요일 晴. 曇〉(5. 25.) (17°, 26°)
金溪 가서 從兄님 만나 期 間의 이야기 좀 나누고 入淸 後 잠간 쉬었다가 歸京. ○

〈1999년 7월 9일 금요일 雨. 曇〉(5. 26.) (22°, 28°) 雨量 10㎜[83]
長期 가물고. 새벽에 비 若干. 낮엔 勇氣 내서 富川市 驛谷洞 가서 오랜만에 만나는 病席中인 從弟 '弼榮'이 붓 들고 彼此 소리내며 落淚[84]하였고. 堂姪女 '魯敬'이가 애쓰는 중. 신통한 일, ⊙

〈1999년 7월 10일 토요일 雨. 曇〉(5. 27.) (21°, 27°) 雨 30㎜[85]
비 繼續 내리는 셈. 마음 먹었던 '경동시장~영일축산 T963~0012' 가서 고기 5.5斤 사왔고. 저녁 食事時 큰 에미가 사온 치킨과 합하여 푸짐하게 먹은 셈. 深夜까지 耕地 정리 書類 보기에 노력. ○

〈1999년 7월 11일 일요일 晴〉(5. 28.) (19°, 30°)
첫 새벽(2시)에 起床하여 집터 再測量 計劃과 關聯서류 再檢討에 밤새도록 確認했던 것. 早起운동 다녀 와선 겹친 疲困에 낮잠 좀 우수 잔 것. 1日 3食 繼續 밥맛 좋은 중[86]. ○

〈1999년 7월 12일 월요일 晴. 曇〉(5. 29.) (20°, 30°)
文獻錄 通讀에 해 넘긴 것~P738까지 讀破中. '두산싸우나' 休日은 每月 2, 4 月曜[87]. ○

〈1999년 7월 13일 화요일 晴. 曇〉(6. 1.) (21°, 32°)
어제의 生活과 거의 같은 生活이었고. ○

〈1999년 7월 14일 수요일 晴〉(6. 2.) (21°, 32°)
讀書 後 제기洞 가서 沐浴하고 歸家 途中 '김치콩국수'로 저녁한 것.(김치冷麵). ○

〈1999년 7월 15일 목요일 晴. 雨〉(6. 3.) (21°, 27°) 雨量 15㎜[88]
明日 일(집터 境界 測量)로 各處 立會할 機關에 連絡 圓滿히 잘된 셈~淸原郡廳 地積測量係, 仝出張所 測量擔当者(李 技士), 金溪診療所長, 仝 協議會長. ○

83) 원문에는 파란색 색연필로 밑줄이 그어져 있다.
84) 원문에는 붉은색 색연필로 밑줄이 그어져 있다.
85) 원문에는 파란색 색연필로 밑줄이 그어져 있다.
86) 원문에는 붉은색 색연필로 밑줄이 그어져 있다.
87) 원문에는 파란색 색연필로 밑줄이 그어져 있다.
88) 원문에는 파란색 색연필로 밑줄이 그어져 있다.

〈1999년 7월 16일 금요일 曇〉(6. 4.) (21°, 27°)
큰 애비와 함께 並川 거쳐 故鄕 가서 내밭 속(263-1번지)에 保健診療所 半 以上 占領된 것 關係者 入會 下에 測量하여 境界 確認되어 개운했고[89)]~郡保健康所長, 仝診療所協議會 新舊會長, 里長 外 部落 有志 數人. 담장 構築은 保健所 責任으로 決定. 解體는 本人이 受諾. ○

〈1999년 7월 17일 토요일 晴〉(6. 5.) (18°, 28°)
약수터 가서 祠堂과 墓所 參拜. 용화사 가서 祈禱. 3째 집(明집) 가서 蔘鷄湯으로 点心. ○

〈1999년 7월 18일 일요일 晴〉(6. 6.) (18°, 29°)
法院 거쳐 故鄕 가서 농장 들러 敏相 里長 만나 16日 일 이야기 하고, 집터 옥수수 벤 것 보고. 木手와 梁社長 만나 애기 좀 나누고. 明日부터 工事 着手한다는 것. ○

〈1999년 7월 19일 월요일 晴〉(6. 7.) (20°, 29°)
새 집 建築 着手[90)]~뒷둑 築台 쌓을 곳 파내고. 집터 테싱이 測尺. 木手들 食事 큰집서 맡고. 큰 애비도 일찍 와서 參見. 診療所長 夫婦 無礼한 態度 있었던 듯[91)]. 집터 바닥콩크리 잘 했고. ○

〈1999년 7월 20일 화요일 晴〉(6. 8.) (20°, 31°)
이웃 李승희 君에 電話로 狀況 이야기하기도. 法院 가서 道路편 263-2 登記 狀況 확인도. ○

〈1999년 7월 21일 수요일 晴〉(6. 9.) (21°, 32°)
早朝 金溪 가서 李君 데고 相談했으나 고집에 不快. 玉山面 가서 使用 河川圖 再確認하니 築台 쌓을 곳 넉넉하고도余裕 있어 安心되고 개운했고. 오후에 큰 애비와 上京. 木手 4人 勞力. 3人 冷麵으로 저녁. ○

〈1999년 7월 22일 목요일 雨〉(6. 10.) (23°, 29°)
7시에 出發. 큰 애비 夫婦는 前約 있어 定州方面 가고. 모처럼 비 오나 찜통더위. 三星生命社 가서 1500條 解止 手續했고. 故鄕의 집 工事는 마침 今日은 쉬기로 된 것. 4男 松이 와서 함께 山所 앞 다녀 새 집 基礎工事[92)] 狀況 보고 入淸하여 보신湯으로 저녁 待接하기에 잘 먹었고. ○

〈1999년 7월 23일 금요일 曇. 가끔 비〉(6. 11.) (20°, 28°) 昨今 雨量 15㎜[93)]
三樂會에 參席하여 '경동식당'서 蔘鷄湯으로 点心. 玉山面 갔으나 開發係 郭추종 書記 못만난 채 金溪 다녀서 入淸했고. 어제 手續(保險解止)한 三星生命 것 16,176,000원 농협通帳에 入金됐고. ○

〈1999년 7월 24일 토요일 曇. 晴〉(6. 12.) (20°, 28°)
玉山面 가서 開發係 擔当者 만나 263-1 河川使用地 確認하고 큰집 들러 入淸 後 저녁엔

89) 원문에는 붉은색 색연필로 밑줄이 그어져 있다.
90) 원문에는 붉은색 색연필로 밑줄이 그어져 있다.
91) 원문에는 붉은색 색연필로 밑줄이 그어져 있다.
92) 원문에는 붉은색 색연필로 밑줄이 그어져 있다.
93) 원문에는 파란색 색연필로 밑줄이 그어져 있다.

尹 교장, 柳 교장 招請으로 斜川洞 올갱이 집 가서 저녁식사했고. 낮엔 金溪 敬老堂 들렸던 것. ○

〈1999년 7월 25일 일요일 晴〉(6. 13.) (20°, 30°)
金溪 가서 山所. 新家屋 建築 現場, 申 氏 婦人 집과 敬老堂 다녀 入淸. 잔일 좀 보고 日暮頃 上京. ○

〈1999년 7월 26일 월요일 晴〉(6. 14.) (21°, 31°)
서울서 큰 애와 함께 並川 거쳐 金溪 와서 새 집 工事하는 것 보고 낮에 入淸하여 농협 等 잔일 보고 저녁은 同窓會에 參席해서 '삼무삼대' 식당서 會食한 것. 큰 애비는 4째 松이 아파트서 留. ○

〈1999년 7월 27일 화요일 晴. 雨〉(6. 15.) (21°, 29°) 雨量 10㎜[94]
위험날씨 予報로 工事 休業. 玉山面 가서 開發係 土木 主事(郭추종)의 河川使用地目 地積 確認 받고. 李君側의 억지 意圖 막아져 心情 개운한 편이고. 深夜토록 諸 記錄 거의 마치기도. ○

〈1999년 7월 28일 수요일 가랑비. 비〉(6. 16.) (20°, 27°) 雨量 15㎜[95]
李君의 억지 혜방으로 正常 工事 안되고. 氣分 少한채 上京하여 아이들과 함께 先考忌祭 지낸 것. ○

94) 원문에는 파란색 색연필로 밑줄이 그어져 있다.
95) 원문에는 파란색 색연필로 밑줄이 그어져 있다.

〈1999년 7월 29일 목요일 가랑비〉(6. 17.) (23°, 29°) 雨量 10㎜[96]
少한 氣分 가라앉지 않은 채 큰 애비와 같이 오후 1時까지 玉山面 開發係까지 왔으나 시원찮았고. 清原郡廳 建設課 管理係 李主事 찾아 263-1번지 河川 件 이야기[97] 하고 往事 實情 說明도 하여 終末엔 수궁? ○

〈1999년 7월 30일 금요일 가랑비. 비〉(6. 18.) (22°, 30°) 雨量 15㎜[98]
큰 애는 早朝에, 杏 車로 11時 半쯤에 家役 現場 갔고. 벽돌 積工 作業 着手[99]. 点心 后 3시 半車로 入淸. ○

〈1999년 7월 31일 토요일 曇. 雨〉(6. 19.) (21°, 28°)
벽돌 工事 11時頃 철거. 再測量 實施. 動力電柱 移柱 可能에 多幸~井 案에 호준 外祖父 힘. 이모저모 順順히 풀리는데 뒷집 李君의 野心에 不快感 풀리지 않아 不安 中. ○

〈1999년 8월 1일 일요일 曇. 가끔 비〉(6. 20.) (22°, 27°)
큰 애비는 早朝 金溪行. 杏의 車로 11時 半頃 現場 갔고. 들자니 李승희한테 큰 애비가 수모 当한 듯[100]. 現下 青少年 中의 低質者 行爲 말도 안된다지만 괫심하고 분한 마음 참기 어렵고. 밤엔 故 魯東 영안실 가서 人事(청주의료

96) 원문에는 파란색 색연필로 밑줄이 그어져 있다.
97) 원문에는 파란색 색연필로 밑줄이 그어져 있다.
98) 원문에는 파란색 색연필로 밑줄이 그어져 있다.
99) 원문에는 붉은색 색연필로 밑줄이 그어져 있다.
100) 원문에는 붉은색 색연필로 밑줄이 그어져 있다.

원). ○

〈1999년 8월 2일 월요일 曇. 자주 비〉(6. 21.) (21°, 27°)
어제 큰 애비가 당했던 분한 일. "미친 개한테 물린 것"으로 생각하고 참아야 하나? '타처에서 살다 들어온 놈 패죽여버릴라' 주먹을 휘두르며 금방에 폭행하려는 態度였다니 생각할수록[101)]…. 落鄕 17代祖의 孫인데. 낮에 現場 가서 보니 앞 뒤 옹벽 콩크리 다 부었고. 이승희 모친 찾아 농산물 손상된 것 支拂하렸더니 우리밭의 쓰러져가는 헌집사라는 것. 뒷집 下水路똘 손질에 큰 애비 過勞力. ○

〈1999년 8월 3일 화요일 雨. 바람과 비〉(6. 22.) (16°, 25°)
큰 애비는 일찍 고향 가서 家役에 參與하고 午后에 入清. 上京하려다가 强風으로 明朝로. 工事 일은 앞뒤 옹벽 거푸집 뗀 것. 郡廳 가서 몇 자리 台帳 떼어 본 後 郡保健所 가서 金천우 係長 만나 金溪里 診療所 담 蓄積 件 相議해 보았기도. 태풍은 午后 6시부터 仝 8시 半[102)]까지 대단했고. ○

〈1999년 8월 4일 수요일 曇. 비 조금〉(6. 23.) (16°, 26°) 5日間 우량 85㎜[103)]
杏이 車로 早朝에 金溪行~保健所 밖 便所 오물 處理[104)] 檢視(T231~3999, 우리환경, 美湖) 經費 40,000. 큰집서 朝食 後 入清. 金眼科와 잠바 소매 修繕 等 잔일 몇 事項 잘 봤고. 鄭鍾賢 會長 만나 診療所 西便[105)] 담 애기했고. ○

〈1999년 8월 5일 목요일 晴〉(6. 24.) (17°, 28°)
모처럼 날 개었고. 家役일 벽돌 쌓기로 7名 終日 工事. 어제 上京했던 큰 애비 夫婦 金溪 現場으로 왔고. 큰 에미는 큰집서 주방 일에 誠意껏 勞力하고 日暮頃에 歸京. 曾坪 鄭 女人 오래서 下午 5時에 6거리 某茶房서 債金 督促 善意로 再三 要求하니 陰 七月 末까지 解決에 全力을 다하겠기에 근심 若干 풀어지기도. ○

〈1999년 8월 6일 금요일 晴〉(6.25.) (18°, 29°)
청원군청 가서 關聯 토지台帳 等 떼어봤고. 故鄕 가서 家築工事 狀況 보며…벽돌 工事 今日로 마친 편. 前後 옹벽 흙 채우기 作業 一部分 했고. 診療所 水道 고장으로 노력과 神經 써졌기도. 俊兄과 朴仁根 교수 夫婦 人事 來訪에 반갑게 歡談했고. 밭 속 헌집(居住 不能) 同情의 뜻으로 100万 원 合意봤다는 것. ○

〈1999년 8월 7일 토요일 晴〉(6. 26.) (20°, 29°)
家屋 工事는 쉬나 診療所 水道 復旧 工事에 큰 애비 노력으로 마무리 짓고. 큰 애비 夫婦 上京. 古家 이발소 터 해결 못진 채. 강변식당서 蔡 氏와 金 氏 老婆 주방婦 첫 相談[106)] 있었고 ~月 2/3 活動에 40萬 원?50萬 원說 나왔고. ○

101) 원문에는 붉은색 색연필로 밑줄이 그어져 있다.
102) 원문에는 붉은색 색연필로 밑줄이 그어져 있다.
103) 원문에는 파란색 색연필로 밑줄이 그어져 있다.
104) 원문에는 붉은색 색연필로 밑줄이 그어져 있다.
105) 원문에는 붉은색 색연필로 밑줄이 그어져 있다.
106) 원문에는 붉은색 색연필로 밑줄이 그어져 있다.

〈1999년 8월 8일 일요일 晴. 曇〉(6. 27.) (23°, 29°)
강아지(방울이) 予防注射 맞추는 데 金溪 큰집 2번 往来[107]에 杏과 함께 바쁘게 뛴 것. 新家屋 벽돌벽과 옹벽에 물 주는 데 호스잡기에 땀 흘렸고. 大田 2째 夫婦 오리 料理[108] 준비해 와서 저녁 함께 먹고. ○

〈1999년 8월 9일 월요일 曇. 雨. 曇〉(6. 28.) (23°, 30°)
비로 因해 故鄕行 中止하고 淸州서 잔일 보나 마음 安靜 잘 안되고 아울러 食慾 약간 減退된 듯.
큰 애비는 서울서 故鄕 다녀 入淸 後 郡廳 管理係(建設課) 吳光澤 만난 後 尹변호사 잠간 相面하고 온 듯. 父子는 이승희 母子 앞으로 263-3번지 內의 古家條 內容증명 書信 발송토록 合意[109]. ○

〈1999년 8월 10일 화요일 晴〉(6. 29.) (21°, 34°)
最高로 더웠고. 봉명우체국 가서 '內容증명' 書信 2통 이승희 앞으로 發送[110]한 것. 後 5時 40分 發 버스로 새 집 터 一巡하고 建坪 測定해보니 14m60㎝×8m60㎝이고, 큰 애비는 早朝에 金溪行. ○

〈1999년 8월 11일 수요일 晴. 쏘나기〉(7. 1.) (23°, 33°)
어제 오늘 열대야 더위였고. 큰 애비 와서 오덴국 끓여 놓고 간 것. 杏은 2, 3處 英語 지도에 바쁜 듯. ○

〈1999년 8월 12일 목요일 晴〉(7. 2.) (21°, 32°)
어제가 初하루였는데? 今朝에 上黨祠와 蓮潭公 墓所 參拜. 龍華寺 가서 合掌 祈禱.
淸原郡廳 建設課 管理係 李主事 찾아 解決 促求한 것~不日 內 조치한다는 것. 큰 애비는 家役 現場 가서 木手들 作業 狀況 보고 午后에 볼 일 있어 上京. ⊙

〈1999년 8월 13일 금요일 晴〉(7. 3.) (20°, 32°)
큰 애비 서울서 直接 現場으로 오고. 電柱計量器 主人 알고저 全수웅, 장찬욱, 노식 부인 집 尋訪했으나 全 氏만.
昌在 만나 복지회관 가서 飮料水 마시며 情談. 后 3시 半 버스로 먼저 入淸. ○

〈1999년 8월 14일 토요일 晴〉(7. 4.) (21°, 32°)
큰 애비는 松 아파트서 早朝에 家屋 建築 現場으로 갔고. 韓電 가서 2가지 確認[111]한 것~建築工事場의 電氣計量器 作業 前 數値 99. 6 末 0876[112]. 使用量 83㎾ 2,830원. 곽노헌. 99. 8. 13 現在 936. 支障電柱 移轉條~時日 좀 걸린다. 경비 2,600萬 원 所要. 隋時 연락처 251-2276 권혁복.
12時부터 있는 友信親睦會 參席 '청석골식당…西門동'. 11名 參席. 14시 버스로 現場 가서 木手들 격려. 大田 2째 紘 잠간 다녀간 것. 청주까지 함께 왔고. 닭도리湯 等 갖고. 큰 애비

107) 원문에는 붉은색 색연필로 밑줄이 그어져 있다.
108) 원문에는 붉은색 색연필로 밑줄이 그어져 있다.
109) 원문에는 붉은색 색연필로 밑줄이 그어져 있다.
110) 원문에는 붉은색 색연필로 밑줄이 그어져 있다.
111) 원문에는 붉은색 색연필로 밑줄이 그어져 있다.
112) 원문에는 붉은색 색연필로 밑줄이 그어져 있다.

는 더위에 지친 듯. ○

〈1999년 8월 15일 일요일 晴〉(7. 5.) (19°, 32°)
建築現場에 杏의 車로 거듭 往來한 것. 12시부터 있는 三友會에 參席하여 '왕바우집'에서 보신湯으로 点心한 것. 금계 갔을 땐 4째들 夫婦도 왔었고. 明日 上梁式 준비로 毛筆로 써보기도. 큰 애비 如日 바쁘고. 손가락 다쳤기도. ○

〈1999년 8월 16일 월요일 晴〉(7. 6.) (19°, 32°)
14시에 上樑式 擧行[113]…上樑文 '備望 人間之五福, 三樂과 사랑, 己卯生成造運 一九九九年 己卯八月十六日 陰七月六日未時上樑 子坐午向'. 木手 一同에 待接 잘 한 셈. 現金 約 60萬 원 될 듯. 子女息, 親緣因戚 多數部落民도 여럿 參與. 酒肉 풍부했었고. 建築 中 큰 行事 한 가지 또 잘 마친 셈. ○

〈1999년 8월 17일 화요일 晴〉(7. 7.) (23°, 34°)
오늘 또 最高 氣溫. 지붕형 스라브 콩크리工事[114] 午后에 着手하여 7차로 마친 편. 큰 애비는 지붕工事 형편上 큰집서 留한다고. 밤에 세멘 지붕(콩크리트) 물 주려는 것. ○

〈1999년 8월 18일 수요일 曇. 가랑비 조금〉(7. 8.) (19°, 31°)
6시14분 발로 金溪 간 것. 큰 애비는 2차례나 콩크리트에 물 주면서 밤 새운 듯. 現場 周圍 널려진 各種 쓰레기 주어 큰 애비와 함께 땀 흘리며 태운 것. 午后에 入淸하여 큰 애비는 서울 가고.
法院, 郡廳 들러 宗中일로 바쁜 後 18시부터 있는 宗親會에 參席. 沐浴하고 歸家. ○

〈1999년 8월 19일 목요일 曇. 晴〉(7. 9.) (17°, 29°)
玉山 가서 還地加 147㎡(44坪) 收入 보상금 等 132萬 원 納付하고. 宗土 3필지 보상금 受理 手續 서류 一部 作成하기도. 새 집 建築場 가서 지붕스라브 콩크리트에 給水 나우 했고. 面의 開發係 土木建築 擔当者(곽추종) 만나 河川使用權 等 조속 處理 要求하기도. ○

〈1999년 8월 20일 금요일 曇. 비 조금〉(7. 10.) (20°, 27°)
金溪行에 玉山서 自轉車로, 上樑했다는 意로 敬老堂에 떡 若干 사 갖고 간 것. 지붕콩크리트에 約 1時間 給水 後 큰집서 비빔국수로 点心했고. 宗事 일 關聯도 있어 모처럼 上京. ○

〈1999년 8월 21일 토요일 曇〉(7. 11.) (21°, 28°)
모처럼 개운山 무궁화 크럽 가서 운동 後 現場서 通例대로 會員 一同 朝食에 參與. 宗中 서류 等 찾아 낮에 歸淸. 時間上 급히 서둘러 새 집 建築 現場 둘러보고 모처럼 전좌山 省墓. 큰집 들렀으나 從兄 못만{난} 채 入淸 時 오미 徐藥局 夫人 車로 便이 出發. 日暮頃 막내 家族 一同 왔다가 함께 저녁 會食(外食)한 後 밤 9時頃 서울 向發. 잘 갔다고 밤 中에 기별 왔고. 오후 3女 오고. ○

〈1999년 8월 22일 일요일 晴. 曇〉(7. 12.) (17°,

113) 원문에는 붉은색 색연필로 밑줄이 그어져 있다.
114) 원문에는 붉은색 색연필로 밑줄이 그어져 있다.

27°)
3女 持參 반찬으로 朝食 잘 했고. 杏 車로 제 姉妹 故鄕 다녀오고. 큰 妹와 姪女도. 뵤心은 국수로 一同.
싸우디 5女(運)한테 安否전화 왔었다고 방배동 큰 딸한테 소식 왔고. 數日 前엔 杏도 전화 받았다고. ○

〈1999년 8월 23일 월요일 曇. 晴〉(7. 13.) (17°, 28°)
故 郭漢益 氏 葬禮에 金溪 수붕골 가서 人事 後 새 집터 가서 큰 애비 잠간 만나고 俊兄과 歸淸. 今日 工事는 診療所 西便 담 쌓는 일. 3人 勞力인 듯. ○

〈1999년 8월 24일 화요일 晴. 曇. 쏘나기〉(7. 14.) (17°, 27°)
宗土 還地 보상금 手續서류 完成. 金齒科 가서 1次 治療. 玉山面 가서 開發係에 書類 내었고. 차편 좋아서 金溪에 얼핏 到着하니 큰 애비는 診療所 담 쌓는 工事[115] 뒷갈무리에 함씬 땀에 젖은 몸, 特別 赤色벽돌로 집 앞담 뒷측面까지 아담하게 잘 됐고. ○

〈1999년 8월 25일 수요일 曇〉(7. 15.) (18°, 28°)
보름 行事 履行~약수터(祠堂, 墓所), 龍華寺 祈禱. 郡廳 가서 建設課 管理係 李범수 主事 찾아 宅地 옆 河川使用料 確定 再論. 面 가서도 擔当者 만나 再促求. 金溪 가서 從兄 만나 큰집 일 相談. ○

115) 원문에는 붉은색 색연필로 밑줄이 그어져 있다.

〈1999년 8월 26일 목요일 雨. 曇〉(7. 16.) (16°, 26°) 雨量 15㎜[116]
歸路에 朝食 後 法院 들러 263-2 道路 등본 떼고. 농협 들러 沐浴湯과 理髮所까지. 그전 司倉洞事務所 찾아 從兄 일 보기도~인감증명, 住民抄本 1통씩 떼었고. 玉山面 갔었으나 土建 擔当 郭추종 없어 일 못보고 廻路하여 郡廳 建設課 管理係長 吳光澤 찾아 첫 人事 相談 좀 했고. 저녁엔 同窓會 있어 '三無三景' 집서 會食. ○

〈1999년 8월 27일 금요일 曇. 비〉(7. 17.) (17°, 26°) 雨量 30㎜[117]
玉山面 거처 從兄 일 잘 마친 後 金溪 갔으나 從兄 못만나고 새 집 한 바퀴 돌고 歸淸. 金치과 가서 제2차. ○

〈1999년 8월 28일 토요일 曇〉(7. 18.) (17°, 27°)
큰 애비 서울서 오고. 工事 現場엔 動力電柱 移轉 作業 8名. 重機 3台(韓電). 家役엔 電氣 配給 工事. ○

〈1999년 8월 29일 일요일 曇. 가랑비 조금〉(7. 19.) (16°, 26°)
큰 애비와 함께 午后에 上京. 故鄕 工事는 日曜日이어서 休業. 개운山 登山으로 저녁시간 기다렸고. ○

〈1999년 8월 30일 월요일 曇〉(7. 20.) (19°, 24°)
夏服 몇 가지 차려 가방에 넣고 朝食 後 바로

116) 원문에는 파란색 색연필로 밑줄이 그어져 있다.
117) 원문에는 파란색 색연필로 밑줄이 그어져 있다.

歸淸하여 故鄕行 해서 作業 狀況(사이사이 마무리벽돌, 境界담장 마구리 벽돌 쌓기와 室內 水道管 놓기) 보고 屋上 가서 부스러기 주어 모디기도. 큰 애비 夫婦는 各 名退行事에 參席하여 國民勳章 받은 榮譽의 날이기도. 松은 다시 商高로 異動. 오늘 杏의 生日이라나. ⊙

〈1999년 8월 31일 화요일 雨. 曇〉(7. 21.) (17°, 26°)
父子 建築 現場 가서 作業 狀況 보고 저녁食事 큰집서 먹고 從兄 用務 있대서 함께 井 車로 入淸한 것. 낮엔 族孫 同甲 昌在 와서 答接 형식 있어 應했고. 中間에 族弟 奉榮과 金순현 合席되기도. ○

〈1999년 9월 1일 수요일 晴〉(7. 22.) (17°, 29°)
今日도 父子는 現場 가서 作業 狀況 보고 滿足한 氣分이었고~動力電柱 移轉, 天井板 作業, 門틀 달기 着手. 낮엔 面에 잠간 들렀으나 농지 擔当者 못만나고. 前左山 가서 省墓도. ○

〈1999년 9월 2일 목요일 晴〉(7. 23.) (16°5″, 30°)
今日도 父子는 現場 가보았고~미장이 3人 와서 발판 만들고 作業 1部. 낮엔 面에 잠간 들렀고. ○

〈1999년 9월 3일 금요일 晴〉(7. 24.) (18°, 31°)
故鄕行中 面 들러 263-2번지 '道路' 139㎡ 보상條件 詳細 確認된것. 20萬 원 程度로 完決됐다니 억울하나 別無신통. 家役은 지붕 '아스발트 싱글[118)]' 作業에 8名 技術人夫 流汗 勞力하는 것. 문틀工 저녁 때 着工. 父子는 日暮 後 入淸하여 '강변식당'서 夕食. ○

〈1999년 9월 4일 토요일 晴〉(7. 25.) (18°, 29°)
父子는 現場 가서 作業 狀況 보고~지붕 아스발트 싱글 作業, 門틀 작업 一段落. 아침결엔 金齒科 가서 治療와 右側 아랫이뿌리 뽑기도. 明日 일로 큰 에미 서울서 왔고. 身土不二서 一同 저녁(松). ○

〈1999년 9월 5일 일요일 曇. 雨〉(7. 26.) (17°, 24°) 雨量 62㎜[119)]
伐草 作業[120)]. 午前 7時~12時. 五兄弟 全員 參席. 振榮(弟)은 刈草機도 持參. 子婦들과 杏은 豚肉과 菜蔬 반찬 마련에 奔走히 勞力. 特히 2째 子婦는 除草作業에도 勞力 많이 했고. 点心 場所는 큰집서 했고. 12時 半頃부터 비 終日 내렸고. 비 맞으며 막내 從弟 墓 伐草 完了까지 指揮했고. 魯 行列 '한울宗親會[121)]…會長 魯井' 第2次會義도 있었고. ○

〈1999년 9월 6일 월요일 曇. 晴〉(7. 27.) (18°, 28°)
家役은 어제 오늘도 休業. 큰 애비 上京. 后 4時 버스로 金溪 往來~새 집 둘러보고. 省墓도. ○

〈1999년 9월 7일 화요일 曇. 晴〉(7. 28.) (19°, 28°)

118) 원문에는 붉은색 색연필로 밑줄이 그어져 있다.

119) 원문에는 파란색 색연필로 밑줄이 그어져 있다.
120) 원문에는 붉은색 색연필로 밑줄이 그어져 있다.
121) 원문에는 붉은색 색연필로 밑줄이 그어져 있다.

8시 버스로 建築 現場 간 것. 큰 애비 서울서 오고~室內 미장工事 着. 6名이 作業. 玄關은 문 달고. ○

〈1999년 9월 8일 수요일 晴〉(7. 29.) (19°, 27°)
98년 金溪地久 농지정리(耕地) 宗中還地 보상금 通帳 정리[122] 마치니 개운(小宗契…토끼머리. 派宗中…아그배논). 金溪 다녀와서 郡廳 建設課 管理係 林主事 찾아 河川事用 件 새삼스레 이야기했고. 族孫 鎬澤 食堂 開業式 招請에 日暮頃 다녀오기도. 집일은 담메지[123], 壁 미장, 전기溫突. ○

〈1999년 9월 9일 목요일 晴. 曇. 가랑비〉(7. 30.) (19°5″, 24°)
電話局 가서 金溪 새 집用 電話 申請~233-2560으로 決定. 料金 230,000. 点心은 鄭 氏 招請으로 6거리 鎬澤 식당서 칼국수로 했고. 金溪 가니 담장메지 完成과 뒷담 재사도 壁의 세멘 미장과 房바닥 미장도 完了. ○

〈1999년 9월 10일 금요일 雨. 曇〉(8. 1.) (20°, 26°) 雨量 72㎜[124]
비 함신 맞으며 初하루 行事 完遂~약수터 가서 祠堂과 墓所 參拜. 龍華寺 合掌拜禮 祈禱. 医療公団 가서 '의료보험카드 變更 申請[125] 手續 順調로이 마치고…4男 松이 피보험자되므로. 막 버스로 金溪 가서 새 집 둘러보고 온 것. 아침 비 多量 쏟아졌으나 別無異常. 郡廳엔 林 主事 없고. ○

〈1999년 9월 11일 토요일 晴. 가끔 구름〉(8. 2.) (18°, 28°)
歸路에 金齒科(6次) 다녀와서 다시 淸原郡廳 管理係長 오광택 찾아 河川使用 件 再確認하니 使用料와 面의 確認書 있으니 面積 確保(132㎡) 測定 測量하라는 것이기에 그대로 온 것. ○

〈1999년 9월 12일 일요일 曇〉(8. 3.) (19°, 27°)
서울서 昌信 모자 故鄕 金溪 와서 새 집 建築 狀態 보고 기뻐하기도. 11시頃에 杏과 함께 金溪 가 5名 함께 큰집에서 一同 点心했고. 后 3時頃 서울 아이들 서울 向發. 큰 애비는 새 집 東西 공터에 돌이 흙車 받기에 終日 勞力했고. 松이 서울서 '의료보험증' 갖고 초저녁에 다녀갔고. ○

〈1999년 9월 13일 월요일 晴〉(8. 4.) (19°, 29°)
父子 金溪 가서 如日 勞力. 房바닥 깨끗이 쓸고 門틀골 깨끗이 후벼내고 걸레로 닦는데 約 6時間 걸린 것. 큰 애비는 흙추럭 받아 쏟는데 指示하면서 개집 만드는 데 流汗 勞力.
아침 歸路에 医療公団 가서 松의 피보험자 名義로 魯杏 것까지 '의료보험증' 作成한 것. ○

〈1999년 9월 14일 화요일 曇. 조금 비〉(8. 5.) (19°, 29°)
새 집터 흙 合計 48車 흙 運搬. 父子 終日 勞力. 터 整地作業. 水道管과 下水道 工事 淨化槽도 完成. 집앞 道路 새 補修 着. 집터 東편

---

122) 원문에는 붉은색 색연필로 밑줄이 그어져 있다.
123) 메지는 일본어에서 온 말로 줄눈이란 뜻. 줄눈은 벽돌쌓기, 블록쌓기 등에서 접합부의 틈을 말함.
124) 원문에는 파란색 색연필로 밑줄이 그어져 있다.
125) 원문에는 붉은색 색연필로 밑줄이 그어져 있다.

一部엔 잔자갈 一車 100,000원에 搬入하여 깔기도. ○

〈1999년 9월 15일 수요일 晴. 曇〉(8. 6.) (20°, 31°)
큰 애비는 쇠재 새 집가서 庭園 잔일 보고. 木手 工人들은 休業. 早朝 上京~三仙교農協 가서 小宗契 통장 정리하여 914萬余 원 手標 떼어 가져온 것…玉山농협으로 移轉 予定. 풍림 APT 앞 金 氏 理髮所서 모처럼 理髮. 12時 좀 지나 큰 에미가 誠意껏 차린 点心 잘 먹고 正裝 夏服 갖고 后 1時 半 發 일반고속으로 入清하여 金泰一齒科 가서 治療받고 나니 午后 5時 된 것. 明日 行事 준비로 父子間 相議. ○

〈1999년 9월 16일 목요일 晴〉(8. 7.) (19°, 28°)
金溪福祉會館 竣工式에 參席[126]하여 人事 簡單히 한 것~功勞者에 謝禮. 會館과 器物管理, 還故鄕 後 함께 勞力할 터, 큰 애비가 父子 名義로 祝賀金條 20萬 원 냈기도. 새 家屋은 문짝 달고, 기초색갈 칠한 것. 큰 애비는 出入口 造景事業 着手하고 菜蔬 씨앗도 터에 播種. ○

〈1999년 9월 17일 금요일 曇. 雨〉(8. 8.) (19°, 27°) 雨量 15㎜[127]
三友親睦會에 參席(斜川洞 동아APT 첫 동 건너편…'우촌갈비집') 点心 會食 後 새 집 家役 現場 가본 것…큰 애비는 作業 監督하면서 自身은 庭園 造景과 菜蔬 밭 자리 다듬음에 勞力. 밖 벽 미장이 4人은 저녁 食事 後 100촉 불 2개 켜고 스치롬 붙친 위에 망사 대고 뽄도갠 세멘 바르기 作業을 날씨(雨天) 우려로 夜間作業한다는 것. 큰 애비 車로 밤 8時 40分頃 入清하여 고단한 채 就寢. ○

〈1999년 9월 18일 토요일 雨. 曇〉(8. 9.) (18°, 26°) 雨量 40㎜[128]
밤中(1시 半)에 起床할 땐 부슬비 繼續 내리는 것. 作業 現場이 궁금. 첫 버스 못타고 아침 버스로 現場 갔고. 父子는 터 다듬기 作業. 菜蔬 씨앗 西便에 파종. 객돈 많이 썼으나 시원. ○

〈1999년 9월 19일 일요일 曇. 集中폭우〉(8. 10.) (15°, 24°) 雨量 35㎜[129]
大宗會 事務室(購入) 懸板式[130]에 參席~8. 10~16시. 강남구 역삼동 三一프라자 13-18호. 任員 約 50名. 入清 무렵 約 40分 間 暴雨. 서울엔 漢奎 氏, 漢虹 氏, 俊兄과 함께 同行. 上京 차비 全擔했고. ○

〈1999년 9월 20일 월요일 가끔 비〉(8. 11.) (15°, 24°) 雨量 20㎜[131]
歸路에 金齒科 들러 제8차 治療 받고. 12時부터 있는 三樂會(거구장)에 參席하여 健康論에 '經穴마찰法'을 勸奬하는 뜻에서 强調하였기도. 비 맞으며 새 집 가서 둘러보고 团束하기도. ○

126) 원문에는 붉은색 색연필로 밑줄이 그어져 있다.
127) 원문에는 파란색 색연필로 밑줄이 그어져 있다.
128) 원문에는 파란색 색연필로 밑줄이 그어져 있다.
129) 원문에는 파란색 색연필로 밑줄이 그어져 있다.
130) 원문에는 붉은색 색연필로 밑줄이 그어져 있다.
131) 원문에는 파란색 색연필로 밑줄이 그어져 있다.

〈1999년 9월 21일 화요일 가끔 비〉(8. 12.) (12°, 24°) 雨量 15㎜[132]

繼續 내리는 비로 익어가는 벼 엎쳐지는 面積 많아지는 듯. 우리 새 집 일에도 支障 있고. 큰 妹들 집에서 杏이 불러 쌀, 김치, 감주 等 飮食 多量 또 보내왔고. 아침엔 秋夕用 대추, 밤 샀고. 烋心 후 새 집 가서 狀況 보니 室內 전기施設 若干 되고 門짝 유리 入荷(大型). 큰 애비는 모처럼 上京. ○

〈1999년 9월 22일 수요일 가끔 비〉(8. 13.) (12°, 23°) 雨量 10㎜[133]

金溪 가서 省墓 後 새 집 들르니 '지붕材料(아스빨트 싱글) 一車 大田서 入荷(金社長). 용소샘서 전좌리까지 步行에 발바닥과 다리 아팠고. 비는 終日 가랑비로 오락가락한 것. ○

〈1999년 9월 23일 목요일 가끔 비〉(8. 14.) (12°, 23°) 雨量 20㎜[134]

杏이 車로 함께 金溪 다녀왔고~새 집 둘러보고. 從兄께 秋夕人事로 肉, 酒 若干 드렸고. 18시 發 버스로 上京. ○

〈1999년 9월 24일 금요일 曇. 가랑비 조금〉(8.15.) (13°, 22°)

9시20분에 秋夕 茶禮 올렸고. 昨今 5兄弟 夫婦 모두 參席 턱. 祭物 깨끗이 豊富하게 잘 차렸고. 2째 紘만이 祀 後 參席. 烋心 後 거의 歸家. 弟 振榮 家族 早朝에 온 것. 午后 6시發 버스로 歸淸. ○

〈1999년 9월 25일 토요일 晴〉(8. 16.) (13°, 26°)

모처럼 맑은 날씨 多幸. 歸路에 약수터 가서 祠堂과 墓所 參拜. 龍華寺 들러 合掌 拜禮 祈禱. 12時頃 아침 兼 烋心 하고 杏과 함께 故鄕 새 집 터 가서 둘러보고 전기보일러 조절 狀況 習得하고 李승희 母親을 큰집에 불러 헌집 使用 不可狀況과 河川使用地 不法 等 說得 後 전좌리 가서 省墓다닌 後 막 버스로 入淸. ○

〈1999년 9월 26일 일요일 晴〉(8. 17.) (12°, 29°)

今日도 杏과 함께 金溪 가서 새 집 둘레 지저분 것 주어모아 消却하는 데 노력했고. 아침결엔 山南洞 큰 道路边의 잔디 넝쿨 1자루 뜯어온 것~새 집 造景에 使用코저. 큰 妹와 姪女 夫婦 와서 전자리 省墓하고 새 집 建築中인 것 보고 간 것. 저녁은 큰 애비와 함께 '尙州집'에서 한 것. ○

〈1999년 9월 27일 월요일 晴. 曇〉(8. 18.) (11°, 28°)

아침 歸路에 金태일齒科 들러 第9次 治療에 5日 間 痛症 苦痛 받던 것 鎭定되고. 11時 半 버스로 金溪 가서 秋夕 後 作業 着手에 지붕工事(아스발트 싱글) 一日 間 作業으로 完成[135] 하니 개운했고. 外壁 마감工事(若干의 은행色 돌가루페인트 미장)에 後面壁까지만 마친 셈.

〈1999년 9월 28일 화요일 晴〉(8. 19.) (11°, 26°)

조흥은행 얼핏 가서 헌新聞紙 處理 卽時 玉山

132) 원문에는 파란색 색연필로 밑줄이 그어져 있다.
133) 원문에는 파란색 색연필로 밑줄이 그어져 있다.
134) 원문에는 파란색 색연필로 밑줄이 그어져 있다.
135) 원문에는 붉은색 색연필로 밑줄이 그어져 있다.

面 갔었으나 面長과 擔当者 事情으로 面談 못한 채 故鄕 가서 새 집 工事狀況(壁 밖의 마감 미장 完成[136] 段階. 各 門짝 빛나는 손질) 본後 室內 쓸기作業에 땀 흘리며 勞力하니 午后 3時 넘었기에 소 3시 30分 發 버스로 入淸하여 同窓會 月例會에 參席하여 '三無三景'서 會食한 것. 其間에 큰 에미는 親旧 몇 분과 함께 새 집 다녀간 것. ○

〈1999년 9월 29일 수요일 曇. 晴. 曇〉(8. 20.) (13°, 25°)

杏과 함께 金溪 새 집 짓는 데 갔고~콘크린車로 要所에 模型 파고 세멘콘크리 부었고(玄關 앞, 뒷칸 多用度室, 淨化조, 兩便 水道자리). 日暮 後까지 勞力하여 끝마친 것. 유리 一部 끼었고. 낮엔 故 文榮(金東派) 葬礼地 '안말' 뒤山 가서 人事했기도. 어두어서야 큰 애비와 入淸하여 큰 애비는 松 APT로. ○

〈1999년 9월 30일 목요일 晴〉(8. 21.) (14°, 24°)

今日도 玉山面 들렀으나 要談 相對 2人 모두 事情 有故로 허행한 셈이고. 建築技士 不出席으로 父子는 終日토록 周圍團束 잔일로 해 보낸 것. ○

〈1999년 10월 1일 금요일 曇. 가랑비〉(8. 22.) (13°, 23°)

청주에선 '국제공예 비엔날레' 行事가 시작된 것. 가볼 사이 없어 안타까우나 그보다 重大한 個人 일 있으니 마음 편하고. 松과 함께 午后에 새 집 가서 잔삭다리 치우고 해 다 가서 온 유리門 技術者서 일 하는 것 보고 우두워서 3父子 入淸하여 '身土不二'食堂서 저녁食事했고. 비 안 오기를 바라면서. ○

〈1999년 10월 2일 토요일 雨. 曇〉(8. 23.) (11°, 20°) 雨量 70㎜[137]

食 前에 井母 祭祀用 生栗 쳤고. 俊兄과 함께 '日山푸라자' 가서 漢世 氏 七旬宴 招待에 參席하여 食事했고. 午后 日暮頃에 杏과 함께 上京하고. 밤 9時에 井母 3周忌祭[138] 지낸 것… 長男 앞으로 祝 紙榜 쓴 것. 10남매 全員 秩序 있게 잔 올리도록 하니 滿足했던 것. ○

〈1999년 10월 3일 일요일 曇. 晴〉(8. 24.) (9°, 21°)

朝食 卽後 杏과 함께 歸省. 杏의 車로 烏山 '일산가든' 가서 尹忠洙 8旬宴 招待에 들러 点心後 故鄕 새 집 가서 타일工事[139] 着手하는 것 둘러보며 室內 淸掃作業 等 數時間 勞力했고. ○

〈1999년 10월 4일 월요일 가끔 흐림. 晴〉(8. 25.) (8°, 22°)

今日도 玉山面 들렀으나 相面할 要員 없어 相談 不能. 번말 가서 慶鍾 만나 女婚에 祝儀金 주었고. 헛텀쓰레기 모더 消却하고 큰 애비 車로 日暮 後 入淸. 타일工 2名 와서 昨日과 같은 工事. ○

---

136) 원문에는 붉은색 색연필로 밑줄이 그어져 있다.

137) 원문에는 파란색 색연필로 밑줄이 그어져 있다.
138) 원문에는 붉은색 색연필로 밑줄이 그어져 있다.
139) 원문에는 파란색 색연필로 밑줄이 그어져 있다.

〈1999년 10월 5일 화요일 晴〉(8. 26.) (9°, 21°)
농협 거쳐 自轉車 손질(빵꾸)하고 金齒科 가서 11次 治療 後 金溪 새 집 가서 淸掃. 타일工事 完. 큰 애비 上京. 孫子 '昌信' 吳氏家 婚談 짙은 中 큰 애비는 不滿表情인 듯. 本人 意思 尊重을 종용해 보았고[140]. ○

〈1999년 10월 6일 수요일 가랑비. 晴〉(8. 27.) (8°, 19°)
낮 버스로 玉山面 가서 趙 女面長 만나 金溪里 保健診療所, 새 집 間 담장 改築費 條件 이야기했고. 서울서 큰 애비 일찍 歸省하여 울타리 나무(쥐똥나무) 심고 채소밭도 손질. 日暮頃 함께 入淸. ○

〈1999년 10월 7일 목요일 晴. 가랑비〉(8. 28.) (7°, 20°)
昌信 婚談 문제로 온 家族이 不安中(吳 氏). 午后 들어 若干 解氷되는 경향 들리고. 金溪 가서 새 집 청소. ○

〈1999년 10월 8일 금요일 晴〉(8. 29.) (9°, 22°)
새 집 일은 兩 화장실 內部 設置 完了와 밖 水道바닥 完工 및 淨化槽 세멘 콩크리 完成[141] 한 것. 큰 애비 監督 下.
둘째 從弟(弼榮) 別世 消息에 葬禮 일로 마음 複雜中. 집안 아이들에게 연락만은 取한 것. 저녁엔 族叔 漢斌氏 집 찾아가 '熙峻' 結婚 祝儀 전달토록 부탁하기도(明日 行事). ○

〈1999년 10월 9일 토요일 晴〉(9. 1.) (11°, 26°)
從弟 弼榮 昨日 死亡[142] 소식 듣고는 不安하여 단잠 못이루다가 새벽에 起床하여 모든 잔일 대충 마무리 짓고 큰 애비 車로 일찍 떠나 전좌리 가서 從兄과 함께 葬地서 機械 車(포크린) 指揮하여 낮 1時까지 큰 일 없이 葬禮 마쳤으나 前亡 從嫂 棺에서 물 많이 나와 걱정中. 몇 분의 意見에 좇아 地中管 묻어 어느 程度 개운하게 잘 마친 셈[143]. 坐向巽坐乾向. 날씨 좋았고. ○

〈1999년 10월 10일 일요일 曇. 가랑비〉(9. 2.) (7°, 14°)
早朝 起床에 고단했으나 体育館 歸路에 약수터(祠堂, 墓所)와 龍華寺 가서 合掌 祈禱했고. 下午 2時 半 發 버스로 金溪 새 집 가서 若干의 淸掃 後 큰 애비 車로 入淸한 것. 밤에 큰 애비 上京. ○

〈1999년 10월 11일 월요일 雨. 曇〉(9. 3.) (10°, 18°) 雨量(昨今) 110㎜[144]
金齒科 12次 治療. 面의 擔当者 形便으로 再次 午后에 들러 家屋 竣工檢査 申請 手續[145] 끝냈고. 明日 竣工檢査 10時 予定. 昨今 비 많이 와서 秋收에 損害 많을 것. ○

〈1999년 10월 12일 화요일 曇. 晴〉(9. 4.) (9°, 22°)
새벽에 서울서 온 큰 애비와 함께 새 집 가서

140) 원문에는 붉은색 색연필로 밑줄이 그어져 있다.
141) 원문에는 붉은색 색연필로 밑줄이 그어져 있다.
142) 원문에는 붉은색 색연필로 밑줄이 그어져 있다.
143) 원문에는 붉은색 색연필로 밑줄이 그어져 있다.
144) 원문에는 파란색 색연필로 밑줄이 그어져 있다.
145) 원문에는 붉은색 색연필로 밑줄이 그어져 있다.

終日 勞力~창틀 레루골 청소. 큰 애비는 造景作業. 竣功檢査 施行[146]. ○

〈1999년 10월 13일 수요일 曇〉(9. 5.) (11°, 21°)
郭秋鍾(面 開發係) 만나려고 面에 2회, 玉山家庭 2回, 청주 開新洞 갔었으나 相面 不能. 새 집 가서 문짝 밑 窓틀 淸掃恚 노력. 큰 애비는 떼 購入하여 造景에 勞力. 새 집 來訪~俊兄, 昌在…복지회관서 음료수. ○

〈1999년 10월 14일 목요일 晴. 曇〉(9. 6.) (10°, 22°)
歸路에 開新洞 松鶴Ⓐ 102-1001 들러 郭秋鍾宅서 한 동안 일가 집안 이야기 等 나우 나누고(秋鍾 氏는 出勤하여 今日도 相面 不能). 三友會서 点心 後 어느 形便에 버스로 江亭(元沙亭)까지[147] 갔을 때 공교롭게도 朴鍾培?라는 버스共同管理委員會 路線 課長 마나 盛才 2區行[148] 장동 2次 走行 現實에 새로 調定해야 함을 說明하였고. 日暮頃에 새 집 가서 둘러보고 온 것. 큰 애비는 庭園자리에 잔디 입혀가는 作業에 勞力. ○

〈1999년 10월 15일 금요일 晴〉(9. 7.) (11°, 19°)
午前 中 새 집 가서 잠간 淸掃作業 後 上京하여 孫子 昌信에게 婚談 일에 애비 意思 尊重하라고 忠告. 기왕에 그렇게 마음 돌렸다고 착한 말 하는 것. ○

146) 원문에는 붉은색 색연필로 밑줄이 그어져 있다.
147) 원문에는 붉은색 색연필로 밑줄이 그어져 있다.
148) 원문에는 붉은색 색연필로 밑줄이 그어져 있다.

〈1999년 10월 16일 토요일 晴〉(9. 8.) (5°, 10°)
氣溫 急降下. 終日 썰렁했고. 昌信 차로 서울大病院 가서 昌信의 周旋으로 씨티 手續 쉽게 마쳤고.
杏의 車로 새 집 가서 淸掃 作業 等에 勞力했고. 큰 애비 주선으로 從兄 모시고 福祉會館 가서 夕食. ○

〈1999년 10월 17일 일요일 晴. 曇〉(9. 9.) (-2°, 20°)
처음으로 氣溫 零下圈[149]. 해 뜬 後부터 푹해졌고. 連日 食慾 당기고. 氣勢 正常. 故鄕 新築家屋 가서 큰 애비와 함께 청소와 정리정돈에 勞力. 지룰 앞 倉庫保管 中인 농기구 等 自轉車로 搬入.
室內 장판 前 방바닥의 많은 먼지 큰 애비가 자루걸레로 나우 훔쳐냈고. 后 5時에 父子 入淸. ○

〈1999년 10월 18일 월요일 晴〉(9. 10.) (3°, 19°)
金齒科 제13次 治療. 9시 半頃. 새 家屋 가서 石築 工事와 倉庫 및 多用度室 組立式 建築 狀況 보고 큰 애비의 큰 度量에 또 한번 놀랬고[150]. 后 4時에 入淸하여 郡廳 가서 建築物 管理台帳 떼어본 後 垈地로 地目變更 手續 마친 것. 后 6時부터 있는 宗親會에 參席하고 밤이지만 自轉車로 歸家(杏 아파트…봉명동 신라 6-502호). ○

〈1999년 10월 19일 화요일 晴〉(9. 11.) (1°, 19°)

149) 원문에는 붉은색 색연필로 밑줄이 그어져 있다.
150) 원문에는 붉은색 색연필로 밑줄이 그어져 있다.

友信會 逍風~인제군 '청정조각공원' 한계령 휴게소. 남애항 회. 7시 半~22時 歸淸 着. 대원관광. 合 41名.
새 家屋 일은 石築 工事와 多用室 組立式 建物 完了[151]했다는 것. ○

〈1999년 10월 20일 수요일 晴〉(9. 12.) (2°, 20°)
玉山面 들러 開發係 秋鍾 만나 263-1 35호 河川 件 再論했고. 金溪校 뒷山 淸州人 所有林 開發事業에 派 前左山 被害 憂慮 있어 南北으로 現場 踏査에 까시덤불 뚫으며 登下山하는데 애썼기도.
새 집 作業狀況엔 도배 반자 저물도록[152] 4人 技術人(鳥致院人) 勞力으로 마쳤고. ○

〈1999년 10월 21일 목요일 晴〉(9. 13.) (5°, 20°)
三樂會 소풍[153]~智異山(華嚴寺…석가化神, 法神, 報神), 老姑壇, 7.30發~21入淸.
새 집에 總務 敏錫, 成榮, 一相 다녀갔다고. 큰 애비와 杏이 있는 中이고. 多用途室에 木製 마루[154] 놓았고. ○

〈1999년 10월 22일 금요일 晴〉(9. 14.) (4°, 20°)
金齒科 제14차…견인 2, 新牙1[155]. (約 2個月 만에 完了). 612,000 費用 난 것. 13時 半頃 새 집 가서 방안의 어질러진 쓰레기類 휩쓸어 소각하고 兩화장실 청소 말끔이 했고. 房 3칸 모두 모누륨 장판[156], 앞 베란다와 多用途室도 모누륨 깔은 것. 電燈 施設[157]도 完了. 큰집서 父子는 夕食하고 入淸. ○

〈1999년 10월 23일 토요일 晴〉(9. 15.) (5°, 21°)
歸路에 약수터(祠堂, 墓所), 郡廳, 朴일환事務所, 龍華寺 다녀왔고. 杏과 큰 에미는 点心 밥 져갖고 새 집 行하고. 眼科 가려든 일 時間 關係로 못간 채 2時 半 버스로 새 집 가서 방안 淸掃와 材料 쓰레기 모뎌 태웠고. 저녁식사 새 집서 처음 지은 것 從兄님 모시고 맛있게 먹은 것. ○

〈1999년 10월 24일 일요일 晴〉(9. 16.) (3°, 20°)
조카 (슬기) 除隊 人事 왔고. 3째 夫婦도 와서 모두 함께 故鄕 새 집 求景 가서 点心 直接 지어 먹은 것. 孫子 昌信도 와서 合席. 從兄과 堂姪 魯錫도. 再昨年 秋에 동리 倉庫에 간수했던 農幕舍 물건 自轉車로 4차례 搬入했고. ○

〈1999년 10월 25일 월요일 晴〉(9. 17.) (3°, 21°)
早朝 용암洞 가서 別世 申東元 교장 집 가서 弔問. 金齒科 들러 새로 낌은 치아 痛症 甚한 곳 治療받고. 이어 金眼科 가서 治療, 朴壹煥 事務 찾아 새 家屋 登記 手續하고. 새 집 가서 쓰레기 모뎌 消却. 저물게 큰 애비와 함께 入淸한 것. 人夫 3人이 울타리나무(쥐똥나무) 600株 앞뒤 담에 이어 植付된 것. 診療所 鄭所帳 찾아 담장工事된 것 말한 것. ○

151) 원문에는 붉은색 색연필로 밑줄이 그어져 있다.
152) 원문에는 붉은색 색연필로 밑줄이 그어져 있다.
153) 원문에는 붉은색 색연필로 밑줄이 그어져 있다.
154) 원문에는 붉은색 색연필로 밑줄이 그어져 있다.
155) 원문에는 붉은색 색연필로 밑줄이 그어져 있다.
156) 원문에는 붉은색 색연필로 밑줄이 그어져 있다.
157) 원문에는 붉은색 색연필로 밑줄이 그어져 있다.

〈1999년 10월 26일 화요일 晴. 曇〉(9. 18.) (4°, 16°)

杏 車로 함께 새 집 가서 쓰레기 모더 소각. 신장과 房 3호 제자리 衣裝 設置. 多用途室 한 구석 타일[158] 工事 하는 것 보고 17時頃 入淸. 18시부터 있는 同窓會에 參席. ○

〈1999년 10월 27일 수요일 晴〉(9. 19.) (5°, 20°)

俊兄의 連絡 依據 忠北大病院 가서 健康診斷에 採血된 것 後日恙 通知 있을 것. 歸家 後 몸 고단하여 終日 쉰 편. 해 다 가서 農協 잠간 들러 郡廳 가서 금계 351-5 地籍圖 떼어봤으나 宗土에 異常 없는 것 確認했고.

큰 애비는 새 집 가서 單獨 造景作業에 終日 땀 흘려 勞力하였을 것. ○

〈1999년 10월 28일 목요일 曇. 晴〉(9. 20.) (5°, 18°)

杏과 함께 고향 새 집 가서 제 큰 오빠와 함께 室內(房內) 청소作業에 노력하고 저녁에 歸淸.

저녁에 理髮, 沐浴 後 明日 上京할 모든 準備 마치고 就寢하니 개운. ○

〈1999년 10월 29일 금요일 曇. 晴〉(9. 21.) (7°, 14°)

서울大病院 가서 11時에 씨티 檢查~注射 難하게 맞고. 檢查 時 끝 무렵 긴 時間 괴롬 느꼈기도.

돈암洞 가서 편이 쉰 턱. 孫子 昌信이 인상 좋아 多幸…혼담 관련 후렴있는 中이어서.? ○

158) 원문에는 붉은색 색연필로 밑줄이 그어져 있다.

〈1999년 10월 30일 토요일 晴〉(9. 22.) (2°, 15°)
기온 급강화(朝)

기온 급강하(朝). 큰 에미와 함께 並川 경과 새 집 와서 淸掃作業에 노력. 어제 家屋에 온돌마루 完成[159]했고. 昼心은 경로당 文 氏 아줌마 집에서 待接받았고. 日暮頃 入淸하여 一同은 杏 아파트서 저녁식사한 것. ○

〈1999년 10월 31일 일요일 曇. 雨〉(9. 23.) (0°, 8.5°)

새 집 못가고. 別無工事. 큰 에미 歸京. 큰 애비만 終日 새 집 지키며 整頓. 杏은 金先生과 새 집 다녀온 것. ○

〈1999년 11월 1일 월요일 비 조금〉(9. 24.) (3°, 9.5°)

歸路에 박일환 事務所 가서 家屋 등기券 찾고 미평 가서 '賢都造景' 갔으나 吳社長 出他 中으로 用務 잘 못본 차 午后에 金溪 가서 주방 싱크台 設置[160]工事 狀況 본 것. 窓幕[161](카텐)도 今日 完成. 큰 애비는 몸 고단해서 工事 完了 後 쉬었다가 밤에 入淸한다고. ⊙

〈1999년 11월 2일 화요일 晴〉(9. 25.) (1°, 9°)

'賢都造景'(가마리) 가서 吳승세 社長 만나 香木과 果木園 둘러보고. 남일面 지북리 保健所 가서 김천우 行政係長과 對談했으나 담장工事費 不分明하기도. 時間관계로 金溪 못갔고, 不快하기만. ○

159) 원문에는 붉은색 색연필로 밑줄이 그어져 있다.
160) 원문에는 붉은색 색연필로 밑줄이 그어져 있다.
161) 원문에는 붉은색 색연필로 밑줄이 그어져 있다.

〈1999년 11월 3일 수요일 晴〉(9. 26.) (1°, 11°)
歸路에 郡 保健所 갔었으나 所長 出他 中이어서 못만났고. 杏과 함께 새 집 가서 큰 애비와 3人 点心 지어먹은 것. 뒷집 이승희 所行(울타리나무 植付된 것 뽑아던졌고)에 또 괫심. ○

〈1999년 11월 4일 목요일 晴〉(9. 27.) (0°, 13°)
郡 保健所 가서 所長 만나 金溪保健診療所 담장工事費 解決 要求에 金係長 主張과 同一한 편이면서도 要求側 心情에 同意하는 편인 表情이나 分明한 말은 없은 채 点心시간 關係로 작별한 것. 새 집 가서 몇 가지 정돈하고 막 버스로 歸淸한 것. 큰 애비는 볼 일 있어 낮에 上京했고. 從兄 만났을 때 井의 孝心 말씀[162]에 고마웠기도. ○

〈1999년 11월 5일 금요일 晴〉(9. 28.) (1°, 15°)
7시 40분 發 고속으로 上京. 10時 半에 서울大病院 李건욱博士 診察 받으니 異常別無하여 來年 1月 21日로 또 予約. 午后 3時 淸州 着. 点心은 敦岩洞서 먹은 것. 日暮頃 버스로 故鄕 새 집 다녀왔고. ○

〈1999년 11월 6일 토요일 晴〉(9. 29.) (3°, 17°)
큰 애비, 杏, 派出婦 모두 金溪 가서 새 집 最終 作業으로 多用途室 壁 펭키, 窓틀과 유리 淸掃 等에 終日 勞力한 것. 点心과 저녁도 杏이가 直接 지어서 먹은 것. 큰 애비는 새벽에 왔다가 밤에 上京. ○

〈1999년 11월 7일 일요일 晴. 曇〉(9. 30.) (2°, 19°)
明日 故鄕 새 집 入住에 날씨 좋아야 할텐데 午后들어 구름이 짙더니 日暮頃엔 빗방울 돋아 조바심 더했고. 杏과 함께 終日토록 새 집 淸掃 정돈에 勞力한 것. 特히 多用途室과 倉庫 천장 물걸레질 하는 데 장대잡기에 힘겨웠고. 倉庫의 雜品 정돈에 時間 나우 所要된 것. 빗방울 若干에 그쳤기에 多幸. ○

〈1999년 11월 8일 월요일 晴〉(10. 1.) (3°, 20°)
새벽에도 數次 하늘 보았던 것~별 보이기에 安心. 杏과 함께 일찍 갔고. 청주 짐 갓득 싣고. 안개 나우 짙어서 눈앞 不明. 서울의 이삿짐 8時 좀 지나서 2台 모두 無事到着. 移舍짐 車마다 3人씩 6名이 下車 作業에 忠實했고. 午后 2時까지 어느 程度 정돈한 편. 午后 3時頃, 4시半 좀 지나서 洞里분 招待하여 '移舍떡'과 飮料水 酒類 待接 넉넉히 했기도. 杏과 함께 山所도 다녀왔고. 터주 고사엔 '己卯生 父子 家宅 成造運 入住 萬事 如意亨通 터주님께 祈願하나이다. 西紀 1999年 己卯 陰 十月初一日 己卯生 郭魯井 合掌'이라고 淨書 揭示하기도. 날씨 좋았고 無事 入住 行事 마친 것. 子女들도 거의 다녀갔고. 큰 딸만 留, 杏까지 4家族 入住[163]하는 것. '金溪里 263-1 벽돌 싱크지붕 32坪[164]'. ○

〈1999년 11월 9일 화요일 晴〉(10. 2.) (3°, 19°)
移舍짐 房內 정리정돈에 勞力했고. 집앞 길 넓은 도로 淸掃에 힘썼기도. 明日과 陰 10月 5日

162) 원문에는 붉은색 색연필로 밑줄이 그어져 있다.

163) 원문에는 붉은색 색연필로 밑줄이 그어져 있다.
164) 원문에는 붉은색 색연필로 밑줄이 그어져 있다.

의 時祭에 四派 有司와 淸州 몇 분하고도 電話 연락해보고 몇 가지 알려주기도. ○

〈1999년 11월 10일 수요일 晴〉(10. 3.) (4°, 18°)
上堂祠 祭享[165]에 參席. 13年 만에 執禮 責任 벗어버렸고. 一同에게 '淸州 郭氏 分派 現況 槪要'를 講했기도. 15時頃 歸家했더니 강아지 '慈悲'가 車에 치어 重傷[166] 입어 動物病院 '청주'에 싣고 가 治療에 큰 애비 夫婦 애썼기도. ○

〈1999년 11월 11일 목요일 曇. 가랑비〉(10. 4.) (8°, 15°)
兵史公(16) 및 百隱公(15), 司直公(14), 陵參奉公(13) 時享에 參席[167]~場所는 四派 根鍾 住宅. 15名 參席. 獻官은 兵使公…浩榮, 漢奎, 一相. 15代 以下 13代祖…根鍾, 俊榮, 文吉. 祭物 特出 잘 차렸고. 点心 待接 융숭.
※ 昨年까진 陰 10月5日이었는데 今年에 4日로 하루 당기게 된 것. (3派 參奉公 祭를 10月5日로 앞당긴 事由[168] 때문이라는데?… 蓮潭公 祭日에 權會長이 3日로 固定하지 말고 日曜日로 定해 每年 日子가 달라진다는 폐단 있고. 事前 相議 없이 닷다 当해서 發表하니 당황했다…感氣로 祝文 쓰기에 困難치른 것.
祭享 後 入淸하여 金태룡 內科 가서 감기 治療 및 영양제 注射 맞고 歸家하니 밤 8시 半. 낮엔 '호준' 外祖父 夫婦 다녀갔다는 것. ○

165) 원문에는 붉은색 색연필로 밑줄이 그어져 있다.
166) 원문에는 붉은색 색연필로 밑줄이 그어져 있다.
167) 원문에는 붉은색 색연필로 밑줄이 그어져 있다.
168) 원문에는 붉은색과 파란색 색연필로 밑줄이 2개 그어져 있다.

〈1999년 11월 12일 금요일 晴〉(10. 5.) (8°, 18°)
마당(庭園) 청소 정돈 다듬기로 그닐그닐 해 넘긴 것. 10日 큰 負傷 입은 강아지 '자비'는 手術 後 比較的 빨리 좋아져 가는 형편이라고. ○

〈1999년 11월 13일 토요일 曇. 晴〉(10. 6.) (3°, 17°)
큰 애비와 함께 일찍 淸州 '賢都造景' 吳승제 社長 찾아가 墓木(眞香木 10, 주목 5, 銀杏 비롯 果木 10種), 회양목 10株 包含 40万 원과 植付 人夫 2名 10万 원, 都合 50萬 원에 決定. 下午 2時에 植付作業까지 完了[169]하니 울타리와 庭園 훨씬 어울렸고. 入隊中인 孫子 正旭 休暇로 와서 人事. 3째 家族 다 왔고. 이어 4째 夫婦 와서 人事. 모처럼 많은 家族 一席에서 저녁食事 杏이 수고 많았던 것. 밤에 3째, 4째들 歸家. ○

〈1999년 11월 14일 일요일 晴〉(10. 7.) (-3°, 18°)
서리(霜) 많이 내렸고. 氣溫 最低. 杏 車로 入淸했고. 教大 체육館 가서 靑壯年 主催 위로 親睦 行事에 參席하여 点心 잘 먹은 것. 時祭 祝文 複寫하고. 日暮頃에 歸家. 큰 애비는 倉庫 內에 선반 等 만들고 雜品 정돈 完了. ○

〈1999년 11월 15일 월요일 晴〉(10. 8.) (-2°, 16°)
奉事公 墓 時祭. 전좌동 가서 11代祖, 10代祖 墓前 時祭 올렸고. 11名 參席. 양승우가 位土 耕作 祭物 차린 것. 서울 3從弟 弼榮은 가고 成榮은 밤에 와서 함께 留. ○

169) 원문에는 붉은색 색연필로 밑줄이 그어져 있다.

〈1999년 11월 16일 화요일 曇. 가랑비〉(10. 9.) (0°, 9°)
9代祖(通德郞)~6代祖까지의 時祭. 청주 魯殷 집에서. 祭物 잘 차렸고. 金內科 가서 감기치료. 강아지(자비) 退院[170]에 車內서 애좀 먹은 것. ○

〈1999년 11월 17일 수요일 晴〉(10. 10.) (0°, 11°)
청주 가서 三友會에 參席. 斜川洞 식당. 感氣 졸연이 안 나아 苦痛 좀 겪는 中. 19시에 歸家. ○

〈1999년 11월 18일 목요일 晴〉(10. 11.) (2°, 16°)
7시 20분 發 버스로 入淸하여 教大 가서 28日 行事 出戰費 支出했고. 한빛은행서 用돈 引出 後 玉山面 가서 財務係 擔当한테 綜土稅 告知書 부표 移記 부탁했기도. 自轉車로 金溪 왔고. 두무샘 밭 附土 工事[171] 큰 애비 감독 下 큰 추럭 60車 넣고. 큰 에미 서울서 오고. 在應스님, 상운 스님 帶同코 來訪~入住 祝儀[172]로 白米와 補藥茶 갖고. ○

〈1999년 11월 19일 금요일 晴〉(10. 12.) (-6°, 14°)
別味음식(泰國 宮中요리)으로 늦은 朝食했고 ~마침 從兄님 오셔서 함께 잘 먹은 편. 집 앞의 넓은 通路 淸掃와 길 비탈 정리作業에 거의 해 보낸 편. ○

〈1999년 11월 20일 토요일 가랑비. 晴〉(10. 13.) (0°, 15°)
청주까진 큰 애비와 함께 갔고. 淸州서 잠간 일 보고 曾坪 出張所에 가까스로 13시10분 前에 到着하여 鄭末紛의 土地台帳 떼어보니 아직 賣渡하진 않았기에 安心은 됐으나 數個月間 所在 몰라 不安 궁금中이고. 正旭은 17日에 歸隊(原隊復歸)한 듯. 21時頃 魯弼 家族 왔고. 밤에 杏 入淸. ○

〈1999년 11월 21일 일요일 晴〉(10. 14.) (0°, 16°)
漢斌 氏 長孫女(金榮의 딸) 結婚式에 參席~忠州 某천주교회 오후 1時. 歸淸은 18時頃. 歸家 不能. 杏房서 留. 어제 왔던 막내 家族 午前에 歸京. ○

〈1999년 11월 22일 월요일 晴〉(10. 15.) (0°, 15°)
体育館서 8시發. 약수터 가서 祠堂과 墓所 가서 參拜 後 '草園가든' 들러 主人 柳寬馨과 人事 後 龍華寺 가서 보름祈禱[173] 올렸고. 낮에 歸家하여 若干 淸掃 後 김치광用 이영[174] 한파람 간단히 엮어보기도. 중강아지 '정토' 重傷으로 長期 애쓰는 中 今日 午后는 공들여 돌보았던 것. 切骨됐던 앞다리 많이 좋아진 셈. 큰 애비는 午后에 入淸하여 用務 마치고 夫婦 함께 9時(밤)頃 온 것. 2째 絃이 初저녁에 다녀가고~감나무 苗(월아3, 둥시3)과 단호박죽 等 갖고 온 것. ○

---

170) 원문에는 붉은색 색연필로 밑줄이 그어져 있다.
171) 원문에는 붉은색 색연필로 밑줄이 그어져 있다.
172) 원문에는 붉은색 색연필로 밑줄이 그어져 있다.
173) 원문에는 붉은색 색연필로 밑줄이 그어져 있다.
174) 표준어는 '이엉'으로 짚 · 풀잎 · 새 등으로 엮어 만든 지붕재료를 가리킨다.

〈1999년 11월 23일 화요일 晴. 雨〉(10. 16.) (2°, 17°)
三樂會에 參席. 거구장서 12時에. 正式 會議室서 모처럼 施行. 午后에 歸家하여 이웅 엮고. ○

〈1999년 11월 24일 수요일 晴〉(10. 17.) (-1°, 17°)
早朝부터 父子는 環境 정돈作業에 勞力하여…正門 돌계단 콩크리, 앞길 다듬기, 짚 求하여 영 엮기 等.
19시發 金溪 버스로 入淸. 밤에 若干 비 오고. 杏의 房서 留. 낮엔 큰 애비와 다친 강아지 손보고. ○

〈1999년 11월 25일 목요일 晴〉(10. 18.) (3°, 16°)
모처럼 体育館 가서 배드민턴 운동. 10시 半부터 있는 道 三樂會 總會에 參席[175]. 15시發 버스로 歸家.
밤 9시 半엔 뒷집 李승희君 집 찾아가 居住不能의 헌집 解決에 1,000,000원에 結末 지우니 개운하고 시원[176]. ○

〈1999년 11월 26일 금요일 晴. 가락눈 少〉(10. 19.) (-3°, 4°)
새벽별 뵈이더니 日出 前에 가랑눈 조금 날렸고. 点心 后 入淸하여 헌집 同情金 마련키 爲해 2가지 通帳 긁어 引出하니 充当될 金額 되어 다행[177]이었고. 同窓會에 參席 夕食하고 后 6時 半 發 上東林行 버스로 龍沼샘까지. 왼발 새끼 발가락 티눈 痛症으로 절룩거리며 가까스로 집에 到着[178]하니 강아지 '자비'가 반가워 하는 것. 저녁밥 잘 먹인 後 잠시 후에 魯杏이 와서 든든했고. ○

〈1999년 11월 27일 토요일 가락눈. 曇〉(10. 20.) (-2°, 1°)
終日 날씨 찼고. 族孫 昌在 와서 情談. 서울서 큰 子婦 왔다가 点心 食事 後 上京~道詵寺 李局長 스님과 朴보살 帶同. 李스님의 膳物로 '玄句集' 받으니 흐뭇했고. 日暮頃 杏이 와서 저녁 지어 함께 먹고 콤푸터 공부로 또 入淸. 낮엔 李승희 억지 발광으로 속 썩이며 不安했던 헌집 解決策으로 同情의 뜻으로 一封 주어 끝내니 시원했기도[179]. ○

〈1999년 11월 28일 일요일 晴〉(10. 21.) (-5°, 3°)
忠州서 있는 道大會(배드민턴)에 參席[180]~8시~17시. 忠州(建國大學校 체육관). 70代 혼합B 決勝에서 準優勝. 点心 後 入淸하여 杏 만나고. 저녁 6시 發 버스로 歸家. 杏은 새벽에도, 아침에도 金溪 往來한 것. 午前에 큰 애비 서울서 오고. 朴仁根 教授 夫婦 다녀갔다는 것. 유자茶 비롯 膳物 數種 갖고. ○

〈1999년 11월 29일 월요일 晴〉(10. 22.) (-5°, 5°)
昨今 날씨 찬 편이고. 낮엔 전좌리 가서 山所의 가랑잎 쓸고 긁어서 父母님 墓所, 井母 墓

175) 원문에는 붉은색 색연필로 밑줄이 그어져 있다.
176) 원문에는 붉은색 색연필로 밑줄이 그어져 있다.
177) 원문에는 붉은색 색연필로 밑줄이 그어져 있다.
178) 원문에는 붉은색 색연필로 밑줄이 그어져 있다.
179) 원문에는 붉은색 색연필로 밑줄이 그어져 있다.
180) 원문에는 붉은색 색연필로 밑줄이 그어져 있다.

所 깔끔히 뵈게 한 것[181]. 午后엔 玉山面 가서 농지 擔当者 만나 河川 件 相談해 보았고. 玉山은 出他 中이고. 入淸하여 杏 房서 留. ○

〈1999년 11월 30일 화요일 晴〉(10. 23.) (0°, 6°)
早朝에 '한겨레신문' 찾아다 보고. 체육관 가서 운동. 郡廳과 韓電 다니며 잠간씩 未盡한 일 보느라고 歸家 못한 채 日暮頃 上京. 맏子婦와 둘째 孫子 昌信 만나 집안 얘기 좀 하고 모처럼 留했고. ○

〈1999년 12월 1일 수요일 晴〉(10. 24.) (-1°, 5°)
早朝에 커피類 一式 나우 사들고 敦岩洞 개운산 '무궁화클럽' 가서 作別 人事했기도. 10時發. 高速은 11時 發로 淸州 와서 고단하기에 杏 아파트서 쉬었다가 저녁 늦게 歸家한 것. 강아지 끝治療했다나.

〈1999년 12월 2일 목요일 晴〉(10. 25.) (-5°, 9°)
越冬用 짠짓광 영 엮었고. 저녁엔 松이가 3겹 살고기와 과일 갖고 와서 불고기 食事 3父子(長, 4男) 잘 했고. ○

〈1999년 12월 3일 금요일 晴〉(10. 26.) (-3°, 7°)
午前 中 家庭 일 보고 큰 애비 車로 함께 玉山 가서 큰 애비는 市場 거쳐 歸家. 入淸해선 杏이 못만나 궁금증 加重. '身土不二'서 저녁 함께 먹고. 杏은 저녁 出勤하고 혼자서 杏 아파트서 新聞 等 通讀하곤 밤中서 就寢한 것. 玉山 가서 '忠淸日報' 우송 手續했고. 큰 애비는 짠지광 完成. ○

181) 원문에는 붉은색 색연필로 밑줄이 그어져 있다.

〈1999년 12월 4일 토요일 曇. 비 若干〉(10. 27.) (-0°, 9°)
体育館 歸路에 '강변식당'서 朝食하고 '한빛銀行' 가서 1年 滿期 10,000,000원巻 새 통장 만들었고. 낮 車로 歸家하여 무우 씨래기 골라 다듬기에 해보냈기도. 午后에 큰 애비는 上京. 杏이 와서 저녁 차리고. 大田 二榮 母子 人事次 왔다가 두어時間 情談하고 金城으로 간 것. 발가락 티눈 治療됐고. ○

〈1999년 12월 5일 일요일 曇. 晴〉(10. 28.) (3°, 7°)
날씨 포근한 셈. 故 族姪 魯東 子婚에 귀빈예식장 다녀온 것. 往來에 族姪 '魯煥'(俸榮 子)의 乘用車에 편승되어 고마웠기도. 午后엔 房內 衣裝 정리했고. 杏이도 終日 金溪서 지낸 것. ○

〈1999년 12월 6일 월요일 가랑눈. 晴〉(10. 29.) (0°, 5°)
집안팎 다듬기에 終日 勞力한 셈. 무우 씨래기 몇 갓 엮었기도. 午后 杏이 入淸. 큰 애비 서울서 오고. ○

〈1999년 12월 7일 화요일 晴〉(10. 30.) (-3°, 8°)
玉山面 들러 河川使用期間 申請[182]했고. 診療所 담장工事費도 面長한테 이야기한 것. 午後 入淸. 地方紙 '충청일보' 購讀 開始.[183] ○

〈1999년 12월 8일 수요일 晴〉(11. 1.) (-1°, 7°)

182) 원문에는 붉은색 색연필로 밑줄이 그어져 있다.
183) 원문에는 파란색 색연필로 밑줄이 그어져 있다.

歸路에 初하루 參拜 祈禱하고. 한빛은행 거쳐서 一般통장 정리하고 낮 버스로 歸家한 것. ○

〈1999년 12월 9일 목요일 晴〉(11. 2.) (2°, 7°)
큰 일 別로 없으나 家屋 둘레 정돈과 강아지집 옮겨진 곳 정리하였고. 저녁버스로 入淸. 큰 에미 오고. ○

〈1999년 12월 10일 금요일 晴〉(11. 3.) (-1°, 9°)
아침운동 가서 自轉車 토시 환원 받았고. 朝, 夕食 사먹은 것. 新聞 통독으로 해 넘긴 것. 집엔 서울 京東高 직원 7名 다녀간 것. ○

〈1999년 12월 11일 토요일 晴〉(11. 4.) (-3°, 6°)
午前에 歸家하고. 東林 朴貞圭 女婚 있대서 江西예식장(리호호텔) 다녀왔으나 自轉車 열쇠로 因해 再次 淸州 다녀오기에 杏이가 車 운전에 애 많이 쓴 것. 날씨 찼고. 큰 에미, 큰 애비, 杏은 김장에 노력[184]. ○

〈1999년 12월 12일 일요일 晴〉(11. 5.) (-1°, 9°)
이웃 金 氏 家 出喪에 從兄과 같이 人事次 잠간 參見. 전자리 가서 省墓 後 墓域 淸掃(가랑잎 쓸고 긁기, 땅 곱쨰기 뽑고 긁기) 作業 數時間. 午后엔 강아지 집 짚방석 엮어 깔아 주었고. 昨夜에 이어 김장빚기 끝낸 듯.
큰 애비 夫婦는 밤 10時頃 서울 向發했고. 12시 半頃 無事到着 소식 왔고. ○

〈1999년 12월 13일 월요일 晴〉(11. 6.) (0°, 8°)
淸原郡 保健所長 앞으로 '診療所 垣牆[185]工事費 要請' 書信 發送. 枯木 뽕나무 가지 도막 내어 묶었고. 杏은 淸州 다녀 青少年수련원 가서 英語授業까지 마치고 9시에(午后) 歸家했고. ○

〈1999년 12월 14일 화요일 晴. 가랑눈〉(11. 7.) (3°, 7°) 積雪量 3㎝[186]
除雪用 '죽가래' 만들 材料 求해 놓고 入淸하여 三友 親睦會에 參席하여 '우천식당'서 点心會食. 尹교장 要請에 依해 딱한 事情 못이겨 거의 3時間 程度 情談하게 된 것. 下午 6時 發 버스로 歸家한 것. 杏은 밤 10時 좀 지나서 왔고. 밤 되자 눈 좀 내리기도. 한겨레신문…玉山局[187]. ○

〈1999년 12월 15일 수요일 晴〉(11. 8.) (2°, 6°)
友信會 있어 杏의 車로 入淸. 13名 中 10名 參席. 椒井 가서 오리불고기로 會食. 歸家해서 어제에 이어 '죽가래' 完成.
明朝는 되게 춥다는 날씨. 눈, 비도 나우 내린다는 予報. ○

〈1999년 12월 16일 목요일 晴. 비와 눈〉(11. 9.) (-2°, 6°)
날씨 맑더니 11時頃부터 不純터니 가랑비 오락가락했고. 入淸하여 잔삭다리 일 보기에 費用만 나우 들고.
郡 保健所로부터 連絡왔던지 金溪診療所 정

184) 원문에는 붉은색 색연필로 밑줄이 그어져 있다.

185) 원장(垣牆): 담장을 의미함.
186) 원문에는 파란색 색연필로 밑줄이 그어져 있다.
187) 원문에는 파란색 색연필로 밑줄이 그어져 있다.

소장 未訪하여 垣牆 構築費用 말해 오기에 2/3 要求했고. 180万 원의 2/3는 120万 원 되는 것. 이만한 消息 들으니 若干 不快感 가라앉은 氣分. ○

〈1999년 12월 17일 금요일 晴〉(11. 10.) (-3°, -3°)

終日 날씨 찼고. 12時에 오미 가서 李炳億 만나 点心 함께 했고. 歸家 後 家庭 淸掃에 노력. ○

〈1999년 12월 18일 토요일 晴〉(11. 11.) (-4°, -1°)

서울서 큰 애비 오고. 큰 에미 愛用하던 '아토스' 乘用車 일원동APT의 3女(妊)에 주었다니 厚德한 오가는 동기間[188] 情 기뻤기도. 留學中인 長孫 '英信'의 '3째 고모'에 厚한 말 傳해 듣고 눈물 나오기도[189]. ○

〈1999년 12월 19일 일요일 晴〉(11. 12.) (-7°, -5°)

今日도 終日 추웠고. 큰 애비는 郭珍相의 回甲과 梧東里 金鍾鎬 子婚에 人事 다녀왔고. 虎竹里 鄭裳家에 弔問 가려고 버스 昇降場까지 갔다가 時間 차질과 寒冷日氣에 實行 不能이였고. 日暮頃엔 冬節쓰본 솜씨있게 修繕해 보았기도. 큰 애비가 검정고리덴 쓰본도 주는 것. 夕食 후 杏은 入淸. ○

〈1999년 12월 20일 월요일 晴〉(11. 13.) (-8°, -8°)

今日도 終日 강추위. 福祉會館 가서 男女 老人(10名) 오락(화토)하는 것 잠간 보고. 반찬값 보태라고 少額 金一封 내놓았기도. 라면 点心 잘 먹은 셈. 큰 애비는 볼일 있어 낮에 上京. 杏이 밤 10시에 청주서 오고. ○

〈1999년 12월 21일 화요일 晴. 曇〉(11. 14.) (-13°, -3°)

家庭 內에서 해 넘긴 것. 杏은 낮에 入淸. 從兄님과 이야기 길었고. 松이 저녁에 와서 3겹살 불고기 해주기에 함께 잘 먹었고. 밤에 松은 回淸. ○

〈1999년 12월 22일 수요일 晴〉(11. 15.) (-13°, 4°)

큰 負傷으로부터 거의 낳아진 강아지 '자비' 좀 돌보다가 안골 앞 밭 좀 돌아보고, 敏相 里長 잠간 만나본 後 전자리 가서 省墓 마치고 집앞 길 淸掃할 땐 「冬至」해 西山에 걸치는 것 ~16時 50分頃. 杏이 와서 동지팥죽 쑤어[190] 맛있게 잘 먹었고. ○

〈1999년 12월 23일 목요일 晴〉(11. 16.) (-10°, -3°)

三樂會 있어 杏 車로 가서 參席~12시. 경동식당. 보름行事를 今日에~약수터 가서 參拜. 용화사 가서 祈禱. 오후 2時 半 버스로 歸家하여 집앞 길 큰 道路 흙 쓸기作業 나우 했고. ○

〈1999년 12월 24일 금요일 雪. 雨. 曇〉(11. 17.)

188) 원문에는 붉은색 색연필로 밑줄이 그어져 있다.
189) 원문에는 붉은색 색연필로 밑줄이 그어져 있다.
190) 원문에는 붉은색 색연필로 밑줄이 그어져 있다.

(-8°, 2°) **積雪** 5㎝[191]
첫 새벽에 눈 좀 내려 約 2㎝. 日出 時刻 前後 비도 좀 내리는 것. 14時頃 찬바람과 눈 나우 날렸고.
入淸하여 한빛銀行 가서 滿期통장 再整理(3個月로 6.7% 利子). 韓電 가서 새 집 '深夜전기'料 確認해 보니 月 95,000원~10万 원 程度 되는 셈. 9月 9日부터 運針되었다는 것. 서울서 큰 애비 夫婦 왔고. ○

〈1999년 12월 25일 토요일 雪〉(11. 18.) (-4°, 1°) **積雪** 8㎝[192)]
最高로 今年中의 積雪. 8㎝. 7時부터 2時間 除雪 作業에 땀 흘려 勞力했고. 큰 에미도 홍미롭게 죽가래로 눈 치웠고. 긴 앞길 시원이 치운 것. 老病中인 族長 秉鍾 氏 問病~기도원. 3째 明이 만두 多量 가져와서 저녁 食事로 잘 끓여먹었고. 모처럼 3째 자기도. ○

〈1999년 12월 26일 일요일 晴〉(11. 19.) (-10°, 8°)
아침결엔 나우 찼으나 한낮엔 봄날씨 방불케 따뜻함을 느꼈고. 朝食 后 3째 歸淸하고 큰 에미는 낮에 淸州 거쳐 歸京. 큰 애비도 淸州까지 다녀온 것. 午后 5時에 있는 同窓會에 參席. 모처럼 中國料理 집서 會食. '極東飯店'. 經費 많이 난 셈. 이화湯서 沐浴하고 杏 아파트 가서 留. 눈 많이 녹은 셈. ○

〈1999년 12월 27일 월요일 晴〉(11. 20.) (-5°, 7°)
모처럼 体育館 가서 배드민턴 運動~짝 不便으로 亂打 좀 친 것. 月末 정리 一部 하고 杏 車로 歸家. 낮엔 金眼科 가서 治療받고. 玉山面 들러 李總務係長과 趙面長(女) 만나 面內 機關長會議일인 明日 峊心 待接하겠다고 言約하기도. 財務係 地稅 擔当 찾아 河川使用料 自進納付했고~263-1. 132㎡ 1,100원 完納한 것. 但 河川使用 行政에 不分明하여 氣分 개운치 않은 채 歸家한 것. 杏도 집에서 留. ○

〈1999년 12월 28일 화요일 晴〉(11. 21.) (-4°, 4°)
큰 애비 車로 玉山까지는 함께. 玉山面 機關長 一同 20名 峊心 待接[193)]했고~還 故鄕에 協調와 謝禮. '은성갈비'(樟南人). 어제 面에서 있던 일 郭秋鍾 主事 말 듣고 80% 程度 傷心 풀어졌기도. 歸家 后 큰 애비와 熟議하여 李 氏家와의 河川使用 件 同意[194)]되어 개운했고. ○

〈1999년 12월 29일 수요일 晴〉(11. 22.) (-5°, 4°)
房內 정리 程度로 해 보내고 夕食 后 19時 發 버스로 入淸하여 杏 APT서 留. 큰 애비는 淸州 다녀오고. ○

〈1999년 12월 30일 목요일 晴〉(11. 23.) (-4°, 5°)
体育館에서 金眼科로 直行~數日 後 左眼 手術 目標로 內科 가서 心電度 檢査 等 마치니 來月 6日 9시 半까지 病院에 到着하라는 것. 諸 器官 正常이나 血壓이 若干 높다는 것. 曾坪 債務者 鄭 女人 無誠意로 不快했던 것. ○

191) 원문에는 파란색 색연필로 밑줄이 그어져 있다.
192) 원문에는 파란색 색연필로 밑줄이 그어져 있다.
193) 원문에는 붉은색 색연필로 밑줄이 그어져 있다.
194) 원문에는 붉은색 색연필로 밑줄이 그어져 있다.

〈1999년 12월 31일 금요일 晴〉(11. 24.) (-5°, 6°) 집 보면서 집 둘레와 잔디밭에 허트러진 청자갈 모두 주워 駐車場 入口 질어 험한 데 자갈 깔기 作業에 勞力한 것. 서울서 큰 에미 왔고. 夫婦는 淸州 가서 반찬거리 사오기도. 杏도 와서 今夜는 4인家族이 留. 「萬行」의 꽃피는 華談 많았고[195]. ○

195) 원문에는 붉은색 색연필로 밑줄이 그어져 있다.

금계실기 5

2000년

〈앞표지〉

〈2000년 1월 1일 토요일 晴〉(11. 25.) (-4°, 7°)
家族一同 早朝 起床~새 千年을 맞아 過去事를 謝礼하고 새해에도 如意亨通을 祈願했고. 낮엔 전좌리 道路에 흐터진 자갈 주어 모디기에 노력한 것. 公的으론 道路 淸掃되고 私的으론 家屋 둘레에 깔을 것임. 저녁 食事에 一家族 多數모여 盛況 이룬 셈~子女息들 거의 오고. 큰 妹 夫婦, 姪女 家族, 弟 振榮 家族, 從兄宅 家族도 多數. 애비의 生日 뜻도 表하고. 새집 入住 턱까지도. 밤 0時서야 끝낸 셈. 99年은 多幸스런 해(새 집 建築). 새 千年엔 더욱 友愛 다지기를 말했고. 魯弼 家族과 큰 딸 夫婦 外는 歸家했고. ○

〈2000년 1월 2일 일요일 가랑비, 曇〉(11. 26.) (2°, 6°)
큰 애비 車로 從兄과 玉山 한양식당 가서 爲親契에 參席하여 助言했고~36年 間의 역사 老側先導者들의 功勞. 初創期의 契員 活動相, 弔慰 表示 決算策, 破契後의 精神的 協調 等을 말한 것. 現殘高 271,000. 最終會費 420,000. 合 691,000. 支出할 額數20万×3=60万 원. 今日 点心값 72,000. 殘 15,000 程度라고. ○

〈2000년 1월 3일 월요일 晴〉(11. 27.) (0°, 4°)
玉山 가서 우체局 들러 우편物 몇 通 부치고 姜局長과 잠시 對話 後 李炳億 사무실 들러 親旧 몇 사람과 情談 後 큰 애비 차로 歸家. 杏이 아침에 入淸하였다가 밤 8時頃 歸家. ○

〈2000년 1월 4일 화요일 晴〉(11. 28.) (-7°, 5°)
어제부처 '萬行…현각' 읽기 始作[1]한 것. 午后에 玉山 가서 玉山新問支局 들러 崔社長 만나 紙代 12月 分(17,000 忠淸日報, 한겨레) 支拂하고 面 가서 郭秋鐘 主事 만나 河川부지 問題 이야기하니 境界測量 實施키로 申請했다기에 事必歸正만 바랄 뿐이고. 入淸해서 用務 18시 半頃 마치고 歸家한 것. 早朝에 서울 갔던 큰 애비 일찍 일 맺으나 시원한 것인가 好轉되기를 바랄 뿐. ○

〈2000년 1월 5일 수요일 雨〉(11. 29.) (0°, 5°) 우량 30㎜[2]
終日 부슬비 내린 것. '萬里' 현각 自敍전 읽기에 열중한 편. 길바닥에 쏟아진 자갈 긁어 오기도. 杏이 청주서 왔고. 玉山支局에 '매일경

1) 원문에는 파란색 색연필로 밑줄이 그어져 있다.
2) 원문에는 파란색 색연필로 밑줄이 그어져 있다.

제' 1부 追加申請했고.[3] ○

〈2000년 1월 6일 목요일, 雨, 曇〉(11. 30.) (1°, 4°)
큰 애비는 西南海 方面으로 名退 親旧들과 逍風次 早朝 出發. 杏차로 9시頃 入清. 金眼科 가서 月前에 要請했던 左眼 白내장 12시에 40分 間 手術하니[4] 氣分 개운했고, 洪 医師가 手術. ○

〈2000년 1월 7일 금요일 雪, 曇〉(12. 1.) (0.5°, 4°)
積雪 15㎝[5]
새벽 1時頃 내다보{니} 폿삭 눈 싸이고. 卽時 防寒服 입고 約 2時間 집 앞 도로와 집 둘레 쓸었더{니} 샐 새벽 더 以上 눈 나려 15㎝ (150㎜) 쌓인 눈 쓸기에 땀 흘려 2重 눈 쓸은 것. 김 眼[科] 다녀왔고. 手術 后 約 1週間 治療받게 되어 낮에 杏차로 다녀온 것. ○

〈2000년 1월 8일 토요일 雪(가랑눈)〉(12. 2.) (0.7°, 2°)
새벽 눈 쓸을 때 가랑눈 좀 내려 体感溫度는 0° 程度로 느꼈고. 杏의 車로 玉山우체국 들러 淨土寺 在應스님한테서 보내온 小포(尙州 둥시곶감) 1곽 찾고 入清해서 金眼科 治療받고, 藥水터 가서 祠堂, 墓所 參拜 拜祈禱後 歸路에 龍華寺 가서 謝拜 祈禱했고. 后5시에 杏 車로 故鄉 向發한 것. 6日에 旅行 갔던 큰 애비는 밤 12時 좀 지나서 歸家했고~全南 '보길도'란 섬 다녀왔다는 것. 無事到着.[6] ○

〈2000년 1월 9일 일요일 曇〉(12. 3.) (-7°, 2°)
終日 흐린 날씨. 朝食 後 큰 애비는 上京. 杏은 入清. 개똥통 만들어 집앞 堤防 一巡하며 글거모은 것 거의 한 통 꽉 차는 것. 이 일 本格的으론 처음 해보는 것.[7] 興味 느끼면서 하는 일. 어제 받은 小包~忠大學長 閔斗植 博士에 흐뭇한 고마움의 答書를 비롯 數通의 서신 쓰고. 点心 요기 마치곤 積雪 後 처음으로 전좌리 山所에 省墓次 다녀 올 땐 日暮頃인 時間. 저물게 온 杏이 지은 저녁食事 따뜻하게 잘 먹었고, 后 6시頃 兩眼 통증 甚했기도. ○

〈2000년 1월 10일 월요일 晴〉(12. 4.) (-1°, 3°)
큰 애비 서울서 歸家. 낮엔 杏 車로 入淸하여 金 眼科 가서 治療받고 곧 回路 歸家한 것. ○

〈2000년 1월 11일 화요일 晴, 曇〉(12. 5.) (-11°, 7°)
아침엔 甚히 차더니 午后엔 포근했고, 큰 애비 車로 入淸. 金眼科에서 手術실 除去하니[8] 개운했고. 저녁엔 큰집에서 떡국으로 잘 먹은 것. 深夜까지 '萬里' 현각스님(美國人) 읽었고. ○

〈2000년 1월 12일 수요일 비〉(12. 6.) (2°, 6°)
早起床(새벽 2時~6時) '萬里' 현각 自敍傳 讀破했고, 終日 가랑비. 낮엔 福祉會館 가서 男女老人 13名 待接~酒類와 담배. 저녁에 淸州서 杏이 왔고. ○

3) 원문에는 붉은색 색연필로 밑줄이 그어져 있다.
4) 원문에는 붉은색 색연필로 밑줄이 그어져 있다.
5) 원문에는 파란색 색연필로 밑줄이 그어져 있다.
6) 원문에는 붉은색 색연필로 밑줄이 그어져 있다.
7) 원문에는 붉은색 색연필로 밑줄이 그어져 있다.
8) 원문에는 붉은색 색연필로 밑줄이 그어져 있다.

〈2000년 1월 13일 목요일 비, 曇〉(12. 7.) (3°, 4°)
큰 애비는 새벽 4時 서울 向發. 찬 가랑비 오락가락. 杏 車로 入淸~金眼科 治療. 左目에 포도막 炎症이[9] 오래전부터 있었든 것 같다는 것. 나아질 듯도 하다나. 사창우체국 들러 일본 後 后 2時 半발 버스로 歸家. ○

〈2000년 1월 14일 금요일 晴, 曇〉(12. 8.) (-1°, 3°)
첫 버스(6. 30發)로 入淸, 体育館 가서 모처럼 배드민턴 쳤고, 12時부터 있는 三友會에 參席. '우천식당.' 尹 교장 飮酒와 身体 不自由로 時間 걸려 歸家에 時間과 車費로 차질 나우 생겼기도. 기도원의 秉鐘씨 찾아봤고. ○

〈2000년 1월 15일 토요일 晴〉(12. 9.) (-3°, 6°)
宗親 辛酉生 同甲契員 昌在 喪偶 장례에 人事 다녀온 것~백동 뒷山. ○

〈2000년 1월 16일 일요일 晴〉(12. 10.) (-3°, 6°)
3째(妊) 제 同窓 몇 사람과 잠간 다녀갔고~호박죽 빚고, 도토리묵 갖고, 勇氣 내어 마음 먹었던 일 修行한 것~水落, 間谷, 鶴木洞, 墻東 一巡하여 16, 15, 14, 13代祖 山所 省墓와[10] 昨秋 伐草 狀況 把握하기 爲해, 집엔 日暮頃 出發(장동앞山)한 것이 우수 깜깜해서 到着.○

〈2000년 1월 17일 월요일 晴, 曇, 晴〉(12. 11.) (-2°5″, 3°)
入淸하여 金 眼科 다녀 團合行事 마친 後 沐浴하고 理髮 後 急히 点心 요기하고 歸家. 午后4時 半 出發로 曲水 뒷山 달려가 8곳의 山所 省墓 兼 伐草 狀況 把握次 踏査하고 온 것~小宗契 관련. ○

〈2000년 1월 18일 화요일 晴〉(12. 12.) (-8°, 4°)
城村波 宗契에 父子 參席~11시. 魯德집. 元金 予置 現況 ① 5,500,000. ② 2,200,000. ③ 6,543,000(논값 220坪). 合 14,243,000. 一般통장 70,000. 合計 14,313,000整. 收入~아그배 텃도조 59말값 955,000(坪當 16,200). 支出…書食代 보조 130,000. 費用 支出(2名) 200,000(佑, 尙). 計 330,000. 殘高 14,200,000. 一般통장 70,000. 參席者…浩榮(會長), 尙榮(副會長), 成榮(監査), 佑榮(總務), 頌榮, 應榮, 魯德, 魯井, 魯旭 모친, 魯殷 모친, 來榮 夫人, 來客 仁鉉 氏, 魯益 氏, 부평派 魯善, 明年 有司 琴榮. 決議事項~時祀~現場, 祭物은 酒果飽. 산적 2斤. 点心 준비, 도조 13말 받기. 伐草 從前대로, 伐草時에 木根캐기. 漢斌 氏는 顧問. 下午 3時 半에 行事 完了. 잘 마친 셈. ○

〈2000년 1월 19일 수요일 雪〉(12. 13.) (-8°, -2°) 積雪 15㎝[11]
첫 새벽, 9時頃, 12時頃, 15時頃, 18時頃, 20時 좀 지나서…終日 눈 내려 年 最高 降雪, 7時20分 發 버스로 入淸. 체육館에 8時 半 到着. 운동 約 1時間(배드민턴), 10時頃 '강변식당'서

9) 원문에는 붉은색 색연필로 밑줄이 그어져 있다.
10) 원문에는 붉은색 색연필로 밑줄이 그어져 있다.
11) 원문에는 파란색 색연필로 밑줄이 그어져 있다.

朝食. 비지장과 청국장으로 감빨리게[12] 잘 먹었고, 12時 半 發 청주서 上東林行 버스로 排水場. 今日中 5차례 除雪作業으론 最多 次例 勞動한 셈. ○

〈2000년 1월 20일 목요일 새벽눈, 晴〉(12. 14.) (-10°, -5°) 積雪 3㎝[13]
첫 새벽녘에 눈 한 차례 오곤 낮 동안 추웠으나 햇기는 밝았고, 바람은 終日 찼던 것. 낮엔 '福祉會館' 갔다가 点心 待接받고 담배로 答礼한 것. 明日 일로 午后에 清州 가서 杏 APT서 留한 것. ○

〈2000년 1월 21일 금요일 晴〉(12. 15.) (-10°, -2°)
서울大병원에 9時 좀 지나서 到着. 予約대로 李건욱 博士한테 診療 받으니 經過 좋다는 것. 개운한 氣分으로 곧 廻路. 청주 잠간 거쳐서 집엔 后 3時 半頃 도착. 보름이어서 전좌리 가서 省墓. ○

〈2000년 1월 22일 토요일 晴, 雪〉(12. 16.) (-9°, 0°) 積雪 5㎝[14]
큰 애비 반찬 맛있게 많이 빚고 새벽에 上京. 早朝엔 몹시 춥더니 해질 무렵엔 눈 나우 내렸기도. 아침결엔 墻東 저수地 뚝 앞까지 가서 4派宗畓 踏査하여 耕作 與否 確認[15]해 봤고~벼농사 졌고, 서울서 큰 에미 왔고, 英信 姨母와 함께. 청주서 杏도. 入隊中인 孫子 '正旭'이 休暇로 다녀가기도. ○

〈2000년 1월 23일 일요일 새벽눈, 晴〉(12. 17.) (0°, 4°) 積雪 3㎝[16]
큰 에미와 함께 첫 새벽에 約 2時間 程度 집앞 道路 除雪作業에 땀 흘려 努力했고, 入清하여 (큰 에미 車로) 体育館 가서 새해 맞은 클럽總會에 參席하여 收支 決算, 운동, 會食하고 后 2時 半 버스로 歸家한 것. 낮 날씨 포근하여 눈 거의 녹은 것. ○

〈2000년 1월 24일 월요일 晴, 曇〉(12. 18.) (0°, 1°)
四派 宗契 있어 參席.[17] 場所 오미 송원월식당. 11時부터~14時. 23名 參席. 收支 決算 殘額 690,000. 歲入 1,760,000. 歲出~時祀費 350,000. 伐草사리(7장) 4處(水落, 샛골, 鶴木洞, 장동) 200,000. 点心 122,000, 大宗會 參席 實費 100,000. 金東派 引繼金 1,670,000. 明日 小宗契 일로 밤에 바쁘게 일 봤고, 큰 애비 歸省. ○

〈2000년 1월 25일 화요일 晴〉(12. 19.) (-9°, -2°)
小宗契에 參席~[18]11時부터 13時 半. 福祉會館 賣店 內房. 16名 參席. 큰 애비 井이 總務로. ○

〈2000년 1월 26일 수요일 晴〉(12. 20.) (-12°, -2°)

---

12) 감칠맛이 나게 입맛이 당기다.
13) 원문에는 파란색 색연필로 밑줄이 그어져 있다.
14) 원문에는 파란색 색연필로 밑줄이 그어져 있다.
15) 원문에는 붉은색 색연필로 밑줄이 그어져 있다.
16) 원문에는 파란색 색연필로 밑줄이 그어져 있다.
17) 원문에는 붉은색 색연필로 밑줄이 그어져 있다.
18) 원문에는 붉은색 색연필로 밑줄이 그어져 있다.

큰 애비 車로 午前에 入淸~曾坪 鄭 女 不參에 不快. 同窓會 極東飯店서 食事. 杏 房서 留. ○

〈2000년 1월 27일 목요일 晴〉(12. 21.) (-10°, 1°)
日出 前 自轉車로 体育館行에 손 발 極히 얼어서 苦境 치룬 셈. 張會長 朝食을 待接했고, 歸路에 玉山面 들러 새 '住民證' 交付[19]받았고, 繼續 食事 正常. 健康한 턱. 전좌리 갔다 왔고. ○

〈2000년 1월 28일 금요일 晴〉(12. 22.) (-13°, 4°)
最高로 찬 食 前~새벽 淸掃(집앞 道路)時 손이 今時에 깨지도록 시러웠고, 낮엔 昌在 와서 座談. ○

〈2000년 1월 29일 토요일 晴〉(12. 23.) (-4°, 2°)
族孫 昌在 招請으로 淸州 俊兄과 함께 下東林 '동림가든' 가서 오리불고기로 奌心 잘 먹은 것. 큰 애비 모처럼 上京. 杏이 청주서 오고, 저녁은 떡라면으로 簡素하고 맛있게 먹은 편. ○

〈2000년 1월 30일 일요일 雪〉(12. 24.) (-3°, -3°)
積雪量…合 約 8㎝[20]
첫 새벽에 눈 한 차례. 日出頃에도. 낮 12時頃에도 거의 같은 分量 積雪. 3차례 눈 쓸은 셈. ○

〈2000년 1월 31일 월요일 晴〉(12. 25.) (-8°, 2°)
모처럼 아침 첫 發 버스로(6. 30) 入淸하여 教大체육관 가서 아침운동 배드민턴에 參加. '尙州'食堂서 朝食 后 金眼科 가서 檢視 後 日常生活用 眼鏡 맞춰 쓰고 午后엔 金태일 齒科 찾아가 위側 앞이 사이 한 곳 治療받느라 時間 걸려 歸家時 몽단이서 步行으로 오는 데 몹시 추었던 것. ○

〈2000년 2월 1일 화요일 晴, 曇〉(12. 26.) (-13°, -3°)
金溪里 部落 總會[21]에 從兄과 함께 參席. 場所는 '금계복지회관'. 11~13시까지. 未貧祝辭 부탁 있기에 ①余生을 故鄕에서 마치게 된 기쁨과 첫 總會에 參席 祝辭하니 기쁘다. ② 農家로서의 周圍 環境 淨化에 힘쓰자. ③ 養畜농가側의 住民被害 없도록 特段 努力이 必要하다. 等을 强調한 것. ○

〈2000년 2월 2일 수요일 晴〉(12. 27.) (-10°, -2°)
큰 애비와 함께 鳥致院 가서 再從兄嫂 氏 問病했고(故 奌榮 氏 夫人), 터 西端 헌집(長期 속 썩여주던 헌집) 드디어 헐어 부수어 整理[22]하는 데 큰 父子는 午后 3時부터 밤 9時까지 진땀 흘려 努力하여 無事 마치니 시원하고 개운했던 것~부처님 加護에 感謝 드렸고. ○

〈2000년 2월 3일 목요일 曇〉(12. 28.) (-9°, -2°)
終日 흐리고 陰冷했던 날씨. 깊은 헌집터와 還地 새밭에 흙넣기 作業에 早朝부터 바쁘게 活動했으나 마무리 못지웠고. 近 50추럭 附土한 것. 余는 설 後에 해야. ○

---

19) 원문에는 붉은색 색연필로 밑줄이 그어져 있다.
20) 원문에는 파란색 색연필로 밑줄이 그어져 있다.
21) 원문에는 붉은색 색연필로 밑줄이 그어져 있다.
22) 원문에는 붉은색 색연필로 밑줄이 그어져 있다.

〈2000년 2월 4일 금요일 晴〉(12. 29.) (-10°, -3°)
6時 半 發 첫 버스로 入靑하여 아침運動 後 沐浴과 理髮마치고 약수터 가서 祀堂과 墓所 參拜하고선 市內서 도토리묵으로 点心 요기 後 玉山 와서 막내 魯弼 車로 歸家하니 子婦들은 祭物 빚기에 勞力중인 것. ○

〈2000년 2월 5일 토요일 晴〉(1. 1.) (-8°, -3°)
如日 새벽 5시 半頃부터 집앞 큰 道路쓸기 作業 約 1時間 일 今朝도 変함없이 施行. 새 집에서 처음 맞는 名節. 家族 모두 모여 9時에 설 茶禮 지냈고.[23] 歲拜 行事 있어 큰집 가서도 意外로 幾萬 원 소모된 것. 午后까지 家族들 모두 各己 歸家. 설 茶禮 큰집과 各各 行事. ○

〈2000년 2월 6일 일요일 雪, 晴〉(1. 2.) (-1°, 3°) 눈 2㎝[24]
어제 午后부터 몸 나우 나른하더니 今日엔 더욱 運身難이며 疲勞 나우 느껴지는 것. 午前中에 族弟 佑榮과 서울 成榮, 歲拜次 다녀간 것. 낮엔 省墓 다녀왔고. 杏은 入淸. ○

〈2000년 2월 7일 월요일 曇〉(1. 3.) (-2°, 0°)
成榮 와서 같이 入靑하자고 昨日 서두는 것 몸 괴로워 거절했던 것 잘한 일. 12시 버스로 청주 가서 가경 구경도 했고. 약수터 가서 參拜(祠堂, 묘소). ○

〈2000년 2월 8일 화요일 눈조금, 晴〉(1. 4.) (-8°, -6°) 눈 2㎝[25]
첫 새벽에 눈 좀 내렸고. 체육관 歸路에 새청주약국과 族叔 漢奎 氏 宅 들러 설 人事했고. 용화사 祈禱도. 杏 車로 玉山와서 面에 들렀으나 河川 件 시원치 않았고. 歸家해선 福祉會館에 과자類 나우 주기도. ○

〈2000년 2월 9일 수요일 曇, 晴〉(1. 5.) (-9°, -2°)
큰 애비 周旋으로 4거리 尹吉燮 정미소 出荷 堆肥 材料用 쌀 등겨 10푸대 包当 50kg 5,000원씩으로 10包 入荷된 것. 새밭과 터에 마사흙 附土로 2月 3日에 이어 20余 추럭 더 받아서 合 80추럭(　　) 入荷[26]로 마친 것. ○

〈2000년 2월 10일 목요일 晴〉(1. 6.) (-9°, 3°)
큰 애비 車로 早朝에 入靑하여 體育館운동 마치고 鄭春과 朝食. 杏 APT서 午前 中 休息. '三無三景'서 点心 後 册店서 時間 보내고 日暮頃 歸家. 杏이 청주서 오고. 낮 以後 포근했고. ○

〈2000년 2월 11일 금요일 曇, 晴〉(1. 7.) (-3°, 5°)
李승희 母親 찾아 河川使用 申請書 面에 내라고 일러주었고[27]…몰라서 안냈다는 것. 큰 애비는 当姪婦들과 함께 鶴川 從姉 집에 問病次 다녀왔고. 누님의 身樣 좀 낳아 함께 오신 것. ○

〈2000년 2월 12일 토요일 晴〉(1. 8.) (-4°, 6°)
날씨 포근했고. 앞담장 工事 着手[28]…金

---

23) 원문에는 붉은색 색연필로 밑줄이 그어져 있다.
24) 원문에는 파란색 색연필로 밑줄이 그어져 있다.
25) 원문에는 파란색 색연필로 밑줄이 그어져 있다.
26) 원문에는 붉은색 색연필로 밑줄이 그어져 있다.
27) 원문에는 붉은색 색연필로 밑줄이 그어져 있다.
28) 원문에는 붉은색 색연필로 밑줄이 그어져 있

溪 居住 吳 氏 責任 下 3人이 工事. 西便으로 32m[29]. 바닥콩크리까지 完了. 큰 에미도 杏도 와서 点心 준비 等으로 勞力 잘 한 것. 家屋建築 마친 後 이어 또 大工事 하는 셈. ○

〈2000년 2월 13일 일요일 曇, 晴〉(1. 9.) (-3°, 7°)
어제에 이어 앞西便 담장 空事 3人 木手 와서 틀(거프집) 세우기 作業으로 終日 勞力하는 것. 工事中 某人(某榮)의 심기 심술氣 發言했다기에 不快 不安했고. 点心은 큰집에서 미꾸리찌개로 잘 먹었던 것. 큰 애비 車로 從兄과 堂姪婦까지 3人은 江內面 鶴天 가서 從姉 問病 가서 함께 데리고 왔고. 이봉주 世界마라톤(도쿄)서 2位, 한국新記錄.[30] ○

〈2000년 2월 14일 월요일 가끔 흐림〉(1. 10.) (-2°, 3°)
9시 半 發 車로 入清하여 斜川洞 '우천식당' 가서 三友會 會食에 參席(尹, 柳, 郭). 眼科 들린 바람에 택시(봉명-斜川) 3,100원 들어 배 아팠기도. 午后엔 司倉洞(淸高앞)가서 外叔母님께 人事 歲拜했고. 杏은 上京했고. ○

〈2000년 2월 15일 화요일 晴, 曇〉(1. 11.) (-7°, -1°)
體育館 가서 아침운동(배드민턴). 10시 半에 '風物市場' 東쪽 入口 가서 30分 間 曾坪 女人 召喚했으나 不參으로 氣分 傷한 채 시간 보냈던 것. 西門市場 內 '청석골식당'서 있는 友信會에 參席.[31] 會長으로 人事했기도. 友信會 決算 殘額 242,000[32]. 午后 3時頃 '忠北大病院' 가서(626号 병실)族叔 漢斌 氏 問病하고 后 5時 發 버스로 歸家한 것. ○

〈2000년 2월 16일 수요일 晴〉(1. 12.) (-7°, 2°)
엊저녁에 조금 내린 눈 새벽에 쓸고 낮엔 族孫 昌在 와서 數時간 情談나누며 해는 거의 다 가고. 큰 애비는 淸州 다녀온 것. 杏은 前日에 派出婦였던 朴某 女史의 紹介로 面會한다는 날이라나. ○

〈2000년 2월 17일 목요일 晴〉(1. 13.) (-10°, 2°)
淸州 가서 魯杏 만나 어제 있었다는 面會(徐氏) 狀況 들었으나 別無神通. 今日 出他 經費만 많이 났다는 것. 歸路에 玉山面들러 河川부지 擔當者(郭秋鐘) 만났으나 如前히 未確實 程度~희미하기도? ○

〈2000년 2월 18일 금요일 晴〉(1. 14.) (-10°, 4°)
작은 보름. 日出 前 氣溫 나우 찼고. 이웃 古物商 青 氏 만나 來歷 이야기 좀 들어봤고. 忠南 唐津人? 51歲. 전좌山 가서 省墓. 后 3時 半 發 버스로 入淸. 中間에 丁峰농협서 現金 引出하여 杏의 生活費 주었고. ○

〈2000년 2월 19일 토요일 晴〉(1. 15.) (-3°, 7°)
배드민턴 운동 잘 했고. 徐병권 氏와 情談했기도. 大보름 行事 잘 이룬 셈~祠堂과 墓所 가서 參拜 祈禱. 歸路에 龍華寺 가서는 祈禱者 超

다.

29) 원문에는 붉은색 색연필로 밑줄이 그어져 있다.
30) 원문에는 붉은색 색연필로 밑줄이 그어져 있다.
31) 원문에는 붉은색 색연필로 밑줄이 그어져 있다.
32) 원문에는 붉은색 색연필로 밑줄이 그어져 있다.

滿員이었서도 틈 만들어 如意대로 合掌 祈禱하고 午后에 杏 車로 歸家한 것. 途中에 下東林 들러 高 漢福 氏 葬禮에 人事했고. 杏과 큰 애비가 만든 대보름 飮食(채소, 잡곡) 잘 먹은 것. ○

〈2000년 2월 20일 일요일 晴〉(1. 16.) (-1°, 3°)
族弟 佑榮과 함께 大宗會 任員會에 參席[33]~11시부터 14시. 역삼洞 삼일프라자內 大宗會 事務室. 總會 前의 理事會, 예결산 심의, 總會는 4月 30日로. 殘額 240만 원. 3月初에 會則 改正案 檢討會, 元老會 開催토록. 杏 入清. ○

〈2000년 2월 21일 월요일 晴〉(1. 17.) (-6°, 3°)
큰 애비 車로 큰 堂姪婦와 함께 烏致院 가서(現代Ⓐ 102-3호) 弔問하고 再当姪 魯慶한테 몇 가지 助言 좀 한 것~再從兄嫂 別世(白川 趙氏).[34] 장례는 23日. 장지는 전좌리. 午后 日暮頃에 淸州 거쳐 큰 애비 車로 귀가. ○

〈2000년 2월 22일 화요일 晴〉(1. 18.) (-7°, 8°)
今日도 큰 애비 車로 烏致院 가서 來客맞이 等 일 좀 보고 入淸하여 杏의 2000年度 一學期分 登錄金 마련 送金 納付 手續 完了하는 데 后五時 前后 막바지로 바쁜 거름 많이 한 것. 今夜는 故 井母 入祭日이어서 日暮 後 各處 아이들 모여 들었고. 9時 좀 지나서 施行토록 한 것. 再從兄嫂 장례節次를 喪主 魯慶에 일러주기는 했지만 進行에 궁금한 채 歸家한 것. ○

33) 원문에는 붉은색 색연필로 밑줄이 그어져 있다.
34) 원문에는 붉은색 색연필로 밑줄이 그어져 있다.

〈2000년 2월 23일 수요일 晴〉(1. 19.) (-5°, 8.5°)
早朝에 전좌山 가서 墓域 作業車(포크린) 指揮 案內 等으로 노력했고. 合葬 12時쯤 丙坐壬向. 날씨는 終日 포근했고. 葬礼 잘 모신 편. 큰 에미 日暮頃 歸京. ○

〈2000년 2월 24일 목요일 晴〉(1. 20.) (-5°, 3°)
譜書 비롯 重量級 圖書 團束策으로 衣欌 위에 假책꽂이 마련하는 데 거의 終日 걸린 턱. 큰 애비 上京 人事次 當日 歸家했고. 日暮頃에 날씨 나우 차기 시작하는 듯. 낮엔 正門工事에 鐵기둥 2개 建立했기에 完璧 點檢한 것. ○

〈2000년 2월 25일 금요일 晴〉(1. 21.) (-8°, 3°)
再從兄嫂(白川 趙氏…魯庚모친) 三虞祭에 參席하여 祭行과 49祭日까지 助言한 것. 4月 9日. 正門(담장門, 車庫門) 工事 完了.[35] 70萬원 工事. 丁峯人 申 氏. 西便 뒤뜰의 古木(밤나무, 가죽나무) 伐木하니 시원하고 밝은 環境 더욱 넓어진 氣分이기도. ○

〈2000년 2월 26일 토요일 晴, 曇〉(1. 22.) (-3°, 3°)
從兄님 生辰에 招請 있어 父子는 큰집 가서 朝食 잘한 셈~膳物로 꿀과 酒類 갖다드렸고. 12時 半 버스로 入淸하여 理髮. 沐浴 後 풍물시장 東쪽 入口 가서 30分 程度 기다렸으나 債務者 鄭 女人 不參으로 不快한 채 '삼무삼경' 食堂 가서 同窓會 月例會에 參席하여 會食 마치고 杏 車로 后 7時 發 歸家. ○

35) 원문에는 붉은색 색연필로 밑줄이 그어져 있다.

〈2000년 2월 27일 일요일 晴, 曇〉(1. 23.) (-4°, 7°)

6시 半 發 첫 버스로 入淸하여 배드민턴 운동했고~在京 忠北選手와 크럽 一同이 운동 마치고 鎬澤식당서 會食. 훈종 氏 招請하여 衷心待接했고. 열쇠와 證明 케이스 紛失로 不安 걱정 中[36] 열쇠는 찾은 것. 큰 애비 서울서 歸家. ○

〈2000년 2월 28일 월요일 晴〉(1. 24.) (-4°, 1°)

西편 둑 古木 2株 伐木된 가지 울 안으로 搬入하는 作業에 거의 終日 勞力한 것. 큰 애비는 淸州 가서 電氣用 톱과 招人鐘 等 重要 機具 사 갖고 온 것. 終日 冷冷했고. 묵은 新聞 完全 通讀에 밤 깊도록.

曾坪人(鄭 氏), 옛터 居住者 양승우 等에 貸與한 債務(3千, 2百) 未決로 傷心 中. 말도 못할 지경. ○

〈2000년 2월 29일 화요일 晴〉(1. 25.) (-10°, 5°)

招人鐘 設치 工事에 큰 애비 애 많이 써서 完工. 玉山面 들렀으나 擔當者 없고. 李炳億 만나 慰勞(火災~金一封). 큰 애비는 어제 사온 電氣톱으로 나무토막 잘라보기도. 玉山신문 支局 들러 紙代 整理도 했고. ○

〈2000년 3월 1일 수요일 晴〉(1. 26.) (-7°, 8°)

約 2周日 만에 담장거푸집 떼는 것. 吳 氏, 崔 氏의 作業은 完了된 셈. 32m 2,300,000원 所要라고. 3女(妊)이 除隊해온 제 子息 愼重奐 뎄고 서울서 온 것[37]. 外孫子 愼重奐 軍務 2年 2個月. 16시 發 車로 歸家. ○

〈2000년 3월 2일 목요일 晴〉(1. 27.) (-1°, 9°)

첫 車로 入淸. 體育館 歸路에 朝食 後 杏 아파트 들러 옷주머니 再調했으나 證明케이스 없는 것. 杏은 敎員大 入舍 中이고. 歸路에 玉山面 들러 經過 조금 듣기도. 큰 애비는 들밭과 터의 整土 作業 指揮에[38] 땀 흘려 勞力 中. ○

〈2000년 3월 3일 금요일 晴〉(1. 28.) (1°, 12°)

早朝부터 저녁 늦게까지 꼬박 作業하는 데 뒷받침하는 데 終日 잔거름치며 勞力한 것~東편의 입혔던 떼 캐기, 駐車場에 깔렸던 자갈 긁어뫃기. 앞道路 쓸기 等. 포크린으로 敷地 밭 整土. 뒷편 및 앞 西便에 큰 돌 쌓기. 駐車場 擴張으로 흙긁거파 옮기기 等 큰 일한 것. ○

〈2000년 3월 4일 토요일 晴〉(1. 29.) (2°, 11°)

未盡한 어제의 일 나머지 오늘 計劃이 機械 事情으로 不能. 저녁 食事도 4째 內外 와서 성찬 차려 큰집 家族 3人(從姉 包含) 招請會食 잘 했기도. 큰 에미 서울서 일찍 왔고. ○

〈2000년 3월 5일 일요일 晴〉(1. 30.) (0°, 12°)

入淸하여 明日 일(初하루 參拜 祈禱) 今日 施行한 것. 집앞 넓은 길 포크린으로 잘 다듬고 西편 밭끝 마무리工事 完了와 싸리門 기둥 세

36) 원문에는 붉은색 색연필로 밑줄이 그어져 있다.

37) 원문에는 붉은색 색연필로 밑줄이 그어져 있다.

38) 원문에는 붉은색 색연필로 밑줄이 그어져 있다.

우고. 주차장 擴張하고 밤자갈 깔아 今日로 大事 完結[39]. 큰 애비 親旧(자양高 時節 同직원) 金, 洪先生 來訪에 큰 애비 더욱 바빴기도. 큰 에미 上京. 杏 다녀가고. 日暮頃에 3째 明도 다녀간 것. 祠堂 參拜 땐 室內 크기 程度 줄자로 測量해보았고[40]. 前面壁 長 7m. 床 1개 120cm, 칸은 3칸. 큰 애비 班常會에 參席[41]. ○

〈2000년 3월 6일 월요일 晴, 曇〉(2. 1.) (−4°, 7°)
四派 臨時代表者會議[42] 있대서 參席~福祉會館서 11時부터 13時까지. 15名 參與. 去月에 있었던 大宗會 任員會의 內容 傳達이 主. 18代祖 文良公 位牌 設檀과 位置는 파락동 瑞山公 墓所 옆. 95年 以後 4派山에 墳墓 設置된 것. 基当 300,000원, 2000年 以來 것은 500,000원. 假墓는 100萬 원으로 決議. 責任者…前者는 派別 1名. 後者는 3名씩~城村派는 郭尙榮, 郭佑榮, 郭來榮. 午后엔 큰 애비와 勞動에 땀 흘린 것~울 안 駐車場 둘레에 石築과 나무토막 세워 築防. 16時頃 族譜 12질 入荷(派 책임量)[43]. ○

〈2000년 3월 7일 화요일 晴, 바람〉(2. 2.) (−3°, 3°)
울 안 駐車場 擴張 工事에 今日로서 둘레 工事(돌쌓기, 나무토막 박기, 둘레 떼 입히기 等) 마친 편…父子 勞力. 午后에 전좌리 省墓 다녀왔고. 近日엔 腹部 各處 어느 程度의 痛症 느껴져 大腸이 어떠할까?[44]도. ○

〈2000년 3월 8일 수요일 晴, 한 때 비 조금, 晴〉(2. 3.) (−7°, 5°)
서울大病院에 전격적으로 가서 4月 14日에 있을 診療 豫約했고. 歸淸하여 杏 아파트서 留. ○

〈2000년 3월 9일 목요일 晴〉(2. 4.) (−6°, 6°)
體育館 가서 運動 마치고 鄭춘 會員한테 朝食 待接받고. 歸路에 朴壹煥사무실 들러 不動産 贈與方式 알아봤기도. 龍華寺 가서 祈禱하고 点心 요기 후 2시 반 發 버스로 歸家. 듣자니 어제는 全秀雄 來訪하여 診療所 담장工事費 條로 不圓滿한 立場이었던[45] 듯. 낮엔 朴일환 사무실 갔었기도. ○

〈2000년 3월 10일 금요일 晴〉(2. 5.) (−7°, 13°)
西端 울타리 '싸리문' 設置作業에 父子는 3일째 連續에 今日 午后 1時에 完成[46]하니 農村自然風致 그대로의 出現作品인 것을 名稱 그대로인 것. 駐車場(車庫) 자갈밭 整理 中 전화 왔다기에 받으니 多額 債務者 鄭末扮한테이나 '法源競買'의 말에 기막혀 미칠 지경[47]이었고. ○

〈2000년 3월 11일 토요일 曇〉(2. 6.) (3°, 12°)
午前에 入淸. 西門橋 東口서 만나게 된 鄭 女 言約대로 相面~듣자니 昨日 느낀 바와는 큰

39) 원문에는 붉은색 색연필로 밑줄이 그어져 있다.
40) 원문에는 붉은색 색연필로 밑줄이 그어져 있다.
41) 원문에는 파란색 색연필로 밑줄이 그어져 있다.
42) 원문에는 붉은색 색연필로 밑줄이 그어져 있다.
43) 원문에는 붉은색 볼펜으로 밑줄이 그어져 있다.
44) 원문에는 붉은색 색연필로 밑줄이 그어져 있다.
45) 원문에는 붉은색 색연필로 밑줄이 그어져 있다.
46) 원문에는 붉은색 색연필로 밑줄이 그어져 있다.
47) 원문에는 붉은색 색연필로 밑줄이 그어져 있다.

差 있어 어느 程度 安堵되는 것. 청주서 큰 애비 內外, 杏 함께 日暮頃에 故鄕 向發. 주차場 擴張된 것과 싸리門 보고 기쁜 마음 함께 나누며 저녁 食事 했던 것. ○

〈2000년 3월 12일 일요일 曇, 晴〉(2. 7.) (3°, 13.5°)
入淸하여 용암농협예식장 가서 크럽會員 최용건 女婚에 人事했고. 歸家 後 안골밭 다녀와서 자갈밭 정리하기에 勞力했고. 큰 애비는 駐車場用 水道 호스 묻기 作業 完了하고 西便에 동산 構築 만들기에 着手 노력하는 것. ○

〈2000년 3월 13일 월요일 晴〉(2. 8.) (-1°, 12°)
入淸하여 不動産 큰 애비 名義로 贈與 手續[48]하는 데 法院, 淸原郡廳, 朴일환 法務士 사무소 다니며 各項 書類 떼는 데 나우 바빴고. 玉山面 들러서도 印鑑증명서 等 떼어 一段 서류만은 거의 된 셈. 族親 漢奎 氏, 俊兄, 晩榮 만나 酒類 待接하고 后 7시에 歸家하여 큰 애비에 一切 서류 再確認해 본 것. ○

〈2000년 3월 14일 화요일 晴〉(2. 9.) (1°, 12°)
昨夜에 諸서류 順序 맞춰 整理한 것 갖고 큰 애비 車로 入淸하여 朴일환 法務士 사무소 맡기니 計算 結果 贈與稅는 免除될 額數(3,000萬 원 以內인 2,400余萬 원…公示價)이나 手續費가 登錄稅 等이 33萬余 원. 報酬料 等이 約 19萬 원 된다니 合 52萬余 원인 것.[49] 若干의 서류 未備이나 거의 整理段階여서 개운한 마음되고. 낮엔 玉山面까지 가서 玉山面長, 金鷄里長(敏相)까지 만나게 되어 일 순조로웠던 것. 入淸하여 朴事務室 거쳐 午后 7時부터 있는 龍華寺 가서 佛敎大學 開學(開講式)에 參席[50]하고 魯杏 아파트서 留으니 2大일 마친 턱인 것. ○

〈2000년 3월 15일 수요일 晴, 가랑비〉(2. 10.) (-1°, 14°)
體育館 나가 배드민턴 치고 玉山에 또 한 번 거쳐서 入淸하여 잔일 좀 보고 沐浴 等 計劃된 일 보니 朝食, 点心 거르기도. 未盡한 채 歸家하여 저녁 兼 요기한 것. 形便 있어 큰 애비는 애비 먹거리 豐富히 마련해 놓고 上京한 것. 日暮 後부터 가랑비 오기 시작하니 그나마도 多幸인 것. ○

〈2000년 3월 16일 목요일 가랑비, 晴〉(2. 11.) (3°, 9°)
昨夜부터 가랑비 오나 시원찮고. 겨우 먼지 안 날 程度. 집 둘레 淸掃作業 좀 하고 집앞 포장도로上에 쌓인 흙좀 타 치운 것. 再堂姪 노욱모처럼 다녀갔고. 午后 車로 入淸. 제2回째 佛大 聽講. 큰 애비 歸家. ○

〈2000년 3월 17일 금요일 晴〉(2. 12.) (0°, 15°)
體育館 가서 적당한 運動 잘했고. 玉山面 농지계 가서 申請했던 書類 찾아 入淸. 朴일환 事務室 가서 追加手續金(등록세) 111,000원 支拂하여 여러날 걸렸던 '不動産 贈與' 手續 完

48) 원문에는 붉은색 색연필로 밑줄이 그어져 있다.
49) 원문에는 붉은색 색연필로 밑줄이 그어져 있다.
50) 원문에는 붉은색 색연필로 밑줄이 그어져 있다.

了[51])하니(8日 만에) 개운했고. 낮 버스로 歸家하여 큰 애비에게 此旨 傳達하니 手苦에 感謝하며 過勞하셨다는 深謝人事하는 것. 큰 애비는 今日도 庭園 造景 事業(영산홍, 개나리 등) 植付에 땀 흘려 勞力[52])하는 것. 593번지 宗土 賣却에 坪當 45,000으로 合議 결정. ○

〈2000년 3월 18일 토요일 晴〉(2. 13.) (3°, 17°)
父子는 堆肥되는 데 終日 勞力[53])한 것~소먹이 벼짚뭉치 搬入한 것에 在庫 堆肥와 쌀겨 음식찌꺼기, 물 多量 使用 뿌리면서 良質 堆肥 製造에[54]) 힘 기울인 것. 杏이 와서 다시 청주 가서 어린 닭 사 갖고 와 삼계湯 고아 저녁 잘 먹고. ○

〈2000년 3월 19일 일요일 가랑비, 曇〉(2. 14.) (4°, 13°)
淸州市 연합會長期大會(배드민턴)에 參席하여 應援했고. 교대 크럽서 優勝. 杏 아파트서 留. ○

〈2000년 3월 20일 월요일 晴〉(2. 15.) (0°, 17°)
體育館 歸路에 尙州식당서 朝食. 法院 민원실 다녀서 朴壹煥 사무室 가서 宗土 登記 節次 確認해보고. 큰 애비 車로 歸家. 보름 省墓로 전좌리 다녀 온 後 안골 새밭 가서 둑 雜草 태웠기도. ○

〈2000년 3월 21일 화요일 曇, 晴〉(2. 16.) (3.5°, 15°)
낮에 큰 애비 車로 함께 入淸하여 栥피부과 醫院 가서(司倉사거리) 왼발바닥 티눈 手術 받은 후 '강변식당' 가서 予定했던 金 女史 만나 周 1, 2回 程度 派出婦로 金溪 새 집 와서 勞力하도록 妥協되어 1日 賃金 33,000원씩으로 決定했고. 19時부터 있는 忠北 佛教大學(龍華寺 內) 가서 2時間 講義받고 杏 아파트서 留한 것. ○

〈2000년 3월 22일 수요일 晴〉(2. 17.) (3°, 18°)
발바닥 事情으로 體育館 안 가고 약수터 가서 祠堂, 墓所에 祈禱 參拜하고. 理髮所 거쳐 낮차로 歸家. 큰 애비는 早朝부터 堆肥 製造 作業에 勞力한 듯. 조금 거들었기도. ○

〈2000년 3월 23일 목요일 曇〉(2. 18.) (4°, 13°)
낮 버스로 入淸하여 藥水터 가서 墓所, 祠堂 參拜 마치고. 경동食堂 가서 郡三樂會 月例會에 參席. 19時부터 있는 忠北 佛教大學(龍華寺) 靜眞班 最前席에 앉아 聽講中 質疑와 意見도 陳述해 본 것. ○

〈2000년 3월 24일 금요일 晴〉(2. 19.) (-1°, 7°)
아침 歸路에 농협과 朴일환 事務室 가서 不動產 贈與 登記券 찾아 큰 애비 名義로 移轉 確定[55])되니 마음 먹었던 일 責任免除 되어 개운하고 시원했고. 서울서 큰 女息과 3째 女息 오는 途中 어느 程度의 車 事故 겪었던 狀況 듣고 경악했으나 不幸 中 多幸으로 經했고, 마무리 順成됐다니 安心되고. ○

51) 원문에는 붉은색 색연필로 밑줄이 그어져 있다.
52) 원문에는 붉은색 볼펜으로 밑줄이 그어져 있다.
53) 원문에는 붉은색 색연필로 밑줄이 그어져 있다.
54) 원문에는 붉은색 색연필로 밑줄이 그어져 있다.
55) 원문에는 붉은색 색연필로 밑줄이 그어져 있다.

〈2000년 3월 25일 토요일 晴〉(2. 20.) (-1°, 12°)
數日 前부터 腹部 全域에 若干의 痛症[56]느끼더니 全身이 노곤하고 機動力이 푹 줄어 運身難이고. 食 後마다 배불러 呼吸難까지 느끼는 것. 서울서 큰 에미 왔고. 新式製 韓服 사왔고. 좀 커서 淸州支店 다녀온 것. ○

〈2000년 3월 26일 일요일 晴〉(2. 21.) (2°, 15°)
族弟 來榮 女婚 있어 入淸~11시. 西청주농협(旧 江西농협). 社稷洞 旧市場衣類店 찾아 '바바리코트' 適當한 物件 만나고 比較的 염가로 산 셈. 집에선 堂內(한울타리) 彎行들이 모여 第3回째 友愛, 團合, 親睦의 모임 있었던 것~ 缺席者 나우 있었으나 圓滿이 잘 끝났다는 것. ○

〈2000년 3월 27일 월요일 晴, 曇〉(2. 22.) (3°, 16°)
서울 도선사(道詵寺) '이도웅'스님이 보내주신 苗木(화양木, 주목…크게 공드려 잘 가꾼 나무) 16株 보내온 것 家屋庭園에 植付[57]하는 데 거의 終日 걸려 完植하게 되니 造景 더욱 變化되기도. 25일 왔던 金 氏 派出婦 낮 車로 歸淸…2日 間 賃金 66,000원. ○

〈2000년 3월 28일 화요일 曇, 비 若干〉(2. 23) (5°, 10°) 기다리던 비 겨우 5mm[58]
아침버스로 佳景洞 거쳐 3人(漢奎 氏, 俊兄)은 上京하여 大宗會 元老會에 參席~上党祠에 始祖公 모시기와 龜岩祠에 모셔진 文良公 위패는 새 設堂되는 功臣과 忠臣 合祠堂 設置 事業에 同意하자는 것이 主案件이었고 未收金 중 6件은 會長團에 一任하자는 데 決議하고 日暮頃에 歸淸한 것. 佛敎大學 청강. ○

〈2000년 3월 29일 수요일 曇〉(2. 24.) (4°, 10°)
비 내리기 어려운 봄인 듯. 乾燥기간 길었고. 計劃된 대로 金 內科, 崔 皮膚科 다니고. 몸 괴로운 中을 극복하여 잔삭다리 用務 거의 본 셈. 一同 4名(큰 애비 夫婦, 杏 包含) '身土不已'서 夕食하고 歸家. ○

〈2000년 3월 30일 목요일 晴〉(2. 25.) (1°, 16°)
宗親會長인 族叔 漢奎씨의 招請 있어 큰 애비 車로 入靑하여 社稷洞 뷔페食堂서 肉類 많은 곳에서 点心 먹은 셈. 俊兄, 晩榮 同席해 4人 會食한 것. 消息 듣기도 했지만 杏의 말에도 충동되어 성불寺 在應스님(次女) 居處할 房 마련한다기에 몽끗 힘써 200萬 원 送金[59] 後 17時 半부터 있는 同窓會 月例會에 參席 夕食했고. 19時에 용화寺 佛敎大學 가서 聽講했고. ○

〈2000년 3월 31일 금요일 晴〉(2. 26.) (4°, 17°)
體育館 가서 운동 後 槐山 가서 法院(登記所) 가서 鄭末粉 所有不動産 狀況 把握코저 謄本 떼어본 즉 큰 變動은 없으나 某處에서 强制競賣 申請[60]된 것 나타난 것. 궁금이 生覺하면서 歸淸 後 잔일 보고, 낮 버스로 玉山面 들러 再

56) 원문에는 붉은색 색연필로 밑줄이 그어져 있다.
57) 원문에는 붉은색 색연필로 밑줄이 그어져 있다.
58) 원문에는 파란색 색연필로 밑줄이 그어져 있다.
59) 원문에는 붉은색 색연필로 밑줄이 그어져 있다.
60) 원문에는 붉은색 색연필로 밑줄이 그어져 있다.

發行 申請했던 '住民登錄證' 받고 歸家하니 큰 애비는 庭園에 비닐하우스 비롯 作業에 땀 흘려 勞力하는 中이었고. 대추苗도 植付. ○

〈2000년 4월 1일 토요일 曇, 晴〉(2. 27.) (1°, 19°)
勞力 몇 가지로 해 넘긴 것~庭園樹木(화양木, 주목, 영산紅)에 給水. 대추木에 支柱木 세웠고. 門前 봇물 똘수채 若干 치지기도. 큰 애비는 鳥致院 가서 魯庚 만나 苗木 좀 얻어다가 庭園에 植付하는 等에 疲勞한 몸이지만 繼續 노력하는 데 지친 듯. 杏이 淸州서 오고. ○

〈2000년 4월 2일 일요일 曇, 晴〉(2. 28.) (4°, 18°)
從兄 宅에선 寒食行事(茶禮)를 3日 앞당겨 今日 施行한대서 不得已 參席했고~祖父님 墓所, 伯父님 墓所. 歸家해선 再從祖考 神位 前 茶禮 지낸 것. 구제역(가축병)으로 동리 발끈 소동.[61] ○

〈2000년 4월 3일 월요일 가끔 흐림〉(2. 29.) (5°, 20°)
再当姪 魯庚이가 보내온 苗木(朱木, 사철나무, 라이락 等). 今日은 느티나무도 3株.[62] 큰 애비가 어제부터 正中里가서 人夫 1人 求하여 移植 마련 作業에 勞力하는 데 全力을 다하여 今日 日暮頃까지 거의 植付作業 마무리 段階에 이르른 것. 용달車로 2車. 午后엔 魯庚 先考墓所 工事에 가보았기도. 診療所와의 問題点과 河川使用문제点 等 어지간히 풀려나가는 課程[63](過程)인 듯?. 구제역(가축병)으로 동리 발끈 소동. ○

〈2000년 4월 4일 화요일 가끔 흐림〉(2. 30.) (7°, 18°)
植付된 앞 道路 갓의 느티나무, 개나리, 대추나무 給水 等에 勞力하고 午后엔 入淸하여 沐浴 後 佛敎大學(용화寺 內)에서 19時부터 있는 講義에 參席하고 22時에 歸家(봉명동 신라 A)하니 나우 고단하여 就寢. ○

〈2000년 4월 5일 수요일 曇, 晴〉(3. 1.) (7°, 19°)
아침 일찍이 龍華寺 가서 初하루 祈禱[64]올리고 杏의 車로 故鄕집 갔다가 予約된 時間에 魯旭집 가서 高祖考 曾祖考 神位 모시고 寒食차례 [65]지냈으나 그집 不安 極甚에 마음 꺼림했고. 成榮 要請으로 望德山 下 가서 7, 8代祖考 山所 確認해주고.[66] 以下 各 山所 省墓도 施行하니 개운했고. 3째 明이가 가져온 단풍나무苗 많아 큰 애비는 이것 심기에 勞力 繼續하는 것. 漢奎 氏, 俊兄, 佑榮 父子, 晩榮 來訪. ○

〈2000년 4월 6일 목요일 晴〉(3. 2.) (1°, 16°)
入淸하여 약수터 가서 墓所. 祠堂 찾아 參拜, 祈禱. 午后 7時에 용화寺에 가까스로 時間 맞춰 佛大講義室 到着 聽講 잘 했고~特講…월탄 큰 스님(佛大學長). 杏 아파트서 留. ○

---

61) 원문에는 붉은색 볼펜으로 밑줄이 그어져 있다.
62) 원문에는 붉은색 색연필로 밑줄이 그어져 있다.
63) 원문에는 붉은색 색연필로 밑줄이 그어져 있다.
64) 원문에는 붉은색 색연필로 밑줄이 그어져 있다.
65) 원문에는 붉은색 색연필로 밑줄이 그어져 있다.
66) 원문에는 붉은색 색연필로 밑줄이 그어져 있다.

〈2000년 4월 7일 금요일 晴〉(3. 3.) (4°, 15°)
모처럼 體育館 가서 배드민턴 쳤고. 9時 發(9:30) 버스로 漢奎 氏, 珍相, 一相과 함께 上京. 13시부터 있는 郭槿 大宗會長 子婚에 人事. 세금洞[세검정] 하림閣. 潤漢 氏의 別途 고마운 이야기 듣기도. 碑文 云云. 漢奎 氏 모시고 歸清 後 族叔 主管으로 '한양식당'서 夕食, 俊兄과 晩榮도 參席. ○

〈2000년 4월 8일 토요일 晴〉(3. 4.) (1°, 16°)
今日도 아침 체육 參席. 數個 事項 잡무 잘 보았으나 潤漢 氏 감사패 複寫에 原本 찾기에 神經 가외로 많이 썼던 것. 11時 30分 버스로 歸家. 서울서 큰 子婦 어제 와 있고, 큰 애비와 合力하여 過去 使用했던 모타와 호스 찾아 揚水施設 꾸려 多幸히도 順調롭게 揚水 잘 되어 상쾌했고[67]. 日暮頃 전좌리 省墓 잘 다녀왔고. 初저녁에 서울 3녀 妊과 청주 杏이 왔고. 日 前에 事故로 망가졌던 乘用車 잘 고쳐져서 不幸 中 多幸으로 원상복구된 셈. 큰 에미가 新式韓服과 旅費條 100萬 원 주는 것.[68] ○

〈2000년 4월 9일 일요일 曇, 雨〉(3. 5.) (3°, 18°)
龍華寺 佛大 野外法會에 參席[69]~博物館에서 上黨山城 西門까지 登山 强行에 90分 所要 진땀 흘렸고. 다리 아팠으나 征服에 상쾌. 住持 스님 解法 듣고 도시락으로 点心. 組別로 自己紹介 있었고. 次孫 昌信 車로 歸家(15時頃). 3녀(妊) 歸京에 바래다 줬던 큰 애비 데릴러 昌信 車로 19時頃에 佳景터미날 다녀왔고. 학수고대했던 비, 若干밖에 안 왔고. ○

〈2000년 4월 10일 월요일 가랑비, 曇〉(3. 6.) (4°, 12°)
大宗會 中央委員 3人(敏錫, 成榮, 中榮) 來清에 清州地區 有志級 10余 名에 통지하여 청주 명성食堂서 宗事일 몇 가지 座談하면서 点心 待接 받은 것…族譜余部 完了策, 大宗會 未盡未收條 等 意見交換했던 것. 時間差 관계로 玉山서 다시 入清하는 等 헛 시간 나우 所要된 것. 집에선 큰 애비와 全秀雄 間 診療所 담장 工事費 갖고 極히 對話 있었던 樣. 50萬 원 領受했기도.[70] ○

〈2000년 4월 11일 화요일 晴〉(3. 7.) (-1°, 15°)
朝食 后 父子는 北便 담 뒤 河川부지 40坪 中 半[71]은 李정자(이승희 姉)에 양보하고 20坪 弱만 測量하여 境界線에 말뚝 박은 것[72]. 面擔當者 指示 依據…半 양보는 自進 意決한 것. 入清하여 19時부터 있는 佛大 청강. ○

〈2000년 4월 12일 수요일 晴〉(3. 8.) (4°, 20°)
체육관 歸路에 양문식당서 朝食 後 큰 애비 車로 歸家. 庭園의 화양木 消毒(殺蟲劑). 집앞 道路 둑 下에 호박 5구덩이 播種했고. 其他 잔일에 父子는 바빴던 것. ○

〈2000년 4월 13일 목요일 晴〉(3. 9.) (4°, 21°)

67) 원문에는 붉은색 색연필로 밑줄이 그어져 있다.
68) 원문에는 붉은색 색연필로 밑줄이 그어져 있다.
69) 원문에는 붉은색 색연필로 밑줄이 그어져 있다.
70) 원문에는 붉은색 색연필로 밑줄이 그어져 있다.
71) 원문에는 붉은색 색연필로 밑줄이 그어져 있다.
72) 원문에는 붉은색 색연필로 밑줄이 그어져 있다.

日出 前에 父子는 16代 總選[73] 投票所 다녀온 것. 玉山 中學 3-1 교실. 4째 夫婦 아침결에 와서 朝食과 点心 食事를 따뜻이 精誠껏 지어주는 것. 변함없는 孝行 實踐. 저녁에 4째 車로 入淸하여 佛大 木曜聽講 잘 받았고. 深夜까지 投票 結果 放送 聽取했으나 시원치 않았던 것. ○

〈2000년 4월 14일 금요일 晴, 가끔 흐림〉(3. 10.) (6°, 19°)
杏 車로 가경터미날 가고. 서울大病院에 맞게 到着. 診療 받고 近者의 腹痛症 狀況 말한 結果 超音波 檢査 4月 27日로 予約한 것.[74] 아침결에 孫子 醫師 昌信이 一般外科에 誠意껏 다녀갔던 것. 歸淸하여 淸州서 朝食 겸 点心 '묵밥'으로 滿足히 食事 後 無心川 벚꽃 求景과 代用食으로 夕食도. 신라A 杏 房서 留. ○

〈2000년 4월 15일 토요일 晴〉(3. 11.) (5°, 19°)
午前 行事 予定대로 잘 보고 12時부터 있는 友信親睦會에도 參席[75]. 會長 立場서 人事도 했고. 后 2時 半 버스로 歸家하여 집 둘러보고 새빝 가시 지지분힌 것 燒却했고. 큰 애비는 東林山까지 가서 植物 캐 왔고[76]. 서울서 큰 에미 왔고. ○

〈2000년 4월 16일 일요일 晴〉(3. 12.) (6°, 17°)
아침결에 새밭 뒷둑에 호박 9구덩이 만들어 播種했고. 낮에 큰 애비 車로 入淸하여 淸友會(旧 三友會)에 參席. 한일횟집. 朴文圭 會員 편입. 每月 25日에 定期月例會 實施 結義. 杏의 APT 와서 잠간 쉬었다가 오후 6시 버스로 歸家. 日暮 直後이지만 道路 植樹木에 給水했고. ○

〈2000년 4월 17일 월요일 晴〉(3. 13) (6°, 23°)
宗親會 있어 入淸 參席했다가 不得已 第二代 會長으로 被任[77]~사양 極求했으나 不可避했고. ○

〈2000년 4월 18일 화요일 晴日, 晴, 曇〉(3. 14.) (7°, 21°)
모처럼 體育館 나가 운동 좀 했고. 金女 派出婦 오랬으나 加 1人 놀러왔다는 것. 저녁에 또 入淸하여 佛大 가서 '정영호…교원大교수'의 유한 講義 듣고. 鳥致院 가서 밤 9時 半 發 무궁화号 列車로 光州 가서(밤 12시 10분) 留宿한 것. 明日 行事 있기에 自意로 간 것. ○

〈2000년 4월 19일 수요일 雨, 曇〉(3. 15.) (10°, 18°) 雨量 30mm[78]
모처럼 全國的으로 비 오는 듯. 늦은 感이나 多幸. 18代祖父 文良公 모셔 있는 龜岩祠 祭享[79] 擧行에 靈巖郡 鄕校 幹部를 비롯 郡內 儒林, 郭, 文 氏 本孫 合 約 40名이 參席하여 儒林 主管으로 擧行된 것. 우리 郭文에선 (昇烈, 金榮, 斗洙, 永植, 良錫, 尙榮 6名). 文良公 位牌 奉安說로 區區한 異論 많았기도. 場岩서

73) 원문에는 붉은색 색연필로 밑줄이 그어져 있다.
74) 원문에는 붉은색 색연필로 밑줄이 그어져 있다.
75) 원문에는 붉은색 색연필로 밑줄이 그어져 있다.
76) 원문에는 붉은색 색연필로 밑줄이 그어져 있다.
77) 원문에는 붉은색 색연필로 밑줄이 그어져 있다.
78) 원문에는 파란색 색연필로 밑줄이 그어져 있다.
79) 원문에는 붉은색연필로 밑줄이 그어져 있다.

15時頃 出發하여 집엔 21(밤 9시)時頃 到着. ○

〈2000년 4월 20일 목요일 曇, 비 若干〉(3. 16.) (8°, 21°)
큰 애비는 連日 庭園 채소園과 造景作業에 奔走勞動. 엊그제는 서울大病院 가서[80] 腹部 초음파 檢査 結果 담낭에 險이 若干 있다고 判決받았다[81]는 것. 于先 참아본다는 것. 入淸 佛大 聽講했고. ○

〈2000년 4월 21일 금요일 비 若干, 曇〉(3. 17.) (10°, 20°) 昨今 雨量 15mm[82]
체육관 나가 운동 後 약수터와 龍華寺 가서 보름 祈禱를 施行했고. 12時에 있는 三樂會 月例集會에 參席. 경동식당서 오리불고기로 点心한 것. 15時頃 歸家했고. ○

〈2000년 4월 22일 토요일 曇, 晴〉(3. 18.) (8°, 18°)
뒷담부터 2m 幅에 長 36m 基準 約 20坪 面積 河川使用地 境界에 簡易 색깔 鐵網 工事[83]에 70萬 원 所要로 '성진헬스'에서 와서 5時間 걸려 3人 技士 人夫로 完成하니 또 개운한 氣分이었고~아침결에 잠간 이승희 異見으로 氣分 좀 傷한 바 있었으나 理解시켰던 것. 서울서 큰 에미 오고. 청주서 杏이 와서 저녁엔 큰 애비 솜씨와 勞力으로 터에 길렀던 무, 배추 어린 것 솎아서 빚은 것 저려 국으로 맛있게 먹기도. ○

〈2000년 4월 23일 일요일 晴〉(3. 19.) (7°, 19°)
絃이가 昨秋에 가져온 감나무 6株 中 4株를 큰 새밭 둑(北)에 植付했고. 큰 애비 夫婦는 강남콩, 더덕씨 播種 後 청주 가서 장 홍정해 갖고 온 것. '양승우'에 부탁하여 새밭 노타리 쳤고. ○

〈2000년 4월 24일 월요일 晴〉(3. 20.) (3°, 18°)
큰 에미 上京. 父子는 今日도 終日 勞力한 셈~自然樹 移植, 菜蔬 播種, 뒷망을타리 內部 손질, 담밑에 크로바 移植, 藥쑥 一部 移植, 가새 씀바귀 캐서 반찬 빚는 等. ○

〈2000년 4월 25일 화요일 晴〉(3. 21.) (6°, 19°)
入淸~19時부터 있는 佛大 聽講. 改良韓服 입기 着手(큰 에미가 맞추어 마련). 낮엔 새밭 다녀와서 전좌리도 一巡한 것. 杏 아파트서 留. ○

〈2000년 4월 26일 수요일 안개비, 曇〉(3. 22.) (8°, 18°)
체육관 歸路에 새淸州약국 들러 宗事 이야기 좀 나누고 龜岩祠 件도 말했고. 낮에 歸家하여 큰 애비와 함께 큰 새밭 가서 '도라지' 播種作業 着手한 것. 后 3時 半 車로 入淸하여 同窓會에 參席. ○

〈2000년 4월 27일 목요일 안개비, 晴〉(3. 23.) (7°, 18°) 昨今 雨量 20mm[84]

80) 원문에는 붉은색 색연필로 밑줄이 그어져 있다.
81) 원문에는 붉은색 색연필로 밑줄이 그어져 있다.
82) 원문에는 파란색 색연필로 밑줄이 그어져 있다.
83) 원문에는 붉은색 색연필로 밑줄이 그어져 있다.
84) 원문에는 파란색 색연필로 밑줄이 그어져 있다.

어제 午后부터 내리는 안개비 僅少量. 아이들한테 말 안한 채 上京하여 서울大医大病院 가서 予約된 대로 '腹部 超音波檢査[85]' 받은 것. 애들한테 神經 쓸까봐 얼핏 치룬 것. ○

〈2000년 4월 28일 금요일 晴〉(3. 24.) (7°, 20°)
체육관 가서 운동 좀 하고 '敎大크럽' 指定 체육服 一着 받기도. 염가로 1着(中) 10,000원. 낮 버스로 歸家하여 庭園, 집 周圍, 큰 새밭 一巡. 서울서 맏子婦 兄弟 와서 쑥 뜯기도. 큰 애비 上京. ○

〈2000년 4월 29일 토요일 晴〉(3. 25.) (8°, 18°)
早朝 일 본 後 入淸하여 會員 崔용권 車로 堤川 가서 道大會에 參席[86]하여 70대 혼복서 準優勝하고 行事 明日까지 延行하므로 영동 파크장서 크럽 會員 一同 留한 것. ○

〈2000년 4월 30일 일요일 晴〉(3. 26.) (10°, 19°)
8時 30分부터 있는 크럽 道大會場(堤川體育館) 가서 終日 應援한 편. 朝食은 올갱이 해장국. 敎大크럽서 成績 3位. 歸路에 陰城서 닭죽으로 저녁. 淸州엔 밤 10時 到着. ○

〈2000년 5월 1일 월요일 晴〉(3. 27.) (9°, 20°)
아침運動 後 金연합회장 夫婦 等 6名 答禮條로 '용암해장국'집서 待接했고. 歸家하여 庭園 일. 西편 마루 工事하는 것 等 보고 큰 밭 가서 둑의 계단 길 만들기 作業 좀 했고. ○

〈2000년 5월 2일 화요일 晴〉(3. 28.) (9°, 20°)
午前 中 감자밭, 채소밭, 호미作業으론 모처럼 김맨 것. 午后에 入淸하여 19時부터 있는 佛大 가서 聽講. 初八日用 管燈用 手續도 했고, 낮엔 쓰레기 燒却에 노력했고. ○

〈2000년 5월 3일 수요일 晴〉(3. 29.) (10°, 21°)
운동服차림 그대로 槐山 가서 登記所 찾아 鄭末粉 所有 土地 登記부등본[87] 떼어갖고 육거리 '김창걸' 法務士 사무실 가서 內容 問議해 봤으나 別無神通 느낌이었고. 형편상 後 5時쯤 집에 到着. 그간 큰 애비는 家屋 부대施設 및 밭 作業에 勞力 열중하는 것. ○

〈2000년 5월 4일 목요일 晴〉(4. 1.) (10°, 23°)
早朝에 父子는 큰 새밭 가서 고추 모종 約 200포기 마치고. 큰 애비는 玉山 나가 必要 물건 購求하여 歸家. 朴일환 事務所 가서 朴 事務長 만나 '公證' 說明 듣고 19時부터 있는 佛大 聽講. 낮엔 潤漢씨 別味식당서 만나 會食하며 歡談했고. ○

〈2000년 5월 5일 금요일 晴〉(4. 2.) (11°, 24°)
體育館 歸路에 약수터와 龍華寺 찾아 初하루 行事 오늘서 施行한 것. 낮 車로 歸家하니 杏과 큰 에미 와 있고. 큰 새밭 가서 父子는 揚水 作業에 勞力했고. '도라지 밭 給水策'. ○

〈2000년 5월 6일 토요일 가랑비, 晴〉(4. 3.) (10°, 20°)
四派 代表者會議에 參席(宗親會 代表?) 12時

85) 원문에는 붉은색 색연필로 밑줄이 그어져 있다.
86) 원문에는 붉은색 색연필로 밑줄이 그어져 있다.
87) 원문에는 붉은색 색연필로 밑줄이 그어져 있다.

別味食堂…去月 30日에 있었던 大宗會 總會 傳達. 龜岩祠 祭享 狀況 傳達. 宗親會 規約 變更(改正) 考慮 等이 主. ○

〈2000년 5월 7일 일요일 晴〉(4. 4.) (6°, 22°)
明日의 어버이날 意로 4째 夫婦, 杏, 弟 振榮 夫婦, 3째 夫婦 來訪 人事. 4째네는 어제 와서 留했고. 반찬, 肉類, 수박, 참외 等 사 갖고. 4째와 맏이는 祝 金一封도 주는 것. 꽃바구니와 꽃다발도. 모두 回路. ○

〈2000년 5월 8일 월요일 晴〉(4. 5.) (8°, 27°)
어버이날. 早朝 청소 마치고 診療所 앞 봇둑 淸潔作業 勞力에 나우 지친 듯~疲困했고. 省墓 다녀온 後 庭園 손질에 時間 나우 썼고. 点心은 큰宅에서 맛있게. 큰 애비는 農具舍 꾸미는 데 勞力. 絃이 '광어회' 갖고 오고. ○

〈2000년 5월 9일 화요일 晴, 曇〉(4. 6.) (10°, 23°)
午前 中 庭園청소 整頓 마치고 入淸~볶음밥으로 点心 사먹고. 韓電 찾아가 새 큰 밭에 施設할 計畫인 揚水用 計量器 알아봤으나 別無神通했고. 佛大 聽講에서 特講에 ' 스님'에 3件 質疑해보았기도. ○

〈2000년 5월 10일 수요일 가끔 부슬비(가랑비)〉(4. 7.) (13°, 20°)
歸路에 法院(申請課 競賣係) 들러 曾坪 鄭末粉 不動産 경매 進行 狀況 確認한즉 5月 30日 10時에 2次 立札 있다는 것. 其他 소 件 알아봤으나 그리 걱정은 안 될 것도 같았고. '공증' 事務所도 들러봤고. 鄭 女人 女息한테 電話도 걸어봤고. 단비 오나 弱한 셈. 歸家하니 15시. ○

〈2000년 5월 11일 목요일 가랑비, 晴〉(4. 8.) (11°, 19°) 雨量 11mm[88]
入淸. 9時에 用華寺 가서 10時부터 있는 佛紀 2544年 四月 初八日 부처님 오신날 法要式에 參席. 精誠 드려 祈禱했고. 13시엔 申東福 招請으로 極東館서 点心~45人 會食. 19時부터 있는 蓮燈行事에도 參席~約 1時間 法會 後 信徒[89] 一同 燈 行列(社稷洞 一周) 約 1時間 半 所要. 끝으로 三佛殿(法堂)서 부처님 眞理 말씀 充分이 경청하고 오니 밤 10時. 노행 房. ○

〈2000년 5월 12일 금요일 曇〉(4. 9.) (11°, 20°)
7時 半 發 일반高速버스로 上京~서울大病院에 10時 半着. 去月 27日에 腹部 超音波檢查 받은 結果 이건욱 博士 말씀에 '前 狀況에 異常없다'고 診療 簡單이 마치고 다음 豫約 7月 28日 11時로 手續 마치고 歸淸하니 13時 半. 아침 겸 点心을 '身土不二'서 요기하고 16時 歸家. 참깨 播種에 參與. ○

〈2000년 5월 13일 토요일 晴〉(4. 10.) (9°, 22°)
새밭에 참깨 播種作業 어제 이어 午前 中에 끝낸 것. 박 3구덩이 播種. 午後엔 큰 밭둑 補完作業했고. ○

〈2000년 5월 14일 일요일 晴〉(4. 11.) (11°, 23°)
낮 버스로 入淸. 司倉洞 宗親會員 郭友榮 子婚 청첩에 江西洞 웨딩홀 가서 人事. 신문 통독. ○

88) 원문에는 파란색 색연필로 밑줄이 그어져 있다.
89) '信徒' 글자 위에 '탑돌이 행사'라고 적혀 있다.

〈2000년 5월 15일 월요일 가랑비, 晴〉(4. 12.) (10°, 21°) 우량 15mm[90)]
제19회 스승의 날. 조용했고. 體育館 歸路에 6거리 市場 구경했고. 團合大會 있었기도. 낮차로 歸家. 福祉會館서 있는 '金溪里 老人잔치'[91)]에 가서 点心. 從姉 귀가에 큰 애비 다녀가기도. 日暮頃 큰 밭 가서 밭둑 補完作業했고. 낮엔 昌在 來訪에 情談했고. ○

〈2000년 5월 16일 화요일 晴〉(4. 13.) (12°, 22°)
俊兄 氏 連絡에 依해 族孫 昌在와 함께 入淸하여 '江边식당'가서 勳鐘 氏도 만나 4名이 点心食事 마친 後 '3미3경'으로 案內하여 酒類 待接하였기도. 19시부터 있는 佛大 교육받았고. ○

〈2000년 5월 17일 수요일 晴〉(4. 14.) (12°, 23°)
體育館가서 모처럼 韓大錫 專務 만난 것. 朝食은 용암동 해장국집 찾아 '선지국밥' 1,900원짜리 먹었고. 낮 버스로 歸家하여 큰 새밭 가서 밭둑 補完作業한 것. 큰 애비는 連日 庭園造景 勞力中. ○

〈2000년 5월 18일 목요일 曇〉(4. 15.) (13°, 24°)
午前 中 일 보고 入淸하여 龍華寺 祈禱. 19時부터 있는 佛大에 參席 聽講. ○

〈2000년 5월 19일 금요일 晴〉(4. 16.) (14°, 22°)
歸路에 약수터 가서 어제의 보름行事로 墓所와 祠堂 參拜 祈禱. 도청 앞 공증事務室 갔었으나 別無神通. 저녁은 族叔 漢斌 氏 招請하여 송이식당서 보신湯으로 待接했고. 昨今 杏APT서 留. ○

〈2000년 5월 20일 토요일 晴〉(4. 17.) (12°, 22°)
早朝 첫 버스로 歸家次 出發하려는 것이 缺行인지 버스 71호, 75호 發見 못하여 約 2時間半 기다리다 못해 해장국으로 司倉사거리서 朝食하고 8時 半 發 버스로 歸家한 것. 큰 애비는 人事할 곳 있어 上京. 큰 에미는 김치 等 빚으려고 배추 等 多量 사 갖고 와서 卽時 着手. 큰 밭 가서 作業 數時間에 疲勞 느끼고. ○

〈2000년 5월 21일 일요일 晴〉(4. 18.) (14°, 23°)
큰 밭 가서 어제에 이어 참깨두둑 비닐구멍 뚫기 作業에 거의 終日 勞力한 셈. 日暮頃엔 도라지밭 덮인 짚 거두었고. 杏이 主管으로 큰 애비 夫婦와 함께 江西 가서 '추어湯'으로 저녁食事 잘 했고. 큰 애비는 魯庚 연락으로 낮에 鳥致院 가서 잉어 4尾 얻어 왔기도.[92)] ○

〈2000년 5월 22일 월요일 晴, 曇〉(4. 19.) (14°, 26°)
전좌리 墓域에 있는 화양木과 庭園의 各種 花木에 '살균, 살충'劑 소독했고. 山積돼 있는 新聞紙 10kg씩(6다발) 묶어 整置했고. 새밭 도라지 두둑 손질했기도. 魯庚 집서 보내온 잉어湯으로 저녁食事 잘 한 것. ○

〈2000년 5월 23일 화요일 曇, 晴〉(4. 20) (15°, 28°)

---

90) 원문에는 파란색 색연필로 밑줄이 그어져 있다.
91) 원문에는 붉은색 색연필로 밑줄이 그어져 있다.
92) 원문에는 붉은색 색연필로 밑줄이 그어져 있다.

日出 前에 비 한두방울. 族長 勳鐘 氏 만나 '萬行' 현각스님 著 貸與하고 함께 夕食. 19時부터 있는 佛 가서 '보각스님' 講義 들었고. 저녁은 代用食으로. ○

〈2000년 5월 24일 수요일 晴〉(4. 21) (16°, 30°)
會員 鄭春永의 孫婚 청첩장 일에 協助해서 昨今 마쳤고. 族姪 魯憲 別世에 淸州医療院 가서 問喪. 낮 車로 歸家. 金女 派出婦(金川洞) 모처럼 와서 淸掃 정도 몇 時間 勞力하고 后 3時 歸淸. 큰 애비도 淸州 다녀온 것. ○

〈2000년 5월 25일 목요일 晴〉(4. 22.) (16°, 30°)
日出 前에 父子는 큰 새밭 가서 '땅콩'(落花生) 4두둑 播種에 勞力했고(땅콩씨는 再堂姪 魯庚이가 준 것. 10時엔 샛골 葬地에 다녀온 것, 故 노헌). 12時엔 入淸하여 淸友會에 參席 會食했고. 19時부터 있는 佛教大學 聽講. 낮엔 새 집 玄關(入口) 문간 擴張工事하는 것 보기도. ○

〈2000년 5월 26일 금요일 曇, 가랑비〉(4. 23.) (15°, 29°)
기다리던 비 가랑비나마 日暮 後부터 내리는 것. 11時 發 버스로 歸家해서 농장과 庭園 둘러보고. 后 3時 半 發 버스로 入淸하여 同窓會에 參席 會食. '三無식당'. ○

〈2000년 5월 27일 토요일 雨(가랑비 終日 오락가락)〉(4. 24.) (16°, 21°) 昨今 雨量 30mm[93]
크럽 會員 鄭春永 女史 孫婚 있어 西門교회 예식장 잠깐 다녀온 것. 俊兄과 함께 同窓會員 朴壹煥 집 찾아가서 問病하는 데 中途에 짜증과 神經 많이 썼던 것. 后 6時 發 버스로 歸家하여 庭園과 새밭 둘러본 것. 서울서 큰 에미 왔고. ○

〈2000년 5월 28일 일요일 曇, 晴〉(4. 25.) (17°, 27°)
큰 애비와 함께 큰 새밭 가서 메주콩(큰 흰콩) 3두둑 日出 前에 심었고, 이어서 들깨 모판 다듬어 約 半두둑에 播種했기도. 午后엔 집 앞 道路 끝線 보뚝 옆 대추나무 5株와 호박 구덩이 둘레 손질하는 데 勞力한 것. 큰 에미 上京(歸京). ○

〈2000년 5월 29일 월요일 晴〉(4. 26.) (16°, 29°)
큰 애비는 아침 車로 上京~明日 큰 에미는 鎬隼 보러 渡美 予定 있어. 日出 前(5時 10分頃)부터 집 앞 道路 淸掃와 除草作業에 勞力했고. ○

〈2000년 5월 30일 화요일 빗방울 조금〉(4. 27.) (15°, 26°)
食 前 作業으로 집앞 道路 除草. 9시 發 버스로 入淸. 10時부터 있는 淸州法院 3号室 가본 것. 鄭末粉 不動産 立札 있대서 처음 經驗[94](구경)해본 것. 99타경 41,438(강제경매). 落札 안됐고. 相對者 봤으나 別無神通치 않았고. 誠意와 責任完遂를 일렀지만 하회가 궁금. 不安感 있는대로 19時 되기에 佛大 가서 聽講. 비도 아주 적게 온 것. 큰 애비는 故

93) 원문에는 파란색 색연필로 밑줄이 그어져 있다.

94) 원문에는 붉은색 색연필로 밑줄이 그어져 있다.

鄕 집에 初저녁에 왔다고 소식. ○

〈2000년 5월 31일 수요일 晴〉(4. 28.) (14°, 24°)
體育館 歸路에 6거리서 '고구마 싹' 2다발 사갖고 11時 半 버스로 歸家. 어제 9時 發 出航한 큰 에미 소식 들었고. 큰 새밭 가서 참깨 한두둑 附土 作業했으나 겨우 1두둑 마친 것. 韓正雄 와서 作業 要領 말해주는 것. ○

〈2000년 6월 1일 목요일 晴〉(4. 29.) (14°, 26°)
昨今 金女 派出婦 未家. 父子는 참깨 밭 손질~ 어제부터 着手. 入清하여 佛大 聽. ○

〈2000년 6월 2일 금요일 晴, 曇〉(5. 1.) (15°, 27°)
큰 애비 車로 11時 半에 清州서 歸家. 父子는 日暮頃까지 참깨밭 손질(培附土). 疲勞 느끼고. ○

〈2000년 6월 3일 토요일 晴, 雨〉(5. 2.) (16°, 28°) 雨量 40mm[95]
早朝에 전좌리 省墓. 父子는 참깨밭 培土作業에 終日 勞力한 셈. 日暮頃 4男(松)이 와서 協助. 저녁食事~4째 夫婦 성의껏 차려 杏도 오고 5人 家族 庭園서 뜯은 無公害 菜蔬로 會食 잘한 것. 日暮 直後 천둥번개 치며 모처럼 비간단이 잘 내렸기도. 一同 留宿. ○

〈2000년 6월 4일 일요일 晴〉(5. 3.) (15°, 29°)
清州市 生活体育會 主催 배드민턴大會에 參席하여 65歲 以上 男子 A팀 試合에 優勝했고. 韓大錫과 組로 相對편 2차례 누르고 金메달. 고단하여 清州 杏 아파트서 留한 것. ○

〈2000년 6월 5일 월요일 晴〉(5. 4.) (16°, 31°)
이른 朝食하고 8時 20分 發 버스로 歸家. 큰밭 가서 참깨밭 培土作業 잘 했고. 큰 애비 몸 不便해도 親旧 모친상에 人事次 서울 다녀온 것. 日暮頃에 大田 2째 다녀갔고~오리고기 料理와 數種 반찬 갖고. ○

〈2000년 6월 6일 화요일 晴〉(5. 5.) (16°, 31°)
大田 絃이 아침결에 와서 제 兄과 함께 큰 밭 가서 勞力 많이 했다니 잘 한 일~고구마 싹 심고. 참깨밭 손질하여 오늘로서 참깨밭 培土 일 마친 것. 아침 車로 入清하여 宗親會 幹部會議에 參席하여 旧會長(郭漢奎 氏) 感謝牌 비롯 宗親會 道風 實施 等 7個 事項 强調해 말한 것. 杏Ⓐ서 留. 서울 不參. ○

〈2000년 6월 7일 수요일 晴〉(5. 6.) (16°, 30°)
父子는 들밭서 거의 終日 作業. 고추밭 支柱 設置. 고구마밭 給水. 各處除草. 婿 趙泰彙 목病 消息에 걱정되기도. ○

〈2000년 6월 8일 목요일 晴〉(5. 7.) (15°, 28°)
早朝에 들밭 가서 作業. 낮 버스로 族孫 '昌在'와 함께 入清하여 '강변식당' 가서 故鄕親族 4人(勳鐘, 俊榮, 昌在, 尙榮)組 會食한 것…昌在 主管. 19時에 佛大 가서 聽講. ○

〈2000년 6월 9일 금요일 曇, 雨〉(5. 8.) (14°, 24°) 雨量 20mm[96]

95) 원문에는 파란색 색연필로 밑줄이 그어져 있다.

96) 원문에는 파란색 색연필로 밑줄이 그어져 있다.

體育館 歸路에 크럽會員 5人 '용암동해장국' 집으로 案內하여 朝食 答接 後 法院 競賣係③ 가서 鄭末粉 件 確認하니 7月 11日 3次 入札豫定[97]이라는 것. 5月 30日 135,815,590원 內定價. 龍華寺, 약수터 祠堂과 墓所 가서 參拜 祈禱 後 큰 애비 藥用 人蔘 22뿌리(3年根) 購求하여 歸家 즉시 깨끗이 다듬고 씻어서 다리기 시작. 들 새밭 가서 除草作業했고. 비 가볍게 잘 내리기도. 사위 趙泰彙 서울大病院에 入院하여 危險病因 綜合檢査[98]한다니 神經 써지는 것. ○

〈2000년 6월 10일 토요일 曇, 비 조금〉(5. 9.) (15°, 24°)

早朝에 들밭 가서 2時間 程度 除草作業. 9時半 發 버스로 入淸하여 沐浴 後 忠北 佛大 主催 實施하는 修練會에 參席[99]~佛大生 包含 버스 2台로 下午 2時발, 5時間余에 '보리庵'[100] 着…慶南 南海郡 상주面 상주里. 금산 보리암. 普光殿에 觀世音佛. 圓音鐘閣, 李成桂 들른 곳. 參拜 祈禱 올렸고. 一同 중 男 30名은 한 房서 留. ○

〈2000년 6월 11일 일요일 가끔 흐림, 비 조금〉(5. 10) (14°, 25°)

早朝에 法堂 가서 參拜祈禱. 朝食 後 登山路通해 第2次 駐車場 下山에 진땀 흘렸고. 8時 發 관광버스로 麗水 가서 靈龜庵(向日庵)[101] 가서 參拜 祈禱했고. 㕘心도. 금오山 觀音殿, 원효 스님 修道處도. 㕘心 절밥으로 今日도 마친 後 下午 1時頃 出發하여 淸州 到着하니 下午 7時 半. 볼일 있어 杏 車로 歸家한 것. 서울 사위 趙泰彙 病勢 狀況 檢査 結果 듣자니 겁나는 傳言에 위험에 딱하고 神經 써지는 것. ○

〈2000년 6월 12일 월요일 晴〉(5. 11.) (15°, 24°)

早朝에 들밭 가서 除草. 11時에 큰 애비와 함께 서울大病院 가서 큰 사위(趙泰彙) 問病~細密檢査 中이나 食道癌[102]이 惡化된 狀況인 듯? 일은 큰 일난 듯. 本人은 모르고 있는 듯. 간단이 㕘心 요기 마치고 나만 歸家. 日暮頃에도 들밭 가서 풀 뽑은 것. 큰 딸도 걱정中이라서인지 말라 있고. ○

〈2000년 6월 13일 화요일 晴, 曇〉(5. 12.) (15°, 27°)

55年만의 南北頂上會談 成立(南…金大中大統領, 北…金正一國防委員長)[103] 낮에 入淸하여 '忠北旗店'에 前日 맞춘 淸州地方 淸州 郭氏 宗親會長 郭漢奎 氏에 授與할 功勞牌(感謝牌) 現品 본 것[104]…옥돌製 8萬 원整. 總務 晩榮 帶同했던 것. 19時부터 있는 佛大 1學期 最終(3個月 中 24회 교육…聽講)교육 마치고 終講行事한 것. ○

〈2000년 6월 14일 수요일 晴〉(5. 13.) (16°, 30°)

11時 半 버스로 歸家하고. 日暮頃 들밭 가서

97) 원문에는 붉은색 색연필로 밑줄이 그어져 있다.
98) 원문에는 붉은색 색연필로 밑줄이 그어져 있다.
99) 원문에는 붉은색 색연필로 밑줄이 그어져 있다.
100) 원문에는 붉은색 색연필로 밑줄이 그어져 있다.
101) 원문에는 붉은색 색연필로 밑줄이 그어져 있다.
102) 원문에는 붉은색 색연필로 밑줄이 그어져 있다.
103) 원문에는 붉은색 색연필로 밑줄이 그어져 있다.
104) 원문에는 붉은색 색연필로 밑줄이 그어져 있다.

도라지밭 김매기에 勞力했고.
서울大病院 있던 사위(조태위)는 일단 今日은 방배동 本家로 갔다는 것…방사선 治療 要求 中인 듯. ○

〈2000년 6월 15일 목요일 晴〉(5 .14.) (17°, 30°)
첫 새벽 0時 20分 TV聽取(라디오)……南北頂上會談 圓滿이 마친 調印書 交付[105].
入淸하여 友信會 參席~10名 參席(不參者~閔哲植, 朴東淳, 朴永淳), 연풍 한우직판장서 會食. 理髮 等 몇 가지 일 보고 夕陽에 歸家하여 집앞 道路邊의 雜草 깎았고. 사위(趙)는 明日 '三星'으로 옮긴다는 것. ○

〈2000년 6월 16일 금요일 晴(아침 안개)〉(5. 15.) (18°, 30°)
큰 애비는 첫 새벽에 上京次 제 車로 出發~사위(趙) 三星醫療院으로 入院하는 것 慰勞의 意로. 보름行事로 전좌山 가서 省墓. 들밭 가서 도라지밭 김매고. 큰 애비 낮에 歸家. 사위 狀況 딱하고. ○

〈2000년 6월 17일 토요일 가끔 흐림〉(5. 16) (19°, 29°)
종종 쉬면서 除草作業에 勞力~庭園 도라지밭. 杏이 日暮頃 와서 別味(越南쌈) 담백 만들어 3人 家族 滿足히 먹었고. 明 宗親會에 說明할 會則 改正案 作成에 數時間 일 봤고. ○

〈2000년 6월 18일 일요일 晴〉(5. 17.) (20°, 29°)
午前 中엔 兩便 다니며 除草作業. 族孫 昌在와 함께 入淸하여 會議 資料 複寫에 힘들었기도. 19時부터 月例會 宗親會 總會에 會則 改正案 說明에 過勞 느끼면서도 나름대로 마쳤으나 總務 任命은 생각할余地 있어 未定인 채 20時半頃에 마친 것…參席者 漢奎, 漢斌, 漢國, 漢陽, 文吉, 俊榮, 尙榮, 晩榮, 珍相, 鎭榮, 丁在, 漢鳳, 昌在, 昌鎬. ○

〈2000년 6월 19일 월요일 晴〉(5. 18.) (19°, 32°)
體育館 다녀서 약수터 올라가 祠堂과 墓所 參拜 后 龍華寺 가서 放學 中 特講 參與 手續과 祈禱 올렸고. 이어 韓電 가서 농용수 計量器件 謝礼 人事하고. 歸家하는 데 疲勞 느꼈기도. 큰 애비는 朝京夕歸한 것. 日暮頃 들밭 가서 除草作業했고. ○

〈2000년 6월 20일 화요일 晴, 曇〉(5. 19.) (17°, 32°)
큰 사위(趙) 三星병원에 入院한다는 電話 왔고. 快癒를 빌면서 終日 輕勞動한 셈. ○

〈2000년 6월 21일 수요일 晴〉(5. 20.) (20°, 34°)
대단한 무더위. 오늘은 夏至. 모레부터 장마전선 닥친다나. 금일도 오전엔 도라지 밭 김매고. 오후 日暮頃엔 전좌리 省墓 後 덩굴강낭콩 支柱대 감 다듬어 온 것. 醫藥分業 大亂이란 記事 나기도. ○

〈2000년 6월 22일 목요일 비〉(5. 21.) (20°, 27°)
兩處 밭 갓의 덩굴콩 포기마다 支柱대 꽂기에 時間 나우 걸렸고, 부슬비는 조용히 거의 終日 내렸고. 큰 애비는 上京. 19時부터 있는 放

105) 원문에는 붉은색 색연필로 밑줄이 그어져 있다.

學 中 特講(반야심경) 제1회 聽講[106]하고 杏이 車로 밤 9時 半 發로 歸家했고. 배 부동症으로 族孫 昌在가 求해다 준 益母草 杏이가 갈아서 飮料藥[107] 만들어 服用 시작한 것. ○

〈2000년 6월 23일 금요일 비, 曇〉(5. 22.) (19°, 27°)

三樂會에서 實施하는 臨時逍風에 參席하여 安城地方 갔던[108] 것. 人蔘公社 側의 講義로 '紅蔘'[109]약效 이야기 들은 後 簡單이 点心 待接받고 竹山面 七賢山의 七長寺[110] 가서 合掌 祈禱했고. 비가 오락가락하는 바람에 '와우정사' 求景은 中止키로 되어 比較的 일찍 歸清한 것. 몸 고단하여 杏Ⓐ서 留. ○

〈2000년 6월 24일 토요일 雨〉(5. 23.) (20°, 29°) 雨量 25mm[111]

在清宗親會에 未決事項 있어 幹部 몇 名 召集하여 社稷洞 '한양식당'서 8名이 會合한 것~ 總務를 郭一相으로, 監事를 振榮(표준당)으로 選出한 것. 大宗會 事業인 上党祠 管理事業도 協助할 것과 逍風 實施는 會長과 總務에 一任토록 하고 會員 出席 督勵와 큰 積金의 有效支出 摸索을 强調하면서 比較的 圓滿이 마친 셈. 四男 夫婦 반찬 가져와서 맛있게 一同 會食했고. ○

〈2000년 6월 25일 일요일 조금 비, 曇〉(5. 24.) (21°, 29°)

早朝에 들밭 가서 排水똘 作業에 無理했는지 疲勞 많이 느끼면서 '清友會'에 參席했으나 뱃속 不便과 고단하여 食事 잘하지 못하고 바우기에 苦難 겪은 셈. 큰 애비 要請으로 큰 애비 車로 밤에 歸家한 것. ○

〈2000년 6월 26일 월요일 가끔 비〉(5. 25.) (20°, 26°)

몸 繼續 힘없고 腹部 부대낌이 不便 中. 予定(同窓會)을 中止하고 큰 일 없이 날 보낸 것. 거의 終日 비 오락가락 했고. 左側 흉부가 뻐근하기도. 큰 애비 所請에 依해 入清. ○

〈2000년 6월 27일 화요일 雨〉(5. 26.) (19°, 25°) 雨量 35mm

午前엔 비 나우 오고 午后엔 오락가락 했고. 큰 애비는 들밭 가서 밭 앞둑 비물 넘쳐 터진 곳 防備工事에 애썼기도. 오후 한 때 韓正雄 혼자서 밭둑工事[112] 補工. 自進 勞力에 感謝했고. 큰 애비 勸告로 入清하여 金泰龍 內科 가서 超音波 檢查와 內視鏡 檢查[113]한 것~腹部에 물이 차여(腹水) 胃에 損傷이 갔다는 것. 우선 소화제 等 약 지어오고. 서울 가자는 큰 애비 勸告는 며칠 後 참았다 決定짓자고 고집했고. 큰 에미 美國서 서울 無事도착.[114] 큰 애비 上京. ○

106) 원문에는 붉은색 색연필로 밑줄이 그어져 있다.
107) 원문에는 붉은색 색연필로 밑줄이 그어져 있다.
108) 원문에는 붉은색 색연필로 밑줄이 그어져 있다.
109) 원문에는 붉은색 색연필로 밑줄이 그어져 있다.
110) 원문에는 붉은색 색연필로 밑줄이 그어져 있다.
111) 원문에는 파란색 색연필로 밑줄이 그어져 있다.
112) 원문에는 붉은색 색연필로 밑줄이 그어져 있다.
113) 원문에는 붉은색 색연필로 밑줄이 그어져 있다.
114) 원문에는 붉은색 색연필로 밑줄이 그어져 있다.

〈2000년 6월 28일 수요일 晴〉(5. 27.) (20°, 30°)
一週日 만에 아침하늘 맑은 것. 몸은 別 差度 없이 배가 한짐 되는 듯. 뿌듯하고 다리 힘없어 運身 困難한 편. 庭園 內만 두어 차례 순회했고. 食事는 1공기 흰죽으로 달게 먹는 셈. 金 派出婦 終日 勞力했고~房內 淸掃, 洗濯, 冷藏庫 청소 정리 等. 큰 애비는 午前에 歸家하여 庭園과 들밭 손질도 하고. ○

〈2000년 6월 29일 목요일 雨〉(5. 28.) (23°, 29°)
次孫 昌信의 手續과 큰 애비 勸誘로 午前에 서울大病院 가서 몇 가지 檢査[115] (小便, 血液, 엑스레이…放射線, CT) 받은 것~結果 判定은 明日. 敦岩洞서 留. 初저녁에 3女(妊), 4째 子婦(金) 다녀갔고. ○

〈2000년 6월 30일 금요일 曇, 가끔 晴〉(5. 29.) (22°, 31°)
9시 좀 지나서 父子는 昨日 檢査 보러 서울大病院 갔고. 李건욱 敎授의 말 '腹水로 괴로운 것. 前 大手術의 後遺症.[116] 極히 괴로울 때는 腹水 뽑도록[117]. 追後 入院 加療[118]함이?' 等等. 낮에 큰 애비 夫婦와 歸家했고. 松과 明 夫婦 다녀갔고. 杏 와서 留한 것. ○

〈2000년 7월 1일 토요일 曇, 안개, 晴, 曇〉(5. 30.) (21°, 30°)
큰 애비는 族姪 魯翼 喪偶에 問喪 後 用務 있어 낮에 上京. 괴로움 如前하고. 낮에 弟 振榮 問病次 다녀가고. 午後엔 大田 둘째夫婦와 日暮頃엔 막내 魯弼 家族 全員 왔고. 밤에 大田은 가고 큰 애비는 歸家. ○

〈2000년 7월 2일 일요일 안개, 晴〉(6. 1.) (23°, 33°)
셋째夫婦 잠간 왔다가고. 큰 妹와 姪女 夫婦 와서 点心 後 歸家. 막내 家族도 歸京. 今日은 弼 生日이기도. 日暮 後 次女 在應스님 왔고 (큰 애비가 淸州 가서 함께). 杏이 이어서 왔고. 몸은 아침결에 잠시 若干 가벼움을 느껴 보기도. 오후엔 俊兄과 昌在 다녀갔고. 지극히 더운 날씨. ○

〈2000년 7월 3일 월요일 晴〉(6. 2.) (23°, 33°)
今日도 暴炎. 다리 힘 없는 거름으로 전좌리 省墓 천천히 아침결에 다녀온 것. 스님 出發. 낮엔 세거리 再從兄嫂 氏, 모애 兄嫂 氏 다녀갔고. 日暮頃부터 初저녁까지에 '에어컨' 設置[119]했고~6個月 180萬 원, 도기 전기製. 낮엔 大田 둘째 '雄信'데고 다녀갔고. ○

〈2000년 7월 4일 화요일 안개, 맑음〉(6. 3.) (22.5°, 35°)
腹部 팽창으로 괴로운 点은 아직 差度 없이 한 대중이나 庭園 內와 近距離는 살살 步行할 수 있는 中. 큰 애비와 杏과 함께 金태룡內科 갔으나 腹水뽑기 要求는 保留키로[120] 하고 藥 7日分 가져온 것. 어느편 便宜한 處理이나 부른 배 꺼지기까지 바우기에 苦悶되는 것. 最高氣

115) 원문에는 붉은색 색연필로 밑줄이 그어져 있다.
116) 원문에는 붉은색 색연필로 밑줄이 그어져 있다.
117) 원문에는 붉은색 색연필로 밑줄이 그어져 있다.
118) 원문에는 붉은색 색연필로 밑줄이 그어져 있다.
119) 원문에는 붉은색 색연필로 밑줄이 그어져 있다.
120) 원문에는 붉은색 색연필로 밑줄이 그어져 있다.

溫. (한겨레 '弼'의 기사 6건.)[121] ○

〈2000년 7월 5일 수요일 晴〉(6. 4.) (21°, 35°)

井, 杏의 要請으로 金泰龍內科 崔00 看護士 와서 注射(알부민 小形) 놓아주고[122] 杏과 함께 入淸. 約 2時간 所要. 午 3時~仝 5時. 卽時 生氣 있어 行步 나우 가벼워지는 것. ○

〈2000년 7월 6일 목요일 晴, 曇, 晴〉(6. 5.) (22°, 33°)

큰 애비 만류를 무릅쓰고 入淸하여 法院 申請課 경매計 가서 曾坪 鄭 女人(債務者) 關聯 不動産 强制 競賣 件(99…타경 41,438호) 一切를 閱覽하고 複寫해 온 것. 1件 未詳分 있어 궁금하기도. 19時부터 있는 佛大 特講室 가서 2時間 청강 후 봉명洞 오는데 몸 괴로워 애썼기도. 杏 APT 와서 代用食으로 저녁 때우고 留했던 것. ○

〈2000년 7월 7일 금요일 晴, 가랑비, 曇〉(6. 6.) (21°, 33°)

日出 前에 약수터 가서 祠堂과 墓所에 參拜 祈禱 後 下山과 '강변집' 오는데 몸 疲勞 느꼈고. 卽時 槐山登記所 가서 鄭 女人 關聯인 듯 부흥 APT 305호 登記簿謄本 떼 봤으나 未詳. 后 3時 버스로 歸家한 것. 日暮頃에 4男 魯松이 다녀갔고. 初저녁에 우연찮이 몸 좀 若干 풀린 듯? ○

〈2000년 7월 8일 토요일 晴〉(6. 7.) (20°, 34°)

날씨 繼續 폭서. 큰 애비는 如日 庭園과 들밭 일에 勞力中. 午后부터 몸 다시 괴롭기 시작. ○

〈2000년 7월 9일 일요일 가끔 흐림〉(6. 8.) (21°, 34°)

早朝에 큰 애비는 들밭 가서 들깨 모 하는 데 좇아가 잠간 거들었고. 큰 에미 上京. 杏 왔다. 午后에 歸淸. 明 잠간 다녀갔고. 長孫 '英信' 美國서 서울까지 無事도착의 消息 왔고[123]. ○

〈2000년 7월 10일 월요일 가끔 흐림, 雨〉(6. 9.) (21°, 30°)

큰 애비는 今日 作業으로 들밭 들깨모 一段落 마친 셈~큰 애썼고. 들마루 거의 完成. 서울 急報에 依하여 11時 半頃 큰 애비 上京~英信 渡美關聯 再手續 있대서. 日暮頃에 昌在 다녀 가고. 杏이 청주서 歸家~저녁 차려주기에 함께 食事. 저녁 때부터 비…若干의 비설거지에 피로 겪고. ○

〈2000년 7월 11일 화요일 雨〉(6. 10) (22°, 25°)

가는 비 終日 오락가락했고. 11時에 있는 曾坪 鄭 女人 債務關聯 제3차 法院 경매 立札[124] 行事에 가본 것. 99타경 41,438호 101,000,000(원) 不動産 最低價格인데 今日도 流札, 疲勞 느끼면서 묵밥 若干으로 點心했으나 腹部 팽창으로 괴롭고. 기운 없어 行步에 큰 苦行 겪은 것. 어제 갔던 큰 애비 왔고. 今

121) 원문에는 붉은색 색연필로 밑줄과 소괄호를 그렸다.

122) 원문에는 붉은색 색연필로 밑줄이 그어져 있다.

123) 원문에는 붉은색 색연필로 밑줄이 그어져 있다.

124) 원문에는 붉은색 색연필로 밑줄이 그어져 있다.

日 겪은 일 말했고. ○

〈2000년 7월 12일 수요일 가랑비 若干, 晴〉(6. 11.) (22°, 29°)

큰 애비는 서울 다녀온다고 0時 半에 出發. 早朝에 일 다보고 食 前에 歸家. 朝食 后 入淸하여 개고기 비롯한 장 흥정 해온 뒤 午后에 再入淸하여 가스렌지 修 繕한 것 搬入하기도. 저녁 개고기한테 체한 듯?. 큰 孫子 (英, 昌信) 왔고.[125] ○

〈2000년 7월 13일 목요일 안개비 若干, 晴〉(6. 12.) (23°, 30°)

腹部 팽팽하여 바우기 몹시 괴로웠고. 医師 孫子 昌信이가 準備해온 注射약(알부민) 맞았기도. 셋째딸 重奐렌고 낮에 오고.[126] 2, 3日 前부터 着手한 담밑 크로바밭 雜草뽑기 오늘서 征服했고. 큰 애비는 玉山國校 時節의 同窓會에 다녀오고. 初저녁에 뎁혀 온 보신탕국 한 공기 程度 잘 먹은 셈. 온 家族(큰 애비 夫婦, 永, 昌信 兄弟, 三女 母子) 西편 잔디밭에 平床 놓고 3겹 豚肉 돼지고기 불고기로 저녁 먹는 것 볼만했기도. 長孫 英信 제 俸給 돈 200弗 주는 것.[127] ○

〈2000년 7월 14일 금요일 가끔 흐림, 晴〉(6. 13.) (23°, 29°)

낮엔 '포도당' 500cc 昌信이가 시원스럽게 놓고. 玉山까지 제가 가서 鎭痛劑 약 사오기도. 이른 새벽에 重奐 母子 上京하고. 낮에 英信 兄弟도 上京. 큰 애비는 省墓 다녀온 後 남새 施肥와 파 엎기도. 진통제와 링겔 德分에 午后엔 痛症 괴롬 나우 가라앉기도. ○

〈2000년 7월 15일 토요일 가끔 흐림〉(6. 14.) (24°, 30°)

서울서 英信 왔고~제特殊研究題 '有機化學'[128]을 說明해주는 것 반갑고 대견했고. 낮엔 큰 妹 夫婦 '식혜' 빚어 갖고 왔던 것. 번말 사는 三從兄嫂(魯殷 모친)도 다녀가고. 日暮頃 杏이 왔고. 松은 다녀 서울行 하고. 11시 中心으로 (자비…犬) 강아지 6마리 出産에[129] 여러 가족 기뻐했기도. ○

〈2000년 7월 16일 일요일 안개, 가끔 흐림〉(6. 15.) (24°, 29°)

英信의 渡美手續 完了하고 昌信, 英信 歸家. 杏의 車로 함께 들밭 구경하고. 큰 애비 夫婦 서울 다녀오고. 희귀藥 昌信이가 求購하여 14日부터 15時間 간격으로 鎭痛劑 服用 中. 神通한 약. ○

〈2000년 7월 17일 월요일 가끔 흐림〉(6. 16.) (23°, 32°)

今夜에 모실 先考忌祭 준비[130]에 家族들 바쁘게 일 보는 것. 찜통 더위지만 마침 에어몬 設置된 處地여서 큰 괴롬없이 일 보는 것. 어제 왔던 막내 家族은 形便上 서울로 歸家. 甥姪

125) 원문에는 붉은색 색연필로 밑줄이 그어져 있다.
126) 원문에는 붉은색 색연필로 밑줄이 그어져 있다.
127) 원문에는 붉은색 색연필로 밑줄이 그어져 있다.
128) 원문에는 붉은색 색연필로 밑줄이 그어져 있다.
129) 원문에는 붉은색 색연필로 밑줄이 그어져 있다.
130) 원문에는 붉은색 색연필로 밑줄이 그어져 있다.

家族 四名도 다녀갔고. 祭祀는 밤 10時에 모셨고~막내 빼고 4兄弟 夫婦, 큰 妹, 작은 妹(大田…長期 무소식), 從兄, 弟 振榮 家族, 女息 中엔 杏 1人. 誠意껏 祭 올린 셈. 몸은 如前極히 괴로운 中이고. 밤 12時 大田, 淸州 家族들 모두 갔고. ○

〈2000년 7월 18일 화요일 晴, 흐림, 비〉(6. 17.) (24°, 31°)

새벽에 苦痛 甚했고. 4時에 큰 애비 夫婦와 杏 불러놓고 유사 遺言했기도[131]…「일단 最終的으로 淸州市內 큰 病院 치뤄볼 것과 애비 覺悟한 바대로 잔잔하게 殞命하겠다는 것」所持한 金錢 內容. 未盡한 鄭 女人 債務 갈무리 等 細細히 말한 것~鎭痛藥效 時間 利用해서 約 40分 間. 큰 애비 勸告에 따라 淸州 복대洞 '朴호진' 內科[132] 가서 經過之事와 現況 이야기하고 診察 받은 後 鎭痛劑 藥名? 3日치 받아 오면서 失心[133]했기도. 歸家 後 1段 1次 한 알 마신 後 約 20分 後인가 痛症 完全에 가까울 程度 腹部가 가라앉는 듯의 느낌이기에 氣分 轉換이 되는 것~「現 程度만이라도 어느 期間(長기간)까지 살 수 있다면 滿足으로[134] 여겨가자」고 家族(큰 애비 夫婦, 杏)에 얘기했기도. ○

〈2000년 7월 19일 수요일 가끔 흐림, 비〉(6. 18.) (23°, 32°) 雨量 45mm[135]

約 8시간 간격으로 한알(一丸)씩 服用 繼續. 昨夜와 今. 아침결에 昌信 왔고. 새끼 낳은 개, 강아지 順調. 仝 돌보던 杏이 日暮頃에 入淸. 낮엔 紘이 다녀갔고. ○

〈2000년 7월 20일 목요일 비, 晴〉(6. 19.) (24°, 31°)

昨日 내린 비로 들밭 큰 被害는 없어 다행이고. 宗親會 事務 引繼引受에 參席[136]~11시. 한 '거구장'. 參席者~漢奎, 漢國, 俊榮, 尙榮, 晩榮, 引受 定期通帳, 普通通帳 合 12,700,000원.

杏은 '자비' 개 治療에 愛犬病院 往來에 수고 많았던 것. 孫子 昌信 차로 入淸하고 會議 參席 마치고 큰 애비 車로 '박호진內科' 다녀 오후 2時 半頃 歸家한 것. (鎭痛劑 1日分치) ○

〈2000년 7월 21일 금요일 晴, 가끔 흐림〉(6. 20.) (24°, 32°)

큰 에미 午前 中 上京. 낮엔 몹시 더웠고. 大過없이 지낸 셈. 午后 늦게 2째네 父子 다녀갔고~저녁은 一同 만두국. 大田에선 '오골계닭' 끓여온 것. 大田 아이들 저녁 後 歸家. ○

〈2000년 7월 22일 토요일 曇, 雨〉(6. 21) (26°, 29°)

食 前에 杏은 入淸. 今日 全州 다녀온다는 것. 午后에 大田 2째 夫婦 오고. 막내 魯弼 家族 와서 저녁 食事 푸짐하게 먹은 것. 들밭에서 따 온 옥수수와 호박 반찬도 잘 한 편. 저녁 後 大田 아이들 갔고. 처저녁부터 쏟아지는 비로

131) 원문에는 붉은색 색연필로 밑줄이 그어져 있다.
132) 원문에는 붉은색 색연필로 밑줄이 그어져 있다.
133) 실심(失心): 근심 걱정으로 맥이 빠지고 마음이 산란해짐.
134) 원문에는 붉은색 색연필로 밑줄이 그어져 있다.
135) 원문에는 파란색 색연필로 밑줄이 그어져 있다.
136) 원문에는 붉은색 색연필로 밑줄이 그어져 있다.

새가 난 개, 강아지 비 안맞는 場所로 옮기는데 父子 애먹기도. 한밤중부터 더욱 쏟아지는 것. 倉庫 바닥도 물 나우 괴인 것 큰 애비가 펴냈고. ○

〈2000년 7월 23일 일요일 가끔 비〉(6. 22.) (23°, 23°) 昨今 朝雨量 130mm[137]

뒷집 텃물 西편 남새밭 휩쓸어 덮었고. 들밭 水害도 莫大하다고…앞둑 2곳 무너져 밀리고 푸짐함 참깨 나우 엎친 듯. 午后에 큰 애비는 西便 復旧作業 一部하기도. 막내 家族 点心 後 歸京. 杏이도 낮에 다녀 入淸. ○

〈2000년 7월 24일 월요일 가끔 흐림〉(6. 23.) (22°, 28°)

새벽에 변비약 먹고 食 前에 排泄~8日 만에. 杏이 車로 在應 왔고.[138] 松이도 와서 저녁 후 入淸. ○

〈2000년 7월 25일 화요일 가끔 흐림〉(6. 24.) (23°, 31°)

朝食 후 큰 애비 車로 金태룡 內科에 杏과 함께 가서 영양제 注射와 復水도 500g(500cc) 뺐으니[139] 처음 겪는 일. 어느 程度 개운한 氣分이나 큰 差度는 느끼지 못하고. 大田 둘째 '새실 덴고' 다녀간 것…큰 애비와 스님과 함께 佛敎와 기독교 이야기 나우 했기도.[140] 큰 에미 서울서 왔고. ○

〈2000년 7월 26일 수요일 흐림, 晴〉(6.25.) (23°, 33°)

昨夜 11時에 서울서 가져온 鎭痛劑 '페타조신?'[141] 1알 服用하니 約 1時 後부터 藥效 있는 듯. 一部 진통되어 熟寢된 것. 낮엔 '상운 스님' 오고. 昌在 잠간 다녀간 것. 点心 땐 옥수수도 푸짐하게 쪄서 會食 잘 한 셈. 初저녁엔 막내 周旋으로 서울 '玄德한의원장' 徐선생[142] 덴고 와서 診脈 後 '胃'에서의 原因으로 復水 생겼다는 것. 少陰 體質이라나. 한약 18봉지 가져왔고. 밤에 歸京. ○

〈2000년 7월 27일 목요일 晴〉(6. 26.) (23°, 31°)

성불암 상운 스님 歸家(杏이 車로 청주터미날). 当姪女(弼榮 女) 3兄弟 제 父親 墓所 伐草 왔다가 다녀가고. 낮엔 朴仁根 교수도 다녀간 것. 新村 무공해 열무 購求해다가 먹기도. ○

〈2000년 7월 28일 금요일 晴, 흐림〉(6. 27.) (24°, 31°)

徐 한의원장한테서 전화 왔고. 未週 월요일에 또 전화한다고. 큰 애비는 들밭 고추와 들깨에 殺蟲劑 풍기는 데 勞力했던 것. 밤엔 韓中親善 蹴球 껨 視聽했고. 1:0 勝利. 診療所 鄭 氏 人事 왔고. ○

〈2000년 7월 29일 토요일 曇, 비 잠간〉(6. 28.) (25°, 30°)

再從孫(玹信) 家族과 当 魯敏이 다녀가고. 큰

137) 원문에는 파란색 색연필로 밑줄이 그어져 있다.
138) 원문에는 붉은색 색연필로 밑줄이 그어져 있다.
139) 원문에는 붉은색 색연필로 밑줄이 그어져 있다.
140) 원문에는 붉은색 색연필로 밑줄이 그어져 있다.
141) 원문에는 붉은색 색연필로 밑줄이 그어져 있다.
142) 원문에는 붉은색 색연필로 밑줄이 그어져 있다.

에미 上京. 저녁엔 3女 母女 杏이 車로 와서 一同 저녁을 會食. 次女 在應스님이 連日 藥과 食事 차림에 誠意誠心껏 手苦중이고. ○

〈2000년 7월 30일 일요일 曇, 가끔 흐림, 비〉(6. 29.) (24°, 29°)
3從兄嫂(노은 모친) 姑婦 음식 갖고 다녀가고. 再当姪 노욱도. 뒷집 李승희 모친이 옥수수 놓고 가고. 큰 애비는 鎭川 方面 갔던 것. 2째 当姪 父子 녹두죽 쑤어가져오기도. 셋째 女息 모녀 歸京. 杏도 入淸. ○

〈2000년 7월 31일 월요일 雨, 흐림, 晴〉(7. 1.) (22°, 30°) 昨今 雨量 75㎜[143]
10시頃에 亦 8日 만에 灌腸 排泄.[144] 낮엔 2째(紘) 다녀가고. 저녁엔 4째(松) 다녀간 것. 큰 애비 車로 入淸하여 佳景洞 이발관서 理髮.[145] 서울 徐한의원 製 한약 1제 服用 마쳤지만 別無神通하여 中斷 意思였으나 徐 氏와 魯弼 勸告에 追加 注文한 것. 昨朝까지의 비 많이 내렸던 것. 腹部팽창에 繼續 괴로운 중이고. ○

〈2000년 8월 1일 화요일 안개, 晴〉(7. 2.) (21.5°, 30°)
午前에 큰 에미 오고. 아침에 왔던 杏이 点心 직전에 다시 歸淸. 点心 後 청주 漢奎 氏, 俊兄, 晩榮, 金溪 辺榮 다녀가기도. ○

〈2000년 8월 2일 수요일 안개, 晴〉(7. 3.) (23°, 31°)
午前에 珍相, 一相 다녀가고. 서울 徐한의원製 漢藥 8日分 24봉지 午后 3時에 큰 애비가 佳景터미날 가서 찾아 왔기에 服用 着手했고.[146] 日暮頃에 들밭 모처럼 가서 狀況 보니 참깨, 들깨, 고구마, 땅콩, 黑白방콩 모두 過茂盛에 겁나기도.[147] ○

〈2000년 8월 3일 목요일 曇, 가끔 흐림〉(7. 4.) (23°, 28°)
아침에 一同 큰 애비 夫婦, 次女(스님) 4女(杏) 함께 木川 '순두부 집' 가서 朝食했고. 큰 애비는 上京. 4從叔母(成 氏) 다녀가시고. 큰 애비 일찍 歸家한 것. 杏이 入淸. ○

〈2000년 8월 4일 금요일 비, 흐림, 비〉(7. 5.) (24°, 24°)
苦痛은 겪었으나 4日 만에 大便 自然 排泄~約 15cm×2 程度[148]. 거의 終日 비 내려 들밭 作物에 피해 걱정되고. 杏이 낮에 다녀갔고. 큰 애비 淸州 가서 보신湯국 1器 사왔고. ○

〈2000년 8월 5일 토요일 가랑비, 晴, 흐림〉(7. 6.) (23°, 29°)
孝心 다 하던 次女(在應스님) 全南 성불암行次[149] 9時 出發~約 2週間 정성 다했고. 日暮頃에 큰 딸 夫婦, 外孫子 희환, 3女(妊)이 오는데 큰 애비가 터미날 가서 함께 오고. 杏도 오고. 사위 조태휘 重病 治療 中이나 아직은 그

143) 원문에는 파란색 색연필로 밑줄이 그어져 있다.
144) 원문에는 붉은색 색연필로 밑줄이 그어져 있다.
145) 원문에는 붉은색 색연필로 밑줄이 그어져 있다.
146) 원문에는 붉은색 색연필로 밑줄이 그어져 있다.
147) 원문에는 붉은색 색연필로 밑줄이 그어져 있다.
148) 원문에는 붉은색 색연필로 밑줄이 그어져 있다.
149) 원문에는 붉은색 색연필로 밑줄이 그어져 있다.

만하니 多幸. 今日도 排泄 잘된 편. ○

〈2000년 8월 6일 일요일 晴, 조금 비〉(7. 7.) (24°, 28°)
큰 妹와 姪女 夫婦와 義均, 弟 振榮 다녀가고. 큰 애비 夫婦는 큰 딸 家族 태워서 修身面 百子里 다녀온 것~보신탕국 1器 가져왔기도[150](희환 姑母 宅). 七月七夕이며 立秋. ○

〈2000년 8월 7일 월요일 가끔 흐림, 비 좀 내리고〉(7. 8.) (24°, 29°)
낮에 昌在 다녀가고. 午后에 서울 아이들 歸家~큰 딸 家族, 3女. 大田 2째 內外도 다녀간 것. 點心엔 3女가 끓인 '미꾸리매운탕'[151] 유명했기도. 저녁에 杏도 入淸. ○

〈2000년 8월 8일 화요일 가끔 흐림〉(7. 9.) (24°, 30°)
큰 에미 上京. 大田 2째 夫婦 오고. 저녁엔 막내 노필 家族 왔고. 넷째(松)도 와서 一同 저녁 會食. 2째, 4째, 막내 3人 同席 자리에서 遺言條로 2가지[152] 말했고~1. 壽命 老衰된 몸이니 回復 바라지 말 것이며, 2. 不動産 一切 맏兄 앞으로 贈與方式으로 名義移轉된 것[153]…3兄弟 모두 大贊成~마음 후련했고. 2째, 4째는 밤에 各己 歸家. 刈草機 修理 始動.[154] ○

〈2000년 8월 9일 수요일 가끔 흐림〉(7. 10.) (23°, 31.5°)
紘이 午后에 다녀갔고(기도 정신 요청). 杏이 저녁에 왔고. 밤 10時 大便 自然 排泄.[155] ○

〈2000년 8월 10일 목요일 흐림, 晴〉(7. 11.) (21°, 32°)
큰 애비 車로 弼, 杏 모두 함께 金태룡內科 가서 '영양제' 링겔과 復水 1L(1000cc) 뽑아낸 것.[156] 금번에는 후련(한) 氣分 느끼기도. 魯弼 가족 午后에 歸京. 현우 현{진은} 강아지 덴고 시간 잘 보낸 것. 今日dml 더위 休感온도 34°쯤. 찜통 더위 느꼈고. 末伏이기도.[157] ○

〈2000년 8월 11일 금요일, 가끔 흐림〉(7. 12.) (23°, 31°)
서울서 큰 에미 오고. 낮에 大田 2째 다녀가기도. 고추 제3次째 따온 듯. 날씨 繼續 무더위. 午后 5時頃 淸州 親友(尹洛鏞, 柳海鎭) 柳교장 子弟 車로 온 것. 2時 后 入淸. 고맙고.[158] ○

〈2000년 8월 12일 토요일 晴〉(7. 13.) (23°, 32°)
낮에 親族弟 二榮 夫婦 다녀갔고. 人夫 2名 얻어 들밭 참깨 베었고.[159] 큰 애비는 廣州 잠간 다녀온다고 午后에 出發. 참깨일 2名이 誠意껏 한 結果 예정대로 마치고 待接도 넉넉히 잘한 셈. 큰 애비는 深夜 넘어서 다음날 새벽에 無事 歸家. ○

150) 원문에는 붉은색 색연필로 밑줄이 그어져 있다.
151) 원문에는 붉은색 색연필로 밑줄이 그어져 있다.
152) 원문에는 붉은색 색연필로 밑줄이 그어져 있다.
153) 원문에는 붉은색 색연필로 밑줄이 그어져 있다.
154) 원문에는 붉은색 색연필로 밑줄이 그어져 있다.
155) 원문에는 붉은색 색연필로 밑줄이 그어져 있다.
156) 원문에는 붉은색 색연필로 밑줄이 그어져 있다.
157) 원문에는 붉은색 색연필로 밑줄이 그어져 있다.
158) 원문에는 붉은색 색연필로 밑줄이 그어져 있다.
159) 원문에는 붉은색 색연필로 밑줄이 그어져 있다.

〈2000년 8월 13일 일요일 晴〉(7. 14.) (23°, 33°)
大田 2째는 낮에 教會 吳牧師 帶同[160]하여 와 簡單히 治癒 意로 祈禱하는 것~完全 反對는 않았으나 佛教의 祖教를 率直하게 說話해주었던 것. 저녁 늦게 낭성 호정리에 모였던 井이 外家族과 姨母들 家族 모두 人事次 誠意껏 다녀간 것. 밤 11時頃 大便 排泄.[161] ○

〈2000년 8월 14일 월요일 비〉(7. 15.) (24°, 31°)
雨量 30mm[162]
0時 半頃 約 1時間 暴雨 내린 것. 杏이 午前에 다녀가고~2학년 2학기 登錄金 931,500 마련해줬고. 서울서 松이(복숭아…特種 갖고) 낮에 다녀갔고. 杏의 學費 終末로 마무리진 셈. 김장 채소 파종[163]. ○

〈2000년 8월 15일 화요일 晴〉(7. 16.) (24°, 32°)
10時에 自然 大便 排泄 適当量.[164] 샤워沐浴하기도. 弟 振榮 夫婦 잠간 다녀갔고. 무더위 계속. 제1차 남북이산가족상봉. 서울, 평양.[165] ○

〈2000년 8월 16일 수요일 안개, 맑음〉(7. 17.) (24°, 31°)
珍相 다녀가고. 저녁에 杏이 오고. 낮온도 계속 무더운 中. ○

〈2000년 8월 17일 목요일 晴〉(7. 18.) (24°, 30.5°)
食 前에 큰 애비 車로 들밭 참깨 베어 세워놨고. 歸路에 下東林 떼제베 골푸場 上山場 本部 廣場 앞까지 求景[166]했기도. 아침결에 棒榮 夫婦 人事 왔고. 어제 왔던 杏이 歸淸. 밤 11시 大便 자연배설.[167] ○

〈2000년 8월 18일 금요일 晴, 비 조금, 曇〉(7. 19.) (24°, 28°)
몸 좀 若干 개운한 氣分. 게장 끓여 点心. 昌在, 佑榮 다녀가고. 宗親會 不參 連絡과 부탁했고. ○

〈2000년 8월 19일 토요일 曇, 가끔 흐림〉 (7. 20.) (24°, 29°)
새벽에 大便 排泄 若干[168] 했고. 아침결에 漢斌 氏[169] 다녀가시고. 今朝는 氣力 탈진에 어려움 겪고. 낮엔 再当姪도 다녀가고(魯達). 午后엔 漢鳳 氏[170]도 人事次 다녀간 것. 大田 2째(絃) 와서 무씨 갈기도. 日暮頃에 서울서 큰딸, 3째 딸, 청주서 杏이, 姪女(先)이, 서울 막내 家族 와서 저녁食事 푸짐했고. 큰 에미 여러 날 만에 歸京. 밤 10시頃 저녁에 滯하여 腹痛으로 40分 間 苦痛 겪기도. ○

〈2000년 8월 20일 일요일 비〉(7. 21.) (23°, 27°)

160) 원문에는 붉은색 색연필로 밑줄이 그어져 있다.
161) 원문에는 붉은색 색연필로 밑줄이 그어져 있다.
162) 원문에는 파란색 색연필로 밑줄이 그어져 있다.
163) 원문에는 붉은색 색연필로 밑줄이 그어져 있다.
164) 원문에는 붉은색 색연필로 밑줄이 그어져 있다.
165) 원문에는 붉은색 색연필로 밑줄이 그어져 있다.
166) 원문에는 붉은색 색연필로 밑줄이 그어져 있다.
167) 원문에는 붉은색 색연필로 동그라미가 그려져 있다.
168) 원문에는 붉은색 색연필로 동그라미가 그려져 있다.
169) 원문에는 붉은색 색연필로 밑줄이 그어져 있다.
170) 원문에는 붉은색 색연필로 밑줄이 그어져 있다.

雨量 50mm[171)]

0時頃부터 부슬비 오락가락하는 것. 거의 終日 내린 것. 아침결에 当姪 夫婦(錫), 건지미 兄嫂 母子(노승), 午后엔 敏相(里長) 夫婦 人事 다녀간 것. 막내 노필 家族은 奐心 함께 하고 上京. 딸 2사람(1, 3)은 午后에 上京. 姪女는 午前에 갔고. 杏이 아침에 入清했다가 저녁에 오고. ○

〈2000년 8월 21일 월요일 晴, 비 한 때, 晴〉(7. 22.) (20°, 23°) 우량 6㎜[172)]

낮에 비 한 때(約 30分 間) 우수 내렸고. 다시 개였으나 바람 있어 무덥지는 않았던 것. ○

〈2000년 8월 22일 화요일 가끔 흐림〉(7. 23.) (21°, 23°)

昨今 氣溫 조금 내린 셈. 저녁에 大田 2째 夫婦 다녀갔고. 기운 없고 걸음 걷기 어렵고. 식사 죽 극소량. ○

〈2000년 8월 23일 수요일 구름 조금〉(7. 24.) (20°, 30°)

杏이 아침에 入清. 큰 애비는 낮에 참깨 털어오고~約 半 털어 1말 정도. 서울서 큰 에미 오고. ○

〈2000년 8월 24일 목요일 비 한 때〉(7. 25.) (20°, 22°) 우량 60mm[173)]

오전中의 우량으로 밭作物 손상 많을 것~가슴 아픈 일. 3男(明)의 超等教長 昇進 發令[174)]. ○

〈2000년 8월 25일 금요일 비 가끔〉(7. 26.) (20°, 21°)

오랜만에 3째(明)이 單身 잠간 다녀감. 友信親睦會(李春根, 金成九) 快癒 人事次 다녀가고. 杏은 崔 간호사 뎃고 와서 榮養注射 맞히고 入清.[175)] 큰 애비 청주 가서 곱창 等 물건 사갖고 왔고. 松도 다녀가고. ○

〈2000년 8월 26일 토요일 비〉(7. 27.) (20°, 22°)

간밤에도 가끔 비. 今朝도 새벽부터 비. 거의 終日 내린 셈. ○

〈2000년 8월 27일 일요일 비〉(7. 28.) (21°, 21°)

강아지 分配~큰집 1匹, 수신면 2마리, 처남(김태호) 1마리. 杏이 왔다가고. ○

〈2000년 8월 28일 월요일 晴, 구름〉(7. 29.) (21°, 21°)

김태룡 內科 가서 관장해봤으나 大便 없고. 영양제 포도당 注射 맞고. 강아지 2마리와 자비는 崔 氏. 낮엔 곽경종 氏, 천안 이질 관하근[곽하근] 모자 다녀가고.

〈2000년 8월 29일 화요일 가끔 흐림〉(8. 1.) (20°, 32°)

새벽 4시에 '消化不良物質 누적[176)]'된 것 自然

---

171) 원문에는 파란색 색연필로 밑줄이 그어져 있다.
172) 원문에는 파란색 색연필로 밑줄이 그어져 있다.
173) 원문에는 파란색 색연필로 밑줄이 그어져 있다.
174) 원문에는 붉은색 색연필로 밑줄이 그어져 있다.
175) 원문에는 붉은색 색연필로 밑줄이 그어져 있다.
176) 원문에는 붉은색 색연필로 동그라미가 그려져 있다.

吐해졌고.[177] ○

〈2000년 8월 30일 수요일〉(8. 2.)
곽훈종씨, 三從姪 魯學이 人事次 다녀가고. 2次例 吐했고. 午后에 入淸.[178]
17시 청주의료원 입원. 607호. 노현 숙직. ○

〈2000년 8월 31일 목요일〉(8. 3.)
노정 숙직. 스님 오고. ○

〈2000년 9월 1일 금요일〉(8. 4.)
노정 숙직. ○

〈2000년 9월 2일 토요일〉(8. 5.)
노송, 스님 숙직. ○

〈2000년 9월 3일 일요일〉(8. 6.)
스님, 노행 숙직. ○

〈2000년 9월 4일 월요일〉(8. 7.)
스님, 큰 애비 숙직. ○

〈2000년 9월 5일 화요일〉(8. 8.)
큰 애비 숙직. ○

〈2000년 9월 6일 수요일〉(8. 9.)
스님 숙직. ○

〈2000년 9월 7일 목요일〉(8. 10.)
큰 애비 숙직. ○

〈2000년 9월 8일 금요일〉(8. 11.)
큰 애비 숙직. ○

〈2000년 9월 9일 토요일〉(8. 12.)
노송 숙직. 8시에 구토에 고통. 스님 가고(성불암). ○

〈2000년 9월 10일 일요일〉(8. 13.)
노송 숙직. ○

〈2000년 9월 11일 월요일〉(8. 14.)
노필 숙직. ○

〈2000년 9월 12일 화요일〉(8.15.)
노송 숙직. ○

〈2000년 9월 13일 수요일〉(8. 16.)
큰 애비 숙직. ○

〈2000년 9월 14일 목요일〉(8. 17.)
큰 애비 숙직. ○

〈2000년 9월 15일 금요일(8. 18.)~9월 21일 목요일(8.24.)〉
큰 애비 숙직. ○[179]

177) 원문에는 붉은색 색연필로 '*消化不良物質* 누적'자에 동그라미를 그리고, 나머지 글자들에는 밑줄을 그었다.

178) 이하 내용은 일기장이 아닌 별도의 메모지에 적은 것임.

179) 이 메모를 마지막으로 남기고, 이틀 뒤인 9월 23일 청주의료원에서 금계 본가로 돌아온 직후 금계 자택서 永眠. 2000년 9월 23일 토요일 18시 40분. 향년 80.

필 자

이정덕
전북대학교 인문과학대학 고고문화인류학과 교수

소순열
전북대학교 농업생명과학대학 농업경제학과 교수

남춘호
전북대학교 사회과학대학 사회학과 교수

임경택
전북대학교 인문과학대학 일본학과 교수

문만용
전북대학교 한국과학문명학 연구소 교수

진명숙
전북대학교 고고문화인류학과 BK21+사업단 연구원

박광성
중국 중앙민족대학 민족학 및 사회학 교수

곽노필
한겨레신문 선임기자

이성호
전북대 SSK 개인기록과압축근대 연구단 전임연구원

손현주
전북대 SSK 개인기록과압축근대 연구단 전임연구원

이태훈
전북대학교 대학원 사회학과 박사 수료

김예찬
전북대학교 대학원 고고문화인류학과 박사 수료

이정훈
전북대학교 대학원 고고문화인류학과 박사과정

박성훈
전북대학교 대학원 농업경제학과 석사

유승환
전북대학교 대학원 사회학과 석사

김형준
전북대학교 대학원 사회학과 석사과정

금계일기 5 전북대 개인기록 총서 14

초판 인쇄 | 2017년 6월 16일
초판 발행 | 2017년 6월 16일

(편)저자 이정덕 · 소순열 · 남춘호 · 임경택 · 문만용 · 진명숙 · 박광성 · 곽노필
이성호 · 손현주 · 이태훈 · 김예찬 · 이정훈 · 박성훈 · 유승환 · 김형준

책임편집 윤수경

발 행 처 도서출판 지식과교양
등록번호 제 2010-19호
주 소 서울시 도봉구 쌍문1동 423-43 백상 102호
전 화 (02) 900-4520 (대표) / 편집부 (02) 996-0041
팩 스 (02) 996-0043
전자우편 kncbook@hanmail.net

ISBN 978-89-6764-082-8 93810 **정가** 43,000원